『葛子琴詩抄』『葛子琴詩』索引

西 岡 市 祐 編

汲 古 書 院

目　次

目　次 ……………………………………………………………… Ⅰ

まえがき …………………………………………………………… 1

凡　例 ……………………………………………………………… 2

『葛子琴詩抄』詩句・作品番号・全句数・句序数一覧 ……… 1

『葛子琴詩』詩句・作品番号・全句数・句序数一覧 ………… 28

『葛子琴詩抄』『葛子琴詩』索引 ……………………………… 40

検字表 ……………………………………………………………… 314

　　　四角号碼検字表 …………………………………………… 314

　　　部首検字表 ………………………………………………… 338

　　　総画検字表 ………………………………………………… 353

あとがき …………………………………………………………… 372

まえがき

　この索引は、般庵野間光辰先生華甲記念会によって、昭和４４年１１月７日に発行された『浪華混沌詩社集』（近世文藝叢刊　第８巻）に収められている、『葛子琴詩抄』７巻（112p 〜 195p）・『葛子琴詩』全１巻（197p 〜 234p）のパソコンを使って作成した、ＤＴＰによる一字索引である。

　寛政７年(1795)１１月に『葛子琴詩抄』の出版を申請し、これが許可されているが、諸般の事情から出版されず、その原本とされる浄写本が広島県竹原市竹原町に在る頼春水の故宅、春風館に伝わっている。その転写本が『近世文藝叢刊』（第８巻）に収められたものである。

　著者の葛子琴は、大阪の医師、橋本貞淳の子として、元文４年(1739)に生まれた。通称は橋本貞元と言う。本姓は葛城、名は張、字は子琴、号は螙庵(とあん)といい、その住居を御風楼、室名を報宝石齋と称した。

　子琴は、家業の医師として名を為し、笙・篳篥(ひちりき)を善くし、篆刻は師より優れていたと言う。子琴は漢学を荻生徂莱の孫弟子に当たる、兄(え)の楽郊に師事した。

　詩は片山北海の主催する、混沌社の詩人として、社中第一の人とされ、頼春水・岡公翼らと親交があった。

　子琴は、天明４年（1784）５月７日に４６歳で歿した。

　１９９３年３月１７日、水田紀久(のりひさ)氏によって、岩波書店の「江戸詩人選集」の第６巻として、『葛子琴／中島棕隠』が刊行された。

　『葛子琴詩』は原本がくずし字であるので、畏友　塚越義幸氏に翻字して貰った。本来はその詩を手書きで本書に載せる予定であったが、割愛した。

　それは、江戸時代に活躍した人々が、漢字をどの様に使ったのか、それを明らかに示すことが出来ると思ったが、残念である。

　小著が葛子琴の研究の参考となれば幸甚である。

凡　例

Ⅰ　使用漢字に就いて

　本索引の使用漢字は、パーソナルコンピュータ・アプリケーションソフト・プリンタに標準装備されているＪＩＳ第一水準・第二水準・第三水準の文字を使用して入力・出力してある。
　ＪＩＳ第一水準・第二水準・第三水準に旧字体（繁体字）の在るものは、旧字体の文字を使用し、旧字体の無いものは、常用漢字の字体を使用した。

Ⅱ　検索対象の表記に就いて

　検索対象となる詩句には、作品番号・当該詩句の全句数・当該詩句の句序数を示してある。
　全句数を見ることで、当該詩の詩形を知る事が出来るし、句序数を見る事で、当該文字の使用例も明らかになろう。
　検索対象としては、《 検索対象『葛子琴詩抄』・『葛子琴詩』を詩句・作品番号・全句数・句序数一覧 》を掲載した。

Ⅲ　四角号碼に就いて

　本索引は四角号碼を使用して作成した。字訓・字音の索引を作らなかったのは、１字に複数の字訓や字音のある物は、膨大になるだけである。
　四角号碼に就いての解説は、『大漢和辞典』の「四角号碼索引」を参照されたい。編者の与えた四角号碼が『大漢和辞典』と異なっているものもあるが、同一字体に対しては出来るだけ同一の四角号碼を与えてある。
　そして、検索の便のために、検索字が掲載されている頁数を付した「四角号碼一覧表」、四角号碼に導く「部首検字表」・「総画検字表」を作成した。

以下に、そのあらましを図示して説明する。

IV 『葛子琴詩抄』・『葛子琴詩』作品番号・全句数・句序数一覧

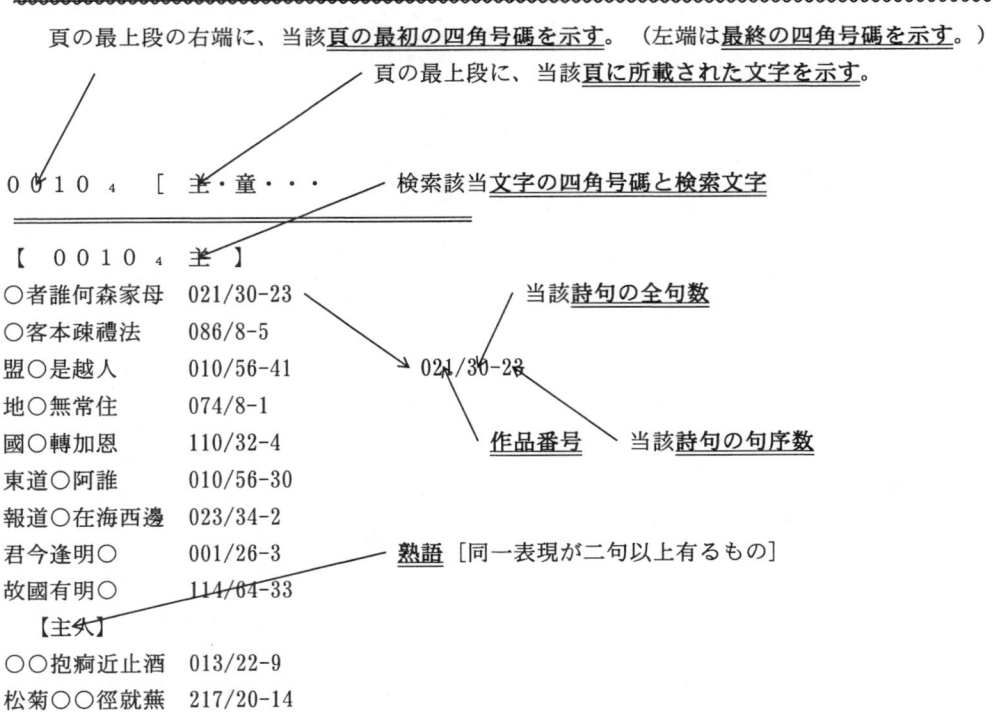

『葛子琴詩抄』作品番号・全句数・句序数一覧

001

時日至南陸	001/26-1	要津爾再問	002/14-13	東海自茲阻	004/16-13
瞻望思悠哉	001/26-2	勿使人搔首	002/14-14	何時再晤言	004/16-14
君今逢明主	001/26-3	**003**		安得凌風翰	004/16-15
清晨上觀臺	001/26-4	一頭六六鱗	003/24-1	千里共飛翻	004/16-16
宿雨鴻邊竭	001/26-5	文藻纏其身	003/24-2	**005**	
斜暉鴉背來	001/26-6	生長江湖裏	003/24-3	陽月夜正長	005/18-1
書雲非我事	001/26-7	飛越到河津	003/24-4	張燈語喃喃	005/18-2
江上空徘徊	001/26-8	河津崖拱立	003/24-5	濟濟今多士	005/18-3
招攜過三徑	001/26-9	飛流幾百級	003/24-6	偉姿盡超凡	005/18-4
寒月照薖萊	001/26-10	春風桃花浪	003/24-7	方此窮陰候	005/18-5
何須調玉瑻	001/26-11	下有鱗族集	003/24-8	嘴吻花相銜	005/18-6
祇可酌金罍	001/26-12	出群獨超騰	003/24-9	當筵詩幾篇	005/18-7
能令萬慮散	001/26-13	歷級已六十	003/24-10	絃匏被颺颺	005/18-8
不特一陽回	001/26-14	一級卽一年	003/24-11	昇平百又年	005/18-9
擧白曾詠史	001/26-15	年年卽閒習	003/24-12	雅音屬青衫	005/18-10
殺青旣成堆	001/26-16	鰭鬛能鼓舞	003/24-13	歲寒盟不寒	005/18-11
因煩玄晏子	001/26-17	噴珠誰收拾	003/24-14	契彼松與杉	005/18-12
錦繡爲新裁	001/26-18	未肯點額還	003/24-15	意氣風霜凜	005/18-13
繡線正添長	001/26-19	其勢幾可及	003/24-16	蒼龍鳴鮫函	005/18-14
我鬢短相催	001/26-20	登得何變態	003/24-17	世路一何艱	005/18-15
葭莩方應候	001/26-21	矯矯吟靇勤	003/24-18	蹭蹬又巉嵒	005/18-16
我心未可灰	001/26-22	聞説行雨苦	003/24-19	酕醄薄言酌	005/18-17
所以競摘藻	001/26-23	爲龍應有悔	003/24-20	不必羨耕巖	005/18-18
春葩頃刻開	001/26-24	不若江河間	003/24-21	**006**	
采爲千里贈	001/26-25	率從魚蝦輩	003/24-22	綠陰在槐天	006/16-1
敢比一枝梅	001/26-26	但能避巨犗	003/24-23	朱明屬藻日	006/16-2
002		游泳足千歲	003/24-24	雨腸不必論	006/16-3
不折江亭柳	002/14-1	**004**		駕言問棲逸	006/16-4
不酌江亭酒	002/14-2	飛來雙黃鵠	004/16-1	數里踰市橋	006/16-5
此別何匆匆	002/14-3	遠自西海曡	004/16-2	徑造環堵室	006/16-6
嚴親抱痾久	002/14-4	羽儀雖各具	004/16-3	一瓢甘曲肱	006/16-7
官事雖未竣	002/14-5	得志互連軒	004/16-4	五柳耽容膝	006/16-8
告歸歸舊阜	002/14-6	朝下浪華浦	004/16-5	時聽世間喧	006/16-9
石見千里餘	002/14-7	秋水漲江村	004/16-6	猶愈宮中嫉	006/16-10
棄吾花千畝	002/14-8	荻蘆花已謝	004/16-7	祇當把酒杯	006/16-11
自是足怡顏	002/14-9	梁稻穗方繁	004/16-8	不復勞刀筆	006/16-13
溫淸保其壽	002/14-10	呼喚鷗鷺侶	004/16-9	怜君芙蓉顏	006/16-13
但憐出谷鶯	002/14-11	宛似舊盟存	004/16-10	嗟我蒲柳質	006/16-14
遷喬春已負	002/14-12	相逢將相別	004/16-11	薰風拂朱絃	006/16-15
		半日同飲飧	004/16-12	流螢照縹帙	006/16-16

— 1 —

００７		我亦飛揚甚	008/16-11	愛吾城子邈	010/56-1
淀水三分流	007/30-1	壯遊恨難從	008/16-12	家在傳法湄	010/56-2
有渡稱名栁	007/30-2	浪華江上雨	008/16-13	幼繼長年業	010/56-3
彩虹雖時亙	007/30-3	飛艨思萬里	008/16-14	利涉東海瀰	010/56-4
長橋不可更	007/30-4	采采歸相見	008/16-15	巨舶監其載	010/56-5
津梁微此子	007/30-5	荻蘆露埶濃	008/16-16	往返彼一時	010/56-6
眾生與魚泳	007/30-6	**００９**		一時攝颶母	010/56-7
我亦迷津者	007/30-7	維昔來祇役	009/34-1	漂流到荒夷	010/56-8
慈航此相倩	007/30-8	江上暫僦居	009/34-2	九死一生	010/56-9
搖曳到彼岸	007/30-9	官清齡亦妙	009/34-3	千艱又萬危	010/56-10
垂楊堪繫艎	007/30-10	暇多力有餘	009/34-4	艱危至殞命	010/56-11
村園馴鴿鳴	007/30-11	學文尋師友	009/34-5	君子所不爲	010/56-12
老少呼見迎	007/30-12	混沌社開初	009/34-6	舟楫不復理	010/56-13
惠雨入門注	007/30-13	同盟金蘭契	009/34-7	水村補茅茨	010/56-14
寶珠繞檐迸	007/30-14	我輩屢相⊠	009/34-8	帶經耕南畝	010/56-15
萬木添新綠	007/30-15	當言游有方	009/34-9	吹箛漁西陂	010/56-16
六根覺清淨	007/30-16	寧道食無魚	009/34-10	耕漁非其志	010/56-17
庭觀秋麥收	007/30-17	但逢公事竣	009/34-11	奚能安一枝	010/56-18
入免夏畦病	007/30-18	揮袂賦歸歟	009/34-12	朝僑浪華江	010/56-19
薄言忘火宅	007/30-19	歸歟三千里	009/34-13	夕寓海士碕	010/56-20
幽寂適吾性	007/30-20	旣經幾居諸	009/34-14	僑寓亦不久	010/56-21
飽其香積廚	007/30-21	易迷夜夜夢	009/34-15	屢傳歸去辭	010/56-22
供給一何盛	007/30-22	難達時時書	009/34-16	琴書以消憂	010/56-23
蛙鳴吟懷披	007/30-23	今歲知何歲	009/34-17	若干年于茲	010/56-24
榴花酡顏映	007/30-24	再會言不虛	009/34-18	今茲人日宴	010/56-25
薄暮臨長河	007/30-25	佁離二十霜	009/34-19	盍簪舊相知	010/56-26
草螢哀微命	007/30-26	丰神昔相如	009/34-20	客有來告別	010/56-27
橋柱何處存	007/30-27	才藝但改觀	009/34-21	脂轄復何之	010/56-28
嘆逝且長詠	007/30-28	不特馬與車	009/34-22	道是遊京里	010/56-29
覺路何由淂	007/30-29	卽今當要路	009/34-23	東道主阿誰	010/56-30
浩波澹明鏡	007/30-30	心多所拮据	009/34-24	鳳兮或求偶	010/56-31
００８		猶言留夜月	009/34-25	虺哉應問奇	010/56-32
愛我城夫子	008/16-1	舊懷足可攄	009/34-26	琴瑟能相和	010/56-33
溫雅欽儀容	008/16-2	何圖羽書急	009/34-27	夏楚善自持	010/56-34
千里曾思慕	008/16-3	倉皇復東行	009/34-28	況迺帝王國	010/56-35
一宵始遭逢	008/16-4	東行秋三五	009/34-29	軒蓋充路岐	010/56-36
遭逢僅數日	008/16-5	關山多月明	009/34-30	豈無楊得意	010/56-37
去向朝熊峯	008/16-6	月明方有食	009/34-31	上林賦新詞	010/56-38
峯頂何所矚	008/16-7	黯然魂重驚	009/34-32	宜使二三子	010/56-39
天外玉芙蓉	008/16-8	若無今秋會	009/34-33	彈冠望輕肥	010/56-40
夏雲初發色	008/16-9	何有此時情	009/34-34	盟主是越人	010/56-41
君試鬪詞鋒	008/16-10	**１００**		雞壇言勿違	010/56-42

010   016

賓筵稱北海	010/56-43	千里行程百日游	012/12-11	屛顏如咲迎幾春	014/20-18
祖席擬南皮	010/56-44	江山能得幾同志	012/12-12	海天遙望眉壽色	014/20-19
菜羹加飧飯	010/56-45	**013**		萬頃恩波翠黛姸	014/20-20
柏酒有餘巵	010/56-46	嫋嫋晚風披煙霧	013/22-1	**015**	
人生重榮達	010/56-47	良朋良夜喜相遇	013/22-2	破産幾年辭京畿	015/18-1
那用嘆羇離	010/56-48	雨痕未乾階前苔	013/22-3	來住浪華水一涯	015/18-2
古來分袂處	010/56-49	雲影半消簾外樹	013/22-4	曾卜幽居稱九水	015/18-3
無不問歸期	010/56-50	幾脚竹榻下中庭	013/22-5	向我數求贈新詩	015/18-4
如何今日別	010/56-51	仰看碧霄懸玉兎	013/22-6	御風眞人一墜地	015/18-5
獨不勸當歸	010/56-52	兎操金杵何所搗	013/22-7	人間徒作凡庸醫	015/18-6
祇須乘駟馬	010/56-53	九轉靈丹顏可駐	013/22-8	刀圭餘暇舞寸鐵	015/18-7
何敢唱五噫	010/56-54	主人抱痾近止酒	013/22-9	此技與君共同師	015/18-8
濟川爾所長	010/56-55	芳尊仍釀桂花露	013/22-10	彫蟲篆刻豈容易	015/18-9
莫戀舊淪漪	010/56-56	滿盤肴核爲誰設	013/22-11	休道壯夫者不爲	015/18-10
011		留客賞月同詞賦	013/22-12	前有嘯民後冰壑	015/18-11
寧樂村農姓寧樂	011/16-1	朗吟未嘗乏神情	013/22-13	此人風流世所知	015/18-12
孝養王母躬力作	011/16-2	淸瘦元是耽雋句	013/22-14	今夕何夕同舟楫	015/18-13
去年甌窶大有年	011/16-3	雋句不特使人驚	013/22-15	蒹葭洲渚秋滿時	015/18-14
今歲洿邪亦不惡	011/16-4	滿天頑雲爲之晴	013/22-16	泝洄路阻淀河水	015/18-15
王母康寧且樂易	011/16-5	林亭寥廓纖埃絶	013/22-17	停杯倚舷空相思	015/18-16
爲是孝孫能養志	011/16-6	胡枝花間藻華明	013/22-18	指顧榕間明月影	015/18-17
不須樹藝只藝穀	011/16-7	醉向石頭俱露臥	013/22-19	蕉衫荷衣白露滋	015/18-18
意使遐齡成米字	011/16-8	夢裡仙娥來相迎	013/22-20	**016**	
土俗相慶授槪年	011/16-9	半夜廣寒霓裳曲	013/22-21	淸靜書室會同盟	016/50-1
升斗米粒幾萬千	011/16-10	散向江天烏鵲聲	013/22-22	幾年斯日酒相傾	016/50-2
千粒萬粒籌其壽	011/16-11	**014**		剪勝摛藻舊弟兄	016/50-3
坐觀幾處腴良田	011/16-12	米田之山秀三原	014/20-1	中有好事西孟淸	016/50-4
新畬新年何叢祠	011/16-13	地鎭可觀坤德尊	014/20-2	手掔巨軸向前楹	016/50-5
地纂大和古京師	011/16-14	太古形容自明媚	014/20-3	書幌影虛文窓明	016/50-6
白鹿年年來呈端	011/16-15	上有婆女下有藹	014/20-4	道是九霞池貸成	016/50-7
春日祠壇春艸滋	011/16-16	維昔降神何所誕	014/20-5	當年爲予寫洞庭	016/50-8
012		列崎培塿好兒孫	014/20-6	展覽金碧眩目晴	016/50-9
杜宇一聲呼始起	012/12-1	孝子不匱天錫祿	014/20-7	後素素絹色瑩瑩	016/50-10
玉欄千外醒徙倚	012/12-2	滿地仙糧幾斗斛	014/20-8	巴陵一望水煙淸	016/50-11
離思結似楊柳煙	012/12-3	夕陽春處石花飛	014/20-9	吳地楚天咫尺幷	016/50-12
別情深於桃花水	012/12-4	朝煙炊時雲子熟	014/20-10	靈境仙區雲霞橫	016/50-13
遠客催歸雖治裝	012/12-5	豈是雪霜白滿頭	014/20-11	一一指點不記名	016/50-14
筒人候霽未期艤	012/12-6	桑滄縱después一變改	014/20-12	上下天光碧一泓	016/50-15
勸君抻醉且留連	012/12-7	寧有米田山作海	014/20-13	映帶萬雉嶽陽城	016/50-16
此鄕亦有蓴鱸美	012/12-8	仁者所樂長不崩	014/20-14	維嶽極天是爲衡	016/50-17
勸君酣歌且唱和	012/12-9	愚公移之竟不能	014/20-15	春風陣陣雁欲鳴	016/50-18
此鄕亦有群才子	012/12-10	吞吐雲霞立海濱	014/20-16	瀟湘昨夜雨新晴	016/50-19

016

淚痕不乾竹紆縈	016/50-20
一點君山波不驚	016/50-21
練影涵虛瑟無聲	016/50-22
鷗汀鳧渚可吟行	016/50-23
騷侶何處采杜衡	016/50-24
黃鶴飛樓列雲甍	016/50-25
仙人有待欲歡迎	016/50-26
一水一石響砰砰	016/50-27
定是五日十日程	016/50-28
更有小字上幀盈	016/50-29
楊公記文并錄成	016/50-30
池子畫妙書亦精	016/50-31
銀鉤鐵畫誰相爭	016/50-32
海西額字勢硜硜	016/50-33
河曲後序韻錚錚	016/50-34
一卷裝池牧群英	016/50-35
天下奇觀此一瞠	016/50-36
曾在此座屢相訂	016/50-37
柑酒青山去聽鶯	016/50-38
我今棲棲困世營	016/50-39
處處花月割愛情	016/50-40
僅能來喫舊菜羹	016/50-41
如是下物供兒甥	016/50-42
繼晷蘭燈二尺檠	016/50-43
卷舒不倦坐二更	016/50-44
千金春宵易徹明	016/50-45
萬頃煙波解宿醒	016/50-46
心隨湖水遠且平	016/50-47
仙遊不必乘長鯨	016/50-48
居然觀畫了平生	016/50-49
塵埃堆裏有蓬瀛	016/50-50

017

萬頃瑠璃千疊碧	017/8-1
楚水吳山連咫尺	017/8-2
月明三十六灣秋	017/8-3
雲飛七十二峯夕	017/8-4
非乘黃鵠度青霄	017/8-5
焉得海外此逍遙	017/8-6
日本寶刀橫腰下	017/8-7
快剪湘江半幅絹	017/8-8

018

盡日連江寒雨下	018/32-1
繞檐琴筑聲如瀉	018/32-2
團欒懷德舊書堂	018/32-3
細論文字飲既夜	018/32-4
先生款客命題料	018/32-5
一幅卸來萬卷架	018/32-6
丹青老蒼流峙奇	018/32-7
不趐良田與廣廈	018/32-8
果園在後場圃前	018/32-9
中有樂志人溫藉	018/32-10
并寫一論二篇詩	018/32-11
松煤痕古香龍麝	018/32-12
朱明錢氏為誰筆	018/32-13
字畫本稱衡山亞	018/32-14
道是先考手澤存	018/32-15
亡論當日高低價	018/32-16
一歸君家全三絕	018/32-17
展觀令人同食蔗	018/32-18
如之廚下盛割烹	018/32-19
三白調和韲裙羹	018/32-20
酒杯畫卷手未釋	018/32-21
蕩滌俗眼與世情	018/32-22
今宵有此好下物	018/32-23
欲舉太白視啓明	018/32-24
煨酒紅爐春一色	018/32-25
限詩絳燭夜三更	018/32-26
亦各言志志相樂	018/32-27
如是勝會幾回訂	018/32-28
醉飽不知歲云莫	018/32-29
蟋蟀堂外寂寒聲	018/32-30
半夜推窗君試見	018/32-31
松蘿帶雪冷前楹	018/32-32

019

客有昨返自京師	019/14-1
折盡西山花幾枝	019/14-2
歸來無恙生花筆	019/14-3
雙袖餘香欲贈誰	019/14-4
會有芳園卜清夜	019/14-5
都下八斗相追隨	019/14-6
幾人飛盞又傾巵	019/14-7
此裏新知即舊知	019/14-8
知音到處山水在	019/14-9
盛會何必竹與絲	019/14-10
千里羈愁君自遣	019/14-11
江上南風解慍時	019/14-12
試聽落花殘月下	019/14-13
杜鵑未敢促歸期	019/14-14

020

錦機一斷已七旬	020/6-1
遂使文章滿子身	020/6-2
身上煥發斑爛色	020/6-3
何必覆水悅慈親	020/6-4
遙想頌壽五彩筆	020/6-5
染出雲霞湖山春	020/6-6

021

茆花撩亂荷葉空	021/30-1
別有治藩五色叢	021/30-2
低昂鉅細千百種	021/30-3
爭妍競艷地幾弓	021/30-4
宛似辟兵繫綵索	021/30-5
或疑煉石補蒼穹	021/30-6
羅縱欲儷暮山紫	021/30-7
繡毬堪奪晚霞紅	021/30-8
紅紫黃白皆富麗	021/30-9
寧道與它隱逸同	021/30-10
油幕不漏一滴雨	021/30-11
蘆簾能遮三面風	021/30-12
風淒雨冷村莊夕	021/30-13
野色山光總冥濛	021/30-14
不妨勾欄人相倚	021/30-15
一泓碧水曳彩虹	021/30-16
虹彩煥發彩毫底	021/30-17
露華濺餘華席中	021/30-18
花前行杯香苾芾	021/30-19
花間懸燭影玲瓏	021/30-20
夜來更怪應眞會	021/30-21
半千佛頂燦花宮	021/30-22
主者誰何森家母	021/30-23
曾離塵垢入圓通	021/30-24
污泥不染蓮花性	021/30-25
文字時於禪餘攻	021/30-26
碧雲篇什誰唱和	021/30-27
縉紳一時諸名公	021/30-28
方此節花盛開日	021/30-29
林亭觴詠樂何窮	021/30-30

022

臨水樓臺人徙倚	022/8-1
月明何處多秋思	022/8-2
荻蘆花亂浪涵處	022/8-3
蟋蟀聲寒霜布地	022/8-4
砧鳴烏語市橋頭	022/8-5
孤燭何須照夜遊	022/8-6
芳桂殘尊沈醉後	022/8-7
爭探珠玉滿江秋	022/8-8

023

青鳥飛來碧海天	023/34-1
報道主在海西邊	023/34-2
託生正遇一甲子	023/34-3
要湛沆瀣宴群仙	023/34-4
葛子將茲王母命	023/34-5
說與玄俗及偓佺	023/34-6
卿輩過我我有待	023/34-7
御風樓上設祖筵	023/34-8
星冠霞佩衝寒雨	023/34-9
絳燭紅爐簇暖煙	023/34-10
六甲之廚八仙卓	023/34-11
松花煨熟石花煎	023/34-12
半夜群酣催蚤發	023/34-13
各自治裝即前川	023/34-14
或驂巨鼇或駕鯉	023/34-15
或跨大瓠或乘蓮	023/34-16
飄飆輕舉泝游去	023/34-17
無際滄波路幾千	023/34-18
黃薇中州原靈境	023/34-19
中有瑤臺枕碧漣	023/34-20
一庭蘭玉喜相引	023/34-21
舊是董許兩仙媛	023/34-22
今在人間爲子母	023/34-23
母慈子孝宿因緣	023/34-24
養志能令親不老	023/34-25
何必金丹以永年	023/34-26
君家春酒釀萬斛	023/34-27
海瀛流霞五彩鮮	023/34-28
酌之衆賓咸已醉	023/34-29
唱和白雲黃竹篇	023/34-30
一絃八璈交相奏	023/34-31
餘音遠入海風傳	023/34-32
東海蟠桃君不厭	023/34-33
故宮休戀崑崙巓	023/34-34

024

江上梅花舊草堂	024/12-1
東風解凍墨地香	024/12-2
受業門生競揮灑	024/12-3
令吾醉臥五雲傍	024/12-4
寫罷宜春帖一堂	024/12-5
綵幡閃閃墨痕香	024/12-6
詩成按劍人多少	024/12-7
明月來投玉案傍	024/12-8
春風吹入讀書堂	024/12-9
雪盡窗前芸葉香	024/12-10
可見衆賓應接處	024/12-11
一團和氣一樽傍	024/12-12

025

葛家何日得一豚	025/20-1
豚兒三歲既能言	025/20-2
唯而起時方鞏革	025/20-3
不教能以右手飧	025/20-4
慈愛漫道未全白	025/20-5
期爾異日興我門	025/20-6
憶昨試周訝義故	025/20-7
晬盤高設命杯尊	025/20-8
初執銀管次金匕	025/20-9
滿坐閧咲互相論	025/20-10
我家醫業稱三世	025/20-11
世世相傳一子孫	025/20-12
祗要精良醫一國	025/20-13
不願學究名一村	025/20-14
弧矢聊觀四方有	025/20-15
籝金何若一經存	025/20-16
今歲方此再週日	025/20-17
復延賓客倚南軒	025/20-18
膝下呼來兒拜客	025/20-19
德星秋冷水天昏	025/20-20

026

春風千里外	026/8-1
畫錦有輝光	026/8-2
東海功名地	026/8-3
西條父母鄉	026/8-4
花開鶯出谷	026/8-5
日暖燕歸梁	026/8-6
舊館江頭柳	026/8-7
何如別意長	026/8-8

027

閑居三十首	027/8-1
無句不精工	027/8-2
雖慕諸子際	027/8-3
總出一胸中	027/8-4
吳錦文堪奪	027/8-5
秦箏調可同	027/8-6
北山舊多士	027/8-7
才藻誰如公	027/8-8

028

遊山八九里	028/8-1
同社兩三人	028/8-2
衰草千廻徑	028/8-3
狂花一樣春	028/8-4
更憐黃落處	028/8-5
漸覺翠微新	028/8-6
到此胸襟異	028/8-7
今朝僅出塵	028/8-8

029

田家經幾處	029/8-1
十月事都忙	029/8-2
曾是賣茶店	029/8-3
總爲納稼場	029/8-4
諸山將暮紫	029/8-5
何草不霜黃	029/8-6
野寺冥投去	029/8-7
棉花暖石床	029/8-8

030

春來已幾回	030/8-1
攜伴入方丈	030/8-2
風冷覺梅臞	030/8-3
雨多看草長	030/8-4
欲下杯中物	030/8-5
頻求雲外賞	030/8-6
片言猶未成	030/8-7
隔樹暝鐘響	030/8-8

031

靜坐梅窓下	031/8-1
飛花墜足趺	031/8-2

池魚人共樂	031/8-3	０３６		山陰學建年	040/8-6
林鳥友相呼	031/8-4	不住蓮花府	036/8-1	自今講周易	040/8-7
詩寫貝多葉	031/8-5	仙窩老自燒	036/8-2	幾度繼韋編	040/8-8
飯炊香積廚	031/8-6	豈言慙陸羽	036/8-3	０４１	
悠然無所作	031/8-7	終見伴王喬	036/8-4	小窓宜夜話	041/8-1
落照逼平蕪	031/8-8	尸解衣空掛	036/8-5	近日免驅蚊	041/8-2
０３２		天遊魂叵招	036/8-6	紈扇秋將棄	041/8-3
酒寧與我敵	032/8-1	賣茶旗尙在	036/8-7	碧筒人尙薰	041/8-4
詩旣於君遜	032/8-2	千古一高標	036/8-8	微風搖漢影	041/8-5
共聞白法傳	032/8-3	０３７		涼月碎波紋	041/8-6
轉覺紅塵遠	032/8-4	春深方丈室	037/8-1	莫使交情似	041/8-7
高吟松籟和	032/8-5	促膝對新晴	037/8-2	江天斷續雲	041/8-8
偃臥花茵嫩	032/8-6	獅座胡僧話	037/8-3	０４２	
不識百年後	032/8-7	鷄壇越客盟	037/8-4	植杖西郊外	042/8-1
此盟誰最健	032/8-8	東林人有誠	037/8-5	秋天霽乍陰	042/8-2
０３３		北海酒空淸	037/8-6	草枯無放犢	042/8-3
蓮社曾爲好	033/8-1	恰好爐茶味	037/8-7	菓竭有飢禽	042/8-4
同盟屢來討	033/8-2	堪觀我輩情	037/8-8	紫翠雨餘嶺	042/8-5
風霜道士松	033/8-3	０３８		紅黃霜後林	042/8-6
雨水王孫草	033/8-4	風煙堪駐客	038/8-1	未窮千里目	042/8-7
金界遊忘歸	033/8-5	落日一層樓	038/8-2	渺渺暮煙深	042/8-8
玉山醉自倒	033/8-6	綠樹連中島	038/8-3	０４３	
天籟入胸襟	033/8-7	靑山擁上游	038/8-4	優游三十歲	043/8-1
塵埃已一掃	033/8-8	采餘河畔草	038/8-5	始覺變頭毛	043/8-2
０３４		競罷渡頭舟	038/8-6	詩却昔年巧	043/8-3
一年詩一卷	034/8-1	不但殘蒲酒	038/8-7	酒方今日豪	043/8-4
雖拙盡精神	034/8-2	簾櫳月半鉤	038/8-8	風煙甘白屋	043/8-5
足以言吾志	034/8-3	０３９		雨雪足靑袍	043/8-6
胡爲驚世人	034/8-4	村醪三四巵	039/8-1	不必爲名士	043/8-7
素絃音自識	034/8-5	也足不攢眉	039/8-2	閒窓醉讀騷	043/8-8
明鏡影相親	034/8-6	爐底燃霜葉	039/8-3	０４４	
薄奠今宵酒	034/8-7	鼎中烹露葵	039/8-4	金牛吾不見	044/8-1
枯腸復得春	034/8-8	春歌林後舍	039/8-5	一欒獲東鄰	044/8-2
０３５		牧笛寺前陂	039/8-6	孺子分稱善	044/8-3
築柴煙霞地	035/8-1	返照咲相指	039/8-7	細君遭得仁	044/8-4
還丹歲月長	035/8-2	柴荊禁誡碑	039/8-8	旣餘投刃地	044/8-5
壺中占勝境	035/8-3	０４０		寧效賣刀人	044/8-6
海上賣仙方	035/8-4	偉矣關夫子	040/8-1	更有寧詞美	044/8-7
技舊稱醫國	035/8-5	龍潛昔在淵	040/8-2	大牢味愈珍	044/8-8
齡今及杖鄕	035/8-6	春秋方五十	040/8-3	０４５	
庭階蘭玉色	035/8-7	弟子蓋三千	040/8-4	曾辭金澤府	045/8-1
掩映白雲艘	035/8-8	海內名聞日	040/8-5	始問玉江春	045/8-2

黃白囊無物	045/8-3	０５０		永好木瓜章	054/8-6		
丹青筆有神	045/8-4	斯道歌衰鳳	050/8-1	非是緩爲報	054/8-7		
南枝逢社日	045/8-5	何年先伯魚	050/8-2	江梅入臘香	054/8-8		
北雁憶鄉人	045/8-6	鍾情終疾病	050/8-3	０５５			
試向煙波上	045/8-7	樂事尙琴書	050/8-4	欲祈秋穀熟	055/8-1		
從容下釣綸	045/8-8	家特傷無後	050/8-5	修葺小叢祠	055/8-2		
０４６		志嘗觀逐初	050/8-6	不日方經始	055/8-3		
江上星橋夕	046/8-1	向君歎逝處	050/8-7	有年堪悅怡	055/8-4		
兼葭露一叢	046/8-2	幾度泣躊躇	050/8-8	鐵蕉依怪石	055/8-5		
盍簪朋幾在	046/8-3	０５１		玉樹傍疏籬	055/8-6		
不速客相通	046/8-4	中洲芳草色	051/8-1	采采何相薦	055/8-7		
佐酒案頭菓	046/8-5	追憶卜居年	051/8-2	白蘋花滿池	055/8-8		
題詩井畔桐	046/8-6	彼美終何地	051/8-3	０５６			
近來疏闊意	046/8-7	斯文未喪天	051/8-4	秋收千畝側	056/8-1		
輒與女牛同	046/8-8	靑萍秋水劍	051/8-5	晚霽一村園	056/8-2		
０４７		紫氣暮山煙	051/8-6	荷敗游龜沒	056/8-3		
瑠璃天造障	047/8-1	吾黨自今後	051/8-7	楓飛倦鳥喧	056/8-4		
列峙一谿隅	047/8-2	成章不斐然	051/8-8	摘蔬充玉饌	056/8-5		
鴻雁數行字	047/8-3	０５２		燃葉煖金樽	056/8-6		
松蘿六幅圖	047/8-4	吾曹多市隱	052/8-1	不怯北風冷	056/8-7		
雲飛巖骨露	047/8-5	招飲桂叢秋	052/8-2	脫巾猶倚軒	056/8-8		
水落石根枯	047/8-6	落日三津寺	052/8-3	０５７			
高臥吾將老	047/8-7	輕煙十字流	052/8-4	客至時添炭	057/8-1		
煙霞舊病軀	047/8-8	黃花知節迓	052/8-5	爐頭頓却寒	057/8-2		
０４８		玄艸覺居幽	052/8-6	風傳梅信息	057/8-3		
捐館君何適	048/8-1	短景苦吟甚	052/8-7	霜報竹平安	057/8-4		
冥冥彼樂郊	048/8-2	高堂許夜遊	052/8-8	交態久逾淡	057/8-5		
珠璣餘咳唾	048/8-3	０５３		吟腸老未乾	057/8-6		
泉石入膏肓	048/8-4	病榻少間日	053/8-1	蕉窓蕭索夕	057/8-7		
空有猶龍歎	048/8-5	譚玄覺有神	053/8-2	把酒倚勾欄	057/8-8		
長違如水交	048/8-6	因論詩伯仲	053/8-3	０５８			
月明松院夜	048/8-7	寧問藥君臣	053/8-4	京洛曾遷舍	058/8-1		
誰復定推敲	048/8-8	風檻酪奴熟	053/8-5	鄉園孰倚閭	058/8-2		
０４９		霜階木賊新	053/8-6	雪螢牢窓下	058/8-3		
金丹世謾多	049/8-1	庭際片雲黑	053/8-7	菽水五年餘	058/8-4		
無可起沈痾	049/8-2	應是雨留賓	053/8-8	旣不辱君命	058/8-5		
古劍萎菌苔	049/8-3	０５４		何徒讀父書	058/8-6		
初衣歛薜蘿	049/8-4	詩筒千里外	054/8-1	秋深橐吾野	058/8-7		
誰傳圯上卷	049/8-5	字字挾風霜	054/8-2	恩露滿潘輿	058/8-8		
自祕郢中歌	049/8-6	與子如相見	054/8-3	０５９			
焚草有遺命	049/8-7	稱吾何過當	054/8-4	今夕何寥寂	059/8-1		
其如不朽何	049/8-8	虛名楓葉句	054/8-5	吾邦俗自違	059/8-2		

樹間無火照	059/8-3	064		探梅到法幢	068/8-6
橋畔有星稀	059/8-4	寺存一乘古	064/8-1	想師離病褥	068/8-7
月數青樽酒	059/8-5	法自六朝傳	064/8-2	曝背坐南窓	068/8-8
潮痕白版扉	059/8-6	雲衲奪朱色	064/8-3	069	
宜春多少字	059/8-7	雪眉垂白年	064/8-4	雛僧報客至	069/8-1
照出一燈輝	059/8-8	齡何稀七十	064/8-5	倒屐自鄰家	069/8-2
060		道在度三千	064/8-6	病後清籟竹	069/8-3
抱痾千里客	060/8-1	蜜藏誰窺得	064/8-7	佛前微笑花	069/8-4
求治一庸醫	060/8-2	春山不斷煙	064/8-8	土牛春已立	069/8-5
咳唾珠璣見	060/8-3	065		野馬日將斜	069/8-6
膏肓泉石知	060/8-4	何圖前夜雨	065/8-1	滿壁新年句	069/8-7
花殘春雨細	060/8-5	今曉到新晴	065/8-2	精神見倍加	069/8-8
柳暗暮潮遲	060/8-6	山見悅人色	065/8-3	070	
還怕江樓夜	060/8-7	鳥聞求友聲	065/8-4	海色西南豁	070/8-1
枕頭聞子規	060/8-8	呼舟臨野渡	065/8-5	濤聲日夜連	070/8-2
061		植杖眺江城	065/8-6	三山碧霧外	070/8-3
送窮窮未去	061/8-1	縱使多風力	065/8-7	四國白鷗邊	070/8-4
驅疫疫難除	061/8-2	應須被酒行	065/8-8	寺架懸崖樹	070/8-5
身病猶無死	061/8-3	066		舟迷極浦煙	070/8-6
家貧尚有儲	061/8-4	一檝一奚隨	066/8-1	明珠行可拾	070/8-7
椒花新釀酒	061/8-5	防寒且釣詩	066/8-2	沙嘴夕陽前	070/8-8
藥物古方書	061/8-6	尋盟此社友	066/8-3	071	
但識門前水	061/8-7	扶醉我家兒	066/8-4	啓事遊何處	071/8-1
春濤亦起余	061/8-8	山響雪消早	066/8-5	不唯葛子從	071/8-2
062		地遍花發遲	066/8-6	鷭田城郭負	071/8-3
握手茅堂上	062/8-1	林塘經幾處	066/8-7	猫水野刀容	071/8-4
論心進濁醪	062/8-2	鼓吹有黃鸝	066/8-8	雨過八間舍	071/8-5
風雲憐會面	062/8-3	067		雲奇二上峯	071/8-6
湖海感同袍	062/8-4	故人應掃榻	067/8-1	習家知不遠	071/8-7
才可慙予劣	062/8-5	新齏好移筯	067/8-2	移棹綠陰重	071/8-8
飮寧讓汝豪	062/8-6	一路玄黃馬	067/8-3	072	
抱琴時有思	062/8-7	半天銀碧峯	067/8-4	江上梅雨後	072/8-1
不敢向他操	062/8-8	荒村無憩店	067/8-5	滋漿浪層層	072/8-2
063		遠寺向疏鐘	067/8-6	溝洫黃皆濁	072/8-3
晚飧香積飯	063/8-1	殘醉猶相認	067/8-7	林泉碧愈澄	072/8-4
旣飽几相凭	063/8-2	長堤十里松	067/8-8	園元金谷富	072/8-5
竹色窓旋暗	063/8-3	068		人已玉山崩	072/8-6
溪聲崖欲崩	063/8-4	不必迎春去	068/8-1	高臥虛窓下	072/8-7
微軀原有漏	063/8-5	出郊心自降	068/8-2	清風破爵蒸	072/8-8
鄙事豈多能	063/8-6	東西無雪嶺	068/8-3	073	
茗話堪終夜	063/8-7	前後有晴江	068/8-4	水檻多相似	073/8-1
室明無盡燈	063/8-8	桃菜過農厖	068/8-5	衡門認土橋	073/8-2

雨痕松下榻	073/8-3	**０７８**		返照度千峯	082/8-6
煙景柳陰橈	073/8-4	孤舟千里路	078/8-1	自是忘歸去	082/8-7
林鳥叶詩韻	073/8-5	兩岸疊青螺	078/8-2	西風送暮鐘	082/8-8
河魚足酒料	073/8-6	月入篷窓小	078/8-3	**０８３**	
那知富貴者	073/8-7	雲隨桂槳多	078/8-4	上方昏黑出	083/8-1
野趣向人驕	073/8-8	臥遊如有待	078/8-5	還是問前津	083/8-2
０７４		坐愛不徒過	078/8-6	漁笛夕陽遠	083/8-3
地主無常住	074/8-1	遠送西歸客	078/8-7	春歌秋穀新	083/8-4
琴尊任客攜	074/8-2	松風雜櫂歌	078/8-8	山村封薄霧	083/8-5
野寧粜得賭	074/8-3	**０７９**		野渡待歸人	083/8-6
莊合畫并題	074/8-4	偶伴蓮池客	079/8-1	解脫才終日	083/8-7
竹筝穿虛壁	074/8-5	遠尋梅所莊	079/8-2	衣襟絕點塵	083/8-8
葵花立廢畦	074/8-6	舊遊多感慨	079/8-3	**０８４**	
全林如許借	074/8-7	新齎好彷徨	079/8-4	秋園花可品	084/8-1
當與野禽棲	074/8-8	人迹深春草	079/8-5	最愛小嬋娟	084/8-2
０７５		蟬聲送夕陽	079/8-6	媚態淸池上	084/8-3
自脩三百首	075/8-1	登樓聊縱目	079/8-7	疲容危石邊	084/8-4
看爾思無邪	075/8-2	綠樹插帆檣	079/8-8	露滋莖自染	084/8-5
僅是數年業	075/8-3	**０８０**		蟲蝕葉難全	084/8-6
早稻一作家	075/8-4	名園宜避暑	080/8-1	紅淚人彷彿	084/8-7
學多知鳥獸	075/8-5	徙倚興何如	080/8-2	斷腸名更憐	084/8-8
疾意入煙霞	075/8-6	堂揭王公詠	080/8-3	**０８５**	
淸瘦太相似	075/8-7	門鄰耕牧居	080/8-4	天橋一沙嘴	085/8-1
江湖雪裏花	075/8-8	瑭梁留海燕	080/8-5	數里盡靑松	085/8-2
０７６		玉檻羨池魚	080/8-6	錫化無驚鶴	085/8-3
日興百壺酒	076/8-1	蘋末涼颸起	080/8-7	燈明不現龍	085/8-4
家營一藥篢	076/8-2	誰人苦憶鱸	080/8-8	煙波分兩海	085/8-5
女兒名稱識	076/8-3	**０８１**		水月印千峯	085/8-6
婚嫁事都終	076/8-4	新齎堪怡目	081/8-1	展覽新圖畫	085/8-7
尸解鍊丹後	076/8-5	初寒少迫肌	081/8-2	何山昔植笻	085/8-8
神存醉墨中	076/8-6	藥篢換酒	081/8-3	**０８６**	
寂寥小樓外	076/8-7	藜杖自生詩	081/8-4	獨坐蕭蕭寂寥	086/8-1
松樹咽天風	076/8-8	霜徑菘肥處	081/8-5	微君其奈今宵	086/8-2
０７７		沙村稼納時	081/8-6	吟蛩草砌秋露	086/8-3
雪意知何意	077/8-1	病僧應待我	081/8-7	過雁蘆汀暮湖	086/8-4
江天霽不晴	077/8-2	山色使人遲	081/8-8	主客本疏禮法	086/8-5
同雲遮日色	077/8-3	**０８２**		妻孥動入詩料	086/8-6
微霰逐風聲	077/8-4	村巷通幽處	082/8-1	孤尊非是俱倒	086/8-7
春動金綠酒	077/8-5	山中盡赤松	082/8-2	幽燭當空自燒	086/8-8
寒消碧澗羹	077/8-6	松根正生菌	082/8-3	**０８７**	
爐頭添獸炭	077/8-7	槲葉聚堪烘	082/8-4	美哉新築輪奐	087/8-1
嘯傲倚前楹	077/8-8	疏林明一水	082/8-5	宛在舊坵往從	087/8-2

087

客我賀來燕雀	087/8-3
詩誰初發芙蓉	087/8-4
門通茅海秋水	087/8-5
牖隔蓮池暮鐘	087/8-6
綺席祇當醉臥	087/8-7
兼葭處處啼蛩	087/8-8

088

一條江水深綠	088/8-1
萬朶岸花淺紅	088/8-2
把釣心知立鷺	088/8-3
引杯目送歸鴻	088/8-4
棹何厭三層浪	088/8-5
席豈論五兩風	088/8-6
漁艇飄飄有興	088/8-7
仙浪渺渺難窮	088/8-8

089

鴻南去客北來	089/8-1
相遇共登法臺	089/8-2
朝雨半荒院菊	089/8-3
秋風幾長庭菜	089/8-4
二毛斑嘆吾拙	089/8-5
九辨文憐汝才	089/8-6
碧霧諸天黯淡	089/8-7
金笳一曲吹開	089/8-8

090

夾水廛居對峙	090/8-1
中藏一字蕭齊	090/8-2
蘆簾且與雲捲	090/8-3
竹檻何將月乖	090/8-4
沽酒門前夜市	090/8-5
寫詩燈下秋懷	090/8-6
四鄰砧斷人定	090/8-7
切切陰蟲繞階	090/8-8

091

笄冠曾昏嫁	091/16-1
帨弧并設懸	091/16-2
竟將宜室淑	091/16-3
克伴杖鄉賢	091/16-4
孝子稱雙壽	091/16-5
良朋滿四筵	091/16-6
江樓差穀旦	091/16-7
水郭致祥煙	091/16-8
岸見松之茂	091/16-9
窻觀山不騫	091/16-10
流霞春酒盞	091/16-11
飛鶴古詞篇	091/16-12
月檻逐歌後	091/16-13
風帷屢舞前	091/16-14
明朝五采服	091/16-15
更映百花鮮	091/16-16

092

綵篝聊爲活	092/16-1
青山不得歸	092/16-2
枝巢誰所止	092/16-3
丁字我相依	092/16-4
飮啄任人給	092/16-5
嚶鳴嘆友稀	092/16-6
音應失律呂	092/16-7
羽已損光輝	092/16-8
葉墜風方冷	092/16-9
花凋露未晞	092/16-10
簾前弄曉景	092/16-11
屋裏避霜威	092/16-12
休復論佳客	092/16-13
祇當調寵妃	092/16-14
何時能見放	092/16-15
林薄自由飛	092/16-16

093

識荊吾已得	093/12-1
御李汝相從	093/12-2
並駕緩山鶴	093/12-3
聊吟輿窟龍	093/12-4
雌雄腰下劍	093/12-5
大小耳邊鐘	093/12-6
可惜今宵別	093/12-7
難期異日逢	093/12-8
離情浪速水	093/12-9
歸意壽無峯	093/12-10
自此故人思	093/12-11
渾令雲樹濃	093/12-12

094

閶闔巨海畔	094/40-1
城郭大江隈	094/40-2
神將嘗奚自	094/40-3
覇王安在哉	094/40-4
黃金泉觱沸	094/40-5
白石地崔嵬	094/40-6
二郡歡聲起	094/40-7
三津淑景開	094/40-8
人民浴雨露	094/40-9
朝野少塵埃	094/40-10
山展蛾眉列	094/40-11
流分燕尾廻	094/40-12
百橋虹聚飮	094/40-13
九陌綺橫裁	094/40-14
屋瓦消霜盡	094/40-15
舟帆捲雪來	094/40-16
嘉魚汀乍積	094/40-17
香稻岸爲堆	094/40-18
邸閣晝生霧	094/40-19
市門朝聽雷	094/40-20
孩兒重俠氣	094/40-21
俗士斥文才	094/40-22
第讀琵琶記	094/40-23
徒傾鸚鵡杯	094/40-24
鶯花捫陣老	094/40-25
日月手譚催	094/40-26
游戲齊雲社	094/40-27
豪華瑞艸魁	094/40-28
貯嬌忘伐性	094/40-29
射利任亡財	094/40-30
胙是南亭長	094/40-31
今俄北里儓	094/40-32
窮途狂所哭	094/40-33
逝水聖其哀	094/40-34
何處猶芝萆	094/40-35
當時有詠梅	094/40-36
臨風多感慨	094/40-37
向夕尙徘徊	094/40-38
萬戶炊煙色	094/40-39
霏微古帝臺	094/40-40

095

火天新霽後	095/12-1
木屐故人來	095/12-2
謝爾命羹膾	095/12-3
令予引酒杯	095/12-4

晚涼歌白苧	095/12-5	小弟坐吹篪	096/40-34	遠泝蒹葭水	099/20-1
殘雨送黃梅	095/12-6	丹桼聊存實	096/40-35	遍尋桃李溪	099/20-2
蘋末風徐至	095/12-7	紫荊全損枝	096/40-36	一場交似水	099/20-3
松間雲漸開	095/12-8	千金須買骨	096/40-37	十日醉如泥	099/20-4
江如練巧織	095/12-9	片石僅留碑	096/40-38	長鋏歌非擬	099/20-5
月似扇精裁	095/12-10	彼美雖亡矣	096/40-39	大刀期叵暌	099/20-6
不識淹留客	095/12-11	斯文鎭在茲	096/40-40	遊方春草外	099/20-7
披襟醉幾回	095/12-12	**０９７**		思在夕陽西	099/20-8
０９６		獨遊苔徑外	097/12-1	五柳先生宅	099/20-9
熊羆占吉夢	096/40-1	一醉竹林中	097/12-2	孤山處士棲	099/20-10
鶯鶯出群兒	096/40-2	密密枝遮日	097/12-3	異鄕猶未厭	099/20-11
非降自維嶽	096/40-3	輕輕籜解風	097/12-4	同社好相攜	099/20-12
何曾仰克岐	096/40-4	七賢何必擬	097/12-5	盟孰推牛耳	099/20-13
偉標摩頂見	096/40-5	二仲覓相同	097/12-6	門宜駐馬蹄	099/20-14
英物試啼知	096/40-6	誰識此君德	097/12-7	歸裝笙與鶴	099/20-15
況奉趨庭訓	096/40-7	能爲醫俗巧	097/12-8	餞宴黍兼鷄	099/20-16
常爲陳豆嬉	096/40-8	雖無行蟻慕	097/12-9	生憎芍藥綻	099/20-17
六齡能寫字	096/40-9	未免聚蚊攻	097/12-10	忍聽子規啼	099/20-18
七歲善裁詩	096/40-10	更覺衣巾冷	097/12-11	總爲離情切	099/20-19
敏惠人相畏	096/40-11	移筇返照紅	097/12-12	江城月影低	099/20-20
名聲日以馳	096/40-12	**０９８**		**１００**	
蘭言幼已異	096/40-13	簷前月一片	098/20-1	曾占非羆兆	100/16-1
藻思長增奇	096/40-14	窗外竹千竿	098/20-2	奚必獲麟歸	100/16-2
交豈輕衽締	096/40-15	皎皎當檻朗	098/20-3	聖代崇文敎	100/16-3
心將謹篤期	096/40-16	粉粉間紙寒	098/20-4	明時偃武威	100/16-4
晨昏勤定省	096/40-17	影遮金瑣碎	098/20-5	江湖皆德澤	100/16-5
父母極歡怡	096/40-18	光透玉檀欒	098/20-6	草木亦恩輝	100/16-6
盛暑黃家枕	096/40-19	梢聳撐蟾兔	098/20-7	寧與樂簞食	100/16-7
祈寒王氏池	096/40-20	枝交棲鳳鸞	098/20-8	何如釋褐衣	100/16-8
欲脩身至孝	096/40-21	動應風嫋嫋	098/20-9	鹽梅調鼎鼐	100/16-9
乃寄志良醫	096/40-22	靜爲露團團	098/20-10	版插圍宮閫	100/16-10
頗得一方察	096/40-23	何管妃揮涕	098/20-11	東海與求藥	100/16-11
奚圖二豎罹	096/40-24	欲窺娥搗丹	098/20-12	西山不采薇	100/16-12
冉牛何等疾	096/40-25	酒杯香琥珀	098/20-13	靑苔封澗戶	100/16-13
扁鵲竟難治	096/40-26	書案冷琅玕	098/20-14	碧霧鎖巖扉	100/16-14
短命學尤好	096/40-27	樓豈元之搆	098/20-15	童子應相哂	100/16-15
長生術似期	096/40-28	琴宜摩詰彈	098/20-16	春風獨浴沂	100/16-16
玉樓由爾落	096/40-29	呼童問盈缺	098/20-17	**１０１**	
彩服爲誰遺	096/40-30	留客說平安	098/20-18	酒茗君隨意	101/16-1
假使脫驂厚	096/40-31	宛似有聲畫	098/20-19	衡茆我得榮	101/16-2
寧消舐犢悲	096/40-32	淋漓墨未乾	098/20-20	探珠水當戶	101/16-3
親朋來執紼	096/40-33	**０９９**		連璧月臨城	101/16-4

１０１						**１０８**
風樹鵲啼冷	101/16-5	賞最今宵是	103/20-17	**１０６**	
霜橋人迹清	101/16-6	游差昨日非	103/20-18	寒威猶未烈	106/20-1
爐頻添炭擁	101/16-7	空亭坐嘯久	103/20-19	況復值陽回	106/20-2
圃正摘蔬烹	101/16-8	灝氣透羅衣	103/20-20	旋覺日南至	106/20-3
間話揮長柄	101/16-9	**１０４**		仍聞鴻北來	106/20-4
沈吟背短檠	101/16-10	園莊如郭外	104/16-1	誰家懸鐵炭	106/20-5
三冬新史業	101/16-11	節物過天中	104/16-2	何處驗葭灰	106/20-6
十歲舊詞盟	101/16-12	障日樹添綠	104/16-3	吹律思燕谷	106/20-7
但愛杯中物	101/16-13	映山花綻紅	104/16-4	援毫憶魯臺	106/20-8
休言客裏情	101/16-14	相迎梅結實	104/16-5	命僮聊掃閣	106/20-9
盍簪江上夜	101/16-15	將醉竹成叢	104/16-6	延客且銜杯	106/20-10
幾度聚星明	101/16-16	酌此忘憂物	104/16-7	射檻殘暉落	106/20-11
１０２		臨茲解慍風	104/16-8	當筵淑氣催	106/20-12
桑蓬志未遂	102/12-1	暫放鷗伴闊	104/16-9	紅爐寧必擁	106/20-13
萍梗遇相欣	102/12-2	豈為蝟紛攻	104/16-10	白版尚堪開	106/20-14
嗟此五方客	102/12-3	年老身難老	104/16-11	候邸多蒼樹	106/20-15
難成十日醵	102/12-4	德隆名愈隆	104/16-12	漁磯有碧苔	106/20-16
名聲最超衆	102/12-5	游巖居自比	104/16-13	霜才宜喫菜	106/20-17
湖海竟離群	102/12-6	叔夜業曾同	104/16-14	雪未足探梅	106/20-18
投轄薔薇綻	102/12-7	心契長無改	104/16-15	節物令人感	106/20-19
開尊芍藥薰	102/12-8	松筠一畝宮	104/16-16	蕭蕭一水隈	106/20-20
促別傷春盡	102/12-9	**１０５**		**１０７**	
留歡惜夜分	102/12-10	北渚寒光偏	105/20-1	幽期在今夕	107/12-1
握手論身迹	102/12-11	南樓夜色移	105/20-2	勝事屬伊人	107/12-2
江天斷續雲	102/12-12	煙花歸一夢	105/20-3	詩社鷗盟古	107/12-3
１０３		雲樹入相思	105/20-4	書堂燕賀新	107/12-4
弄盡江城月	103/20-1	海上浮沈字	105/20-5	九華燈綠玉	107/12-5
敲來野寺扉	103/20-2	屏中會別詩	105/20-6	七孔針舒銀	107/12-6
孤村秋草路	103/20-3	近聞臨要路	105/20-7	虛閣女牛宿	107/12-7
獨院夜燈輝	103/20-4	休復泣多岐	105/20-8	小庭瓜菓陳	107/12-8
窈窕人相唱	103/20-5	製錦名逾著	105/20-9	蒲編年益積	107/12-9
清涼界可依	103/20-6	鳴琴政可知	105/20-10	蘭契歲逾親	107/12-10
諸天片雲絕	103/20-7	田疇禾熟處	105/20-11	世路有河漢	107/12-11
十地點埃稀	103/20-8	院落菊殘時	105/20-12	不令歡會頻	107/12-12
楊柳煙無結	103/20-9	日涉園成趣	105/20-13	**１０８**	
芙蓉露不晞	103/20-10	風流客是誰	105/20-14	清虛生白室	108/20-1
階明蟲亂語	103/20-11	未能千里駕	105/20-15	澹泊草玄人	108/20-2
林歛鵲群飛	103/20-12	只此一庸醫	105/20-16	占此鵲巢舊	108/20-3
莢數雖減	103/20-13	藥石無功德	105/20-17	看它燕賀頻	108/20-4
桂花香未微	103/20-14	文章有數奇	105/20-18	屋榮未修補	108/20-5
眞如譚習靜	103/20-15	徒怜玉江月	105/20-19	筵几既舖陳	108/20-6
般若醉忘歸	103/20-16	依舊照茅茨	105/20-20	弟子勞須服	108/20-7

先生德已新	108/20-8	夕倚讀書軒	110/32-12	天橋曾入夢	111/24-21
雖無移竹地	108/20-9	月逗梅花帳	110/32-13	仙水屢馳神	111/24-22
足格燃藜神	108/20-10	春開竹葉罇	110/32-14	探勝從遊日	111/24-23
一雨寧漸漏	108/20-11	座時僚與友	110/32-15	煙霞兩主人	111/24-24
孤雲不病貪	108/20-12	交埶弟將昆	110/32-16	**１１２**	
社盟尋混沌	108/20-13	雁齒十年長	110/32-17	老去耽淸樂	112/28-1
郭處分沈淪	108/20-14	鷗盟幾度溫	110/32-18	人生遁得嘉	112/28-2
月正東山夕	108/20-15	旣知天命極	110/32-19	曾辭熊府下	112/28-3
尊猶北海春	108/20-16	竟厭世上煩	110/32-20	久住蜆川涯	112/28-4
秋城通灝氣	108/20-17	二豎若爲祟	110/32-21	鰥獨寧懷土	112/28-5
夜市隔纖塵	108/20-18	衆工徒爾論	110/32-22	幽閒竟作家	112/28-6
禱頌吾何敢	108/20-19	素車來范式	110/32-23	龐眉尚齒德	112/28-7
趨陪漫飮醇	108/20-20	華寶泣曾元	110/32-24	皓髮感年華	112/28-8
１０９		江上捐官舍	110/32-25	上此郊邊築	112/28-9
有朋自遠至	109/16-1	城南向墓門	110/32-26	忘它世上譁	112/28-10
無日不良遊	109/16-2	悲風過綺陌	110/32-27	亂山當戶牖	112/28-11
侶每呼黃鳥	109/16-3	落木滿紺園	110/32-28	剩水繞籬笆	112/28-12
盟頻討白鷗	109/16-4	埋玉哀空切	110/32-29	蓬草迷人徑	112/28-13
槐陰何所召	109/16-5	籯金訓永存	110/32-30	楓林停客車	112/28-14
蘭臭此相求	109/16-6	千秋淸白業	110/32-31	畮饒蔬可摘	112/28-15
園菓珍江枳	109/16-7	承奉足兒孫	110/32-32	村近酒堪賒	112/28-16
瓶花挿海榴	109/16-8	**１１１**		隨意脫烏帽	112/28-17
休言退筆陣	109/16-9	爲求同臭侶	111/24-1	支頤倚碧紗	112/28-18
只是進觥籌	109/16-10	相伴異鄉賓	111/24-2	枯蘆猶宿雁	112/28-19
氣吐雙龍劍	109/16-11	慕藺皆稱久	111/24-3	殘柳不藏鴉	112/28-20
才高五鳳樓	109/16-12	識韓寧謂新	111/24-4	海嶠懸纖月	112/28-21
願令徽雨久	109/16-13	情因詩句見	111/24-5	江村帶落霞	112/28-22
且使故人留	109/16-14	交轉酒杯親	111/24-6	望中皆着句	112/28-23
情話將離恨	109/16-15	殘酌蒲猶美	111/24-7	醉後只宜茶	112/28-24
長於夏景脩	109/16-16	餘粽菰亦珍	111/24-8	長夜剪燈話	112/28-25
１１０		天中雖蔬菲	111/24-9	小春璃藻葩	112/28-26
采地在熊府	110/32-1	園裏尙留春	111/24-10	野田多勝概	112/28-27
錢塘及鶴村	110/32-2	蝴蝶草穿眼	111/24-11	何必紫藤花	112/28-28
家先有遺烈	110/32-3	杜鵑花映脣	111/24-12	**１１３**	
國主轉加恩	110/32-4	窓蕉大如幔	111/24-13	冉冉逢佳節	113/20-1
纍代申丹款	110/32-5	石蘚軟放菌	111/24-14	厭厭憶去冬	113/20-2
平居不素飱	110/32-6	灌木鳥三匝	111/24-15	詩予南國寄	113/20-3
劍稱能斬象	110/32-7	淸池月半輪	111/24-16	祭汝北堂共	113/20-4
射見至號猿	110/32-8	自堪消薄暑	111/24-17	何事推遷疾	113/20-5
餘力文章富	110/32-9	不翅絶纖塵	111/24-18	偏教感慨濃	113/20-6
脩身道德尊	110/32-10	但對江湖客	111/24-19	細君誰進饏	113/20-7
朝臨演武圃	110/32-11	慙爲市井臣	111/24-20	騷客此扶筇	113/20-8

1 1 3

一線添衰鬢	113/20-9
微陽活瘦容	113/20-10
書雲求彩筆	113/20-11
和雪協黃鐘	113/20-12
先集江天霰	113/20-13
後凋庭院松	113/20-14
來時煙似扶	113/20-15
歸路兩將衝	113/20-16
缺月窓生魄	113/20-17
繁霜徑印蹤	113/20-18
圍爐情話熟	113/20-19
春滿酒千鍾	113/20-20

1 1 4

幼出竹原曲	114/64-1
優游茅海隅	114/64-2
爾時猶總角	114/64-3
當日旣操觚	114/64-4
書進練裙幅	114/64-5
詩工土火爐	114/64-6
心腸渾錦繡	114/64-7
咳唾盡璣珠	114/64-8
令聞九皐鶴	114/64-9
斯才千里駒	114/64-10
乃翁興所發	114/64-11
之子喜相扶	114/64-12
巖壑搜遐境	114/64-13
煙霞極勝區	114/64-14
親懽能自奉	114/64-15
我僕不言痛	114/64-16
巧記行悠矣	114/64-17
爭傳文煥乎	114/64-18
筆鋒亡敵國	114/64-19
紙價貴名都	114/64-20
嘖嘖揚聲譽	114/64-21
恂恂務範模	114/64-22
吟曾壓元白	114/64-23
理正究程朱	114/64-24
里是仁爲美	114/64-25
鄰終德不孤	114/64-26
春秋甫而立	114/64-27
晨夕奈如愚	114/64-28
志縱令初遂	114/64-29
家寧使後無	114/64-30
竟欣雁爲奠	114/64-31
更唱鳳將雛	114/64-32
故國有明主	114/64-33
他鄉召哲夫	114/64-34
應徵卽釋褐	114/64-35
干祿豈吹竽	114/64-36
一宇東西學	114/64-37
六員新舊儒	114/64-38
逢衣雖異坐	114/64-39
泮水可同娛	114/64-40
聞說恩榮渥	114/64-41
由來器度殊	114/64-42
拔群升士伍	114/64-43
賜告逆妻孥	114/64-44
山驛戒輿隷	114/64-45
江關檥舳艫	114/64-46
南津風嚲柳	114/64-47
北渚雨抽蒲	114/64-48
行李裝方就	114/64-49
送梅晴且須	114/64-50
蘭言人競贈	114/64-51
蓬首我空濡	114/64-52
稍厭銷魂賦	114/64-53
唯思軟腳酤	114/64-54
滿囊全足獻	114/64-55
三釜實堪愉	114/64-56
椿葉老逾壽	114/64-57
荊花茂不枯	114/64-58
廿年期稱孔	114/64-59
一旦作秦胡	114/64-60
驥尾恨難附	114/64-61
鷗盟恐易渝	114/64-62
自茲浪華浦	114/64-63
雲樹獨長呼	114/64-64

1 1 5

二子乘舟日	（葛）	115/44-1
三津解纜時	（岡）	115/44-2
去城無酷吏	（岡）	115/44-3
掛席有封姨	（葛）	115/44-4
市視黃梅熟	（葛）	115/44-5
岸看青柳欹	（岡）	115/44-6
山腰煙若帶	（岡）	115/44-7
沙嘴浪如吹	（葛）	115/44-8
百丈牽吟興	（葛）	115/44-9
一篷占勝期	（岡）	115/44-10
鏡心清印月	（岡）	115/44-11
蘋末暗生颸	（葛）	115/44-12
螢火然腐艸	（葛）	115/44-13
鬼燐出槁枝	（岡）	115/44-14
鐘音何處寺	（岡）	115/44-15
燈影那邊祠	（葛）	115/44-16
犬吠村當近	（葛）	115/44-17
人爭篙却遲	（岡）	115/44-18
枕流吾素志	（岡）	115/44-19
欸水爾清規	（葛）	115/44-20
伴此東西客	（葛）	115/44-21
從它醒醉辭	（岡）	115/44-22
宿鷗應駭夢	（岡）	115/44-23
飛鵲似催詩	（葛）	115/44-24
雲漢圖方失	（葛）	115/44-25
羲皇坐自疑	（岡）	115/44-26
表劉明日飲	（岡）	115/44-27
李郭此宵思	（葛）	115/44-28
泛泛憐萍梗	（葛）	115/44-29
悠悠逐鷺鷀	（岡）	115/44-30
河陽尋古迹	（岡）	115/44-31
江口吊名姬	（葛）	115/44-32
慨古桑滄改	（葛）	115/44-33
論源晝夜馳	（岡）	115/44-34
刈餘萑葦冷	（岡）	115/44-35
賣與芋蔾奇	（葛）	115/44-36
小舸篝明滅	（葛）	115/44-37
淡雲樹合離	（葛）	115/44-38
迎秋星火伏	（岡）	115/44-39
欲曉露華滋	（葛）	115/44-40
枕簟多涼氣	（葛）	115/44-41
裳衣薄暑絺	（岡）	115/44-42
溯洄能憶否	（岡）	115/44-43
宛在水中沚	（岡）	115/44-44

1 1 6

誰言彼美自西方	116/8-1
虛閣乘春望渺茫	116/8-2
水郭流澌隨雁鶩	116/8-3

海門淑氣上帆檣	116/8-4	禪房花木改春容	121/8-1	來吊高麗橋畔暮	125/8-7
三津波浪今農畝	116/8-5	新舊社盟欣會逢	121/8-2	水煙愁殺一群鵝	125/8-8
二郡煙花古帝鄉	116/8-6	物外幽蹤連水石	121/8-3	**126**	
日落仙查猶未見	116/8-7	人間變態屬雲峯	121/8-4	終歲家園樂有餘	126/8-1
晚風吹送野梅香	116/8-8	半池晴景王孫草	121/8-5	清秋最好賦間居	126/8-2
117		一塢清陰道士松	121/8-6	風吹甕牖芭蕉敗	126/8-3
玉江晴度一條虹	117/8-1	箕踞欄前苦吟甚	121/8-7	雨滴盆池菌荳疏	126/8-4
形勢依然繩墨功	117/8-2	上方將報夕陽鐘	121/8-8	一自杜門稱謝客	126/8-5
朱邸綠松當檻映	117/8-3	**122**		竟將學圃事安蔬	126/8-6
紅衣畫舫並橈通	117/8-4	大悲飛閣一層岑	122/8-1	鬢毛未變空追憶	126/8-7
蹇驢雪裏詩寧拙	117/8-5	香火茶煙銷却心	122/8-2	幾度當年此御輿	126/8-8
駟馬人間計未工	117/8-6	花雨中峯來黛色	122/8-3	**127**	
南望荒陵日將暮	117/8-7	松風前殿送潮音	122/8-4	海門秋色滿漁船	127/8-1
浮圖湧出斷雲中	117/8-8	人家遙隔恒沙界	122/8-5	收網傾樽割小鮮	127/8-2
118		鳥道斜通祇樹林	122/8-6	蘆荻亂飛吹笛裏	127/8-3
鳳翔山閣倚崔嵬	118/8-1	箇箇既知塵外賞	122/8-7	鸕鶿驚起鼓舷前	127/8-4
視篆香林絕點埃	118/8-2	褰衣尙入白雲深	122/8-8	一區島嶼銜紅日	127/8-5
雁塔煙霞春湧出	118/8-3	**123**		三面峯巒抹翠煙	127/8-6
龍堂燈火夜傳來	118/8-4	晒藥陽檐地有餘	123/8-1	凝望滄州何處是	127/8-7
一輪水月望湖石	118/8-5	科頭喧背賁遽遽	123/8-2	金臺銀闕晚波天	127/8-8
千朶雨花說法臺	118/8-6	清狂曾愛大人論	123/8-3	**128**	
江左風流君自見	118/8-7	多病懶迎長者車	123/8-4	儒有孝槳在市廛	128/8-1
幾人譚笑得趨陪	118/8-8	三島神仙難物色	123/8-5	束書環堵屢相遷	128/8-2
119		百年兄弟在樵漁	123/8-6	午雲蔭室虛生白	128/8-3
龍池冰泮好幽尋	119/8-1	無衣却畏霜威迫	123/8-7	夜雨敲關寂草玄	128/8-4
草色花香傍戶深	119/8-2	綠薜紅蘿好塗初	123/8-8	事業千秋高縫帳	128/8-5
白眼吾曹題鳳字	119/8-3	**124**		興居十歲古靑氈	128/8-6
黃柑何所聽鶯吟	119/8-4	陸沈都市遇三冬	124/8-1	欲敎君製初衣去	128/8-7
窓中千嶂經春雨	119/8-5	文史其如我性慵	124/8-2	誰就園池預種蓮	128/8-8
檻外孤村帶夕陰	119/8-6	歲暮繩床藏蟋蟀	124/8-3	**129**	
總爲風煙能駐客	119/8-7	霜寒盆水倒芙蓉	124/8-4	皇子院成稱敬田	129/8-1
笙歌不必覓知音	119/8-8	若非寂寞成玄草	124/8-5	榱題丹雘鑑千年	129/8-2
120		更擬飄颻逐赤松	124/8-6	斑鳩舞樂入唐學	129/8-3
同人夜叩朗公房	120/8-1	謝劣本當爲小隱	124/8-7	白馬經文由竺傳	129/8-4
野霧山雲鎖上方	120/8-2	無緣雲壑寄幽蹤	124/8-8	臺散雨花翻大地	129/8-5
坐定纔知蓮漏短	120/8-3	**125**		塔雕雲水湧中天	129/8-6
興來何厭茗談長	120/8-4	問君捐館意如何	125/8-1	慈功長仰西門下	129/8-7
五更鐘梵吼獅子	120/8-5	滿地繁霜殘女蘿	125/8-2	寶鴨香爐不斷煙	129/8-8
一曲笙歌操鳳凰	120/8-6	函底雲牋供白盡	125/8-3	**130**	
明日荒陵有天樂	120/8-7	床頭凍硯閟蒼蛇	125/8-4	廻廊曲砌踏瑠璃	130/8-1
曉窓輕雨散花香	120/8-8	價聲忽倍蘭亭帖	125/8-5	淨地經行暫息慈	130/8-2
121		涕淚空餘萬里歌	125/8-6	藥院仍傳蘇合祕	130/8-3

僧房刺見貝多奇	130/8-4	三津春色卜居年	135/8-1	但在夢中時會晤	139/8-7
黃金鷄塚存苔石	130/8-5	茶竈筆牀何處遷	135/8-2	梅花江上月冷冷	139/8-8
白玉龜泉入藕池	130/8-6	白子街衢供市隱	135/8-3	**140**	
數度兵塵都不染	130/8-7	丹丘聲譽壓時賢	135/8-4	金嶽歸來未發舟	140/8-1
千春蒼翠祗林枝	130/8-8	觀瀾水國居知術	135/8-5	玉江過訪此登樓	140/8-2
131		陟岵山城孰作篇	135/8-6	彩虹影落長橋夕	140/8-3
尋師欲見一方人	131/8-1	詩社尋盟試呼起	135/8-7	白雁聲寒積水秋	140/8-4
混迹禁垣南陌塵	131/8-2	群鷗間傍荻蘆眠	135/8-8	楓冷虛名雖自愧	140/8-5
醫國業成思九國	131/8-3	**136**		桂叢殘酌漫相留	140/8-6
問津查泛下三津	131/8-4	一陣歸鴉郭樹邊	136/8-1	天公能解主人意	140/8-7
硫黃氣結洋中曉	131/8-5	喧呼辰巳渡頭船	136/8-2	呼雨喚風蘆荻洲	140/8-8
筑紫花開府內春	131/8-6	城樓更鼓暮初起	136/8-3	**141**	
舊是家園種仙杏	131/8-7	村巷漁罾夜尙懸	136/8-4	華瀨山中幾脚雲	141/8-1
歸來添得數株新	131/8-8	百草欲蘇山頂火	136/8-5	雲腴遙向故人分	141/8-2
132		千帆總入海心煙	136/8-6	爐灰未撥心先活	141/8-3
蒻笠棕鞋既自供	132/8-1	月明流水隨予去	136/8-7	封裏才開氣更薰	141/8-4
憗無勝具可相從	132/8-2	遂到玉江茅屋前	136/8-8	豈讓孟家三百片	141/8-5
山南路自山王廟	132/8-3	**137**		試搜盧叟五千文	141/8-6
雲外賞宜雲母峯	132/8-4	朱雀街頭日欲昏	137/8-1	玉江秋水新煎夜	141/8-7
擲地金聲碧湍激	132/8-5	佳人賜第迹猶存	137/8-2	一鼎松風宛對君	141/8-8
彌天錫影彩霞重	132/8-6	今看禾黍秀前路	137/8-3	**142**	
到來看我曾遊處	132/8-7	昔聽棣棠盈後園	137/8-4	何處煙霞足詠歸	142/8-1
數字留題石上松	132/8-8	天外音書憂母疾	137/8-5	麥秋郊外試春衣	142/8-2
133		花邊歌舞謝君恩	137/8-6	竹筇覓句尋紅事	142/8-3
巖壑雲朝維嶽尊	133/8-1	平家舊事將相問	137/8-7	茅店呼醪對翠微	142/8-4
攀援藤蔓與松根	133/8-2	野色蒼茫叫帝魂	137/8-8	牛背斜陽山躑躅	142/8-5
人家十萬蒼煙廻	133/8-3	**138**		蝶邊流水野薔薇	142/8-6
僧院三千綠樹香	133/8-4	據鞍千里自鷹揚	138/8-1	故人家在松雲際	142/8-7
輪塔午晴湖色轉	133/8-5	瞿鑠仍同昔日裝	138/8-2	指點林巒暮鳥飛	142/8-8
石橋春度澗花翻	133/8-6	澗道雪消鶯出谷	138/8-3	**143**	
四明高頂行相憩	133/8-7	山城花滿燕歸梁	138/8-4	筍蕨茶粥坐清晨	143/8-1
呼吸應通上帝闇	133/8-8	薰風重動齊紈影	138/8-5	寂寂書窗雨打頻	143/8-2
134		明月始生荊璞光	138/8-6	亭構草玄玄論熟	143/8-3
某置人家樹鬱葱	134/8-1	養老甘泉新醸醲	138/8-7	園稱抱翠翠微新	143/8-4
如膏雨色乍濛濛	134/8-2	經筵更醉舊恩長	138/8-8	酒吾不敢辭賢聖	143/8-5
狹邪塵浥新豐市	134/8-3	**139**		詩爾常能泣鬼神	143/8-6
斷續鐘微長樂宮	134/8-4	歸鴻昨夜隔窗聆	139/8-1	無那山鵑促歸去	143/8-7
繡戶煙添垂柳綠	134/8-5	朝見華菱落曲汀	139/8-2	異時千萬買東鄰	143/8-8
香車泥抹落花紅	134/8-6	異日應須稱鷲鷟	139/8-3	**144**	
要看仁洽恩霑處	134/8-7	新年適報得螟蛉	139/8-4	一泓寒碧影玲瓏	144/8-1
鳳輦春留閣道中	134/8-8	青山欲命呂安駕	139/8-5	湧出泉州舊府中	144/8-2
135		玄草難虛揚子亭	139/8-6	苓木湑餘三世圃	144/8-3

144				**158**	
芝蘭滋得滿庭叢	144/8-4	門外長江碧水平	149/8-1	舊篇聊擬酬君去	153/8-7
鍊金竈古煙常潤	144/8-5	版橋千尺帶江橫	149/8-2	青錦囊中盡白魚	153/8-8
種玉田暄露自融	144/8-6	層雲湧塔天王寺	149/8-3	**154**	
養壽生肥孰譽已	144/8-7	落日回帆海士城	149/8-4	月光隨客入蓬樞	154/8-1
雲根近住地仙翁	144/8-8	喜鵲匝林秋兩岸	149/8-5	夜朗樓中燭未呼	154/8-2
145		愁人步月夜三更	149/8-6	點綴江雲近斷雁	154/8-3
自稱天地一漁人	145/8-1	歸來四壁長相對	149/8-7	飄零島樹亂啼鳥	154/8-4
潛迹麴街混世塵	145/8-2	題柱何時學馬卿	149/8-8	無人遊説佩金印	154/8-5
醉後龍蛇隨走筆	145/8-3	**150**		有酒酬歌碎玉壺	154/8-6
興來鷗鷺伴垂綸	145/8-4	堅田勝槪入新題	150/8-1	請見霜黃蘆荻渚	154/8-7
煙霞春遇秦逋客	145/8-5	香閣令人夢裏躋	150/8-2	不教鷗鷺舊盟渝	154/8-8
物色秋迷漢使臣	145/8-6	鸊鵜湖平雲斷續	150/8-3	**155**	
小笠短簑從所適	145/8-7	蜈蚣山古樹高低	150/8-4	江西一派泛慈航	155/8-1
軒裳豈可絆君身	145/8-8	一千金像夕陽映	150/8-5	濟度曾聞選佛場	155/8-2
146		十二珠欄秋水齊	150/8-6	説法三津花欲雨	155/8-3
一樽風雨大江頭	146/8-1	彼岸雁王倘相許	150/8-7	傳心九島月如霜	155/8-4
燒燭論文客倚樓	146/8-2	鷗儔鷺伴重相攜	150/8-8	竹林蕭寺通春水	155/8-5
邦國誰人貽縞帶	146/8-3	**151**		荊棘叢祠送夕陽	155/8-6
關門我輩駐靑牛	146/8-4	柞原城北聳蓮宮	151/8-1	更想禪餘無孔笛	155/8-7
班荊亭館連宵飮	146/8-5	海氣山雲指顧中	151/8-2	妙音遙入海潮長	155/8-8
載筆山川百日遊	146/8-6	獅座花薰三月雨	151/8-3	**156**	
還怕追隨歡未盡	146/8-7	鯨鐘波激六時風	151/8-4	都人二月醉林塘	156/8-1
榴花梅子促歸舟	146/8-8	高林赤日上人相	151/8-5	蝶舞鶯歌弄艷陽	156/8-2
147		大地黃金長者功	151/8-6	淑氣時兼花氣合	156/8-3
翠幌靑簾樹杪懸	147/8-1	登覽嗟君極奇絶	151/8-7	遊絲日與柳綠長	156/8-4
瓦樓高倚艷陽天	147/8-2	諸天寫入一詩筒	151/8-8	雨痕暗濕綾羅襪	156/8-5
敬田院接飯蒸菜	147/8-3	**152**		霞彩斜隨錦繡裳	156/8-6
淸水臺鄰酒釀泉	147/8-4	暮春春服旣新栽	152/8-1	踏遍北阡南陌草	156/8-7
畫裏江山千里鏡	147/8-5	試步奚須童子催	152/8-2	滿城歸馬障泥香	156/8-8
杖頭花柳百文錢	147/8-6	風雨千家寒食至	152/8-3	**157**	
醉歸晚出胡姬肆	147/8-7	林塘三月晚花開	152/8-4	青鞋布韈度江關	157/8-1
纖月如眉媚客妍	147/8-8	弟兄湖海或亡矣	152/8-5	湖上名區信宿間	157/8-2
148		父母乾坤安在哉	152/8-6	鷗伴煙波千佛閣	157/8-3
佳辰齋日偶相將	148/8-1	病起未容浴沂水	152/8-7	龍驅風雨八王山	157/8-4
逢爾江樓枉擧觴	148/8-2	上丘聊自掃蒼苔	152/8-8	白須夜照神人影	157/8-5
煙散猶來山色紫	148/8-3	**153**		彤管秋開女史顏	157/8-6
風暄少見菊花黃	148/8-4	詩入膏肓廿歲餘	153/8-1	莫道琵琶水難測	157/8-7
樽前萬戶明秋水	148/8-5	多知草木未能除	153/8-2	淸音寫入錦囊還	157/8-8
檻外三橋澹夕陽	148/8-6	行留野寺花開處	153/8-3	**158**	
醉臥避災人未起	148/8-7	坐臥江樓月出初	153/8-4	身迹浮沈屬世波	158/8-1
荻蘆洲白月蒼蒼	148/8-8	磊磊胸襟澆有酒	153/8-5	交遊勳輒隔銀河	158/8-2
149		便便腹笥祕無書	153/8-6	蒹葭原有伊人在	158/8-3

烏鵲其如此夕何	158/8-4	中將姬人入曲阿	163/8-1	無人更識予初志	167/8-7	
美醞名瓜仍舊譔	158/8-5	綾羅解脱占松蘿	163/8-2	獨倚江樓念御風	167/8-8	
微風疏雨入新歌	158/8-6	薤來雲鬢開麗跋	163/8-3	**168**		
女牛影轉簾櫳外	158/8-7	雪盡藕綠織曼陀	163/8-4	柴關絶俗女僧房	168/8-1	
應咲人間會不多	158/8-8	染縷泉存芳樹塢	163/8-5	地接崇禪古道場	168/8-2	
159		支機石古紫雪窩	163/8-6	曲徑曾無望夫石	168/8-3	
維嶽嶙峋跨二州	159/8-1	春山唯有鶯梭在	163/8-7	深林却有抱兒篁	168/8-4	
諸天咫尺梵王樓	159/8-2	無復清池一葉荷	163/8-8	薰風奏起達婆樂	168/8-5	
役仙驅鬼薙開日	159/8-3	**164**		甘露釀成般若湯	168/8-6	
楠子勤王割據秋	159/8-4	瑯邪別墅奪天工	164/8-1	留客猶能中饋事	168/8-7	
猫路草塡城壘暗	159/8-5	城市山林一畝宮	164/8-2	摘蔬炊麥夕飧香	168/8-8	
龍泉煙擁寺門浮	159/8-6	花木榮枯家難外	164/8-3	**169**		
陳圖靈迹猶何處	159/8-7	禽魚苦樂宦游中	164/8-4	仁皇靈樹雨蕭然	169/8-1	
陰壑雲深不可搜	159/8-8	釣徒佩印五湖長	164/8-5	臨眺難波十月天	169/8-2	
160		仙相能文三畬翁	164/8-6	蘆屋秋聲聞雁後	169/8-3	
海潮秋與碧空平	160/8-1	異代名園傳勝概	164/8-7	梅橋寒色立驢前	169/8-4	
雨笠煙簑喜晚晴	160/8-2	長教水月照無窮	164/8-8	三津海舶雲間繫	169/8-5	
水面金鱗殘日影	160/8-3	**165**		二郡人家霧裏連	169/8-6	
篷間鐵笛怒濤聲	160/8-4	遠遊歸到意如何	165/8-1	不似宸遊當日望	169/8-7	
二篇赤壁君橫槊	160/8-5	江上秋風起素波	165/8-2	凄涼滿面瓦窯煙	169/8-8	
一曲滄浪我濯纓	160/8-6	同社琴書皆故態	165/8-3	**170**		
垂夕回看星漢近	160/8-7	異鄉山水獨新歌	165/8-4	平安爲客幾居諸	170/8-1	
仙舟直欲御風行	160/8-8	久抨興趣披雲發	165/8-5	白首青袍學易初	170/8-2	
161		暫別情懷對月多	165/8-6	久費工夫常侍句	170/8-3	
盤回蘿薜入靈區	161/8-1	鱸膾待君將下筯	165/8-7	新增聲價右軍書	170/8-4	
切利天開大海隅	161/8-2	西灣昨夜一漁簑	165/8-8	芙蓉池上甘微祿	170/8-5	
半礎樹吞春靄碧	161/8-3	**166**		菌苔峯陰懷舊廬	170/8-6	
中峯花插夕陽朱	161/8-4	此夕群賢與月臨	166/8-1	帝里山川知命日	170/8-7	
仙人白馬馱金像	161/8-5	竹欄茆宇玉江潯	166/8-2	寧將非土歎歸歟	170/8-8	
佛母青鸘寶寘軀	161/8-6	一尊清賞有新舊	166/8-3	**171**		
昏黑上方何處宿	161/8-7	萬戶明輝無古今	166/8-4	遷宅桃華第幾坊	171/8-1	
雲樓霧閣鎖崎嶇	161/8-8	夜樹樓臺描水面	166/8-5	春秋正及養于鄉	171/8-2	
162		秋風鴻雁度天心	166/8-6	四方有志懸弧矢	171/8-3	
西風別墅在東村	162/8-1	陰蟲亦似多情思	166/8-7	二頃無田佩印章	171/8-4	
山映林亭水映門	162/8-2	總伴騷人達曙吟	166/8-8	篆刻雕蟲爲技大	171/8-5	
柳外犬吠曾繫舫	162/8-3	**167**		書淫類蠹寄生長	171/8-6	
花間鸎喚兩開樽	162/8-4	養病安貧一畝宮	167/8-1	何論七七年來事	171/8-7	
畫圖勝景辛夷塢	162/8-5	任它年與世途窮	167/8-2	滿眼煙花夢一場	171/8-8	
詩賦罰杯桃李園	162/8-6	詩詞驚俗竟無益	167/8-3	**172**		
指點前年苦吟處	162/8-7	藥石爲醫較有功	167/8-4	官遊事竣客將歸	172/8-1	
庭階新長綠苔痕	162/8-8	異日丹成須試犬	167/8-5	上國初陽映錦衣	172/8-2	
163		多時篆刻且彫蟲	167/8-6	霜吐劍花江館冷	172/8-3	

雪追帆影海門飛	172/8-4	每憶鄉土不忘歸	177/8-1	爲怕群黎時按劍	181/8-7
彌山木落神鴉小	172/8-5	玉椀強求琥珀輝	177/8-2	陌塵韜晦夜光珠	181/8-8
廣島潮溫牡蛎肥	172/8-6	千里竹筒隨犬耳	177/8-3	**182**	
高臥鄉園待春日	172/8-7	三春柑酒映鶯衣	177/8-4	窗前非是照牙籤	182/8-1
蕭條楊柳思依依	172/8-8	姚家富貴看花圍	177/8-5	聚雪爲山傍短檐	182/8-2
173		陶令風流采菊扉	177/8-6	崖壁削成千斛玉	182/8-3
北山高利鵲巢居	173/8-1	他日孫謀傳道德	177/8-7	階庭覆了一車鹽	182/8-4
大樹榮華結構餘	173/8-2	滿籯何若一編微	177/8-8	谷含初日將飛瀑	182/8-5
層閣黃金光布地	173/8-3	**178**		峯吐輕煙轉見尖	182/8-6
清池碧鏡影涵虛	173/8-4	萋萋艸色子衿鮮	178/8-1	移得香爐天外勝	182/8-7
將軍幕弊猶棲燕	173/8-5	遊歷堪誇綠鬢年	178/8-2	咲呼兒輩捲蘆簾	182/8-8
和尙杯浮不駭魚	173/8-6	夜雨添藍山抱野	178/8-3	**183**	
冬嶺似施當日練	173/8-7	春風剪翠水連天	178/8-4	不濕衣巾濺涕洟	183/8-1
白毫交映雪晴初	173/8-8	江湖泛宅幾新笠	178/8-5	常嫌瓊質被風吹	183/8-2
174		歲月歸家一舊甎	178/8-6	春深錦帳新昏夜	183/8-3
夕麗空亭攜手來	174/8-1	倘是碧霞能服餌	178/8-7	雨冷紗窗舊話時	183/8-4
將歸客思最悠哉	174/8-2	可看滄海作蒼田	178/8-8	妝閣吞聲啼獨宿	183/8-5
檣烏落日江天外	174/8-3	**179**		行途吊影泣多岐	183/8-6
秧馬薰風野水隈	174/8-4	霞標遠向赤城攀	179/8-1	煎心焦思無人識	183/8-7
惰竹階前綠沈管	174/8-5	一片飡采且駐顏	179/8-2	玉筋千行漫自垂	183/8-8
新荷池上碧筩杯	174/8-6	伏火神仙丹竈裏	179/8-3	**184**	
他時避暑能同否	174/8-7	賜衣宰相白雲間	179/8-4	盈把黃花帶露痕	184/8-1
月照新林醉未回	174/8-8	燕脂雨漲桃花岸	179/8-5	堆盤日日晒晴軒	184/8-2
175		猩血霜凝楓葉山	179/8-6	微醺宜代重陽酒	184/8-3
客滿江頭一草廬	175/8-1	山郭水村斜日照	179/8-7	軟飽堪充幾夕飱	184/8-4
門前蘆葦倒霜初	175/8-2	酒旗飄處玉壺殷	179/8-8	不借剉刀金縷細	184/8-5
西來今夜意何問	175/8-3	**180**		輕熏吸管翠煙翻	184/8-6
南至明朝雲可書	175/8-4	一片冰心涅不緇	180/8-1	吹成一片湘雲影	184/8-7
管裏葭孚灰未動	175/8-5	何論墨子謾悲絲	180/8-2	返得千秋楚客魂	184/8-8
尊中竹葉氣方舒	175/8-6	紗窗雪色攤書夜	180/8-3	**185**	
既知丈室生春色	175/8-7	紙帳梅花入夢時	180/8-4	絳河秋滴露團圓	185/8-1
寒雨連江樹樹疏	175/8-8	風雨草玄嘲未解	180/8-5	凝結幽叢色欲燃	185/8-2
176		星霜養素道難移	180/8-6	一寸錦心灰未死	185/8-3
畫舫青帘引衆賢	176/8-1	世明皓首終無用	180/8-7	千行珠淚血猶鮮	185/8-4
盛筵移在墨江邊	176/8-2	擬向商山採玉芝	180/8-8	珊瑚網破唯餘潤	185/8-5
節過黃菊猶浮酒	176/8-3	**181**		火齊燈殘不吐煙	185/8-6
地古蒼松更入篇	176/8-4	玄詞苦向晴中蕚	181/8-1	惘帳紅顏凋謝地	185/8-7
孫子箕裘醫國業	176/8-5	一幅新題水墨圖	181/8-2	燐光夜暗草芊芊	185/8-8
公侯玉帛杖朝年	176/8-6	牧篴橫煙堤放犢	181/8-3	**186**	
群酣共計期頤日	176/8-7	織梭停雨樹棲烏	181/8-4	人間何處謫星郎	186/8-1
重命航船酌大泉	176/8-8	漆身國士恩難報	181/8-5	一別秋河隔且長	186/8-2
177		露頂王公字有需	181/8-6	裊裊蔓疑牛不繫	186/8-3

層層架怪鵲成行	186/8-4	玉版誰工印渥丹	191/8-1	今日王公疏澹泊	195/8-7
紫泥傳詔筆猶染	186/8-5	蕙心知在惜摧殘	191/8-2	却欣方璧不連城	195/8-8
玉露餘恩杯可嘗	186/8-6	留來霜葉三秋色	191/8-3	**196**	
織女機絲消息斷	186/8-7	認作煙花二月看	191/8-4	誰家紅女積功夫	196/8-1
朝朝翹首訴初陽	186/8-8	濯錦澄江波自染	191/8-5	刺繡花禽全幅圖	196/8-2
187		研朱滴露石難乾	191/8-6	斜寫丹靑妙枚葦	196/8-3
深宮一臥草茫茫	187/8-1	御溝流出人間世	191/8-7	紋分裱褙不須糊	196/8-4
冰雪肌寒白玉肤	187/8-2	一片冰媒姓是韓	191/8-8	春風障壁香多少	196/8-5
今日誰懸照心鏡	187/8-3	**192**		夜月簾櫳語有無	196/8-6
他時何覓返魂香	187/8-4	綠萼仙芳甚處移	192/8-1	憐爾年年當巧夕	196/8-7
上林月露秋凝淚	187/8-5	一盆春滿擢枝枝	192/8-2	陳瓜庭上候蜘蛛	196/8-8
南內笙歌夜攪腸	187/8-6	鏡生碧暈人初老	192/8-3	**197**	
極識鑾輿終不到	187/8-7	壁點蒼蠅世尙奇	192/8-4	淸揚彼美自瀟湘	197/8-1
侍兒休進越人方	187/8-8	紙帳孤眠聞笛夜	192/8-5	貞節虛心奉夏堂	197/8-2
188		紗窗獨坐讀書時	192/8-6	細骨偏含冰雪冷	197/8-3
倡門粧樣近何如	188/8-1	影橫香動高堂裏	192/8-7	纖腰不借綺羅裳	197/8-4
纍質連句廢洗梳	188/8-2	壁上雲山類九嶷	192/8-8	琅玕聊薦一雙枕	197/8-5
獨臥鴛衾膚雪冷	188/8-3	**193**		鸞鳳堪依八尺床	197/8-6
數開鸞鏡鬢雲疏	188/8-4	浴衣輕拭倚前楹	193/8-1	遂與班姬棄捐去	197/8-7
藥爐休用同心扇	188/8-5	脂粉不汚顏若英	193/8-2	秋風空染淚千行	197/8-8
食案憎供比目魚	188/8-6	香汗全疑肌雪化	193/8-3	**198**	
巷柳蕭條無客折	188/8-7	薰蒸頓見鬢雲橫	193/8-4	裊裊輕煙亘太虛	198/8-1
燈前秋恨懶裁書	188/8-8	微風楊柳將梳影	193/8-5	露峯篆水畵何如	198/8-2
189		滴露芙蓉已頰情	193/8-6	松間結滴道人硯	198/8-3
枯客衰鬢有誰憐	189/8-1	自愛守宮殘血色	193/8-7	柳畔繫停公子車	198/8-4
衣桁承塵鏡抹煙	189/8-2	水晶簾外夕陽明	193/8-8	翠帳寶爐香細細	198/8-5
連理杯空人隔歲	189/8-3	**194**		綺筵銀燭吐疏疏	198/8-6
相思枕冷夜如年	189/8-4	數尺琅玕萬吹同	194/8-1	更憐萬井晨炊外	198/8-7
乾紅兩袖泣花後	189/8-5	半爐榾柮片時紅	194/8-2	江霧山雲共卷舒	198/8-8
淡翠雙眉顰月前	189/8-6	湘江夜雨聲如斷	194/8-3	**199**	
夢裏逢君悲永訣	189/8-7	梁苑秋煙氣始融	194/8-4	銀盆誰向碧空傾	199/8-1
鳳釵幷贈小詩箋	189/8-8	狐話堪聽無孔笛	194/8-5	檉柳林塘鶴一鳴	199/8-2
190		鳳儀難到不鳴箎	194/8-6	婦室夜寒嘆不寐	199/8-3
臘梅小立倚窗傍	190/8-1	虛心却已灰心死	194/8-7	公田春濕勸爲耕	199/8-4
咲向玉臺凝淡粧	190/8-2	滿坐春生一管風	194/8-8	轍中得潦鮒將活	199/8-5
似墜苔顏施後粉	190/8-3	**195**		竈底無煙蛙自生	199/8-6
還浮瓠齒呵餘香	190/8-4	桂叢人去術逾精	195/8-1	用汝作霖是何日	199/8-7
銀鈿雲髻橫斜影	190/8-5	脩用般般炙或烹	195/8-2	聖朝未有誤陰晴	199/8-8
碧穀冰肌透徹光	190/8-6	花裏旗亭春三月	195/8-3	**200**	
深照貞心明自誓	190/8-7	松間香刹夜三更	195/8-4	一泓池畔半庭隅	200/8-1
不從戲蝶去踰牆	190/8-8	斑斑瑪瑁紅爐色	195/8-5	嫩朶葳蕤老樹扶	200/8-2
191		隱隱雷霆鐵鼎聲	195/8-6	琥珀杯盛花隱者	200/8-3

瑠璃波撼水仙軀	200/8-4	仙人出自玉人家	205/8-1	試置盆池荷葉上	209/8-7
吞聲黃鳥羽高下	200/8-5	刻畫衣裳五色霞	205/8-2	簾前還恐晚風狂	209/8-8
含影緋魚鱗有無	200/8-6	常喜按摩煩素手	205/8-3	**210**	
錯認金屛風七尺	200/8-7	何求修煉服丹砂	205/8-4	郭索形摸紙摺成	210/8-1
描成蛺蝶撲流圖	200/8-8	凝脂肌骨溫含潤	205/8-5	無腸公子實爲名	210/8-2
201		明月襟懷淨絕瑕	205/8-6	胸中戈甲金還軟	210/8-3
閃鑠紅綃影有無	201/8-1	須避豪兒鐵如意	205/8-7	腹內膏脂玉自淸	210/8-4
江山却向暗中摹	201/8-2	長憑書案保生涯	205/8-8	墨點雙眸常側視	210/8-5
絕纓宮裏千條燭	201/8-3	**206**		扇搖八跪欲橫行	210/8-6
按劍人前萬顆珠	201/8-4	黃珠萬顆淨無瑕	206/8-1	寄言吏唯看弄	210/8-7
行雨金龍奔叱馭	201/8-5	一檛監梅自海涯	206/8-2	風味有餘了一生	210/8-8
朝天玉女聚傾壺	201/8-6	夜市拭餘淵客淚	206/8-3	**211**	
明時尙合生神聖	201/8-7	寒塘剪取水仙花	206/8-4	盈尺瑤華沒石床	211/8-1
昨夜飛光繞斗樞	201/8-8	蚌胎何獨生虞氏	206/8-5	奪將初地布金光	211/8-2
202		魚目終難奔趙家	206/8-6	法龕燈點才孤照	211/8-3
新制樺皮色自股	202/8-1	非是王公也玉食	206/8-7	祇樹花開夕異香	211/8-4
于今名匠出飛山	202/8-2	咀來瓊液送喉牙	206/8-8	空色三千銀世界	211/8-5
九廻流水紋如染	202/8-3	**207**		冥途十萬玉天堂	211/8-6
一片輕霞彩可攀	202/8-4	咄咄空中書者誰	207/8-1	五更欄外人猶立	211/8-7
野衲學書蕉塢廢	202/8-5	蕭騣非是自臨池	207/8-2	茶竈誰烹六出芳	211/8-8
村氓易業楮田閒	202/8-6	洞庭湖上葉飄夕	207/8-3	**212**	
誰人試落生花筆	202/8-7	衡嶽峯頭雲斷時	207/8-4	落蘇光滑奪朱明	212/8-1
寫向東風撒世間	202/8-8	點點遠傳飛白妙	207/8-5	花葉根莖也染成	212/8-2
203		行行巧寫草玄奇	207/8-6	九夏畦疇餘爛漫	212/8-3
一兩魚胎橢且長	203/8-1	連綿欲認爲何字	207/8-7	萬家廚帳足膨脝	212/8-4
漁村幾日曝朝陽	203/8-2	鐵畫銀鉤取次移	207/8-8	桑椹村巷覺無味	212/8-5
便疑卑實無粒	203/8-3	**208**		燕子池塘較有情	212/8-6
更怪松煤膻少香	203/8-4	錦枝繡葉間紅黃	208/8-1	老圃摘殘濃紫色	212/8-7
尺素代來傳萬里	203/8-5	一種豪華在草堂	208/8-2	暮山掩映斷煙橫	212/8-8
孤魂招得化三湘	203/8-6	籬落今朝晒初日	208/8-3	**213**	
再生何處期多子	203/8-7	階庭昨夜潤微霜	208/8-4	玉作勾欄銀作梁	213/8-1
游詠時時酒客觴	203/8-8	竈頭欲上葛家匕	208/8-5	却疑擲杖聽霓裳	213/8-2
204		燈下堪裁萊子裳	208/8-6	烏聲遠近千家月	213/8-3
人間墮落小頑仙	204/8-1	何比侍兒將進酒	208/8-7	人迹縱橫五夜霜	213/8-4
形氣猶看修煉全	204/8-2	點汚數幅茜裙長	208/8-8	駟馬欲題先呵手	213/8-5
強頂寧爲洛陽令	204/8-3	**209**		蹇驢自駐且搜腸	213/8-6
結跏原似少林禪	204/8-4	紙龜製出洛之陽	209/8-1	苦吟還怪霏霏罷	213/8-7
頻逢有力見投擲	204/8-5	背面戲題字數行	209/8-2	一半晴光掛夕陽	213/8-8
常是無心不倒顚	204/8-6	儘蓄千秋王者筍	209/8-3	**214**	
兒輩倘能學斯老	204/8-7	難支廿歲老人床	209/8-4	一叢秋色尙蕭疏	214/8-1
書窓何用枕團圓	204/8-8	堪登蘂閣晒玄甲	209/8-5	旣是林園寒露初	214/8-2
205		擬將蘆刀剸石腸	209/8-6	三徑獨令松樹傲	214/8-3

重陽徒看酒杯空	214/8-4	彈鋏非關魚食乏	217/20-15	嬌羞題字客	219/4-3
朝天未返神仙駕	214/8-5	杜門竟使雀羅孤	217/20-16	綠扇掩紅顏	219/4-4
避世深扃隱逸廬	214/8-6	任佗眼裏爲靑白	217/20-17	**220**	
節物關情多感慨	214/8-7	寧復腰間紆紫朱	217/20-18	亂鬢風前柳	220/4-1
籬邊幾度立躊躇	214/8-8	拚醉蕭齋小春夜	217/20-19	嬌瞼雨後花	220/4-2
215		梅花月影湛冰壺	217/20-20	起來夢未醒	220/4-3
敗席空囊僅自隨	215/8-1	**218**		魂在阿郞家	220/4-4
江湖飄蕩潑家私	215/8-2	當時繩武欽其祖	218/32-1	**221**	
無衣九月身猶暖	215/8-3	奕代貽謀覯厥孫	218/32-2	白雲抱石枕	221/4-1
有食千間肚未飢	215/8-4	赳赳勤王功自偉	218/32-3	紅日上花茵	221/8-2
晒髮陽檐捫蝨子	215/8-5	綿綿介庶望猶存	218/32-4	飛瀑聲如吼	221/4-3
枕肱寒巷擁蝸兒	215/8-6	龍蟠曾據三州地	218/32-5	不驚高臥人	221/4-4
行歌一曲蓮花落	215/8-7	豹隱今依一屋村	218/32-6	**222**	
歡樂多放列鼎時	215/8-8	旗鼓無由施盛世	218/32-7	水天秋一色	222/4-1
216		刀圭旣是濟黎元	218/32-8	不見晚來波	222/4-2
陽春召我出城南	216/12-1	回生仁術手醫國	218/32-9	采芷人何在	222/4-3
淨地幽芳幾處尋	216/12-2	知物仙才身隔垣	218/32-10	空亭返照多	222/4-4
吟枝百銅同臭曳	216/12-3	每得殷紅東海棗	218/32-11	**223**	
行廚六甲帶香擔	216/12-4	常供垂白北堂蘐	218/32-12	千聲杜鵑血	223/4-1
都人熱鬧涅槃會	216/12-5	事親共說怡顏好	218/32-13	滴作砌邊花	223/4-2
野客冥搜麗跋籃	216/12-6	款客頻叨截髮煩	218/32-14	花落不來叫	223/4-3
草徑有媒容小憩	216/12-7	說悅古稀呼里社	218/32-15	空亭曉月斜	223/4-4
苔碑沒字許微酣	216/12-8	稱觥新齊醉田園	218/32-16	**224**	
窓中陰靄生駒嶺	216/12-9	秋收麥隴牛眠穩	218/32-17	疏疏風葉老	224/4-1
牆外暝煙藏鷺菴	216/12-10	雨歛梅天鳥語喧	218/32-18	淡淡露梢新	224/4-2
看過花朝花萬朶	216/12-11	丹北呈祥驅宿霧	218/32-19	看不以爲畫	224/4-3
飛爲暮雨逐歸驂	216/12-12	金剛獻壽吐朝暾	218/32-20	宛然對故人	224/4-4
217		後凋松柏翠篁宇	218/32-21	**225**	
投簪市隱重相招	217/20-1	並秀芝蘭香滿軒	218/32-22	朝折浪華蘆	225/4-1
十載詞盟竟不渝	217/20-2	扇席薰風箎竹影	218/32-23	夕度海西隅	225/4-2
鷗鷺忘機曾聚散	217/20-3	御輿溥露補苔痕	218/32-24	蓮池多月露	225/4-3
枌楡結社自榮枯	217/20-4	針砭驚疇侑朋酒	218/32-25	滴爲衣裏珠	225/4-4
共吟雲樹新詩句	217/20-5	鼓吹蛙鳴和伯壎	218/32-26	**226**	
相値煙波舊釣徒	217/20-6	聽我升恒歌日月	218/32-27	山水性嗜酒	226/4-1
三黜罷官逾灑落	217/20-7	看君定省奉晨昏	218/32-28	骰核不須求	226/4-2
一行爲吏暫疏迂	217/20-8	期頤可待觀頤室	218/32-29	何爲好下物	226/4-3
曲肱欲問眠多少	217/20-9	聖善堪標積善門	218/32-30	滿壁畫林丘	226/4-4
捫蝨休論舌有無	217/20-10	菊水誰言家記號	218/32-31	**227**	
饕雪猶稀讀書牖	217/20-11	釀成春酒湛芳樽	218/32-32	行脚千餘里	227/4-1
心灰未死煮茶爐	217/20-12	**219**		西風送衲衣	227/4-2
芝蘭君子室元馥	217/20-13	脆質怯霜雪	219/4-1	休言無一物	227/4-3
松菊主人徑就蕪	217/20-14	寄身屛障間	219/4-2	隨爾白雲飛	227/4-4

228		幽篁千萬竿	236/4-2	黃鳥鳴幽砌	244/4-4
蒼稻神在茲	228/4-1	涓涓沙石際	236/4-3	**245**	
祈年年豐熟	228/4-2	倒植碧琅玕	236/4-4	遺構誰茶室	245/4-1
請看三峯翠	228/4-3	**237**		制同名亦同	245/4-2
滴爲千畝穀	228/4-4	何事不窺園	237/4-1	風流獨爲異	245/4-3
229		林欒春已到	237/4-2	如是主人公	245/4-4
東風度祓川	229/4-1	梅花送暗香	237/4-3	**246**	
觴詠石橋邊	229/4-2	遠向書帷報	237/4-4	天香秋亂墜	246/4-1
花隱朱櫻裏	229/4-3	**238**		何處桂花披	246/4-2
誰書癸丑年	229/4-4	楡莢曉收霖	238/4-1	孤月飛樓上	246/4-3
230		稻苗春滿地	238/4-2	人攀第一枝	246/4-4
遙峯與近巒	230/4-1	經行獨木橋	238/4-3	**247**	
總在眉睫際	230/4-2	野色爭蒼翠	238/4-4	塵垢未全離	247/4-1
如令松樹高	230/4-3	**239**		時時洗心性	247/4-2
安得弄明霽	230/4-4	琵琶何處隱	239/4-1	熏蒸火宅中	247/4-3
231		湖月照松關	239/4-2	放出蓮花淨	247/4-4
雲根一寶劍	231/4-1	千歲四絃絶	239/4-3	**248**	
苔色卽靑萍	231/4-2	餘音山水間	239/4-4	中庭碧一泓	248/4-1
魑魅不敢近	231/4-3	**240**		上有長松樹	248/4-2
長令此地靈	231/4-4	禪扉篁竹綠	240/4-1	夜月影紛紛	248/4-3
232		樵徑入花紅	240/4-2	龍鱗金可數	248/4-4
山林曾不伐	232/4-1	高臥君知否	240/4-3	**249**	
萬綠鬱成叢	232/4-2	置身圖畫中	240/4-4	不嘗容寶筏	249/4-1
幽壑微霜後	232/4-3	**241**		彼岸架爲梁	249/4-2
才知杉間楓	232/4-4	歸帆何處卸	241/4-1	濟度如無借	249/4-3
233		岱嶠或蓬瀛	241/4-2	小池亦渺茫	249/4-4
呈出豐年瑞	233/4-1	采藥時相憶	241/4-3	**250**	
山川雪色繁	233/4-2	爲貽桑寄生	241/4-4	離披怪石間	250/4-1
千秋神所宅	233/4-3	**242**		蒼翠加殘雨	250/4-2
別在玉乾坤	233/4-4	秋江月一彎	242/4-1	鳳翼與龍鱗	250/4-3
234		射我酒杯間	242/4-2	何人攀且附	250/4-4
釣臺秋水潔	234/4-1	詩畫君名筆	242/4-3	**251**	
無復不潛魚	234/4-2	風光寫得還	242/4-4	池頭七寶龕	251/4-1
垂夕波撼月	234/4-3	**243**		菩薩曾安置	251/4-2
金鱗坐可漁	234/4-4	汲我中洲水	243/4-1	水月獨相窺	251/4-3
235		烹君后瀨茶	243/4-2	色相三十二	251/4-4
疊石爲牆壁	235/4-1	腋間風習習	243/4-3	**252**	
中通一洞門	235/4-2	吹自北溟涯	243/4-4	落落長松樹	252/4-1
春風吹自閉	235/4-3	**244**		梢頭摩碧空	252/4-2
花木別乾坤	235/4-4	煮雪後園春	244/4-1	時疑丹頂起	252/4-3
236		松間人小憩	244/4-2	初日半輪紅	252/4-4
剩水二三尺	236/4-1	何須磬一聲	244/4-3	**253**	

金烏何處浴	253/4-1	誰識臨春歌舞罷	261/4-3	**270**	
激浪碧盤渦	253/4-2	後庭玉樹不勝秋	261/4-4	凌風臺畔未開花	270/4-1
洗却半輪赤	253/4-3	**262**		逢着高僧夜喫茶	270/4-2
散爲天末霞	253/4-4	內人千騎扈雲車	262/4-1	爭若春山千萬樹	270/4-3
254		客樹秋殘綵作花	262/4-2	踏雲攀月到君家	270/4-4
玄圃偸桃仙	254/4-1	馬上奏歸淸夜曲	262/4-3	**271**	
金門避世賢	254/4-2	月明堤柳起棲鴉	262/4-4	孤立名山北海頭	271/4-1
奚爲脩史者	254/4-3	**263**		半空銀碧映三洲	271/4-2
漫以滑稽傳	254/4-4	綠草靑山路鬱紆	263/4-1	天風時捲芙蓉雪	271/4-3
255		煙嵐深處鳥相呼	263/4-2	吹落君家百尺樓	271/4-4
水檻人應怪	255/4-1	數間茅屋春來去	263/4-3	**272**	
前山奇似雲	255/4-2	一簇桃花主有無	263/4-4	明光浦上試相呼	272/4-1
雲中有廈屋	255/4-3	**264**		萬頃煙波一釣徒	272/4-2
鷄犬不曾聞	255/4-4	古刹高標一抹霞	264/4-1	更向海風吹颺處	272/4-3
256		夕陽香樹影橫斜	264/4-2	長松樹裏聽笙竽	272/4-4
攜兒將酒楢	256/4-1	難波寺裏名尤著	264/4-3	**273**	
伴客過鄰家	256/4-2	不怕人呼作杏花	264/4-4	富貴誰家植牡丹	273/4-1
客意兒無解	256/4-3	**265**		姚黃歐碧滿雕欄	273/4-2
松針刺落花	256/4-4	深閨獨坐夜如年	265/4-1	花明海上春宵月	273/4-3
257		單枕孤燈特自憐	265/4-2	夢入華陽洞裏看	273/4-4
滿庭花似雪	257/4-1	欲向遼西馳一夢	265/4-3	**274**	
片片舞風前	257/4-2	冰牀霜被不成眠	265/4-4	玉江橋上晚歸時	274/4-1
不厭浮杯裏	257/4-3	**266**		野燒燒雲點點奇	274/4-2
但嫌點鬢邊	257/4-4	平城二月好探芳	266/4-1	爲想北山春雨後	274/4-3
258		煙景依稀古帝鄉	266/4-2	憑欄朗詠平薇詩	274/4-4
一閒復一忙	258/4-1	春日野山君自見	266/4-3	**275**	
非有兄弟難	258/4-2	王孫草暖鹿鳴長	266/4-4	殘柳蕭疏葉未乾	275/4-1
時去白蘋洲	258/4-3	**267**		畫中城郭雨中看	275/4-2
乍來紅蓼岸	258/4-4	文覺頭陀昔在家	267/4-1	亂鴉飛盡餘三版	275/4-3
259		袈裟斬後着袈裟	267/4-2	滿目煙波淰淰寒	275/4-4
舊遊零落意如何	259/4-1	至今血染溪山樹	267/4-3	**276**	
十五年光夢裏過	259/4-2	彷彿紅粧二八花	267/4-4	疏影橫斜傍半江	276/4-1
一夜黃公墟上飮	259/4-3	**268**		幾時能照讀書窓	276/4-2
春城月暗墟山河	259/4-4	月明南內竟無情	268/4-1	東風冷處猶餘雪	276/4-3
260		空記三千第一名	268/4-2	獨坐黃昏未點缸	276/4-4
春宵宮裏春霄長	260/4-1	寶鴨爐頭影彷彿	268/4-3	**277**	
澈灩潮聲響扉廊	260/4-2	君王應不貴長生	268/4-4	傒開麥綠菜黃間	277/4-1
月落靑龍舟未返	260/4-3	**269**		多少都人帶醉還	277/4-2
煙波何處醉君王	260/4-4	珊瑚寺裏長蒼苔	269/4-1	一擔花枝何處折	277/4-3
261		蕐過淸明上塚來	269/4-2	斜陽背指紫雲山	277/4-4
珠簾寶帳達晨遊	261/4-1	風雨荒陵花落盡	269/4-3	**278**	
狎客趨陪事唱酬	261/4-2	餘芳獨有一株梅	269/4-4	江雨春殘濕旅衫	278/4-1

銜泥燕子且呢喃	278/4-2	梅花枝上月明多	286/4-4	小僧看客罷驅烏	295/4-1
東游業就西歸日	278/4-3	**287**		花木禪房主有無	295/4-2
一水桃花送錦帆	278/4-4	蘋蘩助奠幾叢祠	287/4-1	且坐爐頭喫茶去	295/4-3
279		五十春川方至時	287/4-2	水村梅落夕陽孤	295/4-4
一帶春流一葦航	279/4-1	幹蠱有人何所事	287/4-3	**296**	
江城畫裏抹斜陽	279/4-2	芸窓日擬大家辭	287/4-4	金花滿架挂春光	296/4-1
東風兩岸巘屼柳	279/4-3	**288**		百尺垂條拂地長	296/4-2
未及篙人百丈長	279/4-4	一片雲芽手自煎	288/4-1	風暖鶯梭聲斷續	296/4-3
280		期君夜雪滿江天	288/4-2	碧紗窓外織流光	296/4-4
水郭山村寂鼓聲	280/4-1	定識少林耽面壁	288/4-3	**297**	
聲聲忽叫芋魁羹	280/4-2	徒令弟子立窓前	288/4-4	獨向前川下釣絲	297/4-1
篷窓漫作嗟來語	280/4-3	**289**		松間明月欲升時	297/4-2
驚破梅花夢五更	280/4-4	老泉老去頗疏慵	289/4-1	玉江橋上微風度	297/4-3
281		風雪春寒怯曳筇	289/4-2	無數金鱗躍碧漪	297/4-4
送梅晴度渡華津	281/4-1	恃遣令郎挑白戰	289/4-3	**298**	
樹色山光雨後新	281/4-2	無人更敵一詞鋒	289/4-4	溯游人至水中央	298/4-1
非引深杯難從目	281/4-3	**290**		浪速秋風一夜航	298/4-2
江風六月冷侵人	281/4-4	三衣薰染白雲芽	290/4-1	玉樹知今何所倚	298/4-3
282		喫得人間幾碗茶	290/4-2	蒹葭白露有輝光	298/4-4
網島繫舟醉晚晴	282/4-1	一夜通仙去無迹	290/4-3	**299**	
殘尊重爲炙魚傾	282/4-2	小橋寒月照梅花	290/4-4	磨穿鐵研鬢如絲	299/4-1
誰家籬落款冬老	282/4-3	**291**		載筆空違修史時	299/4-2
何處郊坰半夏生	282/4-4	篩月簸風葉葉稠	291/4-1	梅里先生今尚在	299/4-3
283		孤根蟠結小檻頭	291/4-2	春風不必泣豐碑	299/4-4
象頭山下病仙人	283/4-1	此君旣有兒孫長	291/4-3	**300**	
臥裏煙霞幾度春	283/4-2	分與故人名是猷	291/4-4	赤濱村巷老農居	300/4-1
屢擬乘雲尋石室	283/4-3	**292**		雨露桑麻年有餘	300/4-2
葛洪丹乏未輕身	283/4-4	雅好樓居坐嘯長	292/4-1	編戶何因除課役	300/4-3
284		德州城外福州傍	292/4-2	田園久帶一徑鋤	300/4-4
輕筐新裁松葉牋	284/4-1	他時倘選十洲記	292/4-3	**301**	
攜歸八百八洲邊	284/4-2	會作神仙第一場	292/4-4	嫁娶君家事旣終	301/4-1
一揮瀟洒清風裏	284/4-3	**293**		尋仙杖屨遍西東	301/4-2
亂墜青針繡素漣	284/4-4	瓊樓題贈一筒詩	293/4-1	歸來縮地符應祕	301/4-3
285		淡路秋高雁寄遲	293/4-2	五嶽煙霞指掌中	301/4-4
意匠誰將一筆鋒	285/4-1	長恨明珠南海隱	293/4-3	**302**	
削成東海玉芙蓉	285/4-2	空懸片月入想思	293/4-4	乘査八月絳河橫	302/4-1
令人坐覺神遊處	285/4-3	**294**		織女機邊夜色明	302/4-2
白雪青霞第幾峯	285/4-4	過雁驚眠客夜長	294/4-1	象緯由來能自辨	302/4-3
286		孤燈枕畔暗無光	294/4-2	奚須片石問君平	302/4-4
春江雪後好吟哦	286/4-1	半缸魚腦半時盡	294/4-3	**303**	
安道開樽待客過	286/4-2	鄉信讀殘數十行	294/4-4	虛名千里有憼君	303/4-1
縱使扁舟來繫少	286/4-3	**295**		所見寧無異所聞	303/4-2

錦繡歸衣欲相照	303/4-3	312		巖壑寒生欲雪天	320/4-2
江楓霜薄未紛紛	303/4-4	椒盤昨日徹餘杯	312/4-1	夜坐間房燒木佛	320/4-3
304		葦索今朝爐作灰	312/4-2	晨開深洞禮金仙	320/4-4
野庄安置病禪師	304/4-1	正是春江月盈夜	312/4-3	321	
臥看荷花滿曲池	304/4-2	不觀燈市只觀梅	312/4-4	四明狂客醉多時	321/4-1
更有鳴蟬嘲午寂	304/4-3	313		騎馬酕醄不自持	321/4-2
命賓齊唱采蓮詞	304/4-4	夜擣鐍粃早掃煤	313/4-1	定識今朝逢李白	321/4-3
305		貧家也自事相催	313/4-2	長安市上解金龜	321/4-4
君家兄弟比椿津	305/4-1	不問送窮文就否	313/4-3	322	
起臥扶持老益親	305/4-2	春風直度大江來	313/4-4	蕭疏字字出毫端	322/4-1
和氣一團留客處	305/4-3	314		葉逗秋陽露始乾	322/4-2
茶梅花發滿庭春	305/4-4	臨川寺畔始回頭	314/4-1	正是湘江輕雨後	322/4-3
306		百尺長橋架碧流	314/4-2	獨餘濃淡墨痕寒	322/4-4
君家女婿寓三津	306/4-1	不必溪村明月夜	314/4-3	323	
釋褐何圖負所親	306/4-2	嵐山紫翠染衣秋	314/4-4	江風千里送慈航	323/4-1
擧杯咲指寒窗外	306/4-3	315		築紫煙波渺夕陽	323/4-2
一箇遷鶯弄小春	306/4-4	墜葉埋餘馬鬣封	315/4-1	水迹雲蹤九州遍	323/4-3
307		片碑掃字揖儒宗	315/4-2	雨花無處不流香	323/4-4
蘆花淺水黏漁刀	307/4-1	小倉山行行吟日	315/4-3	324	
鼓枻醉歌調自高	307/4-2	誰倚陰崖一樹松	315/4-4	蘆荻花飛淺水邊	324/4-1
會計賣魚錢幾許	307/4-3	316		鐘聲半夜破愁眠	324/4-2
半爲下物半沽醪	307/4-4	聖護林園綠四圍	316/4-1	起望寒山寺何處	324/4-3
308		尋君叩得野人扉	316/4-2	篝燈明滅一江天	324/4-4
片羊先後下崎嶇	308/4-1	行雲一片停難住	316/4-3	325	
每過曲阿親自呼	308/4-2	直向前山擁雨飛	316/4-4	窗外秋潮碧渺茫	325/4-1
無意讀書覓榮達	308/4-3	317		桂花何處暗飛香	325/4-2
一生雲壑老樵夫	308/4-4	南禪寺畔暫相從	317/4-1	酒酣揮洒雲煙色	325/4-3
309		茅店呼醪蔬乳濃	317/4-2	散向江天蔽月光	325/4-4
多少名藍在洛陽	309/4-1	裊裊歸雲雲母坂	317/4-3	326	
啓龕三月雨花香	309/4-2	沈沈斜日日枝峯	317/4-4	袈裟歸到玉江潯	326/4-1
今我不遊春欲盡	309/4-3	318		話盡三年別後心	326/4-2
晴江一夕借慈航	309/4-4	長江細雨滴階除	318/4-1	銀燭夜寒窗外雨	326/4-3
310		白酒青燈一草廬	318/4-2	何如筑紫舊潮音	326/4-4
剝落丹楹祠一叢	310/4-1	借問今春九十日	318/4-3	327	
不知何代古離宮	310/4-2	看花幾處立躊躇	318/4-4	王師無敵一乾坤	327/4-1
照出采薇人幾許	310/4-3	319		駥驪如雲不復屯	327/4-2
石間神漢碧玲瓏	310/4-4	一水秋風送錫飛	319/4-1	風去山中何處飲	327/4-3
311		白雲明月滿禪衣	319/4-2	湛湛玉女洗頭盆	327/4-4
金剛殿宇倚崔嵬	311/4-1	玉江橋畔長相憶	319/4-3	328	
危磴窮時首始回	311/4-2	黃檗山中去不歸	319/4-4	莫訝南鴻絕信音	328/4-1
雄嶺雲當門外出	311/4-3	320		思君只是夢中尋	328/4-2
淀江流入樹間來	311/4-4	山中何處足安禪	320/4-1	明光浦上三秋月	328/4-3

328

能照故人千里心	328/4-4

329

木蘭舟楫故追隨	329/4-1
秋半陰雲惱客時	329/4-2
不問江天有無月	329/4-3
白蘋洲上趁涼飀	329/4-4

330

萬金何若一經留	330/4-1
舊業追懷去越秋	330/4-2
浙浙江齋寒雨夜	330/4-3
猶疑身在五湖舟	330/4-4

331

古村橋斷水潺湲	331/4-1
幾度幽尋到綠灣	331/4-2
此子津梁呼不起	331/4-3
江天寒月照松關	331/4-4

332

山河百二北風寒	332/4-1
飛錫彌天路不難	332/4-2
雪裏芙蓉初發色	332/4-3
歸來咲向鉢中看	332/4-4

333

杯渡朝辭浪速城	333/4-1
海鄉鷗鷺喜相迎	333/4-2
歸來雲水多茶話	333/4-3
蘆葉梅花憶舊盟	333/4-4

334

野寺蒼茫叫杜鵑	334/4-1
聲聲和雨雨如煙	334/4-2
血痕千點不消盡	334/4-3
滴作庭花紅欲然	334/4-4

335

釋褐南風見寵榮	335/4-1
買田幾歲事巖耕	335/4-2
湖山指顧家何處	335/4-3
一任呼爲捷徑名	335/4-4

336

白雲紅樹幾名山	336/4-1
寫入一奚囊底還	336/4-2
越路秋鴻未飛盡	336/4-3
寄聲詩畫有無間	336/4-4

337

簾外春殘月季花	337/4-1
薰風吹透碧窓紗	337/4-2
寧令過客生鄉思	337/4-3
昨日芳樽釀露華	337/4-4

338

風流始駐呂安車	338/4-1
鍛冶由來叔夜家	338/4-2
濁酒淸言須達曉	338/4-3
池頭綠柳帶星斜	338/4-4

339

菊徑停筇意自親	339/4-1
先生定是姓陶人	339/4-2
悠然獨背秋陽立	339/4-3
應晒連朝漉酒巾	339/4-4

340

宿昔新收水寺煙	340/4-1
爭巢野鳥影翩翩	340/4-2
何以買得好風景	340/4-3
一盆青荷三五錢	340/4-4

341

幾度東西跋涉勞	341/4-1
頻年驚見變頭毛	341/4-2
行行馬上寒相映	341/4-3
六月芙蓉雪色高	341/4-4

342

雲疊煙重故紙山	342/4-1
讀書窓外翠相環	342/4-2
誰知二萬洞中祕	342/4-3
洩在君家牛棟間	342/4-4

343

芭蕉滴滴隔窓聽	343/4-1
獨坐終宵好草經	343/4-2
碧霧溪橋燈一點	343/4-3
何人冒雨到玄亭	343/4-4

344

迂回驛路傍長川	344/4-1
隨意吟筇不羨船	344/4-2
斷續人家春一色	344/4-3
山茶微笑野梅妍	344/4-4

345

但見殘虹不見橋	345/4-1
津頭舟子故招招	345/4-2
柳堤荷岸皆生路	345/4-3
不識誰家種菊苗	345/4-4

346

平田落雁有歡聲	346/4-1
須識靈區禁殺生	346/4-2
日照飛橋喧碧水	346/4-3
雲開疊巘聳丹楹	346/4-4

347

故人家在此中途	347/4-1
看過梅花幾百株	347/4-2
薄暮應知草堂近	347/4-3
煙波淺處鶴相呼	347/4-4

348

梅丘被酒折枝旋	348/4-1
醉向京橋月下船	348/4-2
半夜折頭風雨急	348/4-3
護花蓬底不曾眠	348/4-4

349

秋來畏日擲枯棃	349/4-1
懶爲火炮向遠溪	349/4-2
晚在玉江橋上望	349/4-3
火星流轉數峯西	349/4-4

350

若耶溪畔女如雲	350/4-1
婀娜紅衣映茜裙	350/4-2
恨殺微風飄並蔕	350/4-3
從它疏雨散淸芬	350/4-4

351

扶歸海島盲流人	351/4-1
東叡行杏大赦辰	351/4-2
孝養應須勝虞舜	351/4-3
明年五十尙悅親	351/4-4

352

蘭花秀處菊花芳	352/4-1
檀葉靑邊楓葉黃	352/4-2
悠然坐對疏簾雨	352/4-3
心自淸閑日月長	352/4-4

353

昨夜微霜始滿城	353/4-1
鴛鴦瓦上夢魂驚	353/4-2
空房起坐推窓望	353/4-3
萬戶千門白玉☐	353/4-4

	353				366
354		明日登高何處好	356/4-3	雨墜蘆花冷鬢絲	357/4-2
芭蕉窓外數題名	354/4-1	夢魂先入白雲阿	356/4-4	行遇龍山佳節會	357/4-3
蟋蟀床頭始話情	354/4-2	**357**		烏紗莫遣晩風吹	357/4-4
傾倒杯尊出門去	354/4-3	篷窓並枕話當時	357/4-1	**358**	
滿江寒霧未全晴	354/4-4	翩翩白鷺掠人飛	355/4-4	陰森竹裏路逶迤	358/4-1
355		**356**		何處柴荊結作籬	358/4-2
滿江風雪一簑衣	355/4-1	醉眠篷底雨滂沱	356/4-1	滿地青苔人迹絕	358/4-3
回望忘筌坐石磯	355/4-2	水郭山村枕上過	356/4-2	秋煙深鎖一叢祠	358/4-4
豈以羊裘相狎褻	355/4-3				

『葛子琴詩』作品番号・全句数・句序数一覧

359		尚平婚嫁未曾終	362/8-2	長橋不可更	365/30-04
君家昆季舊相知	359/8-1	桑蓬夙忘四方遂	362/8-3	津梁微此子	365/30-05
始接風流馬白眉	359/8-2	橋梓壯遊千里同	362/8-4	衆生與魚泳	365/30-06
海島曾藏珠樹色	359/8-3	立馬蓮峯長夏雪	362/8-5	我亦迷川者	365/30-07
郷園暫別紫荊枝	359/8-4	憶鱸松島早秋風	362/8-6	慈航此相倩	365/30-08
旅館春眠須共被	359/8-5	屺岡莫使人凝望	362/8-7	搖曳到彼岸	365/30-09
騷壇夜宴好吹篪	359/8-6	杜宇關山叫雨中	362/8-8	垂楊堪繫榜	365/30-10
縱使登樓非土嘆	359/8-7	**363**		村鴿呼人鳴	365/30-11
同輝華萼入新詞	359/8-8	遠遊歸去意如何	363/8-1	老少同見迎	365/30-12
360		江上秋風起白波	363/8-2	入門慧雨澆	365/30-13
片石孤雲矚目長	360/8-1	同社琴書皆故態	363/8-3	繞簷寶珠迸	365/30-14
逢關獨往孰逢將	360/8-2	異郷山水獨新歌	363/8-4	萬木添新綠	365/30-15
鶺鴒有伴山春樹	360/8-3	久抨興趣披雲發	363/8-5	六根方清淨	365/30-16
鷗鷺無心水夕陽	360/8-4	暫別情緒對月多	363/8-6	庭觀秋麥收	365/30-17
佛殿猶傳彤管史	360/8-5	鱸膾待君將下筯	363/8-7	人免夏畦病	365/30-18
神洲不見赤旗航	360/8-6	扁舟昨夜試漁簑	363/8-8	薄言忘火宅	365/30-19
知君弔古題詩夜	360/8-7	**364**		幽寂適吾性	365/30-20
琶海潮音激草堂	360/8-8	解纜薰風沂上遊	364/8-1	飶其香積廚	365/30-21
361		東山積翠入舵樓	364/8-2	供給一何盛	365/30-22
當軒繞檻海潮鳴	361/8-1	江城五月新晴後	364/8-3	蛙鳴吟懷披	365/30-23
知爾朝昏滌世情	361/8-2	野寺孤雲古渡頭	364/8-4	榴花酡顏映	365/30-24
爲政白雲山色靜	361/8-3	鶯塚蒿萊深沒徑	364/8-5	薄莫臨長河	365/30-25
誦詩黃蕨國風清	361/8-4	雉陂楊柳暗藏舟	364/8-6	艸螢哀微命	365/30-26
波浪可觀忠信志	361/8-5	煙波不識柴門外	364/8-7	橋柱何處存	365/30-27
舟船猶覺孝廉名	361/8-6	微雨疏鐘打睡鷗	364/8-8	嘆逝且長詠	365/30-28
相思煙水蒼茫夜	361/8-7	**365**		覺路何由得	365/30-29
多少春鴻叫月明	361/8-8	淀水三分派	365/30-01	浩波澹明鏡	365/30-30
362		有渡名稱柄	365/30-02	**366**	
探勝誰能從迺翁	362/8-1	彩虹雖時亙	365/30-03	千秋磊落有才奇	366/12-1

— 28 —

不唯能書與善詩	366/12-2	花萼輝來路渺漫	370/8-4	一片青螺疊嶂傍	375/8-1
一得子琴以牙待	366/12-3	豈思莊叟片時夢	370/8-5	何處兵甲此中藏	375/8-2
我以千秋爲鐘期	366/12-4	宛敵平原十日歡	370/8-6	點頭頑石樹交影	375/8-3
千秋鄉友水林子	366/12-5	知爾小車元寄傲	370/8-7	如意寶珠龕放光	375/8-4
曾遊京洛今將歸	366/12-6	華簪必可入長安	370/8-8	海色迥開明鏡淨	375/8-5
就我苦求一言贈	366/12-7	**371**		潮音近接古鐘長	375/8-6
未嘗一揖紫芝眉	366/12-8	衡門晝鎖足音稀	371/8-1	太平民俗爭香火	375/8-7
想是亦猶千秋質	366/12-9	寂寞宛如幽谷扉	371/8-2	靈境姑爲熱鬧場	375/8-8
不向面識尙心知	366/12-10	黃鳥遷喬鳴喚侶	371/8-3	**376**	
我詩豈敢比錦繡	366/12-11	白鷗憑几對忘機	371/8-4	百里驚潮抱郭廻	376/8-1
聊裁方寸裝歸衣	366/12-12	詩吾荊棘入春菀	371/8-5	城中鼓角雜風雷	376/8-2
367		病汝荼蘼自臘違	371/8-6	洲汀月湧鯨鯢吼	376/8-3
窓前不見照牙籤	367/8-1	啜茗搜枵小樓外	371/8-7	林壑秋寒栝柏摧	376/8-4
聚雪爲山傍短簷	367/8-2	短櫩風暖闇鈴微	371/8-8	大海雄威供臥閣	376/8-5
峭壁削成千片玉	367/8-3	**372**		半天靈籟答琴臺	376/8-6
階庭撒了一車鹽	367/8-4	清明留客茗初煎	372/8-1	爲緣臣主能相得	376/8-7
谷含初日將飛白	367/8-5	竈底寒灰欲復然	372/8-2	不見波頭白馬來	376/8-8
峯吐輕煙轉見尖	367/8-6	西日海棠相照火	372/8-3	**377**	
準擬香爐天外賞	367/8-7	東風江柳不藏煙	372/8-4	爐滓猶知菽味存	377/8-1
咲呼兒輩捲蘆簾	367/8-8	今朝寫出上河卷	372/8-5	誰呼爲菜本同根	377/8-2
368		昨夜吟成傳燭篇	372/8-6	風前柳絮春爭色	377/8-3
衡門並叩玉江頭	368/8-1	詩畫小園欣賞處	372/8-7	月下梅花夜斷魂	377/8-4
何意荒陵我出遊	368/8-2	安知走狗滿門前	372/8-8	一塊試令陶穀煮	377/8-5
題得文章準彩鳳	368/8-3	**373**		三年好尙少卿湌	377/8-6
觀來舞樂一斑鳩	368/8-4	青鞋布韈度江關	373/8-1	譚玄養素人相賞	377/8-7
南郊獨往只香樹	368/8-5	湖上名區信宿間	373/8-2	玉屑時隨匕筯翻	377/8-8
北野同登何酒樓	368/8-6	鷗伴煙波千佛閣	373/8-3	**378**	
無限春光促去	368/8-7	龍驅風雨八王山	373/8-4	似珠無澤又無光	378/8-1
鶯花梅不共相求	368/8-8	白鬚夜照神人迹	373/8-5	瀧罷氤氳出布囊	378/8-2
369		彤管秋開女史顏	373/8-6	王老命舟浮刻曲	378/8-3
有客江頭衛未還	369/8-1	莫道琵琶水難測	373/8-7	潘郎載酒醉河陽	378/8-4
相攜相訪且開顔	369/8-2	清音寫入錦囊還	373/8-8	繽紛豈爲空生雨	378/8-5
酒家南薰隔牆喚	369/8-3	**374**		飢餓不妨胡地嘗	378/8-6
詩體西崑剪燭刪	369/8-4	菜花落盡麥芒平	374/8-1	淡泊何供彈鋏客	378/8-7
之子十年同臭味	369/8-5	風冷郊天宿霧晴	374/8-2	唯因寒素重禪房	378/8-8
與君千里異鄉關	369/8-6	竹裏林鳩呼婦急	374/8-3	**379**	
寧無羇旅襟懷似	369/8-7	柳陰野艇待人橫	374/8-4	尸解淮南何在哉	379/8-1
滿地黃梅夜雨間	369/8-8	白雲出沒山中寺	374/8-5	中廚有術脫仙胎	379/8-2
370		綠樹高低海畔城	374/8-6	春泥地暖禽衝去	379/8-3
倒履迎吾飲夜闌	370/8-1	爲問老農知捷徑	374/8-7	臘雪齋寒僧喚來	379/8-4
討尋寧是剡溪看	370/8-2	褰裳直向翠微行	374/8-8	□□湌	379/8-5
龍蛇鬪處毫遒勁	370/8-3	**375**		□□炊玉豈無哀	379/8-6

沈香亭下醉供奉	379/8-7	詩句有無頭上雲	384/8-4	客裏佳辰却耐哀	389/8-1
尙膳調羹贈一杯	379/8-8	渚暗賓鴻聲未度	384/8-5	望鄉情切懶登臺	389/8-2
380		橋明織女影猶分	384/8-6	西山欲雨朱簾捲	389/8-3
當時何物育寧馨	380/8-1	人間乞巧佳期近	384/8-7	北地無書白雁來	389/8-4
弱冠文章有典刑	380/8-2	何處樓臺好屬文	384/8-8	他席菊花宜共采	389/8-5
爛爛眼光巖下電	380/8-3	**385**		故園荊樹未曾摧	389/8-6
飄飄身迹水中萍	380/8-4	思人夕倚竹蘭干	385/8-1	弟兄猶爲一人少	389/8-7
白雲千里人指舍	380/8-5	一陣涼飀動樹端	385/8-2	不挿茱萸只擧杯	389/8-8
玄艸孤樽月入亭	380/8-6	洗馬波間空自見	385/8-3	**390**	
揚頭家聲君努力	380/8-7	遊魚橋上與誰觀	385/8-4	柳條無恙舊河梁	390/8-1
寒流晴嶂視藍靑	380/8-8	烹葵只是石爲誓	385/8-5	再繫佳人一葦航	390/8-2
381		沈李何須冰作盤	385/8-6	卽指暮雲愁裏地	390/8-3
南郊北里酒旗風	381/8-1	終遣□蟲添寂寞	385/8-7	旣圓春草夢中塘	390/8-4
花柳離披迹已空	381/8-2	湘簾楚簟坐生寒	385/8-8	銜泥玄燕水相掠	390/8-5
蝶夢追春魂不返	381/8-3	**386**		避雨黃鶯花可藏	390/8-6
驪歌別友思不窮	381/8-4	天橋一沙觜	386/8-1	君去復來三日際	390/8-7
多情懶鑷數莖白	381/8-5	數里盡靑松	386/8-2	海棠庭院始生香	390/8-8
沈醉從倚半臉紅	381/8-6	鍚化無驚□	386/8-3	**391**	
此夕留君聊解慍	381/8-7	燈擎不現龍	386/8-4	福地豐州誰所創	391/8-1
新詞寫入五絃中	381/8-8	煙波分兩海	386/8-5	莊嚴岩壑有輝光	391/8-2
382		水月印千峯	386/8-6	應眞舊鎭半千像	391/8-3
聞君昨日自西州	382/8-1	展覽新圖畵	386/8-7	探勝新題廿四場	391/8-4
爲掃煙波百尺樓	382/8-2	何山昔植笻	386/8-8	卓錫鶴飛雲闢洞	391/8-5
纔到御風知有待	382/8-3	**387**		獻珠人去月開堂	391/8-6
曾投明月道無由	382/8-4	靈壇臨海岸	387/8-1	金仙寶筏如容借	391/8-7
只慙酒饌少河鮪	382/8-5	丹膁映潮痕	387/8-2	度我煙波筑紫陽	391/8-8
還喜詩盟添海鷗	382/8-6	麋鹿沙邊伏	387/8-3	**392**	
却恐暮春江上客	382/8-7	蜀鴉月下翻	387/8-4	靑山不必屬羊何	392/8-1
子規啼處促歸舟	382/8-8	相公船不見	387/8-5	市隱階苔雨後多	392/8-2
383		天女樂猶存	387/8-6	共酌伊丹新綠酒	392/8-3
迎風壺底絕纖塵	383/8-1	游食幾民戶	387/8-7	猶思築紫舊滄波	392/8-4
萬壑淸冰老作珍	383/8-2	無人說國恩	387/8-8	關西夫子銜鱸譽	392/8-5
寒露結時和沈澁	383/8-3	**388**		江上騷人采芯歌	392/8-6
流霞凝處釀逡巡	383/8-4	五月江梅雨亦甘	388/8-1	滿面煙花春未盡	392/8-7
月中兔子去無影	383/8-5	長空新霽水滋涵	388/8-2	休論客路數旬過	392/8-8
鏡裏梅花照有神	383/8-6	相求蘭臭仲元二	388/8-3	**393**	
皎潔吾心聊自比	383/8-7	未醉篁陰徑作三	388/8-4	將歸之子治裝輕	393/8-1
何須投示世間人	383/8-8	獨愧聚星今拱北	388/8-5	負笈無論學業成	393/8-2
384		共誇歸鳥昨圖南	388/8-6	千里師門玄草長	393/8-3
綠竹蘭干映水紋	384/8-1	向隅之子却爲愈	388/8-7	三年親舍白雲橫	393/8-4
晚涼留客取微醺	384/8-2	坐聽湖山一茗譚	388/8-8	槖金買夜春難盡	393/8-5
世情翻覆手中雨	384/8-3	**389**		衣錦裁霞曉最明	393/8-6

想爾家山讀書處	393/8-7	篝馬風猶遠	399/8-3	池草夢覺傾蓋地	405/8-3
天橋花落海樓生	393/8-8	階蛩露尙微	399/8-4	海棠睡足讀書窓	405/8-4
394		檢書旋可燭	399/8-5	故人卜夜知何處	405/8-5
水天雲點綴	394/8-1	當酒未勝衣	399/8-6	君子乘春到此邦	405/8-6
捲箔美明輝	394/8-2	却恨南軒水	399/8-7	縱負梅花且留滯	405/8-7
隔壁砧聲緩	394/8-3	陰雲捲箔飛	399/8-8	哀鵑未度浪華江	405/8-8
堆盤豆莢肥	394/8-4	**400**		**406**	
今宵招友飲	394/8-5	飛來野鴨自南河	400/4-1	春水軒前秋水漲	406/26-1
去歲憶親歸	394/8-6	呼酒調羹待客過	400/4-2	碧簟青簾影瀲灔	406/26-2
孰與須磨浦	394/8-7	春水軒頭一醉臥	400/4-3	涼雨新晴暑猶餘	406/26-3
回帆載月飛	394/8-8	月明夢度綠江波	400/4-4	脫巾露頂試一望	406/26-4
395		**401**		薄霧漸消天如水	406/26-5
十三秋季月	395/8-1	曾是山陽引酒徒	401/4-1	洗出銀蟾照淨几	406/26-6
淸賞到于今	395/8-2	玄談靑眼奐戎俱	401/4-2	几上金玉連宵詩	406/26-7
風氣濾煙箔	395/8-3	竹林春老淸風起	401/4-3	墨痕猶濕繭蠶紙	406/26-8
水光送夜砧	395/8-4	棲宿文章一鳳雛	401/4-4	一篇遮洋舵樓上	406/26-9
授衣閨婦怨	395/8-5	**402**		一篇愛日園莊裏	406/26-10
拜賜謫臣心	395/8-6	暮天收雨月如蘇	402/8-1	今宵不可復虛過	406/26-11
白露及更滴	395/8-7	二八嬋娥影未濯	402/8-2	召我廚下供嘉旨	406/26-12
疏藤映溜深	395/8-8	百尺長橋疑擲杖	402/8-3	與君十載賞中秋	406/26-13
396		千尋積水可探珠	402/8-4	或於北渚或南樓	406/26-14
去年今夜駐歸鞍	396/4-1	蒼松倒影臨明鏡	402/8-5	我對明月徒嗟老	406/26-15
深對金波銀波寒	396/4-2	碧桂翻香墜玉壺	402/8-6	君看明月或自愁	406/26-16
可憐春水南軒月	396/4-3	茅屋今宵若無客	402/8-7	愁心千里遙相寄	406/26-17
猶作須磨浦上看	396/4-4	倚欄徒聽亂啼烏	402/8-8	家在山陽第幾州	406/26-18
397		**403**		家嚴自有家弟侍	406/26-19
八月九月竝相看	397/4-1	群賢禊飲再相同	403/8-1	祗應隨處醉忘憂	406/26-20
月明秋寒浪速干	397/4-2	江上新移一畝宮	403/8-2	我亦何慙舊面目	406/26-21
一落西江一周歲	397/4-3	稱得才名本三鳳	403/8-3	搜盡枯腸倚欄頭	406/26-22
家醪雖薄可爲歡	397/4-4	賀來居室更孤鴻	403/8-4	滿斟不辭今宵酒	406/26-23
398		題詩趣似并州舍	403/8-5	賞心轉勝昔日遊	406/26-24
娑婆半世幸同時	398/8-1	作序書傳晉代風	403/8-6	無那東方便易白	406/26-25
塵縛無緣接座獅	398/8-2	無復聚星人側目	403/8-7	紅蓼花明白露浮	406/26-26
社裏風流殊此域	398/8-3	閨餘春雨夜朦朧	403/8-8	**407**	
禪餘文字念吾師	398/8-4	**404**		家兒一歲正周遭	407/4-1
海潮音寄九泉訃	398/8-5	梅熟江天雨色餘	404/4-1	試就呼盤先取毫	407/4-2
水月觀留數丈詩	398/8-6	門生不用酒前除	404/4-2	不識能書何等事	407/4-3
他日空山相許否	398/8-7	流螢數點藝窓下	404/4-3	莫承乃父嗜風騷	407/4-4
西歸履迹遣人窺	398/8-8	休爲來賓閣讀書	404/4-4	**408**	
399		**405**		故人行縣有輝光	408/4-1
小橋暮雨過	399/8-1	追陪轉覺我心降	405/8-1	何處停車興最長	408/4-2
淺水早涼歸	399/8-2	雨閣晴軒倒酒缸	405/8-2	霜葉山林紅萬點	408/4-3

爭如報國赤心腸	408/4-4	江頭待爾相思字	415/8-7	**419**	
409		露滴兼葭雁未飛	415/8-8	浴衣輕拭倚前楹	419/8-1
帆席追飛白鷺洲	409/4-1	**416**		脂粉不汚顔如英	419/8-2
城樓映帶碧波流	409/4-2	斑鳩傳古樂	416/8-1	香汗全疑肌雪化	419/8-3
行盡有年千萬落	409/4-3	門閥盡秦嬴	416/8-2	薫蒸剩見鬟雲横	419/8-4
家山如咲待歸舟	409/4-4	曾取伶倫竹	416/8-3	微風楊柳將梳影	419/8-5
410		能爲太子笙	416/8-4	滴露芙蓉已頮情	419/8-6
昨夜微霜疑月光	410/4-1	雙鳧天外影	416/8-5	自愛守宮殘血色	419/8-7
床頭擧首思空長	410/4-2	孤鶴月中聲	416/8-6	水晶簾外夕陽明	419/8-8
江楓織出回文錦	410/4-3	謝世秋何地	416/8-7	**420**	
寸斷家人幾日腸	410/4-4	荒陵落日横	416/8-8	別後才傳字數行	420/8-1
411		**417**		遙心寫盡海雲長	420/8-2
看得城南白鷺洲	411/4-1	米田之山秀三原	417/21-1	客年舊會寒萍水	420/8-3
家園猶自隔長流	411/4-2	地鎭可觀坤德尊	417/21-2	人日新題照草堂	420/8-4
行縣今秋亦豐熟	411/4-3	形勢長餘大古色	417/21-3	身在江山唅有助	420/8-5
雲山如咲待歸舟	411/4-4	上有婺星下有蘐	417/21-4	疾稱泉石療無方	420/8-6
412		維昔降神何所誕	417/21-5	報君但憾梅難寄	420/8-7
雨餘春水映窓紗	412/4-1	列峙培塿好兒孫	417/21-6	一任東風送暗香	420/8-8
萍迹何時此作家	412/4-2	孝子不匱天錫祿	417/21-7	**421**	
野籟山骰供給足	412/4-3	滿地仙種幾斗斛	417/21-8	江皐憶昨屢追隨	421/8-1
不須人更頌椒花	412/4-4	夕陽春處石花飛	417/21-9	勝事唯存半簏詩	421/8-2
413		朝煙炊時雲子熟	417/21-10	舟逐柳花聽欸乃	421/8-3
少孤負笈出山村	413/8-1	不知是爲雪滿頭	417/21-11	酒傾荷葉並吟雖	421/8-4
偶感秋風憶舊園	413/8-2	粒粒猶要籌海屋	417/21-12	思鱸告別已三歲	421/8-5
南畝稻梁經可帶	413/8-3	此地桑滄何年改	417/21-13	捫蝨論文彼一時	421/8-6
東籬松菊徑猶存	413/8-4	勿復令田變爲海	417/21-14	時日再遊猶未報	421/8-7
豪華昔領名公墅	413/8-5	仁壽不騫又不崩	417/21-15	暮煙春草漫相思	421/8-8
德化今旌孝子門	413/8-6	縱遇禹公移不能	417/21-16	**422**	
何必瓜田培五色	413/8-7	呑吐雲霞立海濱	417/21-17	賓主共憑檻（憲）	422/16-1
文章揚顯故侯孫	413/8-8	屏顔如咲幾迎春	417/21-18	星辰僅映階（張）	422/16-2
414		海天遠望眉壽色	417/21-19	陰多天未雨（張）	422/16-3
一橋斜處夕陽斜	414/4-1	萬頃恩波浴其身	417/21-20	月暗地如霾（憲）	422/16-4
萍水歡君竟作家	414/4-2	翠黛濃抹碧嶙峋	417/21-21	絺綌猶愁熱（張）	422/16-5
二弟今春並來寓	414/4-3	**418**		杯尊好瀉懷（張）	422/16-6
紫荊移種故園花	414/4-4	數尺琅玕萬吹同	418/8-1	詩應雲漢擬（張）	422/16-7
415		三冬榾柮半爐紅	418/8-2	體啻柏梁佳（憲）	422/16-8
大國雄風引客衣	415/8-1	湘江夜雨聲如斷	418/8-3	談熟燈愈炳（憲）	422/16-9
治裝何日發京畿	415/8-2	梁苑秋煙氣始融	418/8-4	涼稀扇數排（張）	422/16-10
馬蹄水草生秋色	415/8-3	狐話堪聽無孔笛	418/8-5	層冰要着脚（張）	422/16-11
鴉背雲峯送晩暉	415/8-4	鳳儀難至不鳴箎	418/8-6	冷水欲忘骸（憲）	422/16-12
王醴百年看寵遇	415/8-5	虚心却起灰心死	418/8-7	粉葛非君愭（憲）	422/16-13
君羹千里賦懷歸	415/8-6	滿坐春生一管風	418/8-8	浮瓜可我儕（張）	422/16-14

明朝何處去（張）	422/16-15	茂松恒月屬誰人	427/8-8	千峯積素照吟眸	433/4-4	
會叩讀書齋（憲）	422/16-16	**428**		**434**		
423		主人暫省舊林欒	428/8-1	東牀坦腹報家親	434/8-1	
淡飯清茶取對君	423/8-1	留得生徒奉客歡	428/8-2	因見扁舟訪載人	434/8-2	
其如詩思近紛紛	423/8-2	載酒仍容侯子伴	428/8-3	月照屋梁猶是夢	434/8-3	
樓飲玉笛將鳴雨	423/8-3	題門豈作阮生看	428/8-4	井投車轄始爲眞	434/8-4	
門外銀橋未架雲	423/8-4	一龍難合夜空暗	428/8-5	十日交歡江上酒	434/8-5	
幽燭蛩聲今夜漏	423/8-5	三鳳相將春未闌	428/8-6	千金方藥海頭珍	434/8-6	
孤舟鶴影昨秋分	423/8-6	想像君家稱壽宴	428/8-7	陟岡此夕誰瞻望	434/8-7	
料知明日小山會	423/8-7	江亭風雨醉凭欄	428/8-8	兄弟天涯燕爾新	434/8-8	
碧桂天香先月薰	423/8-8	**429**		**435**		
424		馬融遙在廣陵東	429/8-1	共喜清時報有年	435/8-1	
春水當軒忽憶家	424/4-1	載酒徒尋絳帳中	429/8-2	幽人自得一酣眠	435/8-2	
一盆留得海棠花	424/4-2	不斷☐風絪緼	429/8-3	無波江上洗杯裏	435/8-3	
錦衣應與斑衣製	424/4-3	何妨細雨入簾櫳	429/8-4	不雨郊雲高枕前	435/8-4	
渚嶠斜陽五色霞	424/4-4	三春煙景堂無主	429/8-5	秋已稻粱登隴上	435/8-5	
425		四坐會盟詩有工	429/8-6	夜方鐘鼓寂城邊	435/8-6	
春來江上定思家	425/8-1	留守諸君誰鄭子	429/8-7	請看星象近呈瑞	435/8-7	
兄弟淹留寓浪華	425/8-2	相憑將寄一書筩	429/8-8	萬丈光芒亘曉天	435/8-8	
爲汝詩篇題棣萼	425/8-3	**430**		**436**		
於予杯酒覓柳花	425/8-4	狗寶聊來叫	430/8-1	江天遠電射衡茅	436/8-1	
柳梅當遣旅情慰	425/8-5	鷄壇此會盟	430/8-2	連璧同輝忽見敲	436/8-2	
柑橘仍將鄉味誇	425/8-6	開尊賓滿座	430/8-3	暮雨瀉☐根竹包	436/8-3	
試倚書櫻西望海	425/8-7	懷璧主連城	430/8-4	秋風吹落碧梧梢	436/8-4	
故園無恙在雲霞	425/8-8	歡豈論新舊	430/8-5	聚星此夕先會	436/8-5	
426		醉難記姓名	430/8-6	觀水何人定水交	436/8-6	
和風朗月入柴門	426/8-1	追隨不唯我	430/8-7	客裏相逢須盡醉	436/8-7	
獨點青燈標上元	426/8-2	寒月至前檻	430/8-8	尊鱸不必是佳肴	436/8-8	
江樹火疏人寂寞	426/8-3	**431**		**437**		
市橋星少鵲飛翻	426/8-4	映軒春水送東風	431/4-1	當局佳人國並傾	437/8-1	
心交蘭室夜遊燭	426/8-5	守歲今宵憶阿戎	431/4-2	誰言璧潤與冰清	437/8-2	
眉壽椿庭春酒尊	426/8-6	因識故園千里外	431/4-3	蛾眉猩口丹青巧	437/8-3	
待客花開膏一碗	426/8-7	紫荊花發復成叢	431/4-4	雪頰雲鬢黑白爭	437/8-4	
淸貧猶得悅家尊	426/8-8	**432**		玉手未分某冷暖	437/8-5	
427		此夜雲霞動海城	432/4-1	錦心先計賭輸贏	437/8-6	
家翁老去遺生辰	427/8-1	傾尊守歲二三更	432/4-2	蟬聯更有傷觀者	437/8-7	
因卜元宵訝衆賓	427/8-2	祇應藝苑成功日	432/4-3	默識喬家大小情	437/8-8	
彩筆爲求周小雅	427/8-3	一陣春風坐裏生	432/4-4	**438**		
華燈聊擬漢遺民	427/8-4	**433**		獨來爲客浪華洲	438/8-1	
千金稱壽千金夜	427/8-5	詞場談劇燭將流	433/4-1	蘆葉梅花春又秋	438/8-2	
萬斛消愁萬斛春	427/8-6	藤下閒窻月色浮	433/4-2	八斗君才人已仰	438/8-3	
詩酒江樓無限賞	427/8-7	偏愛都門雨晴後	433/4-3	孤琴同調日相求	438/8-4	

天涯別淚家三鳳	438/8-5	爲恥周家戰伐功	443/8-2	遮莫風波世上翻	447/8-8
江上閒情社一鷗	438/8-6	一去西山長歎息	443/8-3	**448**	
每喜草堂甘茗話	438/8-7	不歸北海竟終躬	443/8-4	水郭韶光入畫圖	448/8-1
未將羹膾促扁舟	438/8-8	千年高義今猶在	443/8-5	踏青吾亦杖相扶	448/8-2
439		萬古榮名忽已空	443/8-6	吾畿宿雪峯堆玉	448/8-3
三冬雨亦興堪乘	439/8-1	請看風雲交起日	443/8-7	四國餘霞海吐朱	448/8-4
徹履尋君几且憑	439/8-2	何人立筆此人同	443/8-8	柳港觀魚漢游女	448/8-5
蕨莢階前將盡潤	439/8-3	**444**		花街歌鳳楚狂夫	448/8-6
葭灰管裏欲飛蒸	439/8-4	瑩然菽乳味尤淸	444/8-1	回頭蒼靄山何邈	448/8-7
當歌寒送雲間鴈	439/8-5	修用般般炙或烹	444/8-2	獨醉黃公舊酒壚	448/8-8
溫酒春銷壺底冰	439/8-6	花亭旗亭春二月	444/8-3	**449**	
朔旦重逢南至日	439/8-7	松間香利夜三更	444/8-4	庸愚自守草玄關	449/8-1
何人白髮獨燃燈	439/8-8	斑斑瑪瑁紅爐色	444/8-5	問字胡爲客往還	449/8-2
440		隱隱雷霆鐵鼎聲	444/8-6	幽谷未追黃鳥出	449/8-3
烹芹割鴨野情親	440/8-1	賴爲王公疏澹泊	444/8-7	大江長對白鷗閒	449/8-4
四壁寒光未道貧	440/8-2	不令方璧價連城	444/8-8	十千酒債春宜負	449/8-5
銀燭秉來遊卜夜	440/8-3	**445**		三百詩篇歲每刪	449/8-6
金花釀得飮催春	440/8-4	浪速津頭第一枝	445/8-1	丁壯憁無寸功立	449/8-7
對君雙眼青依舊	440/8-5	此花曾向府城移	445/8-2	星霜已逼二毛斑	449/8-8
愧我二毛斑欲新	440/8-6	石山殘歲餐霞色	445/8-3	**450**	
老去詩篇纔似巧	440/8-7	金井寒宵醉月姿	445/8-4	初志難酬北復南	450/8-1
終年無益活斯身	440/8-8	異客國風歸化日	445/8-5	桑蓬當日奈爲男	450/8-2
441		覇王園物向榮時	445/8-6	櫪中驥足老將至	450/8-3
先客去時後客留	441/8-1	繁華凋謝千秋後	445/8-7	橋上驢蹄詩僅耽	450/8-4
燈檠對坐小層樓	441/8-2	獨有淸芳冒雪披	445/8-8	竹駐籃輿林苑賞	450/8-5
又無雄辨四鄰動	441/8-3	**446**		梅移木履野塘探	450/8-6
唯有餘香三日浮	441/8-4	獨坐臨江一畝宮	446/8-1	近近更有聽鶯約	450/8-7
座燦芙蓉初發夕	441/8-5	無聊幾度對春風	446/8-2	曾釀霜黃百斛柑	450/8-8
窓寒蟋蟀苦吟秋	441/8-6	少孤酒淚椒盤上	446/8-3	**451**	
啜茶論定新詞賦	441/8-7	多病藏身藥裏巾	446/8-4	一林春雨杏花芳	451/8-1
江總當年第一流	441/8-8	三等茅茨稀客履	446/8-5	濟世元知勝相良	451/8-2
442		數枝梅柳入詩筒	446/8-6	賣藥女兒名未著	451/8-3
日射江樓將欲曛	442/8-1	感懷書罷推窓望	446/8-7	鑪苓奴婢事常忙	451/8-4
春風裊裊紫羅裙	442/8-2	日照流澌起早鴻	446/8-8	蠹殘書裏神仙字	451/8-5
淸歌妙舞隨和切	442/8-3	**447**		羽化壺中日月光	451/8-6
香袖芳花相逐薰	442/8-4	百里長流碧映門	447/8-1	可咲煙霞自沈痼	451/8-7
更訝捧心逢越女	442/8-5	江聲春靜鳥聲喧	447/8-2	傳家肘後竟無方	451/8-8
猶疑鼓瑟對湘君	442/8-6	水紋欲斷初陽影	447/8-3	**452**	
自能嚴艶堪傾國	442/8-7	花朶猶含有雨痕	447/8-4	冰泮三層波自高	452/8-1
無問巫山巫峽雲	442/8-8	榮辱不驚心自恬	447/8-5	桃李何處一漁刀	452/8-2
443		縱橫無計舌徒存	447/8-6	鳧鷗沙暖迹爲字	452/8-3
誰憐淸操獨豪雄	443/8-1	生涯既是占乾沒	447/8-7	蘆荻洲晴筍若毫	452/8-4

村犬難尋秦眼飾	452/8-5	其所屆而鳴耶、	455/23-19	江天收宿雨	458/8-1
江魚堪弔楚風騷	452/8-6	我混沌之社、	455/23-20	曉鳥報晴啼	458/8-2
十年擬繼志和志	452/8-7	所以爲寄題也。	455/23-21	糧豈期三日	458/8-3
雨笠煙簑不敢勞	452/8-8	然士龍氏豈待此擧、	455/23-22	囊唯命一奚	458/8-4
453		而後鳴者歟。	455/23-23	欲尋丘壑侶	458/8-5
滄江一帶繞城陰	453/8-1	**456**		不憚道途泥	458/8-6
處處樓臺淑氣深	453/8-2	上天同雲滕	456/20-1	出郭時回望	458/8-7
釀得流霞春萬石	453/8-3	六呈瑞令人	456/20-2	連山帶霧低	458/8-8
卜來芳樹夜千金	453/8-4	頓生白銀世	456/20-3	**459**	
康街野馬過無迹	453/8-5	界中也願足	456/20-4	豈道翻盆雨	459/8-1
遠岫山雲出有心	453/8-6	下讀書窗下	456/20-5	今朝爲我停	459/8-2
誰識一灣坐第者	453/8-7	許多光景爲	456/20-6	千峯新紫翠	459/8-3
釣綸垂與世浮沈	453/8-8	以自是乎倘	456/20-7	一幅古丹青	459/8-4
454		爲神仙中人	456/20-8	斷雲橫野渡	459/8-5
奚囊探得幾山川	454/8-1	於數里街中	456/20-9	初日照林坰	459/8-6
間裏頻驚曆日遷	454/8-2	翩然過我玉	456/20-10	行將南澗藻	459/8-7
三十春迎未卓爾	454/8-3	江之橋更生	456/20-11	去薦北山靈	459/8-8
半旬風御仍冷然	454/8-4	一假光彩矣	456/20-12	**460**	
樓頭書影明藜火	454/8-5	家雖無不龜	456/20-13	愛此小春日	460/8-1
檻外鈴聲濕茗煙	454/8-6	手之奇才方	456/20-14	能令景致殊	460/8-2
行樂還追遊蝶去	454/8-7	廚下幸貯一	456/20-15	霜林紅爛漫	460/8-3
百花香處好酣眠	454/8-8	鈎詩鈎冀勿	456/20-16	雲嶂白模糊	460/8-4
455		吝移玉藤🮲	456/20-17	水急肥溪鱸	460/8-5
潮海之鳴、	455/23-1	🮲如在貴塾	456/20-18	山深美木腴	460/8-6
混混然、庀庀然、	455/23-2	提攜是祈早	456/20-19	愧吾詩筆拙	460/8-7
靈响電激、	455/23-3	貢爲妙望望	456/20-20	難作有聲圖	460/8-8
是其自鳴也。	455/23-4	**457**		**461**	
方風之激飅也、	455/23-5	雪裏仙舟既經	457/14-1	叢菊秋殘徑	461/8-1
旬隱匈礚、	455/23-6	一期昨遊追憶	457/14-2	山雲晝掩扉	461/8-2
蚙汎輣軋、	455/23-7	興趣勃然偶成	457/14-3	主人占客至	461/8-3
岑嶺飛騰、	455/23-8	一絶呈抱眞主	457/14-4	鄰舍挈魚歸	461/8-4
五嶽鼓舞、	455/23-9	人煩賢兄遞致	457/14-5	相看且驚喜	461/8-5
可謂天下壯觀也。	455/23-10	卽晚大洲達魯	457/14-6	何須論瘦肥	461/8-6
士龍氏既		花赤設觀惜之	457/14-7	舊懷難話盡	461/8-7
以忠孝鳴于國、	455/23-11	筵不拒蚕賞爲	457/14-8	對酒惜斜暉	461/8-8
其君賜第以旌焉、	455/23-12	妙把臂一堂當	457/14-9	**462**	
扁曰潮鳴。	455/23-13	蕩滌七八日之	457/14-10	浪遊知幾處	462/8-1
是其自鳴也者矣。	455/23-14	鄙吝心望念	457/14-11	去國廿年餘	462/8-2
誰爲獨鹿蓬勃、	455/23-15	五🮲神家單帖	457/14-12	曾對玉江酒	462/8-3
誰爲扶搖、	455/23-16	亦煩黃耳轉達	457/14-13	仍思金澤魚	462/8-4
羊角使其、	455/23-17	田家請勿愆期	457/14-14	風霜寒客鬢	462/8-5
自鳴者一越三千濟、	455/23-18	**458**		鴻雁斷鄉書	462/8-6

好此青山裏	462/8-7	新詩且與言	467/8-4	詠雪謝家才得匹	474/8-3
安眠水竹居	462/8-8	停車霜葉塢	467/8-5	稱冰樂氏老增豪	474/8-4
463		揮塵雨花墩	467/8-6	維春爲緩分眉宴	474/8-5
林壑曾遊處	463/8-1	塵縛未能解	467/8-7	此日何圖洗脚醪	474/8-6
風煙憶往時	463/8-2	催人暮鳥喧	467/8-8	疏潤半年猶未叙	474/8-7
蒼苔全沒迹	463/8-3	**468**		娱翁牀上臥遊高	474/8-8
白石半存詩	463/8-4	主人家在白雲嶺	468/4-1	**475**	
泉咽猶呼我	463/8-5	歸省秋風歡已深	468/4-2	江渚冬溫早綻梅	475/4-1
山圍更住誰	463/8-6	江上徒留鴻雁侶	468/4-3	枝枝非是窖中開	475/4-2
羡君結茆宇	463/8-7	蘆花新月入窓看	468/4-4	西南一夜風吹急	475/4-3
獨擅此中奇	463/8-8	**469**		飛入山城作雪堆	475/4-4
464		良朋並自遠方來	469/4-1	**476**	
骰簌山兼海	464/8-1	相遇玄亭寂寞哉	469/4-2	王蘂琪花簇短墻	476/8-1
鄰翁爲割烹	464/8-2	載酒何辭吾代酌	469/4-3	纍垂臨水有輝光	476/8-2
扱來五味水	464/8-3	問奇須待主人回	469/4-4	映窓長積殘春雪	476/8-3
調作數杯羹	464/8-4	**470**		盎尾難消清晝霜	476/8-4
菊徑餘蛩語	464/8-5	風信爭傳幾處春	470/4-1	閣上草玄嘲未解	476/8-5
楓林有鹿鳴	464/8-6	一瓶挿得數枝新	470/4-2	室中生白坐相忘	476/8-6
醉吟幽燭下	464/8-7	黃昏月下顏如玉	470/4-3	朝來剪得藏蛇蔓	476/8-7
急雨雜溪聲	464/8-8	渾是東西欽慕人	470/4-4	風雨新晴掛夕陽	476/8-8
465		**471**		**477**	
邨舍無鐘鼓	465/8-1	玉版糊成自絶瑕	471/8-1	南軒秋水溢	477/8-1
何知夜幾更	465/8-2	冰魂還得不看花	471/8-2	新涼爽抱懷	477/8-2
廚中唯鼠竊	465/8-3	能令滿奩無寒色	471/8-3	金波撼疏箔	477/8-3
牆外已雞鳴	465/8-4	最好袁安代雪華	471/8-4	玉露滴空階	477/8-4
紅葉撲燈落	465/8-5	清曉餘香風隔戶	471/8-5	赤壁遊何羨	477/8-5
白雲當戶生	465/8-6	黃昏逗影月籠紗	471/8-6	滄洲志未垂	477/8-6
朝來未遽去	465/8-7	斯中起臥冬溫足	471/8-7	爲緣風月好	477/8-7
抱膝倚前楹	465/8-8	宜在清簾孝養家	471/8-8	更覺酒骰佳	477/8-8
466		**472**		**478**	
有往已期返	466/8-1	北海天風送雪餻	472/4-1	黃昏幽逗見人妝	478/8-1
求閒却得忙	466/8-2	開緘咀嚼憶蘇卿	472/4-2	一哄嫣然立尙羊	478/8-2
山中僅一宿	466/8-3	代書慰別何情味	472/4-3	巷糞頓供紅豆餅	478/8-3
路上近相望	466/8-4	解得函題落雁名	472/4-4	地荷巧製碧雲裳	478/8-4
擊磬聲猶迴	466/8-5	**473**		溫柔綺席江堤草	478/8-5
過門思自長	466/8-6	龍若蟄石	473/4-1	明熾華燈野火桑	478/8-6
鄉原君莫責	466/8-7	頭角何見	473/4-2	彼美西方收媚黛	478/8-7
歸鳥噪斜陽	466/8-8	蛻而自珍	473/4-3	山頭落月恨餘光	478/8-8
467		其人龍變	473/4-4	**479**	
下山何問所	467/8-1	**474**		消暑南軒下	479/8-1
寺在一江村	467/8-2	別來絺俗旣絺袍	474/8-1	何煩賦一詩	479/8-2
古渡須吾友	467/8-3	親故須君首屢搔	474/8-2	潮通憑檻處	479/8-3

星爛捲簾時	479/8-4	**485**		身疑行在彩雲邊	487/8-8
貰得松花酒	479/8-5	先生杖國國何邊	485/24-1	**488**	
呼來瓠子巵	479/8-6	松風吹上若山煙	485/24-2	除夕南軒每飲醇	488/8-1
四鄰砧杵罷	479/8-7	煙波平日耽漁釣	485/24-3	非關送舊與迎新	488/8-2
滿袖有涼颸	479/8-8	釣得珊瑚滿錢船	485/24-4	偶因今夜屈高駕	488/8-3
480		汗漫遊敖三神島	485/24-5	先說前宵中聖人	488/8-4
天寒月暗美人來	480/4-1	滿山藥草碧芊芊	485/24-6	梅花帳裏眠才覺	488/8-5
領略春風入臘醅	480/4-2	涂福眼之果不死	485/24-7	柏葉杯前意復親	488/8-6
醉向浪華江上望	480/4-3	千載逢君真訣傳	485/24-8	請看江上廉纖月	488/8-7
流澌照繳一枝梅	480/4-4	仙家日月某一局	485/24-9	孰與橫渠一水春	488/8-8
481		何如人間忠孝全	485/24-10	**489**	
一水春風入墨池	481/4-1	歸來明主恩遇厚	485/24-11	海雲津樹費相思	489/8-1
南軒此日會童兒	481/4-2	不翅賜第倍俸錢	485/24-12	何計今年有勝期	489/8-2
書裙學得雲煙已	481/4-3	橘梓世榮名海內	485/24-13	賣藥市中憨舊業	489/8-3
散向江天雨若篠	481/4-4	芝蘭奕葉秀階前	485/24-14	探梅□□□□	489/8-4
482		優游以卒七十載	485/24-15	滿蹊桃李春無恙	489/8-5
舉家何處去	482/8-1	不知自己骨已仙	485/24-16	一水兼葭月亦宜	489/8-6
留得一門生	482/8-2	自哦新詩稱老賊	485/24-17	薄酒小鮮留話故	489/8-7
故國團欒宴	482/8-3	謝絕人貽祝壽篇	485/24-18	數聲回雁過天涯	489/8-8
空軒絕戀情	482/8-4	可謂嗇德不伐者	485/24-19	**490**	
微風消酒氣	482/8-5	謙謙受益理當然	485/24-20	曾知三秀色	490/4-1
暗水度砧聲	482/8-6	苓朮不假齡自引	485/24-21	長向一庭生	490/4-2
星聚海天外	482/8-7	海屋春秋籌幾千	485/24-22	千載令君茹	490/4-3
透簾光彩明	482/8-8	想當南浦蘆荻際	485/24-23	有斯令弟兄	490/4-4
483		群飛鳴鶴讓遐年	485/24-24	**491**	
薰風莢長見花繁	483/8-1	**486**		相思即命駕	491/8-1
幽賞無端滿後園	483/8-2	盍簪俱守歲	486/8-1	更喜得同行	491/8-2
筆到何嫌張敝愛	483/8-3	苦憶阿戎家	486/8-2	非避重陽厄	491/8-3
案齊寧負伯鸞恩	483/8-4	離別人千里	486/8-3	欲舒三歲情	491/8-4
餘霞天外山千片	483/8-5	弟兄天一涯	486/8-4	郊村秋納稼	491/8-5
織錦窓外月幾痕	483/8-6	今宵玄岬酒	486/8-5	野館夕飧英	491/8-6
春酒分來人自壽	483/8-7	故國紫荊花	486/8-6	明日登高約	491/8-7
不唯怡目又充餐	483/8-8	春水高軒外	486/8-7	前山急雨聲	491/8-8
484		紛紛出海霞	486/8-8	**492**	
臨水涼軒幾繫車	484/8-1	**487**		池田一夜雨	492/8-1
陰蟲切切繞階除	484/8-2	幽花曾致自西天	487/8-1	只尺隔相思	492/8-2
阿香天上傾瓢後	484/8-3	移種梵宮尤可憐	487/8-2	徒載白衣酒	492/8-3
姙女江心磨鏡初	484/8-4	香閣曉風吹已雨	487/8-3	不過黃菊籬	492/8-4
荷露滴殘秋扇遠	484/8-5	淨庭秋露濕難然	487/8-4	橫山幽逕滑	492/8-5
松風吹夜窓虛停	484/8-6	指揮如意珊瑚碎	487/8-5	平野宿雲披	492/8-6
杯聲斷簾前雨洗	484/8-7	補綴迦黎錦繡鮮	487/8-6	非是興情盡	492/8-7
出雲間一望舒□	484/8-8	一逕千莖沒人處	487/8-7	歸家難緩期	492/8-8

493		乃翁獲一顆	494/58-33	由來海外仙家物	496/8-7
鴻書自北京	493/8-1	歸來誇鄰里	494/58-34	能使雲霞坐裏生	496/8-8
秋季報歸程	493/8-2	言我宿志了	494/58-35	**497**	
偶攜同社侶	493/8-3	柔也其有紀	494/58-36	昨夜文星照草堂	497/8-1
仍被老僧迎	493/8-4	奇菓神所賜	494/58-37	席間相約此相將	497/8-2
黃菊非求醉	493/8-5	遊艸可以起	494/58-38	近因賤伎多爲累	497/8-3
白蓮要訪盟	493/8-6	起艸數千言	494/58-39	動輒低吟不作章	497/8-4
不識前宵雨	493/8-7	無句弗振綺	494/58-40	滴露階餘蓂葉冷	497/8-5
皇州尙未晴	493/8-8	筆柿實而華	494/58-41	捲簾雲泄桂花香	497/8-6
494		有味言其旨	494/58-42	來宵琴酒知何處	497/8-7
千里侍親輿	494/58-1	令人堪起孝	494/58-43	江樹棲鴉暗月光	497/8-8
跋涉山陰道	494/58-2	豈特爽牙齒	494/58-44	**498**	
道險不易行	494/58-3	我亦有家翁	494/58-45	舊社幽期偶有差	498/8-1
行旅塗肝腦	494/58-4	五嶽夙所企	494/58-46	同盟移在故人家	498/8-2
此行直勝遊	494/58-5	無奈嫁婆畢	494/58-47	十年身迹間鷗鷺	498/8-3
勝境必探討	494/58-6	老耄艱步履	494/58-48	一水風霜敗菼葭	498/8-4
以險却爲夷	494/58-7	輿馬非所欲	494/58-49	裘換酒占通夜飲	498/8-5
但伸吟情惱	494/58-8	何以接芳軌	494/58-50	筆揮詩發未春花	498/8-6
乃翁百不憂	494/58-9	嘿坐陽欄下	494/58-51	相逢四海皆兄弟	498/8-7
憂國惟雅好	494/58-10	暴背隱曲几	494/58-52	不必羈棲嘆歲華	498/8-8
七十一齒德	494/58-11	几前吾誦之	494/58-53	**499**	
三十一文藻	494/58-12	聊以悦其耳	494/58-54	水軒邀月坐宵分	499/8-1
怡悦山川美	494/58-13	此舉眞可羨	494/58-55	美醖嘉魚豈淺醻	499/8-2
不知旣至老	494/58-14	嗟賞無極已	494/58-56	凭檻偏歡無片雨	499/8-3
到處譜名區	494/58-15	斯文人爭傳	494/58-57	捲簾何管有微雲	499/8-4
古詠有所考	494/58-16	騰貴三州紙	494/58-58	市橋鵲影三更靜	499/8-5
澗花見春晚	494/58-17	**495**		莎岸蟲聲十里聞	499/8-6
峯雲怪夏早	494/58-18	巑岏日下鶴雲城	495/8-1	總爲高談驚帝座	499/8-7
晨險山驛棧	494/58-19	棲鶴停雲倚海瀛	495/8-2	桂花秋滿送清芬	499/8-8
昏度谿村造	494/58-20	欲等鶴齡雲萬朶	495/8-3	**500**	
定省坐臥穩	494/58-21	每呈雲瑞鶴千聲	495/8-4	雨痕星彩滿疏簾	500/4-1
不覺抵鴨島	494/58-22	檍原隨鶴雲容老	495/8-5	更有淸風室裏添	500/4-2
登拜柿仙祠	494/58-23	滕嶺摩雲鶴頂明	495/8-6	君試停杯燈下見	500/4-3
祠宇占流峙	494/58-24	仙鶴雲仍糧亦足	495/8-7	一盆秋樹綠猶霑	500/4-4
石川蘋藻足	494/58-25	飫肥雲鶴此長鳴	495/8-8	**501**	
千載不絕祀	494/58-26	**496**		陰陰竹樹囀黃鶯	501/8-1
肖像神如在	494/58-27	零露不承何所盛	496/8-1	翠幌朱欄雨半晴	501/8-2
衣冠鬚髯美	494/58-28	形摹數尺類金董	496/8-2	玉椀座無辭滿酌	501/8-3
右手執兔穎	494/58-29	春山經燒蕨薇長	496/8-3	錦衣客有説歸程	501/8-4
化爲籬邊柿	494/58-30	秋水含煙菡萏傾	496/8-4	近津淡靄帆千點	501/8-5
柿子如筆尖	494/58-31	把處看花多筆勢	496/8-5	鄰寺斜陽鐘數聲	501/8-6
其色靭帶紫	494/58-32	吹時捲葉少笳聲	496/8-6	它日荒陵如避暑	501/8-7

501					
海天西望不勝情	501/8-8	恂恂務範模	502/66-22	一旦作秦胡	502/66-62
502		吟曾壓元白	502/66-23	驥尾恨難附	502/66-63
幼出竹原曲	502/66-1	理正究程朱	502/66-24	鷗盟恐或渝	502/66-64
優游茅海隅	502/66-2	里是仁爲美	502/66-25	自茲浪華浦	502/66-65
爾時猶總角	502/66-3	鄰終德不孤	502/66-26	雲樹獨長吁	502/66-66
當日既操觚	502/66-4	春秋甫而立	502/66-27	他鄉召哲夫	502/66-34
書進練裙幅	502/66-5	晨夕奈如愚	502/66-28	應徵卽釋褐	502/66-35
詩工土火罏	502/66-6	志縱教初遂	502/66-29	干祿豈吹竽	502/66-36
心腸皆錦繡	502/66-7	家寧使後無	502/66-30	一宇東西學	502/66-37
咳唾盡璣珠	502/66-8	竟欣雁爲奠	502/66-31	六員新舊儒	502/66-38
令聞九皋鶴	502/66-9	更唱鳳將雛	502/66-32	逢衣雖異坐	502/66-39
斯才千里駒	502/66-10	故國有明主	502/66-33	泮水可同娛	502/66-40
酒翁興所發	502/66-11	因繫回舟纜	502/66-51	聞說恩榮渥	502/66-41
之子喜相扶	502/66-12	宜傾祖酒壺	502/66-52	由來器度殊	502/66-42
巖壑搜遐境	502/66-13	蘭言人競贈	502/66-53	拔群升士伍	502/66-43
煙霞極勝區	502/66-14	蓬首我空濡	502/66-54	賜告逆妻孥	502/66-44
親懽能自奉	502/66-15	稍厭銷魂賦	502/66-55	山驛戒輿隸	502/66-45
我僕不言痡	502/66-16	唯思軟脚酤	502/66-56	江關欀舳艫	502/66-46
巧紀道悠矣	502/66-17	滿囊全足獻	502/66-57	南津風舞柳	502/66-47
爭傳文煥乎	502/66-18	三釜實堪愉	502/66-58	北渚雨抽蒲	502/66-48
筆鋒無敵國	502/66-19	椿葉老逾壽	502/66-59	行李裝方就	502/66-49
紙價貴名都	502/66-20	荊花茂不枯	502/66-60	送梅晴且須	502/66-50
嘖嘖揚聲譽	502/66-21	廿年比補袽	502/66-61		

『葛子琴詩抄』『葛子琴詩』索引

-----【 ☐・主・童・罍・立・竝・痾・病・痛・痛・痕 】　　　　　　　0013₂

【 -----☐ 】		問奇須待○○回	470/4-4	【 0011₈ 竝 】	
☐如在貴塾	456/20-18	【主有無】		八月九月○相看	397/4-1
☐☐滄英☐☐	379/8-5	一簇桃花○○○	263/4-4	【 0012₁ 痾 】	
☐☐炊玉豈無哀	379/8-6	花木禪房○○○	295/4-2	抱○千里客	060/8-1
五☐神家単帖	457/14-12			嚴親抱○久	002/14-4
終遺☐蟲添寂寞	385/8-7	【 0010₄ 童 】		主人抱○近止酒	013/22-9
不斷☐風翻緗帙	429/8-3	呼○問盈缺	098/20-17	無可起沈○	049/8-2
探梅☐☐☐☐	489/8-4	南軒此日會童○	481/4-2		
暮雨瀉☐根竹包	436/8-3	【童子】		【 0012₇ 病 】	
各移玉藤☐	456/20-17	○○應相咲	100/16-15	○榻少間日	053/8-1
萬戶千門白玉☐	353/4-4	試歩奚須○○催	152/8-2	○後清籟竹	069/8-3
出雲間一望舒☐	484/8-8			○汝茶蘼自臘違	371/8-6
		【 0010₇ 罍 】		僧應待我	081/8-7
【 0010₄ 主 】		遠自西海○	004/16-2	○起未容浴沂水	152/8-7
○者誰何森家母	021/30-23			○汝茶蘼自臘違	371/8-6
○客本疎禮法	086/8-5	【 0010₈ 立 】		身○猶無死	061/8-3
盟○是越人	010/56-41	○馬蓮峯長夏雪	362/8-5	多○懶迎長者車	123/8-4
地○無常住	074/8-1	孤○名山北海頭	271/4-1	養○安貧一畝宮	167/8-1
國○轉加恩	110/32-4	葵花○廢畦	074/8-6	多○藏身藥裏巾	446/8-4
賓○共憑檻（憲）	422/16-1	何人○筆此人同	443/8-8	煙霞舊○躯	047/8-8
東道○阿誰	010/56-30	朧梅小○倚窓傍	190/8-1	想師離○褥	068/8-7
報道○在海西邊	023/34-2	河津崖拱○	003/24-5	孤雲不○貪	108/20-12
懷璧○連城	430/8-4	土牛春已○	069/8-5	入免夏畦○	007/30-18
爲緣臣○能相得	376/8-7	把釣心知○鷺	088/8-3	人免夏畦○	365/30-18
歸來明○恩遇厚	485/24-11	春秋甫而○	114/64-27	鍾情終疾○	050/8-3
君今逢明○	001/26-3	梅橘寒色○罏前	169/8-4	象頭山下○仙人	283/4-1
故國有明○	114/64-33	徒令弟子○窓前	288/4-4	野庄安置○禪師	304/4-1
故國有明○	502/66-33	春秋甫而○	502/66-27	人免夏畦○	365/30-18
問奇須待○人回	469/4-4	一咲嫣然○徜羊	478/8-2		
一絶呈抱眞○	457/14-4	五更楹外人猶○	211/8-7	【 0012₇ 痛 】	
三春煙景堂無○	429/8-5	悠然獨背秋陽○	339/4-3	我僕不言○	114/64-16
【主人】		丁壯憨無寸功○	449/8-7		
○○抱痾近止酒	013/22-9	【立海濱】		【 0012₇ 痛 】	
○○暫省舊林巒	428/8-1	吞吐雲霞○○○	014/20-17	我僕不言○	502/66-16
○○占客至	462/8-3	吞吐雲霞○○○	417/21-17		
○○家在白雲嶺	468/4-1	【立躊躇】		【 0013₂ 痕 】	
松菊○○徑就蕪	217/20-14	籬邊幾度○○○	214/8-8	雨○未乾階前苔	013/22-3
如是○○公	245/4-4	看花幾處○○○	318/4-4	淚○不乾竹紆縈	016/50-20
煙霞雨○○	111/24-24			潮○白版扉	059/8-6
天公能解○○意	140/8-7				

— 40 —

0013₂【 痕・疾・疫・疲・瘦・痼・療・亭・鹿・龐・庄・座・産・麻・塵 】0021₄

雨○松下榻	073/8-3	【 0020₁ 亭 】		獅○胡僧話	037/8-3
雨○暗濕綾羅襪	156/8-5	○構草玄玄論熟	143/8-3	獅○花薰三月雨	151/8-3
血○千點不消盡	334/4-3	林○寥廓纖埃絶	013/22-17	玉椀○無辭滿酌	501/8-3
墨○猶濕繭蠶紙	406/26-8	林○觴詠樂何窮	021/30-30	曾在此○屢相訂	016/50-37
雨○星彩滿疏簾	500/4-1	空○坐嘯久	103/20-19	開尊賓滿○	430/8-3
松煤○古香龍麝	018/32-12	空○返照多	222/4-4	塵縛無緣接○獅	398/8-2
丹臕映潮○	387/8-2	空○曉月斜	223/4-4	總爲高談驚帝○	499/8-7
綵幡閃閃墨○香	024/12-6	江○風雨醉凭欄	428/8-8		
獨餘濃淡墨○寒	322/4-4	花○旗亭春二月	444/8-3	【 0021₄ 産 】	
庭階新長綠苔○	162/8-8	班荊○榭連宵飲	146/8-5	破○幾年辭京畿	015/18-1
盈把黃花帶露○	184/8-1	沈香○下醉供奉	379/8-7		
御輿溥露補苔○	218/32-24	不折江○柳	002/14-1	【 0021₄ 麻 】	
花朶猶含有雨○	447/8-4	不酌江○酒	002/14-2	雨露桑○年有餘	300/4-2
織錦窓外月幾○	483/8-6	胙是南○長	094/40-31		
		山映林○水映門	162/8-2	【 0021₄ 塵 】	
【 0013₄ 疾 】		夕麗空○攜手來	174/8-1	○縛無緣接座獅	398/8-2
○意入煙霞	075/8-6	花裏旗○春三月	195/8-3	○縛未能解	467/8-7
○稱泉石療無方	420/8-6	花亭旗○春二月	445/8-3	陌○韜晦夜光珠	181/8-8
鍾情終○病	050/8-3	相遇玄○寂寞哉	469/4-2	揮○雨花墩	467/8-6
冉冉何等○	096/40-25	花裏旗○春二月	497/8-3	狹邪○浥新豐市	134/8-3
何事推遷○	113/20-5	價聲忽倍蘭○帖	125/8-5	轉覺紅○遠	032/8-4
天外音書憂母○	137/8-5	玄草難虛揚子	139/8-6	數度兵○都不染	130/8-7
		何人冒雨到玄○	343/4-4	衣桁承○鏡抹煙	189/8-2
【 0014₇ 疫 】		玄艸孤樽月入○	380/8-6	今朝僅出○	028/8-8
驅○疫難除	061/8-2			衣襟絶點○	083/8-8
驅疫○難除	061/8-2	【 0020₁ 鹿 】		夜市隔纖○	108/20-18
		白○年年來呈端	011/16-15	不翅絶纖○	111/24-18
【 0014₇ 疲 】		麋○沙邊伏	387/8-3	箇箇旣知○外賞	122/8-7
○容危石邊	084/8-4	誰爲獨○蓬勃、	455/23-15	混迹禁垣南陌○	131/8-2
		【鹿鳴】		潛迹麴街混世○	145/8-2
【 0014₇ 瘦 】		楓林有○○	464/8-6	迎風壺底絶纖○	383/8-1
清○元是耽雋句	013/22-14	王孫草暖○○長	266/4-4	【塵垢】	
清○太相似	075/8-7			○○未全離	247/4-1
微陽活○容	113/20-10	【 0021₁ 龐 】		曾離○○入圓通	021/30-24
何須論○肥	461/8-6	○眉尚齒德	112/28-7	【塵埃】	
				○○堆裏有蓬瀛	016/50-50
【 0016₀ 痼 】		【 0021₄ 庄 】		○○已一掃	033/8-8
可咲煙霞自沈○	451/8-7	野○安置病禪師	304/4-1	朝野少○○	094/40-10
				【塵縛】	
【 0019₆ 療 】		【 0021₄ 座 】		○○無緣接座獅	398/8-2
疾稱泉石○無方	420/8-6	○時僚與友	110/32-15	○○未能解	468/8-7
		○燦芙蓉初發夕	441/8-5		

— 41 —

0021₄【廛・竟・競・庇・齊・籯・廬・序・齊・齋・方】 0022₇

【 0021₄ 廛 】
夾水○居對峙　　　090/8-1
儒有孝槃在市○　　128/8-1

【 0021₆ 竟 】
○厭世上煩　　　　110/32-20
不歸北海竟終躬　　443/8-4
扁鵲○難治　　　　096/40-26
湖海○離群　　　　102/12-6
杜門○使雀羅孤　　217/20-16
不歸北海○終躬　　444/8-4
【竟不】
愚公移之○○能　　014/20-16
十載詞盟○○渝　　217/20-2
【竟將】
○○宜室淑　　　　091/16-3
○○學圃事安蔬　　126/8-6
【竟欣】
○○雁爲奠　　　　114/64-31
○○雁爲奠　　　　502/66-31
【竟無】
詩詞驚俗○○益　　167/8-3
月明南內○○情　　268/4-1
傳家肘後○○方　　451/8-8
【竟作家】
幽間○○○　　　　112/28-6
萍水歡君○○○　　414/4-2

【 0021₆ 競 】
○罷渡頭舟　　　　038/8-6
所以○助藻　　　　001/26-23
爭妍○艷地幾弓　　021/30-4
受業門生○揮灑　　024/12-3
【競贈】
蘭言人○○　　　　114/64-51
蘭言人○○　　　　502/66-53

【 0021₇ 庇 】
【庇庇】
混混然、○○然、　455/23-2

【 0021₇ 籯 】
滿○何若一編微　　177/8-8
病後清○竹　　　　069/8-3
門閥盡秦○　　　　416/8-2
錦心先計賭輸○　　437/8-6
【籯金】
○○何若一經存　　025/20-16
○○訓永存　　　　110/32-30

【 0021₇ 廬 】
菌苔峯陰懷舊○　　170/8-6
客滿江頭一草○　　175/8-1
避世深扁隱逸○　　214/8-6
白酒青燈一草○　　318/4-2

【 0022₂ 序 】
作○書傳晉代風　　403/8-6
河曲後○韻錚錚　　016/50-34

【 0022₃ 齊 】
火○燈殘不吐煙　　185/8-6
案○寧負伯鸞恩　　483/8-4
游戲○雲藤　　　　094/40-27
命賓○唱采蓮詞　　304/4-4
薰風重動○紈影　　138/8-5
中藏一宇蕭　　　　090/8-2
十二珠欄秋水○　　150/8-6

【 0022₃ 齋 】
○篆香林絶點埃　　118/8-2
市○黃梅熟（葛）　115/44-5
臘雪○寒僧喚來　　379/8-4
拚醉蕭○小春夜　　217/20-19
淅淅江○寒雨夜　　330/4-3
欲舉太白○啓明　　018/32-24
會叩讀書○（憲）　422/16-16
寒流晴嶂○藍青　　380/8-8
墨點雙眸常側○　　210/8-5

【 0022₇ 方 】
○風之激厲也　　　455/23-5
酒○今日豪　　　　043/8-4
上○昏黑出　　　　083/8-1
遊○春草外　　　　099/20-7
上○將報夕陽鐘　　121/8-8
四○有志懸弧矢　　171/8-3
夜○鐘鼓寂城邊　　435/8-6
葭莩○應候　　　　001/26-21
月明○有食　　　　009/34-31
春秋○五十　　　　040/8-3
不日○經始　　　　055/8-3
六根○清淨　　　　365/30-16
聊裁○寸裝歸衣　　366/12-12
千金○藥海頭珍　　434/8-6
梁稻穗○繁　　　　004/16-8
藥物古○書　　　　061/8-6
葉墜風○冷　　　　092/16-9
頗得一○察　　　　096/40-23
嗟此五○客　　　　102/12-3
行李裝○就　　　　114/64-49
雲漢圖○失（葛）　115/44-25
昏黑上○何處宿　　161/8-7
無那東○便易白　　406/26-25
彼美西○收媚黛　　478/8-7
行李裝○就　　　　502/66-49
當言游有○　　　　009/34-9
唯而起時○鑿革　　025/20-3
海上賣仙○　　　　035/8-4
五十春川○至時　　287/4-2
手之奇才○　　　　456/20-14
弧矢聊觀四○有　　025/20-15
尋師欲見一○人　　131/8-1
尊中竹葉氣○舒　　175/8-6
桑蓬夙忘四○遂　　362/8-3
良朋並自遠○來　　469/4-1
誰言彼美自西○　　116/8-1
野霧山雲鎖上○　　120/8-2
侍兒休進越人　　　187/8-8
疾稱泉石瘳無○　　420/8-6
傳家肘後竟無○　　451/8-8
【方此】
○○窮陰候　　　　005/18-5
○○節花盛開日　　021/30-29
今歲○○再週日　　025/20-17

0022₇ 【方・市・肓・帝・席・高・商・庸・腐・廊・廓・膏】						
【方丈】		呼吸應通上○闇	133/8-8	偶因今夜屈○駕	488/8-3	
春深○○室	037/8-1	野色蒼茫叫○魂	137/8-8	鼓枻醉歌調自○	307/4-2	
攜伴入○○	030/8-2	總爲高談驚○座	499/8-7	六月芙蓉雪色○	341/4-4	
【方壁】		【帝郷】		冰泮三層波自○	452/8-1	
却欣○○不連城	195/8-8	二郡煙花古○○	116/8-6	最翁牀上臥遊○	474/8-8	
不令○○價連城	444/8-8	煙景依稀古○○	266/4-2	【高低】		
却欣○○不連城	497/8-8			綠樹○○海畔城	374/8-6	
		【 0022₇ 席 】		亡論當日○○價	018/32-16	
【 0022₇ 市 】		○豈論五兩風	088/8-6	蜈蚣山古樹○○	150/8-4	
○門朝聽雷	094/40-20	○間相約此相將	497/8-2	【高臥】		
○視黃梅熟（葛）	115/44-5	祖○擬南皮	010/56-44	○○吾將老	047/8-7	
夜○隔纖塵	108/20-18	綺○祇當醉臥	087/8-7	○○虛窗下	072/8-7	
城○市山林一畝宮	164/8-2	掛○有封姨（葛）	115/44-4	○○鄉園待春日	172/8-7	
夜○拭餘淵客淚	206/8-3	敗○空囊僅自隨	215/8-1	○○君知否	240/4-3	
憝爲○井臣	111/24-20	扇○薰風篩竹影	218/32-23	不驚○○人	221/4-4	
長安○上解金龜	321/4-4	他○菊花宜共采	389/8-5	【高堂】		
賣藥○中憝舊業	489/8-3	帆○追飛白鷺洲	409/4-1	○○許夜遊	052/8-8	
陸沈都○遇三冬	124/8-1	溫柔綺○江堤草	479/8-5	影橫香動○○裏	192/8-7	
不觀燈○只觀梅	312/4-4	露華漵餘華○中	021/30-18			
沽酒門前夜○	090/8-5			【 0022₇ 商 】		
儒有孝槃在○塵	128/8-1	【 0022₇ 高 】		擬向○山採玉芝	180/8-8	
狹邪塵汩新豐○	134/8-3	○吟松籟和	032/8-5			
【市橋】		○林赤日上人相	151/8-5	【 0022₇ 庸 】		
○○星少鵲飛翻	426/8-4	才○五鳳樓	109/16-12	○愚自守草玄關	449/8-1	
○○鵲影三更靜	499/8-5	晬盤○設命杯尊	025/20-8	【庸醫】		
數里蹤○○	006/16-5	來吊○麗橋畔暮	125/8-7	求治一○○	060/8-2	
砧鳴烏語○○頭	022/8-5	四明○頂行相憩	133/8-7	只此一○○	105/20-16	
【市隱】		瓦樓○倚艷陽天	147/8-2	人間徒作凡○○	015/18-6	
○○階苔雨後多	392/8-2	北山○刹鵲巢居	173/8-1			
投簪○○重相招	217/20-1	古刹○標一抹霞	264/4-1	【 0022₇ 腐 】		
吾曹多○○	052/8-1	逢着○僧夜喫茶	270/4-2	螢火然○艸（葛）	115/44-13	
白子街衢供○○	135/8-3	千年○義今猶在	443/8-5			
		春水○軒外	486/8-7	【 0022₇ 廊 】		
【 0022₇ 肓 】		總爲○談驚帝座	499/8-7	廻○曲砌踏瑠璃	130/8-1	
膏○泉石知	060/8-4	千古一○標	036/8-8	激栂潮聲響○屋	260/4-2	
詩入膏○廿歲餘	153/8-1	淡路秋○雁寄遲	293/4-2			
泉石入膏○	048/8-4	明日登○何處好	356/4-3	【 0022₇ 廓 】		
		明日登○約	491/8-7	林亭寥○纖埃絶	013/22-17	
【 0022₇ 帝 】		事業千秋○縫帳	128/8-5			
○里山川知命日	170/8-7	如令松樹	230/4-3	【 0022₇ 膏 】		
況洒○王國	010/56-35	不雨郊雲○枕前	435/8-4	如○雨色乍濛濛	134/8-2	
霏微古○臺	094/40-40	吞聲黃鳥羽○下	200/8-5	腹内○脂玉自清	210/8-4	

| 0022₇ 【膏・廟・鷹・應・康・豪・庶・廉・府・廚・庭・爵】 0024₁ |

待客花開○一碗	426/8-7	○○卽釋褐	114/64-35	飴其香積○	365/30-21
【膏肓】		○○卽釋褐	502/66-35	【廚下】	
○○泉石知	060/8-4			○○幸貯一	456/20-15
詩入○○廿歲餘	153/8-1	【 0023₂ 康 】		如之○○盛割烹	018/32-19
泉石入○○	048/8-4	○街野馬蔬無迹	453/8-5	召我○○供嘉旨	406/26-12
		王母○寧且樂易	011/16-5		
【 0022₇ 廟 】				【 0024₁ 庭 】	
山南路自山王○	132/8-3	【 0023₂ 豪 】		○際片雲黑	053/8-7
		須避○兒鐵如意	205/8-7	一○蘭玉喜相引	023/34-21
【 0022₇ 鷹 】		酒方今日○	043/8-4	小○瓜菓陳	107/12-8
據鞍千里自○揚	138/8-1	飮寧讓汝○	062/8-6	階○覆了一車鹽	182/8-4
		誰憐清操獨○雄	443/8-1	洞○湖上葉飄夕	207/8-3
【 0023₁ 應 】		稱冰樂氏老增○	474/8-4	階○昨夜潤微霜	208/8-4
○是雨留賓	053/8-8	【豪華】		中○碧一泓	248/4-1
○咲人間會不多	158/8-8	○○瑞艸魁	094/40-28	滿○花似雪	257/4-1
○晒連朝漉酒巾	339/4-4	○○昔領名公墅	413/8-5	後○玉樹不勝秋	261/4-4
○眞舊鎭半千像	391/8-3	一種○○在草堂	208/8-2	階○撒了一車鹽	367/8-4
音○失律呂	092/16-7			淨○秋露濕難然	487/8-4
動○風媞媞	098/20-9	【 0023₇ 庶 】		後凋○院松	113/20-14
祇○隨處醉忘憂	406/26-20	綿綿爲○望猶存	218/32-4	陳瓜○上候蜘蛛	196/8-8
詩○雲漢擬（張）	422/16-7			滴作○花紅欲然	334/4-4
祇○藝苑成功日	432/4-3	【 0023₇ 廉 】		海棠○院始生香	390/8-8
蚖哉○問奇	010/56-32	請看江上○纖月	488/8-7	況奉趨○訓	096/40-7
爲龍○有悔	003/24-20	舟船猶覓孝○名	361/8-6	眉壽椿○春酒尊	426/8-6
故人○掃榻	067/8-1			長向一○生	490/4-2
病僧○待我	081/8-7	【 0024₀ 府 】		秋風幾長○菜	089/8-4
童子○相咲	100/16-15	曾辭熊○下	112/28-3	芝蘭滋得滿○叢	144/8-4
宿鷗○駭夢（岡）	115/44-23	不住蓮花○	036/8-1	一泓池畔半○隅	200/8-1
呼吸○通上帝閽	133/8-8	曾辭金澤○	045/8-1	茶梅花發滿○春	305/4-4
君王○不貴長生	268/4-4	采地在熊○	110/32-1	幾脚竹榻下中○	013/22-5
薄暮○知草堂近	347/4-3	筑紫花開○內春	131/8-6	當年爲予寫洞○	016/50-8
錦衣○與斑衣製	424/4-3	此花曾向○城移	445/8-2	【庭觀】	
葭莩方○候	001/26-21	湧出泉州舊○中	144/8-2	○○秋麥收	007/30-17
水檻人○怪	255/4-1			○○秋麥收	365/30-17
夜來更恠○眞會	021/30-21	【 0024₀ 廚 】		【庭階】	
可見衆賓○接處	024/12-11	○中唯鼠竊	465/8-3	○○蘭玉色	035/8-7
歸來縮地符○秘	301/4-3	行○六甲帶香檐	216/12-4	○○新長綠苔痕	162/8-8
【應須】		中○有術脫仙胎	379/8-2		
○○被酒行	065/8-8	萬家○帳足膨脬	212/8-4	【 0024₁ 爵 】	
異日○○稱鷟鸑	139/8-3	六甲之○八仙卓	023/34-11	松煤痕古香龍○	018/32-12
孝養○○勝虞舜	351/4-3	飴其香積○	007/30-21		
【應徵】		飯炊香積○	031/8-6		

— 44 —

0024₂【 底・夜 】　　　　　　　　　　　　　　　　0024₇

【 0024₂ 底 】		白須〇照神人迹	373/8-5	馬上奏歸清〇曲	262/4-3
爐〇燃霜葉	039/8-3	燐光〇暗草芋芋	185/8-8	過雁驚眠客〇長	294/4-1
函〇雲牋供白蠶	125/8-3	期君〇雪滿江天	288/4-2	浪速秋風一〇航	298/4-2
竈〇無煙蛙自生	199/8-6	騷壇〇宴好吹簾	359/8-6	鍛冶由來叔〇家	338/4-2
竈〇寒灰欲復然	372/8-2	白須〇照神人迹	373/8-5	倒履迎吾飲〇蘭	370/8-1
護花篷〇不曾眠	348/4-4	何知〇幾更	465/8-2	幽燭蛩聲今〇漏	423/8-5
醉眠篷〇雨滂沱	356/4-1	易迷夜〇夢	009/34-15	裵換酒占艷〇飲	498/8-5
迎風壺〇絕纖塵	383/8-1	良朋良〇喜相遇	013/22-2	細論文字飲既〇	018/32-4
護花篷〇不曾眠	348/4-4	小窓宜〇話	041/8-1	會有芳園卜清〇	019/14-5
醉眠篷〇雨滂沱	356/4-1	濤聲日〇連	070/8-2	玉江秋水新煎〇	141/8-7
迎風壺〇絕纖塵	383/8-1	瀟湘昨〇雨新晴	016/50-19	紗窓雪色攤書〇	180/8-3
寫入一奚囊〇還	336/4-2	留歡惜〇分	102/12-10	春深錦帳新昏〇	183/8-3
温酒春銷壺〇冰	439/8-6	論源晝〇馳（岡）	115/44-34	紙帳孤眠聞笛〇	192/8-5
虹彩煥發彩毫〇	021/30-17	歸鴻昨〇隔窓聆	139/8-1	抃醉蕭齋小春〇	217/20-19
		西灣昨〇一漁蓑	165/8-8	正是春江月盈〇	312/4-3
【 0024₇ 夜 】		西來今〇意何問	175/8-3	不必溪村明月〇	314/4-3
〇來恇應眞會	021/30-21	階庭昨〇潤微霜	208/8-4	浙浙江齋寒雨〇	330/4-3
〇朗樓中燭未呼	154/8-2	鐘聲半〇破愁眠	324/4-2	知君弔古題詩〇	360/8-7
〇樹樓臺描水面	166/8-5	扁舟昨〇試漁蓑	363/8-8	相思煙水蒼茫〇	361/8-7
〇擣麥炬早掃煤	313/4-1	橐金買〇春難盡	393/8-5	千金稻壽千金〇	427/8-5
〇坐間房燒木佛	320/4-3	水光送〇砧	395/8-4	銀燭秉來遊卜〇	440/8-3
〇方鐘鼓寂城邊	436/8-6	去年今〇駐歸鞍	396/4-1	【夜市】	
半〇廣寒霓裳曲	013/22-21	故人卜〇知何處	405/8-5	〇〇拭餘淵客淚	206/8-3
半〇推窓君試見	018/32-31	西南一〇風吹急	475/4-3	〇〇隔纖塵	108/20-18
半〇群酗催蠶發	023/34-13	松風吹〇窓癩停	484/8-6	【夜雨】	
叔〇業曾同	104/16-14	偶因今〇屈高駕	488/8-3	〇〇敲關寂草玄	128/8-4
長〇剪燈話	112/28-25	月明松院〇	048/8-7	〇〇添藍山抱野	178/8-3
昨〇飛光繞斗樞	201/8-8	還怕江樓〇	060/8-7	湘江〇〇聲如斷	194/8-3
此〇雲霞動海城	432/4-1	茗話堪終〇	063/8-7	湘江〇〇聲如斷	418/8-3
一〇黃公壚上飲	259/4-3	沽酒門前〇市	090/8-5	何圖前〇〇	065/8-1
一〇通仙去無迹	290/4-3	盍簪江上〇	101/16-15	池田一〇〇	492/8-1
半〇折頭風雨急	348/4-3	龍堂燈火〇傳來	118/8-4	滿地黃梅〇〇間	369/8-8
昨〇微霜始滿城	353/4-1	村巷漁罾〇尙懸	136/8-4	【夜寒】	
昨〇吟成傳燭篇	372/8-6	陌塵韜晦〇光珠	181/8-8	婦室〇〇嘆不寐	199/8-3
昨〇微霜疑月光	410/4-1	南內笙歌〇攪腸	187/8-6	銀燭〇〇窓外雨	326/4-3
此〇雲霞動海城	432/4-1	逢着高僧〇喫茶	270/4-2	【夜遊】	
昨〇文星照草堂	497/8-1	月下梅花〇斷魂	377/8-4	高堂許〇〇	052/8-8
陽月〇正長	005/18-1	閏餘春雨〇朦朧	403/8-8	心交蘭室〇〇燭	426/8-5
易迷〇夜夢	009/34-15	一龍難合〇空暗	428/8-5	孤燭何須照〇〇	022/8-6
獨院〇燈輝	103/20-4	松間香利〇三更	444/8-4	【夜月】	
同人〇叩朗公房	120/8-1	卜來芳樹〇千金	453/8-4	〇〇簾櫳語有無	196/8-6
白須〇照神人影	157/8-5	人迹縱橫五〇霜	213/8-4	〇〇影紛紛	248/4-3

0024 ₇ 【 夜・度・廈・廢・慶・摩・店・磨・唐・廣・床・亦 】 0033 ₀

猶言留○○	009/34-25	非乘黃鵠○青霄	017/8-5	【 0028 ₆ 廣 】	
【夜色】		青鞋布韤○江關	157/8-1	○島潮温牡蠣肥	172/8-6
南樓○○移	105/20-2	秋風鴻雁○天心	166/8-6	半夜○寒霓裳曲	013/22-21
織女機邊○○明	302/4-2	送梅晴渡○華津	281/4-1	馬融遙在○陵東	429/8-1
【夜三更】		青鞋布韤○江關	373/8-1	不翅良田與○廈	018/32-8
限詩絳燭○○○	018/32-26	臥裏煙霞幾○春	283/4-2		
愁人步月○○○	149/8-6	玉江橋上微風○	297/4-3	【 0029 ₄ 床 】	
松間香刹○○○	195/8-4	渚暗賓鴻聲未○	384/8-5	歲暮繩○藏蟋蟀	124/8-3
松間香刹○○○	445/8-4			棉花暖石○	029/8-8
松間香刹○○○	497/8-4	【 0024 ₇ 廈 】		鸞鳳堪依八尺○	197/8-6
【夜如年】		雲中有○屋	255/4-3	難支廿歲老人	209/8-4
相思枕冷○○○	189/8-4	不翅良田與廣○	018/32-8	盈尺瑤華沒石○	211/8-1
深閨獨坐○○○	265/4-1			【床頭】	
		【 0024 ₇ 廢 】		○○凍硯閟蒼蛇	125/8-4
【 0024 ₇ 度 】		葵花立○畦	074/8-6	○○舉首思空長	410/4-2
○我煙波筑紫陽	391/8-8	纍質連句○洗梳	188/8-2	蟋蟀○○始話情	354/4-2
幾○繼韋編	040/8-8	野衲學書蕉塢○	202/8-5		
幾○泣躊躇	050/8-8			【 0033 ₀ 亦 】	
幾○聚星明	101/16-16	【 0024 ₇ 慶 】		○各言志志相樂	018/32-27
幾○當年此御輿	126/8-8	土俗相○授概年	011/16-9	○煩黃耳轉達	457/14-13
數○兵塵都不染	130/8-7			我○迷津者	007/30-7
濟○曾聞選佛場	155/8-2	【 0025 ₂ 摩 】		我○飛揚甚	008/16-11
夕○海西隅	225/4-2	偉標○頂見	096/40-5	我○迷川者	365/30-07
濟○如無借	249/4-3	琴宜○詰彈	098/20-16	我○何慙舊面目	406/26-21
幾○幽尋到綠灣	331/4-2	梢頭○碧空	252/4-2	我○有家翁	494/58-45
幾○東西跋涉勞	341/4-1	滕嶺○雲鶴頂明	495/8-6	僑寓○不久	010/56-21
昏○谿村造	494/58-20	常喜按○煩素手	205/8-3	春濤○起余	061/8-8
道在○三千	064/8-6			草木○恩輝	100/16-6
返照○千峯	082/8-6	【 0026 ₁ 店 】		陰蟲○似多情思	166/8-7
東風○祓川	229/4-1	茅○呼醪對翠微	142/8-4	小池○渺茫	249/4-4
暗水○砧聲	482/8-6	茅○呼醪荻乳濃	317/4-2	想是○猶千秋質	366/12-9
鷗盟幾○温	110/32-18	曾是賣茶○	029/8-3	官清齡○妙	009/34-3
由來器○殊	114/64-42	荒村無憩○	067/8-5	餘粽葅○珍	111/24-8
玉江晴○一條虹	117/8-1			制同名○同	245/4-2
石橋春○澗花翻	133/8-6	【 0026 ₁ 磨 】		三冬雨○興堪乘	439/8-1
籬邊幾○立躊躇	214/8-8	○穿鐵硏鬢如絲	299/4-1	踏青吾○杖相扶	448/8-2
送梅晴○渡華津	281/4-1	孰與須○浦	394/8-7	今歲汚邪○不惡	011/16-4
春風直○大江來	313/4-4	猶作須○浦上看	396/4-4	行縣今秋○豐熟	411/4-3
月明夢○綠江波	400/4-4	妊女江心○鏡初	484/8-4	池子畫妙書○精	016/50-31
哀鵑未○浪華江	405/8-8			五月江梅雨○甘	388/8-1
無聊幾○對春風	446/8-2	【 0026 ₇ 唐 】		一水兼葭月○宜	489/8-6
由來器○殊	502/66-42	斑鳩舞樂入○學	129/8-3	仙鶴雲仍糧○足	495/8-7

0033。【 亦・忘・烹・意・文・卒・辛・率・章 】 0040₆

【亦有】		疾○入煙霞	075/8-6	仙相能○三翕翁	164/8-6
此鄉○○尊鱸美	012/12-8	雪○知何意	077/8-1	捫蝨論○彼一時	421/8-6
此鄉○○群才子	012/12-10	歸○壽無峯	093/12-10	書幌影虛○窗明	016/50-6
		隨○脫烏帽	112/28-17	不問送窮○就否	313/4-3
【 0033₁ 忘 】		客○兒無解	256/4-3	杖頭花柳百○錢	147/8-6
○它世上譁	112/28-10	無○讀書覓榮達	308/4-3	江楓織出回○錦	410/4-3
薄言○火宅	007/30-19	隨○吟筇不羨船	344/4-2	試搜盧叟五千○	141/8-6
貯嬌○伐性	094/40-29	何○荒陵我出遊	368/8-2	何處樓臺好屬	384/8-8
回望○筌坐石磯	355/4-2	如○寶珠龕放光	375/8-4	【文章】	
薄言○火宅	365/30-19	何如別○長	026/8-8	○○有敷奇	105/20-18
桑蓬夙○四方遂	362/8-3	指揮如○珊瑚碎	487/8-5	○○揚顯故侯孫	413/8-8
冷水欲○骸（憲）	422/16-12	豈無楊得○	010/56-37	遂使○○滿子身	020/6-2
室中生白坐相○	476/8-6	近來疏闊○	046/8-7	餘力○○富	110/32-9
【忘憂】		雪意知何○	077/8-1	題得○○準彩鳳	368/8-3
酌此○○物	104/16-7	酒茗君隨○	101/16-1	弱冠○○有典刑	380/8-2
祇應隨處醉○○	406/26-20	科頭暄背○遽遽	123/8-2	棲宿○○一鳳雛	401/4-4
【忘歸】		西來今夜○何問	175/8-3	【文字】	
自是○○去	082/8-7	菊徑停筇○自親	339/4-1	○○時於禪餘攻	021/30-26
金界遊○○	033/8-5	柏葉杯前○復親	488/8-6	細論○○飲既夜	018/32-4
般若醉○○	103/20-16	天公能解主人○	140/8-7	禪餘○○念吾師	398/8-4
每憶鄉土不○○	177/8-1	須避豪兒鐵如○	205/8-7	【文藻】	
【忘機】		【意如何】		○○纏其身	003/24-2
鷗鷺○○曾聚散	217/20-3	問君捐館○○○	125/8-1	三十一○○	494/58-12
白鷗憑几對○○	371/8-4	遠遊歸到○○○	165/8-1	【文煥乎】	
		舊遊零落○○○	259/4-1	爭傳	114/64-18
【 0033₂ 烹 】		遠遊歸去○○○	363/8-1	爭傳○○○	502/66-18
○君后瀨茶	243/4-2				
○葵只是石為厚	385/8-5	【 0040₀ 文 】		【 0040₈ 卒 】	
○芹割鴨野情親	440/8-1	○史其如我性慵	124/8-2	優游以○七十載	485/24-15
鼎中○露葵	039/8-4	○覺頭陀昔在家	267/4-1		
茶竈誰○六出芳	211/8-8	學○尋師友	009/34-5	【 0040₁ 辛 】	
圃正摘蔬○	101/16-8	斯○未喪天	051/8-4	畫圖勝景○夷塢	162/8-5
鄉翁為割○	464/8-2	斯○鎮在茲	096/40-40		
如之廚下盛割○	018/32-19	斯○人爭傳	494/58-57	【 0040₃ 率 】	
脩用般般炙或○	195/8-2	吳錦○堪奪	027/8-5	○從魚蝦輩	003/24-22
修用般般炙或○	444/8-2	九辨○憐汝才	089/8-6		
修用般般炙或○	497/8-2	昨夜○星照草堂	497/8-1	【 0040₆ 章 】	
		楊公記○并錄成	016/50-30	成○不斐然	051/8-8
【 0033₆ 意 】		俗士斥○才	094/40-22	文○有敷奇	105/20-18
○氣風霜凜	005/18-13	聖代崇○教	100/16-3	文○揚顯故侯孫	413/8-8
○使遲齡成米字	011/16-8	白馬經○由竺傳	129/8-4	遂使文○滿子身	020/6-2
○匠誰將一筆鋒	285/4-1	燒燭論○客倚樓	146/8-2	餘力文○富	110/32-9

— 47 —

0040 6【 章・交・離・奕・辨・牽・言・盲・音・松・吝・誰 】0061 4

題得文〇準彩鳳	368/8-3	總爲〇〇切	099/20-19	何時再晤〇	004/16-14
弱冠文〇有典刑	380/8-2			新詩且與〇	467/8-4
棲宿文〇一鳳雛	401/4-4	【 0043 2 奕 】		起艸數千〇	494/58-39
永好木瓜〇	054/8-6	〇代貽謀覯厥孫	218/32-2	就我苦求一〇贈	366/12-7
二頃無田佩印〇	171/8-4	芝蘭〇葉秀階前	485/24-14	豚兒三歲旣能〇	025/20-2
動輒低吟不作〇	497/8-4				
		【 0044 1 辨 】		【 0060 1 盲 】	
【 0040 8 交 】		九〇文憐汝才	089/8-6	扶歸海島〇流人	351/4-1
〇態久逾淡	057/8-5	又無雄〇四鄰動	441/8-3		
〇豈輕祧締	096/40-15	象緯由來能自〇	302/4-3	【 0060 1 音 】	
〇塾弟將昆	110/32-16			〇應失律呂	092/16-7
〇轉酒杯親	111/24-6	【 0050 3 牽 】		雅〇屬青衫	005/18-10
〇遊動輒隔銀河	158/8-2	百丈〇吟興（葛）	115/44-9	知〇到處山水在	019/14-9
枝〇棲鳳鸞	098/20-8			餘〇遠入海風傳	023/34-32
心〇蘭室夜遊燭	426/8-5	【 0060 1 言 】		鐘〇何處寺（岡）	115/44-15
莫使〇情似	041/8-7	〇我宿志了	494/58-35	妙〇遥入海潮長	155/8-8
一場〇似水	099/20-3	駕〇問棲逸	006/16-4	清〇寫入錦囊還	157/8-8
白毫〇映雪晴初	173/8-8	薄〇忘火宅	007/30-19	餘〇山水間	239/4-4
十日〇歡江上酒	434/8-5	當〇游有方	009/34-9	清〇寫入錦囊還	373/8-8
一絃八璜〇相奏	023/34-31	猶〇留夜月	009/34-25	潮〇近接古鐘長	375/8-6
長違如水〇	048/8-6	片〇猶未成	030/8-7	素絃〇自識	034/8-5
請看風雲〇起日	443/8-7	豈〇慇陸羽	036/8-3	天外〇書憂母疾	137/8-5
點頭頑石樹〇影	375/8-3	蘭〇幼已異	096/40-13	海潮〇寄九泉訃	398/8-5
觀水何人定水〇	436/8-6	休〇客裏情	101/16-14	琶海潮〇激草堂	360/8-8
		休〇退筆陣	109/16-9	衡門晝鎖足〇稀	371/8-1
【 0041 4 離 】		蘭〇人競贈	114/64-51	笙歌不必覓知〇	119/8-8
〇思結似楊柳煙	012/12-3	誰〇彼美自西方	116/8-1	松風前殿送潮〇	122/8-4
〇別人千里	486/8-3	寄〇吏部唯看弄	210/8-7	何如筑紫舊潮〇	326/4-4
似〇二十霜	009/34-19	休〇無一物	227/4-3	莫訝南鴻絶信〇	328/4-1
曾〇塵垢入圓通	021/30-24	薄〇忘火宅	365/30-19		
想師〇病褥	068/8-7	誰〇璧潤與冰清	437/8-2	【 0060 4 吝 】	
湖海竟〇群	102/12-6	蘭〇人競贈	502/66-53	〇移玉藤☐	456/20-17
情話將〇恨	109/16-15	再會〇不虛	009/34-18	鄙〇心望望念	457/14-11
那用嘆羈〇	010/56-48	鷄壇〇勿違	010/56-42		
淡雲樹合〇（岡）	115/44-38	亦各〇志志相樂	018/32-27	【 0061 4 誰 】	
塵垢未全〇	247/4-1	足以〇吾志	034/8-3	〇復定推敲	048/8-8
不知何代古〇宮	310/4-2	有味〇其旨	494/58-42	〇傳圯上卷	049/8-5
【離披】		醖醹薄〇酌	005/18-17	〇就園池預種蓮	128/8-8
〇〇怪石間	250/4-1	我僕不〇痛	114/64-16	〇書癸丑年	229/4-4
花柳〇〇迹已空	381/8-2	菊水誰〇家記號	218/32-31	〇倚陰崖一樹松	315/4-4
【離情】		濁酒清〇須達曉	338/4-3	〇知二萬洞中秘	342/4-3
〇〇浪速水	093/12-9	我僕不〇痛	502/66-16	〇誰初發芙蓉	087/8-4

0061₄【 誰・訪・讁・讓・諧・提・亡・亳・甕・玄・衣 】　　0073₂

○呼爲菜本同根	377/8-2	○○籬落款冬老	282/4-3	【 0071₄ 亳 】	
噴珠○收拾	003/24-14	富貴○○植牡丹	273/4-1	援○憶魯臺	106/20-8
主者○何森家母	021/30-23	不識○○種菊苗	345/4-4	白○交映雪晴初	173/8-8
才藻○如公	027/8-8	【誰所】		龍蛇鬪處○遒勁	370/8-3
此盟○最健	032/8-8	枝巢○○止	092/16-3	虹彩煥發彩○底	021/30-17
蜜藏○窺得	064/8-7	福地豐州○○創	391/8-1	蕭疏字字出○端	322/4-1
細君○進犠	113/20-7	【誰人】		試就呼盤先取○	407/4-2
今日○懸照心鏡	187/8-3	○○苦憶鱸	080/8-8	蘆荻洲晴筍若○	452/8-4
玉版○工印渥丹	191/8-1	○○試落生花筆	202/8-7		
銀盆○向碧空傾	199/8-1	邦國○○貽縞帶	146/8-3	【 0071₇ 甕 】	
茶竈○烹六出芳	211/8-8	茂松恒月屬○○	427/8-8	風吹○牖芭蕉敗	126/8-3
遺構○茶室	245/4-1	【誰憐】			
意匠○將一筆鋒	285/4-1	○○清操獨豪雄	443/8-1	【 0073₂ 玄 】	
探勝○能從酒翁	362/8-1	枯客衰鬢有○○	189/8-1	○詞苦向晴中華	181/8-1
彩服爲○遺	096/40-30			○圖像桃仙	254/4-1
東道主阿○	010/56-30	【 0062₇ 訪 】		○談青眼與戎俱	401/4-2
銀鉤鐵畫○相爭	016/50-32	玉江過○此登樓	140/8-2	譚○覺有神	053/8-2
碧雲篇什○唱和	021/30-27	相攜相○且開顏	369/8-2	譚○養素人相賞	377/8-7
風流客是○	105/20-14	白蓮要○盟	493/8-6	因煩○晏子	001/26-17
留守諸君○鄭子	429/8-7	因見扁舟○載人	434/8-2	說與○俗及偃伛	023/34-6
阧岡此夕○瞻望	434/8-7			一路○黃馬	067/8-3
山圍更住	463/8-6	【 0062₇ 讁 】		銜泥○燕水相掠	390/8-5
滿盤肴核爲○設	013/22-11	拜賜○臣心	395/8-6	相遇○亭寂寞哉	469/4-2
朱明錢氏爲○筆	018/32-13	人間何處○星郎	186/8-1	澹泊草○人	108/20-2
遊魚橋上與○觀	385/8-4			亭構草○論熟	143/8-3
雙袖餘香欲贈○	019/14-4	【 0063₂ 讓 】		風雨草○嘲未解	180/8-5
咄咄空中書者○	207/8-1	豈○孟家三百片	141/8-5	閑上草○嘲未解	476/8-5
【誰言】		飲寧○汝豪	062/8-6	亭構草玄○論熟	143/8-3
○○彼美自西方	116/8-1	群飛鳴鶴○遐年	485/24-24	行行巧寫草○奇	207/8-6
○○璧潤與冰清	437/8-2			堪登藝閣晒○甲	209/8-5
菊水○○家記號	218/32-31	【 0066₁ 諧 】		何人冒雨到○亭	343/4-4
【誰識】		到處○名區	494/58-15	庸愚自守草○關	449/8-1
○○此君德	097/12-7			夜雨敲關寂草○	128/8-4
○○臨春歌舞罷	261/4-3	【 0068₁ 提 】		【玄艸】	
○○一灣坐第者	453/8-7	○攜是祈旱	456/20-19	○○覺居幽	052/8-6
【誰爲】				○○孤樽月入亭	380/8-6
○○獨鹿蓬勃、	455/23-15	【 0071₀ 亡 】		今宵○○酒	486/8-5
○○扶搖、	455/23-16	○論當日高低價	018/32-16	【玄草】	
【誰家】		筆鋒○敵國	114/64-19	○○難虛揚子亭	139/8-6
○○懸鐵炭	106/20-5	射利任○財	094/40-30	千里師門○○長	393/8-3
○○紅女積功夫	196/8-1	彼美雖○矣	096/40-39	若非寂寞成○○	124/8-5
		弟兄湖海或○矣	152/8-5		

— 49 —

0073₂【 衣・哀・衰・裏・褻・藝・六 】

【 0073₂ 衣 】

○襟絶點塵	083/8-8
○桁承塵鏡抹煙	189/8-2
○錦裁霞曉最明	393/8-6
○冠鬚鬢美	494/58-28
初○歛薛蘿	049/8-4
逢○雖異坐	114/64-39
裳○薄暑絺（岡）	115/44-42
紅○畫舫並橈通	117/8-4
搴○向入白雲深	122/8-8
無○却畏霜威迫	123/8-7
賜○宰相白雲間	179/8-4
浴○輕拭倚前楹	193/8-1
浴○輕拭倚前楹	419/8-1
無○九月身猶暖	215/8-3
三○薰染白雲芽	290/4-1
授○閨婦怨	395/8-5
浴○輕拭倚前楹	419/8-1
錦○應與斑衣製	424/4-3
錦○客有説歸程	501/8-4
逢○雖異坐	502/66-39
尸解○空掛	036/8-5
刻畫○裳五色霞	205/8-2
滴爲○裏珠	225/4-4
蕉衫荷○白露滋	015/18-18
錦繡歸○欲相照	303/4-3
婀娜紅○映茜裙	350/4-2
徒載白○酒	492/8-3
何如釋褐○	100/16-8
灝氣透羅○	103/20-20
西風送袷○	227/4-2
當酒未勝	399/8-6
欲教君製初○去	128/8-7
嵐山紫翠染○秋	314/4-4
錦衣應與斑○製	424/4-3
麥秋郊外試春○	142/8-2
上國初陽映錦○	172/8-2
三春柑酒映鶯○	177/8-4
白雲明月滿禪○	319/4-2
滿江風雪一蓑○	355/4-1
聊裁方寸裝歸○	366/12-12
大國雄風引客○	415/8-1

【衣巾】

更覺○○冷	097/12-11
不濕○○濺涕洟	183/8-1

【 0073₂ 哀 】

○鵑未度浪華江	405/8-8
草螢○微命	007/30-26
埋玉○空切	110/32-29
艸螢○微命	365/30-26
逝水聖其○	094/40-34
□□炊玉豈無○	379/8-6
客裏佳辰却耐○	389/8-1

【 0073₂ 衰 】

○草千廻徑	028/8-3
枯客○鬢有誰憐	189/8-1
斯道歇○鳳	050/8-1
一線添○鬢	113/20-9

【 0073₂ 裏 】

此○新知卽舊知	019/14-8
屋○避霜威	092/16-12
園○尙留春	111/24-10
封○才開氣更薰	141/8-4
畫○江山千里鏡	147/8-5
管○葭孚灰未動	175/8-5
夢○逢君悲永訣	189/8-7
花○旗亭春三月	195/8-3
臥○煙霞幾度春	283/4-2
雪○芙蓉初發色	332/4-3
竹○林鳩呼婦急	374/8-3
鏡○梅花照有神	383/8-6
客○佳辰却耐哀	389/8-1
藤○風流殊此域	398/8-3
客○相逢須盡醉	436/8-7
客○佳辰却耐哀	389/8-1
間○頻驚曆日遷	454/8-2
雪○仙舟旣經	457/14-1
花○旗亭春二月	497/8-3
塵埃堆○有蓬瀛	016/50-50
江湖雪○花	075/8-8
休言客○情	101/16-14
蹇驢雪○詩寧拙	117/8-5
絶纓宮○千條燭	201/8-3
任佗眼○爲青白	217/20-17
滴爲衣○珠	225/4-4
春宵宮○春霄長	260/4-1
難波寺○名尤著	264/4-3
珊瑚寺○長蒼苔	269/4-1
長松樹○聽笙竿	272/4-4
江城畫○抹斜陽	279/4-2
陰森竹○路逶迤	358/4-1
葭灰管○欲飛蒸	439/8-4
蠹殘書○神仙字	451/8-5
梅花帳○眠才覺	488/8-5
生長江湖○	003/24-3
花隱朱櫻○	229/4-3
不厭浮杯○	257/4-3
好此青山○	462/8-7
香閣令人夢○蹟	150/8-2
二郡人家霧○連	169/8-6
十五年光夢○過	259/4-2
夢入華陽洞○看	273/4-4
卽指暮雲愁○地	390/8-3
多病藏身藥○巾	446/8-4
更有清風室○添	500/4-2
蘆荻亂飛吹笛○	127/8-3
伏火神仙丹竈○	179/8-3
影橫香動高堂○	192/8-7
一揮瀟洒清風○	284/4-3
一篇愛日園莊○	406/26-10
無波江月洗杯○	435/8-3

【裏生】

一陣春風坐○○	432/4-4
能使雲霞坐○○	496/8-8

【 0073₂ 褻 】

【褻褻】

○○輕煙亘太虛	198/8-1
○○歸雲雲母坂	317/4-3

【 0073₂ 藝 】

豈以羊裘相狎○	355/4-3

【 0 0 8 0 ₀ 六 】
○齡能寫字　　　096/40-9
○呈瑞令人　　　456/20-2
一頭○六鱗　　　003/24-1
松蘿○幅圖　　　047/8-4
法自○朝傳　　　064/8-2
一頭六○鱗　　　003/24-1
歷級已○十　　　003/24-10
月明三十○灣秋　017/8-3
鯨鐘波激○時風　151/8-4
茶竃誰烹○出芳　211/8-8
【六根】
○○覺清淨　　　007/30-16
○○方清淨　　　365/30-16
【六員】
○○新舊儒　　　114/64-38
○○新舊儒　　　502/66-38
【六甲】
○○之廚八仙卓　023/34-11
行廚○○帶香檐　216/12-4
【六月】
○○芙蓉雪色高　341/4-4
江風○○冷侵人　281/4-4

【 0 0 9 0 ₄ 棄 】
紈扇秋將○　　　041/8-3
遂與班姬○捐去　197/8-7

【 0 0 9 0 ₆ 京 】
○洛曾遷舍　　　058/8-1
醉向○橋月下船　348/4-2
曾遊○洛今將歸　366/12-6
道是遊○里　　　010/56-29
鴻書自北○　　　493/8-1
【京師】
地驀大和古○○　011/16-14
客有昨返自○○　019/14-1
【京畿】
破産幾年辭○○　015/18-1
治裝何日發○○　415/8-2

【 0 0 9 1 ₄ 雜 】

松風○櫂歌　　　078/8-8
急雨○溪聲　　　464/8-8
城中鼓角○風雷　376/8-2

【 0 1 2 1 ₁ 龍 】
○潛昔在淵　　　040/8-2
○堂燈火夜傳來　118/8-4
池冰泮好幽尋　　119/8-1
○驅風雨八王山　157/8-4
○泉煙擁寺門浮　159/8-6
○蟠曾據三州地　218/32-5
○驅風雨八王山　373/8-4
○若蟄石　　　　473/4-1
爲○應有悔　　　003/24-20
蒼○鳴鮫函　　　005/18-14
一○難合夜空暗　428/8-5
士○氏旣以忠孝
　鳴于國、　　　455/23-11
行遇○山佳節會　357/4-3
然士○氏豈待此舉、455/23-22
其人○變　　　　473/4-4
空有猶○歎　　　048/8-5
氣吐雙○劍　　　109/16-11
行雨金○奔叱馭　201/8-5
月落青○舟未返　260/4-3
燈明不現○　　　085/8-4
聊吟輿窟○　　　093/12-4
燈擎不現○　　　386/8-4
松煤痕古香○麝　018/32-12
【龍鱗】
○○金可數　　　248/4-4
鳳翼與○○　　　250/4-3
【龍蛇】
○○鬪處毫遒勁　370/8-3
醉後○○隨走筆　145/8-3

【 0 1 2 4 ₇ 敲 】
○來野寺扉　　　103/20-2
夜雨○關寂草玄　128/8-4
誰復定推○　　　048/8-8
連壁同輝忽見○　436/8-2

【 0 1 2 8 ₆ 顏 】
屛○如咲迎幾春　014/20-18
屛○如咲幾迎春　417/21-18
惆帳紅○凋謝地　185/8-7
似墜苔○施後粉　190/8-3
自是足怡○　　　002/14-9
怜君芙蓉○　　　006/16-13
九轉靈丹○可駐　013/22-8
脂粉不汚○若英　193/8-2
綠扇掩紅○　　　219/4-4
事親共説怡○好　218/32-13
清管秋開女史○　157/8-6
一片餐采且駐○　179/8-2
相攜相訪且開○　369/8-2
彤管秋開女史○　373/8-6
【顏如】
脂粉不汚○○英　419/8-2
黃昏月下○○玉　470/4-3
【顏映】
榴花酡○○　　　007/30-24
榴花酡○○　　　365/30-24

【 0 1 6 2 ₀ 訂 】
曾在此座屢相○　016/50-37
如是勝會幾回○　018/32-28

【 0 1 6 4 ₀ 訝 】
莫○南鴻絶信音　328/4-1
更○捧心逢越女　442/8-5
憶昨試周○義故　025/20-7
因卜元宵○衆賓　427/8-2

【 0 1 6 4 ₆ 譚 】
眞如○習靜　　　103/20-15
幾人○笑趨陪　　118/8-8
日月手○催　　　094/40-26
坐聽湖山一茗○　388/8-8
【譚玄】
○○覺有神　　　053/8-2
○○養素人相賞　377/8-7

0166₁【 語・甑・端・訓・託・訴・誕・話・刻・新 】						0292₁
【 0166₁ 語 】		獅座胡僧〇	037/8-3	識韓寧謂〇	111/24-4	
張燈〇喃喃	005/18-2	小窗宜夜〇	041/8-1	狹邪塵浥〇豐市	134/8-3	
砧鳴烏〇市橋頭	022/8-5	長夜剪燈〇	112/28-25	玉江秋水〇煎夜	141/8-7	
階明蟲亂〇	103/20-11	篷窗並枕〇當時	357/4-1	春深錦帳〇昏夜	183/8-3	
夜月簾櫳〇有無	196/8-6	雨冷紗窗舊〇時	183/8-4	淡淡露梢〇	224/4-2	
菊徑餘蛩〇	464/8-5	蟋蟀床頭始〇情	354/4-2	江湖泛宅幾〇笠	178/8-5	
雨斂梅天鳥〇喧	218/32-18	薄酒小鮮留〇故	489/8-7	歸來添得數株〇	131/8-8	
篷窗漫作嗟來〇	280/4-3	歸來雲水多茶〇	333/4-3	園稱挹翠翠微〇	143/8-4	
		每喜草堂甘茗〇	438/8-7	樹色山光雨後〇	281/4-2	
【 0211₄ 甑 】				兄弟天涯燕爾〇	434/8-8	
興居十歲古青〇	128/8-6	【 0280₀ 刻 】		愧我二毛斑欲〇	440/8-6	
歲月歸家一舊〇	178/8-6	〇畫衣裳五色霞	205/8-2	一瓶插得數枝〇	470/4-2	
		篆〇雕蟲為技大	171/8-5	非關送舊與迎〇	488/8-2	
【 0212₇ 端 】		春葩頃〇開	001/26-24	【新詩】		
幽賞無〇滿後園	483/8-2	彫蟲篆〇豈容易	015/18-9	〇〇且興言	467/8-4	
白鹿年年來呈〇	011/16-15	多時篆〇且彫蟲	167/8-6	自哦〇〇稱老賊	485/24-17	
蕭疏字字出毫〇	322/4-1			共吟雲樹〇〇句	217/20-5	
一陣涼飈動樹〇	385/8-2	【 0292₁ 新 】		向我數求贈〇〇	015/18-4	
		〇畬新年何叢祠	011/16-13	【新詞】		
【 0260₀ 訓 】		〇增聲價右軍書	170/8-4	〇〇寫入五絃中	381/8-8	
鬻金〇永存	110/32-30	〇荷池上碧筩杯	174/8-6	上林賦〇〇	010/56-38	
況奉趨庭〇	096/40-7	〇制樺皮色自殷	202/8-1	啜茶論定〇〇賦	441/8-7	
		〇涼爽抱懷	477/8-2	同輝華萼入〇〇	359/8-8	
【 0261₄ 託 】		此裏〇知卽舊知	019/14-8	【新舞】		
〇生正遇一甲子	023/34-3	展覽〇圖畫	085/8-7	〇〇好移笻	067/8-2	
		美哉〇築輪奐	087/8-1	〇〇好彷徨	079/8-4	
【 0263₁ 訴 】		三冬〇史業	101/16-11	〇〇堪怡目	081/8-1	
朝朝翹首〇初陽	186/8-8	庭階〇長綠苔痕	162/8-8	火天〇〇後	095/12-1	
		月照〇林醉未回	174/8-8	稻魷〇〇醉田園	218/32-16	
【 0264₁ 誕 】		宿昔〇收水寺煙	340/4-1	長空〇〇水滋涵	388/8-2	
維昔降神何所〇	014/20-5	展覽〇圖畫	386/8-7	【新釀】		
維昔降神何所〇	417/21-5	長空〇霽水滋涵	388/8-2	椒花〇〇酒	061/8-5	
		探勝〇題廿四場	391/8-4	養老甘泉〇〇醴	138/8-7	
【 0266₄ 話 】		江上〇移一畝宮	403/8-2	【新歌】		
〇盡三年別後心	326/4-2	人日〇題照草堂	420/8-4	微風疏雨入〇〇	158/8-6	
茗〇堪終夜	063/8-7	千峯〇紫翠	459/8-3	異鄉山水獨〇〇	165/8-4	
間〇揮長柄	101/16-9	蘆花〇月入窗看	468/4-4	異鄉山水獨〇〇	363/8-4	
情〇將離恨	109/16-15	漸覺翠微〇	028/8-6	【新綠】		
狐〇堪聽無孔笛	194/8-5	霜階木賊〇	053/8-6	萬木添〇〇	007/30-15	
狐〇堪聽無孔笛	418/8-5	春歌秋穀〇	083/8-4	萬木添〇〇	365/30-15	
圍爐情〇熟	113/20-19	書堂燕賀〇	107/12-4	共酌伊丹〇〇酒	392/8-3	
舊懷難〇盡	461/8-7	先生德己〇	108/20-8	【新裁】		

0292 【 新・竣・訃・詠・試・誠・識・就・計・討・謝 】 0460

輕簑〇〇松葉賤	284/4-1	
錦繡爲〇〇	001/26-18	
暮春春服既〇〇	152/8-1	

【新舊】
〇〇藤盟欣會逢	121/8-2
六員〇〇儒	114/64-38
六員〇〇儒	502/66-38
歡豈論〇〇	430/8-5
一尊清賞有〇〇	166/8-3

【新題】
一幅〇〇水墨圖	181/8-2
堅田勝概入〇〇	150/8-1

【新晴】
涼雨〇〇暑猶餘	406/26-3
風雨〇〇掛夕陽	476/8-8
促膝對〇〇	037/8-2
今曉到〇〇	065/8-2
江城五月〇〇後	364/8-3
瀟湘昨夜雨〇〇	016/50-19

【新年】
〇〇適報得螟蛉	139/8-4
新舊〇〇何叢祠	011/16-13
滿壁〇〇句	069/8-7

【 0314 竣 】
官遊事〇客將歸	172/8-1
官事雖未〇	002/14-5
但逢公事〇	009/34-11

【 0360 訃 】
海潮音寄九泉〇	398/8-5

【 0363 詠 】
〇雪謝家才得匹	474/8-3
游〇時時酒客觴	203/8-8
觴〇石橋邊	229/4-2
古〇有所考	494/58-16
舉白曾〇史	001/26-15
林亭觴〇樂何窮	021/30-30
當時有〇梅	094/40-36
憑欄朗〇乎薇詩	274/4-4
嘆逝且長〇	007/30-28

堂揭王公〇	080/8-3
嘆逝且長〇	365/30-28
何處煙霞足〇歸	142/8-1

【 0364 試 】
〇聽落花殘月下	019/14-13
〇向煙波上	045/8-7
〇搜盧叟五千文	141/8-6
〇步奚須童子催	152/8-2
〇置盆池荷葉上	209/8-7
〇就呼盤先取毫	407/4-2
〇倚書櫻西望海	425/8-7
君〇鬪詞鋒	008/16-10
君〇停杯燈下見	500/4-3
憶昨〇周訝義故	025/20-7
英物〇啼知	096/40-6
誰人〇落生花筆	202/8-7
一塊〇令陶穀煮	377/8-5
詩藤尋盟〇呼起	135/8-7
麥秋郊外〇春衣	142/8-2
明光浦上〇相呼	272/4-1
扁舟昨夜〇漁養	363/8-8
脫巾露頂〇一望	406/26-4
半夜推窗君〇見	018/32-31
異日丹成須〇犬	167/8-5

【 0365 誠 】
柴門禁〇碑	039/8-8
東林人有〇	037/8-5

【 0365 識 】
〇荊吾已得	093/12-1
〇韓寧謂新	111/24-4
不〇百年後	032/8-7
但〇門前水	061/8-7
不〇淹留客	095/12-11
誰〇此君德	097/12-7
極〇鑾輿終不到	187/8-7
誰〇臨春歌舞罷	261/4-3
定〇少林耽面壁	288/4-3
定〇今朝逢李白	321/4-3
不〇誰家種菊苗	345/4-4

須〇靈區禁殺生	346/4-2
不〇能書何等事	407/4-3
因〇故園千里外	431/4-3
默〇喬家大小情	437/8-8
誰〇一灣坐第者	453/8-7
不〇前宵雨	493/8-7
無人更〇予初志	167/8-7
煙波不〇柴門外	364/8-7
不尙面〇尙心知	366/12-10
素絃音自〇	034/8-5
女兒名稱〇	076/8-3
煎心焦思無人〇	183/8-7

【 0391 就 】
〇我苦求一言贈	366/12-7
誰〇園池預種蓮	128/8-8
試〇呼盤先取毫	407/4-2
東游業〇西歸日	278/4-3
行李裝方〇	114/64-49
行李裝方〇	502/66-49
松菊主人徑〇蕪	217/20-14
不問送窮文〇否	313/4-3

【 0460 計 】
會〇賣魚錢幾許	307/4-3
何〇今年有勝期	489/8-2
群酣共〇期頤日	176/8-7
錦心先〇賭輸贏	437/8-6
縱橫無〇舌徒存	447/8-6
駟馬人間〇未工	117/8-6

【 0460 討 】
〇尋寧是剡溪看	370/8-2
盟頻〇白鷗	109/16-4
同盟屢來〇	033/8-2
勝境必探〇	494/58-6

【 0460 謝 】
〇爾命羹臛	095/12-3
〇世秋何地	416/8-7
〇絕人貽祝壽篇	485/24-18
詠雪〇家才得匹	474/8-3

0460。【 謝・謹・詩・譿・詩・護・譁・諸・詰・讀 】　0468₆

繁華凋○千秋後	445/8-7	当筵○幾篇	005/18-7	○○君名筆	242/4-3
荻蘆花已○	004/16-7	一年○一卷	034/8-1	寄聲○○有無間	336/4-4
花邊歌舞○君恩	137/8-6	因論○伯仲	053/8-3	【詩簡】	
一自杜門稱○客	126/8-5	其如○思近紛紛	423/8-2	○○千里外	054/8-1
惆悵紅顏凋○地	185/8-7	爲汝○篇題棣萼	425/8-3	諸天寫入一○○	151/8-8
		還喜○盟添海鷗	382/8-6	數枝梅柳入○○	446/8-6
【 0461₄ 謹 】		愧吾○筆拙	460/8-7	【詩篇】	
心將○篤期	096/40-1	筆揮○發未春花	498/8-6	爲汝○○題棣萼	425/8-3
		林鳥協○韻	073/8-5	老去○○纔似巧	440/8-7
【 0462₇ 誇 】		自哦新○稱老賊	485/24-17	三百○○歲每刪	449/8-6
共○歸鳥昨圖南	388/8-6	防寒且釣○	066/8-2		
歸來○鄰里	494/58-34	黎杖自生○	081/8-4	【 0464₇ 護 】	
遊歷堪○綠鬢年	178/8-2	妻孥動入○料	086/8-6	○花蓬底不曾眠	348/4-4
柑橘仍將鄉味○	425/8-6	七歲善裁○	096/40-10	聖○林園綠四圍	316/4-1
		屏中會別○	105/20-6		
【 0463₁ 譿 】		飛鵲似催○（葛）	115/44-24	【 0465₄ 譁 】	
美醞名瓜仍舊○	158/8-5	甕驢雪裏○寧拙	117/8-5	忘它世上○	112/28-10
		四坐會盟○有工	429/8-6		
【 0464₁ 詩 】		橋上驢蹄○僅耽	450/8-4	【 0466₀ 諸 】	
○成按劍人多少	024/12-7	白石半存○	463/8-4	○山將暮紫	029/8-5
○寫貝多葉	031/8-5	何煩賦一○	479/8-2	雖慕○子際	027/8-3
○既於君遜	032/8-2	鳳釵并贈小○箋	189/8-8	留守○君誰鄭子	429/8-7
○却昔年巧	043/8-3	知君弔古題○夜	360/8-7	既經幾居○	009/34-14
○誰初發芙蓉	087/8-4	向我數求贈新○	015/18-8	緇素一時○名公	021/30-28
○予南國寄	113/20-3	并寫一論二篇○	018/32-11	平安爲客幾居○	170/8-1
○爾常能泣鬼神	143/8-6	憑欄朗詠平薇○	274/4-4	【諸天】	
○入膏肓廿歲餘	153/8-1	瓊樓題贈一筒○	293/4-1	○○片雲絶	103/20-7
○賦罰杯桃李園	162/8-6	不唯能書與善○	366/12-2	○○寫入一詩筒	151/8-8
○詞驚俗竟無益	167/8-3	水月觀留數丈○	398/8-6	○○咫尺梵王樓	159/8-6
○體西崑剪燭刪	369/8-4	几上金玉連宵○	406/26-7	碧霧○○黯淡	089/8-7
○吾荊棘入春苑	371/8-5	勝事唯存半篋○	421/8-2		
○畫小園欣賞處	372/8-7	【詩藤】		【 0466₁ 詰 】	
○應雲漢擬（張）	422/16-7	○○鷗盟古	107/12-3	琴宜摩○彈	098/20-16
○酒江樓無限賞	427/8-7	○○尋盟試呼起	135/8-7		
限○絳燭夜三更	018/32-26	【詩工】		【 0468₆ 讀 】	
題○井畔桐	046/8-6	○○土火爐	114/64-6	第○琵琶記	094/40-23
寫○燈下秋懷	090/8-6	○○土火鑪	502/66-6	下○書窗下	456/20-5
誦○黃蕨國風清	361/8-4	【詩句】		何徒○父書	058/8-6
我○豈敢比錦繡	366/12-11	○○有無頭上雲	384/8-4	鄉信○殘數十行	294/4-4
題○趣似并州舍	403/8-5	情因○○見	111/24-5	間窗醉○騷	043/8-8
鈎○鈎冀勿	456/20-16	共吟雲樹新○○	217/20-5	【讀書】	
新○且興言	467/8-4	【詩畫】		○○窗外翠相環	342/4-2

【 ０４６８ ₆ 【 讀・謀・塾・熟・孰・請・尻・訣・講・竭・舜・謂・誤・謖・韻・課・親・
　　　望 】　　　　　　　　　　　　　　　　　　　　　　　　　　　　０７１０ ₄

夕倚○○軒	110/32-12	【孰與】		【　０６６８ ₆　韻　】	
無意○○覓榮達	308/4-3	○○須磨浦	394/8-7	河曲後序○錚錚	016/50-34
會叩○○齋（憲）	422/16-16	○○橫渠一水春	488/8-8	林鳥協詩○	073/8-5
春風吹入○○堂	024/12-9	【　０５６２ ₇　請　】		【　０６６９ ₄　課　】	
紗窗獨坐○○時	192/8-6	○見霜黃蘆荻渚	154/8-7	編戶何因除○役	300/4-3
鬢雪猶稀○○牖	217/20-11	田家○勿愆期	457/14-14	【　０６９１ ₀　親　】	
幾時能照○窗	276/4-2	【請看】		○朋來執紼	096/40-33
想爾家山○○處	393/8-7	○○三峯翠	228/4-3	○憺能自奉	114/64-15
海棠睡足○○窗	405/8-4	○○星象近呈瑞	435/8-7	故須君首屢搖	474/8-2
休為來賓閣○○	404/4-4	○○風雲交起日	443/8-7	○憺能自奉	502/66-15
		○○江上廉纖月	488/8-7	○抱痾久	002/14-4
【　０４６９ ₄　謀　】		【　０５６３ ₀　尻　】		事○共說怡顏好	218/32-13
他日孫○傳道德	177/8-7	千載苡君眞○傳	485/24-8	三年○舍白雲橫	393/8-4
奕代貽○覲厥孫	218/32-2			去歲憶○歸	394/8-6
【　０５１０ ₄　塾　】		【　０５６３ ₀　訣　】		千里侍○輿	494/58-1
□如在貴○	456/20-18	夢裏逢君悲永○	189/8-7	養志能令○不老	023/34-25
				明鏡影相○	034/8-6
【　０５３３ ₁　熟　】		【　０５６５ ₇　講　】		蘭契歲邁○	107/12-10
梅○江天雨色餘	404/4-1	自今○周易	040/8-7	交轉酒杯○	111/24-6
談○燈愈炯（憲）	422/16-9			每過曲阿○自呼	308/4-2
松花煨○石花煎	023/34-12	【　０６１２ ₇　竭　】		何必覆水悅慈○	020/6-4
田疇禾○處	105/20-11	菓○有飢禽	042/8-4	起臥扶持老益○	305/4-2
風檻酪奴○	053/8-5	宿雨鴻邊○	001/26-5	釋褐何圖負所○	306/4-2
欲祈秋穀○	055/8-1			菊徑停策意自○	339/4-1
圍爐情話○	113/20-19	【　０６４５ ₆　舜　】		明年五十尙悅○	351/4-4
市視黃梅○（葛）	115/44-5	南津風○柳	114/64-47	東牀坦腹報家○	434/8-1
祈年年豐○	228/4-2	南津風○柳	502/66-47	烹芹割鴨野情○	440/8-1
朝煙炊時雲子○	014/20-10			柏葉杯前意復○	488/8-6
亭橋草玄玄論○	143/8-3	【　０６６２ ₇　謂　】			
行縣今秋亦豐○	411/4-3	可○天下壯觀也。	455/23-10	【　０７１０ ₄　望　】	
朝煙炊時雲子○	417/21-10	可○齒德不伐者	485/24-19	○中皆著句	112/28-23
		識韓寧○新	111/24-4	○鄉情切懶登臺	389/8-2
【　０５４１ ₇　孰　】				瞻○思悠哉	001/26-2
盟○推牛耳	099/20-13	【　０６６３ ₄　誤　】		南○荒陵日將暮	117/8-7
交○弟將昆	110/32-16	聖朝未有○陰晴	199/8-8	凝○滄州何處是	127/8-7
鄉園○倚閭	058/8-2			起○寒山寺何處	324/4-3
荻蘆露○濃	008/16-4	【　０６６４ ₇　謖　】		回○忘筌坐石磯	355/4-2
逢關山城○逢將	360/8-2	金丹世○多	049/8-1	彈冠○輕肥	010/56-40
陟岵山城○作篇	135/8-6	何論墨子○悲絲	180/8-2	海天遙○眉壽色	014/20-19
養壽生肥○嘗己	144/8-7				

— 55 —

0710₄【 望・鷳・爛・郊・郭・記・詞・調・部・誦・認・設・詔・韶 】 0766₂

巴陵一〇水煙清	016/50-11	【 0742₇ 郭 】		命賓齊唱采蓮〇	304/4-4	
海天遠〇眉壽色	417/21-19	〇處分沈淪	108/20-14	同輝華萼入新〇	359/8-8	
海天西〇不勝情	501/8-8	〇索形摸紙摺成	210/8-1	【 0762₀ 調 】		
虛閣乘春〇渺茫	116/8-2	水〇致祥煙	091/16-8	〇作敷杯羹	464/8-4	
一輪水月〇湖石	118/8-5	城〇大江隈	094/40-2	何須〇玉洌	001/26-11	
曲徑曾無〇夫石	168/8-3	李〇此宵思（葛）	115/44-28	三白〇和鼉裙羹	018/32-20	
綿綿爲庶〇猶存	218/32-4	水〇流漸隨雁驚	116/8-3	秦箏〇可同	027/8-6	
出郭時回〇	458/8-7	山〇水村斜日照	179/8-7	祇當〇寵妃	092/16-14	
路上近相〇	466/8-4	水〇山村寂鼓聲	280/4-1	鹽梅〇鼎鼐	100/16-9	
出雲間一〇舒☒	484/8-8	水〇山村枕上過	356/4-2	孤琴同〇日相求	438/8-4	
試倚書櫻西〇海	425/8-7	水〇韶光入畫圖	448/8-1	鼓枻醉歌〇自高	307/4-2	
不似宸遊當日〇	169/8-7	出〇時回望	458/8-7	【調羹】		
晚在玉江橋上〇	349/4-3	鷫田城〇負	071/8-3	尚膳〇〇贈一杯	379/8-8	
空房起坐推窗〇	353/4-3	園莊如〇外	104/16-1	呼酒〇〇待客過	400/4-2	
屺岡莫使人凝〇	362/8-7	畫中城〇雨中看	275/4-2			
脫巾露頂試一〇	406/26-4	一陣歸鴉〇樹邊	136/8-1	【 0762₇ 部 】		
陟岡此夕誰瞻〇	434/8-7	百里驚潮抱〇廻	376/8-1	寄言吏〇唯看弄	210/8-7	
感懷書罷推窗〇	446/8-7			【 0762₇ 誦 】		
醉向浪華江上〇	480/4-3	【 0761₇ 記 】		〇詩黃蕨國風清	361/8-4	
【望望】		巧〇行悠矣	114/64-17	几前吾〇之	494/58-53	
貴爲妙〇〇	456/20-20	空〇三千第一名	268/4-2			
鄙各心〇〇念	457/14-11	楊公〇文并錄成	016/50-30	【 0763₂ 認 】		
		醉難〇姓名	430/8-6	〇作煙花二月看	191/8-4	
【 0722₇ 鷳 】		第讀琵琶〇	094/40-23	錯〇金屏風七尺	200/8-7	
鷳〇有伴山春樹	360/8-3	一一指點不〇名	016/50-14	衡門〇土橋	073/8-2	
		菊水誰言家〇號	218/32-31	連綿欲〇爲何字	207/8-7	
【 0742₀ 爛 】		他時倘選十洲〇	292/4-3	殘醉猶相〇	067/8-7	
身上煥發斑〇色	020/6-3					
		【 0762₀ 詞 】		【 0764₇ 設 】		
【 0742₇ 郊 】		〇場談劇燭將流	433/4-1	花赤〇觀惜之	457/14-7	
〇村秋納稼	491/8-5	詩〇驚俗竟無益	167/8-3	戾盤高〇命杯尊	025/20-8	
出〇心自降	068/8-2	玄〇苦向晴中摹	181/8-1	挽弧并〇懸	091/16-2	
南〇獨往只香樹	368/8-5	新〇寫入五絃中	381/8-8	御風樓上〇祖筵	023/34-8	
南〇北里酒旗風	381/8-1	十載〇盟竟不渝	217/20-2	滿盤肴核爲誰〇	013/22-11	
上此〇邊築	112/28-9	君試鬥〇鋒	008/16-10			
何處〇坰半夏生	282/4-4	更有寧〇美	044/8-7	【 0766₂ 詔 】		
風冷〇天宿霧晴	374/8-2	飛鶴古〇篇	091/16-12	紫泥傳〇筆猶染	186/8-5	
不雨〇雲高枕前	435/8-4	十歲舊〇盟	101/16-12			
冥冥彼樂〇	048/8-2	上林賦新〇	010/56-38	【 0766₂ 韶 】		
【郊外】		留客賞月同〇賦	013/22-12	水郭〇光入畫圖	448/8-1	
麥秋〇〇試春衣	142/8-2	無人更敵一〇鋒	289/4-4			
植杖西〇〇	042/8-1	啜茶論定新〇賦	441/8-7			

0768。【畝・氓・施・旌・旅・於・族・說・論・讚・謙・許・麟・談・放】0824。

【 0768。畝 】		【 0823 4 族 】		【論文】	
○饒蔬可摘	112/28-15	下有鱗○集	003/24-8	燒燭○○客倚樓	146/8-2
南○稻粱經可帶	413/8-3	【 0861 6 說 】		捫蝨○○彼一時	421/8-6
秋收千○側	056/8-1	○與玄俗及偓佺	023/34-6	【 0862 7 讚 】	
滴爲千○穀	228/4-4	○悅古稀呼里藤	218/32-15	○劣本當爲小隱	124/8-7
橐吾花千○	002/14-8	聞○行雨苦	003/24-19	【 0863 7 謙 】	
帶經耕南○	010/56-15	聞○恩榮渥	114/64-41	【謙謙】	
三津波浪今農○	116/8-5	先○前宵中聖人	488/8-4	○○受益理當然	485/24-20
【畝宮】		聞○恩榮渥	502/66-41	【 0864。許 】	
松筠一○○	104/16-16	留客○平安	098/20-18	○多光景爲	456/20-6
城市山林一○○	164/8-2	無人○國恩	387/8-8	高堂○夜遊	052/8-8
養病安貧一○○	167/8-1	無人遊○佩金印	154/8-5	舊是董○兩仙媛	023/34-22
江上新移一○○	403/8-2	事親共○怡顏好	218/32-13	全林如○借	074/8-7
獨坐臨江一○○	446/8-1	錦衣客有○歸程	501/8-4	苔碑沒字○微酣	216/12-8
【 0774 7 氓 】		【說法】		他日空山相○否	398/8-7
村○易業楮田間	202/8-6	○○三津花欲雨	155/8-3	彼岸雁王倘相○	150/8-7
【 0821 2 施 】		千朶兩花○○臺	118/8-6	會計賣魚錢幾○	307/4-3
冬嶺似○當日練	173/8-7			照出采薇人幾○	310/4-3
似墜若顏○後粉	190/8-3	【 0862 7 論 】			
旗鼓無由○盛世	218/32-7	○心進濁醪	062/8-2	【 0925 9 麟 】	
		○源晝夜馳（岡）	115/44-34	奚必獲○歸	100/16-2
【 0821 2 旌 】		細○文字飲既夜	018/32-4		
德化今○孝子門	413/8-6	亡○當日高低價	018/32-16	【 0968 9 談 】	
其君賜第以○焉、	455/23-12	因○詩伯仲	053/8-3	○熟燈愈炯（憲）	422/16-9
		何○墨子謾悲絲	180/8-2	玄○青眼與戎俱	401/4-2
【 0823 2 旅 】		何○七七年來事	171/8-7	詞場○劇燭將流	433/4-1
○館春眠須共被	359/8-5	休○客路數旬過	392/8-8	總爲高○驚帝座	499/8-7
行○塗肝腦	494/58-4	席豈○五兩風	088/8-6	興來何厭茗○長	120/8-4
寧無羈○襟懷似	369/8-7	休復○佳客	092/16-13		
柳梅當遣○情慰	425/8-5	握手○身迹	102/12-11	【 0824。放 】	
江雨春殘濕○衫	278/4-1	歡豈○新舊	430/8-5	○出蓮花淨	247/4-4
		啜茶○定新詞賦	441/8-7	甄○鷗伴闊	104/16-9
【 0823 3 於 】		何須○瘦肥	461/8-6	草枯無○犢	042/8-3
○予杯酒覓柳花	425/8-4	并寫一○二篇詩	018/32-11	石蘚軟○菌	111/24-14
○數里街中	456/20-9	捫類休○舌有無	217/20-10	歡樂多○列鼎時	215/8-8
長○夏景脩	109/16-16	負笈無○學業成	393/8-2	何時能見○	092/16-15
或○北渚或南樓	406/26-14	雨腸不必○	006/16-3	牧篴橫煙堤○犢	181/8-3
詩旣○君遜	032/8-2	衆工徒爾○	110/32-22	如意寶珠龕○光	375/8-4
別情深○桃花水	012/12-4	亭構草玄玄○熟	143/8-3		
文字時○禪餘攻	021/30-26	滿坐閑咲互相○	025/20-10		
		清狂曾愛大人○	123/8-3		

— 57 —

0824。【 敵・旋・旗・鷟・效・一 】　　　　　　　　　1000。

【 0824。 敵 】
宛〇平原十日歡　　370/8-6
筆鋒亡〇國　　　　114/64-19
筆鋒無〇國　　　　502/66-19
無人更〇一詞鋒　　289/4-4
王師無〇一乾坤　　327/4-1
酒寧與我〇　　　　032/8-1

【 0828₁ 旋 】
〇覺日南至　　　　106/20-3
檢書〇可燭　　　　399/8-5
竹色窗〇暗　　　　063/8-3
梅丘被酒折枝〇　　348/4-1

【 0828₁ 旗 】
〇鼓無由施盛世　　218/32-7
酒〇飄處玉壺殷　　179/8-8
賣茶〇尙在　　　　036/8-7
神洲不見赤〇航　　360/8-6
南郊北里酒〇風　　381/8-1
【旗亭】
花裏〇〇春三月　　195/8-3
花亭〇〇春二月　　444/8-3
花裏〇〇春二月　　497/8-3

【 0832₇ 鷟 】
異日應須稱鷟〇　　139/8-3

【 0844。 效 】
寧〇賣刀人　　　　044/8-6

【 1000。 一 】
〇頭六六鱗　　　　003/24-1
〇級卽一年　　　　003/24-11
〇瓢甘曲肱　　　　006/16-7
〇宵始遭逢　　　　008/16-4
〇一指點不記名　　016/50-14
〇幅卸來萬卷架　　018/32-6
〇歸君家全三絕　　018/32-17
〇絃八璈交相奏　　023/34-31
〇爾獲東鄒　　　　044/8-2
〇榼一奚隨　　　　066/8-1

〇路玄黃馬　　　　067/8-3
〇雨寧漸漏　　　　108/20-11
〇線添衰鬢　　　　113/20-9
〇且作秦胡　　　　114/64-60
〇篷占勝期（岡）　115/44-10
〇輪水月望湖石　　118/8-5
〇塢清陰道士松　　121/8-6
〇自杜門稱謝客　　126/8-5
〇區島嶼銜紅日　　127/8-5
〇鼎松風宛對君　　141/8-8
〇千金像夕陽映　　150/8-5
〇尊清賞有新舊　　166/8-3
〇幅新題水墨圖　　181/8-2
〇寸錦心灰未死　　185/8-3
〇別秋河隔且長　　186/8-2
〇兩魚胎橛且長　　203/8-1
〇檳監梅自海涯　　206/8-2
〇種豪華在草堂　　208/8-2
〇半晴光掛夕陽　　213/8-8
〇行爲吏暫疏迂　　217/20-8
〇間復一忙　　　　258/4-1
〇簇桃花主有無　　263/4-4
〇擔花枝何處折　　277/4-3
〇揮瀟洒清風裏　　284/4-3
〇笯遷鶯弄小春　　306/4-4
〇任呼爲捷徑名　　335/4-4
〇得子琴以牙待　　366/12-3
〇塊試令陶穀煮　　377/8-5
〇落西江一周歲　　397/4-3
〇橋斜處夕陽斜　　414/4-1
〇任東風送暗香　　420/8-8
〇龍難合夜空暗　　428/8-5
〇去西山長歎息　　443/8-3
〇林春雨杏花芳　　451/8-1
〇假光彩矣　　　　456/20-12
〇期昨遊追憶　　　458/14-2
〇盆秋樹綠猶霑　　500/4-4
〇期昨遊追憶　　　457/14-2
〇絕呈抱眞主　　　457/14-4
〇幅古丹青　　　　459/8-4
〇瓶插得數枝新　　470/4-2
〇咲嫣然立尙羊　　478/8-2

〇逡千莖沒人處　　487/8-7
〇且作秦胡　　　　502/66-62
〇咲嫣然立尙羊　　478/8-2
一〇指點不記名　　016/50-14
留得〇門生　　　　482/8-2
不特〇陽回　　　　001/26-14
一水〇石響砑砑　　016/50-27
幷寫〇論二篇詩　　018/32-11
錦機〇斷已七旬　　020/6-1
總出〇胸中　　　　027/8-4
狂花〇樣春　　　　028/8-4
千古〇高標　　　　036/8-8
列峙〇谿隩　　　　047/8-2
照出〇燈輝　　　　059/8-8
寺存〇乘古　　　　064/8-1
早稱〇作家　　　　075/8-4
家營〇藥籠　　　　076/8-2
江西〇派泛慈航　　155/8-1
深宮〇臥草茫茫　　187/8-1
雲根〇寶劍　　　　231/4-1
中通〇洞門　　　　235/4-2
晴江〇夕借慈航　　309/4-4
未嘗〇揖紫芝眉　　366/12-8
天橋〇沙觜　　　　386/8-1
家兒〇歲正周遭　　407/4-1
滄江〇帶繞城陰　　453/8-1
誰識〇灣坐第者　　453/8-7
留得〇門生　　　　483/8-2
七十〇齒德　　　　494/58-11
三十〇文藻　　　　494/58-12
塵埃已〇掃　　　　033/8-8
休言無〇物　　　　227/4-3
秋江月〇彎　　　　242/4-1
一間復〇忙　　　　258/4-1
自鳴者〇越三千濟、455/23-18
妙把臂〇堂當　　　457/14-9
山中僅〇宿　　　　466/8-3
出雲間〇望舒☐　　485/8-8
弟兄天〇涯　　　　486/8-4
乃翁獲〇顆　　　　494/58-33
桑滄縱使〇變改　　014/20-13
御風眞人〇墜地　　015/18-5

— 58 —

【一】

詞條	索引	詞條	索引	詞條	索引
油幕不漏〇滴雨	021/30-11	待客花開膏〇碗	426/8-7	供給〇〇盛	007/30-22
託生正遇〇甲子	023/34-3	江上間情藤〇鷗	438/8-6	供給〇〇盛	365/30-22
世世相傳〇子孫	025/20-12	江總當年第〇流	441/8-8	【一經】	
水煙愁殺〇群鵝	125/8-8	仙家日月某〇局	485/24-9	籯金何若〇〇存	025/20-16
無復清池〇葉荷	163/8-8	【一方】		萬金何若〇〇留	330/4-1
滿籩何若〇編微	177/8-8	頗得〇〇察	096/40-23	【一片】	
歲月歸家〇舊氈	178/8-6	尋師欲見〇〇人	131/8-1	〇〇餐采且駐顏	179/8-2
琅玕聊薦〇雙枕	197/8-5	【一庭】		〇〇冰心涅不緇	180/8-1
豹隱今依〇屋村	218/32-6	〇〇蘭玉喜相引	023/34-21	〇〇冰媒姓是韓	191/8-8
古刹高標〇抹霞	264/4-1	長向〇〇生	490/4-2	〇〇輕霞彩可攀	202/8-4
階庭撒了〇車鹽	367/8-4	【一夜】		〇〇雲芽手自煎	288/8-1
觀來舞樂〇斑鳩	368/8-4	〇〇黃公壚上飲	259/4-3	〇〇青螺疊嶂傍	375/8-1
餘芳獨有〇株梅	269/4-4	〇〇通仙去無迹	290/4-3	吹成〇〇湘雲影	184/8-7
萬頃煙波〇釣徒	272/4-2	西南〇〇風吹急	475/4-3	行雲〇〇停難住	316/4-3
意匠誰將〇筆鋒	285/4-1	池田〇〇雨	492/8-1	檐前月〇〇	098/20-1
無人更敵〇詞鋒	289/4-4	浪速秋風〇〇航	298/4-2	【一生】	
瓊樓題贈〇筒詩	293/4-1	【一詩】		〇〇雲壑老樵夫	308/4-4
田園久帶〇徑鋤	300/4-4	何煩賦〇〇	479/8-2	九死全〇〇	010/56-9
誰倚陰崖〇樹松	315/4-4	諸天寫入〇〇筒	151/8-8	風味有餘了〇〇	210/8-8
王師無敵〇乾坤	327/4-4	【一望】		【一色】	
滿江風雪〇蓑衣	355/4-1	巴陵〇〇水煙清	016/50-11	水天秋〇〇	222/4-1
就我苦求〇言贈	366/12-7	出雲間〇〇舒囗	484/8-8	煨酒紅爐春〇〇	018/32-25
觀來舞樂〇斑鳩	368/8-4	脫巾露頂試〇〇	406/26-4	斷續人家春〇〇	344/4-3
坐聽湖山〇茗譚	388/8-8	【一醉】		【一條】	
弟兄猶爲〇人少	389/8-7	〇〇竹林中	097/12-2	〇〇江水深綠	088/8-1
再繫佳人〇葦航	390/8-2	春水軒頭〇〇臥	400/4-3	玉江晴度〇〇虹	117/8-1
一落西江〇周歲	397/4-3	【一水】		【一宇】	
春水軒頭〇醉臥	400/4-3	〇〇一石響砰砰	016/50-27	〇〇東西學	114/64-37
棲宿文章〇鳳雛	401/4-4	〇〇桃花送錦帆	278/4-4	〇〇東西學	502/66-37
滿坐春生〇管風	418/8-8	〇〇秋風送錫飛	319/4-1	中藏〇〇蕭齊	090/8-2
相憑將寄〇書箇	429/8-8	〇〇春風入墨池	481/4-1	【一江】	
幽人自得〇酣眠	435/8-2	〇〇蒹葭月亦宜	489/8-6	寺在〇〇村	467/8-2
桃李何處〇漁刀	452/8-2	〇〇風霜敗葭葭	498/8-4	籌燈明滅〇〇天	324/4-4
廚下幸貯〇	456/20-15	蕭蕭〇〇隈	106/20-20	【一泓】	
來往浪華水〇涯	015/18-2	疎林明〇〇	082/8-5	〇〇碧水曳彩虹	021/30-16
天下奇觀此〇睦	016/50-36	孰與橫渠〇〇春	488/8-8	〇〇寒碧影玲瓏	144/8-1
寫罷宜春帖〇堂	024/12-5	【一奚】		〇〇池畔半庭隈	200/8-1
葛家何日得〇豚	025/20-1	一檐〇〇隨	066/8-1	中庭碧〇〇	248/4-1
祗要精良醫〇國	025/20-13	寫入〇〇囊底還	336/4-2	上下天光碧〇〇	016/50-15
樫柳林塘鸎〇鳴	199/8-2	囊唯命〇〇	458/8-4	【一叢】	
空記三千第〇名	268/4-2	【一何】		〇〇秋色尙蕭疏	214/8-1
尙膳調羹贈〇杯	379/8-8	世路〇〇艱	005/18-15	蒹葭露〇〇	046/8-2

秋煙深鎖○○祠 358/4-4	秋煙深鎖○○祠 358/4-4	緇素○○諸名公 021/30-28
供給○○盛 365/30-22	剝落丹楹祠○○ 310/4-1	往返彼○○ 010/56-6
【一經】	【一漁】	捫蝨論文彼○○ 421/8-6
簏金何若○○存 025/20-16	自稱天地○○人 145/8-1	【一陣】
萬金何若○○留 330/4-1	西灣昨夜○○蓑 165/8-8	○○歸鴉郭樹邊 136/8-1
【一片】	【一夢】	○○涼颸動樹端 385/8-2
○○餐采且駐顏 179/8-2	煙花歸○○ 105/20-3	○○春風坐裏生 432/4-4
○○冰心涅不緇 180/8-1	欲向遼西馳○○ 265/4-3	【一層】
○○冰媒姓是韓 191/8-8	【一帶】	落日○○樓 038/8-2
○○輕霞彩可攀 202/8-4	○○春流一葦航 279/4-1	大悲飛閣○○岑 122/8-1
○○雲芽手自煎 288/4-1	滄江○○繞城陰 454/8-1	【一盆】
○○青螺疊嶂傍 375/8-1	【一村】	○○春滿擢枝枝 192/8-2
吹成○○湘雲影 184/8-7	晚霽○○園 056/8-2	○○青荷三五錢 340/4-4
行雲○○停難住 316/4-3	不願學究名○○ 025/20-14	○○留酌海棠花 424/4-2
檐前月○○ 098/20-1	【一枝】	○○秋樹綠猶霑 501/4-4
【一生】	奚能安○○ 010/56-18	【一年】
○○雲壑老樵夫 308/4-4	人攀第○○ 246/4-4	○○詩一卷 034/8-1
九死全○○ 010/56-9	流澌照澈○○梅 480/4-4	一級即○○ 003/24-11
風味有餘了○○ 210/8-8	浪速津頭第○○ 445/8-1	【一篇】
【一色】	【一場】	○○遮洋舵樓上 406/26-9
水天秋○○ 222/4-1	○○交似水 099/20-3	○○愛日園莊裏 406/26-10
煨酒紅爐春○○ 018/32-25	會作神仙第○○ 292/4-4	【一卷】
斷續人家春○○ 344/4-3	滿眼煙花夢○○ 171/8-8	○○裝池牧群英 016/50-35
【一條】	【一聲】	一年詩○○ 034/8-1
○○江水深綠 088/8-1	杜宇○○呼始起 012/12-1	【一庸醫】
玉江晴度○○虹 117/8-1	何須磬○○ 244/4-3	求治○○ 060/8-2
【一宇】	【一樽】	只此○○ 105/20-16
○○東西學 114/64-37	○○風雨大江頭 146/8-1	【一畝宮】
○○東西學 502/66-37	一團和氣○○傍 024/12-12	松筠○○ 104/16-16
中藏○○蕭齊 090/8-2	【一曲】	城市山林○○ 164/8-2
【一江】	○○笙歌操鳳凰 120/8-6	養病安貧○○ 167/8-1
寺在○○村 467/8-2	○○滄浪我濯纓 160/8-6	江上新移○○ 403/8-2
篝燈明滅○○天 324/4-4	金筇○○吹開 089/8-8	獨坐臨江○○ 447/8-1
【一泓】	行歌○○蓮花落 215/8-7	【一沙嘴】
○○碧水曳彩虹 021/30-16	【一團】	天橋○○ 085/8-1
○○寒碧影玲瓏 144/8-1	○○和氣一樽傍 024/12-12	天橋○○ 386/8-1
○○池畔半庭隅 200/8-1	和氣○○留客處 305/4-3	【一草廬】
中庭碧○○ 248/4-1	【一點】	客滿江頭○○ 175/8-1
上下天光碧○○ 016/50-15	○○君山波不驚 016/50-21	白酒青燈○○ 318/4-2
【一叢】	碧霧溪橋燈○○ 343/4-3	【一葦航】
○○秋色尚蕭疏 214/8-1	【一時】	一帶春流○○ 279/4-1
兼葭露○○ 046/8-2	○○攝颶母 010/56-7	再繫佳人○○ 390/8-2

【一枝梅】
敢比〇〇〇	001/26-26
流漸照繳〇〇〇	481/4-4

【一車鹽】
階庭覆了〇〇〇	182/4-8
階庭撒了〇〇〇	367/4-8

【一管風】
滿坐春生〇〇〇	194/8-8
滿坐春生〇〇〇	418/8-8

【 1010。二 】
〇毛斑嘆吾拙	089/8-5
〇仲覓相同	097/12-6
〇子乘舟日（葛）	115/44-1
〇頃無田佩印章	171/8-4
〇八嬋娥影未濯	402/8-2
〇弟今春並來寓	414/4-3
十〇珠欄秋水齊	150/8-6
伱離〇十霜	009/34-19
雲奇〇上峯	071/8-6
誰知〇萬洞中秘	342/4-3
愧我〇毛斑欲新	440/8-6
山河百〇北風寒	332/4-1
繼晷蘭燈〇尺綮	016/50-43
雲飛七十〇峯夕	017/8-4
色相三十〇	251/4-4
彷彿紅粧〇八花	267/4-4
星霜已逼〇毛斑	449/8-8
卷舒不倦坐〇更	016/50-44
維嶽嶙峋跨〇州	159/8-1
相求蘭臭仲元〇	388/8-3

【二三】
剩水〇〇尺	236/4-1
宜使〇〇子	010/56-39
傾尊守歲〇〇更	432/4-2

【二郡】
〇〇歡聲起	094/40-7
〇〇煙花古帝鄉	116/8-6
〇〇人家霧裏連	169/8-6

【二豎】
〇〇若爲崇	110/32-21
奚圖〇〇羅	096/40-24

【二月】
都人〇〇醉林塘	156/8-1
平城〇〇好探芳	266/4-1
認作煙花〇〇看	191/8-4
花亭旗亭春〇〇	444/8-3

【二篇】
〇〇赤壁君橫槊	160/8-5
并寫一論〇〇詩	018/32-11

【 1010。工 】
衆〇徒爾論	110/32-22
詩〇土火盧	114/64-6
詩〇土火爐	502/66-6
久費〇夫幸侍句	170/8-3
玉版誰〇印渥丹	191/8-4
無句不精〇	027/8-2
駟馬人間計未〇	117/8-6
琅邪別墅奪天〇	164/8-1
四坐會盟詩有〇	429/8-6

【 1000。三 】
〇白調和䰞裙羹	018/32-20
〇山碧霧外	070/8-3
〇黜罷官逾灑落	217/20-7
〇衣薰染白雲芽	290/4-1
〇等茅茨稀客履	446/8-5
十〇秋季月	395/8-1
村醪〇四卮	039/8-1
檻外〇橋澹夕陽	148/8-6
請看〇峯翠	228/4-3
冰泮〇層波自高	452/8-1
曾知〇秀色	490/4-1
宜使二〇子	010/56-39
同藤兩〇人	028/8-2
棹何厭〇層浪	088/8-5
灌木烏〇匝	111/24-15
剩水二〇尺	236/4-1
仙相能文〇翕翁	164/8-6
一歸君家全〇絕	018/32-17
孤魂招得化〇湘	203/8-6
亂鴉飛盡餘〇版	275/4-3
米田之山秀〇原	417/21-1

未醉筐陰徑作〇 388/8-4

【三五】
東行秋〇〇	009/34-29
一盆青荷〇〇錢	340/4-4

【三更】
市橋鵲影〇〇靜	499/8-5
限詩絳燭夜〇〇	018/32-26
愁人步月夜〇〇	149/8-6
松間香利夜〇〇	195/8-4
傾尊守歲二〇〇	432/4-2
松間香利夜〇〇	444/8-4
松間香利夜〇〇	497/8-4

【三百】
〇〇詩篇歲每刪	449/8-6
自脩〇〇首	075/8-1
豈讓孟家〇〇片	141/8-5

【三面】
〇〇峯巒抹翠煙	127/8-6
蘆簾能遮〇〇風	**021/30-12**

【三千】
歸歟〇〇里	009/34-13
僧院〇〇綠樹香	133/8-4
空色〇〇銀世界	211/8-5
空記〇〇第一名	268/4-2
弟子蓋〇〇	040/8-6
道在度〇〇	064/8-6
自鳴者一越〇〇濟、	455/23-18

【三徑】
〇〇獨令松樹傲	214/8-3
招攜過〇〇	001/26-9

【三歲】
欲舒〇〇情	491/8-4
豚兒〇〇既能言	025/20-2
思鱸告別已〇〇	421/8-5

【三冬】
〇〇新史業	101/16-11
〇〇榾柮半爐紅	418/8-2
〇〇雨亦興堪乘	439/8-1
陸沈都市遇〇〇	124/8-1

【三年】
〇〇好尙少卿湌	377/8-6
〇〇親舍白雲橫	393/8-4

1000【三・正・玉】 / 1010

【三秋】
留來霜葉〇〇色	191/8-3
明光浦上〇〇月	328/4-3

【三州】
騰貴〇〇紙	494/58-58
龍蟠曾據〇〇地	218/32-5
半空銀碧映〇〇	271/4-2

【三神】
〇〇仙難物色	123/8-5
汗漫遊敖〇〇島	485/24-5

【三津】
〇〇淑景開	094/40-8
〇〇解纜時（岡）	115/44-2
〇〇波浪今農畝	116/8-5
〇〇春色卜居年	135/8-1
〇〇海舶雲間繋	169/8-5
落日〇〇寺	052/8-3
說法〇〇花欲雨	155/8-3
問津查泛下〇〇	131/8-4
君家女婿寓〇〇	306/4-1

【三十】
〇〇春迎未卓爾	454/8-3
〇〇一文藻	494/58-12
月明〇〇六灣秋	017/8-3
閑居〇〇首	027/8-1
優游〇〇歲	043/8-1
色相〇〇二	251/4-4

【三世】
苓木潅餘〇〇圃	144/8-3
我家醫業稱〇〇	025/20-11

【三春】
〇〇柑酒映鶯衣	177/8-4
〇〇煙景堂無主	429/8-5

【三日】
糧豈期〇〇	458/8-3
君去復來〇〇際	390/8-7
唯有餘香〇〇浮	441/8-4

【三原】
米田之山秀〇〇	014/20-1
米田之山秀〇〇	417/21-1

【三鳳】
〇〇相將春未闌	428/8-6

稱得才名本〇〇	403/8-3
天涯別淚家〇〇	438/8-5

【三月】
林塘〇〇晚花開	152/8-4
啓龕〇〇雨花香	309/4-2
獅座花薫〇〇雨	151/8-3
花裏旗亭春〇〇	195/8-3

【三釜】
〇〇實堪愉	114/64-56
〇〇實堪愉	502/66-58

【三年】
〇〇好向少卿湌	377/8-6
〇〇親舍白雲橫	393/8-4
話盡〇〇別後心	326/4-2

【三分】
淀水〇〇流	007/30-1
淀水〇〇派	365/30-01

1010 正

圃〇摘蔬烹	101/16-8
月〇東山夕	108/20-15
理〇究程朱	114/64-24
理〇究程朱	502/66-24
繡線〇添長	001/26-19
託生〇遇一甲子	023/34-3
松根〇生菌	082/8-3
春秋〇及養于鄉	171/8-2
陽月夜〇長	005/18-1
家兒一歲〇周遭	407/4-1

【正是】
〇〇春江月盈夜	312/4-3
〇〇湘江輕雨後	322/4-3

1010 玉

〇欄干外醒徙倚	012/12-2
〇檻羨池魚	080/8-6
〇樓由爾落	096/40-29
〇筋千行漫自垂	183/8-8
〇作勾欄銀作梁	213/8-1
〇屑時隨匕筋翻	377/8-8
〇手未分棊冷暖	437/8-5
埋〇哀空切	110/32-29

白〇龜泉入藕池	130/8-6
種〇田暄露自融	144/8-6
光透〇檀欒	098/20-6
公侯〇帛杖朝年	176/8-6
咲向〇臺凝淡粧	190/8-2
別在〇乾坤	233/4-4
晚在〇江橋上望	349/4-3
樓飲〇笛將鳴雨	423/8-3
客移〇藤▢	456/20-17
曾對〇江酒	462/8-3
何須調〇冽	001/26-11
爭探珠〇滿江秋	022/8-8
一庭蘭〇喜相引	023/34-21
庭階蘭〇色	035/8-7
摘蔬充〇饌	056/8-5
▢▢炊〇豈無哀	379/8-6
几上金〇連宵詩	406/26-7
明月來投〇案傍	024/12-8
九華燈綠〇	107/12-5
仙人出自〇人家	205/8-1
腹内膏脂〇自清	210/8-4
冥途十萬〇天堂	211/8-6
翻然蔬我〇	456/20-10
仰看碧霄懸〇兔	013/22-6
擬向商山採〇芝	180/8-8
冰雪肌寒白〇肤	187/8-2
非是王公也〇食	206/8-7
萬戶千門白〇▢	353/4/4
崖壁削成千斛〇	182/8-3
峭壁削成千片〇	367/8-3
吾幾宿雪峯堆〇	448/8-3
黃昏月下顏如〇	470/4-3

【玉露】
〇〇餘恩杯可嘗	186/8-6
〇〇滴空階	477/8-4

【玉山】
〇〇醉自倒	033/8-6
人已〇〇崩	072/8-6

【玉版】
〇〇誰工印渥丹	191/8-1
〇〇糊成自絕瑕	471/8-1

【玉江】

1010₃【玉・玊・至・亙・互・五】

○○晴度一條虹	117/8-1	終見伴○喬	036/8-4	有朋自遠○	109/16-1
○○過訪此登樓	140/8-2	彼岸雁○倘相許	150/8-7	主人占客○	461/8-3
○○秋水新煎夜	141/8-7	楠子勤○割據秋	159/8-4	五十春川方○時	287/4-2
○○橋上晚歸時	274/4-1	赳赳勤○功自偉	218/32-3	朔旦重逢南○日	439/8-7
○○橋上微風度	297/4-3	侭蓄千秋○者筍	209/8-3	風雨千家寒食○	152/8-7
○○橋畔長相憶	319/4-3	山南路自山○廟	132/8-3	櫪中驥足老將○	450/8-3
始問○○春	045/8-2	層雲湧塔天○寺	149/8-3		
徒怜○○月	105/20-19	龍驅風雨八○山	157/8-4	【 1010₆ 亙 】	
遂到○○茅屋前	136/8-8	諸天咫尺梵○樓	159/8-2	彩虹雖時○	007/30-3
晚在○○橋上望	349/4-3	龍驅風雨八○山	373/8-4	裊裊輕煙○太虛	198/8-1
曾對○○酒	463/8-3	煙波何處醉君○	260/4-4	彩虹雖時○	365/30-03
竹欄茆宇○○潯	166/8-2	【王孫】		萬丈光芒○曉天	435/8-8
袈裟歸到○○潯	326/4-1	○○草暖鹿鳴長	266/4-4		
衡門並叩○○頭	368/8-1	雨水○○草	033/8-4	【 1010₇ 互 】	
【玉壺】		半池晴景○○草	121/8-5	得志○連軒	004/16-4
酒旗飄處○○殷	179/8-8	【王母】		滿坐閒咲○相論	025/20-10
有酒酣歌碎○○	154/8-6	○○康寧且樂易	011/16-5		
碧桂翻香墜○○	402/8-6	孝養○○躬力作	011/16-2	【 1010₇ 五 】	
【玉女】		葛子將茲○○命	023/34-5	○☒神家單帖	457/14-12
朝天○○聚傾壼	201/8-6	【王公】		十○年光夢裏過	259/4-2
湛湛○○洗頭盆	327/4-4	堂揭○○詠	080/8-3	菽水○年餘	058/8-4
【玉椀】		露頂○○字有需	181/8-6	明朝○采服	091/16-15
○○強求琥珀輝	177/8-2	今日○○疏澹泊	195/8-7	嗟此○方客	102/12-3
○○座無辭滿酌	501/8-3	非是○○也玉食	206/8-7	定○日十日程	016/50-28
【玉樹】		賴爲○○疏澹泊	444/8-7	才高○鳳樓	109/16-12
○○傍疎籬	055/8-6	今日○○疏澹泊	497/8-7	扳來○味水	464/8-3
○○知今何所倚	298/4-3			何敢唱○噫	010/56-54
後庭○○不勝秋	261/4-4	【 1010₄ 至 】		席豈論○兩風	088/8-6
【玉芙蓉】		○今血染溪山樹	267/4-3	東行秋三○	009/34-29
天外○○○	008/16-8	客○時添炭	057/8-1	令吾醉臥○雲傍	024/12-4
削成東海○○○	285/4-2	南○明朝雲可書	175/8-4	試搜盧叟○千文	141/8-6
		時日○南陸	001/26-1	人迹縱橫○夜霜	213/8-4
【 1010₄ 玊 】		艱危○殞命	010/56-11	新詞寫入○絃中	381/8-8
○師無敵一乾坤	327/4-1	射見○號猿	110/32-8	一盆青荷三○錢	340/4-4
○王老命舟浮刻曲	378/8-3	寒月○前楹	430/8-8	【五月】	
○醴百年看寵遇	415/8-5	溯游人○水中央	298/4-1	○○江梅雨亦甘	388/8-1
○藻琪花簇短墻	476/8-1	欲脩身○孝	096/40-21	江城○○新晴後	364/8-3
覇○安在哉	094/40-4	不知旣○老	494/58-14	【五更】	
君○應不貴長生	268/4-4	鳳儀難○不鳴筒	418/8-6	○○鐘梵吼獅子	120/8-5
覇○園物向榮時	445/8-6	雛僧報客○	069/8-1	○○欄外人猶立	211/8-7
祈寒○氏池	096/40-20	蘋末風徐○	095/12-7	驚破梅花夢○○	280/4-4
況迺帝○國	010/56-35	旋覺日南○	106/20-3	【五嶽】	

| 1010₇【 五・亞・豆・巫・靈・羃・羅・璃・勸・霧・露・雪 】 1017₄ |

○○煙霞指掌中	301/4-4	【靈境】		荷○滴殘秋扇遠	484/8-5
○○鼓舞、	455/23-9	○○仙區雲霞橫	016/50-13	零○不承何所盛	496/8-1
○○凡所企	494/58-46	○○姑爲熱鬧場	375/8-8	滴○階餘蕢葉冷	497/8-5
【五彩】		黃薇中州原○○	023/34-19	荻蘆○孰濃	008/16-16
遙想頌壽○○筆	020/6-5	【靈區】		兼葭○一叢	046/8-2
海瀛流霞○○鮮	023/34-28	須識○○禁殺生	346/4-2	花凋○未晞	092/16-10
【五色】		盤回蘿薜入○○	161/8-1	靜爲○團團	098/20-10
別有治藩○○叢	021/30-2			芙蓉○不晞	103/20-10
刻畫衣裳○○霞	205/8-2	【 1011₁ 羃 】		淡淡○梢新	224/4-2
渚仄斜陽○○霞	424/4-4	○微古帝臺	094/40-40	階虫○尚微	399/8-4
何必瓜田培○○	413/8-7	苦吟還怪○羃罷	213/8-7	脫巾○頂試一望	406/26-4
【五湖】				鼎中烹○葵	039/8-4
釣徒佩印○○長	164/8-5	【 1011₁ 羅 】		上林月○秋凝淚	187/8-5
猶疑身在○○舟	330/4-4	矯矯吟○勸	003/24-18	研朱滴○石難乾	191/8-6
【五十】				御輿溥○補苔痕	218/32-24
○○春川方至時	287/4-2	【 1012₇ 璃 】		兼葭白○有輝光	298/4-4
明年○○尚悅親	351/4-4	瑠○天造障	047/8-1	淨庭秋○濕難然	487/8-4
春秋方○○	040/8-3	瑠○波撼水仙軀	200/8-4	雲飛巖骨○	047/8-5
【五柳】		萬頃瑠○千疊碧	017/8-1	人民浴雨○	094/40-9
○○耽容膝	006/16-8	廻廊曲砌踏瑠○	130/8-1	種玉田暄○自融	144/8-6
○○先生宅	099/20-9			絳河秋滴○團圓	185/8-1
		【 1014₃ 勸 】		蓮池多月○	225/4-3
【 1010₇ 亞 】		矯矯吟羃○	003/24-18	葉逗秋陽○始乾	322/4-2
字畫本稱衡山○	018/32-14			醉向石頭俱○臥	013/22-19
		【 1016₁ 霧 】		蕉衫荷衣白○滋	015/18-18
【 1010₈ 豆 】		要看仁洽恩○處	134/8-7	吟蚤草砌秋○	086/8-3
堆盤○莢肥	394/8-4	一盆秋樹綠猶○	500/4-4	盈把黃花帶○痕	184/8-1
常爲陳○嬉	096/40-8			既是林園寒○初	214/8-2
巷糞頓供紅○餅	478/8-3	【 1016₄ 露 】		紅蓼花明白○浮	406/26-26
		○滋莖自染	084/8-5	芳尊仍釀桂花○	013/22-10
【 1010₈ 巫 】		○頂王公字有需	181/8-6	【露華】	
無問○山巫峽雲	442/8-8	○峯篦水畫何如	198/8-2	○○濺餘華席中	021/30-18
無問巫山○峽雲	442/8-8	○滴兼葭雁未飛	415/8-8	欲曉○○滋（葛）	115/44-40
		恩○滿潘輿	058/8-8	胡枝花間○○明	013/22-18
【 1010₈ 靈 】		甘○釀成般若湯	168/8-6	昨日芳樽釀○○	337/4-4
○壇臨海岸	387/8-1	玉○餘恩杯可嘗	186/8-6		
九轉○丹顏可駐	013/22-8	滴○芙蓉已頰情	193/8-6	【 1017₄ 雪 】	
陳圖○迹猶何處	159/8-7	雨○桑麻年有餘	300/4-2	○螢半窗下	058/8-3
仁皇○榭雨蕭然	169/8-1	寒○結時和沆瀣	383/8-3	○眉垂白年	064/8-4
半天○籟答琴臺	376/8-6	白○及更滴	395/8-7	○意知何意	077/8-1
長令此地○	231/4-4	滴○芙蓉已頰情	419/8-6	○未足探梅	106/20-18
去薦北山○	459/8-8	玉○滴空階	477/8-4	○追帆影海門飛	172/8-4

【 1017₄ 雪・丁・元・死・雅・霾・霓・舜・而・雨 】 1022₇

○頰雲鬢黑白爭	437/8-4	香汗全疑肌○○	419/8-3	【 1021₄ 雅 】	
雨○足青袍	043/8-6	【雪色】		○音屬青衫	005/18-10
和○協黃鐘	113/20-12	紗窓○○攤書夜	180/8-3	溫○欽儀容	008/16-2
聚○爲山傍短檐	182/8-2	山川○○繁	233/4-2	彩筆爲求周小○	427/8-3
冰○肌寒白玉肤	187/8-2	六月芙蓉○○高	341/4-4	【雅好】	
鬢○猶稀讀書牖	217/20-11	【雪消】		○○樓居坐嘯長	292/4-1
煮○後園春	244/4-1	山舜○○早	066/8-5	憂國惟○○	494/58-10
白○青霞第幾峯	285/4-4	澗道○○鶯出谷	138/8-3		
風○春寒怯曳筇	289/4-2	【雪盡】		【 1021₄ 霾 】	
聚○爲山傍短簷	367/8-2	○○窓前芸葉香	024/12-10	月暗地如○（憲）	422/16-4
臘○齋寒僧喚來	379/8-4	○○藕綠織曼陀	163/8-4		
詠○謝家才得匹	474/8-3	【雪冷】		【 1021₇ 霓 】	
豈是○霜白滿頭	014/20-11	獨臥駕衾膚○○	188/8-3	【霓裳】	
春江○後好吟哦	286/4-1	細骨偏含冰○○	197/8-3	半夜廣寒○○曲	013/22-21
松蘿帶○冷前檻	018/32-32			却疑擲杖聽○○	213/8-2
東西無○嶺	068/8-3	【 1020₀ 丁 】			
舟帆捲○來	094/40-16	○字我相依	092/16-4	【 1022₃ 舜 】	
期君夜○滿江天	288/4-2	○壯懃無寸功立	449/8-7	晚○一村園	056/8-2
滿江風○一簑衣	355/4-1			山○雪消早	066/8-5
吾畿宿○峯堆玉	448/8-3	【 1021₁ 元 】		新○好移筇	067/8-2
白毫交映○晴初	173/8-8	園○金谷富	072/8-5	新○好彷徨	079/8-4
脆質怯霜○	219/4-1	清瘦○是耽雋句	013/22-14	新○堪怡目	081/8-1
滿庭花似○	257/4-1	樓豈○之搆	098/20-15	秋天○乍陰	042/8-2
不知是爲○滿頭	417/21-11	因卜○宵訝衆賓	427/8-2	佳辰○日偶相將	148/8-1
支機石古紫○窩	163/8-6	濟世○知勝相良	451/8-2	篙人候○未期齎	012/12-6
巖壑寒生欲○天	320/4-2	吟曾壓○白	114/64-23	火天新○後	095/12-1
獨有清芳冒○披	445/8-8	吟曾壓○白	502/66-23	稱觥新○醉田園	218/32-16
最好袁安代○華	471/8-4	華簪泣曾○	110/32-24	長空新○水滋涵	388/8-2
香汗全疑肌○化	419/8-3	知爾小車寄傲	370/8-7	安得弄明○	230/4-4
北海天風送○餻	472/4-1	芝蘭君子室○馥	217/20-13		
飛入山城作○堆	475/4-4	相求蘭臭仲○二	388/8-3	【 1022₇ 而 】	
天風時捲芙蓉○	271/4-3	刀圭既是濟黎○	218/32-8	○後鳴者歟。	455/23-23
東風冷處猶餘○	276/4-3	獨點青燈標上○	426/8-2	唯○起時方肇革	025/20-3
立馬蓮峯長夏○	362/8-5			蛻○自珍	473/4-3
映窓長積殘春○	476/8-3	【 1021₂ 死 】		其所屆○鳴耶、	455/23-19
【雪裏】		九○全一生	010/56-9	筆柿實○華	494/58-41
○○芙蓉初發色	332/4-3	心灰未○煮茶爐	217/20-12	【而立】	
○○仙舟既經	457/14-1	身病猶無○	061/8-3	春秋甫○○	114/64-27
江湖○○花	075/8-8	一寸錦心灰未○	185/8-3	春秋甫○○	502/66-27
蹇驢○○詩寧拙	117/8-5	虛心却起灰心○	194/8-7		
【雪化】		虛心却起灰心○	418/8-7	【 1022₇ 兩 】	
香汗全疑肌○○	193/8-3	涂福眼之果不○	485/24-7	一○魚胎櫹且長	203/8-1

— 65 —

【 1022 ₇ 兩・兩・雨 】

同藤〇三人	028/8-2	江〇春殘濕旅衫	278/4-1	瀟湘昨夜〇新晴	016/50-19
煙霞〇主人	111/24-24	微〇疏鐘打睡鷗	364/8-8	何圖前夜〇	065/8-1
歸路〇將衝	113/20-16	避〇黃鶯花可藏	390/8-6	寂寂書窗〇打頻	143/8-2
千朶〇花説法臺	118/8-6	涼〇新晴暑猶餘	406/26-3	仁皇靈樹〇蕭然	169/8-1
乾紅〇袖泣花後	189/8-5	不〇郊雲高枕前	435/8-4	蒼翠加殘〇	250/4-2
煙波分〇海	386/8-5	暮〇瀉☒根竹包	436/8-3	聲聲和雨〇如煙	334/4-2
舊是董許〇仙媛	023/34-22	急〇雜溪聲	464/8-8	醉眠篷底〇滂沱	356/4-1
席豈論五〇風	088/8-6	風〇新晴掛夕陽	476/8-8	五月江梅〇亦甘	388/8-1
花間鶯喚〇開樽	162/8-4	紫翠〇餘嶺	042/8-5	市隱階苔〇後多	392/8-2
【兩岸】		應是〇留賓	053/8-8	梅熟江天〇色餘	404/4-1
〇〇疊青螺	078/8-2	北渚〇抽蒲	114/64-48	陰多天未〇（張）	422/16-3
東風〇〇巘屼柳	279/4-3	如膏〇色乍濛濛	134/8-2	偏愛都門〇晴後	433/4-3
喜鵲匝林秋〇〇	149/8-5	燕脂〇漲桃花岸	179/8-5	江天收宿〇	458/8-1
【兩海】		三冬〇亦興堪乘	439/8-1	豈道翻盆	459/8-1
煙波分〇〇	085/8-5	揮塵〇花墩	467/8-6	散向江天〇若篠	481/4-4
煙波分〇〇	386/8-5	北渚〇抽蒲	502/66-48	池田一夜〇	492/8-1
		聞説行〇苦	003/24-19	不識前宵〇	493/8-7
		花殘春〇細	060/8-5	翠幌朱欄〇半晴	501/8-2
【 1022 ₇ 雨 】		願令徽〇久	109/16-13	盡日連江寒〇下	018/32-1
〇腸不必論	006/16-3	曉窗輕〇散花香	120/8-8	直向前山擁〇飛	316/4-4
〇多看草長	030/8-4	一樽風〇大江頭	146/8-1	淅淅江齋寒〇夜	330/4-3
〇水王孫草	033/8-4	龍驅風〇八王山	157/8-4	半夜折頭風〇急	348/4-3
〇雪足青袍	043/8-6	微風疏〇入新歌	158/8-6	滿地黃梅夜〇間	369/8-8
〇過八間舍	071/8-5	織梭停〇樹棲烏	181/8-4	花朶猶含有〇痕	447/8-4
〇滴盆池菌苔疎	126/8-4	湘江夜〇聲如斷	194/8-3	杯聲斷簾前〇洗	484/8-7
〇歛梅天鳥語喧	218/32-18	飛爲暮〇逐歸驂	216/12-12	油幕不漏一滴〇	021/30-11
〇墜蘆花冷鬢絲	357/4-2	長江細〇滴階除	318/4-1	星冠霞佩衝寒〇	023/34-9
〇閣晴軒倒酒缸	405/8-2	聲聲和〇雨如煙	334/4-2	窗中千嶂經春〇	119/8-5
〇餘春水映窗紗	412/4-1	何人冒〇到玄亭	343/4-4	獅座花薰三月〇	151/8-3
宿〇鴻邊竭	001/26-5	從它疏〇散清芬	350/4-4	説法三津花欲〇	155/8-3
惠〇入門注	007/30-13	入門慧〇澆	365/30-13	銀燭夜寒窗外〇	326/4-3
朝〇半荒院菊	089/8-3	龍驅風〇八王山	373/8-4	悠然坐對疏簾〇	352/4-3
殘〇送黃梅	095/12-6	西山欲〇朱簾捲	389/8-3	繽紛豈爲空生〇	378/8-5
一〇寧漸漏	108/20-11	小橋暮〇過	399/8-1	世情翻覆手中〇	384/8-3
花〇中峯來黛色	122/8-3	暮天收〇月如蘇	402/8-1	樓飲玉笛將鳴〇	423/8-3
夜〇敲關寂草玄	128/8-4	閑餘春〇夜朦朧	403/8-8	香閣曉風吹已〇	487/8-3
呼〇喚風蘆荻洲	140/8-8	湘江夜〇聲如斷	418/8-8	凭檻偏歡無片〇	499/8-3
風〇千家寒食至	152/8-5	江亭風〇醉凭欄	428/8-8	【雨痕】	
寒〇連江樹樹疏	175/8-8	何妨細〇入簾櫳	429/8-4	〇〇未乾階前苔	013/22-3
夜〇添藍山抱野	178/8-3	一林春〇杏花芳	451/8-1	〇〇松下榻	073/8-3
風〇草玄嘲未解	180/8-5	前山急〇聲	491/8-8	〇〇暗濕綾羅襪	156/8-5
行〇金龍奔叱馭	201/8-5	浪華江上〇	008/16-13	〇〇星彩滿疏簾	500/4-1
風〇荒陵花落盡	269/4-3				

— 66 —

【雨·兩·爾·需·霄·霧·下】

【雨露】		三十春迎未卓〇	454/8-3	藤〇間窓月色浮	433/4-2
〇〇桑麻年有餘	300/4-2	【爾時】		廚〇幸貯一	456/20-15
人民浴〇〇	094/40-9	〇〇猶總角	114/64-3	如之廚〇盛割烹	018/32-19
【雨後】		〇〇猶總角	502/66-3	雨痕松〇榻	073/8-3
嬌瞼〇〇花	220/4-2			寫詩燈〇秋懷	090/8-6
江上梅〇〇	072/8-1	【1022₇ 需】		雌雄腰〇劍	093/12-5
樹色山光〇〇新	281/4-2	露頂王公字有〇	181/8-6	象頭山〇病仙人	283/4-1
市隱階苔〇〇多	392/8-2			沈香亭〇醉供奉	379/8-7
爲想北山春〇〇	274/4-3	【1022₇ 霄】		蜀鵶月〇翻	387/8-4
正是湘江輕〇〇	322/4-3	仰看碧〇懸玉兎	013/22-6	召我廚〇供嘉旨	406/26-12
【雨冷】		春宵宮裏春〇長	260/4-1	可謂天〇壯觀也。	456/23-10
〇〇紗窓舊話時	183/8-4	非乘黃鵠度青〇	017/8-5	黃昏月〇顏如玉	470/4-3
風淒〇〇村莊夕	021/30-13			巉屼日〇鶴雲城	495/8-1
【雨花】		【1022₇ 霧】		幾脚竹榻〇中庭	013/22-5
〇〇無處不流香	323/4-4	碧〇諸天黯淡	089/8-7	靜坐梅窓〇	031/8-1
臺散〇〇翻大地	129/8-5	碧〇鎖巖扇	100/16-14	雪螢半窓〇	058/8-3
啓龕三月〇〇香	309/4-2	野〇山雲鎖上方	120/8-2	高臥虛窓〇	072/8-7
【雨中】		江〇山雲共卷舒	198/8-8	曾辭熊府〇	112/28-3
畫中城郭〇〇看	275/4-2	碧〇溪橋燈一點	343/4-3	問津查泛〇三津	131/8-4
杜宇關山叫〇〇	362/8-8	薄〇漸消天如水	406/26-5	片羊先後〇崎嶇	308/4-1
【雨笠】		雲樓〇閣鎖崎嶇	161/8-8	上有麥星〇有蔆	417/21-4
〇〇煙簔喜晚晴	160/8-2	三山碧〇外	070/8-3	下讀書窓〇	456/20-5
〇〇煙簔不敢勞	452/8-8	滿江寒〇未全晴	354/4-4	醉吟幽燭〇	464/8-7
		連山帶〇低	458/8-8	消暑南軒〇	479/8-1
		山村封薄〇	083/8-5	嘿坐陽欄〇	494/58-51
【1022₇ 爾】		邱閣晝生〇	094/40-19	鱸膾待君將〇筋	165/8-7
期〇異日興我門	025/20-6	二郡人家〇裏連	169/8-6	醉向京橋月〇船	348/4-2
看〇思無邪	075/8-2	風冷郊天宿〇晴	374/8-2	鱸膾待君將〇筋	363/8-7
謝〇命鬻膾	095/12-3	嫋嫋晚風披煙〇	013/22-1	爛爛眼光巖〇電	380/8-3
詩〇常能泣鬼神	143/8-6	丹北呈祥驅宿〇	218/32-19	君試停杯燈〇見	500/4-3
逢〇江樓柱擧觴	148/8-2			日本寶刀横腰〇	017/8-7
憐〇年年當巧夕	196/8-7	【1023。 下】		盡日連江寒雨〇	018/32-1
隨〇白雲飛	227/4-4	〇讀書窓下	456/20-5	試聽落花殘月〇	019/14-13
知〇朝昏滌世情	361/8-2	〇山何問所	467/8-1	慈功長仰西門〇	129/8-7
知〇小車元寄傲	370/8-7	朝〇浪華浦	004/16-5	吞聲黃鳥羽高〇	200/8-5
想〇家山讀書處	393/8-7	上〇天光碧一泓	016/50-15	流螢數點藝窓〇	404/4-3
要津〇再問	002/14-13	天〇奇觀此一瞠	016/50-36	【下物】	
濟川〇所長	010/56-55	都〇八斗相追隨	019/14-6	如是〇〇供兒甤	016-50-42
歟水〇清規（葛）	115/44-20	膝〇呼來兒拜客	025/20-19	半爲〇〇半沾醪	307/4-4
玉樓由〇落	096/40-29	欲〇杯中物	030/8-5	何爲好〇〇	226/4-3
衆工徒〇論	110/32-22	燈〇堪裁萊子裳	208/8-6	今宵有此好〇〇	018/32-23
江頭待〇相思字	415/8-7	月〇梅花夜斷魂	377/8-4	【下有】	
兄弟天涯燕〇新	434/8-8				

— 67 —

1023。【 下・牙・夏・憂・霞・覆・霰・零・焉・惡・于・干・耳 】 1040。

○○鱗族集	003/24-8	煙○春遇秦逋客	145/8-5	【 1024 ₈ 霰 】	
上有婺女○○護	014/20-4	流○凝處釀逡巡	383/8-4	微○逐風聲	077/8-4
【下釣】		餘○天外山千片	483/8-5	先集江天○	113/20-13
從容○○綸	045/8-8	煙○極勝區	502/66-14	【 1030 ₇ 零 】	
獨向前川○○絲	297/4-1	星冠○佩衝寒雨	023/34-9	○露不承何所盛	496/8-1
		道是九○池貸成	016/50-7	飄○島樹亂啼鳥	154/8-4
【 1024 。 牙 】		吞吐雲○立海濱	014/20-17	舊遊○落意如何	259/4-1
豈特爽○齒	494/58-44	染出雲○湖山春	020/6-6	【 1032 ₇ 焉 】	
一得子琴以○待	366/12-3	海瀛流○五彩鮮	023/34-28	○得海外此逍遙	017/8-6
咀來瓊液送喉○	206/8-8	築柴煙○地	035/8-1	其君賜第以旌○、	455/23-12
【牙籤】		雁塔煙○春湧出	118/8-3	【 1033 ₁ 惡 】	
窗前非是照○○	182/8-1	何處煙○足詠歸	142/8-1	今歲污邪亦不○	011/16-4
窗前不見照○○	367/8-1	倘是碧○能服餌	178/8-7		
		一片輕○彩可攀	202/8-4	【 1040 。 于 】	
【 1024 ₇ 夏 】		臥裏煙○幾度春	283/4-2	○今名匠出飛山	202/8-2
○雲初發色	008/16-9	白雪青○第幾峯	285/4-4	若千年○茲	010/56-24
○楚善自持	010/56-34	五嶽煙○指掌中	301/4-4	清賞到○今	395/8-2
九○畦疇餘爛漫	212/8-3	衣錦裁○曉最明	393/8-6	春秋正及養○鄉	171/8-2
長於○景脩	109/16-16	吞吐雲○立海濱	417/21-17	士龍氏既以忠孝	
峯雲怪○早	494/58-18	此夜雲○動海城	432/4-1	鳴○國、	456/23-11
貞節虛心奉○堂	197/8-2	四國餘○海吐朱	448/8-4		
何處郊坰半○生	282/4-4	可咲煙○自沈痼	451/8-7	【 1040 。 干 】	
立馬蓮峯長○雪	362/8-5	釀得流○春萬石	453/8-3	若○年于茲	010/56-24
【夏畦】		能使雲○坐裏生	496/8-8	玉欄○外醒徙倚	012/12-2
入兔○○病	007/30-18	疾意入煙○	075/8-6	綠竹蘭○映水紋	384/8-1
人兔○○病	365/30-18	江村帶落○	112/28-22	思人夕倚竹蘭○	385/8-1
		散爲天末○	253/4-4	月明秋寒浪速○	397/4-2
【 1024 ₇ 憂 】		紛紛出海○	486/8-8	【干祿】	
○國惟雅好	494/58-10	靈境仙區雲○橫	016/50-13	○○豈吹竽	114/64-36
酌此忘○物	104/16-7	繡毬堪奪晚○紅	021/30-8	○○豈吹竽	502/66-36
琴書以消○	010/56-23	彌天錫影彩○重	132/8-6		
天外音書○母疾	137/8-5	石山殘歲餐○色	445/8-3	【 1040 。 耳 】	
乃翁百不○	494/58-9	刻畫衣裳五色○	205/8-2	大小○邊鐘	093/12-6
祗應隨處醉忘○	406/26-20	古利高標一抹○	264/4-1	亦煩黃○轉達	457/14-13
		渚仄斜陽五色○	424/4-4	盟孰推牛○	099/20-13
【 1024 ₇ 霞 】		故園無恙在雲○	425/8-8	聊以悅其○	494/58-54
○彩斜隨錦繡裳	156/8-6			千里竹筒隨犬○	177/8-3
○標遠向赤城攀	179/8-1	【 1024 ₇ 覆 】			
煙○舊病軀	047/8-8	何必○水悅慈親	020/6-4		
流○春酒盞	091/16-11	階庭○了一車鹽	182/8-4		
煙○兩主人	111/24-24	世情翻○手中雨	384/8-3		
煙○極勝區	114/64-14				

【 1040₁ 霆 】

隱隱雷○鐵鼎聲	195/8-6
隱隱雷○鐵鼎聲	444/8-6
隱隱鐵鼎雷○聲	497/8-6

【 1040₄ 要 】

○津爾再問	002/14-13
○湛沆瀣宴群仙	023/34-4
○看仁洽恩霑處	134/8-7
祗○精良醫一國	025/20-13
層冰○着脚（張）	422/16-11
層冰要着脚（張）	422/16-11
白蓮○訪盟	493/8-6
粒粒猶○籌海屋	014/20-12
粒粒猶○籌海屋	417/21-12

【要路】

卽今當○○	009/34-23
近聞臨○○	105/20-7

【 1040₉ 平 】

○居不素飱	110/32-6
○家舊事將相問	137/8-7
○城二月好探芳	266/4-1
○田落雁有歡聲	346/4-1
○野宿雲披	492/8-6
昇○百又年	005/18-9
尙○婚嫁未曾終	362/8-2
太○民俗爭香火	375/8-7
宛敵○原十日歡	370/8-6
煙波○日耽漁釣	485/24-3
落照遍○蕪	031/8-8
鷗鷺湖○雲斷續	150/8-3
心隨湖水遠且○	016/50-47
門外長江碧水○	149/8-1
海潮秋與碧空○	160/8-1
奚須片石問君○	302/4-4
菜花落盡麥芒○	374/8-1

【平安】

○○爲客幾居諸	170/8-1
霜報竹○○	057/8-4
留客說○○	098/20-18

【 1043₀ 天 】

○籟入胸襟	033/8-7
○遊魂叵招	036/8-6
○公能解主人意	140/8-7
○香秋亂墜	246/4-1
○女樂猶存	387/8-6
○寒月暗美人來	480/4-1
滿○頑雲爲之晴	013/22-16
海○遙望眉壽色	014/20-19
江○斷續雲	041/8-8
秋○霽乍陰	042/8-2
半○銀碧峯	067/8-4
江○爵不晴	077/8-2
火○新霽後	095/12-1
江○斷續雲	102/12-12
諸○片雲絶	103/20-7
彌○錫影彩霞重	132/8-6
諸○寫入一詩筒	151/8-8
諸○咫尺梵王樓	159/8-2
朝○玉女聚傾壺	201/8-6
朝○未返神仙駕	214/8-5
水○秋一色	222/4-1
江○寒月照松關	331/4-4
半○靈籟答琴臺	376/8-6
水○雲點綴	394/8-1
暮○收雨月如蘇	402/8-1
海○遠望眉壽色	417/21-19
江○遠電射衡茅	436/8-1
上○同雲滕	456/20-1
江○收宿雨	458/8-1
海○西望不勝情	501/8-8
上下○光碧一泓	016/50-15
瑠璃○造障	047/8-1
既知○命極	110/32-19
自稱○地一漁人	145/8-1
切利○開大海隅	161/8-2
散爲○末霞	253/4-4
陰多○未雨（張）	422/16-3
碧桂○香先月薰	423/8-8
阿香○上傾瓢後	484/8-3
弟兄○一涯	486/8-4
散向江○烏鵲聲	013/22-22
吳地楚○咫尺幷	016/50-12
維嶽極○是爲衡	016/50-17
碧霧諸○黯淡	089/8-7
先集江○霰	113/20-13
雨歛梅○鳥語喧	218/32-18
散向江○蔽月光	325/4-4
不問江○有無月	329/4-3
飛錫彌○路不難	332/4-2
風冷郊○宿霧晴	374/8-2
梅熟江○雨色餘	404/4-1
散向江○雨若篠	481/4-4
星聚海○外	483/8-7
綠陰在槐○	006/16-1
斯文未喪○	051/8-4
層雲湧塔○王寺	149/8-3
薄霧漸消○如水	406/26-5
德星秋冷水○昏	025/20-20
明日荒陵有○樂	120/8-7
琅邪別墅奪○工	164/8-1
秋風鴻雁度○心	166/8-6
冥途十萬玉○堂	211/8-6
青鳥飛來碧海○	023/34-1
金臺銀闕晚波○	127/8-8
塔雕雲水湧中○	129/8-8
瓦樓高倚艷陽○	147/8-2
臨眺難波十月○	169/8-2
春風剪翠水連○	178/8-4
期君夜雪滿江○	288/4-2
巖壑寒生欲雪○	320/4-2
篝燈明滅一江○	324/4-4
萬丈光芒亘曉○	435/8-8
幽花曾致自西○	487/8-1

【天下】

○○奇觀此一瞳	016/50-36
可謂○○壯觀也。	455/23-10

【天外】

○○玉芙蓉	008/16-8
○○音書憂母疾	137/8-5
雙鳧○○影	416/8-5
餘霞○○山千片	483/8-5
星聚海○○	482/8-7
移得香爐○○勝	182/8-7

1043。【 天・弄・孩・更・覇・再・石 】　　　　1060。

準擬香爐〇〇賞	367/8-7	城樓〇鼓暮初起	136/8-3	【更憐】	
檣烏落日江〇〇	174/8-3	經筵〇醉舊恩長	138/8-8	〇〇黃落處	028/8-5
【天涯】		無人〇識予初志	167/8-7	〇〇萬井晨炊外	198/8-7
〇〇別淚家三鳳	438/8-5	無人〇敵一詞鋒	289/4-4	斷腸名〇〇	084/8-8
兄弟〇〇燕爾新	434/8-8	羝羝〇有聽鶯約	450/8-7		
數聲回雁過〇〇	489/8-8	山圍〇住誰	463/8-6	【 1052 ₇ 覇 】	
【天橋】		白露及〇滴	395/8-7	【覇王】	
〇〇一沙嘴	085/8-1	不須人〇頌椒花	412/4-4	〇〇安在哉	094/40-4
〇〇曾入夢	111/24-21	江之橋〇生	456/20-11	〇〇園物向榮時	445/8-6
〇〇一沙觜	386/8-1	長橋不可〇	007/30-4		
〇〇花落海樓生	393/8-8	長橋不可〇	365/30-04	【 1055 ₇ 再 】	
【天中】		地古蒼松〇入篇	176/8-4	〇會言不虛	009/34-18
〇〇雖過䣹	111/24-9	長橋不可〇	365/30-04	〇生何處期多子	203/8-7
節物過〇〇	104/16-2	賀來居室〇孤鴻	403/8-4	〇繫佳人一葦航	390/8-2
【天風】		何知夜幾〇	465/8-2	何時〇晤言	004/16-14
〇〇時捲芙蓉雪	271/4-3	封裏才開氣〇薰	141/8-4	再繫〇人一葦航	390/8-2
北海〇〇送雪饈	472/4-1	市橋鵲影三〇靜	599/8-5	時日〇遊猶未報	421/8-7
松樹咽〇	076/8-8	卷舒不倦坐二〇	016/50-44	要津爾〇問	002/14-13
【天錫祿】		限詩絳燭夜三〇	018/32-26	今歲方此〇週日	025/20-17
孝子不匱〇〇〇	014/20-7	愁人步月夜三〇	149/8-6	群賢禊飲〇相同	403/8-1
孝子不匱〇〇〇	417/21-7	松間香利夜三〇	195/8-4		
		松間香利夜三〇	444/8-4	【 1060 。 石 】	
【 1044 ₁ 弄 】		驚破梅花夢五〇	280/4-4	〇見千里餘	002/14-7
〇盡江城月	103/20-1	傾尊守歲二三〇	432/4-2	〇蘇軟放菌	111/24-14
簾前〇曉景	092/16-11	松間香利夜三〇	445/8-4	〇山殘歲餐霞色	445/8-3
安得〇明霽	230/4-4	松間香利夜三〇	497/8-4	〇川蘋藻足	494/58-25
蝶舞鶯歌〇艷陽	156/8-2	【更有】		泉〇入聾盲	048/8-4
一篙遷鶯〇小春	306/4-4	〇〇小字上幀盈	016/50-29	白〇地崔嵬	094/40-6
寄言吏部唯看〇	210/8-7	〇〇寧詞美	044/8-7	片〇僅留碑	096/40-38
		〇〇鳴蟬嘲午寂	304/4-3	藥〇無功德	105/20-17
【 1048 ₂ 孩 】		〇〇清風室裏添	500/4-2	藥〇爲醫較有功	167/8-4
〇兒重俠氣	094/40-21	蟬聯〇〇傷觀者	437/8-7	疊〇爲牆壁	235/4-1
		近近〇〇聽鶯約	451/8-7	片〇孤雲矚目長	360/8-1
【 1050 ₆ 更 】		【更唱】		白〇半存詩	463/8-4
〇映百花鮮	091/16-16	〇〇鳳將雛	114/64-32	醉向〇頭俱露臥	013/22-19
〇擬飄颻逐赤松	124/8-6	〇〇鳳將雛	502/66-32	水落〇根枯	047/8-6
〇想禪餘無孔笛	155/8-7	【更覺】		支機〇古紫雪窩	163/8-6
〇向海風吹颺處	272/4-3	〇〇衣巾冷	097/12-11	一水一〇響硜硜	016/50-27
〇訝捧心逢越女	442/8-5	〇〇酒骰佳	477/8-8	或疑煉〇補蒼苔	021/30-6
〇喜得同行	491/8-2	【更怪】		菁肓泉〇知	060/8-4
五〇鐘梵吼獅子	120/8-5	〇〇松煤癉少香	203/8-4	疲容危〇邊	084/8-4
五〇欄外人猶立	211/8-7	夜來〇〇應眞會	021/30-21	白雲抱〇枕	221/4-1

— 70 —

【 石・百・西 】

涓涓沙○際	236/4-3	攜歸八○八洲邊	284/4-2	一落○江一周歲	397/4-3
奚須片○問君平	302/4-4	杖頭花柳○文錢	147/8-6	吹笛漁○陂	010/56-16
點頭頑○樹交影	375/8-3	曾釀霜黃○斜柑	450/8-8	一宇東○學	114/64-37
疾稱泉○療無方	420/8-6	低昂鉅細千○種	021/30-3	伴此東○客（葛）	115/44-21
龍若蟄○	473/4-1	豈讓孟家三○片	141/8-5	夕度海○隅	225/4-2
鐵蕉依怪○	055/8-5	看過梅花幾○株	347/4-2	欲向遼○馳一夢	265/4-3
數字留題○上松	132/8-8	【百丈】		幾度東○跋涉勞	341/4-1
研朱滴露○難乾	191/8-6	○○牽吟興（葛）	115/44-9	渾是東○欽慕人	470/4-4
烹葵只是○為厚	385/8-5	未及篤人○○長	279/4-4	一宇東○學	502/66-37
擬將蘆刀剜○腸	209/8-6	【百花】		思在夕陽○	099/20-8
屢擬乘雲尋○室	283/4-3	○○香處好酣眠	454/8-8	中有好事○孟清	016/50-4
回望忘筌坐○磯	355/4-2	更映○○鮮	091/16-16	慈功長仰○門下	129/8-7
一輪水月望湖○	118/8-5	【百日】		報道主在海○邊	023/34-2
物外幽蹤連水○	121/8-3	千里行程○○游	012/12-11	尋仙杖屨遍○東	301/4-2
黃金鷄塚夕苔○	130/8-5	載筆山川○○遊	146/8-6	聞君昨日自○州	382/8-1
曲徑曾無望夫○	168/8-3	【百里】		幽花曾致自○天	487/8-1
釀得流霞春萬○	453/8-3	○○驚潮抱郭廻	376/8-1	火星流轉數峯○	349/4-4
【石床】		○○長流碧映門	447/8-1	【西方】	
棉花暖○○	029/8-8	【百尺】		彼美○○收媚黛	478/8-7
盈尺瑤華沒○○	211/8-1	○○垂條拂地長	296/4-2	誰言彼美自○○	116/8-1
【石橋】		○○長橋架碧流	314/4-2	【西望】	
○○春度澗花翻	133/8-6	○○長橋疑擲杖	402/8-3	海天○○不勝情	501/8-8
觴詠○○邊	229/4-2	吹落君家○○樓	271/4-4	試倚書櫻○○海	425/8-7
【石花】		為掃煙波○○樓	382/8-2	【西山】	
夕陽春處○○飛	014/20-9	【百年】		○○不采薇	100/16-12
松花煨熟○○煎	023/34-12	○○兄弟在樵漁	123/8-6	○○欲雨朱簾捲	389/8-3
夕陽春處○○飛	417/21-9	不識○○後	032/8-7	折盡○○花幾枝	019/14-2
【石間】		王醴○○看寵遇	415/8-5	一去○○長歎息	443/8-3
○○神漢 碧玲瓏	310/4-4			【西歸】	
離披怪○○	250/4-1	【 西 】		○○履迹遣人窺	398/8-8
		○條父母鄉	026/8-4	遠送○○客	078/8-7
【 百 】		○灣昨夜一漁養	165/8-8	東游業就○○日	278/4-3
○橋虹聚飲	094/40-13	○來今夜意何問	175/8-3	【西南】	
○草欲蘇山頂火	136/8-5	○日海棠相照火	372/8-3	○○一夜風吹急	476/4-3
三○詩篇歲每刪	449/8-6	○南一夜風吹急	475/4-3	海色○○豁	070/8-1
昇平○又年	005/18-9	海○額字勢硉矹	016/50-33	【西風】	
日興○壺酒	076/8-1	東○無雪嶺	068/8-3	○○送暮鐘	082/8-8
吟枝○銅同臭曳	216/12-3	江○一派泛慈航	155/8-1	○○別墅在東村	162/8-1
山河○二北風寒	332/4-1	關○夫子銜鱸譽	392/8-5	○○送袷衣	227/4-2
乃翁○不憂	494/58-9	遠自○海壼	004/16-2		
飛流幾○級	003/24-6	植杖○郊外	042/8-1	【 面 】	
自脩三○首	075/8-1	詩體○崑剪燭刪	369/8-4	三○峯巒抹翠煙	127/8-6

1060₀【 西・面・吾・雷・晉・否・硫・可・龥 】

水○金鱗殘日影	160/8-3
背○戲題字數行	209/8-2
滿○煙花春未盡	392/8-7
不尙○識尙心知	366/12-10
凄涼滿○瓦窯煙	169/8-8
風雲憐會○	062/8-3
蘆簾能遮三○風	021/30-12
定識少林耽○壁	288/4-3
我亦何慙舊○目	406/26-21
夜樹樓臺描水○	166/8-5

【 1060₁ 吾 】

○黨自今後	051/8-7
○邦俗自違	059/8-2
○畿宿雪峯堆玉	448/8-3
橐○花千畝	002/14-8
愛○城子邀	010/56-1
令○醉臥五雲傍	024/12-4
稱○何過當	054/8-4
酒○不敢辭賢聖	143/8-5
詩○荊棘入春苑	371/8-5
愧○詩筆拙	460/8-7
金牛○不見	044/8-1
高臥○將老	047/8-7
識荊○已得	093/12-1
裯頌○何敢	108/20-19
枕流○素志（岡）	115/44-19
皎潔○心聊自比	383/8-7
踏青○亦杖相扶	448/8-2
几前○誦之	494/58-53
足以言○志	034/8-3
秋深橐○野	058/8-7
倒履迎○飲夜闌	370/8-1
古渡須○友	467/8-3
二毛斑嘆○拙	089/8-5
載酒何辭○代酌	469/4-3
禪餘文字念○師	398/8-4

【吾曹】

○○多市隱	052/8-1
白眼○○題鳳字	119/8-3

【吾性】

幽寂適○○	007/30-20
幽寂適○○	365/30-20

【 1060₃ 雷 】

○吼電激、	455/23-3
市門朝聽○	094/40-20
城中鼓角雜風○	376/8-2

【雷霆】

隱隱○○鐵鼎聲	195/8-6
隱隱○○鐵鼎聲	444/8-6

【 1060₁ 晉 】

作序書傳○代風	403/8-6

【 1060₉ 否 】

溯洄能憶○（岡）	115/44-43
高臥君知○	240/4-3
他時避暑能同○	174/8-7
不問送窮文就○	313/4-3
他日空山相許○	398/8-7

【 1061₃ 硫 】

○黃氣結洋中曉	131/8-5

【 1062₀ 可 】

○見衆賓應接處	024/12-11
○惜今宵別	093/12-7
○看滄海作蒼田	178/8-8
○咲煙霞自沈痼	451/8-7
祗○酌金罍	001/26-12
無○起沈疴	049/8-2
才○慙予劣	062/8-5
泮水○同娛	114/64-40
期頤○待觀頤室	218/32-29
浮瓜○我儕（張）	422/16-14
遊岫○以起	494/58-38
泮水○同娛	502/66-40
我心未○灰	001/26-22
其勢幾○及	003/24-16
長橋不○更	007/30-4
舊懷足○攄	009/34-26
秦箏調○同	027/8-6
明珠行○拾	070/8-7

秋園花○品	084/8-1
清涼界○依	103/20-6
鳴琴政○知	105/20-10
畝饒蔬○摘	112/28-15
軒裳豈○絆君身	145/8-8
金鱗坐○漁	234/4-4
龍鱗金○數	248/4-4
長橋不○更	365/30-04
華簪必○入長安	370/8-8
檢書旋○燭	399/8-5
今宵不○復虛過	406/26-11
此舉眞○羨	494/58-55
鷗汀鳧渚○吟行	016/50-23
憨無勝具○相從	132/8-2
家釀雖薄○爲歡	397/4-4
千尋積水○探珠	402/8-4
九轉靈丹顏○駐	013/22-8
陰壑雲深不○搜	159/8-8
南至明朝雲○書	175/8-4
玉露餘恩杯○嘗	186/8-6
一片輕霞彩○攀	202/8-4
避雨黃鶯花○藏	390/8-6
南畝稻粱經○帶	413/8-3

【可謂】

○○天下壯觀也。	455/23-10
○○齒德不伐者	485/24-19

【可觀】

地鎭○○坤德尊	014/20-2
波浪○○忠信志	361/8-5
地鎭○○坤德尊	417/21-2

【可憐】

○○春水南軒月	396/4-3
移種梵宮尤○○	487/8-2

【 1062₇ 龥 】

窗中陰○生駒嶺	216/12-9
回頭蒼○山何邈	448/8-7
近津淡○帆千點	501/8-5
半磴樹吞春○碧	161/8-3

【 1063₂ 釀 】

曾○霜黃百斛柑	450/8-8

【 1063₂ 釀 】

芳尊仍○桂花露	013/22-10
椒花新○酒	061/8-5
君家春酒○萬斛	023/34-27
昨日芳樽○露華	337/4-4
流霞凝處○逡巡	383/8-4
養老甘泉新○醴	138/8-7
清水臺鄰酒○泉	147/8-4

【釀得】

○○流霞春萬石	453/8-3
金花○○飲催春	440/8-4

【釀成】

○○春酒湛芳樽	218/32-32
甘露○○般若湯	168/8-6

【 1064₇ 醇 】

趨陪漫飲○	108/20-20
除夕南軒每飲○	488/8-1

【 1064₈ 碎 】

涼月○波紋	041/8-6
影遮金璜○	098/20-5
有酒酣歌○玉壺	154/8-6
指揮如意珊瑚○	487/8-5

【 1064₈ 醉 】

○飽不知歲云莫	018/32-29
○歸晚出胡姬肆	147/8-7
○眼篷底雨滂沱	356/4-1
○難記姓名	430/8-6
○吟幽燭下	464/8-7
○向浪華江上望	480/4-3
扶○我家兒	066/8-4
殘○猶相認	067/8-7
一○竹林中	097/12-2
將○竹成叢	104/16-6
挽○蕭齋小春夜	217/20-19
沈○從儂半臉紅	381/8-6
未○篁陰徑作三	388/8-4
獨○黃公舊酒壚	448/8-8
玉山○自倒	033/8-6
間窗○讀騷	043/8-8
神存○墨中	076/8-6
披襟○幾回	095/12-12
十日○如泥	099/20-4
般若○忘歸	103/20-16
鼓枻○歌調自高	307/4-2
勸君抨○且留連	012/12-7
從它醒○醉（岡）	115/44-22
經筵更○舊恩長	138/8-8
都人二月○林塘	156/8-1
月照新林○未回	174/8-8
稱觥新霽○田園	218/32-16
煙波何處○君王	260/4-4
網島維舟○晚晴	282/4-1
四明狂客○多時	321/4-1
潘郎載酒○河陽	378/8-4
沈香亭下○供奉	379/8-7
祇應隨處○忘憂	406/26-20
江亭風雨○憑欄	428/8-8
金井寒宵○月姿	445/8-4
黃菊非求○	493/8-5
多少都人帶○還	277/4-2
酌之衆賓咸已○	023/34-29
客裏相逢須盡○	436/8-7

【醉後】

○○只宜茶	112/28-24
○○龍蛇隨走筆	145/8-3
芳桂殘尊沈○○	022/8-7

【醉向】

○○石頭俱露臥	013/22-19
○○京橋月下船	348/4-2

【醉臥】

○○避災人未起	148/8-7
令吾○○五雲傍	024/12-4
綺席祇當○○	087/8-7
春水軒頭一○○	400/4-3

【 1066₁ 磊 】

○磊胸襟澆有酒	153/8-5
磊○胸襟澆有酒	153/8-5
千秋○落有才奇	366/12-1

【 1066₁ 酷 】

領略春風入臘○	480/4-2

【 1071₇ 瓦 】

○樓高倚艷陽天	147/8-2
屋○消霜盡	094/40-15
鴛鴦○上夢魂驚	353/4-2
凄涼滿面○窯煙	169/8-8

【 1071₇ 電 】

亡响○激、	455/23-3
江天遠○射衡茅	436/8-1
爛爛眼光巖下○	380/8-3

【 1073₁ 云 】

醉飽不知歲○莫	018/32-29

【 1073₁ 雲 】

○衲奪朱色	064/8-3
○奇二上峯	071/8-6
○隨桂槳多	078/8-4
○漢圖方失（葛）	115/44-25
○腴遥向故人分	141/8-2
○樓霧閣鎖崎嶇	161/8-8
○疊煙重故紙山	342/4-1
○開疊巘聳丹楹	346/4-4
○嶂白糢糊	460/8-4
書○非我事	001/26-7
夏○初發色	008/16-9
碧○篇什誰唱和	021/30-27
風○憐會面	062/8-3
同○遮日色	077/8-3
孤○不病貪	108/20-12
書○求彩筆	113/20-11
淡○樹合離（岡）	115/44-38
午○蔭室虛生白	128/8-3
層○湧塔天王寺	149/8-3
白○抱石枕	221/4-1
踏○攀月到君家	270/4-4
行○一片停難住	316/4-3
白○明月滿禪衣	319/4-2
白○紅樹幾名山	336/4-1
白○出沒山中寺	374/8-5
白○千里人指舍	380/8-5
陰○捲箔飛	399/8-8

1073【雲】

斷○橫野渡	459/8-5	不雨郊○高枕前	435/8-4	呑吐○○立海濱	417/21-17
山○畫掩扉	461/8-2	請看風○交起日	443/8-7	能使○○坐裏生	496/8-8
白○當戶生	465/8-6	遠岫山○出有心	453/8-6	靈境仙區○○橫	016/50-13
出○間一望舒☐	484/8-8	上天同○滕	456/20-1	故園無恙在○○	425/8-8
海○津樹費相思	499/8-1	平野宿○披	492/8-6	【雲水】	
峯○怪夏早	494/58-18	棲鶴停○倚海瀛	495/8-2	塔離○○湧中天	129/8-6
松間○漸開	095/12-8	滕嶺摩○鶴頂明	495/8-6	歸來○○多茶話	333/4-3
無緣○壑寄幽蹤	124/8-8	朝煙炊時○子熟	014/20-10	【雲發】	
函底○賤供白氂	125/8-3	江天斷續○	041/8-8	久拌興趣披○○	165/8-5
巖壑○朝維嶽尊	133/8-1	蘆簾且與○捲	090/8-3	久拌興趣披○○	363/8-5
陰壑○深不可搜	159/8-8	江天斷續○	102/12-12	【雲飛】	
薙來○鬢開麗跋	163/8-3	南至明朝○可書	175/8-4	○○七十二峯夕	017/8-4
銀鈿○髻橫斜影	190/8-5	前山奇似○	255/4-2	○○巖骨露	047/8-5
一生○壑老樵夫	308/4-4	酒酣揮洒○煙色	325/4-3	隨爾白○○	227/4-4
雄嶺○當門外出	311/4-3	卓錫鶴飛○關洞	391/8-5	【雲斷】	
水迹○蹤九州遍	323/4-3	朝煙炊時○子熟	417/21-10	鸊鵜湖平○○續	150/8-3
水天○點綴	394/8-1	書裙學得○煙已	481/4-3	衡嶽峯頭○○時	207/8-4
詩應○漢擬（張）	422/16-7	欲等鶴齡○萬朶	495/8-3	【雲山】	
雪頰○鬢黑白爭	437/8-4	檜原隨鶴○容老	495/8-5	○○如咲待歸舟	411/4-4
每呈○瑞鶴千聲	495/8-4	黃鶴飛樓列○橐	016/50-25	壁上○○類九嶷	192/8-8
仙鶴○仍糧亦足	495/8-7	令吾醉臥五○傍	024/12-4	斜陽背指紫○○	277/4-4
飫肥○鶴此長鳴	495/8-8	蹇衣尙入白○深	122/8-8	【雲峯】	
捲簾○泄桂花香	497/8-6	故人家在松○際	142/8-7	鴉背○○送晚暉	415/8-4
滿天頑○爲之晴	013/22-16	數開鷺鏡髻○疏	188/8-4	人間變態屬○○	121/8-4
唱和白○黃竹篇	023/34-30	薰蒸頓見鬢○橫	193/8-4	【雲外】	
掩映白○艗	035/8-8	內人千騎屋○車	262/4-1	○○賞宜雲母峯	132/8-4
庭際片○黑	053/8-7	夢魂先入白○阿	356/4-4	頻求○○賞	030/8-6
游戲齊○藤	094/40-27	遙心寫盡海○長	420/8-2	【雲芽】	
諸天片○絶	103/20-7	主人家在白○嶺	468/4-1	一片○○手自煎	288/4-1
野霧山○鎖上方	120/8-2	地荷巧製碧○裳	478/8-4	三衣薰染白○○	290/4-1
海氣山○指顧中	151/8-2	身疑行在彩○邊	487/8-8	【雲樹】	
點綴江○近斷雁	154/8-3	巘岯日下鶴○城	495/8-1	○○入相思	105/20-4
江霧山○共卷舒	198/8-8	華瀨山中幾脚	141/8-1	○○獨長呼	114/64-64
野燒燒○點點奇	274/4-2	若耶溪畔女如○	350/4-1	○○獨長吁	502/66-66
屢擬乘○尋石室	283/4-3	詩句有無頭上○	384/8-4	渾令○○濃	093/12-12
褎褎歸○雲母坂	317/4-3	門外銀橋未架○	423/8-4	共吟○○新詩句	217/20-5
騏驥如○不復屯	327/4-2	無間巫山巫峽○	442/8-8	【雲橫】	
秋半陰○惱客時	329/4-2	捲簾何管有微○	599/8-4	三年親舍白○○	393/8-4
片石孤○矚目長	360/8-1	【雲霞】		薰蒸剩見鬢○○	419/8-4
爲政白○山色靜	361/8-3	呑吐○○立海濱	014/20-17	【雲根】	
野寺孤○古渡頭	364/8-4	染出○○湖山春	020/6-6	○○近住地仙翁	144/8-8
卽指暮○愁裏地	390/8-3	此夜○○動海城	432/4-1	○○一寶劍	231/4-1

1073 【雲・函・不】 1090

【雲中】		○斷☐風翻緗帙	429/8-3	道險○易行	494/58-3
○○有廈屋	255/4-3	○雨郊雲高枕前	435/8-4	千載○絶祀	494/58-26
浮圖湧出斷○○	117/8-8	○歸北海竟終躬	443/8-4	零露○承何所盛	496/8-1
【雲影】		○令方璧價連城	444/8-8	歲寒盟○寒	005/18-11
○○半消簾外樹	013/22-4	○憚道途泥	458/8-6	僑寓亦○久	010/56-21
吹成一片湘○○	184/8-7	○翅賜第倍俸錢	485/24-12	再會言○虛	009/34-18
【雲母】		○過黃菊籬	492/8-4	習家知○遠	071/8-7
雲外賞宜○○峯	132/8-4	○覺抵鴨島	494/58-22	江天爵○晴	077/8-2
裹裹歸雲○○坂	317/4-3	獨○勸當歸	010/56-52	窓觀山○寨	091/16-10
【雲間】		既○辱君命	058/8-5	芙蓉露○晞	103/20-10
三津海舶○○繫	169/8-5	看○以爲畫	224/4-3	荊花茂○枯	114/64-58
當歌寒送○○爲	439/8-5	莚○拒蚕貢爲	457/14-8	山林曾○伐	232/4-1
賜衣宰相白○○	179/8-4	孝子○匱天錫祿	014/20-7	君王應○貴長生	268/4-4
		淚痕○乾竹紆縈	016/50-20	鶯花梅○共相求	368/8-8
【 1077 函 】		卷舒○倦坐二更	016/50-44	家雖無○龜	456/20-13
○底雲牋供白蘗	125/8-3	油幕○漏一滴雨	021/30-11	乃翁百○憂	494/58-9
解得○題落雁名	472/4-4	汚泥○染蓮花性	021/30-25	荊花茂○枯	502/66-60
蒼龍鳴鮫○	005/18-14	無句○精工	027/8-2	一一指點○記名	016/50-14
		何草○霜黃	029/8-6	和尚杯浮○駭魚	173/8-6
【 1090 不 】		也足○攢眉	039/8-2	每憶鄉土○忘歸	177/8-1
○折江亭柳	002/14-1	其如○朽何	049/8-8	火齊燈殘○吐煙	185/8-6
○酌江亭酒	002/14-2	成章○斐然	051/8-8	却欣方璧○連城	195/8-8
○若江河間	003/24-21	坐愛○徒過	078/8-6	常是無心○倒顛	204/8-6
○翅良田與廣廈	018/32-8	青山○得歸	092/16-2	冰肌霜被○成眠	265/4-4
○願學究名一村	025/20-14	西山○采薇	100/16-12	騎馬酕醄○自持	321/4-2
○住蓮花府	036/8-1	孤雲○病貪	108/20-12	雨花無處○流香	323/4-4
○但殘蒲酒	038/8-7	無日○良遊	109/16-2	血痕千點○消盡	334/4-3
○速客相通	046/8-4	平居○素飱	110/32-6	隨意吟笻○羨船	344/4-2
○日方經始	055/8-3	殘柳○藏鴉	112/28-20	護花蓬底○曾眠	348/4-4
○怯北風冷	056/8-7	脂粉○汚顏若英	193/8-2	東風江柳○藏煙	372/8-4
○令歡會頻	107/12-12	花落○來叫	223/4-3	鳳儀難至○鳴箾	418/8-6
○翅絶纖塵	111/24-18	無復○潛魚	234/4-2	冰魂還得○看花	471/8-2
○似宸遊當日望	169/8-7	何事○窺園	237/4-1	可謂齒德○伐者	485/24-19
○濕衣巾濺涕洟	183/8-1	雞犬○曾聞	255/4-4	却欣方璧○連城	497/8-8
○從戲蝶去踰牆	190/8-8	今我○遊春欲盡	309/4-3	動輒低吟○作章	497/8-4
○驚高臥人	221/4-4	門生○用酒前除	404/4-2	今歲汚邪亦○惡	011/16-4
○嘗容寶筏	249/4-1	滿斟○辭今宵酒	406/26-23	仁者所樂長○崩	014/20-15
○厭浮杯裏	257/4-3	孝子○匱天錫祿	417/21-7	一點君山波○驚	016/50-21
○怕人呼作杏花	264/4-4	仁壽○騫又不崩	417/21-15	養志能令親○老	023/34-25
○觀燈市只觀梅	312/4-4	脂粉○汚顏如英	419/8-2	東海蟠桃君○厭	023/34-33
○尙面識尙心知	366/12-10	榮辱○驚心自恬	447/8-5	數度兵塵都○染	130/8-7
○揷茱萸只舉杯	389/8-8	苓芣○假齡自引	485/24-21	應咲人間會○多	158/8-8

1090【 不・霜 】 1096

詞句	出處	詞句	出處	詞句	出處
一片冰心涅○緇	180/8-1	紋分裱褙○○糊	196/8-4	○○葛子從	071/8-2
裊裊蔓疑牛○繫	186/8-3	【不能】		○○能書與善詩	366/12-2
極識鑾輿終○到	187/8-7	愚公移之竟○○	014/20-16	○○怡目又充餐	483/8-8
婦室夜寒嘆○瘵	199/8-3	縱遇禹公移○○	417/21-16	追隨○○我	430/8-7
十載詞盟竟○渝	217/20-2	【不借】		【不問】	
黃檗山中去○歸	319/4-4	○○剗刀金縷細	184/8-5	○○送窮文就否	313/4-3
此子津梁呼○起	331/4-3	纖腰○○綺羅裳	197/8-4	○○江天有無月	329/4-3
飛錫彌天路○難	332/4-2	【不特】		無○○歸期	010/56-50
蝶夢追春魂○返	381/8-3	○○一陽回	001/26-14	【不勝】	
驪歌別友思○窮	381/8-4	○○馬與車	009/34-22	後庭玉樹○○秋	261/4-4
仁壽不騫又○崩	417/21-15	雋句○○使人驚	013/22-15	海天西望○○情	501/8-8
涂福眼之果○死	485/24-7	【不復】		【不知】	
【不言】		○○勞刀筆	006/16-12	○○何代古離宮	310/4-2
我僕○○痛	114/64-16	舟楫○○理	010/56-13	○○是為雪滿頭	417/21-11
我僕○○痛	502/66-16	駢驪如雲○○屯	327/4-2	○○自己骨已仙	485/24-16
【不識】		【不必】		○○既至老	494/58-14
○○百年後	032/8-7	○○羨耕巖	005/18-18	醉飽○○歲云莫	018/32-29
○○淹留客	095/12-11	○○為名士	043/8-7	【不現龍】	
○○誰家種菊苗	345/4-4	○○迎春去	068/8-1	燈明○○○	085/8-4
○○能書何等事	407/4-3	○○溪村明月夜	314/4-3	燈擎○○○	386/8-4
○○前宵雨	493/8-7	○○羈棲嘆歲華	498/8-8	【不斷煙】	
煙波○○柴門外	364/8-7	雨腸○○論	006/16-3	春山○○○	064/8-8
【不可】		仙遊○○乘長鯨	016/50-48	寶鴨香爐○○○	129/8-8
長橋○○更	007/30-4	笙歌○○覓知音	119/8-8	【不鳴箎】	
今宵○○復虛過	406/26-11	春風○○泣豐碑	299/4-4	鳳儀難到○○○	194/8-6
長橋○○更	365/30-04	青山○○屬羊何	392/8-1	鳳儀難至○○○	418/8-6
陰壑雲深○○搜	159/8-8	蓴鱸○○是佳肴	436/8-8	【 1096 ₃ 霜 】	
【不孤】		【不妨】		○階木賊新	053/8-6
鄰終德○○	114/64-26	○○勾欄人相倚	021/30-15	○報竹平安	057/8-4
鄰終德○○	502/66-26	飢餓○○胡地嘗	378/8-6	○徑菘肥處	081/8-5
【不敢】		【不教】		○橋人迹清	101/16-6
○○向他操	062/8-8	○○能以右手殲	025/20-4	○才宜喫菜	106/20-17
酒吾○○辭賢聖	143/8-5	○○鷗鷺舊盟渝	154/8-8	○寒盆水倒芙蓉	124/8-4
魑魅○○近	231/4-3	【不見】		○吐劍花江館冷	172/8-3
雨笠煙蓑○○勞	452/8-8	○○晚來波	222/4-2	○林紅爛漫	461/8-3
【不為】		○○波頭白馬來	376/8-8	風○道士松	033/8-3
君子所○○	010/56-12	神洲○○赤旗航	360/8-6	繁○徑印蹤	113/20-18
休道壯夫者○○	015/18-10	窗前○○照牙籤	367/8-1	星○養素道難移	180/8-6
【不須】		金牛吾○○	044/8-1	星○已逼二毛斑	450/8-8
○○樹護只藝穀	011/16-7	相公船○○	387/8-5	風○寒客鬢	463/8-5
○○人更頌椒花	412/4-4	但見殘虹○○橋	345/4-1	猩血○凝楓葉山	179/8-6
骸核○○求	226/4-2	【不唯】			

冰牀〇被不成眠	265/4-4	〇雁憶鄉人	045/8-6	〇降自維嶽	096/40-3
江楓〇薄未紛紛	303/4-4	〇野同登何酒樓	368/8-6	〇有兄弟難	258/4-2
意氣風〇凜	005/18-13	〇地無書白雁來	389/8-4	〇引深杯難從目	281/4-3
豈是雪〇白滿頭	014/20-11	丹〇呈祥驅宿霧	218/32-19	〇避重陽厄	491/8-3
屋瓦消〇盡	094/40-15	踏遍〇阡南陌草	156/8-7	若〇寂寞成玄草	124/8-5
滿地繁〇殘女蘿	125/8-2	吹自〇溟涯	243/4-4	書雲〇我事	001/26-7
脆質怯〇雪	219/4-1	柞原城〇聳蓮宮	151/8-1	耕漁〇其志	010/56-17
昨夜微〇始滿城	353/4-1	鴻書自〇京	493/8-1	曾占〇罷兆	100/16-1
昨夜微〇疑月光	410/4-1	初志難酬〇復南	450/8-1	粉葛〇君憍（憲）	422/16-13
一水風〇敗菼葭	499/8-4	獨愧聚星今拱〇	388/8-5	黃菊〇求醉	493/8-5
伾離二十〇	009/34-19	【北山】		輿馬〇所欲	494/58-49
蟋蟀聲寒〇布地	022/8-4	〇〇舊多士	027/8-7	長鋏歌〇擬	099/20-5
字字挾風〇	054/8-2	〇〇高利鵲巢居	173/8-1	游差昨日〇	103/20-18
門前蘆葦倒〇初	175/8-2	爲想〇〇春雨後	274/4-3	【非土】	
傳心九島月如〇	155/8-4	去薦〇〇靈	459/8-8	寧將〇〇歎歸歟	170/8-8
階庭昨夜潤微〇	208/8-4	【北渚】		縱使登樓〇〇嘆	359/8-7
人迹縱橫五夜〇	213/8-4	〇〇寒光偏	105/20-1	【非是】	
蓋尾難消清晝〇	477/8-4	〇〇雨抽蒲	114/64-48	〇〇緩爲報	054/8-7
【霜後】		〇〇雨抽蒲	502/66-48	〇〇王公也玉食	206/8-7
紅黃〇〇林	042/8-6	或於〇〇或南樓	406/26-14	〇〇興情盡	492/8-7
幽壑微〇〇	232/4-3	【北海】		孤尊〇〇俱倒	086/8-7
【霜黃】		〇〇酒空清	037/8-6	窗前〇〇照牙籤	182/8-1
請見〇〇蘆荻渚	154/8-7	〇〇天風送悠饍	472/4-1	蕭騷〇〇自臨池	207/8-2
曾釀〇〇百斛柑	451/8-8	尊猶〇〇春	108/20-16	枝枝〇〇窅中開	475/4-2
何草不〇〇	029/8-6	不歸〇〇竟終躬	443/8-4	【非關】	
【霜葉】		賓筵稱〇〇	010/56-43	〇〇送舊與迎新	488/8-2
〇〇山林紅萬點	408/4-3	孤立名山〇〇頭	271/4-1	彈鋏〇〇魚食乏	217/20-15
留來〇〇三秋色	191/8-3	【北來】			
停車〇〇塢	468/8-5	仍聞鴻〇〇	106/20-4	【 1111 1 瓏 】	
爐底燃〇〇	039/8-3	鴻南去客〇〇	089/8-1	花間懸燭影玲	021/30-20
【霜威】		【北里】		一泓寒碧影玲〇	144/8-1
屋裏避〇〇	092/16-12	今俄〇〇儻	094/40-32	石間神漢碧玲〇	310/4-4
無衣却畏〇〇迫	123/8-7	南郊〇〇酒旗風	381/8-1		
		【北風】		【 1111 4 班 】	
【 1090 1 示 】		不怯〇〇冷	056/8-7	〇荊亭樹連宵飲	146/8-5
何須投〇世間人	383/8-8	山河百二〇〇寒	332/4-1	遂與〇姬棄捐去	197/8-7
		【北堂】			
【 1099 4 霖 】		祭汝〇〇共	113/20-4	【 1111 4 斑 】	
用汝作〇是何日	199/8-7	常供垂白〇〇護	218/32-12	二毛〇嘆吾拙	089/8-5
楡莢曉收〇	238/4-1			身上煥發〇爛色	020/6-3
		【 1111 1 非 】		錦衣應與〇衣製	424/4-3
【 1111 0 北 】		〇乘黃鵠度青霄	017/8-5	愧我二毛〇欲新	440/8-6

1111 ₄ 【 斑・琥・巧・玕・頭・琴・麗・背 】 1122 ₇

星霜已逼二毛〇	449/8-8	杖〇花柳百文錢	147/8-6	衡門並叩玉江〇	368/8-1
【斑斑】		竈〇欲上葛家匕	208/8-5	搜盡枯腸倚欄〇	406/26-22
〇〇瑃瑘紅爐色	195/8-5	池〇七寶龕	251/4-1	不知是爲雪滿〇	417/21-11
〇〇瑃瑘紅爐色	444/8-5	梢〇摩碧空	252/4-2	【頭毛】	
【斑鳩】		象〇山下病仙人	283/4-1	始覺變〇〇	043/8-2
〇〇舞樂入唐學	129/8-3	池〇綠柳帶星斜	338/4-4	頻年驚見變〇〇	341/4-2
〇〇傳古樂	416/8-1	津〇舟子故招招	345/4-2		
觀來舞樂一〇〇	368/8-4	點〇頑石樹交影	375/8-3	【 1120 ₇ 琴 】	
		揚〇家聲君努力	380/8-7	〇瑟能相和	010/56-33
【 1111 ₇ 琥 】		床〇擧首思空長	410/4-2	〇尊任客攜	074/8-2
〇珀杯盛花隱者	200/8-3	江〇待爾相思字	415/8-7	〇宜摩詰彈	098/20-16
酒杯香〇珀	098/20-13	綠〇雙羽自南河	433/4-1	抱〇時有思	062/8-7
玉椀強求〇珀輝	177/8-2	回〇蒼靄山何邈	448/8-7	鳴〇政可知	105/20-10
		樓〇書影明藜火	454/8-5	孤〇同調日相求	438/8-4
【 1112 ₇ 巧 】		山〇落月恨餘光	478/8-8	繞簷〇筑聲如瀉	018/32-2
〇記行悠矣	114/64-17	文覺〇陀昔在家	267/4-1	來宵〇酒知何處	497/8-7
〇紀道悠矣	502/66-17	醉向石〇俱露臥	013/22-19	一得子〇以牙待	366/12-3
行行〇寫草玄奇	207/8-6	舊館江〇柳	026/8-7	半天靈籟答〇臺	376/8-6
地荷〇製碧雲裳	479/8-4	競罷渡〇舟	038/8-6	【琴書】	
江如練〇織	095/12-9	佐酒案〇菓	046/8-5	〇〇以消憂	010/56-23
人間乞〇佳期近	384/8-7	朱雀街〇日欲昏	137/8-1	同藤〇〇皆故態	165/8-3
詩却昔年〇	043/8-3	客滿江〇一草廬	175/8-1	同藤〇〇皆故態	363/8-3
能爲醫俗〇	097/12-8	衡嶽峯〇雲斷時	207/8-4	樂事尙〇〇	050/8-4
憐爾年年當〇夕	196/8-7	寶鴨爐〇影彷彿	268/4-3		
蛾眉猩口丹青〇	437/8-3	且坐爐〇喫茶去	295/4-3	【 1121 ₁ 麗 】	
老去詩篇縂似〇	440/8-7	半夜折〇風雨急	348/4-3	夕〇空亭攜手來	174/8-1
		蟋蟀床〇始話情	354/4-2	來吊高〇橋畔暮	125/8-7
【 1114 ₀ 玕 】		有客江〇衛未還	369/8-1	紅紫黃白皆富〇	021/30-9
琅〇聊薦一雙枕	197/8-5	不見波〇白馬來	376/8-8	【麗跂】	
數尺琅〇萬吹同	194/8-1	春水軒〇一醉臥	400/4-3	野客冥搜〇〇籃	216/12-6
數尺琅〇萬吹同	418/8-1	浪速津〇第一枝	445/8-1	薙來雲鬢開〇〇	163/8-3
書案冷琅〇	098/20-14	詩句有無〇上雲	384/8-4		
倒植碧琅〇	236/4-4	喧呼辰巳渡〇船	136/8-2	【 1122 ₇ 背 】	
		湛湛玉女洗〇盆	327/4-4	〇面戲題字數行	209/8-2
【 1118 ₆ 頭 】		千金方藥海〇珍	434/8-6	曝〇坐南窓	068/8-8
〇角何見	473/4-2	豈是雪霜白滿〇	014/20-11	牛〇斜陽山躑躅	142/8-5
一〇六六鱗	003/24-1	砧鳴烏語市橋〇	022/8-5	鴉〇雲峯送晚暉	415/8-4
爐〇頓却寒	057/8-2	一樽風雨大江〇	146/8-1	暴〇隱曲几	494/58-52
枕〇聞子規	060/8-8	孤立名山北海〇	271/4-1	沈吟〇短檠	101/16-10
爐〇添獸炭	077/8-7	孤根蟠結小檻〇	291/4-2	斜陽〇指紫雲山	277/4-4
科〇暄背意遽遽	123/8-2	臨川寺畔始回〇	314/4-1	斜暉鴉〇來	001/26-6
床〇凍硯閟蒼蛇	125/8-4	野寺孤雲古渡〇	364/8-4	科頭暄〇意遽遽	123/8-2

— 78 —

1122₇【 背・彌・張・頂・預・頑・悲・瑟・斐・孺・類・輩・磴・研・砰・砧・醽・琵・琶・到 】 1210₀

悠然獨○秋陽立	339/4-3	猶疑鼓○對湘君	442/8-6	【砧聲】	
		練影涵虛○無聲	016/50-22	隔壁○○緩	394/8-3
【 1122₇ 彌 】				暗水度○○	482/8-6
○山木落神鴉小	172/8-5	【 1140₀ 斐 】			
【彌天】		成章不○然	051/8-8	【 1166₃ 醽 】	
○○錫影彩霞重	132/8-6			酴○薄言酌	005/18-17
飛錫○○路不難	332/4-2	【 1142₇ 孺 】			
		○子分稱善	044/8-3	【 1171₁ 琵 】	
【 1123₂ 張 】				【琵琶】	
○燈語喃喃	005/18-2	【 1148₆ 類 】		○○何處隱	239/4-1
筆到何嫌○敵愛	483/8-3	【類情】		第讀○○記	094/40-23
		滴露芙蓉已○○	193/8-6	莫道○○水難測	157/8-7
【 1128₆ 頂 】		滴露芙蓉已○○	419/8-6	莫道○○水難測	373/8-7
峰○何所矚	008/16-7				
露○王公字有需	181/8-6	【 1150₆ 輩 】		【 1171₇ 琶 】	
強○寧爲洛陽令	204/8-3	我○屢相☐	009/34-8	○海潮音激草堂	360/8-8
半千佛○燦花宮	021/30-22	卿○過我我有待	023/34-7	琵○何處隱	239/4-1
偉標摩○見	096/40-5	兒○倘能學斯老	204/8-7	第讀琵○記	094/40-23
四明高○行相憩	133/8-7	堪觀我○情	037/8-8	莫道琵○水難測	157/8-7
時疑丹○起	252/4-3	關門我○駐青牛	146/8-4	莫道琵○水難測	373/8-7
脫巾露○試一望	406/26-4	咲呼兒○捲蘆簾	182/8-8		
百草欲蘇山○火	136/8-5	咲呼兒○捲蘆簾	367/8-8	【 1180₁ 冀 】	
滕嶺摩雲鶴○明	495/8-6	率從魚蝦○	003/24-22	鉤詩鉤○勿	456/20-16
【 1128₆ 預 】		【 1161₁ 磴 】		【 1210₀ 到 】	
誰就園池○種蓮	128/8-8	海西額字勢○磴	016/50-33	○來看我曾遊處	132/8-7
		海西額字勢磴○	016/50-33	○處詣名區	494/58-15
【 1128₆ 頑 】				遂○玉江茅屋前	136/8-8
滿天○雲爲之晴	013/22-16	【 1164₀ 研 】		纔○御風知有待	382/8-3
點頭○石樹交影	375/8-3	○朱滴露石難乾	191/8-6	筆○何嫌張敵愛	484/8-3
人間墮落小○仙	204/8-1	磨穿鐵○鬢如絲	299/4-1	飛越○河津	003/24-4
				漂流○荒夷	010/56-8
【 1133₁ 悲 】		【 1164₉ 砰 】		今曉○新晴	065/8-2
○風過綺陌	110/32-27	一水一石響○砰	016/50-27	探梅○法幢	068/8-6
大○飛閣一層岑	122/8-1	一水一石響砰○	016/50-27	搖曳○彼岸	365/30-09
寧消舐犢○	096/40-32			清賞○于今	395/8-2
夢裏逢君○永訣	189/8-7	【 1166₀ 砧 】		遠遊歸○意如何	165/8-1
何論墨子謾○絲	180/8-2	○鳴烏語市橋頭	022/8-5	鳳儀難○不鳴箾	194/8-6
		四鄰○斷人定	090/8-7	君子乘春○此邦	405/8-6
【 1133₁ 瑟 】		四鄰○杵罷	479/8-7	林巒春已○	237/4-2
琴○能相和	010/56-33	水光送夜○	395/8-4	踏雲攀月○君家	270/4-4

幾度幽尋〇綠灣	331/4-2	珠〇餘咳唾	048/8-3	猫〇野刀容	071/8-4
何人冒雨〇玄亭	343/4-4	咳唾珠〇見	060/8-3	夾〇麈居對峙	090/8-1
極識鑾輿終不〇	187/8-7	【璣珠】		逝〇聖其哀	094/40-34
【到此】		咳唾盡〇〇	114/64-8	仙〇屢馳神	111/24-22
〇〇胸襟異	028/8-7	咳唾盡〇〇	503/66-8	剩〇繞籬笆	112/28-12
君子乘春〇〇邦	405/8-6			泮〇可同娛	114/64-40
【到處】		【1217₂ 聯】		歡〇爾清規（葛）	115/44-20
〇〇諳名區	494/58-15	蟬〇更有傷觀者	437/8-7	清〇臺鄰酒釀泉	147/8-4
知音〇〇山水在	019/14-9			菊〇誰言家記號	218/32-31
【到彼岸】		【1220。 引】		山〇性嗜酒	226/4-1
搖曳〇〇〇	007/30-9	〇杯目送歸鴻	088/8-4	剩〇二三尺	236/4-1
搖曳〇〇〇	365/30-09	非〇深杯難從目	281/4-3	一〇桃花送錦帆	278/4-4
		畫舫青帘〇衆賢	176/8-1	一〇秋風送錫飛	319/4-1
【1210₈ 登】		大國雄風〇客衣	415/8-1	淀〇三分派	365/30-01
〇得何變態	003/24-17	一庭蘭玉喜相〇	023/34-21	淺〇早涼歸	399/8-2
〇覽嗟君極奇絕	151/8-7	苳朮不假齡自〇	485/24-21	春〇軒頭一醉臥	400/4-3
〇拜柿仙祠	494/58-23	【引酒】		春〇軒前秋水漲	406/26-1
堪〇藝閣晒玄甲	209/8-5	令予〇〇杯	095/12-4	萍〇歡君竟作家	414/4-2
相遇共〇法臺	089/8-2	曾是山陽〇〇徒	401/4-1	冷〇欲忘骸（憲）	422/16-12
北野同〇何酒樓	368/8-6			春〇當軒忽憶家	424/4-1
秋已稻粱〇隴上	435/8-5	【1220。 列】		觀〇何人定水交	436/8-6
望鄉情切懶〇臺	389/8-2	〇崎培塿好兒孫	014/20-6	一〇春風入墨池	481/4-1
【登高】		黃鶴飛樓〇雲雯	016/50-25	暗〇度砧聲	482/8-6
明日〇〇何處好	356/4-3	山展蛾眉〇	094/40-11	臨〇涼軒幾繫車	484/8-1
明日〇〇約	491/8-7	歡樂多放〇鼎時	215/8-8	春〇高軒外	486/8-7
【登樓】		【列峙】		一〇兼葭月亦宜	489/8-6
〇〇聊縱目	079/8-7	〇〇一谿隅	047/8-2	秋〇含煙菡苕傾	496/8-6
縱使〇〇非土嘆	359/8-7	〇〇培塿好兒孫	417/21-6	一〇風霜敗菱葭	498/8-4
袈裟歸〇玉江潯	326/4-1			泮〇可同娛	502/66-40
玉江過訪此〇〇	140/8-2	【1223。 水】		探珠〇當戶	101/16-3
		〇落石根枯	047/8-6	觀瀾〇國居知術	135/8-5
【1212₇ 瑞】		〇迹雲蹤九州遍	323/4-3	馬蹄〇草生秋色	415/8-3
豪華〇艸魁	094/40-28	〇光送夜砧	395/8-4	安眠〇竹居	462/8-8
六呈〇令人	456/20-2	〇急肥溪鱸	460/8-5	心隨湖〇遠且平	016/50-47
每呈雲〇鶴千聲	495/8-4	〇軒邀月坐宵分	499/8-1	何必覆〇悅慈親	020/6-4
呈出豐年〇	233/4-1	秋〇漲江村	004/16-6	一泓碧〇曳彩虹	021/30-16
請看星象近呈〇	435/8-7	淀〇三分流	007/30-1	長違如〇交	048/8-6
		一〇一石響砰砰	016/50-27	青萍秋〇劍	051/8-5
【1213₄ 璞】		楚〇吳山連咫尺	017/8-2	一條江〇深綠	088/8-1
明月始生荊〇光	138/8-6	臨〇樓臺人徙倚	022/8-1	蕭蕭一〇隈	106/20-20
		雨〇王孫草	033/8-4	霜寒盆〇倒芙蓉	124/8-4
【1215₃ 璣】		菽〇五年餘	058/8-4	塔雕雲〇湧中天	129/8-6

1223。【 水 】　　　　　　　　　　　　　　　1223。

月明流〇隨予去	136/8-7	物外幽蹤連〇石	121/8-3	〇〇多相似	073/8-1
玉江秋〇新煎夜	141/8-7	白雁聲寒積〇秋	140/8-4	〇〇人應怪	255/4-1
蝶邊流〇野薔薇	142/8-6	門外長江碧〇平	149/8-1	【水中】	
異鄉山〇獨新歌	165/8-4	十二珠欄秋〇齊	150/8-6	宛在〇〇沚（岡）	115/44-44
露峯篭〇畫何如	198/8-2	秧馬薰風野〇隈	174/8-4	溯游人至〇〇央	298/4-1
九廻流〇紋如染	202/8-3	蘆荻花飛淺〇邊	324/4-1	飄飄身迹〇〇萍	380/8-4
釣臺秋〇潔	234/4-1	春水軒前秋〇漲	406/26-1	【水月】	
餘音山〇間	239/4-4	觀水何人定〇交	437/8-6	〇〇印千峯	085/8-6
蘆花淺〇黏漁刀	307/4-1	孰與橫渠一〇春	489/8-8	〇〇獨相窺	251/4-3
歸來雲〇多茶話	333/4-3	別情深於桃花〇	012/12-4	〇〇印千峯	386/8-6
相思煙〇蒼茫夜	361/8-7	曾卜幽居稱九〇	015/18-3	〇〇觀留數丈詩	398/8-6
異鄉山〇獨新歌	363/8-4	沂洄路阻初河〇	015/18-15	一輪〇〇望湖石	118/8-5
可憐春〇南軒月	396/4-3	樽前萬戶明秋〇	148/8-5	長教〇〇照無窮	164/8-8
千尋積〇可探珠	402/8-4	病起未容浴沂〇	152/8-7	【水煙】	
雨餘春〇映窗紗	412/4-1	竹林蕭寺通春〇	155/8-5	〇〇愁殺一群鵝	125/8-8
映軒春〇送東風	431/4-1	日照飛橋喧碧〇	346/4-3	巴陵一望〇〇清	016/50-11
槀垂臨〇有輝光	476/8-2	薄霧漸消天如〇	406/26-5	【水晶簾】	
南軒秋〇澹	477/8-1	客年舊會寒萍〇	420/8-3	〇〇〇外夕陽明	193/8-8
來往浪華〇一涯	015/18-2	【水郭】		〇〇〇外夕陽明	419/8-8
但識門前〇	061/8-7	〇〇致祥煙	091/16-8		
疎林明一〇	082/8-5	〇〇流漸隨雁鶩	116/8-3	【 1223。弧 】	
離情浪速〇	093/12-9	〇〇山村寂鼓聲	280/4-1	〇矢聊觀四方有	025/20-15
遠浦兼葭〇	099/20-1	〇〇山村枕上過	356/4-2	悗〇并設懸	091/16-2
一場交似〇	099/20-3	〇〇韶光入畫圖	448/8-1	四方有志懸〇矢	171/8-3
莫道琵琶〇難測	157/8-7	【水天】		【 1224，發 】	
山映林亭〇映門	162/8-2	〇〇秋一色	222/4-1	身上煥〇斑爛色	020/6-3
銜泥玄燕〇相掠	390/8-5	〇〇雲點綴	394/8-1	虹彩煥〇彩毫底	021/30-17
春風剪翠〇連天	178/8-4	德星秋冷〇〇昏	025/20-20	地遍花〇遲	066/8-6
一幅新題〇墨圖	181/8-2	【水面】		詩誰初〇芙蓉	087/8-4
汲我中洲〇	243/4-1	〇〇金鱗殘日影	160/8-3	茶梅花〇滿庭春	305/4-4
古村橋斷〇潺湲	331/4-1	夜樹樓臺描〇〇	166/8-5	紫荊花〇復成叢	431/4-4
宿昔新收〇寺煙	340/4-1	【水紋】		筆揮詩〇未春花	498/8-6
鷗鷺無心〇夕陽	360/8-4	〇〇欲斷初陽影	447/8-3	乃翁興所〇	114/64-11
莫道琵琶〇難測	373/8-7	綠竹蘭干映〇〇	384/8-1	治裝何日〇京畿	415/8-2
千秋鄉友〇林子	366/12-5	【水仙】		酒翁興所〇	502/66-11
莫道琵琶〇難測	373/8-7	瑠璃波撼〇〇軀	200/8-4	金嶽歸來未〇舟	140/8-1
長空新霽〇滋涵	388/8-2	寒塘剪取〇〇花	206/8-4	座燦芙蓉初〇夕	441/8-5
銜泥玄燕〇相掠	390/8-5	【水村】		半夜群酣催〇蚕	023/34-13
却恨南軒〇	399/8-7	〇〇補茅茨	010/56-14	久拌興趣披雲〇	165/8-5
扱來五味〇	464/8-3	〇〇梅落夕陽孤	295/4-4	久拌興趣披雲〇	363/8-5
知音到處山〇在	019/14-9	山郭〇〇斜日照	179/8-7	【發色】	
門通茅海秋〇	087/8-5	【水檻】			

— 81 —

1224₇【 發・烈・延・刑・孔・飛・形・孤・癸 】　　　1243₀

夏雲初〇〇	008/16-9	日照〇橋暄碧水	346/4-3	太古〇容自明媚	014/20-3
雪裏芙蓉初〇〇	332/4-3	岑嶺〇騰、	455/23-8	郭索〇摸紙摺成	210/8-1
		千里共〇翻	004/16-16	【形勢】	
【 1233₀ 烈 】		蘆荻亂〇吹笛裏	127/8-3	〇〇依然繩墨功	117/8-2
寒威猶未〇	106/20-1	蘆荻花〇淺水邊	324/4-1	〇〇長餘大古色	417/21-3
家先有遺〇	110/32-3	卓錫鶴〇雲關洞	391/8-5		
		帆席追〇白鷺洲	409/4-1	【 1243₀ 孤 】	
【 1240₁ 延 】		林薄自由〇	092/16-16	〇燭何須照夜遊	022/8-6
〇客且銜杯	106/20-10	林敵鵲群〇	103/20-12	〇尊非是俱倒	086/8-7
復〇賓客倚南軒	025/20-18	隨爾白雲〇	227/4-4	〇山處士棲	099/20-10
		回帆載月〇	394/8-8	〇魂招得化三湘	203/8-6
【 1240₀ 刑 】		陰雲捲箔〇	399/8-8	〇月飛樓上	246/4-3
弱冠文章有典〇	380/8-2	谷含初日將〇瀑	182/8-5	〇立名山北海頭	271/4-1
		于今名匠出〇山	202/8-2	〇根蟠結小檜頭	291/4-2
【 1241₀ 孔 】		桂花何處暗〇香	325/4-2	〇鶴月中聲	416/8-6
七〇針舒銀	107/12-6	市橋星少鵲〇翻	426/8-4	〇琴同調日相求	439/8-4
廿年期稱〇	114/64-59	葭灰管裏欲〇蒸	439/8-4	少〇負笈出山村	413/8-1
廿年比褊〇	502/66-61	夕陽春處石花〇	014/20-9	少〇灑淚椒盤上	446/8-3
【孔笛】		指點林巒暮鳥〇	142/8-8	紙帳〇眠聞笛夜	192/8-5
更想禪餘無〇〇	155/8-7	雪追帆影海門〇	172/8-4	玄岬〇樽月入亭	380/8-6
狐話堪聽無〇〇	194/8-5	直向前山擁雨〇	316/4-4	鄰終德不〇	114/64-26
狐話堪聽無〇〇	418/8-5	一水秋風送錫〇	319/4-1	鄰終德不〇	502/66-26
		翩翩白鷺掠人〇	355/4-4	法龕燈點才〇照	211/8-3
		露滴兼葭雁未〇	415/8-8	賀來居室更〇鴻	403/8-4
【 1241₃ 飛 】		夕陽春處石花〇	417/21-9	杜門竟使雀羅〇	217/20-16
〇越到河津	003/24-4	【飛白】		水村梅落夕陽〇	295/4-4
〇流幾百級	003/24-6	點點遠傳〇〇妙	207/8-5	【孤雲】	
〇觸思萬里	008/16-14	谷含初日將〇〇	367/8-5	〇〇不病貪	108/20-12
〇花墜足跗	031/8-2	【飛來】		片石〇〇矚目長	360/8-1
〇鶴古詞篇	091/16-12	〇〇雙黃鵠	004/16-1	野寺〇〇古渡頭	364/8-4
〇鵲似催詩（葛）	115/44-24	〇〇野鴨自南河	400/4-1	【孤舟】	
〇爲暮雨逐歸驂	216/12-12	青鳥〇〇碧海天	023/34-1	〇〇千里路	078/8-1
〇瀑聲如吼	221/4-3	【飛樓】		〇〇鶴影昨秋分	423/8-6
〇錫彌天路不難	332/4-2	黃鶴〇〇列雲甍	016/50-25	【孤村】	
〇入山城作雪堆	475/4-4	孤月〇〇上	246/4-3	〇〇秋草路	103/20-3
雲〇七十二峰夕	017/8-4	【飛盡】		檻外〇〇帶夕陰	119/8-6
雲〇巖骨露	047/8-5	亂鴉〇〇餘三版	275/4-3	【孤燈】	
楓〇倦鳥喧	056/8-4	越路秋鴻未〇〇	336/4-3	〇〇枕畔暗無光	294/4-2
群〇鳴鶴讓遐年	485/24-24			單枕〇〇特自憐	265/4-2
我亦〇揚甚	008/16-11	【 1242₂ 形 】			
幾人〇盍又傾盍	019/14-7	〇氣猶看修煉全	204/8-2	【 1243₀ 癸 】	
大悲〇閣一層岑	122/8-1	〇摹數尺類金董	496/8-2	誰書〇丑年	229/4-4
昨夜〇光繞斗樞	201/8-8				

1249₃【 孫・酬・骸・磴・醽・砭・磯・祧・瓢・祗・琅・武・強・殘・酡・碗 】1361₂

【 1249₃ 孫 】		【 1293₀ 瓢 】		蠹○書裏神仙字	451/8-5
○子箕裘醫國業	176/8-5	一○甘曲肱	006/16-7	芳桂○尊沈醉後	022/8-7
王○草暖鹿鳴長	266/4-4	阿香天上傾○後	484/8-3	不但○蒲酒	038/8-7
他日○謀傳道德	177/8-7	【 1294₀ 祗 】		射檻○暉落	106/20-11
爲是孝○能養志	011/16-6	○可酌金罍	001/26-12	但見○虹不見橋	345/4-1
承奉足兒○	110/32-32	○須乘駰馬	010/56-53	石山○歲餐霞色	445/8-3
此君旣有兒○長	291/4-3	○要精良醫一國	025/20-13	院落菊○時	105/20-12
列崎培塿好兒○	014/20-6	○樹花開少異香	211/8-4	火齊燈○不吐煙	185/8-6
世世相傳一子○	025/20-12	○應隨處醉忘憂	406/26-20	老圃摘○濃紫色	212/8-7
奕代貽謀覯厥○	218/32-2	○應藝苑成功日	432/4-3	客樹秋○綵作花	262/4-2
文章揚顯故侯○	413/8-8	維昔來○役	009/34-1	江雨春○濕旅衫	278/4-1
列峙培塿好兒○	417/21-6	鳥道斜通○樹林	122/8-6	鄉信讀○數十行	294/4-4
【孫草】		千春蒼翠○林枝	130/8-8	簾外春○月季花	337/4-1
雨水王○○	033/8-4	【祗當】		叢菊秋○徑	461/8-1
半池晴景王○○	121/8-5	○○把酒杯	006/16-11	荷露滴○秋扇遠	484/8-5
		○○調寵妃	092/16-14	試聽落花○月下	019/14-13
【 1260₀ 酬 】		綺席○○醉臥	087/8-7	滿地繁霜○女蘿	125/8-2
初志難○北復南	450/8-1			水面金鱗○日影	160/8-3
舊篇聊擬○君去	153/8-7	【 1313₂ 琅 】		映窗長積○春雪	476/8-3
狎客趨陪事事唱○	261/4-2	○邪別墅奪天工	164/8-1	蕙心知在惜摧○	191/8-2
		【琅玕】		【殘雨】	
【 1261₈ 磴 】		○○聊薦一雙枕	197/8-5	○○送黃梅	095/12-6
半○樹吞春靄碧	161/8-3	數尺○○萬吹同	194/8-1	蒼翠加○○	250/4-2
危○窮時首始回	311/4-2	數尺○○萬吹同	418/8-1	【殘酌】	
		書案冷○○	098/20-14	○○蒲猶美	111/24-7
【 1263₁ 醽 】		倒植碧○○	236/4-4	桂叢○○漫相留	140/8-6
微○宜代重陽酒	184/8-3			【殘柳】	
難成十日○	102/12-4	【 1314₀ 武 】		○○不藏鴉	112/28-20
晚涼留客取微○	384/8-2	朝臨演○圖	110/32-11	○○蕭疏葉未乾	275/4-1
美醽嘉魚豈淺○	499/8-2	明時偃○威	100/16-4	【殘血色】	
		當時繩○欽其祖	218/32-1	自愛守宮○○○	193/8-7
【 1263₇ 砭 】				自愛守宮○○○	419/8-7
針○驚囀侑朋酒	218/32-25	【 1323₆ 強 】			
		○頂寧爲洛陽令	204/8-3	【 1361₁ 酡 】	
【 1265₃ 磯 】		玉椀○求琥珀輝	177/8-2	【酡顏映】	
漁○有碧苔	106/20-16			榴花○○○	007/30-24
回望忘筌坐石○	355/4-2	【 1325₃ 殘 】		榴花○○○	365/30-24
		○醉猶相認	067/8-7		
【 1291₃ 祧 】		○尊重爲炙魚傾	282/4-2	【 1361₂ 碗 】	
交豈輕○締	096/40-15	花○春雨細	060/8-5	喫得人間幾○茶	290/4-2
				待客花開賣一○	426/8-7

1390。【 祕・耽・疏・功・勁・聽・淬・琪・耐・碕・破・酤・酷・酣・禱 】
1494₁

【 1390。 祕 】		【疏簾】		近近更有〇〇約	450/8-7
自〇鄩中歌	049/8-6	悠然坐對〇〇雨	352/4-3	柑酒青山去〇〇	016/50-38
便便腹笥〇無書	153/8-6	雨痕星彩滿〇〇	500/4-1	【 1418₁ 琪 】	
藥院仍傳蘇合〇	130/8-3	【疏澹泊】		王蘂〇花簇短墻	476/8-1
歸來縮地符應〇	301/4-3	今日王公〇〇〇	195/8-7	【 1420。 耐 】	
誰知二萬洞中〇	342/4-3	賴為王公〇〇〇	444/8-7	客裏佳辰却〇哀	389/8-1
		今日王公〇〇〇	497/8-7	【 1462₁ 碕 】	
【 1411₂ 耽 】				夕寓海士〇	010/56-20
五柳〇容膝	006/16-8	【 1412₇ 功 】		【 1464₇ 破 】	
老去〇清樂	112/28-1	慈〇長仰西門下	129/8-7	〇產幾年辭京畿	015/18-1
清瘦元是〇雋句	013/22-14	東海〇名地	026/8-3	驚〇梅花夢五更	280/4-4
定識少林〇面壁	288/4-3	藥石無〇德	105/20-17	清風〇爵蒸	072/8-8
煙波平日〇漁釣	486/24-3	赳赳勤王〇自偉	218/32-3	珊瑚網〇唯餘潤	185/8-5
橋上驢蹄詩僅〇	450/8-4	誰家紅女積〇夫	196/8-1	鐘聲半夜〇愁眠	324/4-2
		祇應藝苑成〇日	432/4-3		
【 1411₃ 疏 】		丁壯憨無寸〇立	449/8-7	【 1466。 酤 】	
〇林明一水	082/8-5	形勢依然繩墨〇	117/8-2	唯思軟脚〇	114/64-54
〇影橫斜傍半江	276/4-1	大地黃金長者〇	151/8-6	唯思軟脚〇	502/66-56
〇藤映漏深	395/8-8	藥石為醫較有〇	167/8-4		
〇潤半年猶未叙	474/8-7	為恥周家戰伐〇	443/8-2	【 1466₁ 酷 】	
蕭〇字字出毫端	322/4-1			去城無〇吏（岡）	115/44-3
近來〇闊意	046/8-7	【 1412₇ 勁 】			
微雨〇鐘打睡鷗	364/8-8	龍蛇闘處毫遒〇	370/8-3	【 1467。 酣 】	
玉樹傍〇籠	055/8-6			群〇共計期頤日	176/8-7
遠寺尙〇鍾	067/8-6	【 1413₁ 聽 】		酒〇揮洒雲煙色	325/4-3
主客本〇禮法	086/8-5	〇我升恒歌日月	218/32-27	半夜群〇催蚕發	023/34-13
殘柳蕭〇葉未乾	275/4-1	時〇世間喧	006/16-9	苔碑沒字許微〇	216/12-8
江樹火〇人寂寞	426/8-3	試〇落花殘月下	019/14-13	【酣歌】	
金波撼〇箔	477/8-3	忍〇子規啼	099/20-18	勸君〇〇且唱和	012/12-9
一行為吏暫〇迂	217/20-8	昔〇棣棠盈後園	137/8-4	有酒〇〇碎玉壺	154/8-6
老泉老去頗〇慵	289/4-1	坐〇湖山一茗譚	388/8-8	【酣眠】	
雨滴盆池菌苔〇	126/8-4	市門朝〇雷	094/40-20	幽人自得一〇〇	435/8-2
寒雨連江樹樹〇	175/8-8	狐話堪〇無孔笛	194/8-5	百花香處好〇〇	454/8-8
數開鸞鏡鬢雲〇	188/8-4	倚欄徒〇亂啼鳥	402/8-8		
一叢秋色尙蕭〇	214/8-1	狐話堪〇無孔笛	418/8-5	【 1494₁ 禱 】	
【疏雨】		却疑擲杖〇霓裳	213/8-2	〇頌吾何敢	108/20-19
微風〇〇入新歌	158/8-6	長松樹裏〇笙竽	272/4-4		
從它〇〇散清芬	350/4-4	舟逐柳花〇欸乃	421/8-3		
【疏疏】		芭蕉滴滴隔窗〇	343/4-1		
〇〇風葉老	224/4-1	【聽鶯】			
綺筵銀燭吐〇〇	198/8-6	黃柑何所〇〇吟	119/8-4		

— 84 —

1515₇【璿・珠・融・殊・建・醴・體・禮・珀・聖・現・理・環・瑄・彈・殞・廻・碧】　　　　　　　　　　　　　　　　1660₁

【 1515₇ 璿 】		能令景致〇	460/8-2	〇〇究程朱	114/64-24
〇梁留海燕	080/8-5	由來器度〇	502/66-42	〇〇究程朱	502/66-24
【璿瑄】					
斑斑〇〇紅爐色	195/8-5	【 1540₀ 建 】		【 1613₂ 環 】	
斑斑〇〇紅爐色	444/8-5	山陰學〇年	040/8-6	徑造〇堵室	006/16-6
				束書〇琚屢相遷	128/8-2
【 1519₀ 珠 】		【 1563₂ 醴 】		讀書窗外翠相〇	342/4-2
〇簾寶帳達晨遊	261/4-1	養老甘泉新釀〇	138/8-7		
噴〇誰收拾	003/24-14			【 1616₀ 瑄 】	
寶〇繞簷迸	007/30-14	【 1561₈ 體 】		斑斑璿〇紅爐色	195/8-5
明〇行可拾	070/8-7	王〇百年看寵遇	415/8-5	斑斑璿〇紅爐色	444/8-5
探〇水當戶	101/16-3				
黃〇萬顆淨無瑕	206/8-1	【 1591₈ 禮 】		【 1625₆ 彈 】	
似〇無澤又無光	378/8-1	主客本疏〇法	086/8-5	〇冠望輕肥	010/56-40
獻〇人去月開堂	391/8-6	晨開深洞〇金仙	320/4-4	〇鋏非關魚食乏	217/20-15
爭探〇玉滿江秋	022/8-8			琴宜摩詰	098/20-16
十二〇欄秋水齊	150/8-6	【 1610₀ 珀 】		淡泊何供〇鋏客	378/8-7
千行〇淚血猶鮮	185/8-4	琥〇杯盛花隱者	200/8-3		
長恨明〇南海隱	293/4-3	酒杯香琥〇	098/20-13	【 1628₆ 殞 】	
繞簷寶〇迸	365/30-14	玉椀強求琥〇輝	177/8-2	艱危至〇命	010/56-11
如意寶〇龕放光	375/8-4				
咳唾盡璣〇	114/64-8	【 1610₄ 聖 】		【 1640₀ 廻 】	
滴爲衣裏〇	225/4-4	〇代崇文教	100/16-3	〇廊曲砌踏瑠璃	130/8-1
咳唾盡璣〇	502/66-8	〇朝未有誤陰晴	199/8-8	九〇流水紋如染	202/8-3
海島曾藏〇樹色	359/8-3	〇善堪標積善門	218/32-30	衰草千〇徑	028/8-3
陌塵韜晦夜光〇	181/8-8	〇護林園綠四圍	316/4-1	流分燕尾〇	094/40-12
按劍人前萬顆〇	201/8-4	逝水〇其哀	094/40-34	人家十萬蒼煙〇	133/8-3
千尋積水可探〇	402/8-4	先說前宵中〇人	489/8-4	百里驚潮抱郭〇	376/8-1
【珠璣】		酒吾不敢辭賢〇	143/8-5		
〇〇餘咳唾	048/8-3	明時尚合生神〇	201/8-7	【 1660₁ 碧 】	
咳唾〇〇見	060/8-3			〇筒人尚薰	041/8-4
		【 1611₀ 現 】		〇穀冰肌透徹光	190/8-6
【 1523₆ 融 】		【現龍】		〇紗窗外織流光	296/4-4
馬〇遙在廣陵東	429/8-1	燈明不〇〇	085/8-4	〇簟青簾影澹蕩	406/26-2
種玉田暄露自〇	144/8-6	燈擎不〇〇	386/8-4	仰看〇霄懸玉兔	013/22-6
梁苑秋煙氣始〇	194/8-4			林泉〇愈澄	072/8-4
梁苑秋煙氣始〇	418/8-4	【 1611₄ 理 】		寒消〇澗漢	077/8-6
		連〇杯空人隔歲	189/8-3	清池〇鏡影涵虛	173/8-4
【 1529₀ 殊 】		舟楫不復〇	010/56-13	倘是〇霞能服餌	178/8-7
由來器度〇	114/64-42	謙謙受益〇當然	485/24-20	鏡生〇暈人初老	192/8-3
藤裏風流〇此域	398/8-3	【理正】		倒植〇琅玕	236/4-4

— 85 —

1660 ₁【 碧・硯・醒・醯・碑・魂・禪・望 】1710 ₄

激浪○盤渦	253/4-2	○○天香先月薰	423/8-8	【 1695 ₆ 禪 】	
展覽金○眩目晴	016/50-9	【碧一泓】		○扉篁竹綠	240/4-1
半天銀○峯	067/8-4	中庭○○○	248/4-1	○餘文字念吾師	398/8-4
漁磯有○苔	106/20-16	上下天光○○○	016/50-15	南○寺畔暫相從	317/4-1
支頤倚○紗	112/28-18			更想○餘無孔笛	155/8-7
一泓寒○影玲瓏	144/8-1	【 1661 ₀ 硯 】		地接崇○古道場	168/8-2
半空銀○映三洲	271/4-2	床頭凍○閟蒼蛇	125/8-4	文字時於○餘攻	021/30-26
姚黃歐○滿雕欄	273/4-2	松間結滴道人○	198/8-3	野庄安置病○師	304/4-1
青鳥飛來○海天	023/34-1			白雲明月滿○衣	319/4-2
擲地金聲○湍激	132/8-5	【 1661 ₄ 醒 】		結跏原似少林○	204/8-4
新荷池上○筩杯	174/8-6	從它○醉辭（岡）	115/44-22	山中何處足安○	320/4-1
石間神漢○玲瓏	310/4-4	玉欄干外○徙倚	012/12-2	【禪房】	
窗外秋潮○渺茫	325/4-1	起來夢未○	220/4-3	○○花木改春容	121/8-1
薰風吹透○窗紗	337/4-2	萬頃煙波解宿○	016/50-46	花木○○主有無	295/4-4
城樓映帶○波流	409/4-2			唯因寒素重○○	378/8-8
翠黛濃抹○鱗峋	417/21-21	【 1661 ₇ 醯 】			
秋風吹落○梧梢	436/8-4	美○名瓜仍舊識	158/8-5	【 1710 ₄ 望 】	
百里長流○映門	447/8-1	美○嘉魚豈淺醵	499/8-2	○中皆着句	112/28-23
滿山藥草○芊芊	485/24-6			○鄉情切懶登臺	389/8-2
中有瑤臺枕○漣	023/34-20	【 1664 ₀ 碑 】		瞻○思悠哉	001/26-2
無數金鱗躍○漪	297/4-4	苔○沒字許微酣	216/12-8	南○荒陵日將暮	117/8-7
百尺長橋架○流	314/4-2	片○掃字揖儒宗	315/4-2	凝○滄州何處是	127/8-7
萬頃瑠璃千疊○	017/8-1	柴門禁誡○	039/8-8	起○寒山寺何處	324/4-3
半磴樹吞春靄○	161/8-3	片石僅留○	096/40-38	回○忘筌坐石磯	355/4-2
【碧霧】		春風不必泣豐○	299/4-4	彈冠○輕肥	010/56-40
○○諸天黯淡	089/8-7			海天遙○眉壽色	014/20-19
○○鎖巖扇	100/16-14	【 1671 ₃ 魂 】		巴陵一○水煙清	016/50-11
○○溪橋燈一點	343/4-3	○在阿郎家	220/4-4	海天遠○眉壽色	417/21-19
三山○○外	070/8-3	孤○招得化三湘	203/8-6	海天西○不勝情	501/8-8
【碧雲】		夢○先入白雲阿	356/4-4	癡閣乘春○渺茫	116/8-2
○○篇什誰唱和	021/30-27	冰○還得不看花	471/8-2	一輪水月○湖石	118/8-5
地荷巧製○○裳	478/8-4	黯然○重驚	009/34-32	曲徑曾無○夫石	168/8-3
【碧水】		天遊○叵招	036/8-6	綿綿爲庶○猶存	218/32-4
一泓○○曳彩虹	021/30-16	蝶夢追春○不返	381/8-3	出郭時回○	458/8-7
門外長江○○平	149/8-1	他時何覓返○香	187/8-4	貢爲妙望○	456/20-20
日照飛橋暄○○	346/4-3	鴛鴦瓦上夢○驚	353/4-2	鄙客心望○念	457/14-11
【碧空】		野色蒼茫叫帝○	137/8-8	路上羝相○	466/8-4
梢頭摩○○	252/4-2	返得千秋楚客○	184/8-8	出雲問一○舒⃞	484/8-8
海潮秋與○○平	160/8-1	月下梅花夜斷○	377/8-4	試倚書櫻西○海	425/8-8
銀盆誰向○○傾	199/8-1	【魂賦】		不似宸蓆當日○	169/8-7
【碧桂】		稍厭銷○○	114/64-53	空房起坐推窗○	353/4-3
○○翻香墜玉壺	402/8-6	稍厭銷○○	502/66-55	晚在玉江橋上○	349/4-3

1710₄【望・丑・孟・盈・珊・聊・瑚・耶・鷯・弱・蛋・蛋・蠱・取・瑕・瓊・瑠・瑤・予・了】 1720₇

屺岡莫使人凝○	362/8-7	華燈○擬漢遺民	427/8-4	淡飯清茶○對君	423/8-1
脫巾露頂試一○	406/26-4	狗寶○來叫	430/8-1	試就呼盤先○毫	407/4-2
陟岡此夕誰瞻○	434/8-7	此夕留君○解慍	381/8-7		
感懷書罷推窓	446/8-7	皎潔吾心○自比	383/8-7	【1714₇ 瑕】	
醉向浪華江上○	480/4-3			明月襟懷淨絶○	205/8-6
		【1712₀ 瑚】		黃珠萬顆淨無○	206/8-1
【1710₅ 丑】		珊○網破唯餘潤	185/8-5	玉版糊成自絶○	471/8-1
誰書癸○年	229/4-4	珊○寺裏長蒼苔	269/4-1		
		釣得珊○滿錢船	485/24-4	【1714₇ 瓊】	
【1710₇ 孟】		指揮如意珊○碎	487/8-5	○樓題贈一筒詩	293/4-1
豈讓○家三百片	141/8-5			常嫌○質被風吹	183/8-2
中有好事西○清	016/50-4	【1712₇ 耶】		咀來○液送喉牙	206/8-8
		若○溪畔女如雲	350/4-1		
【1710₇ 盈】		其所屆而鳴○、	455/23-19	【1716₂ 瑠】	
○把黃花帶露痕	184/8-1			【瑠璃】	
○尺瑤華沒石床	211/8-1	【1712₇ 鷯】		○○天造障	047/8-1
呼童問○缺	098/20-17	徒傾鸚○杯	094/40-24	○○波撼水仙軀	200/8-4
昔聽棟棠○後園	137/8-4			萬頃○○千疊碧	017/8-1
正是春江月○夜	312/4-3	【1712₇ 弱】		廻廊曲砌踏○○	130/8-1
更有小字上幀○	016/50-29	○冠文章有典刑	380/8-2		
				【1717₂ 瑤】	
【1712₀ 珊】		【1713₆ 蛋】		中有○臺枕碧漣	023/34-20
【珊瑚】		莚不拒○貢爲	457/14-8	盈尺○華沒石床	211/8-1
○○網破唯餘潤	185/8-5	半夜群醯催○發	023/34-13		
○○寺裏長蒼苔	269/4-1			【1720₂ 予】	
釣得○○滿錢船	485/24-4	【1713₆ 蛋】		令○引酒杯	095/12-4
指揮如意○○碎	487/8-5	吟○草砌秋露	086/8-3	詩○南國寄	113/20-3
		階○露尚微	399/8-4	於○杯酒覓柳花	425/8-4
【1712₀ 聊】		幽燭○聲今夜漏	423/8-5	當年爲○寫洞庭	016/50-8
○吟輿窟龍	093/12-4	菊徑餘○語	464/8-5	才可憨○劣	062/8-5
○裁方寸裝歸衣	366/12-12	兼葭處處啼○	087/8-8	無人更識○初志	167/8-7
○以悅其耳	494/58-54			月明流水隨○去	136/8-7
無○幾度對春風	446/8-2	【1713₆ 蠱】			
弧矢○觀四方有	025/20-15	捫○論文彼一時	421/8-6	【1720₇ 了】	
登樓○縱目	079/8-7	晒髮陽檜捫○子	215/8-5	階庭覆○一車鹽	182/8-4
綵篁○爲活	092/16-1			階庭撒○一車鹽	367/8-4
丹柰○存實	096/40-35	【1714₀ 取】		居然觀畫○半生	016/50-49
命僮○掃閣	106/20-9	曾○伶倫竹	416/8-3	風味有餘○一生	210/8-8
上丘○自掃蒼苔	152/8-8	寒塘剪○水仙花	206/8-4	言我宿志○	494/58-35
舊篇○擬酬君去	153/8-7	鐵畫銀鉤○次移	207/8-8		
琅玕○薦一雙枕	197/8-5	晚涼留客○微醺	384/8-2		

1720₇【 弓・刀・羽・鼐・乃・邪・粥・鴉・鸂・頻・承・聚・及・恐・尋 】

1734₆

【 1720₇ 弓 】		看爾思無〇	075/8-2	櫛葉〇堪烘	082/8-4
爭妍競艷地幾〇	021/30-4	【 1722₇ 粥 】		未免〇蚊攻	097/12-10
【 1722₀ 刀 】		筍薆茶〇坐清晨	143/8-1	百橋虹〇飲	094/40-13
大〇期叵暌	099/20-6	【 1722₇ 鴉 】		朝天玉女〇傾壺	201/8-6
不復勞〇筆	006/16-12	亂〇飛盡餘三版	275/4-3	鷗鷺忘機曾〇散	217/20-3
日本寶〇橫腰下	017/8-7	蜀〇月下翻	387/8-4	【聚雪】	
寧效賣〇人	044/8-6	一陣歸〇郭樹邊	136/8-1	〇〇爲山傍短檐	182/8-2
猫水野〇容	071/8-4	江樹棲〇暗月光	497/8-8	〇〇爲山傍短簷	367/8-2
不借剗〇金縷細	184/8-5	殘柳不藏〇	112/28-20	【聚星】	
擬將蘆〇剗石腸	209/8-6	彌山木落神〇小	172/8-5	〇〇此夕先星會	436/8-5
蘆花淺水黏漁〇	307/4-1	月明堤柳起棲〇	262/4-4	幾度〇〇明	101/16-16
桃李何處一漁〇	452/8-2	【鴉背】		獨愧〇〇今拱北	388/8-5
【刀圭】		〇〇雲峯送晚暉	415/8-4	無復〇〇人側目	403/8-7
〇〇餘暇舞寸鐵	015/18-7	斜暉〇〇來	001/26-6	【 1724₇ 及 】	
〇〇既是濟黎元	218/32-8			未〇篤人百丈長	279/4-4
		【 1722₇ 鸂 】		齡今〇杖鄉	035/8-6
【 1722₀ 羽 】		〇田城郭負	071/8-3	錢塘〇鶴村	110/32-2
〇儀雖各具	004/16-3	【 1722₇ 頻 】		白露〇更滴	395/8-7
〇已損光輝	092/16-8	〇求雲外賞	030/8-6	春秋正〇養于鄉	171/8-2
〇化壺中日月光	451/8-6	〇苡有力見投擲	204/8-5	其勢幾可〇	003/24-16
何圖〇書急	009/34-27	〇年驚見變頭毛	341/4-2	說與玄俗〇偓佺	023/34-6
豈言憨陸〇	036/8-3	爐〇添炭擁	101/16-7		
吞聲黃鳥〇高下	200/8-5	盟〇討白鷗	109/16-4	【 1733₁ 恐 】	
		款客〇叨截髮煩	218/32-14	却〇暮春江上客	382/8-7
【 1722₁ 鼐 】		間裏〇驚曆日遷	454/8-2	鷗盟〇易渝	114/64-62
鹽梅調鼎〇	100/16-9	鼓吹有黃〇	066/8-8	鷗盟〇或渝	502/66-64
		不令歡會〇	107/12-12	簾前還〇晚風狂	209/8-8
【 1722₇ 乃 】		看它燕賀〇	108/20-4		
〇寄志良醫	096/40-22	寂寂書窗雨打〇	143/8-2	【 1733₂ 恐 】	
莫承〇父嗜風騷	407/4-4			〇聽子規啼	099/20-18
舟逐柳花聽欸〇	421/8-3	【 1723₂ 承 】			
【乃翁】		〇奉足兒孫	110/32-32	【 1734₆ 尋 】	
〇〇興所發	114/64-11	莫〇乃父嗜風騷	407/4-4	〇師欲見一方人	131/8-1
〇〇百不憂	494/58-9	衣桁〇塵鏡抹煙	189/8-2	〇仙杖屨遍西東	301/4-2
〇〇獲一顆	494/58-33	零露不〇何所盛	496/8-1	遠〇梅所莊	079/8-2
				遍〇桃李溪	099/20-2
【 1722₇ 邪 】		【 1723₂ 聚 】		藤〇混沌	108/20-13
琅〇別墅奪天工	164/8-1	星〇海天外	482/8-7	討〇寧是剡溪看	370/8-2
狹〇塵浥新豐市	134/8-3			千〇積水可探珠	402/8-4
今歲汚〇亦不惡	011/16-4			欲〇丘壑侶	458/8-5

1734₆【 尋・又・娶・子・翠 】　　1740₈

學文〇師友	009/34-5	孝〇稱雙壽	091/16-5	今在人間爲〇母	023/34-23
河陽〇古迹（岡）	115/44-31	童〇應相咲	100/16-15	世世相傳一〇孫	025/20-12
徹履〇君几且憑	439/8-2	弟〇勞須服	108/20-7	玄草難虛揚〇亭	139/8-6
幾度幽〇到綠灣	331/4-2	之〇喜相扶	114/64-12	試步奚須童〇催	152/8-2
載酒徒〇絳帳中	429/8-2	二〇乘舟日（葛）	115/44-1	柳畔繫停公〇車	198/8-4
村犬難〇秦眼飾	453/8-5	皇〇院成稱敬田	129/8-1	燈下堪栽萊〇裳	208/8-6
竹笫覓句〇紅事	142/8-3	白〇街衢供市隱	135/8-3	德化今旌孝〇門	413/8-6
屨擬乘雲〇石室	283/4-3	楠〇勤王割據秋	159/8-4	載酒仍容侯〇伴	428/8-3
龍池冰泮好幽〇	119/8-1	孫〇箕裘醫國業	176/8-5	此鄉亦有群才〇	012/12-10
淨地幽芳幾處〇	216/12-2	燕〇池塘較有情	212/8-6	託生正遇一甲〇	023/34-3
思君只是夢中〇	328/4-2	此〇津梁呼不起	331/4-3	五更鐘梵吼獅〇	120/8-5
【尋君】		之〇十年同臭味	369/8-5	再生何處期多〇	203/8-7
〇〇叩得野人扉	316/4-2	君〇乘春到此邦	405/8-6	晒髮陽檐捫蝨〇	215/8-5
徹履〇〇几且憑	440/8-2	孝〇不置天錫祿	417/21-7	千秋鄉友水林〇	366/12-5
【尋盟】		柿〇如筆尖	494/58-31	留守諸君誰鄭〇	429/8-7
〇〇此藤友	066/8-3	之〇喜相扶	502/66-12	【子熟】	
詩藤〇〇試呼起	135/8-7	母慈〇孝宿因緣	023/34-24	朝煙炊時雲〇〇	014/20-10
		一得〇琴以牙待	366/12-3	朝煙炊時雲〇〇	417/21-10
【 1740₀ 又 】		愛吾城〇邀	010/56-1	【子規】	
蹭蹬〇巉喦	005/18-16	雖慕諸〇際	027/8-3	〇〇啼處促歸舟	382/8-8
千艱〇萬危	010/56-10	不唯葛〇從	071/8-2	忍聽〇〇啼	099/20-18
昇平百〇年	005/18-9	榴花梅〇促歸舟	146/8-8	枕頭聞〇〇	060/8-8
幾人飛蓋〇傾蓋	019/14-7	何論墨〇謾悲絲	180/8-2		
仁壽〇不騫〇不崩	417/21-15	無腸公〇實爲名	210/8-2	【 1740₈ 翠 】	
不唯怡目〇充餐	483/8-8	芝蘭君〇室元馥	217/20-13	〇帳寶爐香細細	198/8-5
蘆葉梅花春〇秋	438/8-2	銜泥燕〇且呢喃	278/4-2	紫〇雨餘嶺	042/8-5
【又無】		徒令弟〇立窓前	288/4-4	淡〇雙眉顰月前	189/8-6
〇〇雄辨四鄰動	441/8-3	津頭舟〇故招招	345/4-2	蒼〇加殘雨	250/4-2
似珠無澤〇〇光	378/8-1	月中兎〇去無影	383/8-5	千春蒼〇祗林枝	130/8-8
		向隅之〇却爲愈	388/8-7	園稱挹〇翠微新	143/8-4
【 1740₄ 娶 】		關西夫〇衙鱣譽	392/8-5	春風剪〇水連天	178/8-4
嫁〇君家事旣終	301/4-1	將歸之〇治裝輕	393/8-1	嵐山紫〇染衣秋	314/4-4
無奈嫁〇畢	494/58-47	能爲太〇笙	416/8-4	東山積〇入舵樓	364/8-2
		呼來瓠〇巵	479/8-6	後凋松柏〇籠宇	218/32-21
【 1740₇ 子 】		因煩玄晏〇	001/26-17	請看三峯〇	228/4-3
君〇所不爲	010/56-12	津梁微此〇	007/30-5	野色爭蒼〇	238/4-4
孝〇不置天錫祿	014/20-7	愛我城夫〇	008/16-1	讀書窓外〇相環	342/4-2
池〇畫妙書亦精	016/50-31	宜使二三〇	010/56-39	千峯新紫〇	459/8-3
葛〇將茲王母命	023/34-5	偉矣關夫〇	040/8-1	【翠黛】	
弟〇蓋三千	040/8-4	婁婁屾色〇衿鮮	178/8-1	〇〇濃抹碧嶙峋	417/21-21
孺〇分稱善	044/8-3	津梁微此〇	365/30-05	萬頃恩波〇〇妍	014/20-20
與〇如相見	054/8-3	遂使文章滿〇身	020/6-2	【翠幌】	

【 1740 ₈ 翠・刃・兎・弔・那・召・習・君 】　　1760 ₇

○○青簾樹杪懸	147/8-1	○家知不遠	071/8-7	八斗○才人已仰	438/8-3
○○朱欄雨半晴	501/8-2	眞如譚○靜	103/20-15	此技與○共同師	015/18-8
【翠微】		腋間風○習	243/4-3	詩旣於○遜	032/8-2
漸覺○○新	028/8-6	年年卽閑○	003/24-12	寧問藥○臣	053/8-4
園稱挹翠○○新	143/8-4	腋間風習○	243/4-3	旣不辱○命	058/8-5
茅店呼醪對○○	142/8-4			誰識此○德	097/12-7
褰裳直向○○行	374/8-8	【 1760 ₇ 君 】		登覽嗟○極奇絶	151/8-7
【翠煙】		○今逢明主	001/26-3	鱸膾待○將下筯	165/8-7
輕熏吸管○○翻	184/8-6	○去復來三日際	390/8-7	夢裏逢○悲永訣	189/8-7
三面峯巒抹○○	127/8-6	○子乘春到此邦	405/8-6	鱸膾待○將下筯	363/8-7
		○看明月或自愁	406/26-16	此夕留○聊解慍	381/8-7
【 1742 ₀ 刃 】		○齎千里賦懷歸	415/8-6	萍水歡○竟作家	414/4-2
旣餘投○地	044/8-5	○試停杯燈下見	500/4-3	粉葛非○惛（憲）	422/16-13
		怜○芙蓉顏	006/16-13	留守諸○誰鄭子	429/8-7
【 1751 ₃ 兎 】		勸○拌醉且留連	012/12-7	徹履尋○几且憑	439/8-2
○操金杵何所擣	013/22-7	勸○酣歌且唱和	012/12-9	親故須○首屢搔	474/8-2
月中○子去無影	383/8-5	細○遺得仁	044/8-4	千載逢○眞尻傳	485/24-8
右手執○穎	494/58-29	向○歎逝處	050/8-7	千載令○茹	490/4-3
梢聲撑艣○	098/20-7	微○其奈今宵	086/8-2	東海蟠桃○不厭	023/34-33
仰看碧霄懸玉○	013/22-6	細○誰進觶	113/20-7	二篇赤壁○橫槊	160/8-5
		問○捐館意如何	125/8-1	揚頭家聲○努力	380/8-7
【 1752 ₇ 弔 】		看○定省奉晨昏	218/32-28	花邊歌舞謝○恩	137/8-6
知君○古題詩夜	360/8-7	烹○后瀨茶	243/4-2	軒裳豈可絆○身	145/8-8
江魚堪○楚風騷	452/8-6	期○夜雪滿江天	288/4-2	舊篇聊擬酬○去	153/8-7
		此○旣有兒孫長	291/4-3	奚須片石問○平	302/4-4
【 1752 ₇ 那 】		尋○叩得野人扉	316/4-2	一鼎松風宛對○	141/8-8
○用嘆羈離	010/56-48	思○只是夢中尋	328/4-2	虛名千里有愧○	303/4-1
○知富貴者	073/8-7	知○弔古題詩夜	360/8-7	淡飯清茶取對○	423/8-1
無○山鵑促歸去	143/8-7	與○千里異鄉關	369/8-6	猶疑鼓瑟對湘○	442/8-6
無○東方便易白	406/26-25	聞○昨日自西州	382/8-1	【君試】	
燈影○邊祠（葛）	115/44-16	與○十載賞中秋	406/26-13	○○鬪詞鋒	008/16-10
		報○但憾梅難寄	420/8-7	半夜推窓○○見	018/32-31
【 1760 ₂ 召 】		對○雙眼青依舊	440/8-5	【君王】	
槐陰何所○	109/16-5	其○賜第以旌焉、	455/23-12	○○應不貴長生	268/4-4
【召我】		羨○結茆宇	463/8-7	煙波何處醉○	260/4-4
○○廚下供嘉旨	406/26-12	一點○山波不驚	016/50-21	【君子】	
陽春○○出城南	216/12-1	捐館○何適	048/8-1	○○所不爲	010/56-12
【召哲夫】		酒茗○隨意	101/16-1	芝蘭○○室元馥	217/20-13
他鄉○○○	114/64-34	欲教○製初衣去	128/8-7	【君自】	
他鄉○○○	502/66-34	高臥○知否	240/4-3	千里羈愁○○遣	019/14-11
		詩畫○名筆	242/4-3	江左風流○○見	118/8-7
【 1760 ₂ 習 】		鄉原○莫貴	466/8-7	春日野山○○見	266/4-3

1760₂【君・砌・酌・酬・醪・郡・醸・酪・歌・已・朶】 1790₄

【君家】
○○春酒釀萬斛	023/34-27
○○兄弟比椿津	305/4-1
○○女婿寓三津	306/4-1
○○昆季舊相知	359/8-1
一歸○○全三絕	018/32-17
吹落○○百尺樓	271/4-4
嫁娶○○事旣終	301/4-1
洩在○○牛棟間	342/4-4
想像○○稱壽宴	428/8-7
總爲○○多積善	433/4-3
踏雲攀月到○○	270/4-4

【1762₀ 砌】
滴作○邊花	223/4-2
吟蛩草○秋露	086/8-3
廻廊曲○踏瑠璃	130/8-1
黃鳥鳴幽○	244/4-4

【1762₀ 酌】
○之衆賓咸已醉	023/34-29
○此忘憂物	104/16-7
不○江亭酒	002/14-2
殘○蒲猶美	111/24-7
共○伊丹新綠酒	392/8-3
祇可○金罍	001/26-12
桂叢殘○漫相留	140/8-6
一盆留○海棠花	424/4-2
酹醨薄言○	005/18-17
重命航船○大泉	176/8-8
載酒何辭吾代○	469/4-3
玉椀座無辭滿○	501/8-3

【1762₀ 酬】
騎馬酕○不自持	321/4-2

【1762₂ 醪】
村○三四卮	039/8-1
家○雖薄可爲歡	397/4-4
茅店呼○對翠微	142/8-4
茅店呼○菽乳濃	317/4-2
論心進濁○	062/8-2

半爲下物半沽○	307/4-4
此日何圖洗脚○	474/8-6

【1762₇ 郡】
二○歡聲起	094/40-7
二○煙花古帝郷	116/8-6
二○人家霧裏連	169/8-6

【1763₂ 醸】
酹醨薄言酌	005/18-17

【1766₄ 酪】
風檻○奴熟	053/8-5

【1768₂ 歌】
春○林後舍	039/8-5
春○秋穀新	083/8-4
笙○不必覓知音	119/8-8
行○一曲蓮花落	215/8-7
驪○別友思不窮	381/8-4
當○寒送雲間爲	439/8-5
淸○妙舞隨和切	442/8-3
斯道○衰鳳	050/8-1
晚涼○白苧	095/12-5
長鋏○非擬	099/20-5
花街○鳳楚狂夫	448/8-6
勸君酣○且唱和	012/12-9
月檻逐○後	091/16-13
一曲笙○操鳳凰	120/8-6
有酒酣○碎玉壺	154/8-6
蝶舞鶯○弄艷陽	156/8-2
南內笙○夜攪腸	187/8-6
鼓枻醉○調自高	307/4-2
自秘郢中○	049/8-6
松風雜櫂○	078/8-8
聽我升恒○日月	218/32-27
涕淚空餘萬里○	125/8-6
微風疏雨入新○	158/8-6
異郷山水獨新○	165/8-4
異郷山水獨新○	363/8-4
江上騷人采芷○	392/8-6

【歌舞】
花邊○○謝君恩	137/8-6
誰識臨春○○罷	261/4-3

【1771₇ 已】
人○玉山崩	072/8-6
羽○損光輝	092/16-8
秋○稻粱登隴上	435/8-5
歷級○六十	003/24-10
春來○幾回	030/8-1
塵埃○一掃	033/8-8
有往○期返	466/8-1
星霜○逼二毛斑	449/8-8
牆外○雞鳴	465/8-4
遷喬春○負	002/14-12
荻蘆花○謝	004/16-7
土牛春○立	069/8-5
識荊吾○得	093/12-1
蘭言幼○異	096/40-13
先生德○新	108/20-8
林巒春○到	237/4-2
錦機一斷○七旬	020/6-1
思鱸告別○三歲	421/8-5
嗟賞無極○	494/58-56
酌之衆賓咸○醉	023/34-29
花柳離披迹○空	381/8-2
八斗君才人○仰	438/8-3
萬古榮名忽○空	443/8-6
歸省秋風歡○深	468/4-2
不知自己骨○仙	485/24-16
香閣曉風吹○雨	487/8-3
養壽生肥孰嘗○	144/8-7
書裙學得雲煙○	481/4-3

【已頽情】
滴露芙蓉○○○	193/8-6
滴露芙蓉○○○	419/8-6

【1780₁ 翼】
鳳○與龍鱗	250/4-3

【1790₄ 朶】
萬○岸花淺紅	088/8-2
千○兩花說法臺	118/8-6

1790₄【 朶・柔・桑・飄・祿・禊・珍・玲・聆・攻・政・致・敢・璈・務・鷟・婺・
群 】　　　　　　　　　　　　　　　　　　　　　　　　1865₁

嫩〇葳蕤老樹扶	200/8-2	孝子不匱天錫〇	417/21-7	杜鵑未〇促歸期	019/14-14
花〇猶含有雨痕	447/8-4			酒吾不〇辭賢聖	143/8-5
看過花朝花萬〇	216/12-11	【 1793₄ 禊 】		魑魅不〇近	231/4-3
欲等鶴齡雲萬〇	495/8-3	群賢〇飲再相同	403/8-1	我詩豈〇比錦繡	366/12-11
				祷頌吾何〇	108/20-19
【 1790₄ 柔 】		【 1812₂ 珍 】		雨笠煙蓑不〇勞	452/8-8
〇也其有紀	494/58-36	園菓〇江枳	109/16-7		
温〇綺席江堤草	478/8-5	蜕而自〇	473/4-3	【 1814₀ 璈 】	
		大牢味愈〇	044/8-8	一絃八〇交相奏	023/34-31
【 1790₄ 桑 】		餘粽菰亦〇	111/24-8		
〇樻村巷覺無味	212/8-5	萬壑清冰老作〇	383/8-2	【 1822₇ 務 】	
爲貽〇寄生	241/4-4	千金方藥海頭〇	434/8-6	【務範模】	
雨露〇麻年有餘	300/4-2			恂恂〇〇〇	114/64-22
明熾華燈野火〇	479/8-6	【 1813₇ 玲 】		恂恂〇〇〇	502/66-22
【桑滄】		【玲瓏】			
〇〇縱使一變改	014/20-13	花間懸燭影〇〇	021/30-20	【 1832₇ 鷟 】	
慨古〇〇改（葛）	115/44-33	一泓寒碧影〇〇	144/8-1	水郭流漸隨雁〇	116/8-3
此地〇〇何年改	417/21-13	石間神漢碧〇〇	310/4-4		
【桑蓬】				【 1840₄ 婺 】	
〇〇志未遂	102/12-1	【 1813₇ 聆 】		上有〇女下有護	014/20-4
〇〇夙忘四方遂	362/8-3	歸鴻昨夜隔窗〇	139/8-1	上有〇星下有護	417/21-4
〇〇當日奈爲男	451/8-2				
		【 1814₀ 攻 】		【 1865₁ 群 】	
【 1791₀ 飄 】		未免聚蚊〇	097/12-10	〇鷗間傍荻蘆眠	135/8-8
〇零島樹亂啼鳥	154/8-4	豈爲蜩紛〇	104/16-10	〇酣共計期頤日	176/8-7
酒旗〇處玉壺殷	179/8-8	文字時於禪餘〇	021/30-26	出〇獨超騰	003/24-9
江湖〇蕩潨家私	215/8-2			拔〇升士伍	114/64-43
漁艇〇飄有興	088/8-7	【 1814₀ 政 】		拔〇升士伍	502/66-43
漁艇飄〇有興	088/8-7	爲〇白雲山色靜	361/8-3	半夜〇酣催蚕發	023/34-13
恨殺微風〇並蔕	350/4-3	鳴琴〇可知	105/20-10	爲怕〇黎時按劍	181/8-7
洞庭湖上葉〇夕	207/8-3			鷟鷟出〇兒	096/40-2
【飄飄】		【 1814₀ 致 】		此鄉亦有〇才子	012/12-10
〇〇輕舉泝游去	023/34-17	水郭〇祥煙	091/16-8	湖海竟離〇	102/12-6
〇〇身迹水中萍	380/8-4	能令景〇殊	460/8-2	一卷裝池牧〇英	016/50-35
更擬〇〇逐赤松	124/8-6	幽花曾〇自西天	487/8-1	要湛沆瀣宴〇仙	023/34-4
		人煩賢兄遜〇	457/14-5	水煙愁殺一〇鵝	125/8-8
【 1793₂ 祿 】				【群飛】	
干〇豈吹竽	114/64-36	【 1814₀ 敢 】		〇〇鳴鶴讓遐年	485/24-24
干〇豈吹竽	503/66-36	〇比一枝梅	001/26-26	林敞鵲〇〇	103/20-12
孝子不匱天錫〇	014/20-7	何〇唱五噫	010/56-54	【群賢】	
芙蓉池上甘微〇	170/8-5	不〇向他操	062/8-8	〇〇禊飲再相同	403/8-1

1865₁【 群・改・瓊・砂・垂・重・乖・雌・蠶・黍・魑・住・往・僮・覺・停・彷・
彷 】   2022₇

此夕〇〇與月臨　166/8-1	黯然魂〇驚　　　009/34-32	逢關獨〇執逢將　360/8-2
	雲疊煙〇故紙山　342/4-1	南郊獨〇只香榭　368/8-5
【 1874₀ 改 】	移棹綠陰〇　　　071/8-8	風煙憶〇時　　　463/8-2
才藝但〇觀　　　009/34-21	唯因寒素〇禪房　378/8-8	宛在舊坻〇從　　087/8-2
心契長無〇　　　104/16-15	彌天錫影彩霞〇　132/8-6	問字胡爲客〇還　449/8-2
慨古桑滄〇（葛）115/44-33	【重相】	
禪房花木〇春容　121/8-1	鷗儔鷺伴〇〇攜　150/8-8	【 2021₄ 僮 】
桑滄縱使一變〇　014/20-13	投簪市隱〇〇招　217/20-1	命〇聊掃閣　　　106/20-9
此地桑滄何年〇　417/21-13	【重陽】	
	〇〇徒看酒杯空　214/8-4	【 2021₆ 覺 】
【 1918₆ 瓊 】	非避〇〇厄　　　491/8-3	二仲〇相同　　　097/12-6
影遮金〇碎　　　098/20-5	微醺宜代〇〇酒　184/8-3	竹笫〇句尋紅事　142/8-3
		他時何〇返魂香　187/8-4
【 1962₀ 砂 】	【 2011₁ 乖 】	舟船猶〇孝廉名　361/8-6
何求修煉服丹〇　205/8-4	竹檻何將月〇　　090/8-4	笙歌不必〇知音　119/8-8
		無意讀書〇榮達　308/4-3
【 2010₄ 垂 】	【 2011₄ 雌 】	於予杯酒〇柳花　425/8-4
翯〇臨水有輝光　476/8-2	〇雄腰下劍　　　093/12-5	
百尺〇條拂地長　296/4-2		【 2022₁ 停 】
釣綸〇與世浮沈　453/8-8	【 2013₅ 蠶 】	楓林〇客車　　　112/28-14
繡戶煙添〇柳綠　134/8-5	墨痕猶濕繭〇紙　406/26-8	織梭〇雨樹棲烏　181/8-4
滄洲志未〇　　　477/8-6		菊徑〇筇意自親　339/4-1
興來鷗鷺伴〇綸　145/8-4	【 2013₂ 黍 】	棲鶴〇雲倚海瀛　495/8-2
玉筯千行漫自〇　183/8-8	餕宴〇兼鷄　　　099/20-16	柳畔繫〇公子車　198/8-4
【垂白】	今看禾〇秀前路　137/8-3	行雲一片〇難住　316/4-3
雪眉〇〇年　　　064/8-4		今朝爲我〇　　　459/8-2
常供〇〇北堂養　218/32-12	【 2021₂ 魑 】	松風吹夜窗虛〇　484/8-6
【垂夕】	〇魅不敢近　　　231/4-3	【停杯】
〇〇回看星漢近　160/8-7		〇〇倚舷空相思　015/18-16
〇〇波撼月　　　234/4-3	【 2021₄ 住 】	君試〇〇燈下見　500/4-3
【垂楊】	來〇浪華水一涯　015/18-2	【停車】
〇〇堪繫榜　　　007/30-10	不〇蓮花府　　　036/8-1	〇〇霜葉塢　　　467/8-5
〇〇堪繫榜　　　365/30-10	久〇蜆川涯　　　112/28-4	何處〇〇興最長　408/4-2
	雲根近〇地仙翁　144/8-8	
【 2010₄ 重 】	山圍更〇誰　　　463/8-6	【 2022₃ 儜 】
〇命航船酌大泉　176/8-8	地主無常〇　　　074/8-1	浮瓜可我〇（張）422/16-14
人生〇榮達　　　010/56-47	行雲一片停難〇　316/4-3	
孩兒〇俠氣　　　094/40-21		【 2022₇ 彷 】
薰風〇動齊紈影　138/8-5	【 2021₄ 往 】	新霽好〇徨　　　079/8-4
殘尊〇爲炙魚傾　282/4-2	〇返彼一時　　　010/56-6	【彷彿】
朔旦〇逢南至日　439/8-7	有〇已期返　　　465/8-1	〇〇紅粧二八花　267/4-4

紅淚人〇〇	084/8-7	
寶鴨爐頭影〇〇	268/4-3	

【 2022₇ 秀 】

並秀〇蘭香滿軒	218/32-22	
蘭花〇處菊花芳	352/4-1	
曾知三〇色	490/4-1	
今看禾黍〇前路	137/8-3	
芝蘭奕葉〇階前	485/24-14	

【秀三原】

米田之山〇〇〇	014/20-1	
米田之山〇〇〇	417/21-1	

【 2022₇ 㑃 】

玉樹〇疏籬	055/8-6
群鷗間〇荻蘆眠	135/8-8
草色花香〇戶深	119/8-2
聚雪爲山〇短檐	182/8-2
疏影橫斜〇半江	276/4-1
迂回驛路〇長川	344/4-1
聚雪爲山〇短簷	367/8-2
令吾醉臥五雲〇	024/12-4
明月來投玉案〇	024/12-8
一團和氣一樽〇	024/12-12
朧梅小立倚窗〇	190/8-1
德州城外福州〇	292/4-2
一片青螺疊嶂〇	375/8-1

【 2022₇ 喬 】

遷〇春已負	002/14-12
黙識〇家大小情	437/8-8
黃鳥遷〇鳴喚侶	371/8-3
終見伴王〇	036/8-4

【 2022₇ 爲 】

〇龍應有悔	003/24-20
〇是孝孫能養志	011/16-6
〇怕群黎時按劍	181/8-7
〇貽桑寄生	241/4-4
〇想北山春雨後	274/4-3
〇政白雲山色靜	361/8-3
〇問老農知捷徑	374/8-7

〇掃煙波百尺樓	382/8-2
〇汝詩篇題棣萼	425/8-3
〇恥周家戰伐功	443/8-2
〇神仙中人	456/20-8
采〇千里贈	001/26-25
總〇納稼場	029/8-4
胡〇驚世人	034/8-4
常〇陳豆嬉	096/40-8
能〇醫俗巧	097/12-8
靜〇露團團	098/20-10
總〇離情切	099/20-19
豈〇蝟紛攻	104/16-10
憨〇市井臣	111/24-20
總〇風煙能駐客	119/8-7
飛〇暮雨逐歸驂	216/12-12
滴〇衣裏珠	225/4-4
何〇好下物	226/4-3
滴〇千畝穀	228/4-4
散〇天末霞	253/4-4
奚〇脩史者	254/4-3
半〇下物半沽醪	307/4-4
懶〇火炮向遠溪	349/4-2
休〇來賓閣讀書	404/4-4
能〇太子笙	416/8-4
總〇君家多積善	433/4-3
賴〇王公疏濬泊	444/8-7
誰〇扶搖、	455/23-16
誰〇獨鹿蓬勃、	455/23-15
貢〇妙望望	456/20-20
化〇籬邊柿	494/58-30
總〇高談驚帝座	499/8-7
錦繡〇新裁	001/26-18
當年〇予寫洞庭	016/50-8
藥石〇醫較有功	167/8-4
平安〇客幾居諸	170/8-1
聚雪〇山傍短檐	182/8-2
一行〇吏暫疏迂	217/20-8
綿綿〇庶望猶存	218/32-4
疊石〇牆壁	235/4-1
聚雪〇山傍短簷	367/8-2
誰呼〇菜本同根	377/8-2
彩筆〇求周小雅	427/8-3

獨來〇客浪華洲	438/8-1
所以〇寄題也。	455/23-21
今朝〇我停	459/8-2
鄰翁〇割烹	464/8-2
維春〇綏分眉宴	474/8-5
蓮藤曾〇好	033/8-1
非是緩〇報	054/8-7
綵篝聊〇活	092/16-1
香稻岸〇堆	094/40-18
二豎若〇崇	110/32-21
竟欣雁〇奠	114/64-31
強頂寧〇洛陽令	204/8-3
看不以〇畫	224/4-3
風流獨〇異	245/4-3
彼岸架〇梁	249/4-2
殘尊重〇炙魚傾	282/4-2
一任呼〇捷徑名	335/4-4
靈境姑〇熱鬧場	375/8-8
繽紛豈〇空生雨	378/8-5
弟兄猶〇一人少	389/8-7
不知是〇雪滿頭	417/21-11
以險却〇夷	494/58-7
問字胡〇客往還	449/8-2
以險却〇夷	494/58-7
竟欣雁〇奠	502/66-31
君子所不〇	010/56-12
滿天頑雲〇之晴	013/22-16
今在人間〇子母	023/34-23
譖劣本當〇小隱	124/8-7
篆刻雕蟲〇技大	171/8-5
連綿欲認〇何字	207/8-7
任佗眼裏〇青白	217/20-17
我以千秋〇鐘期	366/12-4
許多光景〇	456/20-6
維嶽極天是〇衡	016/50-17
公田春濕勸〇耕	199/8-4
烹葵只是石〇厚	385/8-5
向隅之子却〇愈	388/8-7
家醪雖薄可〇歡	397/4-4
勿復令田變〇海	417/21-14
井投車轄始〇眞	434/8-4
桑蓬當日奈〇男	450/8-2

【 2022₇ 爲・雋・依・辭・愛・舜・信・倍・乏・鱣・焦・薰・鵬・鮫・鯨・千 】 2040。

鳧鷗沙暖迹〇字	452/8-3	【 2024₁ 辭 】		【 2026₁ 倍 】	
菹不拒蛋貢〇	457/14-8	曾〇金澤府	045/8-1	精神見〇加	069/8-8
近因賤伎多〇纍	497/8-3	曾〇熊府下	112/28-3	價聲忽〇蘭亭帖	125/8-5
休道壯夫者不〇	015/18-10	杯渡朝〇浪速城	333/4-1	不翅賜第〇俸錢	485/24-12
當歌寒送雲間〇	439/8-5	滿斟不〇今宵酒	406/26-23	【 2030₇ 乏 】	
【爲誰】		載酒何〇吾代酌	469/4-3	葛洪丹〇未輕身	283/4-4
彩服〇〇遺	096/40-30	屢傳歸去〇	010/56-22	朗吟未嘗〇神情	013/22-13
滿盤肴核〇〇設	013/22-11	破產幾年〇京畿	015/18-1	彈鋏非關魚食〇	217/20-15
朱明錢氏〇〇筆	018/32-13	從它醒醉〇（岡）	115/44-22	【 2031₆ 鱣 】	
【爲名】		酒吾不敢〇賢聖	143/8-5	關西夫子衛〇譽	392/8-5
不必〇〇士	043/8-7	玉椀座無〇滿酌	501/8-3		
無腸公子實〇〇	210/8-2	芸窗日擬大家〇	287/4-4	【 2033₁ 焦 】	
【爲緣】		【 2024₇ 愛 】		煎心〇思無人識	183/8-7
〇〇臣主能相得	376/8-7	〇我城夫子	008/16-1	【 2033₁ 薰 】	
〇〇風月好	477/8-7	〇吾城子邈	010/56-1	〇風莢長見花繁	483/8-1
【爲求】		〇此小春日	460/8-1	輕〇吸管翠煙翻	184/8-6
〇〇同臭侶	111/24-1	慈〇漫道未全白	025/20-5	解纜〇風泝上蓆	364/8-1
彩筆〇〇周小雅	427/8-3	坐〇不徒過	078/8-6	酒家南〇隔牆喚	369/8-3
【爲美】		最〇小嬋娟	084/8-2	碧桂天香先月〇	423/8-8
里是仁〇〇	114/64-25	但〇杯中物	101/16-13	香袖芳花相逐〇	442/8-4
里是仁〇〇	502/66-25	自〇守宮殘血色	193/8-7	【薰蒸】	
		自〇守宮殘血色	419/8-7	〇〇火宅中	247/4-3
【 2022₇ 雋 】		偏〇都門雨晴後	433/4-3	〇蒸剩見鬢雲橫	419/8-4
【雋句】		一篇〇日園莊裏	406/26-10	【 2034₁ 鵬 】	
清瘦元是耽〇〇	013/22-14	清狂曾〇大人論	123/8-3	〇鵝湖平雲斷續	150/8-3
〇〇不特使人驚	013/22-15	處處花月割〇情	016/50-40	【 2034₈ 鮫 】	
【 2023₂ 依 】		筆到何嫌張敵〇	483/8-3	蒼龍鳴〇函	005/18-14
鐵蕉〇怪石	055/8-5	【 2025₂ 舜 】		【 2039₆ 鯨 】	
形勢〇然繩墨功	117/8-2	孝養應須勝虞〇	351/4-3	〇鐘波激六時風	151/8-4
煙景〇稀古帝鄉	266/4-2	【 2026₁ 信 】		洲汀月湧〇鯢吼	376/8-3
鶯鳳堪〇八尺床	197/8-6	鄉〇讀殘數十行	294/4-4	仙遊不必乘長〇	016/50-48
豹隱今〇一屋村	218/32-6	風〇爭傳幾處春	470/4-1		
丁字我相〇	092/16-4	風傳梅〇息	057/8-3	【 2040。 千 】	
清涼界可〇	103/20-6	莫訝南鴻絕〇音	328/4-1	〇艱又萬危	010/56-10
蕭條楊柳思〇依	172/8-8	波浪可觀忠〇志	361/8-5	〇粒萬粒籌其壽	011/16-11
蕭條楊柳思依〇	172/8-8	【信宿間】			
【依舊】		湖上名區〇〇〇	157/8-2		
〇〇照茅茨	105/20-20	湖上名區〇〇〇	373/8-2		
對君雙眼青〇〇	440/8-5				

— 95 —

○古一高標	036/8-8	【千畒】		行盡有年○○落	409/4-3
○朶兩花説法臺	118/8-6	秋收○○側	056/8-1	【千里】	
○春蒼翠祇林枝	130/8-8	滴爲○○穀	228/4-4	○○共飛翻	004/16-16
○帆總入海心煙	136/8-6	橐吾花○○	002/14-8	○○曾思慕	008/16-3
○聲杜鵑血	223/4-1	【千行】		○○行程百日游	012/12-11
○尋積水可探珠	402/8-4	○○珠涙血猶鮮	185/8-4	○○羈愁君自遺	019/14-11
○年高義今猶在	443/8-5	玉筯○○漫自垂	183/8-8	○○竹筒隨犬耳	177/8-3
半○佛頂燦花宮	021/30-22	秋風空染涙○○	197/8-8	○○師門玄草長	393/8-3
一○金像夕陽映	150/8-5	【千歳】		○○侍親輿	494/58-1
十○酒債春宜負	449/8-5	○○四絃絶	239/4-3	采爲○○贈	001/26-25
衰草○廻徑	028/8-3	游泳足○○	003/24-24	石見○○餘	002/14-7
窓中○嶂經春雨	119/8-5	【千片】		未窮○○目	042/8-7
版橋○尺帶江横	149/8-2	峭壁削成○○玉	367/8-3	抱痾○○客	060/8-1
有食○間肚未飢	215/8-4	餘霞天外山○○	483/8-5	孤舟○○路	078/8-1
行脚○餘里	227/4-1	【千峯】		未能○○駕	105/20-15
内人○騎雲車	262/4-1	○○積素照吟眸	433/4-4	據鞍○○自鷹揚	138/8-1
血痕○點不消盡	334/4-3	○○新紫翠	459/8-3	虚名○○有愧君	303/4-1
萬戸○門白玉☒	353/4-4	返照度○○	082/8-6	江風○○送慈航	323/4-1
一逕○莖沒人處	487/8-7	水月印○○	085/8-6	與君○○異郷關	369/8-6
窓外竹○竿	098/20-2	水月印○○	386/8-6	白雲○○人指舍	380/8-5
春滿酒○鍾	113/20-20	【千載】		斯才○○駒	502/66-10
僧院三○綠樹昏	133/8-4	○○茋君眞尻傳	485/24-8	愁心○○遥相寄	406/26-17
空色三○銀世界	211/8-5	○○令君茹	490/4-3	君羹○○賦懷歸	415/8-6
空記三○第一名	268/4-2	○○不絶祀	494/58-26	歸歟三○○	009/34-13
起艸數○言	494/58-39	【千秋】		離別人○○	486/8-3
萬頃瑠璃○疊碧	017/8-1	○○清白業	110/32-31	畫裏江山○○鏡	147/8-5
低昻鉅細○百種	021/30-3	○○神所宅	233/4-3	能照故人○○心	328/4-4
弟子蓋三○	040/8-4	○○磊落有才奇	366/12-1	橋梓壯遊○○同	362/8-4
道在度三○	064/8-6	○○郷友水林子	366/12-5	【千金】	
鷗伴煙波○佛閣	157/8-3	事業○○高縫帳	128/8-5	○○春宵易徹明	016/50-45
崖壁削成○斛玉	182/8-3	返得○○楚客魂	184/8-8	○○須買骨	096/40-37
絶纓宫裏○條燭	201/8-3	儗蓄○○王者笋	209/8-3	○○稱壽千金夜	427/8-5
鷗伴煙波○佛閣	373/8-3	我以○○爲鍾期	366/12-4	○○方藥海頭珍	434/8-6
榢題丹腹鑑○年	129/8-2	想是亦猶○○質	366/12-9	千金稱壽○○夜	427/8-5
試搜盧叟五○文	141/8-6	繁華凋謝○○後	445/8-7	卜來芳樹夜○○	453/8-4
應眞舊鎭半○像	391/8-3	【千家】		【千里外】	
每呈雲瑞鶴○聲	495/8-4	風雨○○寒食至	152/8-3	春風○○○	026/8-1
近津淡靄帆○點	501/8-5	鳥聲遠近○○月	213/8-3	詩筒○○○	054/8-1
升斗米粒幾萬○	011/16-10	【千萬】		因識故園○○○	431/4-3
無際滄波路幾○	023/34-18	異時○○買東鄰	143/8-8	【千里駒】	
自鳴者一越三○濟、	455/23-18	幽篁○○竿	236/4-2	斯才○○○	114/64-10
海屋春秋籌幾○	485/24-22	爭若春山○○樹	270/4-3	斯才○○○	503/66-10

【 2040₇ 孚 】		【鷄壇】		握○茅堂上	062/8-1
管裏葭○灰未動	175/8-5	○○言勿違	010/56-42	握○論身迹	102/12-11
		○○越客盟	037/8-4	玉○未分萁冷暖	437/8-5
【 2040₇ 受 】		○○此會盟	430/8-2	右○執兔穎	494/58-29
○業門生競揮灑	024/12-3			日月○譚催	094/40-26
謙謙○益理當然	485/24-20	【 2041₇ 航 】		道是先考○澤存	018/32-15
		慈○此相倩	007/30-8	酒杯晝卷○未釋	018/32-21
【 2040₇ 季 】		慈○此相倩	365/30-08	回生仁術○醫國	218/32-9
秋○報歸程	493/8-2	重命○船酌大泉	176/8-8	一片雲芽○自煎	288/4-1
君家昆○舊相知	359/8-1	江西一派泛慈○	155/8-1	不教能以右○飡	025/20-4
十三秋○月	395/8-1	一帶春流一葦○	279/4-1	夕麗空亭攜○來	174/8-1
簾外春殘月○花	337/4-1	浪速秋風一夜	298/4-2	常喜按摩煩素○	205/8-3
		晴江一夕借慈○	309/4-4	駟馬欲題先呵○	213/8-5
【 2040₇ 雙 】		江風千里送慈○	323/4-1	世情翻覆手中○	384/8-3
○袖餘香欲贈誰	019/14-4	神洲不見赤旗○	360/8-6		
○凫天外影	416/8-5	再繋佳人一葦○	390/8-2	【 2050₇ 爭 】	
飛來○黃鵠	004/16-1			○妍競艷地幾弓	021/30-4
氣吐○龍劍	109/16-11	【 2042₇ 舫 】		○探珠玉滿江秋	022/8-8
淡翠○眉顰月前	189/8-6	畫○青帝引衆賢	176/8-1	○若春山千萬樹	270/4-3
墨點○眸常側視	210/8-5	紅衣畫○並橈通	117/8-4	○巢野鳥影翩翩	340/4-2
綠頭○羽自南河	433/4-1	柳外犬吠曾繋○	162/8-3	○如報國赤心腸	408/4-4
對君○眼青依舊	440/8-5			人○篤却遲（岡）	115/44-18
孝子稱○壽	091/16-5	【 2043₀ 奚 】		野色○蒼翠	238/4-4
琅玕聊薦一○枕	197/8-5	○能安一枝	010/56-18	太平民俗○香火	375/8-7
		○圖二豎羅	096/40-24	風前柳絮春○色	377/8-3
【 2040₉ 乎 】		○必獲麟歸	100/16-2	銀鉤鐵畫誰相○	016/50-32
以自是○倘	456/20-7	○爲脩史者	254/4-3	雪頰雲鬢黑白○	437/8-4
爭傳文煥○	114/64-18	○須片石問君平	302/4-4	【爭傳】	
爭傳文煥○	502/66-18	○囊探得幾山川	454/8-1	○○文煥乎	114/64-18
憑欄朗詠○薇詩	274/4-4	試步○須童子催	152/8-2	○○文煥乎	502/66-18
		一楒一○隨	066/8-1	風信○○幾處春	470/4-1
【 2041₄ 雛 】		神將詟○自	094/40-3	斯文人○○	494/58-57
○僧報客至	069/8-1	寫入一○囊底裝	336/4-2		
更唱鳳將○	114/64-32	囊唯命一○	458/8-4	【 2051₃ 兔 】	
更唱鳳將○	502/66-32			○操金杵何所搗	013/22-7
棲宿文章一鳳○	401/4-4	【 2043₂ 舷 】		月中○子去無影	383/8-5
		停杯倚○空相思	015/18-16	右手執○穎	494/58-29
【 2041₄ 鷄 】		鸕鶿驚起鼓○前	127/8-4	梢聳撐蟾○	098/20-7
○犬不曾聞	255/4-4				
黃金○塚存苔石	130/8-5	【 2050₀ 手 】		【 2060₃ 呑 】	
牆外已○鳴	465/8-4	○挈巨軸向前楹	016/50-5	半磴樹○春露碧	161/8-3
餞宴黍兼○	099/20-16	○之奇才方	456/20-14	【呑聲】	

2060₃【 吞・舌・看・香・皎 】　　　　　　　2064₈

○○黃鳥羽高下	200/8-5	八月九月竝相○	397/4-1	曉窗輕雨散花○	120/8-8
妝閒○○啼獨宿	183/8-5	題門豈作阮生○	428/8-4	滿城歸馬障泥○	156/8-8
【吞吐】		蘆花新月入窓○	468/4-4	摘蔬炊麥夕飧○	168/8-8
○○雲霞立海濱	014/20-17	【看過】		他時何覺返魂○	187/8-4
○○雲霞立海濱	417/21-17	○○花朝花萬朶	216/12-11	還浮瓠齒呵餘○	190/8-4
		○○梅花幾百株	347/4-2	更怪松煤氊少○	203/8-4
【 2060₄ 舌 】		【看花】		祇樹花開少異○	211/8-4
捫類休論○有無	217/20-10	○○幾處立躊躇	318/4-4	啓龕三月雨花○	309/4-2
縱橫無計○徒存	447/8-6	把處○○多筆勢	496/8-5	雨花無處不流○	323/4-4
		姚家富貴○○圖	177/8-5	桂花何處暗飛○	325/4-2
【 2060₄ 看 】		冰魂還得不○○	471/8-2	海棠庭院始生○	390/8-8
○爾思無邪	075/8-2			一任東風送暗○	420/8-8
○它燕賀頻	108/20-4	【 2060₉ 香 】		捲簾雲泄桂花○	497/8-6
○君定省奉晨昏	218/32-28	○稻岸爲堆	094/40-18	【香積】	
○不以爲畫	224/4-3	○車泥抹落花紅	134/8-6	礙其○○廚	007/30-21
○得城南白鷺洲	411/4-1	○袖芳花相逐薰	442/8-4	飯炊○○廚	031/8-6
仰○碧霄懸玉兎	013/22-6	天○秋亂墜	246/4-1	晚飧○○飯	063/8-1
岸○青柳歆（岡）	115/44-6	沈○亭下醉供奉	379/8-7	飽其○○廚	365/30-21
要○仁治恩霑處	134/8-7	阿○天上傾瓢後	484/8-3	【香汗】	
今○禾黍秀前路	137/8-3	酒杯○琥珀	098/20-13	○○全疑肌雪化	193/8-3
可○滄海作蒼田	178/8-8	桂花○未微	103/20-14	○○全疑肌雪化	419/8-3
臥○荷花滿曲池	304/4-4	視篆○林絕點埃	118/8-2	【香刹】	
請○三峯翠	228/4-3	影橫○動高堂裏	192/8-7	松間○○夜三更	195/8-4
君○明月或自愁	406/26-16	百花○處好酣眠	454/8-8	松間○○夜三更	444/8-4
請○星象近呈瑞	435/8-7	雙袖餘○欲贈誰	019/14-4	松間○○夜三更	497/8-4
請○風雲交起日	443/8-7	草色花○傍戶深	119/8-2	【香榭】	
相○且驚喜	461/8-5	碧桂翻○墜玉壺	402/8-6	夕陽○○影橫斜	264/4-2
請○江上廉纖月	488/8-7	碧桂天○先月薰	423/8-8	南郊獨往只○○	368/8-5
雨多○草長	030/8-4	唯有餘○三日浮	441/8-4	【香閣】	
到來○我曾遊處	132/8-7	清曉餘○風隔戶	471/8-5	○○令人夢裏躋	150/8-2
小僧○客罷驅鳥	295/4-1	松煤痕古○龍麝	018/32-12	○○曉風吹已雨	487/8-3
垂夕回○星漢近	160/8-7	花前行杯○苾芾	021/30-19	【香火】	
重陽徒○酒杯空	214/8-4	江梅入臘○	054/8-8	○○茶煙銷却心	122/8-2
形氣猶○修煉全	204/8-2	翠帳寶爐○細細	198/8-5	太平民俗爭○○	375/8-7
玉醴百年○寵遇	415/8-5	春風障壁○多少	196/8-5	【香爐】	
寄言吏部唯○弄	210/8-7	並秀芝蘭○滿軒	218/32-22	寶鴨○○不斷煙	129/8-8
認作煙花二月○	191/8-4	梅花送暗○	237/4-3	移得○○天外勝	182/8-7
夢入華陽洞裏○	273/4-4	行廚六甲帶○檐	216/12-4	準擬○○天外賞	367/8-7
畫中城郭雨中○	275/4-2	東風解凍墨地○	024/12-2		
歸來咲向鉢中○	332/4-4	綵幡閃閃墨痕○	024/12-6	【 2064₈ 皎 】	
討尋寧是剡溪○	370/8-2	雪盡窓前芸葉○	024/12-10	○皎當欞朗	098/20-3
猶作須磨浦上○	396/4-4	晚風吹送野梅○	116/8-8	○潔吾心聊自比	383/8-7

2064 ₈【 皎・毛・嶂・爵・乘・禾・采・集・秉・維・纏・締・縞・絃・紋・版・上 】
2110 ₀

皎○當檻朗	098/20-3	○藥時相憶	241/4-3	交豈輕祧○	096/40-15
【 2071 ₄ 毛 】		明朝五○服	091/16-15	【 2092 ₇ 縞 】	
二○斑嘆吾拙	089/8-5	一片餐○且駐顏	179/8-2	邦國誰人貽○帶	146/8-3
鬢○未變空追憶	126/8-7	騷侶何處○杜衡	016/50-24	【 2093 ₂ 絃 】	
愧我二○斑欲新	440/8-6	陶令風流○菊扉	177/8-6	○匏被向向	005/18-8
始覺變頭○	043/8-2	命賓齊唱○蓮詞	304/4-4	一○八璈交相奏	023/34-31
星霜已逼二○斑	449/8-8	他席菊花宜共○	389/8-5	素○音自識	034/8-5
頻年驚見變頭○	341/4-2	【采采】		千歲四○絕	239/4-3
		○○歸相見	008/16-15	薰風拂朱○	006/16-15
【 2074 ₆ 嶂 】		○○何相薦	055/8-7	新詞寫入五○中	381/8-8
雲○白糢糊	460/8-4	【采芯】			
窗中千○經春雨	119/8-5	○○人何在	222/4-3	【 2094 ₀ 紋 】	
寒流晴○視藍青	380/8-8	江上騷人○○歌	392/8-6	○分裱褙不須糊	196/8-4
一片青螺疊○傍	375/8-1	【采薇】		水○欲斷初陽影	447/8-3
		照出○○人幾許	310/4-3	涼月碎波○	041/8-6
【 2074 ₆ 爵 】		西山不○○	100/16-12	九廻流水○如染	202/8-3
江天○不晴	077/8-2			綠竹闌干映水○	384/8-1
清風破○蒸	072/8-8	【 2090 ₄ 集 】			
		先○江天霰	113/20-13	【 2104 ₇ 版 】	
【 2090 ₁ 乘 】		下有鱗族○	003/24-8	○插圍宮闥	100/16-10
○查八月絳河橫	302/4-1			○橋千尺帶江橫	149/8-2
非○黃鵠度青霄	017/8-5	【 2090 ₇ 秉 】		白○尚堪開	106/20-14
祇須○駟馬	010/56-53	銀燭○來遊卜夜	440/8-3	玉○誰工印渥丹	191/8-1
二子○舟日（葛）	115/44-1			玉○糊成自絕瑕	471/8-1
虛閣○春望渺茫	116/8-2	【 2091 ₄ 維 】		潮痕白○扉	059/8-6
屢擬○雲尋石室	283/4-3	○春爲緩分眉宴	474/8-5	亂鴉飛盡餘三○	275/4-3
君到○春此邦	405/8-6	網島○舟醉晚晴	282/4-1	綠竹闌干映水○	384/8-1
寺存一○古	064/8-1	非降自○獄	096/40-3		
仙遊不必○長鯨	016/50-48	【維嶽】		【 2110 ₀ 上 】	
或跨大瓠或○蓮	023/34-16	○○極天是爲衡	016/50-17	○下天光碧一泓	016/50-15
三冬雨亦興堪○	439/8-1	○○嶙岣跨二州	159/8-1	○此郊邊築	112/28-9
		巖壑雲朝○○尊	133/8-1	○丘聊自掃蒼苔	152/8-8
【 2090 ₄ 禾 】		【維昔】		○國初陽映錦衣	172/8-2
田疇○熟處	105/20-11	○○來祇役	009/34-1	○天同雲滕	456/20-1
今看○黍秀前路	137/8-3	○○降神何所誕	014/20-5	江○空徘徊	001/26-8
		○○降神何所誕	417/21-5	江○暫傲居	009/34-2
【 2090 ₄ 采 】				江○南風解慍時	019/14-12
○爲千里贈	001/26-25	【 2091 ₄ 纏 】		身○煥發斑爛色	020/6-3
○餘河畔草	038/8-5	文藻○其身	003/24-2		
○地在熊府	110/32-1			江○梅花舊草堂	024/12-1
		【 2092 ₇ 締 】			

— 99 —

【 上・止・街・衝・銜・此 】

海○賣仙方	035/8-4	白蘋洲○趁涼颸	329/4-4	○○長松樹	248/4-2
江○星橋夕	046/8-1	行行馬○寒相映	341/4-3	○○婺星下有䕶	417/21-4
江○梅雨後	072/8-1	鴛鴦瓦○夢魂驚	353/4-2	【上林】	
海○浮沈字	105/20-5	遊魚橋○與誰觀	385/8-4	○○賦新詞	010/56-38
江○捐官舍	110/32-25	春來江○定思家	425/8-1	○○月露秋凝淚	187/8-5
湖○名區信宿間	157/8-2	最翁牀○臥遊高	474/8-8		
江○秋風起素波	165/8-2	阿香天○傾瓢後	484/8-3	【 2110。止 】	
壁○雲山類九嶷	192/8-8	松風吹○若山煙	485/24-2	枝巢誰所○	092/16-3
馬○奏歸清夜曲	262/4-3	請看江○廉纖月	488/8-7	主人抱痾近○酒	013/22-9
江○秋風起白波	363/8-2	更有小字○幀盈	016/50-29		
湖○名區信宿間	373/8-2	試向煙波○	045/8-7	【 2110₄ 街 】	
江○騷人采芯歌	392/8-6	握手茅堂○	062/8-1	花○歌鳳楚狂夫	448/8-6
江○新移一畝宮	403/8-2	媚態清池○	084/8-3	康○野馬過無迹	453/8-5
几○金玉連宵詩	406/26-7	海門淑氣○帆檣	116/8-4	白子○衢供市隱	135/8-3
江○間情藤一鷗	438/8-6	呼吸應通○帝闕	133/8-8	朱雀○頭日欲昏	137/8-1
橋○驢蹄詩僅耽	450/8-4	高林赤日○人相	151/8-5	潛迹麴○混世塵	145/8-2
路○近相望	466/8-4	孤月飛樓○	246/4-3	於數里○中	456/20-9
江○徒留鴻雁侶	468/4-3	蓆過清明○塚來	269/4-2		
閣○草玄嘲未解	476/8-5	今朝寫出○河卷	372/8-5	【 2110₄ 衝 】	
清晨○觀臺	001/26-4	數字留題石○松	132/8-8	歸路兩○衝	113/20-16
紅日○花茵	221/8-2	一夜黃公壚○飲	259/4-3	星冠霞佩○寒雨	023/34-9
浪華江○雨	008/16-13	晚在玉江橋○望	349/4-3		
御風樓○設祖筵	023/34-8	水郭山村枕○過	356/4-2	【 2110₉ 銜 】	
青山擁○游	038/8-4	解纜薰風泝○遊	364/8-1	延客且○杯	106/20-10
誰傳坯○卷	049/8-5	却恐暮春江○客	382/8-7	嘴吻花相○	005/18-6
雲奇二○峯	071/8-6	詩句有無頭○雲	384/8-4	一區島嶼○紅日	127/8-5
盍簪江○夜	101/16-15	猶作須磨浦○看	396/4-4	關西夫子○鱣鬢	392/8-5
竟厭世○煩	110/32-20	獨點青燈標○元	426/8-2	春泥地暖禽○去	379/8-3
忘它世○譁	112/28-10	十日交歡江○酒	434/8-5	【銜泥】	
梅花江○月泠泠	139/8-8	遮莫風波世○翻	447/8-8	○○燕子且呢喃	278/4-2
芙蓉池○甘微祿	170/8-5	醉向浪華江○望	480/4-3	○○玄燕水相掠	390/8-5
新荷池○碧筩杯	174/8-6	試置盆池荷葉○	209/8-7		
陳瓜庭○候蜘蛛	196/8-8	一篇遮洋舵樓○	406/26-9	【 2111。此 】	
洞庭湖○葉飄夕	207/8-3	秋巳稻梁登隴○	435/8-5	○別何匆匆	002/14-3
竈頭欲○葛家匕	208/8-5	少孤洒淚椒盤○	446/8-3	○技與君共同師	015/18-8
明光浦○試相呼	272/4-1	【上方】		○裏新知卽舊知	019/14-8
花明海○春宵月	273/4-3	○○昏黑出	083/8-1	○盟誰最健	032/8-8
玉江橋○晚歸時	274/4-1	○○將報夕陽鐘	121/8-8	○夜雲霞動海城	432/4-1
梅花枝○月明多	286/4-4	昏黑○○何處宿	161/8-7	花曾向府城移	445/8-2
玉江橋○微風度	297/4-3	野霧山雲鎖○○	120/8-2	○行直勝遊	494/58-5
長安市○解金龜	321/4-4	【上有】		方○窮陰候	005/18-5
明光浦○三秋月	328/4-3	○○婺女下有䕶	014/20-4	方○節花盛開日	021/30-29

【 2111。 此・黏・步・仁・化・仳・徑・能 】 2121₁

到〇胸襟異	028/8-7	【此相】		〇爲籬邊柿	494/58-30
自〇故人思	093/12-11	慈航〇〇倩	007/30-8	錫〇無驚鶴	085/8-3
嗟〇五方客	102/12-3	蘭臭〇〇求	109/16-6	錫〇無驚☒	386/8-3
酌〇忘憂物	104/16-7	慈航〇〇倩	365/30-08	德〇今旌孝子門	413/8-6
只〇一庸醫	105/20-16	席間相約〇〇將	497/8-2	羽〇壺中日月光	451/8-6
占〇鵲巢舊	108/20-3	【此地】		孤魂招得〇三湘	203/8-6
上〇郊邊築	112/28-9	〇〇桑滄何年改	417/21-13	異客國風歸〇日	445/8-5
伴〇東西客（葛）	115/44-21	長令〇地靈	231/4-4	香汗全疑肌悠〇	193/8-3
愛〇小春日	460/8-1	【此中】		香汗全疑肌悠〇	419/8-3
好〇青山裏	462/8-7	獨擅〇〇奇	463/8-8		
何有〇時情	009/34-34	故人家在〇〇途	347/4-1	【 2121。 仳 】	
曾在〇座屢相訂	016/50-37	何處兵甲〇〇藏	375/8-2	〇離二十霜	009/34-19
尋盟〇藤友	066/8-3	【此日】			
駭客〇扶筇	113/20-8	〇〇何圖洗腳醪	474/8-6	【 2121₁ 徑 】	
李郭〇宵思（葛）	115/44-28	南軒〇〇會童兒	481/4-2	〇造環堵室	006/16-6
鷄壇〇會盟	430/8-2	【此舉】		霜〇菘肥處	081/8-5
今歲方〇再週日	025/20-17	〇〇眞可羨	494/58-55	曲〇曾無望夫石	168/8-3
今宵有〇好下物	018/32-23	然士龍氏豈待〇〇、	455/23-22	三〇獨令松樹傲	214/8-3
天下奇觀〇一瞠	016/50-36	【此人】		草〇有媒容小憩	216/12-7
焉得海外〇逍遙	017/8-6	〇〇風流世所知	015/18-12	樵〇入花紅	240/4-2
幾度當年〇御輿	126/8-8	何人立筆〇〇同	443/8-8	菊〇停筇意自親	339/4-1
玉江過訪〇登樓	140/8-2			菊〇餘蛩語	464/8-5
萍迹何時〇作家	412/4-2	【 2116。 黏 】		繁霜〇印蹤	113/20-18
飫肥雲鶴〇長鳴	495/8-8	蘆花淺水〇漁刀	307/4-1	獨遊苔〇外	097/12-1
藤裏風流殊〇域	398/8-3			招攜過三〇	001/26-9
君子乘春到〇邦	405/8-6	【 2120₁ 步 】		衰草千廻〇	028/8-3
【此子】		試〇奚須童子催	152/8-2	蓬草迷人〇	112/28-13
〇〇津梁呼不起	331/4-3	愁人〇月夜三更	149/8-6	松菊主人〇就燕	217/20-14
津梁微〇〇	007/30-5	老耄艱〇履	494/58-48	未醉篁陰〇作三	388/8-4
津梁微〇〇	365/30-05			東籬松菊〇猶存	413/8-4
【此君】		【 2121。 仁 】		叢菊秋殘〇	461/8-1
〇〇旣有兒孫長	291/4-3	〇者所樂長不崩	014/20-15	田園久帶一〇鋤	300/4-4
誰識〇〇德	097/12-7	〇皇靈榭雨蕭然	169/8-1	一任呼爲捷〇名	335/4-4
【此夕】		〇壽不騫又不崩	417/21-15	鶯塚蒿萊深沒〇	364/8-5
〇〇群賢與月臨	166/8-1	要看〇冾恩露處	134/8-7	爲問老農知捷〇	374/8-7
〇〇留君聊解慍	381/8-7	回生〇術手醫國	218/32-9		
陟岡〇〇誰瞻望	434/8-7	細君遺得〇	044/8-4	【 2121₁ 能 】	
聚星〇〇先星會	436/8-5	【仁爲美】		〇使雲霞坐裏生	496/8-8
烏鵲其如〇〇何	158/8-4	里是〇〇〇	114/64-25	但〇避巨擘	003/24-23
【此郷】		里是〇〇〇	502/66-25	奚〇安一枝	010/56-18
〇〇亦有尊鱸美	012/12-8			僅〇來喫舊菜羹	016/50-41
〇〇亦有群才子	012/12-10	【 2121。 化 】		未〇千里駕	105/20-15

2121₁【 能・徘・優・衢・軀・伍・盧・廬・何 】　　2122₀

自○嚴艷堪傾國	442/8-7	○○萬慮散	001/26-13	○○千里有慭君	303/4-1
鰭鬣○鼓舞	003/24-13	○○景致殊	460/8-2	楓冷○○雖自愧	140/8-5
江山○得幾同志	012/12-12	○○滿奮無寒色	471/8-3	【盧心】	
蘆簾○遮三面風	021/30-12	養志○○親不老	023/34-25	○○却起灰心死	194/8-7
不教○以右手飧	025/20-4			○○却起灰心死	418/8-7
何時○見放	092/16-15	【 2121₁ 徘 】		貞節○○奉夏堂	197/8-2
六齡○寫字	096/40-9	【徘徊】		【盧閣】	
劍稱○斬象	110/32-7	江上空○○	001/26-8	○○女牛宿	107/12-7
溯洄○憶否（岡）	115/44-43	向夕向○○	094/40-38	○○乘春望渺茫	116/8-2
天公○解主人意	140/8-7				
仙相○文三龕翁	164/8-6	【 2121₄ 優 】		【 2121₇ 盧 】	
親懼○自奉	502/66-15	○臥花茵娛	032/8-6	試搜○叟五千文	141/8-6
詩爾常○泣鬼神	143/8-6	明時○武威	100/16-4	詩工土火○	114/64-6
留客猶○中饋事	168/8-7				
兒輩倘○學斯老	204/8-7	【 2121₄ 衢 】		【 2122₀ 何 】	
探勝誰○從酒翁	362/8-1	白子街○供市隱	135/8-3	○有此時情	009/34-34
塵縛未○解	467/8-7			○草不霜黃	029/8-6
鄙事豈多○	063/8-6	【 2121₆ 軀 】		○徒讀父書	058/8-6
爲是孝孫○養志	011/16-6	微○原有漏	063/8-5	○曾仰克岐	096/40-4
總爲風煙○駐客	119/8-7	煙霞舊病○	047/8-8	○管妃揮涕	098/20-11
他時避暑○同否	174/8-7	佛母青鴉寶寘○	161/8-6	○求修煉服丹砂	205/8-4
倘是碧霞能○餌	178/8-7	瑠璃波撼水仙○	200/8-4	○比侍兒將進酒	208/8-7
豚兒三歲旣○言	025/20-2			○爲好下物	226/4-3
多知草木未○除	153/8-2	【 2121₇ 伍 】		○以買得好風景	340/4-3
愚公移之竟不○	014/20-16	拔群升士○	114/64-43	○妨細雨入簾櫳	429/8-4
縱遇禹公移不○	417/21-16	拔群升士○	502/66-43	○知夜幾更	466/8-2
【能爲】				○煩賦一詩	479/8-2
○○醫俗巧	097/12-8	【 2121₇ 盧 】		○計今年有勝期	489/8-2
○○太子笙	416/8-4	清○生白室	108/20-1	○以接芳軌	494/58-50
【能自】		高臥○窗下	072/8-7	如○今日別	010/56-51
親懼○○奉	114/64-15	書幌影○文窗明	016/50-6	齡○稀七十	064/8-5
象緯由來○○辨	302/4-3	練影涵○瑟無聲	016/50-22	棹○厭三層浪	088/8-5
【能相】		竹笋穿○壁	074/8-5	此別○匆匆	002/14-3
琴瑟○○和	010/56-33	玄草難○揚子亭	139/8-6	登得○變態	003/24-17
爲緣臣主○○得	376/8-7	再會言不○	009/34-18	今夕○夕同舟楫	015/18-13
【能書】		午雲蔭室○生白	128/8-3	稱吾○過當	054/8-4
不唯○○與善詩	366/12-2	今宵不可復○過	406/26-11	采采○相薦	055/8-7
不識○○何等事	407/4-3	松風吹夜窗○停	484/8-6	今夕○寥寂	059/8-1
【能照】		清池碧鏡影涵○	173/8-4	竹檻○將月乖	090/8-4
○○故人千里心	328/4-4	裹裹輕煙亘太○	198/8-1	興來○厭茗談長	120/8-4
幾時○○讀書窗	276/4-2	【盧名】		他時○覓返魂香	187/8-4
【能令】		○○楓葉句	054/8-5	書窗○用枕團圓	204/8-8

— 102 —

2122。【何】

蚪胎〇獨生虞氏	206/8-5	〇〇唱五噫	010/56-54	〇〇磬一聲	244/4-3
編戶〇因除課役	300/4-3	祷頌吾〇〇	108/20-19	〇〇投示世間人	383/8-8
不知〇代古離宮	310/4-2	【何處】		〇〇論瘦肥	461/8-6
淡泊〇供彈鋏客	378/8-7	〇〇猶芰葦	094/40-35	孤燭〇〇照夜遊	022/8-6
當時〇物育寧馨	380/8-1	〇〇驗葭灰	106/20-6	沈李〇〇冰作盤	385/8-6
我亦〇憨舊面目	406/26-21	〇〇煙霞足詠歸	142/8-1	【何山】	
下山〇問所	467/8-1	〇〇桂花披	246/4-2	〇〇昔植筇	085/8-8
載酒〇辭吾代酌	469/4-3	〇〇郊坰夜夏生	282/4-4	〇〇昔植筇	386/8-8
頭角〇見	473/4-2	〇〇柴荊結作籬	358/4-2	【何必】	
筆到〇嫌張敞愛	483/8-3	〇〇兵甲此中藏	375/8-2	〇〇覆水悅慈親	020/6-4
捲簾〇管有微雲	599/8-4	〇〇樓臺好屬文	384/8-8	〇〇金丹以永年	023/34-26
世路一〇艱	005/18-15	〇〇停車興最長	408/4-2	〇〇紫藤花	112/28-28
供給一〇盛	007/30-22	橋柱〇〇存	007/30-27	〇〇瓜田培五色	413/8-7
今歲知〇歲	009/34-17	騷侶〇〇采杜衡	016/50-24	盛會〇〇竹與絲	019/14-10
脂轄復〇之	010/56-28	月明〇〇多秋思	022/8-2	七賢〇〇擬	097/12-5
主者誰〇森家母	021/30-23	鐘音〇〇寺（岡）	115/44-15	【何在】	
捐館君〇適	048/8-1	人間〇〇謫星郎	186/8-1	采芷人〇〇	222/4-3
供給一〇盛	365/30-22	再生〇〇期多子	203/8-7	尸解淮南〇〇哉	379/8-1
赤壁遊〇羨	477/8-5	琵琶〇〇隱	239/4-1	【何地】	
新畲新年〇叢祠	011/16-13	歸帆〇〇卸	241/4-1	彼美終〇〇	051/8-3
其如不朽〇	049/8-8	金烏〇〇浴	253/4-1	謝世秋〇〇	416/8-7
北野同登〇酒樓	368/8-6	煙波〇〇醉君王	260/4-4	【何若】	
維昔降神〇所誕	417/21-5	山中〇〇足安禪	320/4-1	籯金〇〇一經存	025/20-16
代書慰別〇情味	472/4-3	桂花〇〇暗飛香	325/4-2	滿籯〇〇一編微	177/8-8
林亭觴詠樂〇窮	021/30-30	橋柱〇〇存	365/30-27	萬金〇〇一經留	330/4-1
西來今夜意〇問	175/8-3	明朝〇〇去（張）	422/16-15	【何如】	
連綿欲認爲〇字	207/8-7	桃李〇〇一漁刀	452/8-2	〇〇別意長	026/8-8
回頭蒼露山〇邈	448/8-7	擧家〇〇去	482/8-1	〇〇釋褐衣	100/16-8
先生杖國國〇邊	485/24-1	啟事遊〇〇	071/8-1	〇〇筑紫舊潮音	326/4-4
問君捐館意如〇	125/8-1	凝望滄州〇〇是	127/8-7	〇〇人間忠孝全	485/24-10
烏鵲其如此夕〇	158/8-4	茶竈筆牀〇遷	135/8-2	徙倚興〇〇	080/8-2
遠遊歸到意如〇	165/8-1	昏黑上方〇〇宿	161/8-7	倡門粧樣近〇〇	188/8-1
舊遊零落意如〇	259/4-1	一擔花枝〇〇折	277/4-3	露峯篦水畫〇〇	198/8-2
遠遊歸去意如〇	363/8-1	風去山中〇〇飲	327/4-3	【何由】	
青山不必屬羊〇	392/8-1	明日登高〇〇好	356/4-3	覺路〇〇淂	007/30-29
【何意】		陳圖靈跡猶〇〇	159/8-7	覺路〇〇得	365/30-29
〇〇荒陵我出遊	368/8-2	起望寒山寺〇〇	324/4-3	【何事】	
雪意知〇〇	077/8-1	湖山指顧家〇〇	335/4-3	〇〇推遷疾	113/20-5
【何論】		故人卜夜知〇〇	405/8-5	〇〇不窺園	237/4-1
〇〇七七年來事	171/8-7	來宵琴酒知〇〇	497/8-7	【何日】	
〇〇墨子謾悲絲	180/8-2	【何須】		葛家〇〇得一豚	025/20-1
【何敢】		〇〇調玉洌	001/26-11	治裝〇〇發京畿	415/8-2

用汝作霖是〇〇	199/8-7	〇遇龍山佳節會	357/4-3	〇〇巧寫草玄奇	207/8-6
【何圖】		〇盡有年千萬落	409/4-3	〇〇馬上寒相映	341/4-3
〇〇羽書急	009/34-27	行縣今秋亦豐熟	411/4-3	【行縣】	
〇〇前夜雨	065/8-1	〇樂遄追遊蝶去	454/8-7	〇〇今秋亦豐熟	411/4-3
釋褐〇〇負所親	306/4-2	〇將南澗藻	459/8-7	故人〇〇有輝光	408/4-1
此日〇〇洗腳髎	474/8-6	〇旅塗肝腦	494/58-4		
【何時】		〇李裝方就	502/66-49	【 2122 7 肯 】	
〇〇再晤言	004/16-14	東〇秋三五	009/34-29	未〇點額還	003/24-15
〇〇能見放	092/16-15	千〇珠淚血猶鮮	185/8-4		
題柱〇〇學馬卿	149/8-8	一〇為吏暫疏迂	217/20-8	【 2122 7 膚 】	
萍迹〇〇此作家	412/4-2	經〇獨木橋	238/4-3	獨臥鴛衾〇雪冷	188/8-3
【何所】		此〇直勝遊	494/58-5		
峯頂〇〇矚	008/16-7	千里〇程百日游	012/12-11	【 2122 7 觜 】	
槐陰〇〇召	109/16-5	花前〇杯香苾蒪	021/30-19	天橋一沙〇	386/8-1
黃柑〇〇聽鶯吟	119/8-4	明珠〇可拾	070/8-7		
維昔降神〇〇誕	014/20-5	雖無〇蟻慕	097/12-9	【 2122 7 儒 】	
兔操金杵〇〇搗	013/22-7	巧記〇悠矣	114/64-17	〇有孝槃在市廛	128/8-1
幹蠱有人〇〇事	287/4-3	東叡杏大赦辰	351/4-2	六員新舊〇	114/64-38
玉樹知今〇〇倚	298/4-3	身疑〇在彩雲邊	487/8-8	六員新舊〇	502/66-38
維昔降神〇〇誕	417/21-5	鴻雁數〇字	047/8-3	片碑掃字揖〇宗	315/4-2
零露不承〇〇盛	496/8-1	淨地經〇暫息慈	130/8-2		
【何人】		玉筋千〇漫自垂	183/8-8	【 2123 4 虞 】	
〇〇攀且附	250/4-4	小倉山〇行吟日	315/4-3	蚪胎何獨生〇氏	206/8-5
〇〇冒雨到玄亭	343/4-4	倉皇復東〇	009/34-28	孝養應須勝〇舜	351/4-3
〇〇白髮獨燃燈	439/8-8	應須被酒	065/8-8		
〇〇立筆此人同	443/8-8	四明高頂〇相憩	133/8-7	【 2123 6 慮 】	
觀水〇〇定水交	436/8-6	小倉山行〇吟日	315/4-3	能令萬〇散	001/26-13
【何年】		更喜得同〇	491/8-2		
〇〇先伯魚	050/8-2	道險不易〇	494/58-3	【 2124 1 處 】	
此地桑滄〇〇改	417/21-13	鷗汀鳬渚可吟〇	016/50-23	何〇猶芟葦	094/40-35
【何等】		仙舟直欲御風〇	160/8-8	何〇驗葭灰	106/20-6
冉牛〇〇疾	096/40-25	層層架怪鵲成〇	186/8-4	郭〇分沈淪	108/20-14
不識能書〇〇事	407/4-3	秋風空染淚千〇	197/8-8	何〇煙霞足詠歸	142/8-1
		背面戲題字數〇	209/8-2	何〇桂花披	246/4-2
【 2122 1 行 】		扇搖八跪欲橫〇	210/8-6	何〇郊坰半夏生	282/4-4
〇李裝方就	114/64-49	鄉信讀殘數十〇	294/4-4	何〇柴荊結作籬	358/4-2
〇留野寺花開處	153/8-3	褰裳直向翠微〇	374/8-8	何〇兵甲此中藏	375/8-2
〇途吊影泣多岐	183/8-6	別後才傳字數〇	420/8-1	何〇樓臺好屬文	384/8-8
〇歌一曲蓮花落	215/8-7	【行雨】		何〇停車興最長	408/4-2
〇廚六甲帶香擔	216/12-4	〇〇金龍奔叱馭	201/8-5	到〇諳名區	494/58-15
〇腳千餘里	227/4-1	聞說〇〇苦	003/24-19	把〇看花多筆勢	496/8-5
〇雲一片停難住	316/4-3	【行行】		孤山〇士棲	099/20-10

【 2124 ₁ 處 】

坐觀幾○腴良田	011/16-12
夕陽春○石花飛	014/20-9
騷侶何○采杜衡	016/50-24
知音到○山水在	019/14-9
月明何○多秋思	022/8-2
鐘音何○寺（岡）	115/44-15
酒旗飄○玉壺殷	179/8-8
人間何○謫星郎	186/8-1
再生何○期多子	203/8-7
琵琶何○隱	239/4-1
歸帆何○卸	241/4-1
金烏何○浴	253/4-1
煙波何○醉君王	260/4-4
煙嵐深○鳥相呼	263/4-2
東風冷○猶餘雪	276/4-3
看花幾○立躊躇	318/4-4
山中何○足安禪	320/4-1
雨花無○不流香	323/4-4
桂花何○暗飛香	325/4-2
煙波淺○鶴相呼	347/4-4
蘭花秀○菊花芳	352/4-1
龍蛇鬪○毫遒勁	370/8-3
子規啼○促歸舟	382/8-8
流霞凝○釀逡巡	383/8-4
祇應隨○醉忘憂	406/26-20
一橋斜○夕陽斜	414/4-1
夕陽春○石花飛	417/21-9
明朝何○去（張）	422/16-15
桃李何○一漁刀	452/8-2
百花香○好酣眠	454/8-8
擧家何○去	482/8-1
古來分袂○	010/56-49
更憐黃落○	028/8-5
田家經幾○	029/8-1
向君歡逝○	050/8-7
啓事遊何○	071/8-1
霜徑菽肥○	081/8-5
林塘經幾○	066/8-7
村巷通幽○	082/8-1
田疇禾熟○	105/20-11
浪遊知幾○	462/8-1
林壑曾遊○	463/8-1
潮通憑檻○	479/8-3
凝望滄州何○是	127/8-7
茶竈筆牀何○遷	135/8-2
昏黑上方何○宿	161/8-7
綠荂仙芳甚○移	192/8-1
淨地幽芳幾○尋	216/12-2
一擔花枝何○折	277/4-3
風去山中何○飲	327/4-3
明日登高何○好	356/4-3
風信爭傳幾○春	470/4-1
荻蘆花亂浪涵○	022/8-3
可見衆賓應接○	024/12-11
到來看我曾遊○	132/8-7
要看仁洽恩霑○	134/8-7
行留野寺花開○	153/8-3
陳圖靈迹猶何○	159/8-7
指點前年苦吟○	162/8-7
更向海風吹颺○	272/4-3
令人坐覺神遊○	285/4-3
和氣一團留客○	305/4-3
起望寒山寺何○	324/4-3
湖山指顧家何○	335/4-3
詩畫小園欣賞○	372/8-7
想爾家山讀書○	393/8-7
故人卜夜知何○	405/8-5
一逕千莖沒人○	487/8-7
來宵琴酒知何○	497/8-7

【處處】

○○花月割愛情	016/50-40
○○樓臺淑氣深	453/8-2
兼葭○○啼蛩	087/8-8

【處存】

橘柱何○○	007/30-27
橘柱何○○	365/30-27

【 2124 ₆ 便 】

○疑皁莢實無粒	203/8-3
○便腹笥秘無書	153/8-6
便○腹笥秘無書	153/8-6
無那東方○易白	406/26-25

【 2124 ₇ 優 】

【優游】

○○三十歲	043/8-1
○○茅海隅	114/64-2
○○以卒七十載	485/24-15
○○茅海隅	502/66-2

【 2125 ₃ 歲 】

○寒盟不寒	005/18-11
○暮繩床藏蟋蟀	124/8-3
今○知何歲	009/34-17
今○污邪亦不惡	011/16-4
今○方此再週日	025/20-17
七○善裁詩	096/40-10
十○舊詞盟	101/16-12
終○家園樂有餘	126/8-1
千○四絃絕	239/4-3
去○憶親歸	394/8-6
守○今宵憶阿戎	431/4-2
蘭契○逾親	107/12-10
豚兒三○既能言	025/20-2
興居十○古青氈	128/8-6
難支廿○老人床	209/8-4
買田幾○事巖耕	335/4-2
家兒一○正周遭	407/4-1
傾尊守○二三更	432/4-2
石山殘○餐霞色	445/8-3
欲舒三○情	491/8-4
游泳足千○	003/24-24
今歲知何○	009/34-17
醉飽不知○云莫	018/32-29
優游三十○	043/8-1
盍簪俱守○	486/8-1
三百詩篇○每刪	449/8-6
詩入膏肓廿○餘	153/8-1
不必羈棲嘆○華	498/8-8
連理杯空人隔○	189/8-3
一落西江一周○	397/4-3
思鱸告別已三○	421/8-5

【歲月】

○○歸家一舊氈	178/8-6
還丹○○長	035/8-2

2126₁【階・徙・須・傾・價・頻・鑪・態・熊】2133₁

【　2126₁　階　】
○蛩露尚微　　　399/8-4
○明蟲亂語　　　103/20-11
庭○蘭玉色　　　035/8-7
霜○木賊新　　　053/8-6
庭○新長綠苔痕　162/8-8
市隱○苔雨後多　392/8-2
滴露○餘蕢葉冷　497/8-5
星辰僅映○（張）422/16-2
玉露滴空○　　　477/8-4
陰蟲切切繞○除　484/8-2
切切陰蟲繞○　　090/8-8
長江細雨滴○除　318/4-1
【階庭】
○○覆了一車鹽　182/8-4
○○昨夜潤微霜　208/8-4
○○撒了一車鹽　367/8-4
【階前】
莫莢○○將盡潤　439/8-3
脩竹○○綠沈管　174/8-5
雨痕未乾○○苔　013/22-3
芝蘭奕葉秀○○　485/24-14

【　2128₁　徙　】
【徙倚】
○○興何如　　　080/8-2
玉欄干外醒○○　012/12-2
臨水樓臺人○○　022/8-1

【　2128₆　須　】
○避豪兒鐵如意　205/8-7
○識靈區禁殺生　346/4-2
何○調玉洌　　　001/26-11
祇○乘駟馬　　　010/56-53
不○樹薆只藝穀　011/16-7
應○被酒行　　　065/8-8
白○夜照神人影　157/8-5
何○磬一聲　　　244/4-3
奚○片石問君平　302/4-4
白○夜照神人迹　373/8-5
何○投示世間人　383/8-8
不○人更頌椒花　412/4-4

何○論瘦肥　　　461/8-6
千金○買骨　　　096/40-37
古渡○吾友　　　467/8-3
問奇○待主人回　469/4-4
親故○君首屢搔　474/8-2
孤燭何○照夜遊　022/8-6
弟子勞○服　　　108/20-7
異日應○稱鶢鶋　139/8-3
試步奚○童子催　152/8-2
骸核不○求　　　226/4-2
孝養應○勝虞舜　351/4-3
沈李何○冰作盤　385/8-6
送梅晴且○　　　114/64-50
異日丹成○試犬　167/8-5
濁酒清言○達曉　338/4-3
送梅晴且○　　　502/66-50
旅館春眠○共被　359/8-5
客裏相逢○盡醉　436/8-7
紋分裱褙不○糊　196/8-4
【須磨】
孰與○○浦　　　394/8-7
猶作○○浦上看　396/4-4

【　2128₆　傾　】
○倒杯尊出門去　354/4-3
○尊守歲二三更　432/4-2
徙○鸚鵡杯　　　094/40-24
酒○荷葉並吟雖　421/8-4
宜○祖酒壺　　　502/66-52
收網○樽割小鮮　127/8-2
池草夢覺○蓋地　405/8-3
阿香天上○瓢後　484/8-3
幾人飛蓋又○蓋　019/14-7
朝天玉女聚○壺　201/8-6
自能嚴艷堪○國　442/8-7
幾年斯日酒相○　016/50-2
銀盆誰向碧空○　199/8-1
殘尊重爲炙魚○　282/4-2
當局佳人國並○　437/8-1
秋水含煙菡萏○　496/8-4

【　2128₆　價　】

○聲忽倍蘭亭帖　125/8-5
紙○貴名都　　　114/64-20
紙○貴名都　　　502/66-20
新增聲○右軍書　170/8-4
不令方璧○連城　444/8-8
亡論當日高低○　018/32-16

【　2128₆　頻　】
○求雲外賞　　　030/8-6
○逢有力見投擲　204/8-5
○年驚見變頭毛　341/4-2
爐○添炭擁　　　101/16-7
盟○討白鷗　　　109/16-4
款客○叩截髮煩　218/32-14
間裏○驚曆日遷　454/8-2
不令歡會○　　　107/12-12
看它燕賀○　　　108/20-4
寂寂書窗雨打○　143/8-2

【　2131₇　鑪　】
憶○松島早秋風　362/8-6
思○告別已三歲　421/8-5
尊○不必是佳肴　436/8-8
誰人苦憶○　　　080/8-8
此鄉亦有尊○美　012/12-8
【鑪膾】
○○待君將下筋　165/8-7
○○待君將下筋　363/8-7

【　2133₁　態　】
交○久逾淡　　　057/8-5
媚○清池上　　　084/8-3
人間變○屬雲峯　121/8-4
登得何變○　　　003/24-17
同藤琴書皆故○　165/8-3
同藤琴書皆故○　363/8-3

【　2133₁　熊　】
○罷占吉夢　　　096/40-1
曾辭○府下　　　112/28-3
去向朝○峯　　　008/16-6
采地在○府　　　110/32-1

— 106 —

2 1 3 3 ₂ 【 怨・卓・鞏・鑢・舸・衡・拜・占・旨・皆・匕・比・屺・既・嶇・師 】
2 1 7 2 ₇

【 2 1 3 3 ₂ 怨 】		裘換酒○通夜飲	498/8-5	【 2 1 7 1 ₄ 既 】	
田家請勿○期	457/14-14	綾羅解脱○松蘿	163/8-2	○經幾居諸	009/34-14
		生涯旣是○乾沒	447/8-7	○餘投刃地	044/8-5
【 2 1 4 0 ₆ 卓 】		【占勝】		○不辱君命	058/8-5
○錫鶴飛雲關洞	391/8-5	壺中○○境	035/8-3	○飽几相凭	063/8-2
三十春迎未○爾	454/8-3	一篷○○期（岡）	115/44-10	○圓春草夢中塘	390/8-4
六甲之廚八仙○	023/34-11			詩○於君遜	032/8-2
		【 2 1 6 0 ₁ 旨 】		殺青○成堆	001/26-16
【 2 1 4 0 ₆ 鞏 】		有味言其○	494/58-42	筵几○舖陳	108/20-6
淡翠雙眉○月前	189/8-6	召我廚下供嘉○	406/26-12	當日○操觚	114/64-4
				此君○有兒孫長	291/4-3
【 2 1 4 1 ₇ 鑢 】		【 2 1 6 0 ₁ 皆 】		不知○至老	494/58-14
江關樣舳○	114/64-46	江湖○德澤	100/16-5	豚兒三歲○能言	025/20-2
江關樣舳○	502/66-46	慕藺○稀久	111/24-3	蒻笠棕鞋○自供	132/8-1
		望中○着句	112/28-23	暮春春服○新裁	152/8-1
【 2 1 4 2 ₀ 舸 】		心腸○錦繡	502/66-7	別來綈俗○綈袍	474/8-1
小○篝明滅（葛）	115/44-37	溝洫黃○濁	072/8-3	細論文字飲○夜	018/32-4
		紅紫黃白○富麗	021/30-9	嫁娶君家事○終	301/4-1
【 2 1 4 3 ₀ 衡 】		同藤琴書○故態	165/8-3	【既是】	
○茆我得榮	101/16-2	柳堤荷岸○生路	345/4-3	○○林園寒露初	214/8-2
○嶽峯頭雲斷時	207/8-4	相逢四海○兄弟	498/8-7	刀圭○○濟黎元	218/32-8
字畫本稱○山亞	018/32-14	同藤琴書○故態	363/8-3	【既知】	
江天遠電射○茅	436/8-1			○○天命極	110/32-19
維嶽極天是爲○	016/50-17	【 2 1 7 1 ₀ 匕 】		○○丈室生春色	175/8-7
騷侶何處采杜○	016/50-24	玉屑時隨○筋翻	377/8-8	箇箇○○塵外賞	122/8-7
【衡門】		初執銀管次金○	025/20-9		
○○認土橋	073/8-2	竈頭欲上葛家○	208/8-5	【 2 1 7 1 ₆ 嶇 】	
○○並叩玉江頭	368/8-1			雲樓霧閣鎖崎○	161/8-8
○○畫鎖足音稀	371/8-1	【 2 1 7 1 ₀ 比 】		片羊先後下崎○	308/4-1
		敢○一枝梅	001/26-26		
【 2 1 5 5 ₀ 拜 】		何○侍兒將進酒	208/8-7	【 2 1 7 2 ₇ 師 】	
○賜謫臣心	395/8-6	廿年○襦孔	502/66-61	想○離病褥	068/8-7
登○柿仙祠	494/58-23	游巖居自○	104/16-13	尋○欲見一方人	131/8-1
膝下呼來兒○客	025/20-19	食案憎供○目魚	188/8-6	王○無敵一乾坤	327/4-1
		君家兄弟○椿津	305/4-1	千里○門玄草長	393/8-3
【 2 1 6 0 ₀ 占 】		我詩豈敢○錦繡	366/12-11	學文尋○友	009/34-5
○此鵲巢舊	108/20-3	皎潔吾心聊自○	383/8-7	地華大和古京○	011/16-14
曾○非罷兆	100/16-1			此技與君共同○	015/18-8
熊羆○吉夢	096/40-1	【 2 1 7 1 ₁ 屺 】		客有昨返出京○	019/14-1
主人○客至	461/8-3	巘○日下鶴雲城	495/8-1	野庄安置病禪○	304/4-1
祠宇○流峙	494/58-24	東風兩岸巘○柳	279/4-3	禪餘文字念吾○	398/8-4

— 107 —

【 2177₂ 齒 】		何必○藤花	112/28-28	○淚人彷彿	084/8-7
雁○十年長	110/32-17	何如筑○舊潮音	326/4-4	○葉撲燈落	465/8-5
還浮瓠○呵餘香	190/8-4	猶思築○舊滄波	392/8-4	乾○兩袖泣花後	189/8-5
豈特爽牙○	494/58-44	諸山將暮○	029/8-5	轉覺○塵遠	032/8-4
【齒德】		支機石古○雪窩	163/8-6	綠薜○蘿好遂初	123/8-8
可謂○○不伐者	485/24-19	斜陽背指○雲山	277/4-4	誰家○女積功夫	196/8-1
龐眉尚○○	112/28-7	未嘗一揖○芝眉	366/12-8	閃鑠○絢影有無	201/8-1
七十一○○	494/58-11	春風裊裊○羅裙	442/8-2	彷彿○粧二八花	267/4-4
		其色黝帶○	494/58-32	白雲○樹幾名山	336/4-1
【 2178₆ 頃 】		老圃摘殘濃○色	212/8-7	霜林○爛漫	460/8-3
萬○恩波翠黛妍	014/20-20	寧復腰間紆○朱	217/20-18	每得股○東海棗	218/32-11
萬○煙波解宿醒	016/50-46	度我煙波筑○陽	391/8-8	移筇返照○	097/12-12
萬○瑠璃千疊碧	017/8-1	羅繖欲愉暮山○	021/30-7	映山花綻○	104/16-4
二○無田佩印章	171/8-4	煙散猶來山色○	148/8-3	樵徑入花	240/4-2
萬○煙波一釣徒	272/4-2	【紫翠】		初日半輪○	252/4-4
萬○恩波浴其身	417/21-20	○○雨餘嶺	042/8-5	滴作庭花○欲然	334/4-4
春葩○刻開	001/26-24	嵐山○○染衣秋	314/4-4	霜葉山林○萬點	408/4-3
		千峯新○○	459/8-3	巷糞頓供○豆餅	478/8-3
【 2180₁ 眞 】		【紫荊】		萬朶岸花淺○	088/8-2
○如譚習靜	103/20-15	○○移種故園花	414/4-4	竹筇覓句尋○事	142/8-3
應○舊鎭半千像	391/8-3	○花發復成叢	431/4-4	繡毯堪奪晚霞○	021/30-8
御風○人一墜地	015/18-5	故國○○花	486/8-6	香車泥抹落花○	134/8-6
此舉○可羨	494/58-55	鄉園暫別○○枝	359/8-4	半爐榾柮片時○	194/8-2
一絶呈抱○主	457/14-4			沈醉從偎半臉○	381/8-6
千載茲君○尻傳	485/24-8	【 2190₄ 術 】		三冬榾柮半爐○	418/8-2
夜來更怪應○會	021/30-21	長生○似期	096/40-28	【紅衣】	
井投車轄始爲○	434/8-4	回生仁○手醫國	218/32-9	○○畫舫並橈通	117/8-4
		中廚有○脫仙胎	379/8-2	婀娜○○映茜裙	350/4-2
【 2180₆ 貞 】		桂叢人去○逾精	195/8-1	【紅顏】	
○節虛心奉夏堂	197/8-2	觀瀾水國居知○	135/8-5	惆悵○○凋謝地	185/8-7
深照○心明自誓	190/8-7			綠扇掩○○	219/4-4
		【 2190₄ 柴 】		【紅蓼】	
【 2188₆ 顚 】		○關絕俗女僧房	168/8-1	○○花明白露浮	406/26-26
常是無心不倒○	204/8-6	築○煙霞地	035/8-1	乍來○○岸	258/4-4
		何處○荊結作籬	358/4-2	【紅黃】	
【 2190₃ 紫 】		【柴門】		○○霜後林	042/8-6
○氣暮山煙	051/8-6	○○禁誡碑	039/8-8	錦枝繡葉間○○	208/8-1
○荊全損枝	096/40-36	煙波不識○○外	364/8-7	【紅日】	
○泥傳詔筆猶染	186/8-5	和風朗月入○○	426/8-1	○○上花茵	221/8-2
紅○黃白皆富麗	021/30-9			一區島嶼銜○○	127/8-5
筑○花開府內春	131/8-6	【 2191₀ 紅 】		【紅爐】	
築○煙波渺夕陽	323/4-2	○紫黃白皆富麗	021/30-9	○○寧必擁	106/20-13

— 108 —

2191。【 紅・經・緋・紆・穎・縹・川・片・剡・豈・豐 】 2210₈

煨酒○○春一色	018/32-25	山○雪色繁	233/4-2	【片時】	
絳燭○○簇暖煙	023/34-10	臨○寺畔始回頭	314/4-1	半爐榾柮○○紅	194/8-2
斑斑瑀瑀○○色	195/8-5	石○蘋藻足	494/58-25	豈思莊叟○○夢	370/8-5
斑斑瑀瑀○○色	444/8-5	我亦迷○者	365/30-07		
斑斑瑀瑀○○色	497/8-5	久住蜆○涯	112/28-4	【 2210。剡 】	
		載筆山○百日遊	146/8-6	○落丹楓祠一叢	310/4-1
【 2191₁ 經 】		帝里山○知命日	170/8-7		
○筵更醉舊恩長	138/8-8	五十春○方至時	287/4-2	【 2210₈ 豈 】	
帶○耕南畝	010/56-15	獨向前○下釣絲	297/4-1	○是雪霜白滿頭	014/20-11
白馬○文由竺傳	129/8-4	怡悅山○美	494/58-13	○言愍陸羽	036/8-3
春山○燒蕨薇長	496/8-3	東風度袚○	229/4-1	○讓孟家三百片	141/8-5
不日方○始	055/8-3	各自治裝卭前○	023/34-14	○以羊裘相狎褻	355/4-3
窗中千嶂○春雨	119/8-5	迂回驛路傍長○	344/4-1	○思莊叟片時夢	370/8-5
南畝稻粱○可帶	413/8-3	奚囊探得幾山○	454/8-1	○道翻盆雨	459/8-1
籯金何若一○存	025/20-16			○特爽牙齒	494/58-44
萬金何若一○留	330/4-1	【 2202₇ 片 】		席○論五兩風	088/8-6
雪裏仙舟既○	457/14-1	○言猶未成	030/8-7	交○輕祧綈	096/40-15
獨坐終宵好草○	343/4-2	○羊先後下崎嶇	308/4-1	樓○元之搆	098/20-15
【經行】		○碑掃字揖儒宗	315/4-2	歡○論新舊	430/8-5
○○獨木橋	238/4-3	○片舞風前	257/4-2	糧○期三日	458/8-3
淨地○○暫息慈	130/8-2	一○餐采且駐顏	179/8-2	鄙事○多能	063/8-6
【經幾】		一○冰心涅不緇	180/8-1	干祿○吹竽	114/64-36
既○○居諸	009/34-14	一○冰媒姓是韓	191/8-8	軒裳○可絆君身	145/8-8
田家○○處	029/8-1	一○輕霞彩可攀	202/8-4	我詩○敢比錦繡	366/12-11
林塘○○處	066/8-7	片○舞風前	257/4-2	題門○作阮生看	428/8-4
		一○雲芽手自煎	288/4-1	干祿○吹竽	502/66-36
【 2191₁ 緋 】		一○青螺疊嶂傍	375/8-1	彫蟲篆刻○容易	015/18-9
含影○魚鱗有無	200/8-6	空懸○月入想思	293/4-4	然士龍氏○待此舉、	455/23-22
		吹成一○湘雲影	184/8-7	美醞嘉魚○淺醨	499/8-2
【 2194。紆 】		行雲一○停難住	316/4-3	【豈爲】	
寧復腰間○紫朱	217/20-18	檐前月一○	098/20-1	○○蝟紛攻	104/16-10
淚痕不乾竹○縈	016/50-20	峭壁削成千○玉	367/8-3	繽紛○○空生雨	378/8-5
綠草青山路鬱○	263/4-1	凭檻偏歡無○雨	499/8-3	【豈無】	
		豈讓孟家三百○	141/8-5	○○楊得意	010/56-37
【 2198₆ 穎 】		餘霞天外山千○	483/8-5	□□炊玉○○哀	379/8-6
右手執兔○	494/58-29	【片石】			
		○○僅留碑	096/40-38	【 2210₈ 豐 】	
【 2199₁ 縹 】		○○孤雲矚目長	360/8-1	呈出○年瑞	233/4-1
流螢照○帙	006/16-16	奚須○○問君平	302/4-4	福地○州誰所創	391/8-1
		【片雲】		狹邪塵浥新○市	134/8-3
【 2200。川 】		庭際○○黑	053/8-7	春風不必泣○碑	299/4-4
濟○爾所長	010/56-55	諸天○○絕	103/20-7	【豐熟】	

— 109 —

2210 8 【 豐・鑾・制・倒・劇・側・岑・彎・亂・嵬・任・崔・崖・催・凭・嵐・鼎・崙・崩・僑 】 2222 7

祈年年〇〇	228/4-2	〇鴉飛盡餘三版	275/4-3	〇人暮鳥喧	467/8-8
行縣今秋亦〇〇	411/4-3	蘆荻〇飛吹笛裏	127/8-3	遠客〇歸雖治裝	012/12-5
		茆花撩〇荷葉空	021/30-1	飛鵲似〇詩（葛）	115/44-24
【 2210 9 鑾 】		荻蘆花〇浪涵處	022/8-3	我饗短相〇	001/26-20
極識〇輿終不到	187/8-7	階明蟲〇語	103/20-11	半夜群酣〇蚤發	023/34-13
		【亂墜】		日月手譚〇	094/40-26
【 2220 0 制 】		〇〇青針繡素漣	284/4-4	當筵淑氣〇	106/20-12
〇同名亦同	245/4-2	天香秋〇〇	246/4-1	金花釀得飲〇春	440/8-4
新〇樺皮色自殷	202/8-1	【亂啼】		試步奚須童子〇	152/8-2
		飄零島樹〇〇鳥	154/8-4	貧家也自事相〇	313/4-2
【 2220 0 倒 】		倚欄徒聽〇〇烏	402/8-8		
〇展自鄰家	069/8-2			【 2221 7 凭 】	
〇植碧琅玕	236/4-4	【 2221 3 嵬 】		〇檻偏歡無片雨	499/8-3
〇履迎吾飲夜闌	370/8-1	白石地崔〇	094/40-6	旣飽几相〇	063/8-2
傾〇杯尊出門去	354/4-3	鳳翔山閣倚崔〇	118/8-1	江亭風雨醉〇欄	428/8-8
蒼松〇影臨明鏡	402/8-5	金剛殿宇倚崔〇	311/4-1		
玉山醉自〇	033/8-6			【 2221 7 嵐 】	
霜寒盆水〇芙蓉	124/8-4	【 2221 4 任 】		〇山紫翠染衣秋	314/4-4
門前蘆葦〇霜初	175/8-2	一〇呼爲捷徑名	335/4-4	煙〇深處鳥相呼	263/4-2
雨閣晴軒〇酒缸	405/8-2	一〇東風送暗香	420/8-8		
孤尊非是俱〇	086/8-7	琴尊〇客攜	074/8-2	【 2222 1 鼎 】	
常是無心不〇顚	204/8-6	飮啄〇人給	092/16-5	〇中烹露葵	039/8-4
		射利〇亡財	094/40-30	一〇松風宛對君	141/8-8
【 2220 0 劇 】		【任它】		鹽梅調〇鼐	100/16-9
詞場談〇劇燭將流	433/4-1	〇〇年與世途窮	167/8-2	歡樂多放列〇時	215/8-8
		〇〇眼裏爲青白	217/20-17	【鼎聲】	
【 2220 0 側 】				隱隱雷霆鐵〇〇	195/8-6
秋收千畝〇	056/8-1	【 2221 4 崔 】		隱隱雷霆鐵〇〇	444/8-6
墨點雙眸常〇視	210/8-5	【崔嵬】			
無復聚星人〇目	403/8-7	白石地〇〇	094/40-6	【 2222 7 崙 】	
		鳳翔山閣倚〇〇	118/8-1	故宮休戀崑〇巔	023/34-34
【 2220 7 岑 】		金剛殿宇倚〇〇	311/4-1		
〇嶺飛騰、	455/23-8			【 2222 7 崩 】	
大悲飛閣一層〇	122/8-1	【 2221 4 崖 】		溪聲崖欲〇	063/8-4
		〇壁削成千斛玉	182/8-3	人已玉山〇	072/8-6
【 2220 7 彎 】		河津〇拱立	003/24-5	仁者所樂長不〇	014/20-15
秋江月一〇	242/4-1	溪聲〇欲崩	063/8-4	仁壽不騫又不〇	417/21-15
		寺架懸〇樹	070/8-5		
【 2221 0 亂 】		誰倚陰〇一樹松	315/4-4	【 2222 7 僑 】	
〇山當戶牖	112/28-11			〇寓亦不久	010/56-21
〇鬢風前柳	220/4-1	【 2221 4 催 】		朝〇浪華江	010/56-19

【 2222₇ 欖 】
一〇獲東鄰　　　044/8-2

【 2223₀ 觚 】
當日既操〇　　　114/64-4
當日既操〇　　　502/66-4

【 2223₄ 徯 】
〇開麥綠菜黃間　277/4-1

【 2223₄ 僕 】
我〇不言痛　　　114/64-16
我〇不言痛　　　502/66-16

【 2223₄ 嶽 】
維〇極天是爲衡　016/50-17
金〇歸來未發舟　140/8-1
維〇嶙峋跨二州　159/8-1
衡〇峯頭雲斷時　207/8-4
五〇煙霞指掌中　301/4-4
五〇鼓舞、　　　455/23-9
五〇鳳所企　　　494/58-46
映帶萬雉〇陽城　016/50-16
巖壑雲朝維〇尊　133/8-1

【 2224₀ 低 】
〇昂鉅細千百種　021/30-3
動輒〇吟不作章　497/8-4
綠樹高〇海畔城　374/8-6
江城月影〇　　　099/20-20
連山帶霧〇　　　458/8-8
亡論當日高〇價　018/32-16
蜿蜒山古樹高〇　150/8-4

【 2224₁ 岸 】
〇見松之茂　　　091/16-9
〇看青柳欹（岡）115/44-6
兩〇疊青螺　　　078/8-2
彼〇雁王倘相許　150/8-7
彼〇架爲梁　　　249/4-2
莎〇蟲聲十里聞　499/8-6
萬朶〇花淺紅　　088/8-2

香稻〇爲堆　　　094/40-18
東風兩〇巉屼柳　279/4-3
柳堤荷〇皆生路　345/4-3
搖曳到彼〇　　　007/30-9
乍來紅蓼〇　　　258/4-4
搖曳到彼〇　　　365/30-09
靈壇臨海〇　　　387/8-1
喜鵲匝林秋兩〇　149/8-5
燕脂雨漲桃花〇　179/8-5

【 2224₇ 後 】
〇素素絹色瑩瑩　016/50-10
〇庭玉樹不勝秋　261/4-4
前〇有晴江　　　068/8-4
病〇清籟竹　　　069/8-3
醉〇只宜茶　　　112/28-24
醉〇龍蛇隨走筆　145/8-3
別〇才傳字數行　420/8-1
而〇鳴者賤。　　455/23-23
河曲〇序韻錚錚　016/50-34
果園在〇場圃前　018/32-9
春歌林〇舍　　　039/8-5
紅黃霜〇林　　　042/8-6
家寧使〇無　　　114/64-30
嬌瞼雨〇花　　　220/4-2
袈裟斬〇着袈裟　267/4-2
春江雪〇好吟哦　286/4-1
片羊先〇下崎嶇　308/4-1
傳家肘〇竟無方　451/8-8
家寧使〇無　　　502/66-30
前有嘯民〇冰壑　015/18-11
不識百年〇　　　032/8-7
家特傷無〇　　　050/8-5
吾黨自今〇　　　051/8-7
江上梅雨〇　　　072/8-1
尸解鍊丹〇　　　076/8-5
月檻逐歌〇　　　091/16-13
火天新霽〇　　　095/12-1
幽壑微霜〇　　　232/4-3
先客去時〇客留　441/8-1
似墜苔顏施〇粉　190/8-3
樹色山光雨〇新　281/4-2

話盡三年別〇心　326/4-2
市隱階苔雨〇多　392/8-2
幽賞無端滿〇園　483/8-2
芳桂殘尊沈醉〇　022/8-7
蘆屋秋聲聞雁〇　169/8-3
乾紅兩袖泣花〇　189/8-5
爲想北山春雨〇　274/4-3
正是湘江輕雨〇　322/4-3
江城五月新晴〇　364/8-3
偏愛都門雨晴〇　433/4-3
繁華凋謝千秋〇　445/8-7
阿香天上傾瓢〇　484/8-3
【後凋】
〇〇庭院松　　　113/20-14
〇〇松柏翠篦宇　218/32-21
【後園】
煮雪〇〇春　　　244/4-1
昔聽棠棣盈〇〇　137/8-4
幽賞無端滿〇〇　484/8-2

【 2224₈ 巖 】
游〇居自比　　　104/16-13
雲飛〇骨露　　　047/8-5
碧霧鎖〇扇　　　100/16-14
不必羨耕〇　　　005/18-18
爛爛眼光〇下電　380/8-3
買田幾歲事〇耕　335/4-2
【巖壑】
〇〇搜遐境　　　114/64-13
〇〇雲朝維嶽尊　133/8-1
〇〇寒生欲雪天　320/4-2
〇〇搜遐境　　　502/66-13

【 2225₃ 幾 】
〇時能照讀書窗　276/4-2
其勢〇可及　　　003/24-16
秋風〇長庭菜　　089/8-4
買田〇歲事巖耕　335/4-2
游食〇民戶　　　387/8-7
當筵詩〇篇　　　005/18-7
盍簪朋〇在　　　046/8-3
何知夜〇更　　　465/8-2

2225 ₃【 幾・仙・炭・鷺 】　　　2232 ₇

升斗米粒〇萬千	011/16-10	田家經〇〇	029/8-1	知物〇才身隔垣	218/32-10
江山能得〇同志	012/12-12	林塘經〇〇	066/8-7	滿地〇種幾斗斛	417/21-8
滿地仙糧〇斗斛	014/20-8	浪遊知〇〇	462/8-1	爲神〇中人	456/20-8
江湖泛宅〇新笠	178/8-5	淨地幽芳〇〇尋	216/12-2	雪裏〇舟旣經	457/14-1
軟飽堪充〇夕飱	184/8-4	風信爭傳〇〇春	470/4-1	海上賣〇方	035/8-4
蘋蘩助奠〇叢祠	287/4-1	【幾日】		三島神〇難物色	123/8-5
喫得人間〇碗茶	290/4-2	漁村〇〇曝朝陽	203/8-2	伏火神〇丹竈裏	179/8-3
白雲紅樹〇名山	336/4-1	寸斷家人幾日腸	410/4-4	一夜通〇去無迹	290/4-3
滿地仙種〇斗斛	417/21-8	寸斷家人〇〇腸	410/4-4	會作神〇第一場	292/4-4
屛顔如咲〇迎春	417/21-18	【幾回】		登拜柿〇祠	494/58-23
奚囊探得〇山川	454/8-1	春來已〇〇	030/8-1	玄圃像桃〇	254/4-1
臨水涼軒〇繫車	484/8-1	披襟醉〇〇	095/12-12	六甲之廚八〇卓	023/34-11
屛顔如咲迎〇春	014/20-18	如是勝會〇〇訂	018/32-28	舊是董許兩〇媛	023/34-22
折盡西山花〇枝	019/14-2	【幾脚】		舊是家園種〇杏	131/8-7
爭姸競艷地〇弓	021/30-4	〇〇竹榻下中庭	013/22-5	雲根近住地〇翁	144/8-8
遷宅桃華第〇坊	171/8-1	華瀨山中〇〇雲	141/8-1	瑠璃波撼水〇軀	200/8-4
白雪靑霞第〇峯	285/4-4	【幾人】		寒塘剪取水〇花	206/8-4
家在山陽第〇州	406/26-18	〇〇飛盞又傾盞	019/14-7	朝天未返神〇駕	214/8-5
織錦窓外月〇痕	483/8-6	〇〇譚笑得趨陪	118/8-8	中廚有術脫〇胎	379/8-2
【幾度】		【幾年】		蠹殘書裏神〇字	451/8-5
〇〇繼韋編	040/8-8	〇〇斯日酒相傾	016/50-2	要湛沅瀣宴群〇	023/34-4
〇〇泣躊躇	050/8-8	破産〇〇辭京畿	015/18-1	人間墮落小頑〇	204/8-1
〇〇聚星明	101/16-16	【幾居諸】		晨開深洞禮金〇	320/4-4
〇〇當年此御輿	126/8-8	旣經〇〇〇	009/34-14	不知自己骨已〇	485/24-16
〇〇幽尋到綠灣	331/4-2	平安爲客〇〇〇	170/8-1	【仙家】	
〇〇東西跋涉勞	341/4-1			〇〇日月某一局	485/24-9
鷗盟〇〇温	110/32-18	【 2227 ₀ 仙 】		由來海外〇〇物	496/8-7
籬邊〇〇立躊躇	214/8-8	〇遊不必乘長鯨	016/50-48	【仙人】	
無聊〇〇對春風	446/8-2	〇窩老自燒	036/8-2	〇〇有待欲歡迎	016/50-26
臥裏煙霞〇〇春	283/4-2	〇浪渺渺難窮	088/8-8	〇〇白馬駄金像	161/8-5
【幾許】		〇水屢馳神	111/24-22	〇〇出自玉人家	205/8-1
會計賣魚錢〇〇	307/4-3	〇舟直欲御風行	160/8-8	象頭山下病〇〇	283/4-1
照出采薇人〇〇	310/4-3	〇相能文三翕翁	164/8-6		
【幾百】		〇鶴雲仍糧亦足	495/8-7	【 2228 ₉ 炭 】	
飛流〇〇級	003/24-6	役〇驅鬼薙開日	159/8-3	爐頻添〇擁	101/16-7
看過梅花〇〇株	347/4-2	尋〇杖屨遍西東	301/4-4	客至時添〇	057/8-1
【幾千】		金〇寶筏如容借	391/8-7	爐頭添獸〇	077/8-7
無際滄波路〇〇	023/34-18	夢裡〇娥來相迎	013/22-20	誰家懸鐵〇	106/20-5
海屋春秋籌〇〇	485/24-22	滿地〇糧幾斗斛	014/20-8		
【幾處】		靈境〇區雲霞橫	016/50-13	【 2232 ₇ 鷺 】	
坐觀〇〇腴良田	011/16-12	日落〇查猶未見	116/8-7	〇鳳堪依八尺床	197/8-6
看花〇〇立躊躇	318/4-4	綠萼〇芳甚處移	192/8-1	鷺〇出群兒	096/40-2

— 112 —

2232 ₇【 鷺・懸・戀・嶺・變・乳・艇・艸・嶷・峯・岩・舐・畿・崑・斷 】
2272 ₁

數開○鏡鬟雲疏	188/8-4	桑滄縱使一○改	014/20-13	去向朝熊○	008/16-6
枝交棲鳳○	098/20-8			半天銀碧○	067/8-4
案齊寧負伯○恩	483/8-4	【 2241 ₀ 乳 】		雲奇二上○	071/8-6
		瑩然菽○味尤清	444/8-1	返照度千○	082/8-6
【 2233 ₉ 懸 】		茅店呼醪菽○濃	317/4-2	水月印千○	086/8-6
空○片月入想思	293/4-4			歸意壽無○	093/12-10
花間○燭影玲瓏	021/30-20	【 2244 ₁ 艇 】		水月印千○	386/8-6
寺架○崖樹	070/8-5	漁○飄飄有興	088/8-7	吾畿宿雪○堆玉	448/8-3
誰家○鐵炭	106/20-5	柳陰野○待人橫	374/8-4	雲飛七十二○夕	017/8-4
海嶠○纖月	112/28-21			火星流轉數○西	349/4-4
今日誰○照心鏡	187/8-3	【 2244 ₇ 艸 】		人間變態屬雲○	121/8-4
仰看碧霄○玉兔	013/22-6	○螢哀微命	365/30-26	雲外賞宜雲母○	132/8-4
帨弧并設○	091/16-2	玄○覺居幽	052/8-6	白雪青霞第幾○	285/4-4
四方有志○弧矢	171/8-3	玄○孤樽月入亭	380/8-6	沈沈斜日八枝○	317/4-4
村巷漁罾夜尙○	136/8-4	遊○可以起	494/58-38	【峯吐】	
翠幌青簾樹杪○	147/8-1	起○數千言	494/58-39	○○輕煙轉見尖	182/8-6
		萋萋○色子衿鮮	178/8-1	○○輕煙轉見尖	367/8-6
【 2233 ₉ 戀 】		豪華瑞○魁	094/40-28		
莫○舊淪漪	010/56-56	今宵玄○酒	486/8-5	【 2260 ₁ 岩 】	
故宮休○崑崙巓	023/34-34	螢火然腐○（葛）	115/44-13	莊嚴○壑有輝光	391/8-2
空軒絕戀情	482/8-4	春日祠壇春○滋	011/16-16		
空軒絕○情	483/8-4			【 2264 ₀ 舐 】	
		【 2248 ₁ 嶷 】		寧消○犢悲	096/40-32
【 2238 ₆ 嶺 】		壁上雲山類九○	192/8-8		
冬○似施當日練	173/8-7			【 2265 ₃ 畿 】	
雄○雲當門外出	311/4-3	【 2250 ₄ 峯 】		吾○宿雪峯堆玉	448/8-3
滕○摩雲鶴頂明	495/8-6	○頂何所矚	008/16-7	破産幾年辭京○	015/18-1
岑○飛騰、	455/23-8	○吐輕煙轉見尖	367/8-6	治裝何日發京○	415/8-2
紫翠雨餘○	042/8-5	○雲怪夏早	494/58-18		
東西無雪○	068/8-3	中○花插夕陽朱	161/8-4	【 2271 ₁ 崑 】	
窗中陰靄生駒○	216/12-9	露○篦水畫何如	198/8-2	詩體西○剪燭刪	369/8-4
主人家在白雲○	468/4-1	遙○與近巒	230/4-1	故宮休戀○崙巓	023/34-34
		千○積素照吟眸	433/4-4		
【 2240 ₈ 變 】		千○新紫翠	459/8-3	【 2272 ₁ 斷 】	
始覺○頭毛	043/8-2	三面○巒抹翠煙	127/8-6	○腸名更憐	084/8-8
人間○態屬雲峯	121/8-4	菌苔○陰懷舊廬	170/8-6	○雲橫野渡	459/8-5
登得何○態	003/24-17	衡嶽○頭雲斷時	207/8-6	寸○家人幾日腸	410/4-4
鬢毛未○空追憶	126/8-7	花雨中○來黛色	122/8-3	不○☒風翻緗帙	429/8-3
其人龍○	473/4-4	請看三○翠	228/4-3	鴻雁○郷書	462/8-6
頻年驚見○頭毛	341/4-2	立馬蓮○長夏雪	362/8-5	杯聲○簾前雨洗	484/8-7
勿復令田○爲海	417/21-14	鴉背雲○送晩暉	415/8-4	錦機一○已七旬	020/6-1

— 113 —

2272 1【 斷・嬌・製・山 】 2277 0

四鄰砧〇人定	090/8-7	〇郭水村斜日照	179/8-7	窓觀〇不騫	091/16-10
古村橋〇水潺湲	331/4-1	〇茶微笑野梅妍	344/4-4	鳳翔〇閣倚崔嵬	118/8-1
水紋欲〇初陽影	447/8-3	〇深美木脾	460/8-6	無那〇鵑促歸去	143/8-7
浮圖湧出〇雲中	117/8-8	〇圍更住誰	463/8-6	蜈蚣〇古樹高低	150/8-4
點綴江雲近〇雁	154/8-3	〇頭落月恨餘光	478/8-8	象頭〇下病仙人	283/4-1
衡嶽峯頭雲〇時	207/8-4	關〇多月明	009/34-30	小倉〇行行吟日	315/4-3
月下梅花夜〇魂	377/8-4	江〇能得幾同志	012/12-12	野籟〇骰供給足	412/4-3
織女機絲消息〇	186/5-7	北〇舊多士	027/8-7	骰萩〇兼海	464/8-1
湘江夜雨聲如〇	194/8-3	遊〇八九里	028/8-1	飛入〇城作雪堆	475/4-4
湘江夜雨聲如〇	418/8-3	諸〇將暮紫	029/8-5	米田之〇秀三原	014/20-1
【斷續】		玉〇醉自倒	033/8-6	一點君〇波不驚	016/50-21
〇〇鐘微長樂宮	134/8-4	青〇擁上游	038/8-4	柑酒青〇去聽鶯	016/50-38
〇〇人家春一色	344/4-3	春〇不斷煙	064/8-8	楚水吳〇連咫尺	017/8-2
瞷鸘湖平雲〇〇	150/8-3	三〇碧霧外	070/8-3	折盡西〇花幾枝	019/14-2
風暖鶯梭聲〇〇	296/4-3	何〇昔植筇	085/8-8	紫氣暮〇煙	051/8-6
【斷煙】		青〇不得歸	092/16-2	人已玉〇崩	072/8-6
春山不〇〇	064/8-8	孤〇處士樓	099/20-10	並駕緩〇鶴	093/12-3
暮山掩映〇〇横	212/8-8	西〇不采薇	100/16-12	月正東〇夕	108/20-15
寶鴨香爐不〇〇	129/8-8	映〇花綻紅	104/16-4	畫裏江〇千里鏡	147/8-5
【斷續雲】		亂〇當戶牖	112/28-11	擬向商〇採玉芝	180/8-8
江天〇〇〇	041/8-8	青〇欲命呂安駕	139/8-5	聚雪爲〇傍短檐	182/8-2
江天〇〇〇	102/12-12	春〇唯有鶯梭在	163/8-7	壁上雲〇類九嶷	192/8-8
		彌〇木落神鴉小	172/8-5	綠草青〇路鬱紆	263/4-1
【 2272 7 嬌 】		北〇高利鵲巢居	173/8-1	春日野〇君自見	266/4-3
海〇懸纖月	112/28-21	江〇却向暗中摹	201/8-2	爭若春〇千萬樹	270/4-3
岱〇或蓬瀛	241/4-2	暮〇掩映斷煙橫	212/8-8	孤立名〇北海頭	271/4-1
渚〇斜陽五色霞	424/4-4	前〇奇似雲	255/4-2	爲想北〇春雨後	274/4-3
		嵐〇紫翠染衣秋	314/4-4	直向前〇擁雨飛	316/4-4
【 2273 2 製 】		湖〇指顧家何處	335/4-3	起望寒〇寺何處	324/4-3
〇錦名逾著	105/20-9	東〇積翠入舵樓	364/8-2	行遇龍〇佳節會	357/4-3
紙龜〇出洛之陽	209/8-1	何〇昔植筇	386/8-8	杜宇關〇叫雨中	362/8-8
欲教君〇初衣去	128/8-7	西〇欲雨朱簾捲	389/8-3	聚雪爲〇傍短簷	367/8-2
地荷巧〇碧雲裳	478/8-4	青〇不必屬羊何	392/8-1	坐聽湖〇一茗譚	388/8-8
錦衣應與斑衣〇	424/4-3	家〇如咲待歸舟	409/4-4	想爾家〇讀書處	393/8-7
		雲〇如咲待歸舟	411/4-4	他日空〇相許否	398/8-7
【 2277 0 山 】		石〇殘歲餐霞色	445/8-3	米田之〇秀三原	417/21-1
〇見悅人色	065/8-3	連〇帶霧低	458/8-8	身在江〇唫有助	420/8-5
〇霽雪消早	066/8-5	下〇何問所	467/8-1	無問巫〇巫峽雲	442/8-8
〇展蛾眉列	094/40-11	滿〇藥草碧芊芊	485/24-6	一去西〇長歎息	443/8-3
〇腰煙若帶（岡）	115/44-7	前〇急雨聲	491/8-8	去薦北〇靈	459/8-8
〇南路自山王廟	132/8-3	橫〇幽逕滑	492/8-5	好此青〇裏	462/8-7
〇映林亭水映門	162/8-2	春〇經燒蕨薇長	496/8-3	寧有米田〇作海	014/20-14

2277₀【山・幽・出】

山南路自○王廟	132/8-3	○○百二北風寒	332/4-1	○間竟作家	112/28-6
百草欲蘇○頂火	136/8-5	回頭蒼靄○○邈	448/8-7	○堊微霜後	232/4-3
牛背斜陽○躑躅	142/8-5	春城月暗壚○○	259/4-4	○篁千萬竿	236/4-2
夜雨添藍○抱野	178/8-3	【山城】		○人自得一酣眠	435/8-2
回頭蒼靄○何邈	448/8-7	○○花滿燕歸梁	138/8-4	○賞無端滿後園	483/8-2
餘霞天外○千片	483/8-5	陟岵○○孰作篇	135/8-6	○花曾致自西天	487/8-1
字畫本稱衡○亞	018/32-14	【山村】		曾卜○居稱九水	015/18-3
羅緻欲傚暮○紫	021/30-7	○○封薄霧	083/8-5	凝結叢色欲燃	185/8-2
至今血染溪○樹	267/4-3	水郭○○寂鼓聲	280/4-1	淨地芳幾處尋	216/12-2
料知明日小○會	423/8-7	水郭○○枕上過	356/4-2	舊藤○期偶有差	498/8-1
松風吹上若○煙	485/24-2	少孤負笈出○○	413/8-1	村巷通○處	082/8-1
龍驅風雨八王○	157/8-4	【山林】		黃鳥鳴○砌	244/4-4
猩血霜凝楓葉○	179/8-6	○○曾不伐	232/4-1	玄岬覺居○	052/8-6
于今名匠出飛○	202/8-2	城市○○一畝宮	164/8-2	【幽尋】	
斜陽背指紫雲○	277/4-4	霜葉○○紅萬點	408/4-3	幾度○○到綠灣	331/4-2
白雲紅樹幾名○	336/4-1	【山中】		龍池冰泮好○○	119/8-1
雲疊煙重故紙○	342/4-1	○○盡赤松	082/8-2	【幽寂】	
龍驅風雨八王○	373/8-4	○○何處足安禪	320/4-1	○○適吾性	007/30-20
【山雲】		○○僅一宿	466/8-3	○○適吾性	365/30-20
○○畫掩扉	461/8-2	華瀨○○幾脚雲	141/8-1	【幽逈】	
野霧○○鎖上方	120/8-2	黃蘗○○去不歸	319/4-4	橫山○○滑	492/8-5
海氣○○指顧中	151/8-2	風去○○何處飲	327/4-3	黃昏○○見人妝	478/8-1
江霧○○共卷舒	198/8-8	白雲出沒○○寺	374/8-5	【幽蹤】	
遠岫○○出有心	453/8-6	【山春】		物外○○連水石	121/8-3
【山水】		鶌鵡有伴○○樹	360/8-3	無緣雲壑寄○○	124/8-8
○○性嗜酒	226/4-1	染出雲霞湖○○	020/6-6	【幽谷】	
異鄉○○獨新歌	165/8-4	【山陽】		○○未追黃鳥出	449/8-3
餘音○○間	239/4-4	曾是○○引酒徒	401/4-1	寂寞宛如○○扉	371/8-2
異鄉○○獨新歌	363/8-4	家在○○第幾州	406/26-18	【幽燭】	
知音到處○○在	019/14-9	【山驛】		○○當空自燒	086/8-8
【山川】		○○戒輿隸	114/64-45	○○蛩聲今夜漏	423/8-5
○○雪色繁	233/4-2	○○戒輿隸	502/66-45	醉吟○○下	464/8-7
載筆○○百日遊	146/8-6	晨綸○○棧	494/58-19		
帝里○○知命日	170/8-7	【山陰】		【 2277₂ 出 】	
怡悅○○美	494/58-13	○○學建年	040/8-6	○郊心自降	068/8-2
奚囊探得幾○○	454/8-1	跋涉○○道	494/58-2	○郭時回望	458/8-7
【山色】		【山光】		○雲間一望舒	484/8-8
○○使人遲	081/8-8	野色○○總冥濛	021/30-14	染○雲霞湖山春	020/6-6
煙散猶來○○紫	148/8-3	樹色○○雨後新	281/4-2	總○一胸中	027/8-4
爲政白雲山色靜	361/8-3			照○一燈輝	059/8-8
爲政白雲○○靜	361/8-3	【 2277₀ 幽 】		幼○竹原曲	114/64-1
【山河】		○期在今夕	107/12-1	湧○泉州舊府中	144/8-2

2277₂【 出・欜・災・巓・利・剰・崇・樂・欒・繼・種・彩 】 2292₂

呈○豐年瑞	233/4-1	遥峯與近○	230/4-1	終歲家園○有餘	126/8-1
放○蓮花淨	247/4-4	主人暫省舊林○	428/8-1	斑鳩傳古○	416/8-1
照○采薇人幾許	310/4-3			王母康寧且○易	011/16-5
洗○銀蟾照淨几	406/26-6	【 2280₉ 災 】		斷續鐘微長○宮	134/8-4
幼○竹原曲	502/66-1	醉臥避○人未起	148/8-7	寧樂村農姓寧○	011/16-1
但憐○谷鶯	002/14-11			亦各言志志相○	018/32-27
鬼燐○槁枝（岡）	115/44-14	【 2288₆ 巓 】		明日荒陵有天○	120/8-7
仙人○自玉人家	205/8-1	故宮休戀崑崙○	023/34-34	薰風奏起達婆○	168/8-5
白雲○沒山中寺	374/8-5				
紛紛○海霞	486/8-8	【 2290₀ 利 】		【 2290₄ 欒 】	
今朝僅○塵	028/8-8	○涉東海灟	010/56-4	團○懷德舊書堂	018/32-3
浮圖湧○斷雲中	117/8-8	射○任亡財	094/40-30	故國團○宴	482/8-3
醉歸晚○胡姬肆	147/8-7	切○天開大海隅	161/8-2	光透玉檀○	098/20-6
御溝流○人間世	191/8-7				
紙龜製○洛之陽	209/8-1	【 2290₀ 剰 】		【 2291₃ 繼 】	
今朝寫○上河卷	372/8-5	薰蒸○見鬖雲橫	419/8-4	○罟蘭燈二尺檠	016/50-43
江楓織○回文錦	410/4-3	【剰水】		幼○長年業	010/56-3
上方昏黑○	083/8-1	○○繞籬笆	112/28-12	幾度○章編	040/8-8
于今名匠○飛山	202/8-2	○○二三尺	236/4-1	十年擬○志和志	452/8-7
陽春召我○城南	216/12-1				
蕭疏字字○毫端	322/4-1	【 2290₁ 崇 】		【 2291₄ 種 】	
傾倒杯尊○門去	354/4-3	聖代○文教	100/16-3	○玉田暄露自融	144/8-6
漉罷氤氳○布囊	378/8-2	地接○禪古道場	168/8-2	一○豪華在草堂	208/8-2
少孤負笈○山村	413/8-1	二豎若爲○	110/32-21	移○梵宮尤可憐	487/8-2
遠岫山雲○有心	453/8-6			紫荊移○故園花	414/4-4
坐臥江樓月○初	153/8-4	【 2290₄ 樂 】		滿地仙○幾斗斛	417/21-8
茶甕誰烹六○芳	211/8-8	○事尙琴書	050/8-4	舊是家園○仙杏	131/8-7
何意荒陵我○遊	368/8-2	寧○村農姓寧樂	011/16-1	不識誰家種菊苗	345/4-4
雁塔煙霞春湧○	118/8-3	歡○多放列鼎時	215/8-8	不識誰家○菊苗	345/4-4
雄嶺雲當門外○	311/4-3	行○還追遊蝶去	454/8-7	誰就園池預○蓮	128/8-8
幽谷未追黃鳥○	449/8-3	中有○志人溫藉	018/32-10	低昂鉅細千百○	021/30-3
【出群】		寧與○簞食	100/16-7		
○○獨超騰	003/24-9	天女○猶存	387/8-6	【 2292₂ 彩 】	
鷟鷟○○兒	096/40-2	稱冰○氏老增豪	474/8-4	○服爲誰遺	096/40-30
【出谷】		仁者所○長不崩	014/20-15	虹○煥發彩毫底	021/30-17
花開鶯○○	026/8-5	冥冥彼○郊	048/8-2	霞○斜隨錦繡裳	156/8-6
澗道雪消鶯○○	138/8-3	斑鳩舞○入唐學	129/8-3	一假光○矣	456/20-12
		禽魚苦○宦游中	164/8-4	透簾光○明	482/8-8
		觀來舞○一斑鳩	368/8-4	雨痕星○滿疏簾	500/4-1
【 2277₂ 欜 】		林亭觴詠○何窮	021/30-30	虹彩煥發○毫底	021/30-17
林○春已到	237/4-2	池魚人共○	031/8-3	彌天錫影○霞重	132/8-6
三面峯○抹翠煙	127/8-6	老去耽清○	112/28-1	一片輕霞○可攀	202/8-4
指點林○暮鳥飛	142/8-8				

2292₂【 彩・私・穗・紙・綏・稱・緇・稻・絲・縣・綵・卜・牖・賤・外 】2320₀

身疑行在〇雲邊	487/8-8	吾何過當	054/8-4	【 2299₃ 絲 】	
海瀛流霞五〇鮮	023/34-28	〇舭新霽醉田園	218/32-16	織女機〇消息斷	186/5-7
題得文章準〇鳳	368/8-3	〇得才名本三鳳	403/8-3	盛會何必竹輿〇	019/14-10
【彩虹】		〇冰樂氏老增豪	474/8-4	何論墨子譐悲〇	180/8-2
〇〇雖時亘	007/30-3	早〇一作家	075/8-4	獨向前川下釣〇	297/4-1
〇〇影落長橋夕	140/8-3	園〇挹翠翠微新	143/8-4	磨穿鐵硏鬢如〇	299/4-1
〇〇雖時亘	365/30-03	自〇天地一漁人	145/8-1	雨墜蘆花冷鬢〇	357/4-2
一泓碧水曳〇〇	021/30-16	疾〇泉石療無方	420/8-6	【 2299₃ 縣 】	
【彩筆】		有渡〇名柄	007/30-2	行〇縣今秋亦豐熟	411/4-3
〇〇爲求周小雅	427/8-3	賓筵〇北海	010/56-43	故人行〇有輝光	408/4-1
書雲求〇〇	113/20-11	技舊〇醫國	035/8-5	【 2299₄ 綵 】	
遥想頌壽五〇〇	020/6-5	孝子〇雙壽	091/16-5	客樹秋殘〇作花	262/4-2
		字畫本〇衡山亞	018/32-14	宛似辟兵繫〇索	021/30-5
【 2293₀ 私 】		孺子分〇善	044/8-3		
江湖飄蕩浼家〇	215/8-2	女兒名〇識	076/8-3	【 2300₀ 卜 】	
		慕蘭皆〇久	111/24-3	〇來芳樹夜千金	453/8-4
【 2293₇ 穗 】		廿年期〇孔	114/64-59	曾〇幽居稱九水	015/18-3
定省坐臥穗	494/58-21	有渡名〇柄	365/30-02	因〇元宵訝衆賓	427/8-2
定省坐臥〇	494/58-21	異日應須〇鷟鷟	139/8-3	會有芳園〇清夜	019/14-5
秋收麥隴牛眠〇	218/32-17	曾卜幽居〇九水	015/18-3	【卜夜】	
		我家醫業〇三世	025/20-11	故人〇〇知何處	405/8-5
【 2294₀ 紙 】		一自杜門〇謝客	126/8-5	銀燭秉來遊〇〇	440/8-3
〇龜製出洛之陽	209/8-1	皇子院成〇敬田	129/8-1	【卜居】	
粉粉間〇寒	098/20-4	自哦新詩〇老賊	485/24-17	追憶〇〇年	051/8-2
郭索形摸〇摺成	210/8-1	【稱壽】		三津春色〇〇年	135/8-1
騰貴三州〇	494/58-58	千金〇〇千金夜	427/8-5		
雲疊煙重故〇山	342/4-1	想像君家〇〇宴	428/8-7	【 2302₇ 牖 】	
墨痕猶濕繭蚕〇	406/26-8			〇隔蓮池暮鐘	087/8-6
【紙價】		【 2296₃ 緇 】		風吹甕〇芭蕉敗	126/8-3
〇〇貴名都	114/64-20	〇素一時諸名公	021/30-28	亂山當戶〇	112/28-11
〇〇貴名都	502/66-20	一片冰心涅不〇	180/8-1	鬢雪猶稀讀書〇	217/20-11
【紙帳】					
〇〇梅花入夢時	180/8-4	【 2297₇ 稻 】		【 2305₃ 賤 】	
〇〇孤眠聞笛夜	192/8-5	劍〇能斬象	110/32-7	函底雲〇供白蠹	125/8-3
		〇苗春滿地	238/4-2	輕箄新裁松葉〇	284/4-1
【 2294₇ 綏 】		梁〇穗方繁	004/16-8		
非是〇爲報	054/8-7	香〇岸爲堆	094/40-18	【 2320₀ 外 】	
維春爲〇分眉宴	474/8-5	蒼〇神在茲	228/4-1	〇幡閃閃墨痕香	024/12-6
歸家難〇期	492/8-8	【稻梁】		〇筐聊爲活	092/16-1
隔壁砧聲〇	394/8-3	南畝〇〇經可帶	413/8-3	天〇玉芙蓉	008/16-8
		秋已〇〇登隴上	435/8-5		
【 2295₇ 稱 】					

【 2320 。 外・佗・儗・偏・伏・獻・代・伐・俄・戲・黛・然 】 2333 ₃

窗〇竹千竿	098/20-2	移得香爐天〇勝	182/8-7	〇書慰別何情味	472/4-3
檻〇孤村帶夕陰	119/8-6	雄嶺雲當門〇出	311/4-3	尺素〇來傳萬里	203/8-5
物〇幽蹤連水石	121/8-3	銀燭夜寒窗〇雨	326/4-3	微釃宜〇重陽酒	184/8-3
雲〇賞宜雲母峯	132/8-4	準擬香爐天〇賞	367/8-7	不知何〇古離宮	310/4-2
天〇音書憂母疾	137/8-5	女牛影轉簾櫳〇	158/8-7	最好袁安〇雪華	471/8-4
檻〇三橋澹夕陽	148/8-6	花木榮枯家難〇	164/8-3	作序書傳晉〇風	403/8-6
門〇長江碧水平	149/8-1	檣烏落日江天〇	174/8-3	載酒何辭吾〇酌	469/4-3
柳〇犬吠曾繫舫	162/8-4	更憐萬井晨炊〇	198/8-7		
牆〇暝煙藏鷺鵷	216/12-10	舉杯咲指寒窗〇	306/4-3	【 2325 。 伐 】	
窗〇秋潮碧渺茫	325/4-1	煙波不識柴門〇	364/8-7	貯嬌忘〇性	094/40-29
簾〇春殘月季花	337/4-1	啜茗搜腸小樓〇	371/8-7	山林曾不〇	232/4-1
門〇銀橋未架雲	423/8-4	因識故園千里〇	431/4-3	爲恥周家戰〇功	443/8-2
欄〇鈴聲濕茗煙	454/8-6			可謂齒德不〇者	485/24-19
牆〇已雞鳴	465/8-4	【 2321 ₁ 佗 】			
玉欄干〇醒徙倚	012/12-2	任〇眼裏爲青白	217/20-17	【 2325 。 俄 】	
焉得海〇此逍遥	017/8-6			今〇北里儻	094/40-32
蟋蟀堂〇寂寒聲	018/32-30	【 2321 ₄ 儗 】			
頻求雲〇賞	030/8-6	江上暫〇居	009/34-2	【 2325 。 戲 】	
麥秋郊〇試春衣	142/8-2			游〇齊雲藤	094/40-27
水晶簾〇夕陽明	193/8-8	【 2322 ₇ 偏 】		不從〇蝶去踰牆	190/8-8
五更欄〇人猶立	211/8-7	〇教感慨濃	113/20-6	背面〇題字數行	209/8-2
德州城〇福州傍	292/4-2	〇愛都門雨晴後	433/4-3		
碧紗窗〇織流光	296/4-4	細骨〇含冰雪冷	197/8-3	【 2333 ₁ 黛 】	
讀書窗〇翠相環	342/4-2	凭檻〇歡無片雨	499/8-3	〇黛濃抹碧嶙峋	417/21-21
芭蕉窗〇數題名	354/4-1	北渚寒光〇	105/20-1	花雨中峯來〇色	122/8-3
雙鳧天〇影	416/8-5			翠萬頃恩波翠〇妍	014/20-20
水晶簾〇夕陽明	419/8-8	【 2323 ₄ 伏 】		彼美西方收媚〇	478/8-7
餘霞天〇山千片	483/8-5	〇火神仙丹竈裏	179/8-3		
織錦窗〇月幾痕	483/8-6	迎秋星火〇（岡）	115/44-39	【 2333 ₃ 然 】	
由來海〇仙家物	496/8-7	麋鹿沙邊〇	387/8-3	〇士龍氏豈待此舉、	455/23-22
春風千里〇	026/8-1			黯〇魂重驚	009/34-32
植杖西郊〇	042/8-1	【 2323 ₄ 獻 】		居〇觀畫了半生	016/50-49
詩筒千里〇	054/8-1	〇珠人去月開堂	391/8-6	悠〇無所作	031/8-7
三山碧霧〇	070/8-3	金剛〇壽吐朝暾	218/32-20	宛〇對故人	224/4-4
寂寥小樓〇	076/8-7	滿囊全足〇	114/64-55	悠〇獨背秋陽立	339/4-3
獨遊苔徑〇	097/12-1	滿囊全足〇	502/66-57	悠〇坐對疏簾雨	352/4-3
遊方春草〇	099/20-7			瑩〇菽乳味尤清	444/8-1
園莊如郭〇	104/16-1	【 2324 。 代 】		翩〇過我玉	456/20-10
星聚海天〇	482/8-7	聖〇崇文教	100/16-3	螢火〇腐艸（葛）	115/44-13
春水高軒〇	486/8-7	纍〇申丹款	110/32-5	混混〇、庇庇然、	455/23-2
雲影半消簾〇樹	013/22-4	異〇名園傳勝概	164/8-7	形勢依〇繩墨功	117/8-2
箇箇旣知塵〇賞	122/8-7	奕〇貽謀覯厥孫	218/32-2	興趣勃〇偶成	457/14-3

— 118 —

2333₃【然・舵・矣・我・犢・毹・巘・岱・貸・編・稼・縛・絨・織】2395₀

一咲嫣○立尙羊	478/8-2	愧○二毛斑欲新	440/8-6	但能避巨○	003/24-23
成章不斐○	051/8-8	言○宿志了	494/58-35	【 2371₃ 毹 】	
混混然、庀庀○、	455/23-2	丁字○相依	092/16-4	繡○堪奪晚霞紅	021/30-8
仁皇靈・雨蕭○	169/8-1	衡茆○得榮	101/16-2	【 2373₄ 巘 】	
滴作庭花紅欲○	334/4-4	書雲非○事	001/26-7	雲開疊○聳丹楹	346/4-4
竃底寒灰欲復○	372/8-2	卿輩過○我有待	023/34-7	【 2377₂ 岱 】	
半旬風御仍冷○	454/8-4	酒寧與○敵	032/8-1	○嶠或蓬瀛	241/4-2
謙謙受益理當○	485/24-20	到來看○曾遊處	132/8-7	【 2380₆ 貸 】	
淨庭秋露濕難○	487/8-4	陽春召○出城南	216/12-1	道是九霞池○成	016/50-7
		浮瓜可○儕（張）	422/16-14	【 2392₇ 編 】	
【 2341₁ 舵 】		翻然過○玉	456/20-10	○戶何因除課役	300/4-3
一篇遮洋○樓上	406/26-9	今朝爲○停	459/8-2	蒲○年益積	107/12-9
東山積翠入○樓	364/8-2	卿輩過我○有待	023/34-7	幾度繼韋○	040/8-8
		病僧應待○	081/8-7	滿籯何若一○微	177/8-8
【 2343₀ 矣 】		文史其如○性慵	124/8-2	【 2393₂ 稼 】	
偉○關夫子	040/8-1	一曲滄浪○濯纓	160/8-6	沙村○納時	081/8-6
彼美雖亡○	096/40-39	何意荒陵○出遊	368/8-2	總爲納○場	029/8-4
巧記行悠○	114/64-17	追陪轉覺○心降	405/8-1	郊村秋納○	491/8-5
一假光彩○	456/20-12	追隨不唯○	430/8-7	【 2394₆ 縛 】	
巧紀道悠○	502/66-17	泉咽猶呼○	463/8-5	塵○無緣接座獅	398/8-2
弟兄湖海或亡○	152/8-5	期爾異日興○門	025/20-6	塵○未能解	467/8-7
是其自鳴也者○。	455/23-14	【我亦】			
		○○迷津者	007/30-7	沙村○納時	081/8-6
【 2355₀ 我 】		○○飛揚甚	008/16-11	【 2395₀ 絨 】	
○鬢短相催	001/26-20	○○迷川者	365/30-07	開○咀嚼憶蘇卿	472/4-2
○心未可灰	001/26-22	○○何慭舊面目	406/26-21	【 2395₀ 織 】	
○今棲困世營	016/50-39	○○有家翁	494/58-45	○梭停雨樹棲烏	181/8-4
○以千秋爲鐘期	366/12-4	【我輩】		○錦窗外月幾痕	483/8-6
○詩豈敢比錦繡	366/12-11	○○屢相⊠	009/34-8	江楓○出回文錦	410/4-3
○對明月徒嗟老	406/26-15	堪觀○○情	037/8-8	江如練巧○	095/12-9
○混沌之藤、	455/23-20	關門○○駐靑牛	146/8-4	雪盡藕綠○曼陀	163/8-4
嗟○蒲柳質	006/16-14	【我僕】		碧紗窗外○流光	296/4-4
愛○城夫子	008/16-1	○○不言痛	114/64-16	【織女】	
向○數求贈新詩	015/18-4	○○不言痛	502/66-16	○○機絲消息斷	186/5-7
客○賀來燕雀	087/8-3	【我空】		○○機邊夜色明	302/4-2
聽○升恒歌日月	218/32-27	蓬首○○濡	114/64-52		
射○酒杯間	242/4-2	蓬首○○濡	502/66-54		
汲○中洲水	243/4-1	【我家】			
今○不遊春欲盡	309/4-3	○○醫業稱三世	025/20-11		
就○苦求一言贈	366/12-7	扶醉○○兒	066/8-4		
度○煙波筑紫陽	391/8-8				
召○廚下供嘉旨	406/26-12	【 2356₁ 犢 】			

— 119 —

2395。【 織・纖・稽・縮・綻・繽・動・什・射・斛・化・壯・魁・先・佐・他 】
2421₂

橋明〇〇影猶分	384/8-6	【 2420。什 】		【 2421₁ 先 】	
		碧雲篇〇誰唱和	021/30-27	〇集江天霰	113/20-13
【 2395。纖 】				〇客去時後客留	441/8-1
〇腰不借綺羅裳	197/8-4	【 2420。射 】		〇說前宵中聖人	488/8-4
林亭寥廓〇埃絕	013/22-17	〇利任亡財	094/40-30	家〇有遺烈	110/32-3
【纖塵】		〇檻殘暉落	106/20-11	道是〇考手澤存	018/32-15
夜市隔〇〇	108/20-18	〇見至號猿	110/32-8	何年〇伯魚	050/8-2
不翅絕〇〇	111/24-18	〇我酒杯間	242/4-2	片羊〇後下崎嶇	308/4-1
迎風壺底絕〇〇	383/8-1	日〇江樓將欲曛	442/8-1	夢魂〇入白雲阿	356/4-4
【纖月】		江天遠電〇衡茅	436/8-1	錦心〇計賭輸贏	437/8-6
〇〇如眉媚客妍	147/8-8			駟馬欲題〇呵手	213/8-5
海嶠懸〇〇	112/28-21	【 2420。斛 】		試就呼盤〇取毫	407/4-2
請看江上廉〇〇	488/8-7	萬〇消愁萬斛春	427/8-6	碧桂天香〇月薰	423/8-8
		崖壁削成千〇玉	182/8-3	聚星此夕〇星會	436/8-5
【 2396₁ 稽 】		萬斛消愁萬〇春	427/8-6	爐灰未撥心〇活	141/8-3
漫以滑〇傳	254/4-4	曾釀霜黃百〇柑	450/8-8	【先生】	
		滿地仙糧幾斗〇	014/20-8	〇〇款客命題料	018/32-5
【 2396₁ 縮 】		君家春酒釀萬〇	023/34-27	〇〇德已新	108/20-8
歸來〇地符應秘	301/4-3	滿地仙種幾斗〇	417/21-8	〇〇定是姓陶人	339/4-2
				〇〇杖國國何邊	485/24-1
【 2398₁ 綻 】		【 2421。化 】		五柳〇〇宅	099/20-9
映山花〇紅	104/16-4	〇為籬邊柿	494/58-30	梅里〇〇今尚在	299/4-3
生憎芍藥〇	099/20-17	錫〇無驚鶴	085/8-3		
投轄薔薇〇	102/12-7	錫〇無驚▨	386/8-3	【 2421₁ 佐 】	
江渚冬溫早〇梅	476/4-1	德〇今旌孝子門	413/8-6	〇酒案頭菓	046/8-5
		羽〇壺中日月光	452/8-6		
【 2398₆ 繽 】		孤魂招得〇三湘	203/8-6	【 2421₂ 他 】	
〇紛豈為空生雨	378/8-5	異客國風歸〇日	445/8-5	〇席菊花宜共采	389/8-5
		香汗全疑肌雪〇	193/8-3	不敢向〇操	062/8-8
【 2412₇ 動 】		香汗全疑肌雪〇	419/8-3	【他鄉】	
〇應風嫋嫋	098/20-9			〇〇召哲夫	114/64-34
〇輒低吟不作章	497/8-4	【 2421。壯 】		〇〇召哲夫	502/66-34
春〇金綠酒	077/8-5	〇遊恨難從	008/16-12	【他日】	
妻孥〇入詩料	086/8-6	丁〇慙無寸功立	449/8-7	〇〇孫謀傳道德	177/8-7
交遊〇輒隔銀河	158/8-2	休道〇夫者不為	015/18-10	〇〇空山相許否	398/8-7
薰風重〇齊紈影	138/8-5	橋梓〇遊千里同	362/8-4	【他時】	
影橫香〇高堂裏	192/8-7	可謂天下〇觀也。	455/23-10	〇〇避暑能同否	174/8-7
一陣涼颼〇樹端	385/8-2			〇〇何覓返魂香	187/8-4
此夜雲霞〇海城	432/4-1	【 2421。魁 】		〇〇倘選十洲記	292/4-3
管裏葭孚灰未〇	175/8-5	豪華瑞艸〇	094/40-28		
又無雄辨四鄰〇	441/8-3	聲聲忽叫芋〇羹	280/4-2		

— 120 —

【 2421₄ 佳 】		把酒○勾欄	057/8-8	【德尊】	
休復論○客	092/16-13	支頤○碧紗	112/28-18	脩身道○○	110/32-10
人間乞巧○期近	384/8-7	脫巾猶○軒	056/8-8	地鎮可觀坤○○	014/20-2
體韻柏梁○（憲）	422/16-8	郷園蓺○間	058/8-2	地鎮可觀坤○○	417/21-2
更覺酒骰○	477/8-8	瓦樓高○艷陽天	147/8-2	【德不孤】	
尊罏不必是○肴	436/8-8	思人夕○竹蘭干	385/8-1	鄰終○○○	114/64-26
【佳辰】		復延賓客○南軒	025/20-18	鄰終○○○	502/66-26
○○霽日偶相將	148/8-1	鳳翔山閣○崔嵬	118/8-1		
客裏○○却耐哀	389/8-1	臘梅小立○窗傍	190/8-1	【 2423₈ 俠 】	
【佳人】		金剛殿宇○崔嵬	311/4-1	孩兒重○氣	094/40-21
○人賜第迹猶存	137/8-2	棲鶴停雲○海瀛	495/8-2		
再繫○○一葦航	390/8-2	燒燭論文客○樓	146/8-2	【 2424₀ 妝 】	
當局○○國並傾	437/8-1	玉欄干外醒徙○	012/12-2	○間吞聲啼獨宿	183/8-5
【佳節】		不妨勾欄人相○	021/30-15	黃昏幽逕見人○	478/8-1
冉冉逢○○	113/20-1	臨水樓臺人徙○	022/8-1		
行遇龍山佳○○	357/4-3	玉樹知今何所○	298/4-3	【 2424₁ 侍 】	
		【倚欄】		千里○親輿	494/58-1
【 2421₄ 僅 】		○○徙聽亂啼鳥	402/8-8	久費工夫常○句	170/8-3
○能來喫舊菜羹	016/50-41	搜盡枯腸○○頭	406/26-22	家嚴自有家弟○	406/26-19
○是數年業	075/8-3	【倚前檻】		【侍兒】	
遭逢○數日	008/16-5	嘯傲○○○	077/8-8	○○休進越人方	187/8-8
今朝○出塵	028/8-8	抱膝○○○	465/8-8	何比○○將進酒	208/8-7
片石○留碑	096/40-38	浴衣輕拭○○○	193/8-1		
星辰○映階（張）	422/16-2	浴衣輕拭○○○	419/8-1	【 2424₁ 待 】	
山中○一宿	466/8-3			野渡○歸人	083/8-6
敗席空囊○自隨	215/8-1	【 2422₇ 侑 】		江頭○爾相思字	415/8-7
橋上驢蹄詩○耽	450/8-4	針砭鷟嚩○朋酒	218/32-25	病僧應○我	081/8-7
				仙人有○欲歡迎	016/50-26
【 2421₄ 儘 】		【 2423₁ 德 】		期頤可○觀頤室	218/32-29
今俄北里○	094/40-32	○星秋冷水天昏	025/20-20	問奇須○主人回	469/4-4
		○隆名愈隆	104/16-12	臥遊如有○	078/8-5
【 2421₆ 値 】		○州城外福州傍	292/4-2	高臥鄉園○春日	172/8-7
相○煙波舊釣徒	217/20-6	○化今旌孝子門	413/8-6	柳陰野艇○人橫	374/8-4
況復○陽回	106/20-2	先生○已新	108/20-8	然士龍氏豈○此舉、	455/23-22
		團欒懷○舊書堂	018/32-3	卿輩過我我有○	023/34-7
【 2422₁ 倚 】		江湖皆○澤	100/16-5	一得子琴以牙○	366/12-3
徙○興何如	080/8-2	可謂齒○不伐者	485/24-19	纔到御風知有○	382/8-3
夕○讀書軒	110/32-12	誰識此君○	097/12-7	【待君】	
獨○江樓念御風	167/8-8	藥石無功○	105/20-17	鱸膾○○將下筯	165/8-7
誰○陰崖一樹松	315/4-4	龐眉尚齒○	112/28-7	鱸膾○○將下筯	363/8-7
試○書樓西望海	425/8-7	七十一齒○	494/58-11	【待客】	
停杯○舷空相思	015/18-16	他日孫謀傳道○	177/8-7	○○花開膏一碗	426/8-7

2424₁【待・儔・伎・彼・偉・儲・借・牆・供・徒・休・肰・僚・魣・鮪】2432₇

安道開樽○○過	286/4-2	纖腰不○綺羅裳	197/8-4	載酒○尋絳帳中	429/8-2
呼酒調羹○○過	400/4-2	全林如許○	074/8-7	江上○留鴻雁侶	468/4-3
【待歸舟】		濟度如無○	249/4-3	坐愛不○過	078/8-6
家山如哭○○○	409/4-4	晴江一夕○慈航	309/4-4	留得生○奉客歡	428/8-2
雲山如哭○○○	411/4-4	金仙寶筏如容○	391/8-7	我對明月○嗟老	406/26-15
				縱橫無計舌○存	447/8-6
【2424₁ 儔】		【2426₁ 牆】		曾是山陽引酒○	401/4-1
鷗○鷺伴重相攜	150/8-8	疊石爲○壁	235/4-1	相値煙波舊釣○	217/20-6
		酒家南薰隔○喚	369/8-3	萬頃煙波一釣○	272/4-2
【2424₇ 伎】		不從戲蝶去踰○	190/8-8		
羝因賤○多爲槀	497/8-3	【牆外】		【2429₀ 休】	
		○○暝煙藏鷺菴	216/12-10	○道壯夫者不爲	015/18-10
【2424₇ 彼】		○○已雞鳴	465/8-4	○爲來賓閣讀書	404/4-4
契○松與杉	005/18-12			故宮○戀崑崙巓	023/34-34
冥冥○樂郊	048/8-2	【2428₁ 供】		侍兒○進越人方	187/8-8
【彼岸】		常○垂白北堂藜	218/32-12	藥爐○用同心扇	188/8-5
○○雁王倘相許	150/8-7	食案憎○比目魚	188/8-6	【休言】	
○○架爲梁	249/4-2	淡泊何○彈鋏客	378/8-7	○○客裏情	101/16-14
搖曳到○○	007/30-9	巷糞頓○紅豆餅	478/8-3	○○退筆陣	109/16-9
搖曳到○○	365/30-09	如是下物○兒觥	016/50-42	○○無一物	227/4-3
【彼美】		函底雲牋○白鼇	125/8-3	【休論】	
○○終何地	051/8-3	白子街衢○市隱	135/8-3	○○客路數旬過	392/8-8
○○雖亡矣	096/40-39	大海雄威○臥閣	376/8-5	捫類○○舌有無	217/20-10
○○西方收媚黛	478/8-7	召我廚下○嘉旨	406/26-12	【休復】	
誰言○○自西方	116/8-1	沈香亭下醉○奉	379/8-7	○○論佳客	092/16-13
清揚○○自瀟湘	197/8-1	蒻笠棕鞋既自○	132/8-1	○○泣多岐	105/20-8
【彼一時】		【供給】			
往返○○○	010/56-6	○○一何盛	007/30-22	【2429₀ 肰】	
捫蝨論文○○○	421/8-6	○○一何盛	365/30-22	冰○霜被不成眠	265/4-4
		野籟山骸○○足	412/4-3	東○坦腹報家親	434/8-1
【2425₆ 偉】				最翁○上臥遊高	474/8-8
○姿盡超凡	005/18-4	【2428₁ 徒】		茶竃筆○何處遷	135/8-2
○矣關夫子	040/8-1	○傾鸚鵡杯	094/40-24	冰雪肌寒白玉○	187/8-2
○標摩頂見	096/40-5	○怜玉江月	105/20-19		
赳赳勤王功自○	218/32-3	○令弟子立窓前	288/4-4	【2429₆ 僚】	
		○載白衣酒	492/8-3	座時○與友	110/32-15
【2426₀ 儲】		何○讀父書	058/8-6		
家貧尙有○	061/8-4	釣○佩印五湖長	164/8-5	【2430₀ 魣】	
		人間○作凡庸醫	015/18-6	轍中得潦○將活	199/8-5
【2426₁ 借】		衆工○爾論	110/32-22		
○問今春九十日	318/4-3	重陽○看酒杯空	214/8-4	【2432₇ 鮪】	
不○剗刀金縷細	184/8-5	倚欄○聽亂啼烏	402/8-8	只憨酒饌少河○	382/8-5

2436₁【鱛・升・牡・特・犢・告・皓・崎・幼・裝・峽・峙・岐・岵・巎・科・繞・綺・納・稀】　2492₇

【2436₁ 鱛】
鱛○鼕能鼓舞　　　003/24-13

【2440₀ 升】
○斗米粒幾萬千　　011/16-10
聽我○恒歌日月　　218/32-27
松間明月欲○時　　297/4-2
【升士伍】
拔群○○○　　　　114/64-43
拔群○○○　　　　502/66-43

【2451₀ 牡】
廣島潮溫○蠣肥　　172/8-6
富貴誰家植○丹　　273/4-1

【2454₁ 特】
不○一陽回　　　　001/26-14
不○馬與車　　　　009/34-22
家○傷無後　　　　050/8-5
豈○爽牙齒　　　　494/58-44
雋句不○使人驚　　013/22-15
單枕孤燈○自憐　　265/4-2

【2458₆ 犢】
寧消舐○悲　　　　096/40-32
草枯無放○　　　　042/8-3
牧篴橫煙堤放○　　181/8-3

【2460₁ 告】
○歸歸舊阜　　　　002/14-6
賜○逆妻孥　　　　114/64-44
賜○逆妻孥　　　　502/66-44
思鱸○別已三歲　　421/8-5
客有來○別　　　　010/56-27

【2466₁ 皓】
○髮感年華　　　　112/28-8
世明○首終無用　　180/8-7

【2472₁ 崎】
列○培塿好兒孫　　014/20-6

【崎嶇】
雲樓霧閣鎖○○　　161/8-8
片羊先後下○○　　308/4-1

【2472₇ 幼】
○繼長年業　　　　010/56-3
○出竹原曲　　　　114/64-1
○幼出竹原曲　　　502/66-1
○出竹原曲　　　　114/64-1
蘭言○已異　　　　096/40-13

【2473₂ 裝】
歸○笙與鶴　　　　099/20-15
治○何日發京畿　　415/8-2
一卷○池牧群英　　016/50-35
各自治○卽前川　　023/34-14
聊裁方寸○歸衣　　366/12-12
將歸之子治○輕　　393/8-1
遠客催歸雖治○　　012/12-5
翣鑠仍同昔日○　　138/8-2
【裝方就】
行李○○○　　　　114/64-49
行李○○○　　　　502/66-49

【2473₈ 峽】
無問巫山巫○雲　　442/8-8

【2474₁ 峙】
列○一谿隅　　　　047/8-2
列○培塿好兒孫　　417/21-6
祠宇占流○　　　　494/58-24
丹青老蒼流○奇　　018/32-7
夾水塵居對○　　　090/8-1

【2474₇ 岐】
軒蓋充路○　　　　010/56-36
何曾仰克○　　　　096/40-4
休復泣多○　　　　105/20-8
行途吊影泣多○　　183/8-6

【2476₀ 岵】
陟○山城執作篇　　135/8-6

【2478₆ 巎】
【巎岏】
○○日下鶴雲城　　495/8-1
東風兩岸○○柳　　279/4-3

【2490₀ 科】
○頭暄背意遽遽　　123/8-2

【2491₁ 繞】
○簷寶珠迸　　　　365/30-14
剩水○籬笆　　　　112/28-12
當軒○檻海潮鳴　　361/8-1
昨夜飛光○斗樞　　201/8-8
滄江一帶○城陰　　453/8-1
【繞檐】
○○琴筑聲如瀉　　018/32-2
寶珠○○迸　　　　007/30-14
【繞階】
切切陰蟲○○　　　090/8-8
陰蟲切切○○除　　484/8-2

【2492₁ 綺】
○筵銀燭吐疏疏　　198/8-6
九陌○橫裁　　　　094/40-14
悲風過○陌　　　　110/32-27
纖腰不借○羅裳　　197/8-4
無句弗振○　　　　494/58-40
【綺席】
○○祇當醉臥　　　087/8-7
溫柔○○江堤草　　478/8-5

【2492₇ 納】
沙村稼○時　　　　081/8-6
【納稼】
總爲○○場　　　　029/8-4
郊村秋○○　　　　491/8-5

【2492₇ 稀】
涼○扇數排（張）　422/16-10

【 2492 ₇ 稀・晞・綾・緯・結・紺・緒・續・牛・失・生 】

齡何〇七十	064/8-5
鬢雪猶〇讀書牖	217/20-11
説悦古〇呼里藤	218/32-15
煙景依〇古帝郷	266/4-2
橋畔有星〇	059/8-4
嚶鳴嘆友〇	092/16-6
十地點埃〇	103/20-8
三等茅茨〇客履	446/8-5
衡門晝鎖足音〇	371/8-1

【 2492 ₇ 晞 】

〇耘猶愁熱（憲）	422/16-5
別來〇俗旣綈袍	474/8-1

【 2494 ₇ 綾 】
【綾羅】

〇〇解脱占松蘿	163/8-2
雨痕暗濕〇〇襪	156/8-5

【 2495 ₆ 緯 】

象〇由來能自辨	302/4-3

【 2496 ₁ 結 】

〇跏原似少林禪	204/8-4
凝〇幽叢色欲燃	185/8-2
離思〇似楊柳煙	012/12-3
松間〇滴道人硯	198/8-3
枌楡〇藤自榮枯	217/20-4
寒露〇時和沆瀣	383/8-3
羨君〇茆宇	463/8-7
相迎梅〇實	104/16-5
硫黃氣〇洋中曉	131/8-5
孤根蟠〇小檜頭	291/4-2
楊柳煙無〇	103/20-9
大樹榮華〇構餘	173/8-2
何處柴荊〇作籬	358/4-2

【 2496 ₀ 紺 】

落木滿〇園	110/32-28

【 2496 ₀ 緒 】

暫別情〇對月多	363/8-6

【 2498 ₆ 續 】

斷〇鐘微長樂宮	134/8-4
斷〇人家春一色	344/4-3
江天斷〇雲	041/8-8
江天斷〇雲	102/12-12
鸕鶿湖平雲斷〇	150/8-3
風暖鶯梭聲斷〇	296/4-3
斷續人家春一色	344/4-3

【 2500 ₀ 牛 】

〇背斜陽山躑躅	142/8-5
金〇吾不見	044/8-1
土〇春已立	069/8-5
冉〇何等疾	096/40-25
女〇影轉簾櫳外	158/8-7
輒與女〇同	046/8-8
盟孰推〇耳	099/20-13
虛閣女〇宿	107/12-7
裊裊蔓疑〇不繫	186/8-3
秋收麥隴〇眠穩	218/32-17
洩在君家〇棟間	342/4-4
關門我輩駐青〇	146/8-4

【 2503 ₀ 失 】

音應〇律呂	092/16-7
雲漢圖方〇（葛）	115/44-25

【 2510 ₀ 生 】

〇憎芍藥綻	099/20-17
〇涯旣是占乾沒	447/8-7
衆〇與魚泳	007/30-6
人〇重榮達	010/56-47
先〇款客命題料	018/32-5
託〇正遇一甲子	023/34-3
長〇術似期	096/40-28
先〇德已新	108/20-8
人〇遁得嘉	112/28-2
鏡〇碧暈人初老	192/8-3
再〇何處期多子	203/8-7
回〇仁術手醫國	218/32-9
一〇雲壑老樵夫	308/4-4
先〇定是姓陶人	339/4-2
衆〇與魚泳	365/30-06
門〇不用酒前除	404/4-2
頓〇白銀世	456/20-3
先〇杖國國何邊	485/24-1
養壽〇肥孰嘗已	144/8-7
留得〇徒奉客歡	428/8-2
室中〇白坐相忘	476/8-6
受業門〇競揮灑	024/12-3
黎杖自〇詩	081/8-4
松根正〇菌	082/8-3
邸閣晝〇霧	094/40-19
五柳先〇宅	099/20-9
缺月窗〇魄	113/20-17
蘋末暗〇颸（葛）	115/44-12
明月始〇荊璞光	138/8-6
滿坐春〇一管風	194/8-8
梅里先〇今尙在	299/4-3
巖壑寒〇欲雪天	320/4-2
滿坐春〇一管風	418/8-8
九死全一〇	010/56-9
旣知丈室〇春色	175/8-7
明時尙合〇神聖	201/8-7
蚌胎何獨〇虞氏	206/8-5
窓中陰靄〇駒嶺	216/12-9
爲貽桑寄〇	241/4-4
寧令過客〇郷思	337/4-3
馬蹄水草〇秋色	415/8-3
江之橋更〇	456/20-11
白雲當戶〇	465/8-6
留得一門〇	482/8-2
長向一庭〇	490/4-2
柳堤荷岸皆〇路	345/4-3
繽紛豈爲空〇雨	378/8-5
湘簾楚簟坐〇寒	385/8-7
海棠庭院始〇香	390/8-8
家翁老去遭〇辰	427/8-1
題門豈作阮〇看	428/8-4
居然觀畫了半〇	016/50-49
竃底無煙蛙自〇	199/8-6
風味有餘了一〇	210/8-8
君王應不貴長〇	268/4-4
何處郊坰夜夏〇	282/4-4

2510₀【 生・仲・使・律・儘・魅・佛・佛・倩・健・傳・俸・債・舳・岫 】2576₀

須識靈區禁殺○	346/4-2	【使人】		誰○圻上卷	049/8-5
天橋花落海樓○	393/8-8	山色○○遲	081/8-8	風○梅信息	057/8-3
一陣春風坐裏○	432/4-4	屺岡莫○○凝望	362/8-7	爭○文煥乎	114/64-18
能使雲霞坐裏○	496/8-8	雋句不特○○驚	013/22-15	爭○文煥乎	502/66-18
【生白】				家在○法湄	010/56-2
清虛○○室	108/20-1	【 2520₇ 律 】		紫泥○詔筆猶染	186/8-5
室中○○坐相忘	477/8-6	吹○思燕谷	106/20-7	斑鳩○古樂	416/8-1
午雲蔭室虛○○	128/8-3	音應失○呂	092/16-7	世世相一子孫	025/20-12
【生涯】				藥院仍○蘇合秘	130/8-3
○○旣是占乾沒	448/8-7	【 2521₇ 儘 】		點點遠○飛白妙	207/8-5
長憑書案保○○	205/8-8	○蓄千秋王者笥	209/8-3	佛殿猶○彤管史	360/8-5
【生花】				作序書○晉代風	403/8-6
歸來無恙○○筆	019/14-3	【 2521₉ 魅 】		別後才○字數行	420/8-1
誰人試落○○筆	202/8-7	魑○不敢近	231/4-3	風信爭○幾處春	470/4-1
【生長】				共聞白法	032/8-3
○○江湖裏	003/24-3	【 2522₇ 佛 】		法自六朝○	064/8-2
書淫類蠹寄○○	171/8-6	○前微笑花	069/8-4	異代名園○勝概	164/8-7
		○母青鸘寶寶軀	161/8-6	他日孫謀○道德	177/8-7
【 2520₆ 仲 】		○殿猶傳彤管史	360/8-5	尺素代來○萬里	203/8-5
二○覓相同	097/12-6	半千○頂燦花宮	021/30-22	漫以滑稽○	254/4-4
因論詩伯○	053/8-3	濟度曾聞選○場	155/8-2	昨夜吟成○燭篇	372/8-6
相求蘭臭○元二	388/8-3	夜坐閒房燒木○	320/4-3	斯文人爭○	494/58-57
		【佛閣】		龍堂燈火夜○來	118/8-4
【 2520₆ 使 】		鷗伴煙波千○○	157/8-3	餘音遠入海風○	023/34-32
勿○人搔首	002/14-14	鷗伴煙波千○○	373/8-3	白馬經文由竺○	129/8-4
宜○二三子	010/56-39			千載逢君眞尻○	485/24-8
意○遌齡成米字	011/16-8	【 2522₇ 佛 】			
遂○文章滿子身	020/6-2	彷○紅粧二八花	267/4-4	【 2525₃ 俸 】	
莫○交情似	041/8-7	紅淚人彷○	084/8-7	不翅賜第倍○錢	485/24-12
縱○多風力	065/8-7	寶鴨爐頭影彷○	268/4-3		
假○脫驂厚	096/40-31			【 2528₆ 債 】	
且○故人留	109/16-14	【 2522₇ 倩 】		十千酒○春宜負	449/8-5
縱○扁舟來繫少	286/4-3	慈航此相○	007/30-8		
縱○登樓非土嘆	359/8-7	慈航此相○	365/30-08	【 2546₀ 舳 】	
能○雲霞坐裏生	496/8-8			【舳艫】	
羊角○其、	455/23-17	【 2524₀ 健 】		江關艤○○	114/64-46
桑滄縱○一變改	014/20-13	此盟誰最○	032/8-8	江關艤○○	502/66-46
杜門竟○雀羅孤	217/20-16				
物色秋迷漠○臣	145/8-6	【 2524₃ 傳 】		【 2576₀ 岫 】	
【使後無】		○心九島月如霜	155/8-4	遠○山雲出有心	453/8-6
家寧○○○	114/64-30	○家肘後竟無方	451/8-8		
家寧○○○	502/66-30	屢○歸去辭	010/56-22		

— 125 —

2590。【 朱・紈・緋・繡・秧・穗・縷・積・練・白 】 2600。

【 2590。 朱 】
○邸綠松當檻映　　　117/8-3
○雀街頭日欲昏　　　137/8-1
研○滴露石難乾　　　191/8-6
花隱○櫻裏　　　　　229/4-3
翠幌○欄雨半晴　　　501/8-2
薰風拂○絃　　　　　006/16-15
雲衲奪○色　　　　　064/8-3
理正究程○　　　　　114/64-24
西山欲雨○簾捲　　　389/8-3
理正究程○　　　　　502/66-24
中峯花插夕陽○　　　161/8-4
寧復腰間紆紫○　　　217/20-18
四國餘霞海吐○　　　448/8-4
【朱明】
○○屬藻日　　　　　006/16-2
○○錢氏爲誰筆　　　018/32-13
落蘇光滑奪○○　　　212/8-1

【 2591。 紈 】
○扇秋將棄　　　　　041/8-3
薰風重動齊○影　　　138/8-5

【 2592。 緋 】
親朋來執○　　　　　096/40-33

【 2592。 繡 】
○線正添長　　　　　001/26-19
○毬堪奪晚霞紅　　　021/30-8
○戶煙添垂柳綠　　　134/8-5
錦○爲新裁　　　　　001/26-18
刺○花禽全幅圖　　　196/8-2
錦○歸衣欲相照　　　303/4-3
錦枝○葉間紅黃　　　208/8-1
心腸渾錦○　　　　　114/64-7
心腸皆錦○　　　　　502/66-7
亂墜青針○素漣　　　284/4-4
霞彩斜隨錦○裳　　　156/8-6
補綴迦黎錦○鮮　　　487/8-6
我詩豈敢比錦○　　　366/12-11

【 2593。 秧 】
○馬薰風野水隈　　　174/8-4

【 2593。 穗 】
粱稻○方繁　　　　　004/16-8

【 2594。 縷 】
染○泉存芳樹塢　　　163/8-5
不借剉刀金○細　　　184/8-5

【 2598。 積 】
東山○翠入舵樓　　　364/8-2
千峯○素照吟眸　　　433/4-4
晚飱香○飯　　　　　063/8-1
映窗長○殘春雪　　　476/8-3
嘉魚汀乍○　　　　　094/40-17
蒲編年益○　　　　　107/12-9
誰家紅女○功夫　　　196/8-1
【積水】
千尋○○可探珠　　　402/8-4
白雁聲寒○○秋　　　140/8-4
【積廚】
礨其香○○　　　　　007/30-21
飯炊香○○　　　　　031/8-6
礨其香○○　　　　　365/30-21
【積善】
聖善堪標○○門　　　218/32-30
總爲君家多○○　　　433/4-3

【 2599。 練 】
○影涵虛瑟無聲　　　016/50-22
江如○巧織　　　　　095/12-9
冬嶺似施當日○　　　173/8-7
【練裙幅】
書進○○○　　　　　114/64-5
書進○○○　　　　　502/66-5

【 2600。 白 】
○鹿年年來呈瑞　　　011/16-15
○版尙堪開　　　　　106/20-14
○眼吾曹題鳳字　　　119/8-3
○子街衢供市隱　　　135/8-3
○須夜照神人影　　　157/8-5
○首青袍學易初　　　170/8-2
○毫交映雪晴初　　　173/8-8
○雪青霞第幾峯　　　285/4-4
○酒青燈一草廬　　　318/4-2
○須夜照神人迹　　　373/8-5
○蓮要訪盟　　　　　493/8-6
擧○曾詠史　　　　　001/26-15
三○調和鼇裙羹　　　018/32-20
黃○囊無物　　　　　045/8-3
共聞○法傳　　　　　032/8-3
潮痕○版扉　　　　　059/8-6
何人○髮獨燃燈　　　439/8-8
頓生○銀世　　　　　456/20-3
雲嶂○糢糊　　　　　460/8-4
徒載○衣酒　　　　　492/8-3
欲擧太○視啓明　　　018/32-24
紅紫黃○皆富麗　　　021/30-9
風煙甘○屋　　　　　043/8-5
雪眉垂○年　　　　　064/8-4
晚涼歌○苧　　　　　095/12-5
清虛生○室　　　　　108/20-1
千秋清○業　　　　　110/32-31
荻蘆洲○月蒼蒼　　　148/8-8
常供垂○北堂菣　　　218/32-12
室中生○坐相忘　　　476/8-6
豈是雪霜○滿頭　　　014/20-11
吟曾壓元○　　　　　114/64-23
吟曾壓元○　　　　　502/66-23
函底雲餞供○蠢　　　125/8-3
青錦囊中盡○魚　　　153/8-8
點點遠傳飛○妙　　　207/8-5
恃遣令郎挑○戰　　　289/4-3
始接風流馬○眉　　　359/8-2
江上秋風起○波　　　363/8-2
雪頰雲鬢黑○爭　　　437/8-4
慈愛漫道未全○　　　025/20-5
午雲蔭室虛生○　　　128/8-3
任佗眼裏爲青○　　　217/20-17
定識今朝逢李○　　　321/4-3
谷含初日將飛○　　　367/8-5
多情懶鑷數莖○　　　381/8-5
無那東方便易○　　　406/26-25

2600。【白・自】

【白玉】
○○龜泉入藕池	130/8-6
冰雪肌寒○○牀	187/8-2
萬戶千門○○⊠	353/4-4

【白石】
○○地崔嵬	094/40-6
○○半存詩	463/8-8

【白露】
○○及更滴	395/8-7
蒹葭○○有輝光	298/4-4
蕉衫荷衣○○滋	015/18-18
紅蓼花明○○浮	406/26-26

【白雲】
○○抱石枕	221/4-1
○○明月滿禪衣	319/4-2
○○紅樹幾名山	336/4-1
○○出沒山中寺	374/8-5
○○千里人指舍	380/8-5
○○當戶生	465/8-6
唱和○○黃竹篇	023/34-30
掩映○○觴	035/8-8
隨爾○○飛	227/4-4
爲政○○山色靜	361/8-3
褰衣尙入○○深	122/8-8
賜衣宰相○○間	179/8-4
三衣薰染○○芽	290/4-1
夢魂先入○○阿	356/4-4
三年親舍○○橫	393/8-4
主人家在○○嶺	468/4-1

【白蘋】
○○花滿池	055/8-8
○○洲上趁涼颸	329/4-4
時去○○洲	258/4-3

【白鷺】
翩翩○○掠人飛	355/4-4
帆席追飛○○洲	409/4-1
看得城南○○洲	411/4-1

【白雁】
○○聲寒積水秋	140/8-4
北地無書○○來	389/8-4

【白馬】
○○經文由竺傳	129/8-4
仙人○○駄金像	161/8-5
不見波頭○○來	376/8-8

【白鷗】
○○憑几對忘機	371/8-4
四國○○邊	070/8-4
盟頻討○○	109/16-4
大江長對○○間	449/8-4

【 2600。自 】
○秘邸中歌	049/8-6
○惰三百首	075/8-1
○此故人思	093/12-11
○堪消薄暑	111/24-17
○稱天地一漁人	145/8-1
○能嚴艷堪傾國	442/8-7
○哦新詩稱老賊	485/24-17
○茲浪華浦	502/66-65
遠○西海壖	004/16-2
各○治裝卽前川	023/34-14
法○六朝傳	064/8-2
一○杜門稱謝客	126/8-5
吹○北溟涯	243/4-4
心○清閒日月長	352/4-4
以○是乎倘	456/20-7
倒屣○鄰家	069/8-2
林薄○由飛	092/16-16
非降○維嶽	096/40-3
有朋○遠至	109/16-1
蹇驢○駐且搜腸	213/8-6
家嚴○有家弟侍	406/26-19
幽人○得一酣眠	435/8-2
庸愚○守草玄關	449/8-1
蛻而○珍	473/4-3
不知○己骨已仙	485/24-16
鴻書○北京	493/8-1
玉山醉○倒	033/8-6
素絃音○識	034/8-5
吾邦俗○違	059/8-2
出郊心○降	068/8-2
游巖居○比	104/16-13
親懽能○奉	114/64-15
羲皇坐○疑（岡）	115/44-26
山南路○山王廟	132/8-3
上丘聊○掃蒼苔	152/8-8
仙人出○玉人家	205/8-1
春風吹○閑	235/4-3
貧家也○事相催	313/4-2
家園猶○隔長流	411/4-2
過門思○長	466/8-6
良朋並○遠方來	469/4-1
親懽能○奉	502/66-15
太古形容○明媚	014/20-3
客有昨返○京師	019/14-1
神將嘗奚○	094/40-3
誰言彼美○西方	116/8-1
據鞍千里○鷹揚	138/8-1
清揚彼美○瀟湘	197/8-1
一檣監梅○海涯	206/8-2
蕭騷非是○臨池	207/8-2
粉楡結藤○榮枯	217/20-4
病汝茶蘼○臘違	371/8-6
可咲煙霞○沈痼	451/8-7
玉版糊成○絶瑕	471/8-1
千里羇愁君○遣	019/14-11
蒻笠棕鞋旣○供	132/8-1
楓冷虛名雖○愧	140/8-5
種玉田暄露○融	144/8-6
玉筋千行漫○垂	183/8-8
深照貞心明○誓	190/8-7
新制樺皮色○殷	202/8-1
腹內菁脂玉○清	210/8-4
敗席空囊僅○隨	215/8-1
赳赳勤王功○偉	218/32-3
單枕孤燈特○憐	265/4-2
一片雲芽手○煎	288/4-1
象緯由來能○辨	302/4-3
每過曲阿親○呼	308/4-2
菊徑停筇意○親	339/4-1
皎潔吾心聊○比	383/8-7
君看明月或○愁	406/26-16
榮辱不驚心○恬	447/8-5
春酒分來人○壽	483/8-7
苓朮不假齡○引	485/24-21

【自高】

2600。【 自・皇・伯・徊・但・鬼・徨・帛・偶・泉・得 】　　2600。

鼓枻醉歌調○○	307/4-2	○子院成稱敬田	129/8-1	【 2622 7 偶 】		
冰泮三層波○○	452/8-1	○州尙未晴	493/8-8	○伴蓮池客	079/8-1
【自西】		倉○復東行	009/34-28	○感秋風憶舊園	413/8-2
聞君昨日○○州	382/8-1	羲○坐自疑（岡）	115/44-26	○因今夜屈高駕	488/8-3
幽花曾致○○天	487/8-1	仁○靈樹雨蕭然	169/8-1	○攜同藤侶	493/8-3
【自愛】				鳳兮或求○	010/56-31
○○守宮殘血色	193/8-7	【 2620 。 伯 】		佳辰霽日○相將	148/8-1
○○守宮殘血色	419/8-7	何年先○魚	050/8-2	興趣勃然○成	457/14-3
【自生】		因論詩○仲	053/8-3	舊藤幽期○有差	498/8-1
藜杖○○詩	081/8-4	案齊寧負○鷺恩	483/8-4		
竈底無煙蛙○○	199/8-6	鼓吹蛙鳴和○壎	218/32-26	【 2623 2 泉 】	
【自染】				○咽猶呼我	463/8-5
露滋莖○○	084/8-5	【 2620 。 徊 】		林○碧愈澄	072/8-4
濯錦澄江波○○	191/8-5	江上空徘○	001/26-8	龍○煙擁寺門浮	159/8-6
【自玆】		向夕尙徘○	094/40-38	老○老去頗疏慵	289/4-1
○○浪華浦	114/64-63			黃金○噴沸	094/40-5
東海○○阻	004/16-13	【 2621 。 但 】		湧出○州舊府中	144/8-2
【自持】		○憐出谷鶯	002/14-11	染縷○存芳樹塢	163/8-5
夏楚善○○	010/56-34	○能避巨犧	003/24-23	白玉龜○入藕池	130/8-6
騎馬酕醄不○○	321/4-2	○逢公事竣	009/34-11	養老甘○新釀醴	138/8-7
【自見】		○識門前水	061/8-7	海潮音寄九○計	398/8-5
江左風流君○○	118/8-7	○愛杯中物	101/16-13	清水臺鄰酒釀○	147/8-4
春日野山君○○	266/4-3	○對江湖客	111/24-19	重命航船酌大○	176/8-8
洗馬波間空○○	385/8-3	○在夢中時會晤	139/8-7	【泉石】	
【自是】		○嫌點鬢邊	257/4-4	○○入膏盲	048/8-4
○○足怡顏	002/14-9	○見殘虹不見橋	345/4-1	膏肓○○知	060/8-4
○○忘歸去	082/8-7	○俾吟情惱	494/58-8	疾稱○○療無方	420/8-6
【自鳴】		不○殘蒲酒	038/8-7		
是其○○也。	455/23-4	才藝○改觀	009/34-21	【 2624 1 得 】	
是其○○也者矣。	455/23-14	報君○憾梅難寄	420/8-7	○志互連軒	004/16-4
○○者一越三千濟、	455/23-18			登○何變態	003/24-17
【自今】		【 2621 3 鬼 】		安○凌風翰	004/16-15
○○講周易	040/8-7	○憐出樀枝（岡）	115/44-14	焉○海外此逍遙	017/8-6
吾黨○○後	051/8-7	役仙驅○薙開日	159/8-3	頗○一方察	096/40-23
【自燒】		詩爾常能泣○神	143/8-6	移○香爐天外勝	182/8-7
仙窩老○○	036/8-2			返○千秋楚客魂	184/8-8
幽燭當空○○	086/8-8	【 2621 4 徨 】		每○殷紅東海棗	218/32-11
【自南河】		新霽好彷○	079/8-4	安○弄明霽	230/4-4
飛來野鴨○○○	400/4-1			喫○人間幾碗茶	290/4-2
綠頭雙羽○○○	433/4-1	【 2622 7 帛 】		一○子琴以牙待	366/12-3
		公侯玉○杖朝年	176/8-6	題○文章準彩鳳	368/8-3
【 2610 4 皇 】				稱○才名本三鳳	403/8-3

— 128 —

2624 ₁【 得・侶・倡・促・俱・保・鯉・鑑・息・憩・鯠・皐・舶・皋・臭・魄・呉 】2680 ₀

看〇城南白鷺洲	411/4-1	【 2626 ₀ 侶 】		風傳梅信〇	057/8-3
留〇生徒奉客歡	428/8-2	〇每呼黃鳥	109/16-3	淨地經行甓〇慈	130/8-2
釀〇流霞春萬石	453/8-3	騷〇何處采杜蘅	016/50-24	織女機絲消〇斷	186/5-7
解〇函題落雁名	472/4-4	呼喚鷗鷺〇	004/16-9	一去西山長歎〇	443/8-3
貰〇松花酒	479/8-5	爲求同臭〇	111/24-1		
留〇一門生	482/8-2	欲尋丘壑〇	458/8-5	【 2633 ₀ 憩 】	
釣〇珊瑚滿錢船	485/24-4	偶攜同藤〇	493/8-3	荒村無〇店	067/8-5
轍中〇潦鮒將活	199/8-5	黃鳥遷喬鳴喚〇	371/8-3	松間人小〇	244/4-2
更喜〇同行	491/8-2	江上徒留鴻雁〇	468/4-3	四明高頂行相〇	133/8-7
豈無楊〇意	010/56-37			草徑有媒容小〇	216/12-7
江山能〇幾同志	012/12-12	【 2626 ₀ 倡 】			
枯腸復〇春	034/8-8	〇門粧樣近何如	188/8-1	【 2633 ₃ 鯠 】	
細君遺〇仁	044/8-4			〇獨寧懷土	112/28-5
野寧某〇賭	074/8-3	【 2628 ₁ 促 】			
青山不〇歸	092/16-2	〇膝對新晴	037/8-2	【 2640 ₀ 皐 】	
衡茆我〇榮	101/16-2	〇別傷春盡	102/12-9	便疑〇莢實無粒	203/8-3
人生遇〇嘉	112/28-2	無限春光〇人去	368/8-7		
歸來添〇數株新	131/8-8	未將羹臇〇扁舟	438/8-8	【 2640 ₀ 舶 】	
芝蘭滋〇滿庭叢	144/8-4	【促歸】		巨〇監其載	010/56-5
孤魂招〇化三湘	203/8-6	杜鵑未敢〇〇期	019/14-14	三津海〇雲間繫	169/8-5
風光寫〇還	242/4-4	無那山鵑〇〇去	143/8-7		
尋君叩〇野人扉	316/4-2	榴花梅子〇〇舟	146/8-8	【 2640 ₃ 皋 】	
何以買〇好風景	340/4-3	子規啼處〇〇舟	382/8-8	江〇憶昨屢追隨	421/8-1
清貧猶〇悅家尊	426/8-8			【皋鶴】	
幽人自〇一酣眠	435/8-2	【 2628 ₁ 俱 】		令聞九〇〇	114/64-9
金花釀〇飲催春	440/8-4	盍簪〇守歲	486/8-1	令聞九〇〇	502/66-9
奚囊探〇幾山川	454/8-1	醉向石頭〇露臥	013/22-19		
求間却〇忙	466/8-2	孤尊非是〇倒	086/8-7	【 2643 ₀ 臭 】	
一瓶插〇數枝新	470/4-2	玄談青眼與戎〇	401/4-2	蘭〇此相求	109/16-6
冰魂還〇不看花	471/8-2			爲求同〇侶	111/24-1
朝來剪〇藏蛇蔓	476/8-7	【 2629 ₄ 保 】		相求蘭〇仲元二	388/8-3
書裙學〇雲煙已	481/4-3	溫清〇其壽	002/14-10	吟枝百銅同〇曳	216/12-3
葛家何日〇一豚	025/20-1	長憑書案〇生涯	205/8-8	之子十年同〇味	369/8-5
蜜藏誰窺〇	064/8-7				
識荊吾已〇	093/12-1	【 2631 ₄ 鯉 】		【 2661 ₃ 魄 】	
幾人譚笑〇趨陪	118/8-8	或驂巨鼇或駕〇	023/34-15	缺月窓生〇	113/20-17
新年適報〇螟蛉	139/8-4				
覺路何由〇	365/30-29	【 2631 ₇ 鑑 】		【 2680 ₀ 呉 】	
詠雪謝家才〇匹	474/8-3	水急肥溪〇	460/8-5	〇地楚天咫尺幷	016/50-12
爲緣臣主能相〇	376/8-7			〇錦文堪奪	027/8-5
		【 2633 ₀ 息 】		楚水〇山連咫尺	017/8-2

2690。【 和・細・緗・程・紀・絹・綿・總・線・釋・纓・血・壑・盤・墼 】

2710₇

【　2690。　和　】		定是五日十日〇	016/50-28	酒杯畫卷手未〇	018/32-21
〇雪協黃鐘	113/20-12	錦衣客有說歸〇	501/8-4	【釋褐】	
尙杯浮不駭魚	173/8-6	【程朱】		〇〇何圖負所親	306/4-2
〇風朗月入柴門	426/8-1	理正究〇〇	114/64-24	〇〇南風見寵榮	335/4-1
唱〇白雲黃竹篇	023/34-30	理正究〇〇	502/66-24	何如〇〇衣	100/16-8
聲聲〇雨雨如煙	334/4-2			應徵卽〇〇	114/64-35
地羃大〇古京師	011/16-14	【　2692₇　紀　】		應徵卽〇〇	502/66-35
三白調〇鼇裙羹	018/32-20	巧〇道悠矣	502/66-17		
琴瑟能相〇	010/56-33	柔也其有〇	494/58-36	【　2694₄　纓　】	
高吟松籟〇	032/8-5			絕〇宮裏千條燭	201/8-3
鼓吹蛙鳴〇伯壎	218/32-26	【　2692₇　絹　】		一曲滄浪我濯〇	160/8-6
寒露結時〇沆瀣	383/8-3	後素素〇色瑩瑩	016/50-10		
清歌妙舞隨〇切	442/8-3	快剪湘江半幅〇	017/8-8	【　2710。　血　】	
十年擬繼志〇志	452/8-7			〇痕千點不消盡	334/4-3
勸君酣歌且唱〇	012/12-9	【　2692₇　綿　】		猩〇霜凝楓葉山	179/8-6
碧雲篇什誰唱〇	021/30-27	〇綿爲庶望猶存	218/32-4	至今〇染溪山樹	267/4-3
【和氣】		連〇欲認爲何字	207/8-7	千行珠淚〇猶鮮	185/8-4
〇〇一團留客處	305/4-3	綿〇爲庶望猶存	218/32-4	千聲杜鵑〇	223/4-1
一團〇〇一樽傍	024/12-12			【血色】	
		【　2693。　總　】		自愛守宮殘〇〇	193/8-7
【　2690。　細　】		〇出一胸中	027/8-4	自愛守宮殘〇〇	419/8-7
〇論文字飮旣夜	018/32-4	〇伴騷人達曙吟	166/8-8		
〇骨偏含冰雪冷	197/8-3	〇在眉睫際	230/4-2	【　2710₄　壑　】	
低昂鉅〇千百種	021/30-3	江〇當年第一流	441/8-8	巖〇搜遐境	114/64-13
花殘春雨〇	060/8-5	千帆〇入海心煙	136/8-6	巖〇雲朝維嶽尊	133/8-1
翠帳寶爐香〇細	198/8-5	野色山光〇冥濛	021/30-14	陰〇雲深不可搜	159/8-8
不借到刀金縷〇	184/8-5	【總爲】		幽〇微霜後	232/4-3
翠帳寶爐香細〇	198/8-5	〇〇納稼場	029/8-4	巖〇寒生欲雪天	320/4-2
【細雨】		〇〇離情切	099/20-19	林〇秋寒梧柏摧	376/8-4
長江〇〇滴階除	318/4-1	〇〇風煙能駐客	119/8-7	萬〇清冰老作珍	383/8-2
何妨〇〇入簾櫳	429/8-4	〇〇君家多積善	433/4-3	林〇曾遊處	463/8-1
【細君】		〇〇高談驚帝座	499/8-7	巖〇搜遐境	502/66-13
〇〇遭得仁	044/8-4	【總角】		無緣雲〇寄幽蹤	124/8-8
〇〇誰進饟	113/20-7	爾時猶〇〇	114/64-3	一生雲〇老樵夫	308/4-4
		爾時猶〇〇	502/66-3	莊嚴岩〇有輝光	391/8-2
【　2690。　緗　】				欲尋丘〇侶	458/8-5
不斷☐風翻〇帙	429/8-3	【　2693₂　線　】		前有嘯民後冰〇	015/18-11
		繡〇正添長	001/26-19		
【　2691₄　程　】		一〇添衰鬢	113/20-9	【　2710₇　盤　】	
千里行〇百日游	012/12-11			〇回蘿薜入靈區	161/8-1
秋季報歸〇	493/8-2	【　2694₁　釋　】		滿〇肴核爲誰設	013/22-11

— 130 —

戽○高設命杯尊	025/20-8	煙花○一夢	105/20-3	【歸程】	
堆○日日晒晴軒	184/8-2	一陣○鴉郭樹邊	136/8-1	秋季報○○	493/8-2
椒○昨日徹餘杯	312/4-1	滿城○馬障泥香	156/8-8	錦衣客有說○○	501/8-4
堆○豆莢肥	394/8-4	錦繡○衣欲相照	303/4-3	【歸家】	
激浪碧○渦	253/4-2	褒褒○雲雲母坂	317/4-3	○○難緩期	492/8-8
試就呼○先取毫	407/4-2	思人○倚竹蘭干	385/8-1	歲月○家一舊氈	178/8-6
少孤洒淚椒○上	446/8-3	共誇○鳥昨圖南	388/8-6	【歸去】	
沈李何須冰作○	385/8-6	遠客催○雛治裝	012/12-5	屢傳○○辭	010/56-22
		日暖燕○梁	026/8-6	遠遊○○意如何	363/8-1
【 2711₇ 龜 】		遠送西○客	078/8-7	自是忘○○	082/8-7
紙○製出洛之陽	209/8-1	野渡待○人	083/8-6	無那山鵑促○○	143/8-7
白玉○泉入藕池	130/8-6	馬上奏○清夜曲	262/4-3	【歸來】	
荷敗游○沒	056/8-3	獨不勸當○	010/56-52	○○無恙生花筆	019/14-3
家雖無不○	456/20-13	金界遊忘○	033/8-5	○○添得數株新	131/8-8
長安市上解金○	321/4-4	引杯目送○鴻	088/8-4	○○四壁長相對	149/8-7
		青山不得○	092/16-2	○○縮地符應秘	301/4-3
【 2711₇ 艷 】		奚必獲麟○	100/16-2	○○咲向鉢中看	332/4-4
爭妍競○地幾弓	021/30-4	般若醉忘○	103/20-16	○○雲水多茶話	333/4-3
自能嚴○堪傾國	442/8-7	去歲憶親○	394/8-6	○○明主恩遇厚	485/24-11
【艷陽】		淺水早涼○	399/8-2	○○誇鄰里	494/58-34
瓦樓高倚○○天	147/8-2	異客國風○化日	445/8-5	金嶽○○未發舟	140/8-1
蝶舞鶯歌弄○○	156/8-2	鄉舍挈魚○	461/8-4	【歸期】	
		山城花滿燕○梁	138/8-4	無不問○○	010/56-50
【 2712₇ 歸 】		飛爲暮雨逐○驂	216/12-12	杜鵑未敢促○○	019/14-14
○意壽無峯	093/12-10	玉江橋上晚○時	274/4-1	【歸歟】	
○裝笙與鶴	099/20-15	東游業ース西○日	278/4-3	○○三千里	009/34-13
○路兩將衝	113/20-16	聊裁方寸裝○衣	366/12-12	揮袂賦○○	009/34-12
○鴻昨夜隔窓聆	139/8-1	去年今夜駐○鞍	396/4-1	寧將非土歟○○	170/8-8
○帆何處卸	241/4-1	何處煙霞足詠○	142/8-1		
○鳥噪斜陽	466/8-8	官遊事竣客將○	172/8-1	【 2713₂ 黎 】	
○省秋風歡已深	468/4-2	每憶鄉土不忘○	177/8-1	○杖自生詩	081/8-4
告○歸舊阜	002/14-6	黃檗山中去不○	319/4-4	爲怕群○時按劍	181/8-7
一○君家全三絕	018/32-17	曾遊京洛今將○	366/12-6	補綴迦○錦繡鮮	487/8-6
醉○晚出胡姬肆	147/8-7	君羹千里賦懷○	415/8-6	刀圭旣是濟○元	218/32-8
將○客思最悠哉	174/8-2	【歸到】		秋來畏日擲枯○	349/4-1
攜○八百八洲邊	284/4-2	遠遊○○意如何	165/8-1		
扶○海島盲流人	351/4-1	袈裟○○玉江潯	326/4-1	【 2720₀ 夕 】	
將○之子治裝輕	393/8-1	【歸舟】		○寓海士碕	010/56-20
西○履迹遣人窺	398/8-8	榴花梅子促○○	146/8-8	○倚讀書軒	110/32-12
不○北海竟終躬	443/8-4	子規啼處促○○	382/8-8	○麗空亭攜手來	174/8-1
告歸○舊阜	002/14-6	家山如咲待○○	409/4-4	○度海西隅	225/4-2
采采○相見	008/16-15	雲山如咲待○○	411/4-4	今○何夕同舟楫	015/18-13

【 2720。 夕 】

今〇何寥寂	059/8-1
向〇尙徘徊	094/40-38
晨〇奈如愚	114/64-28
垂〇回看星漢近	160/8-7
此〇群賢與月臨	166/8-1
垂〇波撼月	234/4-3
此〇留君聊解慍	381/8-7
除〇南軒每飲醇	489/8-1
晨〇奈如愚	503/66-28
思人〇倚竹闌干	385/8-1
野館〇飧英	491/8-6
今夕何〇同舟楫	015/18-13
晴江一〇借慈航	309/4-4
陟岡此〇誰瞻望	435/8-7
聚星此〇先星會	437/8-5
江上星橋〇	046/8-1
蕉窗蕭索〇	057/8-7
幽期在今〇	107/12-1
月正東山〇	108/20-15
檻外孤村帶〇陰	119/8-6
烏鵲其如此〇何	158/8-4
雲飛七十二峯〇	017/8-4
風凄雨冷村莊〇	021/30-13
彩虹影落長橋〇	140/8-3
憐爾年年當巧〇	196/8-7
洞庭湖上葉飄〇	207/8-3
座燦芙蓉初發〇	442/8-5

【夕飧】

摘蔬炊麥〇〇香	168/8-8
軟飽堪充幾〇〇	184/8-4

【夕陽】

〇〇春處石花飛	014/20-9
〇〇香榭影橫斜	264/4-2
〇〇春處石花飛	417/21-9
沙嘴〇〇前	070/8-8
漁笛〇〇遠	083/8-3
思在〇〇西	099/20-8
蟬聲送〇〇	079/8-6
上方將報〇〇鐘	121/8-8
一千金像〇〇映	150/8-5
中峯花插〇〇朱	161/8-4
水晶簾外〇〇明	193/8-8

水村梅落〇〇孤	295/4-4
一橋斜處〇〇斜	414/4-1
水晶簾外〇〇明	419/8-8
檻外三橋澹〇〇	148/8-6
荊棘叢祠送〇〇	155/8-6
一半晴光掛〇〇	213/8-8
築紫煙波渺〇〇	323/4-2
鷗鷺無心水〇〇	360/8-4
風雨新晴掛〇〇	477/8-8

【 2720₇ 多 】

〇知草木未能除	153/8-2
暇〇力有餘	009/34-4
心〇所拮据	009/34-24
雨〇看草長	030/8-4
學〇知鳥獸	075/8-5
陰〇天未雨（張）	422/16-3
許〇光景爲	456/20-6
吾曹〇市隱	052/8-1
縱使〇風力	065/8-7
水檻〇相似	073/8-1
候邸〇蒼樹	106/20-15
野田〇勝概	112/28-27
枕簟〇涼氣（葛）	115/44-41
歡樂〇放列鼎時	215/8-8
詩寫貝〇葉	031/8-5
鄙事豈〇能	063/8-6
月明何處〇秋思	022/8-2
金丹世謾〇	049/8-1
雲隨桂槳〇	078/8-4
空亭返照〇	222/4-4
歸來雲水〇茶話	333/4-3
總爲君家〇積善	433/4-3
把處看花〇筆勢	496/8-5
近因賤伎〇爲暴	497/8-3
僧房刺見貝〇奇	130/8-4
再生何處期〇子	203/8-7
應咲人間會不〇	158/8-8
暫別情懷對月〇	165/8-6
梅花枝上月明〇	286/4-4
暫別情緒對月〇	363/8-6
市隱階苔雨後〇	392/8-2

【多病】

〇〇懶迎長者車	123/8-4
〇〇藏身藥裏巾	446/8-4

【多岐】

休復泣〇〇	105/20-8
行途吊影泣〇〇	183/8-6

【多士】

濟濟今〇〇	005/18-3
北山舊〇〇	027/8-7

【多時】

〇〇篆刻且彫蟲	167/8-6
四明狂客醉〇〇	321/4-1

【多月】

關山〇〇明	009/34-30
蓮池〇〇露	225/4-3

【多少】

〇〇都人帶醉還	277/4-2
〇〇名藍在洛陽	309/4-1
〇〇春鴻叫月明	361/8-8
宜春〇〇字	059/8-7
詩成按劍人〇〇	024/12-7
春風障壁香〇〇	196/8-5
曲肱欲問眠〇〇	217/20-9

【多情】

〇〇懶鑢數莖白	381/8-5
陰蟲亦似〇〇思	166/8-7

【多感概】

舊遊〇〇〇	079/8-3
臨風〇〇〇	094/40-37
節物關情〇〇〇	214/8-7

【 2721。 佩 】

星冠霞〇衝寒雨	023/34-9
無人遊說〇金印	154/8-5

【佩印】

釣徒〇〇五湖長	164/8-5
二頃無田〇〇章	171/8-4

【 2721₂ 危 】

〇磴窮時首始回	311/4-2
艱〇至殞命	010/56-11
疲容〇石邊	084/8-4

【 27212 危・偓・免・毚・勿・仰・向・豹・御・仍・角・躬・鸕・衆・象 】27232

千艱又萬○	010/56-10	欲○遼西馳一夢	265/4-3	【 27227 仍 】	
		更○海風吹颺處	272/4-3	○聞鴻北來	106/20-4
【 27214 偓 】		獨○前川下釣絲	297/4-1	○思金澤魚	462/8-4
説與玄俗及○佺	023/34-6	直○前山擁雨飛	316/4-4	○被老僧迎	493/8-4
		散○江天蔽月光	325/4-4	鑠○同昔日裝	138/8-2
【 27216 免 】		醉○京橋月下船	348/4-2	芳尊○釀桂花露	013/22-10
入○夏畦病	007/30-18	醉○浪華江上望	480/4-3	藥院○傳蘇合秘	130/8-3
未○聚蚊攻	097/12-10	散○江天雨若篠	481/4-4	柑橘○將郷味誇	425/8-6
人○夏畦病	365/30-18	長○一庭生	490/4-2	載酒○容侯子伴	428/8-3
近日○驅蚊	041/8-2	不敢○他操	062/8-8	仙鶴雲○糧亦足	495/8-7
		野趣○人驕	073/8-8	美醞名瓜○舊譜	158/8-5
【 27217 毚 】		城南○墓門	110/32-26	半旬風御○冷然	454/8-4
○鷗沙暖迹爲字	452/8-3	絃匏被○向	005/18-8		
雙○天外影	416/8-5	雲腴遙○故人分	141/8-2	【 27227 角 】	
鷗汀○渚可吟行	016/50-23	霞標遠○赤城攀	179/8-1	羊○使其、	455/23-17
		玄詞苦○晴中舉	181/8-1	頭○何見	473/4-2
【 27220 勿 】		銀盆誰○碧空傾	199/8-1	城中鼓○雜風雷	376/8-2
○使人搔首	002/14-14	江山却○暗中舉	201/8-2	爾時猶總○	114/64-3
○復令田變爲海	417/21-14	歸來咲○鉢中看	332/4-4	爾時猶總○	502/66-3
鷄壇言○違	010/56-42	褰裳直○翠微行	374/8-8		
田家請○愆期	458/14-14	此花曾○府城移	445/8-2	【 27227 躬 】	
鉤詩鉤冀○	457/20-16	絃匏被向○	005/18-8	孝養王母○力作	011/16-2
		手挈巨軸○前檻	016/50-5	不歸北海竟終○	443/8-4
【 27220 仰 】		懶爲火炮○遠溪	349/4-2		
○看碧霄懸玉兎	013/22-6	覇王園物○榮時	445/8-6	【 27227 鸕 】	
何曾○克岐	096/40-4			○鵜驚起鼓舷前	127/8-4
慈功長○西門下	129/8-7	【 27220 豹 】			
八斗君才人已○	439/8-3	○隱今依一屋村	218/32-6	【 27232 衆 】	
				○工徒爾論	110/32-22
【 27220 向 】		【 27220 御 】		名聲最超○	102/12-5
○我數求贈新詩	015/18-4	○李汝相從	093/12-2	畫舫青帘引○賢	176/8-1
○君歎逝處	050/8-7	○溝流出人間世	191/8-7	【衆生】	
○夕尙徘徊	094/40-38	半旬風○仍冷然	454/8-4	○○與魚泳	007/30-6
○隅之子却爲愈	388/8-7	【御風】		○○與魚泳	365/30-06
去○朝熊峯	008/16-6	○○眞人一墜地	015/18-5	【衆賓】	
醉○石頭俱露臥	013/22-19	○○樓上設祖筵	023/34-8	酌之○○咸已醉	023/34-29
散○江天烏鵲聲	013/22-22	纔到○○知有待	382/8-3	可見○○應接處	024/12-11
試○煙波上	045/8-7	仙舟直欲○○行	160/8-8	因卜元宵訝○○	427/8-2
擬○商山採玉芝	180/8-8	獨倚江樓念○○	167/8-8		
咲○玉臺凝淡粧	190/8-2	【御輿】		【 27232 象 】	
寫○東風撒世間	202/8-8	○○溥露補苔痕	218/32-24	○頭山下病仙人	283/4-1
遠○書帷報	237/4-4	幾度當年此○○	126/8-8	○緯由來能自辨	302/4-3

2723₂【 象・像・槳・侯・候・將・役・侵・假・解・伊 】2725₇

請看星○近呈瑞	435/8-7	相憑○寄一書筩	429/8-8	○仙驅鬼薙開日	159/8-3
劍稱能斬○	110/32-7	執扇秋○棄	041/8-3	維昔來祇○	009/34-1
		高臥吾○老	047/8-7	編戶何因除課○	300/4-3
【 2723₂ 像 】		野馬日○斜	069/8-6		
想○君家稱壽宴	428/8-7	竹檻何○月乖	090/8-4	【 2724₇ 侵 】	
肖○神如在	494/58-27	交執弟○昆	110/32-16	江風六月冷○人	281/4-4
一千金○夕陽映	150/8-5	歸路兩○衝	113/20-16		
仙人白馬駄金○	161/8-5	更唱鳳○雛	114/64-32	【 2724₇ 假 】	
應眞舊鎭半千○	391/8-3	意匠誰○一筆鋒	285/4-1	○使脫驂厚	096/40-31
		柑橘仍○鄉味誇	425/8-6	一○光彩矣	457/20-12
【 2723₂ 槳 】		三鳳相○春未闌	428/8-6	苓朮不○齡自引	485/24-21
盪○浪層層	072/8-2	更唱鳳○雛	502/66-32		
		鱸膾待君○下筋	165/8-7	【 2725₂ 解 】	
【 2723₄ 侯 】		微風楊柳○梳影	193/8-5	○得函題落雁名	472/4-4
公○玉帛杖朝年	176/8-6	何比侍兒○進酒	208/8-7	尸○衣空掛	036/8-5
載酒仍容○子伴	428/8-3	鱸膾待君○下筋	363/8-7	尸○鍊丹後	076/8-5
文章揚顯故○孫	413/8-8	微風楊柳○梳影	419/8-5	尸○淮南何在哉	379/8-1
		樓飲玉笛○鳴雨	423/8-3	東風○凍墨地香	024/12-2
【 2723₄ 候 】		莫莢階前○盡潤	439/8-3	輕輕蘀○風	097/12-4
○邸多蒼樹	106/20-15	日射江樓○欲曛	442/8-1	天公能○主人意	140/8-7
篤人○霽未期驩	012/12-6	轍中得潦鮒○活	199/8-5	萬頃煙波○宿醒	016/50-46
葭莩方應○	001/26-21	詞場談劇燭○流	433/4-1	客意兒無○	256/4-3
方此窮陰○	005/18-5	欐中驥足老○至	450/8-3	長安市上○金龜	321/4-4
陳瓜庭上○蜘蛛	196/8-8	佳辰霽日偶相○	148/8-1	塵縛未能解	467/8-7
		逢關獨往軌逢○	360/8-2	風雨草玄嘲未○	180/8-5
【 2724₂ 將 】		席間相約此相○	497/8-2	閉上草玄嘲未解	476/8-5
○醉竹成叢	104/16-6	【將飛】		【解纜】	
○軍幕弊猶棲燕	173/8-5	谷含初日○○瀑	182/8-5	解○○風浉上蓆	364/8-1
竟○將宜室淑	091/16-3	谷含初日○○白	367/8-5	三津○纜時（岡）	115/44-2
神○嘗奕自	094/40-3	【將歸】		【解脫】	
心○謹篤期	096/40-16	○○客思最悠哉	174/8-2	○○才終日	083/8-7
竟○學圃事安蔬	126/8-6	○○之子治裝輕	393/8-1	綾羅○○占松蘿	163/8-2
中○姬人入曲阿	163/8-1	官遊事竣客○○	172/8-1	【解慍】	
寧○非土歎歸歟	170/8-8	曾遊京洛今○○	366/12-6	臨茲○○風	104/16-8
擬○蘆刀剒石腸	209/8-6	【將暮】		江上南風○○時	019/14-12
奪○初地布金光	211/8-2	諸山○○紫	029/8-5	此夕留君聊○○	381/8-7
未○羹膾促扁舟	438/8-8	南望荒陵日○○	117/8-7		
行○南澗藻	459/8-7	【將相】		【 2725₇ 伊 】	
葛子○茲王母命	023/34-5	相逢○○別	004/16-11	共酌○丹新綠酒	392/8-3
情話○離恨	109/16-15	平家舊事○○問	137/8-7	【伊人】	
上方○報夕陽鐘	121/8-8			勝事屬○○	107/12-2
攜兒○酒槴	256/4-1	【 2724₇ 役 】		兼葭原有○○在	158/8-3

2730₃ 【 冬・烏・鳥・鴛・鯢・怨・忽・魚・急・身 】　2740₀

【 2730₃ 冬 】
○嶺似施當日練	173/8-7
三○新史業	101/16-11
三○榾柮夜爐紅	418/8-2
三○雨亦興堪乘	439/8-1
厭厭憶去○	113/20-2
誰家籬落款○老	282/4-3
陸沈都市遇三○	124/8-1

【冬溫】
江渚○○早綻梅	475/4-1
斯中起臥○○足	471/8-7

【 2731₇ 鯢 】
洲汀月湧鯨○吼	376/8-3

【 2732₇ 烏 】
○聲遠近千家月	213/8-3
○紗莫遣晚風吹	357/4-4
檣○落日江天外	174/8-3
金○何處浴	253/4-1
砧鳴○語市橋頭	022/8-5
潅木三匝	111/24-15
隨意脫○帽	112/28-17
織梭停雨樹棲○	181/8-4
小僧看客罷驅○	295/4-1
倚欄徒聽亂啼○	402/8-8

【烏鵲】
○○其如此夕何	158/8-4
散向江天○○聲	013/22-22

【 2732₇ 鳥 】
○聞求友聲	065/8-4
○道斜通祇樹林	122/8-6
青○飛來碧海天	023/34-1
林○友相呼	031/8-4
林○協詩韻	073/8-5
黃○鳴幽砌	244/4-4
黃○遷喬鳴喚侶	371/8-3
曉○報晴啼	458/8-2
歸○噪斜陽	466/8-8
學多知○獸	075/8-5
吞聲黃○羽高下	200/8-5

爭巢野○影翩翩	340/4-2
共誇歸○昨圖南	388/8-6
侶每呼黃○	109/16-3
雨歛梅天○語喧	218/32-18
煙嵐深處○相呼	263/4-2
江聲春靜○聲喧	447/8-2
指點林巒暮○飛	142/8-8
幽谷未追黃○出	449/8-3
飄零島樹亂啼○	154/8-4

【烏喧】
催人暮○○	467/8-8
楓飛倦○○	056/8-4

【 2732₇ 鴛 】
○鴦瓦上夢魂驚	353/4-2
獨臥○衾膚雪冷	188/8-3

【 2733₁ 怨 】
授衣閨婦○	395/8-5

【 2733₂ 忽 】
價聲○倍蘭亭帖	125/8-5
聲聲○叫芊魁夒	280/4-2
春水當軒○憶家	424/4-1
連璧同輝○見敵	436/8-2
萬古榮名○已空	443/8-6

【 2733₆ 魚 】
○目終難奪趙家	206/8-6
池○人共樂	031/8-3
河○足酒料	073/8-6
嘉○汀乍積	094/40-17
禽○苦樂宦游中	164/8-4
遊○橋上與誰觀	385/8-4
江○堪弔楚風騷	452/8-6
率從○蝦輩	003/24-22
一雨○胎橢且長	203/8-1
半缸○腦半時盡	294/4-3
含影緋○鱗有無	200/8-6
會計賣○錢幾許	307/4-3
柳港觀○漢游女	448/8-5
鄰舍挈○歸	461/8-8

美醞嘉○豈淺醺	499/8-2
寧道食無○	009/34-10
何年先伯○	050/8-2
玉檻羨池○	080/8-6
彈鋏非關○食乏	217/20-15
無復不潛○	234/4-2
仍思金澤○	462/8-4
殘尊重爲炙○傾	282/4-2
青錦囊中盡白○	153/8-8
和尚杯浮不駭○	173/8-6
食案憎供比目○	188/8-6

【魚泳】
衆生與○○	007/30-6
衆生與○○	365/30-06

【 2733₇ 急 】
○雨雜溪聲	464/8-8
水○肥溪鱸	460/8-5
前山○雨聲	491/8-8
何圖羽書○	009/34-27
半夜折頭風雨○	348/4-3
竹裏林鳩呼婦○	374/8-3
西南一夜風吹○	475/4-3

【 2740₀ 身 】
○上煥發斑爛色	020/6-3
○病猶無死	061/8-3
○疑行在彩雲邊	487/8-8
惰○道德尊	110/32-10
漆○國士恩難報	181/8-5
寄○屏障間	219/4-2
置○圖畫中	240/4-4
欲惰○至孝	096/40-21
年老○難老	104/16-11
十年○迹間鷗鷺	498/8-3
多病藏○藥裹巾	446/8-4
文藻總其○	003/24-2
無衣九月○猶暖	215/8-3
知物仙才○隔垣	218/32-10
遂使文章滿子○	020/6-2
軒裳豈可絆君○	145/8-8
葛洪丹乏未輕○	283/4-4

2730 ₃【 身・阜・奐・舟・般・匆・欬・疑・鏧・物・鵝・名 】 2760 ₀

萬頃恩波浴其○	417/21-20	雲山如咲待歸○	411/4-4	○外幽蹤連水石	121/8-3
終年無益活斯○	440/8-8	未將藥膾促肩○	438/8-8	○色秋迷漠使臣	145/8-6
【身在】		【舟楫】		藥○古方書	061/8-6
○○江山啥有助	420/8-5	○○不復理	010/56-13	英○試啼知	096/40-6
猶疑○○五湖舟	330/4-4	木蘭○○故追隨	329/4-1	節○過天中	104/16-2
【身迹】		今夕何夕同○○	015/18-13	節○令人感	106/20-19
○○浮沈屬世波	158/8-1			節○關情多感慨	214/8-7
飄飄○○水中萍	380/8-4	【 2744 ₇ 般 】		知○仙才身隔垣	218/32-10
握手論○○	102/12-11	都人熱鬧涅○會	216/12-5	如是下○供兕觥	016-50-42
		【般般】		半爲下○半沾醪	307/4-4
【 2740 ₇ 阜 】		脩用○○炙或烹	195/8-2	當時何○育寧馨	380/8-1
告歸歸舊○	002/14-6	修用○○炙或烹	444/8-2	覇王園○向榮時	445/8-6
		【般若】		欲下杯中○	030/8-5
【 2743 ₀ 奐 】		○○醉忘歸	103/20-16	黃白囊無○	045/8-3
美哉新築輪奐	087/8-1	甘露釀成○○湯	168/8-6	但愛杯中○	101/16-13
				酌此忘憂	104/16-7
【 2744 ₀ 舟 】		【 2745 ₀ 匆 】		何爲好下○	226/4-3
○迷極浦煙	070/8-6	此別何○匆	002/14-3	休言無一○	227/4-3
○帆捲雪來	094/40-16	此別何匆○	002/14-3	三島神仙難○色	123/8-5
○船猶覺孝廉名	361/8-6			今宵有此好下○	018/32-23
○逐柳花聽欸乃	421/8-3	【 2748 ₀ 欸 】		由來海外仙家○	496/8-7
呼○臨野渡	065/8-5	舟逐柳花聽○乃	421/8-3		
孤○千里路	078/8-1			【 2752 ₇ 鵝 】	
仙○直欲御風行	160/8-8	【 2748 ₁ 疑 】		水煙愁殺一群○	125/8-8
扁○昨夜試漁蓑	363/8-8	或○煉石補蒼芎	021/30-6		
孤○鶴影昨秋分	423/8-6	便○皂莢實無粒	203/8-3	【 2760 ₀ 名 】	
津頭○子故招招	345/4-2	却○擲杖聽霓裳	213/8-2	虛○楓葉句	054/8-5
二子乘○日（葛）	115/44-1	時○丹頂起	252/4-3	虛○千里有慙君	303/4-1
網島維○醉晚晴	282/4-1	猶○身在五湖舟	330/4-4	海內○聞日	040/8-5
縱使扁○來繫少	286/4-3	猶○鼓瑟對湘君	442/8-6	斷腸○更憐	084/8-8
王老命○浮剡曲	378/8-3	身○行在彩雲邊	487/8-8	德隆○愈隆	104/16-12
因見扁○訪載人	434/8-2	裊裊蔓○牛不繫	186/8-3	製錦○逾著	105/20-9
悠裏仙○既經	457/14-1	香汗全○肌雪化	193/8-3	美醞○瓜仍舊譜	158/8-5
因繋回○纜	502/66-51	香汗全○肌悠化	419/8-3	于今○匠出飛山	202/8-2
競罷渡頭○	038/8-6	義皇坐自○（岡）	115/44-26	制同○亦同	245/4-2
月落青龍○未返	260/4-3	百尺長橋○擲杖	402/8-3	多少○藍在洛陽	309/4-1
金嶽歸來未發○	140/8-1	昨夜微霜○月光	410/4-1	有渡稱○柄	007/30-2
榴花梅子促歸○	146/8-8			東海功○地	026/8-3
猶疑身在五湖○	330/4-4	【 2750 ₆ 鏧 】		不必爲○士	043/8-7
雉陂楊柳暗藏○	364/8-6	唯而起時方○革	025/20-3	紙價貴○都	114/64-20
子規啼處促歸○	382/8-8			江口吊○姬（葛）	115/44-32
家山如咲待歸○	409/4-4	【 2752 ₀ 物 】		楓冷虛○雖自愧	140/8-5

— 136 —

2760 ₀	【 名・響・魯・各・句・旬・匈・翻・鵠・叙・飆・巉・包・屺・色 】				2771 ₇
詩畫君○筆	242/4-3	援毫憶○臺	106/20-8	市橋星少鵲飛○	426/8-4
稱得才○本三鳳	403/8-3	卽晩大洲達○	457/14-6	遮莫風波世上○	447/8-8
萬古榮○忽已空	443/8-6	【 2760 ₄ 各 】		【 2762 ₇ 鵠 】	
紙價貴○都	502/66-20	○自治裝卽前川	023/34-14	非乘黃○度青霄	017/8-5
不願學究○一村	025/20-14	亦○言志志相樂	018/32-27	飛來雙黃○	004/16-1
難波寺裏○尤著	264/4-3	羽儀雖○具	004/16-3	【 2764 ₀ 叙 】	
分與故人○是猷	291/4-4	【 2762 ₀ 句 】		東○行杏大赦辰	351/4-2
豪華昔領○公壓	413/8-5	雋○不特使人驚	013/22-15	【 2771 ₀ 飆 】	
醉難記姓○	430/8-6	無○不精工	027/8-2	飆○輕擧泝游去	023/34-17
賣藥女兒○未著	451/8-3	詩○有無頭上雲	384/8-4	更擬飆○逐赤松	124/8-6
橋梓世榮○海内	485/24-13	無○弗振綺	494/58-40	【 2771 ₃ 巉 】	
絺素一時諸○公	021/30-28	情因詩○見	111/24-5	蹭蹬又○嵒	005/18-16
一一指點不記○	016/50-14	竹筇覓○尋紅事	142/8-3	【 2771 ₇ 包 】	
無腸公子實爲○	210/8-2	纍質連○廢洗梳	188/8-2	暮雨瀉罐根竹○	436/8-3
空記三千第一○	268/4-2	虛名楓葉○	054/8-5	【 2771 ₇ 屺 】	
一任呼爲捷徑	335/4-4	滿壁新年○	069/8-7	○岡莫使人凝望	362/8-7
芭蕉窗外數題○	354/4-1	望中皆着○	112/28-23	【 2771 ₇ 色 】	
舟船猶覺孝廉○	361/8-6	清瘦元是耽雋○	013/22-14	○相三十二	251/4-4
解得函題落雁○	472/4-4	久費工夫常侍○	170/8-3	野○山光總冥濛	021/30-14
【名山】		共吟雲樹新詩○	217/20-5	竹○窗旋暗	063/8-3
孤立○○北海頭	271/4-1	【 2762 ₀ 旬 】		海○西南豁	070/8-1
白雲紅樹幾○○	336/4-1	夜○風御仍冷然	454/8-4	山○使人遲	081/8-8
【名稱】		休論客路數○蔬	392/8-8	草○花香傍戶深	119/8-2
女兒○○識	076/8-3	錦機一斷已七○	020/6-1	野○蒼茫叫帝魂	137/8-8
有渡○○柄	365/30-02	【 2762 ₀ 匈 】		物○秋迷漠使臣	145/8-6
【名聲】		○隱匈違、	455/23-6	空○三千銀世界	211/8-5
○○日以馳	096/40-12	【 2762 ₀ 翻 】		苔○卽青萍	231/4-2
○○最超衆	102/12-5	世情○覆手中雨	384/8-3	野○爭蒼翠	238/4-4
【名園】		碧桂○香墜玉壺	402/8-6	樹○山光雨後新	281/4-2
○○宜避暑	080/8-1	豈道○盆雨	459/8-1	海○迥開明鏡淨	375/8-5
異代○○傳勝概	164/8-7	千里共飛○	004/16-16	其○懃帶紫	494/58-32
【名區】		臺散雨花○大地	129/8-5	南樓夜○移	105/20-2
湖上○○信宿間	157/8-2	蜀鴉月下○	387/8-4	海門秋○滿漁船	127/8-1
湖上○○信宿間	373/8-2	不斷☐風○絪緼	429/8-3	如膏雨○乍濛濛	134/8-2
到處謌○○	494/58-15	石橋春度澗花○	133/8-6	三津春○卜居年	135/8-1
		輕熏吸管翠煙○	184/8-6		
【 2760 ₁ 響 】		玉屑時隨匕筯○	377/8-8		
一水一石○砰砰	016/50-27				
隔樹瞑鐘○	030/8-8				
激盪潮聲○雁廊	260/4-2				
【 2760 ₃ 魯 】					

— 137 —

【 2771₇ 色・勾・匈・岣・島・夒・餮・嶼・久・負 】

梅橋寒〇立驢前	169/8-4	風前柳絮春爭〇	377/8-3	柑橘仍將〇味誇	425/8-6
萋萋芔〇子衿鮮	178/8-1	何必瓜田培五〇	413/8-7	與君千里異〇關	369/8-6
紗窓雪〇攤書夜	180/8-3	馬蹄水草生秋〇	415/8-3	寧令過客生〇思	337/4-3
一叢秋〇尚蕭疏	214/8-1	綠樹連中〇	038/8-3	二郡煙花古帝〇	116/8-6
山川雪〇繁	233/4-2	不覺抵鴨〇	494/58-22	春秋正及養于〇	171/8-2
夏雲初發〇	008/16-9	汗漫遊敖三神〇	485/24-5	煙景依稀古帝〇	266/4-2
後素素絹〇瑩瑩	016/50-10			【郷園】	
庭階蘭玉〇	035/8-7	【 2772₀ 勾 】		〇〇孰倚間	058/8-2
中洲芳草〇	051/8-1	【勾欄】		〇〇暫別紫荊枝	359/8-4
雲衲奪朱〇	064/8-3	不妨〇〇人相倚	021/30-15	高臥〇〇待春日	172/8-7
山見悅人〇	065/8-3	玉作〇〇銀作梁	213/8-1		
同雲遮日〇	077/8-3	把酒倚〇〇	057/8-8	【 2773₂ 夒 】	
萬戸炊煙〇	094/40-39			【夒夒】	
凝結幽叢〇欲燃	185/8-2	【 2772₀ 匈 】		〇〇蔓疑牛不繫	186/8-3
新制樺皮〇自殷	202/8-1	匃隱〇違、	455/23-6	春風〇〇紫羅裙	442/8-2
水天秋一〇	222/4-1				
曾知三秀〇	490/4-1	【 2772₀ 岣 】		【 2773₂ 餮 】	
別有治藩五〇叢	021/30-2	維嶽麟〇跨二州	159/8-1	一片〇采且駐顔	179/8-2
輪塔午晴湖〇轉	133/8-5	翠黛濃抹碧嶙〇	417/21-21	石山殘歳〇霞色	445/8-3
煙散猶來山〇紫	148/8-3			不唯怡目又充〇	483/8-8
刻畫衣裳五〇霞	205/8-2	【 2772₇ 島 】			
織女機邊夜〇明	302/4-2	三〇神仙難物色	123/8-5	【 2778₁ 嶼 】	
六月芙蓉雪〇高	341/4-4	廣〇潮温牡蠣肥	172/8-6	一區島〇衛紅日	127/8-5
爲政白雲山〇靜	361/8-3	網〇維舟醉晩晴	282/4-1		
梅熟江天雨〇餘	404/4-1	海〇曾藏珠樹色	359/8-3	【 2780₀ 久 】	
渚仄斜陽五〇霞	424/4-4	海〇鷗鷺喜相迎	333/4-2	〇住蜆川涯	112/28-4
藤下間窗月〇浮	433/4-2	異〇山水獨新歌	363/8-4	〇費工夫常侍句	170/8-3
藤下間窗月〇浮	434/4-2	望〇情切懶登臺	389/8-2	交態〇逾淡	057/8-5
海天遙望眉壽〇	014/20-19	他〇召哲夫	502/66-34	田園〇帶一徑鋤	300/4-4
煨酒紅爐春一〇	018/32-25	一區〇嶼衛紅日	127/8-5	嚴親抱痾〇	002/14-4
身上煥發斑爛〇	020/6-3	每憶〇土不忘歸	177/8-1	僑寓亦不〇	010/56-21
花雨中峯來黛〇	122/8-3	飄零〇樹亂啼鳥	154/8-4	空亭坐嘯〇	103/20-19
三島神仙難物〇	123/8-5	千秋〇友水林子	366/12-5	願令徽雨〇	109/16-13
既知丈室生春〇	175/8-7	北雁憶〇人	045/8-6	慕蘭皆稱〇	111/24-3
留來霜葉三秋〇	191/8-3	克伴杖〇賢	091/16-4	【久拌】	
自愛守宮殘血〇	193/8-7	相伴異〇賓	111/24-2	〇〇興趣披雲發	165/8-5
斑斑瑀珥紅爐〇	195/8-5	傳心九〇月如霜	155/8-4	〇〇興趣披雲發	363/8-5
老圃摘殘濃紫〇	212/8-7	扶歸海〇盲流人	351/4-1		
酒酣揮洒雲煙〇	325/4-3	憶鱸松〇早秋風	362/8-6	【 2780₆ 負 】	
雪裏芙蓉初發〇	332/4-3	鴻雁斷〇書	462/8-6	縱〇梅花且留滯	405/8-7
斷續人家春一〇	344/4-3	西條父母〇	026/8-4	案齊寧〇伯鸞恩	483/8-4
海島曾藏珠樹〇	359/8-3	齡今及杖〇	035/8-6	遷喬春已〇	002/14-12

2780₆【負・炙・祭・榮・槳・纚・紀・絶・繩・稠・約・網・移・緑】 2793₂

鸕田城郭○	071/8-3	登覽嗟君極奇○	151/8-7	星霜養素道難○	180/8-6
釋褐何圖○所親	306/4-2	滿地青苔人迹○	358/4-3	緑蕚仙芳甚處○	192/8-1
十千酒債春宜○	449/8-5	【絶瑕】		鐵畫銀鉤取次○	207/8-8
【負笈】		明月襟懷淨○○	205/8-6	此花曾向府城○	445/8-2
○○無論學業成	393/8-2	玉版糊成自○○	471/8-1	【移種】
少孤○○出山村	413/8-1	【絶點】		○○梵宮尤可憐	487/8-2
		衣襟○○塵	083/8-8	紫荊○○故園花	414/4-4
【 2780₉ 炙 】		視篆香林○○埃	118/8-2	【移在】
殘尊重爲○魚傾	282/4-2	【絶纖塵】		盛筵○○墨江邊	176/8-2
【炙或烹】		不翅○○○	111/24-18	同盟○○故人家	498/8-2
脩用般般○○○	195/8-2	迎風壺底○○○	383/8-1	
修用般般○○○	444/8-2			【 2793₂ 緑 】
		【 2791₇ 繩 】		○薜紅蘿好遂初	123/8-8
【 2790₁ 祭 】		歲暮○床藏蟋蟀	124/8-3	○蕚仙芳甚處移	192/8-1
○汝北堂共	113/20-4	當時○武欽其祖	218/32-1	○扇掩紅顏	219/4-4
		形勢依然○墨功	117/8-2	○草青山路鬱紆	263/4-1
【 2790₄ 榮 】				○竹蘭干映水紋	384/8-1
儒有孝○在市廛	128/8-1	【 2792₀ 稠 】		○頭雙羽自南河	433/4-1
		篩月簌風葉葉○	291/4-1	無○雲壑寄幽蹤	124/8-8
【 2790₄ 槳 】				遊○日與柳緑長	156/8-4
雲隨桂○多	078/8-4	【 2792₀ 約 】		萬○鬱成叢	232/4-2
		明日登高○	491/8-7	爲○臣主能相得	376/8-7
【 2791₃ 纚 】		席間相○此相將	497/8-2	爲○風月好	478/8-7
○到御風知有待	382/8-3	羝羝更有聽鶯○	450/8-7	朱邸○松當檻映	117/8-3
坐定○知蓮漏短	120/8-3			池頭○柳帶星斜	338/4-4
老去詩篇○似巧	440/8-7	【 2792₀ 網 】		九華燈○玉	107/12-5
		○島維舟醉晩晴	282/4-1	雪盡藕○織曼陀	163/8-4
【 2791₇ 紀 】		收○傾樽割小鮮	127/8-2	傒開麥○菜黃間	277/4-1
巧○道悠矣	502/66-17	珊瑚○破唯餘潤	185/8-5	塵縛無○接座獅	398/8-2
柔也其有○	494/58-36			萬木添新○	007/30-15
		【 2792₇ 移 】		障日樹添○	104/16-3
【 2791₇ 絶 】		○棹緑陰重	071/8-8	庭階新長○苔痕	162/8-8
○纓宮裏千條燭	201/8-3	○筇返照紅	097/12-12	脩竹階前○沈管	174/8-5
一○呈抱眞主	457/14-4	○得香爐天外勝	182/8-7	遊歷堪誇○鬢年	178/8-2
謝○人貽祝壽篇	485/24-18	梅○木履野塘探	450/8-6	禪扉篭竹○	240/4-1
柴關○俗女僧房	168/8-1	客○玉藤Ⅸ	456/20-17	聖護林園○四圍	316/4-1
千載不○祀	494/58-26	愚公○之竟不能	014/20-16	萬木添新○	365/30-15
諸天片雲○	103/20-7	雖無○竹地	108/20-9	月明夢度○江波	400/4-4
千歲四絃○	239/4-3	新霽好○筇	067/8-2	一盆秋樹猶露	500/4-4
莫訝南鴻○信音	328/4-1	江上新○一畝宮	403/8-2	一條江水深○	088/8-1
林亭寥廓纖埃○	013/22-17	南樓夜色○	105/20-2	遊緑日與柳○長	156/8-4
一歸君家全三○	018/32-17	縱遇禹公○不能	417/21-16	幾度幽尋到○灣	331/4-2

【 綠・終・緱・縫・叔・級・綴・絳・以・似・作 】

母慈子孝宿因○	023/34-24
繡戶煙添垂柳○	134/8-5

【綠酒】

春動金○○	077/8-5
共酌伊丹新○○	392/8-3

【綠樹】

○○連中島	038/8-3
○○插帆檣	079/8-8
○○高低海畔城	374/8-6
僧院三千○○昏	133/8-4

【綠陰】

○○在槐天	006/16-1
移棹○○重	071/8-8

【 2793₃ 終 】

○見伴王喬	036/8-4
○歲家園樂有餘	126/8-1
○遣□蟲添寂寞	385/8-7
○年無益活斯身	440/8-8
鄰○德不孤	114/64-26
鄰○德不孤	502/66-26
鍾情○疾病	050/8-3
彼美○何地	051/8-3
魚目○難奪趙家	206/8-6
獨坐○宵好草經	343/4-2
茗話堪○夜	063/8-7
解脫才○日	083/8-7
婚嫁事都○	076/8-4
世明皓首○無用	180/8-7
極識鑾輿○不到	187/8-7
不歸北海竟○躬	443/8-4
嫁娶君家事既○	301/4-1
尚平婚嫁未曾○	362/8-2

【 2793₄ 緱 】

並駕○山鶴	093/12-3

【 2793₄ 縫 】

事業千秋高○帳	128/8-5

【 2794₀ 叔 】

【叔夜】

○○業曾同	104/16-14
鍛冶由來○○家	338/4-2

【 2794₇ 級 】

歷○已六十	003/24-10
一○卽一年	003/24-11
飛流幾百○	003/24-6

【 2794₇ 綴 】

點○江雲近斷雁	154/8-3
補○迦黎錦繡鮮	487/8-6
水天雲點○	394/8-1

【 2795₄ 絳 】

○燭紅爐簇暖煙	023/34-10
○河秋滴露團圓	185/8-1
限詩○燭夜三更	018/32-26
乘查八月○河橫	302/4-1
載酒徒尋○帳中	429/8-2

【 2810₀ 以 】

○自是乎倘	456/20-7
○險却爲夷	494/58-7
所○競摘藻	001/26-23
足○言吾志	034/8-3
漫○滑稽傳	254/4-4
何○買得好風景	340/4-3
豈○羊裘相狎褻	355/4-3
我○千秋爲鐘期	366/12-4
所○爲寄題也。	456/23-21
何○接芳軌	494/58-50
聊○悅其耳	494/58-54
琴書○消憂	010/56-23
看不○爲畫	224/4-3
優游○卒七十載	485/24-15
不教能○右手飧	025/20-4
名聲日○馳	096/40-12
蓂艸可○起	494/58-38
何必金丹○永年	023/34-26
一得子琴○牙待	366/12-3
士龍氏既○忠孝 　　　　鳴于國、	455/23-11
其君賜第○旌焉、	455/23-12

【 2820₀ 似 】

○墜苔顏施後粉	190/8-3
○珠無澤又無光	378/8-1
宛○舊盟存	004/16-10
宛○辟兵繫綵索	021/30-5
月○扇精裁	095/12-10
宛○有聲畫	098/20-19
不○宸遊當日望	169/8-7
飛鵲○催詩（葛）	115/44-24
冬嶺○施當日練	173/8-7
離思結○楊柳煙	012/12-3
長生術○期	096/40-28
一場交○水	099/20-3
來時煙○扶	113/20-15
陰蟲亦○多情思	166/8-7
結跏原○少林禪	204/8-4
前山奇○雲	255/4-2
滿庭花○雪	257/4-1
題詩趣○并州舍	403/8-5
莫使交情○	041/8-7
水檻多相○	073/8-1
清瘦太相○	075/8-7
老去詩篇纔○巧	440/8-7
寧無羈旅襟懷○	369/8-7

【 2821₁ 作 】

○序書傳晉代風	403/8-6
認○煙花二月看	191/8-4
玉○勾欄銀作梁	213/8-1
滴○砌邊花	223/4-2
會○神仙第一場	292/4-4
滴○庭花紅欲然	334/4-4
猶○須磨浦上看	396/4-4
難○有聲圖	460/8-8
調○數杯羹	464/8-4
一旦○秦胡	114/64-60
用汝○霖是何日	199/8-7
一旦○秦胡	502/66-62
人間徒○凡庸醫	015/18-6
篷窓漫○嗟來語	280/4-3

【 2821 ₁ 【 作・佺・偸・修・伶・倫・惰・傷・觸・飧・傲・微 】 2824 。

題門豈○阮生看	428/8-4	【 2822 ₇ 倫 】		【 2824 。 微 】	
悠然無所○	031/8-7	曾取伶○竹	416/8-3	○軀原有漏	063/8-5
可看滄海○蒼田	178/8-8			○霰逐風聲	077/8-4
不怕人呼○杏花	264/4-4	【 2822 ₇ 惰 】		○君其奈今宵	086/8-2
飛入山城○悠堆	475/4-4	○身道德尊	110/32-10	○陽活瘦容	113/20-10
寧有米田山○海	014/20-14	○竹階前綠沈管	174/8-5	○雨疏鐘打睡鷗	364/8-8
陟岵山城孰○篇	135/8-6	○用般般炙或烹	195/8-2	罪○古帝臺	094/40-40
玉作勾欄銀○梁	213/8-1	自○三百首	075/8-1	津梁○此子	007/30-5
客樹秋殘綵○花	262/4-2	欲○身至孝	096/40-21	恨殺○風飄並蔕	350/4-3
葦索今朝爐○灰	312/4-2	奚爲○史者	254/4-3	津梁○此子	365/30-05
何處柴荊結○籬	358/4-2	長於夏景○	109/16-16	昨夜○霜疑月光	410/4-1
沈李何須冰○盤	385/8-6			漸覺翠○新	028/8-6
萬壑清冰老○珍	383/8-2	【 2822 ₇ 傷 】		斷續鐘○長樂宮	134/8-4
未醉筐陰徑○三	388/8-4	家特○無後	050/8-5	艸螢哀○命	365/30-26
萍水歡君竟○家	414/4-2	促別○春盡	102/12-9	桂花香未○	103/20-14
萍迹何時此○家	412/4-2	蟬聯更有○觀者	437/8-7	階蚤露尙○	399/8-4
動輒低吟不○章	497/8-4			園稱挹翠翠○新	143/8-4
孝養王母躬力○	011/16-2	【 2822 ₇ 觸 】		芙蓉池上甘○祿	170/8-5
【作家】		飛○思萬里	008/16-14	苔碑沒字許○酣	216/12-8
早稱一○○	075/8-4	掩映白雲○	035/8-8	騫裳直向翠○行	374/8-8
幽間竟○○	112/28-6	逢爾江樓枉擧○	148/8-2	晚涼留客取○醺	384/8-2
		游詠時時酒客○	203/8-8	捲簾何管有○雲	499/8-4
【 2821 ₄ 佺 】		【觸詠】		捲簾何管有○雲	500/8-4
說與玄俗及偓○	023/34-6	○○石橋邊	229/4-2	茅店呼醪對翠○	142/8-4
		林亭○○樂何窮	021/30-30	滿籯何若一編○	177/8-8
【 2822 ₁ 偸 】				短榻風暖闌鈴○	371/8-8
玄圃○桃仙	254/4-1	【 2823 ₂ 飧 】		【微霜】	
羅縐欲○暮山紫	021/30-7	晚○香積飯	063/8-1	幽塈○○後	232/4-3
沈醉從○夜臉紅	381/8-6	菜羹加○飯	010/56-45	昨夜○○始滿城	353/4-1
		野館夕○英	491/8-6	昨夜○○疑月光	410/4-1
【 2822 ₂ 修 】		半日同飮○	004/16-12	階庭昨夜潤○○	208/8-4
○葺小叢祠	055/8-2	平居不素○	110/32-6	【微醺】	
○用般般炙或烹	444/8-2	摘蔬炊麥夕○香	168/8-8	○○宜代重陽酒	184/8-3
屋榮未○補	108/20-5	不敎能以右手○	025/20-4	晚涼留客取○○	384/8-2
載筆空違○史時	299/4-2	軟飽堪充幾夕○	184/8-4	【微風】	
【修煉】		三年好尙少卿○	377/8-6	○○搖漢影	041/8-5
何求○○服丹砂	205/8-4			○○疏雨入新歌	158/8-6
形氣猶看○○全	204/8-2	【 2824 。 傲 】		○○楊柳將梳影	193/8-5
		嘯○倚前楹	077/8-8	○○楊柳將梳影	419/8-5
【 2822 ₇ 伶 】		三徑獨令松樹○	214/8-3	○○消酒氣	482/8-5
曾取○倫竹	416/8-3	知爾小車元寄○	370/8-7	恨殺○○飄並蔕	350/4-3
				玉江橋上○○度	297/4-3

【微命】
草螢哀○○	007/30-26
艸螢哀○○	365/30-26

【微笑】
佛前○○花	069/8-4
山茶○○野梅妍	344/4-4

【 2824 ₀ 徵 】
應○卽釋褐	114/64-35
應○卽釋褐	502/66-35

【 2824 ₀ 徹 】
○履尋君几且憑	439/8-2
椒盤昨日○餘杯	312/4-1
千金春宵易○明	016/50-45
碧穀冰肌透○光	190/8-6

【 2824 ₀ 黴 】
願令○雨久	109/16-13

【 2824 ₇ 復 】
○延賓客倚南軒	025/20-18
不○勞刀筆	006/16-12
誰○定推敲	048/8-8
休○論佳客	092/16-13
休○泣多岐	105/20-8
況○值陽回	106/20-2
無○清池一葉荷	163/8-8
寧○腰間紆紫朱	217/20-18
無○不潛魚	234/4-2
無○聚星人側目	403/8-7
勿○令田變爲海	417/21-14
倉皇○東行	009/34-28
脂轄○何之	010/56-28
枯腸○得春	034/8-8
一閒○一忙	258/4-1
君去○來三日際	390/8-7
舟楫不○理	010/56-13
今宵不可○虛疏	406/26-11
紫荊花發○成叢	431/4-4
駜騵如雲不○屯	327/4-2
竈底寒灰欲○然	372/8-2

初志難酬北○南	450/8-1
柏葉杯前意○親	488/8-6

【 2825 ₃ 儀 】
羽○雖各具	004/16-3
鳳○難到不鳴箾	194/8-6
鳳○難至不鳴箾	418/8-6
温雅欽○容	008/16-2

【 2826 ₆ 僧 】
○房刺見貝多奇	130/8-4
○院三千綠樹昏	133/8-4
雛○報客至	069/8-1
病○應待我	081/8-7
小○看客罷驅烏	295/4-1
獅座胡○話	037/8-3
逢着高○夜喫茶	270/4-2
仍被老○迎	493/8-4
臘悠齋寒○喚來	379/8-4
柴關絕俗女○房	168/8-1

【 2826 ₈ 俗 】
○士斥文才	094/40-22
土○相慶授概年	011/16-9
蕩滌○眼與世情	018/32-22
吾邦○自違	059/8-2
說與玄○及偓佺	023/34-6
詩詞驚○竟無益	167/8-3
柴關絕○女僧房	168/8-1
能爲醫○巧	097/12-8
太平民○爭香火	375/8-7
別來絺○旣綈袍	474/8-1

【 2828 ₁ 從 】
○容下釣綸	045/8-8
率○魚蝦輩	003/24-22
不○戲蝶去踰牆	190/8-8
探勝○遊日	111/24-23
沈醉○儴夜臉紅	381/8-6
壯遊恨難○	008/16-12
不唯葛子○	071/8-2
御李汝相○	093/12-2

小笠短蓑○所適	145/8-7
探勝誰能○酒翁	362/8-1
宛在舊坵往	087/8-2
非引深杯難○目	281/4-3
憖無勝具可相○	132/8-2
南禪寺畔暫相○	317/4-1

【從它】
○○醒醉辭（岡）	115/44-22
○○疏雨散清芬	350/4-4

【 2829 ₄ 徐 】
蘋末風○至	095/12-7

【 2829 ₄ 條 】
西○父母郷	026/8-4
一○江水深綠	088/8-1
蕭○楊柳思依依	172/8-8
柳○無恙舊河梁	390/8-1
巷柳蕭○無客折	188/8-7
百尺垂○拂地長	296/4-2
玉江晴度一○虹	117/8-1
絕纓宮裏千○燭	201/8-3

【 2833 ₄ 悠 】
○悠逐鷺鷗（岡）	115/44-30
悠○逐鷺鷗（岡）	115/44-30

【悠矣】
巧記行○○	114/64-17
巧紀道○○	502/66-17

【悠然】
○○無所作	031/8-7
○○獨背秋陽立	339/4-3
○○坐對疏簾雨	352/4-3

【悠哉】
瞻望思○○	001/26-2
將歸客思最○○	174/8-2

【 2835 ₁ 鮮 】
薄酒小○留話故	489/8-7
更映百花○	091/16-16
海瀛流霞五彩○	023/34-28
收網傾樽割小○	127/8-2

2835 ₁【 鮮・聲・孅・船・谿・牧・馥・齡・收・纜・紛・絺・綸・繳・給・縱・觥・倦・倘・伴 】 2925 ₀

萋萋艸色子衿〇　178/8-1
千行珠淚血猶〇　185/8-4
補綴迦黎錦繡〇　487/8-6

【 2840 ₁ 聲 】
梢〇撐蟾兔　098/20-7
柞原城北〇蓮宮　151/8-1
雲開疊巘〇丹楹　346/4-4

【 2845 ₃ 孅 】
篙人候霽未期〇　012/12-6

【 2846 ₀ 船 】
〇船猶覓孝廉名　361/8-6
相公〇不見　387/8-5
重命航〇酌大泉　176/8-8
海門秋色滿漁〇　127/8-1
喧呼辰巳渡頭〇　136/8-2
隨意吟笻不羨〇　344/4-2
醉向京橋月下〇　348/4-2
釣得珊瑚滿錢〇　485/24-4

【 2846 ₈ 谿 】
昏度〇村造　494/58-20
列峙一〇隅　047/8-2

【 2854 ₀ 牧 】
〇笛寺前陂　039/8-6
〇篴橫煙堤放犢　181/8-3
門鄰耕〇居　080/8-4
一卷裝池〇群英　016/50-35

【 2864 ₇ 馥 】
芝蘭君子室元馥　217/20-13
芝蘭君子室元〇　217/20-13

【 2873 ₇ 齡 】
〇今及杖鄉　035/8-6
〇何稀七十　064/8-5
六〇能寫字　096/40-9
官清〇亦妙　009/34-3

意使遐〇成米字　011/16-8
欲等鶴〇雲萬朶　495/8-3
苓朮不假〇自引　485/24-21

【 2874 ₀ 收 】
〇網傾樽割小鮮　127/8-2
秋〇千畝側　056/8-1
秋〇麥隴牛眠穩　218/32-17
暮天〇雨月如蘇　402/8-1
江天〇宿雨　458/8-1
噴珠誰〇拾　003/24-14
楡莢曉〇霙　238/4-1
宿昔新〇水寺煙　340/4-1
庭觀秋麥〇　007/30-17
庭觀秋麥〇　365/30-17
彼美西方〇媚黛　478/8-7

【 2891 ₆ 纜 】
解〇薰風汆上蓆　364/8-1
三津解〇時（岡）　115/44-2
因繫回舟〇　502/66-51

【 2892 ₇ 紛 】
繽〇豈爲空生雨　378/8-5
豈爲蜩〇攻　104/16-10
【紛紛】
〇〇出海霞　486/8-8
夜月影〇〇　248/4-3
江楓霜薄未〇〇　303/4-4
其如詩思羝〇〇　423/8-2

【 2892 ₇ 絺 】
別來絺俗既〇袍　474/8-1

【 2892 ₇ 綸 】
釣〇垂與世浮沈　453/8-8
從容下釣〇　045/8-8
興來鷗鷺伴垂〇　145/8-4

【 2894 ₀ 繳 】
羅〇欲倣暮山紫　021/30-7

流〇照繳一枝梅　480/4-4

【 2896 ₁ 給 】
供〇一何盛　007/30-22
供〇一何盛　365/30-22
飲啄任人〇　092/16-5
野籟山骰供〇足　412/4-3

【 2898 ₁ 縱 】
〇負梅花且留滯　405/8-7
遇禺公移不能〇　417/21-16
〇橫無計舌徒存　447/8-6
志〇令初遂　114/64-29
志〇教初遂　502/66-29
人迹〇橫五夜霜　213/8-4
登樓聊〇目　079/8-7
【縱使】
〇〇多風力　065/8-7
〇〇扁舟來繫少　286/4-3
〇〇登樓非土嘆　359/8-7
桑滄〇〇一變改　014/20-13

【 2921 ₁ 觥 】
稱〇新霽醉田園　218/32-16
只是進〇籌　109/16-10
如是下物供咒〇　016/50-42

【 2921 ₂ 倦 】
楓飛〇鳥喧　056/8-4
卷舒不〇坐二更　016/50-44

【 2922 ₇ 倘 】
〇是碧霞能服餌　178/8-7
兒輩〇能學斯老　204/8-7
他時〇選十洲記　292/4-3
彼岸雁王〇相許　150/8-7
以自是乎〇　456/20-7

【 2925 ₀ 伴 】
〇此東西客（葛）　115/44-21
〇客過鄰家　256/4-2

— 143 —

2925。【 伴・愁・鱗・峭・鱗・絻・紗・稍・絆・秋 】　　　2998。

擕○入方丈	030/8-2	【 2991 ₂ 絻 】		春○正及養于郷	171/8-2
偶○蓮池客	079/8-1	空軒○戀情	482/8-4	千○神所宅	233/4-3
克○杖郷賢	091/16-4			千○磊落有才奇	366/12-1
相○異郷賓	111/24-2	【 2992 。 紗 】		千○郷友水林子	366/12-5
鷗○煙波千佛閣	157/8-3	碧○窓外織流光	296/4-4	春○甫而立	503/66-27
總○騷人達曙吟	166/8-8	烏○莫遣晚風吹	357/4-4	東行○三五	009/34-29
鷗○煙波千佛閣	373/8-3	支頤倚碧○	112/28-18	德星○冷水天昏	025/20-20
終見○王喬	036/8-4	薰風吹透碧窓○	337/4-2	執扇○將棄	041/8-3
蹔放鷗○閒	104/16-9	雨餘春水映窓○	412/4-1	孤村○草路	103/20-3
鷗儔鷺○重相擕	150/8-8	黃昏逗影月籠○	471/8-6	物色○迷漠使臣	145/8-6
鶻鵑有○山春樹	360/8-3	【紗窓】		彤管○開女史顏	157/8-6
興來鷗鷺○垂綸	145/8-4	○○雪色攤書夜	180/8-3	海潮○與碧空平	160/8-1
載酒仍容侯子○	428/8-3	○○獨坐讀書時	192/8-6	蘆屋○聲聞雁後	169/8-3
		雨冷○○舊話時	183/8-4	彤管○開女史顏	157/8-6
【 2933 ₈ 愁 】				絳河○滴露團圓	185/8-1
○人步月夜三更	149/8-6	【 2992 ₇ 稍 】		一別○河隔且長	186/8-2
○心千里遙相寄	406/26-17	閃鑠紅○影有無	201/8-1	燈前○恨懶裁書	188/8-8
水煙○殺一群鵝	125/8-8	【稍厭】		水天○一色	222/4-1
千里羈○君自遣	019/14-11	○○銷魂賦	114/64-53	天香○亂墜	246/4-1
締耘猶○熱（憲）	422/16-5	○○銷魂賦	502/66-55	淡路○高雁寄遲	293/4-2
萬斛消○萬斛春	427/8-6			客樹○殘綵作花	262/4-2
卽指暮雲○裏地	390/8-3	【 2995 。 絆 】		葉逗○陽露始乾	322/4-2
鐘聲半夜破○眠	324/4-2	軒裳豈可○君身	145/8-8	窓外○潮碧渺茫	325/4-1
君看明月或自○	406/26-16			淡路○高雁寄遲	293/4-2
		【 2998 。 秋 】		越路○鴻未飛盡	336/4-3
【 2935 ₉ 鱗 】		○天霽乍陰	042/8-2	彤管○開女史顏	373/8-6
金○坐可漁	234/4-4	○收千畝側	056/8-1	十三○季月	395/8-1
龍○金可數	248/4-4	○深槖吾野	058/8-7	叢菊○殘徑	461/8-1
下有○族集	003/24-8	○園花可品	084/8-1	謝世○何地	416/8-7
水面金○殘日影	160/8-3	○城艷灝氣	108/20-17	郊村○納稼	491/8-5
無數金○躍碧漪	297/4-4	○收麥隴牛眠穩	218/32-17	一盆○樹綠猶露	501/4-4
一頭六六○	003/24-1	○江月一彎	242/4-1	若無今○會	009/34-33
含影緋魚○有無	200/8-6	○半陰雲惱客時	329/4-2	事業千○高縫帳	128/8-5
鳳翼與龍○	250/4-3	○來畏日擲枯藜	349/4-1	返得千○楚客魂	184/8-8
		○已稻粱登隴上	435/8-5	儘蓄千○王者笱	209/8-3
【 2972 ₇ 峭 】		○季報歸程	493/8-2	我以千○爲鐘期	366/12-4
○壁削成千片玉	367/8-3	春○方五十	040/8-3	行縣今○亦豐熟	411/4-3
		千○清白業	110/32-31	海屋春○籌幾千	485/24-22
【 2975 ₉ 鱗 】		春○甫而立	114/64-27	招飲桂叢○	052/8-2
【鱗峋】		羈○星火伏（岡）	115/44-39	寫詩燈下○懷	090/8-6
維嶽○○跨二州	159/8-1	清○最好賦間居	126/8-2	喜鵲匝林○兩岸	149/8-5
翠黛濃抹碧○○	417/21-21	麥○郊外試春衣	142/8-2	上林月露○凝淚	187/8-5

2998 【秋・空・室】 3010

悠然獨背○陽立	339/4-3
荷露滴殘○扇遠	484/8-5
想是亦猶千○質	366/12-9
月明何處多○思	022/8-2
明光浦上三○月	328/4-3
想是亦猶千○質	366/12-9
孤舟鶴影昨○分	423/8-6
繁華凋謝千○後	445/8-7
月明三十六灣○	017/8-3
爭探珠玉滿江○	022/8-8
白雁聲寒積水○	140/8-4
楠子勤王割據○	159/8-4
後庭玉樹不勝○	261/4-4
嵐山紫翠染衣○	314/4-4
舊業追懷去越○	330/4-2
楠子勤王割據○	159/8-4
與君十載賞中○	406/26-13
蘆葉梅花春又○	438/8-2
窓寒蟋蟀苦吟○	441/8-6

【秋露】

淨庭○○濕難然	487/8-4
吟蛩草砌○露	086/8-3

【秋水】

○○漲江村	004/16-6
○○含煙菡萏傾	496/8-4
青萍○○劍	051/8-5
玉江○○新煎夜	141/8-7
釣臺○○潔	234/4-1
南軒○○澹	477/8-1
門艷茅海○○	087/8-5
十二珠欄○○齊	150/8-6
春水軒前○○漲	406/26-1
樽前萬戶明○○	148/8-5

【秋色】

海門○○滿漁船	127/8-1
一叢○○尚蕭疏	214/8-1
留來霜葉三○○	191/8-3
馬蹄水草生○○	415/8-3

【秋寒】

林墅○○梧柏摧	376/8-4
月明○○浪尧干	397/4-2

【秋滿】

桂花○○送清芬	499/8-8
蒹葭洲渚○○時	015/18-14

【秋穀】

欲祈○○熟	055/8-1
春歌○○新	083/8-4

【秋風】

○○幾長庭菜	089/8-4
○○鴻雁度天心	166/8-6
○○空染淚千行	197/8-8
○○吹落碧梧梢	436/8-4
江上○○起素波	165/8-2
浪速○○一夜航	298/4-2
一水○○送錫飛	319/4-1
江上○○起白波	363/8-2
偶感○○憶舊園	413/8-2
歸省○○歡已深	468/8-2
憶鱸松島早○○	362/8-6

【秋煙】

○○深鎖一叢祠	358/4-4
梁苑○○氣始融	194/8-4
梁苑○○氣始融	418/8-4

【秋麥收】

庭觀○○○	007/30-17
庭觀○○○	365/30-17

【 3010₁ 空 】

○有猶龍歟	048/8-5
○色三千銀世界	211/8-5
○記三千第一名	268/4-2
○懸片月入想思	293/4-4
○房起坐推窓望	353/4-3
○軒綣戀情	482/8-4
半○銀碧映三洲	271/4-2
長○新霽水滋涵	388/8-2
江上○徘徊	001/26-8
涕淚○餘蓋里歌	125/8-6
秋風○染淚千行	197/8-8
咄咄○中書者誰	207/8-1
敗席○囊僅自隨	215/8-1
載筆○違修史時	299/4-2
他日○山相許否	398/8-7
尸解衣○掛	036/8-5

北海酒○清	037/8-6
幽燭當○自燒	086/8-8
埋玉哀○切	110/32-29
蓬首我○濡	114/64-52
蓬首我○濡	502/66-54
連理杯○人隔歲	189/8-3
玉露滴○階	477/8-4
蓬首我○濡	503/66-54
停杯倚舷○相思	015/18-16
鬢毛未變○追憶	126/8-7
梢頭摩碧○	252/4-2
繽紛豈爲○生雨	378/8-5
洗馬波間○自見	385/8-3
海潮秋興碧○平	160/8-1
銀盆誰向碧○傾	199/8-1
床頭擧首思○長	410/4-2
一龍難合夜○暗	428/8-5
茆花撩亂荷葉○	021/30-1
重陽徒看酒杯○	214/8-7
花柳離披迹已○	381/8-2
萬古榮名忽已○	443/8-6

【空亭】

○○坐嘯久	103/20-19
○○返照多	222/4-4
○○曉月斜	223/4-4
夕麗○○攜手來	174/8-1

【 3010₄ 室 】

○明無盡燈	063/8-8
○中生白坐相忘	476/8-6
婦○夜寒嘆不寐	199/8-3
清靜書○會同盟	016/50-1
竟將宜○淑	091/16-3
午雲蔭○虛生白	128/8-3
既知丈○生春色	175/8-7
賀來居○更孤鴻	403/8-4
心交蘭○夜遊燭	426/8-5
徑造環堵○	006/16-6
春深方丈○	037/8-1
清虛生白○	108/20-1
芝蘭君子○元馥	217/20-13
遺構誰茶○	245/4-1

3010₄【 室・宜・溢・窕・注・沈・瀛・泣・濟・滂・滴・漓・蜜・液・渡・凛 】
3019₁

更有淸風○裏添	500/4-2	岱嶠或蓬○	241/4-2	油幕不漏一○雨	021/30-11
期頤可待觀頤○	218/32-29	塵埃堆裏有蓬○	016/50-50	【滴露】	
屢擬乘雲尋石○	283/4-3	棲鶴停雲倚海○	495/8-2	○○芙蓉已頹情	193/8-6
				○○芙蓉已頹情	419/8-6
【 3010₇ 宜 】		【 3011₈ 泣 】		○○階餘蕢葉冷	497/8-5
○使二三子	010/56-39	幾度○躊躇	050/8-8	硏朱○○石難乾	191/8-6
○在淸簾孝養家	471/8-8	華簪○曾元	110/32-24	【滴爲】	
○傾祖酒壺	502/66-52	詩爾常能○鬼神	143/8-6	○○衣裏珠	225/4-4
琴○摩詰彈	098/20-16	乾紅兩袖○花後	189/8-5	○○千畝穀	228/4-4
門○駐馬蹄	099/20-14	春風不必○豐碑	299/4-4	【滴作】	
小窓○夜話	041/8-1	【泣多岐】		○○砌邊花	223/4-2
名園○避暑	080/8-1	休復○○○	105/20-8	○○庭花紅欲然	334/4-4
竟將○室淑	091/16-3	行途吊影○○○	183/8-6		
霜才○喫菜	106/20-17			【 3012₇ 漓 】	
微醺○代重陽酒	184/8-3	【 3012₃ 濟 】		淋○墨未乾	098/20-20
醉後只○茶	112/28-24	○川爾所長	010/56-55		
雲外賞○雲母峯	132/8-4	○濟今多士	005/18-3	【 3013₆ 蜜 】	
他席菊花○共采	389/8-5	○世元知勝相良	451/8-2	○藏誰窺得	064/8-7
十千酒債春○負	449/8-5	濟○今多士	005/18-3		
一水兼葭月亦○	489/8-6	刀圭旣是○黎元	218/32-8	【 3014₇ 液 】	
【宜春】		自鳴者一越三千○、	455/23-18	咀來瓊○送喉牙	206/8-8
○○多少字	059/8-7	【濟度】			
寫罷○○帖一堂	024/12-5	○○曾聞選佛場	155/8-2	【 3014₇ 渡 】	
		○○如無借	249/4-3	有○稱名柄	007/30-2
【 3011₁ 溢 】				野○待歸人	083/8-6
○罷氤氳出布囊	378/8-2	【 3012₇ 滂 】		杯○朝辭浪速城	333/4-1
應晒連朝○酒巾	339/4-4	醉眠篷底雨○沱	356/4-1	有○名稱柄	365/30-02
				古○須吾友	467/8-3
【 3011₃ 窕 】		【 3012₇ 滴 】		呼舟臨野○	065/8-5
窈○人相唱	103/20-5	○露階餘蕢葉冷	497/8-5	送梅晴度○華津	281/4-1
		○露芙蓉已頹情	419/8-6	斷雲橫野○	459/8-5
【 3011₄ 注 】		雨○盆池菌苔疏	126/8-4	【渡頭】	
惠雨入門○	007/30-13	露○蒹葭雁未飛	415/8-8	競罷○○舟	038/8-6
		芭蕉○滴隔窓聽	343/4-1	喧呼辰巳○○船	136/8-2
【 3011₇ 沈 】		玉露○空階	477/8-4	野寺孤雲古○○	364/8-4
【沈溺】		荷露○殘秋扇遠	484/8-5		
要湛○○宴群仙	023/34-4	芭蕉滴○隔窓聽	343/4-1	【 3014₀ 淬 】	
寒露結時和○○	383/8-3	絳河秋○露團圓	185/8-1	束書環○楠相遷	128/8-2
		松間結○道人硯	198/8-3		
【 3011₇ 瀛 】		長江細雨○階除	318/4-1	【 3019₁ 凛 】	
海○流霞五彩鮮	023/34-28	白露及更○	395/8-7	意氣風霜○	005/18-13

— 146 —

【 3019 ₆ 涼 】
〇月碎波紋　　　　041/8-6
〇雨新晴暑猶餘　　406/26-3
〇稀扇數排（張）　422/16-10
晚〇留客取微醺　　384/8-2
晚〇歌白苧　　　　095/12-5
清〇界可依　　　　103/20-6
凄〇滿面瓦窯煙　　169/8-8
新〇爽抱懷　　　　477/8-2
臨水〇軒幾繫車　　484/8-1
枕簟多〇氣（葛）　115/44-41
淺水早〇歸　　　　399/8-2
【涼颸】
蘋末〇〇起　　　　080/8-7
一陣〇〇動樹端　　385/8-2
滿袖有〇〇　　　　479/8-8
白蘋洲上趁〇〇　　329/4-4

【 3020 ₁ 寧 】
〇有米田山作海　　014/20-14
〇效賣刀人　　　　044/8-6
〇問藥君臣　　　　053/8-4
〇消舐犢悲　　　　096/40-32
〇與樂簞食　　　　100/16-7
〇將非土歎歸歟　　170/8-8
〇復腰間紆紫朱　　217/20-18
〇令蔬客生鄉思　　337/4-3
〇無覊旅襟懷似　　369/8-7
酒〇與我敵　　　　032/8-1
飲〇讓汝豪　　　　062/8-6
野〇某得賭　　　　074/8-3
家〇使後無　　　　114/64-30
家〇使後無　　　　502/66-30
更有〇詞美　　　　044/8-7
藥篦〇換酒　　　　081/8-3
紅爐〇必擁　　　　106/20-13
一雨〇漸漏　　　　108/20-11
識韓〇謂新　　　　111/24-4
鰥獨〇懷土　　　　112/28-5
強頂〇爲洛陽令　　204/8-3
所見〇無異所聞　　303/4-2
討尋〇是剡溪看　　370/8-2

案齊〇負伯鸞恩　　483/8-4
王母康〇且樂易　　011/16-5
甕驢雪裏詩〇拙　　117/8-5
當時何物育〇馨　　380/8-1
【寧樂】
〇〇村農姓寧樂　　011/16-1
寧樂村農姓〇〇　　011/16-1
【寧道】
〇〇食無魚　　　　009/34-10
〇〇與它隱逸同　　021/30-10

【 3020 ₂ 寥 】
寂〇小樓外　　　　076/8-7
林亭〇廓纖埃絕　　013/22-17
今夕何〇寂　　　　059/8-1
獨坐蕭蕭寂〇　　　086/8-1

【 3021 ₁ 扉 】
禪〇篝竹綠　　　　240/4-1
潮痕白版〇　　　　059/8-6
敲來野寺〇　　　　103/20-2
山雲畫掩〇　　　　461/8-2
陶令風流采菊〇　　177/8-6
尋君叩得野人〇　　316/4-2
寂寞宛如幽谷〇　　371/8-2

【 3021 ₁ 寵 】
祇當調〇妃　　　　092/16-14
釋褐南風見〇榮　　335/4-1
王醴百年看〇遇　　415/8-5

【 3021 ₂ 宛 】
〇然對故人　　　　224/4-4
〇敵平原十日歡　　370/8-6
寂寞〇如幽谷扉　　371/8-2
一鼎松風〇對君　　141/8-8
【宛似】
〇〇舊盟存　　　　004/16-10
〇〇辟兵繫綵索　　021/30-5
〇〇有聲畫　　　　098/20-19
【宛在】
〇〇舊坫往從　　　087/8-2

〇〇水中沚（岡）　115/44-44

【 3021 ₇ 扈 】
內人千騎〇雲車　　262/4-1

【 3022 ₇ 帘 】
畫舫青〇引衆賢　　176/8-1

【 3022 ₇ 房 】
禪〇花木改春容　　121/8-1
僧〇刺見貝多奇　　130/8-4
空〇起坐推窗望　　353/4-3
花木禪〇主有無　　295/4-2
夜坐閒〇燒木佛　　320/4-3
同人夜叩朗公〇　　120/8-1
柴關絕俗女僧〇　　168/8-1
唯因寒素重禪〇　　378/8-8

【 3022 ₇ 扁 】
〇鵲竟難治　　　　096/40-26
〇曰潮鳴。　　　　455/23-13
避世深〇隱逸廬　　214/8-6
【扁舟】
〇〇昨夜試漁養　　363/8-8
縱使〇〇來繫少　　286/4-3
因見〇〇訪載人　　434/8-8
未將羹膾促〇〇　　438/8-8

【 3022 ₇ 宵 】
一〇始遭逢　　　　008/16-4
今〇有此好下物　　018/32-23
春〇宮裏春霄長　　260/4-1
今〇招友飲　　　　394/8-5
今〇不可復虛蔬　　406/26-11
今〇玄艸酒　　　　486/8-5
來〇琴酒知何處　　497/8-7
千金春〇易徹明　　016/50-45
可惜今〇別　　　　093/12-7
賞最今〇是　　　　103/20-17
李郭此〇思（葛）　115/44-28
獨坐終〇好草經　　343/4-2
茅屋今〇若無客　　402/8-7

【 3022 ₇ 宵・扇・窩・窮・永・家 】

因卜元〇訝衆賓	427/8-2	【 3023 ₂ 永 】		仙〇日月某一局	485/24-9
守歲今〇憶阿戎	431/4-2	〇好木瓜章	054/8-6	歸〇難緩期	492/8-8
金井寒〇醉月姿	445/8-4	鑾金訓〇存	110/32-30	故人〇在此中途	347/4-1
先說前〇中聖人	488/8-4	何必金丹以〇年	023/34-26	揚頭〇聲君努力	380/8-7
不識前〇雨	493/8-7	夢裏逢君悲〇訣	189/8-7	想爾〇山讀書處	393/8-7
微君其奈今〇	086/8-2			寸斷〇人幾日腸	410/4-4
班荊亭樹連〇飲	146/8-5	【 3023 ₂ 家 】		主人〇在白雲嶺	468/4-1
花明海上春〇月	273/4-3	〇特傷無後	050/8-5	一歸君〇全三絕	018/32-17
几上金玉連〇詩	406/26-7	〇貧尚有儲	061/8-4	扶醉我〇兒	066/8-4
水軒邀月坐〇分	499/8-1	〇營一藥籠	076/8-2	盛暑黃〇枕	096/40-19
【宵酒】		〇先有遺烈	110/32-3	某置人〇樹鬱葱	134/8-1
薄槩今〇酒	034/8-7	〇寧使後無	114/64-30	豈讓孟〇三百片	141/8-5
滿斟不辭今〇酒	406/26-23	〇醪雖薄可爲歡	397/4-4	風雨千〇寒食至	152/8-3
		〇在山陽第幾州	406/26-18	二郡人〇霧裏連	169/8-6
【 3022 ₇ 扇 】		〇嚴自有家弟侍	406/26-19	歲月歸〇一舊甗	178/8-6
〇搖八跪欲橫行	210/8-6	〇兒一歲正周遭	407/4-1	吹落君〇百尺樓	271/4-4
〇扇席薰風篩竹影	218/32-23	〇山如咲待歸舟	409/4-4	富貴誰〇植牡丹	273/4-1
紈〇秋將棄	041/8-3	〇園猶自隔長流	411/4-2	嫁娶君〇事既終	301/4-1
綠〇掩紅顏	219/4-4	〇翁老去遺生辰	427/8-1	洩在君〇牛棟間	342/4-4
月似〇精裁	095/12-10	〇雖無不龜	456/20-13	斷續人〇春一色	344/4-3
涼稀〇數排（張）	422/16-10	〇寧使後無	502/66-30	不識誰〇種菊苗	345/4-4
碧霧鎖巖〇	100/16-14	君〇春酒釀萬斛	023/34-27	想像人〇稱壽宴	428/8-7
荷露滴殘秋〇遠	484/8-5	葛〇何日得一豚	025/20-1	總爲君〇多積善	433/4-3
藥爐休用同心〇	188/8-5	我〇醫業稱三世	025/20-11	黙識喬〇大小情	437/8-8
		田〇經幾處	029/8-1	爲恥周〇戰伐功	443/8-2
【 3022 ₇ 窩 】		習〇知不遠	071/8-7	五𠃊神〇單帖	457/14-12
仙〇老自燒	036/8-2	誰〇懸鐵炭	106/20-5	詠悠謝〇才得匹	474/8-3
支機石古紫雪〇	163/8-6	人〇遙隔恒沙界	122/8-5	我亦有〇翁	494/58-45
		人〇十萬蒼煙廻	133/8-3	倒屣自鄰〇	069/8-2
【 3022 ₇ 窮 】		平〇舊事將相問	137/8-7	早稱一作〇	075/8-4
〇途狂所哭	094/40-33	姚〇富貴看花圃	177/8-5	幽間竟作〇	112/28-6
未〇千里目	042/8-7	誰〇紅女積功夫	196/8-1	花木榮枯〇難外	164/8-3
送〇窮未去	061/8-1	萬〇廚帳足膨脖	212/8-4	菊水誰言〇記號	218/32-31
送窮〇未去	061/8-1	誰〇籬落款冬老	282/4-3	魂在阿郎〇	220/4-4
方此〇陰候	005/18-5	君〇兄弟比椿津	305/4-1	伴客過鄰〇	256/4-2
危磴〇時首始回	311/4-2	君〇女婿寓三津	306/4-1	湖山指顧〇何處	335/4-3
不問送〇文就否	313/4-3	貧〇也自事相催	313/4-2	家嚴自有〇弟侍	406/26-19
仙浪渺渺難〇	088/8-8	君〇昆季舊相知	359/8-1	天涯別淚〇三鳳	438/8-5
林亭觴詠樂何〇	021/30-30	酒〇南薰隔牆喚	369/8-3	苦憶阿戎〇	486/8-8
長教水月照無〇	164/8-8	傳〇肘後竟無方	451/8-8	主者誰何森〇母	021/30-23
任它年與世途〇	167/8-2	田〇請勿愆期	457/14-14	竈頭欲上葛〇匕	208/8-5
驪歌別友思不〇	381/8-4	擧〇何處去	482/8-1	鳥聲遠近千〇月	213/8-3

【 家・宸・穿・宿・窟・瘵・進・適・迹・寒 】

江湖飄蕩浇○私	215/8-2	虛閣女牛○	107/12-7	水○雲蹤九州遍	323/4-3
芸窗日擬大○辭	287/4-4	風冷郊天○霧晴	374/8-2	萍○何時此作家	412/4-2
清貧猶得悦○尊	426/8-8	山中僅一○	466/8-3	霜橋人○清	101/16-6
東牀坦腹報○親	434/8-1	萬頃煙波解○醒	016/50-46	陳圖靈○猶何處	159/8-7
由來海外仙○物	496/8-7	丹北呈祥驅○霧	218/32-19	飄飄身○水中萍	380/8-4
仙人出自玉人	205/8-1	昏黑上方何處○	161/8-7	西歸履○遭人窺	398/8-8
魚目終難奪趙○	206/8-6	妝間吞聲啼獨○	183/8-5	十年身○間鷗鷺	498/8-3
文覺頭陀昔在○	267/4-1	【宿雨】		握手論身○	102/12-11
踏雲攀月到君○	270/4-4	○○鴻邊竭	001/26-5	河陽尋古○（岡）	115/44-31
鍛冶由來叔夜○	338/4-2	江天收○○	458/8-1	佳人賜第○猶存	137/8-2
萍迹何時此作	412/4-2	【宿間】		花柳離披○已空	381/8-2
萍水歡君竟作○	414/4-2	湖上名區信○○	157/8-2	鳧鷗沙暖○爲字	452/8-3
春水當軒忽憶○	424/4-1	湖上名區信○○	373/8-2	蒼苔全沒○	463/8-3
春來江上定思○	425/8-1			滿地青苔人○絶	358/4-3
宜在清簾孝養○	471/8-8	【 3027₂ 窟 】		一夜通仙去無○	290/4-3
同盟移在故人○	498/8-2	聊吟輿○龍	093/12-4	白須夜照神人○	373/8-5
【家在】				康街野馬蔬無○	453/8-5
○○傳法湄	010/56-2	【 3029₄ 瘵 】			
○○山陽第幾州	406/26-18	婦室夜寒嘆不○	199/8-3	【 3030₃ 寒 】	
故人○○松雲際	142/8-7			○消碧澗羹	077/8-6
故人○○在此中途	347/4-1	【 3030₁ 進 】		○威猶未烈	106/20-1
【家園】		書○練裙幅	114/64-5	○塘剪取水仙花	206/8-4
終歲○○樂有餘	126/8-1	書○練裙幅	502/66-5	寒○結時和沆瀣	383/8-3
舊是○○種仙杏	131/8-7	論心○濁醪	062/8-2	寒○晴嶂齋藍青	380/8-8
		只是○瓯籌	109/16-10	歲○盟不寒	005/18-11
【 3023₂ 宸 】		細君誰○饋	113/20-7	防○且釣詩	066/8-2
不似○遊當日望	169/8-7	侍兒休○越人方	187/8-8	初○少迫肌	081/8-2
		何比侍兒將○酒	208/8-7	祈○王氏池	096/40-20
【 3024₁ 穿 】				霜○盆水倒芙蓉	124/8-4
磨○鐵研鬢如絲	299/4-1	【 3030₂ 適 】		窗○蟋蟀苦吟秋	441/8-6
竹箏○虛壁	074/8-5	幽寂○吾性	007/30-20	天○月暗美人來	480/4-1
蝴蝶草○眼	111/24-11	新年○報得螟蛉	139/8-4	一泓○碧影玲瓏	144/8-1
		幽寂○吾性	365/30-20	枕肱○巷擁蝸兒	215/8-6
【 3026₁ 宿 】		捐館君何○	048/8-1	巖壑○生欲雪天	320/4-2
○鷗應駭夢（岡）	115/44-23	小笠短蓑從所○	145/8-7	起望○山寺何處	324/4-3
○昔新收水寺煙	340/4-1			滿江○霧未全晴	354/4-4
○宿文章一鳳雛	401/4-4	【 3030₃ 迹 】		竈底○灰欲復然	372/8-2
吾畿○悠峯堆玉	448/8-3	人○深春草	079/8-5	唯因○素重禪房	378/8-8
平野○雲披	492/8-6	混○禁垣南陌塵	131/8-2	當歌○送雲間爲	439/8-5
言我○志了	494/58-35	潛○麴街混世塵	145/8-2	金井○宵醉月姿	445/8-4
枯蘆猶○雁	112/28-19	身○浮沈屬世波	158/8-1	風霜○客鬢	462/8-5
母慈子孝○因緣	023/34-24	人○縱橫五夜霜	213/8-4	半夜廣○霓裳曲	013/22-21

蟋蟀聲〇霜布地	022/8-4	影〇金瑣碎	098/20-5	〇〇喜相扶	114/64-12
白雁聲〇積水秋	140/8-4	一篇〇洋舵樓上	406/26-9	〇〇十年同臭味	369/8-5
冰雪肌〇白玉肌	187/8-2	蘆簾能〇三面風	021/30-12	〇〇喜相扶	502/66-12
婦室夜〇嘆不寐	199/8-3	【遮日】		向隅〇〇却爲愈	388/8-7
風悠春〇怯曳筇	289/4-2	同雲〇〇色	077/8-3	將歸〇〇治裝輕	393/8-1
銀燭夜〇窗外雨	326/4-3	密密枝〇〇	097/12-3	【之山】	
林壑秋〇栝柏摧	376/8-4			米田〇山秀三原	014/20-1
臘悠齋〇僧喚來	379/8-4	【 3030 4 避 】		米田〇〇秀三原	417/21-1
月明秋〇浪芫干	397/4-2	〇雨黃鶯花可藏	390/8-6		
歲寒盟不〇	005/18-11	須〇豪兒鐵如意	205/8-7	【 3032 7 寫 】	
爐頭頓却〇	057/8-2	非〇重陽厄	491/8-3	〇罷宜春帖一堂	024/12-5
粉粉間紙〇	098/20-4	但能〇巨牺	003/24-23	〇詩燈下秋懷	090/8-6
風雨千家〇食至	152/8-3	屋裏〇霜威	092/16-12	〇向東風撒世間	202/8-8
旣是林園〇露初	214/8-2	醉臥〇災人未起	148/8-7	并〇一論二篇詩	018/32-11
舉杯咲指〇窗外	306/4-3	【避世】		詩〇貝多葉	031/8-5
行行馬上〇相映	341/4-3	〇〇深扃隱逸廬	214/8-6	斜〇丹青妙枚葦	196/8-3
客年舊會〇萍水	420/8-3	金門〇〇賢	254/4-2	風光〇得還	242/4-4
蟋蟀堂外寂〇聲	018/32-30	【避暑】		今朝〇出上河卷	372/8-5
滿目煙波淰淰〇	275/4-4	他時〇〇能同否	174/8-7	遙心〇盡海雲長	420/8-2
獨餘濃淡墨痕〇	322/4-4	名園宜〇〇	080/8-1	六齡能〇字	096/40-9
山河百二北風〇	332/4-1	它日荒陵如〇〇	501/8-7	行行巧〇草玄奇	207/8-6
湘簾楚簟坐生〇	385/8-8			當年爲予〇洞庭	016/50-8
深對金波銀波〇	396/4-2	【 3030 7 之 】		【寫入】	
【寒雨】		如〇廚下盛割烹	018/32-19	〇〇一奚囊底裝	336/4-2
〇〇連江樹樹疏	175/8-8	酌〇衆賓咸已醉	023/34-29	諸天〇〇一詩筒	151/8-8
盡日連江〇〇下	018/32-1	江〇橋更生	456/20-11	清音〇〇錦囊裝	157/8-8
淅淅江齋〇〇夜	330/4-3	手〇奇才方	456/20-14	清音〇〇錦囊還	373/8-8
星冠霞佩衝〇〇	023/34-9	六甲〇廚八仙卓	023/34-11	新詞〇〇五絃中	381/8-8
【寒色】		潮海〇鳴、	455/23-1		
梅橋〇〇立驢前	169/8-4	方風〇激颺也、	455/23-5	【 3032 7 騫 】	
能令滿奮無〇〇	471/8-3	愚公移〇竟不能	014/20-16	仁壽不〇又不崩	417/21-15
【寒月】		岸見松〇茂	091/16-9	窓觀山不〇	091/16-10
〇〇照萬萊	001/26-10	樓豈元〇搆	098/20-15		
〇〇至前楹	430/8-8	我混沌〇藤、	455/23-20	【 3033 1 窯 】	
小橋〇〇照梅花	290/4-4	涂福眼〇果不死	485/24-7	凄涼滿面瓦〇煙	169/8-8
江天〇〇照松關	331/4-4	脂轄復何〇	010/56-28		
【寒光】		几前吾誦〇	494/58-53	【 3033 3 窗 】	
北渚〇〇偏	105/20-1	滿天頑雲爲〇晴	013/22-16	〇觀山不騫	091/16-10
四壁〇〇未道貧	440/8-2	紙龜製出洛〇陽	209/8-1	〇蕉大如幨	111/24-13
		花赤設觀惜〇之	457/14-7	〇寒蟋蟀苦吟秋	441/8-6
【 3030 3 遮 】		蕩滌七八日〇	457/14-10	小〇宜夜話	041/8-1
〇莫風波世上翻	447/8-8	【之子】		間〇醉讀騷	043/8-8

【 窗・守・宇・宰・準・安・宴・寋・字 】

蕉○蕭索夕	057/8-7	舉杯咲指寒○○	306/4-3	【 3040 ₄ 安 】	
曉○輕雨散花香	120/8-8	【窗紗】		○道開樽待客過	286/4-2
紗○雪色攤書夜	180/8-3	薰風吹透碧○○	337/4-2	○知走狗滿門前	372/8-8
紗○獨坐讀書時	192/8-6	雨餘春水映○○	412/4-1	○眠水竹居	462/8-8
書○何用枕團圓	204/8-8	【窗中】		平○爲客幾居諸	170/8-1
篷○漫作嗟來語	280/4-3	○○陰靄生駒嶺	216/12-9	長○市上解金龜	321/4-4
芸○日擬大家辭	287/4-4	○○千嶂經春雨	119/8-5	奚能○一枝	010/56-18
篷○並枕話當時	357/4-1	【窗前】		養病○貧一畝宮	167/8-1
映○長積殘春悠	476/8-3	○○非是照牙籤	182/8-1	野庄○置病禪師	304/4-1
竹色○旋暗	063/8-3	○○不見照牙籤	367/8-1	菩薩曾○置	251/4-2
缺月○生魄	113/20-17	雪盡○○芸葉香	024/12-10	最好衷○代悠華	471/8-4
半夜推○君試見	018/32-31	徒令弟子立○○	288/4-4	霜報竹平○	057/8-4
月入篷○小	078/8-3			留客說平○	098/20-18
寂寂書○雨打頻	143/8-2	【 3034 ₂ 守 】		竟將學圃事○蔬	126/8-6
雨冷紗○舊話時	183/8-4	留○諸君誰鄭子	429/8-7	青山欲命呂○駕	139/8-5
藤下間○月色浮	433/4-2	庸愚自○草玄關	449/8-1	山中何處足○禪	320/4-1
曝背坐南○	068/8-8	【守歲】		風流始駐呂○車	338/4-1
松風吹夜○癲停	484/8-6	○○今宵憶阿戎	431/4-2	華簪必可入長○	370/8-8
書幌影虛文○明	016/50-6	傾尊○○二三更	432/4-2	【安得】	
歸鴻昨夜隔○聆	139/8-1	盉簪俱○	486/8-1	○○凌風翰	004/16-15
朧梅小立倚○傍	190/8-1	【守宮】		○○弄明霽	230/4-4
芭蕉滴滴隔○聽	343/4-1	自愛○○殘血色	193/8-7	【安在】	
蘆花新月入○看	468/4-4	自愛○○殘血色	419/8-7	覇王○○哉	094/40-4
幾時能照讀書○	276/4-2			父母乾坤○○哉	152/8-6
海棠睡足讀書○	405/8-4	【 3040 ₁ 宇 】			
【窗望】		杜○一聲呼始起	012/12-1	【 3040 ₄ 宴 】	
空房起坐推○望	353/4-3	一○東西學	114/64-37	餞○黍兼鷄	099/20-16
感懷書罷推○望	446/8-7	杜○關山叫雨中	362/8-8	騷壇夜○好吹篴	359/8-6
【窗下】		祠○占流峙	494/58-24	今茲人日○	010/56-25
靜坐梅○○	031/8-1	一○東西學	502/66-37	要湛沆瀣○群仙	023/34-4
雪螢半○○	058/8-3	中藏一○蕭齊	090/8-2	故國團欒○	482/8-3
高臥虛○○	072/8-7	竹欄茆○玉江潯	166/8-2	想像君家稱壽○	428/8-7
下讀書○○	456/20-5	金剛殿○倚崔嵬	311/4-1	維春爲緩分眉○	474/8-5
流螢數點熨○○	404/4-3	羨君結茆○	463/8-7		
【窗外】		後凋松柏翠籠○	218/32-21	【 3040 ₄ 寋 】	
○○竹千竿	098/20-2			去年甌○大有年	011/16-3
○○秋潮碧渺茫	325/4-1	【 3040 ₁ 宰 】			
碧紗○○織流光	296/4-4	賜衣○相白雲間	179/8-4	【 3040 ₇ 字 】	
讀書○○翠相環	342/4-2			○畫本稱衡山亞	018/32-14
芭蕉○○數題名	354/4-1	【 3040 ₁ 準 】		文○時於禪餘攻	021/30-26
織錦○○月幾痕	483/8-6	○擬香爐天外賞	367/8-7	丁○我相依	092/16-4
銀燭夜寒○○雨	326/4-3	題得文章○彩鳳	368/8-3	數○留題石上松	132/8-8

【 3040 ₇ 字 】

問〇胡爲客往還	449/8-2
更有小〇上幀盈	016/50-29
海西額〇勢硜硜	016/50-33
細論文飮旣夜	018/32-4
輕煙十〇流	052/8-4
苔碑沒許微酣	216/12-8
嬌羞題〇客	219/4-3
片碑掃〇揖儒宗	315/4-2
禪餘文〇念吾師	398/8-4
鴻雁數行〇	047/8-3
宜春多少〇	059/8-7
六齡能寫〇	096/40-9
海上浮沈〇	105/20-5
露頂王公〇有需	181/8-6
意使遐齡成米〇	011/16-8
白眼吾曹題鳳〇	119/8-3
連綿欲認爲何〇	207/8-7
江頭待爾相思〇	415/8-7
蠹殘書裏神仙〇	451/8-5
鳧鷗沙暖迹爲〇	452/8-3

【字字】

〇〇挾風霜	054/8-2
蕭疏〇〇出毫端	322/4-1

【字數行】

背面戲題〇〇〇	209/8-2
別後才傳〇〇〇	420/8-1

【 3041 ₇ 究 】

不願學〇名一村	025/20-14

【究程朱】

理正〇〇〇	114/64-24
理正〇〇〇	502/66-24

【 3042 ₇ 寓 】

夕〇海士碕	010/56-20
僑亦不久	010/56-21
君家女婿〇三津	306/4-1
兄弟淹留〇浪華	425/8-2
二弟今春並來〇	414/4-3

【 3043 ₀ 寞 】

寂〇宛如幽谷扉	371/8-2
若非寂〇成玄草	124/8-5
相遇玄〇寂寞哉	469/4-2
終遣☐蟲添寂〇	385/8-7
江樹火疏人寂〇	426/8-3

【 3050 ₂ 牢 】

大〇味愈珍	044/8-8

【 3051 ₆ 窺 】

欲〇娥搗丹	098/20-12
蜜藏誰〇得	064/8-7
何事不〇園	237/4-1
水月獨相〇	251/4-3
西歸履迹遣人〇	398/8-8

【 3060 ₄ 客 】

〇我賀來燕雀	087/8-3
〇滿江頭一草廬	175/8-1
〇意兒無解	256/4-3
〇樹秋殘綵作花	262/4-2
〇年舊會寒萍水	420/8-3
遠〇催歸雖治裝	012/12-5
留〇賞月同詞賦	013/22-12
主〇本疏禮法	086/8-5
留〇說平安	098/20-18
延〇且銜杯	106/20-10
騃〇此扶筇	113/20-8
留〇猶能中饋事	168/8-7
枯〇衰鬢有誰憐	189/8-1
野〇冥搜麗跋籃	216/12-6
款〇頻叩截髮煩	218/32-14
伴〇過鄰家	256/4-2
狎〇趨陪事唱酬	261/4-2
有〇江頭衡未還	369/8-1
待〇花開賞一碗	426/8-7
先去時後客留	441/8-1
異〇國風歸化日	445/8-5
不速〇相通	046/8-4
風流〇是誰	105/20-14
將歸〇思最悠哉	174/8-2
休論〇路數句蔬	392/8-8
先生款〇命題料	018/32-5
復延賓〇倚南軒	025/20-18
鷄壇越〇盟	037/8-4
琴尊任〇攜	074/8-2
鴻南去〇北來	089/8-1
楓林停〇車	112/28-14
月光隨〇入蓬樞	154/8-1
平安爲〇幾居諸	170/8-1
小僧看〇罷驅鳥	295/4-1
四明狂〇醉多時	321/4-1
寧令過〇生鄉思	337/4-3
清明留〇茗初煎	372/8-1
晚涼留〇取微醺	384/8-2
獨來爲〇浪華洲	438/8-1
主人占〇至	461/8-3
風霜寒〇鬢	462/8-5
風煙堪駐〇	038/8-1
抱疴千里〇	060/8-1
遠送西歸〇	078/8-7
偶伴蓮池〇	079/8-1
休復論佳〇	092/16-13
不識淹留〇	095/12-11
嗟此五方〇	102/12-3
但對江湖〇	111/24-19
伴此東西〇（葛）	115/44-21
燒燭論文〇倚樓	146/8-2
官遊事竣〇將歸	172/8-1
嬌羞題字〇	219/4-3
過雁驚眠〇夜長	294/4-1
問字胡爲〇往還	449/8-2
纖月如眉媚〇妍	147/8-8
返得千秋楚〇魂	184/8-8
巷柳蕭條無〇折	188/8-7
游詠時時酒〇觴	203/8-8
夜市拭餘淵〇淚	206/8-3
安道開樽待〇過	286/4-2
和氣一團留〇處	305/4-3
秋半陰雲惱〇時	329/4-2
呼酒調羹待〇過	400/4-2
大國雄風引〇衣	415/8-1
留得生徒奉〇歡	428/8-2
先客去時後〇留	442/8-1
三等茅茨稀〇履	446/8-5

膝下呼來兒拜〇	025/20-19	【 3060 6 富 】		書淫類蠹〇〇長	171/8-6
總爲風煙能駐〇	119/8-7	園元金谷〇	072/8-5	【 3071 1 它 】	
一自杜門稱謝〇	126/8-5	餘力文章〇	110/32-9	〇日荒陵如避暑	501/8-7
煙霞春遇秦逋〇	145/8-5	紅紫黃白皆〇麗	021/30-9	看〇燕賀頻	108/20-4
淡泊何供彈鋏〇	378/8-7	【富貴】		忘〇世上譁	112/28-10
却恐暮春江上〇	382/8-7	〇〇誰家植牡丹	273/4-1	從〇醒醉辭（岡）	115/44-22
茅屋今宵若無〇	402/8-7	那知〇〇者	073/8-7	任〇年與世途窮	167/8-2
【客裏】		姚家〇〇看花圃	177/8-5	從〇疏雨散清芬	350/4-4
〇〇佳辰却耐哀	389/8-1			寧道與〇隱逸同	021/30-10
〇〇相逢須盡醉	436/8-7	【 3060 8 容 】			
休言〇〇情	101/16-14	從〇下釣綸	045/8-8	【 3071 4 宅 】	
【客至】		疲〇危石邊	084/8-4	遷〇桃華第幾坊	171/8-1
〇〇時添炭	057/8-1	不嘗〇寶筏	249/4-1	江湖泛〇幾新笠	178/8-5
雛僧報〇〇	069/8-1	五柳耽〇膝	006/16-8	熏蒸火〇中	247/4-3
【客有】		太古形〇自明媚	014/20-3	薄言忘火〇	007/30-19
〇〇來告別	010/56-27	病起未〇浴沂水	152/8-7	五柳先生〇	099/20-9
〇〇昨返自京師	019/14-1	載酒仍〇侯子伴	428/8-3	千秋神所〇	233/4-3
錦衣〇〇説歸程	501/8-4	温雅欽儀〇	008/16-2	薄言忘火〇	365/30-19
		猫水野刀〇	071/8-4		
【 3060 1 寍 】		微陽活瘦〇	113/20-10	【 3071 7 宦 】	
枝枝非是〇中開	475/4-2	草徑有媒〇小憩	216/12-7	禽魚苦樂宦游中	164/8-4
		彫蟲篆刻豈〇易	015/18-9	禽魚苦樂〇游中	164/8-4
【 3060 6 宮 】		金仙寶筏如〇借	391/8-7		
故〇休戀崑崙巓	023/34-34	檍原隨鶴雲〇老	495/8-5	【 3071 7 竈 】	
深〇一队草茫茫	187/8-1	禪房花木改春〇	121/8-1	〇頭欲上葛家匕	208/8-5
猶愈〇中嫉	006/16-10			茶〇筆牀何處遷	135/8-2
版插圍〇闈	100/16-10	【 3062 1 寄 】		茶〇誰烹六出芳	211/8-8
自愛守〇殘血色	193/8-7	〇言吏部唯看弄	210/8-7	錬金〇古煙常潤	144/8-5
自愛守〇殘血色	419/8-7	〇身屏障間	219/4-2	伏火神仙丹〇裏	179/8-3
移種梵〇尤可憐	487/8-2	〇聲詩畫有無間	336/4-4	【竈底】	
松筠一畝〇	104/16-16	乃〇志良醫	096/40-22	〇〇無煙蛙自生	199/8-6
半千佛頂燦花〇	021/30-22	海潮音〇九泉訃	398/8-5	〇〇寒灰欲復然	372/8-2
斷續鐘微長樂〇	134/8-4	相憑將〇一書筇	429/8-8		
柞原城北聲蓮〇	151/8-1	所以爲〇題也。	455/23-21	【 3072 7 窈 】	
城市山林一畝〇	164/8-2	詩予南國〇	113/20-3	〇窕人相唱	103/20-5
養病安貧一畝〇	167/8-1	無緣雲壑〇幽蹤	124/8-8		
不知何代古離〇	310/4-2	淡路秋高雁〇遲	293/4-2	【 3073 1 褰 】	
江上新移一畝〇	403/8-2	知爾小車元〇傲	370/8-7	〇裳直向翠微行	374/8-8
獨坐臨江一畝〇	446/8-1	愁心千里遥相〇	406/26-17		
【宮裏】		報君但憾梅難〇	420/8-7	【 3073 2 良 】	
絶纓〇〇千條燭	201/8-3	【寄生】		良朋〇夜喜相遇	013/22-2
春宵〇〇春霄長	260/4-1	爲貽桑〇〇	241/4-4		

祇要精〇醫一國	025/20-13	〇衣尚入白雲深	122/8-8	如意〇〇龕放光	375/8-4
乃寄志〇醫	096/40-22	【甕罐】		【寶鴨】	
無日不〇遊	109/16-2	〇〇雪裏詩寧拙	117/8-5	〇〇香爐不斷煙	129/8-8
濟世元知勝相〇	451/8-2	〇〇自駐且搜腸	213/8-6	〇〇爐頭影彷彿	268/4-3
【良田】		【 3 0 8 0 6 實 】		【 3 0 8 0 6 寶 】	
不翅〇〇與廣廈	018/32-8	筆柿〇而華	494/58-41	狗〇聊來叫	430/8-1
坐觀幾處腴〇〇	011/16-12	丹柰聊存〇	096/40-35	【 3 0 9 0 1 宗 】	
【良朋】		相迎梅結〇	104/16-5	片碑掃字揖儒〇	315/4-2
〇〇良夜喜相遇	013/22-2	無腸公子〇爲名	210/8-2	【 3 0 9 0 1 察 】	
〇〇滿四筵	091/16-6	便疑皁莢〇無粒	203/8-3	頗得一方〇	096/40-23
〇〇並自遠方來	469/4-1	【實堪愉】		【 3 0 9 0 4 案 】	
		三釜〇〇〇	114/64-56	〇齊寧負伯鸞恩	483/8-4
【 3 0 7 7 2 密 】		三釜〇〇〇	502/66-58	書〇冷琅玕	098/20-14
〇密枝遮日	097/12-3			食〇憎供比目魚	188/8-6
密〇枝遮日	097/12-3	【 3 0 8 0 6 賓 】		佐酒〇頭菜	046/8-5
		〇筵稱北海	010/56-43	長憑書〇保生涯	205/8-8
【 3 0 7 7 7 官 】		〇主共憑檻（憲）	422/16-1	明月來投玉〇傍	024/12-8
〇事雖未竣	002/14-5	命〇齊唱采蓮詞	304/4-4		
〇清齡亦妙	009/34-3	復延〇客倚南軒	025/20-18	【 3 0 9 2 7 窺 】	
〇遊事竣客將歸	172/8-1	渚暗〇鴻聲未度	384/8-5	廚中唯鼠〇	465/8-3
江上捐〇舍	110/32-25	開尊〇滿座	430/8-3		
三黜罷〇逾灑落	217/20-7	酌之衆〇咸已醉	023/34-29	【 3 0 9 4 7 寂 】	
		可見衆〇應接處	024/12-11	〇寂書窗雨打頻	143/8-2
【 3 0 8 0 1 定 】		休爲來〇閒讀書	404/4-4	寂〇書窗雨打頻	143/8-2
坐〇纔知蓮漏短	120/8-3	應是雨留〇	053/8-8	幽〇適吾性	007/30-20
誰復〇推敲	048/8-8	相伴異鄉〇	111/24-2	幽〇適吾性	365/30-20
啜茶論〇新詞賦	441/8-7	因卜元宵訝衆〇	427/8-2	蟋蟀堂外〇寒聲	018/32-30
春來江上〇思家	425/8-1			今夕何寥〇	059/8-1
觀水何人〇水交	436/8-6	【 3 0 8 0 6 寶 】		夜雨敲關〇草玄	128/8-4
四鄰砧斷人〇	090/8-7	〇珠繞檐迸	007/30-14	水郭山村〇鼓聲	280/4-1
【定識】		日本〇刀橫腰下	017/8-7	夜方鐘鼓〇城邊	435/8-6
〇〇少林耽面壁	288/4-3	翠帳〇爐香細細	198/8-5	更有鳴蟬嘲午〇	304/4-3
〇〇今朝逢李白	321/4-3	珠簾〇帳達晨蓆	261/4-1	【寂寥】	
【定是】		金仙〇筏如容借	391/8-7	〇〇小樓外	076/8-7
〇〇五日十日程	016/50-28	雲根一〇劍	231/4-1	獨坐蕭蕭〇〇	086/8-1
先生〇〇姓陶人	339/4-2	不嘗容〇筏	249/4-1	【寂寞】	
【定省】		池頭七〇龕	251/4-1	〇〇宛如幽谷扉	371/8-2
〇〇坐臥穩	494/58-21	佛母青鴉〇真軀	161/8-6	若非〇〇成玄草	124/8-5
看君〇〇奉晨昏	218/32-28	【寶珠】			
晨昏勤〇〇	096/40-17	〇〇繞檐迸	007/30-14		
		繞簷〇〇迸	365/30-14		
【 3 0 8 0 1 甕 】					

3094 ₇【 寂・江 】　　　　　　　　　　　　　　　　　　　　　　　　3111 ₀

相遇玄亭○○哉	469/4-2	快剪湘○半幅絹	017/8-8	散向○○蔽月光	325/4-4
終遣罐蟲添○○	385/8-7	盡日連○寒雨下	018/32-1	不問○○有無月	329/4-3
江樹火疏人○○	426/8-3	始問玉○春	045/8-2	梅熟○○雨色餘	404/4-1
		城郭大○隈	094/40-2	散向○○雨若篠	482/4-4
【　3111 ₀ 江　】		園菓珍○枳	109/16-7	檣烏落日○○外	174/8-3
○如練巧織	095/12-9	遂到玉○茅屋前	136/8-8	期君夜雪滿○○	288/4-2
○口吊名姬（葛）	115/44-32	門外長○碧水平	149/8-1	篝燈明滅一○○	324/4-4
○左風流君自見	118/8-7	寒雨連○樹樹疏	175/8-8	【江頭】	
○西一派泛慈航	155/8-1	濯錦澄○波自染	191/8-5	○○待爾相思字	415/8-7
○霧山雲共卷舒	198/8-8	正是春○月盈夜	312/4-3	舊館○○柳	026/8-7
○雨春殘濕旅衫	278/4-1	正是湘○輕雨後	322/4-3	客滿○○一草廬	175/8-1
○皐憶昨屢追隨	421/8-1	晚在玉○橋上望	349/4-3	有客○○衛未還	369/8-1
○總當年第一流	441/8-8	一落西○一周歲	397/4-3	一樽風雨○○頭	146/8-1
○聲春靜鳥聲喧	447/8-2	獨坐臨○一畝宮	446/8-1	衡門並叩玉○○	368/8-1
○魚堪弔楚風騷	452/8-6	曾對玉○酒	462/8-3	【江上】	
○之橋更生	456/20-11	朝僑浪華○	010/56-19	○○空徘徊	001/26-8
○渚冬溫早綻梅	475/4-1	前後有晴○	068/8-4	○○暫僦居	009/34-2
○樹火疏人寂寞	426/8-3	霜吐劍花○館冷	172/8-3	○○南風解慍時	019/14-12
○樹棲鴉暗月光	497/8-8	溫柔綺席○堤草	478/8-5	○○梅花舊草堂	024/12-1
玉○晴度一條虹	117/8-1	爭探珠玉滿○秋	022/8-8	○○星橋夕	046/8-1
玉○過訪此登樓	140/8-2	版橋千尺帶○橫	149/8-2	○○梅雨後	072/8-1
玉○秋水新煎夜	141/8-7	竹欄茆宇玉○潯	166/8-2	○○捐官舍	110/32-25
湘○夜雨聲如斷	194/8-3	盛筵移在墨○邊	176/8-3	○○秋風起素波	165/8-2
秋○月一彎	242/4-1	春風直度大○來	313/4-4	○○秋風起白波	363/8-2
玉○橋上晚歸時	274/4-1	裊裊歸到玉○潯	326/4-1	○○騷人采芷歌	392/8-6
春○雪後好吟哦	286/4-1	月明夢度綠○波	400/4-4	○○新移一畝宮	403/8-2
玉○橋上微風度	297/4-3	哀鵑未度浪華○	405/8-8	○○閒情藤一鷗	438/8-6
晴○一夕借慈航	309/4-4	疏影橫斜傍半○	276/4-1	○○徒留鴻雁侶	468/4-3
淀○流入樹間來	311/4-4	【江亭】		浪華○○雨	008/16-13
長○細雨滴階除	318/4-1	○○風雨醉凭欄	428/8-8	盍簪○○夜	101/16-15
玉○橋畔長相憶	319/4-3	不折○○柳	002/14-1	梅花○○月冷冷	139/8-8
滿○寒霧未全晴	354/4-4	不酌○○酒	002/14-2	春來○○定思家	425/8-1
滿○風雪一蓑衣	355/4-1	【江天】		請看○○廉纖月	488/8-7
湘○夜雨聲如斷	418/8-3	○○斷續雲	041/8-8	却恐暮春○○客	382/8-7
大○長對白鷗間	449/8-4	○○爵不晴	077/8-2	十日交歡○○酒	434/8-5
滄○一帶繞城陰	453/8-1	○○斷續雲	102/12-12	醉向浪華○○望	480/4-3
不若○河間	003/24-21	○○寒月照松關	331/4-4	【江山】	
一條○水深綠	088/8-1	○○遠電射衡茅	436/8-1	○○能得幾同志	012/12-12
點綴○雲近斷雁	154/8-3	○○收宿雨	458/8-1	○○却向暗中擧	201/8-2
淅淅齋寒雨夜	330/4-3	散向○○烏鵲聲	013/22-22	畫裏○○千里鏡	147/8-5
東風○柳不藏煙	372/8-4	先集○○霰	113/20-13	身在○○啥有助	420/8-5
妊女○心磨鏡初	484/8-4	散向○○雨若篠	481/4-4	【江湖】	

— 155 —

3111₀【 江・氿・灑・涯・瀘・汀・河・涉・污・濡・瀰・漲・濾 】3113₆

○○雪裏花	075/8-8	【 3111₀ 氿 】		乘查八月絳○橫	302/4-1
○○皆德澤	100/16-5	宛在水中○（岡）	115/44-44	今朝寫出上○卷	372/8-5
○○泛宅幾新笠	178/8-5	【 3111₁ 灑 】		只慙酒饌少○鮪	382/8-5
○○飄蕩洸家私	215/8-2	三黜罷官逾○落	217/20-7	柳條無恙舊○梁	390/8-1
生長○○裏	003/24-3	受業門生競揮○	024/12-3	交遊動輒隔銀○	158/8-2
但對○○客	111/24-19			春城月暗壚山○	259/4-4
【江城】		【 3111₄ 涯 】		飛來野鴨自南○	400/4-1
○○月影低	099/20-20	天○別淚家三鳳	438/8-5	綠頭雙羽自南○	433/4-1
○○畫裏抹斜陽	279/4-2	生○既是占乾沒	447/8-7	【河津】	
○○五月新晴後	364/8-3	兄弟天○燕爾新	434/8-8	○○崖拱立	003/24-5
弄盡○○月	103/20-1	久住蜆川○	112/28-4	飛越到○○	003/24-4
植杖昞○○	065/8-6	吹自北溟○	243/4-4	【河陽】	
【江村】		弟兄天一○	486/8-4	○○尋古迹（岡）	115/44-31
○○帶落霞	112/28-22	來住浪華水一○	015/18-2	潘郎載酒醉○○	378/8-4
秋水漲○○	004/16-6	長憑書案保生○	205/8-8		
寺在一○○	467/8-2	一欑監梅自海○	206/8-2	【 3112₁ 涉 】	
【江樓】		數聲回雁蔬天○	489/8-8	利○東海瀾	010/56-4
○○差穀旦	091/16-7			日○園成趣	105/20-13
還怕○○夜	060/8-7	【 3111₇ 瀘 】		跋○山陰道	494/58-2
逢爾○○枉舉觴	148/8-2	○涬猶知菽味存	377/8-1	幾度東西跋○勞	341/4-1
坐臥○○月出初	153/8-4				
獨倚○○念御風	167/8-8	【 3112₀ 汀 】		【 3112₇ 污 】	
詩酒○○無限賞	427/8-7	鷗○鳧渚可吟行	016/50-23	○泥不染蓮花性	021/30-25
日射○○將欲曛	442/8-1	洲○月湧鯨鯢吼	376/8-3	點○數幅茜裙長	208/8-8
【江楓】		嘉魚○乍積	094/40-17	今歲○邪亦不惡	011/16-4
○○霜薄未紛紛	303/4-4	蔬雁蘆○暮湖	086/8-4	脂粉不○顏若英	193/8-2
○○織出回文錦	410/4-3	朝見華菱落曲○	139/8-2	脂粉不○顏如英	419/8-2
【江梅】					
○○入臘香	054/8-8	【 3112₀ 河 】		【 3112₇ 濡 】	
五月○○雨亦甘	388/8-1	○曲後序韻錚錚	016/50-34	蓬首我空○	114/64-52
【江月】		○魚足酒料	073/8-6	蓬首我空○	502/66-54
無波○○洗杯裏	435/8-3	絳○秋滴露團圓	185/8-1		
徒怜玉○月	105/20-19	山○百二北風寒	332/4-1	【 3112₇ 瀰 】	
【江風】		采餘○畔草	038/8-5	利涉東海○	010/56-4
○○六月冷侵人	281/4-4	飛越到○津	003/24-4		
○○千里送慈航	323/4-1	不若江○間	003/24-21	【 3113₂ 漲 】	
○○吹起及人波	433/4-4	世路有○漢	107/12-11	秋水○江村	004/16-6
【江關】		一別秋○隔且長	186/8-2	燕脂雨○桃花岸	179/8-5
○○檥舳艫	114/64-46	薄暮臨長○	007/30-25	春水軒前秋水○	406/26-1
○○檥舳艫	502/66-46	薄莫臨長河	365/30-25		
青鞋布韤度○○	157/8-1	沍洄路阻淀○水	015/18-15	【 3113₆ 濾 】	
青鞋布韤度○○	373/8-1			風氣○煙箔	395/8-3

3114₀	【 汗・滓・洒・酒涵・瀬・灝・漂・源 】				3119₆	
【 3114₀ 汗 】		村粔○堪賒	112/28-16	磊磊胸襟澆有○		153/8-5
○漫遊敦三神島	485/24-5	春滿○千鍾	113/20-20	節過黃菊猶浮○		176/8-3
香○全疑肌雪化	193/8-3	只慙○饌少河鮪	382/8-5	微醺宜代重陽○		184/8-3
香○全疑肌悠化	419/8-3	十千○債春宜負	449/8-5	何比侍兒將進○		208/8-7
		更覺○骰佳	477/8-8	針砭鶯囀侑朋○		218/32-25
【 3114₈ 滓 】		裛換○占艷夜飲	498/8-5	共酌伊丹新綠○		392/8-3
濾○猶知菽味存	377/8-1	君家春○釀萬斛	023/34-27	滿斟不辭今宵○		406/26-23
		應須被○行	065/8-8	十日交歡江上○		434/8-5
【 3116₀ 洒 】		河魚足○料	073/8-6	【酒旗】		
少孤○淚椒盤上	446/8-3	流霞春○盞	091/16-11	○○飄處玉壺殷		179/8-8
一揮灑○清風裏	284/4-3	三春柑○映鶯衣	177/8-4	南郊北里○○風		381/8-1
酒酣揮○雲煙色	325/4-3	釀成春○湛芳樽	218/32-32	【酒杯】		
門生不用○前除	404/4-2	攜兒將○檻	256/4-1	○○畫卷手未釋		018/32-21
		梅丘被○折枝旋	348/4-1	○○香琥珀		098/20-13
【 3116₀ 酒 】		潘郎載○醉河陽	378/8-4	交轉○○親		111/24-6
○寧與我敵	032/8-1	於予杯○覓柳花	425/8-4	射我○○間		242/4-2
○方今日豪	043/8-4	微風消○氣	482/8-5	祗當把○○		006/16-11
○茗君隨意	101/16-1	來宵琴○知何處	497/8-7	令予引○○		095/12-4
○吾不敢辭賢聖	143/8-5	宜傾祖○壺	502/66-52	重陽徒看○○空		214/8-4
○酣揮洒雲煙色	325/4-3	不酌江亭○	002/14-2			
○家南薰隔牆喚	369/8-3	幾年斯日○相傾	016/50-2	【 3117₂ 涵 】		
○傾荷葉並吟雖	421/8-4	薄奠今宵○	034/8-7	荻蘆花亂浪○處		022/8-3
柏○有餘卮	010/56-46	不但殘蒲○	038/8-7	長空新霽水滋○		388/8-2
柑○青山去聽鶯	016/50-38	月數青樽○	059/8-5	【涵虛】		
煨○紅爐春一色	018/32-25	椒花新釀○	061/8-5	練影○○瑟無聲		016/50-22
佐○案頭菓	046/8-5	日興百壺○	076/8-1	清池碧鏡影○○		173/8-4
把○倚勾欄	057/8-8	春動金綠○	077/8-5			
沽○門前夜市	090/8-5	藥篷寧換○	081/8-3	【 3118₆ 瀬 】		
有○酣歌碎玉壺	154/8-6	清水臺鄰○釀泉	147/8-4	華○山中幾脚雲		141/8-1
白○青燈一草廬	318/4-2	游詠時時○客觴	203/8-8	烹君后○茶		243/4-2
濁○清言須達曉	338/4-3	山水性嗜○	226/4-1			
北○酒空清	037/8-6	曾對玉江○	462/8-3	【 3118₆ 灝 】		
當○未勝衣	399/8-6	貫得松花○	479/8-5	【灝氣】		
呼○調羹待客蔬	400/4-2	今宵玄艸○	486/8-5	○○透羅衣		103/20-20
詩○江樓無限賞	427/8-7	徒載白衣○	492/8-3	秋城通○○		108/20-17
載○仍容侯子伴	428/8-3	應晒連朝漉○巾	339/4-4			
載○徒尋絳帳中	429/8-2	北野同登何○樓	368/8-6	【 3119₁ 漂 】		
温○春銷壺底冰	439/8-6	曾是山陽引○徒	401/4-1	○流到荒夷		010/56-8
載○何辭吾代酌	469/4-3	雨閣晴軒倒○缸	405/8-2			
對○惜斜暉	461/8-8	眉壽椿庭春○尊	426/8-6	【 3119₆ 源 】		
春○分來人自壽	483/8-7	獨醉黃公舊○爐	448/8-8	論○畫夜馳（岡）		115/44-34
薄○小鮮留話故	489/8-7	主人抱痾近止○	013/22-9			

3122₇【祒・褔・褥・福・顧・逗・逤・遷・逐・逮・迂・返・逼・酒・憑・額・渠・州・洌・洲　】　　　　　　　　　　　　　　　　　　　　　　　　　　　　3210₀

【 3122₇ 祒 】		【 3130₃ 逐 】		【 3133₂ 憑 】	
紋分裱〇不須糊	196/8-4	舟〇柳花聽欸乃	421/8-3	〇欄朗詠乎薇詩	274/4-4
【 3122₇ 褔 】		微霰〇風聲	077/8-4	長〇書案保生涯	205/8-8
廿年比〇孔	502/66-61	月檻〇歌後	091/16-13	相〇將寄一書箋	429/8-8
【 3124₃ 褥 】		悠悠〇鷺鷗（岡）	115/44-30	白鷗〇几對忘機	371/8-4
想師離病〇	068/8-7	更擬飄颻〇赤松	124/8-6	徹履尋君几且〇	439/8-2
		飛爲暮雨〇歸驂	216/12-12	【憑檻】	
【 3126₆ 福 】		香袖芳花相〇薰	443/8-4	潮豔〇〇處	479/8-3
〇地豐州誰所創	391/8-1			賓主共〇〇（憲）	422/16-1
涂〇眼之果不死	485/24-7	【 3130₃ 逮 】		【 3168₆ 額 】	
德州城外〇州傍	292/4-2	朝來未〇去	465/8-7	海西〇字勢硜硜	016/50-33
		科頭暄背意〇逮	123/8-2	未肯點〇還	003/24-15
【 3128₆ 顧 】		科頭暄背意逮〇	123/8-2		
指〇榕間明月影	015/18-17			【 3190₁ 渠 】	
湖山指〇家何處	335/4-3	【 3130₄ 迂 】		孰與橫〇一水春	488/8-8
海氣山雲指〇中	151/8-2	〇回驛路傍長川	344/4-1		
		一行爲吏暫疏〇	217/20-8	【 3200₀ 州 】	
【 3130₁ 逗 】		【 3130₄ 返 】		德〇城外福州傍	292/4-2
月〇梅花帳	110/32-13	〇得千秋楚客魂	184/8-8	皇〇尚未晴	493/8-8
葉〇秋陽露始乾	322/4-2	往〇彼一時	010/56-6	黃薇中〇原靈境	023/34-19
黃昏〇影月籠紗	471/8-6	客有昨〇自京師	019/14-1	凝望滄〇何處是	127/8-7
		朝天未〇神仙駕	214/8-5	湧出泉〇舊府中	144/8-2
【 3130₁ 逤 】		他時何覓〇魂香	187/8-4	福地豐〇誰所創	391/8-1
一〇千莖沒人處	487/8-7	有往已期〇	466/8-1	騰貴三〇紙	494/58-58
黃昏幽〇見人妝	478/8-1	月落青龍舟未〇	260/4-3	龍蟠曾據三〇地	218/32-5
橫山幽〇滑	492/8-5	蝶夢追春魂不〇	381/8-3	德州城外福〇傍	292/4-2
		【返照】		水迹雲蹤九〇遍	323/4-3
【 3130₁ 遷 】		〇〇咲相指	039/8-7	題詩趣似并〇舍	403/8-5
〇宅桃華第幾坊	171/8-1	〇〇度千峯	082/8-6	維嶽嶙峋跨二〇	159/8-1
一籠〇鶯弄小春	306/4-4	移笻〇〇紅	097/12-12	聞君昨日自西〇	382/8-1
京洛曾〇舍	058/8-1	空亭〇〇多	222/4-4	家在山陽第幾〇	406/26-18
何事推〇疾	113/20-5				
束書環涬楠相〇	128/8-2	【 3130₆ 逼 】		【 3210₀ 洌 】	
茶竈筆牀何處〇	135/8-2	星霜已〇二毛斑	449/8-8	何須調玉〇	001/26-11
間裏頻驚曆日〇	454/8-2				
【遷喬】		【 3130₆ 酒 】		【 3210₀ 洲 】	
〇〇春已負	002/14-12	況〇帝王國	010/56-35	〇汀月湧鯨鯢吼	376/8-3
黃鳥〇〇鳴喚侶	371/8-3	【酒翁】		中〇芳草色	051/8-1
		〇〇興所發	502/66-11	神〇不見赤旗航	360/8-6
		探勝誰能從〇〇	362/8-1	滄〇志未垂	477/8-6

— 158 —

【 3210₀ 洲・淵・測・兆・淫・澄・沂・浙・漸・潕・湍・灣・冰・泓・派・添・溪 】
　　　　　　　　　　　　　　　　　　　　　　　　　　　　　　　3213₄

蒹葭○渚秋滿時	015/18-14	【 3212₁ 漸 】		【 3213₀ 泓 】	
荻蘆○白月蒼蒼	148/8-8	○覺翠微新	028/8-6	一○碧水曳彩虹	021/30-16
白蘋○上趁涼飔	329/4-4	薄霧○消天如水	406/26-5	一○寒碧影玲瓏	144/8-1
蘆荻○晴筠若毫	452/8-4	松間雲○開	095/12-8	一○池畔半庭隅	200/8-1
汲我中○水	243/4-1	一雨寧○漏	108/20-11	中庭碧一○	248/4-1
卽晚大○達魯	457/14-6			上下天光碧一○	016/50-15
時去白蘋○	258/4-3	【 3212₁ 漸 】		【 3213₂ 派 】	
攜歸八百八○邊	284/4-2	流○照徹一枝梅	480/4-4	江西一○泛慈航	155/8-1
他時倘選十○記	292/4-3	水郭流○隨雁鶩	116/8-3	淀水三分○	365/30-01
呼雨喚風蘆荻○	140/8-8	日照流○起早鴻	446/8-8	【 3213₃ 添 】	
半空銀碧映三○	271/4-2	【 3212₇ 湍 】		萬木○新綠	007/30-15
帆席追飛白鷺○	409/4-1	擲地金聲碧○激	132/8-5	爐頭○獸炭	077/8-7
看得城南白鷺○	411/4-1	【 3212₇ 灣 】		一線○衰鬢	113/20-9
獨來爲客浪華○	438/8-1	西○昨夜一漁蓑	165/8-8	歸來○得數株新	131/8-8
【 3210₀ 淵 】		誰識一○坐第者	453/8-7	夜雨○藍山抱野	178/8-3
龍潛昔在○	040/8-2	月明三十六○秋	017/8-3	萬木○新綠	365/30-15
夜市拭餘○客淚	206/8-3	幾度幽尋到綠○	331/4-2	繡線正○長	001/26-19
【 3210₀ 測 】		【 3213₀ 冰 】		障日樹○綠	104/16-3
莫道琵琶水難○	157/8-7	○牀霜被不成眠	265/4-4	繡戶煙○垂柳綠	134/8-5
莫道琵琶水難○	373/8-7	○郭韶光入畫圖	449/8-1	還喜詩盟○海鷗	382/8-6
【 3211₃ 兆 】		○魂還得不看花	471/8-2	終遣☒蟲○寂寞	385/8-7
曾占非罷○	100/16-1	層○要着脚（張）	422/16-11	更有清風室裏○	500/4-2
【 3211₄ 淫 】		稱○樂氏老增豪	474/8-4	【添炭】	
書○類蠹寄生長	171/8-6	一片○心涅不緇	180/8-1	爐頻○○擁	101/16-7
【 3211₈ 澄 】		碧穀○冰肌透徹光	190/8-6	客至時○○	057/8-1
濯錦○江波自染	191/8-5	一片○媒姓是韓	191/8-8	【 3213₄ 溪 】	
林泉碧愈○	072/8-4	萬壑凊○老作珍	383/8-2	不必○村明月夜	314/4-3
【 3212₁ 沂 】		沈李何須○作盤	385/8-6	碧霧○橋燈一點	343/4-3
春風獨浴○	100/16-16	前有噓民後○墊	015/18-11	若耶溪畔女如雲	350/4-1
病起未容浴○水	152/8-7	梅花月影澹○壺	217/20-20	若耶○畔女如雲	350/4-1
【 3212₁ 浙 】		誰言璧潤與○清	437/8-2	水急肥○鱸	460/8-5
○浙江齋寒雨夜	330/4-3	温酒春銷壺底○	439/8-6	遍尋桃李○	099/20-2
浙○江齋寒雨夜	330/4-3	【冰雪】		至今血染○山樹	267/4-3
		○○肌寒白玉牀	187/8-2	討尋寧是刻○看	370/8-1
		細骨偏含○○冷	197/8-3	懶爲火炮向遠○	349/4-2
		【冰泮】		【溪聲】	
		○○三層波自高	452/8-1	○○崖欲崩	063/8-4
		龍池○○好幽尋	119/8-1	急雨雜○○	464/8-8

— 159 —

【 3213₇ 【 泛・汖・浮・浸・潑・叢・淨・活・潘・祈・衫・瓶・透 】 3230₂

【 3213₇ 泛 】
○泛憐萍梗（葛） 115/44-29
泛○憐萍梗（葛） 115/44-29
江湖○宅幾新笠 178/8-5
問津查○下三津 131/8-4
江西一派○慈航 155/8-1

【 3214₁ 汖 】
○泂路阻淀河水 015/18-15
遠○蒹葭水 099/20-1
飄颻輕舉○游去 023/34-17
解纜薰風○上蓆 364/8-1

【 3214₇ 浮 】
○圖湧出斷雲中 117/8-8
○瓜可我儕（張） 422/16-14
還○瓠齒呵餘香 190/8-4
不厭○杯裏 257/4-3
和尚杯○不駭魚 173/8-6
王老命舟○剡曲 378/8-3
節過黃菊猶○酒 176/8-3
龍泉煙擁寺門○ 159/8-6
紅蓼花明白露○ 406/26-26
藤下間窗月色○ 433/4-2
唯有餘香三日○ 441/8-4
【浮沈】
海上○○字 105/20-5
身迹○○屬世波 158/8-1
釣綸垂與世○○ 453/8-8

【 3214₇ 浸 】
古村橋斷水潯○ 331/4-1

【 3214₇ 潑 】
江湖飄蕩○家私 215/8-2

【 3214₇ 叢 】
叢○秋殘徑 461/8-1
桂○殘酌漫相留 140/8-6
桂○人去術逾精 195/8-1
一○秋色尚蕭疏 214/8-1
桂○人去術逾精 497/8-1

招飲桂○秋 052/8-2
凝結幽○色欲燃 185/8-2
蒹葭露一○ 046/8-2
將醉竹成○ 104/16-6
萬綠鬱成○ 232/4-4
別有治藩五色○ 021/30-2
芝蘭滋得滿庭○ 144/8-4
剝落丹楹祠一○ 310/4-1
紫荊花發復成○ 431/4-4
【叢祠】
荊棘○○送夕陽 155/8-6
修葺小○○ 055/8-2
新畬新年何○○ 011/16-13
蘋繁助奠幾○○ 287/4-1
秋煙深鎖一○○ 358/4-4

【 3215₇ 淨 】
○庭秋露濕難然 487/8-4
六根覺清○ 007/30-16
明月襟懷○絕瑕 205/8-6
黃珠萬顆○無瑕 206/8-1
放出蓮花○ 247/4-4
六根方清○ 365/30-16
洗出銀蟾照○几 406/26-6
海色迥開明鏡○ 375/8-5
【淨地】
○○經行暫息慈 130/8-2
○○幽芳幾處尋 216/12-2

【 3216₄ 活 】
微陽○瘦容 113/20-10
綵筐聊爲○ 092/16-1
終年無益○斯身 440/8-8
爐灰未撥心先○ 141/8-3
轍中得潦鮒將○ 199/8-5

【 3216₉ 潘 】
○郎載酒醉河陽 378/8-4
恩露滿○輿 058/8-8

【 3222₁ 祈 】
○寒王氏池 096/40-20

年年豐熟 228/4-2
欲○秋穀熟 055/8-1
提攜是○早 456/20-19

【 3222₂ 衫 】
蕉○荷衣白露滋 015/18-18
雅音屬青○ 005/18-10
江雨春殘濕旅○ 278/4-1

【 3230₂ 瓶 】
○日免驅蚊 041/8-2
○來疏闊意 046/8-7
○聞臨要路 105/20-7
瓶更有聽鶯約 450/8-7
因賤伎多爲纍 497/8-3
○津淡靄帆千點 501/8-5
村○酒堪賒 112/28-16
○更有聽鶯約 450/8-7
雲根○住地仙翁 144/8-8
潮音○接古鐘長 375/8-6
路上○相望 466/8-4
烏聲遠○千家月 213/8-3
遙峯與○轡 230/4-1
主人抱痾○止酒 013/22-9
黃花知節○ 052/8-5
犬吠村當○（葛） 115/44-17
點綴江雲○斷雁 154/8-3
倡門粧樣○何如 188/8-1
魑魅不敢○ 231/4-3
其如詩思○紛紛 423/8-2
請看星象○呈瑞 435/8-7
垂夕回看星漢○ 160/8-7
薄暮應知草堂○ 347/4-3
人間乞巧佳期○ 384/8-7

【 3230₂ 透 】
○簾光彩明 482/8-8
光○玉檀欒 098/20-6
灝氣○羅衣 103/20-20
薰風吹○碧窗紗 337/4-2
碧縠冰肌○徹光 190/8-6

— 160 —

3230₂【 逝・遞・巡・逶・逼・遜・準・割・巢・業・心・必 】3300₀

【 3230₂ 逝 】
○水聖其哀　　　094/40-34
嘆○且長詠　　　007/30-28
嘆○且長詠　　　365/30-28
向君歎○處　　　050/8-7

【 3230₂ 遞 】
人煩賢兄○致　　457/14-5

【 3230₃ 巡 】
流霞凝處釀逡○　383/8-4

【 3230₄ 逶 】
陰森竹裏路○迤　358/4-1

【 3230₆ 逼 】
人生○得嘉　　　112/28-2

【 3230₉ 遜 】
詩既於君○　　　032/8-2

【 3240₁ 準 】
○擬香爐天外賞　367/8-7
題得文章○彩鳳　368/8-3

【 3260₀ 割 】
烹芹○鴨野情親　440/8-1
處處花月○愛情　016/50-40
收網傾樽○小鮮　127/8-2
楠子勤王○據秋　159/8-4
【割烹】
鄰翁爲○○　　　464/8-2
如之廚下盛○○　018/32-19

【 3290₄ 巢 】
枝○誰所止　　　092/16-3
爭○野鳥影翩翩　340/4-2
占此鵲○舊　　　108/20-3
北山高利鵲○居　173/8-1

【 3290₄ 業 】
受○門生競揮灑　024/12-3

事○千秋高縫帳　128/8-5
舊○追懷去越秋　330/4-2
叔夜○曾同　　　104/16-14
東游○就西歸日　278/4-3
我家醫○稱三世　025/20-11
村氓易○楮田間　202/8-6
幼繼長年○　　　010/56-3
僅是數年○　　　075/8-3
三冬新史○　　　101/16-11
千秋清白○　　　110/32-31
孫子箕裘醫國○　176/8-5
賣藥市中憖舊○　489/8-3
【業成】
醫國○○思九國　131/8-3
負笈無論學○○　393/8-2

【 3300₀ 心 】
○多所拮据　　　009/34-24
○隨湖水遠且平　016/50-47
○將謹篤期　　　096/40-16
○契長無改　　　104/16-15
○灰未死煮茶爐　217/20-12
○自清閑日月長　352/4-4
○交蘭室夜遊燭　426/8-5
我○未可灰　　　001/26-22
論○進濁醪　　　062/8-2
鏡○清印月（岡）115/44-11
傳○九島月如霜　155/8-4
煎○焦思無人識　183/8-7
蕙○知在惜摧殘　191/8-2
虛○却起灰心死　194/8-7
虛○却起灰心死　418/8-7
愁○千里遥相寄　406/26-17
賞○轉勝昔日遊　406/26-24
虛○却起灰心死　418/8-7
遥○寫盡海雲長　420/8-2
錦○先計賭輸贏　437/8-6
出郊○自降　　　068/8-2
鄙吝○望望念　　457/14-11
一片冰○涅不緇　180/8-1
一寸錦○灰未死　185/8-3
深照貞○明自誓　190/8-7

貞節虛○奉夏堂　197/8-2
常是無○不倒顛　204/8-6
時時洗○性　　　247/4-2
鷗鷺無○水夕陽　360/8-4
皎潔吾○聊自比　383/8-7
更訝捧○逢越女　442/8-5
妊女江○磨鏡初　484/8-4
爐灰未撥○先活　141/8-3
拜賜諦臣○　　　395/8-6
榮辱不驚○自怗　447/8-5
千帆總入海○煙　136/8-6
今日誰懸照○鏡　187/8-3
藥爐休用同○扇　188/8-5
追陪轉覺我○降　405/8-1
虛○却起灰○死　418/8-7
香火茶煙銷却○　122/8-2
秋風鴻雁度天○　166/8-6
話盡三年別後○　326/4-2
能照故人千里○　328/4-4
遠岫山雲出有○　453/8-6
【心死】
虛○却起灰○○　194/8-7
虛○却起灰○○　418/8-7
【心腸】
○○渾錦繡　　　114/64-7
○○皆錦繡　　　502/66-7
爭如報國赤○○　408/4-4
【心知】
把釣○○立鷺　　088/8-3
不尙面識尙○○　366/12-10

【 3300₀ 必 】
不○羨耕巖　　　005/18-18
何○覆水悅慈親　020/6-4
何○金丹以永年　023/34-26
不○爲名士　　　043/8-7
不○迎春去　　　068/8-1
奚○獲麟歸　　　100/16-2
何○紫藤花　　　112/28-28
不○溪村明月夜　314/4-3
何○瓜田培五色　413/8-7
不○羇棲嘆歲華　498/8-8

3300。【 必・沱・浦・瀉・泳・淚・溥・淬・減・滅・淺・濺・冶・治・淀・演・濱・補・袄・逋・遍 】
3330₂

華簪○可入長安	370/8-8	千行珠○血猶鮮	185/8-4	○○何日發京畿	415/8-2
勝境○探討	494/58-6	天涯別○家三鳳	438/8-5	各自○○卽前川	023/34-14
雨腸不○論	006/16-3	少孤洒○椒盤上	446/8-3	將歸之子○○輕	393/8-1
仙遊不○乘長鯨	016/50-48	秋風空染○千行	197/8-8	遠客催歸雖○○	012/12-5
盛會何○竹與絲	019/14-10	上林月露秋凝○	187/8-5		
七賢何○擬	097/12-5	夜市拭餘淵客○	206/8-3	【 3318₁ 淀 】	
紅爐寧○擁	106/20-13			○江流入樹間來	311/4-4
笙歌不○覺知音	119/8-8	【 3314₂ 溥 】		沶洄路阻○河水	015/18-15
春風不○泣豐碑	299/4-4	御輿○露補苔痕	218/32-24	【淀水】	
青山不○屬羊何	392/8-1			○○三分流	007/30-1
尊鱸不○是佳肴	436/8-8	【 3314₈ 淬 】		○○三分派	365/30-01
		爐○猶知菽味存	377/8-1		
【 3311₁ 沱 】				【 3318₆ 演 】	
醉眠篷底雨滂○	356/4-1	【 3315₀ 減 】		朝臨○武圃	110/32-11
		蓂荚數雖○	103/20-13		
【 3312₇ 浦 】				【 3318₆ 濱 】	
舟迷極○煙	070/8-6	【 3315₀ 滅 】		赤○村巷老農居	300/4-1
想當南○蘆荻際	485/24-23	篝燈明○一江天	324/4-4	吞吐雲霞立海○	014/20-17
朝下浪華○	004/16-5	小舸篝明○（葛）	115/44-37	吞吐雲霞立海○	417/21-17
自茲浪華○	114/64-63				
孰與須磨○	394/8-7	【 3315₃ 淺 】		【 3322₇ 補 】	
自茲浪華○	502/66-65	煙波○處鶴相呼	347/4-4	○綴迦黎錦繡鮮	487/8-6
【浦上】		萬朶岸花○紅	088/8-2	水村○茅茨	010/56-14
明光○○試相呼	272/4-1	美醞嘉魚豈○醜	499/8-2	或疑煉石○蒼苔	021/30-6
明光○○三秋月	328/4-3	【淺水】		屋榮未修	108/20-5
猶作須磨○○看	396/4-4	○○早涼歸	399/8-2	御輿溥露○苔痕	218/32-24
		蘆花○○黏漁刀	307/4-1		
【 3312₇ 瀉 】		蘆荻花飛○○邊	324/4-1	【 3324₇ 袄 】	
暮雨○☒根竹包	436/8-3			東風度○川	229/4-1
杯尊好○懷（張）	422/16-6	【 3315₃ 濺 】			
繞檐琴筑聲如○	018/32-2	露華○餘華席中	021/30-18	【 3330₂ 逋 】	
		不濕衣巾○涕洟	183/8-1	煙霞春遇秦○客	145/8-5
【 3313₂ 泳 】					
游○足千歲	003/24-24	【 3316₀ 冶 】		【 3330₂ 遍 】	
衆生與魚○	007/30-6	鍛○由來叔夜家	338/4-2	○尋桃李溪	099/20-2
衆生與魚○	365/30-06			地○花發遲	066/8-6
		【 3316₀ 治 】		踏○北阡南陌草	156/8-7
【 3313₄ 淚 】		求○一庸醫	060/8-2	落照○平蕪	031/8-8
○痕不乾竹紆縈	016/50-20	別有○藩五色叢	021/30-2	尋仙杖屨○遍西東	301/4-2
紅○人彷彿	084/8-7	扁鵲竟難○	096/40-26	水迹雲蹤九州○	323/4-3
涕○空餘萬里歌	125/8-6	【治裝】			

【 3 3 3 0 ₄ 浚 】
流霞凝處釀〇巡　　　383/8-4

【 3 3 9 0 ₄ 梁 】
津〇微此子　　　　007/30-5
瑧〇留海燕　　　　080/8-5
津〇微此子　　　　365/30-05
此子津〇呼不起　　331/4-3
體畣柏〇佳（憲）　422/16-8
月照屋〇猶是夢　　434/8-3
日暖燕歸〇　　　　026/8-6
彼岸架爲〇　　　　249/4-2
山城花滿燕歸〇　　138/8-4
玉作勾欄銀作〇　　213/8-1
柳條無恙舊河〇　　390/8-1

【梁苑】
〇〇秋煙氣始融　　194/8-4
〇〇秋煙氣始融　　418/8-4

【 3 3 9 0 ₄ 粱 】
〇稻穗方繁　　　　004/16-8
南畝稻〇經可帶　　413/8-3
秋已稻〇登隴上　　435/8-5

【 3 4 0 0 ₀ 斗 】
升〇米粒幾萬千　　011/16-10
八〇君才人已仰　　438/8-3
都下八〇相追隨　　019/14-6
滿地仙糧幾〇斛　　014/20-8
昨夜飛光繞〇樞　　201/8-8
滿地仙種幾〇斛　　417/21-8

【 3 4 1 0 ₀ 對 】
〇酒惜斜暉　　　　461/8-8
但〇江湖客　　　　111/24-19
深〇金波銀波寒　　396/4-2
我〇明月徒嗟老　　406/26-15
曾〇玉江酒　　　　462/8-3
促膝〇新晴　　　　037/8-2
宛然〇故人　　　　224/4-4
燈檠〇坐小層樓　　441/8-2
悠然坐〇疏簾雨　　352/4-3

大江長〇白鷗間　　449/8-4
夾水塵居〇峙　　　090/8-1
茅店呼醪〇翠微　　142/8-4
白鷗憑几〇忘機　　371/8-4
猶疑鼓瑟〇湘君　　442/8-6
無聊幾度〇春風　　446/8-2
歸來四壁長相〇　　149/8-7

【對君】
〇〇雙眼青依舊　　440/8-5
一鼎松風宛〇〇　　141/8-8
淡飯清茶取〇〇　　423/8-1

【對月多】
暫別情懷〇〇〇　　165/8-6
暫別情緒〇〇〇　　363/8-6

【 3 4 1 1 ₁ 洗 】
〇却半輪赤　　　　253/4-3
〇馬波間空自見　　385/8-3
〇出銀蟾照淨几　　406/26-6
時時〇心性　　　　247/4-2
湛湛玉女〇頭盆　　327/4-4
無波江月〇杯裏　　435/8-3
此日何圖〇脚醪　　474/8-6
纍質連句廢〇梳　　188/8-2
杯聲斷簾前雨〇　　484/8-7

【 3 4 1 1 ₁ 湛 】
〇湛玉女洗頭盆　　327/4-4
要〇沆瀣宴群仙　　023/34-4
湛〇玉女洗頭盆　　327/4-4
釀成春酒〇芳樽　　218/32-32

【 3 4 1 1 ₁ 澆 】
磊磊胸襟〇有酒　　153/8-5
入門慧雨〇　　　　365/30-13

【 3 4 1 1 ₂ 池 】
〇子畫妙書亦精　　016/50-31
〇草夢覺傾蓋地　　405/8-3
〇田一夜雨　　　　492/8-1
清〇月半輪　　　　111/24-16
龍〇冰泮好幽尋　　119/8-1

半〇晴景王孫草　　121/8-5
清〇碧鏡影涵瀕　　173/8-4
蓮〇多月露　　　　225/4-3
小〇亦渺茫　　　　249/4-4
一泓〇畔半庭隅　　200/8-1
燕子〇塘較有情　　212/8-6
一卷裝〇牧群英　　016/50-35
偶伴蓮〇客　　　　079/8-1
牖隔蓮〇暮鐘　　　087/8-6
雨滴盆〇菌荅疏　　126/8-4
誰就園〇預種蓮　　128/8-8
無復清〇一葉荷　　163/8-8
試置盆〇荷葉上　　209/8-7
道是九霞〇貸成　　016/50-7
白蘋花滿〇　　　　055/8-8
祈寒王氏〇　　　　096/40-20
白玉龜泉入藕〇　　130/8-6
蕭駿非是自臨〇　　207/8-7
臥看荷花滿曲〇　　304/4-2
一水春風入墨〇　　481/4-1

【池頭】
〇〇七寶龕　　　　251/4-1
〇〇綠柳帶星斜　　338/4-4

【池上】
芙蓉〇〇甘微祿　　170/8-5
新荷〇〇碧箇杯　　174/8-6
媚態清〇〇　　　　084/8-3

【池魚】
〇〇人共樂　　　　031/8-3
玉檻羨〇〇　　　　080/8-6

【 3 4 1 1 ₂ 沈 】
〇吟背短檠　　　　101/16-10
〇沈斜日日枝峯　　317/4-4
〇香亭下醉供奉　　379/8-7
〇李何須冰作盤　　385/8-6
陸〇都市遇三冬　　124/8-1
沈〇斜日日枝峯　　317/4-4
海上浮〇字　　　　105/20-5
郭處分〇淪　　　　108/20-14
身迹浮〇屬世波　　158/8-1
惰竹階前綠〇管　　174/8-5

3411₂【 沈・流・灌・淹・泄・港・蠱・漪・滿 】 3412₇

釣綸垂與世浮○	453/8-8	詞場談劇燭將○	434/4-1	○籯何若一編微	177/8-8
【沈醉】		江總當年第一○	441/8-8	○目煙波淰淰寒	275/4-4
○○從偸夜臉紅	381/8-6	【流霞】		○斟不辭今宵酒	406/26-23
芳桂殘尊○○後	022/8-7	○○春酒盞	091/16-11	○袖有涼颸	479/8-8
【沈痼】		○○凝處釀逡巡	383/8-4	○山藥草碧芊芊	485/24-6
無可起○○	049/8-2	海瀛○○五彩鮮	023/34-28	○蹊桃李春無恙	489/8-5
可咲煙霞自○○	451/8-7	釀得○○春萬石	453/8-3	○籯全足獻	502/66-57
		【流水】		春○酒千鍾	113/20-20
【 3411₃ 流 】		月明○○隨予去	136/8-7	客○江頭一草廬	175/8-1
○分燕尾廻	094/40-12	蝶邊○○野薔薇	142/8-6	恩露○潘輿	058/8-8
○澌照繳一枝梅	480/4-4	九廻○○紋如染	202/8-3	良朋○四筵	091/16-6
飛○幾百級	003/24-6	【流螢】		落木○紺園	110/32-28
漂○到荒夷	010/56-8	○○照縹帙	006/16-16	金花○架挂春光	296/4-1
風○客是誰	105/20-14	○○數點藝窓下	404/4-3	能令○舊無寒色	471/8-3
枕○吾素志（岡）	115/44-19			山城花○燕歸梁	138/8-4
風○獨爲異	245/4-3	【 3411₄ 灌 】		一盆春○擢枝枝	192/8-2
風○始駐呂安車	338/4-1	○木烏三匝	111/24-15	開尊賓○座	430/8-3
寒○晴嶂齋藍青	380/8-8	苓木○餘三世圍	144/8-3	桂花秋○送清芬	499/8-8
水郭○澌隨雁鶩	116/8-3			遂使文章○子身	020/6-2
御溝○出人間世	191/8-7	【 3411₆ 淹 】		海門秋色○漁船	127/8-1
淀江○入樹間來	311/4-4	【淹留】		姚黄歐碧○雕欄	273/4-2
火星○轉數峯西	349/4-4	不識○○客	095/12-11	臥看荷花○曲池	304/4-2
日照○澌起早鴻	446/8-8	兄弟○○寓浪華	425/8-2	白雲明月○禪衣	319/4-2
此人風○世所知	015/18-12			安知走狗○門前	372/8-8
江左風○君自見	118/8-7	【 3411₇ 泄 】		幽賞無端○後園	483/8-2
陶令風○采菊扉	177/8-6	捲簾雲○桂花香	497/8-6	釣得珊瑚○錢船	485/24-4
一帶春○一葦航	279/4-1			雨痕星彩○疏簾	500/4-1
始接風○馬白眉	359/8-2	【 3411₇ 港 】		豈是雪霜白○頭	014/20-11
藤裏風○殊此域	398/8-3	柳○觀魚漢游女	448/8-5	兼葭洲渚秋○時	015/18-14
百里長○碧映門	447/8-1			並秀芝蘭香○軒	218/32-22
祠宇占○峙	494/58-24	【 3411₇ 蠱 】		不知是爲悠○頭	417/21-11
淀水三分○	007/30-1	激○潮聲響屧廊	260/4-2	玉椀座無辭○酌	501/8-3
丹青老蒼○峙奇	018/32-7			【滿面】	
輕煙十字○	052/8-4	【 3412₁ 漪 】		○○煙花春未盡	392/8-7
描成蛺蝶撲○圖	200/8-8	莫戀舊淪○	010/56-56	淒涼○○瓦窰煙	169/8-8
碧紗窓外織○光	296/4-4	無數金鱗躍碧○	297/4-4	【滿坐】	
雨花無處不○香	323/4-4			○○春生一管風	194/8-8
扶歸海島盲○人	351/4-1	【 3412₇ 滿 】		○○春生一管風	418/8-8
臥看荷花滿曲○	304/4-2	○盤肴核爲誰設	013/22-11	開尊賓○○	430/8-3
百尺長橋架碧○	314/4-2	○天頑雲爲之晴	013/22-16	【滿庭】	
城樓映帶碧波○	409/4-2	○籯全足獻	114/64-55	○○花似雪	257/4-1
家園猶自隔長○	411/4-2	○眼煙花夢一場	171/8-8	芝蘭滋得○○叢	144/8-4

茶梅花發○○春	305/4-4	【 3413₂ 漆 】		煙○不識柴門外	364/8-7
【滿江】		○身國士恩難報	181/8-5	浩○澹明鏡	365/30-30
○○寒霧未全晴	354/4-4			煙○分兩海	386/8-5
○○風雪一蓑衣	355/4-1	【 3413₂ 濛 】		無○江月洗杯裏	435/8-3
爭探珠玉○○秋	022/8-8	如膏雨色乍○濛	134/8-2	金○撼疏箔	477/8-3
期君夜雪○○天	288/4-2	野色山光總冥○	021/30-14	煙波○日耽漁釣	485/24-3
【滿城】		如膏雨色乍濛○	134/8-2	三津○浪今農畝	116/8-5
○○歸馬障泥香	156/8-8			鯨鐘○激六時風	151/8-4
昨夜微霜始○○	353/4-1	【 3413₄ 漢 】		瑠璃○撼水仙軀	200/8-4
【滿地】		雲○圖方失（葛）	115/44-25	垂夕○撼月	234/4-3
○○仙糧幾斗斜	014/20-8	微風搖○影	041/8-5	不見○頭白馬來	376/8-8
○○繁霜殘女蘿	125/8-2	詩應雲○擬（張）	422/16-7	洗馬○間空自見	385/8-3
○○青苔人跡絶	358/4-3	世路有河○	107/12-11	萬頃恩○翠黛妍	014/20-20
○○黃梅夜雨間	369/8-8	華燈聊擬○遺民	427/8-4	萬頃煙○解宿醒	016/50-46
○○仙種幾斗斜	417/21-8	柳港觀魚○游女	448/8-5	無際滄○路幾千	023/34-18
白蘋花○○	055/8-8	垂夕回看星○近	160/8-7	涼月碎○紋	041/8-6
稻苗春○○	238/4-2			試向煙○上	045/8-7
【滿壁】		【 3413₄ 漠 】		鷗伴煙○千佛閣	157/8-3
○○新年句	069/8-7	物色秋迷○使臣	145/8-6	臨眺難○十月天	169/8-2
○○畫林丘	226/4-4			相値煙○舊釣徒	217/20-6
【滿坐】		【 3414₀ 汝 】		萬頃煙○一釣徒	272/4-2
○○閧咲互相論	025/20-10	祭○北堂共	113/20-4	滿目煙○淰淰寒	275/4-4
○○春生一管風	194/8-8	用○作霖是何日	199/8-7	築紫煙○渺夕陽	323/4-2
		病○茶蘼自臘違	371/8-6	鷗伴煙○千佛閣	373/8-3
【 3412₇ 瀟 】		爲○詩篇題棣萼	425/8-3	爲掃煙○百尺樓	382/8-2
一揮○洒清風裏	284/4-3	御李○相從	093/12-2	度我煙○筑紫陽	391/8-8
【瀟湘】		飲寧讓○豪	062/8-6	深對金○銀波寒	396/4-2
○○昨夜雨新晴	016/50-19	九辨文憐○才	089/8-6	萬頃恩○浴其身	417/21-20
清揚彼美自○○	197/8-1			遮莫風○世上翻	447/8-8
		【 3414₁ 濤 】		一點君山○不驚	016/50-21
【 3413₁ 法 】		春○亦起余	061/8-8	濯錦澄江○自染	191/8-5
○自六朝傳	064/8-2	【濤聲】		不見晚來○	222/4-2
○龕燈點才孤照	211/8-3	○○日夜連	070/8-2	冰泮三層○自高	452/8-1
説○三津花欲雨	155/8-3	篷間鐵笛怒○○	160/8-4	金臺銀闕晩○天	127/8-8
家在傳○湄	010/56-2			深對金波銀○寒	396/4-2
共聞白○傳	032/8-3	【 3414₇ 波 】		城樓映帶碧○流	409/4-2
探梅到○幢	068/8-6	○浪可觀忠信志	361/8-5	身迹浮沈屬世	158/8-1
主客本疏禮○	086/8-5	浩○澹明鏡	007/30-30	江上秋風起素○	165/8-2
【法臺】		煙○分兩海	085/8-5	江上秋風起白○	363/8-2
相遇共登○○	089/8-2	煙○何處醉君王	260/4-4	猶思築紫舊滄○	392/8-4
千朶兩花説○○	118/8-6	難○寺裏名尤著	264/4-3	月明夢度綠江○	400/4-4
		煙○淺處鶴相呼	347/4-4		

3 4 1 4 ₇【 凌・沽・渚・浩・洪・淋・潦・藤・衲・禱・被・襪・襟・遠・達・違 】
3 4 3 0 ₄

【 3 4 1 4 ₇ 凌 】		同○琴書皆故態	363/8-3	磊磊胸○澆有酒	153/8-5
○風臺畔未開花	270/4-1	舊○幽期偶有差	498/8-1	天籟入胸○	033/8-7
安得○風翰	004/16-15	混沌○開初	009/34-6	寧無羈旅○懷似	369/8-7
		南枝逢○日	045/8-5		
【 3 4 1 6 ₀ 沽 】		尋盟此○友	066/8-3	【 3 4 3 0 ₃ 遠 】	
○酒門前夜市	090/8-5	枌楡結○自榮枯	217/20-4	○自西海壥	004/16-2
半爲下物半○醪	307/4-4	偶攜同○侶	493/8-3	○客催歸雖治裝	012/12-5
		游戲齊雲○	094/40-27	○寺尚疏鍾	067/8-6
【 3 4 1 6 ₀ 渚 】		江上閒情○一鷗	438/8-6	○送西歸客	078/8-7
○暗賓鴻聲未度	384/8-5	我混沌之、	455/23-20	○尋梅所莊	079/8-2
仄斜陽五色霞	424/4-4	説悦古稀呼里○	218/32-15	○沴蒹葭水	099/20-1
北○寒光偏	105/20-1	【社盟】		○岫山雲出有心	453/8-6
北○雨抽蒲	114/64-48	○○尋混沌	108/20-13	餘音○入海風傳	023/34-32
江○冬温早綻梅	475/4-1	新舊○○欣會逢	121/8-2	點點○傳飛白妙	207/8-5
北○雨抽蒲	502/66-48			鳥聲○近千家月	213/8-3
蒹葭洲○秋滿時	015/18-14	【 3 4 2 2 ₇ 衲 】		海天○望眉壽色	417/21-19
鷗汀鳧○可吟行	016/50-23	雲○奪朱色	064/8-3	江天○電射衡茅	436/8-1
或於北○或南樓	406/26-14	野○學書蕉墖廢	202/8-5	有朋自○至	109/16-1
請見霜黃蘆荻○	154/8-7	西風送○衣	227/4-2	心隨湖水○且平	016/50-47
				轉覺紅塵○	032/8-4
【 3 4 1 6 ₁ 浩 】		【 3 4 2 4 ₁ 禱 】		習家知不○	071/8-7
○波澹明鏡	007/30-30	○頌吾何敢	108/20-19	漁笛夕陽○	083/8-3
○波澹明鏡	365/30-30			簹驚風猶○	399/8-3
		【 3 4 2 4 ₇ 被 】		良朋並自遠方○	469/4-1
【 3 4 1 8 ₁ 洪 】		仍○老僧迎	493/8-4	懶爲火炮向○溪	349/4-2
葛○丹乏未輕身	283/4-4	絃匏○向向	005/18-8	荷露滴殘秋扇○	484/8-5
		冰牀霜○不成眠	265/4-4	【遠向】	
【 3 4 1 9 ₀ 淋 】		常嫌瓊質○風吹	183/8-2	○○書帷報	237/4-4
○漓墨未乾	098/20-20	旅館春眠須共○	359/8-5	霞標○○赤城攀	179/8-1
		【被酒】		【遠遊】	
【 3 4 1 9 ₆ 潦 】		應須○○行	065/8-8	○○歸到意如何	165/8-1
轍中得○鮒將活	199/8-5	梅丘○○折枝旋	348/4-1	○○歸去意如何	363/8-1
【 3 4 2 1 ₀ 藤 】		【 3 4 2 5 ₃ 襪 】		【 3 4 3 0 ₄ 達 】	
○裏風流殊此域	398/8-3	雨痕暗濕綾羅○	156/8-5	難○時時書	009/34-16
同○兩三人	028/8-2			人生重榮○	010/56-47
蓮○曾爲好	033/8-1	【 3 4 2 9 ₁ 襟 】		總伴騷人○曙吟	166/8-8
同○好相攜	099/20-12	衣○絶點塵	083/8-8	薫風奏起○婆樂	168/8-5
詩○鷗盟古	107/12-3	披○醉幾回	095/12-12	珠簾寶帳○晨遊	261/4-1
詩○尋盟試呼起	135/8-7	明月○懷淨絶瑕	205/8-6	卽晚大洲○魯	457/14-6
同○琴書皆故態	165/8-3	到此胸○異	028/8-7	濁酒清言須○曉	338/4-3

— 166 —

3430₄【達・違・造・遼・婆・染・洩・津・沌・沸・清】 3512₇

亦煩黃耳轉〇	457/14-13	【 3510 ₆ 洩 】		〇涼界可依	103/20-6
無意讀書覓榮〇	308/4-3	〇在君家牛棟間	342/4-4	〇虛生白室	108/20-1
				〇狂曾愛大人論	123/8-3
【 3430 ₄ 違 】		【 3510 ₇ 津 】		〇秋最好賦閒居	126/8-2
長〇如水交	048/8-6	〇頭舟子故招招	345/4-2	水臺鄰酒釀泉	147/8-4
載筆空〇修史時	299/4-2	要〇爾再問	002/14-13	揚彼美自瀟湘	197/8-1
雞壇言勿〇	010/56-42	河〇崖拱立	003/24-5	〇賞到于今	395/8-2
吾邦俗自〇	059/8-2	三〇淑景開	094/40-8	貧猶得悅家尊	426/8-8
病汝茶蘼自臘〇	371/8-6	南〇風砠柳	114/64-47	歌妙舞隨和切	442/8-3
		三〇解纜時（岡）	115/44-2	曉餘香風隔戶	471/8-5
【 3430 ₆ 造 】		三〇波浪今農畝	116/8-5	溫〇保其壽	002/14-10
徑〇環堵室	006/16-6	問〇查泛下三津	131/8-4	官〇齡亦妙	009/34-3
瑠璃天〇障	047/8-1	三〇春色卜居年	135/8-1	病後〇籟竹	069/8-3
昏度谿村〇	494/58-20	三〇海舶雲間繫	169/8-5	千秋〇白業	110/32-31
		近〇淡靄帆千點	501/8-5	鏡心〇印月（岡）	115/44-11
【 3430 ₉ 遼 】		南〇風鞞柳	502/66-47	一塢〇陰道士松	121/8-6
欲向〇西馳一夢	265/4-3	浪芫〇頭第一枝	445/8-1	一尊〇賞有新舊	166/8-3
		海雲〇樹費相思	489/8-1	心自〇閑日月長	352/4-4
【 3440 ₄ 婆 】		我亦迷〇者	007/30-7	濁酒〇言須達曉	338/4-3
薰風奏起達〇樂	168/8-5	落日三〇寺	052-8-3	萬壑〇冰老作珍	383/8-2
		說法三〇花欲雨	155/8-3	淡飯〇茶取對君	423/8-1
【 3412 ₇ 滯 】		飛越到河〇	003/24-4	共喜〇時報有年	435/8-1
縱負梅花且留〇	405/8-7	還是問前〇	083/8-2	誰憐〇操獨豪雄	443/8-1
〇婆夜世幸同時	398/8-1	問津查泛下三〇	131/8-4	獨有〇芳冒悠披	445/8-8
娑〇半世幸同時	398/8-1	送梅晴度渡華〇	281/4-1	宜在〇簾孝養家	471/8-8
薰風奏起達〇樂	168/8-5	君家兄弟比椿〇	305/4-1	老去耽〇樂	112/28-1
		君家女婿寓三〇	306/4-1	欵水爾〇規（葛）	115/44-20
【 3490 ₄ 染 】		【津梁】		北海酒空〇	037/8-6
〇出雲霞湖山春	020/6-6	〇〇微此子	007/30-5	霜橋人迹〇	101/16-6
〇縷泉存芳樹塢	163/8-5	〇〇微此子	365/30-05	蓋尾難消〇晝霜	476/8-4
汚泥不〇蓮花性	021/30-25	此子〇〇呼不起	331/4-3	中有好事西孟〇	016/50-4
秋風空〇淚千行	197/8-8			巴陵一望水煙〇	016/50-11
至今血〇溪山樹	267/4-3	【 3511 ₇ 沌 】		腹內膏脂玉自〇	210/8-4
三衣薰〇白雲芽	290/4-1	混〇社開初	009/34-6	誦詩黃蕨國風〇	361/8-4
露滋莖自〇	084/8-5	我混〇之藤、	455/23-20	誰言璧潤與冰〇	437/8-2
嵐山紫翠〇衣秋	314/4-4	藤盟尋混〇	108/20-13	瑩然菽乳味尤〇	444/8-1
花葉根莖也〇成	212/8-2			【清音】	
數度兵塵都不〇	130/8-7	【 3512 ₇ 沸 】		〇〇寫入錦囊裝	157/8-8
紫泥傳詔筆猶〇	186/8-5	黃金泉鬻〇	094/40-5	〇〇寫入錦囊還	373/8-8
濯錦澄江波自〇	191/8-5			【清瘦】	
九廻流水紋如〇	202/8-3	【 3512 ₇ 清 】		〇〇元是耽雋句	013/22-14
		〇靜書室會同盟	016/50-1	〇〇太相似	075/8-7

【 清・漣・浹・濃・凄・溝・油・潛・凍・神・袂・褙・袖・連 】

【清夜】
馬上奏歸○○曲　　262/4-3
會有芳園卜○○　　019/14-5
【清淨】
六根覺○○　　007/30-16
六根方○○　　365/30-16
【清池】
○○月半輪　　111/24-16
○○碧鏡影涵虛　　173/8-4
媚態○○上　　084/8-3
無復○○一葉荷　　163/8-8
【清芬】
從它疏雨散○○　　350/4-4
桂花秋滿送○○　　499/8-8
【清晨】
○○上觀臺　　001/26-4
筍羹茶粥坐○○　　143/8-1
【清明】
○○留客茗初煎　　372/8-1
䔌蔬○○上塚來　　269/4-2
【清風】
○○破爵蒸　　072/8-8
更有○○室裏添　　500/4-2
一揮瀟洒○○裏　　284/4-3
竹林春老○○起　　401/4-3

【 3513 。 漣 】
中有瑤臺枕碧○　　023/34-20
亂墜青針繡素○　　284/4-4

【 3513 ₂ 浹 】
不濕衣巾濺涕○　　183/8-1

【 3513 ₂ 濃 】
獨餘○淡墨痕寒　　322/4-4
翠黛○抹碧鱗峋　　417/21-21
荻蘆露孰○　　008/16-16
渾令雲樹○　　093/12-12
偏教感慨○　　113/20-6
老圃摘殘○紫色　　212/8-7
茅店呼醪菽乳○　　317/4-2

【 3514 ₄ 凄 】
○涼滿面瓦窯煙　　169/8-8
風○雨冷村莊夕　　021/30-13

【 3514 ₇ 溝 】
○洫黃皆濁　　072/8-3
御○流出人間世　　191/8-7

【 3516 。 油 】
○幕不漏一滴雨　　021/30-11

【 3516 ₁ 潛 】
○迹麴街混世塵　　145/8-2
龍○昔在淵　　040/8-2
無復不○魚　　234/4-2

【 3519 ₆ 凍 】
床頭○硯閟蒼蛇　　125/8-4
東風解○豈地香　　024/12-2

【 3520 ₆ 神 】
○存醉墨中　　076/8-6
○將嘗奚自　　094/40-3
○洲不見赤旗航　　360/8-6
丰○神昔相如　　009/34-20
精○見倍加　　069/8-8
爲○仙中人　　456/20-8
蒼稻○在茲　　228/4-1
石間漢碧玲瓏　　310/4-4
五○家單帖　　457/14-12
肖像○如在　　494/58-27
維昔降○何所誕　　014/20-5
維昔降○何所誕　　417/21-5
雖拙盡精○　　034/8-2
丹青筆有○　　045/8-4
譚玄覺有○　　053/8-2
足格燃藜○　　108/20-10
仙水屢馳○　　111/24-22
彌山木落○鴉小　　172/8-5
令人坐覺○遊處　　285/4-3
朗吟未嘗乏○情　　013/22-13
明時尚合生○聖　　201/8-7
汗漫遊敖三○島　　485/24-5
詩爾常能泣鬼○　　143/8-6
鏡裏梅花照有○　　383/8-6
【神仙】
三島○○難物色　　123/8-5
伏火○○丹竈裏　　179/8-3
會作○○第一場　　292/4-4
朝天未返○○駕　　214/8-5
蠹殘書裏○○字　　451/8-5
【神所】
千秋○○宅　　233/4-3
奇菓○○賜　　494/58-37
【神人】
白須夜照○○影　　157/8-5
白須夜照○○迹　　373/8-5

【 3523 。 袂 】
揮○賦歸歟　　009/34-12
古來分○處　　010/56-49

【 3523 ₂ 褙 】
紋分○褙不須糊　　196/8-4

【 3526 。 袖 】
雙○餘香欲贈誰　　019/14-4
香○芳花相逐薰　　442/8-4
滿○有涼颸　　479/8-8
乾紅雨○泣花後　　189/8-5

【 3530 。 連 】
○理杯空人隔歲　　189/8-3
○綿欲認爲何字　　207/8-7
○山帶霧低　　458/8-8
綠樹○中島　　038/8-3
纍纍質○句廢洗梳　　188/8-2
應晒○朝滙酒巾　　339/4-4
得志互○軒　　004/16-4
楚水吳山○咫尺　　017/8-2
濤聲日夜○　　070/8-2
物外幽蹤○水石　　121/8-3
春風剪翠水○天　　178/8-4
勸君抨醉且留○　　012/12-7

3523₂【 連・遭・遣・遺・芫・泊・泂・湘・盪・況・混・涅・浧・溫・涓・湯・濁・瀑・濕 】3613₃

二郡人家霧裏〇	169/8-6	浪〇秋風一夜航	298/4-2	混〇然、庀庀然、	456/23-2
【連宵】		浪〇津頭第一枝	445/8-1	潛迹麴街〇世塵	145/8-2
班荊亭樹〇〇飮	146/8-5	離情浪〇水	093/12-9	【混沌】	
几上金玉〇〇詩	406/26-7	杯渡朝辭浪〇城	333/4-1	〇〇社開初	009/34-6
【連江】				我〇〇之藤、	455/23-20
盡日〇〇寒雨下	018/32-1	【 3610₀ 湘 】		社盟尋〇〇	108/20-13
寒雨〇〇樹樹疏	175/8-8	〇簾楚簟坐生寒	385/8-8		
【連城】		月明秋寒浪〇干	397/4-2	【 3611₄ 涅 】	
懷璧主〇〇	430/8-4			一片冰心〇不緇	180/8-1
却欣方璧不〇〇	195/8-8	【 3610₀ 泊 】		都人熱鬧〇般會	216/12-5
不令方璧價〇〇	444/8-8	澹〇草玄人	108/20-2		
却欣方璧不〇〇	497/8-8	淡〇何供彈鋏客	378/8-7	【 3611₇ 浧 】	
【連壁】		今日王公疏澹〇	195/8-7	狹邪塵〇新豐市	134/8-3
〇〇月臨城	101/16-4	賴爲王公疏澹〇	444/8-7		
〇〇同輝忽見敵	436/8-2	今日王公疏澹〇	497/8-7	【 3611₇ 溫 】	
				〇清保其壽	002/14-10
【 3530₆ 遭 】		【 3610₀ 泂 】		〇雅欽儀容	008/16-2
家兒一歲正周〇	407/4-1	泝〇路阻淀河水	015/18-15	〇酒春銷壺底冰	439/8-6
【遭逢】		溯〇能憶否（岡）	115/44-43	柔綺席江堤草	478/8-5
〇〇僅數日	008/16-5	瀟〇昨夜雨新晴	016/50-19	廣島潮〇牡蠣肥	172/8-6
一宵始〇〇	008/16-4	吹成一片〇雲影	184/8-7	江渚冬〇早綻梅	475/4-1
		猶疑鼓瑟對〇君	442/8-6	鷗盟幾度〇	110/32-18
【 3530₇ 遣 】		清揚彼美自瀟〇	197/8-1	凝脂肌骨〇含潤	205/8-5
恃〇令郎挑白戰	289/4-3	孤魂招得化三〇	203/8-6	中有樂志人〇藉	018/32-10
終〇蠹添寂寞	385/8-7	【湘江】		斯中起臥冬〇足	471/8-7
烏紗莫〇晚風吹	357/4-4	〇〇夜雨聲如斷	194/8-3		
柳梅當〇旅情慰	425/8-5	〇〇夜雨聲如斷	418/8-3	【 3612₇ 涓 】	
西歸履迹遣人〇	398/8-8	快剪〇〇半幅絹	017/8-8	〇涓沙石際	236/4-3
千里羈愁君自〇	019/14-11	正是〇〇輕雨後	322/4-3	涓〇沙石際	236/4-3
【 3530₈ 遺 】		【 3610₇ 盪 】		【 3612₇ 湯 】	
〇構誰茶室	245/4-1	〇漿浪層層	072/8-2	甘露釀成般若〇	168/8-6
細君〇得仁	044/8-4				
焚草有〇命	049/8-7	【 3611₀ 況 】		【 3612₇ 濁 】	
家先有〇烈	110/32-3	〇酒帝王國	010/56-35	〇酒清言須達曉	338/4-3
彩服爲誰〇	096/40-30	奉趨庭訓	096/40-7	論心進〇醪	062/8-2
家翁老去〇生辰	427/8-1	〇復値陽回	106/20-2	溝洫黃皆〇	072/8-3
華燈聊擬漢〇民	427/8-4				
		【 3611₁ 混 】		【 3613₂ 瀑 】	
【 3530₉ 芫 】		〇迹禁垣南陌塵	131/8-2	飛〇聲如吼	221/4-3
不〇客相通	046/8-4	混然、庀庀然、	455/23-2	谷含初日將飛〇	182/8-5

— 169 —

3 6 1 3 ₃ 【 濕・浔・澤・漫・祝・裡・褐・迫・迦・邀・遇・邊・還・氵皿・泥 】

3 7 1 1 ₁

【 ３６１３ ₃ 濕 】
不〇衣巾濺涕洟　　　183/8-1
雨痕暗〇綾羅襪　　　156/8-5
公田春〇勸爲耕　　　199/8-4
墨痕猶〇繭蚕紙　　　406/26-8
江雨春殘〇旅衫　　　278/4-1
櫩外鈴聲〇茗煙　　　454/8-6
浄庭秋露〇難然　　　487/8-4

【 ３６１４ ₁ 浔 】
覺路何由〇　　　　　007/30-29

【 ３６１４ ₁ 澤 】
曾辭金〇府　　　　　045/8-1
似珠無〇又無光　　　378/8-1
仍思金〇魚　　　　　462/8-4
江湖皆德〇　　　　　100/16-5
道是先考手〇存　　　018/32-15

【 ３６１４ ₇ 漫 】
〇以滑稽傳　　　　　254/4-4
汗〇遊敖三神島　　　485/24-5
慈愛〇道未全白　　　025/20-5
趨陪〇飲醇　　　　　108/20-20
篷窓〇作嗏來語　　　280/4-3
玉筋千行〇自垂　　　183/8-8
霜林紅爛〇　　　　　460/8-3
九夏畦疇餘爛〇　　　212/8-3
花萼輝來路渺〇　　　370/8-4
【漫相】
桂叢殘酌〇〇留　　　140/8-6
暮煙春草〇〇思　　　421/8-8

【 ３６２１ ₀ 祝 】
謝絶人貽〇壽篇　　　485/24-18

【 ３６２１ ₄ 裡 】
夢〇仙娥來相迎　　　013/22-20

【 ３６２２ ₇ 褐 】
釋〇何圖負所親　　　306/4-2

釋〇南風見寵榮　　　335/4-1
何如釋〇衣　　　　　100/16-8
應徵卽釋〇　　　　　114/64-35
應徵卽釋〇　　　　　502/66-35

【 ３６３０ ₀ 迫 】
初寒少〇肌　　　　　081/8-2
無衣却畏霜威〇　　　123/8-7

【 ３６３０ ₀ 迦 】
補綴〇黎錦繡鮮　　　487/8-6

【 ３６３０ ₁ 邀 】
愛吾城子〇　　　　　010/56-1
回頭蒼靄山何〇　　　448/8-7

【 ３６３０ ₂ 遇 】
相〇共登法臺　　　　089/8-2
行〇龍山佳節會　　　357/4-3
縱〇禹公移不能　　　417/21-16
相〇玄亭寂寞哉　　　469/4-2
萍梗〇相欣　　　　　102/12-2
託生正〇一甲子　　　023/34-3
煙霞春〇秦逋客　　　145/8-5
陸沈都市〇三冬　　　124/8-1
歸來明主恩〇厚　　　485/24-11
良朋良夜喜相〇　　　013/22-2
王醴百年看寵〇　　　415/8-5

【 ３６３０ ₂ 邊 】
花〇歌舞謝君恩　　　137/8-6
蝶〇流水野薔薇　　　142/8-6
籬〇幾度立躊躇　　　214/8-8
宿雨鴻〇竭　　　　　001/26-5
大小耳〇鐘　　　　　093/12-6
上此郊〇築　　　　　112/28-9
燈影那〇祠（葛）　　115/44-16
滴作砌〇花　　　　　223/4-2
織女機〇夜色明　　　302/4-2
檍葉青〇楓葉黃　　　352/4-2
麋鹿沙〇伏　　　　　387/8-3

化爲籬〇柿　　　　　494/58-30
四國白鷗〇　　　　　070/8-4
疲容危石〇　　　　　084/8-4
觸詠石橋〇　　　　　229/4-2
但嫌點鬢〇　　　　　257/4-4
報道主在海西〇　　　023/34-2
一陣歸鴉郭樹〇　　　136/8-1
盛筵移在墨江〇　　　176/8-2
擕歸八百八洲〇　　　284/4-2
蘆荻花飛淺水〇　　　324/4-1
夜方鐘鼓寂城〇　　　435/8-6
先生杖國國何〇　　　485/24-1
身疑行在彩雲〇　　　487/8-8

【 ３６３０ ₂ 還 】
〇丹歲月長　　　　　035/8-2
〇是問前津　　　　　083/8-2
〇浮瓠齒呵餘香　　　190/8-4
〇喜詩盟添海鷗　　　382/8-6
簾前〇恐晚風狂　　　209/8-8
苦吟〇怪霏霏罷　　　213/8-7
行樂〇追遊蝶去　　　454/8-7
冰魂〇得不看花　　　471/8-2
未肯點額〇　　　　　003/24-15
風光寫得〇　　　　　242/4-4
胸中戈甲金〇軟　　　210/8-3
清音寫入錦囊　　　　157/8-8
多少都人帶醉〇　　　277/4-2
寫入一奚囊底　　　　336/4-2
有客江頭衞未　　　　369/8-1
清音寫入錦囊〇　　　373/8-8
問字胡爲客往　　　　449/8-2
【還伯】
〇〇江樓夜　　　　　060/8-7
〇〇追隨歡未盡　　　146/8-7

【 ３７１１ ₀ 氵皿 】
溝〇黃皆濁　　　　　072/8-3

【 ３７１１ ₁ 泥 】
污〇不染蓮花性　　　021/30-25

3711₁【泥・盜・渥・濯・蠱・洞・凋・湖・溯・澗・潤・潮・瀾・渦・湧・潮・瀾・渦・湧・滑・湧】　　　　　　　　　　　　　　　　　　　　　　　　　　　　3712₇

紫〇傳詔筆猶染	186/8-5	
衙〇燕子且呢喃	278/4-2	
春〇地暖禽銜去	379/8-3	
衙〇玄燕水相掠	390/8-5	
香車〇抹落花紅	134/8-6	
十日醉如〇	099/20-4	
不憚道途〇	458/8-6	
滿城歸馬障〇香	156/8-8	

【3711₁ 盜】
要湛沉〇宴群仙　　023/34-4
寒露結時和沈〇　　383/8-3

【3711₄ 渥】
聞説恩榮〇　　　　114/64-41
聞説恩榮〇　　　　502/66-41
玉版誰工印〇丹　　191/8-1

【3711₄ 濯】
〇錦澄江波自染　　191/8-5
一曲滄浪我〇纓　　160/8-6

【3711₄ 蠱】
激〇潮聲響雁廊　　260/4-2

【3712₀ 洞】
中通一〇門　　　　235/4-2
晨開深〇禮金仙　　320/4-4
夢入華陽〇裏看　　273/4-4
誰知二萬〇中秘　　342/4-3
卓錫鶴飛雲關〇　　391/8-5
【洞庭】
〇〇湖上葉飄夕　　207/8-3
當年爲予寫〇〇　　016/50-8

【3712₀ 凋】
花〇露未晞　　　　092/16-10
後〇庭院松　　　　113/20-14
後〇松柏翠籠宇　　218/32-21
繁華〇謝千秋後　　445/8-7
惘帳紅顏〇謝地　　185/8-7

【3712₀ 湖】
〇月照松關　　　　239/4-2
江〇雪裏花　　　　075/8-8
江〇皆德澤　　　　100/16-5
江〇泛宅幾新笠　　178/8-5
江〇飄蕩浼家私　　215/8-2
心隨〇水遠且平　　016/50-47
鵾鵃〇平雲斷續　　150/8-3
生長江〇裏　　　　003/24-3
但對江〇客　　　　111/24-19
輪塔午晴〇色轉　　133/8-5
過雁蘆汀暮〇　　　086/8-4
一輪水月望〇石　　118/8-5
釣徒佩印五〇長　　164/8-5
猶疑身在五〇舟　　330/4-4
【湖上】
〇〇名區信宿間　　157/8-2
〇〇名區信宿間　　373/8-2
洞庭〇〇葉飄夕　　207/8-3
【湖山】
〇〇指顧家何處　　335/4-3
坐聽〇〇一茗譚　　388/8-8
染出雲霞〇〇春　　020/6-6
【湖海】
〇〇感同袍　　　　062/8-4
〇〇竟離群　　　　102/12-6
弟兄〇〇或亡矣　　152/8-5

【3712₀ 溯】
〇洄能憶否（岡）　115/44-43
〇游人至水中央　　298/4-1

【3712₀ 澗】
〇道雪消鶯出谷　　138/8-3
寒消碧〇羹　　　　077/8-6
青苔封〇戶　　　　100/16-13
行將南〇藻　　　　459/8-7
【澗花】
〇〇見春晚　　　　494/58-17
石橋春度〇花翻　　133/8-6

【3712₀ 潤】
疏〇夜年猶未叙　　474/8-7
誰言璧〇與冰清　　437/8-2
階庭昨夜〇微霜　　208/8-4
錬金竈古煙常〇　　144/8-5
珊瑚網破唯餘〇　　185/8-5
凝脂肌骨溫含〇　　205/8-5
蓂莢階前將盡〇　　439/8-3

【3712₀ 潮】
〇痕白版扉　　　　059/8-6
〇艷憑檻處　　　　479/8-3
〇海之鳴、　　　　455/23-1
海〇秋與碧空平　　160/8-1
海〇音寄九泉訃　　398/8-5
廣島〇溫牡蠣肥　　172/8-6
激蠱〇聲響雁廊　　260/4-2
扁日〇鳴。　　　　455/23-13
柳暗暮〇遲　　　　060/8-6
窗外秋〇碧渺茫　　325/4-1
百里驚〇抱郭廻　　376/8-1
丹臚映〇痕　　　　387/8-2
妙音遥入海〇長　　155/8-8
當軒繞檻海〇鳴　　361/8-1
【潮音】
〇〇衹接古鐘長　　375/8-6
琵海〇〇激草堂　　360/8-8
松風前殿送〇〇　　122/8-4
何如筑紫舊〇〇　　326/4-4

【3712₀ 瀾】
觀〇水國居知術　　135/8-5

【3712₇ 渦】
激浪碧盤〇　　　　253/4-2

【3712₇ 湧】
層雲〇塔天王寺　　149/8-3
洲汀月〇鯨鯢吼　　376/8-3
塔雕雲水〇中天　　129/8-6
【湧出】

3 7 1 2 ₇【 湧・滑・漏・鴻・浪・漁・淑・潯・汲・沒・潺・渾・澔 】3 7 1 6 ₁

○○泉州舊府中	144/8-2	沙嘴○如吹（葛）	115/44-8	【漁養】	
浮圖○○斷雲中	117/8-8	三津波○今農畝	116/8-5	西灣昨夜一○○	165/8-8
雁塔煙霞春○○	118/8-3	一曲滄○我濯纓	160/8-6	扁舟昨夜試○○	363/8-8
		春風桃花○	003/24-7		
【 3 7 1 2 ₇ 滑 】		荻蘆花亂○涵處	022/8-3	【 3 7 1 4 ₀ 淑 】	
漫以○稽傳	254/4-4	棹何厭三層○	088/8-5	三津○景開	094/40-8
落蘇光○奪朱明	212/8-1	【浪速】		竟將宜室○	091/16-3
橫山幽逕○	492/8-5	○○秋風一夜航	298/4-2	【淑氣】	
		○○津頭第一枝	445/8-1	○○時兼花氣合	156/8-3
【 3 7 1 2 ₇ 漏 】		離情○○水	093/12-9	當筵○○催	106/20-12
油幕不○一滴雨	021/30-11	杯渡朝辭○○城	333/4-1	海門○○上帆檣	116/8-4
疏藤映○深	395/8-8	月明秋寒○○干	397/4-2	處處樓臺○氣深	453/8-2
微軀原有○	063/8-5	【浪華】			
一雨寧漸○	108/20-11	○○江上雨	008/16-13	【 3 7 1 4 ₆ 潯 】	
坐定纔知蓮○短	120/8-3	朝僑○○江	010/56-19	竹欄茆宇玉江○	166/8-2
幽燭蛩聲今夜○	423/8-5	來住○○水一涯	015/18-2	袈裟歸到玉江○	326/4-1
		朝折○○蘆	225/4-1		
【 3 7 1 2 ₇ 鴻 】		醉向○○江上望	480/4-3	【 3 7 1 4 ₇ 汲 】	
○南去客北來	089/8-1	哀鵑未度○江	405/8-8	○我中洲水	243/4-1
○書自北京	493/8-1	獨來爲客○○洲	438/8-1		
歸○昨夜隔窗聆	139/8-1	兄弟淹留寓○○	425/8-2	【 3 7 1 4 ₇ 沒 】	
宿雨○邊竭	001/26-5	【浪華浦】		苔碑○字許微酣	216/12-8
仍聞○北來	106/20-4	朝下○○○	004/16-5	蒼苔全○迹	463/8-3
莫訝南○絕信音	328/4-1	自茲○○○	114/64-63	白雲出○山中寺	374/8-5
越路秋○未飛盡	336/4-3	自茲○○○	502/66-65	荷敗游龜○	056/8-3
多少春○叫月明	361/8-8			盈尺瑤華○石床	211/8-1
渚暗賓○聲未度	384/8-5	【 3 7 1 3 ₆ 漁 】		一逕千莖○人處	487/8-7
引杯目送歸○	088/8-4	○笛夕陽遠	083/8-3	鶯塚蒿萊深○徑	364/8-5
賀來居室更孤○	403/8-4	○艇飄飄有興	088/8-7	生涯既是占乾○	447/8-7
日照流漸起早○	446/8-8	○磯有碧苔	106/20-16		
【鴻雁】		○村幾日曝朝陽	203/8-2	【 3 7 1 4 ₇ 潺 】	
○○數行字	047/8-3	耕○非其志	010/56-17	古村橋斷水○湲	331/4-1
○○斷鄉書	462/8-6	吹笳○西陂	010/56-16		
秋風○○度天心	166/8-6	村巷○罾夜尙懸	136/8-4	【 3 7 1 5 ₆ 渾 】	
江上徒留○○侶	468/4-3	金鱗坐可○	234/4-4	○令雲樹濃	093/12-12
		海門秋色滿○船	127/8-1	○是東西欽慕人	470/4-4
【 3 7 1 3 ₂ 浪 】		自稱天地一○人	145/8-1	心腸○錦繡	114/64-7
○遊知幾處	462/8-1	煙波平日耽○釣	485/24-3		
仙○渺渺難窮	088/8-8	百年兄弟在樵○	123/8-6	【 3 7 1 6 ₁ 澔 】	
激○碧盤渦	253/4-2	【漁刀】		浩波○明鏡	007/30-30
波○可觀忠信志	361/8-5	蘆花淺水黏○○	307/4-1	浩波○明鏡	365/30-30
盪槳○層層	072/8-2	桃李何處一○○	452/8-2	梅花月影○冰壺	217/20-20

— 172 —

3716₁【 澹・洛・湄・溟・凝・次・潔・深・祖・袍・冠・祀・初・祠 】　　3722₀

檻外三橋○夕陽	148/8-6	○宮一队草茫茫	187/8-1	衣○鬢鬢美	494/58-28
南軒秋水○	477/8-1	○照貞心明自誓	190/8-7	【 3721₇ 祀 】	
碧簟青簾影○蕩	406/26-2	○閨獨坐夜如年	265/4-1	千載不○祀	494/58-26
【澹泊】		○對金波銀波寒	396/4-2	【 3722₀ 初 】	
○○草玄人	108/20-2	春○方丈室	037/8-1	○執銀管次金匕	025/20-9
今日王公疏○○	195/8-7	秋○橐吾野	058/8-7	○寒少迫肌	081/8-2
頼爲王公疏○○	444/8-7	春○錦帳新昏夜	183/8-3	○志難酬北復南	450/8-1
		山○美木腴	460/8-6	奪將○地布金光	211/8-2
【 3716₄ 洛 】		別情○於桃花水	012/12-4	混沌社開○	009/34-6
京○曾遷舍	058/8-1	人迹○春草	079/8-5	志譽觀遂○	050/8-6
曾遊京○今將歸	366/12-6	避世○扁隱逸廬	214/8-6	城樓更鼓暮○起	136/8-3
紙龜製出○之陽	209/8-1	煙嵐○處鳥相呼	263/4-2	無人更識予○志	167/8-7
【洛陽】		非引○杯難從目	281/4-3	鏡生碧暈人○老	192/8-3
強頂寧爲○○令	204/8-3	晨開○洞禮金仙	320/4-4	清明留客茗○煎	372/8-1
多少名藍在○○	309/4-1	秋煙○鎖一叢祠	358/4-4	綠薜紅蘿好遂○	123/8-8
		陰壑雲○不可搜	159/8-8	坐臥江樓月出○	153/8-4
【 3716₇ 湄 】		渺渺暮○深	042/8-8	白首青袍學易○	170/8-2
家在傳法○	010/56-2	一條江水○綠	088/8-1	白毫交映雪晴○	173/8-8
		鶯塚蒿萊○沒徑	364/8-5	門前蘆葦倒霜○	175/8-2
【 3718₀ 溟 】		疏藤映漏○	395/8-8	既是林園寒露○	214/8-2
吹自北○涯	243/4-4	草色花香傍戶○	119/8-2	妊女江心磨鏡○	484/8-4
		蹇衣尙入白雲○	122/8-8	【初衣】	
【 3718₁ 凝 】		處處樓臺淑氣○	453/8-2	○○斂薜蘿	049/8-4
○望滄州何處是	127/8-7	歸省秋風歡已○	468/4-2	欲教君製○○去	128/8-7
○結幽叢色欲燃	185/8-2			【初發】	
○脂肌骨溫含潤	205/8-5	【 3721₀ 祖 】		夏雲○○色	008/16-9
流霞○處釀逡巡	383/8-4	○席擬南皮	010/56-44	詩誰○○芙蓉	087/8-4
猩血霜○楓葉山	179/8-6	宜傾○酒壺	502/66-52	雪裏芙蓉○○色	332/4-3
咲向玉臺○淡粧	190/8-2	御風樓上設○筵	023/34-8	座燦芙蓉○○夕	441/8-5
上林月露秋○淚	187/8-5	當時繩武欽其○	218/32-1	【初遂】	
屺岡莫使人○望	362/8-7			志縱令○○	114/64-29
		【 3721₂ 袍 】		志縱教○○	502/66-29
【 3718₂ 次 】		白首青○學易初	170/8-2	【初日】	
初執銀管○金匕	025/20-9	雨雪足青○	043/8-6	○○半輪紅	252/4-4
鐵畫銀鉤取○移	207/8-8	湖海感同○	062/8-4	○○照林會	459/8-6
		別來絺俗既絺○	474/8-1	谷含○○將飛瀑	182/8-5
【 3719₃ 潔 】				谷含○○將飛白	367/8-5
皎○吾心聊自比	383/8-7	【 3721₄ 冠 】		籬落今朝晒○○	208/8-3
釣臺秋水○	234/4-1	彈○望輕肥	010/56-40	【初陽】	
		星○霞佩衝寒雨	023/34-9		
【 3719₄ 深 】		笄○曾昏嫁	091/16-1		
○林却有抱兒篁	168/8-4	弱○文章有典刑	380/8-2	上國○○映錦衣	172/8-2

— 173 —

3722。【 初・祠・翻・鵵・裙・迴・逸・迎・艷・週・過 】　3730 ₂

水紋欲斷○○影	447/8-3	夜旬風御仍○然	454/8-4	老少同見○	365/30-12
朝朝翹首訴○○	186/8-8	霜吐劍花江館	172/8-3	仍被老僧○	493/8-4
		獨臥駕衾雪	188/8-3	屛顏如咲幾○春	417/21-18
【　3722 。 祠　】		細骨偏含冰雪	197/8-3	非關送舊與○新	488/8-2
○宇占流峙	494/58-24	滴露階餘蓂葉○	497/8-5	夢裡仙娥來相○	013/22-20
春日○壇春艸滋	011/16-16			仙人有待欲歡	016/50-26
荊棘叢○送夕陽	155/8-6	【　3813 ₇ 冷　】		海鄕鷗鷺喜相○	333/4-2
修葺小叢○	055/8-2	梅花江上月○冷	139/8-8		
燈影那邊○（葛）	115/44-16	梅花江上月冷	139/8-8	【　3730 ₂ 艷　】	
剝落丹楹○一叢	310/4-1			門○茅海秋水	087/8-5
登拜柹仙○	494/58-23	【　3722 ₇ 鵵　】		中一洞門	235/4-2
新畬新年何叢○	011/16-13	佛母靑○寶眞軀	161/8-6	潮○憑檻處	479/8-3
蘋蘩助奠幾叢○	287/4-1			村巷○幽處	082/8-1
秋煙深鎖一叢○	358/4-4	【　3726 ₇ 裙　】		秋城○灝氣	108/20-17
		書○學得雲煙已	481/4-3	一夜○仙去無迹	290/4-3
【　3722 。 翻　】		三白調和籠○羹	018/32-20	鳥道斜○祇樹林	122/8-6
○然蔬我玉	456/20-10	點汚數幅茜○長	208/8-8	呼吸應○上帝閽	133/8-8
蕉衫荷衣白露○	015/18-18	婀娜紅衣映茜	350/4-2	不速客相○	046/8-4
【翩翩】		春風裊裊紫羅○	442/8-2	竹林蕭寺○春水	155/8-5
○○白鷺掠人飛	355/4-4	【裙幅】		裘換酒占○夜飲	498/8-5
爭巢野鳥影○○	340/4-2	書進練○幅	114/64-5	曾離塵垢入圓○	021/30-24
		書進練○幅	502/66-5	紅衣畫舫並櫓○	117/8-4
【　3813 ₇ 冷　】					
○水欲忘骸（憲）	422/16-12	【　3730 。 迴　】		【　3730 ₂ 週　】	
風○覺梅臕	030/8-3	海色○開明鏡淨	375/8-5	今歲方此再○日	025/20-17
楓○癩名雖自愧	140/8-5	擊磬聲猶○	466/8-5		
雨○紗窓舊話時	183/8-4			【　3730 ₂ 過　】	
風○郊天宿霧晴	374/8-2	【　3730 ₁ 逸　】		○門思自長	466/8-6
書案○琅玕	098/20-14	駕言問棲○	006/16-4	雨○八間舍	071/8-5
東風○處猶餘雪	276/4-3	寧道與它隱○同	021/30-10	節○黃菊猶浮酒	176/8-3
風凄雨○村莊夕	021/30-13	避世深扁隱○廬	214/8-6	看○花朝花萬朶	216/12-11
德星秋○水天昏	025/20-20			蓺○淸明上塚來	269/4-2
相思枕○夜如年	189/8-4	【　3730 ₂ 迎　】		每○曲阿親自呼	308/4-2
松蘿帶雪○前楹	018/32-32	○秋星火伏（岡）	115/44-39	看○梅花幾百株	347/4-2
不怯北風○	056/8-7	○風壺底絕纖塵	383/8-1	不○黃菊籬	492/8-4
葉墜風方○	092/16-9	相○梅結實	104/16-5	招攜○三徑	001/26-9
更覺衣巾○	097/12-11	不必○春去	068/8-1	卿輩○我我有待	023/34-7
風樹鵑啼○	101/16-5	倒履○吾飮夜闌	370/8-1	桃菜○農圃	068/8-5
刈餘萑葦○（岡）	115/44-35	多病懶○長者車	123/8-4	節物○天中	104/16-2
江風六月○侵人	281/4-4	三十春○未卓爾	454/8-3	悲風○綺陌	110/32-27
雨墜蘆花○鬢絲	357/4-2	老少呼見○	007/30-12	玉江○訪此登樓	140/8-2
玉手未分菉○暖	437/8-5	屛顏如咲○幾春	014/20-18	伴客○鄰家	256/4-2

【 3730₂ 過・退・逢・遘・遲・追・遙・選・姿・軍・朗・郎・饕・良 】 3773₇

寧令○客生郷思	337/4-3	新舊社盟欣會○	121/8-2	海天○望眉壽色	014/20-19
翩然○我玉	456/20-10	【逢衣】		人家○隔恒沙界	122/8-5
稱吾何○當	054/8-4	○衣雖異坐	114/64-39	雲腴○向故人分	141/8-2
天中雖○邂	111/24-9	○衣雖異坐	502/66-39	妙音○入海潮長	155/8-8
坐愛不徒○	078/8-6			馬融○在廣陵東	429/8-1
小橋暮雨○	399/8-1	【 3730₄ 遘 】		愁心千里○相寄	406/26-17
康街野馬○無迹	453/8-5	意使○齡成米字	011/16-8	焉得海外此遘○	017/8-6
數聲回雁○天涯	489/8-8	群飛鳴鶴讓○年	485/24-24		
十五年光夢裏○	259/4-2	【遘境】		【 3730₈ 選 】	
安道開樽待客○	286/4-2	巖壑搜○○	114/64-13	他時倘○十洲記	292/4-3
水郭山村枕上○	356/4-2	巖壑搜○○	502/66-13	濟度曾聞○佛場	155/8-2
休論客路數旬○	392/8-8				
呼酒調羹待客○	400/4-2	【 3730₄ 遲 】		【 3740₄ 姿 】	
今宵不可復虛○	406/26-11	柳暗暮潮○	060/8-6	偉○盡超凡	005/18-4
【過雁】		地逼花發○	066/8-6	金井寒宵醉月○	445/8-4
○○蘆汀暮湖	086/8-4	山色使人○	081/8-8		
○○驚眠客夜長	294/4-1	人爭篙却○（岡）	115/44-18	【 3750₆ 軍 】	
		淡路秋高雁寄○	293/4-2	將○幕弊猶棲燕	173/8-5
【 3730₃ 退 】				新增聲價右○書	170/8-4
休言○筆陣	109/16-9	【 3730₇ 追 】			
		○陪轉覺我心降	405/8-1	【 3772₀ 朗 】	
【 3730₄ 逢 】		雪○帆影海門飛	172/8-4	○吟未嘗乏神情	013/22-13
○爾江樓枉舉觴	148/8-2	舊業○懷去越秋	330/4-2	夜○樓中燭未呼	154/8-2
○著高僧夜喫茶	270/4-2	蝶夢○春魂不返	381/8-3	憑欄○詠平薇詩	274/4-4
○關獨往孰逢將	360/8-2	帆席○飛白鷺洲	409/4-1	和風○月入柴門	426/8-1
相○將相別	004/16-11	幽谷未○黃鳥出	449/8-3	皎皎當檻○	098/20-3
遭○僅數日	008/16-5	行樂裝遊蝶去	454/8-7	同人夜叩○公房	120/8-1
但○公事竣	009/34-11	【追隨】			
頻○有力見投擲	204/8-5	○○不唯我	430/8-7	【 3772₇ 郎 】	
相○四海皆兄弟	498/8-7	還怕○○歡未盡	146/8-7	潘○載酒醉河陽	378/8-4
君今○明主	001/26-3	都下八斗相○○	019/14-6	魂在阿○家	220/4-4
南枝○社日	045/8-5	木蘭舟楫故○○	329/4-1	恃遣令○挑白戰	289/4-3
冉冉○佳節	113/20-1	江皋憶昨屢○○	421/8-1	人間何處謫星○	186/8-1
夢裏○君悲永訣	189/8-7	【追憶】			
千載○君眞尻傳	485/24-8	○○卜居年	051/8-2	【 3773₂ 饕 】	
客裏相○須盡醉	436/8-7	一期昨遊○○	457/14-2	夜擄○炬早掃煤	313/4-1
朔旦重○南至日	439/8-7	鬢毛未變空○○	126/8-7		
一宵始遭○	008/16-4			【 3773₇ 良 】	
難期異日○	093/12-8	【 3730₇ 遙 】		○朋並自遠方來	469/4-1
定識今朝○李白	321/4-3	○想頌壽五彩筆	020/6-5	○朋滿四筵	091/16-6
更訝捧心○越女	442/8-5	○峯與近巒	230/4-1	不趨○良田與廣廈	018/32-8
逢關獨往孰○將	360/8-2	○心寫盡海雲長	420/8-2	良朋○夜喜相遇	013/22-2

— 175 —

3773 ₇【 良・冥・汎・塗・渝・涕・淪・淦・滋・冷・泠・激・漱・游・洋・海 】
3815 ₇

無日不〇蓆	109/16-2	芝蘭〇得滿庭叢	144/8-4	【 3815 ₇ 海 】	
乃寄志〇醫	096/40-22	欲曉露華〇（葛）	115/44-40	〇瀜流霞五彩鮮	023/34-28
祇要精〇醫一國	025/20-13	長空新霽水〇涵	388/8-2	〇嶠懸纖月	112/28-21
坐觀幾處腴〇田	011/16-12	春日祠壇春艸〇	011/16-16	〇氣山雲指顧中	151/8-2
濟世元知勝相〇	451/8-2			〇鄉鷗鷺喜相羈	333/4-2
		【 3814 ₀ 激 】		東〇自茲阻	004/16-13
【 3780 ₀ 冥 】		〇浪碧盤渦	253/4-2	東〇蟠桃君不厭	023/34-33
〇冥彼樂郊	048/8-2	鯨鐘波〇六時風	151/8-4	東〇功名地	026/8-3
〇途十萬玉天堂	211/8-6	亡呴電〇、	455/23-3	北〇酒空清	037/8-6
冥〇彼樂郊	048/8-2	方風之〇颺也、	455/23-5	湖〇感同袍	062/8-4
野寺〇投去	029/8-7	琶海潮音〇草堂	360/8-8	東〇與求藥	100/16-11
野客〇搜麗跋籃	216/12-6	擲地金聲碧湍〇	132/8-5	湖〇竟離群	102/12-6
野色山光總〇濛	021/30-14			琶〇潮音激草堂	360/8-8
		【 3814 ₀ 潄 】		大〇雄威供臥閣	376/8-5
【 3810 ₀ 汎 】		〇灩潮聲響雁廊	260/4-2	北〇天風送悠餦	472/4-1
蚙〇翻軋、	455/23-7			潮〇之鳴、	455/23-1
		【 3814 ₇ 游 】		三津〇舶雲間繫	169/8-5
【 3810 ₄ 塗 】		〇泳足千歲	003/24-24	蘇自西〇靈	004/16-2
行旅〇肝腦	494/58-4	〇戲齊雲社	094/40-27	利涉東〇瀾	010/56-4
		〇差昨日非	103/20-18	璚梁留〇燕	080/8-5
【 3812 ₁ 渝 】		〇巖居自比	104/16-13	門通茅〇秋水	087/8-5
鷗盟恐易〇	114/64-62	〇詠時時酒客觴	203/8-8	閭閻巨〇畔	094/40-1
鷗盟恐或〇	502/66-64	〇食幾民戶	387/8-7	尊猶北〇春	108/20-16
不教鷗鷺舊盟〇	154/8-8	優〇三十歲	043/8-1	瓶花插〇榴	109/16-8
十載詞盟竟不〇	217/20-2	優〇茅海隅	114/64-2	弟兄湖〇或亡矣	152/8-5
		東〇業就西歸日	278/4-3	可看滄〇作蒼田	178/8-8
【 3812 ₇ 涕 】		溯〇人至水中央	298/4-1	削成東〇玉芙蓉	285/4-2
〇涙空餘萬里歌	125/8-6	優〇以卒七十歲	485/24-15	靈壇臨〇岸	387/8-1
何管妃揮〇	098/20-11	優〇茅海隅	502/66-2	不歸北〇竟終躬	443/8-4
不濕衣巾濺〇洟	183/8-1	當言〇有方	009/34-9	紛紛出〇霞	486/8-8
		荷敗〇龜沒	056/8-3	相苽四〇皆兄弟	498/8-7
【 3812 ₇ 淪 】		青山擁上〇	038/8-4	賓筵稱北〇	010/56-43
莫戀舊〇漪	010/56-56	飄飄輕舉泝〇去	023/34-17	煙波分兩〇	085/8-5
郭處分沈〇	108/20-14	禽魚苦樂宦〇中	164/8-4	煙波分兩〇	386/8-5
		柳港觀魚漢〇女	448/8-5	千帆總入〇心煙	136/8-6
【 3813 ₂ 淦 】		千里行程百日〇	012/12-11	綠樹高低〇畔城	374/8-6
滿目煙波〇淦寒	275/4-4			煙波分兩〇	386/8-5
滿目煙波淦〇寒	275/4-4	【 3815 ₁ 洋 】		天橋花落〇樓生	393/8-8
		一篇遮〇舵樓上	406/26-9	四國餘霞〇吐朱	448/8-4
【 3813 ₂ 滋 】		硫黃氣結〇中曉	131/8-5	骰薕山兼〇	464/8-1
露〇莖自染	084/8-5			一檣監梅自〇涯	206/8-2

— 176 —

3815 ₇【 海・洽・滄・浴・涂・滌・衿・祥・迤・逾 】 3830 ₂

每得殷紅東○棄	218/32-11	○○音寄九泉訃	398/8-5	一曲○浪我濯纓	160/8-6
長恨明珠南○隱	293/4-3	○○之鳴、	456/23-1	可看○海作蒼田	178/8-8
裝喜詩盟添○鷗	382/8-6	當軒繞檻○○鳴	361/8-1	慨古桑○改（葛）	115/44-33
呑吐雲霞立○濱	417/21-17	【海內】		此地桑○何年改	417/21-13
此夜雲霞動○城	432/4-1	○○名聞日	040/8-5	猶思築紫舊○波	392/8-4
棲鶴停雲倚○瀛	495/8-2	橋梓世榮名○○	485/24-13		
寧有米田山作○	014/20-14	【海隅】		【 3816 ₈ 浴 】	
勿復令田變為○	417/21-14	優游茅○○	114/64-2	○衣輕拭倚前楹	193/8-1
試倚書櫻西望○	425/8-7	優游茅○○	502/66-2	○衣輕拭倚前楹	419/8-1
【海天】		忉利天開○○隅	161/8-2	人民○雨露	094/40-9
○○遙望眉壽色	014/20-19	【海潮】		金烏何○處	253/4-1
○○遠望眉壽色	417/21-19	○○秋與碧空平	160/8-1	萬頃恩波○其身	417/21-20
○○西望不勝情	501/8-8	妙音遙入○○長	155/8-8	【浴沂】	
星聚○○外	482/8-7	【海士】		春風獨○○	100/16-16
青鳥飛來碧○○	023/34-1	夕寓○○磧	010/56-20	病起未容○○水	152/8-7
【海西】		落日回帆○○城	149/8-4		
○○額字勢硜硜	016/50-33	【海風】		【 3819 ₄ 涂 】	
夕度○○隅	225/4-2	更向○○吹颺處	272/4-3	○福眼之果不死	485/24-7
報道主在○○邊	023/34-2	餘音遠入○○傳	023/34-32		
【海雲】		【海屋】		【 3819 ₄ 滌 】	
○○津樹費相思	489/8-1	○○春秋籌幾千	485/24-22	蕩○俗眼與世情	018/32-22
遙心寫盡○○長	420/8-2	粒粒猶要籌○○	014/20-12	蕩○七八日之	457/14-10
【海頭】		粒粒猶要籌○○	417/21-12	知爾朝昏○世情	361/8-2
千金方藥○○珍	434/8-6	【海門】			
孤立名山北○○	271/4-1	○○淑氣上帆檣	116/8-4	【 3822 ₇ 衿 】	
【海上】		○○秋色滿漁船	127/8-1	婁婁屮色子○鮮	178/8-1
○○賣仙方	035/8-4	雪追帆影○○飛	172/8-4		
○○浮沈字	105/20-5	【海棠】		【 3825 ₁ 祥 】	
花明○○春宵月	273/4-3	○○庭院始生香	390/8-8	水郭致○煙	091/16-8
【海外】		○○睡足讀書窗	405/8-4	丹北呈○驅宿霧	218/32-19
焉得○○此逍遙	017/8-6	西日○○相照火	372/8-3		
由來○○仙家物	496/8-7	一盆留酌○○花	424/4-2	【 3830 ₁ 迤 】	
【海色】				陰森竹裏路逶○	358/4-1
○○西南豁	070/8-1	【 3816 ₁ 洽 】			
○○迥開明鏡淨	375/8-5	要看仁○恩霑處	134/8-7	【 3830 ₂ 逾 】	
【海島】				交態久○淡	057/8-5
○○曾藏珠樹色	359/8-3	【 3816 ₇ 滄 】		製錦名○著	105/20-9
扶歸○○盲流人	351/4-1	○江一帶繞城陰	453/8-1	蘭契歲○親	107/12-10
【海濱】		○洲志未垂	477/8-6	椿葉老○壽	114/64-57
呑吐雲霞立○○	014/20-17	桑○縱使一變改	014/20-13	椿葉老○壽	502/66-59
呑吐雲霞立○○	417/21-17	無際○波路幾千	023/34-18	三黜罷官○灑落	217/20-7
【海潮】		凝望○州何處是	127/8-7	桂叢人去術○精	195/8-1

— 177 —

3830₃【 送・遂・迸・逆・蓆・邀・道 】 3830₆

【 3830₃ 送 】		【 3830₄ 迸 】		銀燭秉來○卜夜	440/8-3
○梅晴且須	502/66-50	寶珠繞檐○	007/30-14	行樂裝追○蝶去	454/8-7
遠○西歸客	078/8-7	繞簷寶珠○	365/30-14	此行直勝○	494/58-5
西風○暮鐘	082/8-8			心交蘭室夜○燭	426/8-5
殘雨○黃梅	095/12-6	【 3830₄ 逆 】		最翁牀上臥○高	474/8-8
西風○袷衣	227/4-2	賜告○妻孥	114/64-44	孤燭何須照夜○	022/8-6
梅花○暗香	237/4-3	賜告○妻孥	502/66-44	載筆山川百日○	146/8-6
水光○夜砧	395/8-4			珠簾寶帳達晨○	261/4-1
非關○舊與迎新	488/8-2	【 3830₄ 蓆 】		解纜薰風泝上○	364/8-1
引杯且○歸鴻	088/8-4	○山八九里	028/8-1	何意荒陵我出○	368/8-2
晚風吹○野梅香	116/8-8	○方春草外	099/20-7	賞心轉勝昔日○	406/26-24
當歌寒○雲間為	439/8-5	○綠日與柳綠長	156/8-4	【蓆處】	
松風前殿○潮音	122/8-4	○歷堪誇綠鬢年	178/8-2	到來看我曾○○	132/8-7
咀來瓊液○喉牙	206/8-8	○魚橋上與誰觀	385/8-4	令人坐覺神○○	285/4-3
一水桃花○錦帆	278/4-4	壯○恨難從	008/16-12		
一水秋風○錫飛	319/4-1	仙○不必乘長鯨	016/50-48	【 3830₄ 邀 】	
江風千里○慈航	323/4-1	天○魂叵招	036/8-6	水軒○月坐宵分	499/8-1
鴉背雲峯○晚暉	415/8-4	臥○如有待	078/8-5		
一任東風○暗香	420/8-8	舊○多感慨	079/8-3	【 3830₆ 道 】	
映軒春水○東風	431/4-1	獨○苔徑外	097/12-1	○在度三千	064/8-6
北海天風○悠颺	472/4-1	交○動輒隔銀河	158/8-2	○險不易行	494/58-3
桂花秋滿○清芬	499/8-8	遠○歸到意如何	165/8-1	寧○食無魚	009/34-10
【送窮】		官○事竣客將歸	172/8-1	東○主阿誰	010/56-30
○○窮未去	061/8-1	舊○零落意如何	259/4-1	休○壯夫者不為	015/18-10
不問○○文就否	313/4-3	遠○歸去意如何	363/8-1	寧○與它隱逸同	021/30-10
【送梅】		曾○京洛今將歸	366/12-6	報○主在海西邊	023/34-2
○○晴且須	114/64-50	浪○知幾處	462/8-1	斯○歌衰鳳	050/8-1
○○晴度渡華津	281/4-1	道是○京里	010/56-29	鳥○斜通祇樹林	122/8-6
【送夕陽】		金界○忘歸	033/8-5	澗○雪消鶯出谷	138/8-3
蟬聲○○○	079/8-6	啓事○何處	071/8-1	莫○琵琶水難測	157/8-7
荊棘叢祠○○○	155/8-6	無人○說佩金印	154/8-5	安○開樽待客過	286/4-2
		赤壁○何羨	477/8-5	莫○琵琶水難測	373/8-7
【 3830₃ 遂 】		汗漫○敖三神島	485/24-5	豈○翻盆雨	459/8-1
○使文章滿子身	020/6-2	探勝從○日	111/24-23	不憚○途泥	458/8-6
○到玉江茅屋前	136/8-8	不似宸○當日望	169/8-7	巧紀○悠矣	502/66-17
○與班姬棄捐去	197/8-7	今我不○春欲盡	309/4-3	慈愛漫○未全白	025/20-5
志嘗觀○初	050/8-6	橋梓壯○千里同	362/8-4	星霜養素○難移	180/8-6
桑蓬志未○	102/12-1	時日再○猶未報	421/8-7	松間結滴○人硯	198/8-3
志縱令初○	114/64-29	林壑曾○處	463/8-1	曾投明月○無由	382/8-4
志縱教初○	502/66-29	一期昨○追憶	457/14-2	跋涉山陰○	494/58-2
綠薛紅蘿好○初	123/8-8	高堂許夜○	052/8-8	鳳輦春留閣○中	134/8-8
桑蓬夙忘四方○	362/8-3	無日不良○	109/16-2	地接崇禪古○場	168/8-2

— 178 —

3830₆【 道・逎・途・啓・豁・沙・渺・消・泮・漢・淡・遥・迷・娑・十 】4000₀

四壁寒光未〇貧	440/8-2	【 3912₀ 渺 】		〇泊何供彈鋏客	378/8-7
【道德】		築紫煙波〇夕陽	323/4-2	〇飯清茶取對君	423/8-1
脩身〇〇尊	110/32-10	花蕚輝來路〇漫	370/8-4	淡〇露梢新	224/4-2
他日孫謀傳〇〇	177/8-7	【渺渺】		近津〇靄帆千點	501/8-5
【道是】		〇〇暮煙深	042/8-8	獨餘濃〇墨痕寒	322/4-4
〇〇遊京里	010/56-29	仙浪〇〇難窮	088/8-8	交態久逾〇	057/8-5
〇〇九霞池貸成	016/50-7	【渺茫】		碧霧諸天黯〇	089/8-7
〇〇先考手澤存	018/32-15	小池亦〇〇	249/4-4	咲向玉臺凝〇粧	190/8-2
【道士松】		虛閣乘春望〇〇	116/8-2		
風霜〇〇〇	033/8-3	窓外秋潮碧〇〇	325/4-1	【 3930₂ 逎 】	
一塢清陰〇〇〇	121/8-6			焉得海外此〇遥	017/8-6
		【 3912₇ 消 】			
【 3830₆ 逎 】		〇暑南軒下	479/8-1	【 3930₉ 迷 】	
龍蛇鬭處毫〇勁	370/8-3	寒〇碧澗羹	077/8-6	易〇夜夜夢	009/34-15
		寧〇舐犢悲	096/40-32	舟〇極浦煙	070/8-6
【 3830₉ 途 】		屋瓦〇霜盡	094/40-15	我亦〇津者	007/30-7
窮〇狂所哭	094/40-33	自堪〇薄暑	111/24-17	蓬草〇人徑	112/28-13
行〇吊影泣多岐	183/8-6	萬斛〇愁萬斛春	427/8-6	我亦〇川者	365/30-07
冥〇十萬玉天堂	211/8-6	微風〇酒氣	482/8-5	物色秋〇漠使臣	145/8-6
不憚道〇泥	458/8-6	琴書以〇憂	010/56-23		
任它年與世〇窮	167/8-2	雲影半〇簾外樹	013/22-4	【 3973₂ 娑 】	
故人家在此中〇	347/4-1	山舞雪〇早	066/8-5	〇婆夜世幸同時	398/8-1
		澗道雪〇鶯出谷	138/8-3	袈〇斬後着袈裟	267/4-2
【 3860₄ 啓 】		薄霧漸〇天如水	406/26-5	袈〇歸到玉江潯	326/4-1
〇事遊何處	071/8-1	蓋尾難〇清晝霜	476/8-4	袈裟斬後着〇	267/4-2
〇龕三月雨花香	309/4-2	織女機絲〇息斷	186/5-7		
欲擧太白視〇明	018/32-24	血痕千點不〇盡	334/4-3	【 4000₀ 十 】	
				〇地點埃稀	103/20-8
【 3866₈ 豁 】		【 3915₀ 泮 】		〇載詞盟竟不渝	217/20-2
海色西南〇	070/8-1	〇水可同娛	114/64-40	〇五年光夢裏過	259/4-2
		〇水可同娛	502/66-40	〇三秋季月	395/8-1
【 3912₀ 沙 】		冰〇三層波自高	452/8-1	〇年擬繼志和志	452/8-7
〇村稼納時	081/8-6	龍池冰〇好幽尋	119/8-1	〇千酒債春宜負	449/8-5
涓涓〇石際	236/4-3			〇年身迹間鷗鷺	498/8-3
麋鹿〇邊伏	387/8-3	【 3918₁ 漢 】		五〇春川方至時	287/4-2
鳧鷗〇暖迹爲字	452/8-3	石間神〇碧玲瓏	310/4-4	三〇春迎未卓爾	454/8-3
人家遥隔恒〇界	122/8-5			七〇一齒德	494/58-11
【沙嘴】		【 3918₉ 淡 】		三〇一文藻	494/58-12
〇〇夕陽前	070/8-8	〇雲樹合離（岡）	115/44-38	輕煙〇字流	052/8-4
〇〇浪如吹（葛）	115/44-8	〇翠雙眉颦月前	189/8-6	長堤〇里松	067/8-8
天橋一〇〇	085/8-1	〇路秋高雁寄遲	293/4-2	雁齒〇年長	110/32-17
天橋一〇〇	386/8-1	〇淡露梢新	224/4-2	之子〇年同臭味	369/8-5

— 179 —

4000。【 十・左・雄・九・力・大・太・爽・夾・友 】		4004₇

與君○載賞中秋	406/26-13	又無○辨四鄰動	441/8-3	或跨○瓠或乘蓮	023/34-16
仳離二○霜	009/34-19	誰憐淸操獨豪○	443/8-1	窓蕉○如幔	111/24-13
月明三○六灣秋	017/8-3			卽晩○洲達魯	457/14-6
雲飛七○二峯夕	017/8-4	【 4001₇ 九 】		去年甌窶○有年	011/16-3
閑居三○首	027/8-1	○死全一生	010/56-9	淸狂曾愛○人論	123/8-3
明年五○尙悅親	351/4-4	○轉靈丹顏可駐	013/22-8	忉利天開○海隅	161/8-2
歷級已六○	003/24-10	○辨文憐汝才	089/8-6	芸窓日擬○家辭	287/4-4
春秋方五○	040/8-3	○陌綺橫裁	094/40-14	春風直度○江來	313/4-4
齡何稀七○	064/8-5	○華燈綠玉	107/12-5	東叡行杏○赦辰	351/4-2
他時倘選○洲記	292/4-3	○廻流水紋如染	202/8-3	黙識喬家○小情	437/8-8
莎岸蟲聲○里聞	499/8-6	○夏畦疇餘爛漫	212/8-3	形勢長餘○古色	417/21-3
優游以卒七○載	485/24-15	道是○霞池貸成	016/50-7	重命航船酌○泉	176/8-8
鄕信讀殘數○行	294/4-4	令聞○臯鶴	114/64-9	篆刻雕蟲爲技○	171/8-5
【十二】		令聞○臯鶴	502/66-9	【大江】	
○○珠欄秋水齊	150/8-6	傳心○島月如霜	155/8-4	○○長對白鷗間	449/8-4
色相三○○	251/4-4	無衣○月身猶暖	215/8-3	城郭○○隈	094/40-2
【十歲】		八月○月竝相看	397/4-1	一樽風雨○○頭	146/8-1
○○舊詞盟	101/16-12	遊山八○里	028/8-1	春風直度○○來	313/4-4
興居○○古靑氈	128/8-6	借問今春○十日	318/4-3	【大地】	
優游三○○	043/8-1	水迹雲蹤○州遍	323/4-3	○○黃金長者功	151/8-6
【十萬】		海潮音寄○泉趴	398/8-5	臺散雨花翻○○	129/8-5
人家○○蒼煙廻	133/8-3	曾卜幽居稱○水	015/18-3		
冥途○○玉天堂	211/8-6	醫國業成思○國	131/8-3	【 4003。 太 】	
【十日】		壁上雲山類○嶷	192/8-8	○古形容自明媚	014/20-3
○○醉如泥	099/20-4			太平民俗爭香火	375/8-7
○○交歡江上酒	434/8-5	【 4002₇ 力 】		欲擧○白視啓明	018/32-24
難成○○醮	102/12-4	餘○文章富	110/32-9	淸瘦○相似	075/8-7
定是五日○○程	016/50-28	暇多○有餘	009/34-4	能爲○子笙	416/8-4
宛敵平原○○歡	370/8-6	頻逢有○見投擲	204/8-5	裹裹輕煙亘○癩	198/8-1
借問今春九○○	318/4-3	縱使多風○	065/8-7		
【十月】		孝養王母躬○作	011/16-2	【 4003₄ 爽 】	
○○事都忙	029/8-2	揚頭家聲君努○	380/8-7	豈特○牙齒	494/58-44
臨眺難波○○天	169/8-2			新涼○抱懷	477/8-2
		【 4003。 大 】			
【 4001₁ 左 】		○牟味愈珍	044/8-8	【 4003₈ 夾 】	
江○風流君自見	118/8-7	○小耳邊鐘	093/12-6	○水塵居對峙	090/8-1
		○刀期叵暎	099/20-6		
【 4001₄ 雄 】		○悲飛閣一層岑	122/8-1	【 4004₇ 友 】	
○嶺雲當門外出	311/4-3	○樹榮華結構餘	173/8-2	林鳥○相呼	031/8-4
雌○腰下劍	093/12-5	○海雄威供臥閣	376/8-5	鳥聞求○聲	065/8-4
大海○威供臥閣	376/8-5	○國雄風引客衣	415/8-1	嚶鳴嘆○稀	092/16-6
大國○風引客衣	415/8-1	地摹○和古京師	011/16-14	千秋鄕○水林子	366/12-5

4010₀【土・士・圭・臺・壺・査・盍・堆・境・壇・坊・培・塘・才】 4020₀

驪歌別○思不窮	381/8-4	釣○秋水潔	234/4-1	【 4011₄ 堆 】	
今宵招○飲	394/8-5	清水○鄰酒釀泉	147/8-4	塵埃○裏有蓬瀛	016/50-50
學文尋師○	009/34-5	凌風○畔未開花	270/4-1	殺青既成○	001/26-16
尋盟此社○	066/8-3	臨水樓○人徙倚	022/8-1	香稻岸爲○	094/40-18
座時僚輿○	110/32-15	中有瑤○枕碧漣	023/34-20	吾畿宿悠峯○玉	448/8-3
古渡須吾○	467/8-3	夜樹樓○描水面	166/8-5	飛入山城作悠○	475/4-4
		咲向玉○凝淡粧	190/8-2	【堆盤】	
【 4010₀ 土 】		何處樓○好屬文	384/8-8	○○日日晒晴軒	184/8-2
○俗相慶授槪年	011/16-9	處處樓○淑氣深	453/8-2	○○豆莢肥	394/8-4
○牛春已立	069/8-5	清晨上觀○	001/26-4		
詩工○火盧	114/64-6	霏微古帝○	094/40-40	【 4011₆ 境 】	
詩工○火鑪	502/66-6	援毫憶魯○	106/20-8	靈○仙區雲霞橫	016/50-13
衡門認○橋	073/8-2	相遇共登法○	089/8-2	靈○姑爲熱鬧場	375/8-8
寧將非○歟歸歟	170/8-8	千朶兩花説法○	118/8-6	勝○必探討	494/58-6
每憶鄉○不忘歸	177/8-1	夜天靈籟答琴○	376/8-6	壺中占勝○	035/8-3
鰥獨寧懷○	112/28-5	望鄉情切懶登○	389/8-2	巖壑搜遐○	114/64-13
縱使登樓非○嘆	359/8-7			巖壑搜遐○	502/66-13
		【 4010₆ 壺 】		黃薇中州原靈○	023/34-19
【 4010₀ 士 】		○中占勝境	035/8-3		
○龍氏既		迎風○底絕纖塵	383/8-1	【 4011₆ 壇 】	
以忠孝鳴于國	455/23-11	羽化○中日月光	451/8-6	雞○言勿違	010/56-42
俗○斥文才	094/40-22	日興百○酒	076/8-1	雞○越客盟	037/8-4
然○龍氏豈待此擧、	455/23-22	宜傾祖酒○	502/66-52	騷○夜宴好吹篪	359/8-6
夕寓海○碕	010/56-20	溫酒春銷○底冰	439/8-6	靈○臨海岸	387/8-1
風霜道○松	033/8-3	酒旗飄遶玉○殷	179/8-8	雞○此會盟	430/8-2
孤山處○棲	099/20-10	有酒酣歌碎玉○	154/8-6	春日祠○春艸滋	011/16-16
拔群升○伍	114/64-43	朝天玉女聚傾○	201/8-6		
漆身國○恩難報	181/8-5	梅花月影澹冰○	217/20-20	【 4012₇ 坊 】	
拔群升○伍	502/66-43	碧桂翻香墜玉○	402/8-6	遷宅桃華第幾○	171/8-1
濟濟今多○	005/18-3				
北山舊多○	027/8-7	【 4010₇ 査 】		【 4016₁ 培 】	
不必爲名○	043/8-7	乘○八月絳河橫	302/4-1	何必瓜田○五色	413/8-7
一塢清陰道○松	121/8-6	問津○泛下三津	131/8-4	【培塿】	
落日回帆海○城	149/8-4	日落仙○猶未見	116/8-7	列崎○○好兒孫	014/20-6
				列峙○○好兒孫	417/21-6
【 4010₄ 圭 】		【 4010₇ 盍 】			
刀○餘暇舞寸鐵	015/18-7	【盍簪】		【 4016₇ 塘 】	
刀○既是濟黎元	218/32-8	○○舊相知	010/56-26	林○經幾處	066/8-7
		○○朋幾在	046/8-3	錢○及鶴村	110/32-2
【 4010₄ 臺 】		○○江上夜	101/16-15	林○三月晚花開	152/8-4
○散雨花翻大地	129/8-5	○○俱守歲	486/8-1	寒○剪取水仙花	206/8-4
金○銀闕晚波天	127/8-8			樫柳林○鸛一鳴	199/8-2

燕子池○較有情	212/8-6	【 4021₃ 充 】		盍簪朋幾○	046/8-3
梅移木履野○探	450/8-6	軒蓋○路岐	010/56-36	百年兄弟○樵漁	123/8-6
都人二月醉林○	156/8-1	摘蔬○玉饌	056/8-5	儒有孝槃○市廛	128/8-6
旣圓春草夢中○	390/8-4	軟飽堪○幾夕飧	184/8-4	西風別墅○東村	162/8-1
		不唯怡目又○餐	483/8-8	一種豪華○草堂	208/8-2
【 4020₀ 才 】				采芷人何○	222/4-3
○藝但改觀	009/34-21	【 4021₄ 在 】		多少名藍○洛陽	309/4-1
○藻誰如公	027/8-8	家○傳法湄	010/56-2	故園無恙○雲霞	425/8-8
○可慙予劣	062/8-5	曾○此座屢相訂	016/50-37	肖像神如○	494/58-27
○高五鳳樓	109/16-12	今○人間爲子母	023/34-23	父母乾坤安○哉	152/8-6
霜○宜喫菜	106/20-17	道○度三千	064/8-6	文覺頭陀昔○家	267/4-1
斯○千里駒	114/64-10	宛○舊坻往從	087/8-2	尸解淮南何○哉	379/8-1
斯○千里駒	502/66-10	思○夕陽西	099/20-8	知音到處山水○	019/14-9
解脱○終日	083/8-7	宛○水中沚（岡）	115/44-44	兼葭原有伊人○	158/8-3
封裏○開氣更薰	141/8-4	但○夢中時會晤	139/8-7	春山唯有鶯梭○	163/8-7
稱得○名本三鳳	403/8-3	魂○阿郎家	220/4-4	梅里先生今尚○	299/4-3
別後○傳字數行	420/8-1	總○眉睫際	230/4-2	東籬松菊徑猶○	413/8-4
知物仙○身隔垣	218/32-10	別○玉乾坤	233/4-4	千年高義今猶○	443/8-5
八斗君○人已仰	438/8-3	洩○君家牛棟間	342/4-4	【在兹】	
手之奇○方	456/20-14	晚○玉江橋上望	349/4-3	斯文鎮○○	096/40-40
俗士斥文○	094/40-22	家○山陽第幾州	406/26-18	蒼稻神○○	228/4-1
詠悠謝家○得匹	474/8-3	身○江山啥有助	420/8-5		
此鄉亦有群○子	012/12-10	寺○一江村	467/8-2	【 4021₄ 帷 】	
九辨文憐汝○	089/8-6	宜○清簾孝養家	471/8-8	風○屢舞前	091/16-14
千秋磊落有○奇	366/12-1	綠陰○槐天	006/16-1	遠向書○報	237/4-4
梅花帳裏眠○覺	488/8-5	果園○後場圃前	018/32-9		
【才知】		幽期○今夕	107/12-1	【 4021₄ 幢 】	
○○杉間楓	232/4-4	采地○熊府	110/32-1	探梅到法○	068/8-6
○○杉間楓	232/4-4	☒如○貴塾	456/20-18		
【才孤】		報道主○海西邊	023/34-2	【 4021₆ 克 】	
法龕燈點○○照	211/8-3	龍潛昔○淵	040/8-2	○伴杖鄉賢	091/16-4
法龕燈點○○照	211/8-3	覇王安○哉	094/40-4	何曾仰○岐	096/40-4
		故人家○松雲際	142/8-7		
【 4020₇ 麥 】		盛筵移○墨江邊	176/8-2	【 4022₇ 巾 】	
○秋郊外試春衣	142/8-2	蕙心知○惜摧殘	191/8-2	脱○猶倚軒	056/8-8
秋收○隴牛眠穩	218/32-17	猶疑身○五湖舟	330/4-4	脱○露頂試一望	406/26-4
徯開○綠菜黃間	277/4-1	故人家○此中途	347/4-1	更覺衣○冷	097/12-11
庭觀秋○收	007/30-17	馬融遙○廣陵東	429/8-1	不濕衣○濺涕洟	183/8-1
庭觀秋○收	365/30-17	主人家○白雲嶺	468/4-1	應晒連朝漉酒○	339/4-4
摘蔬炊○夕飧香	168/8-8	身疑行○彩雲邊	487/8-8	多病藏身藥裹○	446/8-4
菜花落盡○芒平	374/8-1	同盟移○故人家	498/8-2		
		賣茶旗尚○	036/8-7		

【 4022₇ 内 】

○人千騎扈雲車	262/4-1
海○名聞日	040/8-5
南○笙歌夜攪腸	187/8-6
腹○膏脂玉自清	210/8-4
月明南○竟無情	268/4-1
筑紫花開府○春	131/8-6
橋梓世榮名海○	485/24-13

【 4022₇ 布 】

青鞋○韈度江關	157/8-1
青鞋○韈度江關	373/8-1
奪將初地○金光	211/8-2
漉罷氤氳出○囊	378/8-2

【布地】

蟋蟀聲寒霜○○	022/8-4
層閣黃金光○○	173/8-3

【 4022₇ 有 】

○朋自遠至	109/16-1
○客江頭衛未裝	369/8-1
○往已期返	466/8-1
○斯令弟兄	490/4-4
○味言其旨	494/58-42
下○鱗族集	003/24-8
何○此時情	009/34-34
客○來告別	010/56-27
上○婺女下有氐	014/20-4
寧○米田山作海	014/20-14
前○嘯民後冰壑	015/18-11
中○好事西孟清	016/50-4
更○小字上幀盈	016/50-29
中○樂志人温藉	018/32-10
客○昨返自京師	019/14-1
會○芳園卜清夜	019/14-5
別○冶藩五色叢	021/30-2
中○瑤臺枕碧漣	023/34-20
更○寧詞美	044/8-7
空○猶龍歎	048/8-5
儒○孝槃在市廛	128/8-1
上○長松樹	248/4-2
非○兄弟難	258/4-2
更○鳴蟬嘲午寂	304/4-3
上○婺星下有氐	417/21-4
唯○香三日浮	441/8-4
獨○清芳冒悠披	445/8-8
更○清風室裏添	500/4-2
今宵○此好下物	018/32-23
菓竭○飢禽	042/8-4
焚草○遺命	049/8-7
橋畔○星稀	059/8-4
鼓吹○黃頻	066/8-8
當時○詠梅	094/40-36
宛似○聲畫	098/20-19
文章○數奇	105/20-18
漁磯○碧苔	106/20-16
世路○河漢	107/12-11
家先○遺烈	110/32-3
掛席○封姨（葛）	115/44-4
前後○晴江	068/8-4
四方○志懸弧矢	171/8-3
頻逢○力見投擲	204/8-5
草徑○媒容小憩	216/12-7
雲中○廈屋	255/4-3
幹蠱○人何所事	287/4-3
鶺鴒○伴山春樹	360/8-3
中廚○術脱仙胎	379/8-2
楓林○鹿鳴	464/8-6
難作○聲圖	460/8-8
滿袖○涼颸	479/8-8
古詠○所考	494/58-16
我亦○家翁	494/58-45
爲龍應○悔	003/24-20
當言游○方	009/34-9
此郷亦○尊鱸美	012/12-8
此郷亦○群才子	012/12-10
東林人○誡	037/8-5
家貧尚○儲	061/8-4
抱琴時○思	062/8-7
微軀原○漏	063/8-5
兼葭原○伊人在	158/8-3
春山唯○鶯梭在	163/8-7
深林却○抱兒篁	168/8-4
聖朝未○誤陰晴	199/8-8
餘芳獨○一株梅	269/4-4
此君既○兒孫長	291/4-3
家嚴自○家弟侍	406/26-19
蟬聯更○傷觀者	437/8-7
衹衹更○聽鶯約	450/8-7
錦衣客○説歸程	501/8-4
柔也其○紀	494/58-36
花朶猶含○雨痕	447/8-4
塵埃堆裏○蓬瀛	016/50-50
漁艇飄飄○興	088/8-7
明日荒陵○天樂	120/8-7
一尊清賞○新舊	166/8-3
枯客衰鬢○誰憐	189/8-1
虛名千里○愆君	303/4-1
平田落雁○歡聲	346/4-1
千秋磊落○才奇	366/12-1
弱冠文章○典刑	380/8-2
何計今年○勝期	489/8-2
捲簾何管○微雲	499/8-4
上有婺女下○氐	014/20-4
藥石爲醫較○功	167/8-4
露頂王公字○需	181/8-6
燕子池塘較○情	212/8-6
身在江山啥○助	420/8-5
四坐會盟詩○工	429/8-6
遠岫山雲出○心	453/8-6
舊藤幽期偶○差	498/8-1
弧矢聊觀四方○	025/20-15

【有酒】

○○酣歌碎玉壺	154/8-6
磊磊胸襟澆○○	153/8-5

【有待】

仙人○○欲歡迎	016/50-26
臥遊如○○	078/8-5
卿輩過我我○○	023/34-7
纔到御風知○○	382/8-3

【有渡】

○○稱名柄	007/30-2
○○名稱柄	365/30-02

【有神】

丹青筆○○	045/8-4
譚玄覺○○	053/8-2

鏡裏梅花照〇〇	383/8-6	〇樓夜色移	105/20-2	〇〇北里酒旗風	381/8-1
【有明】		〇津風砠柳	114/64-47	【南軒】	
故國〇〇主	114/64-33	〇望荒陵日將暮	117/8-7	却恨〇〇水	399/8-7
故國〇〇主	502/66-33	〇内笙歌夜攪腸	187/8-6	消暑〇〇下	479/8-1
【有無】		〇禪寺畔暫相從	317/4-1	除夕〇〇每飲醇	488/8-1
詩句〇〇頭上雲	384/8-4	〇畝稻粱經可帶	413/8-3	可憐春水〇〇月	396/4-3
不問江天〇〇月	329/4-3	〇軒此日會童兒	481/4-2	復延賓客倚〇〇	025/20-18
寄聲詩畫〇〇間	336/4-4	〇軒秋水澹	477/8-1	【南風】	
夜月簾櫳語〇〇	196/8-6	〇津風舞柳	502/66-47	江上〇〇解慍時	019/14-12
含影緋魚鱗〇〇	200/8-6	鴻〇去客北來	089/8-1	釋褐〇〇見寵榮	335/4-1
閃鑠紅綃影〇〇	201/8-1	城〇向墓門	110/32-26		
捫類休論舌〇〇	217/20-10	山〇路自山王廟	132/8-3	【 4022 ₇ 育 】	
一簇桃花主〇〇	263/4-4	西〇一夜風吹急	475/4-3	當時何物〇寧馨	380/8-1
花木禪房主〇〇	295/4-2	胙是〇亭長	094/40-31		
【有年】		詩予〇國寄	113/20-3	【 4024 ₇ 皮 】	
〇〇堪悅怡	055/8-4	月明〇内竟無情	268/4-1	新制樺〇色自殷	202/8-1
行盡〇〇千萬落	409/4-3	莫訝〇鴻絕信音	328/4-1	祖席擬南〇	010/56-44
去年甌窶〇〇年	011/16-3	酒家〇薰隔牆喚	369/8-3		
共喜清時報〇〇	435/8-1	行將〇澗藻	459/8-7	【 4024 ₇ 存 】	
【有食】		想當〇浦蘆荻際	485/24-23	神〇醉墨中	076/8-6
〇〇千間肚未飢	215/8-4	時日至〇陸	001/26-1	寺〇一乘古	064/8-1
月明方〇〇	009/34-31	帶經耕〇畝	010/56-15	丹柰聊〇實	096/40-35
【有餘】		祖席擬〇皮	010/56-44	染縷泉〇芳樹塢	163/8-5
柏酒〇〇卮	010/56-46	曝背坐〇窗	068/8-8	勝事唯〇夜簾詩	421/8-2
風味〇〇了一生	210/8-8	海色西〇豁	070/8-1	白石夜〇詩	463/8-4
暇多力〇〇	009/34-4	尸解淮〇何在哉	379/8-1	宛似舊盟〇	004/16-10
晒藥陽櫓地〇〇	123/8-1	看得城〇白鷺洲	411/4-1	橋柱何處〇	007/30-27
終歲家園樂〇〇	126/8-1	長恨明珠〇海隱	293/4-3	籑金訓永〇	110/32-30
雨露桑麻年〇〇	300/4-2	朔旦重茲〇至日	439/8-7	黃金雞塚〇苔石	130/8-5
【有輝】		飛來野鴨自〇河	400/4-1	橋柱何處〇	365/30-27
畫錦〇〇光	026/8-2	或於北渚或〇樓	406/26-14	天女樂猶〇	387/8-6
兼葭白露〇〇光	298/4-4	陽春召我出城	216/12-1	道是先考手澤〇	018/32-15
莊嚴岩壑〇〇光	391/8-2	共誇歸鳥昨圖〇	388/8-6	籑何若一經〇	025/20-16
故人行縣〇〇光	408/4-1	初志難酬北復〇	450/8-1	佳人賜第迹猶〇	137/8-2
橐垂臨水〇〇光	476/8-2	【南至】		綿綿爲庶望猶〇	218/32-4
		〇〇明朝雲可書	175/8-4	瀘滓猶知菽味〇	377/8-1
【 4022 ₇ 肴 】		旋覺日〇〇	106/20-3	東籬松菊徑猶〇	413/8-4
滿盤〇核爲誰設	013/22-11	【南陌】		縱橫無計舌徒〇	447/8-6
蕁鱸不必是佳〇	436/8-8	混迹禁垣〇〇塵	131/8-2		
		踏遍北阡〇〇草	156/8-7	【 4030 。 寸 】	
【 4022 ₇ 南 】		【南郊】		〇斷家人幾日腸	410/4-4
〇枝逢社日	045/8-5	〇〇獨往只香榭	368/8-5	一〇錦心灰未死	185/8-3

【 寸・赤・志・寺・奪・女・幸・支・李 】

詞句	出典
聊裁〇寸裝歸衣	366/12-12
丁壯慙無〇功立	449/8-7
刀圭餘暇舞〇鐵	015/18-7

【 4033 赤 】

詞句	出典
〇濱村巷老農居	300/4-1
花〇設觀惜之	457/14-7
高林〇日上人相	151/8-5
霞標遠向〇城攀	179/8-1
洗却半輪〇	253/4-3
神洲不見〇旗航	360/8-6
爭如報國〇心腸	408/4-4

【赤松】

詞句	出典
山中盡〇〇	082/8-2
更擬飄颻逐〇〇	124/8-6

【赤壁】

詞句	出典
〇〇遊何羨	477/8-5
二篇〇〇君橫槊	160/8-5

【 4033 志 】

詞句	出典
〇嘗觀遂初	050/8-6
〇縱令初遂	114/64-29
〇縱教初遂	502/66-29
得〇互連軒	004/16-4
養〇能令親不老	023/34-25
初〇難酬北復南	450/8-1
乃寄〇良醫	096/40-22
桑蓬〇未遂	102/12-1
滄洲〇未垂	477/8-6
中有樂〇人溫藉	018/32-10
亦各言〇志相樂	018/32-27
四方有〇懸弧矢	171/8-3
言我宿〇了	494/58-35
耕漁非其〇	010/56-17
足以言吾〇	034/8-3
亦各言〇志相樂	018/32-27
枕流吾素〇（岡）	115/44-19
十年擬繼〇和志	452/8-7
爲是孝孫能養〇	011/16-6
江山能得幾同〇	012/12-12
無人更識予初〇	167/8-7
波浪可觀忠信〇	361/8-5
十年擬繼志和〇	452/8-7

【 4034 寺 】

詞句	出典
〇存一乘古	064/8-1
〇架懸崖樹	070/8-5
〇在一江村	467/8-2
野〇冥投去	029/8-7
遠〇尚疏鍾	067/8-6
野〇蒼茫叫杜鵑	334/4-1
野〇孤雲古渡頭	364/8-4
鄰〇斜陽鐘數聲	501/8-6
牧笛〇前陂	039/8-6
敲來野〇扉	103/20-2
行留野〇花開處	153/8-3
竹林蕭〇通春水	155/8-5
落日三津〇	052/8-3
鐘音何處〇（岡）	115/44-15
龍泉煙擁〇門浮	159/8-6
起望寒山〇何處	324/4-3
宿昔新收水〇煙	340/4-1
層雲湧塔天王〇	149/8-3
白雲出沒山中〇	374/8-5

【寺裏】

詞句	出典
難波〇〇名尤著	264/4-3
珊瑚〇〇長蒼苔	269/4-4

【寺畔】

詞句	出典
臨川〇〇始回頭	314/4-1
南禪〇〇暫相從	317/4-1

【 4034 奪 】

詞句	出典
〇將初地布金光	211/8-2
繡毯堪〇晚霞紅	021/30-8
吳錦文堪〇	027/8-5
琅邪別墅〇天工	164/8-1
魚目終難〇趙家	206/8-6

【奪朱】

詞句	出典
雲衲〇〇色	064/8-3
落蘇光滑〇〇明	212/8-1

【 4040 女 】

詞句	出典
〇兒名稱識	076/8-3
織〇機絲消息斷	186/5-7
織〇機邊夜色明	302/4-2
天〇樂猶存	387/8-6
妊〇江心磨鏡初	484/8-4
君家〇婿寓三津	306/4-1
賣藥〇兒名未著	451/8-3
上有婆〇下有薐	014/20-4
誰家紅〇積功夫	196/8-1
朝天玉〇聚傾壺	201/8-6
湛湛玉〇洗頭盆	327/4-4
橋明織〇影猶分	384/8-6
彤管秋開〇史顏	157/8-6
柴關絶俗〇僧房	168/8-1
若耶溪畔〇如雲	350/4-1
彤管秋開〇史顏	373/8-6
滿地繁霜殘〇蘿	125/8-2
更訝捧心苡越〇	442/8-5
柳港觀魚漢游〇	448/8-5

【女牛】

詞句	出典
〇〇影轉簾櫳外	158/8-7
輶輿〇〇同	046/8-8
虛閣〇〇宿	107/12-7

【 4040 幸 】

詞句	出典
廚下〇貯一	456/20-15
娑婆夜世〇同時	398/8-1

【 4040 支 】

詞句	出典
〇頤倚碧紗	112/28-18
〇機石古紫雪窩	163/8-6
難〇甘歲老人床	209/8-4

【 4040 李 】

詞句	出典
〇郭此宵思（葛）	115/44-28
御〇汝相從	093/12-2
行〇裝方就	114/64-49
沈〇何須冰作盤	385/8-6
桃〇何處一漁刀	452/8-2
行〇裝方就	502/66-49
遍尋桃〇溪	099/20-2
滿蹊桃〇春無恙	489/8-5
詩賦罰杯桃〇園	162/8-6
定識今朝逢〇白	321/4-3

【 4042₇ 妨 】
不〇勾欄人相倚	021/30-15
何〇細雨入簾櫳	429/8-4
飢餓不〇胡地嘗	378/8-6

【 4043₄ 嫉 】
猶愈宮中〇	006/16-10

【 4044₄ 奔 】
行雨金龍〇叱馭	201/8-5

【 4046₅ 嘉 】
〇魚汀乍積	094/40-17
美醞〇魚豈淺醨	499/8-2
人生適得〇	112/28-2
召我廚下供〇旨	406/26-12

【 4050₆ 韋 】
幾度繼〇編	040/8-8

【 4051₄ 難 】
〇達時時書	009/34-16
〇期異日逢	093/12-8
〇成十日醵	102/12-4
〇支廿歲老人床	209/8-4
〇作有聲圖	460/8-8
醉〇記姓名	430/8-6
玄草〇虛揚子亭	139/8-6
鳳儀〇到不鳴箛	194/8-6
鳳儀〇至不鳴箛	418/8-6
一龍〇合夜空暗	428/8-5
初志〇酬北復南	450/8-1
村犬〇尋秦眼飾	452/8-5
舊懷〇話盡	461/8-7
蓋尾〇消清晝霜	476/8-4
歸家〇緩期	492/8-8
驅疫疫〇除	061/8-2
蟲蝕葉〇全	084/8-6
扁鵲竟〇治	096/40-26
年老身〇老	104/16-11
驥尾恨〇附	114/64-61
魚目終〇奪趙家	206/8-6
驥尾恨〇附	502/66-63
仙浪渺渺〇窮	088/8-8
三島神仙〇物色	123/8-5
非有兄弟〇	258/4-2
莫道琵琶水〇測	157/8-7
花木榮枯家〇外	164/8-3
星霜養素道〇移	180/8-6
漆身國士恩〇報	181/8-5
研朱滴露石〇乾	191/8-6
行雲一片停〇住	316/4-3
莫道琵琶水〇測	373/8-7
槖金買夜春〇盡	393/8-5
報君但憶梅〇寄	420/8-7
淨庭秋露濕〇然	487/8-4
飛錫彌天路不〇	332/4-2

【難從】
壯遊恨〇〇	008/16-12
非引深杯〇〇目	281/4-3

【難波】
〇〇寺裏名尤著	264/4-3
臨眺〇〇十月天	169/8-2

【 4060₀ 古 】
〇來分袂處	010/56-49
〇劍萎菌荅	049/8-3
〇刹高標一抹霞	264/4-1
〇村橋斷水潺湲	331/4-1
〇渡須吾友	467/8-3
〇詠有所考	494/58-16
太〇形容自明媚	014/20-3
千〇一高標	036/8-8
慨〇桑滄改（葛）	115/44-33
地〇蒼松更入篇	176/8-4
萬〇榮名忽已空	443/8-6
藥物〇方書	061/8-6
飛鶴〇詞篇	091/16-12
罪微〇帝臺	094/40-40
説悦〇稀呼里社	218/32-15
一幅〇丹青	459/8-4
松煤痕〇香龍麝	018/32-12
河陽尋〇迹（岡）	115/44-31
鍊金竈〇煙常潤	144/8-5
蜈蚣山〇樹高低	150/8-4
支機石〇紫雪窩	163/8-6
知君弔〇題詩夜	360/8-7
斑鳩傳〇樂	416/8-1
地墓大和〇京師	011/16-14
寺存一乘〇	064/8-1
詩社鷗盟〇	107/12-3
興居十歲〇青氈	128/8-6
地接崇禪〇道場	168/8-2
不知何代〇離宮	310/4-2
野寺孤雲〇渡頭	364/8-4
潮音觝接〇鐘長	375/8-6
形勢長餘大〇色	417/21-3
萬戶明輝無〇今	166/8-4

【古帝鄉】
二郡煙花〇〇〇	116/8-6
煙景依稀〇〇〇	266/4-2

【 4060₀ 右 】
〇手執兔穎	494/58-29
不教能以〇手飱	025/20-4
新增聲價〇軍書	170/8-4

【 4060₁ 吉 】
熊羆占〇夢	096/40-1

【 4060₁ 喜 】
〇鵲匝林秋兩岸	149/8-5
常〇按摩煩素手	205/8-3
裝〇詩盟添海鷗	382/8-6
共〇清時報有年	435/8-1
每〇草堂甘茗話	438/8-7
更〇得同行	491/8-2
雨笠煙蓑〇晚晴	160/8-2
相看且驚〇	461/8-5

【喜相】
之子〇〇扶	114/64-12
之子〇〇扶	502/66-12
良朋良夜〇〇遇	013/22-2
一庭蘭玉〇〇引	023/34-21
海郷鷗鷺〇〇迎	333/4-2

【 4060₁ 舊 】
能令滿〇無寒色　　　471/8-3

【 4060₉ 杏 】
一林春雨〇花芳　　　451/8-1
不怕人呼作〇花　　　264/4-4
舊是家園種仙〇　　　131/8-7

【 4060₉ 杳 】
東叡行〇大赦辰　　　351/4-2

【 4062₁ 奇 】
〇菓神所賜　　　　　494/58-37
雲〇二上峯　　　　　071/8-6
問〇須待主人回　　　469/4-4
天下〇觀此一瞠　　　016/50-36
前山〇似雲　　　　　255/4-2
手之〇才方　　　　　456/20-14
虬哉應問〇　　　　　010/56-32
藻思長增〇　　　　　096/40-14
文章有數〇　　　　　105/20-18
賣與芋羮〇（葛）　　115/44-36
獨擅此中〇　　　　　463/8-8
登覽嗟君極〇絶　　　151/8-7
丹青老蒼流峙〇　　　018/32-7
僧房刺見貝多〇　　　130/8-4
壁點蒼蠅世尚〇　　　192/8-4
行行巧寫草玄〇　　　207/8-6
野燒燒雲點點〇　　　274/4-2
千秋磊落有才〇　　　366/12-1

【 4064₁ 壽 】
養〇生肥孰嘗已　　　144/8-7
仁〇不騫又不崩　　　417/21-15
眉〇椿庭春酒尊　　　426/8-6
歸意〇無峯　　　　　093/12-10
遙想頌〇五彩筆　　　020/6-5
金剛獻〇吐朝暾　　　218/32-20
千金稱〇千金夜　　　427/8-5
温清保其〇　　　　　002/14-10
孝子稱雙〇　　　　　091/16-5
椿葉老逾〇　　　　　114/64-57

椿葉老逾〇　　　　　502/66-59
海天遙望眉〇色　　　014/20-19
海天遠望眉〇色　　　417/21-19
想像君家稱〇宴　　　428/8-7
謝絶人貽祝〇篇　　　485/24-18
千粒萬粒籌其〇　　　011/16-11
春酒分來人自〇　　　483/8-7

【 4071₀ 七 】
〇歲善裁詩　　　　　096/40-10
〇賢何必擬　　　　　097/12-5
〇孔針舒銀　　　　　107/12-6
〇十一齒德　　　　　494/58-11
雲飛〇十二峯夕　　　017/8-4
何論〇七年來事　　　171/8-7
池頭〇寶龕　　　　　251/4-1
蕩滌〇八日之　　　　457/14-10
齡何稀〇十　　　　　064/8-5
何論七〇年來事　　　171/8-7
優游以卒〇十載　　　485/24-15
錦機一斷已〇旬　　　020/6-1
錯認金屏風〇尺　　　200/8-7

【 4071₆ 直 】
〇向前山擁雨飛　　　316/4-4
仙舟〇欲御風行　　　160/8-8
春風〇度大江來　　　313/4-4
褰裳〇向翠微行　　　374/8-8
此行〇勝遊　　　　　494/58-5

【 4073₁ 去 】
〇向朝熊峯　　　　　008/16-6
〇年甌窶大有年　　　011/16-3
〇城無酷吏（岡）　　115/44-3
〇歲憶親歸　　　　　394/8-6
〇年今夜駐歸鞍　　　396/4-1
〇薦北山靈　　　　　459/8-8
〇國廿年餘　　　　　462/8-2
老〇耽清樂　　　　　112/28-1
時〇白蘋洲　　　　　258/4-3
風〇山中何處飲　　　327/4-3
君〇復來三日際　　　390/8-7

老〇詩篇纔似巧　　　440/8-7
一〇西山長歎息　　　443/8-3
鴻南〇客北來　　　　089/8-1
先客〇時後客留　　　441/8-1
屢傳歸〇辭　　　　　010/56-22
厭厭憶〇冬　　　　　113/20-2
桂叢人〇術逾精　　　195/8-1
老泉老〇頗疏慵　　　289/4-1
遠遊歸〇意如何　　　363/8-1
獻珠人〇月開堂　　　391/8-6
家翁老〇遺生辰　　　427/8-1
柑酒青山〇聽鶯　　　016/50-38
野寺冥投〇　　　　　029/8-7
送窮窮未〇　　　　　061/8-1
不必迎春〇　　　　　068/8-1
自是忘歸〇　　　　　082/8-7
不從戲蝶〇踰牆　　　190/8-8
一夜通仙〇無迹　　　290/4-3
黃檗山中〇不歸　　　319/4-4
舊業追懷〇越秋　　　330/4-2
月中兔子〇無影　　　383/8-5
明朝何處〇（張）　　422/16-15
朝來未遽〇　　　　　465/8-7
舉家何處〇　　　　　482/8-1
飄飆輕舉沂游〇　　　023/34-17
欲教君製初衣　　　　128/8-7
月明流水隨予〇　　　136/8-7
無那山鵑促歸〇　　　143/8-7
舊篇聊擬酬君〇　　　153/8-7
遂與班姬棄捐〇　　　197/8-7
數間茅屋春來〇　　　263/4-3
且坐爐頭喫茶〇　　　295/4-3
傾倒杯尊出門〇　　　354/4-3
無限春光促人〇　　　368/8-7
春泥地暖禽銜〇　　　379/8-8
行樂裝追遊蝶〇　　　454/8-7

【 4073₂ 喪 】
斯文未〇天　　　　　051/8-4

【 4073₂ 袁 】
最好〇安代悠華　　　471/8-4

4080₁【 走 】

安知○狗滿門前	372/8-8
醉後龍蛇隨○筆	145/8-3

4080₆【 貢 】

○爲妙望望	456/20-20
莚不拒蚤○爲	457/14-8

4080₆【 賣 】

○與芋羮奇（葛）	115/44-36
海上○仙方	035/8-4
寧效○刀人	044/8-6
會計○魚錢幾許	307/4-3

【賣茶】

○○旗尚在	036/8-7
曾是○○店	029/8-3

【賣藥】

○○女兒名未著	451/8-3
○○市中憖舊業	489/8-3

4090₀【 木 】

○屐故人來	095/12-2
○蘭舟楫故追隨	329/4-1
萬○添新綠	007/30-15
草○亦恩輝	100/16-6
落○滿紺園	110/32-28
潅○烏三匝	111/24-15
苓○潅餘三世圃	144/8-3
花○榮枯家難外	164/8-3
花○別乾坤	235/4-4
花○禪房主有無	295/4-2
萬○添新綠	365/30-15
霜階○賊新	053/8-6
永好○瓜章	054/8-6
彌山○落神鴉小	172/8-5
梅移○履野塘探	450/8-6
禪房花○改春容	121/8-1
多知草○未能除	153/8-2
經行獨○橋	238/4-3
山深美○胂	460/8-6
夜坐間房燒○佛	320/4-3

4090₁【 奈 】

無○嫁娶畢	494/58-47
晨夕○如愚	114/64-28
晨夕○如愚	502/66-28
微君其○今宵	086/8-2
桑蓬當日○爲男	450/8-2

4090₁【 奈 】

丹○聊存實	096/40-35

4090₃【 索 】

郭○形摸紙摺成	210/8-1
葦○今朝爐作灰	312/4-2
蕉窓蕭一夕	057/8-7
宛似辟兵繋綵○	021/30-5

4090₈【 來 】

○住浪華水一涯	015/18-2
○時煙似扶	113/20-15
○吊高麗橋畔暮	125/8-7
○宵琴酒知何處	497/8-7
飛○雙黃鵠	004/16-1
古○分袂處	010/56-49
歸○無恙生花葦	019/14-3
夜○更怪應眞會	021/30-21
春○已幾回	030/8-1
近○疏闊意	046/8-7
敲○野寺扉	103/20-2
由○器度殊	114/64-42
興○何厭茗談長	120/8-4
歸○添得數株新	131/8-8
到○看我曾遊處	132/8-7
興○鷗鷺伴垂綸	145/8-4
歸○四壁長相對	149/8-7
薙○雲鬢開麗跂	163/8-3
西○今夜意何問	175/8-3
留○霜葉三秋色	191/8-3
咀○瓊液送喉牙	206/8-8
起○夢未醒	220/4-3
乍○紅蓼岸	258/4-4
秋○畏日擲枯黎	349/4-1
歸○縮地符應秘	301/4-3
歸○咲向鉢中看	332/4-4
歸○雲水多茶話	333/4-3
秋○畏日擲枯黎	349/4-1
觀○舞樂一斑鳩	368/8-4
飛○野鴨自南河	400/4-1
賀○居室更孤鴻	403/8-4
春○江上定思家	425/8-1
獨○爲客浪華洲	438/8-1
卜○芳樹夜千金	453/8-4
扱○五味水	464/8-3
朝○未遽去	465/8-7
別○絺俗旣綈袍	474/8-1
呼○瓠子卮	479/8-6
朝○剪得藏蛇蔓	476/8-7
歸○明主恩遇厚	485/24-11
歸○誇鄰里	494/58-34
由○海外仙家物	496/8-7
由○器度殊	502/66-42
維昔○祗役	009/34-1
客有○告別	010/56-27
僅能○喫舊菜羮	016/50-41
明月○投玉案傍	024/12-8
親朋○執絆	096/40-33
素車○范式	110/32-23
休爲○賓閣讀書	404/4-4
一幅卸○萬卷架	018/32-6
青鳥飛○碧海天	023/34-1
膝下呼○兒拜客	025/20-19
同盟屢○討	033/8-2
客我賀○燕雀	087/8-3
金嶽歸○未發舟	140/8-1
煙散猶○山色紫	148/8-3
尺素代○傳萬里	203/8-5
不見晚○波	222/4-2
花落不○叫	223/4-3
象緯由○能自辨	302/4-3
鍛冶由○叔夜家	338/4-2
花萼輝○路渺漫	370/8-4
君去復○三日際	390/8-7
狗○寶聊○叫	430/8-1
銀燭秉○遊卜夜	440/8-3
春酒分○人自壽	483/8-7

【 4090₈【 來・梳・柱・檀・榜・槁・樵・檳・櫃・梓・核・森・頰・垣・壚・坂・壇・狂・
　　獅・帳・帖・幅 】　　　　　　　　　　　　　　　　　　　　　　　　　　4126₆

斜暉鴉背○	001/26-6	【 4092₇ 槁 】		褒襃歸雲雲母○	317/4-3
白鹿年年○呈端	011/16-15	鬼燐出槁枝（岡）	115/44-14	【 4118₁ 壇 】	
夢裡仙娥○相迎	013/22-20	【 4093₁ 樵 】		猫路草○城壘暗	159/8-5
舟帆捲雪○	094/40-16	○徑入花紅	240/4-2	【 4121₄ 狂 】	
木屐故人○	095/12-2	百年兄弟在○漁	123/8-6	○花一樣春	028/8-4
仍聞鴻北○	106/20-4	一生雲壑老○夫	308/4-4	清○曾愛大人論	123/8-3
花雨中峯○黛色	122/8-3	【 4093₂ 檳 】		窮途○所哭	094/40-33
縱使扁舟○繫少	286/4-3	○題丹臙鑑千年	129/8-2	四明○客醉多時	321/4-1
鴻南去客北○	089/8-1	【 4093₆ 櫃 】		花街歌鳳楚○夫	448/8-6
何論七七年○事	171/8-7	○葉青邊楓葉黃	352/4-2	簾前還恐晚風○	209/8-8
數間茅屋春○去	263/4-3	○原隨鶴雲容老	495/8-5	【 4122₇ 獅 】	
篷窓漫作嗟○語	280/4-3	【 4091₃ 梳 】		五更鐘梵吼○子	120/8-5
二弟今春並○寓	414/4-3	橋○壯遊千里同	362/8-4	塵縛無緣接座○	398/8-2
龍堂燈火夜傳○	118/8-4	橋○世榮名海內	485/24-13	【獅座】	
夕麗空亭攜手○	174/8-1	【 4098₂ 核 】		○○胡僧話	037/8-3
蒟蒻清明上塚○	269/4-2	骰○核不須求	226/4-2	○○花薰三月雨	151/8-3
澱江流入樹間○	311/4-4	滿盤肴○爲誰設	013/22-11	【 4123₂ 帳 】	
春風直度大江○	313/4-4	【 4099₄ 森 】		紙○梅花入夢時	180/8-4
不見波頭白馬○	376/8-8	陰○竹裏路迤邐	358/4-1	悁○紅顏凋謝地	185/8-7
臘悠齋寒僧喚○	379/8-4	主者誰何○家母	021/30-23	紙○孤眠聞笛夜	192/8-5
北地無書白雁○	389/8-4	【 4108₆ 頰 】		翠○寶爐香細細	198/8-5
良朋並自遠方○	469/4-1	雪頰雲鬢黑白爭	437/8-4	梅花○裏眠才覺	488/8-5
天寒月暗美人○	480/4-1	【 4111₆ 垣 】		春深錦○新昏夜	183/8-3
【 4091₃ 梳 】		混迹禁○南陌塵	131/8-2	萬家廚○足膨脝	212/8-4
纍質連句廢洗○	188/8-2	知物仙才身隔○	218/32-10	珠簾寶○達晨遊	261/4-1
【梳影】		【 4111₇ 壚 】		月逗梅花○	110/32-13
微風楊柳將○○	193/8-5	愛吾城子○	010/56-1	載酒徒尋絳○中	429/8-2
微風楊柳將○○	419/8-5	一夜黃公○上飲	259/4-3	事業千秋高縫○	128/8-5
【 4091₄ 柱 】		春城月暗○山河	259/4-4	【 4126₀ 帖 】	
橋○何處存	007/30-27	獨醉黃公舊酒○	448/8-8	寫罷宜春○一堂	024/12-5
題○何時學馬卿	149/8-8	【 4114₇ 坂 】		五☒神家單○	457/14-12
橋○何處存	365/30-27			價聲忽倍蘭亭○	125/8-5
【 4091₆ 檀 】				【 4126₆ 幅 】	
光透玉○欒	098/20-6			一○卸來萬卷架	018/32-6
【 4092₇ 榜 】				一○新題水墨圖	181/8-2
垂楊堪繫○	007/30-10				
垂楊堪繫○	365/30-10				

4126₆【幅・幀・頗・姬・婀・嫣・媵・妍・趣・顀・欐・櫳・柾・極・槩・樞・桁・朽・柄・梗・棹・梧・櫺・杯】　　　　　　　　　　　　　　4199₀

一○古丹青	459/8-4	久抻興○披雲發	165/8-5	其如不○何	049/8-8
點汙數○茜裙長	208/8-8	久抻興○披雲發	363/8-5	【4192₇　柄】	
書進練裙○	114/64-5	日涉園成○	105/20-13	有渡稱名○	007/30-2
書進練裙○	502/66-5	【4191₁　欐】		間話揮長○	101/16-9
快剪湘江半○絹	017/8-8	○中驥足老將至	450/8-3	有渡名稱○	365/30-02
【幅圖】		【4191₁　櫳】		【4194₆　梗】	
松蘿六○○	047/8-4	簾○月半鉤	038/8-8	萍○遇相欣	102/12-2
刺繡花禽全○○	196/8-2	夜月簾○語有無	196/8-6	泛泛憐萍○（葛）	115/44-29
【4128₆　幀】		女牛影轉簾○外	158/8-7	【4194₆　棹】	
更有小字上○盈	016/50-29	何妨細雨入簾○	429/8-4	○何厭三層浪	088/8-5
【4128₆　頗】		【4191₄　柾】		移○綠陰重	071/8-8
○得一方察	096/40-23	逢爾江樓○舉觴	148/8-2	【4196₁　梧】	
老泉老去○疎慵	289/4-1	【4191₄　極】		秋風吹落碧○梢	436/8-4
【4141₇　姬】		○識鑾輿終不到	187/8-7	【4196₃　櫺】	
中將○人入曲阿	163/8-1	維嶽○天是爲衡	016/50-17	皎皎當○朗	098/20-3
遂與班○棄捐去	197/8-7	舟迷○浦煙	070/8-6	【4199₀　杯】	
江口吊名○（葛）	115/44-32	父母○歡怡	096/40-18	○渡朝辭浪芫城	333/4-1
醉歸晚出胡○肆	147/8-7	煙霞○勝區	114/64-14	○渡朝辭浪速城	333/4-1
【4142₀　婀】		煙霞○勝區	502/66-14	○尊好瀉懷（張）	422/16-6
○娜紅衣映茜裙	350/4-2	嗟賞無○已	494/58-56	○聲斷簾前雨洗	484/8-7
		既知天命	110/32-19	停○倚舷空相思	015/18-16
【4142₇　嫣】		登覽嗟君極奇○	151/8-7	酒○畫卷手未釋	018/32-21
一咲○然立尙羊	478/8-2			引○目送歸鴻	088/8-4
【4143₄　媵】		【4191₄　槩】		酒○香琥珀	098/20-13
偃臥花茵○	032/8-6	堅田勝○入新題	150/8-1	擧○咲指寒窻外	306/4-3
		野田多勝○	112/28-27	欲下○中物	030/8-5
【4144₀　妍】		土俗相慶授○年	011/16-9	但愛○中物	101/16-13
爭○競艷地幾弓	021/30-4	異代名園傳勝○	164/8-7	和尙○浮不駭魚	173/8-6
萬頃恩波翠黛○	014/20-20	【4191₆　樞】		連理○空人隔歲	189/8-3
纖月如眉媚客○	147/8-8	月光隨客入蓬○	154/8-1	琥珀○盛花隱者	200/8-3
山茶微笑野梅○	344/4-4	昨夜飛光繞斗○	201/8-8	傾倒○尊出門去	354/4-3
【4180₄　趣】		【4192₁　桁】		於予○酒覓柳花	425/8-4
野○向人驕	073/8-8	衣○承塵鏡抹煙	189/8-2	柏葉○前意復親	488/8-6
興○勃然偶成	457/14-3	【4192₇　朽】		花前行○香茁荋	021/30-19
題詩○似并州舍	403/8-5			交轉酒○親	111/24-6

4199。【 杯・標・刈・壎・坻・垢・刐・狐・瓠・幡・荊・姚・妊・嬌・媛・婚・韜・赳・斯・刹・桃 】　　4291₃

詩賦罰○桃李園	162/8-6	
射我酒○間	242/4-2	
不厭浮○裏	257/4-3	
非引深○難從目	281/4-3	
調作數○羹	464/8-4	
君試停○燈下見	500/4-3	
祇當把酒○	006/16-11	
徒傾鸚鵡○	094/40-24	
令予引酒○	095/12-4	
延客且銜○	106/20-10	
玉露餘恩○可嘗	186/8-6	
重陽徒看酒○空	214/8-4	
無波江月洗○裏	435/8-3	
新荷池上碧箇○	174/8-6	
椒盤昨日徹餘○	312/4-1	
尙膳調羹贈一○	379/8-8	
不挿茱萸只擧○	389/8-8	

【杯尊】
傾倒○○出門去	354/4-3
戾盤高設命○○	025/20-8

【 4199₁ 標 】
偉○摩頂見	096/40-5
霞○遠向赤城攀	179/8-1
聖善堪○積善門	218/32-30
古刹高○一抹霞	264/4-1
千古一高○	036/8-8
獨點靑燈○上元	426/8-2

【 4200。 刈 】
○餘萑葦冷（岡）	115/44-35

【 4213₁ 壎 】
鼓吹蛙鳴和伯○	218/32-26

【 4214。 坻 】
宛在舊○往從	087/8-2

【 4216₁ 垢 】
塵○未全離	247/4-1
曾離塵○入圓通	021/30-24

【 4220。 刐 】
擬將蘆刀○石腸	209/8-6

【 4223。 狐 】
○話堪聽無孔笛	194/8-5
○話堪聽無孔笛	418/8-5

【 4223。 瓠 】
還浮○齒呵餘香	190/8-4
呼來○子戹	479/8-6
或跨大○或乘蓮	023/34-16

【 4226₉ 幡 】
綵○閃閃墨痕香	024/12-6

【 4240。 荊 】
○花茂不枯	502/66-60
識○吾已得	093/12-1
紫○全損枝	096/40-36
班○亭榭連宵飮	146/8-5
紫○移種故園花	414/4-4
紫○花發復成叢	431/4-4
紫○移種故園花	414/4-4
紫○花發復成叢	431/4-4
故園○樹未曾摧	389/8-6
詩吾○棘入春苑	371/8-5
故園○樹未曾摧	389/8-6
何處柴○結作籬	358/4-2
何處柴○結作籬	358/4-2
故國紫○花	486/8-6
明月始生○璞光	138/8-6
鄕園暫別紫○枝	359/8-4

【荊花】
○○茂不枯	114/64-58
○○茂不枯	503/66-60
故國○○花	487/8-6

【荊棘】
○○叢祠送夕陽	155/8-6
詩吾○○入春苑	371/8-5

【 4241₃ 姚 】

○家富貴看花圃	177/8-5
黃歐碧滿雕欄	273/4-2

【 4241₄ 妊 】
○女江心磨鏡初	484/8-4

【 4242₇ 嬌 】
○羞題字客	219/4-3
○瞋雨後花	220/4-2
貯○忘伐性	094/40-29

【 4244₇ 媛 】
舊是董許兩仙○	023/34-22

【 4246₄ 婚 】
○嫁事都終	076/8-4
向平婚嫁未曾終	362/8-2

【 4257₇ 韜 】
陌塵○晦夜光珠	181/8-8

【 4280。 赳 】
赳勤王功自偉	218/32-3
赳○勤王功自偉	218/32-3

【 4282₁ 斯 】
○道歌衰鳳	050/8-1
○才千里駒	114/64-10
○中起臥冬溫足	471/8-7
○文人爭傳	494/58-57
○才千里駒	502/66-10
有○令弟兄	490/4-4
幾年日酒相傾	016/50-2
兒輩倘能學○老	204/8-7
終年無益活○身	440/8-8

【斯文】
○○未喪天	051/8-4
○○鎭在茲	096/40-40

【 4290。 刹 】
古○高標一抹霞	264/4-1

4290。【刹・桃・嬌・媛・婚・韜・赴・斯・刹・桃・杉・橘・機・桔・柚・尤・犬・式・求】　　　　　　　　　　　　　　　　4313₂

北山高〇鵲巢居	173/8-1	小〇暮雨疏	399/8-1	支〇石古紫雪窩	163/8-6
松間香〇夜三更	195/8-4	天〇花落海樓生	393/8-8	織女〇絲消息斷	186/5-7
松間香〇夜三更	444/8-4	一〇斜處夕陽斜	414/4-1	織女〇邊夜色明	302/4-2
		市〇星少鵲飛翻	426/8-4	鷗鷺忘〇曾聚散	217/20-3
【 4291₃ 桃 】		市〇鵲影三更靜	499/8-5	白鷗憑几對忘〇	371/8-4
〇菜過農圃	068/8-5	古村〇斷水潺湲	331/4-1		
遷宅〇華第幾坊	171/8-1	遊魚〇上與誰觀	385/8-4	【 4296₄ 桔 】	
東海蟠〇君不厭	023/34-33	江之〇更生	456/20-11	林壑秋寒〇柏摧	376/8-4
玄圃偓〇仙	254/4-1	檻外三〇澹夕陽	148/8-6	【 4297₂ 柚 】	
詩賦罰杯〇李園	162/8-6	觴詠石〇邊	229/4-2	半爐榾〇片時紅	194/8-2
【桃李】		百尺長〇架碧流	314/4-2	三冬榾〇夜爐紅	418/8-2
〇〇何處一漁刀	452/8-2	碧霧溪〇燈一點	343/4-3		
遍尋〇〇溪	099/20-2	日照飛〇暗碧水	346/4-3	【 4301。尤 】	
滿蹊〇〇春無恙	489/8-5	日照飛〇暗碧水	346/4-3	短命學〇好	096/40-27
【桃花】		醉向京〇月下船	348/4-2	移種梵宮〇可憐	487/8-2
春風〇〇浪	003/24-7	醉向京〇月下船	348/4-2	瑩然菽乳味〇清	444/8-1
一簇〇〇主有無	263/4-4	百尺長〇疑擲杖	402/8-3	難波寺裏名〇著	264/4-3
一水〇〇送錦帆	278/4-4	門外銀〇未架雲	423/8-4		
別情深於〇〇水	012/12-4	數里躋市〇	006/16-5	【 4303。犬 】	
燕脂雨漲〇〇岸	179/8-5	衡門認土〇	073/8-2	鷄〇不曾聞	255/4-4
		經行獨木〇	238/4-3	村〇難尋秦眼飾	452/8-5
【 4292₂ 杉 】		晚在玉江〇上望	349/4-3	千里竹筒隨〇耳	177/8-3
才知〇間楓	232/4-4	砧鳴烏語市〇頭	022/8-5	異日丹成須試〇	167/8-5
契彼松與〇	005/18-12	但見殘虹不見〇	345/4-1	【犬吠】	
		【橘上】		〇〇村當近（葛）	115/44-17
【 4292₇ 橘 】		玉江〇〇晚歸時	274/4-1	柳外〇〇曾繫舫	162/8-3
〇梓壯遊千里同	362/8-4	玉江〇〇微風度	297/4-3		
〇明織女影猶分	384/8-6	晚在玉江〇〇望	349/4-3	【 4310。式 】	
〇上驢蹄詩僅耽	450/8-4	【橘夕】		素車來范〇	110/32-23
〇梓世榮名海內	485/24-13	江上星〇〇	046/8-1		
長〇不可更	007/30-4	彩虹影落長〇〇	140/8-3	【 4313₂ 求 】	
天〇一沙嘴	085/8-1	【橘柱】		〇治一庸醫	060/8-2
百〇虹聚飲	094/40-13	〇〇何處存	007/30-27	〇間卻得忙	466/8-2
霜〇人迹清	101/16-6	〇〇何處存	365/30-27	頻〇雲外賞	030/8-6
天〇曾入夢	111/24-21	【橘畔】		爲〇同臭侶	111/24-1
石〇春度澗花翻	133/8-6	〇〇有星稀	059/8-4	何〇修煉服丹砂	205/8-4
版〇千尺帶江橫	149/8-2	玉江〇〇長相憶	319/4-3	相〇蘭臭仲元二	388/8-3
梅〇寒色立驢前	169/8-4	來吊高麗〇〇暮	125/8-7	鳥聞〇友聲	065/8-4
小〇寒月照梅花	290/4-4			書雲〇彩筆	113/20-11
長〇不可更	365/30-04	【 4295₃ 機 】		鳳兮或〇偶	010/56-31
天〇一沙觜	386/8-1	錦〇一斷已七旬	020/6-1		

— 192 —

【 4313₂ 求・埃・域・城・冘・獄・截・驚・嫁・娥・始・鞍・載 】 4355。

向我數〇贈新詩	015/18-4	陟岵山〇執作篇	135/8-6	娶君家事既終	301/4-1
東海輿〇藥	100/16-11	飛入山〇作悠堆	475/4-4	婚〇事都終	076/8-4
玉椀強〇琥珀輝	177/8-2	植杖晒江〇	065/8-6	無奈〇娶畢	494/58-47
就我苦〇一言贈	366/12-7	連璧月臨〇	101/16-4	尚平婚〇未曾終	362/8-2
彩筆爲〇周小雅	427/8-3	猫路草塡〇壘暗	159/8-5	笄冠曾昏〇	091/16-1
黃菊非〇醉	493/8-5	懷璧主連〇	430/8-4		
蘭臭此相〇	109/16-6	霞標遠向赤〇攀	179/8-1	【 4345。 娥 】
骸核不須〇	226/4-2	夜方鐘鼓寂〇邊	435/8-6	欲窺〇搗丹	098/20-12
鷲花悔不共相〇	368/8-8	滄江一帶繞〇陰	453/8-1	夢裡仙〇來相迎	013/22-20
孤琴同調日相〇	438/8-4	此花曾向府〇移	445/8-2	二八嬌〇影未濯	402/8-2
		映帶萬雉嶽陽〇	016/50-16		
【 4313₄ 埃 】	落日回帆海士〇	149/8-4	【 4346。 始 】
塵〇堆裏有蓬瀛	016/50-50	却欣方壁不連	195/8-8	〇覺變頭毛	043/8-2
塵〇已一掃	033/8-8	杯渡朝辭浪速〇	333/4-1	〇問玉江春	045/8-2
十地點〇稀	103/20-8	昨夜微霜始滿〇	353/4-1	〇接風流馬白眉	359/8-2
朝野少塵〇	094/40-10	綠樹高低海畔〇	374/8-6	一宵〇遭逢	008/16-4
林亭寥廓纖〇絕	013/22-17	此夜雲霞動海〇	432/4-1	明月〇生莉璞光	138/8-6
視篆香林絕點〇	118/8-2	不令方壁價連〇	444/8-8	風流〇駐呂安車	338/4-1
		巉屼日下鶴雲〇	495/8-1	不日方經〇	055/8-3
【 4315。 域 】	【城郭】		昨夜微霜〇滿城	353/4-1
藤裏風流殊此〇	398/8-3	〇〇大江隈	094/40-2	蟋蟀床頭〇話情	354/4-2
		鴟田〇〇負	071/8-3	蟋蟀床頭〇話情	354/4-2
【 4315。 城 】	畫中〇〇雨中看	275/4-2	海棠庭院〇生香	390/8-8
〇樓更鼓暮初起	136/8-3	【城南】		井投車轄〇爲眞	434/8-4
〇市山林一畝宮	164/8-2	〇〇向墓門	110/32-26	杜宇一聲呼〇起	012/12-1
〇中鼓角雜風雷	376/8-6	陽春召我出〇〇	216/12-1	梁苑秋煙氣〇融	194/8-4
〇樓映帶碧波流	409/4-2			葉逗秋陽露〇乾	322/4-2
江〇月影低	099/20-20			梁苑秋煙氣〇融	418/8-4
秋〇艷灝氣	108/20-17	【 4321。 冘 】		【始回】	
去〇無酷吏（岡）	115/44-3	苓〇不假齡自引	485/24-21	臨川寺畔〇〇頭	314/4-1
山〇花滿燕歸梁	138/8-4			危磴窮時首〇〇	311/4-2
滿〇歸馬障泥香	156/8-8	【 4323₄ 獄 】			
春〇月暗壚山河	259/4-4	非降自維〇	096/40-3	【 4354₄ 鞍 】
平〇二月好探芳	266/4-1			據〇千里自鷹揚	138/8-1
江〇畫裏抹斜陽	279/4-2	【 4325。 截 】		去年今夜駐歸〇	396/4-1
江〇五月新晴後	364/8-3	款客頻叨〇髮煩	218/32-14		
愛我〇夫子	008/16-1			【 4355。 載 】
愛吾〇子邀	010/56-1	【 4332₇ 驚 】		十〇詞盟竟不渝	217/20-2
柞原〇北聲蓮宮	151/8-1	【驚鶩】		徒〇白衣酒	492/8-3
德州〇外福州傍	292/4-2	〇〇出群兒	096/40-2	千〇茋君眞尻傳	485/24-8
看得〇南白鷺洲	411/4-1	異日應須稱〇〇	139/8-3	千〇令君茹	490/4-3
弄盡江〇月	103/20-1			千〇不絕祀	494/58-26
		【 4343₂ 嫁 】			

4355。【載・哉・袞・裁・越・椀・梭・棧・榕・棕・協・封・芷・莖・董・董・墓・盍・藍・茫・堪】　　　　　　　　　　　　　　　　　　　　　　　　　　4411。

回帆〇月飛 394/8-8	【 4380 ₅ 越 】	竟將學圃事安〇 126/8-6
與君十〇賞中秋 406/26-13	〇路秋鴻未飛盡 336/4-3	【 4412 ₇ 芍 】
巨舶監其〇 010/56-5	飛〇到河津 003/24-4	【芍藥】
因見扁舟訪〇人 434/8-2	雞壇〇客盟 037/8-4	生憎〇〇綻 099/20-17
優游以卒七十〇 485/24-15	自鳴者一〇三千濟、 455/23-18	開尊〇〇薰 102/12-8
【載酒】	更訝捧心苡〇女 442/8-5	【 4410 ₁ 莖 】
〇〇仍容侯子伴 428/8-3	舊業追懷去〇秋 330/4-2	露〇莖自染 084/8-5
〇〇徒尋絳帳中 429/8-2	【越人】	花葉根〇也染成 212/8-2
〇〇何辭吾代酌 469/4-3	盟主是〇〇 010/56-41	一逕千〇沒人處 487/8-7
潘郎〇〇醉河陽 378/8-4	侍兒休進〇〇方 187/8-8	多情懶鑷數〇白 381/8-5
【載筆】		
〇〇山川百日遊 146/8-6	【 4391 ₂ 椀 】	【 4410 ₄ 董 】
〇〇空違修史時 299/4-2	玉〇強求琥珀輝 177/8-2	形摹數尺類金〇 496/8-2
	玉〇座無辭滿酌 501/8-3	
【 4365 ₀ 哉 】		【 4410 ₄ 董 】
蚖〇應問奇 010/56-32	【 4394 ₇ 梭 】	舊是〇許兩仙媛 023/34-22
美〇新築輪奐 087/8-1	織〇停雨樹棲鳥 181/8-4	
瞻望思悠〇 001/26-2	風暖鶯〇聲斷續 296/4-3	【 4410 ₄ 墓 】
覇王安在〇 094/40-4	春山唯有鶯〇在 163/8-7	城南向〇門 110/32-26
父母乾坤安在〇 152/8-6		
將歸客思最悠〇 174/8-2	【 4395 ₃ 棧 】	【 4410 ₇ 盍 】
尸解淮南何在哉 379/8-1	晨陯山驛棧 494/58-19	〇尾難消清晝霜 476/8-4
相遇玄亭寂寞哉 469/4-2		軒〇充路岐 010/56-36
	【 4396 ₈ 榕 】	弟子〇三千 040/8-4
【 4373 ₂ 袞 】	指顧〇間明月影 015/18-17	幾人飛〇又傾盍 019/14-7
〇換酒占艷夜飲 498/8-5		池草夢覺傾〇地 405/8-3
孫子箕〇醫國業 176/8-5	【 4399 ₁ 棕 】	幾人飛盍又傾〇 019/14-7
豈以羊〇相狎褻 355/4-3	蒻笠〇鞋既自供 132/8-1	
		【 4410 ₇ 藍 】
【 4375 ₀ 裁 】	【 4402 ₇ 協 】	夜雨添〇山抱野 178/8-3
聊〇方寸裝歸衣 366/12-12	和雪〇黃鐘 113/20-12	多少名〇在洛陽 309/4-1
衣錦〇霞曉最明 393/8-6		寒流晴嶂斋〇青 380/8-8
七歲善〇詩 096/40-10	【 4410 ₀ 封 】	
燈下堪〇萊子裳 208/8-6	〇裏才開氣更薰 141/8-4	【 4411 ₀ 茫 】
輕篁新〇松葉牋 284/4-1	山村〇薄霧 083/8-5	野色蒼〇叫帝魂 137/8-8
錦繡爲新〇 001/26-18	青苔〇澗戶 100/16-13	野寺蒼〇叫杜鵑 334/4-1
九陌綺橫〇 094/40-14	掛席有〇姨（葛） 115/44-4	小池亦渺〇 249/4-4
月似扇精〇 095/12-10	墜葉埋餘馬鬣〇 315/4-1	深宮一臥草〇茫 187/8-1
燈前秋恨懶〇書 188/8-8		相思煙水蒼〇夜 361/8-7
暮春春服既新〇 152/8-1	【 4410 ₁ 芷 】	
	采〇人何在 222/4-3	

4411。【茫・堪・董・墓・盍・藍・茫・堪・地・范・蔬・芍・勤・蒲・蕩・莎・藜・薄】　　　　　　　　　　　　　　　　　　　　　　4414₂

虛閣乘春望渺○	116/8-2	淨○經行暫息慈	130/8-2	素車來○式	110/32-23
深宮一臥草茫○	187/8-1	擲○金聲碧湍激	132/8-5	【4411₃ 蔬】	
窗外秋潮碧渺○	325/4-1	大○黃金長者功	151/8-6	摘○充玉饌	056/8-5
		淨○幽芳幾處尋	216/12-2	摘○炊麥夕飧香	168/8-8
【4411₁ 堪】		滿○青苔人跡絕	358/4-3	畝饒○可摘	112/28-15
○觀我輩情	037/8-8	滿○青苔人跡絕	358/4-3	圃正摘○烹	101/16-8
○登藝閣晒玄甲	209/8-5	滿○黃梅夜雨間	369/8-8		
自○消薄暑	111/24-17	北○無書白雁來	389/8-4	【4412₇ 勤】	
垂楊○繫榜	007/30-10	福○豐州誰所創	391/8-1	晨昏○定省	096/40-17
風煙○駐客	038/8-1	滿○仙種幾斗斛	417/21-8	【勤王】	
有年○悅怡	055/8-4	此○桑滄何年改	417/21-13	楠子○○割據秋	159/8-4
茗話○終夜	063/8-7	白石○崔嵬	094/40-6	赳赳○○功自偉	218/32-3
新霽○怡目	081/8-1	春泥○暖禽銜去	379/8-3		
遊歷○誇綠鬢年	178/8-2	月暗○如霾（憲）	422/16-4	【4412₇ 蒲】	
軟飽○充幾夕飧	184/8-4	自稱天○一漁人	145/8-1	○編年益積	107/12-9
狐話○聽無孔笛	194/8-5	奪將初○布金光	211/8-2	嗟我○柳質	006/16-14
鸞鳳○依八尺床	197/8-6	長令此○靈	231/4-4	殘酌○猶美	111/24-7
燈下○裁萊子裳	208/8-6	歸來縮○符應秘	301/4-3	不但殘○酒	038/8-7
聖善○標積善門	218/32-30	爭妍競艷○幾弓	021/30-4	北渚雨抽○	114/64-48
槲葉聚○烘	082/8-4	東海功名	026/8-3	北渚雨抽○	502/66-48
白版尚○開	106/20-14	築柴煙霞○	035/8-1		
村妴酒○賒	112/28-16	既餘投刃	044/8-5	【4412₇ 蕩】	
三釜實○愉	114/64-56	彼美終何○	051/8-3	○滌俗眼與世情	018/32-22
【堪奪】		雖無移竹○	108/20-9	○滌七八日之	457/14-10
繡毺○○晚霞紅	021/30-8	晒藥陽簷○有餘	123/8-1	江湖飄○浣家私	215/8-2
吳錦文○○	027/8-5	雲根近住○仙翁	144/8-8	碧簟青簾影澹○	406/26-2
		稻苗春滿○	238/4-2		
【4411₂ 地】		謝世秋何○	416/8-7	【4412₉ 莎】	
○摹大和古京師	011/16-14	東風解凍墨○香	024/12-2	○岸蟲聲十里聞	499/8-6
○鎮可觀坤德尊	014/20-2	百尺垂條拂○長	296/4-2		
○遍花發遲	066/8-6	飢餓不妨胡○嘗	378/8-6	【4413₂ 藜】	
○主無常住	074/8-1	御風真人一墜○	015/18-5	足格燃○神	108/20-10
○接崇禪古道場	168/8-2	蟋蟀聲寒霜布○	022/8-4	樓頭書影明○火	454/8-5
○古蒼松更入篇	176/8-4	臺散雨花翻大○	129/8-5		
○鎮可觀坤德尊	417/21-2	層閣黃金光布○	173/8-3	【4414₂ 薄】	
○荷巧製碧雲裳	478/8-4	惘帳紅顏凋謝○	185/8-7	○奠今宵酒	034/8-7
滿○仙糧幾斗斛	014/20-8	龍蟠曾據三州○	218/32-5	○莫臨長河	365/30-25
吳○楚天咫尺并	016/50-12	卽指暮雲愁裏○	390/8-3	○霧漸消天如水	406/26-5
十○點埃稀	103/20-8	池草夢覺傾蓋○	405/8-3	○酒小鮮留話故	489/8-7
采○在熊府	110/32-1			林○自由飛	092/16-16
滿○繁霜殘女蘿	125/8-2	【4411₂ 范】			

4414₂【 薄・鼓・萍・堵・塔・落・墻・藩・茨・藻・苧・ 】　　　4420₇

山村封〇霧	083/8-5	【 4416₀ 堵 】	朝見華菱〇曲汀	139/8-2
江楓霜〇未紛紛	303/4-4	徑造環〇室　006/16-6	紅葉撲燈〇	465/8-5
家醪雖〇可爲歡	397/4-4		解得函題〇雁名	472/4-4
【薄言】		【 4416₁ 塔 】	風雨荒陵花〇盡	269/4-3
〇〇忘火宅	007/30-19	〇雕雲水湧中天　129/8-6	行歌一曲蓮花〇	215/8-7
〇〇忘火宅	365/30-19	雁〇煙霞春湧出　118/8-3	三黜罷官逾灕〇	217/20-7
醹醴〇〇酌	005/18-17	輪〇午晴湖色轉　133/8-5	行盡有年千萬〇	409/4-3
【薄暮】		層雲湧〇天王寺　149/8-3	【落花】	
〇〇臨長河	007/30-25		試聽〇〇殘月下	019/14-13
〇〇應知草堂近	347/4-3	【 4416₄ 落 】	松針刺〇〇	256/4-4
〇〇應知草堂羝	347/4-3	〇照遍平蕪　031/8-8	香車泥抹〇〇紅	134/8-6
【薄暑】		〇木滿紺園　110/32-28	【落日】	
裳衣〇〇絺（岡）	115/44-42	〇蘇光滑奪朱明　212/8-1	〇〇一層樓	038/8-2
自堪消〇〇	111/24-17	〇落長松樹　252/4-1	〇〇三津寺	052/8-3
		水〇石根枯　047/8-6	〇〇回帆海士城	149/8-4
【 4414₇ 鼓 】		院〇菊殘時　105/20-12	檣烏〇〇江天外	174/8-3
〇枻醉歌調自高	307/4-2	日〇仙查猶未見　116/8-7		
旗〇無由施盛世	218/32-7	籬〇今朝晒初日　208/8-3	【 4416₄ 墻 】	
城中〇角雜風雷	376/8-2	花〇不來叫　223/4-3	王蘂琪花簇短〇	476/8-1
猶疑〇瑟對湘君	442/8-6	落〇長松樹　252/4-1		
五嶽〇舞、	455/23-9	月〇青龍舟未返　260/4-3	【 4416₉ 藩 】	
鰭鬣能〇舞	003/24-13	吹〇君家百尺樓　271/4-4	別有治〇五色叢	021/30-2
城樓更〇暮初起	136/8-3	剝〇丹楹祠一叢　310/4-1		
夜方鐘〇寂城邊	435/8-6	一〇西江一周歲　397/4-3	【 4418₂ 茨 】	
鸝鵾驚起〇舷前	127/8-4	平田〇雁有歡聲　346/4-1	三等茅〇稀客履	446/8-5
邨舍無鐘〇	465/8-1	菜花〇盡麥芒平　374/8-1	水村補茅〇	010/56-14
水郭山村寂〇聲	280/4-1	荒陵〇日橫　416/8-8	依舊照茅〇	105/20-20
【鼓吹】		山頭〇月恨餘光　478/8-8		
〇〇有黃頻	066/8-8	更憐黃〇處　028/8-5	【 4419₄ 藻 】	
〇〇蛙鳴和伯壎	218/32-26	江村帶〇霞　112/28-22	〇思長增奇	096/40-14
		彩虹影〇長橋夕　140/8-3	文〇總其身	003/24-2
【 4414₉ 萍 】		彌山木〇神鴉小　172/8-5	才〇誰如公	027/8-8
〇梗遇相欣	102/12-2	天橋花〇海樓生　393/8-8	朱明屬〇日	006/16-2
〇迹何時此作家	412/4-2	誰人試〇生花筆　202/8-7	剪勝摘〇舊弟兄	016/50-3
青〇秋水劍	051/8-5	人間墮〇小頑仙　204/8-1	小春璃〇茈	112/28-26
泛泛憐〇梗（葛）	115/44-29	舊遊零〇意如何　259/4-1	石川蘋〇足	494/58-25
苔色卽青〇	231/4-2	誰家籬〇款冬老　282/4-3	所以競摘〇	001/26-23
飄飄身迹水中〇	380/8-4	水村梅〇夕陽孤　295/4-4	行將南澗〇	459/8-7
【萍水】		千秋磊〇有才奇　366/12-1	三十一文〇	494/58-12
〇〇歡君竟作家	414/4-2	秋風吹〇碧梧梢　436/8-4		
客年舊會寒〇〇	420/8-3	玉樓由爾〇　096/40-29	【 4420₁ 苧 】	
		射檻殘暉〇　106/20-11	晚涼歌白〇	095/12-5

【 4420₂ 蓼 】
紅〇花明白露浮　406/26-26
乍來紅〇岸　258/4-4

【 4420₇ 考 】
道是先〇手澤存　018/32-15
古詠有所〇　494/58-16

【 4420₇ 芎 】
或疑煉石補蒼〇　021/30-6

【 4420₇ 蕚 】
綠〇仙芳甚處移　192/8-1
花〇輝來路渺漫　370/8-4
同輝華〇入新詞　359/8-8
爲汝詩篇題棣〇　425/8-3

【 4420₇ 夢 】
〇裡仙娥來相迎　013/22-20
〇入華陽洞裏看　273/4-4
〇魂先入白雲阿　356/4-4
蝶〇追春魂不返　381/8-3
起來〇未醒　220/4-3
月明〇度綠江波　400/4-4
池草〇覺傾蓋地　405/8-3
易迷夜夜〇　009/34-15
熊羆占吉〇　096/40-1
煙花歸一〇　105/20-3
天橋曾入〇　111/24-21
宿鷗應駭〇（岡）　115/44-23
滿眼煙花〇一場　171/8-8
驚破梅花〇五更　280/4-4
既圓春草〇中塘　390/8-4
紙帳梅花入〇時　180/8-4
欲向遼西馳一〇　265/4-3
豈思莊叟片時〇　370/8-3
月照屋梁猶是〇　434/8-3
【夢裏】
〇〇逢君悲永訣　189/8-7
香閣令人〇〇躋　150/8-2
十五年光〇〇過　259/4-2
【夢魂】

〇〇先入白雲阿　356/4-4
鴛鴦瓦上〇〇驚　353/4-2
【夢中】
但在〇〇時會晤　139/8-7
思君只是〇〇尋　328/4-2

【 4421₁ 荒 】
〇村無憩店　067/8-5
何意〇陵我出遊　368/8-2
它日〇陵如避暑　501/8-7
漂流到〇夷　010/56-8
朝雨半〇院菊　089/8-3
【荒陵】
〇〇落日橫　416/8-8
南望〇〇日將暮　117/8-7
明日〇〇有天樂　120/8-7
風雨〇〇花落盡　269/4-3

【 4421₂ 苑 】
梁〇秋煙氣始融　194/8-4
梁〇秋煙氣始融　418/8-4
祇應藝〇成功日　432/4-3
竹駐籃輿林〇賞　450/8-5

【 4421₂ 菀 】
詩吾荊棘入春〇　371/8-5

【 4421₄ 花 】
〇前行杯香苾葩　021/30-19
〇殘春雨細　060/8-5
〇凋露未晞　092/16-10
〇雨中峯來黛色　122/8-3
〇邊歌舞謝君恩　137/8-6
〇裏旗亭春三月　195/8-3
〇葉根莖也染成　212/8-2
〇隱朱櫻裏　229/4-3
〇明海上春宵月　273/4-3
〇蕚輝來路渺漫　370/8-4
〇柳離披迹已空　381/8-2
〇街歌鳳楚狂夫　448/8-6
〇亭旗亭春二月　444/8-3
〇朶猶含有雨痕　447/8-4

〇赤設觀惜之　457/14-7
榴〇顋顏映　007/30-24
茄〇撩亂荷葉空　021/30-1
松〇煨熟石花煎　023/34-12
狂〇一樣春　028/8-4
棉〇暖石床　029/8-8
飛〇墜足跗　031/8-2
黃〇知節近　052/8-5
椒〇新釀酒　061/8-5
葵〇立廢畦　074/8-6
鶯〇拇陣老　094/40-25
桂〇香未微　103/20-14
煙〇歸一夢　105/20-3
瓶〇插海榴　109/16-8
荊〇茂不枯　114/64-58
梅〇江上月冷冷　139/8-8
榴〇梅子促歸舟　146/8-8
梅〇月影澹冰壺　217/20-20
梅〇送暗香　237/4-3
梅〇枝上月明多　286/4-4
金〇滿架挂春光　296/4-1
蘆〇淺水黏漁刀　307/4-1
看〇幾處立躊躇　318/4-4
雨〇無處不流香　323/4-4
桂〇何處暗飛香　325/4-2
護〇蓬底不曾眠　348/4-4
蘭〇秀處菊花芳　352/4-1
鶯〇梅不共相求　368/8-8
榴〇酡顏映　365/30-24
菜〇落盡麥芒平　374/8-1
金〇釀得飲催春　440/8-4
此〇曾向府城移　445/8-2
百〇香處好酣眠　454/8-8
蘆〇新月入窗看　468/4-4
幽〇曾致自西天　487/8-1
梅〇帳裏眠才覺　488/8-5
潤〇見春晚　494/58-17
桂〇秋滿送淸芬　499/8-8
荊〇茂不枯　502/66-60
棗吾〇千畝　002/14-8
荻蘆〇已謝　004/16-7
嘴吻〇相衒　005/18-6

【花】

處處○月割愛情	016/50-40	鏡裏梅○照有神	383/8-6	寒塘剪取水仙○	206/8-4
荻蘆○亂浪涵處	022/8-3	月下梅○夜斷魂	377/8-4	客樹秋殘綵作○	262/4-2
秋園○可品	084/8-1	滿面煙○春未盡	392/8-7	不怕人呼作杏○	264/4-4
映山○綻紅	104/16-4	他席菊○宜共采	389/8-5	彷彿紅粧二八○	267/4-4
杜鵑○映脣	111/24-12	縱負梅○且留滯	405/8-7	凌風臺畔未開○	270/4-1
杖頭○柳百文錢	147/8-6	舟逐柳○聽欸乃	421/8-3	小橋寒月照梅○	290/4-4
獅座○薰三月雨	151/8-3	香袖芳○相逐薰	442/8-4	簾外春殘月季○	337/4-1
中峯○插夕陽朱	161/8-4	蘆葉梅○春又秋	438/8-2	不須人更頌椒○	412/4-1
刺繡○禽全幅圖	196/8-2	揮塵雨○墩	467/8-6	紫荊移種故園○	414/4-4
看過○朝花萬朶	216/12-11	貰得松○酒	479/8-5	於予杯酒覓柳○	425/8-4
滿庭○似雪	257/4-1	王蘂琪○簇短墻	476/8-1	一盆留酌海棠○	424/4-2
一擔○枝何處折	277/4-3	把處看○多筆勢	496/8-5	冰魂裝得不看○	471/8-2
天橋○落海樓生	393/8-8	折盡西山○幾枝	019/14-2	筆揮詩發未春○	498/8-6
紅蓼○明白露浮	406/26-26	佛前微笑○	069/8-4	【花飛】	
待客○開膏一碗	426/8-7	江湖雪裏○	075/8-8	蘆荻○○淺水邊	324/4-1
紫荊○發復成叢	431/4-4	何必紫藤○	112/28-28	夕陽春處石○○	014/20-9
春風桃○浪	003/24-7	説法三津○欲雨	155/8-3	【花發】	
試聽落○殘月下	019/14-13	淑氣時兼○氣合	156/8-3	地遍○○遲	066/8-6
方此節○盛開日	021/30-29	琥珀杯盛○隱者	200/8-3	茶梅○○滿庭春	305/4-4
江上梅○舊草堂	024/12-1	看過花朝○萬朶	216/12-11	【花香】	
不住蓮○府	036/8-1	嬌瞼雨後○	220/4-2	草色○○傍戶深	119/8-2
萬朶岸○淺紅	088/8-2	滴作砌邊○	223/4-2	曉窗輕雨散○○	120/8-8
更映百○鮮	091/16-16	松針刺落○	256/4-4	啓龕三月雨○○	309/4-2
月逗梅○帳	110/32-13	避雨黃鶯○可藏	390/8-6	【花紅】	
二郡煙○古帝鄉	116/8-6	故國紫荊○	486/8-6	樵徑入○○	240/4-2
千朶雨○說法臺	118/8-6	別情深於桃○水	012/12-4	香車泥抹落○○	134/8-6
臺散雨○翻大地	129/8-5	芳尊仍釀桂○露	013/22-10	【花滿】	
滿眼煙○夢一場	171/8-8	歸來無恙生○筆	019/14-3	白蘋○○池	055/8-8
霜吐劍○江館冷	172/8-3	半千佛頂燦○宮	021/30-22	山城○○燕歸梁	138/8-4
紙帳梅○入夢時	180/8-4	污泥不染蓮○性	021/30-25	【花木】	
盈把黃○帶露痕	184/8-1	松花煨熟石○煎	023/34-12	○○榮枯家難外	164/8-3
認作煙○二月看	191/8-4	石橋春度澗○翻	133/8-6	○○別乾坤	235/4-4
何處桂○披	246/4-2	風暄少見菊○黃	148/8-4	○○禪房主有無	295/4-2
放出蓮○淨	247/4-4	姚家富貴看○圃	177/8-5	禪房○○改春容	121/8-1
一簇桃○主有無	263/4-4	燕脂雨漲桃○岸	179/8-5	【花落】	
一水桃○送錦帆	278/4-4	乾紅兩袖泣○後	189/8-5	○○不來叫	223/4-3
驚破梅○夢五更	280/4-4	誰人試落生○筆	202/8-7	風雨荒陵○○盡	269/4-3
臥看荷○滿曲池	304/4-2	蘭花秀處菊○芳	352/4-1	行歌一曲蓮○○	215/8-7
蘆葉梅○憶舊盟	333/4-4	夕陽春處石○飛	417/21-9	【花茵】	
滴作庭○紅欲然	334/4-4	一林春雨杏○芳	451/8-1	偃臥○○娛	032/8-6
看蔬梅○幾百株	347/4-2	薰風英長見○繁	483/8-1	紅日上○○	221/8-2
雨墜蘆○冷鬖絲	357/4-2	捲簾雲泄桂○香	497/8-6	【花開】	

【 花・莊・萑・薩・梵・蘆・勸・芹・荷・蘼・茅・芬・芳・帶 】

○○鶯出谷	026/8-5	群鷗間傍荻○眠	135/8-8	試置盆池○葉上	209/8-7
筑紫○○府内春	131/8-6	【蘆花】		無復清池一葉○	163/8-8
祗樹○○少異香	211/8-4	○○淺水黏漁刀	307/4-1		
行留野寺○○處	153/8-3	○○新月入窓看	468/4-4	【 4422₁ 蘼 】	
林塘三月晚○○	152/8-4	雨墜○○冷鬟絲	357/4-2	病汝茶○自臘違	371/8-6
【花間】		【蘆荻】			
○○懸燭影玲瓏	021/30-20	○○亂飛吹笛裏	127/8-3	【 4422₂ 茅 】	
○○鶯喚兩開樽	162/8-4	○○花飛淺水邊	324/4-1	○屋今宵若無客	402/8-7
胡枝○○露華明	013/22-18	○○洲晴筍若毫	452/8-4	握手○堂上	062/8-1
		呼雨喚風○○洲	140/8-8	數間○屋春來去	263/4-3
【 4421₄ 莊 】		請見霜黃○渚	154/8-7	遂到玉江○屋前	136/8-8
○合畫并題	074/8-4	想當南浦○○際	485/24-23	江天遠電射衡○	436/8-1
○嚴岩壑有輝光	391/8-2	【蘆葉】		【茅店】	
園○如郭外	104/16-1	○○梅花憶舊盟	333/4-4	○○呼醪對翠微	142/8-4
豈思○叟片時夢	370/8-5	○○梅花春又秋	438/8-2	○○呼醪菽乳濃	317/4-2
遠尋梅所○	079/8-2	【蘆簾】		【茅海】	
風淒雨冷村○夕	021/30-13	○○能遮三面風	021/30-12	門通○○秋水	087/8-5
一篇愛日園○裏	406/26-10	○○且與雲捲	090/8-3	優游○○隅	114/64-2
		咲呼兒輩捲○○	182/8-8	優游○○隅	502/66-2
【 4421₄ 萑 】				【茅茨】	
刈餘○葦冷（岡）	115/44-35	【 4422₀ 勸 】		三等○○稀客履	446/8-5
		獨不○當歸	010/56-52	水村補○○	010/56-14
【 4421₄ 薩 】		公田春濕○爲耕	199/8-4	依舊照○○	105/20-20
菩○曾安置	251/4-2	【勸君】			
		○○拌醉且留連	012/12-7	【 4422₇ 芬 】	
【 4421₇ 梵 】		○○酬歌且唱和	012/12-9	從它疏雨散清○	350/4-4
移種○宮尤可憐	487/8-2			桂花秋滿送清○	499/8-8
五更鐘○吼獅子	120/8-5	【 4422₁ 芹 】			
諸天咫尺○王樓	159/8-2	烹○割鴨野情親	440/8-1	【 4422₇ 芳 】	
				○尊仍釀桂花露	013/22-10
【 4421₇ 蘆 】		【 4422₁ 荷 】		○桂殘尊沈醉後	022/8-7
○屋秋聲聞雁後	169/8-3	○敗游龜沒	056/8-3	餘○獨有一株梅	269/4-4
荻○花已謝	004/16-7	○露滴殘秋扇遠	484/8-5	會有○園卜清夜	019/14-5
荻○露埶濃	008/16-16	新○池上碧筩杯	174/8-6	中洲○草色	051/8-1
荻○花亂浪涵處	022/8-3	地○巧製碧雲裳	478/8-4	香袖○花相逐薰	442/8-4
枯○猶宿雁	112/28-19	蕉衫○衣白露滋	015/18-18	卜來○樹夜千金	453/8-4
荻○洲白月蒼蒼	148/8-8	臥看○花滿曲池	304/4-2	綠萼仙○甚處移	192/8-1
過雁○汀暮湖	086/8-4	柳堤○岸皆生路	345/4-3	淨地幽○幾處尋	216/12-2
門前○葦倒霜初	175/8-2	柳堤○岸皆生路	345/4-3	獨有清○冒悠披	445/8-8
擬將○刀剚石腸	209/8-6	酒傾○葉並吟雛	421/8-4	何以接○軌	494/58-50
朝折浪華○	225/4-1	一盆青○三五錢	340/4-4	染縷泉存○樹塢	163/8-5
咲呼兒輩捲○簾	367/8-8	茆花撩亂○葉空	021/30-1	茶竈誰烹六出○	211/8-8

4422₇【 芳・帶・獨・幕・蒻・萬・蕩・蒂・蕭・薦・繭・蘭 】 4422₇

平城二月好探〇	266/4-1	鯀〇寧懷土	112/28-5	【 4422₇ 蕩 】	
蘭花秀處菊花〇	352/4-1	南郊〇往只香樹	368/8-5	江湖飄〇潑家私	215/8-2
一林春雨杏花〇	451/8-1	誰爲〇鹿蓬勃、	455/23-15	碧篸青簾影澹〇	406/26-2
【芳樽】		雲樹〇長吁	502/66-66	【蕩滌】	
昨日〇〇釀露華	337/4-4	出群〇超騰	003/24-9	〇〇七八日之	457/14-10
釀成春酒湛〇〇	218/32-32	春風〇浴沂	100/16-16	〇〇俗眼與世情	018/32-22
		雲樹〇長呼	114/64-64		
【 4422₇ 帶 】		三徑〇令松樹傲	214/8-3	【 4422₇ 蒂 】	
〇經耕南畝	010/56-15	風流〇爲異	245/4-3	恨殺微風飄並〇	350/4-3
映〇萬雄嶽陽城	016/50-16	經行〇木橋	238/4-3	【 4422₇ 蕭 】	
一〇春流一葦航	279/4-1	深閨〇坐夜如年	265/4-1	〇駸非是自臨池	207/8-2
松蘿〇雪冷前楹	018/32-32	水月〇相窺	251/4-3	蕉窗〇索夕	057/8-7
江村〇落霞	112/28-22	悠然〇背秋陽立	339/4-3	竹林〇寺通春水	155/8-5
連山〇霧低	458/8-8	莢關〇往孰莢將	360/8-2	拚醉〇齋小春夜	217/20-19
田園久〇一徑鋤	300/4-4	蚪胎何〇生虞氏	206/8-5	中藏一宇〇齊	090/8-2
城樓映〇碧波流	409/4-2	何人白髮〇燃燈	439/8-8	仁皇靈樹雨〇然	169/8-1
滄江一〇繞城陰	453/8-1	誰憐清操〇豪雄	443/8-1	【蕭疏】	
其色勤〇紫	494/58-32	妝閭吞聲啼〇宿	183/8-5	〇〇字字出毫端	322/4-1
山腰煙若〇（岡）	115/44-7	【獨新】		殘柳〇〇葉未乾	275/4-1
檻外孤村〇夕陰	119/8-6	異鄉山水〇〇歌	165/8-4	一叢秋色尚〇〇	214/8-1
版橋千尺〇江橫	149/8-2	異鄉山水〇〇歌	363/8-4	【蕭條】	
盈把黃花〇露痕	184/8-1	【獨有】		〇〇楊柳思依依	172/8-8
行廚六甲〇香擔	216/12-4	〇〇清芳冒悠披	445/8-8	巷柳〇〇無客折	188/8-7
多少都人〇醉還	277/4-2	餘芳〇〇一株梅	269/4-4	【蕭蕭】	
池頭綠柳〇星斜	338/4-4	【獨坐】		〇〇一水隈	106/20-20
邦國誰人貽縞〇	146/8-3	〇〇臨江一畝宮	446/8-1	獨坐〇〇寂寥	086/8-1
南畝稻粱經可〇	413/8-3	〇〇蕭蕭寂寥	086/8-1		
		〇〇黃昏未點缸	276/4-4		
【 4422₇ 獨 】		紗窗〇〇讀書時	192/8-6	【 4422₇ 薦 】	
〇愧聚星今拱北	388/8-5			去〇北山靈	459/8-8
〇點青燈標上元	426/8-2	【 4422₇ 幕 】		琅玕聊〇一雙枕	197/8-5
〇來爲客浪華洲	438/8-1	油〇不漏一滴雨	021/30-11	采采何相〇	055/8-7
〇醉黃公舊酒壚	448/8-8	將軍〇弊猶棲燕	173/8-5		
〇擅此中奇	463/8-8			【 4422₇ 繭 】	
〇不勸當歸	010/56-52	【 4422₇ 蒻 】		慕〇皆稱久	111/24-3
〇蓆苔徑外	097/12-1	笠棕鞋既自供	132/8-1		
〇院夜燈輝	103/20-4			【 4422₇ 繭 】	
〇倚江樓念御風	167/8-8	【 4422₇ 萬 】		墨痕猶濕〇蠶紙	406/26-8
〇臥駕衾膚悠冷	188/8-3	鶯塚〇萊深沒徑	364/8-5		
〇向前川下釣絲	297/4-1	寒月照〇萊	001/26-10	【 4422₇ 蘭 】	
〇餘濃淡豈痕寒	322/4-4	涕淚空餘〇里歌	125/8-6	〇契歲逾親	107/12-10
〇坐終宵好草經	343/4-2			〇臭此相求	109/16-6

— 200 —

4422₇【 蘭・蔭・蕤・猨・藤・蔗・狹・芽・葭・獲・蔽・薇・茂・葳・藏・猫・蘋・蕨・荻 】 4425₃					
○花秀處菊花芳	352/4-1	【 4424₁ 芽 】		荊花○○○	502/66-60
芝○滋得滿庭叢	144/8-4	一片雲○手自煎	288/4-1		
芝○君子室元馥	217/20-13	三衣薰染白雲○	290/4-1	【 4425₃ 葳 】	
木○舟楫故追隨	329/4-1			嫩朶○蕤老樹扶	200/8-2
芝○奕葉秀階前	485/24-14	【 4424₇ 葭 】			
繼晷○燈二尺縈	016/50-43	○莩方應候	001/26-21	【 4425₃ 藏 】	
相求○臭仲元二	388/8-3	○灰管裏欲飛蒸	439/8-4	蜜○誰窺得	064/8-7
心交○室夜遊燭	426/8-5	蒹○洲渚秋滿時	015/18-14	中○一宇蕭齊	090/8-2
同盟金○契	009/34-7	蒹○露一叢	046/8-2	多病○身藥裹巾	446/8-4
並秀芝○香滿軒	218/32-22	兼○處處啼蛩	087/8-8	海島曾○珠樹色	359/8-3
價聲忽倍○亭帖	125/8-5	兼○原有伊人在	158/8-3	殘柳不○鴉	112/28-20
【蘭言】		兼○白露有輝光	298/4-4	歲暮繩床○蟋蟀	124/8-3
○○幼已異	096/40-13	管裏孚灰未動	175/8-5	牆外暝煙○鷺鷥	216/12-10
○○人競贈	114/64-51	遠浉兼○水	099/20-1	朝來剪得○蛇蔓	476/8-7
○○人競贈	502/66-53	何處驗○灰	106/20-6	雉陂楊柳暗○舟	364/8-6
【蘭玉】		一水兼○月亦宜	489/8-6	東風江柳不○煙	372/8-4
一庭○○喜相引	023/34-21	露滴兼○雁未飛	415/8-8	何處兵甲此中○	375/8-2
庭階○○色	035/8-7	一水風霜敗荻○	498/8-4	避雨黃鶯花可○	390/8-6
【 4423₁ 蔭 】		【 4424₇ 獲 】		【 4426₀ 猫 】	
午雲○室虛生白	128/8-3	一嚼○東鄰	044/8-2	○路草塡城壘暗	159/8-5
		奚必○麟歸	100/16-2	○水野刀容	071/8-4
【 4423₁ 蕤 】		乃翁○一顆	494/58-33		
嫩朶蕤○老樹扶	200/8-2			【 4428₆ 蘋 】	
		【 4424₈ 蔽 】		○縈助奠幾叢祠	287/4-1
【 4423₂ 猨 】		散向江天○月光	325/4-4	白○花滿池	055/8-8
射見至號○	110/32-8			白○洲上趁涼颸	329/4-4
		【 4424₈ 薇 】		石川○藻足	494/58-25
【 4423₂ 藤 】		黃○中州原靈境	023/34-19	時去白○洲	258/4-3
○下間窗月色浮	433/4-2	投轄薔○綻	102/12-7	【蘋末】	
疏○映漏深	395/8-8	照出采○人幾許	310/4-3	○○涼颸起	080/8-7
攀援○蔓與松根	133/8-2	西山不采○	100/16-12	○○風徐至	095/12-7
何必紫○花	112/28-28	憑欄朗詠乎○詩	274/4-4	○○暗生颸（葛）	115/44-12
吝移玉○罐	456/20-17	春山徑燒蕨○長	496/8-3		
		蝶邊流水野薔○	142/8-6	【 4428₇ 蕨 】	
【 4423₇ 蔗 】				誦詩黃○國風清	361/8-4
展觀令人同食○	018/32-18	【 4425₃ 茂 】		春山徑燒○薇長	496/8-3
		○松恒月屬誰人	427/8-8		
【 4423₈ 狹 】		岸見松之○	091/16-9	【 4428₉ 荻 】	
○邪塵湢新豐市	134/8-3	【茂不枯】		蘆○亂飛吹笛裏	127/8-3
		荊花○○○	114/64-58	蘆○花飛淺水邊	324/4-1

— 201 —

蘆〇洲晴筍若毫	452/8-4	〇〇我空濡	114/64-52	看它〇〇頻	108/20-4
呼雨喚風蘆〇洲	140/8-8	〇〇我空濡	502/66-54	【燕歸梁】	
請見霜黃蘆〇渚	154/8-7			日暖〇〇〇	026/8-6
想當南浦蘆〇際	485/24-23	【 4430 ₇ 芝 】		山城花滿〇〇〇	138/8-4
【荻蘆】		未嘗一挹紫〇眉	366/12-8		
〇〇花已謝	004/16-7	擬向商山採玉〇	180/8-8	【 4433 ₁ 蕉 】	
〇〇露埶濃	008/16-16	【芝蘭】		〇衫荷衣白露滋	015/18-18
〇〇花亂浪涵處	022/8-3	〇〇滋得滿庭叢	144/8-4	〇窗蕭索夕	057/8-7
〇〇洲白月蒼蒼	148/8-8	〇〇君子室元馥	217/20-13	鐵〇依怪石	055/8-5
群鷗間傍〇〇眠	135/8-8	〇〇奕葉秀階前	485/24-14	窗〇大如幔	111/24-13
		並秀〇〇香滿軒	218/32-22	芭〇窗外數題名	354/4-1
【 4430 ₄ 蓮 】				芭〇滴滴隔窗聽	343/4-1
〇社曾為好	033/8-1	【 4430 ₇ 苓 】		野衲學書〇塢廢	202/8-5
白〇要訪盟	493/8-6	〇木潅餘三世圃	144/8-3	風吹甕牖芭〇敗	126/8-3
立馬〇峯長夏悠	362/8-5	朮不假齡自引	485/24-21		
坐定纔知〇漏短	120/8-3	鐧〇奴婢事常忙	451/8-4	【 4433 ₁ 蕉 】	
柞原城北聲〇宮	151/8-1			落照遍平〇	031/8-8
命賓齊唱采〇詞	304/4-4	【 4433 ₀ 苾 】		松菊主人徑就〇	217/20-14
或跨大瓠或乘〇	023/34-16	花前行杯香〇苿	021/30-19		
誰就園池預種	128/8-8			【 4433 ₁ 薰 】	
【蓮池】		【 4433 ₁ 蒸 】		三衣〇染白雲芽	290/4-1
〇〇多月露	225/4-3	薰〇頓見鬢雲橫	193/8-4	獅座花〇三月雨	151/8-3
偶伴〇〇客	079/8-1	熏〇火宅中	247/4-3	酒家南〇隔牆喚	369/8-3
牖隔〇〇暮鐘	087/8-6	薰〇剩見鬢雲橫	419/8-4	碧筒人尙〇	041/8-4
【蓮花】		清風破爵〇	072/8-8	開尊芍藥〇	102/12-8
不住〇〇府	036/8-1	敬田院接飯〇菜	147/8-3	封裏才開氣更〇	141/8-4
放出〇〇淨	247/4-4	葭灰管裏欲飛〇	439/8-4	碧桂天香先月〇	423/8-8
污泥不染〇〇性	021/30-25			香袖芳花相逐〇	442/8-4
行歌一曲〇〇落	215/8-7	【 4433 ₁ 燕 】		【薰蒸】	
		〇脂雨漲桃花岸	179/8-5	〇〇頓見鬢雲橫	193/8-4
【 4430 ₄ 蓬 】		流分〇尾廻	094/40-12	〇〇剩見鬢雲橫	419/8-4
〇草迷人徑	112/28-13	吹律思〇谷	106/20-7	【薰風】	
桑〇志未遂	102/12-1	銜泥玄〇水相掠	390/8-5	〇〇拂朱絃	006/16-15
桑〇夙忘四方遂	362/8-3	璚梁留海〇	080/8-5	〇〇重動齊紈影	138/8-5
桑〇當日奈為男	450/8-2	客我賀來〇雀	087/8-3	〇〇奏起達婆樂	168/8-5
護花〇底不曾眠	348/4-4	兄弟天涯〇爾新	434/8-8	〇〇吹透碧窗紗	337/4-2
誰為獨鹿〇勃、	455/23-15	將軍幕弊猶棲〇	173/8-5	〇〇荚長見花繁	483/8-1
月光隨客入〇樞	154/8-1	【燕子】		秧馬〇〇野水限	174/8-4
【蓬瀛】		〇〇池塘較有情	212/8-6	扇席〇〇箳竹影	218/32-23
岱嶠或〇〇	241/4-2	銜泥〇〇且呢喃	278/4-2	解纜〇〇泝上席	364/8-1
塵埃堆裏有〇〇	016/50-50	【燕賀】			
【蓬首】		書堂〇〇新	107/12-4		

4433₂【葱・慕・蕙・蕊・慈・煮・蒹・蓴・蘚・蘇・芋・茸・莚・芋・蔞・萎・草】
4440₆

【 4433₂ 葱 】
某置人家樹鬱〇　　134/8-1

【 4433₃ 慕 】
〇蘭皆稱久　　　　111/24-3
雖〇諸子際　　　　027/8-3
千里曾思〇　　　　008/16-3
雖無行蟻〇　　　　097/12-9
渾是東西欽〇人　　470/4-4

【 4433₃ 蕙 】
〇心知在惜摧殘　　191/8-2

【 4433₃ 蕊 】
王〇琪花簇短墻　　476/8-1

【 4433₃ 慈 】
〇航此相倩　　　　007/30-8
〇愛漫葦未全白　　025/20-5
〇功長仰西門下　　129/8-7
母〇子孝宿因緣　　023/34-24
何必覆水悅〇親　　020/6-4
淨地經行甃息〇　　130/8-2
【慈航】
〇〇此相倩　　　　365/30-08
江西一派泛〇〇　　155/8-1
晴江一夕借〇〇　　309/4-4
江風千里送〇〇　　323/4-1

【 4433₆ 煮 】
〇雪後園春　　　　244/4-1
心灰未死〇茶爐　　217/20-12
一塊試令陶穀〇　　377/8-5

【 4433₇ 蒹 】
【蒹葭】
〇〇洲渚秋滿時　　015/18-14
〇〇露一叢　　　　046/8-2
〇〇原有伊人在　　158/8-3
〇〇白露有輝光　　298/4-4
遠汦〇〇水　　　　099/20-1

露滴〇〇雁未飛　　415/8-8
一水〇〇月亦宜　　489/8-6

【 4434₃ 蓴 】
【蓴鱸】
〇〇不必是佳肴　　436/8-8
此鄉亦有〇〇美　　012/12-8

【 4435₁ 蘚 】
石〇軟放菌　　　　111/24-14

【 4439₄ 蘇 】
落〇光滑奪朱明　　212/8-1
百草欲〇山頂火　　136/8-5
藥院仍傳〇合秘　　130/8-3
開緘咀嚼憶〇卿　　472/4-2
暮天收雨月如〇　　402/8-1

【 4440₁ 芋 】
賣與〇羮奇（葛）　115/44-36
聲聲忽叫〇魁羮　　280/4-2

【 4440₁ 茸 】
修〇小叢祠　　　　055/8-2

【 4440₁ 莚 】
〇不拒蛋貢爲　　　457/14-8

【 4440₂ 芋 】
【芋芋】
燐光夜暗草〇〇　　185/8-8
滿山藥草碧〇〇　　485/24-6

【 4440₄ 蔞 】
蔞艸色子衿鮮　　　178/8-1
蔞〇艸色子衿鮮　　178/8-1

【 4440₄ 萎 】
古劍〇菌苔　　　　049/8-3

【 4440₆ 草 】

〇螢哀微命　　　　007/30-26
〇枯無放犢　　　　042/8-3
〇色花香傍戶深　　119/8-2
〇徑有媒容小憩　　216/12-7
衰〇千廻徑　　　　028/8-3
何〇不霜黃　　　　029/8-6
焚〇有遺命　　　　049/8-7
蓬〇迷人徑　　　　112/28-13
百〇欲蘇山頂火　　136/8-5
玄〇難虛揚子亭　　139/8-6
綠〇青山路鬱紆　　263/4-1
池〇夢覺傾蓋地　　405/8-3
王孫〇暖鹿鳴長　　266/4-4
吟蚕〇砌秋露　　　086/8-3
蝴蝶〇穿眼　　　　111/24-11
猫路〇填城壘暗　　159/8-5
雨多看〇長　　　　030/8-4
中洲芳〇色　　　　051/8-1
遊方春〇外　　　　099/20-7
孤村秋〇路　　　　103/20-3
旣圓春〇夢中塘　　390/8-4
馬蹄水〇生秋色　　415/8-3
暮煙春〇漫相思　　421/8-8
滿山藥〇碧芋芋　　485/24-6
雨水王孫〇　　　　033/8-4
采餘河畔〇　　　　038/8-5
人跡深春〇　　　　079/8-5
燐光夜暗〇芋芋　　185/8-8
深宮一臥〇茫茫　　187/8-1
獨坐終宵好〇經　　343/4-2
千里師門玄〇長　　393/8-3
半池晴景王孫〇　　121/8-5
若非寂寞成玄〇　　124/8-5
踏遍北阡南陌　　　156/8-7
溫柔綺席江堤〇　　478/8-5
【草廬】
客滿江頭一〇〇　　175/8-1
白酒青燈一〇〇　　318/4-2
【草玄】
滄泊〇〇人　　　　108/20-2
亭構〇〇玄論熟　　143/8-3

— 203 —

【 4440₆ 草・孝・芰・莘・蔓・薙・萬・勃・莫・葵・菰 】

風雨○○嘲未解	180/8-5	【 4440₇ 莘 】		○○瑠璃千疊碧	017/8-1
每喜○○甘茗話	438/8-7	莀○方應候	001/26-21	○○煙波一釣徒	272/4-2
閣上○○嘲未解	476/8-5			○○恩波浴其身	417/21-20
行行巧寫○○奇	207/8-6	【 4440₇ 蔓 】		【萬斛】	
庸愚自守○○關	449/8-1	裊裊○疑牛不繫	186/8-3	○○消愁萬斛春	427/8-6
夜雨敲關寂○○	128/8-4	攀援藤○與松根	133/8-2	萬斛消愁○○春	427/8-6
【草木】		朝來剪得藏蛇○	476/8-7	君家春酒釀○○	023/34-27
○○亦恩輝	100/16-6			【萬戶】	
多知○○未能除	153/8-2	【 4441₄ 薙 】		○○炊煙色	094/40-39
【草堂】		○來雲鬢開麗跂	163/8-3	○○明輝無古今	166/8-4
薄暮應知○○近	347/4-3	役仙驅鬼○開日	159/8-3	○○千門白玉☐	353/4/4
薄暮應知○○羝	347/4-3			樽前○○明秋水	148/8-5
江上梅花舊○○	024/12-1	【 4442₇ 萬 】		【萬木】	
一種豪華在○○	208/8-2	○家廚帳足膨脝	212/8-4	○○添新綠	007/30-15
琶海潮音激○○	360/8-8	○綠鬱成叢	232/4-2	○○添新綠	365/30-15
人日新題照○○	420/8-4	○金何若一經留	330/4-1	【萬吹】	
昨夜文星照○○	497/8-1	○壑清冰老作珍	383/8-2	數尺琅玕○吹同	194/8-1
		○丈光芒亘曉天	435/8-8	數尺琅玕○吹同	418/8-1
		○古榮名忽已空	443/8-6	【萬里】	
【 4440₇ 孝 】		能令○慮散	001/26-13	飛觴思○○	008/16-14
爲是○孫能養志	011/16-6	千粒○粒籌其壽	011/16-11	尺素代來傳○○	203/8-5
儒有○槩在市廛	128/8-1	映帶○雄嶽陽城	016/50-16	【萬顆】	
母慈子○宿因緣	023/34-24	更憐○井晨炊外	198/8-7	黃珠○○淨無瑕	206/8-1
欲脩身至○	096/40-21	千艱又○危	010/56-10	按劍人前○○珠	201/8-4
舟船猶覺○廉名	361/8-6	人家十○蒼煙廻	133/8-3		
令人堪起○	494/58-43	異時千○買東鄰	143/8-8	【 4442₇ 勃 】	
何如人間忠○全	485/24-10	冥途十○玉天堂	211/8-6	興趣○然偶成	457/14-3
士龍氏旣以忠○		幽篁千○竿	236/4-2	誰爲獨鹿蓬、	455/23-15
鳴于國、	455/23-11	誰知二○洞中秘	342/4-3		
【孝子】		一幅卸來○卷架	018/32-6	【 4443₀ 莫 】	
○○不匱天錫祿	014/20-7	升斗米粒幾○千	011/16-10	○戀舊淪漪	010/56-56
○○稱雙壽	091/16-5	爭若春山千○樹	270/4-3	○使交情似	041/8-7
○○不匱天錫祿	417/21-7	霜葉山林紅○點	408/4-3	○道琵琶水難測	157/8-7
德化今旌○○門	413/8-6	行盡有年千○落	409/4-3	○訝南鴻絕信音	328/4-1
【孝養】		釀得流霞春○石	453/8-3	○道琵琶水難測	373/8-7
○○王母躬力作	011/16-2	欲等鶴齡雲○朶	495/8-3	○承乃父嗜風騷	407/4-4
○○應須勝虞舜	351/4-3	【萬朶】		薄○臨長河	365/30-25
○○應須勝虞舜	351/4-3	○○岸花淺紅	088/8-2	遮○風波世上翻	447/8-8
宜在○○孝養家	471/8-8	看過花朝花○○	216/12-11	烏紗○遣晚風吹	357/4-4
		【萬頃】		屺岡○使人凝望	362/8-7
【 4440₇ 芰 】		○○恩波翠黛妍	014/20-20	鄉原君○責	466/8-7
何處猶○葦	094/40-35	○○煙波解宿醒	016/50-46	醉飽不知歲云○	018/32-29

— 204 —

4443₇【葵・茨・韓・姑・茹・嬉・媒・摹・攀・菱・華・革・葦・筆・鞋・茀・芙】4453₀

【 4443₀ 葵 】
〇花立廢畦　　　　074/8-6
烹〇只是石爲厚　　385/8-5
鼎中烹露〇　　　　039/8-4

【 4443₂ 菰 】
餘粽〇亦珍　　　　111/24-8

【 4443₇ 黃 】
不挿茱〇只擧杯　　389/8-8

【 4443₈ 茨 】
蓂〇數雖減　　　　103/20-13
楡〇曉收霖　　　　238/4-1
蓂〇階前將盡潤　　439/8-3
薰風〇長見花繁　　483/8-1
便疑皁〇實無粒　　203/8-3
堆盤豆〇肥　　　　394/8-4

【 4445₆ 韓 】
識〇寧謂新　　　　111/24-4
一片冰媒姓是〇　　191/8-8

【 4446₀ 姑 】
靈境〇爲熱鬧場　　375/8-8

【 4446₀ 茹 】
千載令君〇　　　　490/4-3

【 4446₅ 嬉 】
常爲陳豆〇　　　　096/40-8

【 4449₄ 媒 】
一片冰〇姓是韓　　191/8-8
草徑有〇容小憩　　216/12-7

【 4450₂ 摹 】
地〇大和古京師　　011/16-14
形〇數尺類金童　　496/8-2
玄詞苦向晴中〇　　181/8-1
江山却向暗中〇　　201/8-2

【 4450₂ 攀 】
〇援藤蔓與松根　　133/8-2
人〇第一枝　　　　246/4-4
何人〇且附　　　　250/4-4
踏雲〇月到君家　　270/4-4
霞標遠向赤城〇　　179/8-1
一片輕霞彩可〇　　202/8-4

【 4450₃ 菱 】
朝見華〇落曲汀　　139/8-2

【 4450₄ 華 】
贇泣曾元　　　　　110/32-24
瀨山中幾脚雲　　　141/8-1
簪必可入長安　　　370/8-8
燈聊擬漢遺民　　　427/8-4
浪〇江上雨　　　　008/16-13
露〇濺餘華席中　　021/30-18
豪〇瑞艸魁　　　　094/40-28
九〇燈綠玉　　　　107/12-5
豪〇昔領名公墅　　413/8-5
繁〇凋謝千秋後　　445/8-7
朝見〇菱落曲汀　　139/8-2
夢入〇陽洞裏看　　273/4-4
同輝〇萼入新詞　　359/8-8
明熾〇燈野火桑　　478/8-6
朝下浪〇浦　　　　004/16-5
朝僑浪〇江　　　　010/56-19
來住浪〇水一涯　　015/18-2
自茲浪〇浦　　　　114/64-63
欲曉露〇滋（葛）　115/44-40
遷宅桃〇第幾坊　　171/8-1
大樹榮〇結構餘　　173/8-2
一種豪〇在草堂　　208/8-2
盈尺瑤〇沒石床　　211/8-1
朝折浪〇蘆　　　　225/4-1
醉向浪〇江上望　　480/4-3
自茲浪〇浦　　　　502/66-65
露華濺餘〇席中　　021/30-18
皓髮感年〇　　　　112/28-8
筆柿實而〇　　　　494/58-41
胡枝花間露〇明　　013/22-18
送梅晴度渡〇津　　281/4-1
哀鵑未度浪〇江　　405/8-8
獨來爲客浪〇洲　　438/8-1
昨日芳樽釀露〇　　337/4-4
兄弟淹留寓浪〇　　425/8-2
最好袁安代悠〇　　471/8-4
不必羈棲嘆歲〇　　498/8-8
唯而起時方鑿〇　　025/20-3

【 4450₆ 革 】
唯而起時方鑿〇　　025/20-3

【 4450₆ 葦 】
刈餘葅〇冷（岡）　115/44-35
門前蘆〇倒霜初　　175/8-2
何處猶茇〇　　　　094/40-35
斜寫丹青妙枝　　　196/8-3
【葦索】
〇〇今朝爐作灰　　312/4-2
〇〇今朝爐作灰　　312/4-2
【葦航】
一帶春流一〇〇　　279/4-1
再繫佳人一〇〇　　390/8-2

【 4450₇ 筆 】
歸來無恙生花〇　　019/14-3

【 4451₄ 鞋 】
青〇布韈度江關　　157/8-1
青〇布韈度江關　　373/8-1
蒻笠棕〇旣自供　　132/8-1

【 4452₇ 茀 】
花前行杯香苾〇　　021/30-19

【 4453₀ 芙 】
【芙蓉】
〇〇露不晞　　　　103/20-10
〇〇池上甘微祿　　170/8-5
怜君〇〇顏　　　　006/16-13

— 205 —

4453₀【芙・英・蒴・犧・者・苗・茵・菌・昔・茜・菩・薔・苕・苔・蕃・暮】

4460₃

滴露○○已頹情	193/8-6	
雪裏○○初發色	332/4-3	
六月○○雪色高	341/4-4	
滴露○○已頹情	419/8-6	
座燦○○初發夕	441/8-5	
天外玉○○	008/16-8	
詩誰初發○○	087/8-4	
天風時捲○○雪	271/4-3	
霜寒盆水倒○○	124/8-4	
削成東海玉○○	285/4-2	

【 4453₀ 英 】
○物試啼知	096/40-6
野館夕飧○	491/8-6
一卷裝池牧群○	016/50-35
脂粉不汙顏若○	193/8-2
脂粉不汙顏如○	419/8-2

【 4454₁ 蒴 】
輕輕○解風	097/12-4

【 4455₃ 犧 】
青鞋布○度江關	157/8-1
青鞋布○度江關	373/8-1
細君誰進○	113/20-7

【 4460₀ 者 】
仁○所樂長不崩	014/20-15
主○誰何森家母	021/30-23
自鳴○一越三千濟、	455/23-18
而後鳴○歟。	455/23-23
我亦迷津○	007/30-7
休道壯夫○不爲	015/18-10
那知富貴○	073/8-7
奚爲脩史○	254/4-3
我亦迷川○	365/30-07
多病懶迎長○車	123/8-4
大地黃金長○功	151/8-6
咄咄空中書○誰	207/8-1
儘蓄千秋王○笏	209/8-3
是其自鳴也○矣。	455/23-14

琥珀杯盛花隱○	200/8-3
蟬聯更有傷觀○	437/8-7
誰識一灣坐第○	453/8-7
可謂齒德不伐○	485/24-19

【 4460₀ 苗 】
稻○春滿地	238/4-2
不識誰家種菊○	345/4-4

【 4460₀ 茵 】
偃臥花○娛	032/8-6
紅日上花○	221/8-2

【 4460₀ 菌 】
松根正生○	082/8-3
石蘚軟放○	111/24-14

【 4460₁ 昔 】
○聽棣棠盈後園	137/8-4
維○來衹役	009/34-1
維○降神何所誕	014/20-5
宿○新收水寺煙	340/4-1
丰○昔相如	009/34-20
維○降神何所誕	417/21-5
龍潛○在淵	040/8-2
詩却○年巧	043/8-3
何山○植筇	085/8-8
何山○植筇	386/8-8
豪華○領名公墅	413/8-5
文覺頭陀○在家	267/4-1
【昔日】	
罌鑠仍同○○裝	138/8-2
賞心轉勝○○遊	406/26-24

【 4460₁ 茜 】
【茜裙】	
點汙數幅○○長	208/8-8
婀娜紅衣映○○	350/4-2

【 4460₁ 菩 】
○薩曾安置	251/4-2

【 4460₁ 薔 】
【薔薇】	
投轄○○綻	102/12-7
蝶邊流水野○○	142/8-6

【 4460₂ 苕 】
似墜○顏施後粉	190/8-3

【 4460₃ 苔 】
○碑沒字許微酣	216/12-8
○色卽青萍	231/4-2
青○封澗戶	100/16-13
蒼○全沒迹	463/8-3
獨遊○徑外	097/12-1
滿地青○人迹絕	358/4-3
市隱階○雨後多	392/8-2
漁磯有碧○	106/20-16
黃金雞塚存○石	130/8-5
庭階新長綠○痕	162/8-8
御輿溥露補○痕	218/32-24
雨痕未乾階前○	013/22-3
上丘聊自掃蒼○	152/8-8
珊瑚寺裏長蒼○	269/4-1

【 4460₃ 蕃 】
儘○千秋王者笏	209/8-3

【 4460₃ 暮 】
○天收雨月如蘇	402/8-8
○煙春草漫相思	421/8-8
薄○臨長河	007/30-25
歲○繩床藏蟋蟀	124/8-3
薄○應知草堂羝	347/4-3
薄○應知草堂近	347/4-3
渺渺○煙深	042/8-8
柳暗○潮遲	060/8-6
卽指○雲愁裏地	390/8-3
催人○鳥喧	467/8-8
諸山將○紫	029/8-5
過雁蘆汀○湖	086/8-4
城樓更鼓○初起	136/8-3

— 206 —

【 4460₃ 暮·若·苦·著·蓉·茗·蒼·葩·薛·蘸 】

指點林巒○鳥飛	142/8-8	禽魚○樂宦游中	164/8-4	萬壑清冰○作珍	383/8-2
南望荒陵日將○	117/8-7	玄詞○向晴中蓁	181/8-1	櫪中驥足○將至	450/8-3
來吊高麗橋畔○	125/8-7	就我○求一言贈	366/12-7	稱冰檗氏○增豪	474/8-4
【暮雨】		聞説行雨○	003/24-19	不知既至○	494/58-14
○○瀉◻根竹包	436/8-3	【苦吟】		自哦新詩稱○賊	485/24-17
飛爲○○逐歸驂	216/12-12	○○還怪霏霏罷	213/8-7	養志能令親不○	023/34-25
小橋○○蔬	399/8-1	短景○○甚	052/8-7	鏡生碧暈人初○	192/8-3
【暮山】		箕踞欄前○○甚	121/8-7	兒輩倘能學斯○	204/8-7
○○掩映斷煙橫	212/8-8	指點前年○○處	162/8-7	誰家籬落款冬○	282/4-3
紫氣○○煙	051/8-6	窗寒蟋蟀○○秋	441/8-6	我對明月徒嗟○	406/26-15
羅繖欲僾○○紫	021/30-7	【 4460₄ 著 】		憶原隨鶴雲容○	495/8-5
【暮春】		製錦名逾○	105/20-9		
○○春服既新裁	152/8-1	難波寺裏名尤○	264/4-3	【 4460₇ 蒼 】	
却恐○○江上客	382/8-7	賣藥女兒名未○	451/8-3	○龍鳴鮫函	005/18-14
【暮鍾】				○稻神在茲	228/4-1
西風送○○	082/8-8	【 4460₈ 蓉 】		○松倒影臨明鏡	402/8-5
牖隔蓮池○○	087/8-6	芙○露不晞	103/20-10	地古○松更入篇	176/8-4
		芙○池上甘微祿	170/8-5	壁點○蠅世尚奇	192/8-4
【 4460₄ 若 】		怜君芙○顏	006/16-13	回頭○靄山何邈	448/8-7
○無今秋會	009/34-33	滴露芙○已頰情	193/8-6	丹青老○流峙奇	018/32-7
○千年于茲	010/56-24	雪裏芙○初發色	332/4-3	候邸多○樹	106/20-15
○非寂寞成玄草	124/8-5	六月芙○雪色高	341/4-4	人家十萬○煙迴	133/8-3
○耶溪畔女如雲	350/4-1	滴露芙○已頰情	419/8-6	或疑煉石補○芎	021/30-6
不○江河間	003/24-21	座燦芙○初發夕	441/8-5	床頭凍硯閟○蛇	125/8-4
般○醉忘歸	103/20-16	天外玉芙○	008/16-8	荻蘆洲白月○蒼	148/8-8
爭○春山千萬樹	270/4-3	天風時捲芙○雪	271/4-3	可看滄海作○田	178/8-8
龍○蟄石	473/4-1	詩誰初發芙○	087/8-7	荻蘆洲白月蒼○	148/8-8
二豎○爲祟	110/32-21	霜寒盆水倒芙○	124/8-4	【蒼翠】	
籯金何○一經存	025/20-16	削成東海玉芙○	285/4-2	○○加殘雨	250/4-2
山腰煙○帶（岡）	115/44-7			千春○○祇林枝	130/8-8
滿籯何○一編微	177/8-8	【 4460₇ 茗 】		野色爭○○	238/4-4
萬金何○一經留	330/4-1	○話堪終夜	063/8-7	【蒼茫】	
茅屋今宵○無客	402/8-7	酒○君隨意	101/16-1	野色○○叫帝魂	137/8-8
松風吹上○山煙	485/24-2	啜○搜腸小樓外	371/8-7	野寺○○叫杜鵑	334/4-1
甘露釀成般○湯	168/8-6	興來何厭○談長	120/8-4	相思煙水○○夜	361/8-7
脂粉不污顏○英	193/8-2	清明留客○初煎	372/8-1	【蒼苔】	
蘆荻洲晴筍○毫	452/8-4	坐聽湖山一○譚	388/8-8	○○全沒迹	463/8-3
散向江天雨○篠	481/4-4	每喜草堂甘○話	438/8-7	上丘聊自掃○○	152/8-8
		欄外鈴聲濕○煙	454/8-6	珊瑚寺裏長○○	269/4-1
【 4460₄ 苦 】		赤濱村巷○農居	300/4-1		
○憶阿戎家	486/8-2	起臥扶持○益親	305/4-2	【 4461₇ 葩 】	
誰人○憶鱸	080/8-8	一生雲壑○樵夫	308/4-4	春○頃刻開	001/26-24

小春璃藻○	112/28-26	老泉○○頗疏慵	289/4-1	壁點蒼蠅○尙奇	192/8-4
		【老少】		釣綸垂輿○浮沈	453/8-8
【 4464 1 薛 】		○○呼見迎	007/30-12	頓生棲白銀	456/20-3
綠○紅蘿好遂初	123/8-8	○○同見迎	365/30-12	我今棲困○營	016/50-39
初衣歛○蘿	049/8-4			蕩滌俗眼輿○情	018/32-22
盤回蘿○入靈區	161/8-1	【 4471 1 甚 】		苓木潅餘三○圃	144/8-3
		我亦飛揚○	008/16-11	潛迹麯街混○塵	145/8-2
【 4464 7 蘤 】		短景苦吟○	052/8-7	身迹浮沈屬○波	158/8-1
不須樹○只藝穀	011/16-7	綠葶仙芳○處移	192/8-1	空色三千銀○界	211/8-5
上有婺女下有○	014/20-4	箕踞欄前苦吟○	121/8-7	知爾朝昏潄○情	361/8-2
常供垂白北堂○	218/32-12			我家醫業稱三○	025/20-11
上有婺星下有○	417/21-4	【 4471 2 也 】		御溝流出人間○	191/8-7
		○足不攢眉	039/8-2	旗皷無由施盛○	218/32-7
【 4471 0 芒 】		柔○其有紀	494/58-36	【世上】	
萬丈光○亘曉天	436/8-8	貧家○自事相催	313/4-2	竟厭○○煩	110/32-20
菜花落盡麥○平	374/8-1	界中○願足	456/20-4	忘它○○譁	112/28-10
		非是王公○玉食	206/8-7	遮莫風波○○翻	447/8-8
【 4471 1 老 】		花葉根莖○染成	212/8-2	【世路】	
○圃摘殘濃紫色	212/8-7	是其自鳴○。	455/23-4	○○一何艱	005/18-15
○泉老去頗疏慵	289/4-1	是其自鳴○者矣。	455/23-14	○○有河漢	107/12-11
○去詩篇纔似巧	440/8-7	方風之激颺○、	455/23-5	【世間】	
○耄艱步履	494/58-48	所以爲寄題○。	455/23-21	時聽○○喧	006/16-9
年○身難老	104/16-11	可謂天下壯觀○。	455/23-10	何須投示○○人	383/8-8
養○甘泉新醸醴	138/8-7			寫向東風撒○○	202/8-8
王○命舟浮剡曲	378/8-3	【 4471 6 菴 】			
丹靑○蒼流峙奇	018/32-7	牆外暝煙藏鷺○	216/12-10	【 4471 4 耋 】	
仙窩○自燒	036/8-2			老○艱步履	494/58-48
吟膓○未乾	057/8-6	【 4471 7 世 】			
椿葉○逾壽	114/64-57	○明皓首終無用	180/8-7	【 4471 7 芭 】	
爲問○農知捷徑	374/8-7	○世相傳一子孫	025/20-12	【芭蕉】	
家翁○去遺生辰	427/8-1	○情翻覆手中雨	384/8-3	○○滴滴隔窓聽	343/4-1
仍被○僧迎	493/8-4	世○相傳一子孫	025/20-12	○○窓外數題名	354/4-1
椿葉○逾壽	502/66-59	避○深扁隱逸廬	214/8-6	風吹甕牖○○敗	126/8-3
竹林春○淸風起	401/4-3	謝○秋何地	416/8-7		
高臥吾將○	047/8-7	濟○元知勝相良	451/8-2	【 4471 7 巷 】	
鶯花拇陣○	094/40-25	金丹○謢多	049/8-1	○柳蕭條無客折	188/8-7
年老身難○	104/16-11	橘梓○榮名海內	485/24-13	○糞頓供紅豆餅	478/8-3
嫩朶葳蕤○樹扶	200/8-2	胡爲驚○人	034/8-4	村○通幽處	082/8-1
難支廿歲○人床	209/8-4	金門避○賢	254/4-2	村○漁晉夜向懸	136/8-4
疏疏風葉○	224/4-1	娑婆夜○幸同時	398/8-1	桑椹村○覺無味	212/8-5
【老去】		此人風流○所知	015/18-12	枕肱寒○擁蝸兒	215/8-6
○○耽淸樂	112/28-1	任它年與○途窮	167/8-2	赤濱村○老農居	300/4-1

【　4471　7　薑　】	斯文鎮在〇	096/40-40	古劍萎〇〇	049/8-3
黃鶴飛樓列雲〇	016/50-25	蒼稻神在〇	228/4-1	雨滴盆池〇〇疏	126/8-4

【　4472　7　茆　】	【　4473　2　養　】	【　4477　7　菖　】
〇花撩亂荷葉空	021/30-1	一瓢〇曲肱	006/16-7	菌〇峯陰懷舊廬	170/8-6
衡〇我得榮	101/16-2	風煙〇白屋	043/8-5	古劍萎菌〇	049/8-3
竹欄〇宇玉江潯	166/8-2	養老〇泉新釀醴	138/8-7	雨滴盆池菌〇疏	126/8-4
羨君結〇宇	463/8-7	小笠短〇從所適	145/8-7	秋水含煙菌〇傾	496/8-4
		雨笠煙〇喜晚晴	160/8-2		

【　4472　7　葛　】	雨笠煙〇不敢勞	452/8-8	【　4477　7　舊　】
〇洪丹乏未輕身	283/4-4	芙蓉池上〇微祿	170/8-5	〇懷足可攄	009/34-26
粉〇非君悟（憲）	422/16-13	每喜草堂〇茗話	438/8-7	〇館江頭柳	026/8-7
【葛子】	滿江風雪一〇衣	355/4-1	〇篇聊擬酬君去	153/8-7
〇〇將茲王母命	023/34-5	西灣昨夜一漁〇	165/8-8	〇業追懷去越秋	330/4-2
不唯〇〇從	071/8-2	扁舟昨夜試漁〇	363/8-8	〇懷難話盡	461/8-7
【葛家】	五月江梅雨亦〇	388/8-1	〇藤幽期偶有差	498/8-1
〇〇何日得一豚	025/20-1			技〇稱醫國	035/8-5
竈頭欲上〇〇匕	208/8-5	【　4474　2　鬱　】	依〇照茅茨	105/20-2
		萬綠〇成叢	232/4-2	新〇社盟欣會逢	121/8-2
【　4472　7　萢　】	某置人家樹〇葱	134/8-1	盍簪〇相知	010/56-26
〇過清明上塚來	269/4-2	綠草青山路〇紆	263/4-1	莫戀〇淪漪	010/56-56
天中雖過〇	111/24-9			北山〇多士	027/8-7
		【　4477　0　廿　】	煙霞〇病軀	047/8-8
【　4473　1　芸　】	〇年期稱孔	114/64-59	宛在〇埵往從	087/8-2
〇窗日擬大家辭	287/4-4	〇年比褊孔	502/66-61	十歲〇詞盟	101/16-1
雪盡窗前〇葉香	024/12-10	去國〇年餘	462/8-2	平家〇事將相問	137/8-7
		探勝新題〇四場	391/8-4	應眞〇鎭夜千像	391/8-3
【　4473　1　藝　】	【廿歲】	客年〇會寒萍水	420/8-3
才〇但改觀	009/34-21	難支〇〇老人床	209/8-4	告歸歸〇阜	002/14-62
堪登〇閱晒玄甲	209/8-5	詩入膏肓〇〇餘	153/8-1	非關送〇與迎新	488/8-2
祗應〇苑成功日	432/4-3			剪勝摘藻〇弟兄	016/50-3
流螢數點〇窗下	404/4-3	【　4477　0　甘　】	僅能來喫〇菜羹	016/50-48
不須樹護只〇穀	011/16-7	〇露釀成般若湯	168/8-6	團欒懷德〇書堂	018/32-3
		蒗莢階前將盡潤	439/8-3	江上梅花〇草堂	024/12-11
【　4473　2　茲　】	滴露階餘蒗葉冷	497/8-5	占此鵲巢〇	108/20-3
今〇人日宴	010/56-25			經筵更醉〇恩長	138/8-8
臨〇解慍風	104/16-8	【　4477　0　斟　】	湧出泉州〇府中	144/8-2
自〇浪華浦	114/64-63	滿〇不辭今宵酒	406/26-23	雨冷紗窗〇話時	183/8-4
自〇浪華浦	502/66-65			相値煙波〇釣徒	217/20-6
東海自〇阻	004/16-13	【　4477　2　菌　】	何如筑紫〇潮音	326/4-4
葛子將〇王母命	023/34-5	【菌菖】	君家昆季〇相知	359/8-1
若干年于〇	010/56-24	〇〇峯陰懷舊廬	170/8-6	柳條無恙〇河梁	390/8-1

【 4474 2 舊・冀・鬱・廿・甘・共・其・楚・貰・黃 】 4480 6

猶思築紫○滄波	392/8-4	此技與君○同師	015/18-8	吳地○天飓尺并	016/50-12
我亦何憗○面目	406/26-21	祭汝北堂○	113/20-4	返得千秋○客魂	184/8-8
主人暫省○林欎	428/8-1	江霧山雲○卷舒	198/8-8	花街歌鳳○狂夫	448/8-6
歡豈論新○	430/8-5	鶯花梅不○相求	368/8-8	江魚堪弔○風騷	452/8-6
獨醉黃公○酒壚	448/8-8	旅館春眠須○被	359/8-5		
此裏新知卽○知	019/14-8	他席菊花宜○采	389/8-5	【 4480 4 貰 】	
菌苔峯陰懷○廬	170/8-6			○得松花酒	479/8-5
美醞名瓜仍○譿	158/8-5	【 4480 1 其 】			
歲月歸家一○甗	178/8-6	○勢幾可及	003/24-16	【 4480 6 黃 】	
偶感秋風憶○園	413/8-2	○如詩思甁紛紛	423/8-2	○鶴飛樓列雲甍	016/50-25
賣藥市中憗○業	489/8-3	○君賜第以旌焉、	455/23-12	○薇中州原靈境	023/34-19
一尊清賞有新○	166/8-3	○所屆而鳴耶、	455/23-19	○白囊無物	045/8-3
對君雙眼青依○	440/8-5	○人龍變	473/4-4	○柑何所聽鶯吟	119/8-4
【舊儒】		○色勤帶紫	494/58-32	○珠萬顆淨無瑕	206/8-1
六員新○○	114/64-3	礦○香積廚	007/30-21	○樊山中去不歸	319/4-4
六員新○○	502/66-38	飿○香積廚	365/30-21	○昏月下顔如玉	470/4-3
【舊遊】		是○自鳴也。	455/23-4	○昏逗影月篁紗	471/8-6
○○多感概	079/8-3	是○自鳴也者矣。	455/23-14	○昏幽逕見人妝	478/8-1
○○零落意如何	259/4-1	微君○奈今宵	086/8-2	○菊非求醉	493/8-5
【舊是】		柔也○有紀	494/58-36	紅○霜後林	042/8-6
○○董許兩仙媛	023/34-22	巨舶監○載	010/56-5	硫○氣結洋中曉	131/8-5
○○家園種仙杏	131/8-7	耕漁非○志	010/56-17	姚○歐碧滿雕欄	273/4-2
【舊盟】		逝水聖○哀	094/40-34	紅紫○白皆富麗	021/30-9
宛似○○存	004/16-10	羊角使、	455/23-17	更憐○落處	028/8-5
不教鷗鷺○○渝	154/8-8	有味言○旨	494/58-42	溝澮○皆濁	072/8-3
蘆葉梅花憶○○	333/4-4	聊以悦○耳	494/58-54	盛暑○家枕	096/40-19
		當時繩武欽○祖	218/32-1	節過○菊猶浮酒	176/8-3
【 4480 0 冀 】		【其身】		一夜○公壚上飲	259/4-3
○莢數雖減	103/20-13	文藻縂○○	003/24-2	獨坐○昏未點缸	276/4-4
		萬頃恩波浴○○	417/21-20	誦詩○蕨國風清	361/8-4
【 4480 1 共 】		【其壽】		滿地○梅夜雨間	369/8-8
○聞白法傳	032/8-3	温清保○○	002/14-10	獨醉○公舊酒壚	448/8-8
○吟雲樹新詩句	217/20-5	千粒萬粒籌○○	011/16-11	亦煩○耳轉達	457/14-13
○誇歸鳥昨圖南	388/8-6	【其如】		鼓吹有○頻	066/8-8
○酌伊丹新綠酒	392/8-3	○○不朽何	049/8-8	一路玄○馬	067/8-3
○喜清時報有年	435/8-1	文史○○我性慵	124/8-2	和雪協○鐘	113/20-12
千里○飛翻	004/16-16	烏鵲○○此夕何	158/8-4	請見霜○蘆荻渚	154/8-7
相遇○登法臺	089/8-2			曾釀霜○百斛柑	450/8-8
群酣○計期頤日	176/8-7	【 4480 1 楚 】		唱和白雲○竹篁	023/34-30
事親○説怡顔好	218/32-13	○水吳山連呃尺	017/8-2	何草不霜	029/8-6
賓主○憑檻（憲）	422/16-1	夏○善自持	010/56-34	徯開麥綠菜○間	277/4-1
池魚人○樂	031/8-3	湘簾○箪坐生寒	385/8-8	風暄少見菊花○	148/8-4

【 4480₆ 黃・荄・焚・村・樹・樹・禁・茱 】 4490₀

錦枝繡葉間紅○	208/8-1	孤○秋草路	103/20-3	玉○傍疏籬	055/8-6
檍葉青邊楓葉○	352/4-2	江○帶落霞	112/28-22	松○咽天風	076/8-8
【黃鳥】		漁○幾日曝朝陽	203/8-2	綠○插帆檣	079/8-8
○○鳴幽砌	244/4-4	水○梅落夕陽孤	295/4-4	風○鵲啼冷	101/16-5
○○遷喬鳴喚侶	371/8-3	古○橋斷水潺湲	331/4-1	雲○入相思	105/20-4
吞聲○○羽高下	200/8-5	郊○秋納稼	491/8-5	雲○獨長呼	114/64-64
侶每呼○○	109/16-3	寧樂○農姓寧樂	011/16-1	夜○樓臺描水面	166/8-5
幽谷未追○○出	449/8-3	犬吠○當近（葛）	115/44-17	大○榮華結構餘	173/8-2
【黃鵠】		檻外孤○帶夕陰	119/8-6	祇○花開少異香	211/8-4
非乘○○度青霄	017/8-5	山郭水○斜日照	179/8-7	客○秋殘綵作花	262/4-2
飛來雙○○	004/16-1	水郭山○寂鼓聲	280/4-1	玉○知今何所倚	298/4-3
【黃花】		不必溪○明月夜	314/4-3	綠○高低海畔城	374/8-6
○○知節近	052/8-5	水郭山○枕上過	356/4-2	江○火疏人寂寞	426/8-3
盈把○○帶露痕	184/8-1	水郭山○枕上蔬	356/4-2	江○棲鴉暗月光	497/8-8
【黃梅】		昏度谿○造	494/58-20	雲○獨長吁	502/66-66
市視○○熟（葛）	115/44-5	秋水漲江○	004/16-6	不須○護只藝穀	011/16-7
殘雨送○○	095/12-6	風淒雨冷○莊夕	021/30-13	障日○添綠	104/16-3
【黃金】		錢塘及鶴○	110/32-2	淡雲○合離（岡）	115/44-38
○○泉髣沸	094/40-5	寺在一江○	467/8-2	半磴○吞春靄碧	161/8-3
○○鷄塚存苔石	130/8-5	不願學究名一○	025/20-14	長松○裏聽笙竽	272/4-4
大地○○長者功	151/8-6	西風別墅在東○	162/8-1	渾令雲○濃	093/12-12
層閣○○光布地	173/8-3	豹隱今依一屋○	218/32-6	飄零鳥○亂啼鳥	154/8-4
【黃鶯】		少孤負笈出山○	413/8-1	共吟雲○新詩句	217/20-5
避雨○○花可藏	390/8-6	【村巷】		後庭玉○不勝秋	261/4-4
陰陰竹樹囀○○	501/8-1	○○通幽處	082/8-1	白雲紅○幾名山	336/4-1
		○○漁罾夜尚懸	136/8-4	故園荊○未曾摧	389/8-6
【 4480₈ 荄 】		桑樞○○覺無味	212/8-5	卜來芳○夜千金	453/8-4
一水風霜敗○葭	498/8-4	赤濱○○老農居	300/4-1	海雲津○費相思	489/8-1
		【村園】		一盆秋○綠猶霑	500/4-4
【 4480₉ 焚 】		○○馴鴿鳴	007/30-11	陰陰竹○囀黃鶯	501/8-1
○草有遺命	049/8-7	晚霽一○○	056/8-2	寺架懸崖○	070/8-5
				候邸多蒼○	106/20-15
【 4490₀ 村 】		【 4490₀ 樹 】		某置人家○鬱葱	134/8-1
○醪三四巵	039/8-1	班荊亭○連宵飲	146/8-5	翠幌青簾○杪懸	147/8-1
○瓿酒堪賖	112/28-16	仁皇靈○雨蕭然	169/8-1	寒雨連江○樹疏	175/8-8
○氓易業楮田間	202/8-6	夕陽香○影橫斜	264/4-2	織梭停雨○棲烏	181/8-4
○鴒呼人鳴	365/30-11	南郊獨往只香○	368/8-5	上有長松○	248/4-2
○犬難尋秦眼飾	452/8-5			落落長松○	252/4-1
水○補茅茨	010/56-14	【 4490₀ 樹 】		點頭頑石○交影	375/8-3
荒○無憩店	067/8-5	○色山光雨後新	281/4-2	一陣涼飈動○端	385/8-2
沙○稼納時	081/8-6	隔○暝鐘響	030/8-8	鳥道斜通祇○林	122/8-6
山○封薄霧	083/8-5	綠○連中島	038/8-3	僧院三千綠○香	133/8-4

4490₀ 【 樹・禁・茱・繁・茶・菓・菓・菜・葉・藥 】

一陣歸鴉郭○邊	136/8-1	醉後只宜○	112/28-24	花○根莖也染成	212/8-2
染縷泉存芳○塢	163/8-5	烹君后瀨○	243/4-2	墜埋餘馬鬣封	315/4-1
寒雨連江樹○疏	175/8-8	心灰未死煮○爐	217/20-12	蘆○梅花憶舊盟	333/4-4
嫩朶葳蕤老○扶	200/8-2	且坐爐頭喫○去	295/4-3	檍○青邊楓葉黃	352/4-2
三徑獨令松○傲	214/8-3	歸來雲水多○話	333/4-3	霜○山林紅萬點	408/4-3
誰倚陰崖一○松	315/4-4	逢着高僧夜喫○	270/4-2	蘆○梅花春又秋	438/8-2
海島曾藏珠○色	359/8-3	喫得人間幾碗○	290/4-2	紅○撲燈落	465/8-5
雲影半消簾外○	013/22-4	【茶竃】		柏○杯前意復親	488/8-6
爭若春山千萬○	270/4-4	○○筆牀何處遷	135/8-2	椿○老逾壽	502/66-59
至今血染溪山○	267/4-3	○○誰烹六出芳	211/8-8	蟲蝕○難全	084/8-6
鷓鴣有伴山春○	360/8-3			虛名楓○句	054/8-5
【樹高】		【 4490₄ 菓 】		春開竹○罇	110/32-14
如令松○○	230/4-3	○置人家樹鬱葱	134/8-1	尊中竹○氣方舒	175/8-6
蜈蚣山古○○低	150/8-4	野寧○得賭	074/8-3	留來霜○三秋色	191/8-3
【樹間】		玉手未分○冷暖	437/8-5	錦枝繡○間紅黃	208/8-1
○○無火照	059/8-3	仙家日月○一局	485/24-9	疏疏風○老	224/4-1
淀江流入○○來	311/4-4			酒傾荷○並吟雛	421/8-4
		【 4490₄ 菓 】		停車霜○塢	467/8-5
【 4490₁ 禁 】		○竭有飢禽	042/8-4	芝蘭奕○秀階前	485/24-14
柴門○誡碑	039/8-8	園○珍江枳	109/16-7	吹時捲○少筎聲	496/8-6
混迹○垣南陌塵	131/8-2	奇○神所賜	494/58-37	詩寫貝多○	031/8-5
須識靈區○殺生	346/4-2	小庭瓜○陳	107/12-8	爐底燃霜○	039/8-3
		佐酒案頭○	046/8-5	洞庭湖上○飄夕	207/8-3
【 4490₃ 茱 】				殘柳蕭疏○未乾	275/4-1
不挿茱萸只擧杯	389/8-8	【 4490₄ 菜 】		篩月簸風○葉稠	291/4-1
		○花落盡麥芒平	374/8-1	篩月簸風葉○稠	291/4-1
【 4490₃ 繁 】		桃○過農圃	068/8-5	茆花撩亂荷○空	021/30-1
○華凋謝千秋後	445/8-7	誰呼爲○本同根	377/8-2	雪盡窓前芸○香	024/12-10
蘋○助奠幾叢祠	287/4-1	霜才宜喫	106/20-17	無復清池一○荷	163/8-8
薰風英長見花○	483/8-1	溪開麥綠○黃間	277/4-1	猩血霜凝楓○山	179/8-6
		秋風幾長庭○	089/8-4	試置盆池荷○上	209/8-7
【 4490₄ 茶 】		敬田院接飯蒸○	147/8-3	輕箕新裁松○棧	284/4-1
○梅花發滿庭春	305/4-4	【菜羹】		檍葉青邊楓○黃	352/4-2
賣○旗尙在	036/8-7	○○加餐飯	010/56-45	滴露階餘黃○冷	497/8-5
山○微笑野梅姸	344/4-4	僅能來喫舊○○	016/50-41		
啜○論定新詞賦	441/8-7			【 4490₄ 藥 】	
香火○煙銷却心	122/8-2	【 4490₄ 葉 】		○物古方書	061/8-6
筍羹○粥坐清晨	143/8-1	○墜風方冷	092/16-9	○院仍傳蘇合秘	130/8-3
曾是賣○店	029/8-3	○逗秋陽露始乾	322/4-2	○爐休用同心扇	188/8-5
恰好爐○味	037/8-7	燃○煖金樽	056/8-6	晒○陽檐地有餘	123/8-1
遺構誰○室	245/4-1	櫥○聚堪烘	082/8-4	采○時相憶	241/4-3
淡飯淸○取對君	423/8-1	椿○老逾壽	114/64-57	賣○女兒名未著	451/8-3

【 4490 ₄   藥・葉・萊・杜・椹・橈・枕・桂・蘿・植・榺・檻・菊・楠・櫹   】 4492 ₇

賣〇市中慙舊業	489/8-3	〇頭聞子規	060/8-8	【 4491 ₆ 植 】	
寧問〇君臣	053/8-4	〇流吾素志（岡）	115/44-19	倒〇碧琅玕	236/4-4
滿山〇草碧芊芊	485/24-6	〇簟多涼氣（葛）	115/44-41	何山昔〇笻	085/8-8
生憎芍〇綻	099/20-17	〇肱寒巷擁蝸兒	215/8-6	何山昔〇笻	386/8-8
開尊芍〇薰	102/12-8	單〇孤燈特自憐	265/4-2	富貴誰家〇牡丹	273/4-1
千金方〇海頭珍	434/8-6	相思〇冷夜如年	189/8-4	【植杖】	
東海與求〇	100/16-11	孤燈〇畔暗無光	294/4-2	〇〇西郊外	042/8-1
多病藏身〇裏巾	446/8-4	篷窗並〇話當時	357/4-1	〇〇眄江城	065/8-6
【藥石】		中有瑶臺〇碧漣	023/34-20		
〇〇無功德	105/20-17	盛暑黃家〇	096/40-19	【 4491 ₇ 榺 】	
〇〇爲醫較有功	167/8-4	書窗何用〇團圓	204/8-8	鼓榺醉歌調自高	307/4-2
【藥籠】		白雲抱石〇	221/4-1		
〇〇寧換酒	081/8-3	水郭山村〇上過	356/4-2	【 4491 ₇ 檻 】	
家營一〇〇	076/8-2	不雨郊雲高〇前	435/8-4	一〇一奚隨	066/8-1
		琅玕聊薦一雙〇	197/8-5	攜兒將酒〇	256/4-1
【 4490 ₈ 萊 】					
寒月照蒿〇	001/26-10	【 4491 ₄ 桂 】		【 4492 ₇ 菊 】	
燈下堪裁〇子裳	208/8-6	芳〇殘尊沈醉後	022/8-7	〇水誰言家記號	218/32-31
鶯塚蒿萊深沒徑	364/8-5	碧〇翻香墜玉壺	402/8-6	松〇主人徑就蕪	217/20-14
		碧〇天香先月薰	423/8-8	叢〇秋殘徑	461/8-1
【 4491 ₀ 杜 】		雲隨〇槳多	078/8-4	黃〇非求醉	493/8-5
騷侶何處采〇衡	016/50-24	【桂叢】		院落〇殘時	105/20-12
【杜宇】		〇〇殘酌漫相留	140/8-6	他席〇花宜共采	389/8-5
〇〇一聲呼始起	012/12-1	〇〇人去術逾精	195/8-1	節過黃〇猶浮酒	176/8-3
〇〇關山叫雨中	362/8-8	招飲〇〇秋	052/8-2	東籬松〇徑猶存	413/8-4
【杜鵑】		【桂花】		不蔬黃〇籬	492/8-4
〇〇未敢促歸期	019/14-14	〇〇香未微	103/20-14	朝雨半荒院〇	089/8-3
〇〇花映脣	111/24-12	〇〇何處暗飛香	325/4-2	陶令風流采〇扉	177/8-6
千聲〇〇血	223/4-1	〇〇秋滿送淸芬	499/8-8	不識誰家種〇苗	345/4-4
野寺蒼茫叫〇〇	334/4-1	何處〇〇披	246/4-2	【菊徑】	
【杜門】		芳尊仍釀〇露	013/22-10	〇〇停笻意自親	339/4-1
〇〇竟使雀羅孤	217/20-16	捲簾雲泄〇〇香	497/8-6	〇〇餘蛩語	464/8-5
一自〇〇稱謝客	126/8-5			【菊花】	
		【 4491 ₄ 蘿 】		風暄少見〇〇黃	148/8-4
【 4491 ₁ 椹 】		松〇帶雪冷前楹	018/32-32	蘭花秀處〇〇芳	352/4-1
桑〇村巷覺無味	212/8-5	松〇六幅圖	047/8-4		
		盤回〇薜入靈區	161/8-1	【 4492 ₇ 楠 】	
【 4491 ₁ 橈 】		綠薜紅〇好遂初	123/8-8	〇子勤王割據秋	159/8-4
煙景柳陰〇	073/8-4	初衣歛薜〇	049/8-4		
紅衣畫舫並〇通	117/8-4	滿地繁霜殘女〇	125/8-2	【 4492 ₇ 櫹 】	
		綾羅解脫占松〇	163/8-2	一兩魚胎〇且長	203/8-1
【 4491 ₂ 枕 】					

4492₇【 藕・薐・模・枝・荻・樺・枯・楮・檣・藉・柑・萩・橫・櫕・林 】4499₀

【 4492₇ 藕 】		○水五年餘	058/8-4	【 4498₆ 橫 】	
雪盡○綠織曼陀	163/8-4	瑩然○乳味尤淸	444/8-1	○山幽逕滑	492/8-5
白玉龜泉入○池	130/8-6	茅店呼醪○乳濃	317/4-2	影○香動高堂裏	192/8-7
		瀘滓猶知○味存	377/8-1	牧○橫煙堤放犢	181/8-3
【 4493₂ 薐 】				縱○無計舌徒存	447/8-6
霜徑○肥處	081/8-5	【 4495₄ 樺 】		斷雲○野渡	459/8-5
		新制○皮色自殷	202/8-1	孰輿○渠一水春	488/8-8
【 4493₄ 模 】				九陌綺○裁	094/40-14
恂恂務範○	114/64-22	【 4496₀ 枯 】		人迹縱○五夜霜	213/8-4
恂恂務範○	502/66-22	○腸復得春	034/8-8	日本寶刀○腰下	017/8-7
		○蘆猶宿雁	112/28-19	荒陵落日○	416/8-8
【 4494₇ 枝 】		○客衰鬢有誰憐	189/8-1	二篇赤壁君○槊	160/8-5
○巢誰所止	092/16-3	草○無放犢	042/8-3	扇搖八跪欲○行	210/8-6
○交棲鳳鷟	098/20-8	搜盡○腸倚欄頭	406/26-22	靈境仙區雲霞○	016/50-13
胡○花間露華明	013/22-18	花木榮○家難外	164/8-3	版橋千尺帶江○	149/8-2
南○逢社日	045/8-5	水落石根○	047/8-6	薰蒸頓見鬢○雲	193/8-4
錦○繡葉間紅黃	208/8-1	荊花茂不○	114/64-58	暮山掩映斷煙○	212/8-8
吟○百銅同臭曳	216/12-3	荊花茂不○	502/66-60	乘查八月絳河○	302/4-1
數○梅柳入詩筒	446/8-6	秋來畏日擲○黎	349/4-1	柳陰野艇待人	374/8-4
枝○非是窨中開	475/4-2	枌楡結社自榮○	217/20-4	三年親舍白雲○	393/8-4
密密○遮日	097/12-3			薰蒸剩見鬢○雲	419/8-4
梅花○上月明多	286/4-4	【 4496₀ 楮 】		【橫斜】	
一擔花○何處折	277/4-3	村氓易業○田間	202/8-6	疏影○○傍半江	276/4-1
奚能安一○	010/56-18			銀鈿雲髻○○影	190/8-5
紫荊全損○	096/40-36	【 4496₁ 檣 】		夕陽香榭影○○	264/4-2
鬼燐出橚○（岡）	115/44-14	○鳥落日江天外	174/8-3		
人攀第一○	246/4-4	綠樹插帆○	079/8-8	【 4498₆ 櫕 】	
沈沈斜日日○峯	317/4-4	海門淑氣上帆○	116/8-4	一○監梅自海涯	206/8-2
梅丘被酒折○旋	348/4-1				
折盡西山花幾○	019/14-2	【 4496₁ 藉 】		【 4499₀ 林 】	
千春蒼翠祗林○	130/8-8	中有樂志人溫○	018/32-10	○泉碧愈澄	072/8-4
一盆春滿擢枝○	192/8-2			○薄自由飛	092/16-16
鄉園暫別紫荊○	359/8-4	【 4497₀ 柑 】		○敵鵲群飛	103/20-12
浪芫津頭第一○	445/8-1	○橘仍將鄉味誇	425/8-6	上○賦新詞	010/56-38
【枝枝】		黃○何所聽鶯吟	119/8-4	東○人有誡	037/8-5
○○非是窨中開	475/4-2	曾釀霜黃百斛○	450/8-8	全○如許借	074/8-7
一盆春滿擢○○	192/8-2	【柑酒】		疏○明一水	082/8-5
【枝梅】		○○青山去聽鶯	016/50-38	楓○停客車	112/28-14
敢比一○○	001/26-26	三春○○映鶯衣	177/8-4	高○赤日上人相	151/8-5
流澌照纈一○○	480/4-4			竹○蕭寺通春水	155/8-5
		【 4498₂ 萩 】		深○却有抱兒篁	168/8-4
【 4494₇ 荻 】		殷○山兼海	464/8-1	上○月露秋凝淚	187/8-5

【 4499 ₀ 　林・坤・蟄・壚・帙・熱・姓・執・勢・姨・杖・柿・棣・隸・棲 】 4594 ₄

山○曾不伐	232/4-1	旣是○○寒露初	214/8-2	海西額字○硜硜	016/50-33
竹○春老淸風起	401/4-3	聖護○○綠四圍	316/4-1	把處看花多筆○	496/8-5
一○春雨杏花芳	451/8-1				
楓○有鹿鳴	464/8-6	【 4510 ₆ 坤 】		【 4543 ₂ 姨 】	
霜○紅爛漫	460/8-3	父母乾○安在哉	152/8-6	掛席有封○（葛）	115/44-4
春歌○後舍	039/8-5	地鎭可觀○德尊	014/20-2		
竹裏○鳩呼婦急	374/8-3	別在玉乾○	233/4-4	【 4590 ₀ 杖 】	
一醉竹○中	097/12-2	花木別乾○	235/4-4	○頭花柳百文錢	147/8-6
視篆香○絕點埃	118/8-2	王師無敵一乾○	327/4-1	植○西郊外	042/8-1
喜鵲匝○秋兩岸	149/8-5			植○昄江城	065/8-6
城市山○一畝宮	164/8-2	【 4513 ₆ 蟄 】		黎○自生詩	081/8-4
月照新○醉未回	174/8-8	龍若○石	473/4-1	尋仙○屨遍西東	301/4-2
滿壁畫○丘	226/4-4			先生○國國何邊	485/24-1
定識少○耽面壁	288/8-3	【 4514 ₄ 壚 】		却疑擲○聽霓裳	213/8-2
初日照○會	459/8-6	列崎培○好兒孫	014/20-6	公侯玉帛○朝年	176/8-6
霜葉山○紅萬點	408/4-3	列峙培○好兒孫	417/21-6	踏靑吾亦○相扶	448/8-2
紅黃霜後○	042/8-6			百尺長橋疑擲○	402/8-3
竹駐籃輿○苑賞	450/8-5	【 4523 ₀ 帙 】		【杖鄕】	
千春蒼翠祗○枝	130/8-8	流螢照縹○	006/16-16	克伴○○賢	091/16-4
結跏原似少○禪	204/8-4	不斷罐風翻緗○帙	429/8-3	齡今及○○	035/8-6
千秋鄕友水○子	366/12-5				
主人暫省舊○欒	428/8-1	【 4533 ₁ 熱 】		【 4592 ₇ 柿 】	
鳥道斜通祗樹○	122/8-6	絺綌猶愁○（憲）	422/16-5	○子如筆尖	494/58-31
【林亭】		【熱鬧】		筆○實而華	494/58-41
○○寥廓纖埃絕	013/22-17	都人○○涅槃會	216/12-5	登拜○仙祠	494/58-23
○○觴詠樂何窮	021/30-30	靈境姞爲○○場	375/8-8	化爲籬邊○	494/58-30
山映○○水映門	162/8-2				
【林欒】		【 4541 ₀ 姓 】		【 4593 ₂ 棣 】	
○○春已到	237/4-2	醉難記○名	430/8-6	昔聽○棠盈後園	137/8-4
指點○○暮鳥飛	142/8-8	寧樂村農○寧樂	011/16-1	爲汝詩篇題○萼	425/8-3
【林壑】		一片冰媒○是韓	191/8-8		
○○秋寒栝柏摧	376/8-4	先生定是○陶人	339/4-2	【 4593 ₂ 隸 】	
○○曾遊處	463/8-1			山驛戒輿○	114/64-45
【林鳥】		【 4541 ₇ 執 】		山驛戒輿○	502/66-45
○○友相呼	031/8-4	初○銀管次金匕	025/20-9		
○○協詩韻	073/8-5	右手○兔穎	494/58-29	【 4594 ₄ 棲 】	
【林塘】		親朋來○紼	096/40-33	○宿文章一鳳雛	401/4-4
○○經幾處	066/8-7			○鶴停雲倚海瀛	495/8-2
○○三月晚花開	152/8-4	【 4542 ₇ 勢 】		枝交○鳳鷥	098/20-8
檉柳○○鷓一鳴	199/8-2	其○幾可及	003/24-16	我今○棲困世營	016/50-39
都人二月醉○○	156/8-1	形○依然繩墨功	117/8-2	江樹○鴉暗月光	497/8-8
【林園】		形○長餘大古色	417/21-3	駕言問○逸	006/16-4

4594₄【 樓・樓・構・椿・株・棟・加・坦・塊・埋・場・堤・觀 】 4621₀					
我今棲○困世營	016/50-39	北野同登何酒○	368/8-6	一○試令陶穀煮	377/8-5
不必羈○嘆歲華	498/8-8	爲掃煙波百尺○	382/8-2	【 4611₄ 埋 】	
當與野禽○	074/8-8	或於北渚或南○	406/26-14	○玉哀空切	110/32-29
孤山處士○	099/20-10	燈檠對坐小層○	441/8-2	墜葉○餘馬鬣封	315/4-1
將軍幕弊猶○燕	173/8-5	【樓上】		【 4612₇ 場 】	
織梭停雨樹○鳥	181/8-4	御風○○設祖筵	023/34-8	一○交似水	099/20-3
月明堤柳起○鴉	262/4-4	孤月飛○○	246/4-3	詞○談劇燭將流	433/4-1
		【樓臺】		總爲納稼○	029/8-4
【 4594₄ 樓 】		臨水○○人徒倚	022/8-1	果園在後○圃前	018/32-9
○豈元之搆	098/20-15	夜樹○○描水面	166/8-5	濟度曾聞選佛○	155/8-2
○飲玉笛將鳴雨	423/8-3	何處○○好屬文	384/8-8	地接崇禪古道○	168/8-2
○頭書影明藜火	454/8-5	處處○○淑氣深	453/8-2	滿眼煙花夢一○	171/8-8
登○聊縱目	079/8-7			會作神仙第一○	292/4-4
江○差穀旦	091/16-7	【 4594₇ 構 】		靈境姑爲熱鬧○	375/8-8
玉○由爾落	096/40-29	亭○草玄玄論熟	143/8-3	探勝新題廿四○	391/8-4
南○夜色移	105/20-2	遺○誰茶室	245/4-1		
城○更鼓暮初起	136/8-3	大樹榮華結○餘	173/8-2	【 4618₁ 堤 】	
瓦○高倚艷陽天	147/8-2			長○十里松	067/8-8
雲○霧閣鎖崎嶇	161/8-8	【 4596₃ 椿 】		柳○荷岸皆生路	345/4-3
瓊○題贈一筒詩	293/4-1	○葉老逾壽	114/64-57	月明○柳起棲鴉	262/4-4
城○映帶碧波流	409/4-2	○葉老逾壽	502/66-59	牧篴橫煙○放犢	181/8-3
夜朗○中燭未呼	154/8-2	眉壽○庭春酒尊	426/8-6	溫柔綺席江○草	478/8-5
雅好○居坐嘯長	292/4-1	君家兄弟比○津	305/4-1		
黃鶴飛○列雲甍	016/50-25			【 4621₀ 觀 】	
還怕江○夜	060/8-7	【 4599₀ 株 】		○瀾水國居知術	135/8-5
寂寥小○外	076/8-7	歸來添得數○新	131/8-8	○來舞樂一斑鳩	368/8-4
逢爾江○柱擧觴	148/8-2	餘芳獨有一○梅	269/4-4	○水何人定水交	436/8-6
坐臥江○月出初	153/8-4	看過梅花幾百○	347/4-2	庭○秋麥收	007/30-17
獨倚江○念御風	167/8-8			坐○幾處睥良田	011/16-12
縱使登○非土嘆	359/8-7	【 4599₆ 棟 】		展○令人同食蔗	018/32-18
詩酒江○無限賞	427/8-3	洩在君家牛○間	342/4-4	堪○我輩情	037/8-8
日射江○將欲曛	442/8-1			窗○山不騫	091/16-10
落日一層○	038/8-2	【 4600₀ 加 】		不○燈市只觀梅	312/4-4
才高五鳳○	109/16-12	菜虀○飡飯	010/56-45	庭○秋麥收	365/30-17
啜茗搜腸小○外	371/8-7	蒼翠○殘雨	250/4-4	居然○畫了半生	016/50-49
天橋花落海○生	393/8-8	國主轉○恩	110/32-4	志誓○遂初	050/8-6
一篇遮洋舵○上	406/26-9	精神見倍○	069/8-8	水月○留數丈詩	398/8-6
玉江過訪此登○	140/8-2			柳港○魚漢游女	448/8-5
燒燭論文客倚○	146/8-2	【 4611₀ 坦 】		清晨上○臺	001/26-4
諸天咫尺梵王○	159/8-2	東㕼○腹報家親	434/8-1	地鎭可○坤德尊	014/20-2
吹落君家百尺○	271/4-4				
東山積翠入鈺○	364/8-2	【 4611₃ 塊 】			

4621。【觀・幌・猩・獨・幔・狎・帽・駕・想・如】　　4640。

天下奇〇此一瞠	016/50-36	誰爲〇鹿蓬勃、	455/23-15	朝天未返神仙〇	214/8-5
弧矢聊〇四方有	025/20-15	蚪胎何〇生虞氏	206/8-5	偶因今夜屈高〇	488/8-3
波浪可〇忠信志	361/8-5	何人白髮〇燃燈	439/8-8		
地鎭可〇坤德尊	417/21-2	誰憐清操〇豪雄	443/8-1	【 4633。想 】	
花赤設〇惜之	457/14-7	妝閨吞聲啼〇宿	183/8-5	〇師離病褥	068/8-7
才藝但改〇	009/34-21	【獨新】		〇是亦猶千秋質	366/12-9
期頤可待〇頤室	218/32-29	異鄉山水〇〇歌	165/8-4	〇爾家山讀書處	393/8-7
不觀燈市只〇梅	312/4-4	異鄉山水〇〇歌	363/8-4	〇像君家稱壽宴	428/8-7
蟬聯更有傷〇者	437/8-7	【獨往】		〇當南浦蘆荻際	485/24-23
可謂天下壯〇也。	455/23-10	苡關〇〇埶苡將	360/8-2	遙〇頌壽五彩筆	020/6-5
遊魚橋上與誰〇	385/8-4	南郊〇〇只香榭	368/8-5	更〇禪餘無孔笛	155/8-7
		【獨有】		爲〇北山春雨後	274/4-3
【 4621₁ 幌 】		〇〇清芳冒悠披	445/8-8	空懸片月入〇思	293/4-4
書〇影虛文窗明	016/50-6	餘芳〇〇一株梅	269/4-4		
翠〇青簾樹杪懸	147/8-1	【獨長】		【 4640。如 】	
翠〇朱欄雨夜晴	501/8-2	雲樹〇〇呼	114/64-64	〇之廚下盛割烹	018/32-19
		雲樹〇〇呀	502/66-66	〇霽雨色乍濛濛	134/8-2
【 4621₄ 猩 】		【獨坐】		〇令松樹高	230/4-3
〇血霜凝楓葉山	179/8-6	〇〇蕭蕭寂寥	086/8-1	〇意寶珠龕放光	375/8-4
蛾眉〇口丹青巧	437/8-3	〇〇黃昏未點缸	276/4-4	何〇別意長	026/8-8
		〇〇終宵好草經	343/4-2	其〇不朽何	049/8-8
【 4622₇ 獨 】		〇〇臨江一畝宮	446/8-1	江〇練巧織	095/12-9
〇不勸當歸	010/56-52	紗窓〇〇讀書時	192/8-6	何〇釋褐衣	100/16-8
〇遊苔徑外	097/12-1	深閨〇〇夜如年	265/4-1	眞〇譚習靜	103/20-15
〇院夜燈輝	103/20-4			何〇筑紫舊潮音	326/4-4
〇倚江樓念御風	167/8-8	【 4624₇ 幔 】		爭〇報國赤心腸	408/4-4
〇臥鴛衾膚雪冷	188/8-3	窓蕉大如〇	111/24-13	其〇詩思甑紛紛	423/8-2
〇向前川下釣絲	297/4-1			☒〇在貴塾	456/20-18
〇餘濃淡墨痕寒	322/4-4	【 4625。狎 】		何〇人間忠孝全	485/24-10
〇愧聚星今拱北	388/8-5	〇客趨陪事唱酬	261/4-2	孱顏〇咲迎幾春	014/20-18
〇點青燈標上元	426/8-2	豈以羊裘相〇褻	355/4-3	長違〇水交	048/8-6
〇來爲客浪華洲	438/8-1			與子〇相見	054/8-3
〇醉黃公舊酒壚	448/8-8	【 4626。帽 】		全林〇許借	074/8-7
〇擅此中奇	463/8-8	隨意脫烏〇	112/28-17	臥遊〇有待	078/8-5
鰥〇寧懷土	112/28-5			園莊〇郭外	104/16-1
出群〇超騰	003/24-9	【 4632₇ 駕 】		纖月〇眉媚客妍	147/8-8
春風〇浴沂	100/16-16	〇言問棲逸	006/16-4	濟度〇無借	249/4-3
三徑〇令松樹傲	214/8-3	並〇緩山鶴	093/12-3	指揮〇意珊瑚碎	487/8-5
經行〇木橋	238/4-3	未能千里〇	105/20-15	柿子〇筆尖	494/58-31
風流〇爲異	245/4-3	相思卽命〇	491/8-1	才藻誰〇公	027/8-8
水月〇相窺	251/4-3	或驂巨鼇或〇鯉	023/34-15	十日醉〇泥	099/20-4
悠然〇背秋陽立	339/4-3	青山欲命呂安〇	139/8-5	窓蕉大〇幔	111/24-13

4640。【 想・如・娟・娛・婢・嬋・袈・賀・柏・相 】　　　　4690。

晨夕奈○愚	114/64-28	雲山○○待歸舟	411/4-4	○攜相訪且開顏	369/8-2
沙嘴浪○吹（葛）	115/44-8	孱顏○○幾迎春	417/21-18	○公船不見	387/8-5
文史其○我性慵	124/8-2	【如年】		○求蘭臭仲元二	388/8-3
烏鵲其○此夕何	158/8-4	相思枕冷夜○○	189/8-4	○憑將寄一書箋	429/8-8
飛瀑聲○吼	221/4-3	深閨獨坐夜○○	265/4-1	○看且驚喜	461/8-5
寂寞宛○幽谷扉	371/8-2			○遇玄亭寂寞哉	469/4-2
月暗地○霾（憲）	422/16-4	【 4642 7 娟 】		○苡四海皆兄弟	498/8-7
肖像神○在	494/58-27	最愛小○嬋	084/8-2	仙○能文三翕翁	164/8-6
晨夕奈○愚	502/66-28			色○三十二	251/4-4
丰神昔相○	009/34-20	【 4643 1 娛 】		土俗○慶授概年	011/16-9
徒倚興何○	080/8-2	泮水可同○	114/64-40	世世○傳一子孫	025/20-12
金仙寶筏○容借	391/8-7	泮水可同○	502/66-40	相攜○訪且開顏	369/8-2
它日荒陵○避暑	501/8-7			三鳳○將春未闌	428/8-6
繞櫓琴筑聲○瀉	018/32-2	【 4644 0 婢 】		客裏○苡須盡醉	436/8-7
傳心九島月○霜	155/8-4	钃苓奴○事常忙	451/8-4	席間○約此相將	497/8-2
湘江夜雨聲○斷	194/8-3			相逢將○別	004/16-11
九廻流水紋○染	202/8-3	【 4645 6 嬋 】		嘴吻花○銜	005/18-6
須避豪兒鐵○意	205/8-7	最愛小○娟	084/8-2	慈航此○倩	007/30-8
磨穿鐵研鬢○絲	299/4-1			我輩屢○囗	009/34-8
聲聲和雨雨○煙	334/4-2	【 4673 2 袈 】		丰神昔○如	009/34-20
暮天收雨月○蘇	402/8-1	【袈裟】		盍簪舊○知	010/56-26
薄霧漸消天○水	406/26-5	○○斬後着袈裟	267/4-2	琴瑟能○和	010/56-33
湘江夜雨聲○斷	418/8-3	○○歸到玉江潯	326/4-1	明鏡影○親	034/8-6
脂粉不汚顏○英	419/8-5	袈裟斬後着○○	267/4-2	返照咲○指	039/8-7
黃昏月下顏○玉	470/4-3			不速客○通	046/8-4
倡門粧樣近何○	188/8-1	【 4680 6 賀 】		采采何○薦	055/8-7
露峯篁水畫何○	198/8-2	○來居室更孤鴻	403/8-4	既飽几○凭	063/8-2
【如雲】		客我○來燕雀	087/8-3	殘醉猶○認	067/8-7
駸驥○○不復屯	327/4-2	書堂燕○新	107/12-4	丁字我○依	092/16-4
若耶溪畔女○○	350/4-1	看它燕○頻	108/20-4	敏惠人○畏	096/40-11
【如何】				二仲覓○同	097/12-6
○○今日別	010/56-51	【 4690 。 柏 】		童子應○咲	100/16-15
問君捐館意○○	125/8-1	○酒有餘卮	010/56-46	萍梗遇○欣	102/12-2
遠遊歸到意○○	165/8-1	○葉杯前意復親	488/8-6	窈窕人○唱	103/20-5
舊遊零落意○○	259/4-1	體吾○梁佳（憲）	422/16-8	蘭臭此○求	109/16-6
遠遊歸去意○○	363/8-1	後凋松○翠篁宇	218/32-21	之子喜○扶	114/64-12
【如是】		林壑秋寒栝○摧	376/8-4	賜衣宰○白雲間	179/8-4
○○下物供兒觥	016/50-42			水月獨○窺	251/4-3
○○勝會幾回訂	018/32-28	【 4690 。 相 】		慈航此○倩	365/30-08
○○主人公	245/4-4	○逢將相別	004/16-11	路上祗○望	466/8-4
【如咲】		○伴異鄉賓	111/24-2	之子喜○扶	502/66-12
家山○○待歸舟	409/4-4	○值煙波舊釣徒	217/20-6	都下八斗○追隨	019/14-6

4690₀【 相・絮・架・槐・檉・棉・楊・揚・楫 】 4694₁

豈以羊裘○狎褻	355/4-3	水檻多○○	073/8-1	寺○懸崖樹	070/8-5
西日海棠○照火	372/8-3	清瘦太○○	075/8-7	層層○怪鵲成行	186/8-4
他日空山○許否	398/8-7	【相從】		彼岸○爲梁	249/4-2
香袖芳花○逐薰	442/8-4	御李汝○○	093/12-2	金花滿○挂春光	296/4-1
鶯花梅不共○求	368/8-8	憨無勝具可○○	132/8-2	百尺長橋○碧流	314/4-2
幾年斯日酒○傾	016/50-2	南禪寺畔暫○○	317/4-1	一幅卸來萬卷○	018/32-6
銀鉤鐵畫誰○爭	016/50-32	【相遇】		門外銀橋未架○	423/8-4
曾在此座屢○訂	016/50-37	○○共登法臺	089/8-2		
亦各言志志○樂	018/32-27	良朋良夜喜○○	013/22-2	【 4691₃ 槐 】	
不妨勾欄人○倚	021/30-15	【相迎】		○陰何所召	109/16-5
一庭蘭玉喜○引	023/34-21	○○梅結實	104/16-5	綠陰在○天	006/16-1
一絃八璈交○奏	023/34-31	夢裡仙娥來○○	013/22-20		
滿坐閒咲互○論	025/20-10	海鄉鷗鷺喜○○	333/4-2	【 4691₄ 檉 】	
束書環淬楠○遷	128/8-2	【相攜】		○柳林塘鸛一鳴	199/8-2
四明高頂行○憩	133/8-7	同社好○○	099/20-12		
平家舊事將○問	137/8-7	鷗儔鷺伴重○○	150/8-8	【 4692₀ 棉 】	
桂叢殘酌漫○留	140/8-6	【相呼】		○花暖石床	029/8-8
佳辰舞日偶○將	148/8-1	林鳥友○○	031/8-4		
歸來四壁長○對	149/8-7	煙嵐深處鳥○○	263/4-2	【 4692₇ 楊 】	
彼岸雁王倘○許	150/8-7	明光浦上試○○	272/4-1	○公記文并錄成	016/50-30
投簪市隱重○招	217/20-1	煙波淺處鶴○○	347/4-4	垂○堪繫榜	007/30-10
錦繡歸衣欲○照	303/4-3	【相見】		垂○堪繫榜	365/30-10
行行馬上寒○映	341/4-3	采采歸○○	008/16-15	豈無○得意	010/56-37
讀書窓外翠○環	342/4-2	與子如○○	054/8-3	【楊柳】	
煙波淺處鶴○呼	347/4-4	【相思】		○○煙無結	103/20-9
君家昆季舊○知	359/8-1	○○枕冷夜如年	189/8-4	蕭條○○思依依	172/8-8
爲緣臣主能○得	376/8-7	○○即命駕	491/8-1	微風○○將梳影	193/8-5
譚玄養素人○賞	377/8-7	○○煙水蒼茫夜	361/8-7	雉陂○○暗藏舟	364/8-6
八月九月竝○看	397/4-1	雲樹入○○	105/20-4	微風○○將梳影	419/8-5
泥玄燕水○掠	390/8-5	只尺隔○○	492/8-2	離思結似○○煙	012/12-3
群賢禊飲再○同	403/8-1	江頭待爾○○字	415/8-7		
愁心千里遙○寄	406/26-17	停杯倚舷空○○	015/18-16	【 4692₇ 揚 】	
孤琴同調日○求	438/8-4	暮煙春草漫○○	421/8-8	病○少間日	053/8-1
踏青吾亦杖○扶	448/8-2	海雲津樹費○○	489/8-1	幾脚竹○下中庭	013/22-5
濟世元知勝○良	451/8-2	【相憶】		故人應掃○	067/8-1
室中生白坐○忘	476/8-6	采藥時○○	241/4-3	雨痕松下○	073/8-3
席間相約此○將	497/8-2	玉江橋畔長○○	319/4-3		
高林赤日上人○	151/8-5			【 4694₁ 楫 】	
【相催】		【 4690₃ 絮 】		舟○不復理	010/56-13
我鬢短○○	001/26-20	風前柳○春爭色	377/8-3	木蘭舟○故追隨	329/4-1
貧家也自事○○	313/4-2			今夕何夕同舟○	015/18-13
【相似】		【 4690₄ 架 】			

— 219 —

【 4694 ₄ 櫻・枳・鳩・圯・垌・塢・塚・帆・匏・翹・狗・鶴・鷁・麯・歡・怒・聲 】
　　　　　　　　　　　　　　　　　　　　　　　　　　　　　　4724 ₂

【 4694 ₄ 櫻 】	一水桃花送錦○	278/4-4	【 4724 ₂ 麯 】	
花隱朱○裏	229/4-3	【帆檣】		潛迹○街混世塵	145/8-2
試倚書櫻西望海	425/8-7	綠樹插○○	079/8-8	【 4728 ₂ 歡 】
【 4698 ₀ 枳 】	海門淑氣上○○	116/8-4	○樂多放列鼎時	215/8-8
園菓珍江○	109/16-7	【 4721 ₂ 匏 】	○豈論新舊	430/8-5
【 4702 ₇ 鳩 】	絃○被向向	005/18-8	留○惜夜分	102/12-10
斑○舞樂入唐學	129/8-3	【 4721 ₂ 翹 】	不令○會頻	107/12-12
斑○傳古樂	416/8-1	朝朝○首訴初陽	186/8-8	萍水○君竟作家	414/4-2
竹裏林○呼婦急	374/8-3			父母極○怡	096/40-18
觀來舞樂一斑○	368/8-4	【 4722 ₀ 狗 】	十日交○江上酒	434/8-5
	○寶聊來叫	430/8-1	凭檻偏○無片雨	499/8-3
【 4711 ₇ 圯 】	安知走○滿門前	372/8-8	還怕追隨○未盡	146/8-7
誰傳○上卷	049/8-5			歸省秋風○已深	468/4-2
	【 4722 ₇ 鶴 】	仙人有待欲○迎	016/50-26
【 4712 ₀ 垌 】	黃○飛樓列雲甍	016/50-25	宛敵平原十日○	370/8-6
何處郊○半夏生	282/4-4	飛○古詞篇	091/16-12	家醪雖薄可為○	397/4-4
初日照林○	459/8-6	孤○月中聲	416/8-6	留得生徒奉客○	428/8-2
	仙○雲仍糧亦足	495/8-7	【歡聲】
【 4712 ₇ 塢 】	棲○停雲倚海瀛	495/8-2	二郡○○起	094/40-7
一○清陰道士松	121/8-6	卓錫○飛雲闢洞	391/8-5	平田落雁有○○	346/4-1
停車霜葉○	467/8-5	孤舟○影昨秋分	423/8-6	
野衲學書蕉○廢	202/8-5	欲等○齡雲萬朶	495/8-3	【 4733 ₄ 怒 】
畫圖勝景辛夷○	162/8-5	錢塘及○村	110/32-2	篷間鐵笛○濤聲	160/8-4
染縹泉存芳樹○	163/8-5	群飛鳴○讓遐年	485/24-24	
	檍原隨○雲容老	495/8-5	【 4740 ₁ 聲 】
【 4713 ₂ 塚 】	飫肥雲○此長鳴	495/8-8	溪○崖欲崩	063/8-4
鶯○塚蒿萊深沒徑	364/8-5	錫化無驚○	085/8-3	濤○日夜連	070/8-2
黃金雞○存苔石	130/8-5	並駕緱山○	093/12-3	蟬○送夕陽	079/8-6
郁蔬清明上○來	269/4-2	歸裝笙輿○	099/20-15	名○日以馳	096/40-12
	令聞九皋○	114/64-9	名○最超衆	102/12-5
【 4721 ₀ 帆 】	煙波淺處○相呼	347/4-4	價○忽倍蘭亭帖	125/8-5
○席追飛白鷺洲	409/4-1	每呈雲瑞○千聲	495/8-4	吞○黃鳥羽高下	200/8-5
舟○捲雪來	094/40-16	巑岏日下○雲城	495/8-1	烏○遠近千家月	213/8-3
千○總入海心煙	136/8-6	滕嶺摩雲○頂明	495/8-6	千○杜鵑血	223/4-1
歸○何處卸	241/4-1	令聞九皋○	502/66-9	鐘○半夜破愁眠	324/4-2
回○載月飛	394/8-8			寄○詩畫有無間	336/4-4
雪追○影海門飛	172/8-4	【 4722 ₇ 鷁 】	江○春靜鳥聲喧	447/8-2
落日回○海士城	149/8-4	檉柳林塘○一鳴	199/8-2	杯○斷簾前雨洗	484/8-7
近津淡靄○千點	501/8-5			數○回雁蔬天涯	489/8-8
			新增○價右軍書	170/8-4

— 220 —

【 4740₁ 聲・翅・孥・妃・朝・努・娜・婦・婿・嬭・奴・好 】 4744₀

擊磬○猶迴	466/8-5	白雁○○積水秋	140/8-4	去向○熊峯	008/16-6
杜宇一○呼始起	012/12-1	【聲聲】		市門○聽雷	094/40-20
二郡歡○起	094/40-7	○○忽叫芋魁羹	280/4-4	杯渡○辭浪速城	333/4-1
宛似有○畫	098/20-19	○○和雨雨如煙	334/4-2	知爾○昏滌世情	361/8-2
擲地金○碧淵澈	132/8-5	【聲響】		法自六○傳	064/8-2
蘆屋秋○聞雁後	169/8-3	丹丘○○壓時賢	135/8-4	巖壑雲○維嶽尊	133/8-1
妝閨呑○啼獨宿	183/8-5	嘖嘖揚○○	114/64-21	南至明○雲可書	175/8-4
激灩潮○響扉廊	260/4-2	嘖嘖揚○○	502/66-21	籬落今○晒初日	208/8-3
揚頭家○君努力	380/8-7			看過花○花萬朶	216/12-11
隔壁砧○緩	394/8-3	【 4740₂ 翅 】		葦索今○爐作灰	312/4-2
幽燭蛩○今夜漏	423/8-5	不○絕纖塵	111/24-18	定識今○逢李白	321/4-3
櫩外鈴○濕茗煙	454/8-6	不○賜第倍俸錢	485/24-12	應晒連○漉酒巾	339/4-4
難作有○圖	460/8-8			公侯玉帛杖○年	176/8-6
莎岸蟲○十里聞	499/8-6	【 4740₇ 孥 】		漁村幾日曝○陽	203/8-2
鳥聞求友○	065/8-4	妻○動入詩料	086/8-6	金剛獻壽吐○暾	218/32-20
微籔逐風○	077/8-4	賜告逆妻○	114/64-44	【朝天】	
何須磬一○	244/4-3	賜告逆妻○	502/66-44	○○玉女聚傾壺	201/8-6
風暖鶯梭○斷續	296/4-3			○○未返神仙駕	214/8-5
渚暗賓鴻○未度	384/8-5	【 4741₇ 妃 】			
孤鶴月中○	416/8-6	何管○揮涕	098/20-11	【 4742₇ 努 】	
急雨雜溪○	464/8-8	祗當調寵○	092/16-14	揚頭家聲君○力	380/8-7
暗水度砧○	482/8-6				
前山急雨○	491/8-8	【 4742₀ 朝 】		【 4742₇ 娜 】	
江聲春靜鳥○喧	447/8-2	○下浪華浦	004/16-5	婀○紅衣映茜裙	350/4-2
散向江天烏鵲○	013/22-22	○僑浪華江	010/56-19		
練影涵虛瑟無○	016/50-22	○煙炊時雲子熟	014/20-10	【 4742₇ 婦 】	
蟋蟀堂外寂寒○	018/32-30	○雨半荒院菊	089/8-3	○室夜寒嘆不寐	199/8-3
篷間鐵笛怒涛○	160/8-4	○野少塵埃	094/40-10	授衣閨○怨	395/8-5
隱隱雷霆鐵鼎○	195/8-6	○臨演武圃	110/32-11	竹裏林鳩呼○急	374/8-3
水郭山村寂鼓○	280/4-1	○見華菱落曲汀	139/8-2		
平田落雁有歡○	346/4-1	○朝翹首訴初陽	186/8-8	【 4742₇ 婿 】	
隱隱雷霆鐵鼎○	444/8-6	○折浪華蘆	225/4-1	君家女○寓三津	306/4-1
每呈雲瑞鶴千○	495/8-4	○煙炊時雲子熟	417/21-10		
吹時捲葉少笳○	496/8-6	○來未遽去	465/8-7	【 4742₇ 嬭 】	
鄰寺斜陽鐘數○	501/8-6	○來剪得藏蛇蔓	476/8-7	【嬭嬭】	
【聲如】		今○僅出塵	028/8-8	○○晚風披煙霧	013/22-1
飛瀑○○吼	221/4-3	明○五采服	091/16-15	動應風○○	098/20-9
繞檐琴筑○瀉	018/32-2	朝○翹首訴初陽	186/8-8		
湘江夜雨○○斷	194/8-3	聖○未有誤陰晴	199/8-8	【 4744₀ 奴 】	
湘江夜雨○○斷	418/8-3	今○寫出上河卷	372/8-5	鑼苔○婢事常忙	451/8-4
【聲寒】		明○何處去（張）	422/16-15	風檻酪○熟	053/8-5
蟋蟀○○霜布地	022/8-4	今○爲我停	459/8-2		

4744₇【好・報・媚・艱・歟・磬・馨・胡・都・鵲・敬・切】4772₀

【 4744₇ 好 】		秋季〇歸程	493/8-2	一旦作秦〇	502/66-62
〇此青山裏	462/8-7	上方將〇夕陽鐘	121/8-8	【胡爲】	
恰〇爐茶味	037/8-7	新年適〇得蜈蚣	139/8-4	〇〇驚世人	034/8-4
永〇木瓜章	054/8-6	非是緩爲〇	054/8-7	問字〇〇客往裝	449/8-2
雅〇樓居坐嘯長	292/4-1	遠向書帷〇	237/4-4		
最〇袁安代悠華	471/8-4	東牀坦腹〇家親	434/8-1	【 4762₇ 都 】	
中有〇事西孟清	016/50-4	共喜清時〇有年	435/8-1	〇下八斗相追隨	019/14-6
新霽〇移筇	067/8-2	漆身國士恩難〇	181/8-5	陸沈〇市遇三冬	124/8-1
新霽〇彷徨	079/8-4	時日再遊猶未〇	421/8-7	偏愛〇門雨晴後	433/4-3
同社〇相攜	099/20-12			十月事〇忙	029/8-2
三年〇尙少卿浪	377/8-6	【 4746₇ 媚 】		婚嫁事〇終	076/8-4
杯尊〇瀉懷（張）	422/16-6	〇態清池上	084/8-3	紙價貴名〇	114/64-20
清秋最〇賦閒居	126/8-2	纖月如眉〇客妍	147/8-8	數度兵塵〇不染	130/8-7
蓮社曾爲〇	033/8-1	彼美西方收〇黛	478/8-7	紙價貴名〇	502/66-20
短命學尤〇	096/40-27	太古形容自明〇	014/20-3	【都人】	
龍池冰泮〇幽尋	119/8-1			〇〇二月醉林塘	156/8-1
綠薜紅蘿〇遂初	123/8-8	【 4753₂ 艱 】		〇〇熱鬧涅般會	216/12-5
平城二月〇探芳	266/4-1	〇危至殞命	010/56-11	多少〇〇帶醉還	277/4-2
春江雪後〇吟哦	286/4-1	千〇又萬危	010/56-10		
獨坐終宵〇草經	343/4-2	老耄〇步履	494/58-48	【 4762₇ 鵲 】	
何以買得〇風景	340/4-3	世路一何〇	005/18-15	扁〇竟難治	096/40-26
騷壇夜宴〇吹篴	359/8-6			飛〇似催詩（葛）	115/44-24
何處樓臺〇屬文	384/8-8	【 4758₂ 歟 】		喜〇匝林秋兩岸	149/8-5
百花香處〇酣眠	454/8-8	〇水爾清規（葛）	115/44-20	鳥〇其如此夕何	158/8-4
爲緣風月〇	477/8-7	向君〇逝處	050/8-7	風樹〇啼冷	101/16-5
憂國惟雅〇	494/58-10	空有猶龍〇	048/8-5	林敵〇群飛	103/20-12
事親共説怡顏〇	218/32-13	寧將非土〇歸歟	170/8-8	市橋〇影三更靜	499/8-5
明日登高何處〇	356/4-3	一去西山長〇息	443/8-3	層層架怪〇成行	186/8-4
【好下物】				市橋星少〇飛翻	426/8-4
何爲〇〇〇	226/4-3	【 4760₁ 磬 】		散向江天鳥〇聲	013/22-22
今宵有此〇〇〇	018/32-23	擊〇聲猶迥	466/8-5	【鵲巢】	
【好兒孫】		何須〇一聲	244/4-3	占此〇〇舊	108/20-3
列崎培塿〇〇〇	014/20-6			北山高利〇〇居	173/8-1
列崎培塿〇〇〇	417/21-6	【 4760₃ 馨 】			
		當時何物育寧〇	380/8-1	【 4768₂ 敬 】	
【 4744₇ 報 】				岸看青柳〇（岡）	115/44-6
〇道主在海西邊	023/34-2	【 4762₀ 胡 】			
〇君但憾梅難寄	420/8-7	〇枝花間露華明	013/22-18	【 4772₀ 切 】	
霜〇竹平安	057/8-4	獅座〇僧話	037/8-3	〇切陰蟲繞階	090/8-8
雛僧〇客至	069/8-1	一旦作秦〇	114/64-60	切〇陰蟲繞階	090/8-8
爭如〇國赤心腸	408/4-4	醉歸晚出〇姬肆	147/8-7	陰蟲〇切繞階除	484/8-2
曉鳥〇晴啼	458/8-2	飢餓不妨〇地瞢	378/8-6	望鄉情〇懶登臺	389/8-2

4772。【 切・却・却・鵲・起・趐・趣・趣・超・期・楓・欋・楹・柳 】　　4792。

陰蟲切〇繞階除	484/8-2	虛心却〇灰心死	194/8-7	糧豈〇三日	458/8-3
總爲離情〇	099/20-19	虛心却〇灰心死	418/8-7	有往已〇返	466/8-1
埋玉哀空〇	110/32-29	令人堪〇孝	494/58-43	舊藤幽〇偶有差	498/8-1
淸歌妙舞隨和〇	442/8-3	蘋末涼颶〇	080/8-7	無不問歸〇	010/56-50
		二郡歡聲〇	094/40-7	心將謹篤〇	096/40-16
【 4772。 却 】		江上秋風〇素波	165/8-2	長生術似〇	096/40-28
〇欣方璧不連城	195/8-8	時疑丹頂〇	252/4-3	一篝占勝〇（岡）	115/44-10
〇疑擲杖聽霓裳	213/8-2	月明堤柳〇棲鴉	262/4-4	再生何處〇多子	203/8-7
〇恐暮春江上客	382/8-7	江上秋風〇白波	363/8-2	歸家難緩〇	492/8-8
〇恨南軒水	399/8-7	日照流澌〇早鴻	446/8-8	篤人候霽未〇驥	012/12-6
詩〇昔年巧	043/8-3	蓆岬可以〇	494/58-38	人間乞巧佳〇瓞	384/8-7
洗〇半輪赤	253/4-3	請看風雲交〇日	443/8-7	田家請勿慾〇	457/14-14
無衣〇畏霜威迫	123/8-7	杜宇一聲呼始〇	012/12-1	杜鵑未敢促歸〇	019/14-14
深林〇有抱兒篁	168/8-4	詩社尋盟試呼〇	135/8-7	我以千秋爲鐘〇	366/12-4
虛心〇起灰心死	194/8-7	城樓更鼓羣初〇	136/8-3	何計今年有勝〇	489/8-2
江山〇向暗中摹	201/8-2	醉臥避災人未〇	148/8-7	【期頤】	
虛心〇起灰心死	418/8-7	此子津梁呼不〇	331/4-3	〇〇可待觀頤室	218/32-29
求間〇得忙	466/8-2	竹林春老淸風〇	401/4-3	群酌共計〇〇日	176/8-7
以險〇爲夷	494/58-7				
爐頭頓〇寒	057/8-2	【 4780₂ 趐 】		【 4791。 楓 】	
人爭篤〇遲（岡）	115/44-18	不〇良田與廣廈	018/32-8	〇飛倦鳥喧	056/8-4
向隅之子〇爲愈	388/8-7			〇林停客車	112/28-14
客裏佳辰〇耐哀	389/8-1	【 4780₂ 趣 】		〇冷虛名雖自愧	140/8-5
香火茶煙銷〇心	122/8-2	況奉〇庭訓	096/40-7	〇林有鹿鳴	464/8-6
		【趣陪】		江〇霜薄未紛紛	303/4-4
【 4772₇ 鵲 】		〇〇漫飮醇	108/20-20	江〇織出回文錦	410/4-3
鷗〇驚起鼓舷前	127/8-4	狎客〇〇事唱酬	261/4-2	才知杉間〇	232/4-4
悠悠逐鷺〇（岡）	115/44-30	幾人譚笑得〇〇	118/8-8	【楓葉】	
				虛名〇〇句	054/8-5
【 4780₁ 起 】		【 4780₆ 超 】		猩血霜凝〇〇山	179/8-6
〇來夢未醒	220/4-3	出群獨〇騰	003/24-9	檍葉靑邊〇〇黃	352/4-2
〇臥扶持老益親	305/4-2	偉姿盡〇凡	005/18-4		
〇望寒山寺何處	324/4-3	名聲最〇衆	102/12-5	【 4791₄ 欋 】	
〇艸數千言	494/58-39			松風雜〇歌	078/8-8
病〇未容浴沂水	152/8-7	【 4782。 期 】			
唯而〇時方肇革	025/20-3	〇爾異日與我門	025/20-6	【 4791₇ 楹 】	
無可〇沈痾	049/8-2	〇君夜雪滿江天	288/4-2	剝落丹〇祠一叢	310/4-1
空房〇坐推窗望	353/4-3	難〇異日逢	093/12-8	嘯傲倚前〇	077/8-8
斯中〇臥冬溫足	471/8-7	幽〇在今夕	107/12-1	寒月至前〇	430/8-8
春涛亦〇余	061/8-8	一〇昨遊追憶	457/14-2	抱膝倚前〇	465/8-8
鷗鷺驚〇鼓舷前	127/8-4	大刀〇叵曉	099/20-6	手挈巨軸向前〇	016/50-5
薰風奏〇達婆樂	168/8-5	廿年〇稱孔	114/64-59	松蘿帶雪冷前〇	018/32-32

— 223 —

【 楂・柳・桐・榈・榾・楿・橘・根・椒・殺・穀・穀・檞・檜 】

浴衣輕拭倚前○	193/8-1	遊綠日與○○長	156/8-4	雲○一寶劍	231/4-1
雲開疊爄聳丹○	346/4-4	繡戶煙添垂○○	134/8-5	孤○蟠結小檜頭	291/4-2
浴衣輕拭倚前○	419/8-1	【柳花】		花葉○莖也染成	212/8-2
		舟逐○○聽欸乃	421/8-3	水落石○枯	047/8-6
【 4792。柳 】		於予杯酒覓○○	425/8-4	暮雨瀉⊘○竹包	436/8-3
○暗暮潮遲	060/8-6			攀援藤蔓與松○	133/8-2
○外犬吠曾繫舫	162/8-3	【 4792。桐 】		誰呼爲菜本同○	377/8-2
○畔繫停公子車	198/8-4	題詩井畔○	046/8-6		
○堤荷岸皆生路	345/4-3			【 4794。椒 】	
○陰野艇待人橫	374/8-4	【 4792。榈 】		○花新釀酒	061/8-5
○條無恙舊河梁	390/8-1	○外鈴聲濕茗煙	454/8-6	○盤昨日徹餘杯	312/4-1
○梅當遣旅情慰	425/8-5	短○風暖闇鈴微	371/8-8	少孤洒淚○盤上	446/8-3
○港觀魚漢游女	448/8-5	五更○外人猶立	211/8-7	不須人更頌○花	412/4-4
五○耽容膝	006/16-8	嘿坐陽○下	494/58-51		
五○先生宅	099/20-9			【 4794₇ 殺 】	
楊○煙無結	103/20-9	【 4792。欄 】		○青旣成堆	001/26-16
殘○不藏鴉	112/28-20	玉○干外醒徙倚	012/12-2	恨○微風飄並蒂	350/4-3
巷○蕭條無客折	188/8-7	竹○茆宇玉江潯	166/8-2	水煙愁○一群鵝	125/8-8
樫○林塘鶴一鳴	199/8-2	憑○朗詠平薇詩	274/4-4	須識靈區禁○生	346/4-2
殘○蕭疏葉未乾	275/4-1	倚○徒聽亂啼鳥	402/8-8		
花○離披迹已空	381/8-2	箕踞○前苦吟甚	121/8-7	【 4794₇ 穀 】	
煙景○陰檖	073/8-4	不妨勾○人相倚	021/30-15	欲祈秋○熟	055/8-1
風前○絮爭色	377/8-3	十二珠○秋水齊	150/8-6	春歌秋○新	083/8-4
嗟我蒲○質	006/16-14	玉作勾○銀作梁	213/8-1	江樓差○旦	091/16-7
岸看青○歆（岡）	115/44-6	翠幌朱○雨夜晴	501/8-2	滴爲千畝	228/4-4
杖頭花○百文錢	147/8-6	把酒倚勾○	057/8-8	一塊試令陶○煮	377/8-5
蕭條楊○思依依	172/8-8	搜盡枯腸倚○頭	406/26-22	不須樹護只藝○	011/16-7
微風楊○將梳影	193/8-5	姚黃歐碧滿雕○	273/4-2		
月明堤○起棲鴉	262/4-4	江亭風雨醉凭○	428/8-8	【 4794₇ 穀 】	
池頭綠○帶星斜	338/4-4			碧○冰肌透徹光	190/8-6
雉陂楊○暗藏舟	364/8-6	【 4792₇ 榾 】			
東風江○不藏煙	372/8-4	半爐○柚片時紅	194/8-2	【 4795₂ 檞 】	
微風楊○將梳影	419/8-5	三冬○柚夜爐紅	418/8-2	○葉聚堪烘	082/8-4
數枝梅○入詩筒	446/8-6				
不折江亭○	002/14-1	【 4792₇ 橘 】		【 4796₁ 檜 】	
舊館江頭○	026/8-7	柑○仍將鄉味誇	425/8-6	○前月一片	098/20-1
南津風砠○	114/64-47			繞○琴筑聲如瀉	018/32-2
亂鬢風前○	220/4-1	【 4793₂ 根 】		寶珠繞○迸	007/30-14
南津風鞞○	502/66-47	六○覺清淨	007/30-16	晒藥陽○地有餘	123/8-1
離思結似楊○煙	012/12-3	六○方清淨	365/30-16	晒髮陽○捫蝨子	215/8-5
東風兩岸巘岘○	279/4-3	松○正生菌	082/8-3	孤根蟠結小○頭	291/4-2
【柳綠】		雲○近住地仙翁	144/8-8	聚雪爲山傍短○	182/8-2

| 4796₁ 【榴・格・款・墩・增・悅・散・敖・猶・驚・】 4832₇ |

【 4796₂ 榴 】
瓶花揷海〇	109/16-8

【榴花】
〇〇顆顏映	007/30-24
〇〇梅子促歸舟	146/8-8
〇〇酡顏映	365/30-24

【 4796₄ 格 】
足〇燃藜神	108/20-10

【 4798₂ 款 】
纍代申丹〇	110/32-5
誰家籬落〇冬老	282/4-3

【款客】
〇〇頻叨截髮煩	218/32-14
先生〇〇命題料	018/32-5

【 4814₀ 墩 】
揮麈雨花墩	467/8-6

【 4816₆ 增 】
新〇聲價右軍書	170/8-4
藻思長〇奇	096/40-14
稱冰檗氏老〇豪	474/8-4

【 4821₆ 悅 】
〇弧幷設懸	091/16-2

【 4824₀ 散 】
〇爲天末霞	253/4-4
臺〇雨花翻大地	129/8-5
煙〇猶來山色紫	148/8-3
能令萬慮〇	001/26-13
曉窗輕雨〇花香	120/8-8
從它疏雨〇淸芬	350/4-4
鷗鷺忘機曾聚〇	217/20-3

【散向】
〇〇江天烏鵲聲	013/22-22
〇〇江天蔽月光	325/4-4
〇〇江天雨若篠	481/4-4

【 4824₀ 敖 】
汗漫遊〇三神島	485/24-5

【 4826₁ 猶 】
〇愈宮中嫉	006/16-10
〇言留夜月	009/34-25
〇疑身在五湖舟	330/4-4
〇思築紫舊滄波	392/8-4
〇作須磨浦上看	396/4-4
〇疑鼓瑟對湘君	442/8-6
尊〇北海春	108/20-16
粒粒〇要籌海屋	014/20-12
空有〇龍歎	048/8-5
脫巾〇倚軒	056/8-8
身病〇無死	061/8-3
殘醉〇相認	067/8-7
何處〇芰葦	094/40-35
枯蘆〇宿雁	112/28-19
爾時〇總角	114/64-3
煙散〇來山色紫	148/8-3
留客〇能中饋事	168/8-7
形氣〇看修煉全	204/8-2
鬢悠〇稀讀書牖	217/20-11
佛殿〇傳彤管史	360/8-5
舟船〇覓孝廉名	361/8-6
爐滓〇知萩味存	377/8-1
弟兄〇爲一人少	389/8-7
墨痕〇濕繭蠶紙	406/26-8
家園〇自隔長流	411/4-2
粒粒〇要籌海屋	417/21-12
絺耘〇愁熱（憲）	422/16-5
淸貧〇得悅家尊	426/8-8
花朶〇含有雨痕	447/8-4
泉咽〇呼我	463/8-5
爾時〇總角	502/66-3
殘酌蒲〇美	111/24-7
想是亦〇千秋質	366/12-9
天女樂〇存	387/8-6
簹馬風〇遠	399/8-3
擊磬聲〇迥	466/8-5
陳圖靈迹〇何處	159/8-7
將軍幕弊〇棲燕	173/8-5
節過黃菊〇浮酒	176/8-3

東風冷處〇餘雪	276/4-3
時日再遊〇未報	421/8-7
月照屋梁〇是夢	434/8-3
疏潤夜年〇未叙	474/8-7
千行珠淚血〇鮮	185/8-4
紫泥傳詔筆〇染	186/8-5
五更櫺外人〇立	211/8-7
無衣九月身〇暖	215/8-3
橋明織女影〇分	384/8-6
涼雨新晴暑〇餘	406/26-3
東籬松菊徑〇存	413/8-4
千年高義今〇在	443/8-5
一盆秋樹綠〇霑	500/4-4

【猶在】
佳人賜第迹〇〇	137/8-2
綿綿爲庶望〇〇	218/32-4

【猶未】
片言〇〇成	030/8-7
異鄕〇〇厭	099/20-11
寒威〇〇烈	106/20-1
日落仙查〇〇見	116/8-7

【 4832₇ 驚 】
〇破梅花夢五更	280/4-4
不〇高臥人	221/4-4
胡爲〇世人	034/8-4
鸂鶒〇起鼓舷前	127/8-4
詩詞〇俗竟無益	167/8-3
過雁〇眠客夜長	294/4-1
頻年〇見變頭毛	341/4-2
百里〇潮抱郭廻	376/8-1
錫化無〇鶴	085/8-3
錫化無〇☒	386/8-3
間裏頻〇曆日遷	454/8-2
榮辱不〇心自恬	447/8-5
相看且〇喜	461/8-5
黯然魂重〇	009/34-32
總爲高談〇帝座	499/8-7
雋句不特使人〇	013/22-15
一點君山波不〇	016/50-21
鴛鴦瓦上夢魂〇	353/4-2

4834₀【赦・乾・翰・嫌・教・嫩・幹・擎・故・敬・鼇・趁・綮・柞・檻・檻・楡・
粉】
　　　　　　　　　　　　　　　　　　　　　　　　　　　4892₇

【4834₀ 赦】		【4850₂ 擎】		皇子院成稱〇〇	129/8-1
東叡行香大〇辰	351/4-2	燈〇不現龍	386/8-4	【4871₇ 鼇】	
【4841₇ 乾】		【4864₀ 故】		或駸巨〇或駕鯉	023/34-15
〇紅雨袖泣花後	189/8-5	〇宮休戀崑崙巔	023/34-34	【4880₂ 趁】	
雨痕未〇階前苔	013/22-3	親〇須君首屢搔	474/8-2	白蘋洲上〇涼颸	329/4-4
淚痕不〇竹紆縈	016/50-20	木蘭舟楫〇追隨	329/4-1	【4890₄ 綮】	
吟腸老未〇	057/8-6	雲疊煙重〇紙山	342/4-1	燈〇對坐小層樓	441/8-2
淋漓墨未〇	098/20-20	津頭舟子〇招招	345/4-2	沈吟背短〇	101/16-10
生涯既是占〇沒	447/8-7	文章揚顯〇侯孫	413/8-8	繼晷蘭燈二尺〇	016/50-43
研朱滴露石難〇	191/8-6	同藤琴書皆〇態	363/8-3	【4891₁ 柞】	
殘柳蕭疏葉未〇	275/4-1	憶昨試周詶義〇	025/20-7	〇原城北聳蓮宮	151/8-1
葉逗秋陽露始〇	322/4-2	薄酒小鮮留話〇	489/8-7	【4891₇ 檻】	
【乾坤】		【故人】		風〇酪奴熟	053/8-5
父母〇〇安在哉	152/8-6	〇〇應掃榻	067/8-1	水〇多相似	073/8-1
別在玉〇〇	233/4-4	〇〇家在松雲際	142/8-7	玉〇羨池魚	080/8-6
花木別〇〇	235/4-4	〇〇家在此中途	347/4-1	竹〇何將月乖	090/8-4
王師無敵一〇〇	327/4-1	〇〇行縣有輝光	408/4-1	月〇逐歌後	091/16-13
【4842₇ 翰】		〇〇卜夜知何處	405/8-5	射〇殘暉落	106/20-11
安得凌風〇	004/16-15	自此〇〇思	093/12-11	水〇人應怪	255/4-1
【4843₇ 嫌】		木屐〇〇來	095/12-2	憑〇偏歡無片雨	499/8-3
常〇瓊質被風吹	183/8-2	且使〇〇留	109/16-14	當軒繞〇海潮鳴	361/8-1
但〇點鬢邊	257/4-4	分與〇〇名是獸	291/4-4	潮艷憑〇處	479/8-3
筆到何〇張敞愛	483/8-3	能照〇〇千里心	328/4-4	賓主共憑〇（憲）	422/16-1
【4844₀ 教】		宛然對〇〇	224/4-4	朱邸綠松當〇映	117/8-3
不〇能以右手飱	025/20-4	雲腴遙向〇〇分	141/8-2	【檻外】	
偏〇感慨濃	113/20-6	同盟移在〇〇家	498/8-2	〇〇孤村帶夕陰	119/8-6
欲〇君製初衣去	128/8-7	【故國】		〇〇三橋澹夕陽	148/8-6
不〇鷗鷺舊盟渝	154/8-8	〇〇有明主	114/64-33	【4892₁ 楡】	
長〇水月照無窮	164/8-8	〇〇團欒宴	482/8-3	〇莢曉收霖	238/4-1
志縱〇初遂	502/66-29	〇〇紫荊花	486/8-6	粉〇結社自榮枯	217/20-4
聖代崇文〇	100/16-3	〇〇有明主	502/66-33	【4892₇ 粉】	
【4844₀ 嫩】		【故園】		〇楡結社自榮枯	217/20-4
〇朵葳蕤老樹扶	200/8-2	〇〇荊樹未曾摧	389/8-6		
【4844₁ 幹】		〇〇無恙在雲霞	425/8-8		
〇蠱有人何所事	287/4-3	因識〇〇千里外	431/4-3		
		紫荊移種〇〇花	414/4-4		
		【4864₀ 敬】			
		【敬田】			
		〇〇院接飯蒸菜	147/8-3		

【 4893₂ 松・樣・杵・枚・樽・橀・梅 】

【 4893₂ 松 】		落落長〇〇	252/4-1	一團和氣一〇傍	024/12-12
〇煤痕古香龍麝	018/32-12	三徑獨令〇〇傲	214/8-3	花間鶯喚兩開〇	162/8-4
〇花煨熟石花煎	023/34-12	【松根】		釀成春酒湛芳〇	218/32-32
〇筠一畝宮	104/16-16	〇〇正生菌	082/8-3		
〇菊主人徑就蕪	217/20-14	攀援藤蔓與〇〇	133/8-2	【 4895₃ 橀 】	
〇針刺落花	256/4-4	【松風】		【橀舳艫】	
長〇樹裏聽笙竽	272/4-4	〇〇雜櫂歌	078/8-8	江關〇〇〇	114/64-46
蒼〇倒影臨明鏡	402/8-5	〇〇前殿送潮音	122/8-4	江關〇〇〇	502/66-46
體〇柏梁佳（憲）	422/16-8	〇〇吹夜窗癩停	484/8-6		
茂〇恒月屬誰人	427/8-8	〇〇吹上若山煙	485/24-2	【 4895₇ 梅 】	
契彼〇與杉	005/18-12	一鼎〇〇宛對君	141/8-8	〇橋寒色立驢前	169/8-4
高吟〇籟和	032/8-5	【松間】		〇里先生今尚在	299/4-3
月明〇院夜	048/8-7	〇〇雲漸開	095/12-8	〇丘被酒折枝旋	348/4-1
雨痕〇下榻	073/8-3	〇〇香刹夜三更	195/8-4	〇熟江天雨色餘	404/4-1
岸見〇之茂	091/16-9	〇〇結滴道人硯	198/8-3	〇移木履野塘探	450/8-6
更怪〇煤氊少香	203/8-4	〇〇人小憩	244/4-2	送〇晴且須	502/66-50
後凋〇柏翠篸宇	218/32-21	〇〇明月欲升時	297/4-2	江〇入臘香	054/8-8
憶鱸〇島早秋風	362/8-6	〇〇香刹夜三更	444/8-4	探〇到法幢	068/8-6
東籬〇菊徑猶存	413/8-4	【松關】		鹽〇調鼎鼐	100/16-9
貰得〇花酒	479/8-5	湖月照〇〇	239/4-2	送〇晴且須	114/64-50
朱邸綠〇當檻映	117/8-3	江天寒月照〇〇	331/4-4	朧〇小立倚窗傍	190/8-1
地古蒼〇更入篇	176/8-4			送〇晴度渡華津	281/4-1
數里盡青〇	386/8-2	【 4893₂ 樣 】		茶〇花發滿庭春	305/4-4
風霜道士〇	033/8-3	狂花一〇春	028/8-4	柳〇當遣旅情慰	425/8-5
長堤十里〇	067/8-8	倡門粧〇近何如	188/8-1	探〇□□□□	489/8-4
山中盡赤〇	082/8-2			靜坐〇窗下	031/8-1
數里盡青〇	085/8-2	【 4894₀ 杵 】		風傳〇信息	057/8-3
後凋庭院	113/20-14	兔操金〇何所搗	013/22-7	江上〇雨後	072/8-1
故人家在〇雲際	142/8-7	四鄰砧〇罷	479/8-7	遠尋〇所莊	079/8-2
輕篸新裁〇葉幐	284/4-1			相迎〇結實	104/16-5
一塢清陰〇道士	121/8-6	【 4894₀ 枚 】		榴花〇子促歸舟	146/8-8
數字留題石上〇	132/8-8	斜寫丹青妙〇葦	196/8-3	雨歇〇天鳥語喧	218/32-18
更擬飄飆逐赤〇	124/8-6			水村〇落夕陽孤	295/4-4
誰倚陰崖一樹〇	315/4-4	【 4894₆ 樽 】		數枝〇柳入詩筒	446/8-6
【松蘿】		〇前萬戸明秋水	148/8-5	滿地〇夜雨間	369/8-8
〇〇帶雪冷前楹	018/32-32	一〇風雨大江頭	146/8-1	風冷覺〇朧	030/8-3
〇〇六幅圖	047/8-4	月斁青〇酒	059/8-5	市視黃〇熟（葛）	115/44-5
綾羅解脱占〇〇	163/8-2	收網傾〇割小鮮	127/8-2	一檐監〇自海涯	206/8-2
【松樹】		安道開〇待客過	286/4-2	五月江〇雨亦甘	388/8-1
〇〇咽天風	076/8-8	昨日芳〇釀露華	337/4-4	敢比一枝〇	001/26-26
如令〇〇高	230/4-3	玄屮孤〇月入亭	380/8-6	當時有詠〇	094/40-36
上有長〇〇	248/4-2	燃葉熁金〇	056/8-6	殘雨送黃〇	095/12-6

【 4895 ₇ 梅・檢・妙・嫦・趙・杪・梢・丈・丰・才・中 】 5000 ₆

雪未足探〇	106/20-18	【 4980 ₂ 趙 】		法龕燈點〇孤照	211/8-3
報君但憾〇難寄	420/8-7	魚目終難奪〇家	206/8-6	詠悠謝家〇得匹	474/8-3
晚風吹送野〇香	116/8-8	【 4992 ₀ 杪 】		此鄉亦有群〇子	012/12-10
山茶微笑野〇妍	344/4-4	翠幌青簾樹〇懸	147/8-1	九辨文憐汝〇	089/8-6
餘芳獨有一株〇	269/4-4	【 4992 ₇ 梢 】		千秋磊落有〇奇	366/12-1
不觀燈市只觀〇	312/4-4	〇聲撐蟾兔	098/20-7	梅花帳裏眠〇覺	488/8-5
江渚冬溫早綻〇	475/4-1	〇頭摩碧空	252/4-2	【 5000 ₆ 中 】	
流漸照繳一枝〇	480/4-4	淡淡露〇新	224/4-2	〇藏一宇蕭齊	090/8-2
【梅花】		秋風吹落碧梧〇	436/8-4	〇峯花插夕陽朱	161/8-4
〇〇江上月冷冷	139/8-8	【 5000 ₀ 丈 】		〇將姬人入曲阿	163/8-1
〇〇月影澹冰壺	217/20-20	百〇牽吟興（葛）	115/44-9	〇通一洞門	235/4-2
〇〇送暗香	237/4-3	萬〇光芒亘曉天	435/8-8	〇廚有術脫仙胎	379/8-2
〇〇枝上月明多	286/4-4	攜伴入方〇	030/8-2	壺〇占勝境	035/8-3
〇〇帳裏眠才覺	488/8-5	未及篤人百〇長	279/4-4	鼎〇烹露葵	039/8-4
江上〇〇舊草堂	024/12-1	水月觀留數〇詩	398/8-6	山〇盡赤松	082/8-2
月逗〇〇帳	110/32-13	【丈室】		屏〇會別詩	105/20-6
紙帳〇〇入夢時	180/8-4	既知〇〇生春色	175/8-7	天〇雛蔬莭	111/24-9
驚破〇〇夢五更	280/4-4	春深方〇〇	037/8-1	望〇皆着句	112/28-23
蘆葉〇〇憶舊盟	333/4-4			窗〇千嶂經春雨	119/8-5
看過〇〇幾百株	347/4-2	【 5000 ₀ 丰 】		尊〇竹葉氣方舒	175/8-6
鏡裏〇〇照有神	383/8-6	〇神昔相如	009/34-20	轍〇得潦鮒將活	199/8-5
月下〇〇夜斷魂	377/8-4			胸〇戈甲金還軟	210/8-3
縱負〇〇且留滯	405/8-7	【 5000 ₀ 才 】		窗〇陰翳生駒嶺	216/12-9
蘆葉〇〇春又秋	438/8-2	〇藝但改觀	009/34-21	雲〇有廈屋	255/4-3
小橋寒月照〇〇	290/4-4	〇藻誰如公	027/8-8	畫〇城郭雨中看	275/4-2
		〇可慙予劣	062/8-5	山〇何處足安禪	320/4-1
【 4898 ₆ 檢 】		〇高五鳳樓	109/16-12	月〇兔子去無影	383/8-5
〇書旋可燭	399/8-5	〇知杉間楓	232/4-4	城〇鼓角雜風雷	376/8-2
		霜〇宜喫菜	106/20-17	櫪〇驥足老將至	450/8-3
【 4942 ₀ 妙 】		斯〇千里駒	114/64-10	界〇也願足	456/20-4
〇音遙入海潮長	155/8-8	斯〇千里駒	502/66-10	廚〇唯鼠竊	465/8-3
〇把臂一堂當	457/14-9	解脫〇終日	083/8-7	山〇僅一宿	466/8-3
清歌〇舞隨和切	442/8-3	封裏〇開氣更薰	141/8-4	室〇生白坐相忘	476/8-6
賁為〇望望	456/20-20	稱得〇名本三鳳	403/8-3	斯〇起臥冬溫足	471/8-7
池子畫〇書亦精	016/50-31	別後〇傳字數行	420/8-1	黃薇〇州原靈境	023/34-19
官清齡亦〇	009/34-3	知物仙〇身隔垣	218/32-10	花雨〇峯來黛色	122/8-3
斜寫丹青〇枚葦	196/8-3	八斗君〇人已仰	438/8-3	猶愈宮〇嫉	006/16-10
點點遠傳飛白〇	207/8-5	手之奇〇方	456/20-14	綠樹連〇島	038/8-3
		俗士斥文〇	094/40-22	自秘郢〇歌	049/8-6
【 4942 ₇ 嫦 】				宛在水〇沚（岡）	115/44-44
二八〇娥影未濯	402/8-2			但在夢〇時會晤	139/8-7

— 228 —

華瀨山○幾脚雲	141/8-1	杜宇關山叫雨○	362/8-8	【 5000₆ 曳 】	
青錦囊○盡白魚	153/8-8	新詞寫入五絃○	381/8-8	搖○到彼岸	007/30-9
夜朗樓○燭未呼	154/8-2	載酒徒尋絳帳○	429/8-2	搖○到彼岸	365/30-09
咄咄空○書者誰	207/8-1	【中庭】		一泓碧水○彩虹	021/30-16
黃蘗山○去不歸	319/4-4	○○碧一泓	248/4-1	風悠春寒怯○筇	289/4-2
風去山○何處飲	327/4-3	幾脚竹榻下○○	013/22-5	吟枝百銅同臭○	216/12-3
孤鶴月○聲	416/8-6	【中看】		【 5000₆ 車 】	
羽化壺○日月光	451/8-6	畫中城郭雨○○	275/4-2	素○來范式	110/32-23
為神仙○人	456/20-8	歸來咲向鉢○○	332/4-4	香○泥抹落花紅	134/8-6
獨擅此○奇	463/8-8	【中洲】		停○霜葉塢	467/8-5
賣藥市○憨舊業	489/8-3	○○芳草色	051/8-1	井投○轄始為眞	434/8-4
為神仙○人	456/20-8	汲我○○水	243/4-1	知爾小○元寄傲	370/8-7
總出一胸○	027/8-4	【中有】		何處停○興最長	408/4-2
神存醉墨○	076/8-6	○○好事西孟清	016/50-4	不特馬與○	009/34-22
一醉竹林○	097/12-2	○○樂志人溫藉	018/32-10	楓林停客○	112/28-14
節物過天○	104/16-2	○○瑶臺枕碧漣	023/34-20	多病懶迎長者○	123/8-4
留客猶能○饋事	168/8-7	【中暮】		柳畔繫停公子○	198/8-4
置身圖畫○	240/4-4	玄詞苦向晴○○	181/8-1	內人千騎扈雲○	262/4-1
熏蒸火宅○	247/4-3	江山却向暗○○	201/8-2	風流始駐呂安○	338/4-1
於數里街○	456/20-9	【中物】		臨水涼軒幾繫○	484/8-1
先說前宵○聖人	488/8-4	欲下杯○○	030/8-5	【車鹽】	
塔雕雲水湧○天	129/8-6	但愛杯○○	101/16-13	階庭覆了一○○	182/8-4
硫黄氣結洋○曉	131/8-5			階庭撒了一○○	367/8-4
溯游人至水○央	298/4-1	【 5000₆ 史 】			
思君只是夢○尋	328/4-2	文○其如我性慵	124/8-2	【 5000₇ 事 】	
誰知二萬洞○秘	342/4-3	三冬新○業	101/16-11	○業千秋高縫帳	128/8-5
故人家在此○途	347/4-1	奚為脩○者	254/4-3	○親共説怡顔好	218/32-13
故人家在此○途	347/4-1	舉白曾詠○	001/26-15	官○雖未竣	002/14-5
白雲出沒山○寺	374/8-5	載筆空違修○時	299/4-2	樂○尙琴書	050/8-4
何處兵甲此○藏	375/8-2	佛殿猶傳彤管○	360/8-5	鄙○豈多能	063/8-6
世情翻覆手○雨	384/8-3	【史顔】		啓○遊何處	071/8-1
飄飄身迹水○萍	380/8-4	彤管秋開女○○	157/8-6	勝○屬伊人	107/12-2
既圓春草夢○塘	390/8-4	彤管秋開女○○	373/8-6	何○推遷疾	113/20-5
與君十載賞○秋	406/26-13			何○不窺園	237/4-1
枝枝非是窨○開	475/4-2	【 5000₆ 申 】		勝○唯存夜篋詩	421/8-2
露華濺餘華席	021/30-18	臬代○丹款	110/32-5	十月○都忙	029/8-2
浮圖湧出斷雲○	117/8-8			婚嫁○都終	076/8-4
鳳輦春留閣道○	134/8-8	【 5000₆ 吏 】		中有好○西孟清	016/50-4
湧出泉州舊府○	144/8-8	寄言○部唯看弄	210/8-7	平家舊○將相問	137/8-7
海氣山雲指顧○	151/8-2	一行為暫疏迂	217/20-8	書雲非我○	001/26-7
禽魚苦樂宦游○	164/8-4	去城無酤○（岡）	115/44-3	竟將學圃○安蔬	126/8-6
五嶽煙霞指掌○	301/4-4				

5000 ₇【 事・推・擁・攤・擅・携・摘・璃・夫・央・夷・拚・接・較・掠・畫・畫 】
　　　　　　　　　　　　　　　　　　　　　　　　　　　　　　　　5010 ₆

狎客趨陪○唱酬	261/4-2	招○過三徑	001/26-9	以險却爲○	494/58-7
嫁娶君家○旣終	301/4-1	相○相訪且開顏	369/8-2	畫圖勝景辛○塢	162/8-5
貧家也自○相催	313/4-2	提○是祈早	456/20-19	【 5004 ₃ 拚 】	
買田幾歲○巖耕	335/4-2	琴尊任客○	074/8-2	○醉蕭齋小春夜	217/20-19
鐺笒奴婢○常忙	451/8-4	同社好相○	099/20-12	【 5004 ₄ 接 】	
竹筇覓句尋紅○	142/8-3	夕麗空亭○手來	174/8-1	地○崇禪古道場	168/8-2
留客猶能中饋○	168/8-7	鷗儔鷺伴重相○	150/8-8	始○風流馬白眉	359/8-2
何論七七年來○	171/8-7			何以○芳軌	494/58-50
幹蠱有人何所○	287/4-3	【 5002 ₇ 摘 】		敬田院○飯蒸菜	147/8-3
不識能書何等○	407/4-3	老圃○殘濃紫色	212/8-7	潮音羝○古鐘長	375/8-6
【事竟】		畒饒蔬可○	112/28-15	塵縛無緣○座獅	398/8-2
官遊○○客將歸	172/8-1	【摘蔬】		可見衆賓應○處	024/12-11
但逢公○○	009/34-11	○○充玉饌	056/8-5		
		○○炊麥夕飱香	168/8-8	【 5004 ₈ 較 】	
【 5001 ₄ 推 】		圃正○○烹	101/16-8	【較有】	
盟孰○牛耳	099/20-13			藥石爲醫○○功	167/8-4
何事○遷疾	113/20-5	【 5002 ₇ 璃 】		燕子池塘○○情	212/8-6
誰復定○敲	048/8-8	【璃藻】			
【推窓】		剪勝○○舊弟兒	016/50-3	【 5009 ₆ 掠 】	
半夜○○君試見	018/32-31	小春○○葩	112/28-26	翩翩白鷺○人飛	355/4-4
空房起坐○○望	353/4-3	所以競○○	001/26-23	銜泥玄燕水相○	390/8-5
感懷書罷○○望	446/8-7				
		【 5003 ₀ 夫 】		【 5010 ₆ 畫 】	
【 5001 ₄ 擁 】		休道壯○者不爲	015/18-10	邸閣○生霧	094/40-19
青山○上游	038/8-4	久費工○常侍句	170/8-3	論源○夜馳（岡）	115/44-34
龍泉煙○寺門浮	159/8-6	他鄉召哲○	114/64-34	衡門○鎖足音稀	371/8-1
爐頻添炭○	101/16-7	他鄉召哲○	502/66-34	山雲○掩扉	461/8-2
紅爐寧必○	106/20-13	曲徑曾無望○石	168/8-3	蓋尾難消淸○霜	476/8-4
枕肱寒巷○蝸兒	215/8-6	誰家紅女積功○	196/8-1		
直向前山○雨飛	316/4-4	一生雲壑老樵○	308/4-4	【 5010 ₆ 畫 】	
		花街歌鳳楚狂○	448/8-6	○錦有輝光	026/8-2
【 5001 ₄ 攤 】		【夫子】		字○本稱衡山亞	018/32-14
紗窓雪色○書夜	180/8-3	關西○○衛鱣譽	392/8-5	刻○衣裳五色霞	205/8-2
		愛我城○○	008/16-1	鐵○銀鉤取次移	207/8-8
【 5001 ₆ 擅 】		偉矣關○○	040/8-1	詩○君名筆	242/4-3
獨○此中奇	463/8-8			詩○小園欣賞處	372/8-7
		【 5003 ₀ 央 】		池子○妙書亦精	016/50-31
【 5002 ₇ 携 】		溯游人至水中○	298/4-1	酒杯○卷手未釋	018/32-21
○伴入方丈	030/8-2			莊合○幷題	074/8-4
○兒將酒榼	256/4-1	【 5003 ₂ 夷 】			
○歸八百八洲邊	284/4-2	漂流到荒○	010/56-8		

5003₂【 畫・盡・蠹・蛇・蚖・蟲・蠢・蚊・蜂・青 】　　5022₇

滿壁〇林丘	226/4-4	遙心寫〇海雲長	420/8-2	函底雲牋供白〇	125/8-3
銀鉤鐵〇誰相爭	016/50-32	屋瓦消霜〇	094/40-15		
居然觀〇了半生	016/50-49	促別傷春〇	102/12-9	【 5014₀ 蚊 】	
寄聲詩〇有無間	336/4-4	青錦囊中〇白魚	153/8-8	未免聚〇攻	097/12-10
展覽新圖	085/8-7	舊懷難話〇	461/8-7	近日免驅〇	041/8-2
宛似有聲〇	098/20-19	非是興情〇	492/8-7		
露峯篦水〇何如	198/8-2	客裏相莟須〇醉	436/8-7	【 5014₃ 蜂 】	
看不以爲〇	224/4-3	蕒莢階前將〇潤	439/8-3	蟋〇堂外寂寒聲	018/32-30
展覽新圖〇	386/8-7	還怕追隨歡未〇	146/8-7	蟋〇聲寒霜布地	022/8-4
【畫裏】		風雨荒陵花落〇	269/4-3	蟋〇床頭始話情	354/4-2
〇〇江山千里鏡	147/8-5	半缸魚腦半時〇	294/4-3	窗寒蟋〇苦吟秋	441/8-6
江城〇〇抹斜陽	279/4-2	今我不遊春欲〇	309/4-3	歲暮繩床藏蟋〇	124/8-3
【畫舫】		血痕千點不消〇	334/4-3		
〇〇青帘引衆賢	176/8-1	越路秋鴻未飛〇	336/4-3	【 5022₇ 青 】	
紅衣〇〇並橈通	117/8-4	滿面煙花春未〇	392/8-7	〇鳥飛來碧海天	023/34-1
【畫中】		橐金買夜春難〇	393/8-5	〇錦囊中盡白魚	153/8-8
〇〇城郭雨中看	275/4-2			〇山不必屬羊何	392/8-1
置身圖〇〇	240/4-4	【 5010₇ 蠹 】		殺〇既成堆	001/26-16
【畫圖】		幹〇有人何所事	287/4-3	丹〇老蒼流峙奇	018/32-7
〇〇勝景辛夷塢	162/8-5			丹〇筆有神	045/8-4
水郭韶光入〇〇	448/8-1	【 5011₄ 蛇 】		踏〇吾亦杖相扶	448/8-2
		龍〇鬪處毫遒勁	370/8-3	月數〇樽酒	059/8-5
【 5010₇ 盡 】		朝來剪得藏〇蔓	476/8-7	岸看〇柳敧（岡）	115/44-6
〇日連江寒雨下	018/32-1			翠幌〇簾樹杪懸	147/8-1
折〇西山花幾枝	019/14-2	【 5011₇ 蚖 】		佛母〇鷓寶實軀	161/8-6
雪〇窗前芸葉香	024/12-10	〇哉應問奇	010/56-32	畫舫〇帘引衆賢	176/8-1
弄〇江城月	103/20-1			月落〇龍舟未返	260/4-3
雪〇藕綠織曼陀	163/8-4	【 5013₆ 蟲 】		亂墜〇針繡素漣	284/4-4
話〇三年別後心	326/4-2	〇蝕葉難全	084/8-6	白雪〇霞第幾峯	285/4-4
搜〇枯腸倚欄頭	406/26-22	彫〇篆刻豈容易	015/18-9	白酒〇燈一草廬	318/4-2
行〇有年千萬落	409/4-3	陰〇亦似多情思	166/8-7	一盆〇荷三五錢	340/4-4
偉姿〇超凡	005/18-4	陰〇蟲切切繞階除	484/8-2	檿葉〇邊楓葉黃	352/4-2
雖拙〇精神	034/8-2	階明〇亂語	103/20-11	一片〇螺疊嶂傍	375/8-1
山中〇赤松	082/8-2	莎岸〇聲十里聞	499/8-6	玄談〇眼與戎俱	401/4-2
數里〇青松	085/8-2	切切陰〇繞階	090/8-8	碧簟〇簾影滄蕩	406/26-2
咳唾〇璣珠	114/64-8	篆刻雕〇爲技大	171/8-5	獨點〇燈標上元	426/8-2
數里〇青松	386/8-2	終遣☐添寂寞	385/8-7	好此〇山裏	462/8-7
門閥〇秦价	416/8-2	多時篆刻且彫〇	167/8-6	雅音屬〇衿	005/18-10
咳唾〇璣珠	502/66-8			兩岸疊〇螺	078/8-2
室明無〇燈	063/8-8	【 5013₆ 蠢 】		斜寫丹〇妙枚葦	196/8-3
亂鴉飛〇餘三版	275/4-3	〇殘書裏神仙字	451/8-5	對君雙眼〇依舊	440/8-5
菜花落〇麥芒平	374/8-1	書淫類〇寄生長	171/8-6	一幅古丹〇	459/8-4

非乘黃鵠度〇霄	017/8-5	【 5 0 3 3 6 忠 】		〇〇器度殊	114/64-42
興居十歲古〇甗	128/8-6	波浪可觀〇信志	361/8-5	〇〇海外仙家物	496/8-7
關門我輩駐〇牛	146/8-4	【忠孝】		〇〇器度殊	502/66-42
任佗眼裏爲〇白	217/20-17	士龍氏既以		象緯〇〇能自辨	302/4-3
蛾眉猩口丹〇巧	437/8-3	〇〇鳴于國、	455/23-11	鍛冶〇〇叔夜家	338/4-2
寒流晴嶂斎藍〇	380/8-8	何如人間〇〇全	485/24-10		
【青山】				【 5 0 6 0 1 書 】	
〇〇擁上游	038/8-4	【 5 0 4 0 4 妻 】		〇幌影虛文窗明	016/50-6
〇〇不得歸	092/16-2	【妻孥】		〇進練裙幅	114/64-5
〇〇欲命呂安駕	139/8-5	〇〇動入詩料	086/8-6	〇淫類蠹寄生長	171/8-6
柑酒〇〇去聽鶯	016/50-38	賜告逆〇〇	114/64-44	〇裙學得雲煙已	481/4-3
綠草〇〇路鬱紆	263/4-1	賜告逆〇〇	502/66-44	〇進練裙幅	502/66-5
數里盡〇〇	386/8-2			琴〇以消憂	010/56-23
		【 5 0 4 3 0 奏 】		束〇環淬楠相遷	128/8-2
【 5 0 2 3 0 本 】		薰風〇起達婆樂	168/8-5	誰〇癸丑年	229/4-4
日〇寶刀橫腰下	017/8-7	馬上〇歸清夜曲	262/4-3	讀〇窗外翠相環	342/4-2
字畫〇稱衡山亞	018/32-14	一絃八璈交相〇	023/34-31	檢〇旋可燭	399/8-5
主客〇疏禮法	086/8-5			代〇慰別何情味	472/4-3
譾劣〇當爲小隱	124/8-7	【 5 0 5 0 3 奉 】		鴻〇自北京	493/8-1
誰呼爲菜〇同根	377/8-2	況〇趨庭訓	096/40-7	清靜〇室會同盟	016/50-1
稱得才名〇三鳳	403/8-3	承〇足兒孫	110/32-32	遠向〇帷報	237/4-4
		親懽能自〇	114/64-15	作序〇傳晉代風	403/8-6
【 5 0 3 2 7 舊 】		貞節虛心〇夏堂	197/8-2	試倚〇櫻西望海	425/8-7
駕〇瓦上夢魂驚	353/4-2	看君定省〇晨昏	218/32-28	樓頭〇影明藜火	454/8-5
【青袍】		留得生徒〇客歡	428/8-2	感懷〇罷推窗望	446/8-7
白首〇〇學易初	170/8-2	親懽能自〇	502/66-15	蠹殘〇裏神仙字	451/8-5
雨雪足〇〇	043/8-6	沈香亭下醉供〇	379/8-7	下讀〇窗下	456/20-5
【青萍】				何圖羽〇急	009/34-27
青萍〇〇劍	051/8-5	【 5 0 5 5 7 冉 】		夕倚讀〇軒	110/32-12
苔色卽〇〇	231/4-2	〇牛何等疾	096/40-25	天外音〇憂母疾	137/8-5
【青苔】		〇冉逢佳節	113/20-1	同社琴〇皆故態	165/8-3
〇〇封澗戶	100/16-13	冉〇逢佳節	113/20-1	野衲學〇蕉塢廢	202/8-5
滿地〇〇人迹絕	358/4-3			無意讀〇覓榮達	308/4-3
【青鞋】		【 5 0 6 0 0 由 】		同藤琴〇皆故態	363/8-3
〇〇布韈度江關	157/8-1	玉樓〇爾落	096/40-29	不唯能〇與善詩	366/12-2
〇〇布韈度江關	373/8-1	覺路何〇淂	007/30-29	北地無〇白雁來	389/8-4
【青松】		林薄自〇飛	092/16-16	不識能〇何等事	407/4-3
數里盡〇〇	085/8-2	旗鼓無〇施盛世	218/32-7	會叩讀〇齋（憲）	422/16-16
		覺路何〇得	365/30-29	難達時時〇	009/34-16
【 5 0 3 3 3 惠 】		白馬經文〇竺傳	129/8-4	池子畫妙〇亦精	016/50-31
〇雨入門注	007/30-13	曾投明月道無〇	382/8-4	樂事尚讀琴	050/8-4
敏〇人相畏	096/40-11	【由來】		何徒讀父〇	058/8-6

— 232 —

藥物古方○	061/8-6	千○蒼翠祇林枝	130/8-8	花裏旗亭○三月	195/8-3
咄咄空中○者誰	207/8-1	暮○春服旣新裁	152/8-1	煮雪後園○	244/4-1
鴻雁斷鄉○	462/8-6	三○柑酒映鶯衣	177/8-4	春宵宮裏○霄長	260/4-1
紗窓雪色攤○夜	180/8-3	陽○召我出城南	216/12-1	今我不遊○欲盡	309/4-3
紗窓獨坐讀○時	192/8-6	三○煙景堂無主	429/8-5	風前柳絮○爭色	377/8-3
鬢悠猶稀讀○牖	217/20-11	維○爲緩分眉宴	474/8-5	槖金買夜○難盡	393/8-5
想爾家山讀○處	393/8-7	石橋○度澗花翻	133/8-6	眉壽椿庭○酒尊	426/8-6
相憑將寄一○箇	429/8-8	鳳輦○留閣道中	134/8-8	蘆葉梅花○又秋	438/8-2
便便腹筒秘無○	153/8-6	煙霞○遇秦逋客	145/8-5	花亭旗亭○二月	444/8-3
新增聲價右軍○	170/8-4	暮春○服旣新裁	152/8-1	釀得流霞○萬石	453/8-3
南至明朝雲可○	175/8-4	滿坐○生一管風	194/8-8	十千酒債○宜負	449/8-5
燈前秋恨懶裁○	188/8-8	公田○濕勸爲耕	199/8-4	滿蹊桃李○無恙	489/8-5
休爲來賓閣讀○	404/4-4	一帶○流一葦航	279/4-1	禪房花木改○容	121/8-1
【書雲】		五十○川方至時	287/4-2	麥秋郊外試○衣	142/8-2
○○非我事	001/26-7	風雪○寒怯曳笻	289/4-2	拚醉蕭齋小○夜	217/20-19
○○求彩筆	113/20-11	旅館○眠須共被	359/8-5	金花滿架挂○光	296/4-1
【書窓】		多少○鴻叫月明	361/8-8	鷄鴯有伴山○樹	360/8-3
○○何用枕團圓	204/8-8	無限○光促人去	368/8-7	詩吾荊棘入○苑	371/8-5
寂寂○○雨打頻	143/8-2	竹林○老淸風起	401/4-3	映窓長積殘○悠	476/8-3
幾時能照讀○○	276/4-2	滿坐○生一管風	418/8-8	筆揮詩發未○花	498/8-6
海棠睡足讀○○	405/8-4	溫酒○銷壺底冰	439/8-6	屛顏如咲迎幾○	014/20-18
【書案】		三十○迎未卓爾	454/8-3	染出雲霞湖山○	020/6-6
○○冷琅玕	098/20-14	江聲○靜鳥聲喧	447/8-2	筑紫花開府內○	131/8-6
長憑○○保生涯	205/8-8	寫罷宜○帖一堂	024/12-5	臥裏煙霞幾度○	283/4-2
【書堂】		不必迎○去	068/8-1	茶梅花發滿庭○	305/4-4
○○燕賀新	107/12-4	促別傷○盡	102/12-9	一篙遷鶯弄小○	306/4-4
團欒懷德舊○○	018/32-3	虛閣乘○望渺茫	116/8-2	屛顏如咲幾迎○	417/21-18
春風吹入讀○○	024/12-9	誰識臨○歌舞罷	261/4-3	萬斛消愁萬斛○	427/8-6
		借問今○九十日	318/4-3	金花釀得飮催○	440/8-4
【 5060₃ 春 】		蝶夢追○魂不返	381/8-3	風信爭傳幾處○	470/4-1
○葩頃刻開	001/26-24	却恐暮○江上客	382/8-7	孰與橫渠一水○	488/8-8
○深方丈室	037/8-1	二弟今○並來寓	414/4-3	【春雨】	
○涛亦起余	061/8-8	君子乘○到此邦	405/8-6	花殘○○細	060/8-5
○動金綠酒	077/8-5	澗花見○晚	494/58-17	閒餘○○夜朦朧	403/8-8
○歌秋穀新	083/8-4	春日祠壇○艸滋	011/16-16	一林○○杏花芳	451/8-1
○開竹葉罇	110/32-14	狂花一樣○	028/8-4	爲想北山○○後	274/4-3
○深錦帳新昏夜	183/8-3	枯腸復得○	034/8-8	窓中千嶂經○○	119/8-5
○城月暗壚山河	259/4-4	始問玉江○	045/8-2	【春已】	
○泥地暖禽銜去	379/8-3	尊猶北海○	108/20-16	遷喬○○負	002/14-12
○酒分來人自壽	483/8-7	園裏尚留○	111/24-10	土牛○○立	069/8-5
宜○多少字	059/8-7	雁塔煙霞○湧出	118/8-3	林欉○○到	237/4-2
小○璃藻葩	112/28-26	半磴樹呑○靄碧	161/8-3	【春水】	

5060 ₃【 春・表・橐・舂・責・貴・未 】　　　　5090 ₀

○○軒頭一醉臥	400/4-3	○○江上定思家	425/8-1	○唯命一奚	458/8-4
○○軒前秋水漲	406/26-1	數間茅屋○○去	263/4-3	滿○全足獻	114/64-55
○○當軒忽憶家	424/4-1	【春草】		滿○全足獻	502/66-57
○○高軒外	486/8-7	遊方○○外	099/20-7	奚○探得幾山川	454/8-1
可憐○○南軒月	396/4-3	旣圓○○夢中塘	390/8-4	黃白○無物	045/8-3
雨餘○○映窗紗	412/4-1	暮煙○○漫相思	421/8-8	靑錦○中盡白魚	153/8-8
映軒○○送東風	431/4-1	人迹深○○	079/8-5	敗席空○僅自隨	215/8-1
竹林蕭寺通○○	155/8-5	【春未】		寫入一奚○底裝	336/4-2
【春殘】		滿面煙花○○盡	392/8-7	清音寫入錦○裝	157/8-8
江雨○○濕旅衫	278/4-1	三鳳相將○○闌	428/8-6	清音寫入錦○裝	373/8-8
簾外○○月季花	337/4-1	【春日】		漉罷氤氳出布○	378/8-2
【春山】		○○祠壇春艸滋	011/16-16		
○○不斷煙	064/8-8	○○野山君自見	266/4-3	【 5077 ₇ 春 】	
○○唯有鷰梭在	163/8-7	愛此小○○	460/8-1	○歌林後舍	039/8-5
○○經燒蕨薇長	496/8-3	高臥鄉園待○○	172/8-7	【春處】	
爭若○○千萬樹	270/4-3	【春風】		夕陽○○石花飛	014/20-9
【春色】		○○桃花浪	003/24-7	夕陽○○石花飛	417/21-9
三津○○卜居年	135/8-1	○○陣陣雁欲鳴	016/50-18		
旣知丈室生○○	175/8-7	○○吹入讀書堂	024/12-9	【 5080 ₆ 責 】	
【春秋】		○○千里外	026/8-1	鄉原君莫責	466/8-7
○○方五十	040/8-3	○○獨浴沂	100/16-16		
○○甫而立	114/64-27	○○剪翠水連天	178/8-4	【 5080 ₆ 貴 】	
○○正及養于鄉	171/8-2	○○障壁香多少	196/8-5	富○誰家植牡丹	273/4-1
○○甫而立	502/66-27	○○吹自閉	235/4-3	騰○三州紙	494/58-58
海屋○○籌幾千	485/24-22	○○不必泣豐碑	299/4-4	那知富○者	073/8-7
【春宵】		○○直度大江來	313/4-4	姚家富○看花圍	177/8-5
○○宮裏春宵長	260/4-1	○○裊裊紫羅裙	442/8-2	☐如在○塾	456/20-18
千金○○易徹明	016/50-45	一陣○○坐裏生	432/4-4	君王應不○長生	268/4-4
花明海上○○月	273/4-3	領略○○入臘醅	480/4-2	【貴名】	
【春江】		一水○○入墨池	481/4-1	紙價○○都	114/64-20
○○雪後好吟哦	286/4-1	無聊幾度對○○	446/8-2	紙價○○都	502/66-20
正是○○月盈夜	312/4-3	【春一色】			
【春酒】		煨酒紅爐○○○	018/32-25	【 5090 ₀ 未 】	
君家○○釀萬斛	023/34-27	斷續人家○○○	344/4-3	○肯點額還	003/24-15
流霞○○盞	091/16-11			○窮千里目	042/8-7
釀成○○湛芳樽	218/32-32	【 5071 ₇ 屯 】		○免聚蚊攻	097/12-10
【春滿】		駪駪如雲不復○	327/4-2	○及篤人百丈長	279/4-4
○○酒千鍾	113/20-20			○嘗一捃紫芝眉	366/12-8
一盆○○擢枝枝	192/8-2	【 5073 ₂ 表 】		○醉箠陰徑作三	388/8-4
稻苗○○地	238/4-2	○劉明日飲（岡）	115/44-27	○將羹膾促扁舟	438/8-8
【春來】				雪○足探梅	106/20-18
○○已幾回	030/8-1	【 5073 ₂ 橐 】		我心○可灰	001/26-22

— 234 —

5090₀【 未・末・棗・素・秦・橐・束・東 】

朗吟○嘗乏神情	013/22-13	三十春迎○卓爾	454/8-3	【 5090₃ 素 】	
杜鵑○敢促歸期	019/14-14	筆揮詩發○春花	498/8-6	○絃音自識	034/8-5
斯文○喪天	051/8-4	酒杯畫卷手○釋	018/32-21	○車來范式	110/32-23
屋榮○修補	108/20-5	日落仙查猶○見	116/8-7	後○素絹色瑩瑩	016/50-10
鬢毛○變空追憶	126/8-7	駟馬人間計○工	117/8-6	緇○一時諸名公	021/30-28
爐灰○撥心先活	141/8-3	還怕追隨歡○盡	146/8-7	尺○代來傳萬里	203/8-5
病起○容浴沂水	152/8-7	醉臥避災人○起	148/8-7	後素○絹色瑩瑩	016/50-10
聖朝○有誤陰晴	199/8-8	夜朗樓中燭○呼	154/8-2	平居不○飧	110/32-6
朝天○返神仙馭	214/8-5	月照新林醉○回	174/8-8	枕流吾○志（岡）	115/44-19
心灰○死煮茶爐	217/20-12	管裏葭孚灰○動	175/8-5	星霜養○道難移	180/8-6
塵垢○全離	247/4-1	風雨草玄嘲○解	180/8-5	譚玄養○人相賞	377/8-7
當酒○勝衣	399/8-6	一寸錦心灰○死	185/8-3	唯因寒○重禪房	378/8-8
哀鵑○度浪華江	405/8-8	有食千間肚○飢	215/8-4	千峯積○照吟眸	433/4-4
玉手○分萁冷暖	437/8-5	月落青龍舟○返	260/4-3	江上秋風起○波	165/8-2
幽谷○追黃鳥出	449/8-3	有客江頭衛○裝	369/8-1	常喜按摩煩○手	205/8-3
朝來○遽去	465/8-7	渚暗賓鴻聲○度	384/8-5	亂墜青針繡○漣	284/4-4
塵縛○能解	467/8-7	滿面煙花春○盡	392/8-7		
官事雖○竣	002/14-5	二八嬋娥影○濯	402/8-2	【 5090₄ 秦 】	
片言猶○成	030/8-7	露滴兼葭雁○飛	415/8-8	○箏調可同	027/8-6
送窮窮○去	061/8-1	時日再遊猶○報	421/8-7	一旦作○胡	114/64-60
花凋露○晞	092/16-10	三鳳相將春○蘭	428/8-6	門閥盡○价	416/8-2
異鄉猶○厭	099/20-11	賣藥女兒名○著	451/8-3	一旦作○胡	502/66-62
桑蓬志○遂	102/12-1	疏潤夜年猶○叙	474/8-7	煙霞春遇○逋客	145/8-5
桂花香○微	103/20-14	閣上草玄嘲○解	476/8-5	村犬難尋○眼飾	452/8-5
寒威猶○烈	106/20-1	【未能】			
起來夢○醒	220/4-3	○○千里駕	105/20-15	【 5090₄ 橐 】	
陰多天○雨（張）	422/16-3	多知草木○○除	153/8-2	橐金買夜春難盡	393/8-5
滄洲志○垂	477/8-6	【未乾】		【橐吾】	
皇州尙○晴	493/8-8	雨痕○○階前苔	013/22-3	○○花千畝	002/14-8
篤人候霽○期幟	012/12-6	吟腸老○○	057/8-6	秋深○○野	058/8-7
慈愛漫道○全白	025/20-5	淋漓墨○○	098/20-20		
金嶽歸來○發舟	140/8-1	殘柳蕭疏葉○○	275/4-1	【 5090₆ 束 】	
凌風臺畔○開花	270/4-1			○書環淬楠相遷	128/8-2
獨坐黃昏○點缸	276/4-4	【 5090₀ 末 】			
葛洪丹乏○輕身	283/4-4	蘋○涼颸起	080/8-7	【 5090₆ 東 】	
江楓霜薄○紛紛	303/4-4	蘋○風徐至	095/12-7	○道主阿誰	010/56-30
越路秋鴻○飛盡	336/4-3	蘋○暗生颸（葛）	115/44-12	○林人有誠	037/8-5
滿江寒霧○全晴	354/4-4	散為天○霞	253/4-4	○游業就西歸日	278/4-3
尙平婚嫁○曾終	362/8-2			○叡行杳大赦辰	351/4-2
故園荊樹○曾摧	389/8-6	【 5090₂ 棗 】		○山積翠入舵樓	364/8-2
門外銀橋○架雲	423/8-4	每得殷紅東海○	218/32-11	○籬松菊徑猶存	413/8-4
四壁寒光○道貧	440/8-2			○胅坦腹報家親	434/8-1

【 5090₆ 東・棗・素・秦・橐・束・東・輒・排・輕・拒・打・振・據・軒・攄・輒・指 】   5106₁

月正○山夕	108/20-15	涼稀扇數排（張）	422/16-10	【 5104₀ 軒 】	
無那○方便易白	406/26-25			○蓋充路岐	010/56-36
西風別墅在○村	162/8-1	【 5101₁ 輕 】		○裳豈可絆君身	145/8-8
尋仙杖屨遍西○	301/4-2	○熏吸管翠煙翻	184/8-6	當○繞檻海潮鳴	361/8-1
馬融遙在廣陵○	429/8-1	○筆新裁松葉牋	284/4-1	映○春水送東風	431/4-1
【東西】		○輕薄解風	097/12-4	南○秋水潨	477/8-1
○○無雪嶺	068/8-3	輕○薄解風	097/12-4	南○此日會童兒	481/4-2
一宇○○學	114/64-37	飄颻○擧泝游去	023/34-17	空○綣戀情	482/8-4
伴此○○客（葛）	115/44-21	交豈○祧禘	096/40-15	水○邀月坐宵分	499/8-1
幾度○○跋涉勞	341/4-1	浴衣○拭倚前檻	193/8-1	春水○頭一醉臥	400/4-3
渾是○○欽慕人	470/4-4	一片○霞彩可攀	202/8-4	春水○前秋水漲	406/26-1
一宇○○學	502/66-37	浴衣○拭倚前檻	419/8-1	却恨南○水	399/8-7
【東行】		彈冠望○肥	010/56-40	雨閣晴○倒酒缸	405/8-2
○○秋三五	009/34-29	葛洪丹乏未○身	283/4-4	春水當○忽憶家	424/4-1
倉皇復○○	009/34-28	將歸之子治裝○	393/8-1	消暑南○下	479/8-1
【東海】		【輕雨】		臨水涼○幾繫車	484/8-1
○○自茲阻	004/16-13	曉窓○○散花香	120/8-8	春水高○外	486/8-7
○○蟠桃君不厭	023/34-33	正是湘江○○後	322/4-3	除夕南○每飲醇	488/8-1
○○功名地	026/8-3	【輕煙】		得志互連○	004/16-4
○○與求藥	100/16-11	○○十字流	052/8-4	脫巾猶倚○	056/8-8
利涉○○瀾	010/56-4	峯吐○○轉見尖	182/8-6	夕倚讀書○	110/32-12
削成○○玉芙蓉	285/4-2	裹裹○○亙太癩	198/8-1	可憐春水南○月	396/4-3
每得殷紅○○棗	218/32-11	峯吐○○轉見尖	367/8-6	復延賓客倚南○	025/20-18
【東風】				堆盤日日晒晴○	184/8-2
○○解凍墨地香	024/12-2	【 5101₇ 拒 】		並秀芝蘭香滿○	218/32-22
○○度祓川	229/4-1	莚不○蚩貢爲	457/14-8		
○○冷處猶餘雪	276/4-3			【 5104₁ 攄 】	
○○兩岸巑岏柳	279/4-3	【 5102₀ 打 】		一時○颺母	010/56-7
○○江柳不藏煙	372/8-4	微雨疏鐘○睡鷗	364/8-8		
寫向○○撒世間	202/8-8	寂寂書窓雨○頻	143/8-2	【 5104₇ 輒 】	
一任○○送暗香	420/8-8			動○低吟不作章	497/8-4
映軒春水送○○	431/4-1	【 5103₂ 振 】			
【東鄰】		無句弗○綺	494/58-40	【 5106₁ 指 】	
一齅獲○○	044/8-2			○揮如意珊瑚碎	487/8-5
異時千萬買○○	143/8-8	【 5103₂ 據 】		卽○暮雲愁裏地	390/8-3
		○鞍千里自鷹揚	138/8-1	斜陽背○紫雲山	277/4-4
【 5101₀ 輒 】		龍蟠曾○三州地	218/32-5	擧杯咲○寒窓外	306/4-3
○與女牛同	046/8-8	楠子勤王割○秋	159/8-4	返照映相○	039/8-7
交遊動○隔銀河	158/8-2			五嶽煙霞○掌中	301/4-4
		【 5103₆ 據 】		白雲千里人○舍	380/8-5
【 5101₁ 排 】		舊懷足可○	009/34-26	【指顧】	

— 236 —

【 5106₁ 指・虹・蠣・頓・軋・挑・摧・折・斬・攜・撲・抵・授・援・撥・拙・插・採・蟋・蟠・靜 】　　　　　　　　　　　　　　　　5225₇

○○榕間明月影	015/18-17	朝○浪華蘆	225/4-1	【 5207₂ 拙 】	
湖山○○家何處	335/4-3	半夜○頭風雨急	348/4-3	雖○盡精神	034/8-2
海氣山雲○○中	151/8-2	梅丘被酒○枝旋	348/4-1	愧吾詩筆○	460/8-7
【指點】		巷柳蕭條無客	188/8-7	二毛斑嘆吾○	089/8-5
○○林欒暮鳥飛	142/8-8	一擔花枝何處○	277/4-3	蹇驢雪裏詩寧○	117/8-5
○○前年苦吟處	162/8-7				
一一○○不記名	016/50-14	【 5202₁ 斬 】		【 5207₇ 插 】	
		袈裟○後着袈裟	267/4-2	版○圍宮闌	100/16-10
【 5111₀ 虹 】		劍稱能○象	110/32-7	不○茱萸只舉杯	389/8-8
○彩煥發彩毫底	021/30-17			綠樹○帆檣	079/8-8
彩○雖時亘	007/30-3	【 5202₇ 攜 】		瓶花○海榴	109/16-8
彩○影落長橋夕	140/8-3	○伴入方丈	030/8-2	一瓶○得數枝新	470/4-2
彩○雖時亘	365/30-03	○兒將酒榼	256/4-1	中峯花○夕陽朱	161/8-4
百橋○聚飲	094/40-13	○歸八百八洲邊	284/4-2		
但見殘○不見橋	345/4-1	招○蔬三徑	001/26-9	【 5209₄ 採 】	
一泓碧水曳彩○	021/30-16	相○相訪且開顏	369/8-2	擬向商山○玉芝	180/8-8
玉江晴度一條○	117/8-1	提○是祈早	456/20-19	○無勝具可相從	132/8-2
		偶○同藤侶	493/8-3	只○酒饌少河鮋	382/8-5
【 5112₇ 蠣 】		琴尊任客○	074/8-2	豈言○陸羽	036/8-3
廣島潮温牡○肥	172/8-6	同藤好相○	099/20-12	才可○予劣	062/8-5
		夕麗空亭○手來	174/8-1	丁壯無寸功立	449/8-7
【 5178₆ 頓 】		鷗儔鷺伴重相○	150/8-8	我亦何○舊面目	406/26-21
○生白銀世	456/20-3			賣藥市中○舊業	489/8-3
爐頭○却寒	057/8-2	【 5203₄ 撲 】		虛名千里有○君	303/4-1
薰蒸○見鬢雲橫	193/8-4	紅葉○燈落	465/8-5		
巷糞○供紅豆餅	478/8-3	描成蛺蝶○流圖	200/8-8	【 5213₉ 蟋 】	
				【蟋蜂】	
【 5201₀ 軋 】		【 5204₀ 抵 】		○○堂外寂寒聲	018/32-30
蛉汎輣○、	455/23-7	不覺○鴨島	494/58-22	○○聲寒霜布地	022/8-4
				○○床頭始話情	354/4-2
【 5201₃ 挑 】		【 5204₇ 授 】		窗寒○○苦吟秋	441/8-6
恃遣令郎○白戰	289/4-3	○衣閨婦怨	395/8-5	歲暮繩床藏○○	124/8-3
		土俗相慶○概年	011/16-9		
【 5201₄ 摧 】				【 5216₉ 蟠 】	
蕙心知在惜○殘	191/8-2	【 5204₇ 援 】		龍○曾據三州地	218/32-5
林壑秋寒栝柏○	376/8-4	○毫憶魯臺	106/20-8	東海○桃君不厭	023/34-33
故園荊樹未曾○	389/8-6	攀○藤蔓與松根	133/8-2	孤根○結小檐頭	291/4-2
【 5202₁ 折 】		【 5204₇ 撥 】		【 5225₇ 靜 】	
○盡西山花幾枝	019/14-2	爐灰未○心先活	141/8-3	○坐梅窗下	031/8-1
不○江亭柳	002/14-1			○爲露團團	098/20-10

— 237 —

5225₇【 靜・慭・誓・哲・晢　暫・甐・剌・戈・掛・撼・拭・按・拔・轄・或・盛・盞・
　　　蛇・蛾 】　　　　　　　　　　　　　　　　　　　　　　　　　5315。

清○書室會同盟	016/50-1	【 5300。 掛 】		鷗盟恐○渝	502/66-64
江聲春○鳥聲喧	447/8-2	○席有封姨（葛）	115/44-4	或駸巨鼇○駕鯉	023/34-15
眞如譚習○	103/20-15	尸解衣空○	036/8-5	或跨大瓠○乘蓮	023/34-16
爲政白雲山色○	361/8-3	【掛夕陽】		弟兄湖海○亡矣	152/8-5
市橋鵲影三更○	499/8-5	一半晴光○○○	213/8-8	或於北渚○南樓	406/26-14
		風雨新晴○○○	476/8-8	君看明月○自愁	406/26-16
【 5233₂ 慭 】				【或烹】	
○爲市井臣	111/24-20	【 5303₅ 撼 】		脩用般般炙○○	195/8-2
		金波○疏箔	477/8-3	修用般般炙○○	444/8-2
【 5260₁ 誓 】		瑠璃波○水仙軀	200/8-4		
深照貞心明自○	190/8-7	垂夕波○月	234/4-3	【 5310₇ 盛 】	
				○會何必竹與絲	019/14-10
【 5260₂ 哲 】		【 5304。 拭 】		○暑黃家枕	096/40-19
【哲夫】		夜市○餘淵客涙	206/8-3	○筵移在荳江邊	176/8-2
他鄕召○○	114/64-34	浴衣輕○倚前檻	193/8-1	琥珀杯○花隱者	200/8-3
他鄕召○○	502/66-34	浴衣輕○倚前檻	419/8-1	供給一何○	007/30-22
				如之廚下○割烹	018/32-19
【 5260₂ 晢 】		【 5304₄ 按 】		方此節花○開日	021/30-29
烹葵只是石爲○	385/8-5	常喜○摩煩素手	205/8-3	供給一何○	365/30-22
		【按劍】		旗鼓無由施○世	218/32-7
【 5260₂ 暫 】		○○人前萬顆珠	201/8-4	零露不承何所○	496/8-1
江上○僦居	009/34-2	詩成○○人多少	024/12-7		
主人○省舊林巒	428/8-1	爲怕群黎時○○	181/8-7	【 5310₇ 盞 】	
一行爲吏○疏迂	217/20-8			流霞春酒○	091/16-11
南禪寺畔○相從	317/4-1	【 5304₇ 拔 】			
【暫別】		【拔群】		【 5311₁ 蛇 】	
○○情懷對月多	165/8-6	○○升士伍	114/64-43	龍○鬪處毫遒勁	370/8-3
○○情緖對月多	363/8-6	○○升士伍	502/66-43	醉後龍○隨走筆	145/8-3
鄕園○○紫荊枝	359/8-4			朝來剪得藏○蔓	476/8-7
		【 5306₅ 轄 】		床頭凍硯閟蒼○	125/8-4
【 5280₁ 甐 】		脂○復何之	010/56-28		
○放鷗伴闊	104/16-9	投○薔薇綻	102/12-7	【 5315。 蛾 】	
淨地經行○息慈	130/8-2	井投車○始爲眞	434/8-4	○眉猩口丹靑巧	437/8-3
				山展○眉列	094/40-11
【 5290。 剌 】		【 5310。 或 】		如之廚下○割烹	018/32-19
○繡花禽全幅圖	196/8-2	○疑煉石補蒼芎	021/30-6	方此節花○開日	021/30-29
僧房○見貝多奇	130/8-4	○駸巨鼇或駕鯉	023/34-15	供給一何○	365/30-22
松針○落花	256/4-4	○跨大瓠或乘蓮	023/34-16	旗鼓無由施○世	218/32-7
		○於北渚或南樓	406/26-14	零露不承何所○	496/8-1
【 5300。 戈 】		鳳兮○求偶	010/56-31		
胸中○甲金還軟	210/8-3	岱嶠○蓬瀛	241/4-2		

5320。【 成・咸・威・甫・臑・感・戎・戒・挂・掩・軌・摸・挾・持・搏・技・披・描・拮・拱・】
5406。

【 5320。成 】
○章不斐然　051/8-8
詩○按劍人多少　024/12-7
難○十日醺　102/12-4
吹○一片湘雲影　184/8-7
描○蛺蝶撲流圖　200/8-8
釀○春酒湛芳樽　218/32-32
削○東海玉芙蓉　285/4-2
殺青旣○堆　001/26-16
日涉園○趣　105/20-13
皇子院○稱敬田　129/8-1
醫國業○思九國　131/8-3
甘露釀○般若湯　168/8-6
異日丹○須試犬　167/8-5
崖壁削○千斛玉　182/8-3
峭壁削○千片玉　367/8-3
昨夜吟○傳燭篇　372/8-6
玉版糊○自絕瑕　471/8-1
意使遐齡○米字　011/16-8
片言猶未○　030/8-7
若非寂寞○玄草　124/8-5
祇應藝苑○功日　432/4-3
層層架怪鵲○行　186/8-4
冰牀霜被不○眠　265/4-4
紫荊花發復○叢　431/4-4
興趣勃然偶○　457/14-3
道是九霞池貸○　016/50-7
楊公記文幷錄○　016/50-30
郭索形摸紙摺○　210/8-1
花葉根莖也染○　212/8-2
負笈無論學業○　393/8-2
【成叢】
將醉竹○○　104/16-6
萬綠鬱○○　232/4-2

【 5320。咸 】
酌之衆賓○已醉　023/34-29

【 5320。威 】
寒○猶未烈　106/20-1
大海雄○供臥閣　376/8-5

屋裏避霜○　092/16-12
明時偃武○　100/16-4
無衣却畏霜○迫　123/8-7

【 5322₇ 甫 】
【甫而立】
春秋○○○　114/64-27
春秋○○○　502/66-27

【 5322₇ 臑 】
黃金泉○沸　094/40-5

【 5333。感 】
○懷書罷推窓望　446/8-7
偶○秋風憶舊園　413/8-2
湖海○同袍　062/8-4
皓髮○年華　112/28-8
節物令人○　106/20-19
【感慨】
偏教○○濃　113/20-6
舊遊多○○　079/8-3
臨風多○○　094/40-37
節物關情多○○　214/8-7

【 5340。戎 】
苦憶阿○家　486/8-2
玄談靑眼與○俱　401/4-2
守歲今宵憶阿○　431/4-2

【 5340。戒 】
【戒與隷】
山驛○○○　114/64-45
山驛○○○　502/66-45

【 5401₄ 挂 】
金花滿架○春光　296/4-1

【 5401₆ 掩 】
綠扇○紅顏　219/4-4
山雲畫○扉　461/8-2
【掩映】

○○白雲艟　035/8-8
暮山○○斷煙橫　212/8-8

【 5401₇ 軌 】
何以接芳○　494/58-50

【 5403₄ 摸 】
郭索形○紙摺成　210/8-1

【 5403₈ 挾 】
字字○風霜　054/8-2

【 5404₁ 持 】
起臥扶○老益親　305/4-2
夏楚善自○　010/56-34

【 5404₁ 搏 】
夜○黍粰早掃煤　313/4-1

【 5404₇ 技 】
○舊稱醫國　035/8-5
此○與君共同師　015/18-8
篆刻雕蟲爲○大　171/8-5

【 5404₇ 披 】
○襟醉幾回　095/12-12
離○怪石間　250/4-1
花柳離○迹已空　381/8-2
蛙鳴吟懷○　007/30-23
嫋嫋晚風○煙霧　013/22-1
久拌興趣○雲發　165/8-5
何處桂花○　246/4-2
久拌興趣○雲發　363/8-5
蛙鳴吟懷○　365/30-23
平野宿雲○　492/8-6
獨有清芳冒悠○　445/8-8

【 5406。描 】
○成蛺蝶撲流圖　200/8-8
夜樹樓臺○水面　166/8-5

5408₆【拮・拱・攢・撩・蚪・蛙・蛺・蝶・井・弗・拂・扶・轉・搆・捧・抽・軸・捷・
抹・蛛・農・慧・鞏・曲】　　　　　　　　　　　　　　　　　　　　5560。

【 5406₁ 拮 】		【 5502₇ 弗 】		北渚雨○○	114/64-48
心多所○据	009/34-24	無句○振綺	494/58-40	北渚雨○○	502/66-48
【 5408₁ 拱 】		【 5502₇ 拂 】		【 5506。 軸 】	
河津崖○立	003/24-5	薰風○朱絃	006/16-15	手挈巨○向前檻	016/50-5
獨愧聚星今○北	388/8-5	百尺垂條○地長	296/4-2	【 5508₁ 捷 】	
【 5408₆ 攢 】		【 5503。 扶 】		【捷徑】	
也足不○眉	039/8-2	○醉我家兒	066/8-4	一任呼爲○○名	335/4-4
		○歸海島盲流人	351/4-1	爲問老農知○○	374/8-7
【 5409₆ 撩 】		起臥○持老益親	305/4-2		
茆花○亂荷葉空	021/30-1	誰爲○搖、	455/23-16	【 5509。 抹 】	
		驂客此○策	113/20-8	香車泥○落花紅	134/8-6
【 5410。 蚪 】		來時煙似○	113/20-15	翠黛濃○碧嶙峋	417/21-21
○胎何獨生虞氏	206/8-5	之子喜相○	114/64-12	三面峯巒○翠煙	127/8-6
		之子喜相○	502/66-12	江城畫裏○斜陽	279/4-2
【 5411₄ 蛙 】		嫩朶葳蕤老樹○	200/8-2	衣桁承塵鏡○煙	189/8-6
竈底無煙○自生	199/8-6	踏青吾亦杖相○	448/8-2	古刹高標一○霞	264/4-1
【蛙鳴】					
○○吟懷披	007/30-23	【 5504₃ 轉 】		【 5519。 蛛 】	
○○吟懷披	365/30-23	○覺紅塵遠	032/8-4	陳瓜庭上候蚳○	196/8-8
鼓吹○○和伯壎	218/32-26	九○靈丹顏可駐	013/22-8		
		交○酒杯親	111/24-6	【 5523₂ 農 】	
【 5413₈ 蛺 】		國主○加恩	110/32-4	寧樂村○姓寧樂	011/16-1
描成○蝶撲流圖	200/8-8	追陪○覺我心降	405/8-1	桃菜過○圃	068/8-5
		賞心○勝昔日遊	406/26-24	爲問老○知捷徑	374/8-7
【 5419₄ 蝶 】		女牛影○簾櫳外	158/8-7	三津波浪今○畝	116/8-5
○邊流水野薔薇	142/8-6	火星流○數峯西	349/4-4	赤濱村巷老○居	300/4-1
○舞鶯歌弄艷陽	156/8-2	峯吐輕煙○見尖	182/8-6		
○蝶草穿眼	111/24-11	峯吐輕煙○見尖	367/8-6	【 5533₇ 慧 】	
○夢追春魂不返	381/8-3	亦煩黃耳○達	457/14-13	入門慧雨澆	365/30-13
不從戲○去踰牆	190/8-8	輪塔午晴湖色○	133/8-5		
描成蛺○撲流圖	200/8-8			【 5550₆ 鞏 】	
行樂裝追遊○去	454/8-7	【 5504₇ 搆 】		鳳○春留閣道中	134/8-8
		樓豈元之○	098/20-15		
【 5500。 井 】				【 5560。 曲 】	
○投車轄始爲眞	434/8-4	【 5505₃ 捧 】		○徑曾無望夫石	168/8-3
金○寒宵醉月姿	445/8-4	更訝○心苡越女	442/8-5	河○後序韻錚錚	016/50-34
題詩○畔桐	046/8-6			一○笙歌操鳳凰	120/8-6
憋爲市○臣	111/24-20	【 5506。 抽 】		一○滄浪我濯纓	160/8-6
更憐萬○晨炊外	198/8-7	【抽蒲】		廻廊○砌踏瑠璃	130/8-1

— 240 —

5560。【 曲・曹・典・費・耕・棘・規・挹・捐・揚・揭・揖・損・操・蜘・蜆・蜩・蜈・
蟬・螺・覯・抱 】   5701₂

金筇一〇吹開	089/8-8	子〇啼處促歸舟	382/8-8	不敢向他〇	062/8-8
行歌一〇蓮花落	215/8-7	忍聽子〇啼	099/20-18	一曲笙歌〇鳳凰	120/8-6
暴背隱曲几	494/58-52	枕頭聞子〇	060/8-8		
幼出竹原〇	114/64-1	歎水爾清〇（葛）	115/44-20	【 5610。 蜘 】	
幼出竹原曲	502/66-1			陳瓜庭上候〇蛛	196/8-8
朝見華☒落〇汀	139/8-2	【 5601₇ 挹 】			
臥看荷花滿〇池	304/4-2	園稱〇翠翠微新	143/8-4	【 5611。 蜆 】	
半夜廣寒霓裳〇	013/22-21			久住〇川涯	112/28-4
馬上奏歸清夜〇	262/4-3	【 5602₇ 捐 】			
王老命舟浮剡曲	378/8-3	江上〇官舍	110/32-25	【 5612₇ 蜩 】	
【曲阿】		遂與班姬棄〇去	197/8-7	豈爲〇紛攻	104/16-10
每過〇〇親自呼	308/4-2	【捐館】			
中將姬人入〇〇	163/8-1	〇〇君何適	048/8-1	【 5613₄ 蜈 】	
【曲肱】		問君〇〇意如何	125/8-1	〇蚣山古樹高低	150/8-4
〇〇欲問眠多少	217/20-9				
一瓢甘〇〇	006/16-7	【 5602₇ 揚 】		【 5615₆ 蟬 】	
		〇頭家聲君努力	380/8-7	〇聲送夕陽	079/8-6
【 5560₆ 曹 】		清〇彼美自瀟湘	197/8-1	〇聯更有傷觀者	437/8-7
吾〇多市隱	052/8-1	嘖嘖〇聲響	114/64-21	更有鳴〇嘲午寂	304/4-3
白眼吾〇題鳳字	119/8-3	文章〇顯故侯孫	413/8-8		
		嘖嘖〇聲響	502/66-21	【 5619₃ 螺 】	
【 5580₁ 典 】		我亦飛〇甚	008/16-11	一片青〇疊嶂傍	375/8-1
弱冠文章有〇刑	380/8-2	玄草難虛〇子亭	139/8-6	兩岸疊青〇	078/8-2
		據鞍千里自鷹〇	138/8-1		
【 5580₆ 費 】				【 5651。 覯 】	
久〇工夫常侍句	170/8-3			奕代貽謀〇厥孫	218/32-2
海雲津樹〇相思	489/8-1	【 5602₇ 揭 】			
		堂〇王公詠	080/8-3	【 5701₂ 抱 】	
【 5590。 耕 】				〇琴時有思	062/8-7
〇漁非其志	010/56-17	【 5604₁ 揖 】		〇膝倚前楹	465/8-8
帶經〇南畝	010/56-15	未嘗一〇紫芝眉	366/12-8	白雲〇石枕	221/4-1
門鄰〇牧居	080/8-4	片碑掃字〇儒宗	315/4-2	一絕呈〇眞主	457/14-4
不必羨〇巖	005/18-18			新涼爽〇懷	477/8-2
公田春濕勸爲〇	199/8-1	【 5608₆ 損 】		深林却有〇兒篁	168/8-4
買田幾歲事巖〇	335/4-2	羽已〇光輝	092/16-8	百里鷺潮抱郭廻	376/8-1
		紫荊全〇枝	096/40-36	夜雨添藍山〇野	178/8-3
【 5599₂ 棘 】				【抱痾】	
荊〇叢祠送夕陽	155/8-6	【 5609₄ 操 】		〇〇千里客	060/8-1
詩吾荊〇入春苑	371/8-5	兎〇金杵何所搗	013/22-7	嚴親〇〇久	002/14-4
		當日旣〇觚	114/64-4	主人〇〇近止酒	013/22-9
【 5601。 規 】		誰憐清〇獨豪雄	443/8-1		
		當日旣〇觚	502/66-4		

— 241 —

5701₄【握・擢・攪・把・操・蜘・蜺・蜩・蜈・蟬・螺・覷・抱・揑・擢・攪・把・捫・翸・邦・掃・搗・擲・擬・換・搔・扱・投・搜・拇・揮・搚・招】5706₂

【 5701₄ 揑 】	【 5702₇ 搗 】	井〇車轄始爲眞 434/8-4
【揑手】	欲窺娥〇丹 098/20-12	旣餘〇刃地 044/8-5
〇〇茅堂上 062/8-1	兔操金杵何所〇 013/22-7	何須〇示世間人 383/8-8
〇〇論身迹 102/12-11		明月來〇玉案傍 024/12-8
	【 5702₇ 擲 】	野寺冥〇去 029/8-7
【 5701₄ 擢 】	〇地金聲碧湍激 132/8-5	頻逢有力見〇擲 204/8-5
一盆春滿〇枝枝 192/8-2	却疑〇杖聽霓裳 213/8-2	
	秋來畏日〇枯藜 349/4-1	【 5704₇ 搜 】
【 5701₆ 攪 】	百尺長橋〇擲杖 402/8-3	〇盡枯腸倚欄頭 406/26-22
南內笙歌夜〇腸 187/8-6	頻逢有力見投〇 204/8-5	試〇盧叟五千文 141/8-6
		巖壑〇迢境 114/64-13
【 5701₇ 把 】	【 5703₁ 擬 】	啜茗〇腸小樓外 371/8-7
〇釣心知立鷺 088/8-3	〇將蘆刀剟石腸 209/8-6	巖壑〇迢境 502/66-13
〇處看花多筆勢 496/8-5	〇向商山採玉芝 180/8-8	野客冥〇麗跂籃 216/12-6
盈〇黃花帶露痕 184/8-1	更〇飄颻逐赤松 124/8-6	蹇驢自駐且〇腸 213/8-6
妙〇臂一堂當 457/14-9	屢〇乘雲尋石室 283/4-3	陰壑雲深不可〇 159/8-8
【把酒】	準〇香爐天外賞 367/8-7	
〇〇倚勾欄 057/8-8	祖席〇南皮 010/56-44	【 5705₀ 拇 】
祗當〇〇杯 006/16-11	十年〇繼志和志 452/8-7	鶯花〇陣老 094/40-25
	舊篇聊〇酬君去 153/8-7	
【 5702₀ 捫 】	芸窗日〇大家辭 287/4-4	【 5705₆ 揮 】
〇類休論舌有無 217/20-10	華燈聊〇漢遺民 427/8-4	〇袂賦歸歟 009/34-12
〇蝨論文彼一時 421/8-6	七賢何必〇 097/12-5	〇塵雨花墜 467/8-6
晒髮陽簷〇蝨子 215/8-5	長鋏歌非〇 099/20-5	一〇瀟洒清風裏 284/4-3
	詩應雲漢〇（張） 422/16-7	指〇如意珊瑚碎 487/8-5
【 5702₀ 翸 】		筆〇詩發未春花 498/8-6
蛉汎〇軋、 455/23-7	【 5703₄ 換 】	閒話〇長柄 101/16-9
	裘〇酒占艷夜飲 498/8-5	酒酣〇洒雲煙色 325/4-3
【 5702₇ 邦 】	藥篢寧〇酒 081/8-3	何管妃〇涕 098/20-11
〇國誰人貽縞帶 146/8-3		受業門生競〇灑 024/12-3
吾〇俗自違 059/8-2	【 5703₆ 搔 】	
君子乘春到此〇 405/8-6	勿使人〇首 002/14-14	【 5706₁ 搚 】
	親故須君首屢〇 474/8-2	一〇花枝何處折 277/4-3
【 5702₇ 掃 】		行廚六甲帶香〇 216/12-4
爲〇煙波百尺樓 382/8-2	【 5704₇ 扱 】	
片碑〇字挹儒宗 315/4-2	〇來五味水 464/8-3	【 5706₂ 招 】
故人應〇榻 067/8-1		〇攜過三逕 001/26-9
命僮聊〇閣 106/20-9	【 5704₇ 投 】	〇飲桂叢秋 052/8-2
塵埃已一〇 033/8-8	轄薔薇綻 102/12-7	孤魂〇得化三湘 203/8-4
上丘聊自〇蒼苔 152/8-8	簪市隱重相招 217/20-1	今宵〇友飲 394/8-5
夜搗爇炬早〇煤 313/4-1	曾〇明月道無由 382/8-4	天薪魂叵〇 036/8-6

— 242 —

5707₂【 招・摺・据・搖・擬・軟・探・蠅・蝴・蝸・蝦・蟾・蜮・契・挈・繋・邨・繋・
賴・輪・撤・轍・拾・蛻 】　　　　　　　　　　　　　　　　5804₀

津頭舟子故〇招	345/4-2	【　5709₄　　探　】		【　5750₂　　挈　】	
投簪市隱重相〇	217/20-1	〇珠水當戸	101/16-3	手〇巨軸向前楹	016/50-5
津頭舟子故招〇	345/4-2	〇梅▨▨▨▨	489/8-4	鄰舍〇魚歸	461/8-4
		爭〇珠玉滿江秋	022/8-8		
【　5706₂　　摺　】		奚囊〇得幾山川	454/8-1	【　5750₂　　擎　】	
郭索形摸紙〇成	210/8-1	勝境必〇討	494/58-6	〇磬聲猶迴	466/8-5
		平城二月好〇芳	266/4-1		
【　5706₄　　据　】		千尋積水可〇珠	402/8-4	【　5772₇　　邨　】	
心多所拮〇	009/34-24	梅移木履野塘〇	450/8-6	〇舍無鐘鼓	465/8-1
		【探梅】			
【　5707₂　　搖　】		〇〇到法幢	068/8-6	【　5790₃　　繋　】	
微風〇漢影	041/8-5	雪未足〇〇	106/20-18	再〇佳人一葦航	390/8-2
扇〇八跪欲橫行	210/8-6	【探勝】		因〇回舟纜	502/66-51
誰爲扶搖、	455/23-16	〇〇從遊日	111/24-23	柳畔〇停公子車	198/8-4
【搖曳】		〇〇誰能從酒翁	362/8-1	垂楊堪〇榜	007/30-10
〇〇到彼岸	007/30-9	〇〇新題廿四場	391/8-4	宛似辟兵〇綵索	021/30-5
〇〇到彼岸	365/30-09			柳外犬吠曾〇舫	162/8-3
		【　5711₇　　蠅　】		縱使扁舟來〇少	286/4-3
【　5708₁　　擬　】		壁點蒼〇世尚奇	192/8-4	臨水涼軒幾〇車	484/8-1
〇向商山採玉芝	180/8-8			三津海舶雲間〇	169/8-5
〇將蘆刀剖石腸	209/8-6	【　5712₀　　蝴　】		裊裊蔓疑牛不〇	186/8-3
更〇飄颻逐赤松	124/8-6	〇蝶草穿眼	111/24-11		
屢〇乘雲尋石室	283/4-3			【　5798₆　　賴　】	
準〇香爐天外賞	367/8-7	【　5712₇　　蝸　】		〇爲王公疏澹泊	444/8-7
祖席〇南皮	010/56-44	枕肱寒巷擁〇兒	215/8-6		
十年〇繼志和志	452/8-7			【　5802₇　　輪　】	
舊篇聊〇酬君去	153/8-7	【　5714₇　　蝦　】		〇塔午晴湖色轉	133/8-5
芸窗日〇大家辭	287/4-4	率從魚〇輩	003/24-22	一〇水月望湖石	118/8-5
華燈聊〇漢遺民	427/8-4			初日半〇紅	252/4-4
七賢何必〇	097/12-5	【　5716₁　　蟾　】		洗却半〇赤	253/4-3
長鋏歌非〇	099/20-5	梢聳撐〇兔	098/20-7	美哉新築〇奐	087/8-1
詩應雲漢〇（張）	422/16-7	洗出銀蟾照淨几	406/26-6	清池月半〇	111/24-16
【　5708₂　　軟　】		【　5718₀　　蜮　】		【　5804₀　　撤　】	
〇飽堪充幾夕飧	184/8-4	新年適報得〇蛉	139/8-4	階庭〇了一車鹽	367/8-4
石蘚〇放菌	111/24-14			寫向東風〇世間	202/8-8
【軟脚】		【　5743₀　　契　】			
唯思〇脚酘	114/64-54	〇彼松與杉	005/18-12	【　5804₀　　轍　】	
唯思〇脚酘	502/66-56	心〇長無改	104/16-15	〇中得潦鮒將活	199/8-5
胸中戈甲金還〇	210/8-3	蘭〇歲逾親	107/12-10		
		同盟金蘭〇	009/34-7		

【 5806 ₁【 拾・蛻・蚣・蛉・蟻・數・捲・撐・抖・口・唯・啼・眩・噫・晬 】6004 ₈

【 5806 ₁ 拾 】		多情懶鑷○莖白	381/8-5	【 6000 ₀ 口 】	
噴珠誰收○	003/24-14	休論客路○甸疏	392/8-8	江○吊名姬（葛）	115/44-32
明珠行可○	070/8-7	水月觀留○丈詩	398/8-6	蛾眉狌○丹靑巧	437/8-3
		一瓶插得○枝新	470/4-2		
【 5811 ₆ 蛻 】		別後才傳字○行	420/8-1	【 6001 ₄ 唯 】	
○而自珍	473/4-3	鄰寺斜陽鐘○聲	501/8-6	○而起時方肇革	025/20-3
		【數行】		○因寒素重禪房	378/8-8
【 5813 ₂ 蚣 】		鴻雁○○字	047/8-3	不○葛子從	071/8-2
蜈○山古樹高低	150/8-4	背面戲題字○○	209/8-2	不○能書與善詩	366/12-2
		【數里】		囊○命一奚	458/8-4
【 5813 ₇ 蛉 】		○○踰市橋	006/16-5	不○怡目又充餐	483/8-8
新年適報得螟○	139/8-4	○○盡青松	085/8-2	勝事○存夜簽詩	421/8-2
		【數尺】		廚中○鼠竊	465/8-3
【 5815 ₃ 蟻 】		○○琅玕萬吹同	194/8-1	追隨不○我	430/8-7
雖無行○慕	097/12-9	○○琅玕萬吹同	418/8-1	珊瑚網破○餘潤	185/8-5
		形摹○○類金董	496/8-2	寄言吏部○看弄	210/8-7
【 5844 ₀ 數 】				【唯有】	
○度兵塵都不染	130/8-7	【 5901 ₂ 捲 】		○○餘香三日浮	441/8-4
○字留題石上松	132/8-8	舟帆○雪來	094/40-16	春山○○鶯梭在	163/8-7
○開鸞鏡鬢雲疏	188/8-4	吹時○葉少笳聲	496/8-6	【唯思】	
○間茅屋春來去	263/4-3	天風時○芙蓉雪	271/4-3	○○軟脚酤	114/64-54
○里盡青松	386/8-2	蘆簾且與雲○	090/8-3	○○軟脚酤	502/66-56
○枝梅柳入詩筒	446/8-6	西山欲雨朱簾○	389/8-3		
○聲回雁疏天涯	489/8-8	【捲蘆簾】		【 6002 ₇ 啼 】	
月○青樽酒	059/8-5	咲呼兒輩○○○	182/8-8	子規○處促歸舟	382/8-8
無○金鱗躍碧漪	297/4-4	咲呼兒輩○○○	367/8-8	英物試○知	096/40-6
於○里街中	456/20-9	【捲箔】		風樹鵑○冷	101/16-5
向我○求贈新詩	015/18-4	○○美明輝	394/8-2	兼葭處處○蛩	087/8-8
僅是○年業	075/8-3	陰雲○○飛	399/8-8	忍聽子規○	099/20-18
蕘莢○雖減	103/20-13	【捲簾】		妝閣吞聲○獨宿	183/8-5
點汚○幅茜裙長	208/8-8	○○何管有微雲	499/8-4	曉鳥報晴○	458/8-2
流螢○點藝窓下	404/4-3	○○雲泄桂花香	497/8-6	飄零島樹亂○鳥	154/8-4
調作○杯羹	464/8-4	星爛○○時	479/8-4	倚欄徒聽亂○鳥	402/8-8
起艸○千言	494/58-39				
遭逢僅○日	008/16-5	【 5904 ₁ 撐 】		【 6003 ₂ 眩 】	
文章有○奇	105/20-18	梢聳○蟾兔	098/20-7	展覽金碧○目睛	016/50-9
涼稀扇○排（張）	422/16-10				
歸來添得○株新	131/8-8	【 5905 ₀ 抖 】		【 6003 ₆ 噫 】	
龍鱗金可○	248/4-4	久○興趣披雲發	165/8-5	何敢唱五○	010/56-54
鄕信讀殘○十行	294/4-4	久○興趣披雲發	363/8-5		
芭蕉窓外○題名	354/4-1	勸君○醉且留連	012/12-7	【 6004 ₈ 晬 】	
火星流轉○峯西	349/4-4			○盤高設命杯尊	025/20-8

— 244 —

6006₁【暗・咳・日】　　　　　　　　　　　　　　　　　　　　6010₀

【 6006₁ 暗 】

○水度砧聲	482/8-6
柳○暮潮遲	060/8-6
渚○賓鴻聲未度	384/8-5
月○地如霾（憲）	422/16-4
蘋末○生颸（葛）	115/44-12
雨痕○濕綾羅襪	156/8-5
燐光夜○草芊芊	185/8-8
梅花送○香	237/4-3
春城月○壚山河	259/4-4
天寒月○美人來	480/4-1
竹色窓旋○	063/8-3
江山却向○中摹	201/8-2
孤燈枕畔○無光	294/4-2
桂花何處○飛香	325/4-2
雉陂楊柳○藏舟	364/8-6
江樹棲鴉○月光	497/8-8
一任東風送○香	420/8-8
猫路草塡城墨○	159/8-5
一龍難合夜空○	428/8-5

【 6008₂ 咳 】

【咳唾】

○○珠璣見	060/8-3
○○盡璣珠	114/64-8
○○盡璣珠	502/66-8
珠璣餘○○	048/8-3

【 6010₀ 日 】

○本寶刀橫腰下	017/8-7
○暖燕歸梁	026/8-6
○興百壺酒	076/8-1
○涉園成趣	105/20-13
○落仙查猶未見	116/8-7
○射江樓將欲曛	442/8-1
時○至南陸	001/26-1
夜○同飲畔	004/16-12
春○祠壇春艸滋	011/16-16
盡○連江寒雨下	018/32-1
落○一層樓	038/8-2
近○免驅蚊	041/8-2
落○三津寺	052/8-3

不○方經始	055/8-3
十○醉如泥	099/20-4
障○樹添綠	104/16-3
無○不良遊	109/16-2
當○旣操觚	114/64-4
明○荒陵有天樂	120/8-7
異○應須稱驚鷟	139/8-3
落○回帆海士城	149/8-4
異○丹成須試犬	167/8-5
他○孫謀傳道德	177/8-7
今○誰懸照心鏡	187/8-3
今○王公疏澹泊	195/8-7
紅○上花茵	221/8-2
初○半輪紅	252/4-4
春○野山君自見	266/4-3
昨○芳樽釀露華	337/4-4
明○登高何處好	356/4-3
西○海棠相照火	372/8-3
他○空山相許否	398/8-7
時○再遊猶未報	421/8-7
人○新題照草堂	420/8-4
十○交歡江上酒	434/8-5
初○照林垧	459/8-6
此○何圖洗腳醪	474/8-6
明○登高約	491/8-7
它○荒陵如避暑	501/8-7
當○旣操觚	502/66-4
涛聲○夜連	070/8-2
名聲○以馳	096/40-12
旋覺○南至	106/20-3
遊綠○與柳綠長	156/8-4
堆盤○日晒晴軒	184/8-2
芸窓○擬大家辭	287/4-4
巉屼○下鶴雲城	495/8-1
今茲人○宴	010/56-25
如何今○別	010/56-51
幾年斯○酒相傾	016/50-2
定是五○十日程	016/50-28
亡論當○高低價	018/32-16
葛家何○得一豚	025/20-1
期爾異○興我門	025/20-6
酒方今○豪	043/8-4

同雲遮○色	077/8-3
難期異○逢	093/12-8
難成十○醮	102/12-4
游差昨○非	103/20-18
表劉明○飲（岡）	115/44-27
佳辰霽○偶相將	148/8-1
高林赤○上人相	151/8-5
檣鳥落○江天外	174/8-3
谷含初○將飛瀑	182/8-5
堆盤日○晒晴軒	184/8-2
漁村幾○曝朝陽	203/8-2
椒盤昨○徹餘杯	312/4-1
沈沈斜○日枝峯	317/4-4
秋來畏○擲枯黎	349/4-1
谷含初○將飛白	367/8-5
聞君昨○自西州	382/8-1
治裝何○發京畿	415/8-2
荒陵落○橫	416/8-8
一篇愛○園莊裏	406/26-10
料知明○小山會	423/8-7
桑蓬當○奈爲男	450/8-2
南軒此○會童兒	481/4-2
煙波平○耽漁釣	485/24-3
朱明屬藻○	006/16-2
遭逢僅數○	008/16-5
海内名聞○	040/8-5
南枝逢社○	045/8-5
病榻少間○	053/8-1
解脱才終○	083/8-7
密密枝遮○	097/12-3
探勝從遊○	111/24-23
二子乘舟○（葛）	115/44-1
朱雀街頭○欲昏	137/8-1
沈沈斜日○枝峯	317/4-4
孤琴同調○相求	438/8-4
糧豈期三○	458/8-3
愛此小春○	460/8-1
蕩滌七八○之	457/14-10
千里行程百○游	012/12-11
定是五日十○程	016/50-28
饗醶仍同昔○裝	138/8-2
載筆山川百○遊	146/8-6

— 245 —

6010。【 日・日・旦・目・呈・里・星 】

水面金鱗殘○影	160/8-3	【 6010。旦 】	百○長流碧映門	447/8-1
不似宸遊當○望	169/8-7	朔○重茵南至日	439/8-7	千○侍親輿	494/58-1
冬嶺似施當○練	173/8-7	一○作秦胡	502/66-62	於數○街中	456/20-9
宛敵平原十○歡	370/8-6	江樓差穀○	091/16-7	采爲千○贈	001/26-25
君去復來三○際	390/8-7			石見千○餘	002/14-7
賞心轉勝昔○遊	406/26-24	【 6010₁ 目 】	未窮千○目	042/8-7
寸斷家人幾○腸	410/4-4	魚○終難奪趙家	206/8-6	抱痾千○客	060/8-1
唯有餘香三○浮	441/8-4	滿○煙波淰淰寒	275/4-4	長堤十○松	067/8-8
間裏頻驚曆○遷	454/8-2	引杯○送歸鴻	088/8-4	孤舟千○路	078/8-1
方此節花盛開○	021/30-29	不唯怡○又充餐	483/8-8	今俄北○儻	094/40-32
今歲方此再週○	025/20-17	未窮千里○	042/8-7	未能千○駕	105/20-15
一區島嶼銜紅○	127/8-5	登樓聊縱○	079/8-7	斯才千○駒	114/64-10
役仙驅鬼薙開○	159/8-3	新齋堪怡○	081/8-1	據鞍千○自鷹揚	138/8-1
高臥鄉園待春○	172/8-7	展覽金碧眩○晴	016/50-9	虛名千○有愧君	303/4-1
帝里山川知命○	170/8-7	食案僧供比○魚	188/8-6	江風千○送慈航	323/4-1
群酬共計期頤○	176/8-7	片石孤雲矚○長	360/8-1	與君千○異鄉關	369/8-6
用汝作霖是何○	199/8-7	非引深杯難從○	281/4-3	白雲千○人指舍	380/8-5
籬落今朝晒初○	208/8-3	無復聚星人側○	403/8-7	南郊北○酒旗風	381/8-1
東游業就西歸○	278/4-3	我亦何慙舊面○	406/26-21	愁心千○遙相寄	406/26-17
小倉山行行吟○	315/4-3			君糞千○賦懷歸	415/8-6
借問今春九十○	318/4-3	【 6010₄ 呈 】	斯才千○駒	502/66-10
朔旦重茵南至○	439/8-7	○出豐年瑞	233/4-1	飛鶬思萬○	008/16-14
祇應藝苑成功○	432/4-3	六○瑞令人	456/20-2	歸歟三千○	009/34-13
請看風雲交起○	443/8-7	每○雲瑞鶴千聲	495/8-4	道是遊京○	010/56-29
異客國風歸化○	445/8-5	丹北○祥驅宿霧	218/32-19	遊山八九○	028/8-1
【日將】		一絕○抱眞主	457/14-4	行脚千餘○	227/4-1
野馬○○斜	069/8-6	白鹿年年來○端	011/16-15	離別人千○	486/8-3
南望荒陵○○暮	117/8-7	請看星象羝○瑞	435/8-7	涕淚空餘萬○歌	125/8-6
【日照】				畫裏江山千○鏡	147/8-5
○○飛橋暄碧水	346/4-3	【 6010₄ 里 】	說悅古稀呼○社	218/32-15
○○流澌起早鴻	446/8-8	千○共飛翻	004/16-16	能照故人千○心	328/4-4
山郭水村斜○○	179/8-7	數○蹛市橋	006/16-5	橋梓壯遊千○同	362/8-4
【日月】		千○曾思慕	008/16-3	莎岸蟲聲十○聞	499/8-6
○○手譚催	094/40-26	千○行程百日游	012/12-11	尺素代來傳萬○	203/8-5
仙家○○某一局	485/24-9	千○羈愁君自遣	019/14-11	【里外】	
心自清閑○○長	352/4-4	數○盡青松	085/8-2	春風千○○	026/8-1
羽化壺中○○光	451/8-6	帝○山川知命日	170/8-7	詩筒千○○	054/8-1
聽我升恒歌○○	218/32-27	千○竹筒隨犬耳	177/8-3	因識故園千○○	431/4-3
		梅○先生今尙在	299/4-3	【里是】	
【 6010。日 】		百○驚潮抱郭廻	376/8-1	○是仁爲美	114/64-25
扁○潮鳴。	455/23-13	數○盡青松	386/8-2	○是仁爲美	502/66-25
		千○師門玄草長	393/8-3		

【 6010₄ 星 】

○冠霞佩衝寒雨	023/34-9
○霜養素道難移	180/8-6
○辰僅映階（張）	422/16-2
○霜已逼二毛斑	449/8-8
○欄捲簾時	479/8-4
○聚海天外	482/8-7
德○秋冷水天香	025/20-20
火○流轉數峯西	349/4-4
火○流轉數峯西	349/4-4
聚○此夕先星會	436/8-5
江上○橋夕	046/8-1
迎秋○火伏（岡）	115/44-39
市橋○少鵲飛翻	426/8-4
請看○象羝呈瑞	435/8-7
雨痕○彩滿疏簾	500/4-1
橋畔有○稀	059/8-4
幾度聚○明	101/16-16
獨愧聚○今拱北	388/8-5
無復聚○人側目	403/8-7
上有婺○下有蔞	417/21-4
昨夜文○照草堂	497/8-1
垂夕回看○漢近	160/8-7
人間何處謫○郎	186/8-1
池頭綠柳帶○斜	338/4-4
聚星此夕先○會	436/8-5

【 6010₄ 墨 】

○點雙眸常側視	210/8-5
淋漓○未乾	098/20-20
何論○子護悲絲	180/8-2
神存醉○中	076/8-6
東風解凍○地香	024/12-2
盛筵移在○江邊	176/8-2
形勢依然繩○功	117/8-2
一幅新題水○圖	181/8-2
一水春風入○池	481/4-1

【墨痕】

○○猶濕繭蠶紙	406/26-8
綵幡閃閃○○香	024/12-6
獨餘濃淡○○寒	322/4-4

【 6010₄ 壘 】

猫路草填城○暗	159/8-5

【 6010₇ 疊 】

○石爲牆壁	235/4-1
雲○煙重故紙山	342/4-1
兩岸○青螺	078/8-2
雲開○巘聳丹楹	346/4-4
一片青螺○嶂傍	375/8-1
萬頃瑠璃千○碧	017/8-1

【 6011₄ 雖 】

○慕諸子際	027/8-3
○拙盡精神	034/8-2
家○無不龜	456/20-13
官事○未竣	002/14-5
羽儀○各具	004/16-3
彩虹○時亘	007/30-3
彼美○亡矣	096/40-39
天中○蔬葅	111/24-9
逢衣○異坐	114/64-39
彩虹○時亘	365/30-03
家醪○薄可爲歡	397/4-4
苡衣○異坐	502/66-39
蓂莢數○減	103/20-13
遠客催歸○治裝	012/12-5
楓冷虛名○自愧	140/8-5
酒傾荷葉並吟○	421/8-4

【雖無】

○○行蟻慕	097/12-9
○○移竹地	108/20-9

【 6012₃ 躋 】

香閣令人夢裏○	150/8-2

【 6012₇ 蜀 】

○鴉月下翻	387/8-4

【 6012₇ 蹄 】

馬○水草生秋色	415/8-3
橋上驢○詩僅耽	450/8-4
門宜駐馬○	099/20-14

【 6013₂ 暴 】

○背隱曲几	494/58-52

【 6014₀ 躇 】

幾度泣○躇	050/8-8

【 6014₇ 最 】

○愛小嬋娟	084/8-2
○好袁安代悠華	471/8-4
賞○今宵是	103/20-17
名聲○超衆	102/12-5
清秋○好賦間居	126/8-2
此盟誰○健	032/8-8
將歸客思○悠哉	174/8-4
衣錦裁霞曉○明	393/8-6
何處停車興○長	408/4-2

【 6015₃ 國 】

○主轉加恩	110/32-4
四○白鷗邊	070/8-4
故○有明主	114/64-33
醫業成思九○	131/8-3
邦○誰人貽縞帶	146/8-3
上○初陽映錦衣	172/8-2
大○雄風引客衣	415/8-1
四○餘霞海吐朱	448/8-4
去○廿年餘	462/8-2
故○團欒宴	482/8-3
故○紫荊花	486/8-6
憂○惟雅好	494/58-10
故○有明主	502/66-33
漆身○士恩難報	181/8-5
異客○風歸化日	445/8-5
詩于南○寄	113/20-3
觀瀾水○居知術	135/8-5
無人說○恩	387/8-8
爭如報○赤心腸	408/4-4
先生杖○國何邊	485/24-1
況洒帝王○	010/56-35
技舊稱醫○	035/8-5
筆鋒亡敵○	114/64-19
誦詩黃蕨○風清	361/8-4

【 6015 ₃ 國・兄・四・見・罷・吊・禹・易 】　　6022 ₇

當局佳人○並傾	437/8-1	○○白鷗邊	070/8-4	情因詩句○	111/24-5
先生杖國○何邊	485/24-1	○○餘霞海吐朱	448/8-4	頻逢有力○投擲	204/8-5
筆鋒無敵○	502/66-19	【四明】		釋褐南風○寵榮	335/4-1
孫子箕裘醫○業	176/8-5	○○高頂行相憩	133/8-7	相公船不○	387/8-5
祇要精良醫一○	025/20-13	○○狂客醉多時	321/4-1	薰風莢長○花繁	483/8-1
醫國業成思九○	131/8-3	【四鄰】		黃昏幽逕○人妝	478/8-1
自能嚴艷堪傾○	442/8-7	○○砧斷人定	090/8-7	峯吐輕煙轉○尖	182/8-6
回生仁術手醫國○	218/32-9	○○砧杵罷	479/8-7	但見殘虹不○橋	345/4-1
士龍氏既以				峯吐輕煙轉○尖	367/8-6
忠孝鳴于○、	455/23-11			連壁同輝忽○敵	436/8-2
		【 6021 ₀ 見 】		半夜推窓君試○	018/32-31
【 6021 ₀ 兄 】		石○千里餘	002/14-7	日落仙查猶未○	116/8-7
弟○湖海或亡矣	152/8-5	可○衆賓應接處	024/12-11	江左風流君自○	118/8-7
弟○猶爲一人少	389/8-7	終○伴王喬	036/8-4	春日野山君自○	266/4-3
弟○天一涯	486/8-4	山○悅人色	065/8-3	洗馬波間空自○	385/8-3
人煩賢○遞致	457/14-5	岸○松之茂	091/16-9	君試停杯燈下○	500/4-3
有斯令弟○	490/4-4	射○至號猿	110/32-8		
剪勝搞藻舊弟○	016/50-3	朝○華☐落曲汀	139/8-2	【 6021 ₁ 罷 】	
【兄弟】		請○霜黃蘆荻渚	154/8-7	寫○宜春帖一堂	024/12-5
○○淹留寓浪華	425/8-2	不○晚來波	222/4-2	競○渡頭舟	038/8-6
○○天涯燕爾新	434/8-8	所○寧無異所聞	303/4-2	熊○占吉夢	096/40-1
百年○○在樵漁	123/8-6	但○殘虹不見橋	345/4-1	漉○氤氳出布囊	378/8-2
非有○○難	258/4-2	不○波頭白馬來	376/8-8	三黜○官逾灑落	217/20-7
君家○○比椿萱	305/4-1	尋師欲○一方人	131/8-1	曾占非○兆	100/16-1
相莅四海皆○○	498/8-7	風暄少○菊花黃	148/8-4	感懷書○推窓望	446/8-7
		薰蒸頓○饕雲橫	193/8-4	小僧看客○驅鳥	295/4-1
【 6021 ₀ 四 】		頻年驚○變頭毛	341/4-2	四鄰砧杵○	479/8-7
○坐會盟詩有工	429/8-6	因○扁舟訪載人	434/8-2	苦吟還怪罪霏○	213/8-7
○壁寒光未道貧	440/8-2	精神○倍加	069/8-8	誰識臨春歌舞○	261/4-3
歸來○壁長相對	149/8-7	澗花○春晚	494/58-17		
千歲○絃絕	239/4-3	老少呼○迎	007/30-12	【 6022 ₇ 吊 】	
相莅○海皆兄弟	498/8-7	何時能○放	092/16-15	來○高麗橋畔暮	125/8-7
村醪三○卮	039/8-1	僧房刺○貝多奇	130/8-4	江口○名姫（葛）	115/44-32
良朋滿○筵	091/16-6	神洲不○赤旗航	360/8-6	行途○影泣多岐	183/8-6
又無雄辨○鄰動	441/8-3	窓前不○照牙籤	367/8-1		
聖護林園綠○圍	316/4-1	老少同○迎	365/30-12	【 6022 ₇ 禹 】	
探勝新題廿○場	391/8-4	薰蒸剰○饕雲橫	419/8-4	縱遇○公移不能	417/21-16
【四方】		頭角何○	473/4-2		
○○有志懸弧矢	171/8-3	采采歸相○	008/16-15	【 6022 ₇ 易 】	
弧矢聊觀○○有	025/20-15	金牛吾不○	044/8-1	○迷夜夜夢	009/34-15
桑蓬夙忘○○遂	362/8-3	與子如相○	054/8-3	村氓○業楮田間	202/8-6
【四國】		咳唾珠璣○	060/8-3	鷗盟恐○渝	114/64-62
		偉標摩頂○	096/40-5		

— 248 —

道險不〇行	494/58-3	〇莊如郭外	104/16-1	〇鱸告別已三歲	421/8-5
千金春宵〇徹明	016/50-45	〇菓珍江枳	109/16-7	離〇結似楊柳煙	012/12-3
自今講周〇	040/8-7	〇裏尚留春	111/24-10	藻〇長增奇	096/40-14
白首青袍學〇初	170/8-2	〇稱挹翠翠微新	143/8-4	唯〇軟脚酷	114/64-54
無那東方便〇白	406/26-25	村〇馴鴿鳴	007/30-11	相〇枕冷夜如年	189/8-4
王母康寧且樂〇	011/16-5	果〇在後場圃前	018/32-9	相〇煙水蒼茫夜	361/8-7
彫蟲篆刻豈容〇	015/18-9	鄉〇孰倚閭	058/8-2	豈〇莊叟片時夢	370/8-5
		名〇宜避暑	080/8-1	猶〇築紫舊滄波	392/8-4
【 6022₇ 圃 】		秋〇花可品	084/8-1	仍〇金澤魚	462/8-4
〇正摘蔬烹	101/16-8	田〇久帶一徑鋤	300/4-4	相〇卽命駕	491/8-1
老〇摘殘濃紫色	212/8-7	鄉〇暫別紫荊枝	359/8-4	唯〇軟脚酷	502/66-56
玄〇偸桃仙	254/4-1	故〇荊樹未曾摧	389/8-6	瞻望〇悠哉	001/26-2
竟將學〇事安蔬	126/8-6	家〇猶自隔長流	411/4-2	飛鷁〇萬里	008/16-14
桃菜過農〇	068/8-5	故〇無恙在雲霞	425/8-8	看爾〇無邪	075/8-2
朝臨演武〇	110/32-11	日涉〇成趣	105/20-13	吹律〇燕谷	106/20-7
果園在後場〇前	018/32-9	誰就〇池預種蓮	128/8-8	蔬門〇自長	466/8-6
苓木潅餘三世〇	144/8-3	覇王〇物向榮時	445/8-6	千里曾〇慕	008/16-3
姚家富貴看花〇	177/8-5	會有芳〇卜清夜	019/14-5	將歸客〇最悠哉	174/8-2
		終歲家〇樂有餘	126/8-1	煎心焦〇無人識	183/8-7
【 6022₈ 界 】		舊是家〇種仙杏	131/8-7	其如詩〇羝紛紛	423/8-2
〇中也願足	456/20-4	異代名〇傳勝概	164/8-7	抱琴時有〇	062/8-7
金〇遊忘歸	033/8-5	高臥鄉〇待春日	172/8-7	自此故人〇	093/12-11
空色三千銀世〇	211/8-5	既是林〇寒露初	214/8-2	雲樹入相〇	105/20-4
		煮雪後〇春	244/4-1	李郭此宵〇（葛）	115/44-28
【 6023₂ 晨 】		聖護林〇綠四圍	316/4-1	醫國業成〇九國	131/8-3
〇開深洞禮金仙	320/4-4	詩畫小〇欣賞處	372/8-7	蕭條楊柳〇依依	172/8-8
〇陯山驛棧	494/58-19	因識故〇千里外	431/4-3	驪歌別友〇不窮	381/8-4
清〇上觀臺	001/26-4	晚霽一村〇	056/8-2	床頭舉首〇空長	410/4-2
更憐萬井〇炊外	198/8-7	落木滿紺〇	110/32-28	只尺隔相〇	492/8-2
珠簾寶帳達〇遊	261/4-1	何事不窺〇	237/4-1	江頭待爾相〇字	415/8-7
清涼〇可依	103/20-6	一篇愛日〇莊裏	406/26-10	春來江上定〇家	425/8-1
人家遙隔恒沙〇	122/8-5	紫荊移種故〇花	414/4-4	停杯倚舷空相〇	015/18-16
筍虀茶粥坐清〇	143/8-1	昔聽棣棠盈後〇	137/8-4	月明何處多秋〇	022/8-2
【晨昏】		詩賦罰杯桃李〇	162/8-6	陰蟲亦似多情〇	166/8-7
〇〇勤定省	096/40-17	稱觴新壽醉田〇	218/32-16	空懸片月入想〇	293/4-4
看君定省奉〇〇	218/32-28	偶感秋風憶舊〇	413/8-2	寧令過客生鄉〇	337/4-3
【晨夕】		幽賞無端滿後〇	483/8-2	暮煙春草漫相〇	421/8-8
〇〇奈如愚	114/64-28			海雲津樹費相〇	489/8-1
〇〇奈如愚	502/66-28	【 6033₀ 思 】			
		〇在夕陽西	099/20-8	【 6033₀ 恩 】	
【 6023₂ 園 】		〇君只是夢中尋	328/4-2	〇露滿潘輿	058/8-8
〇元金谷富	072/8-5	〇人夕倚竹闌干	385/8-1	草木亦〇輝	100/16-6

6033₀【 恩・黑・愚・團・黯・田・早・晏・曼・男・因・昇・甲・圓・暈 】6050₆

玉露餘〇杯可嘗	186/8-6	碧霧諸天〇淡	089/8-7	【 6040₄ 晏 】	
國主轉加〇	110/32-4	【 6040₀ 田 】		因煩玄〇子	001/26-17
要看仁洽〇霑處	134/8-7	〇疇禾熟處	105/20-11	【 6040₇ 曼 】	
漆身國士〇難報	181/8-5	米〇之山秀三原	014/20-1	雪盡藕綠織〇陀	163/8-4
無人說國〇	387/8-8	鵩〇城郭負	071/8-3	【 6042₇ 男 】	
歸來明主〇遇厚	485/24-11	野〇多勝概	112/28-27	桑蓬當日奈爲〇	450/8-2
經筵更醉舊〇長	138/8-8	敬〇院接飯蒸菜	147/8-8	【 6043₀ 因 】	
花邊歌舞謝君〇	137/8-6	堅〇勝概入新題	150/8-1	〇煩玄晏子	001/26-17
案齊寧負伯鸞〇	483/8-4	公〇春濕勸爲耕	199/8-4	〇論詩伯仲	053/8-3
【恩波】		買〇幾歲事巖耕	335/4-2	〇卜元宵訝衆賓	427/8-2
萬頃〇〇翠黛妍	014/20-20	平〇落雁有歡聲	346/4-1	〇識故園千里外	431/4-3
萬頃〇〇浴其身	417/21-20	米〇之山秀三原	417/21-1	〇見扁舟訪載人	434/8-2
【恩榮】		池〇一夜雨	492/8-1	〇繫回舟纜	502/66-51
聞說〇〇渥	114/64-41	種玉〇暄露自融	144/8-6	情〇詩句見	111/24-5
聞說〇〇渥	502/66-41	寧有米〇山作海	014/20-14	唯〇寒素重禪房	378/8-8
		不翅〇興廣廈	018/32-8	偶〇今夜屈高駕	488/8-3
【 6033₁ 黑 】		二頃無〇佩印章	171/8-4	祇〇賤伎多爲慄	497/8-3
昏〇上方何處宿	161/8-7	何必瓜〇培五色	413/8-7	編戶何〇除課役	300/4-3
上方昏〇出	083/8-1	勿復令〇變爲海	417/21-14	母慈子孝宿〇緣	023/34-24
庭際片雲〇	053/8-7	村氓易業楮〇間	202/8-6		
悠煩雲鬢〇白爭	437/8-4	坐觀幾處腴良〇	011/16-12	【 6044₀ 昇 】	
		皇〇院成稱敬	129/8-1	〇平百又年	005/18-9
【 6033₂ 愚 】		可看滄海作蒼〇	178/8-8		
〇公移之竟不能	014/20-16	【田家】		【 6050₀ 甲 】	
庸〇自守草玄關	449/8-1	〇〇經幾處	029/8-1	六〇之廚八仙卓	023/34-11
晨夕奈如〇	114/64-28	〇〇請勿怨期	457/14-14	胸中戈〇金還軟	210/8-3
晨夕奈如〇	502/66-28	【田園】		行廚六〇帶香擔	216/12-4
		〇〇久帶一徑鋤	300/4-4	何處兵〇此中藏	375/8-2
【 6034₃ 團 】		稱觥新齋醉〇〇	218/32-16	託生正遇一〇子	023/34-3
一〇和氣一樽傍	024/12-12			堪登藝閣晒玄〇	209/8-5
和氣一〇留客處	305/4-3	【 6040₀ 早 】			
靜爲露〇團	098/20-10	〇稱一作家	075/8-4	【 6050₆ 圓 】	
靜爲露團〇	098/20-10	淺水〇涼歸	399/8-2	〇爐情話熟	113/20-19
【團欒】		山霽雪消〇	066/8-5	山〇更住誰	463/8-6
〇〇懷德舊書堂	018/32-3	夜擣薋炬〇掃煤	313/4-1	版插〇宮闌	100/16-10
故國〇〇宴	482/8-3	提攜是祈〇	456/20-19	聖護林園綠四〇	316/4-1
【團圓】		江渚冬溫〇綻梅	475/4-1		
絳河秋滴露〇〇	185/8-1	峯雲怪夏〇	494/58-18	【 6050₆ 暈 】	
書窗何用枕〇〇	204/8-8	憶鱸松島〇秋風	362/8-6	鏡生碧〇人初老	192/8-3
		日照流澌起〇鴻	446/8-8		
【 6036₁ 黯 】					
〇然魂重驚	009/34-32				

【 6050₇ 畢・罤・回・呂・冒・圖・晷・暑・晷・罰・品・晶・昆・置・昂・畏・邑・罍・只 】　6080₀

【 6050₇ 畢 】
無奈嫁娶〇　　　494/58-47

【 6052₇ 罤 】
千里〇愁君自遣　019/14-11
寧無〇旅襟懷似　369/8-7
不必〇棲嘆歲華　498/8-8
那用嘆〇離　　　010/56-48

【 6060₀ 回 】
〇生仁術手醫國　218/32-9
〇望忘筌坐石磯　355/4-2
盤〇蘿薜入靈區　161/8-1
迂〇驛路傍長川　344/4-1
垂夕〇看星漢近　160/8-7
數聲〇雁蔬天涯　489/8-8
因縈〇舟纜　　　502/66-51
出郭時〇望　　　458/8-7
不特一陽〇　　　001/26-14
春來已幾〇　　　030/8-1
披襟醉幾〇　　　095/12-12
況復值陽〇　　　106/20-2
如是勝會幾〇訂　018/32-28
月照新林醉未〇　174/8-8
危磴窮時首始〇　311/4-2
問奇須待主人〇　469/4-4
【回頭】
〇〇蒼翳山何邈　448/8-7
臨川寺畔始〇〇　314/4-1
【回帆】
〇〇載月飛　　　394/8-8
落日〇〇海士城　149/8-4

【 6060₀ 呂 】
音應失律〇　　　092/16-7
【呂安】
青山欲命〇〇駕　139/8-5
風流始駐〇〇車　338/4-1

【 6060₀ 冒 】
何人〇雨到玄亭　343/4-4

獨有清芳〇悠披　445/8-8

【 6060₀ 圖 】
何〇羽書急　　　009/34-27
何〇前夜雨　　　065/8-1
奚〇二豎羅　　　096/40-24
浮〇湧出斷雲中　117/8-8
陳〇靈迹猶何處　159/8-7
畫〇勝景辛夷塢　162/8-5
雲漢〇方失（葛）115/44-25
釋褐何〇負所親　306/4-2
此日何〇洗腳醪　474/8-6
松蘿六幅〇　　　047/8-4
難作有聲〇　　　460/8-8
共誇歸鳥昨〇南　388/8-6
水郭韶光入畫〇　448/8-1
一幅新題水墨〇　181/8-2
刺繡花禽全幅〇　196/8-2
描成蛺蝶撲流〇　200/8-8
【圖畫】
置身〇〇中　　　240/4-4
展覽新〇　　　　085/8-7
展覽新〇〇　　　386/8-7

【 6060₄ 晷 】
繼〇蘭燈二尺檠　016/50-43

【 6060₄ 暑 】
盛〇黃家枕　　　096/40-19
消〇南軒下　　　479/8-1
裳衣薄〇絺（岡）115/44-42
他時避〇能同否　174/8-7
名園宜避〇　　　080/8-1
自堪消薄〇　　　111/24-17
涼雨新晴〇猶餘　406/26-3
它日荒陵如避〇　501/8-7

【 6060₆ 晷 】
村巷漁〇夜尚懸　136/8-4

【 6062₀ 罰 】

詩賦〇杯桃李園　162/8-6

【 6066₀ 品 】
秋園花可〇　　　084/8-1

【 6066₀ 晶 】
水〇簾外夕陽明　193/8-8
水〇簾外夕陽明　419/8-8

【 6071₁ 昆 】
君家〇季舊相知　359/8-1
交孰弟將〇　　　110/32-16

【 6071₆ 置 】
〇身圖畫中　　　240/4-4
某〇人家樹鬱蔥　134/8-1
試〇盆池荷葉上　209/8-7
野庄安〇病禪師　304/4-1
菩薩曾安〇　　　251/4-2

【 6072₇ 昂 】
低〇鉅細千百種　021/30-3

【 6073₂ 畏 】
秋來〇日擲枯棃　349/4-1
無衣却〇霜威迫　123/8-7
敏惠人相〇　　　096/40-11

【 6077₂ 邑 】
蹭蹬又塊〇　　　005/18-16

【 6077₂ 罍 】
祇可酌金〇　　　001/26-12

【 6080₀ 只 】
〇此一庸醫　　　105/20-16
〇憨酒饌少河魨　382/8-5
〇尺隔相思　　　492/8-2
醉後〇宜茶　　　112/28-24
不須樹藾〇藝穀　011/16-7
不觀燈市〇觀梅　312/4-4

— 251 —

6 0 8 0 ₀【 只・貝・足・是・異・員・買 】 6 0 8 0 ₆

南郊獨往〇香榭	368/8-5	爲〇孝孫能養志	011/16-6	尊鱸不必〇佳肴	436/8-8
不挿茱萸〇舉杯	389/8-8	豈〇雪霜白滿頭	014/20-11	一片冰媒姓〇韓	191/8-8
【只是】		道〇九霞池貸成	016/50-7	分與故人名〇猷	291/4-4
〇〇進觥籌	109/16-10	定〇五日十日程	016/50-28	月照屋梁猶〇夢	434/8-3
思君〇〇夢中尋	328/4-2	如〇下物供兒觥	016-50-42	凝望滄州何處〇	127/8-7
烹葵〇〇石爲厚	385/8-5	道〇先考手澤存	018/32-15	【是其】	
		如〇勝會幾回訂	018/32-28	〇〇自鳴也。	455/23-4
【 6 0 8 0 ₀ 貝 】		舊〇董許兩仙媛	023/34-22	〇〇自鳴也者矣。	455/23-14
【貝多】		曾〇賣茶店	029/8-3		
詩寫〇〇葉	031/8-5	應〇雨留賓	053/8-8	【 6 0 8 0 ₁ 異 】	
僧房刺見〇〇奇	130/8-4	非〇緩爲報	054/8-7	〇時千萬買東鄰	143/8-8
		僅〇數年業	075/8-3	〇代名園傳勝概	164/8-7
【 6 0 8 0 ₁ 足 】		自〇忘歸去	082/8-7	〇客國風歸化日	445/8-5
〇以言吾志	034/8-3	還〇問前津	083/8-2	到此胸襟〇	028/8-7
〇格燃藜神	108/20-10	胙〇南亭長	094/40-31	蘭言幼已〇	096/40-13
也〇不攢眉	039/8-2	只〇進觥籌	109/16-10	風流獨爲〇	245/4-3
自是〇怡顏	002/14-9	里〇仁爲美	114/64-25	所見寧無〇所聞	303/4-2
游泳〇千歲	003/24-24	舊〇家園種仙杏	131/8-7	祇樹花開少〇香	211/8-4
舊懷〇可據	009/34-26	倘〇碧霞能服餌	178/8-7	【異日】	
雨雪〇青袍	043/8-6	常〇無心不倒顛	204/8-6	〇〇應須稱鷽鷟	139/8-3
河魚〇酒料	073/8-6	非〇王公也玉食	206/8-7	〇〇丹成須試犬	167/8-5
雪未〇探梅	106/20-18	旣〇林園寒露初	214/8-2	期爾〇〇興我門	025/20-6
承奉〇兒孫	110/32-32	如〇主人公	245/4-4	難期〇〇逢	093/12-8
飛花墜〇跗	031/8-2	正〇春江月盈夜	312/4-3	【異鄉】	
海棠睡〇讀書窓	405/8-4	正〇湘江輕雨後	322/4-3	〇〇猶未厭	099/20-11
櫺中驥〇老將至	450/8-3	想〇亦猶千秋質	366/12-9	〇〇山水獨新歌	165/8-4
何處煙霞〇詠歸	142/8-1	曾〇山陽引酒徒	401/4-1	〇〇山水獨新歌	363/8-4
萬家廚帳〇膨脖	212/8-4	渾〇東西欽慕人	470/4-4	相伴〇〇賓	111/24-2
山中何處〇安禪	320/4-1	非〇興情盡	492/8-7	與君千里〇〇關	369/8-6
衡門晝鎖〇音稀	371/8-1	里〇仁爲美	502/66-25	【異坐】	
界中也願〇	456/20-4	盟主〇越人	010/56-41	逢衣雖〇〇	114/64-39
石川蘋藻〇	494/58-25	不知〇爲悠滿頭	417/21-11	苡衣雖〇〇	502/66-39
野籟山骰供給〇	412/4-3	以自〇乎倘	456/20-7		
斯中起臥冬溫〇	471/8-7	提攜〇祈早	456/20-19	【 6 0 8 0 ₆ 員 】	
仙鶴雲仍糧亦〇	495/8-7	清瘦元〇耽嶲句	013/22-14	六〇新舊儒	114/64-38
【足獻】		孤尊非〇俱倒	086/8-7	六〇新舊儒	502/66-38
滿囊全〇〇	114/64-55	風流客〇誰	105/20-14		
滿囊全〇〇	502/66-57	窗前非〇照牙籤	182/8-1	【 6 0 8 0 ₆ 買 】	
		蕭驂非〇自臨池	207/8-2	〇田幾歲事巖耕	335/4-2
【 6 0 8 0 ₁ 是 】		刀圭旣〇濟黎元	218/32-8	何以〇得好風景	340/4-3
自〇足怡顏	002/14-9	思君只〇夢中尋	328/4-2	橐金〇夜春難盡	393/8-5
道〇遊京里	010/56-29	先生定〇姓陶人	339/4-2	千金須〇骨	096/40-37

6080₆【買・圓・槱・困・果・景・羅・羅・呵・眄・嘴・啄・吁・晒・晤・號・點・顯・題】 6180₈

【6080₆ 買】
討尋寧○剗溪看	370/8-2
烹葵只○石爲厚	385/8-5
生涯既○占乾沒	447/8-7
枝枝非○窨中開	475/4-2
維嶽極天○爲衡	016/50-17
賞最今宵○	103/20-17
用汝作霖○何日	199/8-7
異時千萬○東鄰	143/8-8

【6080₆ 圓】
既○春草夢中塘	390/8-4
曾離塵垢入○通	021/30-24
絳河秋滴露團○	185/8-1
書窗何用枕團○	204/8-8

【6090₃ 槱】
○代申丹款	110/32-5
○貫連句廢洗梳	188/8-2
○垂臨水有輝光	476/8-2
羝因賤伎多爲○	497/8-3

【6090₄ 困】
我今棲棲○世營	016/50-39

【6090₄ 果】
○園在後場圃前	018/32-9
涂福眼之○不死	485/24-7

【6090₆ 景】
短○苦吟甚	052/8-7
煙○柳陰橈	073/8-4
煙○依稀古帝鄉	266/4-2
能令○致殊	460/8-2
三津淑○開	094/40-8
長於夏○惰	109/16-16
半池晴○王孫草	121/8-5
畫圖勝○辛夷塢	162/8-5
三春煙○堂無主	429/8-5
許多光○爲	456/20-6
簾前弄曉○	092/16-11
何以買得好風○	340/4-3

【6091₄ 羅】
奚圖二豎○	096/40-24

【6091₄ 羅】
○繳欲偷暮山紫	021/30-7
綾○解脫占松蘿	163/8-2
灝氣透○衣	103/20-20
雨痕暗濕綾○襪	156/8-5
纖腰不借綺○裳	197/8-4
杜門竟使雀○孤	217/20-16
春風裊裊紫○裙	442/8-2

【6102₀ 呵】
還浮瓠齒○餘香	190/8-4
駟馬欲題先○手	213/8-5

【6102₇ 眄】
植杖○江城	065/8-6

【6102₇ 嘴】
○吻花相銜	005/18-6
沙○夕陽前	070/8-8
沙○浪如吹（葛）	115/44-8
天橋一沙○	085/8-1

【6103₂ 啄】
飲○任人給	092/16-5

【6104₀ 吁】
雲樹獨長○	502/66-66

【6106₀ 晒】
○藥陽檐地有餘	123/8-1
○髮陽檐捫蝨子	215/8-5
應○連朝漉酒巾	339/4-4
堆盤日日○晴軒	184/8-2
籬落今朝初日	208/8-3
堪登藝閣○玄甲	209/8-5

【6106₁ 晤】
何時再○言	004/16-14

但在夢中時會○	139/8-7

【6121₇ 號】
射見至○猿	110/32-8
菊水誰言家記○	218/32-31

【6136₀ 點】
○綴江雲近斷雁	154/8-3
○污數幅茜裙長	208/8-8
點頑石樹交影	375/8-3
一○君山波不驚	016/50-21
指○林巒暮鳥飛	142/8-8
指○前年苦吟處	162/8-7
壁○蒼蠅世尚奇	192/8-4
墨○雙眸常側視	210/8-5
獨○青燈標上元	426/8-2
未肯○額還	003/24-15
但嫌○鬢邊	257/4-4
一一指○不記名	016/50-14
衣襟絕○塵	083/8-8
法龕燈○才孤照	211/8-3
血痕千○不消盡	334/4-3
水天雲○綴	394/8-1
流螢數○藝窗下	404/4-3
獨坐黃昏未○缸	276/4-4
碧霧溪橋燈一○	343/4-3
霜葉山林紅萬○	408/4-3
近津淡靄帆千○	501/8-5

【點埃】
十地○○稀	103/20-8
視篆香林絕○○	118/8-2

【點點】
○○遠傳飛白妙	207/8-5
野燒燒雲○○奇	274/4-2

【6138₆ 顯】
文章揚○故侯孫	413/8-8

【6180₈ 題】
○柱何時學馬卿	149/8-8
○得文章準彩鳳	368/8-3

6180₈【題・顆・吼・眺・唾・睡・曛・暌・嚼・暖・呼・咄・蹭・蹊・踏・別】
6220₀

○門豈作阮生看	428/8-4	海棠○足讀書窗	405/8-4	不怕人○作杏花	264/4-4
○門豈作阮生看	428/8-4	珠璣餘咳○	048/8-3	泉咽猶○我	463/8-5
檣○丹膲鑑千年	129/8-2			杜宇一聲○始起	012/12-1
嬌羞○字客	219/4-3	【 6201₄ 睡 】		林鳥友相○	031/8-4
瓊樓○贈一筒詩	293/4-1	海棠○足讀書窗	405/8-4	雲樹獨長○	114/64-64
數字留○石上松	132/8-8	微雨疏鐘打○鷗	364/8-8	説悦古稀○里社	218/32-15
一幅新○水墨圖	181/8-2			此子津梁○不起	331/4-3
背面戲○字數行	209/8-2	【 6203₁ 曛 】		竹裏林鳩○婦急	374/8-3
駟馬欲○先呵手	213/8-5	日射江樓將欲○	442/8-1	詩社尋盟試○起	135/8-7
探勝新○廿四場	391/8-4			夜朗樓中燭未○	154/8-2
人日新○照草堂	420/8-4	【 6203₄ 暌 】		煙嵐深處鳥相○	263/4-2
解得函○落雁名	472/4-4	大刀期叵○	099/20-6	明光浦上試相○	272/4-1
莊合畫并○	074/8-4			每過曲阿親自○	308/4-2
白眼吾曹○鳳字	119/8-3	【 6204₆ 嚼 】		煙波淺處鶴相○	347/4-4
爲汝詩篇○棣萼	425/8-3	開緘咀○憶蘇卿	472/4-2	【呼膠】	
所以爲寄○也。	455/23-21			茅店○○對翠微	142/8-4
先生款客命○料	018/32-5	【 6204₇ 暖 】		茅店○○菽乳濃	317/4-2
芭蕉窗外數○名	354/4-1	日○燕歸梁	026/8-6	【呼來】	
堅田勝概入新○	150/8-1	風○鶯梭聲斷續	296/4-3	○○瓠子卮	479/8-6
【題詩】		棉花○石床	029/8-8	膝下○○兒拜客	025/20-19
○○井畔桐	046/8-6	王孫草○鹿鳴長	266/4-4		
○○趣似并州舍	403/8-5	短欄風○闇鈴微	371/8-8	【 6207₂ 咄 】	
知君弔古○○夜	360/8-7	春泥地○禽銜去	379/8-3	○咄空中書者誰	207/8-1
		鳧鷗沙○迹爲字	452/8-3	咄○空中書者誰	207/8-1
【 6198₆ 顆 】		絳燭紅爐簇○煙	023/34-10		
黄珠萬○淨無瑕	206/8-1	無衣九月身猶○	215/8-3	【 6211₈ 蹭 】	
乃翁獲一○	494/58-33	玉手未分某冷○	437/8-5	蹭○蹬又巉嵒	005/18-16
按劍人前萬○珠	201/8-4				
		【 6204₉ 呼 】		【 6213₄ 蹊 】	
【 6201₀ 吼 】		○喚鷗驚侶	004/16-9	滿蹊桃李春無恙	489/8-5
五更鐘梵○獅子	120/8-5	○舟臨野渡	065/8-5		
飛瀑聲如○	221/4-3	○童問盈缺	098/20-17	【 6216₃ 踏 】	
洲汀月湧鯨鯢○	376/8-3	○吸應艷上帝閽	133/8-8	○逼北阡南陌草	156/8-7
		○雨喚風蘆荻洲	140/8-8	○雲攀月到君家	270/4-4
【 6201₃ 眺 】		○酒調羹待客蔬	400/4-2	○青吾亦杖相扶	448/8-2
臨○難波十月天	169/8-2	喧○辰巳渡頭船	136/8-2	廻廊曲砌○瑠璃	130/8-1
		咲○兒輩捲蘆簾	182/8-8		
【 6201₄ 唾 】		咲○兒輩捲蘆簾	367/8-8	【 6220₀ 別 】	
咳○珠璣見	060/8-3	誰○爲菜本同根	377/8-2	○情深於桃花水	012/12-4
咳○盡璣珠	114/64-8	老少○見迎	007/30-12	○有治藩五色叢	021/30-2
咳○盡璣珠	502/66-8	侶每○黄鳥	109/16-3	○在玉乾坤	233/4-4

6220。【 別・黜・影・喧・瞫・吠・哦・眸・跋・黙・戰・獸・貯・賦 】　　6384。

○後才傳字數行	420/8-1	彌天錫○彩霞重	132/8-6	【 6301₆ 喧 】	
○來綿俗既綈袍	474/8-1	雪追帆○海門飛	172/8-4	風○少見菊花黄	148/8-4
此○何匆匆	002/14-3	行途吊○泣多岐	183/8-6	科頭○背意遽遽	123/8-2
促○傷春盡	102/12-9	梅花月○澹冰壺	217/20-20	種玉田○露自融	144/8-6
暫○情懷對月多	165/8-6	蒼松倒○臨明鏡	402/8-5	日照飛橋○碧水	346/4-3
一○秋河隔且長	186/8-2	孤舟鶴○昨秋分	423/8-6	【 6303₄ 吠 】	
暫○情緒對月多	363/8-6	樓頭書○明藜火	454/8-5	犬○村當近（葛）	115/44-17
離○人千里	486/8-3	黄昏逗○月籠紗	471/8-6	柳外犬○曾繫舫	162/8-3
何如○意長	026/8-8	市橋鵲○三更靜	499/8-5	【 6305。哦 】	
花木○乾坤	235/4-4	花間懸燭○玲瓏	021/30-20	自○新詩稱老賊	485/24-17
驪歌○友思不窮	381/8-4	微風搖漢○	041/8-5	春江雪後好吟○	286/4-1
天涯○涙家三鳳	438/8-5	一泓寒碧○玲瓏	144/8-1	【 6305。眸 】	
屏中會○詩	105/20-6	清池碧鏡○涵虛	173/8-4	墨點雙○常側視	210/8-5
郷園暫○紫荊枝	359/8-4	閃鑠紅綃○有無	201/8-1	千峯積素照吟○	433/4-4
思鱸告○已三歳	421/8-5	夕陽香榭○横斜	264/4-2	【 6314₇ 跋 】	
代書慰○何情味	472/4-3	寶鴨爐頭○彷彿	268/4-3	野客冥搜麗○籃	216/12-6
相逢將相○	004/16-11	爭巢野鳥○翩翩	340/4-2	薙來雲鬢開麗○	163/8-3
客有來告○	010/56-27	橋明織女○猶分	384/8-6	【跋渉】	
如何今日○	010/56-51	二八嫦娥○未灌	402/8-2	○○山陰道	494/58-2
可惜今宵○	093/12-7	碧篝青簾○澹蕩	406/26-2	幾度東西○○勞	341/4-1
話盡三年○後心	326/4-2	雙鳧天外○	416/8-5	【 6333₄ 黙 】	
【別墅】		指顧榕間明月	015/18-17	○識喬家大小情	437/8-8
西風○○在東村	162/8-1	薫風重動齊紈○	138/8-5	【 6355。戰 】	
琅邪○○奪天工	164/8-1	白鬚夜照神人	157/8-5	爲恥周家○伐功	443/8-2
		水面金鱗殘日○	160/8-3	恃遣令郎挑白○	289/4-3
【 6237₂ 黜 】		吹成一片湘雲	184/8-7	【 6363₄ 獸 】	
三○罷官逾灑落	217/20-7	銀鈿雲鬢横斜	190/8-5	爐頭添○炭	077/8-7
		微風楊柳將梳○	193/8-5	學多知鳥○	075/8-5
【 6292₂ 影 】		扇席薫風籟竹○	218/32-23	【 6382₁ 貯 】	
○遮金瑣碎	098/20-5	月中兔子去無○	383/8-5	○嬌忘伐性	094/40-29
○横香動高堂裏	192/8-7	點頭頑石樹交○	375/8-3	廚下幸○一	456/20-15
雲○半消簾外樹	013/22-4	微風楊柳將梳○	419/8-5	【 6384。賦 】	
練○涵虛瑟無聲	016/50-22	水紋欲斷初陽○	447/8-3	詩○罰杯桃李園	162/8-6
燈○那邊祠（葛）	115/44-16				
含○緋魚鱗有無	200/8-6	【 6301₆ 喧 】			
疏○横斜傍半江	276/4-1	○呼辰巳渡頭船	136/8-2		
書幌○虚文窗明	016/50-6	時聽世間○	006/16-9		
明鏡○相親	034/8-6	楓飛倦鳥○	056/8-4		
彩虹○落長橋夕	140/8-3	催人暮鳥○	467/8-8		
女牛○轉簾櫳外	158/8-7	雨斂梅天鳥語○	218/32-18		
夜月○紛紛	248/4-3	江聲春靜鳥聲○	447/8-2		
江城月○低	099/20-20				

6384₀【賦・賊・賤・貽・叫・叱・吐・曉・眭・晞・喃・嘆・時】					
揮袂○歸歟	009/34-12	綺筵銀燭○疏疏	198/8-6	縱使登樓非土○	359/8-7
上林○新詞	010/56-38	金剛獻壽○朝暾	218/32-20	【嘆逝】	
何煩○一詩	479/8-2	火齊燈殘不○煙	185/8-6	○○且長詠	007/30-28
稍厭銷魂○	114/64-53	四國餘霞海○朱	448/8-4	○○且長詠	365/30-28
清秋最好○閒居	126/8-2			【 6404₁ 時 】	
君羹千里○懷歸	415/8-6	【 6401₁ 曉 】		○聽世間喧	006/16-9
稍厭銷魂○	502/66-55	○窗輕雨散花香	120/8-8	○疑丹頂起	252/4-3
留客賞月同詞○	013/22-12	○鳥報晴啼	458/8-2	○去白蘋洲	258/4-3
啜茶論定新詞○	441/8-7	今○到新晴	065/8-2	何○再晤言	004/16-14
		欲○露華滋（葛）	115/44-40	一○攝颿母	010/56-7
【 6385₀ 賊 】		清○餘香風隔戶	471/8-5	何○能見放	092/16-15
霜階木○新	053/8-6	空亭○月斜	223/4-4	當○有詠梅	094/40-36
自哦新詩稱老○	485/24-17	榆莢○收霖	238/4-1	明○優武威	100/16-4
		香閣○風吹已雨	487/8-3	座○僚與友	110/32-15
【 6385₃ 賤 】		簾前弄○景	092/16-11	來○煙似扶	113/20-15
秪因○伎多爲纍	497/8-3	衣錦裁霞○最明	393/8-6	爾○猶總角	114/64-3
		萬丈光芒亘○天	435/8-8	異○千萬買東鄰	143/8-8
【 6386₀ 貽 】		硫黃氣結洋中○	131/8-5	多○篆刻且彫蟲	167/8-6
爲○桑寄生	241/4-4	濁酒清言須達○	338/4-3	他○避暑能同否	174/8-7
奕代○謀靚厥孫	218/32-2			他○何覓返魂香	187/8-4
謝絕人○祝壽篇	485/24-18	【 6401₄ 眭 】		明○尚合生神聖	201/8-7
邦國誰人○縞帶	146/8-3	九夏○疇餘爛漫	212/8-3	當○繩武欽其祖	218/32-1
		葵花立廢○	074/8-6	幾○能照讀書窗	276/4-2
【 6400₀ 叫 】		【眭病】		他○倘選十洲記	292/4-3
聲聲忽○芊魁羹	280/4-2	入免夏○○	007/30-18	當○何物育寧馨	380/8-1
野色蒼茫○帝魂	137/8-8	人免夏○○	365/30-18	吹○捲葉少笳聲	496/8-6
花落不來○	223/4-3			爾○猶總角	502/66-3
野寺蒼茫○杜鵑	334/4-1	【 6402₇ 晞 】		文字○於禪餘攻	021/30-26
多少春鴻○月明	361/8-8	花凋露未○	092/16-10	客至○添炭	057/8-1
杜宇關山○雨中	362/8-8	芙蓉露不○	103/20-10	抱琴○有思	062/8-7
狗寶聊來○	430/8-1			淑氣○兼花氣合	156/8-3
		【 6402₇ 喃 】		采藥○相憶	241/4-3
【 6401₀ 叱 】		張燈語○喃	005/18-2	天風○捲芙蓉雪	271/4-3
行雨金龍奔○馭	201/8-5	張燈語喃○	005/18-2	玉屑○隨匕筯翻	377/8-8
		銜泥燕子且呢○	278/4-2	出郭○回望	458/8-7
【 6401₀ 吐 】				彩虹雖○亘	007/30-3
吞○雲霞立海濱	014/20-17	【 6403₄ 嘆 】		何有此○情	009/34-34
氣○雙龍劍	109/16-11	那用○羈離	010/56-48	朝煙炊○雲子熟	014/20-10
霜○劍花江館冷	172/8-3	嚶鳴○友稀	092/16-6	縞素一○諸名公	021/30-28
峯○輕煙轉見尖	182/8-6	二毛斑○吾拙	089/8-5	唯而起○方鑿革	025/20-3
峯○輕煙轉見尖	367/8-6	婦室夜寒○不寐	199/8-3	題柱何○學馬卿	149/8-8
吞○雲霞立海濱	417/21-17	不必羈棲○歲華	498/8-8		

【 時・疇・嗜・噴・跗・跨・躊・躇・勦・財・賭・晴・嘯 】

危磴窮○首始回	311/4-2	難達○○書	009/34-16	半池○景王孫草	121/8-5
彩虹雖○亘	365/30-03	游詠○○酒客艣	203/8-8	一半○光掛夕陽	213/8-8
寒露結○和沆瀣	383/8-3	【 6404 ₁ 疇 】		寒流○嶂斎藍青	380/8-8
萍迹何○此作家	412/4-2	田○禾熟處	105/20-11	雨閣○軒倒酒缸	405/8-2
朝煙炊○雲子熟	417/21-10	九夏唯○餘爛漫	212/8-3	輪塔午○湖色轉	133/8-5
共喜清○報有年	435/8-1	【 6406 ₁ 嗜 】		涼雨新○暑猶餘	406/26-3
先客去○後客留	441/8-1	山水性○酒	226/4-1	蘆荻洲○筍若毫	452/8-4
往返彼一○	010/56-6	莫承乃父○風騷	407/4-4	曉鳥報○啼	458/8-2
沙村稼納○	081/8-6	【 6408 ₆ 噴 】		風雨新○掛夕陽	476/8-8
院落菊殘○	105/20-12	○珠誰收拾	003/24-14	促膝對新○	037/8-2
三津解纜○（岡）	115/44-2	【 6410 ₀ 跗 】		今曉到新○	065/8-2
但在夢中○會晤	139/8-7	飛花墜足○	031/8-2	江天爵不○	077/8-2
爲怕群黎○按劍	181/8-7	【 6412 ₇ 跨 】		玄詞苦向○中摹	181/8-1
風煙憶往○	463/8-2	或○大瓠或乘蓮	023/34-16	皇州尚未○	493/8-8
星爛捲簾○	479/8-4	維嶽巉屻○二州	159/8-1	白毫交映雪○初	173/8-8
丹丘聲譽壓○賢	135/8-4	【 6414 ₁ 躊 】		堆盤日日晒○軒	184/8-2
鯨鐘波激六○風	151/8-4	【躊躇】		滿天頑雲爲之○	013/22-16
半爐榾柮片○紅	194/8-2	籬邊幾度立○○	214/8-8	展覽金碧眩目○	016/50-9
半缸魚腦半○盡	294/4-3	看花幾處立○○	318/4-4	瀟湘昨夜雨新○	016/50-19
豈思莊叟片○夢	370/8-5	【 6416 ₄ 躇 】		雨笠煙蓑喜晩○	160/8-2
蒹葭洲渚秋滿○	015/18-14	幾度泣躊○	050/8-8	聖朝未有誤陰○	199/8-8
江上南風解慍○	019/14-12	籬邊幾度立躊○	214/8-8	網島維舟醉晩○	282/4-1
紙帳梅花入夢○	180/8-4	看花幾處立躊○	318/4-4	滿江寒霧未全○	354/4-4
雨冷紗窗舊話○	183/8-4	【 6432 ₇ 勦 】		風冷郊天宿霧○	374/8-2
紗窗獨坐讀書○	192/8-6	其色○帶紫	494/58-32	翠幌朱欄雨夜○	501/8-2
衡嶽峯頭雲斷○	207/8-4	【 6480 ₀ 財 】		【晴度】	
歡樂多放列鼎○	215/8-8	射利任亡○	094/40-30	玉江○○一條虹	117/8-1
五十春川方至○	287/4-2	【 6486 ₀ 賭 】		送梅○○渡華津	281/4-1
玉江橋上晩歸○	274/4-1	野寧某得○	074/8-3	【晴後】	
松間明月欲升○	297/4-2	錦心先計○輸贏	437/8-6	江城五月新○○	364/8-3
載筆空違修史○	299/4-2	【 6502 ₇ 晴 】		偏愛都門雨○○	433/4-3
四明狂客醉多○	321/4-1			【晴江】	
秋半陰雲惱客○	329/4-2			○○一夕借慈航	309/4-4
篷窓並枕話當○	357/4-1			前後有○○	068/8-4
娑婆夜世幸同○	398/8-1			【晴且須】	
押蝨論文彼一○	421/8-6			送梅○○○	114/64-50
覇王園物向榮○	445/8-6			送梅○○○	502/66-50
【時日】				【 6502 ₇ 嘯 】	
○○至南陸	001/26-1			○傲倚前楹	077/8-8
○○再遊猶未報	421/8-7			前有○民後冰壑	015/18-11
【時時】				空亭坐○久	103/20-19
○○洗心性	247/4-2				

6502₇【嘯・映・囀・睫・噴・味・咽・嘿・曝・嚶・唱・曙・噪・跏・躑・唱・曙・噪・跏・躑・嚴・鬟・哭・單・器・賜】 6682₇

雅好樓居坐○長	292/4-1	○○揚聲譽	114/64-21	【6606₄ 曙】	
		○○揚聲譽	502/66-21	總伴騷人達○吟	166/8-8
【6503₀ 映】					
○帶萬雉嶽陽城	016/50-16	【6509₀ 味】		【6609₄ 噪】	
○山花綻紅	104/16-4	風○有餘了一生	210/8-8	歸鳥噪斜陽	466/8-8
○軒春水送東風	431/4-1	有○言其旨	494/58-42		
掩○白雲艭	035/8-8	大牢○愈珍	044/8-8	【6610₀ 跏】	
更○百花鮮	091/16-16	扱來五○水	464/8-3	結○原似少林禪	204/8-4
山○林亭水映門	162/8-2	恰好爐茶○	037/8-7		
丹膜○潮痕	387/8-2	瑩然菽乳○尤清	444/8-1	【6612₇ 躑】	
疏藤○漏深	395/8-8	瀘滓猶知菽○存	377/8-1	牛背斜陽山躑○	142/8-5
城樓○帶碧波流	409/4-2	柑橘仍將鄉○誇	425/8-6		
杜鵑花○脣	111/24-12	桑椹村巷覺無○	212/8-5	【6624₈ 嚴】	
白毫交○雪晴初	173/8-8	之子十年同臭○	369/8-5	○親抱痾久	002/14-4
暮山掩○斷煙橫	212/8-8	代書慰別何情○	472/4-3	莊○岩壑有輝光	391/8-2
星辰僅○階（張）	422/16-2			家○自有家弟侍	406/26-19
榴花顋顏○	007/30-24			自能○艷堪傾國	442/8-7
上國初陽○錦衣	172/8-2	【6600₀ 咽】			
三春柑酒○鶯衣	177/8-4	泉○猶呼我	463/8-5	【6640₇ 鬟】	
半空銀碧○三洲	271/4-2	松樹○天風	076/8-8	○鑠仍同昔日裝	138/8-2
婀娜紅衣○茜裙	350/4-2				
榴花酡顏○	365/30-24	【6603₁ 嘿】		【6643₀ 哭】	
綠竹闌干○水紋	384/8-1	○坐陽櫊下	494/58-51	窮途狂所○	094/40-33
山映林亭水○門	162/8-2				
百里長流碧○門	447/8-1	【6603₂ 曝】		【6650₆ 單】	
朱邸綠松當檻○	117/8-3	○背坐南窗	068/8-8	○枕孤燈特自憐	265/4-2
一千金像夕陽○	150/8-5	漁村幾日○朝陽	203/8-2	五☐神家○帖	457/14-12
行行馬上寒相○	341/4-3				
【映窓】		【6604₄ 嚶】		【6666₃ 器】	
○○長積殘春悠	476/8-3	○鳴嘆友稀	092/16-6	【器度】	
雨餘春水○○紗	412/4-1			由來○○殊	114/64-42
		【6606₀ 唱】		由來○○殊	502/66-42
【6504₃ 囀】		更○鳳將雛	114/64-32		
針砭鶯○侑朋酒	218/32-25	更○鳳將雛	502/66-32	【6682₇ 賜】	
陰陰竹樹○黃鶯	501/8-1	何敢○五噫	010/56-54	○告逆妻帑	114/64-44
		命賓齊○采蓮詞	304/4-4	○衣宰相白雲間	179/8-4
【6508₁ 睫】		窈窕人相○	103/20-5	○告逆妻帑	502/66-44
總在眉○際	230/4-2	狎客趣陪事○酬	261/4-2	拜○謫臣心	395/8-6
		【唱和】		佳人○第迹猶存	137/8-2
【6508₆ 噴】		○○白雲黃竹篇	023/34-30	其君○第以旌焉、	455/23-12
【噴噴】		勸君酬歌且○○	012/12-9	不翅○第倍俸錢	485/24-12
		碧雲篇什誰○○	021/30-27		

6682₇【賜・咀・呢・晚・叨・叩・哟・吻・明】 6702₀

奇菓神所○	494/58-37	【 6702₀ 哟 】		透簾光彩○	482/8-8
		靐○電激、	455/23-3	太古形容自○媚	014/20-3
【 6701₀ 咀 】				梅花枝上月○多	286/4-4
○來瓊液送喉牙	206/8-8	【 6702₀ 吻 】		胡枝花間露華○	013/22-18
開緘○嚼憶蘇卿	472/4-2	嘴○花相銜	005/18-6	書幌影虛文窓○	016/50-6
				千金春宵易徹○	016/50-45
【 6701₁ 呢 】		【 6702₀ 明 】		欲舉太白視啓○	018/32-24
銜泥燕子且○喃	278/4-2	○年五十尚悅親	351/4-4	水晶簾外夕陽○	193/8-8
		○熾華燈野火桑	478/8-6	落蘇光滑奪朱○	212/8-1
【 6701₆ 晚 】		朱○屬藻日	006/16-2	織女機邊夜色○	302/4-2
○霽一村園	056/8-2	月○方有食	009/34-31	多少春鴻叫月○	361/8-8
○餕香積飯	063/8-1	月○三十六灣秋	017/8-3	衣錦裁霞曉最○	393/8-6
○在玉江橋上望	349/4-3	朱○錢氏爲誰筆	018/32-13	水晶簾外夕陽○	419/8-8
卽○大洲達魯	457/14-6	月○何處多秋思	022/8-2	滕嶺摩雲鶴頂○	495/8-6
醉歸○出胡姬肆	147/8-7	月○松院夜	048/8-7	【明主】	
不見○來波	222/4-2	室○無盡燈	063/8-8	君今逢○○	001/26-3
繡毬堆奪○霞紅	021/30-8	燈○不現龍	085/8-4	故國有○○	114/64-33
金臺銀闕○波天	127/8-8	階○蟲亂語	103/20-11	【明珠】	
林塘三月○花開	152/8-4	四○高頂行相憩	133/8-7	○○行可拾	070/8-7
玉江橋上○歸時	274/4-1	月○流水隨予去	136/8-7	長恨○○南海隱	293/4-3
澗花見春○	494/58-17	世○皓首終無用	180/8-7	【明滅】	
鴉背雲峯送○暉	415/8-4	月○堤柳起棲鴉	262/4-4	篝燈○○一江天	324/4-4
【晚涼】		月○南內竟無情	268/4-1	小舸篝○○（葛）	115/44-37
○○歌白苧	095/12-5	花○海上春宵月	273/4-3	【明朝】	
○○留客取微醺	384/8-2	四○狂客醉多時	321/4-1	○○五采服	091/16-15
【晚晴】		清○留客茗初煎	372/8-1	○○何處去（張）	422/16-15
雨笠煙蓑喜○○	160/8-2	橋○織女影猶分	384/8-6	南至○○雲可書	175/8-4
網島維舟醉○○	282/4-1	月○秋寒浪芀干	397/4-2	【明日】	
【晚風】		月○夢度綠江波	400/4-4	○○荒陵有天樂	120/8-7
○○吹送野梅香	116/8-8	疏林○一水	082/8-5	○○登高何處好	356/4-3
嫋嫋○○披煙霧	013/22-1	萬戶○輝無古今	166/8-4	○○登高何處好	356/4-3
簾前還恐○○狂	209/8-8	歸來○主恩遇厚	485/24-11	○○登高約	491/8-7
烏紗莫遣○○吹	357/4-4	安得弄○霽	230/4-4	表劉○○飲（岡）	115/44-27
		鄗過清○上塚來	269/4-2	料知○○小山會	423/8-7
【 6702₀ 叨 】		捲箔美○輝	394/8-2	【明時】	
款客頻○截髮煩	218/32-14	紅蓼花○白露浮	406/26-26	○○偃武威	100/16-4
		故國有○主	502/66-33	○○尚合生神聖	201/8-7
【 6702₀ 叩 】		關山多月○	009/34-30	【明月】	
會○讀書齋（憲）	422/16-16	幾度聚星○	101/16-16	○○來投玉案傍	024/12-8
尋君○得野人扉	316/4-2	樽前萬戶○秋水	148/8-5	○○始生荊璞光	138/8-6
同人夜○朗公房	120/8-1	深照貞心○自誓	190/8-7	○○襟懷淨絶瑕	205/8-6
衡門並○玉江頭	368/8-1	樓頭書影○藜火	454/8-5	松間○○欲升時	297/4-2

6702。【 明・嘲・鳴・矙・眼・喉・喚・喫・吸・眠・啜・暇・暉・喉・喚・喫・吸・眠・啜・暇 】　　　　　　　　　　　　　6704₇

白雲○○滿禪衣	319/4-2	村園馴鴿○	007/30-11	呼雨○風蘆荻洲	140/8-8
曾投○○道無由	382/8-4	黃鳥遷喬○喚侶	371/8-3	花間鶯○兩開樽	162/8-4
君看○○或自愁	406/26-16	村鴿呼人○	365/30-11	黃鳥遷喬鳴○侶	371/8-3
我對○○徒嗟老	406/26-15	其所屆而○耶、	455/23-19	臘悠齋寒僧○來	379/8-4
指顧榕間○○影	015/18-17	楓林有鹿○	464/8-6	酒家南薰隔牆○	369/8-3
不必溪村○○夜	314/4-3	牆外已鷄○	465/8-4		
【明鏡】		鳳儀難到不○簫	194/8-6	【 6703₄ 喫 】	
○○影相親	034/8-6	王孫草暖鹿○長	266/4-4	○得人間幾碗茶	290/4-2
浩波澹○○	007/30-30	鳳儀難至不○簫	418/8-6	僅能來○舊菜羹	016/50-41
浩波澹○○	365/30-30	樓飲玉笛將○雨	423/8-3	霜才宜○菜	106/20-17
海色迥開○○淨	375/8-5	春風陣陣雁欲○	016/50-18	【喫茶】	
蒼松倒影臨○○	402/8-5	檉柳林塘鸛一○	199/8-2	且坐爐頭○○去	295/4-3
【明光】		當軒繞檻海潮○	361/8-1	逢着高僧夜○○	270/4-2
○○浦上試相呼	272/4-1	飫肥雲鶴此長	495/8-8		
○○浦上三秋月	328/4-3	士龍氏旣以		【 6704₇ 吸 】	
		忠孝○于國、	455/23-11	呼○應通上帝閽	133/8-8
【 6702。嘲 】				輕熏○管翠煙翻	184/8-6
【嘲未解】		【 6702₇ 矙 】			
風雨草玄○○○	180/8-5	峯頂何所○	008/16-7	【 6704₇ 眠 】	
閣上草玄○○○	476/8-5	片石孤雲○目長	360/8-1	醉○篷底雨滂沱	356/4-1
【嘲午寂】				安○水竹居	462/8-8
更有鳴蟬○○○	304/4-3	【 6703₂ 眼 】		紙帳孤○聞笛夜	192/8-5
更有鳴蟬○○○	304/4-3	白○吾曹題鳳字	119/8-3	過雁驚○客夜長	294/4-1
		滿○煙花夢一場	171/8-8	旅館春○須共被	359/8-5
【 6702₇ 鳴 】		任佗○裏爲靑白	217/20-17	曲肱欲問○多少	217/20-9
○琴政可知	105/20-10	爛爛○光巖下電	380/8-3	梅花帳裏○才覺	488/8-5
蛙○吟懷披	007/30-23	涂福眼之果不死	485/24-7	秋收麥隴牛○穩	218/32-17
砧○鳥語市橋頭	022/8-5	蕩滌俗○與世情	018/32-22	群鷗間傍荻蘆○	135/8-8
嚶○嘆友稀	092/16-6	玄談青○與戎俱	401/4-2	冰肌霜被不成○	265/4-4
蛙○吟懷披	365/30-23	對君雙○青依舊	440/8-5	鐘聲半夜破愁○	324/4-2
自○者一越三千濟、	455/23-18	蝴蝶草穿○	111/24-11	護花蓬底不曾○	348/4-4
蒼龍○鮫函	005/18-14	村犬難尋秦○飾	452/8-5	幽人自得一酣○	435/8-2
黃鳥○幽砌	244/4-4			百花香處好酣○	454/8-8
更有○蟬嘲午寂	304/4-3	【 6703₄ 喉 】			
而後○者歟。	455/23-23	咀來瓊液送○牙	206/8-8	【 6704₇ 啜 】	
群飛○鶴讓遐年	485/24-24	黃鳥遷喬鳴○侶	371/8-3	○茗搜腸小樓外	371/8-7
鼓吹蛙○和伯壎	218/32-26	臘悠齋寒僧○來	379/8-4	○茶論定新詞賦	441/8-7
潮海之○、	455/23-1	酒家南薰隔牆○	369/8-3		
是其自○也。	455/23-4			【 6704₇ 暇 】	
扁曰潮○。	455/23-13	【 6703₄ 喚 】		○多力有餘	009/34-4
是其自○也者矣。	455/23-14	呼○鷗鷺侶	004/16-9	刀圭餘○舞寸鐵	015/18-7

【 6705₆ 暉 】

斜○鴉背來	001/26-6
射檻殘○落	106/20-11
對酒惜斜○	461/8-8
鴉背雲峯送晚○	415/8-4

【 6706₁ 瞻 】

【瞻望】

○○思悠哉	001/26-2
陟岡此夕誰○○	434/8-7

【 6706₄ 略 】

領○春風入臙酷	480/4-2

【 6708₀ 瞑 】

牆外○煙藏鷺菴	216/12-10

【 6708₀ 瞑 】

隔樹○鐘響	030/8-8

【 6708₂ 吹 】

○筎漁西陂	010/56-16
○律思燕谷	106/20-7
○成一片湘雲影	184/8-7
○時捲葉少筎聲	496/8-6
鼓○有黃頻	066/8-8
風○甕牖芭蕉敗	126/8-3
鼓○蛙鳴和伯壎	218/32-26
春風○入讀書堂	024/12-9
晚風○送野梅香	116/8-8
薰風○透碧窗紗	337/4-2
松風○夜窗癲停	484/8-6
松風○上若山煙	485/24-2
千祿豈○竿	502/66-36
小弟坐○篪	096/40-34
千祿豈○竿	114/64-36
金筎一曲○開	089/8-8
沙嘴浪如○（葛）	115/44-8
蘆荻亂飛○笛裏	127/8-3
更向海風○颺處	272/4-3
香閣曉風○已雨	487/8-3
騷壇夜宴好○篪	359/8-6

西南一夜風○急	475/4-3
常嫌瓊質被風○	183/8-2
烏紗莫遣晚風○	357/4-4

【吹落】

○○君家百尺樓	271/4-4
秋風○○碧梧梢	436/8-4

【吹自】

○○北溟涯	243/4-4
春風○○閒	235/4-3

【吹同】

數尺琅玕萬○○	194/8-1
數尺琅玕萬○○	418/8-1

【 6710₄ 墅 】

西風別○在東村	162/8-1
琅邪別○奪天工	164/8-1
豪華昔領名公○	413/8-5

【 6710₇ 盟 】

○主是越人	010/56-41
○執推牛耳	099/20-13
○頻討白鷗	109/16-4
同○金蘭契	009/34-7
此○誰最健	032/8-8
同○屢來討	033/8-2
尋○此社友	066/8-3
社○尋混沌	108/20-13
鷗○幾度溫	110/32-18
鷗○恐易渝	114/64-62
同○移在故人家	498/8-2
鷗○恐或渝	502/66-64
歲寒○不寒	005/18-11
宛似舊○存	004/16-10
詩社鷗○古	107/12-3
新舊社○欣會逢	121/8-2
詩社尋○試呼起	135/8-7
十載詞○竟不渝	217/20-2
裝喜詩○添海鷗	382/8-6
四坐會○詩有工	429/8-6
鷄壇越客○	037/8-4
十歲舊詞○	101/16-12
鷄壇此會○	430/8-2

白蓮要訪○	493/8-6
不教鷗鷺舊○渝	154/8-8
清靜書室會同○	016/50-1
蘆葉梅花憶舊○	333/4-4

【 6711₂ 跪 】

扇搖八○欲橫行	210/8-6

【 6711₄ 躍 】

無數金鱗○碧漪	297/4-4

【 6712₂ 野 】

○馬日將斜	069/8-6
○趣向人驕	073/8-8
○棊得賭	074/8-3
○田多勝概	112/28-27
○霧山雲鎖上方	120/8-2
○衲學書蕉塢廢	202/8-5
○客冥搜麗跂籃	216/12-6
○燒燒雲點點奇	274/4-2
○庄安置病禪師	304/4-1
○籟山骰供給足	412/4-3
○館夕飧英	491/8-6
朝○少塵埃	094/40-10
北○同登何酒樓	368/8-6
平○宿雲披	492/8-6
猫水○刀容	071/8-4
當與○禽棲	074/8-8
春日○山君自見	266/4-3
爭巢○鳥影翩翩	340/4-2
柳陰○艇待人橫	374/8-4
飛來○鴨自南河	400/4-1
康街○馬蔬無迹	453/8-5
斷雲橫○渡	459/8-5
秋深囊吾○	058/8-7
蝶邊流水○薔薇	142/8-6
秧馬薰風○水隈	174/8-4
尋君叩得○人扉	316/4-2
烹芹割鴨○情親	440/8-1
梅移木履○塘探	450/8-6
明熾華燈○火桑	478/8-6
夜雨添藍山抱○	178/8-3

【 6712₂ 野・6712₇ 郢・6712₇ 躑・6716₄ 路・6716₄ 踞・6722₇ 鵑・6732₇ 鷖・6733₆ 照・6742₇ 鸚 】

【野色】
○○山光總冥濛	021/30-14
○○蒼茫叫帝魂	137/8-8
○○爭蒼翠	238/4-4

【野渡】
○○待歸人	083/8-6
呼舟臨○○	065/8-5

【野寺】
○○冥投去	029/8-7
○○蒼茫叫杜鵑	334/4-1
○○孤雲古渡頭	364/8-4
敲來○○扉	103/20-2
行留○○花開處	153/8-3

【野梅】
晚風吹送○○香	116/8-8
山茶微笑○○妍	344/4-4

【 6712₇ 郢 】
自秘○中歌	049/8-6

【 6712₇ 躑 】
牛背斜陽山○躅	142/8-5

【 6716₄ 路 】
○上羝相望	466/8-4
世○一何艱	005/18-15
覺○何由淂	007/30-29
一○玄黃馬	067/8-3
世○有河漢	107/12-11
歸○兩將衝	113/20-16
貓○草填城壘暗	159/8-5
淡○秋高雁寄遲	293/4-2
越○秋鴻未飛盡	336/4-3
覺○何由得	365/30-29
沂洄○阻淀河水	015/18-15
山南○自山王廟	132/8-3
軒蓋充○岐	010/56-36
迂回驛○傍長川	344/4-1
休論客○數旬蔬	392/8-8
即今當要○	009/34-23
無際滄波○幾千	023/34-18
孤舟千里○	078/8-1

【 (路續) 】
孤村秋草○	103/20-3
近聞臨要○	105/20-7
綠草青山○鬱紆	263/4-1
飛錫彌天○不難	332/4-2
陰森竹裏○逶迤	358/4-1
花萼輝來○渺漫	370/8-4
今看禾黍秀前	137/8-3
柳堤荷岸皆生○	345/4-3

【 6716₄ 踞 】
箕○欄前苦吟甚	121/8-7

【 6722₇ 鵑 】
杜○未敢促歸期	019/14-14
杜○花映臂	111/24-12
哀○未度浪華江	405/8-8
無那山○促歸去	143/8-7
千聲杜○血	223/4-1
野寺蒼茫叫杜○	334/4-1

【 6732₇ 鷖 】
鷗○忘機曾聚散	217/20-3
鷗○無心水夕陽	360/8-4
鷗儔○伴重相攜	150/8-8
海鄉鷗○喜相羈	333/4-2
呼喚鷗○侶	004/16-9
悠悠逐○鵝（岡）	115/44-30
興來鷗○伴垂綸	145/8-4
不教鷗○舊盟渝	154/8-8
海鄉鷗○喜相迎	333/4-2
翩翩白○掠人飛	355/4-4
把釣○心知立	088/8-3
牆外暝煙藏○菴	216/12-10
十年身跡間鷗○	498/8-3

【鷖洲】
帆席追飛白○○	409/4-1
看得城南白○○	411/4-1

【 6733₆ 照 】
落○遍平蕪	031/8-7
返○咲相指	039/8-7
返○度千峯	082/8-6

【 (照續) 】
月○新林醉未回	174/8-8
深○貞心明自誓	190/8-7
能○故人千里心	328/4-4
日○飛橋暄碧水	346/4-3
月○屋梁猶是夢	434/8-3
日○流澌起早鴻	446/8-8
寒月○蓬萊	001/26-10
流螢○縹帙	006/16-16
依舊○茅茨	105/20-20
湖月○松關	239/4-2
初日○林坰	459/8-6
流澌○繳一枝梅	480/4-4
移筇返○紅	097/12-12
白鬚夜○神人影	157/8-5
空亭返○多	222/4-4
幾時能○讀書窗	276/4-2
白鬚夜○神人跡	373/8-5
孤燭何須○夜遊	022/8-6
樹間無火○	059/8-3
長教水月○無窮	164/8-8
窗前非是○牙籤	182/8-1
今日誰懸○心鏡	187/8-3
小橋寒月○梅花	290/4-4
江天寒月○松關	331/4-4
窗前不見○牙籤	367/8-1
西日海棠○照火	372/8-3
鏡裏梅花○有神	383/8-6
洗出銀蟾○淨几	406/26-6
人日新題○草堂	420/8-4
千峯積素○吟眸	433/4-4
昨夜文星○草堂	497/8-1
山郭水村斜日○	179/8-7
法龕燈點才孤○	211/8-3
錦繡歸衣欲相○	303/4-3

【照出】
○○一燈輝	059/8-8
○○采薇人幾許	310/4-3

【 6742₇ 鸚 】
徒傾○鵡杯	094/40-24

6752₇【 鴨・鄙・昨・嗟・唅・吟・咲・暾・賒・瞠・畔 】6905₀

【 6752₇ 鴨 】
寶〇香爐不斷煙　　129/8-8
寶〇爐頭影彷彿　　268/4-3
飛來野〇自南河　　400/4-1
烹芹割〇野情親　　440/8-1
不覺抵〇島　　　　494/58-22

【 6762₇ 鄙 】
〇事豈多能　　　　063/8-6
〇吝心望望念　　　457/14-11

【 6801₁ 昨 】
憶〇試周訏義故　　025/20-7
客有〇返自京師　　019/14-1
一期〇遊追憶　　　457/14-2
江皋憶〇屢追隨　　421/8-1
共誇歸鳥〇圖南　　388/8-6
孤舟鶴影〇秋分　　423/8-6
【昨夜】
〇〇飛光繞斗樞　　201/8-8
〇〇微霜始滿城　　353/4-1
〇〇吟成傳燭篇　　372/8-6
〇〇微霜疑月光　　410/4-1
〇〇文星照草堂　　497/8-1
瀟湘〇〇雨新晴　　016/50-19
歸鴻〇〇隔窓聆　　139/8-1
西灣〇〇一漁簑　　165/8-8
階庭〇〇潤微霜　　208/8-4
扁舟〇〇試漁簑　　363/8-8
【昨日】
〇〇芳樽釀露華　　337/4-4
游差〇〇非　　　　103/20-18
椒盤〇〇徹餘杯　　312/4-1
聞君〇〇自西州　　382/8-1

【 6801₁ 嗟 】
〇我蒲柳質　　　　006/16-14
〇此五方客　　　　102/12-3
〇賞無極已　　　　494/58-56
登覽〇君極奇絶　　151/8-7
篷窓漫作〇來語　　280/4-3
我對明月徒〇老　　406/26-15

【 6801₉ 唅 】
身在江山〇有助　　420/8-5

【 6802₇ 吟 】
〇腸老未乾　　　　057/8-6
〇蛩草砌秋露　　　086/8-3
〇枝百銅同臭曳　　216/12-3
朗〇未嘗乏神情　　013/22-13
高〇松籟和　　　　032/8-5
聊〇興窟龍　　　　093/12-4
沈〇背短檠　　　　101/16-10
苦〇還怪罪罪罷　　213/8-7
共〇雲樹新詩句　　217/20-5
醉〇幽燭下　　　　464/8-7
矯矯〇靈勳　　　　003/24-18
蛙鳴〇懷抜　　　　007/30-23
隨意〇筇不羨船　　344/4-2
昨夜〇成傳燭篇　　372/8-6
蛙鳴〇懷抜　　　　365/30-23
但俾〇情惱　　　　494/58-8
短景苦〇甚　　　　052/8-7
百丈牽〇興（葛）　115/44-9
動輒低〇不作章　　497/8-4
鷗汀鳧渚可〇行　　016/50-23
箕踞欄前苦〇甚　　121/8-7
指點前年苦〇處　　162/8-7
春江雪後好〇哦　　286/4-1
小倉山行行〇日　　315/4-3
酒傾荷葉並〇雖　　421/8-4
千峯積素照〇眸　　433/4-4
窓寒蟋蟀苦〇秋　　441/8-6
黃柑何所聽鶯〇　　119/8-4
總伴騷人達曙〇　　166/8-8
【吟會】
〇〇壓元白　　　　114/64-23
〇〇壓元白　　　　502/66-23

【 6803₄ 咲 】
應〇人間會不多　　158/8-8
可〇煙霞自沈痼　　451/8-7
一〇嫣然立尙羊　　478/8-2
返照〇相指　　　　039/8-7

舉杯〇指寒窓外　　306/4-3
屛顏如〇迎幾春　　014/20-18
滿坐閧〇互相論　　025/20-10
家山如〇待歸舟　　409/4-4
雲山如〇待歸舟　　411/4-4
屛顏如〇幾迎春　　417/21-18
童子應相〇　　　　100/16-15
【咲向】
〇〇玉臺凝淡粧　　190/8-2
歸來〇〇鉢中看　　332/4-4
【咲呼兒輩】
〇〇〇〇捲蘆簾　　182/8-8
〇〇〇〇捲蘆簾　　367/8-8

【 6804₀ 暾 】
尙膳調羹〇一杯　　379/8-8
蘭言人競　502/66-53
雙袖餘香欲〇誰　　019/14-4
金剛獻壽吐朝〇　　218/32-20
就我苦求一言〇　　366/12-7

【 6889₄ 賒 】
竹〇籃輿林苑賞　　450/8-5
門宜〇馬蹄　　　　099/20-14
風煙堪〇客　　　　038/8-1
蹇驢自〇且搜腸　　213/8-6
風流始〇呂安車　　338/4-1
關門我輩〇青牛　　146/8-4
村近酒墟〇　　　　112/28-16
去年今夜〇歸鞍　　396/4-1
總爲風煙能〇客　　119/8-7
一片饕采且〇顏　　179/8-2
九轉靈丹顏可〇　　013/22-8

【 6901₄ 瞠 】
天下奇觀此一〇　　016/50-36

【 6905₀ 畔 】
橋〇有星稀　　　　059/8-4
柳〇繫停公子車　　198/8-4
采餘河〇草　　　　038/8-5
題詩井〇桐　　　　046/8-6

— 263 —

6905₀【 畔・壁・璧・離・防・脖・臂・障・腋・骸・陪・骸・賒・駭・辟・欒・阮・歷・
　　　　隴・厄・雁 】　　　　　　　　　　　　　　　　　　　　　　　　　7121₄

一泓池〇半庭隅	200/8-1	【 7022₇ 防 】		【 7121₁ 阮 】	
凌風臺〇未開花	270/4-1	〇寒且釣詩	066/8-2	題門豈作阮生看	428/8-4
孤燈枕〇暗無光	294/4-2	【 7022₇ 脖 】		【 7121₁ 歷 】	
臨川寺〇始回頭	314/4-1	萬家廚帳足膨〇	212/8-4	〇級已六十	003/24-10
南禪寺〇暫相從	317/4-1	【 7022₇ 臂 】		遊〇堪誇綠鬢年	178/8-2
玉江橋〇長相憶	319/4-3	妙把〇一堂當	457/14-9	【 7121₁ 隴 】	
若耶溪〇女如雲	350/4-1	【 7024₆ 障 】		秋收麥〇牛眠穩	218/32-17
閭閻巨海〇	094/40-1	〇日樹添綠	104/16-3	秋已稻粱登〇上	435/8-5
來吊高麗橋〇暮	125/8-7	春風〇壁香多少	196/8-5	【 7121₂ 厄 】	
綠樹高低海〇城	374/8-6	寄身屏〇間	219/4-2	非避重陽厄	491/8-3
【 7010₃ 璧 】		瑠璃天造〇	047/8-1	【 7121₄ 雁 】	
連〇月臨城	101/16-4	滿城歸馬〇泥香	156/8-8	〇齒十年長	110/32-17
懷璧主連城	430/8-4	【 7024₇ 腋 】		〇塔煙霞春湧出	118/8-3
誰言璧潤與冰清	437/8-2	〇間風習習	243/4-3	北〇憶鄉人	045/8-6
却欣方〇不連城	195/8-8	【 7024₈ 骸 】		鴻〇數行字	047/8-3
不令方璧價連城	444/8-8	〇核不須求	226/4-2	過〇蘆汀暮湖	086/8-4
【 7010₄ 壁 】		【 7026₁ 陪 】		白〇聲寒積水秋	140/8-4
〇點蒼蠅世尚奇	192/8-4	趨〇漫飲醇	108/20-20	過〇驚眠客夜長	294/4-1
〇上雲山類九嶷	192/8-8	追〇轉覺我心降	405/8-1	鴻〇斷鄉書	462/8-6
滿〇新年句	069/8-7	狎客趨〇事唱酬	261/4-2	竟欣〇爲奠	114/64-31
崖〇削成千斛玉	182/8-3	幾人譚笑得趨〇	118/8-8	彼岸〇王倘相許	150/8-7
滿〇畫林丘	226/4-4	【 7028₂ 骸 】		竟欣〇爲奠	502/66-31
峭〇削成千片玉	367/8-3	騎馬〇簡不自持	321/4-2	秋風鴻〇度天心	166/8-6
隔〇砧聲緩	394/8-3	冷水欲忘〇（憲）	422/16-12	平田落〇有歡聲	346/4-1
連〇同輝忽見敲	436/8-2	【 7038₂ 駭 】		數聲回〇蔬天涯	489/8-8
四〇寒光未道貧	440/8-2	宿鷗應〇夢（岡）	115/44-23	春風陣陣〇欲鳴	016/50-18
赤〇遊何羨	477/8-5	和尚杯浮不〇魚	173/8-6	枯蘆猶宿〇	112/28-19
歸來四〇長相對	149/8-7	【 7064₁ 辟 】		淡路秋高〇寄遲	293/4-2
二篇赤〇君橫槊	160/8-5	宛似〇兵繫綵索	021/30-5	露滴蒹葭〇未飛	415/8-8
春風障〇香多少	196/8-5	【 7090₄ 欒 】		水郭流澌隨〇鶩	116/8-3
竹筝穿虛〇	074/8-5	黃〇山中去不歸	319/4-4	蘆屋秋聲聞〇後	169/8-3
疊石爲牆〇	235/4-1			北地無書白〇來	389/8-4
定識少林耽面〇	288/4-3			江上徒留鴻〇侶	468/4-3
【 7021₄ 離 】				解得函題落〇名	472/4-4
塔〇雲水湧中天	129/8-6			點綴江雲近斷〇	154/8-3
篆刻〇蟲爲技大	171/8-5				
姚黃歐碧滿〇欄	273/4-2				

7121₄【 既・壓・阿・陟・胃・隔・辰・曆・厥・願・灰・原・驪・驅・驢・馬 】
7132₇

【 7121₄ 既 】		酒家南薰○牆喚	369/8-3	郷○君莫責	466/8-7
○圓春草夢中塘	390/8-4	家園猶自○長流	411/4-2	檍○隨鶴雲容老	495/8-5
生涯○是占乾沒	447/8-7	連理杯空人○歲	189/8-3	結跏○似少林禪	204/8-4
不知○至老	494/58-14	知物仙才身○垣	218/32-10	宛敵平○十日歡	370/8-6
當日○操觚	502/66-4	清曉餘香風○戶	471/8-5	黃薇中州○靈境	023/34-19
士龍氏○以		【隔窓】		米田之山秀三○	014/20-1
忠孝鳴于國、	455/23-11	歸鴻昨夜○○聆	139/8-1	米田之山秀三○	417/21-1
悠裏仙舟○經	457/14-1	芭蕉滴滴○○聽	343/4-1	【原有】	
別來絺俗○綈袍	474/8-1			微軀○○漏	063/8-5
		【 7123₂ 辰 】		兼葭○○伊人在	158/8-3
【 7121₄ 壓 】		中將姬入曲○	163/8-1	【原曲】	
丹丘聲響○時賢	135/8-4	佳○齊日偶相將	148/8-1	幼出竹○○	114/64-1
【壓元白】				幼出竹○○	502/66-1
吟曾○○○	114/64-23	【 7126₉ 曆 】			
吟曾○○○	502/66-23	間裏頻驚○日遷	454/8-2	【 7131₁ 驪 】	
				○歌別友思不窮	381/8-4
【 7122₀ 阿 】		【 7128₂ 厥 】			
○香天上傾瓢後	484/8-3	奕代貽謀覿○孫	218/32-2	【 7131₆ 驅 】	
魂在○郎家	220/4-4			○疫疫難除	061/8-2
苦憶○戎家	486/8-2	【 7128₆ 願 】		龍○風雨八王山	157/8-4
東道主○誰	010/56-30	○令徹雨久	109/16-13	龍○風雨八王山	373/8-4
每過曲○親自呼	308/4-2	不○學究名一村	025/20-14	役仙○鬼蓙開日	159/8-3
守歲今宵憶○戎	431/4-2	界中也○足	456/20-4	近日免○蚊	041/8-2
夢魂先入白雲○	356/4-4			丹北呈祥○宿霧	218/32-19
		【 7128₉ 灰 】		小僧看客罷○烏	295/4-1
【 7122₁ 陟 】		爐○未撥心先活	141/8-3		
○岾山城孰作篇	135/8-6	心○未死煮茶爐	217/20-12	【 7131₇ 驢 】	
○岡此夕誰瞻望	434/8-7	葭○管裏欲飛蒸	439/8-4	蹇○雪裏詩寧拙	117/8-5
		竈底寒○欲復然	372/8-2	蹇○自駐且搜腸	213/8-6
【 7122₇ 胃 】		我心未可○	001/26-22	橋上○蹄詩僅耽	450/8-4
杜鵑花映○	111/24-12	何處驗葭○	106/20-6	梅橋寒色立○前	169/8-4
		葦索今朝燼作○	312/4-2		
【 7122₇ 隔 】		【灰未】		【 7132₇ 馬 】	
○樹暝鐘響	030/8-8	管裏葭孚○○動	175/8-5	○融遙在廣陵東	429/8-1
○壁砧聲緩	394/8-3	一寸錦心○○死	185/8-3	野○日將斜	069/8-6
牖○蓮池暮鐘	087/8-6	【灰心死】		馹○人間計未工	117/8-6
夜市○纖塵	108/20-18	虛心却起○○○	194/8-7	白○經文由竺傳	129/8-4
只尺○相思	492/8-2	虛心却起○○○	418/8-7	秩○薰風野水隈	174/8-4
人家遙○恒沙界	122/8-5			馹○欲題先呵手	213/8-5
交遊動輒○銀河	158/8-2	【 7129₆ 原 】		騎○酕醄不自持	321/4-2
一別秋河○且長	186/8-2	柞○城北聳蓮宮	151/8-1	立○蓮峯長夏悠	362/8-5

— 265 —

| 7132 ₇【 馬・辱・驥・匹・匝・匠・叵・區・巨・臣・甌・置・長 】 7173 ₂ |||

洗○波間空自見	385/8-3	【 7171 ₆ 叵 】		○敎水月照無窮	164/8-8
簹○風猶遠	399/8-3	天遊魂○招	036/8-6	○憑書案保生涯	205/8-8
輿○非所欲	494/58-49	大刀期○暎	099/20-6	○令此地靈	231/4-4
不特○輿車	009/34-22			○恨明珠南海隱	293/4-3
滿城歸○障泥香	156/8-8	【 7171 ₆ 區 】		○安市上解金龜	321/4-4
仙人白○駄金像	161/8-5	一○島嶼銜紅日	127/8-5	○橋不可更	365/30-04
康街野○蔬無迹	453/8-5	靈境仙○雲霞橫	016/50-13	○空新霽水滋涵	388/8-2
祗須乘駟○	010/56-53	湖上名○信宿間	157/8-2	○向一庭生	490/4-2
一路玄黃○	067/8-3	須識靈○禁殺生	346/4-2	生○江湖裏	003/24-3
墜葉埋餘○鬣封	315/4-1	湖上名○信宿間	373/8-2	幼繼○年業	010/56-3
始接風流○白眉	359/8-2	煙霞極勝	114/64-14	藻思○增奇	096/40-14
題柱何時學○卿	149/8-8	到處諳名○	494/58-15	心契○無改	104/16-15
不見波頭白○來	376/8-8	煙霞極勝○	502/66-14	慈功○仰西門下	129/8-7
【馬上】		盤回蘿薜入靈○	161/8-1	百尺○橋疑擲杖	402/8-3
○○奏歸淸夜曲	262/4-3			形勢○餘大古色	417/21-3
行行○○寒相映	341/4-3	【 7171 ₇ 巨 】		大江○對白鷗間	449/8-4
【馬蹄】		○舶監其載	010/56-5	映窓○積殘春悠	476/8-3
○○水草生秋色	415/8-3	手挈○軸向前楹	016/50-5	百里○流碧映門	447/8-1
門宜駐○○	099/20-14	或騎○鼇或駕鯉	023/34-15	嘆逝且○詠	007/30-28
		閭閻○海畔	094/40-1	秋風幾○庭菜	089/8-4
【 7134 ₃ 辱 】		但能避○犧	003/24-23	閒話揮○柄	101/16-9
榮○不驚心自恬	447/8-5			雲樹獨○呼	114/64-64
旣不○君命	058/8-5	【 7171 ₇ 臣 】		庭階新○綠苔痕	162/8-8
		爲緣○主能相得	376/8-7	嘆逝且○詠	365/30-28
【 7138 ₁ 驥 】		拜賜讁○心	395/8-6	薰風莢○見花繁	483/8-1
駸○如雲不復屯	327/4-2	寧問藥君○	053/8-4	雲樹獨○呼	502/66-66
櫪中○足老將至	450/8-3	憗爲市井○	111/24-20	繡線正添○	001/26-19
【驥尾】		物色秋迷漠使○	145/8-6	陽月夜正○	005/18-1
○○恨難附	114/64-61			濟川爾所○	010/56-55
○○恨難附	502/66-63	【 7171 ₇ 甌 】		仁者所樂○不崩	014/20-15
		去年○寠大有年	011/16-3	何如別意○	026/8-8
【 7171 ₁ 匹 】				雨多看草○	030/8-4
詠悠謝家才得匹	474/8-3	【 7171 ₈ 置 】		還丹歲月○	035/8-2
		孝子不○天錫祿	014/20-7	昨是南亭○	094/40-31
【 7171 ₂ 匝 】		孝子不○天錫祿	417/21-7	雁齒十年○	110/32-17
喜鵲○林秋兩岸	149/8-5			多病懶迎○者車	123/8-4
灌木鳥三○	111/24-15	【 7173 ₂ 長 】		斷續鐘微○樂宮	134/8-4
		○違如水交	048/8-6	大地黃金○者功	151/8-6
【 7171 ₂ 匠 】		○堤十里松	067/8-8	珊瑚寺裏○蒼苔	269/4-1
意○誰將一筆鋒	285/4-1	○鋏歌非擬	099/20-5	立馬蓮峯○夏悠	362/8-4
于今名○出飛山	202/8-2	○於夏景脩	109/16-16	一去西山○歎息	443/8-3
		○夜剪燈話	112/28-25	蔬門思自○	466/8-6

仙遊不必乘○鯨	016/50-48	【長相】		其○屆而鳴耶、	455/23-19
迂回驛路傍○川	344/4-1	歸來四壁○○對	149/8-7	心多○拮据	009/34-24
華簪必可入○安	370/8-8	玉江橋畔○○憶	319/4-3	峯頂○所矚	008/16-7
家園猶自隔○流	411/4-2	【長松樹】		君子○不爲	010/56-12
飫肥雲鶴此○鳴	495/8-8	○○○裏聽笙竽	272/4-4	仁者○樂長不崩	014/20-15
興來何厭茗談○	120/8-4	上有○○○	248/4-2	峯頂何○矚	008/16-7
經筵更醉舊恩○	138/8-8	落落○○○	252/4-1	濟川爾○長	010/56-55
妙音遙入海潮○	155/8-8			悠然無○作	031/8-7
遊綠日與柳綠○	156/8-4	【 7178 6 頤 】		遠尋梅○莊	079/8-2
釣徒佩印五湖○	164/8-5	支○倚碧紗	112/28-18	枝巢誰○止	092/16-3
書淫類蠹寄生○	171/8-6	期○可待觀頤室	218/32-29	窮途狂○哭	094/40-33
一別秋河隔且○	186/8-2	群酬共計期○日	176/8-7	槐陰何○召	109/16-5
一兩魚胎橘且○	203/8-1	期頤可待觀○室	218/32-29	乃翁興○發	114/64-11
點汚數幅茜裙○	208/8-8			黃柑何○聽鶯吟	119/8-4
春宵宮裏春宵○	260/4-1	【 7210 0 劉 】		千秋神○宅	233/4-3
王孫草暖鹿鳴○	266/4-4	表○明日飲（岡）	115/44-27	古詠有○考	494/58-16
未及篙人百丈○	279/4-4			奇菓神○賜	494/58-37
此君既有兒孫○	291/4-3	【 7210 1 丘 】		五嶽夙○企	494/58-46
雅好樓居坐嘯○	292/4-1	丹○聲響壓時賢	135/8-4	輿馬非○欲	494/58-49
過雁驚眠客夜○	294/4-1	上○聊自掃蒼苔	152/8-8	下山何問○	467/8-1
百尺垂條拂地○	296/4-2	梅○被酒折枝旋	348/4-1	兔操金杵何○搗	013/22-7
心自清閒日月○	352/4-4	欲尋○壑侶	458/8-5	維昔降神何○誕	014/20-5
片石孤雲矚目○	360/8-1	滿壁畫林○	226/4-4	此人風流世○知	015/18-12
潮音羝接古鐘○	375/8-6			小笠短簑從○適	145/8-7
千里師門玄草○	393/8-3	【 7220 0 剛 】		福地豐州誰○創	391/8-1
何處停車興最○	408/4-2	金○獻壽吐朝暾	218/32-20	幹蠱有人何○事	287/4-3
床頭擧首思空○	410/4-2	金○殿宇倚崔嵬	311/4-1	玉樹知今何○倚	298/4-3
遙心寫盡海雲○	420/8-2			所見寧無異○聞	303/4-2
春山經燒蕨薇○	496/8-3	【 7221 2 卮 】		釋褐何圖負○親	306/4-2
【長生】		柏酒有餘○	010/56-46	福地豐州誰○創	391/8-1
○○術似期	096/40-28	村醪三四○	039/8-1	零露不承○盛	496/8-1
君王應不貴○○	268/4-4	呼來瓠子○	479/8-6	維昔降神何○誕	417/21-5
【長江】				【所以】	
○○細雨滴階除	318/4-1	【 7221 6 臘 】		○○競摛藻	001/26-23
門外○○碧水平	149/8-1	○悠齋寒僧喚來	379/8-4	○○爲寄題也。	455/23-21
【長河】		江梅入○香	054/8-8	【所發】	
薄暮臨○○	007/30-25	病汝茶蘼自○違	371/8-6	乃翁興○○	114/64-11
薄莫臨○○	365/30-25	領略春風入○醉	480/4-2	酒興○○	502/66-11
【長橋】				【所誕】	
○○不可更	007/30-4	【 7222 1 所 】		維昔降神何○○	014/20-5
百尺○○架碧流	314/4-2	○以競摛藻	001/26-23	維昔降神何○○	417/21-5
彩虹影落○○夕	140/8-3	○見寧無異所聞	303/4-2		

— 267 —

【 7222₂【 彤・膨・瓜・斥・隱・阡・后・腦・戶・鬚・馴・驕・䐱・刪・髟・髮・髻・鬐・昏・鬞 】　　　　　　　　　　　　　　7271₆

【 7222₂ 彤 】		【 7226₁ 后 】		○管秋開女史顏	373/8-6
【彤蟲】		烹君○瀨茶	243/4-2	佛殿猶傳○管史	360/8-5
○○篆刻豈容易	015/18-9				
多時篆刻且○○	167/8-6	【 7226₃ 腦 】		【 7244₇ 髮 】	
		半缸魚○半時盡	294/4-3	皓○感年華	112/28-8
【 7222₂ 膨 】		行旅塗肝○	494/58-4	晒○陽檐捫蝨子	215/8-5
萬家廚帳足○脝	212/8-4			何人白○獨燃燈	439/8-8
		【 7227₇ 戶 】		款客頻叩截○煩	218/32-14
【 7223₀ 瓜 】		萬○炊煙色	094/40-39		
陳○庭上候蜘蛛	196/8-8	繡○煙添垂柳綠	134/8-5	【 7255₇ 鬚 】	
浮○可我儕（張）	422/16-14	萬○明輝無古今	166/8-4	衣冠鬚○美	494/58-28
小庭○菓陳	107/12-8	編○何因除課役	300/4-3		
何必○田培五色	413/8-7	萬○千門白玉▢	353/4/4	【 7260₁ 髻 】	
永好木○章	054/8-6	白雲當○生	465/8-6	銀鈿雲○橫斜影	190/8-5
美醞名○仍舊譔	158/8-5	亂山當○牖	112/28-11		
		樽前萬○明秋水	148/8-5	【 7260₄ 昏 】	
【 7223₁ 斥 】		青苔封潤○	100/16-13	○度谿村造	494/58-20
俗士○文才	094/40-22	探珠水當○	101/16-3	晨○勤定省	096/40-17
		游食幾民○	387/8-7	黃○月下顏如玉	470/4-3
【 7223₇ 隱 】		草色花香傍○深	119/8-2	黃○逗影月籠紗	471/8-6
○隱雷霆鐵鼎聲	195/8-6	清曉餘香風隔○	471/8-5	黃○幽逕見人妝	478/8-1
○隱雷霆鐵鼎聲	444/8-6			筭冠曾○嫁	091/16-1
隱○雷霆鐵鼎聲	195/8-6	【 7228₆ 鬚 】		獨坐黃○未點缸	276/4-4
豹○今依一屋村	218/32-6	衣冠○鬚美	494/58-28	知爾朝○澆世情	361/8-2
花○朱櫻裏	229/4-3			春深錦帳新○夜	183/8-3
市○階苔雨後多	392/8-2	【 7230₀ 馴 】		德星秋冷水天○	025/20-20
隱○雷霆鐵鼎聲	444/8-6	村園○鴿鳴	007/30-11	僧院三千綠樹○	133/8-4
旬○匈違、	455/23-6			朱雀街頭日欲○	137/8-1
暴背○曲几	494/58-52	【 7232₇ 驕 】		看君定省奉晨○	218/32-28
投簪市○重相招	217/20-1	野趣向人○	073/8-8	【昏黑】	
寧道與它○逸同	021/30-10			○○上方何處宿	161/8-7
吾曹多市○	052/8-1	【 7233₄ 駿 】		上方○○出	083/8-1
避世深扃○逸廬	214/8-6	○客此扶筇	113/20-8		
琵琶何處○	239/4-1	蕭○非是自臨池	207/8-2	【 7271₆ 鬞 】	
琥珀杯盛花○者	200/8-3			鰭○能鼓舞	003/24-13
讚劣本當爲小○	124/8-7	【 7240₀ 刪 】		墜葉埋餘馬○封	315/4-1
白子街衢供市○	135/8-3	詩體西崑剪燭○	369/8-4		
長恨明珠南海○	293/4-3	三百詩篇歲每○	449/8-6	【 7271₆ 鬞 】	
				悠頰雲○黑白爭	437/8-4
【 7224₀ 阡 】		【 7242₂ 彤 】			
踏遍北○南陌草	156/8-7	○管秋開女史顏	157/8-6		

— 268 —

7274。【 氏・兵・質・鬢・陀・院・胎・驂・墮・助・肘・附・肚・陸・肱・隨・膝・朦・
　　陂 】　　　　　　　　　　　　　　　　　　　　　　　　　　　7424₇

【 7274。氏 】
士龍○旣以
　　忠孝鳴于國、　　455/23-11
朱明錢○爲誰筆　　　018/32-13
祈寒王○池　　　　　096/40-20
然士龍○豈待此舉、　455/23-22
稱冰樂○老增豪　　　474/8-4
蚪胎何獨生虞○　　　206/8-5

【 7280₁ 兵 】
數度○塵都不染　　　130/8-7
何處○甲此中藏　　　375/8-2
宛似辟○繫綵索　　　021/30-5

【 7280₆ 質 】
櫐○連句廢洗梳　　　188/8-2
脆○怯霜雪　　　　　219/4-1
常嫌瓊○被風吹　　　183/8-2
嗟我蒲柳○　　　　　006/16-14
想是亦猶千秋○　　　366/12-9

【 7280₆ 鬢 】
○毛未變空追憶　　　126/8-7
○雪猶稀讀書牗　　　217/20-11
我○短相催　　　　　001/26-20
亂○風前柳　　　　　220/4-1
薙來雲○開麗跂　　　163/8-3
枯客衰○有誰憐　　　189/8-1
但嫌點○邊　　　　　257/4-4
一線添衰○　　　　　113/20-9
磨穿鐵硏○如絲　　　299/4-1
薰蒸剩見○雲橫　　　419/8-4
風霜寒客○　　　　　462/8-5
遊歷堪誇綠○年　　　178/8-2
雨墜蘆花冷○絲　　　357/4-2
　　【鬢雲】
數開鸞鏡○○疏　　　188/8-4
薰蒸頓見○○橫　　　193/8-4

【 7321₁ 陀 】
文覺頭○昔在家　　　267/4-1

雪盡藕綠織曼○　　　163/8-4

【 7321₁ 院 】
○落菊殘時　　　　　105/20-12
獨○夜燈輝　　　　　103/20-4
一兩魚○橢且長　　　203/8-1
中廚有術○仙胎　　　379/8-2

【 7332₂ 驂 】
或○巨鼇或駕鯉　　　023/34-15
假使脫○厚　　　　　096/40-31
飛爲暮雨逐歸○　　　216/12-12

【 7410₄ 墮 】
人間○落小頑仙　　　204/8-1

【 7412₇ 助 】
蘋蘩○奠幾叢祠　　　287/4-1
身在江山啥有○　　　420/8-5

【 7420。肘 】
傳家○後竟無方　　　451/8-8

【 7420。附 】
驥尾恨難○　　　　　114/64-61
何人攀且○　　　　　250/4-4
驥尾恨難○　　　　　502/66-63

【 7421。肚 】
有食千間○未飢　　　215/8-4

【 7421₄ 陸 】
○沈都市遇三冬　　　124/8-1
豈言愨○羽　　　　　036/8-3
時日至南○　　　　　001/26-1

【 7423₂ 肱 】
枕○寒巷擁蝸兒　　　215/8-6
曲○欲問眠多少　　　217/20-9
一瓢甘曲○　　　　　006/16-7

【 7423₂ 隨 】
○爾白雲飛　　　　　227/4-4
心○湖水遠且平　　　016/50-47
雲○桂槳多　　　　　078/8-4
追○不唯我　　　　　430/8-7
月光○客入蓬樞　　　154/8-1
祗應○處醉忘憂　　　406/26-20
檍原○鶴雲容老　　　495/8-5
還怕追○歡未盡　　　146/8-7
霞彩斜○錦繡裳　　　156/8-6
玉屑時○匕筋翻　　　377/8-8
一榼一奚○　　　　　066/8-1
水郭流漸○雁鷖　　　116/8-3
月明流水○予去　　　136/8-7
醉後龍蛇○走筆　　　145/8-3
千里竹筒○犬耳　　　177/8-3
清歌妙舞○和切　　　442/8-3
都下八斗相追○　　　019/14-6
敗席空囊僅自○　　　215/8-1
木蘭舟楫故追○　　　329/4-1
江皋憶昨屢追○　　　421/8-1
【隨意】
○○脫烏帽　　　　　112/28-17
○○吟筇不羨船　　　344/4-2
酒茗君○○　　　　　101/16-1

【 7423₂ 膝 】
○下呼來兒拜客　　　025/20-19
促○對新晴　　　　　037/8-2
抱○倚前楹　　　　　465/8-8
五柳耽容○　　　　　006/16-8

【 7423₂ 朦 】
閏餘春雨夜○朧　　　403/8-8

【 7424₇ 陂 】
雉○楊柳暗藏舟　　　364/8-6
吹笳漁西○　　　　　010/56-16
牧笛寺前○　　　　　039/8-6

— 269 —

【 7424 ₇ 　陵・胎・馳・騎・駄・慰・騏・䐃・陣・體・陳・峽・肆・颸・飀・臁・颺・
　　陽 　】　　　　　　　　　　　　　　　　　　　　　　　　　　　　　　 7622 ₇

【　7424 ₇　陵　】		【　7444 ₇　䐃　】		一陣涼○動樹端	385/8-2
巴○一望水煙清	016/50-11	丹○映潮痕	387/8-2	蘋末暗生○（葛）	115/44-12
荒○落日橫	416/8-8	槲題丹○鑑千年	129/8-2	裳衣薄暑○（岡）	115/44-42
南望荒○日將暮	117/8-7			更向海風吹○處	272/4-3
明日荒○有天樂	120/8-7	【　7520 ₆　陣　】		白蘋洲上趁涼○	329/4-4
風雨荒○花落盡	269/4-3	一○歸鴉郭樹邊	136/8-1		
藥○仍傳蘇合秘	130/8-3	一○涼飀動樹端	385/8-2	【　7621 ₄　臁　】	
僧○三千綠樹昏	133/8-4	一○春風坐裏生	432/4-4	○梅小立倚窗傍	190/8-1
皇子○成稱敬田	129/8-1	春風○陣雁欲鳴	016/50-18	風冷覺梅○	030/8-3
敬田○接飯蒸菜	147/8-3	春風陣○雁欲鳴	016/50-18		
月明松○夜	048/8-7	驚花拇○老	094/40-25	【　7621 ₈　颸　】	
後凋庭○松	113/20-14	休言退筆○	109/16-9	一時攝颸母	010/56-7
海棠庭○始生香	390/8-8				
朝雨半荒○菊	089/8-3	【　7521 ₈　體　】		【　7622 ₇　陽　】	
		○嗇柏梁佳（憲）	422/16-8	○月夜正長	005/18-1
【　7326 ₀　胎　】		詩○西崑剪燭删	369/8-4	○春召我出城南	216/12-1
蚪○何獨生虞氏	206/8-5			夕○春處石花飛	014/20-9
何意荒○我出遊	368/8-2	【　7529 ₆　陳　】		微○活瘦容	113/20-10
它日荒○如避暑	501/8-7	○圖靈跡猶何處	159/8-7	河○尋古跡（岡）	115/44-31
馬融遙在廣○東	429/8-1	○瓜庭上候蜘蛛	196/8-8	重○徒看酒杯空	214/8-4
		常為○豆嬉	096/40-8	夕○香榭影橫斜	264/4-2
【　7431 ₂　馳　】		小庭瓜菓○	107/12-8	斜○背指紫雲山	277/4-4
仙水屢○神	111/24-22	筵几既舖○	108/20-6	夕○春處石花飛	417/21-9
名聲日以○	096/40-12			晒藥○簷地有餘	123/8-1
論源晝夜○（岡）	115/44-34	【　7523 ₀　峽　】		晒髮○簷捫蝨子	215/8-5
欲向遼西○一夢	265/4-3	流螢照縹峽	006/16-16	嘿坐○欄下	494/58-51
		不斷罐風翻緗峽	429/8-3	不特一○回	001/26-14
【　7432 ₁　騎　】				沙嘴夕○前	070/8-8
○馬酕醄不自持	321/4-2	【　7570 ₇　肆　】		漁笛夕○遠	083/8-3
內人千○屜雲車	262/4-1	醉歸晚出胡姬○	147/8-7	思在夕○西	099/20-8
				況復值○回	106/20-2
【　7433 ₀　駄　】		【　7621 ₂　颸　】		牛背斜○山躑躅	142/8-5
仙人白馬○金像	161/8-5	一陣涼○動樹端	385/8-2	上國初○映錦衣	172/8-2
		方風之激○也、	455/23-5	夢入華○洞裏看	273/4-4
【　7433 ₀　慰　】		蘋末暗生○（葛）	115/44-12	葉逗秋○露始乾	322/4-2
代書○別何情味	472/4-3	滿袖有涼○	479/8-8	曾是山○引酒徒	401/4-1
柳梅當遣旅情○	425/8-5	滿袖有涼○	479/8-8	在山○第幾州	406/26-18
		白蘋洲上趁涼○	329/4-4	渚仄斜○五色霞	424/4-4
【　7438 ₁　騏　】				非避重○厄	491/8-3
○驥如雲不復屯	327/4-2	【　7621 ₃　飀　】		鄰寺斜○鐘數聲	501/8-6
		蘋末涼○起	080/8-7	蟬聲送夕○	079/8-6

7 6 2 2 ₇ 【 陽・隅・腸・限・駒・驛・咫・且・堅・閨・閏・豎・鬪 】 7 7 1 4 ₁

歸鳥噪斜〇	466/8-8	斷〇名更憐	084/8-8	相看〇驚喜	461/8-5
映帶萬雄嶽〇城	016/50-16	心〇渾錦繡	114/64-7	新詩〇與言	467/8-4
上方將報夕〇鐘	121/8-8	無〇公子實爲名	210/8-2	何人攀〇附	250/4-4
瓦樓高倚艷〇天	147/8-2	心〇皆錦繡	502/66-7	王母康寧〇樂易	011/16-5
一千金像夕〇映	150/8-5	啜茗搜〇小樓外	371/8-7	勸君拌醉〇留連	012/12-7
中峯花插夕〇朱	161/8-4	搜盡枯〇倚欄頭	406/26-22	勸君酬歌〇唱和	012/12-9
微醺宜代重〇酒	184/8-3	南內笙歌夜攪〇	187/8-6	多時篆刻〇彫蟲	167/8-6
水晶簾外夕〇明	193/8-8	擬將蘆刀剕石〇	209/8-6	一片餐采〇駐顏	179/8-2
強頂寧爲洛〇令	204/8-3	搴驢自駐且搜〇	213/8-6	搴驢自駐〇搜腸	213/8-6
水村梅落夕〇孤	295/4-4	爭如報國赤心〇	408/4-4	銜泥燕子〇呢喃	278/4-2
悠然獨背秋〇立	339/4-3	寸斷家人幾日〇	410/4-4	相攜相訪〇開顏	369/8-2
一橋斜處夕〇斜	414/4-1			縱負梅花〇留滯	405/8-7
水晶簾外夕〇明	419/8-8	【 7 6 2 3 ₂ 限 】		心隨湖水遠〇平	016/50-47
水紋欲斷初〇影	447/8-3	城郭大江〇	094/40-2	徹履尋君几〇憑	439/8-2
檻外三橋澹夕〇	148/8-6	蕭蕭一水〇	106/20-20	【且長】	
荊棘叢祠送夕〇	155/8-6	秧馬薰風野水〇	174/8-4	嘆逝〇〇詠	007/30-28
蝶舞鶯歌弄艷〇	156/8-2			嘆逝〇〇詠	365/30-28
朝朝翹首訴初〇	186/8-8	【 7 6 3 0 ₀ 駒 】		一別秋河隔〇〇	186/8-2
漁村幾日曝朝〇	203/8-2	【駒馬】		一兩魚胎橢〇〇	203/8-1
紙龜製出洛之〇	209/8-1	〇〇人間計未工	117/8-6	【且須】	
一半晴光掛夕〇	213/8-8	〇〇欲題先呵手	213/8-5	送梅晴〇〇	114/64-50
江城畫裏抹斜〇	279/4-2	祗須乘〇〇	010/56-53	送梅晴〇〇	502/66-50
多少名藍在洛〇	309/4-1				
築紫煙波渺夕〇	323/4-2	【 7 6 3 4 ₁ 驛 】		【 7 7 1 0 ₄ 堅 】	
鷗鷺無心水夕〇	360/8-4	山〇戒輿隸	114/64-45	〇田勝概入新題	150/8-1
潘郎載酒醉河〇	378/8-4	山〇戒輿隸	502/66-45		
度我煙波筑紫〇	391/8-8	迂回〇路傍長川	344/4-1	【 7 7 1 0 ₄ 閨 】	
風雨新晴掛夕〇	476/8-8	晨陯山〇棧	494/58-19	〇餘春雨夜朦朧	403/8-8
【 7 6 2 2 ₇ 隅 】		【 7 6 8 0 ₈ 咫 】		【 7 7 1 0 ₄ 閏 】	
向〇之子却爲愈	388/8-7	【咫尺】		深〇獨坐夜如年	265/4-1
列峙一谿〇	047/8-2	諸天〇〇梵王樓	159/8-2	授衣〇婦怨	395/8-5
優游茅海〇	114/64-2	吳地楚天〇〇并	016/50-12		
夕度海西〇	225/4-2	楚水吳山連〇〇	017/8-2	【 7 7 1 0 ₈ 豎 】	
優游茅海〇	502/66-2			二〇若爲崇	110/32-21
切利天開大海〇	161/8-2	【 7 7 1 0 ₀ 且 】		奚圖二〇罹	096/40-24
一泓池畔半庭〇	200/8-1	〇使故人留	109/16-14		
		〇坐爐頭喫茶去	295/4-3	【 7 7 1 4 ₁ 鬪 】	
【 7 6 2 2 ₇ 腸 】		一〇作秦胡	114/64-60	君試〇詞鋒	008/16-10
雨〇不必論	006/16-3	防寒〇釣詩	066/8-2	龍蛇鬪處毫遒勁	370/8-3
枯〇復得春	034/8-8	蘆簾〇與雲捲	090/8-3		
吟〇老未乾	057/8-6	延客〇銜杯	106/20-10		

7716₄【闊・尸・几・凡・肌・夙・阻・風】　　　　7721₀

【 7716₄ 闊 】		○淒雨冷村莊夕	021/30-13	微○楊柳將梳影	193/8-5
近來疏○意	046/8-7	○檻酪奴熟	053/8-5	春○障壁香多少	196/8-5
蹔放鷗伴○	104/16-9	○雲憐會面	062/8-3	秋○空染淚千行	197/8-8
		○帷屨舞前	091/16-14	西○送袚衣	227/4-2
【 7720₇ 尸 】		○樹鵲啼冷	101/16-5	東○度袚川	229/4-1
【尸解】		○暄少見菊花黃	148/8-4	春○吹自閉	235/4-3
○○衣空掛	036/8-5	○味有餘了一生	210/8-8	凌○臺畔未開花	270/4-1
○○鍊丹後	076/8-5	○光寫得還	242/4-4	天○時捲芙蓉雪	271/4-3
○○淮南何在哉	379/8-1	○暖鶯梭聲斷續	296/4-3	東○冷處猶餘雪	276/4-3
		○去山中何處飲	327/4-3	東○兩岸巑岏柳	279/4-3
【 7721₀ 几 】		○流始駐呂安車	338/4-1	江○六月冷侵人	281/4-4
○上金玉連宵詩	406/26-7	○冷郊天宿霧晴	374/8-2	春○不必泣豐碑	299/4-4
○前吾誦之	494/58-53	○前柳絮春爭色	377/8-3	春○直度大江來	313/4-4
筵○既舖陳	108/20-6	○氣濾煙箔	395/8-3	江○千里送慈航	323/4-1
既飽○相凭	063/8-2	○霜寒客鬢	462/8-5	薰○吹透碧窗紗	337/4-2
白鷗憑○對忘機	371/8-4	○煙憶往時	463/8-2	東○江柳不藏煙	372/8-4
徹履尋君○且憑	439/8-2	○信爭傳幾處春	470/4-1	迎○壺底絕纖塵	383/8-1
暴背隱曲○	494/58-52	○雨新晴掛夕陽	476/8-8	微○楊柳將梳影	419/8-5
洗出銀蟾照淨○	406/26-6	春○桃花浪	003/24-7	和○朗月入柴門	426/8-1
		薰○拂朱絃	006/16-15	秋○吹落碧梧梢	436/8-4
【 7721₀ 凡 】		御○眞人一墜地	015/18-5	春○裊裊紫羅裙	442/8-2
偉姿盡超○	005/18-4	春○陣陣雁欲鳴	016/50-18	方○之激颺也、	455/23-5
人間徒作○庸醫	015/18-6	御○樓上設祖筵	023/34-8	微○消酒氣	482/8-5
		東○解凍墨地香	024/12-2	薰○莢長見花繁	483/8-1
【 7721₀ 肌 】		春○吹入讀書堂	024/12-9	松○吹夜窗癭停	484/8-6
冰雪○寒白玉肤	187/8-2	春○千里外	026/8-1	松○吹上若山煙	485/24-2
凝脂○骨溫含潤	205/8-5	微○搖漢影	041/8-5	葉墜○方冷	092/16-9
碧縠冰○透徹光	190/8-6	清○破爵蒸	072/8-8	蘋末○徐至	095/12-7
初寒少迫○	081/8-2	松○雜櫂歌	078/8-8	動應○嫋嫋	098/20-9
【肌雪化】		西○送暮鐘	082/8-8	南津○斫柳	114/64-47
香汗全疑○○○	193/8-3	秋○幾長庭菜	089/8-4	亂鬢○前柳	220/4-1
香汗全疑○○○	419/8-3	臨○多感慨	094/40-37	疏疏○葉老	224/4-1
		春○獨浴沂	100/16-16	腋間○習習	243/4-3
【 7721₀ 夙 】		悲○過綺陌	110/32-27	始接○流馬白眉	359/8-2
桑蓬○忘四方遂	362/8-3	晚○吹送野梅香	116/8-8	短檐○暖闇鈴微	371/8-8
五嶽○所企	494/58-46	松○前殿送潮音	122/8-4	龍驅○雨八王山	373/8-4
		薰○重動齊紈影	138/8-5	藤裏○流殊此域	398/8-3
【 7721₀ 阻 】		微○疏雨入新歌	158/8-6	簀馬○猶遠	399/8-3
洓洄路○淀河水	015/18-15	西○別墅在東村	162/8-1	江亭○雨醉凭欄	428/8-8
東海自茲○	004/16-13	秋○鴻雁度天心	166/8-6	請看○雲交起日	443/8-7
		薰○奏起達婆樂	168/8-5	夜旬○御仍冷然	454/8-4
【 7721₀ 風 】		春○剪翠水連天	178/8-4	遮莫○波世上翻	447/8-8

7721。【風・凰・鳳】

爲緣○月好	477/8-7	清曉餘香○隔戶	471/8-5	此人○○世所知	015/18-12
一水○霜敗菼葭	498/8-4	席豈論五兩○	088/8-6	江左○○君自見	118/8-7
南津○鞚柳	502/66-47	仙舟直欲御○行	160/8-8	陶令○○采菊扉	177/8-6
安得凌○翰	004/16-1	簾前還恐晚○狂	209/8-8	【風騷】	
嫋嫋晚○披煙霧	013/22-1	一揮瀟洒清○裏	284/4-3	莫承乃父嗜○○	407/4-4
江上南○解慍時	019/14-1	玉江橋上微○度	297/4-3	江魚堪弔楚○○	452/8-6
縱使多○力	065/8-7	山河百二北○寒	332/4-1	【風煙】	
微霞逐○聲	077/8-4	何以買得好○景	340/4-3	○○堪駐客	038/8-1
呼雨喚○蘆荻洲	140/8-8	誦詩黃蕨國○清	361/8-4	○○甘白屋	043/8-5
一鼎松○宛對君	141/8-8	城中鼓角雜○雷	376/8-2	總爲○○能駐客	119/8-7
江上秋○起素波	165/8-2	竹林春老清○起	401/4-3	【風冷】	
秧馬薰○野水隈	174/8-4	蘆簾能遮三面○	021/30-12	○○覺梅朧	030/8-3
寫向東○撒世間	202/8-8	鯨鐘波激六時○	151/8-4	不怯北○○	056/8-7
扇席薰○篩竹影	218/32-23	獨倚江樓念御○	167/8-8	【風吹】	
片片舞○前	257/4-2	滿坐春生一管○	194/8-8	○○甕牖芭蕉敗	126/8-3
更向海○吹颺處	272/4-3	憶鱸松島早秋	362/8-6	西南一夜○○急	475/4-3
篩月籤○葉葉稠	291/4-1	南郊北里酒旗○	381/8-1	常嫌瓊質被○○	183/8-2
浪速秋○一夜航	298/4-2	作序書傳晉代	403/8-6	烏紗莫遣晚○○	357/4-4
一水秋○送錫飛	319/4-1	滿坐春生一管○	418/8-8		
釋褐南○見寵榮	335/4-1	映軒春水送東○	431/4-1	【 7721。凰 】	
恨殺微○飄並蔕	350/4-3	無聊幾度對春○	446/8-2	一曲笙歌操鳳○	120/8-6
風滿江○悠一簑衣	355/4-1	【風雪】			
江上秋○起白波	363/8-2	○○春寒怯曳筇	289/4-2	【 7721。鳳 】	
解纜薰○沂上蓆	364/8-1	滿江○○一簑衣	355/4-1	○兮或求偶	010/56-31
纔到御○知有待	382/8-3	【風雨】		○翔山閣倚崔嵬	118/8-1
偶感秋○憶舊園	413/8-2	○○千家寒食至	152/8-3	○輦春留閣道中	134/8-8
大國雄○引客衣	415/8-1	○○草玄嘲未解	180/8-5	○釵并贈小詩箋	189/8-8
一任東○送暗香	420/8-8	○○荒陵花落盡	269/4-3	○儀難到不鳴箎	194/8-8
不斷☒翻緗帙	429/8-3	一樽○○大江頭	146/8-1	○翼與龍鱗	250/4-3
一陣春○坐裏生	432/4-4	龍驅○○八王山	157/8-4	○儀難至不鳴箎	418/8-6
異客國○歸化日	445/8-5	半夜折頭○○急	348/4-3	鸞○堪依八尺床	197/8-6
歸省秋○歡已深	468/4-2	【風霜】		三○相將春未闌	428/8-6
領略春○入臘醅	480/4-2	○○道士松	033/8-3	更唱○將雛	114/64-32
一水春○入墨池	481/4-1	意氣○○凜	005/18-13	更唱○將雛	502/66-32
北海天○送悠饁	472/4-1	字字挾○○	054/8-2	枝交棲○鸞	098/20-8
香閣曉○吹已雨	487/8-3	【風傳】		才高五○樓	109/16-12
更有清○室裏添	500/4-2	○○梅信息	057/8-3	花街歌○楚狂夫	448/8-6
松樹咽天○	076/8-8	餘音遠入海○○	023/34-32	斯道歌衰○	050/8-1
輕輕蘀解○	097/12-4	【風流】		白眼吾曹題○字	119/8-3
臨茲解慍○	104/16-8	○○客是誰	105/20-14	一曲笙歌操○鳳	120/8-6
錯認金屛○七尺	200/8-7	○○獨爲異	245/4-3	棲宿文章一○雛	401/4-4
夜夜折頭○雨急	348/4-3	○○始駐呂安車	338/4-1	題得文章準彩○	368/8-3

7721。【鳳・脆・尾・屋・隆・覺・兒・兕・肥・雁・月】　　7722。

稱得才名本三〇	403/8-3	不〇抵鴨島	494/58-22	飫〇雲鶴此長鳴	495/8-8
天涯別淚家三〇	438/8-5	六根〇清淨	007/30-16	水急〇溪鰮	460/8-5
		風冷〇梅臞	030/8-3	霜徑菘〇處	081/8-5
【 7721₂ 脆 】		玄艸〇居幽	052/8-6	養壽生〇孰嘗已	144/8-7
〇質怯霜雪	219/4-1	譚玄〇有神	053/8-2	彈冠望輕〇	010/56-40
		令人坐〇神遊處	285/4-3	堆盤豆莢〇	394/8-4
【 7721₄ 尾 】		追陪轉〇我心降	405/8-1	何須論瘦〇	461/8-6
驥〇恨難附	114/64-61	池草夢〇傾蓋地	405/8-3	廣島潮溫牡蠣〇	172/8-6
盍〇難消清晝霜	476/8-4	桑梩村巷〇無味	212/8-5		
驥〇恨難附	502/66-63	梅花帳裏眠才〇	488/8-5	【 7721₇ 雁 】	
流分燕〇廻	094/40-12			激瀉潮聲響〇廊	260/4-2
		【 7721₇ 兒 】			
【 7721₄ 屋 】		豚〇三歲既能言	025/20-2	【 7722₀ 月 】	
〇裏避霜威	092/16-12	女〇名稱識	076/8-3	〇數青樽酒	059/8-5
〇瓦消霜盡	094/40-15	孩〇重俠氣	094/40-21	〇入篷窗小	078/8-3
〇榮未修補	108/20-5	侍〇休進越人方	187/8-8	〇檻逐歌後	091/16-13
蘆〇秋聲聞雁後	169/8-3	攜〇將酒榼	256/4-1	〇似扇精裁	095/12-10
茅〇今宵若無客	402/8-7	家〇一歲正周遭	407/4-1	〇正東山夕	108/20-15
海〇春秋籌幾千	485/24-22	客意〇無解	256/4-3	〇逗梅花帳	110/32-13
月照〇梁猶是夢	434/8-3	須避豪〇鐵如意	205/8-7	〇照新林醉未回	174/8-8
數間茅〇春來去	263/4-3	何比侍〇將進酒	208/8-7	〇落青龍舟未返	260/4-3
風煙甘白〇	043/8-5	賣藥女〇名未著	451/8-3	〇下梅花夜斷魂	377/8-4
雲中有廈〇	255/4-3	膝下呼來〇拜客	025/20-19	〇中兔子去無影	383/8-5
遂到玉江茅〇前	136/8-8	扶醉我家〇	066/8-4	〇暗地如霾（憲）	422/16-4
豹隱今依一〇村	218/32-6	驚鶩出群〇	096/40-2	〇照梁猶是夢	434/8-3
粒粒猶要籌海〇	014/20-12	深林却有抱〇箆	168/8-4	寒〇照蒿萊	001/26-10
粒粒猶要籌海〇	417/21-12	列峙培塿好〇孫	417/21-6	陽〇夜正長	005/18-1
		枕肱寒巷擁蝸〇	215/8-6	明〇來投玉案傍	024/12-8
【 7721₄ 隆 】		南軒此日會童〇	481/4-2	十〇事都忙	029/8-2
德〇名愈隆	104/16-12	【兒輩】		涼〇碎波紋	041/8-6
德隆名愈〇	104/16-12	〇〇倘能學斯老	204/8-7	水〇印千峯	085/8-6
		咲呼〇〇捲蘆簾	182/8-8	日〇手譚催	094/40-26
【 7721₆ 覺 】		咲呼〇〇捲蘆簾	367/8-8	缺〇窓生魄	113/20-17
〇路何由淂	007/30-29	【兒孫】		明〇始生荊璞光	138/8-6
〇路何由得	365/30-29	承奉足〇〇	110/32-32	纖〇如眉媚客妍	147/8-6
漸〇翠微新	028/8-6	此君既有〇〇長	291/4-3	歲〇歸家一舊氈	178/8-6
轉〇紅塵遠	032/8-4	列崎培塿好〇〇	014/20-6	夜〇簾櫳語有無	196/8-6
始〇變頭毛	043/8-2			明〇襟懷淨絕瑕	205/8-6
更〇衣巾冷	097/12-11	【 7721₇ 兕 】		湖〇照松關	239/4-2
旋〇日南至	106/20-3	如是下物供〇觥	016/50-42	孤〇飛樓上	246/4-3
文〇頭陀昔在家	267/4-1			夜〇影紛紛	248/4-3
更〇酒骰佳	477/8-8	【 7721₇ 肥 】		水〇獨相窺	251/4-3

7722。【月】

篩〇籔風葉葉稠	291/4-1	爲緣風〇好	477/8-7	可憐春水南軒〇	396/4-3
六〇芙蓉雪色高	341/4-4	仙家日〇某一局	485/24-9	花亭旗亭春二〇	444/8-3
水〇印千峯	386/8-6	水軒邀〇坐宵分	499/8-1	請看江上廉纖〇	488/8-7
八〇九月竝相看	397/4-1	猶言留夜〇	009/34-25	【月一】	
五〇江梅雨亦甘	388/8-1	竹檻何將〇乖	090/8-4	檐前〇〇片	098/20-1
水〇觀留數丈詩	398/8-6	弄盡江城〇	103/20-1	秋江〇〇彎	242/4-1
寒〇至前楹	430/8-8	徒怜玉江〇	105/20-19	【月下】	
連璧〇臨城	101/16-4	海嶠懸纖〇	112/28-21	蜀鴉〇〇翻	387/8-4
春城〇暗壚山河	259/4-4	鏡心清印〇（岡）	115/44-11	黃昏〇〇顏如玉	470/4-3
洲汀〇湧鯨鯢吼	376/8-3	梅花江上〇冷冷	139/8-8	醉向京橋〇〇船	348/4-2
孤鶴〇中聲	416/8-6	荻蘆洲白〇蒼蒼	148/8-8	試聽落花殘〇〇	019/14-13
天寒〇暗美人來	480/4-1	坐臥江樓〇出初	153/8-4	【月露】	
留客賞〇同詞賦	013/22-12	傳心九島〇如霜	155/8-4	上林〇〇秋凝淚	187/8-5
處處花〇割愛情	016/50-40	垂夕波撼〇	234/4-3	蓮池多〇〇	225/4-3
還丹歲〇長	035/8-2	正是春江〇盈夜	312/4-3	【月影】	
一輪水〇望湖石	118/8-5	簾外春殘〇季花	337/4-1	江城〇〇低	099/20-20
愁人步〇夜三更	149/8-6	醉向京橋〇下船	348/4-2	梅花〇〇瀉冰壺	217/20-20
林塘三〇晚花開	152/8-4	玄艸孤樽〇入亭	380/8-6	指顧榕間明〇〇	015/18-17
都人二〇醉林塘	156/8-1	十三秋季〇	395/8-1	【月明】	
長教水〇照無窮	164/8-8	暮天收雨〇如蘇	402/8-1	〇〇方有食	009/34-31
無衣九〇身猶暖	215/8-3	獻珠人去〇開堂	391/8-6	〇〇三十六灣秋	017/8-3
空亭曉〇斜	223/4-4	藤下間窗〇色浮	433/4-2	〇〇何處多秋思	022/8-2
平城二〇好探芳	266/4-1	黃昏逗影〇籠紗	471/8-6	〇〇松院夜	048/8-7
踏雲攀〇到君家	270/4-4	織錦窗外〇幾痕	483/8-6	〇〇流水隨予去	136/8-7
江風六〇冷侵人	281/4-4	一水兼葭〇亦宜	489/8-6	〇〇堤柳起棲鴉	262/4-4
小橋寒〇照梅花	290/4-4	獅座花薰三〇雨	151/8-3	〇〇南內竟無情	268/4-1
空懸片〇入想思	293/4-4	暫別情懷對〇多	165/8-6	〇〇秋寒浪芜干	397/4-2
松間明〇欲升時	297/4-2	此夕群賢與〇臨	166/8-1	〇〇夢度綠江波	400/4-4
乘查八〇絳河橫	302/4-1	臨眺難波十〇天	169/8-2	關山多〇〇	009/34-30
啓龕三〇雨花香	309/4-2	淡翠雙眉颦〇前	189/8-6	梅花枝上〇〇多	286/4-4
白雲明〇滿禪衣	319/4-2	認作煙花二〇看	191/8-7	多少春鴻叫〇〇	361/8-8
江天寒〇照松關	331/4-4	不必溪村明〇夜	314/4-3	【月半】	
江城五〇新晴後	364/8-3	心自清閑日〇長	352/4-4	簾碎〇〇鉤	038/8-8
曾投明〇道無由	382/8-4	暫別情緒對〇多	363/8-6	清池〇〇輪	111/24-16
回帆載〇飛	394/8-8	碧桂天香先〇薰	423/8-8	【月光】	
我對明〇徒嗟老	406/26-15	金井宵醉〇姿	445/8-4	〇〇隨客入蓬樞	154/8-1
君看明〇或自愁	406/26-16	花裏旗亭春三〇	195/8-3	散向江天蔽〇〇	325/4-4
和風朗〇入柴門	426/8-1	鳥聲遠近千家〇	213/8-3	昨夜微霜疑〇〇	410/4-1
茂松恒〇屬誰人	427/8-7	聽我升恒歌日〇	218/32-27	羽化壺中日〇〇	451/8-6
無波江〇洗杯裏	435/8-3	花明海上春宵〇	273/4-3	江樹棲鴉暗〇〇	497/8-8
山頭落〇恨餘光	478/8-8	明光浦上三秋〇	328/4-3	散向江天蔽〇〇	325/4-4
蘆花新〇入窓看	468/4-4	不問江天有無〇	329/4-3		

【　7722。用　】
〇汝作霖是何日　　199/8-7
那〇嘆羈離　　　　010/56-48
脩〇般般炙或烹　　195/8-2
修〇般般炙或烹　　444/8-2
藥爐休〇同心扇　　188/8-5
書窻何〇枕團圓　　204/8-8
門生不〇洒前除　　404/4-2
世明皓首終無〇　　180/8-7

【　7722。同　】
〇雲遮日色　　　　077/8-3
〇人夜叩朗公房　　120/8-1
〇輝華蕚入新詞　　359/8-8
〇藤琴書皆故態　　363/8-3
〇盟移在故人家　　498/8-2
制〇名亦〇　　　　245/4-2
半日〇飲睥　　　　004/16-12
老少〇見迎　　　　365/30-12
北野〇登何酒樓　　368/8-6
連壁〇輝忽見敲　　436/8-2
孤琴〇調日相求　　438/8-4
上天〇雲滕　　　　456/20-1
偶攜〇藤侶　　　　493/8-3
湖海感〇袍　　　　062/8-4
泮水可〇娛　　　　114/64-40
甓鑠仍〇昔日裝　　138/8-2
更喜得〇行　　　　491/8-2
泮水可〇娛　　　　502/66-40
留客賞月〇詞賦　　013/22-12
今夕何夕〇舟楫　　015/18-13
展觀令人〇食蔗　　018/32-18
秦箏調可〇　　　　027/8-6
輒與女牛〇　　　　046/8-8
二仲覓相〇　　　　097/12-6
叔夜業會〇　　　　104/16-14
藥爐休用〇心扇　　188/8-5
制同名亦〇　　　　245/4-2
江山能得幾〇志　　012/12-12
此技與君共〇師　　015/18-8
他時避暑能〇否　　174/8-7
誰呼爲菜本〇根　　377/8-2

娑婆夜世幸〇時　　398/8-1
寧道與它隱逸〇　　021/30-10
數尺琅玕萬吹〇　　194/8-1
橋梓壯遊千里〇　　362/8-4
群賢禊飲再相〇　　403/8-1
數尺琅玕萬吹〇　　418/8-1
何人立筆此人〇　　443/8-8

【同臭】
爲求〇〇侶　　　　111/24-1
吟枝百銅〇〇曳　　216/12-3
之子十年〇〇味　　369/8-5

【同社】
〇〇兩三人　　　　028/8-2
〇〇好相攜　　　　099/20-12
〇〇琴書皆故態　　165/8-3

【同盟】
〇〇金蘭契　　　　009/34-7
〇〇屢來討　　　　033/8-2
清靜書室會〇〇　　016/50-1

【　7722。岡　】
屺〇莫使人凝望　　362/8-7
陟〇此夕誰瞻望　　434/8-7

【　7722。周　】
爲恥〇家戰伐功　　443/8-2
憶昨試〇訝義故　　025/20-7
自今講〇易　　　　040/8-7
彩筆爲求〇小雅　　427/8-3
一落西江一〇歲　　397/4-3
家兒一歲正〇遭　　407/4-1

【　7722。朋　】
良〇良夜喜相遇　　013/22-2
良〇滿四筵　　　　091/16-6
親〇來執紼　　　　096/40-33
有〇自遠至　　　　109/16-1
良〇並自遠方來　　469/4-1
盍簪〇幾在　　　　046/8-3
針砭驚疃侑〇酒　　218/32-25

【　7722。胸　】

【胸襟】
到此〇〇異　　　　028/8-7
磊磊〇〇澆有酒　　153/8-5
天籟入〇〇　　　　033/8-7

【胸中】
〇〇戈甲金還軟　　210/8-3
總出一〇〇　　　　027/8-4

【　7722。陶　】
〇令風流采菊扉　　177/8-6
一塊試令〇穀煮　　377/8-5
先生定是姓〇人　　339/4-2

【　7722。脚　】
幾〇竹榻下中庭　　013/22-5
行〇千餘里　　　　227/4-1
唯思軟〇酤　　　　114/64-54
唯思軟〇酤　　　　502/66-56
層冰要着〇（張）　422/16-11
華瀬山中幾〇雲　　141/8-1
此日何圖洗〇醪　　474/8-6

【　7722₇局　】
當〇佳人國並傾　　437/8-1
仙家日月某一〇　　485/24-9

【　7722₇骨　】
細〇偏含冰雪冷　　197/8-3
雲飛巖〇露　　　　047/8-5
凝脂肌〇温含潤　　205/8-5
千金須買〇　　　　096/40-37
不知自己〇已仙　　485/24-16

【　7722₇屑　】
玉〇時隨匕筯翻　　377/8-8

【　7722₇閙　】
都人熱〇涅般會　　216/12-5
靈境姑爲熱〇場　　375/8-8

【　7722₇屬　】
雅音〇青衫　　　　005/18-10

【 7722₇ 屬・限・展・腴・屏・屢・屨・服・屐・殷・閉・屛・殿・骰・履・閖・降・居 】 7726₄

朱明〇藻日	006/16-2	曾在此座〇〇訂	016/50-37	【 7724₇ 履 】	
勝事〇伊人	107/12-2	束書環堵〇〇遷	128/8-2	倒履迎吾飲夜闌	370/8-1
人間變態〇雲峯	121/8-4			徹履尋君几且憑	440/8-2
身迹浮沈〇世波	158/8-1	【 7724₄ 屨 】		西歸履迹遣人窺	398/8-8
靑山不必〇羊何	392/8-1	尋仙杖〇遍西東	301/4-2	梅移木履野塘探	450/8-6
茂松恒月〇誰人	427/8-8			老耄艱步履	494/58-48
何處樓臺好〇文	384/8-8	【 7724₇ 服 】		三等茅茨稀客履	446/8-5
		彩〇爲誰遺	096/40-30		
【 7723₂ 限 】		暮春春〇旣新裁	152/8-1	【 7725₃ 閖 】	
〇詩絳燭夜三更	018/32-26	明朝五采〇	091/16-15	門〇盡秦价	416/8-2
無〇春光促人去	368/8-7	弟子勞須〇	108/20-7		
詩酒江樓無〇賞	427/8-7	何求修煉〇丹砂	205/8-4	【 7725₄ 降 】	
		倘是碧霞能〇餌	178/8-7	非〇自維獄	096/40-3
【 7723₂ 展 】				出郊心自〇	068/8-2
〇觀令人同食蔗	018/32-18	【 7724₇ 展 】		追陪轉覺我心〇	405/8-1
山〇蛾眉列	094/40-11	倒〇自鄰家	069/8-2	【降神】	
【展覽】		木〇故人來	095/12-2	維昔〇〇何所誕	014/20-5
〇〇金碧眩目睛	016/50-9			維昔〇〇何所誕	417/21-5
〇〇新圖畫	085/8-7	【 7724₇ 殷 】		追陪轉覺我心〇	405/8-1
〇〇新圖畫	386/8-7	每得〇紅東海棗	218/32-11		
		酒旗飄處玉壺〇	179/8-8	【 7726₄ 居 】	
【 7723₇ 腴 】		新制樺皮色自〇	202/8-1	〇然觀畫了半生	016/50-49
雲〇遙向故人分	141/8-2			閑〇三十首	027/8-1
山深美木〇	460/8-6	【 7724₇ 閉 】		平〇不素飱	110/32-6
坐觀幾處〇良田	011/16-12	春風吹自〇	235/4-3	興〇十歲古靑氈	128/8-6
				游巖〇自比	104/16-13
【 7724₁ 屏 】		【 7724₇ 屛 】		賀來〇室更孤鴻	403/8-4
〇中會別詩	105/20-6	【屛顔】		旣經幾〇諸	009/34-14
寄身〇障間	219/4-2	〇〇如咲迎幾春	014/20-18	曾卜幽〇稱九水	015/18-3
錯認金〇風七尺	200/8-7	〇〇如咲幾迎春	417/21-18	追憶卜〇年	051/8-2
				玄艸覺〇幽	052/8-6
【 7724₄ 屢 】		【 7724₇ 殿 】		夾水塵〇對峙	090/8-1
〇傳歸去辭	010/56-22	佛〇猶傳彤管史	360/8-5	雅好樓〇坐嘯長	292/4-1
〇擬乘雲尋石室	283/4-3	金剛〇宇倚崔鬼	311/4-1	江上暫憇〇	009/34-2
同盟〇來討	033/8-2	松風前〇送潮音	122/8-4	門鄰耕牧〇	080/8-4
風帷〇舞前	091/16-14			觀瀾水國〇知術	135/8-5
仙水〇馳神	111/24-22	【 7724₇ 骰 】		安眠水竹〇	462/8-8
江皐憶昨〇追隨	421/8-1	〇萩山兼海	464/8-1	三津春色卜〇年	135/8-1
親故須君首〇搔	474/8-2	野籟山〇供給足	412/4-3	清秋最好賦間〇	126/8-2
【屢相】		更覺酒〇佳	477/8-8	北山高利鵲巢〇	173/8-1
我輩〇〇☐	009/34-8			赤濱村巷老農〇	300/4-1

7726₄【 居・層・屆・眉・屈・欣・際・駒・騷・閦・馭・聞・叟・學・丹 】7740₇

【居諸】
既經幾〇〇　　　　009/34-14
平安爲客幾〇〇　　170/8-1
【居年】
追憶卜〇〇　　　　051/8-2
三津春色卜〇〇　　135/8-1

【 7726₆ 層 】
〇雲湧塔天王寺　　149/8-3
〇閣黃金光布地　　173/8-3
〇冰要着脚（張）　422/16-11
冰泮三〇波自高　　452/8-1
梓何厭三〇浪　　　088/8-5
大悲飛閣一〇岑　　122/8-1
【層樓】
落日一〇〇　　　　038/8-2
燈檠對坐小〇〇　　441/8-2
【層層】
〇〇架怪鵲成行　　186/8-4
盪槳浪〇〇　　　　072/8-2

【 7726₇ 屆 】
其所〇而鳴耶、　　455/23-19

【 7726₇ 眉 】
〇壽椿庭春酒尊　　426/8-6
雪〇垂白年　　　　064/8-4
龐〇尚齒德　　　　112/28-7
蛾〇猩口丹青巧　　437/8-3
總在〇睫際　　　　230/4-2
山展蛾〇列　　　　094/40-11
纖月如〇媚客妍　　147/8-8
淡翠雙〇顰月前　　189/8-6
也足不攢〇　　　　039/8-2
維春爲緩分〇宴　　474/8-5
始接風流馬白〇　　359/8-6
未嘗一揖紫芝〇　　366/12-8
【眉壽色】
海天遙望〇〇〇　　014/20-19
海天遠望〇〇〇　　417/21-19

【 7727₂ 屈 】
偶因今夜〇高駕　　488/8-3

【 7728₂ 欣 】
竟〇雁爲奠　　　　114/64-31
竟〇欣雁爲奠　　　502/66-31
却〇方璧不連城　　195/8-8
萍梗遇相〇　　　　102/12-2
新舊社盟〇會逢　　121/8-2
詩畫小園〇賞處　　372/8-7

【 7729₁ 際 】
無〇滄波路幾千　　023/34-18
庭〇片雲黑　　　　053/8-7
雖慕諸子〇　　　　027/8-3
總在眉睫〇　　　　230/4-2
涓涓沙石〇　　　　236/4-3
故人家在松雲〇　　142/8-7
君去復來三日〇　　390/8-7
想當南浦蘆荻〇　　485/24-23

【 7732₀ 駒 】
斯才千里〇　　　　114/64-10
斯才千里〇　　　　502/66-10
窗中陰霤生〇嶺　　216/12-9

【 7733₆ 騷 】
〇侶何處采杜衡　　016/50-24
〇壇夜宴好吹篪　　359/8-6
間窗醉讀〇　　　　043/8-8
莫承乃父嗜風〇　　407/4-4
江魚堪弔楚風〇　　452/8-6
【騷人】
總伴〇〇達曙吟　　166/8-8
江上〇〇采芯歌　　392/8-6

【 7733₇ 閦 】
床頭凍硯〇蒼蛇　　125/8-4

【 7734₀ 馭 】
行雨金龍奔叱〇　　201/8-5

【 7740₁ 聞 】
〇君昨日自西州　　382/8-1
共〇白法傳　　　　032/8-3
鳥〇求友聲　　　　065/8-4
近〇臨要路　　　　105/20-7
仍〇鴻北來　　　　106/20-4
令〇九皋鶴　　　　114/64-9
令〇九皋鶴　　　　502/66-9
枕頭〇子規　　　　060/8-8
海內名〇日　　　　040/8-5
濟度曾〇選佛場　　155/8-2
蘆屋秋聲〇雁後　　169/8-3
紙帳孤眠〇笛夜　　192/8-5
鷄犬不曾〇　　　　255/4-4
所見寧無異所〇　　303/4-2
莎岸蟲聲十里〇　　499/8-6
【聞説】
〇〇行雨苦　　　　003/24-19
〇〇恩榮渥　　　　114/64-41
〇〇恩榮渥　　　　502/66-41

【 7740₇ 叟 】
試盧叟五千文　　　141/8-6
試叟盧〇五千文　　141/8-6
豈思莊〇片時夢　　370/8-5

【 7740₇ 學 】
〇文尋師友　　　　009/34-5
〇多知鳥獸　　　　075/8-5
不願〇究名一村　　025/20-14
山陰〇建年　　　　040/8-6
短命〇尤好　　　　096/40-27
竟將〇圃事安蔬　　126/8-6
野衲〇書蕉塢廢　　202/8-5
書裙〇得雲煙已　　481/4-3
一宇東西〇　　　　114/64-37
題柱何時〇馬卿　　149/8-8
白首青袍〇易初　　170/8-2
兒輩倘能〇斯老　　204/8-7
負笈無論〇業成　　393/8-2
一宇東西〇　　　　502/66-37
斑鳩舞樂入唐〇　　129/8-3

【 7744 ₀　丹 】

○奈聊存實	096/40-35
○丘聲響壓時賢	135/8-4
○北呈祥驅宿霧	218/32-19
○䐉映潮痕	387/8-2
還○歲月長	035/8-2
金○世謾多	049/8-1
榲題○䐉鑑千年	129/8-2
異日○成須試犬	167/8-5
時疑○頂起	252/4-3
葛洪○乏未輕身	283/4-4
九轉靈○顏可駐	013/22-8
何必金○以永年	023/34-26
尸解鍊○後	076/8-5
纍代申○款	110/32-5
共酌伊○新綠酒	392/8-3
一幅古○青	459/8-4
欲窺娥搗○	098/20-12
伏火神仙○竈裏	179/8-3
蛾眉猩口○青巧	437/8-3
何求修鍊服○砂	205/8-4
玉版誰工印渥○	191/8-1
富貴誰家植牡○	273/4-1

【丹楹】

剝落○○祠一叢	310/4-1
雲開疊巘聳○○	346/4-4

【丹青】

○○老蒼流峙奇	018/32-7
○○筆有神	045/8-4
斜寫○○妙枚葦	196/8-3

【 7744 ₁　開 】

○尊芍藥薰	102/12-8
○尊賓滿座	430/8-3
○緘咀嚼憶蘇卿	472/4-2
花○鶯出谷	026/8-5
春○竹葉罇	110/32-14
數○鸞鏡鬢雲疏	188/8-4
徯○麥綠菜黃間	277/4-1
晨○深洞禮金仙	320/4-4
雲○疊巘聳丹楹	346/4-4
混沌社○初	009/34-6

筑紫花○府內春	131/8-6
封裏才○氣更薰	141/8-4
刔利天○大海隅	161/8-2
祗樹花○少異香	211/8-4
彤管秋○女史顏	373/8-6
海色迥○明鏡淨	375/8-5
待客花○膏一碗	426/8-7
春葩頃刻○	001/26-24
三津淑景○	094/40-8
松間雲漸○	095/12-8
白版尚堪○	106/20-14
薙來雲鬢○麗跂	163/8-3
金筑一曲吹○	089/8-8
行留野寺花○處	153/8-3
凌風雲畔未○花	270/4-1
相攜相訪且○顏	369/8-2
獻珠人去月○堂	391/8-6
林塘三月晚花○	152/8-4
枝枝非是窖中○	475/4-2

【開樽】

安道○○待客過	286/4-2
花間鶯喚兩○○	162/8-4

【開日】

方此節花盛○○	021/30-29
役仙驅鬼薙○○	159/8-3

【 7748 ₂　闕 】

金臺銀○晚波天	127/8-8

【 7750 ₀　母 】

○慈子孝宿因緣	023/34-24
王○康寧且樂易	011/16-5
父○極歡怡	096/40-18
父○乾坤安在哉	152/8-6
佛○青鴻寶寶躯	161/8-6
孝養王○躬力作	011/16-2
西條父○鄉	026/8-4
一時搖颺○	010/56-7
葛子將茲王○命	023/34-5
雲外賞宜雲○峯	132/8-4
天外音聲憂○疾	137/8-5
裹裹歸雲雲○坂	317/4-3

主者誰何森家○	021/30-23
今在人間為子○	023/34-23

【 7750 ₂　舉 】

○白曾詠史	001/26-15
○杯咲指寒窗外	306/4-3
○家何處去	482/8-1
此○眞可羡	494/58-55
欲○太白視啓明	018/32-24
床頭○首思空長	410/4-2
飄颻輕○泝游去	023/34-17
逢爾江樓枉○觴	148/8-2
不挿茱萸只○杯	389/8-8
然士龍氏豈待此、	455/23-22

【 7750 ₆　閨 】

版插圍宮○	100/16-10

【 7760 ₁　闇 】

短櫊風暖○鈴微	371/8-8

【 7760 ₁　醫 】

我家○業稱三世	025/20-11
能爲○俗巧	097/12-8
藥石為○較有功	167/8-4
祗要精良○一國	025/20-13
求治一庸○	060/8-2
乃寄志良○	096/40-22
只此一庸○	105/20-16
人間徒作凡庸○	015/18-6

【醫國】

○○業成思九國	131/8-3
技舊稱○	035/8-5
孫子箕裘○○業	176/8-5
回生仁術手○○	218/32-9

【 7760 ₁　響 】

彤管秋○女史顏	157/8-6
丹丘聲○壓時賢	135/8-4
嘖嘖揚聲○	114/64-21
嘖嘖揚聲○	502/66-21
關西夫子衛鱸○響	392/8-5

— 279 —

【 7760 ₂ 【 留・閣・闇・間・問・間 】　　　7760 ₇

【　7760 ₂　留　】		鳳翔山○倚崔嵬	118/8-1	【　7760 ₇　間　】	
○歡惜夜分	102/12-10	大悲飛○一層岑	122/8-1	○窓醉讀騷	043/8-8
○來霜葉三秋色	191/8-3	雲樓霧○鎖崎嶇	161/8-8	○話揮長柄	101/16-9
○得生徒奉客歡	428/8-2	堪登藝○晒玄甲	209/8-5	○裏頻驚曆日遷	454/8-2
○守諸君誰鄭子	429/8-7	命僮聊掃	106/20-9	○却得忙	466/8-2
○得一門生	482/8-2	鳳輦春留○道中	134/8-8	人○徒作凡庸醫	015/18-6
行○野寺花開處	153/8-3	休爲來賓○讀書	404/4-4	花○懸燭影玲瓏	021/30-20
猶言○夜月	009/34-25	鷗伴煙波千佛○	157/8-3	樹○無火照	059/8-3
璚梁○海燕	080/8-5	鷗伴煙波千佛○	373/8-3	松○雲漸開	095/12-8
數字○題石上松	132/8-8	大海雄威供趴○	376/8-5	幽○竟作家	112/28-6
此夕○君聊解慍	381/8-7			人○變態屬雲峯	121/8-4
一盆○酎海棠花	424/4-2	【　7760 ₄　閣　】		篷○鐵笛怒涛聲	160/8-4
應是雨○賓	053/8-8	呼吸應通上帝○	133/8-8	花○鶯喚兩開樽	162/8-4
片石僅○碑	096/40-38			人○何處謫星郎	186/8-1
園裏向○春	111/24-10	【　7760 ₆　間　】		松○香利夜三更	195/8-4
鳳輦春○閣道中	134/8-8	○閣巨海畔	094/40-1	松○結滴道人硯	198/8-3
水月觀○數丈詩	398/8-6	妝○吞聲啼獨宿	183/8-5	人○墮落小頑仙	204/8-1
兄弟淹○寓浪華	425/8-2	郷園孰倚○	058/8-2	腋○風習習	243/4-3
江上徒○鴻雁侶	468/4-3			松○人小憩	244/4-2
薄酒小鮮○話故	489/8-7	【　7760 ₇　問　】		一○復一忙	258/4-1
且使故人○	109/16-14	○君捐館意如何	125/8-1	數○茅屋春來去	263/4-3
勸君抖醉且○連	012/12-7	○津査泛下三津	131/8-4	松○明月欲升時	297/4-2
縱負梅花且○滯	405/8-7	○字胡爲客往裝	449/8-2	石○神漢碧玲瓏	310/4-4
桂叢殘酌漫相○	140/8-6	○奇須待主人回	469/4-4	人○乞巧佳期衹	384/8-7
萬金何若一經○	330/4-1	始○玉江春	045/8-2	松○香利夜三更	444/8-4
先客去時後客○	441/8-1	寧○藥君臣	053/8-4	席○相約此相將	497/8-2
【留客】		不○送窮文就否	313/4-3	粉粉○紙寒	098/20-4
○○賞月同詞賦	013/22-12	借○今春九十日	318/4-3	群鷗○傍荻蘆眠	135/8-8
○○説平安	098/20-18	不○江天有無月	329/4-3	夜坐○房燒木佛	320/4-3
○○猶能中饋事	168/8-7	爲○老農知捷徑	374/8-7	藤下○窓月色浮	433/4-2
清明○○茗初煎	372/8-1	無○巫山巫峽雲	442/8-8	江上○情藤一鷗	438/8-6
晩涼○○取微醺	384/8-2	駕言○棲逸	006/16-4	出雲○一望舒	484/8-8
不識淹○○	095/12-11	無不○歸期	010/56-50	時聽世○喧	006/16-9
和氣一團○○處	305/4-3	還是○前津	083/8-2	胡枝花○露華明	013/22-18
		呼童○盈缺	098/20-17	指顧榕○明月影	015/18-17
【　7760 ₄　閣　】		虻哉應○奇	010/56-32	今在人○爲子母	023/34-23
邸○畫生霧	094/40-19	曲肱欲○眠多少	217/20-9	病榻少○日	053/8-1
虛○女牛宿	107/12-7	下山何○所	467/8-1	雨過八○舍	071/8-5
虛○乘春望渺茫	116/8-2	要津爾再○	002/14-13	駟馬人○計未工	117/8-6
香○令人夢裏蹄	150/8-2	奚須片石○君平	302/4-4	應咲人○會不多	158/8-8
層○黄金光布地	173/8-3	平家舊事將相○	137/8-7	有食千○肚未飢	215/8-4
雨○晴軒倒酒缸	405/8-2	西來今夜意何○	175/8-3	寧復腰○紆紫朱	217/20-18

— 280 —

才知杉〇楓	232/4-4	二頃無田佩〇章	171/8-4	盟頻討白〇	109/16-4
喫得人〇幾碗茶	290/4-2	無人遊說佩金〇	154/8-5	大江長對白〇間	449/8-4
洗馬波〇空自見	385/8-3	【印千峯】		十年身迹間〇鷺	498/8-3
何如人〇忠孝全	485/24-10	水月〇〇〇	085/8-6	微雨疏鐘打睡〇	364/8-8
不若江河〇	003/24-21	水月〇〇〇	386/8-6	裝喜詩盟添海〇	382/8-6
錦枝繡葉〇紅黃	208/8-1			江上間情藤一〇	438/8-6
寄身屏障〇	219/4-2	【 7771 ₇ 鼠 】		【鷗伴】	
餘音山水〇	239/4-4	廚中唯鼠竊	465/8-3	〇〇煙波千佛閣	157/8-3
射我酒杯〇	242/4-2			〇〇煙波千佛閣	373/8-3
離披怪石〇	250/4-1	【 7772 ₀ 卽 】		【鷗盟】	
十年身迹〇鷗鷺	498/8-3	〇今當要路	009/34-23	〇〇幾度溫	110/32-18
清秋最好賦〇居	126/8-2	〇指暮雲愁裏地	390/8-3	〇〇恐易渝	114/64-62
三津海舶雲〇繫	169/8-5	〇晚大洲達魯	457/14-6	〇〇恐或渝	502/66-64
御溝流出人〇世	191/8-7	一級〇一年	003/24-11	詩社〇〇古	107/12-3
淀江流入樹〇來	311/4-4	年年〇閒習	003/24-12	【鷗鷺】	
何須投世〇人	383/8-8	應徵〇釋褐	114/64-35	〇〇忘機曾聚散	217/20-3
當歌寒送雲〇爲	439/8-5	苔色〇青萍	231/4-2	〇〇無心水夕陽	360/8-4
湖上名區信宿〇	157/8-2	相思〇命駕	491/8-1	呼喚〇〇侶	004/16-9
賜衣宰相白雲〇	179/8-4	應徵〇釋褐	502/66-35	興來〇〇伴垂綸	145/8-4
村氓易業楮田〇	202/8-6	此裏新知〇舊知	019/14-8	不教〇〇舊盟渝	154/8-8
寫向東風撒世〇	202/8-8	各自治裝〇前川	023/34-14	海鄉〇〇喜相羈	333/4-2
傒開麥綠菜黃〇	277/4-1				
寄聲詩畫有無〇	336/4-4	【 7772 ₀ 卿 】		【 7774 ₇ 民 】	
洩在君家牛棟〇	342/4-4	〇輩過我我有待	023/34-7	人〇浴雨露	094/40-9
湖上名區信宿〇	373/8-2	三年好尙少〇湌	377/8-6	太平〇俗爭香火	375/8-7
滿地黃梅夜雨〇	369/8-8	題柱何時學馬〇	149/8-8	游食幾〇戶	387/8-7
大江長對白鷗〇	449/8-4	開緘咀嚼憶蘇〇	472/4-2	前有嘯〇後冰蟄	015/18-11
				華燈聊擬漢遺〇	427/8-4
【 7764 ₁ 關 】		【 7772 ₇ 邸 】			
卓錫鶴飛雲〇洞	391/8-5	〇閣晝生霧	094/40-19	【 7777 ₂ 關 】	
		候〇多蒼樹	106/20-15	〇山多月明	009/34-30
【 7771 ₇ 巳 】		朱〇綠松當檻映	117/8-3	〇門我輩駐青牛	146/8-4
喧呼辰〇渡頭船	136/8-2			〇西夫子衛鱣譽	392/8-5
		【 7772 ₇ 鷗 】		江〇檥舳艫	114/64-46
【 7771 ₇ 巴 】		〇汀梟渚可吟行	016/50-23	柴〇絕俗女僧房	168/8-1
〇陵一望水煙清	016/50-11	〇儔鷺伴重相攜	150/8-8	苡〇獨往孰苡將	360/8-2
		宿〇應駭夢（岡）	115/44-23	非〇送舊與迎新	488/8-2
【 7772 ₀ 印 】		群〇間傍荻蘆眠	135/8-8	江〇檥舳艫	502/66-46
繁霜徑〇蹤	113/20-18	白〇憑几對忘機	371/8-4	偉矣〇夫子	040/8-1
鏡心清〇月（岡）	115/44-11	梟〇沙暖迹爲字	452/8-3	節物〇情多感慨	214/8-7
釣徒佩〇五湖長	164/8-5	甄放〇伴閒	104/16-9	杜宇〇山叫雨中	362/8-8
玉版誰工〇渥丹	191/8-1	四國白〇邊	070/8-4	夜雨敲〇寂草玄	128/8-4

【 關・門・閻・歐・具・賢・尺・閃・輿 】

彈鋏非〇魚食乏	217/20-15	山映林亭水映〇	162/8-2	百〇長橋架碧流	314/4-2
湖月照松〇	239/4-2	聖善堪標積善〇	218/32-30	百〇長橋疑擲杖	402/8-3
青鞋布韤度江〇	157/8-1	德化今旌孝子〇	413/8-6	數〇琅玕萬吹同	418/8-1
江天寒月照松〇	331/4-4	和風朗月入柴〇	426/8-1	只〇隔相思	492/8-2
青鞋布韤度江〇	373/8-1	百里長流碧映〇	447/8-1	版橋千〇帶江橫	149/8-2
與君千里異鄉〇	369/8-6	【門外】		諸天巴〇梵王樓	159/8-2
庸愚自守草玄〇	449/8-1	〇〇長江碧水平	149/8-1	形摹數〇類金童	496/8-2
		〇〇銀橋未架雲	423/8-4	剩水二三〇	236/4-1
【 7777 ₇ 門 】		雄嶺雲當〇〇出	311/4-3	吳地楚天巴〇并	016/50-12
〇鄰耕牧居	080/8-4	煙波不識柴〇〇	364/8-7	繼晷蘭燈二〇縈	016/50-43
〇通茅海秋水	087/8-5	【門前】		鸞鳳堪依八〇床	197/8-6
〇宜駐馬蹄	099/20-14	〇〇蘆葦倒霜初	175/8-2	吹落君家百〇樓	271/4-4
〇生不用灑前除	404/4-2	但識〇〇水	061/8-7	為掃煙波百〇樓	382/8-2
〇閱盡秦价	416/8-2	沽酒〇〇夜市	090/8-5	楚水吳山連巴〇	017/8-8
柴〇禁誡碑	039/8-8	安知走狗滿〇〇	372/8-8	錯認金屏風七〇	200/8-7
衡〇認土橋	073/8-2				
市〇朝聽雷	094/40-20	【 7777 ₇ 閻 】		【 7780 ₇ 閃 】	
海〇淑氣上帆檣	116/8-4	閻〇巨海畔	094/40-1	〇鑠紅綃影有無	201/8-1
海〇秋色滿漁船	127/8-1			綵幡〇閃墨痕香	024/12-6
關〇我輩駐青牛	146/8-4	【 7778 ₂ 歐 】		綵幡閃〇墨痕香	024/12-6
倡〇粧樣近何如	188/8-1	姚黃〇碧滿雕欄	273/4-2		
杜〇竟使雀羅孤	217/20-16			【 7780 ₇ 輿 】	
金〇避世賢	254/4-2	【 7780 ₁ 具 】		〇子如相見	054/8-3
衡〇並叩玉江頭	368/8-1	憨無勝〇可相從	132/8-2	〇君千里異鄉關	369/8-6
衡〇畫鎖足音稀	371/8-1	羽儀雖各〇	004/16-3	〇君十載賞中秋	406/26-13
入〇慧雨澆	365/30-13			說〇玄俗及偓佺	023/34-6
題〇豈作阮生看	428/8-4	【 7780 ₆ 賢 】		輒〇女牛同	046/8-8
蔬〇思自長	466/8-6	七〇何必擬	097/12-5	當〇野禽棲	074/8-8
受業〇生競揮灑	024/12-3	群〇禊飲再相同	403/8-1	寧〇樂簞食	100/16-7
惠雨入〇注	007/30-13	人煩〇兄遞致	457/14-5	賣〇芋羹奇（葛）	115/44-36
一自杜〇稱謝客	126/8-5	此夕群〇與月臨	166/8-1	遂〇班姬棄捐去	197/8-7
萬戶千〇白玉⌀	353/4-4	克伴杖鄉	091/16-4	分〇故人名是獻	291/4-4
千里師〇玄草長	393/8-3	金門避世〇	254/4-2	孰〇須磨浦	394/8-7
偏愛都〇雨晴後	433/4-3	酒吾不敢辭〇聖	143/8-5	孰〇橫渠一水春	488/8-8
留得一〇生	482/8-2	丹丘聲譽壓時〇	135/8-4	眾生〇魚泳	007/30-6
城南向暮〇	110/32-26	畫舫青帘引衆〇	176/8-1	此技〇君共同師	015/18-8
中通一洞〇	235/4-2			寧道〇它隱逸同	021/30-10
慈功長仰西〇下	129/8-7	【 7780 ₇ 尺 】		酒寧〇我敵	032/8-1
龍泉煙擁寺〇浮	159/8-6	〇素代來傳萬里	203/8-5	東海〇求藥	100/16-11
雪追帆影海〇飛	172/8-4	數〇琅玕萬吹同	194/8-1	遙峯〇近巒	230/4-1
傾倒杯尊出〇去	354/4-3	盈〇瑤華沒石床	211/8-1	鳳翼〇龍鱗	250/4-3
期爾異日興我〇	025/20-6	百〇垂條拂地長	296/4-2	眾生〇魚泳	365/30-06

— 282 —

【 7780₇ 輿・関・興・輿・欺・閑・闌・墜・監・鹽・胙・脱・覽・隒・陰 】7823₁

契彼松○杉	005/18-12	○○何厭茗談長	120/8-4	【 7810₇ 監 】	
不特馬○車	009/34-22	○○鷗鷺伴垂綸	145/8-4	巨舶○其載	010/56-5
蘆簾且○雲捲	090/8-3			一樽○梅自海涯	206/8-2
歸裝笙○鶴	099/20-15	【 7780₇ 輿 】		【 7810₇ 鹽 】	
座時僚○友	110/32-15	○馬非所欲	494/58-49	○梅調鼎鼐	100/16-9
遊緑日○柳緑長	156/8-4	御○溥露補苔痕	218/32-24	階庭覆了一車○	182/8-4
海潮秋○碧空平	160/8-1	聊吟○窟龍	093/12-4	階庭撒了一車○	367/8-4
任它年○世途窮	167/8-2	山驛戒○隸	114/64-45	【 7821₁ 胙 】	
錦衣應○斑衣製	424/4-3	極識鑾○終不到	187/8-7	○是南亭長	094/40-31
釣綸垂○世浮沈	453/8-8	竹駐籃○林苑賞	450/8-5	【 7821₆ 脱 】	
新詩且○言	467/8-4	恩露滿瀋○	058/8-8	○巾猶倚軒	056/8-8
不翅良田○廣廈	018/32-8	千里侍親○	494/58-1	○巾露頂試一望	406/26-4
蕩滌俗眼○世情	018/32-22	幾度當年此御○	126/8-8	解○才終日	083/8-7
攀援藤蔓○松根	133/8-2	恩露滿山驛戒○隸	502/66-45	假使○騎厚	096/40-31
此夕群賢○月臨	166/8-1			隨意○烏帽	112/28-17
不唯能書○善詩	366/12-2	【 7788₂ 欺 】		綾羅解○占松蘿	163/8-2
遊魚橋上○誰觀	385/8-4	歸○三千里	009/34-13	中廚有術○仙胎	379/8-2
玄談青眼○戎俱	401/4-2	揮袂賦歸○	009/34-12		
誰言璧潤○冰清	437/8-2	而後鳴者。	455/23-23	【 7821₆ 覽 】	
非關送舊○迎新	488/8-2	寧將非土歎歸○	170/8-8	展○金碧眩目晴	016/50-9
盛會何必竹○絲	019/14-10			展○新圖畫	085/8-7
		【 7790₄ 閑 】		登○嗟君極奇絶	151/8-7
【 7780₇ 関 】		○居三十首	027/8-1	展○新圖畫	386/8-7
滿坐○咲互相論	025/20-10	年年卽○習	003/24-12		
		心自清○日月長	352/4-4	【 7822₁ 隒 】	
【 7780₇ 興 】				晨○山驛棧	494/58-19
○居十歲古青氈	128/8-6	【 7790₆ 闌 】			
○趣勃然偶成	457/14-3	綠竹○干映水紋	384/8-1	【 7823₁ 陰 】	
日○百壺酒	076/8-1	思人夕倚竹○干	385/8-1	○壑雲深不可搜	159/8-8
徙倚○何如	080/8-2	倒履迎吾飲夜○	370/8-1	○蟲亦似多情思	166/8-7
乃翁○所發	114/64-11	三鳳相將春未○	428/8-6	○森竹裏路逶迤	358/4-1
非是○情盡	492/8-7			○雲捲箔飛	399/8-8
酒翁○所發	502/66-11	【 7810₄ 墜 】		○多天未雨（張）	422/16-3
期爾異日○我門	025/20-6	○葉埋餘馬鬣封	315/4-1	○蟲切切繞階除	484/8-2
百丈牽吟○（葛）	115/44-9	葉○風方冷	092/16-9	○陰竹樹囀黃鶯	501/8-1
何處停車○最長	408/4-2	似○茗顔施後粉	190/8-3	綠○在槐天	006/16-1
三冬雨亦○堪乘	439/8-1	亂○青針繡素漣	284/4-4	山○學建年	040/8-6
漁艇飄飄有○	088/8-7	雨○蘆花冷饗絲	357/4-2	槐○何所召	109/16-5
【興趣】		飛花○足跗	031/8-2	柳○野艇待人橫	374/8-4
久拚○○披雲發	165/8-5	天香秋亂○	246/4-1		
久拚○○披雲發	363/8-5	碧桂翻香○玉壺	402/8-6		
【興來】		御風眞人一○地	015/18-5		

【 陰・腹・腹・膳・膾・險・臉・除・驗・臥・臨・勝・騰 】

切切○蟲繞階	090/8-8	門生不用酒前○	404/4-2	薄莫○長河	365/30-25
窗中○靄生駒嶺	216/12-9	陰蟲切切繞階○	484/8-2	靈壇○海岸	387/8-1
誰倚○崖一樹松	315/4-4			獨坐○江一畝宮	446/8-1
秋半○雲惱客時	329/4-2	【 7838 ₆ 驗 】		暴垂○水有輝光	476/8-2
方此窮○候	005/18-5	何處○葭灰	106/20-6	連璧月○城	101/16-4
移棹綠○重	071/8-8			蒼松倒影○明鏡	402/8-5
煙景柳○橈	073/8-4	【 7870 ₀ 臥 】		蕭騷非是自○池	207/8-2
一塢清○道士松	121/8-6	○遊如有待	078/8-5	此夕群賢與月○	166/8-1
菌苔峯○懷舊廬	170/8-6	○裏煙霞幾度春	283/4-2		
未醉篁○徑作三	388/8-4	○看荷花滿曲池	304/4-2	【 7922 ₇ 勝 】	
跋涉山○道	494/58-2	偃○花茵嬾	032/8-6	○事屬伊人	107/12-2
秋天霽乍○	042/8-2	高○吾將老	047/8-7	○事唯存夜篋詩	421/8-2
聖朝未有誤○晴	199/8-8	高○虛窗下	072/8-7	○境必探討	494/58-6
檻外孤村帶夕○	119/8-6	醉○避災人未起	148/8-7	無○說國恩	387/8-8
滄江一帶繞城○	453/8-1	坐○江樓月出初	153/8-4	剪○摘藻舊弟兄	016/50-3
		高○鄉園待春日	172/8-7	探○從遊日	111/24-23
【 7824 ₇ 腹 】		獨○駕衾膚雪冷	188/8-3	探○誰能從酒翁	362/8-1
○內膏脂玉自清	210/8-4	高○君知否	240/4-3	探○新題廿四場	391/8-4
便便○笥秘無書	153/8-6	起○扶持老益親	305/4-2	如是○會幾回訂	018/32-28
東牀坦○報家親	434/8-1	令吾醉○五雲傍	024/12-4	慙無○具可相從	132/8-2
		深宮一○草茫茫	187/8-1	畫圖○景辛夷塢	162/8-5
【 7826 ₁ 膳 】		不驚高○人	221/4-4	壺中占○境	035/8-3
尙○調羹贈一杯	379/8-8	斯中起○冬溫足	471/8-7	煙霞極○區	114/64-14
		定省坐○穩	494/58-21	一篷占○期（岡）	115/44-10
【 7826 ₆ 膾 】		最翁牀上○遊高	474/8-8	當酒未○衣	399/8-6
鱸○待君將下筯	165/8-7	綺席祇當醉○	087/8-7	賞心轉○昔日遊	406/26-24
鱸○待君將下筯	363/8-7	大海雄威供○閱	376/8-5	此行直○遊	494/58-5
未將羹○促扁舟	438/8-8	醉向石頭俱露○	013/22-19	煙霞極○區	502/66-14
謝爾命羹○	095/12-3	春水軒頭一醉○	400/4-3	孝養應須○虞舜	351/4-3
				濟世元知○相良	451/8-2
【 7828 ₆ 險 】		【 7876 ₆ 臨 】		後庭玉樹不○秋	261/4-4
道○不易行	494/58-3	○水樓臺人徙倚	022/8-1	何計今年有○期	489/8-2
以○卻為夷	494/58-7	○風多感慨	094/40-37	海天西望不○情	501/8-8
【 7828 ₆ 臉 】		○茲解慍風	104/16-8	移得香爐天外○	182/8-7
沈醉從儂夜○紅	381/8-6	○眺難波十月天	169/8-2	【勝概】	
		○川寺畔始回頭	314/4-1	堅田○○入新題	150/8-1
【 7829 ₄ 除 】		○水涼軒幾繫車	484/8-1	野田多○○	112/28-27
○夕南軒每飲醇	488/8-1	朝○演武圍	110/32-11	異代名園傳○○	164/8-7
驅疫疫難○	061/8-2	薄暮○長河	007/30-25		
編戶何因○課役	300/4-3	呼舟○野渡	065/8-5	【 7922 ₇ 騰 】	
多知草木未能○	153/8-2	近聞○要路	105/20-7	○貴三州紙	494/58-58
長江細雨滴階○	318/4-1	誰識○春歌舞罷	261/4-3	岑嶺飛○、	455/23-8

7922₇【騰・滕・隣・人】

出群獨超○	003/24-9	都○二月醉林塘	156/8-1	謝絶○貽祝壽篇	485/24-18
		仙○白馬馱金像	161/8-5	斯文○爭傳	494/58-57
【7923₂ 滕】		無○更識予初志	167/8-7	蘭言○競贈	502/66-53
○嶺摩雲鶴頂明	495/8-6	誰○試落生花筆	202/8-7	御風眞○一墜地	015/18-5
上天同雲○	456/20-1	仙○出自玉人家	205/8-1	展觀令○同食蔗	018/32-18
		都○熱鬧涅般會	216/12-5	山見悅○色	065/8-3
【7925₉ 隣】		何○攀且附	250/4-4	野趣向○驕	073/8-8
○舍挈魚歸	461/8-4	內○千騎扈雲車	262/4-1	山色使○遲	081/8-8
○翁爲割烹	464/8-2	令○坐覺神遊處	285/4-3	飲啄任○給	092/16-5
○終德不孤	114/64-26	無○更敵一詞鋒	289/4-4	自此故○思	093/12-11
四○砧杵罷	479/8-7	何○冒雨到玄亭	343/4-4	木屐故○來	095/12-2
門○耕牧居	080/8-4	故○家在此中途	347/4-1	節物令○感	106/20-19
四○砧斷人定	090/8-7	思○夕倚竹闌干	385/8-1	且使故○留	109/16-14
倒屐自○家	069/8-2	故○卜夜知何處	405/8-5	蓬草迷○徑	112/28-13
清水臺○酒釀泉	147/8-4	故○行縣有輝光	408/4-1	邦國誰○貽縞帶	146/8-3
伴客蔬○家	256/4-2	主○暫省舊林樾	428/8-1	香閨令○夢裏躋	150/8-2
一欄獲東○	044/8-2	幽○自得一酣眠	435/8-2	中將姬○入曲阿	163/8-1
又無雄辨四○動	441/8-3	何○白髮獨燃燈	439/8-8	總伴騷○達曙吟	166/8-8
異時千萬買東○	143/8-8	何○立筆此人同	443/8-8	松菊主○徑就蕪	217/20-14
		主○占客至	461/8-3	如是主○公	245/4-4
【8000₀ 人】		催○暮鳥喧	467/8-8	多少都○帶醉還	277/4-2
○已玉山崩	072/8-6	主○家在白雲嶺	468/4-1	未及篤○百丈長	279/4-4
○民浴雨露	094/40-9	其○龍變	473/4-4	幹蠱有○何所事	287/4-3
○爭篤却遲（岡）	115/44-18	令○堪起孝	494/58-43	分與故○名是獸	291/4-4
○攀第一枝	246/4-4	勿使○搔首	002/14-14	能照故○千里心	328/4-4
○免夏畦病	365/30-18	今茲○日宴	010/56-25	村鴿呼○鳴	365/30-11
○間乞巧佳期瓶	384/8-7	池魚○共樂	031/8-3	再繁佳○一葦航	390/8-2
○日新題照草堂	420/8-4	東林○有誠	037/8-5	江上騷○采芯歌	392/8-6
○煩賢兄遞致	457/14-5	碧筩○尙薰	041/8-4	寸斷家○幾日腸	410/4-4
篤○候霽未期轙	012/12-6	紅淚○彷彿	084/8-7	觀水何○定水交	436/8-6
主○抱疴近止酒	013/22-9	蘭言○競贈	114/64-51	當局佳○國並傾	437/8-1
此○風流世所知	015/18-12	桂叢○去術逾精	195/8-1	盟主是越○	010/56-41
仙○有待欲歡迎	016/50-26	按劍○前萬顆珠	201/8-4	中有樂志○溫藉	018/32-10
幾○飛盞又傾盞	019/14-7	采芷○何在	222/4-3	臨水樓臺○徙倚	022/8-1
故○應掃榻	067/8-1	松間○小憩	244/4-2	詩成按劍○多少	024/12-7
誰○苦憶鱸	080/8-8	水檻○應怪	255/4-1	同社兩三○	028/8-2
幾○譚笑得趣陪	118/8-8	不怕○呼作杏花	264/4-4	胡爲驚世○	034/8-4
同○夜叩朗公房	120/8-1	溯游○至水中央	298/4-1	寧效賣刀○	044/8-6
佳○賜第迹猶存	137/8-2	獻珠○去月開堂	391/8-6	北雁憶鄉○	045/8-6
故○家在松雲際	142/8-7	不須○更頌椒花	412/4-4	野渡待歸○	083/8-6
愁○步月夜三更	149/8-6	離別○千里	486/8-3	四鄰砧斷○定	090/8-7
無○遊說佩金印	154/8-5	何如○間忠孝全	485/24-10	勝事屬伊○	107/12-2

— 285 —

8 0 0 0 。【 人・入 】　　　　　　　　　8 0 0 0 。

澹泊草玄○	108/20-2	尋師欲見一方○	131/8-1	【　8 0 0 0 。入　】	
煙霞兩主○	111/24-24	自稱天地一漁○	145/8-1	○免夏畦病	007/30-18
醉臥避災○未起	148/8-7	江風六月冷侵○	281/4-4	○門慧雨澆	365/30-13
連理杯空○隔歲	189/8-3	象頭山下病仙○	283/4-1	月○篷窓小	078/8-3
鏡生碧暈○初老	192/8-3	扶歸海島盲流○	351/4-1	詩○膏肓廿歲餘	153/8-1
五更櫊外○猶立	211/8-7	先生定是姓陶○	339/4-2	夢○華陽洞裏看	273/4-4
不驚高臥○	221/4-4	扶歸海島盲流○	351/4-1	寫○一奚囊底還	336/4-2
宛然對故○	224/4-4	何須投示世間○	383/8-8	飛○山城作悠堆	475/4-4
照出采薇○幾許	310/4-3	茂松恒月屬誰○	427/8-8	惠雨○門注	007/30-13
屹岡莫使○凝望	362/8-7	因見扁舟訪載○	434/8-2	攜伴○方丈	030/8-2
滿地青苔○迹絶	358/4-3	渾是東西欽慕○	470/4-4	天籟○胸襟	033/8-7
白雲千里○指舍	380/8-5	先説前宵中聖○	488/8-4	泉石○膏肓	048/8-4
譚玄養素○相賞	377/8-7	【人生】		江梅○臘香	054/8-8
無復聚星○側目	403/8-7	○○重榮達	010/56-47	疾意○煙霞	075/8-6
江樹火疏○寂寞	426/8-3	○○遁得嘉	112/28-2	雲樹○相思	105/20-4
八斗君才○已仰	438/8-3	【人家】		樵徑○花紅	240/4-2
六呈瑞令○	456/20-2	○○遙隔恒沙界	122/8-5	餘音遠○海風傳	023/34-32
爲神仙中○	456/20-8	○○十萬蒼煙廻	133/8-3	春風吹○讀書堂	024/12-9
春酒分來○自壽	483/8-7	某置○○樹鬱葱	134/8-1	妻孥動○詩料	086/8-6
雋句不特使○驚	013/22-15	二郡○○霧裏連	169/8-6	蹇衣尚○白雲深	122/8-8
清狂曾愛大○論	123/8-3	斷續○○春一色	344/4-3	千帆總○海心煙	136/8-6
天公能解主○意	140/8-7	仙人出自玉○○	205/8-1	諸天寫○一詩筒	151/8-8
雲腴遙向故○分	141/8-2	【人相】		妙音遥○海潮長	155/8-8
白須夜照神○影	157/8-5	敏惠○○畏	096/40-11	清音寫○錦囊裝	157/8-8
蒹葭原有伊○在	158/8-3	窈窕○○唱	103/20-5	淀江流○樹間來	311/4-4
煎心焦思無○識	183/8-7	不妨勾欄○○倚	021/30-15	夢魂先○白雲阿	356/4-4
侍兒休進越○方	187/8-8	高林赤日上○○	151/8-5	清音寫○錦囊裝	373/8-8
松間結滴道○硯	198/8-3	【人迹】		新詞寫○五絃中	381/8-8
難支廿歲老○床	209/8-4	○○深春草	079/8-5	曾離塵垢○圓通	021/30-24
尋君叩得野○扉	316/4-2	○○縱橫五夜霜	213/8-4	斑鳩舞樂○唐學	129/8-3
翩翩白鷺掠○飛	355/4-4	霜橋○○清	101/16-6	白玉龜泉○藕池	130/8-6
無限春光促○去	368/8-7	滿地青苔○○絶	358/4-3	堅田勝概○新題	150/8-1
白須夜照神○迹	373/8-5	【人間】		月光隨客○蓬樞	154/8-1
柳陰野艇待○橫	374/8-4	○○徒作凡庸醫	015/18-6	微風疏雨○新歌	158/8-6
西歸履迹遣○窺	398/8-8	○○變態屬雲峯	121/8-4	盤回蘿薜○靈區	161/8-1
弟兄猶爲一○少	389/8-7	○○何處謫星郎	186/8-1	中將姬人○曲阿	163/8-1
何人立筆此○同	443/8-8	○○墮落小頑仙	204/8-1	空懸片月○想思	293/4-4
天寒月暗美○來	480/4-1	今在○○爲子母	023/34-23	東山積翠○舵樓	364/8-2
問奇須待主○回	469/4-4	駟馬○○計未工	117/8-6	華簪必可○長安	370/8-8
黃昏幽逕見○妝	478/8-1	應咲○○會不多	158/8-8	詩吾荊棘○春苑	371/8-5
一逕千莖沒○處	487/8-7	喫得○○幾碗茶	290/4-2	和風朗月○柴門	426/8-1
同盟移在故○家	498/8-2	御溝流出○○世	191/8-7	何妨細雨○簾櫳	429/8-4

— 286 —

8000₀【 入・八・企・並・全・盆・益・金 】　　　　8010₉

數枝梅柳○詩筒	446/8-6	恨殺微風飄○蒂	350/4-3	【　8010₉　金　】	
水郭韶光○畫圖	448/8-1	當局佳人國○傾	437/8-1	○界遊忘歸	033/8-5
蘆花新月○窓看	468/4-4			○牛吾不見	044/8-1
領略春風○臘酷	480/4-2	【　8010₄　全　】		○笳一曲吹開	089/8-8
一水春風○墨池	481/4-1	○林如許借	074/8-7	○臺銀關晚波天	127/8-8
玄艸孤樽月○亭	380/8-6	九死○一生	010/56-9	○嶽歸來未發舟	140/8-1
【入夢】		紫荊○損枝	096/40-36	○烏何處浴	253/4-1
天橋曾○○	111/24-21	蒼苔○沒迹	463/8-3	○門避世賢	254/4-2
紙帳梅花○○時	180/8-4	塵垢未○離	247/4-1	○仙寶筏如容借	391/8-7
		一歸君家○三絶	018/32-17	○井寒宵醉月姿	445/8-4
【　8000₀　八　】		蟲蝕葉難○	084/8-6	○波撼疏箔	477/8-3
○月九月竝相看	397/4-1	刺繡花禽○幅圖	196/8-2	千○春宵易徹明	016/50-45
○斗君才人已仰	438/8-3	慈愛漫道未○白	025/20-5	籨何若一經存	025/20-16
二○嫦娥影未濯	402/8-2	滿江寒霧未○晴	354/4-4	黃○泉鬐沸	094/40-5
都下○斗相追隨	019/14-6	形氣猶看修煉	204/8-2	千○須買骨	096/40-37
一絃○璈交相奏	023/34-31	何如人間忠孝○	485/24-10	籨○訓永存	110/32-30
遊山○九里	028/8-1			黃○鷄塚存苔石	130/8-5
雨過○間舍	071/8-5	【全疑】		鍊○竃古煙常潤	144/8-5
扇搖○跪欲橫行	210/8-6	香汗○○肌雪化	193/8-3	萬○何若一經留	330/4-1
攜歸○百八洲邊	284/4-2	香汗○○肌悠化	419/8-3	棄○買夜春難盡	393/8-5
乘查○月絳河橫	302/4-1	【全足】		千○稱壽千金夜	427/8-5
蕩滌七○日之	457/14-10	滿橐○○獻	114/64-55	千○方藥海頭珍	434/8-6
六甲之廚○仙卓	023/34-11	滿橐○○獻	502/66-57	同盟○蘭契	009/34-7
龍驅風雨○王山	157/8-4			兎操○杵何所搗	013/22-7
鸞鳳堪依○尺床	197/8-6	【　8010₇　盆　】		展覽○碧眩目晴	016/50-9
攜歸八百○洲邊	284/4-2	一○春滿擢枝枝	192/8-2	曾辭○澤府	045/8-1
龍驅風雨○王山	373/8-4	銀○誰向碧空傾	199/8-1	園元○谷富	072/8-5
彷彿紅粧二○花	267/4-4	一○青荷三五錢	340/4-4	春動○綠酒	077/8-5
		一○留酌海棠花	424/4-2	影遮○瑣碎	098/20-5
【　8010₁　企　】		一○秋樹綠猶露	500/4-4	擲地○聲碧湍激	132/8-5
五嶽夙所○	494/58-46	霜寒○水倒芙蓉	124/8-4	一千○像夕陽映	150/8-5
		雨滴○池菌苔疏	126/8-4	錯認○屏風七尺	200/8-7
【　8010₂　並　】		試置○池荷葉上	209/8-7	行雨○龍奔叱馭	201/8-5
○駕綏山鶴	093/12-3	豈道翻○雨	459/8-1	龍鱗○可數	248/4-4
○秀芝蘭香滿軒	218/32-22	湛湛玉女洗頭○	327/4-4	深對○波銀波寒	396/4-2
篷窓○枕話當時	357/4-1			几上○玉連宵詩	406/26-7
衡門○叩玉江頭	368/8-1	【　8010₇　益　】		仍思○澤魚	462/8-4
良朋○自遠方來	469/4-1	蒲編年○積	107/12-9	祇可酌○罍	001/26-12
紅衣畫舫○橈通	117/8-4	終年無○活斯身	440/8-8	燃葉煖○樽	056/8-6
八月九月○相看	397/4-1	謙謙受○理當然	485/24-20	大地黃○長者功	151/8-6
二弟今春○來寓	414/4-3	起臥扶持老○親	305/4-2	層閣黃○光布地	173/8-3
酒傾荷葉○吟雖	421/4-4	詩詞驚俗竟無○	167/8-3	不借剉刀○縷細	184/8-5

— 287 —

8010₇【 金・釜・鐘・鏡・鈿・翁・翕・羨・今 】　8020₇

胸中戈甲○還軟	210/8-3	鄰寺斜陽○數聲	501/8-6
初執銀管次○匕	025/20-9	牖隔蓮池暮○	087/8-6
無人遊說佩○印	154/8-5	我以千秋爲○期	366/12-4
仙人白馬駄○像	161/8-5	潮音祇接古○長	375/8-6
奪將初地布○光	211/8-2	上方將報夕陽○	121/8-8
晨開深洞禮○仙	320/4-4		
長安市上解○龜	321/4-4	【 8011₆ 鏡 】	
千金稱壽千○夜	427/8-5	○心清印月（岡）	115/44-11
形摹數尺類○童	496/8-2	○生碧暈人初老	192/8-3
仙相能文三奇○	164/8-6	○裏梅花照有神	383/8-6
卜來芳樹夜千○	453/8-4	明○影相親	034/8-6
【金鱗】		清池碧○影涵虛	173/8-4
○○坐可漁	234/4-4	數開鸞○鬢雲疏	188/8-4
無數○○躍碧漪	297/4-4	浩波瀲明○	007/30-30
水面○○殘日影	160/8-3	衣桁承塵○抹煙	189/8-2
【金花】		浩波瀲明○	365/30-30
○○釀得飲催春	440/8-4	海色迥開明○淨	375/8-5
○○滿架挂春光	296/4-1	妊女江心磨○初	484/8-4
【金剛】		畫裏江山千里○	147/8-5
○○獻壽吐朝暾	218/32-20	今日誰懸照心○	187/8-3
○○殿宇倚崔嵬	311/4-1	蒼松倒影臨明○	402/8-5
【金丹】			
○○世護多	049/8-1	【 8011₇ 鈿 】	
何必○○以永年	023/34-26	漉罷鈿○出布囊	378/8-2

【 8010₉ 釜 】		【 8012₇ 翁 】	
三○實堪愉	114/64-56	乃○興所發	114/64-11
三○實堪愉	502/66-58	家○老去遺生辰	427/8-1
		鄰○爲割烹	464/8-2
【 8011₄ 鐘 】		最○翁姝上臥遊高	474/8-8
○音何處寺（岡）	115/44-15	乃○百不憂	494/58-9
○聲半夜破愁眠	324/4-2	乃○獲一顆	494/58-33
鯨○波激六時風	151/8-4	洒○興所發	502/66-11
五更○梵吼獅子	120/8-5	我亦有家○	494/58-45
斷續○微長樂宮	134/8-4	雲根近住地仙○	144/8-8
夜方○鼓寂城邊	435/8-6	探勝誰能從酒○	362/8-1
隔樹瞑○響	030/8-8		
微雨疏○打睡鷗	364/8-8	【 8012₇ 翕 】	
邨舍無○鼓	465/8-1	仙相能文三○翁	164/8-6
西風送暮○	082/8-8		
大小耳邊○	093/12-6	【 8018₂ 羨 】	
和雪協黃○	113/20-12	○君結茆宇	463/8-7

不必○耕巖	005/18-18
玉檻○池魚	080/8-6
赤壁遊何○	477/8-5
此舉眞可○	494/58-55
隨意吟筇不○船	344/4-2
【 8020₇ 今 】	
○茲人日宴	010/56-25
○在人間爲子母	023/34-23
○曉到新晴	065/8-2
○俄北里儘	094/40-32
○看禾黍秀前路	137/8-3
○我不遊春欲盡	309/4-3
君○逢明主	001/26-3
卽○當要路	009/34-23
我○棲棲困世營	016/50-39
齡○及杖鄉	035/8-6
自○講周易	040/8-7
于○名匠出飛山	202/8-2
至○血染溪山樹	267/4-3
濟濟○多士	005/18-3
豹隱○依一屋村	218/32-6
德化○旌孝子門	413/8-6
何計○年有勝期	489/8-2
吾黨自○後	051/8-7
玉樹知○何所倚	298/4-3
三津波浪○農畝	116/8-5
梅里先生○尚在	299/4-3
曾遊京洛○將歸	366/12-6
獨愧聚星○拱北	388/8-5
清賞到于○	395/8-2
千年高義○猶在	443/8-5
萬戶明輝無古○	166/8-4
【今夜】	
西來○○意何問	175/8-3
去年○○駐歸鞍	396/4-1
偶因○○屈高駕	488/8-3
幽燭蛩聲○○漏	423/8-5
【今歲】	
○○知何歲	009/34-17
○○污邪亦不惡	011/16-4
○○方此再週日	025/20-17

【今夕】		如膏雨色〇濛濛	134/8-2	寒月至〇楹	430/8-8
〇〇何夕同舟楫	015/18-13			莫芙階〇將盡潤	439/8-3
〇〇何寥寂	059/8-1	【 8021₁ 差 】		抱膝倚〇楹	465/8-8
幽期在〇〇	107/12-1	游〇昨日非	103/20-18	柏葉杯〇意復親	488/8-6
【今秋】		江樓〇穀旦	091/16-7	沙嘴夕陽〇	070/8-8
若無〇〇會	009/34-33	舊藤幽期偶有〇	498/8-1	風帷屢舞〇	091/16-14
行縣〇〇亦豐熟	411/4-3			片片舞風〇	257/4-2
【今宵】		【 8021₁ 龕 】		杯聲斷簾〇雨洗	484/8-7
〇〇有此好下物	018/32-23	法〇燈點才孤照	211/8-3	雨痕未乾階〇苔	013/22-3
〇〇招友飲	394/8-5	啓〇三月雨花香	309/4-2	今看禾黍秀〇路	137/8-3
〇〇不可復虛蔬	406/26-11	池頭七寶〇	251/4-1	門生不用酒除	404/4-2
〇〇玄艸酒	486/8-5	如意寶珠〇放光	375/8-4	浴衣輕拭倚〇楹	419/8-1
薄奠〇〇酒	034/8-7			果園在後場圃〇	018/32-9
可惜〇〇別	093/12-7	【 8021₅ 羞 】		鸕鷀驚起鼓舷	127/8-4
賞最〇〇是	103/20-17	嬌〇題字客	219/4-3	遂到玉江茅屋	136/8-8
茅屋〇〇若無客	402/8-7			梅橋寒色立驢	169/8-4
守歲〇〇憶阿戎	431/4-2	【 8022₁ 前 】		淡翠雙眉顰月	189/8-6
微君其奈〇〇	086/8-2	〇有嘯民後冰壑	015/18-11	徒令弟子立窓〇	288/4-4
滿斟不辭〇〇酒	406/26-23	〇後有晴江	068/8-4	安知走狗滿門〇	372/8-8
【今朝】		花〇行杯香苾蒭	021/30-19	不雨郊雲高枕	435/8-4
〇〇僅出塵	028/8-8	佛〇微笑花	069/8-4	芝蘭奕葉秀階〇	485/24-14
〇〇寫出上河卷	372/8-5	簾〇弄曉景	092/16-11	【前夜】	
〇〇爲我停	459/8-2	檐〇月一片	098/20-1	何圖〇〇雨	065/8-1
籬落〇〇晒初日	208/8-3	樽〇萬戶明秋水	148/8-5	沽酒門〇〇市	090/8-5
葦索〇〇爐作灰	312/4-2	門〇蘆葦倒霜初	175/8-2	【前川】	
定識〇〇逢李白	321/4-3	窓〇非是照牙籤	182/8-1	獨向〇〇下釣絲	297/4-1
【今日】		燈〇秋恨懶裁書	188/8-8	各自治裝卽〇〇	023/34-14
〇〇誰懸照心鏡	187/8-3	簾〇還恐晚風狂	209/8-8	【前山】	
〇〇王公疏澹泊	195/8-7	窓〇不見照牙籤	367/8-1	〇〇奇似雲	255/4-2
如何〇〇別	010/56-51	風〇柳絮春爭色	377/8-3	〇〇急雨聲	491/8-8
酒方〇〇豪	043/8-4	几〇吾誦之	494/58-53	直向〇〇擁雨飛	316/4-4
【今春】		松風〇殿送潮音	122/8-4	【前宵】	
借問〇〇九十日	318/4-3	指點〇年苦吟處	162/8-7	先說〇〇中聖人	488/8-4
二弟〇〇並來寓	414/4-3	雪盡窓〇芸葉香	024/12-10	不識〇〇雨	493/8-7
		牧笛寺〇陂	039/8-6	【前楹】	
【 8020₇ 兮 】		但識門〇水	061/8-7	嘯傲倚〇〇	077/8-8
鳳〇或求偶	010/56-31	還是問〇津	083/8-2	手揳巨軸向〇〇	016/50-5
		箕踞欄〇苦吟甚	121/8-7	松蘿帶雪冷〇〇	018/32-32
【 8021₁ 乍 】		脩竹階〇綠沈管	174/8-5	浴衣輕拭倚〇〇	193/8-1
〇來紅蓼岸	258/4-4	按劍人〇萬顆珠	201/8-4		
秋天霽〇陰	042/8-2	亂鬓風〇柳	220/4-1	【 8022₇ 分 】	
嘉魚汀〇積	094/40-17	春水軒〇秋水漲	406/26-1	〇與故人名是獻	291/4-4

8022₇【 分・弟・剪・舞・羲・令・恙・無 】　　　　8033₁

流○燕尾廻	094/40-12	快○湘江半幅絹	017/8-8	勿復○田變爲海	417/21-14
紋○褾褙不須糊	196/8-4	長夜○燈話	112/28-25	千載○君茹	490/4-3
古來○袂處	010/56-49	春風○翠水連天	178/8-4	有斯○弟兄	490/4-4
孺子○稱善	044/8-3	寒塘○取水仙花	206/8-4	養志能○親不老	023/34-25
煙波○兩海	085/8-5	朝來○得藏蛇蔓	476/8-7	三徑獨○松樹傲	214/8-3
郭處○沈淪	108/20-14	詩體西崑○燭刪	369/8-4	一塊試○陶穀煮	377/8-5
煙波○兩海	386/8-5			強頂寧爲洛陽○	204/8-3
春酒○來人自壽	483/8-7	【 8025₁ 舞 】		【令人】	
淀水三○流	007/30-1	蝶○鶯歌弄艷陽	156/8-2	○○坐覺神遊處	285/4-3
淀水三○派	365/30-01	斑鳩○樂入唐學	129/8-3	○○堪起孝	494/58-43
玉手未○某冷暖	437/8-5	片片○風前	257/4-2	展觀○○同食蔗	018/32-18
留歡惜夜○	102/12-10	觀來○樂一斑鳩	368/8-4	節物○○感	106/20-19
維春爲緩○眉宴	474/8-5	風帷屨○前	091/16-14	香閣○○夢裏躋	150/8-2
雲腴遙向故人○	141/8-2	花邊歌○謝君恩	137/8-6	六呈瑞○○	456/20-2
橘明織女影猶○	384/8-6	清歌妙○隨和切	442/8-3		
孤舟鶴影昨秋○	423/8-6	五嶽鼓○、	455/23-9	【 8033₁ 恙 】	
水軒邀月坐宵○	499/8-1	鰭鬣能鼓○	003/24-13	歸來無○生花筆	019/14-3
		刀圭餘暇○寸鐵	015/18-7	柳條無○舊河梁	390/8-1
【 8022₇ 弟 】		誰識臨春歌○罷	261/4-3	故園無○在雲霞	425/8-8
小○坐吹篪	096/40-34			滿蹊桃李春無○	489/8-5
二○今春並來寓	414/4-3	【 8025₃ 羲 】			
兄○淹留寓浪華	425/8-2	○皇坐自疑（岡）	115/44-26	【 8033₁ 無 】	
兄○天涯燕爾新	434/8-8			○不問歸期	010/56-50
交執○將昆	110/32-16	【 8030₇ 令 】		○際滄波路幾千	023/34-18
百年兄○在樵漁	123/8-6	○吾醉臥五雲傍	024/12-4	○可起沈疴	049/8-2
非有兄○難	258/4-2	○予引酒杯	095/12-4	○日不良遊	109/16-2
君家兄○比椿津	305/4-1	○聞九皋鶴	114/64-9	○緣雲壑寄幽蹤	124/8-8
家嚴自有家○侍	406/26-19	○聞九皋鶴	502/66-9	○那山鵑促歸去	143/8-7
【弟子】		能○萬慮散	001/26-13	○腸公子實爲名	210/8-2
○○蓋三千	040/8-4	渾○雲樹濃	093/12-12	○數金鱗羅碧漪	297/4-4
○○勞須服	108/20-7	不○歡會頻	107/12-12	○意讀書覓榮達	308/4-3
徒令○○立窗前	288/4-4	願○黴雨久	109/16-13	○限春光促人去	368/8-7
【弟兄】		陶○風流采菊扉	177/8-6	○人説國恩	387/8-8
○○猶爲一人少	389/8-7	如○松樹高	230/4-3	○復聚星人側目	403/8-7
○○天一涯	486/8-4	長○此地靈	231/4-4	○那東方便易白	406/26-25
炉○○湖海或亡矣	152/8-5	徒○弟子立窗前	288/4-4	○波江月洗杯裏	435/8-3
有斯令○○	490/4-4	寧○過客生郷思	337/4-3	○問巫山巫峽雲	442/8-8
剪勝摘藻舊○○	016/50-3	能○景致殊	460/8-2	○聊幾度對春風	446/8-2
相苡四海皆○○	498/8-7	不○方璧價連城	444/8-8	○奈嫁娶畢	494/58-47
		能○滿奮無寒色	471/8-3	若○今秋會	009/34-33
【 8022₇ 剪 】		志縱○初遂	114/64-29	豈○楊得意	010/56-37
○勝摘藻舊弟兄	016/50-3	恃遣○郎挑白戰	289/4-3	雖○行蟻慕	097/12-9

【 無・念・愈・煎 】

雖○移竹地	108/20-9	心契長○改	104/16-15	【無衣】	
憗○勝具可相從	132/8-2	曲徑曾○望夫石	168/8-3	○○却畏霜威迫	123/8-7
寧○羈旅襟懷似	369/8-7	濟度如○借	249/4-3	○○九月身猶暖	215/8-3
又○雄辨四鄰動	441/8-3	客意兒○解	256/4-3	【無復】	
歸來○恙生花萼	019/14-3	所見寧○異所聞	303/4-2	○○清池一葉荷	163/8-8
悠然○所作	031/8-7	詩句有○頭上雲	384/8-4	○○不潛魚	234/4-2
草枯○放犢	042/8-3	丁壯憗○寸功立	449/8-7	【無句】	
樹間○火照	059/8-3	玉椀座○辭滿酌	501/8-3	○○不精工	027/8-2
室明○盡燈	063/8-8	家寧使後○	114/64-30	○○弗振綺	494/58-40
荒村○憩店	067/8-5	萬戶明輝○古今	166/8-4	【無人】	
東西○雪嶺	068/8-3	巷柳蕭條○客折	188/8-7	○○遊説佩金印	154/8-5
地主○常住	074/8-1	詩酒江樓○限賞	427/8-7	○○更識予初志	167/8-7
錫化○驚鶴	085/8-3	能令滿奮○寒色	471/8-3	○○更敵一詞鋒	289/4-4
藥石○功德	105/20-17	凭檻偏歡○片雨	499/8-3	煎心焦思○○識	183/8-7
去城○酷吏（岡）	115/44-3	家寧使後○	502/66-30	【無恙】	
二頃○田佩印章	171/8-4	練影涵虛瑟○聲	016/50-22	柳條○○舊河梁	390/8-1
竈底○煙蛙自生	199/8-6	便便腹筒秘○書	153/8-6	故園○○在雲霞	425/8-8
常是○心不倒顛	204/8-6	長教水月照○窮	164/8-8	滿蹊桃李春○○	489/8-5
旗鼓○由施盛世	218/32-7	詩詞驚俗竟○益	167/8-3	【無光】	
休言○一物	227/4-3	世明皓首終○用	180/8-7	孤燈枕畔暗○○	294/4-2
雨花○處不流香	323/4-4	便疑皁莢實○粒	203/8-3	似珠無澤又○○	378/8-1
王師○敵一乾坤	327/4-1	黃珠萬顆淨○瑕	206/8-1	【無孔笛】	
鷗鷺○心水夕陽	360/8-4	桑椹村巷覺○味	212/8-5	更想禪餘○○○	155/8-7
錫化○驚䳽	386/8-3	月明南內竟○情	268/4-1	狐話堪聽○○○	194/8-5
似珠○澤又無光	378/8-1	一夜通仙去○迹	290/4-3	狐話堪聽○○○	418/8-5
塵縛○緣接座獅	398/8-2	不問江天有○月	329/4-3		
負笈○論學業成	393/8-2	寄聲詩畫有○間	336/4-4	【 8033₂ 念 】	
北地○書白雁來	389/8-4	▢炊玉豈○哀	379/8-5	獨倚江樓○御風	167/8-8
終年○益活斯身	440/8-8	月中兔子去○影	383/8-5	禪餘文字○吾師	398/8-4
縱橫○計舌徒存	447/8-6	曾投明月道○由	382/8-4	鄙吝心望望○	457/14-11
家雖○不龜	456/20-13	茅屋今宵若○客	402/8-7		
邨舍○鐘鼓	465/8-1	三春煙景堂○主	429/8-5	【 8033₂ 愈 】	
幽賞○端滿後園	483/8-2	康街野馬蔬○迹	453/8-5	猶○宮中嬾	006/16-10
嗟賞○極已	494/58-56	夜月簾櫳語有○	196/8-6	大牢味○珍	044/8-8
筆鋒○敵國	502/66-19	含影緋魚鱗有○	200/8-6	林泉碧○澄	072/8-4
寧道食○魚	009/34-10	閃鑠紅綃影有○	201/8-1	德隆名○隆	104/16-12
黃白囊○物	045/8-3	捫類休論舌有○	217/20-10	談熟燈○焗（憲）	422/16-9
家特傷○後	050/8-5	一簇桃花主有○	263/4-4	向隅之子却爲○	388/8-7
身病猶○死	061/8-3	花木禪房主有○	295/4-2		
看爾思○邪	075/8-2	【無方】		【 8033₂ 煎 】	
歸意壽○峯	093/12-10	疾稱泉石療○○	420/8-6	○心焦思無人識	183/8-7
楊柳煙○結	103/20-9	傳家肘後竟○○	451/8-8	玉江秋水新○夜	141/8-7

8033₂【 愈・煎・慈・兼・尊・午・父・雉・禽・矢・美・奠・羹・并・年 】8050₀

松花煨熟石花○	023/34-12	眉壽椿庭春酒○	426/8-6	里是仁爲○	114/64-25
一片雲芽手自○	288/4-1	清貧猶得悅家○	426/8-8	天寒月暗○人來	480/4-1
清明留客茗初○	372/8-1			怡悅山川○	494/58-13
		【 8040₀ 午 】		衣冠鬢鬢○	494/58-28
【 8033₃ 慈 】		○雲陰室虛生白	128/8-3	里是仁爲○	502/66-25
○愛漫道未全白	025/20-5	輪塔○晴湖色轉	133/8-5	此鄉亦有尊鱸○	012/12-8
○功長仰西門下	129/8-7	更有鳴蟬嘲○寂	304/4-3	【美醞】	
母○子孝宿因緣	023/34-24			○○名瓜仍舊譜	158/8-5
何必覆水悅○親	020/6-4	【 8040₀ 父 】		○○嘉魚豈淺醻	499/8-2
淨地經行蹔息○	130/8-2	何徒讀○書	058/8-6		
【慈航】		莫承乃○嗜風騷	407/4-4	【 8043₀ 奠 】	
○○此相倩	007/30-8	【父母】		薄○今宵酒	034/8-7
○○此相倩	365/30-08	○○極歡怡	096/40-18	蘋蘩助○幾叢祠	287/4-1
江西一派泛○○	155/8-1	○○乾坤安在哉	152/8-6	竟欣雁爲○	114/64-31
晴江一夕借○○	309/4-4	西條○○鄉	026/8-4	竟欣雁爲○	502/66-31
江風千里送○○	323/4-1				
		【 8041₄ 雉 】		【 8043₀ 羹 】	
【 8033₇ 兼 】		雉陂楊柳暗藏舟	364/8-6	菜○加飡飯	010/56-45
○葭處處啼螿	087/8-8	映帶萬○嶽陽城	016/50-16	筍○茶粥坐清晨	143/8-1
餞宴黍○鷄	099/20-16			君○千里賦懷歸	415/8-6
淑氣時○花氣合	156/8-3	【 8042₇ 禽 】		未將○膾促扁舟	438/8-8
骰薪山○海	464/8-1	○魚苦樂宦游中	164/8-4	謝爾命○膾	095/12-3
		當與野○棲	074/8-8	賣與芋○奇（葛）	115/44-36
【 8034₆ 尊 】		刺繡花○全幅圖	196/8-2	尙膳調○贈一杯	379/8-8
○猶北海春	108/20-16	菓竭有飢	042/8-4	呼酒調○待客蔬	400/4-2
○中竹葉氣方舒	175/8-6	春泥地暖○銜去	379/8-3	寒消碧澗○	077/8-6
芳○仍釀桂花露	013/22-10			調作數杯○	464/8-4
琴○任客攜	074/8-2	【 8043₀ 矢 】		僅能來喫舊菜○	016/50-41
孤○非是俱倒	086/8-7	弧○聊觀四方有	025/20-15	三白調和齏裙○	018/32-20
開○芍藥薰	102/12-8	四方有志懸弧○	171/8-3	聲聲忽叫芋魁○	280/4-2
一○清賞有新舊	166/8-3				
殘○重爲炙魚傾	282/4-2	【 8043₀ 美 】		【 8044₁ 并 】	
杯○好瀉懷（張）	422/16-6	○哉新築輪奐	087/8-1	○寫一論二篇詩	018/32-11
開○賓滿座	430/8-3	彼○終何地	051/8-3	悅弧○設懸	091/16-2
傾○守歲二三更	432/4-2	彼○雖亡矣	096/40-39	鳳釵○贈小詩箋	189/8-8
芳桂殘○沈醉後	022/8-7	彼○西方收媚黛	478/8-7	莊合畫○題	074/8-4
傾倒杯○出門去	354/4-3	捲箔○明輝	394/8-2	楊公記文○錄成	016/50-30
脩身道德○	110/32-10	山深○木胹	460/8-6	題詩趣似○州舍	403/8-5
地鎮可觀坤德○	014/20-2	誰言彼○自西方	116/8-1	吳地楚天咫尺○	016/50-12
戾盤高設命杯○	025/20-8	清揚彼○自瀟湘	197/8-1		
巖壑雲朝維嶽○	133/8-1	更有寧詞○	044/8-7	【 8050₀ 年 】	
地鎮可觀坤德○	417/21-2	殘酌蒲猶○	111/24-7	○老身難老	104/16-11

8050 ○【 年・羊・每・氊・義・合・首・含 】

去○甌窶大有年	011/16-3	江總當○第一流	441/8-8	○過曲阿親自呼	308/4-2
幾○斯日酒相傾	016/50-2	去國廿○餘	462/8-2	○喜草堂甘茗話	438/8-7
當○爲予寫洞庭	016/50-8	疏潤夜○猶未叙	474/8-7	○呈雲瑞鶴千聲	495/8-4
一○詩一卷	034/8-1	何計今○有勝期	489/8-2	侶○呼黃鳥	109/16-3
何○先伯魚	050/8-2	一級卽一○	003/24-11	除夕南軒○飲醇	488/8-1
有○堪悅怡	055/8-4	昇平百又○	005/18-9	三百詩篇歲○刪	449/8-6
廿○期稱孔	114/64-59	山陰學建○	040/8-6		
百○兄弟在樵漁	123/8-6	追憶卜居	051/8-2	【 8051 6 氊 】	
新○適報得螟蛉	139/8-4	雪眉垂白○	064/8-4	更怪松煤○少香	203/8-4
祈○年豐熟	228/4-2	何論七七○來事	171/8-7		
明○五十尙悅親	351/4-4	誰書癸丑○	229/4-4	【 8055 3 義 】	
頻○驚見變頭毛	341/4-2	雨露桑麻○有餘	300/4-2	千年高○今猶在	443/8-5
明○五十尙悅親	351/4-4	此地桑滄何○改	417/21-13	憶昨試周訏○故	025/20-7
三○好尙少卿滄	377/8-6	去年甌窶大有○	011/16-3		
三○親舍白雲橫	393/8-4	土俗相慶授概○	011/16-9	【 8060 1 合 】	
去○今夜駐歸鞍	396/4-1	何必金丹以永○	023/34-26	莊○畫幷題	074/8-4
客○舊會寒萍水	420/8-3	榱題丹膌鑑千○	129/8-2	淡雲樹○離（岡）	115/44-38
終○無益活斯身	440/8-8	三津春色卜居○	135/8-1	明時尚○生神聖	201/8-7
千○高義今猶在	443/8-5	公侯玉帛杖朝○	176/8-6	一龍難○夜空暗	428/8-5
十○身迹閒鷗鷺	498/8-3	遊歷堪誇綠鬢○	178/8-2	藥院仍傳蘇○秘	130/8-3
廿○比禰孔	502/66-61	相思枕冷夜如○	189/8-4	淑氣時兼花氣○	156/8-3
十○擬繼志和志	452/8-7	深閨獨坐夜如○	265/4-1		
若干○于茲	010/56-24	共喜清時報有○	435/8-1	【 8060 1 首 】	
蒲編○益積	107/12-9	群飛鳴鶴讓遐○	485/24-24	蓬○我空濡	114/64-52
任它○與世途窮	167/8-2	【年業】		白○青袍學易初	170/8-2
祈年○豐熟	228/4-2	幼繼長○○	010/56-3	蓬○我空濡	502/66-54
十五○光夢裏過	259/4-2	僅是數○○	075/8-3	世明皓○終無用	180/8-7
新畲新○何叢祠	011/16-13	【年年】		朝朝翹○訢初陽	186/8-8
破產幾○辭京畿	015/18-1	○○卽閑習	003/24-12	床頭擧○思空長	410/4-2
不識百○後	032/8-7	白鹿○○來呈端	011/16-15	勿使人搔○	002/14-14
詩却昔○巧	043/8-3	憐爾○○當巧夕	196/8-7	閑居三十○	027/8-1
菽水五○餘	058/8-4			自脩三百○	075/8-1
滿壁新○句	069/8-7	【 8050 1 羊 】		危磴窮時○始回	311/4-2
雁齒十○長	110/32-17	羊角使其、	455/23-17	親故須君○屢搔	474/8-2
皓髮感○華	112/28-8	片○先後下崎嶇	308/4-1		
幾度當○此御輿	126/8-8	豈以○裘相狎褻	355/4-3	【 8060 2 含 】	
指點前○苦吟處	162/8-7	青山不必屬羊何	392/8-1	○影緋魚鱗有無	200/8-6
呈出豐○瑞	233/4-1	一咲嫣然立尙羊	478/8-2	谷○初日將飛瀑	182/8-5
話盡三○別後心	326/4-2			谷○初日將飛白	367/8-4
之子十○同臭味	369/8-5	【 8050 7 每 】		秋水○煙菡萏傾	496/8-4
行盡有○千萬落	409/4-3	○憶鄉土不忘歸	177/8-1	細骨偏○冰雪冷	197/8-3
王醴百○看寵遇	415/8-5	○得殷紅東海棗	218/32-11	花朶猶○有雨痕	447/8-4

凝脂肌骨溫○潤	205/8-5	吟○壓元白	502/66-23	客年舊○寒萍水	420/8-3
		舉白○詠史	001/26-15	雞壇此○盟	430/8-2
【　8060　4　舍　】		千里○思慕	008/16-3	若無今秋○	009/34-33
鄰○挈魚歸	461/8-4	蓮社○爲好	033/8-1	清靜書室○同盟	016/50-1
邺○無鐘鼓	465/8-1	京洛○遷舍	058/8-1	應咲人間○不多	158/8-8
三年親○白雲橫	393/8-4	笻冠○昏嫁	091/16-1	南軒此日○童兒	481/4-2
春歌林後○	039/8-5	天橋○入夢	111/24-21	新舊社盟欣○逢	121/8-2
京洛曾遷○	058/8-1	清狂○愛大人論	123/8-3	但在夢中時○晤	139/8-7
雨過八間○	071/8-5	濟度○聞選佛場	155/8-2	夜來更怪應眞○	021/30-21
江上捐官○	110/32-25	曲徑○無望夫石	168/8-3	都人熱鬧涅般○	216/12-5
白雲千里人指○	380/8-5	龍蟠○據三州地	218/32-5	行遇龍山佳節○	357/4-3
題詩趣似幷州○	403/8-5	山林○不伐	232/4-1	料知明日小山○	423/8-7
		菩薩○安置	251/4-2	聚星此夕先星○	436/8-5
【　8060　4　著　】		海島○藏珠樹色	359/8-3		
逢○高僧夜喫茶	270/4-2	此花○向府城移	445/8-2	【　8060　7　倉　】	
望中皆○句	112/28-23	林壑○遊處	463/8-1	○皇復東行	009/34-28
層冰要○脚（張）	422/16-11	幽花○致自西天	487/8-1	小○山行行吟日	315/4-3
袈裟斬後○袈裟	267/4-2	叔夜業○同	104/16-14		
		華簪泣○元	110/32-24	【　8060　8　谷　】	
【　8060　5　善　】		雞犬不○聞	255/4-4	幽○未追黃鳥出	449/8-3
聖○堪標積善門	218/32-30	到來看我○遊處	132/8-7	但憐出○鶯	002/14-11
夏楚○自持	010/56-34	柳外犬吠○繫舫	162/8-3	園元金○富	072/8-5
七歲○裁詩	096/40-10	鷗鷺忘機○聚散	217/20-3	花開鶯出○	026/8-5
孺子分稱○	044/8-3	護花蓬底不○眠	348/4-4	吹律思燕○	106/20-7
聖善堪標積○門	218/32-30	尚平婚嫁未○終	362/8-2	寂寞宛如幽○扉	371/8-2
不唯能書與○詩	366/12-2	故園荊樹未○摧	389/8-6	澗道雪消鶯出○	138/8-3
		【曾辭】		【谷含】	
【　8060　6　曾　】		○○金澤府	045/8-1	○○初日將飛瀑	182/8-5
○卜幽居稱九水	015/18-3	○○熊府下	112/28-3	○○初日將飛白	367/8-5
○在此座屢相訂	016/50-37				
○離塵垢入圓通	021/30-24	【　8060　6　會　】		【　8060　9　畚　】	
○是賣茶店	029/8-3	○有芳園卜清夜	019/14-5	新○新年何叢祠	011/16-13
○占非罷兆	100/16-1	○作神仙第一場	292/4-4		
○遊京洛今將歸	366/12-6	○計賣魚錢幾許	307/4-3	【　8061　7　氤　】	
○投明月道無由	382/8-4	○叩讀書齋（憲）	422/16-16	漉罷○氤出布囊	378/8-2
○是山陽引酒徒	401/4-1	再○言不虛	009/34-18		
○取伶倫竹	416/8-3	盛○何必竹與絲	019/14-10	【　8062　7　命　】	
○釀霜黃百斛柑	450/8-8	屛中○別詩	105/20-6	○僮聊掃閣	106/20-9
○對玉江酒	462/8-3	四坐○盟詩有工	429/8-6	○賓齊唱采蓮詞	304/4-4
○知三秀色	490/4-1	如是勝○幾回訂	018/32-28	短○學尤好	096/40-27
何○仰克岐	096/40-4	風雲憐○面	062/8-3	重○航船酌大泉	176/8-8
吟○壓元白	114/64-23	不令歡○頻	107/12-12	謝爾○羹膾	095/12-3

8062₇【 命・乞・公・食・衾・養・貧・貪・余・氣・鉅・鑷・鎮・領 】8138₆

王老〇舟浮剗曲	378/8-3	【 8073₂ 食 】		【 8091₇ 氣 】	
襄唯〇一奚	458/8-4	〇案憎供比目魚	188/8-6	〇吐雙龍劍	109/16-11
既知天〇極	110/32-19	有〇千間肚未飢	215/8-4	意〇風霜凜	005/18-13
青山欲〇呂安駕	139/8-5	游〇幾民戶	387/8-7	紫〇暮山煙	051/8-6
相思卽〇駕	491/8-1	寧道〇無魚	009/34-10	灝〇透羅衣	103/20-20
草螢哀微〇	007/30-26	月明方有〇	009/34-31	海山雲指顧中	151/8-2
艱危至殞〇	010/56-11	寧與樂簞〇	100/16-7	淑〇時兼花氣合	156/8-3
先生款客〇題料	018/32-5	展觀令人同〇蔗	018/32-18	形〇猶看修煉全	204/8-2
戾盤高設〇杯尊	025/20-8	風雨千家寒〇至	152/8-3	和〇一團留客處	305/4-3
焚草有遺〇	049/8-7	彈鋏非關魚〇乏	217/20-15	風〇濾煙箔	395/8-3
既不辱君〇	058/8-5	非是王公也玉〇	206/8-7	硫黃〇結洋中曉	131/8-5
艸螢哀微〇	365/30-26			一團和〇一樽傍	024/12-12
帝里山川知〇日	170/8-7	【 8073₂ 衾 】		當筵淑〇催	106/20-12
葛子將茲王母〇	023/34-5	獨臥鴛〇膚雪冷	188/8-3	海門淑〇上帆檣	116/8-4
				孩兒重俠〇	094/40-21
【 8071₇ 乞 】		【 8073₂ 養 】		秋城通灝〇	108/20-17
人間〇巧佳期甒	384/8-7	〇老甘泉新醸醴	138/8-7	枕簟多涼〇（葛）	115/44-41
		〇壽生肥孰嘗已	144/8-7	封裹才開〇更薰	141/8-4
【 8073₂ 公 】		〇病安貧一畝宮	167/8-1	尊中竹葉〇方舒	175/8-6
〇侯玉帛杖朝年	176/8-6	孝〇王母躬力作	011/16-2	微風消酒〇	482/8-5
〇田春濕勸爲耕	199/8-4	孝〇應須勝虞舜	351/4-3	淑氣時兼花〇合	156/8-3
愚〇移之竟不能	014/20-16	星霜〇素道難移	180/8-6	處處樓臺淑〇深	453/8-2
楊〇記文幷錄成	016/50-30	譚玄〇素人相賞	377/8-7	【氣始融】	
天〇能解主人意	140/8-7	春秋正及〇于鄉	171/8-2	梁苑秋煙〇〇〇	194/8-4
相〇船不見	387/8-5	宜在淸廉孝〇家	471/8-8	梁苑秋煙〇〇〇	418/8-4
但逢〇事竣	009/34-11	【養志】			
無腸〇子實爲名	210/8-2	〇〇能令親不老	023/34-25	【 8111₇ 鉅 】	
堂揭王〇詠	080/8-3	爲是孝孫能〇〇	011/16-6	低昂〇細千百種	021/30-3
露頂王〇字有需	181/8-6				
今日王〇疏澹泊	195/8-7	【 8080₆ 貧 】		【 8114₁ 鑷 】	
非是王〇也玉食	206/8-7	〇家也自事相催	313/4-2	多情懶〇數莖白	381/8-5
縱遇遇〇移不能	417/21-16	家〇尚有儲	061/8-4		
賴爲王〇疏澹泊	444/8-7	淸〇猶得悅家尊	426/8-8	【 8118₁ 鎮 】	
獨醉黃〇舊酒壚	448/8-8	養病安〇一畝宮	167/8-1	地〇可觀坤德尊	014/20-2
一夜黃〇壚上飲	259/4-3	四壁寒光未道〇	440/8-2	地〇可觀坤德尊	417/21-2
才藻誰如〇	027/8-8			斯文〇在茲	096/40-40
柳畔繫停〇子車	198/8-4	【 8080₆ 貪 】		應眞舊〇夜千像	391/8-3
如是主人〇	245/4-4	孤雲不病〇	108/20-12		
同人夜叩朗〇房	120/8-1			【 8138₆ 領 】	
豪華昔領名〇墅	413/8-5	【 8090₄ 余 】		〇略春風入臘酷	480/4-2
緇素一時諸名〇	021/30-28	春涛亦起〇	061/8-8	豪華昔〇名公墅	413/8-5

— 295 —

8141 ₇【 瓶・短・缸・爐・餌・飯・頌・到・鍾・錚・鑠・矯・創・飫・劍・鐵・錢・舖・獸・飿・餓・館・針 】   8410 ₀

【 8141 ₇ 瓶 】
○花插海榴　　　　109/16-8
一○插得數枝新　　470/4-2

【 8141 ₈ 短 】
○景苦吟甚　　　　052/8-7
○命學尤好　　　　096/40-27
○櫺風暖闇鈴微　　371/8-8
我鬢○相催　　　　001/26-20
小笠○養從所適　　145/8-7
沈吟背○檠　　　　101/16-10
聚雪爲山傍○檐　　182/8-2
聚悠爲山傍○簷　　367/8-2
王藥琪花簇○墻　　476/8-1
坐定纔知蓮漏○　　120/8-3

【 8171 ₀ 缸 】
半○魚腦半時盡　　294/4-3
獨坐黃昏未點○　　276/4-4
雨閣晴軒倒酒○　　405/8-2

【 8171 ₇ 爐 】
詩工土火○　　　　502/66-6

【 8174 ₀ 餌 】
倘是碧霞能服○　　178/8-7

【 8174 ₇ 飯 】
○炊香積廚　　　　031/8-6
淡○清茶取對君　　423/8-1
菜羹加飧○　　　　010/56-45
晚飧香積○　　　　063/8-1
敬田院接○蒸菜　　147/8-3

【 8178 ₆ 頌 】
禱○吾何敢　　　　108/20-19
遙想○壽五彩筆　　020/6-5
不須人更○椒花　　412/4-4

【 8210 ₀ 到 】
不借○刀金縷細　　184/8-5

【 8211 ₄ 鍾 】
○情終疾病　　　　050/8-3
遠寺尚疏○　　　　067/8-6
春滿酒千○　　　　113/20-20

【 8215 ₃ 錚 】
河曲後序韻○錚　　016/50-34
河曲後序韻錚○　　016/50-34

【 8219 ₄ 鑠 】
矍○仍同昔日裝　　138/8-2
閃○紅綃影有無　　201/8-1

【 8242 ₇ 矯 】
○吟靄勸　　　　　003/24-18
矯○吟靄勸　　　　003/24-18

【 8260 ₀ 創 】
福地豐州誰所創　　391/8-1

【 8273 ₂ 飫 】
○肥雲鶴此長鳴　　495/8-8

【 8280 ₀ 劍 】
○稱能斬象　　　　110/32-7
古○菱菌苔　　　　049/8-3
按○人前萬顆珠　　201/8-4
霜吐○花江館冷　　172/8-3
詩成按○人多少　　024/12-7
青萍秋水○　　　　051/8-5
雌雄腰下○　　　　093/12-5
氣吐雙龍○　　　　109/16-11
雲根一寶○　　　　231/4-1
爲怕群黎時按○　　181/8-7

【 8315 ₀ 鐵 】
○蕉依怪石　　　　055/8-5
○畫銀鉤取次移　　207/8-8
銀鉤○畫誰相爭　　016/50-32
篷間○笛怒濤聲　　160/8-4
磨穿○研鬢如絲　　299/4-1

誰家懸○炭　　　　106/20-5
隱隱雷霆○鼎聲　　195/8-6
須避豪兒○如意　　205/8-7
隱隱雷霆○鼎聲　　444/8-6
刀圭餘暇舞寸○　　015/18-7

【 8315 ₃ 錢 】
○塘及鶴村　　　　110/32-2
朱明○氏爲誰筆　　018/32-13
會計賣魚○幾許　　307/4-3
釣得珊瑚滿○船　　485/24-4
杖頭花柳百文○　　147/8-6
一盆青荷三五○　　340/4-4
不翅賜第倍俸○　　485/24-12

【 8362 ₇ 舖 】
筵几旣○陳　　　　108/20-6

【 8363 ₄ 獸 】
分與故人名是○　　291/4-4

【 8370 ₀ 飿 】
【飿其】
○○香積廚　　　　007/30-21
○○香積廚　　　　365/30-21

【 8375 ₃ 餓 】
○宴黍兼鷄　　　　099/20-16
飢○不妨胡地嘗　　378/8-6

【 8377 ₇ 館 】
舊○江頭柳　　　　026/8-7
捐○君何適　　　　048/8-5
旅○春眠須共被　　359/8-5
野○夕飧英　　　　491/8-6
問君捐○意如何　　125/8-1
霜吐劍花江○冷　　172/8-3

【 8410 ₀ 針 】
○砭鶯囀侑朋酒　　218/32-25
松○刺落花　　　　256/4-4

— 296 —

8 4 1 0 。【 針・鋤・鋏・錯・饒・斜・鉢・錬・缺・蝕・饋・鈿・錦・錫・知 】 8 6 4 0 。

七孔○舒銀	107/12-6	【 8 5 1 3 。 鉢 】		心腸渾○○	114/64-7
亂墜青○繡素漣	284/4-4	歸來咲向○中看	332/4-4	心腸皆○○	502/66-7
				霞彩斜隨○○裳	156/8-6
【 8 4 1 2 ₇ 鋤 】		【 8 5 1 9 ₆ 錬 】		補綴迦黎○○鮮	487/8-6
田園久帶一徑鋤	300/4-4	○金竃古煙常潤	144/8-5	我詩豈敢比	366/12-11
		尸解○丹後	076/8-5	【錦囊】	
【 8 4 1 3 ₈ 鋏 】				清音寫入○○還	157/8-8
長○歌非擬	099/20-5	【 8 5 7 3 。 缺 】		清音寫入○○裝	373/8-8
彈○非關魚食乏	217/20-15	○月窓生魄	113/20-17		
淡泊何供彈鋏客	378/8-7	呼童問盈○	098/20-17	【 8 6 1 2 ₇ 錫 】	
				飛○彌天路不難	332/4-2
【 8 4 1 6 ₁ 錯 】		【 8 5 7 3 ₆ 蝕 】		卓○鶴飛雲關洞	391/8-5
○認金屛風七尺	200/8-7	蟲○葉難全	084/8-6	彌天○影彩霞重	132/8-6
				一水秋風送○飛	319/4-1
【 8 4 7 1 ₁ 饒 】		【 8 5 7 8 ₆ 饋 】		【錫化】	
畝○蔬可摘	112/28-15	留客猶能中○事	168/8-7	○○無驚鶴	085/8-3
				○○無驚☐	386/8-3
【 8 4 9 0 。 斜 】		【 8 6 1 0 。 鈿 】		【錫祿】	
○暉鴉背來	001/26-6	銀○雲鬢橫斜影	190/8-5	孝子不匱天○○	014/20-7
○寫丹青妙枚葦	196/8-3			孝子不匱天○○	417/21-7
鳥道○通祇樹林	122/8-6	【 8 6 1 2 ₇ 錦 】			
霞彩○隨錦繡裳	156/8-6	○機一斷已七旬	020/6-1	【 8 6 4 0 。 知 】	
一橋○處夕陽斜	414/4-1	○枝繡葉間紅黄	208/8-1	○物仙才身隔垣	218/32-10
渚仄○斜陽五色霞	424/4-4	○心先計賭輸嬴	437/8-6	○君弔古題詩夜	360/8-7
疏影橫○傍半江	276/4-1	畫○有輝光	026/8-2	那○富貴者	073/8-7
對酒惜○暉	461/8-8	吳○文堪奪	027/8-5	旣○天命極	110/32-19
野馬日將○	069/8-6	製○名逾著	105/20-9	多○草木未能除	153/8-2
空亭曉月○	223/4-4	青○囊中盡白魚	153/8-8	旣○丈室生春色	175/8-7
銀鈿雲鬢橫○影	190/8-5	灌○澄江波自染	191/8-5	才○杉間楓	232/4-4
夕陽香榭影橫○	264/4-2	衣○裁霞曉最明	393/8-6	不○何代古離宮	310/4-2
池頭綠柳帶星○	338/4-4	織○窓外月幾痕	483/8-6	誰○二萬洞中秘	342/4-3
一橋斜處夕陽○	414/4-1	春深○帳新昏夜	183/8-3	安○走狗滿門前	372/8-8
【斜日】		一寸○心灰未死	185/8-3	不○是爲悠滿頭	417/21-11
沈沈○○日枝峯	317/4-4	上國初陽映○衣	172/8-2	料○明日小山會	423/8-7
山郭水村○○照	179/8-7	一水桃花送○帆	278/4-4	何○夜幾更	465/8-2
【斜陽】		江楓織出回文錦	410/4-3	不○自己骨已仙	485/24-16
○○背指紫雲山	277/4-4	【錦衣】		曾○三秀色	490/4-1
牛背○○山躑躅	142/8-5	○○應與斑衣製	424/4-3	不○旣至老	494/58-14
鄰寺○○鐘數聲	501/8-6	○○客有説歸程	501/8-4	黄花○節近	052/8-5
歸鳥喚○○	466/8-8	【錦繡】		習家○不遠	071/8-7
江城畫裏抹○○	279/4-2	○○爲新裁	001/26-18	學多○鳥獸	075/8-5
		○○歸衣欲相照	303/4-3		

— 297 —

8640。【 知・卸・釣・鉤・銅・鑼・銀・錄・釵・鍛・鋒・欽・鵜・朔・鄭・翔 】
8752。

蕙心〇在惜摧殘	191/8-2	〇臺秋水潔	234/4-1	半空〇〇映三洲	271/4-2
玉樹〇今何所倚	298/4-3	〇綸垂與世浮沈	453/8-8	【銀鉤】	
浪遊〇幾處	462/8-1	〇得珊瑚滿錢船	485/24-4	〇〇鐵畫誰相爭	016/50-32
醉飽不〇歲云莫	018/32-29	把〇心知立鷥	088/8-3	鐵畫〇〇取次移	207/8-8
此裏新〇卽舊知	019/14-8	從容下〇綸	045/8-8	【銀燭】	
把釣心〇立鷥	088/8-3	防寒且〇詩	066/8-2	〇〇夜寒窗外雨	326/4-3
坐定纔〇蓮漏短	120/8-3	獨向前川下〇絲	297/4-1	〇〇秉來遊卜夜	440/8-3
箇箇既〇塵外賞	122/8-7	煙波平日耽漁〇	485/24-3	綺筵〇〇吐疏疏	198/8-6
高臥君〇否	240/4-3	【釣徒】			
薄暮應〇草堂甀	347/4-3	〇〇佩印五湖長	164/8-5	【 8713₂ 錄 】	
瀘涬猶〇菽味存	377/8-1	相值煙波舊〇〇	217/20-6	楊公記文并〇成	016/50-30
濟世元〇勝相良	451/8-2	萬頃煙波一〇〇	272/4-2	【 8714。 釵 】	
盍簪舊相〇	010/56-26			鳳〇并贈小詩箋	189/8-8
膏肓泉石〇	060/8-4	【 8712。 鉤 】			
英物試啼〇	096/40-6	〇詩鉤冀勿	456/20-16	【 8714₇ 鍛 】	
鳴琴政可〇	105/20-10	銀〇鐵畫誰相爭	016/50-32	〇冶由來叔夜家	338/4-2
帝里山川〇命日	170/8-7	鉤詩〇冀勿	456/20-16	【 8715₄ 鋒 】	
爲問老農〇捷徑	374/8-7	鐵畫銀〇取次移	207/8-8	筆〇亡敵國	114/64-19
纔到御風〇有待	382/8-3	簾碎月半〇	038/8-8	筆〇無敵國	502/66-19
觀瀾水國居〇術	135/8-5			君試鬪詞〇	008/16-10
此人風流世所〇	015/18-12	【 8712。 銅 】		意匠誰將一筆〇	285/4-1
此裏新知卽舊〇	019/14-8	吟枝百〇同臭曳	216/12-3	無人更敵一詞〇	289/4-4
君家昆季舊相〇	359/8-1				
不尙面識尙心〇	366/12-10	【 8712₇ 鑼 】		【 8718₂ 欽 】	
【知音】		〇荅奴婢事常忙	451/8-4	溫雅〇儀容	008/16-2
〇〇到處山水在	019/14-9			當時繩武〇其祖	218/32-1
笙歌不必覓〇〇	119/8-8	【 8713₂ 銀 】		渾是東西〇慕人	470/4-4
【知爾】		〇鈿雲髻橫斜影	190/8-5		
〇〇朝昏滌世情	361/8-2	〇盆誰向碧空傾	199/8-1	【 8722₇ 鵜 】	
〇〇小車元寄傲	370/8-7	初執〇管次金匕	025/20-9	鵬〇湖平雲斷續	150/8-3
【知何】		金臺〇闕晚波天	127/8-8		
今歲〇〇歲	009/34-17	洗出〇蟾照淨几	406/26-6	【 8742。 朔 】	
雪意〇〇意	077/8-1	門外〇橋未架雲	423/8-4	〇旦重茵南至日	439/8-7
故人卜夜〇〇處	405/8-5	頓生白〇世	456/20-3		
來宵琴酒〇〇處	497/8-7	七孔針舒〇	107/12-6	【 8742₇ 鄭 】	
		空色三千〇世界	211/8-5	留守諸君誰〇子	429/8-7
【 8712。 卸 】		玉作勾欄〇作梁	213/8-1		
一幅〇來萬卷架	018/32-6	深對金波〇波寒	396/4-2	【 8752。 翔 】	
歸帆何處〇	241/4-1	交遊動輒隔〇河	158/8-2	鳳〇山閣倚崔嵬	118/8-1
		【銀碧】			
【 8712。 釣 】		半天〇〇峯	067/8-4		

— 298 —

| 8762₂【 舒・鴿・鶴・欲・飢・飽・饌・飲・歘・槊・叙・竺・坐 】 8810₄ |

【 8762₂ 舒 】

卷○不倦坐二更	016/50-44
欲○三歲情	491/8-4
七孔針○銀	107/12-6
出雲間一望○	484/8-8
尊中竹葉氣方○	175/8-6
江霧山雲共卷○	198/8-8

【 8762₇ 鴿 】

村○呼人鳴	365/30-11
村園馴○鳴	007/30-11

【 8762₇ 鶴 】

○鵤有伴山春樹	360/8-3

【 8768₂ 欲 】

○擧太白視啓明	018/32-24
○下杯中物	030/8-5
○祈秋穀熟	055/8-1
○惰身至孝	096/40-21
○窺娥搗丹	098/20-12
○曉露華滋（葛）	115/44-40
○教君製初衣去	128/8-7
○向遼西馳一夢	265/4-3
○尋丘壑侶	458/8-5
○舒三歲情	491/8-4
○等鶴齡雲萬朶	495/8-3
羅織○儞暮山紫	021/30-7
尋師○見一方人	131/8-1
百草○蘇山頂火	136/8-5
青山○命呂安駕	139/8-5
連綿○認爲何字	207/8-7
竈頭○上葛家匕	208/8-5
駟馬○題先呵手	213/8-5
曲肱○問眠多少	217/20-9
西山○雨朱簾捲	389/8-3
冷水○忘骸（憲）	422/16-12
水紋○斷初陽影	447/8-3
溪聲崖○崩	063/8-4
仙舟直○御風行	160/8-8
仙人有待○歡迎	016/50-26
雙袖餘香○贈誰	019/14-4

扇搖八跪○橫行	210/8-6
松間明月○升時	297/4-2
錦繡歸衣○相照	303/4-3
巖壑寒生○雪天	320/4-2
竈底寒灰○復然	372/8-2
葭灰管裏○飛蒸	439/8-4
輿馬非所○	494/58-49
春風陣陣雁○鳴	016/50-18
朱雀街頭日○昏	137/8-1
說法三津花○雨	155/8-3
凝結幽叢色○燃	185/8-2
今我不遊春○盡	309/4-3
滴作庭花紅○然	334/4-4
愧我二毛斑○新	440/8-6
日射江樓將○曛	442/8-1

【 8771₀ 飢 】

菓竭有○禽	042/8-4
有食千間肚未○	215/8-4

【 8771₂ 飽 】

醉○不知歲云莫	018/32-29
飫○几相凭	063/8-2
軟○堪充幾夕飱	184/8-4

【 8778₁ 饌 】

只慼酒○少河鮪	382/8-5
摘蔬充玉○	056/8-5

【 8778₂ 飲 】

○寧讓汝豪	062/8-6
○啄任人給	092/16-5
○信讀殘數十行	294/4-4
○原君莫責	466/8-7
此○亦有尊鱸美	012/12-8
此○亦有群才子	012/12-10
招○桂叢秋	052/8-2
異○猶未厭	099/20-11
他○召哲夫	114/64-34
異○山水獨新歌	165/8-4
樓○玉笛將鳴雨	423/8-3
半日同○睥	004/16-12

趨陪漫○醇	108/20-20
群賢禊○再相同	403/8-1
細論文字○既夜	018/32-4
百橋虹聚○	094/40-13
表劉明日○（岡）	115/44-27
倒履迎吾○夜闌	370/8-1
今宵招友○	394/8-5
金花釀得○催春	440/8-4
除夕南軒每○醇	488/8-1
班荊亭樹連宵	146/8-5
一夜黃公壚上○	259/4-3
風去山中何處○	327/4-3
形勢長餘大古	417/21-3
海天遠望眉壽	417/21-19
自愛守宮殘血	419/8-7
斑斑瑠珥紅爐	444/8-5
石山殘歲餐霞	445/8-5
能令滿奮無寒	471/8-3
裘換酒占艷夜○	498/8-5

【 8788₂ 歘 】

雨○梅天鳥語喧	218/32-18
初衣○薛蘿	049/8-4

【 8790₄ 槊 】

二篇赤壁君橫○	160/8-5

【 8794₀ 叙 】

疏潤夜年猶未○	474/8-7

【 8810₁ 竺 】

白馬經文由○傳	129/8-4

【 8810₄ 坐 】

○觀幾處腴良田	011/16-12
○愛不徒過	078/8-6
○定纔知蓮漏短	120/8-3
○臥江樓月出初	153/8-4
○聽湖山一茗譚	388/8-8
滿○閒咲互相論	025/20-10
靜○梅窗下	031/8-1
獨○蕭蕭寂寥	086/8-1

— 299 —

8810 ₄【 坐・笙・筌・篁・籃・笠・筑・鑑・筇・筠・鈴・籤・箔・籠・篪・籟 】　　　　　　8821 ₇

滿○春生一管風	194/8-8	○○不必覓知音	119/8-8	何山昔植○	386/8-8
獨○黃昏未點缸	276/4-4	一曲○○操鳳凰	120/8-6	風雪春寒怯曳○	289/4-2
且○爐頭喫茶去	295/4-3	南內○○夜攪腸	187/8-6		
夜○間房燒木佛	320/4-3			【 8812 ₇ 筠 】	
獨○終宵好草經	343/4-2	【 8810 ₄ 筌 】		松○一畝宮	104/16-16
滿○春生一管風	418/8-8	回望忘○坐石磯	355/4-2		
四○會盟詩有工	429/8-6			【 8813 ₇ 鈴 】	
獨○臨江一畝宮	446/8-1	【 8810 ₄ 篁 】		櫚外○聲濕茗煙	454/8-6
嘿○陽櫚下	494/58-51	幽○千萬竿	236/4-2	短櫚風暖閣○微	371/8-8
曝背○南窗	068/8-8	未醉○陰徑作三	388/8-4		
小弟○吹篪	096/40-34	深林却有抱兒○	168/8-4	【 8815 ₃ 籤 】	
義皇○自疑（岡）	115/44-26			窗前非是照牙○	182/8-1
金鱗○可漁	234/4-4	【 8810 ₇ 籃 】		窗前不見照牙○	367/8-1
令人○覺神遊處	285/4-3	竹駐○輿林苑賞	450/8-5		
悠然○對疏簾雨	352/4-3	野客冥搜麗跂○	216/12-6	【 8816 ₃ 箔 】	
定省○臥穩	494/58-21			捲○美明輝	394/8-2
紗窗獨○讀書時	192/8-6	【 8810 ₈ 笠 】		陰雲捲○飛	399/8-8
深閨獨○夜如年	265/4-1	蘚○棕鞋既自供	132/8-1	風氣濾煙○	395/8-3
空房起○推窗望	353/4-3	小○短養從所適	145/8-7	金波撼疏○	477/8-3
燈檠對○小層樓	441/8-2	雨○煙蓑喜晚晴	160/8-2		
卷舒不倦○二更	016/50-44	雨○煙蓑不敢勞	452/8-8	【 8821 ₁ 籠 】	
逢衣雖異○	114/64-39	江湖泛宅幾新○	178/8-5	藥○寧換酒	081/8-3
筍蕨茶粥○清晨	143/8-1			綵○聊爲活	092/16-1
回望忘筌○石磯	355/4-2	【 8811 ₇ 筑 】		一○遷鶯弄小春	306/4-4
湘簾楚簟○生寒	385/8-8	繞檐琴○聲如瀉	018/32-2	露峯○水畫何如	198/8-2
誰識一灣○第者	453/8-7	【筑紫】		禪扉○竹綠	240/4-1
室中生白○相忘	476/8-6	○○花開府內春	131/8-6	家營一藥○	076/8-2
水軒邀月○宵分	499/8-1	何如○○舊潮音	326/4-4	後凋松柏翠○宇	218/32-21
苡衣雖異○	502/66-39	度我煙波○○陽	391/8-8	黃昏逗影月○紗	471/8-6
【坐嘯】					
空亭○○久	103/20-19	【 8811 ₇ 鑑 】		【 8821 ₇ 篪 】	
雅好樓居○○長	292/4-1	榱題丹臒○千年	129/8-2	小弟坐吹○	096/40-34
【坐裏生】				騷壇夜宴好吹○	359/8-6
一陣春風○○○	432/4-4	【 8812 ₇ 筇 】			
能使雲霞○○○	496/8-8	移○返照紅	097/12-12	【 8821 ₇ 籟 】	
		竹○覓句尋紅事	142/8-3	滿○何若一編微	177/8-8
【 8810 ₄ 笙 】		菊徑停○意自親	339/4-1	【籟金】	
歸裝○與鶴	099/20-15	隨意吟○不羨船	344/4-2	○○何若一經存	025/20-16
能爲太子○	416/8-4	新霽好移○	067/8-2	○○訓永存	110/32-30
長松樹裏聽○竽	272/4-4	何山昔植○	085/8-8		
【笙歌】		駭客此扶○	113/20-8		

8822₀【 竹・第・筋・筒・筩・篇・篙・篆・簇・篤・篆・簇・簾 】 8823₇

【 8822₀ 竹 】
○色窓旋暗	063/8-3
○箏穿虛壁	074/8-5
○檻何將月乖	090/8-4
○筇覓句尋紅事	142/8-3
○欄茆宇玉江潯	166/8-2
○裏林鳩呼婦急	374/8-3
○林春老淸風起	401/4-3
○駐籃輿林苑賞	450/8-5
惰○階前綠沈管	174/8-5
綠○闌干映水紋	384/8-1
幾脚○榻下中庭	013/22-5
霜報○平安	057/8-4
窓外○千竿	098/20-2
將醉○成叢	104/16-6
幼出○原曲	114/64-1
千里○筒隨犬耳	177/8-3
陰森○裏路迤邐	358/4-1
陰陰○樹囀黃鶯	501/8-1
幼出○原曲	502/66-1
雖無移○地	108/20-9
禪扉篦○綠	240/4-1
安眠水○居	462/8-8
淚痕不乾○紆縈	016/50-20
盛會何必○與絲	019/14-10
病後淸籟○	069/8-3
思人夕倚○闌干	385/8-1
曾取伶倫○	416/8-3
唱和白雲黃○篇	023/34-30
扇席薰風簫○影	218/32-23
暮雨瀉☒根○包	436/8-3

【竹葉】
春開○○鐏	110/32-14
尊中○○氣方舒	175/8-6

【竹林】
○○蕭寺通春水	155/8-5
一醉○○中	097/12-2

【 8822₇ 第 】
○讀琵琶記	094/40-23
佳人賜○迹猶存	137/8-2
其君賜○以旌焉、	455/23-12
不翅賜○倍俸錢	485/24-12
誰識一灣坐○者	453/8-7

【第一】
空記三千○○名	268/4-2
會作神仙○○場	292/4-4
江總當年○○流	441/8-8

【第幾】
遷宅桃華○○坊	171/8-1
白雪靑霞○○峯	285/4-4
家在山陽○○州	406/26-18

【第一枝】
人攀○○○	246/4-4
浪芄津頭○○○	445/8-1

【 8822₇ 筋 】
玉○千行漫自垂	183/8-8
玉屑時隨匕○翻	377/8-8
鱸膾待君將下○	165/8-7
鱸膾待君將下○	363/8-7

【 8822₇ 筒 】
詩○千里外	054/8-1
便便腹○秘無書	153/8-6
千里竹○隨犬耳	177/8-3
瓊樓題贈一○詩	293/4-1
諸天寫入一詩○	151/8-8
數枝梅柳入詩○	446/8-6

【 8822₇ 筩 】
碧○人尙薰	041/8-4
新荷池上碧○杯	174/8-6
鳳儀難到不○鳴	194/8-6
鳳儀難至不○鳴	418/8-6
相憑將寄一書○	429/8-8

【 8822₇ 篇 】
舊○聊擬酬君去	153/8-7
二○赤壁君橫槊	160/8-5
一○遮洋舵樓上	406/26-9
一○愛日園莊裏	406/26-10
碧雲○什誰唱和	021/30-27
爲汝詩○題棣萼	425/8-3
老去詩○纔似巧	440/8-7
三百詩○歲每删	449/8-6
當筵詩幾○	005/18-7
飛鶴古詞○	091/16-12
并寫一論二○詩	018/32-11
唱和白雲黃竹○	023/34-30
陟岵山城孰作	135/8-6
地古蒼松更入○	176/8-4
昨夜吟成傳燭○	372/8-6
謝絕人貽祝壽○	485/24-18

【 8822₇ 篙 】
人爭○○却遲（岡）	115/44-18

【篙人】
○○候霽未期艤	012/12-8
未及○○百丈長	279/4-4

【 8823₂ 篆 】
視○香林絕點埃	118/8-2

【篆刻】
○○雕蟲爲技大	171/8-5
彫蟲○○豈容易	015/18-9
多時○○且彫蟲	167/8-6

【 8823₄ 簇 】
一○桃花主有無	263/4-4
絳燭紅爐○暖煙	023/34-10
玉蘂琪花○短墻	476/8-1

【 8823₇ 簾 】
蘆○能遮三面風	021/30-12
蘆○且與雲捲	090/8-3
珠○寶帳達晨遊	261/4-1
湘○楚簟坐生寒	385/8-8
透○光彩明	482/8-8
捲○何管有微雲	499/8-4
捲○雲泄桂花香	497/8-6
水晶○外夕陽明	419/8-7
翠幌靑○樹杪懸	147/8-1
碧簟靑○影澹蕩	406/26-2
星爛捲○時	479/8-4
宜在淸○孝養家	471/8-8
杯聲斷○前雨洗	484/8-7

8823 ₇【 簾・符・笈・筏・簹・篠・篷・簦・篤・等・竽・竿・筵・簞・籬・笑・笄・筇・箋・簟・筆 】   8850 ₇

悠然坐對疏〇雨	352/4-3	〇間鐵笛怒涛聲	160/8-4	【 8841 ₄ 籬 】	
咲呼兒輩捲〇簾	367/8-8	一〇占勝期（岡）	115/44-10	〇邊幾度立躊躇	214/8-8
西山欲雨朱〇捲	389/8-3	醉眠〇底雨滂沱	356/4-1	東〇松菊徑猶存	413/8-4
何妨細雨入〇櫳	429/8-4	【篷窓】		化爲〇邊柿	494/58-30
咲呼兒輩捲蘆〇	182/8-8	〇〇漫作嗟來語	280/4-3	剩水繞〇笆	112/28-12
雨痕星彩滿疏〇	500/4-1	〇〇並枕話當時	357/4-1	玉樹傍疏〇	055/8-6
【簾外】		月入〇〇小	078/8-3	不蔬黃菊	492/8-4
〇〇春殘月季花	337/4-1			何處柴荊結作〇	358/4-2
水晶〇〇夕陽明	193/8-8	【 8832 ₇ 篤 】		【籬落】	
雲影半消〇〇樹	013/22-4	心將謹〇期	096/40-16	〇〇今朝晒初日	208/8-3
【簾櫳】				誰家〇〇款冬老	282/4-3
〇〇月半鉤	038/8-8	【 8834 ₁ 等 】			
夜月〇〇語有無	196/8-6	三〇茅茨稀客履	446/8-5	【 8843 ₀ 笑 】	
女牛影轉〇〇外	158/8-7	欲〇鶴齡雲萬朶	495/8-3	佛前微〇花	069/8-4
【簾前】		冉牛何〇疾	096/40-25	幾人譚〇得趣陪	118/8-8
〇〇弄曉景	092/16-11	不識能書何〇事	407/4-3	山茶微〇野梅妍	344/4-4
〇〇還恐晚風狂	209/8-8				
		【 8840 ₁ 竽 】		【 8844 ₁ 笄 】	
【 8824 ₃ 符 】		長松樹裏聽笙〇	272/4-4	〇冠曾昏嫁	091/16-1
歸來縮地〇應秘	301/4-3				
		【 8840 ₁ 竿 】		【 8846 ₃ 筇 】	
【 8824 ₇ 笈 】		窗外竹千〇	098/20-2	吹〇漁西陂	010/56-16
負〇無論學業成	393/8-2	干祿豈吹〇	114/64-36	金〇一曲吹開	089/8-8
少孤負〇出山村	413/8-1	幽篁千萬〇	236/4-2	吹時捲葉少〇聲	496/8-6
		干祿豈吹〇	502/66-36		
【 8825 ₃ 筏 】				【 8850 ₃ 箋 】	
金仙寶〇如容借	391/8-7	【 8840 ₁ 筵 】		鳳釵并贈小詩〇	189/8-8
不嘗容寶〇	249/4-1	〇几旣舖陳	108/20-6		
		當〇詩幾篇	005/18-7	【 8850 ₆ 簞 】	
【 8826 ₁ 簹 】		賓〇稱北海	010/56-43	寧與樂〇食	100/16-7
〇馬風猶遠	399/8-3	當〇淑氣催	106/20-12		
繞〇寶珠迸	365/30-14	經〇更醉舊恩長	138/8-8	【 8850 ₇ 筆 】	
聚悠爲山傍短〇	367/8-2	盛〇移在墨江邊	176/8-2	〇到何嫌張敞愛	483/8-3
		綺〇銀燭吐疏疏	198/8-6	〇柿實而華	494/58-41
【 8829 ₄ 篠 】		良朋滿四〇	091/16-6	〇揮詩發未春花	498/8-6
散向江天雨若〇	481/4-4	御風樓上設祖〇	023/34-8	〇鋒無敵國	502/66-19
				載〇山川百日遊	146/8-6
【 8830 ₃ 簦 】		【 8840 ₆ 簟 】		載〇空違修史時	299/4-2
牧〇橫煙堤放犢	181/8-3	枕〇多涼氣（葛）	115/44-41	彩〇爲求周小雅	427/8-3
		碧〇青簾影澹蕩	406/26-2	丹青〇有神	045/8-4
【 8830 ₄ 篷 】		湘簾楚〇坐生寒	385/8-8	茶竈〇牀何處遷	135/8-2

8850₇【 筆・箏・範・敏・篝・答・簪・箇・笛・笱・筍・籌・笆・篋・飾・節・籂・餠・罇・管・餘 】8879₄

休言退〇陣	109/16-9	盍〇俱守歲	486/8-1
何人立〇此人同	443/8-8	【 8860₂ 箇 】	
愧吾詩〇拙	460/8-7	〇箇既知塵外賞	122/8-7
柿子如〇尖	494/58-31	箇〇既知塵外賞	122/8-7
不復勞刀〇	006/16-12	【 8860₃ 笛 】	
書雲求彩〇	113/20-11	牧〇寺前陂	039/8-6
紫泥傳詔〇猶染	186/8-5	漁〇夕陽遠	083/8-3
詩畫君名〇	242/4-3	篷間鐵〇怒涛聲	160/8-4
把處看花多〇勢	496/8-5	樓飲玉〇將鳴雨	423/8-3
朱明錢氏爲誰〇	018/32-13	蘆荻亂飛吹〇裏	127/8-3
遙想頌壽五彩〇	020/6-5	紙帳孤眠聞〇夜	192/8-5
醉後龍蛇隨走〇	145/8-3	更想禪餘無孔〇	155/8-7
誰人試落生花〇	202/8-7	狐話堪聽無孔〇	194/8-5
【筆鋒】		狐話堪聽無孔〇	418/8-5
〇〇亡敵國	114/64-19		
意匠誰將一〇〇	285/4-1	【 8862₇ 笱 】	
		佋蓄千秋王者〇	209/8-3
【 8850₇ 箏 】		【 8862₇ 筍 】	
秦〇調可同	027/8-6	〇羹茶粥坐清晨	143/8-1
竹〇穿虛壁	074/8-5	蘆荻洲晴〇若毫	452/8-4
【 8851₂ 範 】		【 8864₁ 籌 】	
【範模】		千粒萬粒〇其壽	011/16-11
恂恂務〇〇	114/64-22	粒粒猶要〇海屋	014/20-12
恂恂務〇〇	502/66-22	只是進觥〇	109/16-10
【 8854₀ 敏 】		粒粒猶要〇海屋	417/21-12
〇惠人相畏	096/40-11	海屋春秋〇幾千	485/24-22
【 8855₇ 篝 】		【 8871₇ 笆 】	
〇燈明滅一江天	324/4-4	剩水繞籬〇	112/28-12
小舸〇明滅（葛）	115/44-37	【 8871₈ 篋 】	
【 8860₁ 答 】		勝事唯存夜〇詩	421/8-2
夜天靈籟〇琴臺	376/8-6	【 8872₇ 飾 】	
【 8860₁ 簪 】		村犬難尋秦眼〇	452/8-5
盍〇舊相知	010/56-26	【 8872₇ 節 】	
盍〇朋幾在	046/8-3	〇過黃菊猶浮酒	176/8-3
盍〇江上夜	101/16-15	貞〇虛心奉夏堂	197/8-2
投〇市隱重相招	217/20-1	方此〇花盛開日	021/30-29
華〇必可入長安	370/8-8	黃花知〇近	052/8-5
		冉冉逢佳〇	113/20-1
		行遇龍山佳〇會	357/4-3
		【節物】	
		〇〇過天中	104/16-2
		〇〇令人感	106/20-19
		〇〇關情多感概	214/8-7
		【 8872₇ 籂 】	
		〇月籂風葉葉稠	291/4-1
		【 8874₁ 餠 】	
		巷糞頓供紅豆〇	478/8-3
		【 8874₆ 罇 】	
		春開竹葉〇	110/32-14
		【 8877₇ 管 】	
		〇裏葭孚灰未動	175/8-5
		何〇妃揮涕	098/20-11
		彤〇秋開女史顏	157/8-6
		彤〇秋開女史顏	373/8-6
		葭灰〇裏欲飛蒸	439/8-4
		初執銀〇次金匕	025/20-9
		輕熏吸〇翠煙翻	184/8-6
		捲簾何〇有微雲	499/8-4
		佛殿猶傳彤〇史	360/8-5
		脩竹階前綠沈〇	174/8-5
		【管風】	
		滿坐春生一〇〇	194/8-8
		滿坐春生一〇〇	418/8-8
		【 8879₄ 餘 】	
		〇力文章富	110/32-9
		〇粽菰亦珍	111/24-8
		〇芳獨有一株梅	269/4-4
		采〇河畔草	038/8-5
		既〇投刃地	044/8-5

8879 4【 餘・筅・箕・簧・篩・簸・繁・築・籲・銷・鎖・小 】 9000 0

刈〇萑葦冷（岡）	115/44-35	〇〇遠入海風傳	023/34-32	天〇入胸襟	033/8-7
獨〇濃淡墨痕寒	322/4-4	〇〇山水間	239/4-4	野〇山骰供給足	412/4-3
禪〇文字念吾師	398/8-4	【餘霞】		高吟松〇和	032/8-5
閨〇春雨夜朦朧	403/8-8	〇霞天外山千片	483/8-5	夜天靈〇答琴臺	376/8-6
雨〇春水映窗紗	412/4-1	四國〇霞海吐朱	448/8-4		
刀圭〇暇舞寸鐵	015/18-7	【餘香】		【 8912 7 銷 】	
珠璣〇咳唾	048/8-3	雙袖〇〇欲贈誰	019/14-4	溫酒春〇壺底冰	439/8-6
玉露〇恩杯可嘗	186/8-6	還浮瓠齒呵〇〇	190/8-4	香火茶煙〇却心	122/8-2
唯有〇香三日浮	441/8-4			【銷魂賦】	
菊徑〇蛩語	464/8-5	【 8880 1 筅 】		稍厭〇〇〇	114/64-53
清曉〇香風隔戶	471/8-5	輕〇新裁松葉棧	284/4-1	稍厭〇〇〇	502/66-55
柏酒有〇巵	010/56-46				
露華濺〇華席中	021/30-18	【 8880 1 箕 】		【 8918 6 鎖 】	
紫翠雨〇嶺	042/8-5	〇踞欄前苦吟甚	121/8-7	碧霧〇巖扁	100/16-14
涕淚空〇萬里歌	125/8-6	孫子〇裘醫國業	176/8-5	秋煙深〇一叢祠	358/4-4
芩木潅〇三世圃	144/8-3			衡門畫〇足音稀	371/8-1
更想禪〇無孔笛	155/8-7	【 8880 6 簧 】		野霧山雲〇上方	120/8-2
夜市拭〇淵客淚	206/8-3	華〇泣曾元	110/32-24	雲樓霧閣〇崎嶇	161/8-8
風味有〇了一生	210/8-8				
行脚千〇里	227/4-1	【 8882 1 篩 】		【 9000 0 小 】	
墜壁埋〇馬鬣封	315/4-1	扇席薰風〇竹影	218/32-23	〇窗宜夜話	041/8-1
形勢長〇大古色	417/21-3			〇弟坐吹篪	096/40-34
滴露階〇蕖葉冷	497/8-5	【 8884 7 簸 】		〇庭瓜菓陳	107/12-8
石見千里〇	002/14-7	篩月〇風葉葉稠	291/4-1	〇舸篝明滅（葛）	115/44-37
暇多力有〇	009/34-4			〇笠短簑從所適	145/8-7
菽水五年〇	058/8-4	【 8890 3 繁 】		〇池亦渺茫	249/4-4
九夏畦疇〇爛漫	212/8-3	〇華凋謝千秋後	445/8-7	〇橋寒月照梅花	290/4-4
亂鴉飛盡〇三版	275/4-3	梁稻穗方〇	004/16-8	〇僧看客罷驅烏	295/4-1
去國廿年〇	462/8-2	山川雪色〇	233/4-2	〇倉山行行吟日	315/4-3
文字時於禪〇攻	021/30-26	薰風莢長見花〇	483/8-1	〇橋暮雨蔬	399/8-1
珊瑚網破唯〇潤	185/8-5	【繁霜】		大〇耳邊鐘	093/12-6
東風冷處猶〇雪	276/4-3	〇〇徑印蹤	113/20-18	更有〇字上幀盈	016/50-29
椒盤昨日徹〇杯	312/4-1	滿地〇〇殘女蘿	125/8-2	修葺〇叢祠	055/8-2
山頭落月恨〇光	478/8-8			最愛〇嬋娟	084/8-2
晒藥陽檐地有〇	123/8-1	【 8890 4 築 】		朧梅〇立倚窗傍	190/8-1
終歲家園樂有〇	126/8-1	〇柴煙霞地	035/8-1	知爾〇車元寄傲	370/8-7
詩入膏肓廿歲〇	153/8-1	〇紫煙波渺夕陽	323/4-2	詩畫〇園欣賞處	372/8-7
大樹榮華結構〇	173/8-2	猶思〇紫舊滄波	392/8-4	月入篷窗〇	078/8-3
雨露桑麻年有〇	300/4-2	美哉新〇輪奐	087/8-1	鳳釵并贈〇詩箋	189/8-8
梅熟江天雨色〇	404/4-1	上此郊邊〇	112/28-9	人間墮落〇頑仙	204/8-1
涼雨新晴暑猶〇	406/26-3			孤根蟠結〇檐頭	291/4-2
【餘音】		【 8898 6 籲 】		料知明日〇山會	423/8-7

9000。【 小・忙・惟・慵・懷・憶・堂・少 】　　　9020。

燈檠對坐〇層樓	441/8-2	舊業追〇去越秋	330/4-2	每喜草〇甘茗話	438/8-7
譖劣本當爲〇隱	124/8-7	蛙鳴吟〇披	365/30-23	三春煙景〇無主	429/8-5
彩筆爲求周〇雅	427/8-3	菌荙峯陰〇舊廬	170/8-6	妙把臂一〇當	457/14-9
默識喬家大〇情	437/8-8	杯尊好瀉〇（張）	422/16-6	影橫香動高〇裏	192/8-7
彌山木落神鴉〇	172/8-5	新涼爽抱〇	477/8-2	常供垂白北〇馥	218/32-12
【小憩】		寫詩燈下秋〇	090/8-6	薄暮應知草〇甦	347/4-3
松間人〇〇	244/4-2	寧無羈旅襟〇似	369/8-7	團欒懷德舊書〇	018/32-3
草徑有媒容〇〇	216/12-7	君羹千里賦〇歸	415/8-6	江上梅花舊草〇	024/12-1
【小鮮】				寫罷宜春帖一〇	024/12-5
薄酒〇〇留話故	489/8-7	【 9003 6 憶 】		春風吹入讀書〇	024/12-9
收網傾樽割〇〇	127/8-2	〇昨試周訏義故	025/20-7	貞節虛心奉夏〇	197/8-2
【小春】		〇鑪松島早秋風	362/8-6	一種豪華在草〇	208/8-2
〇〇璃藻葩	112/28-26	追〇卜居年	051/8-2	冥途十萬玉天〇	211/8-6
愛此〇〇日	460/8-1	每〇郷土不忘歸	177/8-1	琵海潮音激草〇	360/8-8
拚醉蕭齋〇〇夜	217/20-19	苦〇阿戎家	486/8-2	獻珠人去月開〇	391/8-6
一篦遷鴦弄〇〇	306/4-4	北雁〇鄉人	045/8-6	人日新題照草〇	420/8-4
【小樓外】		援毫〇魯臺	106/20-8	昨夜文星照草〇	497/8-1
寂寥〇〇〇	076/8-7	厭厭〇去冬	113/20-2		
啜茗搜腸〇〇〇	371/8-7	去歲〇親歸	394/8-6	【 9020。少 】	
		江皐昨屢追隨	421/8-1	老〇呼見迎	007/30-12
【 9001。忙 】		風煙〇往時	463/8-2	多〇都人帶醉還	277/4-2
十月事都〇	029/8-2	誰人苦〇鱸	080/8-8	多〇名藍在洛陽	309/4-1
一閒復一〇	258/4-1	溯洄能〇否（岡）	115/44-43	多〇春鴻叫月明	361/8-8
求閒却得〇	466/8-2	采藥時相〇	241/4-3	老〇同見迎	365/30-12
鑞荅奴婢事常〇	451/8-4	守歲今宵〇阿戎	431/4-2	病榻〇間日	053/8-1
		開緘咀嚼〇蘇卿	472/4-2	初寒〇追肌	081/8-2
【 9001 4 惟 】		春水當軒忽〇家	424/4-1	朝野〇塵埃	094/40-10
憂國〇雅好	494/58-10	一期昨遊追〇	457/14-2	風暄〇見菊花黃	148/8-4
		鬢毛未變空追〇	126/8-7	宜春多〇字	059/8-7
【 9002 7 慵 】		玉江橋畔長相〇	319/4-3	市橋星〇鵲飛翻	426/8-4
文史其如我性〇	124/8-2	【憶舊】		祇樹花開〇異香	211/8-4
老泉老去頗疏〇	289/4-1	蘆葉梅花〇〇盟	333/4-4	三年好尙〇卿滄	377/8-6
		偶感秋風〇〇園	413/8-2	只慿酒饌〇河魨	382/8-5
【 9003 2 懷 】				吹時捲葉〇筇聲	496/8-6
〇璧主連城	430/8-4	【 9010 4 堂 】		更怪松煤糚〇香	203/8-4
舊〇足可擄	009/34-26	〇揭王公詠	080/8-3	詩成按劍人多〇	024/12-7
感〇書罷推窓望	446/8-7	高〇許夜遊	052/8-8	春風障壁香多〇	196/8-5
舊〇難話盡	461/8-7	書〇燕賀新	107/12-4	曲肱欲問眠多〇	217/20-9
團欒〇德舊書堂	018/32-3	龍〇燈火夜傳來	118/8-4	縱使扁舟來繫〇	286/4-3
蛙鳴吟〇披	007/30-23	蟋蟀〇外寂寒聲	018/32-30	弟兄猶爲一〇	389/8-7
鰥獨寧〇土	112/28-5	握手茅〇上	062/8-1	【少孤】	
暫別情〇對月多	165/8-6	祭汝北〇共	113/20-4	〇〇負笈出山村	413/8-1
明月襟〇淨絶瑕	205/8-6				

— 305 —

9020。【 少・光・雀・肖・尙・常・黨・劣・尖・夜 】　　　9050。

○○洒淚椒盤上	446/8-3	故人行縣有輝○	408/4-1	【尙在】	
【少林】		昨夜微霜疑月○	410/4-1	賣茶旗○○	036/8-7
定識○○耽面壁	288/4-3	羽化壺中日月○	451/8-6	梅里先生今○○	299/4-3
結跏原似○○禪	204/8-4	山頭落月恨餘○	478/8-8		
		槖垂臨水有輝○	476/8-2	【 9022₇ 常 】	
【 9021₁ 光 】		江樹棲鴉暗月○	497/8-8	○爲陳豆嬉	096/40-8
○透玉檀欒	098/20-6	【光彩】		○嫌瓊質被風吹	183/8-2
月○隨客入蓬樞	154/8-1	一假○○矣	456/20-12	○是無心不倒顚	204/8-6
燐○夜暗草芊芊	185/8-8	透簾○○明	482/8-8	○喜按摩煩素手	205/8-3
風○寫得還	242/4-4			○供垂白北堂護	218/32-12
明○浦上試相呼	272/4-1	【 9021₄ 雀 】		詩爾○能泣鬼神	143/8-6
明○浦上三秋月	328/4-3	朱○街頭日欲昏	137/8-1	地主無○住	074/8-1
水○送夜砧	395/8-4	杜門竟使○羅孤	217/20-16	久費工夫○侍句	170/8-3
落蘇○滑奪朱明	212/8-1	客我賀來燕○	087/8-3	墨點雙眸○側視	210/8-5
萬丈○芒亘曉天	435/8-8			鍊金竃古煙○潤	144/8-5
許多○景爲	456/20-6	【 9022₇ 肖 】		鐋苓奴婢事○忙	451/8-4
上下天○碧一泓	016/50-15	○像神如在	494/58-27		
野色山○總冥濛	021/30-14			【 9033₁ 黨 】	
羽已損○輝	092/16-8	【 9022₇ 尙 】		吾○自今後	051/8-7
北渚寒○偏	105/20-1	○平婚嫁未曾終	362/8-2		
昨夜飛○繞斗樞	201/8-8	○膳調羹贈一杯	379/8-8	【 9042₇ 劣 】	
一半晴○掛夕陽	213/8-8	和○杯浮不駭魚	173/8-6	讙○本當爲小隱	124/8-7
十五年○夢裏過	259/4-2	不○面識尙心知	366/12-10	才可慙予○	062/8-5
樹色山○雨後新	281/4-2	樂事○琴書	050/8-4		
無限春○促人去	368/8-7	家貧○有儲	061/8-4	【 9043₀ 尖 】	
爛爛眼○巖下電	380/8-3	遠寺○疏鍾	067/8-6	柿子如筆○	494/58-31
四壁寒○未道貧	440/8-2	向夕○徘徊	094/40-38	峯吐輕煙轉見○	182/8-6
水郭韶○入畫圖	448/8-1	白版○堪開	106/20-14	峯吐輕煙轉見○	367/8-6
畫錦有輝○	026/8-2	園裏○留春	111/24-10		
層閣黃金○布地	173/8-3	龐眉○齒德	112/28-7	【 9050。夜 】	
陌塵韜晦夜○珠	181/8-8	蹇衣○入白雲深	122/8-8	○日同飮睥	004/16-12
明月始生荊璞○	138/8-6	明時○合生神聖	201/8-7	○千佛頂燦花宮	021/30-22
碧殼冰肌透徹○	190/8-6	皇州○未晴	493/8-8	○天銀碧峯	067/8-4
奪將初地布金○	211/8-2	碧筍人○薰	041/8-4	○池晴景王孫草	121/8-5
孤燈枕畔暗無○	294/4-2	三年好○少卿瀎	377/8-6	○磔樹呑春靄碧	161/8-3
金花滿架挂春○	296/4-1	階蚃露○微	399/8-4	○爐榾柚片時紅	194/8-4
碧紗窓外織流○	296/4-4	一叢秋色○蕭疏	214/8-1	○空銀碧映三洲	271/4-2
兼葭白露有輝○	298/4-4	明年五十○悅親	351/4-4	○缸魚腦半時盡	294/4-3
散向江天蔽月○	325/4-4	不尙面識○心知	366/12-10	○爲下物半沽醪	307/4-4
如意寶珠龕放○	375/8-4	村巷漁罾夜○懸	136/8-4	○天靈籟答琴臺	376/8-6
似珠無澤又無○	378/8-1	壁點蒼蠅世○奇	192/8-4	○旬風御仍冷然	454/8-4
莊嚴岩壑有輝○	391/8-2	一咲嫣然立○羊	478/8-2	一○晴光掛夕陽	213/8-8

— 306 —

9050。【 夜・掌・嘗・省・當・卷・裳・火・當・卷・裳・火 】　　9080。

秋〇陰雲惱客時	329/4-2	飢餓不妨胡地〇	378/8-6	〇〇旣操觚	502/66-4
雲影〇消簾外樹	013/22-4			亡論〇〇高低價	018/32-16
雪螢〇窓下	058/8-3	【 9060₂ 省 】		桑蓬〇〇奈爲男	450/8-2
朝雨〇荒院菊	089/8-3	歸〇秋風歡已深	468/4-2	不似宸遊〇〇望	169/8-7
娑婆〇世幸同時	398/8-1	定〇坐臥穩	494/58-21	冬嶺似施〇〇練	173/8-7
白石〇存詩	463/8-4	看君定〇奉晨昏	218/32-28	【當時】	
疏潤〇年猶未叙	474/8-7	主人暫〇舊林巒	428/8-1	〇〇有詠梅	094/40-36
簾碎月〇鉤	038/8-8	晨昏勤定〇	096/40-17	〇〇繩武欽其祖	218/32-1
快剪湘江〇幅絹	017/8-8			〇〇何物育寧馨	380/8-1
一泓池畔〇庭隅	200/8-1	【 9060₆ 當 】		篷窓並枕話〇〇	357/4-1
何處郊坰〇夏生	282/4-4	〇筵詩幾篇	005/18-7	【當年】	
半缸魚腦〇時盡	294/4-3	〇言游有方	009/34-9	〇〇爲予寫洞庭	016/50-8
半爲下物〇沽醪	307/4-4	〇與野禽棲	074/8-8	幾度〇〇此御輿	126/8-8
沈醉從儂〇臉紅	381/8-6	〇筵淑氣催	106/20-12	江總〇〇第一流	441/8-8
應眞舊鎭〇千像	391/8-3	〇軒繞檻海潮鳴	361/8-1		
三冬榾柮〇爐紅	418/8-2	〇酒未勝衣	399/8-6	【 9071₂ 卷 】	
勝事唯存〇簇詩	421/8-2	〇局佳人國並傾	437/8-1	一〇裝池牧群英	016/50-35
居然觀畫了〇生	016/50-49	〇歌寒送雲間爲	439/8-5	酒杯畫〇手未釋	018/32-21
疏影橫斜傍〇江	276/4-1	祗〇把酒杯	006/16-11	一年詩一〇	034/8-1
翠幌朱欄雨〇晴	501/8-2	祗〇調寵妃	092/16-14	誰傳圯上〇	049/8-5
【夜夜】		想〇南浦蘆荻際	485/24-23	一幅卸來萬〇架	018/32-6
〇〇廣寒霓裳曲	013/22-21	卽今〇要路	009/34-23	今朝寫出上河〇	372/8-5
〇〇推窓君試見	018/32-31	幽燭〇空自燒	086/8-8	【卷舒】	
〇〇群酣催蚕發	023/34-13	皎皎〇楣朗	098/20-3	〇〇不倦坐二更	016/50-44
〇〇折頭風雨急	348/4-3	春水〇軒忽憶家	424/4-1	江霧山雲共〇〇	198/8-8
鐘聲〇〇破愁眠	324/4-2	柳梅〇遣旅情慰	425/8-5		
【夜輪】		白雲〇戶生	465/8-6	【 9073₂ 裳 】	
初日〇〇紅	252/4-4	獨不勸〇歸	010/56-52	〇衣薄暑絺（岡）	115/44-42
洗却〇〇赤	253/4-3	綺席祗〇醉臥	087/8-7	軒〇豈可絆君身	145/8-8
清池月〇〇	111/24-16	犬吠村〇近（葛）	115/44-17	褰〇直向翠微行	374/8-8
		謫劣本〇爲小隱	124/8-7	刻畫衣〇五色霞	205/8-2
【 9050₂ 掌 】		雄嶺雲〇門外出	311/4-3	半夜廣寒霓〇曲	013/22-21
五嶽煙霞指〇中	301/4-4	稱吾何過〇	054/8-4	霞彩斜隨錦繡〇	156/8-6
		朱邸綠松〇檻映	117/8-3	纖腰不借綺羅〇	197/8-4
【 9060₁ 嘗 】		憐爾年年〇巧夕	196/8-7	燈下堪裁萊子〇	208/8-6
志〇觀遂初	050/8-6	妙把臂一〇堂	457/14-9	却疑擲杖聽霓〇	213/8-2
不〇容寶筏	249/4-1	謙謙受益理〇然	485/24-20	地荷巧製碧雲〇	478/8-4
未〇一挹紫芝眉	366/12-8	【當戶】			
神將〇奚自	094/40-3	亂山〇〇牖	112/28-11	【 9080。 火 】	
朗吟未〇乏神情	013/22-13	探珠水〇〇	101/16-3	〇天新霽後	095/12-1
養壽生肥孰〇已	144/8-7	【當日】		〇齊燈殘不吐煙	185/8-6
玉露餘恩杯可〇	186/8-4	〇〇旣操觚	114/64-4	〇星流轉數峯西	349/4-4

— 307 —

9080 。【 火・糞・賞・米・棠・粧・粒・慨・恒・類・煙 】 9181 ₄

螢〇然腐艸（葛）	115/44-13	千〇萬粒籌其壽	011/16-11	茂松〇月屬誰人	427/8-8
香〇茶煙銷却心	122/8-2	粒〇猶要籌海屋	014/20-12	聽我升〇歌日月	218/32-27
伏〇神仙丹竈裏	179/8-3	粒〇猶要籌海屋	417/21-12	人家遙隔〇沙界	122/8-5
懶爲〇炮向遠溪	349/4-2	升斗米〇幾萬千	011/16-10		
江樹〇疏人寂寞	426/8-3	千粒萬〇籌其壽	011/16-11	【 9148 ₆ 類 】	
樹間無〇照	059/8-3	升斗〇粒幾萬千	011/16-10	捫〇休論舌有無	217/20-10
詩工土〇鑪	114/64-6	意使遐齡成〇字	011/16-8	書淫〇蠹寄生長	171/8-6
迎秋星〇伏（岡）	115/44-39	便疑皁莢實無〇	203/8-3	壁上雲山〇九嶷	192/8-8
龍堂燈〇夜傳來	118/8-4	【米田】		形摹數尺類金童	496/8-2
詩工土〇鑪	502/66-6	〇〇之山秀三原	014/20-1		
明燧華燈野〇桑	478/8-6	〇〇之山秀三原	417/21-1	【 9181 ₄ 煙 】	
百草欲蘇山頂〇	136/8-5	寧有〇〇山作海	014/20-14	〇散猶來山色紫	148/8-3
西日海棠相照〇	372/8-3			〇嵐深處鳥相呼	263/4-2
太平民俗爭香〇	375/8-7	【 9090 ₄ 棠 】		朝〇炊時雲子熟	014/20-10
樓頭書影明藜〇	454/8-5	海〇庭院始生香	390/8-8	風〇堪駐客	038/8-1
【火宅】		海〇睡足讀書窗	405/8-4	風〇甘白屋	043/8-5
熏蒸〇〇中	247/4-3	昔聽棣〇盈後園	137/8-4	輕〇十字流	052/8-4
薄言忘〇〇	007/30-19	西日海〇相照火	372/8-3	水〇愁殺一群鵝	125/8-8
薄言忘〇〇	365/30-19	一盆留酌海〇花	424/4-2	秋〇深鎖一叢祠	358/4-4
				朝〇炊時雲子熟	417/21-10
【 9080 ₁ 糞 】		【 9091 ₄ 粧 】		暮〇春草漫相思	421/8-8
巷〇頓供紅豆餅	478/8-3	倡門〇樣近何如	188/8-1	風〇憶往時	463/8-2
		彷彿紅〇二八花	267/4-4	楊柳〇無結	103/20-9
【 9080 ₆ 賞 】		咲向玉臺凝淡〇	190/8-2	來時〇似扶	113/20-15
〇最今宵是	103/20-17			山腰〇若帶（岡）	115/44-7
〇心轉勝昔日遊	406/26-24	【 9091 ₈ 粒 】		繡戸〇添垂柳綠	134/8-5
清〇到于今	395/8-2	千〇萬粒籌其壽	011/16-11	龍泉〇擁寺門浮	159/8-6
幽〇無端滿後園	483/8-2	升斗米〇幾萬千	011/16-10	雨笠〇養喜晚晴	160/8-2
嗟〇無極已	494/58-56	千粒萬〇籌其壽	011/16-11	雲疊〇重故紙山	342/4-1
留客〇月同詞賦	013/22-12	便疑皁莢實無〇	203/8-3	相思〇水蒼茫夜	361/8-7
雲外〇宜雲母峯	132/8-4	【粒粒】		雨笠〇養不敢勞	452/8-8
一尊清〇有新舊	166/8-3	〇〇猶要籌海屋	014/20-12	渺渺暮〇深	042/8-8
頻求雲外〇	030/8-6	〇〇猶要籌海屋	417/21-12	總爲風〇能駐客	119/8-7
與君十載〇中秋	406/26-13			香火茶〇銷却心	122/8-2
詩畫小園欣〇處	372/8-7	【 9101 ₄ 慨 】		牧篴橫〇堤放犢	181/8-3
箇箇既知塵外〇	122/8-7	〇古桑滄改（葛）	115/44-33	峯吐輕〇轉見尖	182/8-6
準擬香爐天外〇	367/8-7	偏教感〇濃	113/20-6	梁苑秋〇氣始融	194/8-4
譚玄養素人相〇	377/8-7	舊遊多感〇	079/8-3	裊裊輕〇亘太虛	198/8-1
詩酒江樓無限〇	427/8-7	臨風多感〇	094/40-37	竈底無〇蛙自生	199/8-6
竹駐籃輿林苑〇	450/8-5	節物關情多感〇	214/8-7	牆外暝〇藏鷺鴦	216/12-10
				峯吐輕〇轉見尖	367/8-6
【 9090 ₄ 米 】		【 9101 ₆ 恒 】		風氣濾〇箔	395/8-3

9181₄ 【 煙・爐・煩・惱・恬・削・刻・燈 】 9281₈

梁苑秋〇氣始融	418/8-4	【煙波】		準擬香〇天外賞	367/8-7
秋水含〇菡萏傾	496/8-4	〇〇分兩海	085/8-5	斑斑瑪瑙紅〇色	195/8-5
紫氣暮山〇	051/8-6	〇〇何處醉君王	260/4-4	三冬榾柮夜〇紅	418/8-2
春山不斷〇	064/8-8	〇〇淺處鶴相呼	347/4-4	斑斑瑪瑙紅〇色	444/8-5
舟迷極浦〇	070/8-6	〇〇不識柴門外	364/8-7	心灰未死煮茶〇	217/20-12
水郭致祥〇	091/16-8	〇〇分兩海	386/8-5	【爐頭】	
鍊金竈古〇常潤	144/8-5	〇〇平日耽漁釣	485/24-3	〇〇頓却寒	057/8-2
嫋嫋晚風披〇霧	013/22-1	萬頃〇〇解宿醒	016/50-46	〇〇添獸炭	077/8-7
巴陵一望水〇清	016/50-11	試向〇〇上	045/8-7	寶鴨〇〇影彷彿	268/4-3
人家十萬蒼〇廻	133/8-3	鷗伴〇〇千佛閣	157/8-3	且坐〇〇喫茶去	295/4-3
輕熏吸管翠〇翻	184/8-6	相値〇〇舊釣徒	217/20-6		
暮山掩映斷〇橫	212/8-8	萬頃〇〇一釣徒	272/4-2	【 9188₆ 煩 】	
書裙學得雲〇已	481/4-3	滿目〇〇淰淰寒	275/4-4	因〇玄晏子	001/26-17
離思結似楊柳〇	012/12-3	築紫〇〇渺夕陽	323/4-2	人〇賢兄遞致	457/14-5
絳燭紅爐簇暖〇	023/34-10	鷗伴〇〇千佛閣	373/8-3	亦〇黃耳轉達	457/14-13
三面峯巒抹翠〇	127/8-6	爲掃〇〇百尺樓	382/8-2	何〇賦一詩	479/8-2
寶鴨香爐不斷〇	129/8-8	度我〇〇筑紫陽	391/8-8	竟厭世上〇	110/32-20
千帆總入海心〇	136/8-6	【煙花】		常喜按摩〇素手	205/8-3
淒涼滿面瓦窯〇	169/8-8	〇〇歸一夢	105/20-3	款客頻叨截髮〇	218/32-14
火齊燈殘不吐〇	185/8-6	二郡〇〇古帝郷	116/8-6		
衣桁承塵鏡抹〇	189/8-2	滿眼〇〇夢一場	171/8-8	【 9206₃ 惱 】	
宿昔新收水寺〇	340/4-1	認作〇〇二月看	191/8-4	秋半陰雲〇客時	329/4-2
聲聲和雨雨如〇	334/4-2	滿面〇〇春未盡	392/8-7	但俾吟情〇	494/58-8
東風江柳不藏〇	372/8-4	【煙景】			
欄外鈴聲濕茗〇	454/8-6	〇〇柳陰橈	073/8-4	【 9206₄ 恬 】	
松風吹上若山〇	485/24-2	〇〇依稀古帝郷	266/4-2	榮辱不驚心自〇	447/8-5
【煙霞】		三春〇〇堂無主	429/8-5		
〇〇舊病軀	047/8-8			【 9220₀ 削 】	
〇〇兩主人	111/24-24	【 9181₇ 爐 】		【削成】	
〇〇極勝區	114/64-14	〇底燃霜葉	039/8-3	〇〇東海玉芙蓉	285/4-2
〇〇春遇秦逋客	145/8-5	〇頻添炭擁	101/16-7	崖壁〇〇千斛玉	182/8-3
〇〇極勝區	502/66-14	〇灰未撥心先活	141/8-3	峭壁〇〇千片玉	367/8-3
築柴〇〇地	035/8-1	紅〇寧必擁	106/20-13		
雁塔〇〇春湧出	118/8-3	圍〇情話熟	113/20-19	【 9280₀ 刻 】	
何處〇〇足詠歸	142/8-1	藥〇休用同心扇	188/8-5	討尋寧是〇溪看	370/8-2
臥裏〇〇幾度春	283/4-2	半〇榾柮片時紅	194/8-2	王老命舟浮〇曲	378/8-3
五嶽〇〇指掌中	301/4-4	恰好〇茶味	037/8-7		
可咲〇〇自沈痼	451/8-7	煨酒紅〇春一色	018/32-25	【 9281₈ 燈 】	
疾意入〇〇	075/8-6	絳燭紅〇簇暖煙	023/34-10	〇明不現龍	085/8-4
【煙色】		寶鴨香〇不斷煙	129/8-8	〇影邊祠（葛）	115/44-16
萬戶炊〇〇	094/40-39	移得香〇天外勝	182/8-7	〇前秋恨懶裁書	188/8-8
酒酣揮洒雲〇〇	325/4-3	翠帳寶〇香細細	198/8-5	〇擎不現龍	386/8-4

9281 ₈【 燈・煖・憾・怡・燃・熾・粽・懽・怯・恃・惜・憎・燒・烘・煤・料・糢・性・
情 】
9502 ₇

○縈對坐小層樓	441/8-2	父母極歡○	096/40-18	野燒○雲點點奇	274/4-2
張○語喃喃	005/18-2	事親共說○顏好	218/32-13	春山經○蕨薇長	496/8-3
孤○枕畔暗無光	294/4-2			仙窩老自○	036/8-2
籌○明滅一江天	324/4-4	【 9383 ₃ 燃 】		夜坐閒房○木佛	320/4-3
華○聊擬漢遺民	427/8-4	○葉煖金樽	056/8-6	幽燭當空自○	086/8-8
九華○綠玉	107/12-5	爐底○霜葉	039/8-3		
龍堂○火夜傳來	118/8-4	足格○藜神	108/20-10	【 9488 ₁ 烘 】	
火齊○殘不吐煙	185/8-6	何人白髮獨○燈	439/8-8	檞葉聚堪○	082/8-4
法龕○點才孤照	211/8-3	凝結幽叢色欲○	185/8-2		
不觀○市只觀梅	312/4-4			【 9489 ₄ 煤 】	
談熟○愈烱（憲）	422/16-9	【 9385 ₀ 熾 】		松○痕古香龍麝	018/32-12
繼晷蘭○二尺檠	016/50-43	明○華燈野火桑	478/8-6	更怪松○氈少香	203/8-4
長夜剪○話	112/28-25			夜擣薺炬早掃○	313/4-1
單枕孤○特自憐	265/4-2	【 9399 ₁ 粽 】			
白酒青○一草廬	318/4-2	餘○菰亦珍	111/24-8	【 9490 ₀ 料 】	
獨點青○標上元	426/8-2			○知明日小山會	423/8-7
紅葉撲○落	465/8-5	【 9401 ₄ 懽 】		河魚足酒○	073/8-6
明熾華○野火桑	478/8-6	親○能自奉	114/64-15	妻孥動入詩○	086/8-6
室明無盡○	063/8-8	親○能自奉	502/66-15	先生款客命題○	018/32-5
碧霧溪橋○一點	343/4-3				
何人白髮獨燃○	439/8-8	【 9403 ₁ 怯 】		【 9493 ₄ 糢 】	
【燈下】		不○北風冷	056/8-7	雲嶂白○糊	460/8-4
○○堪裁萊子裳	208/8-6	脆質○霜雪	219/4-1		
寫詩○○秋懷	090/8-6	風雪春寒○曳筇	289/4-2	【 9501 ₀ 性 】	
君試停杯○○見	500/4-3			山水○嗜酒	226/4-1
【燈輝】		【 9404 ₁ 恃 】		幽寂適吾○	007/30-20
照出一○○	059/8-8	○遣令郎挑白戰	289/4-3	貯嬌忘伐○	094/40-29
獨院夜○○	103/20-4			時時洗心○	247/4-2
		【 9406 ₁ 惜 】		幽寂適吾○	365/30-20
		可○今宵別	093/12-7	文史其如我○慵	124/8-2
【 9284 ₇ 煖 】		留歡○夜分	102/12-10	污泥不染蓮花○	021/30-25
燃葉○金樽	056/8-6	對酒○斜暉	461/8-8		
		蕙心知在○摧殘	191/8-2	【 9502 ₇ 情 】	
【 9303 ₅ 憾 】		花赤設觀○之	457/14-7	○因詩句見	111/24-5
報君但○梅難寄	420/8-7			別○深於桃花水	012/12-4
		【 9406 ₁ 憎 】		鍾○終疾病	050/8-3
【 9306 ₀ 怡 】		粉葛非君○（憲）	422/16-13	離○浪速水	093/12-9
○悅山川美	494/58-13			多○懶鑷數莖白	381/8-5
不唯○目又充餐	483/8-8	【 9481 ₁ 燒 】		世○翻覆手中雨	384/8-3
自是足○顏	002/14-9	○燭論文客倚樓	146/8-2	暫別○懷對月多	165/8-6
新霽堪○目	081/8-1	野○燒雲點點奇	274/4-2	暫別○緒對月多	363/8-6
有年堪悅○	055/8-4				

— 310 —

9502₇【 情・快・爐・煉・精・怕・愧・慍・憚・燭・煨・糧・怪・切・恟・惆・恨 】9701₄

望鄉○切懶登臺 389/8-2	【 9592₇ 精 】	夜朗樓中○未呼 154/8-2
江上間○藤一鷗 438/8-6	○神見倍加 069/8-8	檢書旋可○ 399/8-5
莫使交○似 041/8-7	祇要○良醫一國 025/20-13	詞場談劇○將流 433/4-1
總爲離○切 099/20-19	無句不○工 027/8-2	詩體西崑剪○刪 369/8-4
節物關○多感慨 214/8-7	雖拙盡○神 034/8-2	昨夜吟成傳○篇 372/8-6
非是興○盡 492/8-7	月似扇○裁 095/12-10	絶纓宮裏千條○ 201/8-3
但俾吟○惱 494/58-8	池子畫妙書亦○ 016/50-31	心交蘭室夜遊○ 426/8-5
何有此時○ 009/34-34	桂叢人去術逾○ 195/8-1	
堪觀我輩○ 037/8-8		【 9683₂ 煨 】
休言客裏○ 101/16-14	【 9600₀ 怕 】	○酒紅爐春一色 018/32-25
空軒絶戀○ 482/8-4	還○江樓夜 060/8-7	松花○熟石花煎 023/34-12
欲舒三歲 491/8-4	還○追隨歡未盡 146/8-7	
陰蟲亦似多○思 166/8-7	爲○群黎時按劍 181/8-7	【 9691₄ 糧 】
柳梅當遣旅○慰 425/8-5	不○人呼作杏花 264/4-4	○豈期三日 458/8-3
烹芹割鴨野○親 440/8-1		滿地仙○幾斗斛 014/20-8
代書慰別何○味 472/4-3	【 9601₃ 愧 】	仙鶴雲仍○亦足 495/8-7
朗吟未嘗乏神○ 013/22-13	○我二毛斑欲新 440/8-6	
處處花月割愛○ 016/50-40	○吾詩筆拙 460/8-7	【 9701₄ 怪 】
蕩滌俗眼與世○ 018/32-22	獨○聚星今拱北 388/8-5	更○松煤氊少香 203/8-4
滴露芙蓉已類○ 193/8-6	楓冷虛名雖自○ 140/8-5	離披○石間 250/4-1
燕子池塘較有○ 212/8-6		峯雲○夏早 494/58-18
月明南內竟無○ 268/4-1	【 9601₇ 慍 】	夜來更○應眞會 021/30-21
蟋蟀床頭始話○ 354/4-2	臨茲解○風 104/16-8	鐵蕉依○石 055/8-5
知爾朝昏滌世○ 361/8-2	江上南風解○時 019/14-12	層層架○鵲成行 186/8-4
滴露芙蓉已類○ 419/8-6	此夕留君聊解○ 381/8-7	苦吟還○霏霏罷 213/8-7
黙識喬家大小○ 437/8-8		水檻人應○ 255/4-1
海天西望不勝○ 501/8-8	【 9605₆ 憚 】	
【情話】	不○道途泥 458/8-6	【 9702₀ 切 】
○○將離恨 109/16-15		○利天開大海隅 161/8-2
圍爐○○熟 113/20-19	【 9682₇ 燭 】	
	孤○何須照夜遊 022/8-6	【 9702₀ 恟 】
【 9503₀ 快 】	絳○紅爐簇暖煙 023/34-10	【恟恟】
○剪湘江半幅絹 017/8-8	幽○當空自燒 086/8-8	○○務範模 114/64-22
	燒○論文客倚樓 146/8-2	○○務範模 502/66-22
【 9581₇ 爐 】	銀○夜寒窓外雨 326/4-3	
葦索今朝○作灰 312/4-2	幽○蛩聲今夜漏 423/8-5	【 9702₀ 惆 】
	銀○秉來遊卜夜 440/8-3	○帳紅顔凋謝地 185/8-7
【 9589₆ 煉 】	限詩絳○夜三更 018/32-26	
或疑○石補蒼穹 021/30-6	花間懸○影玲瓏 021/30-20	【 9703₂ 恨 】
何求修○服丹砂 205/8-4	綺筵銀○吐疏疏 198/8-6	○殺微風飄並蒂 350/4-3
形氣猶看修○全 204/8-2	醉吟幽○下 464/8-7	却○南軒水 399/8-7

— 311 —

9703₂【恨・懶・鄰・輝・炮・烟・爛・煥・炊・燦・糊・炬・悦・愉・怜・梅・恰・憎】 9806₆

長〇明珠南海隱	293/4-3	羽已損光〇	092/16-8	【 9789₄ 燦 】	
驥尾〇難附	502/66-63	草木亦恩〇	100/16-6	座〇芙蓉初發夕	441/8-5
燈前秋〇懶裁書	188/8-8	獨院夜燈	103/20-4	半千佛頂〇花宮	021/30-22
情話將離〇	109/16-15	捲箔美明〇	394/8-2		
山頭落月〇餘光	478/8-8	玉椀強求琥珀〇	177/8-2	【 9792₀ 糊 】	
【恨難】		【輝光】		玉版〇成自絕瑕	471/8-1
壯遊〇〇從	008/16-12	畫錦有〇〇	026/8-2	雲嶂白糢	460/8-4
驥尾〇〇附	114/64-61	蒹葭白露有〇〇	298/4-4	紋分褾褙不須〇	196/8-4
		莊嚴岩壑有〇〇	391/8-2		
【 9708₆ 懶 】		故人行縣有〇	408/4-1	【 9792₇ 炬 】	
〇爲火炮向遠溪	349/4-2	皋垂臨水有〇〇	476/8-2	夜搏雒〇早掃煤	313/4-1
多病〇迎長者車	123/8-4				
多情〇鑷數莖白	381/8-5	【 9781₂ 炮 】		【 9801₆ 悦 】	
燈前秋恨〇裁書	188/8-8	懶爲火〇向遠溪	349/4-2	説〇古稀呼里社	218/32-15
望鄉情切〇登臺	389/8-2			怡〇山川美	494/58-13
		【 9782₀ 烟 】		山見〇人色	065/8-3
【 9722₇ 鄰 】		談熟燈愈〇（憲）	422/16-9	聊以〇其耳	494/58-54
〇翁爲割烹	464/8-2			有年堪〇怡	055/8-4
〇舍挈魚歸	461/8-4	【 9782₀ 爛 】		何必覆水〇慈親	020/6-4
〇寺斜陽鐘數聲	501/8-6	〇爛眼光巖下電	380/8-3	清貧猶得〇家尊	426/8-8
門〇耕牧居	080/8-4	爛〇眼光巖下電	380/8-3	明年五十尚〇親	351/4-4
四〇砧斷人定	090/8-7	星〇捲簾時	479/8-4		
四〇砧杵罷	479/8-7	【爛漫】		【 9802₁ 愉 】	
清水臺〇酒釀泉	147/8-4	霜林紅〇〇	460/8-3	三釜實堪〇	114/64-56
歸來誇〇里	494/58-34	九夏畦疇餘〇〇	212/8-3	三釜實堪〇	502/66-58
一饟獲東〇	044/8-2				
又無雄辨四〇動	441/8-3	【 9783₄ 煥 】		【 9803₇ 怜 】	
異時千萬買東〇	143/8-8	爭傳文〇乎	114/64-18	〇君芙蓉顏	006/16-13
【鄰家】		爭傳文〇乎	502/66-18	徒〇玉江月	105/20-19
倒屣自〇〇	069/8-2	【煥發】			
伴客過〇〇	256/4-2	身上〇〇斑爛色	020/6-3	【 9805₇ 梅 】	
【鄰終】		虹彩〇〇彩毫底	021/30-17	鶯花〇不共相求	368/8-8
〇終德不孤	114/64-26			爲龍應有〇	003/24-20
〇終德不孤	502/66-26	【 9788₂ 炊 】			
		飯〇香積廚	031/8-6	【 9806₁ 恰 】	
【 9725₆ 輝 】		朝煙〇時雲子熟	014/20-10	〇好爐茶味	037/8-7
同〇華萼入新詞	359/8-8	萬戶〇煙色	094/40-39		
花萼〇來路渺漫	370/8-4	摘蔬〇麥夕飧香	168/8-8	【 9806₆ 憎 】	
萬戶明〇無古今	166/8-4	罐罐〇玉豈無哀	379/8-6	生〇芍藥綻	099/20-17
連壁同〇忽見歟	436/8-2	朝煙〇時雲子熟	417/21-10	食案〇供比目魚	188/8-6
照出一燈〇	059/8-8	更憐萬井晨〇外	198/8-7		

— 312 —

9803₇【敵・敲・弊・籠・粉・饌・憐・瑩・螢・驚・勞・營・燐・縈・榮】9990₄

【9824₀ 敵】
林〇鵲群飛　　　103/20-12

【9824₀ 敲】
筆到何嫌張〇愛　483/8-3

【9844₄ 弊】
將軍幕〇猶棲燕　173/8-5

【9871₇ 籠】
三白調和〇裙羹　018/32-20

【9892₇ 粉】
〇粉間紙寒　　　098/20-4
〇葛非君憺（憲）422/16-13
粉〇間紙寒　　　098/20-4
脂〇不汚顔若英　193/8-2
脂〇不汚顔如英　419/8-2
似墜苔顔施後〇　190/8-3

【9893₁ 饌】
北海天風送悠〇　472/4-1

【9905₉ 憐】
〇爾年年當巧夕　196/8-7
但〇出谷鶯　　　002/14-11
更〇黄落處　　　028/8-5
更〇萬井晨炊外　198/8-7
可〇春水南軒月　396/4-3
誰〇清操獨豪雄　443/8-1
風雲〇會面　　　062/8-3
泛泛〇萍梗（葛）115/44-29
九辨文〇汝才　　089/8-6
斷腸名更〇　　　084/8-8
枯客衰鬢有誰〇　189/8-1
單枕孤燈特自〇　265/4-2

移種梵宮尤可〇　487/8-2

【9910₃ 瑩】
〇然菽乳味尤清　444/8-1
後素素絹色〇瑩　016/50-10
後素素絹色瑩〇　016/50-10

【9913₆ 螢】
〇火然腐艸（葛）115/44-13
流〇照縹帙　　　006/16-16
草〇哀微命　　　007/30-26
雪〇半窗下　　　058/8-3
艸〇哀微命　　　365/30-26
流〇數點藝窗下　404/4-3

【9932₇ 驚】
〇塚蒿萊深沒徑　364/8-5
蝶舞〇歌弄艷陽　156/8-2
花間〇喚兩開樽　162/8-4
針砭〇囀侑朋酒　218/32-25
一篋遷〇弄小春　306/4-4
避雨黃〇花可藏　390/8-6
但憐出谷〇　　　002/14-11
黃柑何所聽〇吟　119/8-4
三春柑酒映〇衣　177/8-4
羝羝更有聽〇約　450/8-7
柑酒青山去聽〇　016/50-38
陰陰竹樹囀黃〇　501/8-1
【驚花】
〇〇拇陣老　　　094/40-25
〇〇悔不共相求　368/8-8
【驚梭】
風暖〇〇聲斷續　296/4-3
春山唯有〇〇在　163/8-7
【驚出谷】
花開〇〇〇　　　026/8-5

澗道雪消〇〇〇　138/8-3

【9942₇ 勞】
不復〇刀筆　　　006/16-12
弟子〇須服　　　108/20-7
幾度東西跋涉〇　341/4-1
雨笠煙蓑不敢〇　452/8-8

【9960₆ 營】
家〇一藥籠　　　076/8-2
我今棲棲困世〇　016/50-39

【9985₉ 燐】
〇光夜暗草芊芊　185/8-8
鬼〇出槁枝（岡）115/44-14

【9990₃ 縈】
淚痕不乾竹紆〇　016/50-20

【9990₄ 榮】
〇辱不驚心自恬　447/8-5
屋〇未修補　　　108/20-5
大樹〇華結構餘　173/8-2
萬古〇名忽已空　443/8-6
聞說恩〇渥　　　114/64-41
橋梓世〇名海內　485/24-13
聞說恩〇渥　　　502/66-41
衡茅我得〇　　　101/16-2
霸王園物向〇時　445/8-6
釋褐南風見寵〇　335/4-1
【榮達】
人生重〇〇　　　010/56-47
無意讀書覓〇〇　308/4-3
【榮枯】
花木〇〇家難外　164/8-3
粉榆結社自〇〇　217/20-4

四角号碼一覧表

0010_4 0264_1

-----	囗	1a	0022_7	高	4b	0041_4	離	9a
【0】			0022_7	商	4c	0043_0	奕	9a
0010_4	主	1a	0022_7	庸	4c	0044_1	辨	9b
0010_4	童	1b	0022_7	腐	4c	0050_3	牽	9b
0010_7	亶	1b	0022_7	廊	4c	0060_1	言	9b
0010_8	立	1b	0022_7	廓	4c	0060_1	盲	9c
0011_8	竝	1c	0022_7	膏	4c	0060_1	音	9c
0012_1	疴	1c	0022_7	廟	5a	0060_4	各	9c
0012_7	病	1c	0022_7	鷹	5a	0061_4	誰	9c
0012_7	痛	1c	0023_1	應	5a	0062_7	訪	10b
0012_7	痛	1c	0023_2	康	5b	0062_7	謫	10b
0013_2	痕	1c	0023_2	豪	5b	0063_2	讓	10b
0013_4	疾	2a	0023_7	庶	5b	0066_1	諳	10b
0014_7	疫	2a	0023_7	廉	5b	0071_0	亡	10b
0014_7	疲	2a	0024_0	府	5b	0071_4	毫	10c
0014_7	瘦	2a	0024_0	廚	5b	0071_7	甕	10c
0016_0	痼	2a	0024_1	庭	5c	0073_2	玄	10c
0019_6	療	2a	0024_1	麝	5c	0073_2	衣	11a
0020_1	亭	2b	0024_2	底	6a	0073_2	哀	11b
0020_7	鹿	2b	0024_7	夜	6a	0073_2	衰	11b
0021_1	龐	2b	0024_7	度	7a	0073_2	裏	11b
0021_4	庄	2b	0024_7	廈	7b	0073_2	喪	11c
0021_4	座	2b	0024_7	廢	7b	0073_2	藝	11c
0021_4	產	2c	0024_7	慶	7b	0080_0	六	12a
0021_4	麻	2c	0025_2	摩	7b	0090_4	棄	12a
0021_4	塵	2c	0026_1	店	7b	0090_6	京	12a
0021_4	麈	3a	0026_1	磨	7b	0091_4	雜	12a
0021_6	竟	3a	0026_7	唐	7b	0121_1	龍	12b
0021_6	競	3a	0028_6	廣	7c	0124_7	敲	12b
0021_7	庇	3a	0029_4	床	7c	0128_6	顏	12c
0021_7	籭	3b	0033_0	亦	7c	0162_0	訂	12c
0021_7	廬	3b	0033_1	忘	8a	0164_0	訝	12c
0022_2	序	3b	0033_2	烹	8a	0164_6	譚	12c
0022_3	齊	3b	0033_6	意	8a	0166_1	語	13a
0022_3	齋	3b	0040_0	文	8b	0211_4	甑	13a
0022_7	方	3b	0040_8	卒	8c	0212_7	端	13a
0022_7	市	4a	0040_1	辛	8c	0260_0	訓	13a
0022_7	肯	4a	0040_3	率	8c	0261_4	託	13a
0022_7	帝	4a	0040_6	章	8c	0263_1	訴	13a
0022_7	席	4b	0040_8	交	9a	0264_1	誕	13a

— 314 —

0266₄	話	13a	0762₀	詞	17b	1010₇	亞	25a
0280₀	刻	13b	0762₀	調	17c	1010₈	豆	25a
0292₁	新	13b	0762₇	部	17c	1010₈	巫	25a
0314₇	竣	14a	0762₇	誦	17c	1010₈	靈	25a
0360₀	訃	14a	0763₂	認	17c	1011₁	靠	25b
0363₂	詠	14a	0764₀	設	17c	1011₁	霾	25b
0364₀	試	14b	0766₂	詔	17c	1012₇	璃	25b
0365₀	誠	14b	0766₂	韶	17c	1016₀	霑	25b
0365₀	識	14b	0768₀	畝	18a	1016₄	露	25b
0391₄	就	14c	0774₇	氓	18a	1017₄	雪	25c
0460₀	計	14c	0821₂	施	18a	1020₀	丁	26b
0460₀	討	14c	0821₂	旌	18a	1021₁	元	26b
0460₀	謝	14c	0823₂	旅	18a	1021₂	死	26b
0461₄	謹	15a	0823₃	於	18a	1021₄	雅	26c
0462₇	誇	15a	0823₄	族	18b	1021₄	霏	26c
0463₁	謙	15a	0732₇	驚	18b	1021₇	霓	26c
0464₁	詩	15a	0861₆	説	18b	1022₃	霽	26c
0464₇	護	15c	0862₇	論	18b	1022₇	而	26c
0465₄	譁	15c	0862₇	譣	18c	1022₇	兩	26c
0466₀	諸	15c	0863₇	謙	18c	1022₇	雨	27a
0466₁	詰	15c	0864₇	許	18c	1022₇	爾	28a
0468₆	讀	15c	0925₉	麟	18c	1022₇	需	28b
0469₄	謀	16a	0968₉	談	18c	1022₇	霄	28b
0510₄	塾	16a	0824₀	放	18c	1022₇	霧	28b
0533₁	熟	16a	0824₀	敵	19a	1023₀	下	28b
0541₇	孰	16a	0828₁	旋	19a	1024₀	牙	29a
0562₇	請	16b	0828₁	旗	19a	1024₀	夏	29a
0563₀	訣	16b	0832₇	驚	19a	1024₀	憂	29a
0565₇	講	16b	0844₀	效	19a	1024₀	霞	29a
0612₇	竭	16b	0863₇	謙	19a	1024₇	覆	29b
0645₆	罕	16b	【1】			1024₈	霰	29c
0662₇	謂	16b	1000₀	一	19a	1030₇	零	29c
0663₄	誤	16b	1000₀	三	22b	1032₇	焉	29c
0664₇	謾	16b	1010₀	二	22a	1033₁	惡	29c
0668₆	韻	16c	1010₀	工	22b	1040₀	于	29c
0669₄	課	16c	1010₁	正	23b	1040₀	干	29c
0691₀	親	16c	1010₃	玉	23b	1040₀	耳	29c
0710₄	望	16c	1010₄	王	24a	1040₁	霆	30a
0722₇	鵝	17a	1010₄	至	24b	1040₄	要	30a
0742₇	郊	17a	1010₆	亙	24c	1040₉	平	30a
0742₇	郭	17b	1010₇	互	24c	1043₀	天	30b
0761₇	記	17b	1010₇	五	24c	1044₁	弄	31a

1048_2	孩	31a	1122_7	彌	40a	1263_1	醯	44b
1050_6	更	31a	1123_2	張	40a	1263_7	砭	44b
1052_7	覇	31c	1128_6	頂	40a	1265_3	磯	44b
1055_7	再	31c	1128_6	預	40a	1291_3	祧	44b
1060_0	石	31c	1128_6	頑	40a	1293_0	瓢	44b
1060_0	百	32a	1133_1	悲	40a	1294_0	祇	44b
1060_0	西	32b	1133_1	瑟	40b	1313_2	琅	44b
1060_0	面	32c	1140_0	斐	40b	1314_0	武	44b
1060_1	吾	33a	1142_7	孺	40b	1323_6	強	44b
1060_3	雷	33b	1148_6	類	40b	1325_3	殘	44c
1060_1	晉	33b	1150_6	輩	40b	1361_1	酡	45a
1060_9	否	33b	1161_1	砰	40b	1361_2	碗	45a
1061_3	硫	33b	1164_0	研	40b	1390_0	祕	45a
1062_0	可	33b	1164_9	砰	40b	1411_2	耽	45a
1062_7	蘦	33c	1166_0	砧	40b	1411_3	疏	45a
1063_2	釀	33c	1166_3	礧	40c	1412_7	功	45b
1064_7	醇	34a	1171_1	琵	40c	1412_7	勁	45b
1064_8	碎	34a	1171_7	琶	40c	1413_1	聽	45c
1064_8	醉	34a	1180_1	冀	41a	1418_1	琪	45c
1066_1	磊	34b	1210_0	到	41a	1420_0	耐	45c
1066_1	醅	34b	1210_8	登	41a	1462_2	碕	45c
1071_7	瓦	34c	1212_7	瑞	41a	1464_7	破	45c
1071_7	電	34c	1213_4	璞	41a	1466_0	酷	45c
1073_1	云	34c	1215_3	璣	41b	1466_1	酷	45a
1073_1	雲	34c	1217_2	聯	41b	1467_0	酣	45a
1077_2	函	36a	1220_0	引	41b	1494_1	禱	46a
1090_0	不	36a	1220_0	列	41b	1515_7	璕	46a
1096_3	霜	37c	1223_0	水	41b	1519_0	珠	46a
1090_1	示	38a	1223_0	弧	42c	1523_6	融	46b
1099_4	霖	38b	1224_7	發	42c	1529_0	殊	46b
1111_0	北	38b	1233_0	烈	43a	1540_0	建	46b
1111_1	非	38c	1240_1	延	43a	1561_8	醴	46b
1111_1	瓏	38c	1240_0	刑	43a	1563_2	醴	46b
1111_4	班	38c	1241_0	孔	43a	1591_8	禮	46b
1111_4	斑	39a	1241_3	飛	43a	1610_0	珀	46b
1111_7	琥	39a	1242_2	形	43c	1610_4	聖	46b
1112_2	巧	39a	1243_0	孤	43c	1611_0	現	46b
1114_0	玕	39a	1243_0	癸	44a	1611_4	理	46c
1118_6	頭	39b	1249_3	孫	44a	1613_2	環	46c
1120_7	琴	39c	1260_0	酬	44a	1616_0	琄	46c
1121_1	麗	39c	1261_8	磴	44a	1625_5	彈	46c
1122_7	背	39c	1261_4	酖	44a	1628_6	殯	46c

1640_0	廻	46c	1734_6	尋	49c	1962_0	砂	54a
1660_1	碧	46c	1740_0	又	50a	【2】		
1661_0	硯	47b	1740_4	婆	50a	2010_4	垂	54a
1661_4	醒	47b	1740_7	子	50a	2010_4	重	54a
1661_7	醯	47b	1740_8	翠	50c	2011_1	乖	54b
1664_0	碑	47b	1742_0	刃	51a	2011_4	雌	54b
1671_3	魂	47b	1751_3	兔	51a	2013_5	蠶	54b
1695_6	禪	47c	1752_7	弔	51a	2013_2	黍	54b
1710_4	望	47c	1752_7	那	51a	2021_2	魓	54b
1710_5	丑	48a	1760_7	召	51a	2021_4	住	54b
1710_7	孟	48a	1760_2	習	52b	2021_4	往	54b
1710_7	盈	48a	1760_7	君	52b	2021_4	僅	54c
1712_0	珊	48a	1762_0	砌	52a	2021_6	覺	54c
1712_0	聊	48b	1762_0	酌	33a	2022_1	停	54c
1712_0	瑚	48b	1762_0	酶	52a	2022_3	僑	54c
1712_7	耶	48b	1762_2	醪	52b	2022_7	彷	55a
1712_7	鵡	48b	1762_7	郡	52b	2022_7	秀	55a
1712_7	弱	48b	1763_2	釀	52b	2022_7	傍	55a
1713_6	蚤	49a	1766_2	酪	52b	2022_7	喬	55a
1713_6	蚕	49b	1768_4	歌	52b	2022_7	爲	55a
1713_6	蠡	49c	1771_7	已	52c	2022_7	雋	56a
1714_0	取	49c	1780_1	翼	53a	2023_2	依	56a
1714_7	瑕	49c	1790_4	朶	53a	2024_1	辭	56b
1714_7	瓊	49c	1790_4	柔	53a	2024_7	愛	56b
1716_2	瑠	49c	1790_4	桑	53a	2025_2	舜	56b
1717_2	瑤	49c	1791_0	飄	53a	2026_1	信	56b
1720_2	予	49c	1793_2	祿	53b	2026_1	倍	56c
1720_7	了	49a	1793_4	禊	53b	2024_1	辭	56c
1720_7	弓	49a	1812_2	珍	53a	2030_7	乏	56c
1722_0	刀	49a	1813_7	玲	53a	2031_6	鱣	56c
1722_0	羽	49a	1813_7	聆	53a	2033_1	焦	56c
1722_1	甭	49a	1814_0	攻	53a	2033_1	熏	56c
1722_7	乃	49a	1814_0	政	53b	2034_1	鷦	56c
1722_7	邪	49b	1814_0	致	53b	2034_8	鮫	56c
1722_7	粥	49b	1814_0	敢	53c	2039_6	鯨	56c
1722_7	鴉	49b	1814_0	璥	53c	2040_0	千	57a
1722_7	鶺	49b	1822_7	務	53c	2040_7	孚	58a
1723_2	承	49b	1832_7	鷔	53c	2040_7	受	58a
1723_2	聚	49c	1840_4	婆	53c	2040_7	季	58a
1724_7	及	49c	1865_1	群	53c	2040_7	雙	58a
1733_1	恐	49c	1874_0	改	54a	2040_9	乎	58a
1733_2	忍	49c	1918_6	瑣	54a	2041_4	雛	58a

2041_7	航	58b	2121_6	軀	63b	2178_6	頃	69a
2042_7	舫	58b	2121_7	伍	63b	2180_1	眞	69a
2043_0	奚	58b	2121_7	虘	63b	2180_6	貞	69a
2043_2	舷	58b	2121_7	盧	63c	2188_6	顚	68a
2050_0	手	58c	2122_0	何	63c	2190_3	紫	69a
2050_7	爭	58c	2122_1	行	65a	2190_4	術	69c
2051_3	兔	58c	2122_7	肯	65c	2190_4	柴	69b
2060_3	吞	59a	2122_7	膚	65c	2191_0	紅	69b
2060_4	舌	59a	2122_7	觜	65c	2191_1	經	70a
2060_4	看	59a	2122_7	儒	65c	2191_1	緋	70a
2060_9	香	59b	2123_4	虞	65c	2194_0	紆	70a
2064_8	皎	60a	2123_6	慮	65c	2198_6	穎	70a
2071_4	毛	60a	2124_1	處	65c	2199_1	縹	70a
2074_6	嶂	60a	2124_6	便	66b	2200_0	川	70a
2074_6	爵	60a	2124_7	優	66c	2202_7	片	70b
2090_1	乘	60a	2125_3	歲	66c	2210_0	剏	70c
2090_4	禾	60a	2126_1	階	67a	2210_8	豈	70c
2090_4	采	60b	2128_1	徙	67a	2210_8	豐	70c
2090_4	集	60b	2128_6	須	67a	2210_9	鑾	71a
2090_7	秉	60b	2128_6	傾	67b	2220_0	制	71a
2091_4	維	60b	2128_6	價	67c	2220_0	倒	71a
2091_4	總	60c	2128_6	頻	67c	2220_0	劇	71a
2092_7	締	60c	2131_7	鱸	67c	2220_0	側	71a
2092_7	縞	60c	2133_1	態	67c	2220_7	岑	71a
2093_2	絃	60c	2133_1	熊	67c	2220_7	彎	71a
2094_0	紋	60c	2133_2	態	68a	2221_0	亂	71a
2104_7	版	60c	2140_6	卓	68a	2221_3	鬼	71b
2110_0	上	60c	2140_6	犖	68a	2221_4	任	71b
2110_0	止	61c	2141_7	鱸	68a	2221_4	崔	71b
2110_4	街	61c	2142_0	舸	68a	2221_4	崖	71b
2110_4	衝	61c	2143_0	衡	68a	2221_4	催	71c
2110_9	衢	61c	2155_0	拜	68a	2221_7	凭	71c
2111_0	此	61c	2160_0	占	68a	2221_7	嵐	71c
2116_0	黏	62c	2160_1	旨	68b	2222_1	鼎	71c
2120_1	步	62c	2160_1	皆	68b	2222_7	崙	71c
2121_0	仁	62c	2171_0	匕	68b	2222_7	崩	71c
2121_0	仳	62c	2171_0	比	68b	2222_7	僑	71c
2121_1	徑	62c	2171_1	屹	68b	2222_7	巒	72a
2121_1	能	62c	2171_4	旣	68c	2223_0	觚	72a
2121_1	徘	63b	2171_6	嶇	68c	2223_4	溪	72a
2121_4	優	63b	2172_7	師	68c	2223_4	僕	72a
2121_4	衢	63b	2177_2	齒	69a	2223_4	嶽	72a

2224_0	低	72a	2295_7	稱	78a	2420_0	斜	81b
2224_1	岸	72a	2296_3	緇	78b	2421_0	化	81b
2224_7	後	72b	2297_7	稻	78b	2421_0	壯	81b
2224_8	巖	72c	2299_3	絲	78c	2421_0	魁	81b
2225_3	幾	72c	2299_3	縣	78c	2421_1	先	81c
2227_0	仙	73c	2299_4	綵	78c	2421_1	佐	81c
2228_9	炭	73c	2300_0	卜	78c	2421_2	他	81c
2232_7	鸞	74a	2302_7	牖	78c	2421_4	佳	82a
2233_9	懸	74a	2305_3	牋	78c	2421_4	僅	82a
2233_9	戀	74a	2320_0	外	78c	2421_4	儘	82a
2238_6	嶺	74c	2321_1	佗	79b	2421_6	値	82a
2240_8	變	74b	2321_4	傲	79b	2422_1	倚	82a
2241_0	乳	74b	2322_7	偏	79b	2422_7	侑	82b
2244_1	艇	74b	2323_4	伏	79b	2423_1	德	82b
2244_7	艸	74b	2323_4	獻	79b	2423_8	俠	82c
2248_1	嶷	74b	2324_0	代	79b	2424_0	妝	82c
2250_4	峯	74b	2325_0	伐	79c	2424_1	侍	82c
2260_1	岩	74c	2325_0	俄	79c	2424_1	待	82c
2264_0	舐	74c	2325_0	戯	79c	2424_1	儔	83a
2265_3	畿	74c	2333_1	黛	79c	2424_7	伎	83a
2271_1	崑	74c	2333_3	然	79c	2424_7	彼	83a
2272_1	斷	74c	2341_1	舵	80a	2425_6	偉	83a
2272_7	嶠	75a	2343_0	矣	80a	2426_0	儲	83a
2273_2	製	75a	2355_0	我	80a	2426_1	借	83a
2277_0	山	75a	2356_1	犧	80b	2426_1	牆	83b
2277_0	幽	76b	2371_3	毯	80c	2428_1	供	83b
2277_2	出	76c	2373_4	氌	80c	2428_1	徒	83b
2277_2	戀	77a	2377_2	岱	80c	2429_0	休	83c
2280_9	災	77b	2380_6	貸	80c	2429_1	牀	83c
2288_6	巔	77b	2392_7	編	80c	2429_6	僚	83c
2290_0	利	77b	2393_3	稼	80c	2430_0	鮒	83c
2290_0	剩	77b	2394_4	縛	80c	2432_7	鮪	83c
2290_1	崇	77b	2395_0	繊	80c	2436_1	鰭	84a
2290_4	樂	77b	2395_0	織	80c	2440_0	升	84a
2290_4	藥	77c	2395_0	纖	81a	2451_0	牡	84a
2291_3	繼	77c	2396_1	稽	81a	2454_1	特	84a
2291_4	種	77c	2396_3	縮	81a	2458_6	犢	84a
2292_2	彩	77c	2398_1	綻	81a	2460_1	告	84a
2293_0	私	78a	2398_6	續	81a	2466_1	皓	84a
2293_7	穩	78a	2412_7	動	81a	2472_1	崎	84a
2294_0	紙	78a	2420_0	什	81b	2472_7	幼	84b
2294_7	緩	78a	2420_0	射	81b	2473_2	裝	84b

2473₈　　　　　　　　　　　　　　　　　　　　　　　　　2733₇

2473	₈	峡	84b	2599	₆	練	87b	2710	₇	盤	91c
2474	₁	峙	84b	2600	₀	白	87b	2711	₇	龜	92a
2474	₇	岐	84b	2600	₀	自	87b	2711	₇	艶	92a
2476	₀	岾	84b	2610	₄	皇	89a	2712	₇	歸	92a
2478	₆	巐	84c	2620	₀	伯	89b	2713	₂	黎	92c
2490	₀	科	84c	2620	₀	徊	89b	2720	₀	夕	92c
2491	₁	繞	84c	2621	₀	但	89b	2720	₇	多	93c
2492	₁	綺	84c	2621	₃	鬼	89b	2721	₀	佩	93c
2492	₇	納	84c	2621	₄	徨	89c	2721	₂	危	93c
2492	₇	稀	84c	2622	₇	帛	89c	2721	₄	偓	94a
2492	₇	絺	85a	2622	₇	偶	89c	2721	₆	免	94a
2494	₇	綾	85a	2623	₂	泉	89c	2721	₇	梟	94a
2495	₆	緯	85a	2624	₁	得	89c	2722	₀	勿	94a
2496	₁	結	85a	2626	₀	侶	90a	2722	₀	仰	94a
2496	₀	紺	85a	2626	₀	倡	90b	2722	₀	向	94a
2496	₀	緒	85a	2628	₁	促	90b	2722	₀	豹	94b
2498	₆	續	85b	2628	₁	倶	90b	2722	₀	御	94b
2500	₀	牛	85b	2629	₄	保	90b	2722	₇	仍	94b
2503	₀	失	85b	2631	₄	鯉	90b	2722	₇	角	94c
2510	₀	生	85b	2631	₇	鯔	90b	2722	₇	躬	94c
2520	₆	仲	86a	2633	₀	息	90b	2722	₇	鸇	94c
2520	₆	使	86a	2633	₀	憩	90c	2723	₂	衆	94c
2520	₇	律	86b	2633	₃	鰊	90c	2723	₂	象	94c
2521	₇	儘	86b	2640	₀	皁	90c	2723	₂	像	95a
2521	₉	魃	86b	2640	₀	舶	90c	2723	₂	漿	95a
2522	₇	佛	86b	2640	₃	皐	90c	2723	₄	侯	95a
2522	₇	彿	86b	2643	₀	臭	90c	2723	₄	候	95a
2522	₇	倩	86b	2661	₃	魄	90c	2724	₂	將	95a
2524	₀	健	86b	2680	₀	呉	90c	2724	₇	役	95b
2524	₃	傅	86b	2690	₀	和	91a	2724	₇	侵	95c
2525	₃	俸	86c	2690	₀	細	91a	2724	₇	假	95c
2528	₆	債	86c	2690	₀	緇	91a	2725	₂	解	95c
2546	₀	舳	86c	2691	₄	程	91a	2725	₇	伊	95c
2576	₀	岫	86c	2692	₇	紀	91b	2730	₃	冬	96a
2590	₀	朱	86c	2692	₇	絹	91b	2732	₇	烏	96a
2591	₇	紃	87a	2692	₇	綿	91b	2732	₇	鳥	96a
2592	₇	緋	87a	2693	₀	總	91b	2732	₇	鴬	96b
2592	₇	繡	87a	2693	₂	線	91b	2731	₇	鯢	96b
2593	₀	秩	87a	2694	₁	釋	91b	2733	₁	怨	96b
2593	₃	穂	87b	2694	₄	纓	91c	2733	₂	忽	96b
2594	₄	纐	87b	2710	₀	血	91c	2733	₆	魚	96b
2598	₆	積	87b	2710	₄	墾	91c	2733	₇	急	96c

2740_0	身	97c	2791_7	絶	100a	2846_0	船	104a
2740_7	阜	97a	2791_7	縄	100b	2846_8	谿	104a
2742_7	鶏	58a	2792_0	稠	100b	2854_0	牧	104a
2743_0	奐	97a	2792_0	約	100b	2864_7	馥	104a
2744_0	舟	97a	2792_0	網	100b	2873_7	齡	104a
2744_7	般	97b	2792_0	移	100b	2874_0	收	104b
2745_0	匆	97b	2793_2	緑	100c	2891_6	纜	104b
2748_0	欽	97b	2793_3	終	101a	2892_7	紛	104b
2748_1	疑	97b	2793_4	緩	101a	2892_7	綈	104b
2750_6	擎	97b	2793_4	縫	101a	2892_7	綸	104b
2752_0	物	97b	2794_0	叔	101a	2894_7	緻	104b
2752_7	鵝	97c	2794_7	級	101b	2896_1	給	104c
2760_0	名	97c	2794_7	綴	101b	2898_1	縱	104c
2760_1	響	98a	2795_4	絳	101b	2921_1	舩	104c
2760_3	魯	98a	2810_0	以	101b	2921_2	倥	104c
2760_4	各	98b	2820_0	似	101c	2922_7	倘	104c
2762_0	句	98b	2821_1	作	101c	2925_0	伴	104c
2762_0	旬	98b	2821_4	全	102a	2933_8	愁	105a
2762_0	旨	98b	2822_1	偸	102a	2935_9	鱗	105a
2762_0	翻	98b	2822_2	修	102a	2972_7	峭	105a
2762_7	鵠	98c	2822_2	伶	102a	2975_9	磷	105a
2764_0	叡	98c	2822_7	倫	102a	2991_2	絶	105b
2771_0	飆	98c	2822_7	惰	102b	2992_0	紗	105b
2771_3	巉	98c	2822_7	傷	102b	2992_7	稍	105b
2771_7	包	98c	2822_7	觴	102b	2995_0	絆	105b
2771_7	杞	98c	2823_2	殀	102b	2998_0	秋	105b
2771_7	色	98c	2824_0	傲	102b	3010_1	空	106b
2772_0	勾	99b	2824_0	微	102c	3010_4	室	106c
2772_0	匈	99b	2824_0	徴	103a	3010_7	宜	107a
2772_0	峋	99b	2824_0	徹	103a	3011_1	漉	107a
2772_7	島	99b	2824_0	徽	103a	3011_3	窕	107a
2773_2	曩	99c	2824_7	復	103b	3011_4	注	107a
2773_2	餐	99c	2825_3	儀	103b	3011_7	沈	107a
2778_1	嶼	99c	2826_6	僧	103b	3011_7	瀛	107b
2780_0	久	99c	2826_8	俗	103b	3011_8	泣	107b
2780_6	負	99c	2828_1	從	103b	3012_3	濟	107b
2780_9	炙	100a	2829_3	徐	103c	3012_7	滂	107b
2790_1	祭	100a	2829_4	條	103c	3012_7	滴	107b
2790_4	槃	100a	2833_4	悠	103c	3012_7	漓	107c
2790_4	槳	100a	2835_1	鮮	103c	3013_6	蜜	107c
2791_3	纏	100a	2840_1	聲	104a	3014_7	液	107c
2791_7	紀	100a	2845_3	艫	104a	3014_7	渡	107c

3014_8	淬	107a	3041_7	究	113a	3113_2	漲	117c
3019_1	凜	107a	3042_7	寓	113a	3113_6	濾	117c
3019_6	涼	107a	3043_0	寬	113b	3114_0	汗	118a
3020_1	寧	108a	3050_2	牢	113b	3114_8	淬	118a
3020_2	寥	108b	3051_6	窺	113b	3116_0	洒	118a
3021_1	扉	108b	3060_4	客	113b	3116_0	酒	118a
3021_1	寵	108b	3060_1	窨	114a	3117_2	涵	118c
3021_2	宛	108b	3060_6	宮	114a	3118_6	瀨	118c
3021_7	屄	108c	3060_6	富	114b	3118_6	灝	118c
3022_7	帘	108c	3060_8	容	114b	3119_1	漂	118c
3022_7	房	108c	3062_1	寄	114b	3119_6	源	118c
3022_7	扁	108c	3071_1	它	114b	3122_7	褙	119a
3022_7	宵	108c	3071_4	宅	114c	3122_7	襧	119a
3022_7	扇	109a	3071_7	宦	114c	3124_3	褥	119a
3022_7	窩	109a	3071_7	竈	114c	3126_6	福	119a
3022_7	窮	109a	3072_7	窈	114c	3128_6	顧	119a
3023_2	永	109a	3073_1	塞	114c	3130_1	逗	119a
3023_2	家	109b	3073_2	良	114c	3130_1	迿	119a
3023_2	宸	110a	3077_2	密	115a	3130_1	遷	119a
3024_1	穿	110a	3077_7	官	115a	3130_3	逐	119b
3026_1	宿	110a	3080_1	定	115a	3130_3	遽	119b
3027_2	窟	110b	3080_1	寨	115a	3130_4	迂	119b
3029_4	寐	110b	3080_6	實	115b	3130_4	返	119b
3030_1	進	110b	3080_6	賓	115b	3130_6	逼	119b
3030_2	適	110b	3080_6	寶	115b	3130_6	迺	119b
3030_3	迚	110b	3080_6	寳	115c	3133_2	憑	119c
3030_3	寒	110c	3090_1	宗	115c	3168_6	額	119c
3030_3	遮	111a	3090_1	察	115c	3190_1	渠	119c
3030_4	避	111b	3090_4	案	115c	3200_0	州	119c
3030_7	之	111b	3092_7	竊	115c	3210_0	洌	119c
3032_7	寫	111c	3094_7	寂	115c	3210_0	洲	119c
3032_7	騫	111c	3111_0	江	116a	3210_0	淵	120a
3033_1	窯	111c	3111_0	汕	117b	3210_0	測	120a
3033_3	窓	111a	3111_1	灑	117b	3211_3	兆	120a
3034_2	守	112b	3111_4	涯	117b	3211_4	淫	120a
3040_1	宇	112b	3111_7	瀘	117b	3211_8	澄	120a
3040_1	宰	112b	3112_0	汀	117b	3212_1	沂	120a
3040_1	準	112b	3112_0	河	117b	3212_1	浙	120a
3040_4	安	112b	3112_1	涉	117c	3212_1	漸	120b
3040_4	宴	112c	3112_7	污	117c	3212_1	瀞	120b
3040_4	寞	112c	3112_7	濡	117c	3212_7	湍	120b
3040_7	字	113a	3112_7	瀟	117c	3212_7	灣	120b

3213₀	冰	120b	3316₀	治	123b	3419₆	潦	127a
3213₀	泓	120c	3318₁	淀	123c	3421₀	藤	127a
3213₂	派	120c	3318₆	演	123c	3422₇	衲	127b
3213₃	添	120c	3318₆	濱	123c	3424₁	禱	127b
3213₄	溪	120c	3322₇	補	123c	3424₇	被	127b
3213₇	泛	121a	3324₇	袚	123c	3425₃	襪	127b
3214₁	沴	121a	3330₂	逋	123c	3429₁	襟	127b
3214₇	浮	121a	3330₂	遍	123c	3430₃	遠	127b
3214₇	浚	121a	3330₄	邊	124a	3430₄	達	127c
3214₇	潑	121a	3390₄	梁	124a	3430₄	違	127c
3214₇	叢	121a	3390₄	樑	124b	3430₆	造	128a
3215₇	淨	121b	3400₀	斗	124b	3430₉	遼	128a
3216₄	活	121b	3410₀	對	124b	3440₄	婆	128a
3216₉	潘	121b	3411₁	洗	124b	3490₄	染	128a
3222₁	祈	121b	3411₁	湛	124c	3510₆	洩	128a
3222₂	衫	121c	3411₁	澆	124c	3510₇	津	128b
3230₂	衽	121c	3411₂	池	124c	3511₇	沌	128b
3230₂	透	121a	3411₂	沈	124c	3512₇	沸	128c
3230₂	逝	122a	3411₃	流	124b	3512₇	清	128c
3230₂	遞	122a	3411₆	灌	124b	3513₀	漣	129a
3230₃	巡	122a	3411₆	淹	124b	3513₁	浹	129a
3230₄	逡	122a	3411₇	泄	124b	3513₂	濃	129a
3230₆	遁	122a	3411₇	港	124b	3514₄	淒	129a
3230₉	遜	122a	3411₇	蠱	124b	3514₇	溝	129b
3240₁	準	122a	3412₁	漪	124b	3516₀	油	129b
3260₀	割	122a	3412₁	滿	125b	3516₁	潛	129b
3290₄	巢	122a	3412₇	滯	126a	3519₆	凍	129b
3290₄	業	122a	3412₇	瀟	126a	3520₆	神	129b
3300₀	心	122b	3413₁	法	126a	3523₀	袂	129c
3300₀	必	122a	3413₂	漆	126a	3523₂	裱	129c
3311₁	沱	123a	3413₃	濛	126b	3526₀	袖	129c
3312₇	浦	123a	3413₃	漢	126b	3530₀	連	129c
3312₇	瀉	123a	3413₄	漠	126b	3530₆	遭	130a
3313₂	泳	123a	3414₀	汝	126b	3530₇	遣	130a
3313₄	淚	123a	3414₁	濤	126b	3530₈	遺	130a
3314₂	溥	123b	3414₇	波	126c	3530₈	芫	130a
3314₈	淬	123b	3414₇	凌	126c	3610₀	泊	130b
3315₀	滅	123b	3416₀	沽	127a	3610₀	泂	130b
3315₀	減	123b	3416₁	渚	127a	3610₀	湘	130b
3315₃	淺	123b	3416₁	浩	127a	3610₇	溫	130b
3315₃	濺	123b	3418₁	洪	127a	3611₀	況	130b
3316₀	冶	123b	3419₀	淋	127a	3611₁	混	130b

3611_4	涅	130c	3714_7	没	133c	3812_7	渧	136c
3611_7	浥	130c	3714_7	潺	133c	3812_7	淪	136c
3611_7	溫	130c	3715_6	渾	133c	3813_2	淡	137a
3612_7	涓	130c	3716_1	滄	133c	3813_2	滋	137a
3612_7	湯	130c	3716_4	洛	134a	3813_7	冷	137a
3612_7	濁	130c	3716_7	湄	134a	3813_7	泠	137a
3613_2	瀑	130c	3718_0	溟	134a	3814_0	激	137b
3613_3	濕	130c	3718_1	凝	134a	3814_0	潋	137b
3614_1	潯	131a	3718_2	次	134a	3814_7	游	137b
3614_1	澤	131a	3719_3	潔	134a	3815_1	洋	137b
3614_7	漫	131a	3719_4	深	134a	3815_7	海	137b
3621_0	祝	131a	3721_0	祖	134b	3816_1	洽	138b
3621_4	裡	131a	3721_2	袍	134b	3816_7	滄	138b
3622_7	褐	131a	3721_4	冠	134b	3816_8	浴	138b
3630_0	迫	131b	3721_7	祀	134b	3819_4	涂	138c
3630_0	迦	131b	3722_0	初	134b	3819_4	滌	138c
3630_1	邈	131b	3722_0	祠	134c	3822_7	衿	138c
3630_2	遇	131b	3722_0	禍	135a	3825_1	祥	138c
3630_2	邊	131b	3722_7	鸰	135a	3830_1	迤	138c
3711_0	泜	131c	3726_7	裙	135a	3830_2	逾	138c
3711_0	泥	131c	3730_0	迴	135a	3830_3	送	138c
3711_1	滛	132a	3730_1	逸	135a	3830_3	遂	139a
3711_4	渥	132a	3730_2	迎	135a	3830_4	进	139a
3711_4	灌	132a	3730_2	週	135b	3830_4	逆	139a
3712_0	洞	132a	3730_2	過	135b	3830_4	蒔	139b
3712_0	涠	132a	3730_3	退	135c	3830_4	邈	139c
3712_0	湖	132a	3730_4	苊	135c	3830_6	道	139c
3712_0	溯	132a	3730_4	遐	136a	3830_6	遒	140a
3712_0	澗	132b	3730_4	遲	136a	3830_9	途	140a
3712_0	潤	132b	3730_4	逢	136a	3860_4	啓	140a
3712_0	潮	132c	3730_7	追	136a	3866_8	豁	140a
3712_0	瀾	132c	3730_7	遥	136a	3912_0	沙	140a
3712_7	渦	132c	3730_8	選	136b	3912_0	渺	140a
3712_7	湧	132c	3740_4	姿	136b	3912_7	消	140b
3712_7	滑	132c	3750_6	軍	136b	3915_0	泮	140b
3712_7	漏	133a	3772_0	朗	136b	3918_1	漢	140b
3712_7	鴻	133a	3772_7	郎	136b	3918_9	淡	140b
3713_2	浪	133a	3773_2	蠢	136b	3930_2	道	140c
3713_6	漁	133b	3780_0	冥	136c	3930_9	迷	140c
3714_6	潯	133c	3810_0	汎	136c	3973_2	婆	140c
3714_0	淑	133c	3810_4	塗	136c	4000_0	十	140c
3714_7	汲	133c	3812_1	渝	136c	4001_1	左	141a

4001₄	雄	141a	4040₀	女	146c	4099₄	森	150b
4001₇	九	141a	4040₁	幸	146c	4108₆	頩	150b
4002₇	力	141b	4040₇	支	146c	4111₆	垣	150b
4003₀	大	141b	4040₇	李	146c	4111₇	壚	150b
4003₀	太	141c	4042₇	妨	146c	4114₇	坂	150b
4003₄	爽	141c	4043₄	嫉	147a	4118₁	塡	150b
4003₈	夾	141c	4044₄	奔	147a	4121₄	狂	150c
4004₇	友	141c	4046₅	嘉	147a	4122₇	獅	150c
4010₀	土	142a	4050₆	韋	147a	4123₂	帳	150c
4010₀	士	142a	4051₄	難	147a	4126₀	帖	150c
4010₄	圭	142a	4060₀	古	147b	4126₆	幅	150c
4010₄	臺	142b	4060₀	右	147c	4128₆	幀	151a
4010₆	壺	142b	4060₁	吉	147c	4128₆	頗	151a
4010₇	查	142b	4060₁	喜	147c	4141₇	姬	151a
4010₇	盍	142b	4060₁	奮	147c	4142₀	婀	151a
4011₄	堆	142b	4060₉	杏	147c	4142₇	嫣	151a
4011₆	境	142c	4060₉	杳	148a	4143₄	姨	151a
4011₆	壇	142c	4062₁	奇	148a	4144₀	妍	151a
4012₇	坊	142c	4064₁	壽	148a	4180₄	趣	151a
4016₁	培	142c	4071₀	七	148b	4191₁	欛	151b
4016₇	塘	142c	4071₆	直	148b	4191₁	櫳	151b
4020₀	才	143a	4073₁	去	148b	4191₄	柾	151b
4020₇	麥	143a	4073₂	喪	148b	4191₄	極	151b
4021₃	充	143a	4073₂	袁	148c	4191₄	槪	151b
4021₄	在	143b	4080₁	走	148c	4191₆	樞	151b
4021₄	帷	143c	4080₆	貢	149a	4192₁	桁	151b
4021₄	幢	143c	4080₆	賣	149a	4192₇	朽	151b
4021₆	克	143c	4090₀	木	149a	4192₇	柄	151c
4022₇	巾	143c	4090₁	奈	149a	4194₆	梗	151c
4022₇	内	143c	4090₁	柰	149b	4194₆	棹	151c
4022₇	布	144a	4090₃	索	149b	4196₁	梧	151c
4022₇	有	144a	4090₈	來	149b	4196₃	檽	151c
4022₇	肴	145b	4091₄	柱	150a	4199₀	杯	151c
4022₇	南	145b	4091₆	檀	150a	4199₁	標	152a
4022₇	育	146c	4092₇	榜	150a	4200₀	刈	152a
4024₇	皮	145c	4092₇	槁	150a	4213₁	壎	152a
4024₇	存	145c	4093₁	樵	150b	4214₀	坻	152a
4030₀	寸	145c	4093₂	檳	150b	4216₁	垢	152a
4033₁	赤	145c	4093₆	檍	150b	4220₀	剢	152a
4033₁	志	146b	4094₁	梓	150b	4223₀	狐	152b
4034₁	寺	146b	4091₃	梳	150b	4223₀	瓠	152b
4034₁	奪	146c	4098₂	核	150b	4226₉	幡	152b

4240₀   4430₇

4240	₀	荊	152b	4410	₁	芷	155b	
4241	₃	姚	152b	4410	₁	莖	155b	
4241	₄	妊	152c	4410	₄	薰	155c	
4242	₇	嬌	152c	4410	₄	董	155c	
4244	₇	媛	152c	4410	₄	墓	155c	
4246	₄	婚	152c	4410	₇	蓋	155c	
4257	₇	韜	152c	4410	₇	藍	155c	
4280	₀	赴	152c	4411	₀	茫	155c	
4282	₁	斯	152c	4411	₁	堪	155c	
4290	₀	利	152c	4411	₂	地	156a	
4291	₃	桃	153a	4411	₂	范	156b	
4292	₂	杉	153a	4411	₃	蔬	156b	
4292	₇	橋	153a	4412	₇	芍	156b	
4295	₃	機	153b	4412	₇	勒	156b	
4296	₄	栝	153b	4412	₇	蒲	156c	
4297	₂	柚	153c	4412	₇	蕩	156c	
4301	₀	尤	153c	4412	₉	莎	156c	
4303	₀	犬	153c	4413	₂	藜	156c	
4310	₀	式	153c	4414	₂	薄	156c	
4313	₂	求	153c	4414	₇	鼓	157a	
4313	₄	埃	154a	4414	₉	萍	157a	
4315	₀	域	154a	4416	₀	堵	157a	
4321	₀	朮	154b	4416	₁	塔	157a	
4323	₄	獄	154b	4416	₄	落	157a	
4325	₀	截	154b	4416	₄	墻	157c	
4332	₇	鴛	154b	4416	₉	藩	157c	
4343	₂	嫁	154b	4418	₂	茨	157c	
4345	₀	娥	154c	4419	₄	藻	157c	
4346	₀	始	154c	4420	₁	苧	157c	
4354	₄	鞍	154c	4420	₂	蓼	157c	
4355	₀	載	154c	4420	₇	考	157c	
4365	₀	哉	155a	4420	₇	芎	158a	
4373	₂	裘	155a	4420	₇	萼	158a	
4375	₀	裁	155a	4420	₇	夢	158a	
4380	₅	越	155a	4421	₁	荒	158a	
4391	₂	楓	155b	4421	₂	苑	158b	
4394	₇	棱	155b	4421	₂	菀	158b	
4395	₃	棧	155b	4421	₄	花	158b	
4396	₈	榕	155b	4421	₄	莊	160a	
4399	₁	棕	155b	4421	₄	萑	160a	
4402	₇	協	155b	4421	₄	薩	160a	
4410	₀	封	155b	4421	₇	梵	160a	
4421	₇	蘆	160a					
4422	₀	勸	160b					
4422	₁	芹	160b					
4422	₁	荷	160b					
4422	₁	蘼	160b					
4422	₂	茅	160b					
4422	₇	芬	160c					
4422	₇	芳	160c					
4422	₇	帶	161a					
4422	₇	獨	161b					
4422	₇	幕	161b					
4422	₇	蒻	161b					
4422	₇	蒿	161b					
4422	₇	蕩	161b					
4422	₇	蒂	161c					
4422	₇	蕭	161c					
4422	₇	薦	161c					
4422	₇	蘭	161c					
4422	₇	繭	161c					
4422	₇	蘭	161c					
4423	₁	蔭	162a					
4423	₁	蕤	162a					
4423	₂	猿	162a					
4423	₂	藤	162a					
4423	₇	蔗	162a					
4423	₈	狹	162a					
4424	₁	芽	162a					
4424	₇	葭	162a					
4424	₇	獲	162b					
4424	₈	蔽	162b					
4424	₈	薇	162b					
4425	₃	茂	162b					
4425	₃	葳	162b					
4425	₃	藏	162b					
4426	₀	猫	162c					
4428	₆	蘋	162c					
4428	₇	蕨	162c					
4428	₉	荻	162c					
4430	₄	蓮	162c					
4430	₄	蓬	163a					
4430	₇	芝	163a					
4430	₇	苓	163b					

4433$_0$	芯	163b	4450$_4$	華	166b	4472$_7$	葛	169c
4433$_1$	蒸	163b	4450$_6$	革	166c	4472$_7$	蔀	170a
4433$_1$	燕	163b	4450$_6$	葦	166c	4473$_1$	芸	170a
4433$_1$	蕉	163b	4450$_7$	董	166c	4473$_1$	藝	170a
4433$_1$	蕪	163c	4451$_4$	鞋	166c	4473$_2$	茲	170a
4433$_1$	薰	163c	4452$_7$	萠	166c	4473$_2$	蓑	170a
4433$_2$	葱	163c	4453$_3$	芙	166c	4474$_2$	鬱	170b
4433$_3$	慕	163c	4453$_0$	英	167a	4477$_0$	廿	170b
4433$_3$	蕙	164a	4454$_1$	蕚	167a	4477$_0$	甘	170b
4433$_3$	蕊	164a	4455$_3$	艤	167a	4477$_0$	斟	170b
4433$_6$	煮	164a	4460$_0$	者	167a	4477$_2$	菌	170b
4433$_7$	蒹	164a	4460$_0$	苗	167a	4477$_7$	苔	170b
4434$_3$	蕁	164a	4460$_0$	茵	167a	4477$_7$	舊	170b
4435$_1$	蘚	164b	4460$_0$	菌	167b	4480$_0$	冀	171a
4439$_4$	蘇	164b	4460$_1$	昔	167b	4480$_1$	共	171a
4440$_1$	芋	164b	4460$_1$	茜	167b	4480$_1$	其	171a
4440$_1$	茸	164b	4460$_1$	菩	167b	4480$_1$	楚	171b
4440$_1$	莛	164b	4460$_1$	薔	167b	4480$_1$	貰	171b
4440$_2$	芊	164b	4460$_2$	茗	167b	4480$_6$	黄	171b
4440$_4$	萋	164b	4460$_3$	苔	167b	4480$_8$	炎	172b
4440$_4$	萎	164b	4460$_3$	蕃	167c	4480$_8$	焚	172b
4440$_6$	草	164b	4460$_3$	暮	167c	4490$_0$	村	172b
4440$_7$	孝	165a	4460$_4$	若	168a	4490$_0$	榭	172c
4440$_7$	芰	165a	4460$_4$	苦	168a	4490$_0$	樹	172c
4440$_7$	莘	165a	4460$_4$	著	168a	4490$_1$	禁	173a
4440$_7$	蔓	165a	4460$_7$	茗	168b	4490$_3$	茱	173a
4441$_4$	薙	165b	4460$_7$	蒼	168b	4490$_3$	繁	173a
4442$_7$	萬	165b	4460$_8$	蓉	168b	4490$_4$	茶	173a
4442$_7$	勃	165c	4461$_7$	葩	168c	4490$_4$	某	173a
4443$_0$	莫	165c	4464$_1$	薛	168c	4490$_4$	菓	173b
4443$_0$	葵	165c	4464$_7$	蘀	168c	4490$_4$	菜	173b
4443$_2$	菰	165c	4471$_0$	芒	169a	4490$_4$	葉	173b
4443$_7$	萸	166a	4471$_1$	老	169a	4490$_4$	藥	173c
4443$_8$	莢	166a	4471$_1$	耆	169a	4490$_8$	萊	174a
4445$_6$	韓	166a	4471$_2$	也	169a	4491$_0$	杜	174a
4446$_0$	姑	166a	4471$_6$	菴	169b	4491$_1$	椹	174a
4446$_0$	茹	166a	4471$_6$	世	169b	4491$_1$	橈	174a
4446$_5$	嬉	166a	4471$_7$	耄	169c	4491$_2$	枕	174a
4449$_4$	媒	166a	4471$_7$	芭	169c	4491$_4$	桂	174b
4450$_2$	摹	166a	4471$_7$	巷	169c	4491$_4$	蘿	174b
4450$_2$	攀	166a	4471$_7$	薹	169c	4491$_6$	植	174b
4450$_3$	菱	166b	4472$_7$	茆	169c	4491$_7$	枇	174c

4491_7	槝	174c	4611_4	埋	177b	4724_2	麹	181b
4492_7	菊	174c	4612_7	場	177c	4728_2	歡	181b
4492_7	楠	174c	4618_1	堤	177c	4733_4	怒	181a
4492_7	橢	174c	4621_0	觀	177c	4740_1	聲	181c
4492_7	藕	174c	4621_1	幌	178a	4740_2	翅	182a
4493_2	莅	174c	4621_4	猩	178a	4740_7	孥	182b
4493_4	模	174c	4622_7	獨	178b	4741_7	妃	182b
4494_7	枝	175a	4624_7	嶹	178b	4742_0	朝	182b
4494_7	莜	175a	4625_0	狎	178b	4742_7	努	182c
4495_4	樺	175a	4626_0	帽	178b	4742_7	娜	182c
4496_0	枯	175a	4632_7	駕	178b	4742_7	婦	182c
4496_0	楮	175b	4633_0	想	178b	4742_7	婿	182c
4496_1	檣	175b	4640_0	如	178c	4742_7	嬭	182c
4496_1	藉	175b	4642_7	娟	179b	4744_0	奴	182c
4497_0	柑	175b	4643_1	娛	179b	4744_0	好	182c
4498_2	萩	175b	4644_0	婢	179b	4744_7	報	183a
4498_6	横	175b	4645_6	嬋	179b	4746_7	媚	183b
4498_6	檟	175c	4673_2	袈	179b	4753_2	艱	183b
4499_0	林	175c	4680_6	賀	179b	4758_2	歎	183b
4510_6	坤	176a	4690_0	柏	179b	4760_1	磬	183b
4513_6	蟬	176b	4690_0	相	179b	4760_3	馨	183b
4513_6	蟄	176b	4690_3	絮	180b	4762_0	胡	183b
4514_4	壤	176b	4690_4	架	180b	4762_7	都	183b
4523_0	峽	176b	4691_3	槐	180c	4762_7	鵲	183c
4533_1	熱	176b	4691_4	樫	180c	4768_2	歆	183c
4541_0	姓	176b	4692_0	棉	180c	4772_0	切	183c
4541_7	執	176b	4692_7	楊	180c	4772_0	却	183c
4542_7	勢	176b	4692_7	揚	180c	4772_7	鶍	184a
4543_2	姨	176b	4694_1	楫	180c	4780_1	起	184a
4590_0	杖	176c	4694_4	櫻	180c	4780_2	趐	184b
4592_7	柿	176c	4698_0	枳	180c	4780_2	趨	184b
4593_2	棣	176c	4702_7	鳩	181a	4780_6	超	184b
4593_2	隸	176c	4711_7	圯	181a	4782_0	期	184b
4594_4	棲	176c	4712_0	坰	181a	4791_0	楓	184c
4594_4	樓	177a	4712_7	塢	181a	4791_4	櫂	184c
4594_7	構	177b	4713_2	塚	181a	4791_7	檻	184c
4596_3	椿	177b	4721_0	帆	181a	4792_0	柳	185a
4599_0	株	177b	4721_2	匏	181a	4792_0	桐	185a
4599_6	棟	177b	4721_2	魝	181b	4792_0	櫚	185b
4600_0	加	177b	4722_0	狗	181b	4792_0	欄	185b
4611_0	坦	177b	4722_7	鶴	181b	4792_7	楯	185b
4611_3	塊	177b	4722_7	鸛	181b	4792_7	橘	185b

4793_2	根	185b	4942_0	妙	189a	5040_4	妻	193b
4794_0	椒	185c	4942_7	嫦	189a	5043_0	奏	193b
4794_7	殺	185c	4980_2	趙	189a	5050_3	奉	193b
4794_7	穀	185c	4992_0	杪	189a	5055_7	冉	193b
4794_7	穀	185c	4992_7	梢	189a	5060_0	由	193b
4795_2	櫟	185c	5000_0	丈	189b	5060_1	書	193a
4796_1	檐	185c	5000_0	丰	189b	5060_3	春	194a
4796_2	榴	186a	5000_6	中	189b	5071_7	屯	195b
4796_4	格	186a	5000_6	史	190b	5073_2	表	195b
4798_2	款	186a	5000_6	申	190b	5073_2	橐	195b
4814_0	墩	186a	5000_6	吏	190b	5077_7	春	195c
4816_6	增	186a	5000_6	曳	190c	5080_6	責	195c
4821_6	悅	186a	5000_6	車	190c	5080_6	貴	195c
4824_0	散	186a	5000_7	事	190c	5090_0	未	195c
4824_0	敖	186a	5001_4	推	191a	5090_0	末	196b
4826_1	猶	186b	5001_4	擁	191a	5090_2	棗	196b
4832_7	驚	186c	5001_4	攤	191a	5090_3	素	196c
4834_0	赦	187a	5001_6	擅	191a	5090_4	秦	196c
4841_7	乾	187a	5002_7	攜	191a	5090_4	棻	196c
4842_7	翰	187a	5002_7	摘	191b	5090_6	束	196c
4843_7	嫌	187a	5003_0	夫	191b	5090_6	東	196c
4844_0	教	187a	5003_0	央	191b	5101_0	輒	197a
4844_0	嫩	187a	5003_2	夷	191b	5101_1	排	197a
4844_1	幹	187a	5004_3	拼	191c	5101_1	輕	197b
4850_2	擎	187b	5004_4	接	191c	5101_7	拒	197b
4864_0	故	187b	5004_8	較	191c	5102_0	打	197b
4864_0	敬	187b	5009_6	掠	191c	5103_2	振	197b
4871_7	鼇	187b	5010_6	畫	191c	5103_2	據	197b
4880_2	趁	187b	5010_6	畫	191c	5103_6	攄	197b
4890_4	繁	187b	5010_7	盡	192a	5104_0	軒	197b
4891_1	柞	187c	5010_7	蠱	192b	5104_1	攝	197c
4891_7	檻	187c	5011_4	蛇	192b	5104_7	輙	197c
4892_1	榆	187c	5011_7	虮	192b	5106_1	指	197c
4892_7	枌	187c	5013_6	蟲	192b	5111_0	虹	198a
4893_2	松	188b	5013_6	蠹	192b	5112_7	蠣	198a
4893_2	樣	188b	5014_0	蚊	192c	5178_6	頓	198a
4894_2	杵	188b	5014_3	蜂	192c	5201_0	軋	198a
4894_0	枚	188b	5022_7	青	192c	5201_3	挑	198a
4894_6	樽	188b	5023_0	本	193a	5201_4	摧	198a
4895_3	樣	188c	5032_7	鴦	193a	5202_1	折	198a
4895_7	梅	188c	5033_3	惠	193a	5202_1	斬	198b
4898_6	檢	189a	5033_6	忠	193b	5202_7	擶	198b

5203_4	撲	198b	5403_8	挾	200c	5608_6	損	202b
5204_0	抵	198b	5404_1	持	200c	5609_4	操	202b
5204_7	授	198b	5404_1	擣	200c	5610_0	蜘	202c
5204_7	援	198b	5404_7	技	200c	5611_0	蜆	202c
5204_7	撥	198b	5404_7	披	200c	5612_7	蝟	202c
5207_2	拙	198c	5406_0	描	200c	5613_4	蜈	202c
5207_7	插	198c	5406_1	拮	201a	5615_6	蟬	202c
5209_4	採	198c	5408_1	拱	201a	5619_3	螺	202c
5213_9	蟋	198c	5408_6	攢	201a	5651_0	靚	202c
5216_9	蟠	198c	5409_6	撩	201a	5701_2	抱	202c
5225_7	靜	198c	5410_0	蚪	201a	5701_4	握	203a
5233_2	慼	199a	5411_4	蛙	201a	5701_4	擢	203a
5260_1	誓	199a	5413_8	蛺	201a	5701_6	攪	203a
5260_2	哲	199a	5419_4	蝶	201a	5701_7	把	203a
5260_0	互	199a	5500_0	井	201a	5702_0	捫	203a
5260_2	暫	199a	5502_7	弗	201b	5702_0	掤	203a
5280_1	甃	199a	5502_7	拂	201b	5702_7	邦	203a
5290_0	剌	199a	5503_0	扶	201b	5702_7	掃	203a
5300_0	戈	199a	5504_3	轉	201c	5702_7	搗	203b
5300_0	掛	199b	5504_7	搆	201b	5702_7	擲	203b
5303_5	撼	199b	5505_3	捧	201b	5703_4	換	203b
5304_0	拭	199b	5506_0	抽	201b	5703_6	搔	203b
5304_4	按	199b	5506_0	軸	201c	5704_7	扱	203b
5304_7	拔	199b	5508_1	捷	201c	5704_7	投	203b
5306_5	轄	199b	5509_1	抹	201c	5704_7	搜	203c
5310_0	或	199b	5519_0	蛛	201c	5705_0	拇	203c
5310_7	盛	199c	5523_2	農	201c	5705_6	揮	203c
5310_7	盞	199c	5533_7	慧	201c	5706_1	擔	203c
5311_1	蛇	199c	5550_6	肇	201c	5706_2	招	203c
5315_0	蛾	199c	5560_0	曲	201c	5706_2	摺	204a
5320_0	成	200a	5560_6	曹	202a	5706_4	据	204a
5320_0	咸	200a	5580_1	典	202a	5707_2	搖	204a
5320_0	威	200a	5580_6	費	202a	5708_1	擬	204a
5322_7	甫	200b	5590_0	耕	202a	5708_2	軟	204a
5322_7	臂	200b	5599_2	棘	202a	5709_4	探	204b
5333_0	感	200b	5601_1	規	202a	5711_7	蠅	204b
5340_0	戎	200b	5601_7	挹	202b	5712_0	蝴	204b
5340_0	戒	200b	5602_7	捐	202b	5712_7	蝸	204b
5401_4	挂	200b	5602_7	揚	202b	5714_2	蝦	204b
5401_6	掩	200b	5602_7	揭	202b	5716_1	蟾	204b
5401_7	軌	200c	5604_1	揖	202b	5718_0	螟	204b
5403_4	摸	200c	5608_1	提	202b	5743_0	契	204b

5750₂ 6213₄

5750₂	挈	204c	6015₃	國	208c	6072₇	昂	212c
5750₂	擊	204c	6021₀	兄	209a	6073₂	畏	212c
5772₇	邦	204c	6021₀	四	209a	6077₂	㖿	212c
5790₃	繫	204c	6021₀	見	209b	6077₂	嚻	212c
5798₆	賴	204c	6021₁	罷	209c	6080₀	只	212c
5802₇	輪	204c	6022₇	吊	209c	6080₀	貝	213a
5804₀	撒	204c	6022₇	禺	209c	6080₁	足	213a
5804₀	轍	204c	6022₇	易	209c	6080₁	是	213a
5806₁	拾	204c	6022₇	圖	210a	6080₁	異	213c
5811₆	蛻	204a	6022₈	界	210a	6080₆	員	213c
5813₂	蚣	204a	6023₂	晨	210a	6080₆	買	213c
5813₇	蛉	204a	6023₂	圜	210a	6080₆	圓	214a
5815₃	蟻	204a	6033₀	思	210b	6090₃	彙	214a
5844₀	數	204a	6033₀	恩	211a	6090₄	困	214a
5901₂	捲	205b	6033₁	黑	211a	6090₄	果	214a
5904₁	撑	205b	6033₁	愚	211a	6090₆	景	214a
5905₀	拌	205b	6034₃	團	211a	6091₄	罹	214b
6000₀	口	205b	6036₁	黯	211a	6091₄	羅	214b
6001₄	唯	205c	6040₀	田	211b	6102₇	呵	214b
6002₇	啼	205c	6040₀	早	211b	6102₇	晒	214b
6003₂	眩	205c	6040₄	晏	211b	6102₇	嘴	214b
6003₆	噫	205c	6040₇	曼	211c	6103₂	啄	214b
6004₈	晬	205c	6042₇	男	211c	6104₀	呼	214b
6004₈	戾	205c	6043₀	因	211c	6106₀	晒	214b
6006₁	暗	205c	6044₇	昇	211c	6106₁	晤	214b
6008₂	咳	205a	6050₀	甲	211c	6121₇	號	214c
6010₀	日	205a	6050₆	圍	211c	6136₁	點	214c
6010₀	曰	207a	6050₆	暈	211c	6138₆	顯	214c
6010₀	旦	207a	6050₇	畢	212a	6180₈	題	214c
6010₁	目	207b	6052₇	羈	212a	6198₆	顆	215a
6010₄	呈	207b	6060₀	回	212a	6201₀	吼	215a
6010₄	里	207b	6060₀	呂	212a	6201₀	眺	215a
6010₄	星	207c	6060₀	冒	212a	6201₄	唾	215a
6010₄	墨	208a	6060₀	圄	212b	6201₄	睡	215b
6010₄	壘	208a	6060₄	署	212b	6203₁	嚎	215b
6010₇	疊	208b	6060₄	暑	212b	6203₁	嗅	215b
6011₄	雖	208b	6060₆	罾	212b	6204₆	嚼	215b
6012₃	蹟	208b	6062₀	罰	212b	6204₇	曖	215b
6012₇	蜀	208b	6066₀	品	212c	6204₉	呼	215b
6012₇	蹄	208b	6066₀	晶	212c	6207₂	咄	215c
6013₂	暴	208b	6071₁	昆	212c	6211₈	蹬	215c
6014₇	最	208c	6071₆	置	212c	6213₄	蹊	215c

— 331 —

6216$_3$	踏	215c	6508$_6$	噴	219a	6710$_4$	墅	222b
6220$_0$	別	215c	6509$_0$	昧	219b	6710$_7$	盟	222b
6237$_2$	黜	216a	6600$_0$	咽	219b	6711$_2$	跪	222c
6292$_2$	影	216a	6603$_1$	嘿	219b	6711$_4$	躍	222c
6301$_6$	喧	216b	6603$_2$	嚗	219b	6712$_2$	野	222c
6301$_6$	喧	216c	6604$_4$	嚶	219b	6712$_7$	鄧	223a
6303$_4$	吠	216c	6606$_0$	唱	219b	6712$_7$	鄺	223a
6305$_0$	哦	216c	6606$_4$	曙	219c	6716$_4$	路	223a
6305$_0$	眸	216c	6609$_4$	噪	219c	6716$_4$	踞	223b
6314$_7$	跋	216c	6610$_0$	跏	219c	6722$_7$	鵑	223b
6333$_4$	黙	216c	6612$_7$	躅	219c	6732$_7$	鷺	223b
6355$_0$	戰	216c	6624$_8$	嚴	219c	6733$_6$	照	223b
6363$_4$	獸	216c	6640$_7$	罌	219c	6742$_7$	鸚	223c
6382$_1$	貯	216c	6643$_0$	哭	219c	6752$_7$	鴨	223c
6384$_0$	賦	216c	6650$_6$	單	219c	6762$_7$	鄙	224a
6385$_0$	賊	217a	6666$_3$	器	219c	6801$_1$	昨	224a
6385$_3$	賤	217a	6682$_7$	賜	219c	6801$_1$	嗟	224a
6386$_0$	貽	217a	6701$_0$	咀	220a	6801$_9$	唅	224a
6400$_0$	叫	217a	6701$_1$	呢	220a	6802$_7$	吟	224b
6401$_0$	吡	217a	6701$_6$	晩	220a	6803$_4$	咲	224c
6401$_0$	吐	217a	6702$_0$	叨	220a	6804$_0$	暾	224c
6401$_1$	曉	217b	6702$_0$	叩	220a	6889$_4$	賒	224c
6401$_4$	畦	217b	6702$_0$	呴	220b	6901$_4$	瞠	224c
6402$_7$	唏	217b	6702$_0$	吻	220b	6905$_0$	畔	224c
6402$_7$	喃	217b	6702$_0$	明	220b	7010$_3$	壁	225a
6403$_4$	嘆	217b	6702$_0$	嘲	221b	7010$_4$	壁	225a
6404$_1$	時	217c	6702$_7$	鳴	221b	7021$_4$	離	225a
6404$_1$	疇	218b	6702$_7$	囑	221b	7022$_7$	防	225a
6406$_1$	嗜	218b	6703$_2$	眼	221b	7022$_7$	脖	225b
6408$_6$	噴	218b	6703$_4$	喉	221b	7022$_7$	臂	225b
6410$_0$	跗	218b	6703$_4$	喚	221b	7024$_6$	障	225b
6412$_7$	跨	218b	6703$_4$	喫	221c	7024$_7$	腋	225b
6414$_1$	躊	218b	6704$_7$	吸	221c	7024$_8$	骸	225b
6416$_4$	踏	218b	6704$_7$	眠	221c	7026$_1$	陪	225b
6432$_7$	勘	218b	6704$_7$	啜	221c	7028$_2$	骸	225b
6480$_0$	財	218b	6704$_7$	暇	221c	7038$_2$	驗	225b
6486$_2$	賭	218b	6705$_6$	暉	221c	7064$_1$	辟	225b
6502$_7$	晴	218b	6706$_1$	瞻	222a	7090$_4$	壁	225b
6502$_7$	嘯	218c	6706$_4$	略	222a	7121$_1$	阮	225b
6503$_0$	映	219a	6708$_0$	瞑	222a	7121$_1$	歷	225c
6504$_3$	嘩	219a	6708$_0$	瞑	222a	7121$_1$	隴	225c
6508$_1$	睫	219a	6708$_2$	吹	222a	7121$_2$	厄	225c

7121₄	雁	225c	7226₃	腦	229a	7523₀	峽	231b
7121₄	壓	226a	7227₇	戶	229b	7529₆	陳	231b
7122₀	阿	226a	7228₆	鬚	229b	7570₇	肆	231b
7122₁	陟	226a	7230₀	馴	229b	7621₂	颷	231b
7122₇	脣	226a	7232₇	驕	229b	7621₃	飍	231b
7122₇	隔	226a	7233₄	駿	229b	7621₄	曜	231b
7123₂	辰	226b	7240₀	刪	229b	7621₈	颺	231c
7126₉	曆	226b	7242₂	彤	229b	7622₇	陽	231c
7128₂	厥	226b	7244₀	髮	229b	7622₇	隅	232a
7128₆	願	226b	7255₇	髻	229c	7622₇	腸	232a
7128₉	灰	226b	7260₁	髺	229c	7623₂	限	232b
7129₆	原	226b	7260₄	昏	229c	7630₀	馴	232b
7131₁	驪	226c	7271₆	鹽	229c	7634₁	驛	232b
7131₆	驢	226c	7271₆	蠱	229c	7680₈	呃	232b
7131₇	驢	226c	7274₀	氏	229c	7710₀	且	232b
7132₇	馬	226c	7280₁	兵	230a	7710₄	堅	232c
7134₃	辱	227a	7280₆	質	230a	7710₄	閩	232c
7138₁	驥	227a	7280₆	鬻	230a	7710₄	閠	232c
7171₁	匹	227a	7321₁	陀	230a	7710₈	豎	232c
7171₂	匝	227a	7321₁	院	230a	7714₁	鬪	232c
7171₂	匠	227a	7326₀	胎	230a	7716₄	闊	232c
7171₆	叵	227a	7332₂	駿	230b	7720₇	尸	232c
7171₆	區	227b	7410₄	墮	230b	7721₀	几	233a
7171₇	巨	227b	7412₇	助	230b	7721₀	凡	233a
7171₇	臣	227b	7420₀	肘	230b	7721₀	肌	233a
7171₇	甌	227b	7420₀	附	230b	7721₀	夙	233a
7171₈	匱	227b	7421₀	肚	230b	7721₀	阻	233a
7173₂	長	227b	7421₄	陸	230b	7721₀	風	233a
7178₆	頤	228b	7423₂	肱	230b	7721₀	凰	234c
7210₀	劉	228b	7423₂	隨	230b	7721₀	鳳	234c
7210₁	丘	228b	7423₂	膝	230c	7721₂	脆	234c
7220₀	剛	228b	7423₂	朦	230c	7721₄	尾	234c
7221₂	卮	228b	7424₂	陂	230c	7721₄	屋	235a
7221₆	臘	228b	7424₂	陵	230c	7721₄	隆	235a
7222₁	所	228b	7431₂	馳	231a	7721₆	覺	235a
7222₂	彫	228c	7432₁	騎	231a	7721₇	尻	235a
7222₂	膨	229a	7433₀	駝	231a	7721₇	兒	236b
7223₀	瓜	229a	7433₀	慰	231a	7721₇	兇	235b
7223₁	斥	229a	7438₁	騏	230a	7721₇	肥	235b
7223₇	隱	229a	7444₇	脧	231a	7721₇	雁	235c
7224₀	阡	229a	7520₆	陣	231a	7722₀	月	235c
7226₁	后	229a	7521₈	體	231b	7722₀	用	236c

7722_0	同	237a	7760_1	譽	241a	7740_7	學	239c
7722_0	岡	237c	7760_2	留	241a	7744_0	丹	239c
7722_0	周	237c	7760_4	閣	241b	7744_1	開	240a
7722_0	朋	237c	7760_4	闇	241b	7748_2	闢	240c
7722_0	胸	237c	7760_6	閭	241b	7750_0	母	240c
7722_0	陶	237c	7760_7	問	241b	7750_2	舉	240c
7722_0	脚	237c	7760_7	間	241b	7750_6	闌	240c
7722_7	局	237c	7764_1	闢	242a	7760_1	闇	240c
7722_7	骨	237c	7771_7	巳	242a	7760_1	醫	240c
7722_7	屑	237c	7771_7	巴	242a	7826_1	膳	245a
7722_7	關	237c	7772_0	印	242a	7826_6	膾	245a
7722_7	鬧	237c	7771_7	鼠	242a	7828_6	險	245a
7722_7	屬	238a	7772_0	卽	242a	7828_6	臉	245a
7723_2	限	238a	7772_0	卿	242b	7829_4	除	245a
7723_2	展	238a	7772_7	邸	242b	7838_6	驗	245a
7723_7	腴	238a	7772_7	鷗	242b	7870_0	臥	245b
7724_1	屛	238a	7774_7	民	242c	7876_6	臨	245b
7724_4	屢	238a	7777_2	關	242c	7922_7	勝	245c
7724_4	履	238a	7777_7	門	242c	7922_7	騰	245c
7724_7	服	238a	7777_7	閣	243b	7923_2	滕	245c
7724_7	展	238b	7778_2	歐	243b	7925_9	隣	246a
7724_7	殷	238b	7780_1	具	243b	8000_0	人	246a
7724_7	閉	238b	7780_6	賢	243b	8000_0	入	247a
7724_7	屛	238b	7780_7	尺	243b	8010_1	企	248a
7724_7	殿	238b	7780_7	閃	243c	8010_2	並	248a
7724_7	骰	238b	7780_7	與	243c	8010_4	全	248a
7724_7	履	238b	7780_7	関	244a	8010_7	盆	248b
7725_3	閱	238b	7780_7	興	244a	8010_7	益	248b
7725_4	降	238c	7780_7	輿	244a	8010_9	金	248b
7726_4	居	238c	7788_2	歟	244b	8010_9	釜	249a
7726_6	層	238c	7790_4	閑	244b	8011_4	鐘	249b
7726_7	屆	239a	7790_6	蘭	244b	8011_6	鏡	249b
7726_7	眉	239a	7810_4	墜	244b	8011_7	氫	249b
7727_2	屈	239a	7810_7	監	244c	8012_7	翁	249b
7728_2	欣	239a	7810_7	鹽	244c	8012_7	翕	249b
7729_1	際	239a	7821_1	胙	244c	8018_2	羨	249b
7732_0	駒	239b	7821_6	脫	244c	8020_7	今	249c
7733_6	騷	239b	7821_6	覽	244c	8020_7	兮	250a
7733_7	閼	239b	7822_1	隃	244c	8021_1	午	250a
7734_0	馭	239b	7823_1	陰	244c	8021_1	差	250a
7740_1	聞	239b	7824_1	腹	245a	8021_1	龕	250b
7740_7	叟	239c	7825_4	降	246a	8021_5	羔	250b

8022_1	前	250b	8071_7	乞	256a	8519_6	鍊	258b
8022_7	分	250c	8073_2	公	256a	8573_0	缺	258b
8022_7	弟	251a	8073_2	食	256a	8573_6	蝕	268b
8022_7	剪	251a	8073_2	䬺	256a	8578_6	饋	268b
8025_1	舞	251b	8073_2	養	256b	8610_0	鈿	268b
8025_3	義	251b	8080_6	貧	256b	8612_7	錦	268b
8030_7	令	251b	8080_6	貪	256b	8612_7	錫	268c
8033_1	恙	251b	8090_4	余	256b	8640_0	知	268c
8033_1	無	251c	8091_7	氣	256b	8712_0	卸	269a
8033_2	念	252c	8111_7	鉅	256c	8712_0	釣	269a
8033_2	愈	252c	8114_1	鑪	256c	8712_0	鉤	269b
8033_2	煎	252c	8118_1	鎭	256c	8712_0	銅	269b
8033_3	慈	252c	8138_6	領	256c	8712_7	钁	269b
8033_7	兼	253a	8141_7	瓶	256c	8713_2	銀	269b
8034_6	尊	253a	8141_8	短	257a	8713_2	錄	269c
8040_0	午	253a	8171_0	缸	257a	8714_0	釵	269c
8040_0	父	253b	8171_7	鑪	257a	8714_7	鍛	269c
8041_4	雉	253b	8174_0	餌	257a	8715_4	鋒	269c
8042_7	禽	253b	8174_7	飯	257a	8718_2	欽	269c
8043_0	矢	253b	8178_6	頌	257a	8722_7	鵝	269c
8043_0	美	253b	8210_0	釗	257a	8742_0	朔	269c
8043_0	奠	253c	8211_4	鍾	257a	8742_7	鄭	269c
8043_0	羹	253c	8215_3	錚	257b	8752_0	翔	269c
8044_1	并	253c	8219_4	鑠	257b	8762_2	舒	269c
8050_0	年	253c	8242_7	矯	257b	8762_2	鴿	260a
8050_1	羊	254a	8260_0	創	257b	8762_2	鵲	260a
8050_7	每	254b	8273_2	飫	257b	8768_2	欲	260a
8051_6	羶	254b	8280_0	劍	257b	8771_0	飢	260b
8055_3	義	254c	8315_0	鐵	257b	8771_2	飽	260b
8060_1	合	254c	8315_3	錢	257c	8778_1	飲	260b
8060_1	首	254c	8362_7	鋪	257c	8778_1	饌	260b
8060_2	含	254c	8363_4	猷	257c	8788_2	歛	260c
8060_4	舍	254c	8370_0	飶	257c	8790_4	槊	260c
8060_4	着	254a	8375_3	餓	257c	8794_0	叙	260c
8060_5	善	254a	8377_7	館	257c	8810_1	竺	260c
8060_6	曾	255a	8410_0	針	257c	8810_4	坐	260c
8060_6	會	255b	8412_7	鋤	258a	8810_4	笙	261a
8060_7	倉	255c	8413_8	銖	258a	8810_4	筌	261b
8060_8	谷	255c	8416_1	錯	258a	8810_4	篁	261b
8060_9	畚	255c	8471_1	饒	258a	8810_7	籃	261b
8061_7	氤	255c	8490_0	斜	258a	8810_8	笠	261b
8062_7	命	255c	8513_0	鉢	258a	8811_7	筑	261b

8811_7 9489_4

8811_7	鑑	261b	8855_7	簀	264a	9022_7	常	267c
8812_7	筇	261c	8860_1	答	264a	9033_1	黨	267c
8812_7	筠	261c	8860_1	簪	264a	9042_7	劣	267c
8813_7	鈴	261c	8860_2	箇	264b	9043_0	尖	267c
8815_3	籤	261c	8860_3	笛	264b	9050_2	掌	268a
8816_3	箔	261c	8862_7	笱	264b	9060_1	嘗	268a
8821_1	籠	261c	8862_7	笥	264b	9060_2	省	268b
8821_7	籨	261c	8864_1	籌	264b	9060_6	當	268b
8821_7	籯	261c	8871_7	芭	264b	9071_2	卷	268c
8822_0	竹	261c	8871_8	篋	264b	9073_2	裳	268c
8822_7	第	262a	8872_7	餅	264b	9080_0	火	268c
8822_7	筋	262a	8872_7	飾	264b	9080_1	糞	269a
8822_7	筒	262b	8872_7	節	264b	9080_6	賞	269a
8822_7	筍	262b	8872_7	篩	264c	9090_4	米	269a
8822_7	篇	262b	8873_1	餯	264c	9090_4	棠	269a
8822_7	篤	262c	8873_2	簑	264c	9091_4	粧	269b
8823_2	篆	262c	8874_1	餅	264c	9091_8	粒	269a
8823_4	簇	262c	8874_6	罇	264c	9101_4	慨	269b
8823_7	簾	262c	8877_7	管	264c	9101_6	恒	269b
8824_3	符	263a	8879_4	餘	264c	9148_6	類	269b
8824_7	笈	263a	8880_1	篷	265b	9181_4	煙	269b
8825_3	筏	263a	8880_1	箕	265b	9181_7	爐	270b
8826_1	簷	263a	8880_6	簀	265b	9188_6	煩	270b
8829_4	篠	263a	8882_1	簎	265b	9206_3	惱	270c
8830_3	篴	263a	8884_7	簸	265b	9206_4	恬	270c
8830_4	篷	263a	8890_3	繁	265b	9220_0	削	270c
8832_7	篤	263b	8890_4	築	265b	9280_0	刻	270c
8834_1	等	263b	8898_6	籟	265b	9281_8	燈	270c
8840_1	竿	263b	8912_7	銷	265c	9284_7	煖	271a
8840_1	竿	263b	8918_6	鎖	265c	9303_5	憾	271a
8840_1	筵	263b	9000_0	小	265c	9306_0	怡	271a
8840_6	簞	263b	9001_0	忙	266a	9383_3	燃	271b
8841_4	籬	263b	9001_4	惟	266a	9385_0	熾	271b
8843_0	笑	263c	9002_7	慵	266a	9399_1	粽	271b
8844_1	笄	263c	9003_2	懷	266a	9401_4	懽	271b
8846_3	笳	263c	9003_6	憶	266b	9403_1	怯	271b
8850_3	箋	263c	9010_4	堂	266b	9404_1	恃	271b
8850_6	簟	263c	9020_0	少	266c	9406_1	惜	271b
8850_7	筆	263c	9021_1	光	267a	9406_1	憒	271b
8850_7	箏	264a	9021_4	雀	267b	9481_1	燒	271b
8851_2	範	264a	9022_7	肖	267b	9488_1	烘	271c
8854_0	敏	264a	9022_7	尚	267b	9489_4	煤	271c

— 336 —

9490_0	料	271c	9702_0	徇	272c	9805_7	悔	273c
9493_4	糢	271c	9702_0	惆	272c	9806_1	恰	274c
9501_0	性	271c	9703_2	恨	272c	9806_6	憎	274c
9502_7	情	271c	9708_6	懶	273a	9824_0	敝	273a
9503_0	快	272a	9722_7	鄰	273a	9824_0	敝	273a
9581_7	爐	272a	9725_6	輝	273a	9844_4	弊	273a
9589_6	煉	272a	9781_2	炮	273b	9871_7	鼈	273a
9592_7	精	272a	9782_0	炯	273b	9892_7	粉	273a
9600_0	怕	272b	9782_0	爛	273b	9905_9	憐	273a
9601_3	愧	272b	9783_4	煥	273b	9910_3	瑩	266c
9601_7	慍	272b	9788_2	炊	273b	9913_6	螢	266c
9605_6	憚	272b	9789_4	燦	273b	9932_7	鶖	274b
9682_7	燭	272b	9792_0	糊	273c	9942_7	勞	274c
9683_2	煨	272c	9792_7	炬	273c	9960_6	營	274c
9691_4	糧	272c	9801_6	悅	273c	9985_9	燐	274c
9701_4	怪	272c	9802_1	愉	273c	9990_3	縈	274c
9702_0	切	272c	9803_7	怜	273c	9990_4	榮	274c

部　首　檢　字　表

一・｜・丶・丿・乙・亅・二・亠・人・儿・入・八・冂・冖・冫

【一】	0 二 1010_0	5 低 2224_0	8 候 2723_4	15 優 2124_7
0 一 1000_0	1 于 1040_0	侘 2321_1	修 2822_2	16 儲 2426_0
1 丁 1020_0	2 互 1010_7	佐 2421_1	倦 2921_2	【儿】
七 4071_0	五 1010_7	佛 2522_7	倘 2922_1	2 元 1021_1
2 三 1010_1	云 1073_1	伯 2620_0	倉 8060_7	3 充 4021_3
下 1023_0	井 5500_0	但 2621_1	倫 2822_7	兄 6021_0
不 1090_0	4 亘 1010_6	佩 2721_0	俸 2525_3	4 先 2421_1
上 2110_0	6 亞 1010_7	似 2820_0	9 停 2022_1	兆 3211_3
丈 5000_0	【亠】	作 2821_1	偃 2121_1	光 9021_1
4 丑 1710_5	1 亡 0071_0	伴 2925_0	側 2220_0	5 兔 2051_3
世 4471_7	4 亦 0033_0	余 8090_4	偏 2322_7	免 2721_6
丘 7210_1	交 0040_8	伶 2822_7	偉 2425_6	克 4021_6
且 7710_0	6 京 0090_6	6 依 2023_2	健 2524_0	6 兒 7721_7
【｜】	7 亭 0020_1	佳 2421_4	偶 2622_7	兜 7721_1
3 丰 5000_0	20 亹 0010_7	侑 2422_7	偓 2721_4	【入】
中 5000_6	【人】	侍 2424_1	假 2724_7	0 入 8000_0
【丶】	0 人 8000_0	供 2428_1	偷 2822_1	2 内 4022_7
2 之 3030_7	2 仁 2121_0	使 2520_6	10 傍 2022_7	4 全 8010_4
3 丹 7744_0	什 2420_0	佩 2721_0	舒 8762_2	6 兩 1022_7
4 主 0010_4	仍 2722_7	侒 2821_4	11 傾 2128_6	【八】
【丿】	今 8020_7	來 4090_8	催 2221_4	0 八 8000_0
1 乃 1722_7	化 2421_0	舍 8060_4	僅 2421_4	2 六 0080_0
2 久 2780_0	3 仙 2227_0	7 信 2026_1	傳 2524_3	兮 8020_7
4 乏 2030_7	代 2324_0	便 2124_7	傷 2822_7	公 8073_2
乎 2040_9	他 2421_2	俄 2325_0	傲 2824_0	4 共 4480_1
乍 8021_1	以 2810_0	侶 2626_0	11 僧 2826_6	5 兵 7280_1
7 乘 2011_7	令 8030_7	促 2628_1	債 2528_6	6 其 4480_1
9 乘 2090_1	4 仳 2121_0	7 保 2629_4	12 僮 2021_4	具 7780_1
【乙】	伍 2121_7	侯 2723_4	僑 2222_2	典 5580_1
1 九 4001_7	任 2221_4	侵 2724_7	僕 2223_4	8 兼 8033_7
2 也 4471_2	伎 2424_7	俠 2423_8	僞 2321_4	14 冀 1180_1
3 乞 8071_7	4 伏 2323_4	俗 2826_8	僚 2429_6	【冂】
7 乳 2241_0	伐 2325_0	8 倍 2026_1	像 2723_2	3 冉 5055_7
10 乾 4841_7	休 2429_0	倒 2220_0	13 價 2128_6	4 再 1055_7
12 亂 2221_0	仲 2520_6	值 2421_6	儀 2825_3	7 冒 6060_7
【亅】	仰 2722_0	倚 2422_1	14 儒 2122_7	【冖】
1 了 1720_7	伊 2725_7	借 2426_1	儅 2421_1	7 冠 3721_4
3 予 1720_2	企 8010_1	倩 2522_7	儔 2424_1	8 冥 3780_1
7 事 5000_7	5 住 2021_4	倡 2626_0	儘 2521_7	【冫】
【二】	何 2122_1	俱 2628_1	儕 2022_3	3 冬 2730_3

— 338 —

冫・几・凵・刀・刂・力・勹・匕・匚・十・卜・卩・厂・厶・又・口

4 冰 3213$_0$	10 割 3260$_0$	2 升 2440$_0$	2 可 1062$_0$	5 呼 6204$_9$
5 冶 3316$_0$	創 8260$_0$	廾 4477$_0$	召 1760$_2$	咄 6207$_2$
冷 3813$_7$	13 劉 7210$_0$	午 8040$_0$	句 2762$_0$	味 6509$_0$
8 凌 3414$_7$	劍 8280$_0$	3 半 9050$_0$	古 4060$_0$	咀 6701$_0$
凄 3514$_4$	劇 2220$_0$	6 卒 0040$_8$	右 4060$_0$	呢 6701$_1$
凍 3519$_6$	【力】	卓 2140$_6$	史 5000$_6$	周 7722$_0$
凋 3712$_0$	0 力 4002$_7$	協 4402$_7$	只 6080$_0$	命 8062$_7$
13 凛 3019$_1$	3 功 1412$_7$	7 南 4022$_7$	叶 6400$_0$	响 6702$_2$
14 凝 3718$_1$	加 4600$_0$	【卜】	叱 6401$_0$	6 哀 0073$_2$
【几】	4 劣 9042$_7$	0 卜 2300$_0$	叨 6702$_2$	哉 4365$_0$
0 几 7721$_0$	5 助 7412$_7$	3 占 2160$_0$	叩 6702$_2$	咸 5320$_0$
1 凡 7721$_0$	7 勁 1412$_7$	【卩】	叵 7171$_6$	咳 6008$_2$
6 凭 2221$_7$	勃 4442$_7$	3 厄 7221$_2$	3 向 2722$_0$	品 6066$_0$
9 凰 7721$_0$	9 務 1822$_7$	4 危 2721$_1$	名 2760$_0$	咽 6600$_0$
【凵】	勣 2412$_7$	印 7772$_0$	各 2760$_4$	6 咲 6803$_4$
3 出 2277$_2$	10 勝 7922$_7$	5 却 4772$_0$	吉 4060$_1$	咫 7680$_8$
6 函 1077$_2$	勞 9942$_7$	即 7772$_0$	吏 5000$_6$	7 唐 0026$_7$
【刀】	11 勤 4412$_7$	6 卸 8712$_7$	3 吊 6022$_7$	哲 5260$_2$
0 刀 1722$_0$	勢 4542$_7$	卷 9071$_2$	叫 6400$_0$	員 6080$_6$
1 刃 1742$_0$	18 勸 4422$_7$	7 卽 7772$_0$	吐 6401$_0$	哦 6305$_0$
2 刈 4200$_0$	【勹】	8 卿 7772$_0$	后 7226$_1$	哭 6643$_0$
切 4772$_0$	2 勿 2722$_0$	【厂】	同 7722$_0$	8 商 0022$_7$
分 8022$_7$	勾 2772$_0$	2 厄 7121$_2$	合 8060$_1$	啓 3860$_4$
刑 1240$_0$	3 包 2771$_7$	7 厚 7124$_7$	吁 6104$_0$	唯 6001$_4$
5 利 2290$_0$	匆 2745$_0$	8 原 7129$_6$	4 吾 1060$_1$	啄 6103$_2$
初 3722$_0$	4 匈 2772$_0$	10 厥 7128$_2$	否 1060$_9$	唾 6201$_4$
別 6220$_0$	9 匏 4721$_2$	12 厭 7123$_4$	君 1760$_0$	唱 6606$_0$
6 刻 0280$_0$	【匕】	【厶】	吞 2060$_3$	問 7760$_7$
到 1210$_0$	0 匕 2171$_0$	3 去 4073$_1$	告 2460$_1$	啜 6704$_7$
制 2220$_0$	2 化 2421$_0$	【又】	吳 2680$_0$	唸 6801$_9$
刳 4220$_0$	3 北 1111$_0$	0 又 1740$_0$	呈 6010$_4$	9 喬 2022$_7$
刮 4290$_0$	4 旨 2160$_1$	2 及 1724$_7$	呂 6060$_0$	喜 4060$_1$
刺 5290$_0$	【匚】	友 4004$_7$	吼 6201$_0$	喪 4073$_2$
刪 7240$_0$	2 匹 7171$_1$	6 取 1714$_0$	吠 6303$_4$	啼 6002$_7$
7 前 8022$_1$	巨 7171$_7$	受 2040$_7$	吻 6702$_2$	喧 6301$_6$
剄 8210$_0$	3 匠 7171$_2$	叔 2794$_0$	吸 6704$_7$	喃 6402$_7$
削 9220$_0$	4 匠 7171$_1$	7 叙 8794$_0$	吹 6708$_2$	單 6650$_6$
8 剔 2210$_0$	9 區 7171$_6$	8 叟 7740$_0$	吟 6802$_7$	喉 6703$_4$
剛 7220$_0$	12 匱 7171$_8$	14 叡 2764$_0$	含 8060$_2$	喚 6703$_4$
剝 9280$_0$	【十】	16 叢 3214$_7$	吝 0060$_4$	喫 6703$_3$
9 剩 2290$_0$	0 十 4000$_0$	【口】	5 和 2690$_0$	善 8060$_5$
剪 8022$_7$	1 千 2040$_0$	0 口 6000$_0$	呵 6102$_0$	10 嘆 6403$_4$

口・口・土・士・夂・夕・大・女・子・宀

10 嗜 6406₁	5 坤 4510₆	8 壺 4010₆	4 妙 4942₀	1 孔 1241₀
嗟 6801₁	J5 4712₀	11 壽 4064₁	妨 4042₇	3 字 3040₇
11 嘉 4046₅	6 垣 4111₆	【夂】	妊 4241₁	存 4024₇
噴 6508₆	垢 4216₁	7 夏 1024₇	5 始 4346₀	4 孛 2040₇
嘗 9060₁	城 4315₀	【夕】	姓 4541₁	孝 4440₇
12 嘴 6102₇	7 埃 4313₄	0 夕 2720₀	妻 5040₄	5 孤 1243₀
嘯 6502₇	埋 4611₄	2 外 2320₀	姑 4446₀	孟 1710₇
器 6666₃	8 堆 4011₄	3 多 2720₇	6 姿 3740₄	季 2040₇
嘲 6702₀	8 培 4016₁	夙 7721₀	姬 4141₇	孥 4740₇
13 噫 6003₆	執 4541₇	5 夜 0024₇	姚 4241₃	6 孩 1048₂
噴 6408₆	堅 7710₄	11 夢 4420₇	姨 4543₂	7 孫 1249₃
噪 6609₄	堂 9010₄	【大】	威 5320₀	8 孰 0541₇
嘿 6603₁	9 堪 4411₁	0 大 4003₀	7 娥 4345₀	9 孱 7724₇
17 嚲 0645₆	堵 4416₀	1 天 1043₀	娟 4642₇	13 學 7740₇
嚶 6604₄	場 4612₇	太 4003₀	娛 4643₇	14 孺 1142₇
嚴 6624₈	堤 4618₁	夫 5003₀	娜 4742₇	【宀】
嚼 6504₃	塚 4713₂	2 失 2503₀	娑 3973₂	2 它 3071₁
嚀 6204₆	10 塘 4016₇	央 5003₀	8 娶 1740₄	3 守 3034₂
19 囊 5073₂	塡 4118₁	3 夷 5003₂	婆 3440₄	宇 3040₄
【口】	塔 4416₁	4 夾 4003₈	婀 4142₇	安 3040₄
2 四 6021₀	塢 4712₇	5 奇 4062₁	婚 4246₂	宅 3071₄
3 因 6043₀	報 4744₇	奈 4090₁	婦 4742₇	5 宜 3010₇
回 6060₀	11 塵 0021₄	奉 5050₃	婢 4644₀	宛 3021₂
4 困 6090₄	境 4011₆	6 奕 0043₀	9 媄 1840₄	官 3077₇
7 圃 6022₇	墓 4410₄	奐 2743₀	婭 4143₂	定 3080₁
8 國 6015₃	墟 4514₂	奔 4044₀	媛 4244₇	宗 3090₁
9 園 6050₂	墨 6010₄	奏 5043₀	媒 4449₄	6 室 3010₄
10 園 6023₂	墊 6710₄	契 5743₀	婿 4742₇	客 3060₄
圓 6080₆	12 增 4816₆	7 奚 2043₀	媚 4746₂	宦 3071₇
11 團 6034₃	墮 7410₄	8 奘 4003₄	10 媒 4043₇	7 宵 3022₇
圖 6060₀	墜 7810₄	9 奠 8043₀	嫁 4343₂	家 3023₂
【土】	13 壇 4011₆	11 奪 4034₄	媚 4742₇	宸 3023₂
0 土 4010₀	墻 4416₁	13 奮 4060₁	嫌 4843₇	宰 3040₁
3 圭 4010₄	壁 7010₄	【女】	11 嫩 4844₀	宴 3040₄
在 4021₄	14 壑 2710₄	0 女 4040₀	嫣 4142₇	7 宮 3060₀
地 4411₂	I2 4213₁	2 奴 4744₀	嫦 4942₇	容 3060₈
圯 4711₇	壓 7121₄	3 如 4640₀	12 嬌 4242₇	8 宿 3026₁
4 坊 4012₇	15 壘 6010₄	妃 4741₇	嬉 4446₅	寄 3062₁
坐 8810₄	16 I5 4111₇	好 4744₇	嬋 4645₇	密 3077₂
5 垂 2010₄	【士】	4 妝 2424₀	14 籬 0021₇	寂 3094₁
80 4214₀	0 士 4010₀	妨 4042₇	【子】	9 寐 3029₄
坡 4414₇	4 壯 2421₀	妍 4144₀	0 子 1740₇	寒 3030₃

宀・寸・小・尤・尸・屮・山・巛・工・己・巾・干・幺・广・廴・廾・弋・弓・彡・彳

9	寓 3042_7		屏 7724_1	14	嶽 2223_4	9	幀 4128_6	16	廬 0021_7
	富 3060_6	8	屜 7721_1		嶺 2238_1		帽 4626_0		龐 0021_1
10	塞 3080_1	11	層 7726_6		嶷 2248_1	10	幌 4621_0	【廴】	
11	寧 3020_1		履 7724_4	17	巉 2771_3	11	幕 4422_7	4	延 1240_1
	寥 3020_2	12	履 7724_7	19	巒 2277_7	11	幔 4624_7	6	建 1540_0
	寢 3024_7	14	屨 7724_4		巔 2288_1	12	幢 4021_4		廻 1640_0
	寬 3043_0	18	屬 7722_7		巖 2478_0		幡 4226_9	【廾】	
	實 3080_6	【屮】		20	巌 2224_8	【干】		4	弄 1044_1
	察 3090_1	1	屯 5071_7		巘 2373_4	0	干 1040_0	12	弊 9844_4
12	寫 3032_7	【山】		【巛】		2	平 1040_9	【弋】	
16	寵 3021_1	0	山 2277_0	0	川 2200_0	3	并 8044_1	3	式 4310_0
17	寶 3080_6	3	岡 7722_7	3	州 3200_0		年 8050_0	【弓】	
【寸】			屺 2771_7	【工】		5	幸 4040_1	0	弓 1720_7
0	寸 4030_0	4	岏 2171_1	0	工 1010_0	10	幹 4844_1	1	引 1220_0
3	寺 4034_1		岑 2220_7	2	巧 1112_7	【幺】			弔 1752_7
6	封 4410_0		岐 2474_7		左 4001_1	2	幼 2472_7	2	弗 5502_7
7	射 2420_0	5	岸 2224_4		巨 7171_7	6	幽 2277_2	4	弟 8022_7
8	將 2724_2		岩 2260_1		巫 1010_8	9	幾 2225_3	5	弧 1223_2
9	尋 1734_6		岱 2377_2	7	差 8021_1	【广】		7	弱 1712_7
	尊 8034_6		岵 2476_0	【己】		3	庄 0021_4	8	張 1123_2
11	對 3410_0		岫 2576_0	0	已 1771_7	4	序 0022_2		強 1323_6
【小】		6	峙 2474_1		巳 1771_7		床 0029_4	12	彈 1625_6
0	小 9000_0		峋 2772_0	1	巴 7771_7		庇 0021_1	14	彌 1122_7
1	少 9020_0		峽 2473_8	6	巷 4471_7	5	府 0024_2	19	彎 2220_7
3	尖 9043_0	7	峯 2250_4	【巾】			底 0024_2	【彡】	
5	尚 9022_7		島 2772_7	0	巾 4022_0		店 0026_1	4	形 1242_2
【尤】			峭 2972_0	2	市 0022_7	6	度 0024_7		彤 7242_2
1	尤 4301_0	8	崔 2221_4		布 4022_7	7	座 0021_4		彫 7242_2
9	就 0391_4		崖 2221_4	3	帆 4721_0		庭 0024_1	8	彩 2292_2
【尸】			崙 2222_2	5	帛 2622_7	8	庸 0022_7		彰 7222_2
0	尸 7720_7		崩 2222_7		帘 3022_7		康 0023_2	12	影 6292_2
1	尺 7780_7		崑 2271_1		帖 4126_0		庶 0023_7	【彳】	
2	尻 7721_1		崇 2290_1		帙 4523_2	10	廊 0022_7	4	彷 2022_7
4	局 7722_7		崎 2472_1	6	帝 0022_7		廈 0024_7		役 2724_7
	尾 7721_4	9	嵐 2221_1	7	席 0022_7		廉 0023_7	5	往 2021_4
5	居 7726_4		嵒 6077_2		師 2172_7	11	廓 0022_7		彼 2424_7
	屈 7727_2	10	嵬 2221_3		帨 4821_6	12	廛 0021_4		佛 2522_7
	屆 7726_7	11	嶇 2171_7	8	帷 4021_4		廟 0022_7	6	後 2224_7
6	屋 7721_4		嶂 2074_6		帳 4123_2		廚 0024_7		待 2424_1
7	展 7723_2	12	嶠 2272_7		帶 4422_7		廢 0024_7		律 2520_7
	屑 7722_7		嶙 2975_9		常 9022_7		廣 0028_6		徊 2620_0
	屐 7724_7	13	嶼 2778_1	9	幅 4126_6		塵 0021_4	7	徑 2121_1

イ・阝（邑）・阝（阜）・心・戈・戸・手

7 徒	2428_1	6 限	7723_2	5 性	9501_0	10 態	2133_1	0 才	4020_0
徐	2829_4	降	7725_4	怕	9600_0	慆	9406_1	手	2050_0
8 徘	2121_1	7 陡	7122_1	怪	9701_4	11 慵	9002_7	2 打	5102_0
徔	2128_1	院	7321_1	怜	9803_7	憎	9806_6	4 折	5202_0
得	2624_1	陣	7520_6	急	2733_7	慶	0024_7	技	5404_7
御	2722_0	除	7829_4	怒	4733_4	憂	1024_7	扶	5503_0
從	2828_1	8 陪	7026_1	思	6033_0	慮	2123_6	把	5701_1
9 徨	2621_4	陸	7421_4	怨	2733_1	慕	4433_3	投	5704_7
復	2824_7	陵	7424_7	6 恒	9101_6	慙	5233_2	承	1723_2
10 徯	2223_4	陳	7529_6	恃	9404_1	慧	5533_7	扱	5704_7
微	2824_0	隆	7721_4	恂	9702_1	慰	7433_1	5 拙	5207_2
11 德	2423_1	陶	7722_0	恨	9703_2	12 憐	9905_9	拔	5304_7
徴	2824_0	陰	7823_0	恰	9806_1	憩	2633_0	披	5404_7
12 徹	2824_0	9 階	7126_1	恐	1733_1	憑	3133_2	拂	5502_7
【阝（邑）】		隨	7423_2	息	2633_0	憚	9605_6	抽	5506_0
4 邪	1722_7	陽	7622_7	恩	6033_0	13 憶	9003_6	抹	5509_0
那	1752_7	隅	7622_7	恙	8033_1	應	0023_1	抱	5701_2
邦	5702_7	限	7623_2	恬	9206_4	憾	9303_5	拇	5705_0
5 邸	7772_7	險	7822_1	7 悦	9801_6	16 懷	9003_2	招	5706_2
6 郊	0742_7	10 隔	7122_7	悔	9805_7	懶	9708_6	拌	5905_0
7 郡	1762_7	11 障	7024_6	悠	2833_4	懸	2233_9	拜	2155_0
郞	3772_7	際	7729_1	8 惜	9406_1	18 懽	9401_4	拒	5101_1
郢	6712_7	12 隣	7925_9	情	9502_7	19 戀	2233_9	抵	5204_0
8 郭	0742_7	隨	7423_2	悧	9702_0	【戈】		拚	5004_3
部	0762_7	險	7828_6	惡	1033_1	0 戈	5300_0	6 指	5106_1
郷	2772_7	14 隱	7223_7	悲	1133_1	2 成	5320_0	挑	5201_3
都	4762_7	16 隴	7121_1	惠	5033_3	戎	5340_0	拭	5304_0
11 鄙	6762_7	【心】		惟	9001_4	3 我	2355_0	按	5304_4
12 鄭	8742_7	0 心	3300_0	9 惱	9206_3	戒	5340_0	挂	5401_4
隣	9722_7	1 必	3300_0	愉	9803_7	4 或	5310_0	持	5404_1
【阝（阜）】		2 切	9702_0	意	0033_6	10 截	4325_0	拾	5806_1
3 阡	7224_0	3 忙	9001_1	愛	2024_7	12 戰	6355_0	拱	5408_1
4 防	7022_7	忘	0033_1	愁	2933_8	13 戲	2325_0	拮	5406_1
邡	5772_7	忍	1733_2	想	4633_0	【戸】		挈	5750_2
阮	7121_1	志	4033_1	感	5333_0	0 戸	7227_7	7 抨	5004_3
5 阜	2740_7	4 快	9503_0	愚	6033_2	4 房	3022_7	挾	5403_8
阿	7122_0	忽	2733_0	愈	8033_2	4 所	7222_1	挹	5601_7
陀	7321_1	念	8033_1	慈	8033_3	5 扁	3022_7	捐	5602_7
附	7420_0	忠	5033_6	慨	9101_4	6 扇	3022_7	振	5103_2
陂	7424_7	愉	9802_1	愁	2133_6	7 扈	3021_7	8 推	5001_4
阻	7721_0	5 怡	9306_0	10 愧	9601_3	8 扉	3021_1	接	5004_4
6 陌	7126_0	怯	9403_1	慍	9601_7	【手】		掠	5009_6

— 342 —

8 授 5204₇	12 撐 5904₁	11 數 5844₀	5 春 5060₃	3 更 1050₆
採 5209₄	擎 4850₂	【文】	星 6010₄	6 書 5060₁
掛 5300₀	13 擁 5001₄	0 文 0040₀	是 6080₁	7 曹 5560₆
掩 5401₆	據 5103₂	8 斑 1111₄	映 6503₀	曼 6040₇
描 5406₀	撼 5303₅	斐 1140₀	昨 6801₁	8 最 6014₇
捷 5508₁	操 5609₄	17 斒 0742₀	6 晏 6040₄	曾 8060₆
捫 5702₀	擔 5706₁	【斗】	晒 6106₀	9 會 8060₆
掃 5702₇	擊 5750₂	0 斗 3400₀	時 6404₁	【月】
据 5706₄	擅 5001₆	6 料 9490₀	晉 1060₁	0 月 7722₀
探 5709₄	14 擣 5404₂	7 斜 2420₀	晝 5010₆	2 有 4022₇
捲 5901₂	擢 5701₄	斜 8490₀	晨 6023₂	4 朋 7722₂
掌 9050₂	擬 5708₁	斟 4477₀	晤 6106₀	服 7724₇
捧 5505₃	擧 7750₂	【斤】	晞 6402₇	朔 8742₀
排 5101₁	15 擴 5103₆	1 斤 7223₁	晚 6701₆	6 朗 3772₀
9 援 5204₇	擲 5702₇	7 斬 5202₁	晦 6805₇	7 望 0710₄
插 5207₇	攀 4450₂	8 斯 4282₁	8 晬 6004₈	8 朝 4742₀
揚 5602₇	攢 5408₆	9 新 0292₁	晷 6060₁	期 4782₀
揭 5602₇	18 擺 5104₁	14 斷 2272₁	暑 6060₄	14 朦 7423₂
揖 5604₁	攜 5202₇	【方】	晶 6066₀	【木】
握 5701₄	19 攤 5001₄	0 方 0022₇	景 6090₆	0 木 4090₀
換 5703₄	20 攬 5701₆	4 於 0823₃	晴 6502₇	1 本 5023₀
揮 5705₆	【攴】	5 施 0821₂	量 6050₀	未 5090₀
提 5608₁	0 攴 4040₇	6 旅 0823₂	9 暗 6006₀	末 5090₀
10 携 5002₇	2 收 2874₀	7 族 0823₄	暎 6203₄	朮 4321₀
搆 5504₇	【攵】	旋 0828₀	暄 6301₆	2 朵 1790₄
損 5608₆	3 攻 1814₀	旄 0821₂	暇 6704₇	朱 2590₀
搗 5702₇	3 改 1874₀	10 旗 0828₁	暉 6705₆	朽 4192₀
搖 5703₆	4 放 0824₀	【无】	暖 6204₇	3 李 4040₇
搜 5704₇	5 政 1814₀	5 旣 2171₄	10 暝 6708₀	杏 4060₉
搖 5707₂	5 故 4864₀	【日】	曆 7126₉	杉 4292₂
撚 4692₇	6 效 0844₀	0 日 6010₀	11 暮 4460₃	村 4490₀
11 摘 5002₇	敏 8854₀	1 旦 6010₀	暫 5260₂	杜 4491₀
携 5002₇	7 教 4844₀	2 旬 2762₀	暴 6013₂	杖 4590₀
摧 5201₄	敗 6884₀	早 6040₀	12 曉 6401₁	束 5090₆
摸 5403₄	敖 4824₀	4 昔 4460₁	暾 6804₀	4 杳 4060₉
摺 5706₂	8 敢 1814₀	易 6022₇	14 曙 6606₄	坂 4114₇
摩 0025₂	散 4824₀	昇 6044₀	曛 6203₁	柱 4191₄
摯 4450₂	敬 4864₀	昆 6071₀	15 曝 6603₂	杯 4199₁
12 撲 5203₄	敵 9824₀	昂 6072₇	【曰】	枕 4491₂
撥 5204₇	敵 9824₀	明 6702₇	0 曰 6010₀	枝 4494₇
撩 5409₆	10 敲 0124₇	昏 7260₄	2 曳 5000₆	林 4499₀
撒 5804₀	11 敵 0824₀	易 6022₇	曲 5560₀	枌 4892₇

木・欠・止・歹・殳・母・氏・气・水

4 松 4893$_2$	7 梢 4992$_7$	10 榻 4692$_7$	17 欄 4792$_0$	7 毬 2371$_3$
杵 4894$_0$	梓 4094$_1$	榾 4792$_7$	19 欒 2290$_4$	13 氈 0211$_4$
枚 4894$_0$	梧 4196$_1$	榴 4796$_2$	22 欝 4474$_6$	【氏】
杪 4992$_0$	8 棄 0090$_4$	槊 8790$_4$	【欠】	0 氏 7274$_0$
東 5090$_6$	森 4099$_4$	榮 9990$_4$	2 次 3718$_2$	1 民 7774$_7$
果 6090$_4$	棹 4194$_6$	11 樂 2290$_4$	4 欣 7728$_2$	4 氓 0774$_7$
5 柴 2190$_4$	椀 4391$_2$	槳 2790$_4$	7 欲 8768$_2$	【气】
染 3490$_4$	棕 4399$_1$	槩 4191$_4$	欸 2748$_0$	6 氣 8091$_7$
查 4010$_7$	某 4490$_4$	樞 4191$_6$	8 欹 4768$_2$	氤 8061$_7$
奈 4090$_1$	植 4491$_6$	標 4199$_1$	款 4798$_2$	10 氳 8011$_7$
柱 4091$_4$	棣 4593$_2$	模 4493$_4$	10 歌 1768$_2$	【水】
柄 4192$_7$	樓 4594$_1$	橫 4498$_6$	歎 4758$_0$	0 水 1223$_0$
柚 4297$_2$	棟 4599$_6$	樓 4594$_4$	11 歐 7778$_0$	1 永 3023$_2$
柩 4491$_7$	棉 4692$_0$	樣 4893$_2$	13 歛 8788$_0$	2 汀 3112$_0$
枯 4496$_0$	椒 4794$_0$	12 樵 4093$_1$	歙 7788$_2$	求 4313$_2$
柑 4497$_0$	棗 5090$_2$	橋 4292$_7$	18 歡 4728$_2$	汎 3810$_0$
柏 4690$_0$	棘 5599$_2$	12 機 4295$_3$	【止】	3 江 3111$_0$
架 4690$_4$	棠 9090$_4$	樹 4490$_0$	0 止 2110$_0$	污 3112$_7$
枳 4698$_0$	焚 4480$_9$	橈 4491$_1$	1 正 1010$_1$	汗 3114$_0$
5 柳 4792$_0$	棧 4395$_3$	橢 4492$_7$	2 此 2111$_0$	池 3411$_2$
柞 4891$_1$	9 業 3290$_4$	樺 4495$_4$	3 步 2120$_1$	汝 3414$_0$
柿 4592$_7$	極 4191$_4$	樽 4894$_2$	4 武 1314$_0$	4 沆 3011$_7$
柔 1790$_4$	楚 4480$_1$	槖 5090$_4$	9 歲 2125$_3$	沚 3111$_0$
6 桑 1790$_4$	椹 4491$_1$	橘 4792$_7$	10 歷 7121$_1$	沂 3212$_1$
案 3090$_4$	楠 4492$_7$	13 檀 4091$_6$	14 歸 2712$_7$	沈 3411$_2$
梳 4091$_3$	楮 4496$_0$	檍 4093$_6$	【歹】	沌 3511$_7$
核 4098$_2$	椿 4596$_3$	檣 4496$_1$	2 死 1021$_2$	汲 3714$_4$
桁 4192$_1$	楊 4692$_7$	檉 4691$_4$	6 殊 1529$_0$	沒 3714$_7$
桃 4291$_3$	揳 4694$_1$	檞 4795$_2$	8 殘 1325$_3$	沙 3912$_0$
桂 4491$_4$	楓 4791$_0$	檜 4796$_1$	10 殞 1628$_6$	沸 3512$_7$
株 4599$_0$	楹 4791$_7$	繁 4890$_4$	【殳】	沉 3011$_7$
桐 4792$_0$	榆 4892$_1$	檥 4895$_3$	6 殺 4794$_7$	5 注 3011$_4$
根 4793$_2$	楮 4496$_0$	檗 7090$_4$	殷 7724$_7$	泣 3011$_8$
格 4796$_4$	10 槃 2790$_4$	檢 4898$_6$	9 殿 7724$_7$	河 3112$_7$
挾 4402$_7$	榜 4092$_7$	14 檽 4791$_4$	【母】	泓 3213$_0$
栝 4296$_4$	槁 4092$_7$	檻 4891$_7$	1 母 7750$_0$	泛 3213$_7$
7 條 2829$_4$	榱 4093$_2$	15 櫝 4498$_6$	3 每 8050$_7$	沶 3214$_1$
梁 3390$_4$	榕 4396$_8$	16 櫟 4191$_1$	【比】	沱 3311$_1$
梗 4194$_6$	樹 4490$_0$	櫳 4191$_1$	0 比 2171$_0$	泳 3313$_2$
梭 4394$_7$	槢 4491$_7$	櫚 4792$_0$	【毛】	治 3316$_0$
梵 4421$_7$	構 4594$_1$	17 欐 4196$_3$	0 毛 2071$_4$	法 3413$_1$
梅 4895$_7$	槐 4691$_3$	櫻 4694$_4$	7 毫 0071$_4$	波 3414$_7$

— 344 —

水・火

5	沽 3416_0	8	涼 3019_6	9	港 3411_7	12	渐 3212_1	21	灝 3118_6
	沸 3512_7		涯 3111_4		渠 3190_1		潺 3214_7	22	灣 3212_7
	油 3516_0		涉 3112_1	10	滂 3012_7		潘 3216_9	28	灪 3411_7
	泊 3610_0		涵 3117_2		源 3119_6		澆 3411_1	【火】	
	況 3611_0		淵 3210_0		溪 3213_4		潦 3419_6	0	火 9080_0
	泥 3711_1		淫 3211_4		溥 3314_2		潜 3516_1	2	灰 7128_9
	冷 3813_7		淅 3212_1		滅 3315_0	12	澗 3712_1	3	災 2280_9
5	泮 3915_0		添 3213_3		漢 3413_4		潤 3712_1	4	炙 2780_9
	泉 2623_2		淨 3215_7		漣 3513_0		潮 3712_0		炊 9788_2
	泄 3411_7		淺 3315_3		溝 3514_7		潯 3714_6	5	炭 2228_9
6	洒 3116_0		淀 3318_1		溯 3712_0		潔 3719_5		炮 9781_2
	洲 3210_0		淹 3411_6		滑 3712_7		澄 3214_7		炬 9792_7
	派 3213_2		渚 3416_0		溟 3718_0	13	濃 3513_2		炯 9782_0
	活 3216_4		淋 3419_0		温 3611_7		濁 3612_7	6	烈 1233_0
	洗 3411_1		清 3512_7		滄 3816_7		澤 3614_1		烏 2732_7
	流 3411_3		混 3611_1		準 3240_1		澹 3716_1		烘 9488_1
	洪 3418_1		淨 3614_1		滓 3314_8		激 3814_0	7	烹 0033_2
	洩 3510_6		淑 3714_0		准 3040_1		澈 3814_0		焉 1032_7
	津 3510_7		深 3719_4		滓 3114_8	14	濟 3012_3	8	焦 2033_1
	洟 3513_2		淪 3812_7		溟 3718_0		濡 3112_7		然 2333_3
	洞 3610_0		淦 3813_2	11	漉 3011_1		濱 3318_6		煮 4433_6
	洫 3711_0		淡 3918_9		滴 3012_7		濠 3413_2		焚 4480_9
	洞 3712_0		淬 3014_8		漓 3012_7		濤 3414_1		無 8033_1
	洛 3716_4	9	渡 3014_7		漲 3113_2		潛 3416_1	9	営 3260_6
	洋 3815_1		測 3210_0		漂 3119_1		濕 3613_3		照 6733_6
	海 3815_7		湍 3212_2		漸 3212_1		灌 3711_4		煎 8033_2
	洽 3816_1		湲 3214_7		演 3318_6		鴻 3712_2		煙 9181_4
	洌 3210_0		減 3315_0		漪 3412_1	15	瀉 3312_7		煩 9188_6
	染 3490_4		湛 3411_1		滿 3412_7		濺 3315_3		煖 9284_7
7	浮 3214_7		湘 3610_0		漆 3413_2		瀑 3613_2		媒 9489_4
	浦 3312_7		湯 3612_7		漠 3413_4		濾 3113_6		煉 9589_6
	涙 3313_4		湘 3711_0		漫 3614_7	16	瀛 3011_7		煨 9683_7
	浩 3416_1		渥 3711_4		漏 3712_7		瀨 3118_6		煥 9783_4
	涅 3611_4		湖 3712_0		漁 3713_6		瀟 3412_7	10	熏 2033_1
	浥 3611_7		渦 3712_7		滌 3819_4		瀝 3711_1		熊 2133_1
	涓 3612_7		湧 3712_7		漿 2790_4		瀘 3111_7	11	熟 0533_1
	浪 3713_2		渾 3715_6		黎 2713_2	17	瀾 3112_7		熱 4533_1
	涕 3812_7		湄 3716_7		滯 3412_7		瀾 3712_2	12	燕 4433_1
	浴 3816_8		渝 3812_1		漢 3413_4		激 3814_0		燈 9281_8
	消 3912_7		滋 3813_2		漿 2723_2		瀸 3918_1		燒 9481_1
	涂 3819_4		游 3814_7		漣 3513_0	18	灌 3411_4		燐 9985_9
						19	灑 3111_1		
8	液 3014_7	9	渺 3912_0	12	澄 3211_8				燃 9383_3

火・爪・父・爻・爿・片・牙・牛・犬・玄・玉・瓜・瓦・甘・生・用・田・疋・疒・癶・白・皮
皿・目・矢

12 熾 9385$_0$	7 狹 4423$_8$	10 瑣 1918$_6$	6 畦 6401$_4$	4 盈 1710$_7$
13 燭 9682$_7$	9 猫 4426$_0$	瑩 9910$_3$	畢 6050$_7$	盆 8010$_7$
燦 9789$_4$	猩 4621$_4$	11 璃 1012$_7$	略 6706$_4$	5 盍 4010$_7$
營 9960$_6$	猶 4826$_1$	璇 1814$_0$	7 畫 5010$_6$	益 8010$_7$
14 爐 9581$_7$	猷 8363$_4$	12 璞 1213$_4$	畬 8060$_9$	盂 1710$_7$
16 爐 9181$_7$	10 獅 4122$_7$	璣 1215$_3$	8 當 9060$_6$	6 盛 5310$_0$
17 爛 9782$_0$	猿 4423$_2$	13 環 1613$_2$	10 畿 2265$_3$	8 盞 5310$_7$
【爪】	獄 4323$_4$	璧 7010$_3$	14 疇 6404$_1$	盟 6710$_7$
4 爭 2050$_7$	13 獨 4622$_7$	15 瓊 1714$_7$	17 疊 6010$_7$	9 盡 5010$_7$
8 為 2022$_7$	14 獲 4424$_4$	16 瓏 1111$_1$	【疋】	監 7810$_7$
14 爵 2074$_6$	15 獸 6363$_4$	【瓜】	6 疏 1411$_3$	10 盤 2710$_7$
【父】	16 獻 2323$_4$	0 瓜 7223$_0$	9 疑 2748$_1$	11 盧 2121$_7$
0 父 8040$_0$	【玄】	6 瓠 4223$_0$	【疒】	12 盪 3610$_7$
【爻】	0 玄 0073$_2$	11 瓢 1293$_0$	4 疫 0014$_7$	【目】
10 爾 1022$_7$	6 率 0040$_3$	【瓦】	5 病 0012$_1$	0 目 6010$_1$
【爿】	【玉】	0 瓦 1071$_7$	疾 0013$_1$	3 盲 0060$_1$
4 狀 2429$_0$	0 玉 1010$_3$	6 瓶 8141$_7$	疲 0014$_7$	直 4071$_6$
13 牆 2426$_1$	王 1010$_4$	11 甍 4471$_7$	6 痕 0013$_2$	4 看 2060$_4$
【片】	3 玕 1114$_0$	甌 7171$_7$	7 痛 0012$_7$	相 4690$_0$
0 片 2202$_7$	5 珀 1610$_0$	13 甕 0071$_7$	痛 0012$_7$	昒 6102$_7$
4 版 2104$_7$	珊 1712$_0$	【甘】	8 痾 0012$_1$	眉 7726$_1$
8 牋 2305$_3$	珍 1812$_2$	0 甘 4477$_0$	痼 0016$_1$	省 9060$_2$
11 牖 2302$_7$	玲 1813$_7$	4 甚 4471$_1$	10 瘦 0014$_7$	冒 6060$_0$
【牙】	6 班 1111$_4$	【生】	12 療 0019$_6$	5 眞 2180$_1$
0 牙 1024$_0$	珠 1519$_0$	0 生 2510$_0$	【癶】	眩 6003$_2$
【牛】	7 琅 1313$_2$	6 產 0021$_4$	4 癸 1243$_0$	眠 6704$_7$
0 牛 2500$_0$	現 1611$_0$	【用】	7 登 1210$_8$	6 眺 6201$_3$
3 牡 2451$_0$	理 1611$_4$	0 用 7722$_0$	發 1224$_7$	眸 6305$_0$
牢 3050$_2$	8 琥 1111$_7$	2 甫 5322$_7$	【白】	眼 6703$_2$
4 物 2752$_0$	琴 1120$_7$	【田】	0 白 2600$_0$	6 着 8060$_4$
牧 2854$_0$	琶 1171$_1$	0 田 6040$_0$	1 百 1060$_0$	晢 5260$_2$
6 特 2454$_1$	琵 1171$_7$	申 5000$_6$	2 阜 2640$_0$	8 睫 6508$_1$
7 牽 0050$_3$	琪 1418$_1$	由 5060$_0$	4 皆 2160$_0$	睡 6201$_4$
10 犒 2356$_1$	9 瑟 1133$_7$	甲 6050$_0$	皇 2610$_4$	10 瞑 6708$_7$
15 犢 2458$_6$	瑞 1212$_7$	2 男 6042$_7$	5 皋 2640$_3$	11 瞠 6901$_4$
【犬】	9 瑇 1515$_7$	4 界 6022$_8$	阜 2640$_0$	13 瞻 6706$_1$
0 犬 4303$_0$	瑁 1616$_0$	畏 6073$_2$	6 皎 2064$_0$	瞼 6808$_6$
4 狂 4121$_4$	瑚 1712$_0$	5 畝 0768$_1$	7 皓 2466$_1$	15 瞿 6640$_7$
5 狐 4223$_0$	瑕 1714$_7$	畔 6905$_0$	【皮】	21 矙 6702$_7$
5 狎 4625$_1$	10 瑠 1716$_7$	留 7760$_0$	0 皮 4024$_7$	【矢】
狗 4722$_0$	瑤 1717$_2$	6 異 6080$_1$	【皿】	0 矢 8043$_0$

— 346 —

矢・石・示・内・禾・穴・立・竹・米・糸

2 矢 2343_0	8 祿 1793_2	6 窕 3011_3	筋 8822_7	14 籃 8810_7
3 知 8640_0	禁 4490_1	窓 3033_3	筒 8822_7	籌 8864_1
7 短 8141_8	9 福 3126_6	8 窟 3027_2	筏 8825_3	16 籠 8821_1
12 矯 8242_7	禊 1793_4	9 窩 3022_7	等 8834_1	籟 8821_7
【石】	12 禪 1695_6	窨 3060_1	筆 8850_7	籤 8898_6
0 石 1060_0	13 禮 1591_8	10 窮 3022_7	筍 8862_7	17 籤 8815_3
4 研 1164_0	14 禱 1494_1	窯 3033_1	答 8860_1	19 籬 8841_4
砌 1762_0	禰 3122_7	11 竇 3040_4	7 筠 8812_7	【米】
砂 1962_0	禱 3424_1	窺 3051_6	莆 8822_7	0 米 9090_4
5 砰 1164_9	【内】	15 竇 3080_6	筵 8840_1	4 粉 9892_7
砧 1166_0	4 禺 6022_7	16 竈 3071_7	節 8872_1	5 粒 9091_8
砭 1263_7	8 禽 8042_7	17 竊 3092_7	8 箋 8850_3	6 粥 1722_7
破 1464_7	【禾】	【立】	筝 8850_7	粧 9091_4
6 硫 1061_3	0 禾 2090_4	0 立 0010_8	箇 8860_2	7 粱 3390_4
7 硜 1161_1	2 私 2293_0	5 竝 0011_8	管 8877_7	8 粽 9399_1
硯 1661_0	秀 2022_7	6 竟 0021_6	箜 8880_1	精 9592_7
8 碎 1064_8	3 秉 2090_7	章 0040_6	箕 8880_1	9 糊 9792_0
碗 1361_2	4 科 2490_0	7 童 0010_4	箔 8816_3	10 糢 9493_4
碕 1462_1	秋 2998_0	竣 0314_7	9 篁 8810_4	11 糞 9080_1
碑 1664_0	5 秦 5090_4	9 端 0212_7	篇 8822_7	12 糧 9691_4
9 碧 1660_1	秧 2593_0	竭 0612_7	篆 8823_2	【糸】
10 磊 1066_1	移 2792_0	15 競 0021_6	範 8851_2	3 紅 2191_0
11 磨 0026_1	7 程 2691_4	【竹】	篋 8871_8	紆 2194_0
磬 4760_1	稀 2492_2	0 竹 8822_0	10 簏 8821_7	紈 2591_7
12 磴 1261_8	稍 2992_0	2 竺 8810_1	篤 8822_7	級 2794_0
磯 1265_3	8 稠 2792_0	3 竿 8840_0	篤 8832_7	紀 2791_7
【示】	9 稱 2295_3	竿 8840_0	篝 8855_7	約 2792_0
0 示 1090_1	種 2291_4	4 笑 8843_0	篩 8872_7	4 紋 2094_0
3 社 3421_0	10 稼 2393_2	笄 8844_1	築 8890_4	紙 2294_0
祀 3721_7	稽 2396_1	笆 8871_7	簑 4473_2	納 2492_7
4 祈 3222_1	稻 2297_7	笈 8824_7	11 簇 8823_4	紛 2892_7
祇 3224_7	穀 4794_7	5 笙 8810_1	篷 8830_3	紗 2992_7
5 神 3520_6	11 積 2598_6	笠 8810_8	篷 8830_4	索 4090_3
祖 3721_0	穎 2198_6	第 8822_7	簪 8880_6	素 5090_3
祇 1294_0	穗 2593_3	符 8824_3	篠 8829_4	5 絃 2093_2
祓 1324_4	14 穩 2293_7	笳 8846_3	12 簧 8840_6	紫 2190_3
祕 3320_0	【穴】	笛 8860_7	簞 8850_7	紺 2496_0
祝 3621_7	2 究 3041_7	笥 8862_7	簪 8860_1	緋 2592_7
祠 3722_0	3 空 3010_1	6 笙 8810_4	簫 8882_1	細 2690_0
6 祥 3825_1	4 穿 3024_7	筑 8811_7	13 簾 8823_7	終 2793_3
祧 1291_3	5 窈 3072_7	笨 8812_7	簿 8826_1	絆 2995_0
祭 2790_1	帘 3022_7		簸 8884_7	累 6090_3

— 347 —

糸・竹・米・糸・缶・网・羊・羽・老・而・耒・耳・聿・肉(月)・臣・自・至・臼・舌・舛・舟

6	絲 2299_3	11	縮 2396_1	7	羨 8018_2	【肉】		18	朧 7621_4
	結 2496_1		纓 2594_4		義 8055_3	2	肌 7721_0	19	欝 2222_7
	絶 2791_7		總 2693_0	10	犠 8025_3	3	肓 0022_7	【臣】	
	絳 2795_4		縫 2793_4	13	羹 8043_0		肚 7421_0	0	臣 7171_7
	給 2896_1		縦 2898_1		羶 8051_6		肘 7420_0	2	臥 7870_0
	絮 4690_3	12	織 2395_0	【羽】			肖 9022_7	11	臨 7876_6
	綻 2398_1		繞 2491_1	0	羽 1722_0		育 4022_7	【自】	
7	經 2191_1		繍 2592_7	4	翅 4740_2	4	肯 2122_7	0	自 2600_0
	絺 2492_7		繳 2894_0		翁 8012_7		肴 4022_7	3	臭 2643_0
7	絹 2692_7	12	繋 5790_3	5	習 1760_2	4	肱 7423_2	【至】	
	綈 2892_7	13	縄 2791_4	6	翕 8012_7		肥 7721_7	0	至 1010_4
8	維 2091_4		繻 2592_7		翔 8752_0	5	胡 4762_0	4	致 1814_0
	緋 2191_1		繭 4422_7	8	翠 1740_8		胎 7326_0	8	臺 4010_4
	緇 2296_3	14	繼 2291_3	9	翩 3722_0		胙 7821_1	【臼】	
	綵 2299_4		纈 2398_6	10	翰 4842_7		背 1122_7	5	舂 5077_7
	綻 2398_1	15	纏 2091_4	11	翼 1780_1	6	能 2121_1	7	與 7780_7
	綺 2492_1		纊 2498_6	12	翻 2762_0		脂 7126_1	9	興 7780_7
	綾 2494_7		纍 6090_3		翹 4721_2		脆 7721_2	12	舊 4477_7
	練 2599_6	17	纖 2395_0	【老】			胸 7722_0	【舌】	
	綿 2692_7		纓 2694_4	0	老 4471_1	7	脩 2822_7	0	舌 2060_4
	網 2792_0		纔 2791_3	2	考 4420_7		脖 7022_7	2	舎 8060_0
	緑 2793_2	21	纜 2891_6	4	者 4460_0		骨 7122_7	4	舐 2264_0
	綴 2794_7	【缶】			耄 4471_4		脚 7722_0	6	舒 8762_2
	綸 2892_7	3	缸 8171_0	【而】			脱 7821_6	9	舗 8362_7
	綣 2991_2	4	缺 8573_0	0	而 1022_7	8	腐 0022_7	【舛】	
	緒 2496_0	12	罇 8874_6	3	耐 1420_0		腋 7024_7	6	舜 2025_2
9	緹 2092_7	15	罍 6077_2	【耒】		9	腰 7124_4	8	舞 8025_1
	緩 2294_7		罏 8171_7	4	耕 5590_0		腦 7226_3	【舟】	
	編 2392_7	【网】		【耳】			腸 7622_0	0	舟 2744_0
	緯 2495_6	8	置 6071_6	0	耳 1040_0		腴 7723_2	4	航 2041_7
	線 2693_2	9	罰 6062_0	3	耶 1712_7		腹 7824_0		舫 2042_2
	緣 2793_2	10	罷 6021_1	4	耽 1411_2	10	膏 0022_7		般 2744_0
	緱 2793_4	11	罹 6091_4	5	聊 1712_0	11	膚 2122_7	5	舷 2043_2
	緘 2395_0	12	罾 6060_6		聆 1813_7		膝 7423_2		舸 2142_0
	緗 2690_0	14	羅 6091_4	7	聖 1610_4		滕 7923_2		舳 2546_0
10	縞 2092_7	19	羈 6052_7	8	聚 1723_2	12	膨 7222_2		舶 2640_0
	穀 4794_7	【羊】			聞 7740_1		膳 7826_1		船 2846_0
	繁 8890_3	0	羊 8050_1	11	聲 4740_1	13	膾 7826_6		舵 2341_1
	縈 9990_3	3	美 8043_0		聳 2840_1		臂 7022_7	7	艇 2244_1
	縣 2299_3	5	羞 8021_5	16	聽 1413_1		臉 7828_6	13	艤 2845_3
	縛 2394_6		羝 3230_2	【聿】		14	臊 7444_0	16	艫 2141_7
11	縹 2199_1	7	群 1865_1	7	肆 7570_7	15	臘 7221_6	【艮】	

― 348 ―

1 艮 3073_2	6 茨 4418_2	9 董 4410_4	12 蕉 4433_1	7 虞 2123_4
11 艱 4753_2	荒 4421_1	葢 4410_7	蕪 4433_1	號 6121_7
【色】	6 草 4440_6	落 4416_4	蕙 4433_3	【虫】
0 色 2771_7	荸 4450_7	9 萼 4420_7	蕊 4433_3	3 虹 5111_1
18 艷 2711_7	茵 4460_0	葭 4424_7	蕩 4412_7	4 蚕 1713_6
【艸】	茜 4460_1	葳 4425_3	蕘 4423_1	蚘 5011_7
0 艸 2244_7	茗 4460_7	葱 4433_2	蕨 4428_7	4 蚊 5014_0
3 芍 4412_7	茲 4473_2	葺 4440_1	13 薄 4414_2	蚪 5410_0
芎 4420_7	茶 4490_4	葵 4443_0	蕭 4422_1	蚣 5813_2
芋 4440_1	茹 4446_0	葦 4450_6	13 薦 4422_2	5 蛇 5311_1
芊 4440_2	茱 4490_3	葩 4461_7	薇 4424_8	蛉 5813_7
芒 4471_0	7 莖 4410_1	葉 4490_4	薰 4433_1	6 蛋 1713_6
4 芷 4410_1	莊 4421_4	董 4410_4	薙 4441_4	蛙 5411_4
花 4421_4	荷 4422_1	萬 4442_7	薔 4460_1	蛛 5519_0
芬 4422_7	荻 4428_9	萸 4443_7	薛 4464_1	7 蛾 5315_0
芳 4422_7	莘 4440_7	萴 4472_2	14 藍 4410_7	蛺 5413_8
芽 4424_7	莫 4443_0	萏 4477_7	薩 4421_4	蜆 5611_0
芝 4430_7	茨 4443_8	10 蒲 4412_7	藏 4425_3	蜈 5613_4
芰 4440_7	著 4460_4	蒻 4422_7	藉 4496_1	蜀 6012_7
芙 4453_0	莛 4440_1	蒿 4422_7	舊 4477_7	蛻 5811_6
芭 4471_7	莎 4412_9	蓮 4430_4	15 蔡 4413_2	8 蜜 3013_6
芸 4473_1	8 萍 4414_9	蒸 4433_1	藩 4416_9	蜘 5610_0
芫 3530_9	萋 4440_4	蒹 4433_3	藤 4423_2	9 蝨 1713_6
芹 4422_1	萎 4440_4	蓄 4460_3	藝 4473_1	蝶 5419_4
芽 4424_1	菰 4443_2	蒼 4460_0	藥 4490_4	蝟 5612_7
5 范 4411_2	菱 4450_3	蓉 4460_0	藕 4492_7	蝴 5712_0
苧 4420_1	華 4450_4	葛 4472_2	藤 3421_0	蝸 5712_7
苑 4421_2	菌 4460_0	簑 4473_2	16 藻 4419_4	蝦 5714_7
茅 4422_2	菩 4460_1	蓂 4480_0	蘆 4421_7	蝕 8573_6
茂 4425_3	菴 4471_6	蓆 3830_4	蘭 4422_7	10 融 1523_6
苓 4430_7	葛 4472_2	蓉 4460_8	蘭 4422_2	螟 5718_2
苾 4433_0	菌 4477_2	11 蔬 4411_3	蘋 4428_6	螢 9913_6
茀 4452_1	菭 4477_7	蓼 4420_2	蘇 4439_4	11 蜂 5014_3
英 4453_1	菓 4490_4	蒂 4422_7	蘀 4454_1	蟋 5213_9
苗 4460_0	菜 4490_4	蔭 4423_7	蘩 4464_7	螺 5619_3
茗 4460_2	萊 4490_8	蔗 4423_7	17 蘚 4435_1	蟄 4513_1
苔 4460_3	菊 4492_7	蓬 4430_4	繁 4490_3	12 蟲 5013_6
若 4460_4	菘 4493_2	蕁 4434_7	19 蘿 4491_4	蟠 5216_9
苦 4460_4	菽 4494_7	蔓 4440_0	蘼 4422_1	蟬 5615_6
茆 4472_7	菀 4421_2	萩 4498_2	【虍】	13 蠅 5711_7
6 荊 4240_0	萑 4421_4	12 蕘 4423_1	5 虛 2121_7	蟾 5716_1
茫 4411_0	菼 4480_8	蔽 4424_8	處 2124_1	蟻 5815_3

— 349 —

虫・血・行・衣・而・見・角・言・谷・豆・豕・豸・貝・赤・走・足

15 蛎 5112₇	8 裳 9073₂	4 訪 0062₇	14 譽 7760₁	8 賣 4080₆
17 蠱 5010₇	9 褙 3122₇	訝 0164₀	15 讀 0468₆	賭 6486₆
18 蠹 5013₆	褐 3622₇	訣 0563₀	讁 0862₇	賜 6682₇
蠧 2013₅	10 褥 3124₃	設 0764₇	16 讖 0463₁	質 7280₂
【血】	褒 0073₂	許 0864₀	變 2240₈	賢 7780₀
0 血 2710₀	褰 3073₁	5 訴 0263₁	17 讓 0063₂	賞 9080₆
6 衆 2723₂	11 褻 0073₂	詠 0363₂	【谷】	賤 6385₃
【行】	13 襟 3429₁	詞 0762₀	0 谷 8060₈	9 賴 5798₆
0 行 2122₁	15 襪 3425₃	詔 0766₂	10 谿 2846₈	11 贈 6886₆
4 衍 2042₇	【而】	6 話 0266₄	豁 3866₈	【赤】
5 術 2121₄	0 而 1060₀	試 0364₀	【豆】	0 赤 4033₁
6 街 2110₄	3 耍 1040₄	誇 0462₇	0 豆 1010₈	4 赦 4834₀
9 衝 2110₄	12 覆 1024₇	詩 0464₁	3 豈 2210₈	【走】
10 衡 2143₀	13 覇 1052₇	詰 0466₇	8 豎 7710₈	0 走 4080₁
18 衢 2121₄	【見】	7 語 0166₁	11 豐 2210₈	2 赴 4280₀
【衣】	0 見 6021₀	誕 0264₁	【豕】	3 起 4780₁
0 衣 0073₂	4 覓 2021₆	誠 0365₀	4 豚 7123₂	5 越 4380₅
2 初 3722₀	視 3621₀	誤 0663₄	5 象 2723₂	超 4780₆
3 衫 3222₂	規 5601₀	認 0763₂	7 豪 0023₂	趁 4880₂
表 5073₂	9 親 0691₁	説 0861₆	【豸】	6 趐 4780₂
4 衲 3422₇	10 覯 5651₀	誓 5260₁	3 豹 2722₀	7 趙 4980₂
袂 3523₀	13 覺 7721₆	誦 0762₇	【貝】	8 趣 4180₄
衿 3822₇	14 覽 7821₆	8 誰 0061₄	0 貝 6080₂	10 趨 4780₂
衰 0073₂	18 觀 4621₆	諸 0466₀	2 貞 2180₁	【足】
衾 8073₂	【角】	請 0562₇	負 2780₁	0 足 6080₁
袁 4073₂	0 角 2722₇	課 0669₄	3 財 6480₀	5 跋 6314₇
5 被 3424₇	5 觚 2223₀	調 0762₀	4 貧 8080₆	跗 6410₁
袖 3526₀	6 解 2725₂	論 0862₇	貪 8080₆	跏 6610₀
袍 3721₂	觥 2921₁	談 0968₉	責 5080₆	6 跡 6013₀
袈 4673₂	觜 2122₇	9 謀 0469₄	5 貸 2380₁	跨 6412₁
袱 3324₇	9 觱 5322₇	謂 0662₇	賀 4680₆	跪 6711₂
6 裁 4375₀	11 觴 2822₇	諳 0066₁	貴 5080₆	路 6716₄
7 裏 0073₂	【言】	10 謝 0460₀	費 5580₆	8 踏 6216₃
裝 2473₂	0 言 0060₁	謹 0461₄	買 6080₆	踞 6716₄
裊 2773₂	2 訂 0162₀	講 0565₇	貯 6382₁	9 蹄 6012₁
補 3322₇	計 0460₀	謙 0863₇	貽 6386₀	踰 6812₁
裡 3621₄	卜 0360₀	11 謫 0062₇	貫 4480₄	10 蹇 3080₁
裙 3726₇	訇 2762₀	謾 0664₇	6 賊 6385₀	薈 0022₂
裟 3973₂	3 訓 0260₀	12 譚 0164₆	賁 4080₆	蹊 6213₄
裹 4373₂	託 0261₄	識 0365₀	7 賦 6384₀	11 蹔 5280₁
8 製 2273₂	討 0460₀	譁 0465₄	賒 6889₄	蹤 6818₁
褓 3523₂	記 0761₇	13 護 0464₇	8 賓 3080₆	12 蹬 6211₈

足・身・車・辛・辰・走(辶)・酉・釆・里・金・長・門・隶・隹・酉・釆・里・金・長・門・隶

13 蹐 6416_4	3 迁 3130_4	9 逑 3830_2	11 醫 7760_1	10 鎭 8118_1
躅 6612_7	巡 3230_3	遂 3830_3	12 醪 1762_2	鎖 8918_6
14 蹿 6012_3	4 返 3130_4	遊 3830_4	13 醴 1563_2	11 鏡 8011_6
蹲 6414_1	近 3230_2	道 3830_6	醴 1561_8	12 鐘 8011_4
躍 6711_4	迎 3730_2	逼 3130_6	14 醺 1263_1	13 鐵 8315_0
15 躙 6712_7	5 迫 3630_0	逎 3830_6	17 釀 1063_2	15 鑠 8219_4
【身】	迨 3830_1	10 遜 3230_9	醽 1166_3	鑑 8811_7
0 身 2740_0	迦 3630_0	遠 3430_3	【釆】	18 钃 8114_1
3 躬 2722_7	迴 3730_0	遣 3530_7	0 釆 2090_4	19 鑾 2210_9
11 軀 2121_6	6 迺 3130_6	遙 3730_2	13 釋 2694_1	21 鑷 8712_7
【車】	退 3730_3	遞 3230_2	【里】	【長】
0 車 5000_6	追 3730_7	11 適 3030_2	0 里 6010_4	0 長 7173_2
軋 5201_0	送 3830_3	遮 3030_3	2 重 2010_4	【門】
2 軍 3750_6	逆 3830_4	遭 3530_4	4 野 6712_2	0 門 7777_7
軌 5401_7	迸 3830_5	12 遷 3130_1	【金】	2 閃 7780_7
3 軒 5104_0	迷 3930_9	遼 3430_9	0 金 8010_9	3 閉 7724_7
4 軟 5708_2	迹 3030_3	遺 3530_8	2 釜 8010_9	4 開 7744_1
5 軸 5506_0	7 逗 3130_1	遲 3730_4	針 8410_0	間 7760_7
6 載 4355_0	逐 3130_3	選 3730_8	3 釣 8712_0	閑 7790_4
較 5004_8	透 3230_2	13 避 3030_3	釵 8714_0	閔 7710_4
7 輓 5101_0	逝 3230_2	還 3630_3	4 欽 8718_2	5 悶 7733_7
輕 5101_1	逋 3330_2	邃 3130_3	5 鉅 8111_7	6 閨 7710_4
輒 5104_7	造 3430_6	邀 3830_4	鉢 8513_0	閣 7760_4
8 輩 1150_6	連 3530_0	14 邈 3630_1	鈿 8610_0	6 関 7780_7
輦 5550_6	速 3530_9	15 邊 3630_2	鈎 8712_0	閥 7725_3
輪 5802_7	通 3730_2	【酉】	鈴 8813_7	7 閭 7760_6
輝 9725_6	逢 3730_4	3 酌 1762_0	6 銜 2110_9	8 闇 7760_4
輜 5702_7	途 3830_9	酒 3116_0	銅 8712_0	閻 7777_7
10 轄 5306_5	逍 3930_2	4 酖 1261_4	銀 8713_2	9 闊 7716_4
轝 7780_7	逕 3130_1	5 酡 1361_1	7 鋤 8412_7	闋 7750_6
11 轉 5504_3	逸 3330_2	酣 1466_0	鋏 8413_8	閻 7760_1
12 轍 5804_0	8 進 3030_1	酢 1467_0	鋒 8715_2	蘭 7790_6
【辛】	逸 3730_1	6 酬 1260_0	銷 8912_7	10 關 7748_2
0 辛 0040_1	週 3730_2	酪 1766_4	8 錚 8215_3	11 闡 7777_2
6 辟 7064_1	逶 3230_2	7 酷 1466_7	錢 8315_3	13 闢 7764_1
9 辨 0044_1	9 遏 3230_6	8 醇 1064_7	錯 8416_1	【隶】
12 辭 2024_1	遍 3330_2	醉 1064_8	鍊 8519_6	8 隸 4593_2
【辰】	達 3430_4	酶 1762_0	錦 8612_7	【隹】
0 辰 7123_2	違 3430_4	醸 1763_2	8 錫 8612_7	3 雀 9021_4
3 辱 7134_3	遇 3630_2	9 醒 1661_0	錄 8713_2	4 雅 1021_4
6 農 5523_2	過 3730_2	11 醢 1661_7	9 鍾 8211_4	集 2090_4
【走(辶)】	遐 3730_4	醪 1762_2	鍛 8714_7	雄 4001_4

351

隹・雨・青・非・面・革・韋・音・頁・風・飛・食・首・香・馬・骨・高・髟・鬥・鬼・魚・鳥

雀 4421₄	8 靜 5225₇	願 7128₆	【馬】	5 鬧 7722₇
雁 7121₄	【非】	12 顧 3128₆	0 馬 7132₇	10 鬪 7714₁
5 雌 2011₄	0 非 1111₁	14 顯 6138₆	2 馭 7734₀	【鬼】
雋 2022₇	【面】	15 顰 2140₆	3 馴 7230₀	0 鬼 2621₃
雉 8041₄	0 面 1060₀	【風】	馳 7431₂	4 魂 1671₃
8 雕 7021₄	【革】	0 風 7721₀	4 駄 7433₂	魁 2421₀
9 雖 6011₄	0 革 4450₆	8 颶 7621₈	5 駕 4632₇	5 魅 2521₉
10 雜 0091₄	6 鞍 4354₄	9 颺 7621₁	駐 7031₄	魄 2661₃
雙 2040₇	鞋 4451₁	颸 7621₁	駒 7630₁	11 魑 2021₂
雛 2041₄	8 鞏 4445₆	10 颿 2771₀	駒 7732₁	【魚】
難 4051₄	10 鞏 2750₆	11 飄 1791₀	6 駭 7038₁	0 魚 2733₆
雛 2041₄	15 韉 4455₃	【飛】	8 騎 7432₁	4 魯 2760₃
臏 7444₇	【韋】	0 飛 1241₃	騏 7438₁	5 鮒 2430₀
11 離 0041₄	0 韋 4050₆	【食】	9 騣 7233₄	6 鮫 2034₈
【雨】	8 韓 4445₆	0 食 8073₂	10 騫 3032₇	鮮 2835₁
0 雨 1022₇	10 韜 4257₇	2 飢 8771₀	騷 7733₆	鮪 2432₇
3 雪 1017₄	【音】	3 飧 2823₂	騰 7922₇	7 鯉 2631₄
4 雲 1073₁	0 音 0060₁	4 飯 8174₇	11 驅 7131₆	8 鯨 2039₆
5 零 1030₇	5 韶 0766₂	飲 8778₁	驂 7332₂	鯢 2731₇
雷 1060₃	10 韻 0668₆	飫 8273₂	12 驚 4832₁	10 鰭 2436₁
電 1071₇	12 響 2760₁	5 飴 8370₀	驕 7232₁	鰥 2633₃
6 需 1022₇	【頁】	飽 8771₂	13 驛 7634₁	鰮 2631₇
7 霄 1022₇	2 頂 1128₆	飾 8872₇	驗 7838₆	12 鱗 2935₉
7 霆 1040₁	頃 2178₆	6 餋 3773₂	16 驢 7131₇	13 鱣 2031₆
8 霏 1011₁	3 須 2128₆	養 8073₂	17 驤 7138₁	16 鱸 2131₇
霑 1016₁	4 預 1128₆	餌 8174₀	19 驪 7131₁	【鳥】
霓 1021₇	頑 1128₆	7 餐 2773₂	【骨】	0 鳥 2732₇
霖 1099₄	頓 5178₆	餘 8879₄	0 骨 7722₇	2 鳧 2721₇
9 霞 1024₇	頌 8178₆	餓 8375₃	4 骰 7724₇	鳩 4702₇
霜 1096₃	5 頗 4128₆	8 餞 8375₃	6 骸 7024₈	3 鳴 6702₇
霑 1016₁	領 8138₆	館 8377₇	12 體 7521₈	鳳 7721₀
11 霧 1022₇	6 頤 7178₆	餅 8874₁	【高】	4 鴉 1722₇
12 霹 1011₁	7 頭 1118₆	10 饈 8873₁	0 高 0022₇	5 鴛 2732₇
露 1016₄	頰 1148₆	12 饒 8471₁	【髟】	鴦 5032₇
霰 1024₈	頫 4108₆	饋 8578₆	4 髮 7244₇	鴨 6752₇
13 霸 1052₆	8 頻 2128₆	饌 8778₁	髯 7255₇	6 鴻 3712₇
14 霾 1021₄	顆 6198₆	【首】	6 髻 7260₁	鴿 8762₇
14 齋 1022₃	9 顏 0128₆	0 首 8060₁	12 鬚 7228₇	
16 靈 1010₈	額 3168₆	【香】	14 鬢 7280₆	
靄 1062₇	題 6180₈	0 香 2060₉	鬟 7271₇	
【青】	類 9148₆	9 馥 2864₇	15 鬣 7271₆	
0 青 5022₇	10 顛 2188₆	11 馨 4760₃	【鬥】	

総画検字表

【0画】 　　　　　　　　　　　　　　　　　　　　　　　　**【5画】**

【0画】	大 4003₀	片 2202₇	分 8022₇	以 2810₀
囗 -----	土 4010₀	什 2420₀	午 8040₀	永 3023₂
【1画】	土 4010₀	化 2421₀	父 8040₀	它 3071₁
一 1000₀	士 4010₀	升 2440₀	公 8073₂	汀 3112₁
【2画】	才 4020₀	牛 2500₀	少 9020₀	必 3300₀
二 1010₀	巾 4022₇	勿 2722₀	火 9080₀	左 4001₁
丁 1020₀	寸 4030₀	仍 2722₇	【5画】	充 4021₃
了 1720₇	女 4040₀	勾 2772₀	主 0010₄	布 4022₇
刀 1722₀	也 4471₇	之 3030₇	立 0010₈	皮 4024₇
乃 1722₇	丈 5000₀	心 3300₀	市 0022₇	古 4060₀
又 1740₀	口 6000₀	斗 3400₀	玄 0073₂	右 4060₀
匕 2171₀	尸 7720₇	太 4003₀	正 1010₁	去 4073₁
卜 2300₀	凡 7721₀	友 4004₇	王 1010₄	朮 4321₀
十 4000₀	巳 7771₀	内 4022₇	玉 1010₃	世 4471₇
力 4002₇	公 8071₇	支 4040₇	平 1040₉	甘 4477₀
九 4001₇	小 9000₀	木 4090₀	石 1060₀	加 4600₀
七 4071₀	【4画】	刈 4200₀	可 1062₀	奴 4744₀
几 7721₀	方 0022₇	尤 4301₁	瓦 1071₇	史 5000₆
人 8000₀	文 0040₀	犬 4303₀	示 1090₁	申 5000₆
八 8000₀	六 0080₀	廿 4477₀	北 1111₀	央 5003₀
入 8000₀	王 1010₄	切 4772₀	巧 1112₇	本 5023₀
【3画】	互 1010₇	丰 5000₀	功 1412₇	冉 5055₀
亡 0071₀	五 1010₇	中 5000₆	召 1760₂	由 5060₀
工 1010₀	元 1021₁	夫 5003₀	乏 2030₇	未 5090₀
三 1010₁	牙 1024₀	屯 5071₁	乎 2040₉	末 5090₀
下 1023₀	天 1043₀	戈 5300₀	禾 2090₄	打 5102₀
于 1040₀	云 1073₁	井 5500₀	占 2160₀	弗 5502₇
干 1040₀	不 1090₀	日 6010₀	仙 2227₀	旦 6010₀
不 1090₀	引 1220₀	曰 6010₀	出 2277₂	目 6010₁
弓 1720₇	水 1223₀	厄 7121₂	外 2320₀	四 6021₀
子 1740₀	孔 1241₀	巨 7171₇	代 2324₀	兄 6021₀
刃 1742₀	丑 1710₅	匹 7171₇	他 2421₂	吊 6022₇
已 1771₇	予 1720₂	戸 7227₀	幼 2472₇	田 6040₀
千 2040₀	及 1724₀	氏 7274₀	失 2503₀	甲 6050₀
上 2110₀	弔 1752₀	月 7722₀	生 2510₀	只 6080₀
川 2200₀	手 2050₀	丹 7744₀	白 2600₀	叶 6400₀
山 2277₀	毛 2071₄	巴 7771₀	冬 2730₃	叱 6401₀
夕 2720₀	止 2110₀	尺 7780₀	匆 2745₀	叨 6702₀
久 2780₀	仁 2121₀	今 8020₀	句 2762₀	叩 6702₀
之 3030₇	比 2171₀	兮 8020₇	包 2771₇	匝 7171₂

— 353 —

【 5画 】

				【 7画 】
叵 7171₆	先 2421₁	吉 4060₁	羲 8025₃	吞 2060₃
巨 7171₇	伎 2424₇	朽 4192₇	竿 8840	采 2090₄
丘 7210₁	休 2429₀	式 4310₀	并 8044₁	步 2120₁
厄 7221₂	仲 2520₆	求 4313₂	年 8050₀	何 2122₀
瓜 7223₀	朱 2590₀	地 4411₂	羊 8050₀	岏 2171₁
斥 7223₁	自 2600₀	考 4420₁	合 8060₁	岑 2220₇
且 7710₀	血 2710₀	老 4471₁	竹 8822₀	低 2224₁
尻 7721₇	多 2720₇	共 4480₁	忙 9001₀	災 2280₉
用 7722₀	危 2721₂	如 4640₀	光 9021₁	利 2290₀
母 7750₀	仰 2722₀	圾 4711₇	劣 9042₇	私 2293₀
民 7774₇	向 2722₀	帆 4721₀	尖 9043₀	侘 2321₁
乍 8021₁	伊 2725₂	妃 4741₇	米 9090₄	矣 2343₀
令 8030₇	舟 2744₀	好 4744₇	切 9702₀	我 2355₀
矢 8043₀	名 2760₀	吏 5000₆	【 7画 】	壯 2421₀
半 9050₀	各 2760₄	曳 5000₀	庀 0021₇	佐 2421₁
切 9702₀	旬 2762₂	申 5000₀	序 0022₂	妝 2424₁
【 6画 】	色 2771₇	夷 5003₂	肯 0022₇	徒 2428₁
庄 0021₄	屺 2771₇	由 5060₀	床 0029₄	牡 2451₁
亦 0033₀	匈 2772₀	打 5102₀	忘 0033₁	告 2460₀
交 0040₈	收 2874₀	成 5320₀	辛 0040₁	岐 2474₇
衣 0073₂	守 3034₂	戎 5340₀	言 0060₁	佛 2522₇
至 1010₄	宇 3040₁	曲 5560₀	各 0060₄	自 2600₀
亘 1010₆	安 3040₄	吊 6022₇	豆 1010₈	伯 2620₀
死 1021₂	字 3040₇	早 6040₀	巫 1010₈	但 2621₀
而 1022₇	宅 3071₄	因 6043₀	弄 1044₁	阜 2640₀
耳 1040₀	江 3111₀	甲 6050₀	更 1050₆	吳 2680₀
再 1055₇	汚 3112₁	回 6060₀	吾 1060₁	免 2721₆
百 1060₁	汀 3112₁	吁 6104₁	否 1060₉	角 2722₇
西 1060₁	汗 3114₁	叫 6400₀	玕 1114₀	役 2724₁
列 1220₀	迂 3130₁	吐 6401₀	延 1240₁	身 2740₀
羽 1722₀	州 3200₀	灰 7128₉	形 1242₂	似 2820₀
朶 1790₄	兆 3211₃	匠 7171₂	邪 1722₇	作 2821₁
舌 2060₄	冰 3213₀	臣 7171₁	忍 1733₂	伶 2822₇
此 2111₀	池 3411₂	阡 7224₀	那 1752₂	伴 2925₅
仳 2121₀	汝 3414₀	后 7226₁	君 1760₇	旬 2762₂
伍 2121₇	次 3718₂	肌 7721₀	攻 1814₀	沈 3011₇
行 2122₁	圭 4010₄	夙 7721₁	改 1874₀	究 3041₁
旨 2160₀	汛 3810₀	同 7722₀	住 2021₄	牢 3050₂
任 2221₄	在 4021₄	岡 7722₀	秀 2022₇	良 3073₂
屾 2244₇	有 4022₇	印 7772₀	彷 2022₇	沚 3111₀
伏 2323₄	存 4024₇	企 8010₁	孚 2040₇	返 3130₄
伐 2325₀	寺 4034₁	全 8010₄	兔 2051₃	沂 3212₁

— 354 —

【 7画 】   【 8画 】

近 3230₂	戒 5340₀	快 9503₀	乳 2241₀	沂 3214₀
冶 3316₀	技 5404₇	【 8画 】	岩 2260₁	祈 3222₁
沈 3411₂	扶 5503₀	府 0024₀	岱 2377₂	衫 3222₂
社 3421₀	把 5701₇	底 0024₂	佳 2421₄	祇 3224₀
沌 3511₇	邦 5702₇	夜 0024₇	侑 2422₇	沱 3311₁
汲 3714₇	投 5704₇	店 0026₁	侍 2424₁	沈 3411₂
沒 3714₇	邨 5772₇	卒 0040₈	彼 2424₇	泳 3313₂
初 3722₀	里 6010₄	盲 0060₁	供 2428₀	冶 3316₀
迎 3730₂	呈 6010₄	京 0090₆	朊 2429₀	法 3413₁
冷 3813₇	見 6021₀	刻 0280₀	岵 2476₀	波 3414₇
沙 3912₀	男 6042₇	氓 0774₇	使 2520₆	沽 3416₀
夾 4003₈	呂 6060₀	於 0823₃	佛 2522₇	沌 3511₇
坊 4012₇	昆 6071₁	放 0824₀	侠 2523₇	沸 3512₇
克 4021₆	貝 6080₀	亞 1010₇	岫 2576₀	油 3516₀
赤 4033₁	足 6080₁	雨 1022₇	帛 2622₇	泊 3610₀
志 4033₁	困 6090₄	兩 1022₇	和 2690₀	況 3611₁
李 4040₇	吼 6201₀	函 1077₂	佩 2721₀	迫 3630₀
妨 4042₇	別 6220₀	非 1111₁	兔 2721₆	泥 3711₁
杏 4060₉	吠 6303₄	玕 1114₀	忽 2733₂	汲 3714₇
走 4080₁	吻 6702₀	到 1210₀	阜 2740₇	沒 3714₇
坂 4114₇	吸 6704₇	弧 1223₀	物 2752₀	祀 3721₇
狂 4121₂	吹 6708₂	孤 1243₀	炙 2780₉	初 3722₀
妍 4144₀	吟 6802₇	武 1314₀	叔 2794₀	泠 3813₇
妊 4241₄	防 7022₇	孟 1710₇	侔 2821₄	沙 3912₀
杉 4292₂	阮 7121₁	取 1714₀	牧 2854₀	泮 3915₀
芍 4412₇	辰 7123₂	承 1723₂	空 3010₁	肴 4022₇
芎 4420₇	臣 7171₇	兔 1751₃	宜 3010₇	幸 4040₁
芋 4440₁	删 7240₀	垂 2010₄	注 3011₁	杏 4060₉
芎 4440₂	彤 7242₂	乖 2011₁	沉 3011₇	奇 4062₁
孝 4440₇	兵 7280₂	往 2021₄	泣 3011₈	直 4071₆
革 4450₀	助 7412₇	依 2023₂	宛 3021₂	奈 4090₄
苂 4480₈	肚 7421₀	受 2040₇	扉 3021₁	來 4090₈
村 4490₀	尾 7721₄	季 2040₇	房 3022₇	狂 4121₄
杜 4491₀	局 7722₇	爭 2050₇	帘 3022₇	帖 4126₀
杖 4590₀	即 7772₀	采 2090₄	官 3077₇	枉 4191₄
努 4742₇	弟 8022₇	秉 2090₇	定 3080₁	杯 4199₁
却 4772₀	每 8050₇	版 2104₇	宗 3090₁	坻 4214₀
妙 4942₀	含 8060₂	肯 2122₇	泚 3111₁	剁 4220₀
車 5000₆	谷 8060₈	卓 2140₆	河 3112₀	狐 4223₀
束 5090₆	余 8090₄	制 2220₀	沂 3212₁	刹 4290₀
折 5202₁	坐 8810₄	凭 2221₇	泓 3213₀	考 4420₇
甫 5322₇	忙 9001₀	岸 2224₁	泛 3213₇	始 4346₀

【 8画 】

				【 9画 】
協 4402$_7$	刺 5290$_0$	肌 7721$_0$	度 0024$_7$	後 2224$_7$
芷 4410$_1$	拔 5304$_7$	阻 7721$_0$	奕 0043$_0$	炭 2228$_9$
坡 4414$_7$	或 5310$_0$	兒 7721$_7$	音 0060$_1$	幽 2277$_0$
花 4421$_4$	披 5404$_7$	肥 7721$_7$	哀 0073$_2$	俄 2325$_0$
芬 4422$_7$	拂 5502$_7$	周 7722$_0$	訂 0162$_0$	待 2424$_1$
芳 4422$_7$	扶 5503$_0$	朋 7722$_0$	計 0360$_0$	侠 2423$_8$
芽 4424$_1$	抽 5506$_0$	所 7222$_1$	計 0460$_0$	峙 2474$_1$
芝 4430$_7$	抹 5509$_0$	服 7724$_7$	郊 0742$_7$	待 2424$_1$
苡 4440$_7$	典 5580$_1$	居 7726$_4$	施 0821$_0$	峡 2473$_8$
芙 4453$_0$	把 5701$_7$	届 7726$_7$	要 1040$_4$	峙 2474$_1$
者 4460$_0$	抱 5701$_2$	屈 7727$_2$	孩 1048$_2$	科 2490$_0$
姑 4446$_0$	投 5704$_7$	欣 7728$_2$	面 1060$_0$	律 2520$_7$
昔 4460$_1$	扱 5704$_7$	邸 7772$_7$	背 1122$_7$	執 2591$_7$
芭 4471$_7$	拇 5705$_0$	門 7777$_7$	研 1164$_0$	皇 2610$_4$
芸 4473$_1$	招 5706$_2$	具 7780$_1$	飛 1241$_3$	徊 2620$_0$
其 4480$_1$	拌 5905$_0$	臥 7870$_0$	癸 1243$_0$	泉 2623$_2$
枕 4491$_2$	唯 6001$_4$	金 8010$_9$	耽 1411$_2$	侶 2626$_0$
枝 4494$_7$	易 6022$_7$	並 8010$_1$	勁 1412$_7$	促 2628$_1$
林 4499$_0$	昇 6044$_0$	念 8033$_2$	耐 1420$_0$	保 2629$_4$
坤 4510$_6$	昆 6071$_1$	并 8044$_1$	建 1540$_0$	臭 2643$_0$
岐 4523$_0$	昂 6072$_7$	毎 8050$_0$	珀 1610$_0$	侯 2723$_4$
姓 4541$_0$	果 6090$_4$	舍 8060$_0$	廻 1640$_0$	侵 2724$_7$
坦 4611$_0$	呵 6102$_0$	命 8062$_7$	盈 1710$_7$	怨 2733$_1$
狙 4625$_0$	呼 6204$_9$	食 8073$_2$	珊 1712$_0$	急 2733$_7$
坰 4712$_0$	咄 6207$_2$	知 8640$_0$	耶 1712$_7$	奐 2743$_0$
孥 4740$_7$	味 6509$_0$	卸 8712$_0$	砌 1762$_0$	旬 2762$_0$
都 4762$_7$	咀 6701$_0$	竺 8810$_0$	柔 1790$_4$	峋 2772$_0$
敬 4864$_0$	呢 6701$_1$	尙 9022$_0$	珍 1812$_2$	負 2780$_6$
扮 4892$_7$	明 6702$_0$	卷 9071$_2$	玲 1813$_7$	紀 2791$_7$
松 4893$_2$	昫 6702$_0$	怡 9306$_0$	政 1814$_0$	約 2792$_0$
杵 4894$_0$	阿 7122$_0$	怯 9403$_1$	砂 1962$_0$	級 2794$_7$
枚 4894$_0$	長 7173$_2$	性 9501$_0$	重 2010$_4$	俗 2826$_8$
杪 4992$_0$	所 7222$_1$	快 9503$_0$	信 2026$_1$	秋 2998$_0$
事 5000$_7$	昏 7260$_4$	怕 9600$_0$	看 2060$_4$	室 3010$_4$
青 5022$_7$	陀 7321$_1$	怪 9701$_4$	香 2060$_9$	注 3011$_4$
忠 5033$_6$	附 7420$_0$	炊 9788$_2$	便 2124$_0$	泣 3011$_8$
妻 5040$_4$	岷 7523$_0$	怜 9803$_7$	拜 2155$_0$	扁 3022$_7$
奉 5050$_3$	肱 7423$_0$	【 9画 】	皆 2160$_1$	穿 3024$_1$
東 5090$_6$	陂 7424$_0$	疫 0014$_7$	貞 2180$_6$	客 3060$_4$
軋 5201$_0$	阻 7721$_0$	亭 0020$_1$	柴 2190$_4$	宦 3071$_7$
折 5202$_1$	兒 7721$_7$	帝 0022$_7$	紅 2191$_0$	河 3112$_0$
拙 5207$_2$	兕 7721$_7$	肯 0022$_7$	紆 2194$_0$	洒 3116$_0$

【 9画 】   【 10画 】

洲 3210₀	洽 3816₁	苦 4460₃	挂 5401₄	降 7825₄
泓 3213₀	衿 3822₇	若 4460₄	持 5404₁	盆 8010₇
泛 3213₇	迨 3830₁	苦 4460₄	軌 5401₇	前 8022₁
派 3213₂	送 3830₃	芒 4471₀	拱 5408₁	美 8043₀
洂 3214₁	逆 3830₄	甚 4471₁	拂 5502₀	首 8060₁
活 3216₄	迸 3830₅	巷 4471₇	拮 5406₁	食 8073₂
祈 3222₁	迷 3930₉	毟 4471₄	抽 5506₀	缸 8171₀
衫 3222₂	査 4010₇	茆 4472₇	抹 5509₀	剄 8210₀
巣 3290₄	育 4022₇	柂 4491₇	抱 5701₂	竽 8840₀
沱 3311₁	南 4022₇	枯 4496₀	拇 5705₀	竿 8840₁
泳 3313₂	奔 4044₄	柑 4497₀	招 5706₂	省 9060₀
治 3316₀	韋 4050₆	姨 4543₂	契 5743₀	恒 9101₆
洗 3411₁	奈 4090₁	狎 4625₀	拾 5806₁	削 9220₀
流 3411₃	柱 4091₄	相 4690₀	拌 5905₀	怡 9306₀
泄 3411₇	垣 4111₆	柏 4690₀	咳 6008₂	怯 9403₁
法 3413₁	姫 4141₇	架 4690₄	星 6010₄	恃 9404₀
波 3414₇	柄 4192₇	柂 4491₇	禺 6022₇	性 9501₀
沽 3416₀	垢 4216₁	柑 4497₀	界 6022₈	怕 9600₀
洪 3418₁	狐 4223₀	柿 4592₇	思 6033₀	怪 9701₄
衲 3422₇	姚 4241₃	相 4690₀	冒 6060₀	恂 9702₀
染 3490₄	赳 4280₀	枳 4698₀	品 6066₀	恨 9703₂
洩 3510₆	柮 4297₂	狗 4722₀	畏 6073₂	炮 9781₀
津 3510₇	城 4315₀	怒 4733₄	是 6080₁	炯 9782₀
浹 3513₂	哉 4365₀	胡 4762₀	昒 6102₇	炬 9792₇
油 3516₀	封 4410₀	柳 4792₀	映 6503₀	恰 9803₀
神 3520₆	范 4411₂	故 4864₀	咽 6600₀	恰 9806₁
袂 3523₀	芍 4412₇	柞 4891₁	昨 6801₁	【 10画 】
泊 3610₀	荢 4420₁	拚 5004₃	咲 6803₄	竝 0011₈
况 3611₀	苔 4420₇	奏 5043₀	厚 7124₇	病 0012₇
洫 3711₀	苑 4421₂	春 5060₃	陌 7126₀	疾 0013₄
泥 3711₁	茅 4422₂	表 5073₂	既 7171₄	疲 0014₇
洞 3712₀	茂 4425₃	拒 5101₇	胎 7326₀	座 0021₄
洛 3716₄	芝 4430₇	指 5106₁	肘 7420₀	席 0022₇
祖 3721₀	苤 4433₀	虹 5111₀	肚 7421₀	高 0022₇
冠 3721₄	芋 4440₁	挑 5201₃	咫 7680₈	庭 0024₁
退 3730₃	芊 4440₂	抵 5204₀	風 7721₀	唐 0026₇
追 3730₇	勃 4442₇	拭 5304₀	屋 7721₄	衰 0073₂
姿 3740₄	革 4450₆	按 5304₄	限 7723₂	訓 0260₀
軍 3750₆	茢 4452₇	拔 5304₇	降 7725₄	託 0261₄
泠 3813₇	英 4453₀	拙 5207₂	眉 7726₀	討 0460₀
洋 3815₁	苗 4460₀	咸 5320₀	卽 7772₀	記 0761₇
海 3815₇	苢 4460₂	威 5320₀	胙 7821₁	畝 0768₀

【 10画 】　　　　　　　　　　　　　　　　　　　　　　　　　　　　　　　　　　　　　　　【 10画 】

記 0761$_7$	師 2172$_7$	宸 3023$_2$	芫 3530$_9$	茫 4411$_0$
旅 0823$_2$	眞 2180$_1$	宰 3040$_1$	洄 3610$_0$	茨 4418$_2$
效 0844$_0$	豈 2210$_8$	宴 3040$_4$	涅 3611$_4$	荒 4421$_1$
夏 1024$_7$	剝 2210$_0$	宮 3060$_6$	浥 3611$_7$	花 4421$_4$
晉 1060$_1$	倒 2220$_0$	容 3060$_8$	涓 3612$_7$	芹 4422$_1$
班 1111$_4$	峯 2250$_4$	窈 3072$_7$	祝 3621$_0$	芳 4422$_1$
砑 1164$_9$	舐 2264$_0$	案 3090$_4$	洫 3711$_0$	芬 4422$_7$
砧 1166$_0$	紙 2294$_0$	迂 3130$_4$	凋 3712$_0$	狭 4423$_8$
剝 1210$_0$	射 2420$_0$	酒 3116$_0$	洞 3712$_0$	芽 4424$_1$
烈 1233$_0$	値 2421$_6$	洒 3116$_0$	浪 3713$_2$	芝 4430$_7$
孫 1249$_3$	倚 2422$_1$	逗 3130$_0$	洛 3716$_4$	草 4440$_6$
砭 1263$_7$	借 2426$_1$	逐 3130$_3$	祖 3721$_0$	芟 4440$_7$
祗 1294$_0$	徒 2428$_1$	酒 3130$_6$	袍 3721$_2$	芙 4450$_7$
祓 1324$_4$	特 2454$_1$	浮 3214$_7$	祠 3722$_0$	茵 4460$_0$
祕 1390$_0$	納 2492$_7$	洌 3210$_0$	通 3730$_2$	者 4460$_0$
耽 1411$_2$	倩 2522$_7$	洲 3210$_0$	逢 3730$_0$	茜 4460$_1$
破 1464$_7$	俸 2525$_3$	派 3213$_2$	朗 3772$_0$	茗 4460$_7$
珠 1519$_0$	秧 2593$_0$	透 3230$_2$	郎 3772$_7$	芭 4471$_2$
殊 1529$_0$	鬼 2621$_3$	逝 3230$_2$	冥 3780$_0$	茲 4473$_2$
珀 1610$_0$	倡 2626$_0$	巡 3230$_3$	涕 3812$_7$	茶 4490$_4$
孟 1710$_7$	俱 2628$_1$	浦 3312$_7$	洋 3815$_0$	桂 4491$_4$
珊 1712$_0$	息 2633$_0$	涙 3313$_4$	海 3815$_7$	株 4599$_0$
弱 1712$_7$	皋 2640$_3$	祕 3320$_0$	浴 3816$_8$	埋 4611$_4$
蚕 1713$_6$	臭 2643$_0$	洗 3411$_1$	衿 3822$_7$	娟 4642$_7$
恐 1733$_1$	豹 2722$_0$	流 3411$_3$	祥 3825$_1$	娯 4643$_1$
酌 1762$_0$	躬 2722$_7$	凌 3414$_7$	途 3830$_9$	翅 4740$_2$
郡 1762$_7$	候 2723$_4$	浩 3416$_1$	消 3912$_7$	娜 4742$_7$
桑 1790$_4$	烏 2732$_7$	洪 3418$_1$	姿 3973$_2$	起 4780$_1$
祠 1792$_0$	般 2744$_7$	衲 3422$_7$	盍 4010$_7$	桐 4792$_0$
珍 1812$_2$	島 2772$_7$	被 3424$_7$	肴 4022$_7$	根 4793$_0$
玲 1813$_7$	修 2822$_2$	造 3430$_6$	袁 4073$_2$	殺 4794$_7$
聆 1812$_7$	倫 2822$_7$	染 3490$_4$	索 4090$_2$	格 4796$_4$
致 1814$_0$	徐 2829$_4$	洩 3510$_6$	梳 4091$_3$	悅 4821$_6$
倍 2026$_1$	紛 2892$_7$	津 3510$_7$	核 4098$_2$	捊 5004$_3$
航 2041$_7$	倦 2921$_2$	浹 3513$_2$	桁 4192$_1$	蚖 5011$_7$
舫 2042$_7$	倘 2922$_7$	凄 3514$_4$	荊 4240$_0$	蚊 5014$_7$
奚 2043$_0$	峭 2972$_7$	凍 3519$_6$	桃 4291$_3$	書 5060$_1$
乘 2090$_1$	紗 2992$_0$	神 3520$_6$	栝 4296$_4$	素 5090$_3$
紋 2094$_0$	扇 3022$_7$	袂 3523$_0$	埃 4313$_4$	秦 5090$_4$
能 2121$_1$	宵 3022$_7$	袖 3526$_0$	娥 4345$_0$	軒 5104$_7$
徑 2121$_1$	帝 3022$_7$	連 3530$_0$	協 4402$_7$	指 5106$_1$
肯 2122$_7$	家 3023$_2$	速 3530$_9$	芷 4410$_1$	挑 5201$_3$

— 358 —

【10画】　　　　　　　　　　　　　　　　　　　　　　　　　　　　　【11画】

哲 5260_2	屑 7722_7	鹿 0021_1	聊 1712_0	偶 2622_7
拭 5304_0	展 7723_2	産 0021_4	娶 1740_4	得 2624_1
按 5304_4	展 7724_2	麻 0021_4	習 1760_2	舶 2640_0
挂 5401_4	殷 7724_4	竟 0021_6	聆 1813_7	細 2690_0
挾 5403_8	叟 7740_7	齋 0022_3	務 1822_7	偓 2721_4
持 5404_1	留 7760_2	商 0022_7	覓 2021_6	御 2722_0
拮 5406_1	卿 7772_0	庸 0022_7	停 2022_1	將 2724_2
拱 5408_1	閃 7780_7	康 0023_2	停 2022_1	假 2724_2
蚪 5410_0	除 7829_4	庶 0023_7	舷 2043_2	鳥 2732_7
耕 5590_0	益 8010_7	烹 0033_2	晈 2064_8	魚 2733_6
挹 5601_7	釜 8010_9	率 0040_3	絃 2093_2	欸 2748_0
捐 5602_7	翁 8012_7	章 0040_6	徘 2121_1	郷 2772_7
挈 5750_2	差 8021_1	牽 0050_3	術 2121_4	祭 2790_1
拾 5806_1	恙 8033_1	訪 0062_7	偃 2121_4	移 2792_2
蚣 5813_2	兼 8033_7	毫 0071_4	虛 2121_7	終 2793_3
眩 6003_2	倉 8060_7	訝 0164_0	處 2124_1	偸 2822_1
圄 6022_7	氤 8061_7	孰 0541_7	徙 2128_3	脩 2822_7
恩 6033_0	衾 8073_2	訣 0563_0	舸 2142_0	從 2828_3
晏 6040_4	氣 8091_7	望 0710_4	旣 2171_4	條 2829_4
員 6080_6	針 8410_0	郭 0742_7	頃 2178_6	悠 2833_4
晒 6106_0	缺 8573_0	部 0762_7	紫 2190_3	船 2846_0
哦 6305_0	朔 8742_0	設 0764_7	術 2190_4	絆 2995_0
時 6404_1	飢 8771_0	旌 0821_2	側 2220_0	窕 3011_3
財 6480_0	笈 8824_7	族 0823_4	崔 2221_4	液 3014_7
哭 6643_0	笑 8843_0	旋 0828_3	崖 2221_4	涼 3019_6
眠 6704_7	笄 8844_1	許 0864_0	崙 2222_7	屜 3021_7
郢 6712_7	敏 8854_0	雪 1017_4	崩 2222_7	宿 3026_1
畔 6905_0	笆 8871_7	焉 1032_7	崑 2271_1	進 3030_1
陟 7122_1	恒 9101_6	硫 1061_3	剩 2290_0	窓 3033_3
脂 7126_1	恬 9206_4	班 1111_4	崇 2290_1	富 3060_6
原 7129_6	剡 9280_7	背 1122_7	彩 2292_2	寄 3062_1
馬 7132_7	恃 9404_1	張 1123_2	偏 2322_7	密 3077_2
辱 7134_3	烘 9488_1	頂 1128_6	舵 2341_1	寂 3094_7
剛 7220_0	料 9490_0	酣 1261_4	毬 2371_3	涯 3111_4
院 7321_1	恂 9702_7	袒 1291_3	動 2412_7	渉 3112_1
肱 7423_2	恨 9703_7	琅 1313_0	斛 2420_0	涵 3117_2
陣 7520_0	悅 9801_1	強 1323_2	偉 2425_6	返 3130_4
隆 7721_4	恰 9806_1	疏 1411_3	崎 2472_1	淵 3210_0
脆 7721_2	悔 9805_7	珠 1519_0	紺 2496_1	淫 3211_4
肥 7721_7	粉 9892_2	現 1611_0	健 2524_0	淅 3212_1
胸 7722_0	【11画】	理 1611_4	舳 2546_0	添 3213_3
骨 7722_7	痕 0013_2	望 1710_4	緋 2592_7	浮 3214_7

— 359 —

【11画】　　　　　　　　　　　　　　　　　　　　　　　　　　　　【11画】

凈 3215₇	逍 3930₂	苗 4460₀	盛 5310₇	脖 7022₇
活 3216₄	爽 4003₄	苕 4460₂	蛇 5311₁	陪 7026₁
瓶 3230₂	壺 4010₆	苫 4460₃	掩 5401₆	脣 7122₇
巣 3290₄	盍 4010₇	著 4460₄	挾 5403₈	豚 7123₂
浦 3312₇	堆 4011₄	若 4460₄	捷 5508₁	區 7171₆
涙 3313₄	培 4016₁	苦 4460₄	曹 5560₆	彫 7222₂
淺 3315₃	麥 4020₇	茆 4472₇	規 5601₀	胎 7326₀
淀 3318₁	帷 4021₄	黄 4480₆	捫 5601₇	陳 7529₆
袚 3324₇	梓 4094₁	某 4490₄	捐 5602₇	陸 7421₄
逋 3330₂	森 4099₄	植 4491₆	捫 5702₀	陵 7424₂
梁 3390₄	帳 4123₂	執 4541₇	掃 5702₇	堅 7710₄
淹 3411₆	婀 4142₀	棣 4593₂	据 5706₄	凰 7721₀
渚 3416₀	梗 4194₆	棲 4594₄	軟 5708₂	隆 7721₄
浩 3416₁	棹 4194₆	棟 4599₆	探 5709₄	雁 7721₇
淋 3419₀	梗 4194₆	婢 4644₀	蛉 5813₇	脚 7722₀
被 3424₇	梧 4196₁	裂 4673₂	捲 5901₇	陶 7722₀
婆 3440₄	瓠 4223₀	棉 4692₀	唯 6001₄	屏 7724₁
清 3512₇	婚 4246₄	匏 4721₂	暴 6013₂	閉 7724₇
袖 3526₀	域 4315₀	婦 4742₇	國 6015₃	際 7729₁
混 3611₁	梡 4391₂	胡 4762₀	晨 6023₂	問 7760₇
涅 3611₄	梭 4394₇	都 4762₇	黒 6033₁	胙 7821₁
淈 3611₇	棕 4399₁	椒 4794₀	團 6034₃	脱 7821₆
涓 3612₇	莖 4410₁	敖 4824₀	曼 6040₇	陰 7823₁
淂 3614₁	范 4411₂	赦 4834₀	畢 6050₇	羞 8021₅
視 3621₀	苧 4420₁	乾 4841₇	異 6080₁	剪 8022₇
浪 3713₂	梵 4421₇	教 4844₀	累 6090₃	着 8060₄
淑 3714₀	苑 4421₂	梅 4895₇	啄 6103₂	着 8060₄
深 3719₄	莊 4421₄	梢 4992₇	晤 6106₁	貧 8080₆
袍 3721₂	梵 4421₇	推 5001₄	眺 6201₃	貪 8080₆
逸 3730₁	荷 4422₁	接 5004₄	唾 6201₄	瓶 8141₇
週 3730₂	茅 4422₂	掠 5009₆	眸 6305₀	斜 8490₀
迎 3730₂	帶 4422₇	畫 5010₆	畦 6401₄	釣 8712₀
淪 3812₇	狹 4423₈	春 5077₇	晞 6402₇	釵 8714₀
涕 3812₇	茂 4425₃	責 5080₆	唱 6606₀	欲 8768₂
淦 3813₂	荻 4428₉	棗 5090₂	晚 6701₆	飢 8771₀
啓 3860₄	苓 4430₇	振 5103₂	眼 6703₂	笙 8810₄
浴 3816₈	苾 4433₀	斬 5202₁	啜 6704₇	笠 8810₈
涂 3819₄	蔓 4440₀	授 5204₀	略 6706₄	第 8822₇
祥 3825₁	莫 4443₀	採 5209₄	野 6712₂	符 8824₃
啓 3860₄	英 4443₈	暫 5260₂	啥 6801₉	笳 8846₃
消 3912₇	菲 4452₇	晢 5260₂	晦 6805₂	笛 8860₃
淡 3918₉	英 4453₀	掛 5300₀	敗 6884₀	笱 8862₇

− 360 −

【11画】

笥 8862_7	酘 1467_0	給 2896_1	浔 3614_1	椀 4391_2
堂 9010_4	聖 1610_4	稍 2992_7	裡 3621_4	桟 4395_3
雀 9021_4	現 1611_0	渡 3014_7	迦 3630_0	椋 4399_1
常 9022_7	理 1611_4	液 3014_7	迫 3630_0	茫 4411_0
粒 9091_8	硯 1661_0	淬 3014_8	遇 3630_2	堪 4411_1
惜 9406_1	蛋 1713_6	涼 3019_6	渥 3711_4	萍 4414_9
情 9502_7	粥 1722_7	扉 3021_1	湖 3712_0	堵 4416_0
惆 9702_0	尋 1734_6	寐 3029_4	渦 3712_7	茨 4418_2
悦 9801_6	敢 1814_0	寒 3030_3	湧 3712_7	荒 4421_1
悔 9805_7	婆 1840_4	寓 3042_7	淑 3714_0	莊 4421_4
【12画】	黍 2013_2	富 3060_6	渾 3715_0	猫 4426_0
童 0010_4	爲 2022_7	涯 3111_4	湄 3716_7	煮 4433_6
痛 0012_7	傍 2022_7	涉 3112_1	深 3719_4	萋 4440_4
痛 0012_7	喬 2022_7	涵 3117_2	裙 3726_7	萎 4440_4
腐 0022_7	舜 2025_2	淵 3210_0	迥 3730_0	草 4440_6
音 0060_1	焦 2033_1	測 3210_0	過 3730_2	菰 4443_2
棄 0090_4	集 2090_4	淫 3211_4	遐 3730_0	茹 4446_0
訴 0263_1	街 2110_4	淅 3212_1	渝 3812_1	媒 4449_4
竣 0314_7	能 2121_1	湍 3212_7	湴 3813_1	荽 4450_3
詠 0363_2	階 2126_1	添 3213_1	滋 3813_2	華 4450_7
就 0391_4	觜 2122_7	渡 3214_7	游 3814_7	華 4450_7
詞 0762_0	須 2128_6	淨 3215_7	迤 3830_0	菌 4460_0
詔 0766_2	嵐 2221_7	逐 3230_4	遂 3830_3	茜 4460_1
雅 1021_4	觚 2223_0	遁 3230_6	遊 3830_4	菩 4460_1
惡 1033_1	幾 2225_3	割 3260_0	道 3830_6	茗 4460_7
硫 1061_3	絲 2299_3	営 3260_6	渺 3912_0	菴 4471_6
雲 1073_1	賤 2305_3	減 3315_0	淡 3918_0	葛 4472_7
斑 1111_4	然 2333_1	淺 3315_3	雄 4001_4	茲 4473_2
琥 1111_7	貸 2380_6	淀 3318_2	喜 4060_1	襄 4477_2
琴 1120_7	綻 2398_1	補 3322_7	喪 4073_2	貰 4480_4
悲 1133_1	皓 2466_1	遍 3330_2	森 4099_4	黃 4480_6
斐 1140_0	稀 2492_7	湛 3411_1	幅 4126_6	焚 4480_9
硯 1161_1	結 2496_1	淹 3411_6	幀 4128_2	某 4490_4
硯 1161_1	徨 2621_4	渚 3416_0	婀 4142_0	菓 4490_4
琵 1171_1	程 2691_4	淋 3419_2	媛 4143_4	菜 4490_4
琶 1171_7	衆 2723_2	達 3430_4	棹 4194_6	茶 4490_4
登 1210_8	象 2723_3	違 3430_4	荊 4240_0	萊 4490_8
發 1224_7	衆 2773_2	清 3512_7	媛 4244_7	植 4491_6
琅 1313_2	絕 2791_3	湘 3610_0	斯 4282_1	菊 4492_7
殘 1325_3	絳 2795_4	混 3611_1	哉 4365_0	菇 4493_2
酡 1361_1	殕 2823_2	温 3611_1	裁 4375_0	萩 4494_7
酤 1466_0	復 2824_7	湯 3612_7	越 4380_5	棣 4593_2

【12画】

【 １２画 】　　　　　　　　　　　　　　　　　　　　　　　　　　　【 １３画 】

棲 4594_4	捷 5508_1	腋 7024_7	答 8860_1	琶 1171_7
棟 4599_6	蛛 5519_0	雁 7121_4	筍 8862_7	瑞 1212_7
場 4612_7	費 5580_6	骭 7122_7	惟 9001_4	酬 1260_0
堤 4618_1	棘 5599_2	階 7126_1	掌 9050_2	碗 1361_2
猩 4621_4	揚 5602_7	厥 7128_2	棠 9090_4	琪 1418_1
帽 4626_0	揭 5602_7	随 7423_2	粧 9091_4	碕 1462_1
賀 4680_6	揖 5604_1	陽 7622_7	惱 9206_3	瑃 1515_7
絮 4690_3	握 5701_4	隅 7622_7	粽 9399_1	聖 1610_4
棉 4692_0	捫 5702_0	限 7623_2	惜 9406_1	珺 1616_0
塚 4713_2	掃 5702_7	閔 7710_4	煉 9589_6	碑 1664_0
朝 4742_0	換 5703_4	脆 7721_0	精 9592_7	瑚 1712_0
婿 4742_7	揮 5705_6	胸 7722_0	惆 9702_0	瑕 1714_7
報 4744_7	据 5706_4	扉 7724_7	鄒 9722_7	聚 1723_2
媚 4746_7	探 5709_4	馭 7734_0	愉 9803_7	酪 1766_4
欹 4768_2	捲 5901_2	開 7744_1	敝 9824_0	祿 1793_2
超 4780_6	啼 6002_7	間 7760_7	敞 9824_0	群 1865_1
期 4782_0	晬 6004_8	閑 7790_4	勞 9942_7	祿 1793_2
椒 4794_0	最 6014_7	隘 7822_1	【 １３画 】	群 1865_1
款 4798_2	晨 6023_2	勝 7922_7	痾 0012_1	雌 2011_4
散 4824_0	園 6050_6	翕 8012_7	瘟 0016_0	雋 2022_7
猶 4826_1	量 6050_6	無 8033_1	廊 0022_7	愛 2024_1
敬 4864_0	暑 6060_4	尊 8034_6	廉 0023_7	虞 2123_4
趁 4880_2	暑 6060_4	奠 8043_0	廈 0024_7	歲 2125_3
茶 4490_3	晶 6066_0	善 8060_5	意 0033_6	傾 2128_6
推 5001_4	置 6071_6	曾 8060_6	裏 0073_2	愆 2133_2
接 5004_4	嵒 6077_2	會 8060_9	話 0266_4	經 2191_1
掠 5009_6	買 6080_6	短 8141_8	新 0292_1	亂 2221_0
畫 5010_6	景 6090_6	創 8260_0	試 0364_0	嵬 2221_3
惠 5033_3	喧 6301_6	欽 8718_2	就 0391_4	催 2221_4
貴 5080_6	跋 6314_7	翔 8752_0	誇 0462_7	鼎 2222_1
棗 5090_2	貯 6382_1	舒 8762_2	詩 0464_1	傒 2223_4
排 5101_1	貽 6386_0	欲 8768_2	詰 0466_1	艇 2244_1
援 5204_7	喃 6402_7	筌 8810_4	零 1030_7	僅 2421_4
插 5207_7	跎 6410_0	筌 8810_4	雷 1060_3	裝 2473_2
採 5209_4	晴 6502_7	筑 8811_7	碎 1064_8	絺 2492_7
掛 5300_0	跏 6610_0	筇 8812_7	電 1071_7	傳 2524_3
盛 5310_7	單 6650_6	筠 8812_7	琥 1111_7	債 2528_6
掩 5401_6	喉 6703_4	筋 8822_7	琴 1120_7	絹 2692_7
描 5406_0	喚 6703_4	筒 8822_7	預 1128_6	鼠 2721_7
蛙 5411_4	喫 6703_4	筏 8825_3	頑 1128_6	解 2725_2
捧 5505_3	暇 6704_7	等 8834_1	瑟 1133_1	袁 2773_2
軸 5506_0	骸 7028_2	筆 8850_7	琵 1171_1	稠 2792_0

【 １３画 】　　　　　　　　　　　　　　　　　　　　　　　　　　　　　　　　　　　　【 １３画 】

傷 2822_7	湖 3712_0	荷 4422_1	嫌 4843_7	嘆 6403_4
脩 2822_7	滑 3712_7	猿 4423_2	幹 4844_1	嗜 6406_1
傲 2824_0	渦 3712_7	葭 4424_7	楡 4892_1	跨 6412_7
微 2824_0	湧 3712_7	葳 4425_3	携 5002_7	睫 6508_1
僧 2826_6	渾 3715_6	猫 4426_0	較 5004_8	暇 6704_7
綈 2892_7	湄 3716_7	荻 4428_9	頓 5178_6	暉 6705_6
綣 2921_1	溟 3718_2	葱 4433_2	援 5204_7	盟 6710_7
毹 2921_1	裙 3726_7	葺 4440_1	揷 5207_7	跪 6711_2
愁 2933_8	退 3730_3	莛 4440_1	盞 5310_7	路 6716_4
峭 2992_7	追 3730_7	荢 4440_7	蛾 5315_0	照 6733_6
滂 3012_7	塗 3810_4	萬 4442_7	感 5333_0	嗟 6801_1
渡 3014_7	渝 3812_1	葵 4443_0	蛺 5413_8	馴 7230_0
窟 3027_2	滋 3813_2	莫 4443_0	搆 5504_7	辟 7064_1
迹 3030_3	游 3814_7	萊 4443_8	農 5523_2	隔 7122_7
酒 3130_6	滄 3816_7	葦 4450_6	揚 5602_7	腰 7124_4
源 3119_6	逾 3830_2	著 4460_4	揭 5602_7	腦 7226_3
福 3126_6	送 3830_3	葩 4461_7	揖 5604_1	馴 7230_0
渠 3190_1	迸 3830_4	薜 4464_7	提 5608_1	馳 7431_2
測 3210_0	逆 3830_4	斟 4477_1	損 5608_7	肆 7570_7
湍 3212_1	渺 3912_7	楚 4480_1	蜆 5611_0	腸 7622_7
溪 3213_4	迷 3930_9	禁 4490_1	蜈 5613_4	脾 7723_7
溲 3214_7	裟 3973_2	葉 4490_7	握 5701_4	殿 7724_7
遜 3230_9	塘 4016_1	椹 4491_7	搗 5702_7	脚 7722_0
業 3290_4	嫉 4043_4	楠 4492_7	換 5703_6	閩 7733_7
溥 3314_2	貢 4080_6	楮 4496_7	搜 5704_7	鼠 7771_7
滅 3315_0	塡 4118_1	勢 4542_7	揮 5705_6	與 7780_7
減 3315_0	獅 4122_5	椿 4596_3	搖 5707_2	脫 7821_6
補 3322_7	極 4191_1	塊 4611_3	蛻 5811_6	腹 7824_7
梁 3390_4	嫁 4343_2	幌 4621_1	暗 6006_1	臉 7828_2
湛 3411_1	載 4355_5	猩 4621_4	蜀 6012_7	險 7828_6
港 3411_7	裘 4373_5	想 4633_0	跡 6013_0	羨 8018_2
漢 3413_4	莖 4410_1	楊 4692_7	園 6023_2	愈 8033_2
遠 3430_3	董 4410_4	揣 4694_1	愚 6033_2	煎 8033_2
漣 3513_0	葢 4410_7	鳩 4702_7	暈 6050_2	慈 8033_3
溝 3514_7	勤 4412_7	楓 4791_0	置 6071_6	雉 8041_4
裱 3523_2	莎 4412_9	塢 4712_7	圓 6080_6	禽 8042_7
遣 3530_7	鼓 4414_7	嫋 4742_7	號 6121_7	義 8055_3
湘 3610_0	塔 4416_1	報 4744_7	睡 6201_4	會 8060_6
湯 3612_7	落 4416_4	趑 4780_4	睒 6203_4	鉅 8111_7
裡 3621_4	墻 4416_4	楓 4791_0	暖 6204_7	飯 8174_7
渥 3711_4	萼 4420_7	楹 4791_7	暄 6301_6	頌 8178_6
溯 3712_0	莊 4421_4	猶 4826_1	賊 6385_0	飫 8273_2

— 363 —

【 １３画 】   【 １４画 】

獣 8363_4	旗 0828_1	僚 2429_6	透 3230_2	臺 4010_4
鉢 8513_0	説 0861_6	綺 2492_1	逝 3230_2	臺 4010_4
鈿 8610_0	齊 1022_3	綾 2494_7	準 3240_1	境 4011_6
鉤 8712_0	需 1022_7	緒 2496_0	演 3318_6	境 4011_6
飽 8771_2	爾 1022_7	練 2599_6	對 3410_0	奪 4034_1
飲 8778_1	瑟 1133_1	綿 2692_7	禰 3412_1	奪 4034_1
筠 8812_7	酷 1466_1	像 2723_2	滿 3412_7	嘉 4046_5
鈴 8813_7	瑇 1515_7	疑 2748_1	漆 3413_2	壽 4064_1
莆 8822_7	珸 1616_0	槃 2790_4	漠 3413_4	嘉 4046_5
筵 8840_1	殞 1628_6	網 2792_0	溥 3314_4	壽 4064_1
節 8872_7	碧 1660_1	緑 2793_3	滓 3314_8	榜 4092_7
當 9060_6	魂 1671_3	綴 2794_7	滅 3315_0	槁 4092_7
慨 9101_4	瑚 1712_0	徴 2824_0	遘 3330_2	榜 4092_7
煙 9181_4	瑕 1714_7	綸 2892_7	逸 3330_4	槁 4092_7
煩 9188_6	瑠 1716_2	縋 2991_2	造 3430_6	榱 4093_2
惱 9206_3	瑤 1717_2	漉 3011_1	漆 3413_2	榱 4093_2
煖 9284_7	翠 1740_8	滴 3012_4	漠 3413_4	獅 4122_7
媒 9489_4	歌 1768_2	漓 3012_4	遭 3530_6	頗 4128_6
煉 9589_6	瑱 1918_6	滂 3012_7	漫 3614_7	頗 4128_6
愧 9601_3	禊 1793_4	蜜 3013_6	溝 3514_7	獄 4323_4
慍 9601_7	僅 2021_4	寧 3020_1	裱 3523_2	截 4325_0
煜 9683_2	熏 2033_1	寥 3020_2	連 3530_0	榕 4396_8
煥 9783_4	嶂 2074_6	窩 3022_7	遭 3530_6	墓 4410_4
愉 9802_1	維 2091_4	寝 3024_7	温 3611_7	蒲 4412_7
【 １４画 】	衙 2110_9	適 3030_2	漫 3614_7	夢 4420_7
塵 0021_4	熊 2133_1	遮 3030_3	褐 3622_7	幕 4422_7
齊 0022_3	態 2133_1	準 3040_1	褐 3622_7	翡 4422_7
廓 0022_7	嶇 2171_6	寛 3043_0	溯 3712_0	蒿 4422_7
膏 0022_7	齒 2177_2	窨 3060_1	漏 3712_7	蓮 4430_4
腐 0022_7	緋 2191_1	實 3080_6	滑 3712_7	蒸 4433_1
豪 0023_2	僑 2222_7	察 3090_1	漏 3712_7	兼 4433_7
敲 0124_7	僕 2223_4	漲 3113_2	漁 3713_6	嫣 4142_7
語 0166_1	製 2273_2	滓 3114_8	漁 3713_6	頗 4128_6
端 0212_7	種 2291_4	漂 3119_4	溟 3718_0	獄 4323_4
誕 0264_1	稱 2295_7	源 3119_6	逢 3730_4	截 4325_0
誠 0365_0	緇 2296_3	禰 3122_7	遙 3730_7	榕 4396_8
塾 0510_4	綵 2299_4	福 3126_6	K9 3730_7	墓 4410_4
竭 0612_7	僥 2321_4	逕 3130_1	滄 3816_7	蒲 4412_7
誤 0663_4	犒 2356_7	逗 3130_1	滌 3819_4	萍 4414_9
謂 0762_7	綻 2398_1	逐 3130_3	滌 3819_4	夢 4420_7
認 0763_2	魁 2421_0	漸 3212_1	途 3830_9	萑 4421_4
韶 0766_2	徳 2423_1	溪 3213_4	逍 3930_2	蒐 4421_2

【14画】   【15画】

幕 4422₇	携 5002₇	層 7726₆	誰 0061₄	緘 2395₀
蕀 4422₇	盡 5010₇	際 7729₁	諸 0466₀	稽 2396₁
蒿 4422₇	輒 5101₀	聞 7740₁	熟 0533₁	緯 2495₆
猿 4423₂	輕 5101₁	閣 7760₄	請 0562₇	魅 2521₉
蓮 4430₄	輗 5104₇	閔 7780₇	課 0669₄	魄 2661₃
蒸 4433₁	摧 5201₄	監 7810₄	調 0762₀	緗 2690₀
兼 4433₇	誓 5260₁	氬 8011₇	敵 0824₀	線 2693₃
萎 4440₄	摸 5403₄	舞 8025₁	論 0862₇	盤 2710₂
姜 4440₄	搆 5504₇	領 8138₆	談 0968₉	黎 2713₂
菰 4443₂	損 5608₆	餂 8370₀	璃 1012₇	漿 2723₂
箋 4450₃	蜘 5610₀	銅 8712₀	霄 1022₇	魯 2760₃
華 4450₄	搗 5702₇	銀 8713₂	憂 1024₇	樂 2790₄
菌 4460₀	搖 5703₆	飽 8771₂	霆 1040₁	緣 2793₂
菩 4460₁	搜 5704₇	槊 8790₄	醇 1064₇	綏 2793₄
蓄 4460₃	搖 5707₂	箔 8816₃	醉 1064₈	徹 2824₀
蒼 4460₇	摺 5706₂	箋 8850₃	磊 1066₁	儀 2825₃
蓉 4460₈	墨 6010₄	箏 8850₇	輩 1150₆	嶙 2975₉
菴 4471₆	團 6034₃	箇 8860₂	彈 1625₆	漉 3011₁
葛 4472₇	圖 6060₀	飾 8872₇	蝨 1713₆	滴 3012₇
蓑 4473₂	罰 6062₀	管 8877₇	瑠 1716₂	漓 3012₇
菌 4477₂	賦 6384₀	箴 8880₁	瑤 1717₂	凛 3019₇
莫 4480₀	噴 6508₆	箕 8880₁	蒲 1722₁	窮 3022₇
榭 4490₀	曙 6606₄	慷 9002₇	鴉 1722₇	進 3030₁
菓 4490₄	鳴 6702₇	嘗 9060₁	醋 1762₀	寫 3032₇
菜 4490₄	暝 6708₀	粽 9399₁	醑 1763₂	窯 3033₁
萊 4490₈	墅 6710₄	裳 9073₂	璈 1814₀	寶 3080₆
榕 4491₇	鄙 6762₇	愾 9406₁	瑱 1918₆	賓 3080₆
菊 4492₇	賒 6889₄	精 9592₄	締 2092₇	漲 3113₂
蒄 4493₂	障 7024₆	愧 9601₃	衝 2110₄	漂 3119₁
蓟 4494₇	腋 7024₇	慍 9601₇	膚 2122₉	褙 3122₇
墢 4514₄	歷 7121₁	憎 9806₆	慮 2123₆	褥 3124₃
構 4594₇	厭 7123₄	榮 9990₄	價 2128₆	遷 3130₁
幔 4624₇	曆 7126₉	【15画】	齒 2177₂	澄 3211₈
槐 4691₃	匿 7171₈	瘦 0014₇	劇 2220₀	漸 3212₁
榻 4692₇	髪 7244₇	廛 0021₄	畿 2265₃	叢 3214₀
歉 4758₂	駄 7433₀	塵 0021₄	嶠 2272₇	潘 3216₂
榾 4792₇	髩 7255₇	廟 0022₇	樂 2290₄	演 3318₆
穀 4794₇	閨 7710₄	廚 0024₀	緩 2294₇	澆 3411₁
榴 4796₂	鳳 7721₀	廢 0024₇	稻 2297₇	漪 3412₁
嫩 4844₀	屢 7724₄	慶 0024₇	牗 2302₇	滿 3412₇
趙 4980₂	骰 7724₇	摩 0025₂	編 2392₇	滯 3412₇
摘 5002₇	閲 7725₃	廣 0028₆	稼 2393₂	漆 3413₂

【１５画】

				【１６画】
漠 3413₄	葭 4424₇	蝟 5612₇	歐 7778₂	璃 1012₇
漢 3413₄	葳 4425₃	輖 5702₀	賢 7780₁	霑 1016₁
潦 3419₆	蓬 4430₄	摺 5706₂	興 7780₇	霓 1021₇
褙 3425₃	慕 4433₃	蝴 5712₀	墜 7810₄	霖 1099₄
遼 3430₉	蕁 4434₃	蝸 5712₇	腹 7824₇	頭 1118₆
漣 3513₀	葺 4440₁	蝦 5714₇	隣 7925₉	頰 1148₆
潜 3516₁	蔓 4440₇	輪 5802₇	養 8073₂	冀 1180₁
遺 3530₈	萬 4442₇	撒 5804₀	餌 8174₀	璞 1213₁
漫 3614₇	葵 4443₀	數 5844₀	劍 8280₀	璣 1215₃
褐 3622₇	葜 4443₇	撐 5904₁	舗 8362₇	瓢 1293₀
澗 3712₀	嬉 4446₅	罷 6021₁	鋤 8412₇	融 1523₆
潤 3712₀	葦 4450₆	罰 6062₀	鋏 8413₈	醒 1661₄
潮 3712₀	摹 4450₂	嘴 6102₇	蝕 8573₆	璇 1814₀
漏 3712₇	葱 4450₂	踏 6216₃	鋒 8715₄	儂 2022₃
漁 3713₆	鞋 4451₄	影 6292₂	鄭 8742₇	縞 2092₇
潯 3714₆	暮 4460₃	賤 6385₃	箴 8810₄	盧 2121₇
潺 3714₇	葩 4461₇	噴 6408₆	篇 8822₇	儒 2122₇
潔 3719₃	蒟 4472₇	賭 6486₀	篆 8823₇	優 2124₇
翩 3722₀	蒼 4477₇	嘯 6502₇	範 8851₂	衡 2143₀
逸 3730₁	葉 4490₄	器 6666₃	箆 8871₈	黛 2333₁
週 3730₂	模 4493₄	賜 6682₇	銷 8912₇	穎 2198₂
選 3730₈	横 4498₆	嘲 6702₇	憮 9002₇	縣 2299₃
蚕 3773₂	熱 4533₁	鳴 6702₇	褧 9073₂	縛 2394₁
潅 3819₄	樓 4594₄	瞑 6708₀	賞 9080₇	儘 2421₄
幢 4021₄	駕 4632₇	踞 6716₄	頬 9148₆	儔 2424₁
賣 4080₆	嬋 4645₆	駐 7031₄	輝 9725₆	儲 2426₇
趣 4180₄	穀 4794₇	頤 7178₀	糊 9792₀	鮒 2430₀
概 4191₄	墩 4814₀	劉 7210₀	憎 9806₇	儖 2521₁
樞 4191₆	増 4816₄	腦 7226₃	弊 9844₄	積 2598₆
標 4199₁	様 4893₂	質 7280₆	憐 9905₉	憩 2633₀
幡 4226₉	嬌 4942₇	墮 7410₄	瑩 9910₃	龜 2711₇
嬌 4242₇	摘 5002₇	膝 7423₂	【１６画】	駕 2732₇
鞍 4354₄	摧 5201₄	慰 7433₀	膏 0022₇	叡 2764₇
董 4410₄	撲 5203₄	腸 7622₇	磨 0026₁	餐 2773₂
蓋 4410₇	撥 5204₇	駟 7630₀	辨 0044₁	嶼 2778₁
蔬 4411₃	憇 5233₂	豎 7710₈	諳 0066₁	避 3030₄
落 4416₄	暫 5260₂	鬧 7722₇	褒 0073₁	寰 3040₄
蓼 4420₂	摸 5403₄	腴 7723₇	龍 0121₁	窺 3051₆
蒂 4422₇	撩 5409₆	履 7724₇	謀 0469₄	褰 3073₁
蕚 4420₇	蝶 5419₄	駒 7732₀	謂 0662₇	褥 3124₃
蔭 4423₁	慧 5533₇	閭 7760₆	親 0691₀	遁 3130₆
蔗 4423₇	葦 5550₆	鷗 7772₇	罪 1011₁	憑 3133₂

【16画】

澄 3211₈	蕭 4422₇	螟 5718₀	録 8713₂	禪 1695₆
澌 3212₁	蕸 4422₇	賴 5798₆	篦 8821₁	翠 1740₈
潑 3214₇	蔭 4423₁	撒 5804₀	篤 8822₇	翼 1780₁
叢 3214₇	蔽 4424₈	撐 5904₁	篤 8832₇	鮫 2034₈
潘 3216₉	蓮 4430₄	噫 6003₆	簀 8855₇	爵 2074₆
遁 3230₆	蒸 4433₁	噎 6010₄	篩 8872₇	黏 2116₀
遍 3330₂	燕 4433₁	蹄 6012₇	簑 8873₂	膺 2122₇
澆 3411₁	蕉 4433₁	罷 6021₁	餘 8879₄	優 2124₁
潦 3419₆	蕪 4433₁	罹 6091₄	繁 8890₃	頻 2128₆
違 3430₄	慕 4433₃	噸 6203₁	築 8890₄	縹 2199₁
達 3430₄	兼 4433₇	踏 6216₃	憶 9003₆	嶽 2223₄
濃 3513₂	蓄 4460₃	齟 6237₂	燈 9281₈	嶺 2238₆
潛 3516₁	蒼 4460₇	默 6333₄	燃 9383₃	擬 2248₁
濁 3612₄	蓉 4460₈	戰 6355₀	熾 9385₀	戲 2325₀
澤 3614₁	薹 4471₇	曉 6401₁	燒 9481₁	黛 2333₁
遇 3630₂	蓑 4473₂	噴 6408₆	糕 9493₄	縮 2396₁
遐 3630₃	蓑 4480₀	嘿 6603₁	憚 9605₆	牆 2426₁
潮 3712₀	樹 4490₀	噪 6609₄	糧 9691₄	鮪 2432₁
潤 3712₀	橈 4491₁	瞻 6706₁	輝 9725₉	穗 2593₁
潯 3714₆	橢 4492₇	鴨 6752₇	螢 9913₆	縷 2594₁
潺 3714₇	樺 4495₄	曒 6804₀	燐 9985₉	總 2693₀
澹 3716₁	橫 4498₆	踰 6812₁	縈 9990₃	墾 2710₄
凝 3718₁	隸 4593₂	瞠 6901₄	【17画】	縫 2793₄
潔 3719₃	獨 4622₇	壁 7010₄	療 0019₆	鮮 2835₁
過 3730₂	磬 4760₁	離 7021₄	廬 0021₇	聳 2840₁
遐 3730₄	橘 4792₇	骸 7024₈	齋 0022₃	谿 2846₈
遲 3730₄	穀 4794₇	駭 7038₂	應 0023₁	齡 2873₇
激 3814₀	翰 4842₇	甌 7171₇	藝 0073₁	縱 2898₁
洽 3816₁	擎 4850₂	膨 7222₂	甑 0211₄	濟 3012₃
遹 3830₂	樽 4894₆	髻 7260₁	謝 0460₀	塞 3080₁
蓆 3830₄	擁 5001₄	學 7740₇	謹 0461₁	濡 3112₇
遒 3830₆	鴦 5032₇	閹 7760₄	謀 0469₄	遽 3130₃
道 3830₆	橐 5090₄	閭 7777₇	講 0565₁	遜 3230₉
壇 4011₆	據 5103₂	羲 8025₃	謙 0863₇	濱 3318₆
奮 4060₁	撲 5203₄	雉 8041₄	霪 1016₁	濛 3413₂
樵 4093₁	撥 5204₇	錚 8215₃	霞 1024₇	涛 3414₇
頰 4108₆	靜 5225₇	錢 8315₃	霜 1096₃	潛 3416₁
橋 4292₇	撼 5303₅	餓 8375₃	彌 1122₇	遠 3430₃
機 4295₃	臀 5322₇	錯 8416₁	孺 1142₇	濃 3513₂
蒲 4412₇	撩 5409₅	鍊 8519₆	磴 1261₈	遺 3530₇
墻 4416₁	操 5609₄	錦 8612₇	磯 1265₃	澀 3610₇
蒿 4422₇	擔 5706₁	錫 8612₇	環 1613₂	濁 3612₇

【17画】　　　　　　　　　　　　　　　　　　　　　　　　　　【18画】

濕 3613$_3$	擁 5001$_4$	輿 7780$_7$	顔 0128$_6$	馥 2864$_7$
澤 3614$_1$	擅 5001$_5$	膳 7826$_1$	譚 0164$_6$	轍 2894$_0$
濯 3711$_4$	蟀 5014$_3$	膾 7826$_6$	識 0365$_0$	濟 3012$_4$
鴻 3712$_7$	據 5103$_2$	臨 7876$_6$	譁 0465$_4$	寵 3021$_1$
澹 3716$_1$	蟋 5213$_9$	斂 7788$_2$	謾 0664$_7$	適 3030$_2$
邈 3730$_7$	撼 5303$_5$	闌 7790$_6$	韻 0668$_6$	遮 3030$_3$
濈 3814$_0$	轄 5306$_5$	縢 7923$_2$	鵂 0722$_7$	濡 3112$_7$
激 3814$_0$	操 5609$_4$	鎭 8118$_1$	霧 1022$_7$	濾 3113$_6$
豁 3866$_8$	擣 5404$_1$	鍾 8211$_4$	覆 1024$_7$	襠 3122$_7$
檀 4091$_6$	螺 5619$_3$	矯 8242$_7$	覇 1052$_7$	遷 3130$_1$
檍 4093$_6$	覯 5651$_1$	餞 8375$_3$	麗 1121$_1$	額 3168$_6$
壎 4213$_1$	擢 5701$_4$	館 8377$_7$	禱 1494$_1$	叢 3214$_7$
蔬 4411$_3$	擔 5706$_1$	鍜 8714$_7$	禮 1591$_8$	瀉 3312$_7$
薄 4414$_2$	擬 5708$_1$	鵁 8722$_7$	環 1613$_7$	濺 3315$_3$
蓼 4420$_2$	擊 5750$_2$	篳 8840$_6$	醜 1661$_7$	濱 3318$_5$
薦 4422$_7$	雖 6011$_4$	簪 8860$_1$	鵝 1712$_7$	濛 3413$_2$
蔕 4422$_7$	曜 6060$_6$	鴿 8762$_7$	醪 1762$_2$	濤 3414$_1$
蔭 4423$_1$	罹 6091$_4$	歛 8788$_2$	鯨 2039$_6$	禱 3424$_1$
蔗 4423$_7$	點 6136$_0$	簇 8823$_4$	雙 2040$_7$	襟 3429$_1$
獲 4424$_7$	顆 6198$_6$	篠 8829$_4$	雛 2041$_4$	遼 3430$_9$
薇 4424$_8$	蹊 6213$_4$	篷 8830$_3$	爵 2074$_6$	遭 3530$_1$
蓬 4430$_4$	黜 6237$_2$	篛 8830$_4$	軀 2121$_6$	遺 3530$_8$
薰 4433$_1$	勵 6432$_7$	餅 8874$_1$	顚 2188$_6$	瀁 3613$_2$
薄 4434$_3$	璧 7010$_3$	罇 8874$_6$	豐 2210$_8$	濕 3613$_3$
蔓 4440$_7$	檗 7090$_4$	賽 8880$_6$	斷 2272$_1$	邈 3630$_1$
薤 4441$_4$	壓 7121$_4$	篩 8882$_1$	穩 2293$_7$	濯 3711$_4$
韓 4445$_6$	驍 7138$_1$	鎖 8918$_6$	織 2395$_0$	鴻 3712$_7$
薔 4460$_1$	膿 7222$_2$	憶 9003$_6$	儲 2426$_0$	遲 3730$_4$
薛 4464$_1$	隱 7223$_7$	糞 9080$_1$	犢 2458$_6$	選 3730$_8$
檣 4496$_1$	朦 7423$_2$	憾 9303$_5$	繞 2491$_0$	難 4051$_4$
檍 4498$_2$	膝 7423$_2$	燼 9581$_7$	繡 2592$_7$	壘 4111$_7$
蟄 4513$_6$	騏 7438$_1$	燭 9682$_7$	鯉 2631$_4$	韜 4257$_2$
獨 4622$_7$	颶 7621$_2$	糧 9691$_4$	歸 2712$_7$	藍 4410$_7$
檉 4691$_4$	颺 7621$_3$	燦 9789$_4$	鯢 2731$_7$	蕩 4412$_7$
聲 4740$_1$	颯 7621$_8$	營 9960$_6$	鎣 2750$_6$	薄 4414$_2$
艱 4753$_2$	闊 7716$_4$	【18画】	鵝 2752$_7$	薩 4421$_4$
趨 4780$_2$	履 7724$_4$	龐 0221$_1$	翻 2762$_0$	蕭 4422$_7$
檞 4795$_2$	闕 7748$_2$	蘆 0221$_7$	鵠 2762$_7$	薦 4422$_7$
檜 4796$_1$	擧 7750$_2$	離 0041$_4$	鋸 2771$_0$	繭 4422$_7$
檠 4890$_4$	闌 7750$_6$	謫 0062$_7$	繩 2791$_3$	蕤 4423$_1$
檥 4895$_3$	醫 7760$_1$	甕 0071$_7$	鯳 2822$_7$	獲 4424$_7$
檢 4898$_6$	闇 7760$_1$	雜 0091$_4$	鎧 2845$_3$	蔽 4424$_8$

【18画】　　　　　　　　　　　　　　　　　　　　　　　　　　　　　　　　　　　【20画】

薇	4424$_8$	瞻	6706$_1$	譚	0164$_6$	轍	5804$_0$	醴	1561$_8$
藏	4425$_3$	鵙	6722$_7$	識	0365$_0$	蟻	5815$_3$	醲	1563$_2$
蕨	4428$_7$	瞼	6808$_6$	譁	0465$_4$	羅	6091$_4$	瓊	1714$_7$
蕉	4433$_1$	蹤	6818$_1$	韻	0668$_6$	蹬	6211$_8$	飄	1791$_0$
蕉	4433$_1$	贈	6886$_6$	霧	1022$_7$	獸	6363$_4$	鶩	1832$_7$
薫	4433$_3$	璧	7010$_3$	覇	1052$_7$	疇	6404$_1$	魖	2021$_2$
蕙	4433$_3$	臂	7022$_7$	麗	1121$_1$	曝	6603$_1$	纏	2091$_4$
蕊	4433$_3$	隴	7121$_1$	禱	1494$_1$	隴	7121$_1$	懸	2233$_9$
薙	4441$_4$	願	7128$_6$	瓊	1714$_7$	願	7128$_6$	繼	2291$_3$
攀	4450$_2$	騣	7233$_4$	辭	2024$_1$	臘	7221$_6$	獻	2323$_4$
薔	4460$_1$	騎	7432$_1$	鯨	2039$_6$	騣	7233$_4$	繽	2398$_6$
舊	4477$_7$	騏	7438$_1$	穢	2293$_7$	臑	7444$_7$	鰮	2631$_1$
藉	4496$_1$	臑	7444$_7$	蕢	2458$_6$	鬪	7714$_1$	鰈	2633$_3$
檀	4498$_6$	颺	7621$_2$	擎	2750$_6$	覺	7721$_6$	鰭	2436$_1$
翹	4721$_2$	颼	7621$_3$	飆	2771$_0$	騒	7733$_6$	繪	2498$_6$
麹	4724$_2$	關	7722$_7$	繩	2791$_4$	關	7777$_2$	釋	2694$_1$
鵠	4762$_7$	闘	7748$_1$	饌	2845$_3$	騰	7922$_7$	巉	2771$_3$
櫂	4791$_4$	擧	7750$_2$	瀛	3011$_7$	鏡	8011$_6$	鶏	2742$_7$
檻	4891$_7$	醫	7760$_1$	寵	3021$_1$	羹	8043$_0$	響	2760$_1$
蟲	5013$_6$	歟	7788$_2$	瀨	3118$_6$	羶	8051$_6$	齡	2873$_7$
擴	5103$_6$	膾	7826$_1$	瀟	3412$_7$	饌	8778$_1$	瀛	3011$_7$
蟠	5216$_9$	鏡	8011$_6$	襪	3425$_3$	籃	8810$_7$	避	3030$_4$
覲	5280$_1$	羹	8043$_0$	邊	3630$_2$	簾	8823$_5$	蹇	3032$_1$
擣	5404$_1$	羶	8051$_6$	瀁	3711$_1$	簹	8826$_1$	竈	3071$_7$
攅	5408$_6$	鎭	8118$_1$	鶸	3722$_7$	簸	8884$_7$	寶	3080$_6$
轉	5504$_3$	鵜	8722$_7$	墟	4111$_1$	懷	9003$_2$	瀘	3111$_7$
蟬	5615$_6$	簾	8823$_5$	顚	4188$_6$	懶	9708$_6$	瀾	3112$_7$
擢	5701$_4$	簹	8826$_1$	韜	4257$_7$	籌	8864$_1$	瀨	3118$_6$
擲	5702$_7$	簞	8840$_6$	藜	4413$_2$	懷	9003$_2$	顧	3128$_6$
擬	5708$_1$	簟	8850$_6$	藩	4416$_9$	黨	9033$_1$	遽	3130$_3$
蠅	5711$_7$	簪	8860$_0$	藤	4423$_8$	爐	9181$_7$	藤	3421$_0$
蟾	5716$_1$	鑣	8873$_5$	攀	4450$_2$	懶	9708$_6$	瀟	3412$_7$
繋	5790$_3$	繒	8874$_6$	藝	4473$_1$	【20画】		邀	3630$_1$
轍	5804$_0$	簕	8882$_1$	藥	4490$_4$	壹	0010$_7$	瀁	3711$_1$
蟻	5815$_3$	鎖	8918$_1$	藕	4492$_2$	競	0021$_6$	瀾	3712$_0$
疊	6010$_4$	簸	8884$_7$	檀	4498$_6$	護	0464$_7$	鶸	3722$_7$
瞽	6060$_6$	類	9148$_6$	麹	4724$_2$	譁	0645$_6$	激	3814$_0$
題	6180$_8$	爐	9581$_7$	鵠	4762$_7$	靏	1011$_1$	邂	3830$_4$
獸	6363$_4$	【19画】		攅	5408$_6$	露	1016$_4$	漢	3918$_1$
疇	6404$_1$	龐	0021$_1$	蠅	5711$_7$	靄	1024$_8$	欄	4191$_0$
曝	6603$_2$	廬	0021$_7$	蟾	5716$_1$	瓏	1111$_1$	檣	4196$_3$
曙	6606$_4$	離	0041$_4$	繋	5790$_3$	醯	1263$_1$	藍	4410$_7$

【20画】   【29画】

藜 4413₃	【21画】	鷁 8762₇	鷗 7772₇	灝 3118₆
藻 4419₄	麝 0024₁	饌 8778₁	龕 8021₁	轣 4455₅
藩 4416₉	醺 1263₁	懼 9401₄	籠 8821₁	隸 4593₂
薩 4421₄	魑 2021₂	爛 9782₀	籥 8821₁	鼉 4871₁
蘆 4421₇	纏 2091₄	鷲 9932₇	巓 8898₆	蠱 5013₆
勸 4422₀	鰭 2436₁	【22画】	懼 9401₄	攪 5701₆
蘭 4422₇	續 2498₆	疊 0010₇	【23画】	羈 6052₂
蘭 4422₇	鰥 2633₃	讀 0468₆	讌 0463₁	饕 7271₁
藤 4423₂	鷄 2742₇	驚 0832₇	麟 0925₉	鬢 7280₅
藏 4425₃	響 2760₁	讒 0862₇	鷸 1722₇	臢 7621₆
蘋 4428₆	籠 3071₇	霾 1021₄	巖 2224₈	鹽 7810₇
蘇 4439₄	顧 3128₆	霽 1022₃	戀 2233₉	籠 9871₇
薜 4454₁	灌 3411₄	聽 1413₁	變 2240₈	【25画】
護 4464₇	欄 4196₃	鑪 2141₇	欒 2290₄	欖 2222₂
藝 4473₁	蘚 4435₁	彎 2220₇	巘 2373₄	灝 3118₆
舊 4477₇	繁 4490₃	轡 2277₂	纖 2395₂	灣 3212₂
藥 4490₄	櫻 4694₄	巓 2288₆	纜 2694₂	鷹 4332₅
藕 4492₇	鶴 4722₇	巔 2478₆	纔 2791₃	蘼 4422₁
藉 4496₁	鵝 4772₇	竊 3092₇	黴 2824₀	觀 4621₀
櫻 4694₄	欄 4792₀	灑 3111₁	鱗 2935₉	蘿 4491₁
鶴 4722₇	攝 5104₁	灌 3411₄	蘿 4491₁	觀 4621₀
馨 4760₃	蠣 5112₇	邊 3630₂	蠱 5010₇	鼉 4871₁
鵝 4772₇	攜 5202₇	藻 4419₄	攪 5701₆	羈 6052₂
欄 4792₀	躋 6012₃	蘆 4421₇	鷲 6732₇	鑾 7271₁
躋 6012₃	黯 6036₁	蘭 4422₇	驛 7634₇	籠 8841₁
黯 6036₁	罍 6077₂	蘭 4422₇	驗 7838₆	籠 9871₇
羅 6091₄	臬 6090₃	蘋 4428₆	鑠 8219₄	【26画】
蹬 6211₈	囑 6204₆	蘇 4439₄	鑑 8811₇	灣 3212₂
躡 6416₄	躊 6414₁	薜 4454₁	籤 8815₃	欝 4474₆
嚶 6604₄	囀 6504₃	護 4464₇	【24画】	矚 6702₇
躅 6612₇	躍 6711₄	歡 4728₂	鷹 0022₇	驢 7131₇
嚴 6624₈	驅 7131₆	鷺 4832₇	讓 0063₂	鑷 8114₁
嬰 6640₇	臘 7221₆	攤 5001₄	靈 1010₈	【27画】
鬪 7714₁	驂 7332₂	囊 5073₂	讖 1062₇	鱸 2131₇
覺 7721₆	屬 7722₇	攝 5104₁	釀 1063₂	鑾 2210₉
騷 7733₆	譽 7760₁	攜 5202₇	醽 1166₃	鸕 2722₇
騰 7922₇	闢 7764₁	疊 6010₇	蠶 2013₅	纘 2891₆
鐘 8011₄	覽 7821₆	躑 6712₇	鱣 2031₅	驥 7138₁
籃 8810₇	鑪 8171₇	鬚 7228₆	鷳 2034₁	【28画】
籌 8864₁	鐵 8315₀	驕 7232₇	衢 2121₄	鸚 6742₇
黨 9033₁	饒 8471₁	體 7521₈	鏨 2140₆	【29画】
爐 9181₇	饋 8578₆	臞 7621₄	艷 2711₇	鬱 4474₂

【29画】

鸛 4722₇
驪 7131₁
钁 8712₇

【30画】

鸕 1722₇
鸞 2232₇
灩 3411₇

【30画】

あ と が き

　恩師　柏軒藤野岩友先生が編者に与えられた遺訓の真意を曲解したことになるかも知れぬが、その一つを実現すべく、昭和４７年（1972）４月に、宋の詩人、蘇東坡の詩の全作品の一字索引を作成することを企画した。しかし、索引を作成した経験がなかったので、詩の分量が１０分の１であり、編者が大阪生まれであること、編者の故郷の広島に唯一の写本が残っている事に引かれて、『葛子琴詩抄』の索引を作成することで、索引作成のノーハウ（技術情報）を手に入れることにした。業余の時間の作業であったので、平成３年(1991)其の完成までに約２０年も掛かったことになる。そして定年退職後、平成１７年に、この『葛子琴詩』の索引の完成で、葛子琴の詩業の全てを索引で示すことができた。

　最初は、解読した詩句を謄写版（孔版）で基本カードとして、Ｂ６版のカードに印刷し、同時に、索引用として、更紙に７言詩だと７枚印刷した。やがて、コピー（複写機）が利用できるようになったので、コピーに依ってカードを作成することにし、基本カード・索引カードも形式を統一するために作り直した。

　手書き原稿をオフセット製版して出版する予定であったので、荊妻に原詩の部分の浄書をしてもらい、索引本文の部分は編者が浄書をする予定であった。その頃には、ワープロ専用機が入手できる価格になっていたので、ワープロの練習を始めたが、編者の購入した機種では、文章の結合や大量の文章の編集が不可能であることが判明し、パソコンに転じた。

　原詩の入力の段階で、パソコンの持つ文字の種類（第１・２水準）と原詩の文字との差異や写本の読解の誤り部分の発見、手書きからパソコンに変更したことよる四角号碼の変更など、入力以前に処理して置くべき必要事項（本文校訂など）を身に沁みて体験できた。索引部分は、一太郎（Windows）を二つ開いて、原詩から当該文字を検索してコピーすることで索引を編集したが、データベースソフトを利用して作成する方法を見つけようと思う。
　手書き原稿を作成していたことが、入力ミスの発見に大いに役立った。やはり作業の正確さを検証する手段の必要性を経験できた。

　本索引は、パソコンによるＤＴＰの実験も兼ねた。表紙は勿論、前書きから後書きまで、全てパソコンで入力し、トンボ付きのＡ３版にプリントして、それをＢ５版の大きさに縮小してオフセット原版を作成して印刷して貰った。文字は、コンピユータに有る第１・２・３水準に在るものは、これを使用した。おかげで、学術書・パンフレットなどを出版することが出来た。

　本索引は、全て編者一人で作成した。これは、本索引を作成する目的が索引作成のノーハウを得る為であることと、「一将　功成りて、万骨　枯る」体の出版物としたくなかった為である。また、魯魚の誤りの責任の所在が編者一人に在ることも明らかにする。

　本索引の出版に就いては、汲古書院の石坂叡志氏に色々なご配慮を戴いた。深く感謝の意を表したい。

西 岡 市 祐 （ にしおか　いちすけ ）
〒191-0033　東京都日野市百草９７１−１３
　　　　　　コンドミニアム百草園１０３号
　　　　TEL　０４２−５９３−３２４０

1933年　大阪生まれ。
広島県呉市　県立広高等学校卒。
國學院大學　文学部文学科卒。
山崎学園　富士見高等学校。
東京都立　鷺宮高等学校。
東京都立　西高等学校を経て、
星美学園短期大学　国文学科　非常勤講師。
國學院大學　文学部　教授。
2004年　國學院大學　定年退職。

『葛子琴詩抄』『葛子琴詩』索引

2005年９月　発行

編　者　西　岡　市　祐
発行者　石　坂　叡　志
印刷所　モリモト印刷

発　行　汲　古　書　院
〒102-0072 東京都千代田区飯田橋２−５−４
電話 03(3265)9764　ＦＡＸ 03(3222)1845

ISBN4-7629-1177-1　C3090　©2005